Nicodemos Sena

A ESPERA DO NUNCA MAIS

(uma saga amazônica)

KOTTER EDITORIAL

Coordenação editorial: Sálvio Nienkötter
Editor-executivo: Raul K. Souza
Editora-adjunta: Isadora M. Castro Custódio
Editor-assistente: Daniel Osiecki
Capa: Manoela Leão
Projeto gráfico: Carlos Garcia Fernandes
Ilustradores: Manuel Frota (desenhos das págs. 94, 203, 489, 818, 1019), João Castilho Neto (desenho de capa e págs. 1, 13, 55, 301, 337, 418, 552, 671, 730, 731, 736, 756, 895, 937, 994), Jorge Palheta (desenhos das págs. 7, 35, 254, 315, 410).
Foto do autor: Rafael Sena
Preparação de originais e revisão: o Autor
Produção: Cristiane Nienkötter

Dados Internacionais de Catalogação na Publicação (CIP)
Angelica Ilacqua CRB-8/7057

Sena, Nicodemos
A espera do nunca mais : uma saga amazônica / Nicodemos Sena. 1958 -- Curitiba : Kotter Editorial, 2020.
1112 p.

ISBN 978-65-80103-78-2

1. Ficção brasileira 2. Romance I. Título

CDD B869.3

20-1426

Kotter Editorial Ltda.
Rua das Cerejeiras, 194
CEP: 82700-510 - Curitiba - PR
Tel. + 55(41) 3585-5161
www.kotter.com.br | contato@kotter.com.br

Feito o depósito legal
4ª Edição
2020

Nicodemos Sena

A ESPERA DO NUNCA MAIS

(uma saga amazônica)

PRÊMIO LIMA BARRETO/BRASIL 500 ANOS
Outorgado pela União Brasileira de Escritores, Rio de Janeiro, para melhor romance publicado no Brasil em 1999.

Para meus filhos, Iago, Rafael, Samuel e Juliana

Em memória de Olindo Neves e
Paulo Rodrigues dos Santos

Para Marli Perim, sempre

"Perdido de mim, não sei
ser mais o que fui e nunca
poderei deixar de ser."

Thiago de Mello

SUMÁRIO

PRIMEIRA PARTE

SEGUNDA PARTE

TERCEIRA PARTE

PRIMEIRA PARTE

Rapariga em Flor

Era ainda muito cedo quando o grasnar desagradável das *ciganas* empoleiradas o acordou. Saltou da rede e, às apalpadelas, tropeçando em paneiros de farinha empilhados sobre o chão-batido da casa, procurou a pouca claridade que atravessava a porta de palha. Afastou o japá, evitando barulho; mesmo assim, os dois vultos pequenos mexeram-se em suas redes no quarto ainda escuro. Deteve-se olhando para o fundo do quarto e só saiu para o quintal quando os vultos se aquietaram.

Gedeão estava preocupado, pois o padrinho, homem exigente e severo, chegaria naquele dia e ai dele se não estivesse tudo à espera, conforme o velho ordenara. Olhou para o barracão onde dormiam os caboclos; não fossem os roncos que de lá chegavam, diria que reinava completo silêncio. Já deviam estar de pé, os dorminhocos! Havia muita tábua para arrastarem do centro da mata para o rio, e muita massa de mandioca para torrarem, antes de o padrinho chegar. Mas, de dentro do barracão dos caboclos, uma cara, num buraco da parede de palha, perscrutava matreiramente os movimentos de Gedeão. Era o Rosalbo, tapuio invejoso e traiçoeiro, ruim de braço e mui preguiçoso, mas bom de boca, que empregava todos os meios para bajular o patrão e indispô-lo contra Gedeão, pois vivia enciumado da distinção que o padrinho conferia ao afilhado. Enroscado lá no seu canto, como uma cobra venenosa, Rosalbo fulminava os passos do rival.

Naquela manhã, como sempre fazia, Gedeão levantou-se da rede e desceu direto ao porto, onde, num gesto rápido e enérgico, dando pulinhos para esquentar-se, tirou o calção do corpo e ficou completamente despido. A friagem da madrugada e a umidade da mata ainda eram intensas. Por um instante Gedeão pareceu hesitar olhando a névoa que se desprendia da superfície negra do rio, que, àquela hora, mais se parecia a uma polida lâmina de aço na qual os peixes faziam, ao subirem para respirar, finos círculos concêntricos. Por fim, tomando coragem, soltando um grunhido, jogou-se na água e pôs-se a nadar com braçadas fortes até o outro lado do rio, que naquele ponto tinha uns sessenta metros de largura. Foi e voltou sem parar, deixando atrás de si um rastro de espumas que se iam espocando no choque com o rebojo de pequenas ondas. Enquanto se esfregava com um pedaço de sabão grosso, cantarolava entre dentes uma toada desconhecida. Mas, embora aquele banho tenha despertado a sua natureza alegre, continuava preocupado com as coisas que tinha de fazer antes do padrinho chegar. Jogou-se de novo no rio e saiu sacudindo a cabeça e cuspindo água, como um menino. Lá do seu canto, morrendo de inveja, Rosalbo espiava. Queria tudo o que era de Gedeão, inclusive o seu corpo não lhe escapava à cobiça. Não se conformava por ser baixinho e magro que nem macaco-prego, e de há muito ter perdido os dentes da frente. Rosalbo odiava o mundo, pois sabia que, pelas costas, todos o chamavam de "macaco-prego banguela".

Sem saber que estava sendo observado, Gedeão ficou um instante na beira do rio, escorrendo-se. Sacudiu os cabelos negros e lisos que lhe vinham até o ombro, e os pingos, iluminados pela primeira claridade da manhã, enchiam o ar de um orvalho doirado. A pele molhada tinha reflexos de bronze e os músculos das coxas e dos braços, modelados desde tenra idade pelo remo e pelo trabalho, quando ele se abaixou para pegar o calção, pareciam sólidos e flexíveis como ligas metálicas. Antes que o calção alcançasse a cintura de Gedeão, Rosalbo, com um arrepio de despeito, pôde ainda ver-lhe o triângulo negro do púbis e a proeminência flácida que dele se destacava.

Gedeão, pensando no que tinha de fazer, percorreu o caminho de volta para casa. Arredou o japá da porta já sem se importar com o barulho e deixou uma faixa de claridade penetrar pelo quarto, a qual foi atingir duas redes atadas ao fundo. Aproximou-se de uma delas e puxou-lhe as beiradas; um corpinho delicado saltou-lhe aos olhos e Gedeão, sacudindo a rede, sem se deter, disse alto:

— Já é hora, Diana, o padrinho chega hoje!

O corpinho mexeu-se e resmungou, como se estivesse num sonho. Gedeão insistiu, delicadamente, que era hora de levantar. Foi então que a dona do corpinho, esfregando os olhos e bocejando, sentou-se na rede, colocando as pernas para fora. Era possível ver-lhe os olhos amendoados, muito negros, ainda meio espantados, brilhando na penumbra do quarto. Com o modo desajeitado das crianças, esticou uma das pernas a fim de alcançar o chão, deixando à mostra, sem nenhum pudor, a calcinha rendada que o padrinho lhe dera. Só então Gedeão percebeu que Diana, apesar do jeito de menina, já era mulher, embora ela própria não soubesse disso. Não pôde evitar de olhar para o montículo negro que se insinuava debaixo da calcinha da cunhantaim, nem pôde impedir o arrepio que lhe percorreu o corpo ao ver um corpo de mulher diante de si. Num repente, entendeu o porquê das insinuações maliciosas de alguns caboclos, principalmente do patife do Rosalbo, às quais nunca dera atenção. Para Gedeão, todo esse tempo, Diana não passara de uma criança, que ele, como um irmão, ou um pai, ajudou a criar. Mas, para os outros, era diferente: menina ou mulher, pouco importava, pois Gedeão e Diana dormiam no mesmo quarto e, na ausência do padrinho, poderia fazer com ela o que bem quisesse. Se ele não fizesse, o costume dizia que mais cedo ou mais tarde outro o faria. Sim, Gedeão reconhecia que as coisas ali eram assim. Não havia nada de mal em desejá-la e possuí-la, era até direito. Era notório o caso do João Camará, que morava a três dias rio acima: embuchou a mulher oito vezes, oito meninas! e foi passando a vara de uma a uma, mal despontavam-lhes os peitinhos; por fim, enjoado da mulher, entregou-a a outro caboclo e ficou sendo homem das oito raparigas, que, segundo se conta, um belo dia, não se sabe por que, o mataram. Entre os caboclos do padrinho há também o caso famoso do Albino, que divide a mesma mulher com o Aldo. No começo, era o Aldo que vivia com a rapariga, mas, para não ter de pescar e caçar para ela, entregou a mulher ao Albino, que, de outro modo, não conseguiria mulher, pois é um tapuio muito panema. Agora, o Albino sustenta a mulher e, quando o Aldo quer se deitar com ela, o outro inventa de fazer alguma coisa no mato, conforme o trato. E os três, ao que parece, vivem felizes nesse sistema; a mulher, que ficou até mais respeitada, já teve dois curumins, um é a cara do Albino, o outro o focinho do Aldo. Gedeão, porém, sentiu um grande mal-estar ao flagrar-se desejando o corpo de Diana; não era culpa, mas uma outra coisa, que ele não compreendia. Tudo não chegava a constituir, no entanto, um pensamento, mas um trançado cipoal de sentimentos e sensações confusas, que ele, com seu modo simples de ver o mundo, não conseguia transpor.

Diana desceu para o porto e Gedeão voltou-se para a segunda rede. Abriu-a pelas beiradas e deu dois sacolejos fortes, enquanto dizia:

— Levanta, Mica! O padrinho vai chegar hoje!

Como não obtivesse resposta, Gedeão meteu os braços na rede e ergueu do seu interior, segurando pelas axilas, um pimpolho de uns seis anos, branquinho e tão frágil que parecia ter menos idade. Mas o danado do curumim, mal se viu solto, voltou a encolher-se na rede, com o que Gedeão soltou o punho de uma das escápulas e arriou a rede no chão. Só então o pequeno Mica, espantado, esfregando as remelas, pareceu acordar. Ao que parece, isso se repetia todas as manhãs, pois o pirralho nem esperou segunda ordem, foi logo ao porto, atrás de Diana, de calçãozinho de chita e pés no chão.

Gedeão, ainda muito impressionado com a sua recente descoberta, esquecera-se por um instante das coisas que tinha de fazer naquele dia. Maquinalmente, como fazia todos os dias, enrolou de uma a uma as três redes do quarto e prendeu-as nos caibros da casa. Depois, como um irmão mais velho, olhou para o rio, onde Diana e Mica, despidos, banhavam-se, descontraídos como duas crianças. Mas, tão logo enxergou a nudez da mocinha, desviou a vista. A partir daquele dia ele não a deixaria mais banhar-se ali, à frente do barracão dos caboclos, pois havia, alguns metros abaixo, numa pequena enseada do rio, o lugar destinado ao banho das mulheres, as quais, porém, nem mesmo nesse retiro escapavam da importunação dos caboclos, que vinham sorrateiramente espioná-las através do matagal. Pensando nisso, movido por um mau pressentimento, Gedeão olhou para o barracão dos caboclos e viu confirmada a sua suspeita — numa abertura da parede de palha, uma cara bastante familiar se intrometia. Era o Rosalbo, que continuava a devassar o movimento do porto com os seus dois olhinhos viperinos. Gedeão tossiu, sentindo o sangue ferver-lhe nas veias, mas o petulante do tapuio, em vez de recolher-se intimidado, arrostou-lhe a cara parda e bexiguenta e desafiou-o com um malicioso esgar de boca. Gedeão teve ímpetos de invadir àquela mesma hora o barracão e trazer o calhorda para fora, a peso de bordoadas. Mas conteve a ira há tempos represada, pois ainda fazia escuro e não seria justo, por causa do Rosalbo, interromper o sono dos demais homens. Mas o Rosalbo cedo ou tarde receberia a sua paga. Por enquanto ele, Gedeão, deveria ficar atento às suas artimanhas.

Quando Diana e Mica subiram do porto, molhados que nem dois pintainhos, viram o rapaz juntando sobre a mesa rústica de madeira os petrechos necessários para se apanhar a bacaba, pois o padrinho, toda vez que chegava da cidade, gostava de encontrar pronto um alguidar cheio de vinho. Iriam buscar a bacaba no mato antes do sol nascer, a tempo de voltarem para acompanhar o resto do povo ao trabalho.

A casa, uma típica moradia de caboclo, era feita de madeira e palha, tudo amarrado com cipós e enviras, sem um único prego! Embora a floresta oferte tais materiais em abundância, tudo nessas casas é acanhado; os quartos, quando os há, são estreitos, e as portas, de tão baixas, são uma terrível armadilha para as testas desavisadas. Não há janelas, e o piso é de terra-batida, daí por que, àquela hora de pouca claridade, mesmo tendo tirado o japá da porta, Gedeão não conseguia ter boa visão do interior da casa. Havia acendido a lamparina, mas o querosene, extraído de um subsolo longínquo, chegava ali tão adulterado que a chama no morrão desmaiava como uma criança desnutrida. Sobre a mesa, que, com mais dois mochos de madeira, era a única mobília da tosca residência, já estavam o terçado, a garrafa com água, a lanterna de pilha e a espingarda, mas o rapaz continuava procurando alguma coisa entre os pouquíssimos objetos da casa; como não achasse, se irritava:

— Vocês dois aí, não viram a minha cartucheira?

Diana e Mica não sabiam da cartucheira e Gedeão ficou mais irritado. Na ânsia de encontrar a coisa, pisou no rabo do Rompe-mato, que, assim que Gedeão abriu a porta, metera-se sorrateiramente no chão morno da casa para se esquentar, livrando-se dos mosquitos que o perseguiam lá fora. O cachorro, entre guinchinhos de dor, deu um salto, levantando uma nuvem de poeira, e veio encolher-se aos pés do Mica, amigo e protetor nas horas de aperto. O curumim abaixou-se e pôs-se a alisar o focinho que o cão lhe estendia. Gedeão finalmente achou a cartucheira a um canto, sobre um dos paneiros de farinha, mas continuava nervoso. Pois há muito deixara de ser, como a maioria dos caboclos, uma criatura alegre e despreocupada, quase estúpida. De uns tempos para cá andava casmurro, como se cismasse num grande problema. A cara do Rosalbo, bajulador do padrinho, suscitara-lhe tristes e desagradáveis lembranças, que ele em vão procurava esquecer. E a expectativa da chegada do padrinho, em vez da alegre euforia que sentia antigamente, deixava-o agora apreensivo. Ele via crescer-lhe no espírito uma terrível suspeita, que só em pensar deixava-o louco.

Colocou um cartucho na agulha, prendeu a cartucheira na cintura, pegou o terçado, a lanterna e a espingarda de sobre a mesa, e entregou ao Mica a garrafa de água. Antes de partirem, tirou duas bananas dum cacho sobre o jirau da "cozinha" e dividiu-as entre os dois menores, intimando-os a comerem. À saída, chamou Rompe-mato com um assobio, o que foi uma maneira sutil de pedir-lhe desculpas. Meteram-se então pelo caminho que começava atrás da casa e ia acabar no fundo da mata. Gedeão à frente, Mica no meio e Diana na retaguarda, com o jacá vazio às costas. À frente de todos, ia o fiel cão, que corria e saltava, sumindo e reaparecendo detrás das árvores, entre pequenos latidos, querendo talvez demonstrar ao dono toda a sua gratidão. Rompe-mato era que nem uma pessoa para eles. Gedeão escolhera-o entre sete irmãozinhos porque foi o primeiro a abrir os olhos e levantar-se, sinal de que era forte e poderia dar um ótimo caçador. Quando completou um ano de idade, Gedeão o "curou". Em três noites de lua cheia, escondeu uma caba-caçadeira num naco de carne e deu para o cachorrinho comer. E quando o animal trocou a dentição, colheu a amolada presa e foi ao mato espetá-la no rastro do veado e da paca, o que fez com que o Rompe-mato se tornasse um exímio caçador destes dois animais. Era um cachorro de grande valor, obediente e brincalhão, mas, ultimamente, talvez porque estivesse ficando velho, andava sentimental. Bastava Gedeão elevar um pouquinho a voz para o bom animal murchar as orelhas e ir enfiar-se entre as pernas do Mica, seu fiel protetor. Em compensação, a mínima demonstração de afeto do dono era capaz de deixar o cão eufórico durante horas, como agora.

Amanhecia e a luz fosca da aurora esbatia-se nas altas copas das árvores, encontrando a oposição da ramaria espessa, deixando o chão da mata ainda envolto por densa penumbra. Gedeão procurava manter-se na trilha, dobra aqui, endireita ali, verga a cabeça acolá para evitar galhos, espinheiros e cipós, com o auxílio do foco da lanterna. Diana e Mica, na completa escuridão, seguiam-lhe os passos. Só o Rompe-mato, que não precisava de luz nem caminhos para se orientar, não se atrapalhava no emaranhado de folhas mortas, cipós e raízes retorcidos. A floresta àquela hora abria os olhos e espreguiçava-se. Por toda parte havia uma orquestra invisível: o melodioso trinado dos pássaros anunciando a manhã harmonizava-se perfeitamente com o último coaxar monótono dos sapos que se despediam de mais uma noite de árduo trabalho. Os guaribas haviam cessado a sua cantoria, mas as araras e os papagaios, no cimo das árvores, acordavam tudo com o seu alarido; porém, todos esses sons e ruídos acabavam diluindo-se num ritmo tão suave e harmônico que era quase o silêncio. Uma aragem úmida e fresca trazia ao olfato o cheiro forte de húmus em combustão, de troncos e folhagem apodrecendo no solo, como restos mortais decompondo-se após feroz batalha. Pois caules e ramos travavam uma luta desesperada. Uma variedade vegetal assombrosa, com milhares de indivíduos a confundirem-se e engalfinharem-se mutuamente, numa raiva eviterna e surda, em que só os mais fortes conquistavam um lugar ao sol. A selva, bárbara e grandiosa, imersa em profundo mistério, a tudo dominava. Nela os animais, entre os quais o homem, não passavam de simples transeuntes amesquinhados no flanco do enigma, obrigados por uma incompreensível fatalidade a entregarem os seus destinos àquele despotismo. Gedeão, sem uma palavra, deixava-se ir aonde as pernas o levavam, sentindo-se como que flutuar entre milhares de vidas, sob o crivo de mil olhos que o espreitavam de todos os lados, como se caminhasse no útero quente e úmido, recoberto por vicejante cabeleira, de uma linda mulher.

De repente, findou-se a trilha, tornando-se mais difícil a caminhada. Mas não demorou para chegarem ao bacabal. Ali, prodigiosamente, as bravas palmeiras haviam vencido a batalha e assentado o seu império. Eram centenas de bacabeiras de talhe sensual, uma ao lado da outra, que irrompiam do solo em meio a tufos negros, nos quais fincavam as suas raízes, subindo eretas a uma altura de vinte metros, terminando em exuberante ramagem. Era dezembro, final do verão, e bandos de papagaios e curicas tagarelavam sobre os enormes cachos das bacabeiras, onde vinham se alimentar.

Alguns raios do sol, ávidos por umidade, já se infiltravam por entre as palmas das bacabeiras e vinham alumiar a folhagem aqui embaixo. Gedeão lembrou-se de que tinha de retornar a tempo de acompanhar os homens ao trabalho; cortou então energicamente uma folha de palheira e teceu com extrema habilidade a peconha. Diana e Mica, que em tudo gostavam de participar, também teceram as suas peconhas, mas Gedeão avisou-os de que só ele treparia, o que os deixou muito desapontados, pois os dois subiam em árvores que nem macaco. Rompe-mato trançava entre as pernas dos amigos, como se pudesse oferecer algum préstimo. Gedeão enfiou os pés entre a peconha e o tronco e pôs-se a subir, abraçado ao caule, puxando-se vigorosamente com os dois braços. Mesmo um filho da floresta como Gedeão corre perigo nessas operações. Se o tronco da palmeira estiver escorregadio, a peconha desliza; se as raízes forem superficiais, a árvore tomba; e o pior, a própria peconha, onde o corpo deposita o seu peso e os pés se apoiam, pode quebrar-se, o que fatalmente acarreta a queda violenta de quem estiver trepando. E foi justamente isso o que aconteceu com Gedeão. A peconha, por azar, não suportou, e ele despencou de uma altura de uns sete metros. Felizmente conseguiu dar a tempo, mesmo no ar, um giro no corpo, a fim de não cair de costas, evitando, assim, que o terçado, que levava enfiado na parte traseira do calção para cortar lá em cima o cacho, o matasse. Também por sorte caiu sobre uma toiça de galhos podres que amorteceu o choque. Mesmo assim, ficou um longo tempo estatelado no chão, sem forças para levantar-se.

Vendo Gedeão estirado no chão, Mica e Diana voaram para socorrê-lo. A custo viraram-lhe o rosto para cima; estava bastante ferido, um filete de sangue escorria-lhe pelo canto da boca. A garota, ajoelhada, sacudia-o e chamava, mas Gedeão permanecia inerte e de olhos fechados, o que lhe trouxe grande desespero.

— Acorda, Gedeão, acorda! — gritava a menina, com uma vozinha estridente e histérica, balançando a cabeça do rapaz com brutalidade. Mica, depois de algum tempo, arredou-se e pôs-se de cócoras, choramingando baixinho; lágrimas sentidas escorriam-lhe pelo rostinho pálido. Nunca teve mãe nem pai, e agora, vendo o único ser capaz de protegê-lo, ali, caído como um cadáver, sentia-se completamente perdido. Rompe-mato, como que se lamentando, rondou e cheirou detidamente o corpo do dono, como costumava fazer com as suas presas; depois se meteu entre as pernas do Mica, como a querer animá-lo, pois o inteligente animal notara que seu dono ainda respirava, e ele aprendera que os cadáveres não respiram. A menina, com os negros cabelos desgrenhados sobre o rosto de Gedeão, com os pequenos punhos fechados, batia-lhe no peito e chamava; até que, no clímax do desespero e exausta, já apenas soluçava, deixando cair as lágrimas sobre o rosto do amigo. Gedeão tivera sido para ela pai, mãe, irmão, enfim, tudo em sua curta vida. Como viveria sem ele? A garota sentou-se no chão e ficou quieta, os soluços haviam cessado, parecia resignada. Mica, abraçado ao Rompe-mato, ainda choramingava. O tempo parecia haver parado. De repente, talvez despertando da doce ilusão de que tudo era um sonho, Diana, como que enlouquecida, passou mão da garrafa de água que o Mica trouxera e despejou todo o líquido na cara de Gedeão. E qual não foi o espanto e indescritível alegria quando viram Gedeão mexer os braços e abrir os olhos!

— Gedeão, Gedeão! Ele está vivo! Ele está vivo! — gritavam Diana e Mica, abraçados. Rompe-mato, abanando o rabo e soltando guinchinhos, participou da festa vindo lamber a água do corpo do dono.

Ainda tonto, Gedeão sentou-se com a ajuda dos três amigos, e só então lembrou do que havia ocorrido. Diana ficou tão alegre que pegou a peconha que ela mesma havia tecido e, ágil como uma suçuarana, agarrou-se ao caule da maldita bacabeira e começou a subir. À toa Gedeão ordenava para que descesse; a menina, com o terçado preso à boca, com pouco já estava lá no alto cortando o cacho, cujos fios apinhados de negros caroços caíam no chão como longas mechas de cabelo de uma cabocla. Mica dava pulinhos de alegria e o Rompe-mato trançava de lá para cá, parando de vez em quando com as patas dianteiras no ar, como se quisesse abraçar o dono. Gedeão ficou observando Diana descer; ela prendia o caule áspero da bacabeira entre as coxas, sem pudor. Sabia que, lá de baixo, Gedeão enxergava-lhe as coxas e a bunda, mas nada tinha importância naquele momento; ele estava vivo! Mas, num gesto gracioso e instintivo, enquanto se agarrava ao caule com uma mão, com a outra ajeitava a calcinha, que, na subida, havia se transformado num fio entre as pernas. Gedeão via a nudez da garota, mas, em vez de desejo ou lascívia, sentiu por ela apenas um forte carinho, um puro e doce sentimento que ele, na simplicidade e rudeza de caboclo de poucas falas, não saberia definir. Segurou-a pela cintura e a ajudou a pôr os pezinhos no chão. Permaneceram alguns instantes assim, bem juntinhos um do outro, aquecidos por uma agradável sensação. Gedeão, apesar dos dedos ásperos do trabalho pesado, acariciou os lindos cabelos negros e lisos da garota, e um vago temor veio incomodá-lo. Puxou também Mica para junto, e os três (aliás, os quatro, pois o enxerido do Rompe-mato também enfiou-se entre eles) ficaram ainda um bom tempo abraçados, sem compreenderem exatamente o que se passava.

Juntaram a bacaba no jacá e Gedeão ajeitou-o às costas, e puseram-se de volta. A floresta agora estava completamente desperta. No caminho, Gedeão vinha pensando, pensando... e observou uma coisa interessante: entre os três (os quatro, melhor dizendo) havia um ponto em comum: não conheceram pai nem mãe, pois os perderam muito cedo; ou deles quem sabe foram afastados?

O Dragão

Certa vez, o pequeno Mica, com a ingênua curiosidade das crianças, perguntou-lhe qual o destino que tiveram os pais dele, e Gedeão, para não magoá-lo, viu-se obrigado a mentir. Disse-lhe que a mãe morrera no parto quando ele nasceu e que o pai falecera um mês depois, picado de cobra. Esses dois tipos de morte eram ali muito frequentes, e Gedeão esperava que o curumim se contentasse com a explicação e nunca mais voltasse ao assunto, o qual deveras o acabrunhava, pois fazia-o lembrar de que foi essa mesma história que o padrinho lhe contou quando ele, certa vez, também lhe perguntou sobre os seus pais.

— Tua mãe morreu no parto e o teu pai de picada de cobra — dissera-lhe o padrinho. O garoto, que via no padrinho um grande protetor e amigo dos caboclos, acreditou por muito tempo nessa explicação. Mas, ultimamente, vinha-lhe amiúde à lembrança o dia terrível em que o infeliz caboclo Sabá, marido de Primitiva, de quem o pobre Mica viria a nascer, foi trazido morto pelos capangas do padrinho, crivado de balas que nem um bicho, e depois lançado às piranhas. Gedeão era então pequeno para compreender, mas agora, anos depois, a recordação dessa morte causava-lhe espanto e revolta, que ele, no entanto, temendo o padrinho, dissimulava.

Conta-se que Sebastião Bagata, o Sabá, era o mais velho dos cinco filhos do falecido Silvestre Bagata, cujo avô, ao que se sabe, foi o primeiro morador do rio Maró. Quando Sabá nasceu, eles eram os únicos a viverem naquelas brenhas, muitos e muitos dias de canoa rio acima. Só depois, muito depois, uns poucos caboclos vieram fazer-lhes companhia. Bem, mas isso é modo de dizer, pois levantavam os tapiris e faziam as suas roças tão longe uns dos outros, que, muitas vezes, entre eles havia uma distância de mais de um dia de canoa, de forma que a chegada desses vizinhos não afetou em nada a grande solidão em que viviam os Bagata.

Comparado aos caudalosos rios que atravessam a vasta planície amazônica, o rio Maró, fininho e sinuoso, quando Sabá Bagata nasceu, não passava de um insignificante filete de água escura que nascia numa área esquecida e sem importância, encravada entre dois rios gigantes, e vinha desaguar no majestoso rio Tapajós. Para as dimensões amazônicas, o Maró é um rio tão pequeno que nem aparece nos mapas. Isso talvez porque sequer uma cidade, sequer uma vila, nem mesmo um povoado, minúsculo que fosse, estabeleceu-se em suas margens, imersas desde épocas imemoriais no denso e triste silêncio da floresta. Perdido no meio da selva, completamente fora dos caminhos da civilização, o Maró vivia para si mesmo, esquecido e abandonado, como um rio fantasma. A cidade mais próxima distava muitos dias de canoa de sua foz; era a pequena Santa Irene, cuja população, provinciana, mantinha como de hábito a sua atenção voltada para os acontecimentos da capital, desconhecendo a existência do pequeno rio, de sorte que durante um longo tempo nenhuma criatura civilizada enveredou por aquelas ermas paragens.

Ali viviam, esquecidos do mundo, o velho Silvestre Bagata, a mulher e os filhos. Em vez de descerem o rio em busca de outros seres viventes, o velho entocava a família cada vez mais rio acima, para o centro da terra, rumo à nascente. Não que fosse um misantropo, pois para sê-lo é preciso um dia ter vivido em sociedade. E a única sociedade que ele conhecia e com quem convivia era a sua família, os peixes do rio e os animais da floresta. O que o fazia embrenhar-se era como que um desejo inconsciente de esquecer-se, como se, cansado de esperar por algo que lhe esclarecesse a existência e o passado, procurasse a paz e a resposta no silêncio. A lembrança mais remota que lhe ocorria era a do avô, eternamente fumando o seu cachimbo, de cócoras no porto, o grande saco arrastando no chão, resmungando estranhas palavras de uma língua que os mais novos já não conheciam, sempre a fitar as águas negras do rio, como se através delas se pusesse em contato com seus antepassados. Quando o avô foi morar com os espíritos, o pai resolveu fazer sua roça mais pra cima do rio. Silvestre Bagata, filho mais velho, como era costume, teve que acompanhar o pai, pois, assim como o pai aturou o avô, ele também se encarregaria do pai até o dia que o velho se juntasse aos antepassados. Acompanhou o pai, mas levou consigo a prima Veva, com quem já havia deitado. Quando Sabá Bagata, filho de Silvestre e Veva, nasceu, o seu avô, Francisco Bagata, que todos chamavam de Pachico, já bem velhinho, conforme a tradição dos Bagata, quedava-se de cócoras na beira do rio, conversando com entes que só ele enxergava. Como ele não aprendera a se comunicar com o além naquela língua estranha que o avô dele falava, Sabá e os irmãos, curumins levados da breca, entendiam o que ele dizia e riam dele, pois eram bem obscenas as palavras que o velho soltava, enquanto coçava as pelancas do saco. Numa perda lenta e gradual da memória, porém, de geração a geração, pequenos detalhes do costume, aparentemente insignificantes, iam se modificando. Por exemplo: o avô de Silvestre Bagata foi o último a fumar o cachimbo na beira do rio; o filho, quando chegou a sua vez, trocou o cachimbo pela tiborna, bebida alcoólica extraída da mandioca, que, em vez de pacificar-lhe a alma, provocava vômitos e alucinações.

Quando Sabá chegou à idade adulta e já andava nervoso, o pai mandou-o descer o rio a fim de pedir uma das filhas de seu tio. Remou três dias e três noites, mas, apesar do cansaço, ia contente, pensando que fora sorte terem nascido de sua mãe só irmãos homens, pois, tivesse uma irmã, acabaria se deitando com ela, e estaria inviabilizado o prazer daquela viagem.

Encontrou com o tio uma cunhantaim mirrada, única filha, que atendia pelo nome de Primitiva e ainda não aguentava homem. Tal detalhe, porém, não diminuiu o interesse do pretendente: ela cresceria. Mas Sabá teve de enfrentar numerosas provas. Mulher, naquelas brenhas, era artigo raro e de luxo. Para cada uma que nascia havia pelo menos cinco homens. Tios, primos, e até mesmo os irmãos entravam na disputa, isso quando o próprio pai não arrebatava antes o troféu para si, embora ali, subjugados pela necessidade, depois da luta encarniçada, os homens acabassem sempre se apaziguando. Em vez de se engalfinharem até à morte, como fazem os civilizados, o conflito era dirimido da seguinte forma: ao vencedor, a posse, com todos os ônus e privilégios; aos derrotados, apenas o uso, de modo que uns e outros se acomodavam num feliz comborço, inexistindo entre eles a noção de propriedade do homem sobre a mulher. Como nunca houve padre, desconheciam o casamento, bem como a culpa ou o adultério.

O tio, matreiro, não negou a filha ao sobrinho, mas, para que a regra não fosse quebrada e ele próprio auferisse algum proveito, impôs-lhe uma dura condição: — o moço deveria permanecer ali com Primitiva, cultivando a roça e executando os demais afazeres juntamente com eles, pagando com trabalho pelo direito de possuir a mulher, e só depois de um ano poderia levar a cunhã para o seu tapiri e se deitar na rede com ela.

Sabá, apesar de achar o tributo pesado, dissimulou o descontentamento. Procurou liberar-se fazendo ver ao tio que, sendo o filho mais velho de seu pai, tinha o dever sagrado de voltar para casa, a fim de ajudá-lo, competindo-lhe também prover a existência do pai nos longos dias de sua velhice, os quais ele passaria à beira do rio coçando o saco, bebendo tiborna e conversando com os espíritos. Mas nenhum argumento demoveu o tio, obrigando Sabá, que já não concebia voltar sem Primitiva, a matutar num plano para ludibriá-lo.

Para lograr o tio, concordou em ficar. O tio não deixou por menos, sugou-lhe as forças o quanto pôde. Sabá teve um ano de cão, trabalhou que nem escravo.

Era outubro, findava o verão, em novembro despencariam chuvas medonhas sobre a floresta; não havia tempo a perder, era a hora de fazer o roçado. Intimado a colaborar no serviço, Sabá meteu-se com afinco, pensando em Primitiva. Começaram pela broca, cortando o mato rasteiro; derrubaram em seguida as árvores maiores; depois queimaram a volumosa massa seca de mato cortado, uma labareda infernal de fogo e fumaça durante muito tempo escureceu o céu; por fim, fizeram a coivara, ateando fogo nos troncos e galhos que haviam escapado. Com as primeiras chuvas, houve o plantio: enterraram a maniva em fileiras de pequenas covas de um palmo de profundidade e um metro entre uma cova e outra. Mas isso foi só o começo do trabalho. Pois não é só plantar e deixar; entre o plantio e a colheita, entre janeiro e julho, período de inverno, a árvore da mandioca cresce, mas é preciso capinar a roça, livrando-a dos arbustos daninhos. Sabá em tudo ajudava, suportando a fadiga com paciência; não deixava de observar a sua pequena Primitiva no trabalho; mirrada e esperta, comparava-se a um pequeno pé de maniva que precisa de cuidado e tempo para crescer. Sabá estava disposto a esperar.

Em julho, a maniva havia alcançado a altura de dois metros, era tempo da colheita. Deram um duro dos diabos para arrancar a mandioca do solo e levá-la em panacus nas costas, da roça à casa-da-farinha — um barracão sem paredes, construído na margem do rio, onde está o forno de barro, o tipiti, as peneiras e os alguidares, e outros apetrechos.

Na casa-de-farinha, o trabalho, embora árduo, era mais ameno. Debaixo do barracão, sem o sol cozinhando-lhes os miolos, homens, mulheres e crianças, todos sentavam-se para descascar as mandiocas. Trabalhava-se rindo e conversando; os homens, mui mentirosos, inventavam patranhas na caça: um fez uma onça se mijar, outro obrigou uma anta a se ajoelhar, outro apanhou uma cutia na corrida, outro enganou o Curupira. As crianças, que ainda não caçavam e não tinham como mentir, não eram obrigadas a fingir que acreditavam. Riam e tripudiavam livremente das bazófias dos adultos; estes, porém, não as molestavam. Pois na dura luta pela sobrevivência, cada um descobria o seu valor e as diferenças desmanchavam-se; homens e mulheres, adultos e crianças, em pé de igualdade, aporfiavam no trabalho. E, muitas vezes, as crianças superavam os adultos na precisão dos golpes do terçado na casca da mandioca; e só as mulheres, com a sua delicadeza, sabiam peneirar a massa, deixando os grãos redondinhos; apesar da força, para os homens era às vezes difícil competir.

Todos, na casa-de-farinha, depois de algum tempo de trabalho, mostravam-se completamente à vontade. As mulheres, esquecidas de sua inferioridade física, soltavam-se em movimentos ousados e graciosos; deixavam as saias empapuçarem nos quadris, revelando o tronco das coxas e as nádegas, não se incomodavam quando os seios lhes saltavam da blusa num gesto desprevenido; algumas, suando por todos os poros, devido ao forte calor, acostumavam-se a não usar calcinha, deixando o ar impregnado do seu cheiro sensual, enchendo a cabeça dos homens de fantasias. Estes, por sua vez, esquecidos de sua força, de cócoras ou sentados, não se envergonhavam de revelar sua fraqueza: os bagos, flácidos e desprotegidos, não raro ficavam expostos aos olhos de todos.

Foi nesse ambiente que Sabá e Primitiva realmente se conheceram. Ela viu que ele, apesar de mais velho, tinha o espírito de um menino. E ele percebeu que ela, apesar de menina, tinha já o feitiço de mulher feita. Os dois, atraídos pelo mesmo instinto, ardiam de desejo.

Quando terminaram de torrar a farinha, já era setembro. Sabá então perguntou ao tio:

— Tio, agora que já trabalhei um ano na sua roça, posso levar Primitiva comigo?

— Podes deitar na tua rede com ela, mas deves ficar comigo um pouco mais — disse o tio.

— Mas até quando devo ficar? O meu pai me espera — insistiu Sabá.

O velho, cheio de astúcia, falou:

— Deixo que partas com Primitiva só se me deixares um neto.

— Mas tio, se o senhor ficar com o meu primogênito, quem vai me dar de comer quando eu ficar velho?

— Terás um segundo — disse o tio.

Com isso, Sabá ficou muito triste, pois já sonhava com o filho. Tomaria banho no rio com ele, ensinaria o curumim a flechar e orientar-se no mato. Embora zangado com o tio, nada disse, pois tinha a natureza pacífica. O que ele não faria por Primitiva?

Mais um ano se passou e Sabá trabalhou duro com o tio e os primos na nova roça. Esperava um dia vencer a resistência do velho e voltar em paz para casa. O que o rapaz não desconfiava era que o tio, decidido a retê-lo a qualquer custo, mandou a mulher, insidiosamente, ministrar-lhe diariamente, misturado no caldo de peixe, o chá da casca da carapanaúba, para que o sobrinho ficasse estéril.

Quando terminaram o trabalho de mais uma roça, Sabá voltou a perguntar ao tio:

— Tio, agora posso voltar pra casa?

— Já me deste o neto que te pedi? — indagou o tio, com um movimento malévolo do beiço.

O rapaz, inocente de tudo, comentou:

— Tio, embora role na rede toda noite com Primitiva, ela não embarriga; que culpa tenho eu? Já que não me nasce um filho, deixa-nos ir.

O velho, senhor da situação, não arredou pé:

— De maneira nenhuma! Só quando Primitiva tiver um filho.

Sabá, então, ficou muito entristecido porque, depois de trabalhar arduamente por dois anos para o tio, viu-se forçado, no meio de uma noite sem lua e sem estrelas, a pular de mansinho da rede, pegar uma piroga no porto e sair fugitivo da casa do tio, levando consigo Primitiva.

O tio não lhe foi ao encalço, porém Sabá, que se tornou estéril para sempre, sentiria para o resto da vida a presença perversa do velho.

Enquanto esperava um filho, Sabá viveu um tempo feliz com Primitiva. Os dois andavam sempre juntos e rolavam em qualquer lugar. Na roça, sobre uma árvore caída; numa praia solitária do rio, quando iam se banhar; e na rede, todas as noites. Mas o tempo passava e Primitiva não embuchava. Sem saber que a desdita era do filho, Veva fez em vão Primitiva tomar chá de casca de pau pra pegar filho. Sabá foi ficando triste; já não deitava com Primitiva por aí como antes; já não tomavam banho juntos no rio; já não rolavam na rede todas as noites. Ele procurou esquecer a má sina esfalfando-se no trabalho. E, quando voltava pra casa, ficava horas sentado ao lado do vô Pachico, afogando a fadiga na cuia de tiborna do velho. Certa tarde, já bem ébrio, perguntou ao avô:

— Vô, por que Primitiva não me dá um filho?

O velho, que ultimamente dera para apregoar presságios, respondeu, numa voz terrível, depois de um longo silêncio, como se o seu espírito voltasse de uma longa viagem:

— Pra que queres um filho? Sorte de quem não nasceu; o dragão vai subir o Maró para devorar os que vivem na terra.

No dia seguinte, o velho expirou, e Silvestre Bagata enterrou-o numa curva do rio, bem longe de casa, mas nem assim o velho descansou; toda noite o coitado vinha beber a tiborna que Veva já lhe deixava na cuia sobre o jirau. Chegava sóbrio e saía cambaleando, mas ninguém se espantava.

Certo dia, a profecia do avô começou a se cumprir.

A família trabalhava na roça quando um ronco estranho, vibrando a mata, chegou de muito longe. Roncava e parava, roncava e parava... ora pra direita, ora pra esquerda, pra cima e pra baixo; roncava... roncava... cada vez mais perto, mas nunca chegava. A família voltou pra casa amedrontada.

Silvestre Bagata, como se preparando para um combate, passou mão do seu arco e da sua flecha, e de mais duas coisas das quais ele muito se orgulhava: um terçado e um machado, já muito carcomidos, de tão velhos. Veva, por sua vez, se tivesse que fugir, era capaz de esquecer um dos filhos, mas levaria consigo as duas únicas panelas de alumínio que possuía, embora estivessem tão furadas que podiam até servir de peneiras. Tais relíquias haviam passado de pai para filho e traziam a marca de muitas gerações. Quantas vezes Silvestre Bagata, olhando para o seu machado com veneração quase mística, indagava-se que mãos o fizeram! O avô do avô dele deve ter conhecido o homem que fez o machado, mas todos estão mortos — pensava. Foi aí que, certo dia, teve uma ideia: mandou Veva colocar também um cachimbo ao lado da cuia de tiborna que deixava pro pai — pois os mais antigos preferiam cachimbo à tiborna — esperando com isso que o avô viesse de noite fumar. Com efeito, tendo se escondido à noite para espiar, viu a cuia se esvaziando e o cachimbo sendo tragado; mas ficou muito frustrado, pois perguntou ao avô sobre o homem que fez o machado e não obteve resposta; só então se deu conta de que os espíritos não falam. Acabou xingando o pai, pois, pelo jeito que a fumaça saía do cachimbo, tinha quase certeza de que era o danado que fumava. "Seja lá quem for", concluiu ele, "aquele que fez o machado deve ser muito poderoso".

Quando o ronco medonho estrugia, todos se encafuavam no mato que circundava a casa, como soldados na trincheira. Os menores trepavam em árvores e de lá ficavam olhando; Veva e Primitiva, atrás do tronco de uma castanheira, faziam figa pra espantar o demônio; Silvestre e Sabá, sem largarem os arcos, tinham as mãos suadas. Quando o ronco cessava, ou parecia cessar, desviado pelo vento, os Bagata criavam coragem e reapareciam no terreiro. Silvestre Bagata, que não admitia medo, vinha à frente: mãos no arco, olhos escancarados, ressabiado. Mas a vida não tinha meios de continuar, pois o ronco ia e voltava, ia e voltava... só dando sossego à noite, quando o bicho que roncava parecia se aquietar. Essa agonia prolongou-se por três dias; no quarto dia o ronco vinha já tão perto que o vento não mais conseguia desviá-lo. Apenas ora vinha da esquerda, ora da direita, ora do norte, ora do sul. Todos compreenderam que essa variação de movimentos correspondia às curvas do rio. Sabá então lembrou das palavras do avô: "O dragão vai subir o Maró para devorar os que vivem na terra". Ele nunca vira um dragão, mas, pelo que o vô contava, devia ser como um jacaré de sete cabeças, por isso o ronco parecia sair de muitas bocas. Embora Veva e Primitiva quisessem fugir, todos permaneceram escondidos no mato, perscrutando o porto, onde, a qualquer instante, o bicho surgiria.

O coração dos Bagata quase saía pela boca quando a coisa que fazia barulho apareceu. Haviam, porém, imaginado algo tão medonho, que ficaram decepcionados ao enxergarem, em vez do bicho demoníaco, do dragão devorador, simplesmente um batelão atracando no porto, tripulado por dois homens. Apesar do alívio, continuaram receosos em seus esconderijos, de onde passaram a espionar os visitantes. O pavor que os atormentou durante três dias cedera lugar a um misto de espanto e curiosidade, pois, nem mesmo Silvestre Bagata, o mais velho, que já descera muitos dias de canoa rio abaixo, imaginava que houvesse no mundo um batelão que roncasse. Quanto aos dois homens, logo se via que não eram bichos, mas quem seriam? Ficaram maravilhados quando viram a coisa preta que rosnava no centro do barco ir se acalmando até silenciar por completo, a um simples gesto de um dos homens. Admiraram também a pele muito branca e a estatura elevada do outro homem. Houve tensão no esconderijo quando o estranho desceu do barco e subiu o porto, gritando: "Ei de casa! Ei de casa!". Num impulso instintivo, hereditário, os curumins e as mulheres ameaçaram fugir, e os homens retesaram por um instante os seus arcos, mirando o forasteiro. Mas, vendo o homem desarmado, e ouvindo-o agora gritar: "Ei de casa, é de paz!", na língua que também era a deles, aquietaram-se em seus lugares. O homem, cansado de chamar, voltou para o batelão. Silvestre Bagata, que já ardia de curiosidade, queria aparecer, mas estava envergonhado de ter fugido dos forasteiros, por isso ordenou às mulheres e às crianças que voltassem para casa e se mostrassem, enquanto ele e Sabá permaneceriam escondidos. Quando os estranhos perguntassem pelos homens da casa, deveriam responder que eles tinham ido ao mato trabalhar, mas voltariam logo, ao que Veva, porém, temendo mostrar-se diante dos estranhos somente com Primitiva e os pirralhos, prontamente insurgiu-se, sendo preciso o marido levantar os punhos para se fazer obedecido.

O caçula dos Bagata, nu e de pés no chão, foi o primeiro a dar o ar de sua graça no terreiro. Depois surgiram os mais taludos, apenas de calçãozinho, acompanhados por dois cães. Ao vê-los, o forasteiro de elevada estatura e muito branco saltou do barco e tornou a gritar: "Ei de casa, ei de casa!". Mas não subiu para terra, ficou ali à beira d'água esperando. Já enfrentara de outras vezes aquela situação e era capaz de adivinhar o que se passava.

— Cadê o pai de vocês? — indagou aos curumins. Estes, de cócoras na elevação do porto, não abriram o bico, mas vasculhavam a embarcação com os olhinhos curiosos. O desconhecido não insistiu. Imaginou que os pirralhos nasceram naquelas brenhas e nunca viram novas pessoas, pois se comportavam com a inocência típica da caça que nunca foi alvejada, ao deparar-se diante da mira de um caçador pela primeira vez.

Aos pouquinhos Veva foi metendo a cara na porta do tapiri, até se mostrar de corpo inteiro. O estranho foi então se aproximando, bem devagar, para não espantar. Os moleques correram para junto de Veva e os cachorros afastaram-se rosnando.

— Bom dia, minha tia — disse o forasteiro, parando a distância. A mulher não respondeu, ainda parecia espantada. — Não tenha medo, tia, somos de paz; onde está o seu marido?

A muito custo Veva falou conforme instruíra o marido.

— Ham, então ele está pro mato e logo volta? Não há problema, nós esperamos no porto. Quando ele chegar, diga-lhe que quero vê-lo.

O homem voltou ao barco e Veva desapareceu dentro do tapiri, de onde, através dos buracos da parede de palha, ela e Primitiva não se cansavam de perscrutar os estranhos.

De tardinha, pai e filho saíram do mato. Antes de entrarem em casa, passaram pelo meio do terreiro, fazendo questão de mostrar aos dois forasteiros que eles não estavam com medo.

A tarde findou e chegou a noite, sem que o chefe do clã desse as caras, mas os forasteiros não desistiram. Depois de dias e dias de viagem, não regressariam dali sem falar com o tal Silvestre Bagata. Só expulsos zarpariam do porto.

No outro dia continuaram aguardando, sem resultado. A noite apanhou-os ali, numa espera já angustiante. Um dos homens, o menor, que obedecia ordens, bem amedrontado, queria ir-se embora, mas o homem alto e branco, o que mandava, nem dava ouvidos aos seus resmungos. Mais de uma vez mandou ligar o motor para fazer barulho, mas só atraía a atenção dos curumins, os quais, depois de um dia de avanços e recuos, finalmente se aproximaram dos forasteiros e entraram no barco, mexendo tudo o que havia nele, tornando-se tão familiares e atrevidos que o homem alto e branco passou até a enxotá-los.

Ao terceiro dia, Silvestre Bagata resolveu aparecer, satisfeito por ter feito os dois estranhos esperarem por tanto tempo. Perdera o medo e readquirira a antiga dignidade. Ardia de curiosidade; queria ver o bicho preto que roncava. Desceu para o porto.

Ao vê-lo, o homem alto e branco, não sem receio, falou:

— Bom dia seu Silvestre Bagata, prazer em conhecê-lo. Mas, além de não obter resposta, teve de recolher a mão que estendera ao caboclo, pois este, ignorando a presença dos forasteiros, saltou lépido, sem dar uma palavra, para dentro do barco e, como criança, começou a passar as mãos pelas peças do motor. De repente perguntou:

— Como é o nome desse bicho?

O forasteiro, aliviado, respondeu:

— Motor de centro.

— Ele tá dormindo agora?

— Está desligado, mas é como se estivesse dormindo — concordou o forasteiro.

— Cadê a boca dele?

O forasteiro mostrou-lhe a descarga negra.

— O que esse bicho come?

— Gasolina e óleo — respondeu o estranho.

— Nunca comeu gente?

— Não, não tem perigo; está parafusado no chassi do batelão.

— Ham... — fez Silvestre Bagata, ficando novamente em silêncio, muito admirado de terem apanhado aquele bicho no mato e aprisionado ali. Depois de algum tempo, comentou: — Se no mato daqui tivesse esse bicho, a onça-preta corria dele.

O forasteiro sorriu, mas se calou. Não tinha pressa, o seu negócio requeria paciência. Na solidão daquelas paragens, a vida tinha outro ritmo. Deixaria o matuto à vontade, responderia a todas as perguntas, satisfaria os seus caprichos, conquistaria a sua confiança. E, no momento oportuno, desfecharia o seu golpe.

Em seguida, Silvestre Bagata pôs-se, sem nenhuma cerimônia, a bisbilhotar as coisas que o forasteiro trouxera. Meteu o dedo na saca de sal e levou-o à boca, fazendo uma careta. Provou depois o açúcar, do qual parece ter gostado. Tais condimentos um dia foram do conhecimento dos seus antepassados, mas há muito desapareceram da mesa e da memória dos Bagata, que regrediram ao gosto travoso das goiabas e dos araçás e ao azedume dos taperebás silvestres. O forasteiro trazia também terçados, machados e panelas no barco. Quando Silvestre Bagata enxergou tais coisas, gritou, com os olhos arregalados de admiração:

— Foi o senhor que fez o machado?

— Não — respondeu o estranho.

Silvestre Bagata ficou um pouco desapontado, mas não se deu por vencido:

— Mas deve conhecer o homem que fez o machado.

— Ah, sim, eu conheço — respondeu o forasteiro. E, piscando para o seu ajudante, completou: — Sabe, seu Bagata, foi o homem que faz machado que me deu esse pra eu trazer.

Então o velho Bagata, deveras impressionado, olhou para o estranho, o qual, com um ar zombeteiro que o ingênuo matuto não saberia captar, acrescentou, regalando-se com a brincadeira:

— E também conheço o homem que faz os terçados e o que faz as panelas.

Silvestre Bagata, tomado de entusiasmo, dali mesmo chamou Veva aos gritos para ver as panelas. Todos desceram ao porto. Estavam tão deslumbrados com o acontecimento que nem perceberam o olhar de cobiça que o homem alto e muito branco lançou para Primitiva. Com efeito, desde a foz do Maró, não vira tapuia mais formosa.

O caboclo velho não cansava de pegar no machado. Viu que ele era novo e nunca fora usado. Em compensação, o seu machado, que pertencera ao avô do seu avô, estava demais velho e desgastado. Então a mente curta teceu o complicado raciocínio: "Se o homem que fez este machado é o mesmo que fez aquele, então tal homem é muito velho". Veva também não largou mais as panelas, alisava-as e soltava interjeições.

O dono das bugigangas, vendo aquela euforia, preocupou-se. "E se os caboclos resolverem se apoderar de minhas coisas?", indagou-se ele, aperreado. É certo que ele trazia uma espingarda, enquanto os broncos só tinham flechas, mas de que lhe serviria tal superioridade bélica se os pilantras se danassem para o mato com as suas coisas?

Era hora de começar a agir. Pegou dentre as coisas uma garrafa de aguardente e falou alto, para chamar a atenção de todos:

— Seu Bagata, tem aqui uma coisa que trouxe especialmente para o senhor.

Todos se voltaram e o forasteiro passou a garrafa para o velho, o qual pareceu admirar-se mais da própria garrafa do que do líquido branco parecido com água, que estava dentro.

— Abra a garrafa — disse o forasteiro.

Silvestre Bagata obedeceu e imediatamente o ar impregnou-se do cheiro típico da cachaça. O velho, sem saber o que fazer, continuava com a garrafa na mão. O resto da família o observava. O forasteiro explicou:

— Este é um líquido maravilhoso; quem dele toma de manhã fica alegre e animado, descansa o corpo depois do trabalho, também dá coragem pra dormir no mato, faz a gente falar bonito pra namorada, alivia qualquer dor de cabeça e faz dormir.

— A tiborna também deixa a gente alegre e dá coragem — retrucou Silvestre Bagata.

— Mas a cachaça é mais forte e mais rápida, além do mais a tiborna é muito trabalhosa pra se fazer — realçou o forasteiro. — Não quer experimentar? Ande, dê uma golada! — sugeriu.

Silvestre Bagata olhou desconfiado para o líquido branco, mas, muito curioso, não resistiu; alçou no ar a garrafa, meteu o gargalo na boca e engoliu. Bastaram dois goles para o matuto tirar a garrafa da boca e fazer uma careta medonha, como se uma brasa queimasse-lhe a garganta e o peito.

— Esse ardume é só da primeira vez, depois a gente se acostuma e a bicha desce macia — disse o forasteiro, pegando a garrafa das mãos do caboclo e sorvendo ele próprio, como prova, um bom gole da cachaça.

O forasteiro também ofereceu cachaça a Sabá, que em tudo imitou o pai, terminando numa engraçada careta. Haviam esquecido as outras mercadorias e olhavam todos para Silvestre Bagata e Sabá, esperando pelo anunciado efeito, que não tardou a manifestar-se.

Os olhinhos do velho de repente faiscaram e ele ficou muito palrador. Deixando de lado a antiga reserva, passou mão de duas garrafas de cachaça sem dar satisfações ao proprietário, e convidou os forasteiros para irem até sua casa. Só o homem alto e muito branco os acompanhou; o outro ficou no barco, vigiando.

Lá chegados, os homens comeram a carne seca de veado que Veva assou. Pai e filho, enquanto isso, já bem alegres, contavam casos, animados por doses cada vez maiores de cachaça. Querendo transmitir a todos a sua euforia, fizeram as mulheres e os pirralhos também provarem. Por fim, arrebatados pelo álcool, acabaram abraçados ao forasteiro, num inesperado arroubo de amizade.

Quando o forasteiro, já bem tarde, voltou ao barco, a família toda, desde o patriarca até o menor curumim, incluindo as duas mulheres, achava-se completamente embriagada. Depois da euforia veio a depressão, despertando no velho instintos adormecidos. Pela primeira vez, depois de muitos anos, Veva, no meio da noite, foi espancada.

Ao acordarem no dia seguinte, porém, ninguém lembrava de nada, a não ser da agradável sensação inicial, da melíflua expansão do espírito que a cachaça proporciona.

Enquanto os forasteiros permaneceram ali, os Bagata nada mais fizeram senão passar os dias no mais completo ócio. Amortecida a curiosidade a respeito dos forasteiros, comportavam-se para com eles como se as suas presenças já não importassem. Silvestre Bagata nem mais pedia permissão para entrar no barco, onde ia a qualquer hora buscar garrafas de cachaça, as quais ele e toda a família rapidamente bebiam.

O homem alto e rubicundo passava os dias deitado na proa do batelão observando os Bagata se embebedarem e apreciando os movimentos de Primitiva. Anotava cada garrafa a menos num caderninho e não parecia preocupado. Afinal, a cachaça, de qualidade ordinária, ele adquirira a preço ínfimo. Mesmo se nada recebesse em troca, seria pequeno o prejuízo.

Certo dia, Silvestre Bagata teve um acesso de ira, pois não encontrou mais garrafas no barco. O forasteiro as havia escondido num compartimento secreto do porão, procedendo assim por avaliar que, no estado de embriaguez em que os Bagata se mantinham há dias, não poderia levar a sério e a bom termo nenhum acerto com eles. Por outro lado, considerava que a quantidade de cachaça consumida já fora suficiente para alterar-lhes o metabolismo e causar dependência. A semente, portanto, fora lançada, restando-lhe saber cultivar e colher os frutos.

Sem a cachaça, pai e filho passaram o dia encafuados, não deram as caras no porto. No outro dia, já refeitos da bebedeira, os dois apareceram. O velho, ainda de ressaca, pediu cachaça para aliviar a dor de cabeça. Como o forasteiro não o atendesse, concentrou de novo o interesse no machado e nas panelas. O forasteiro, então, sentindo que era a hora, falou:

— Seu Bagata, agora que somos amigos, podemos fazer bons negócios. O que acharam da cachaça? Não é como eu disse?

— É, a gente sente um troço engraçado, dá vontade de rir, pular e correr; um monte de tambor toca no ouvido.

— Eu posso trazer quanta cachaça o senhor quiser.

— Oh, sim, eu quero cachaça.

— Não quer também o machado e as panelas?

— O senhor me dá?

— Bem, dar eu não dou, mas podemos trocar; eu lhe dou tudo o que o senhor quiser, e o senhor me dá tudo o que eu quiser, o que acha?

— Sabá, vai já buscar os arcos e as flechas.

— Oh, não, as flechas não, seu Bagata!

— Mas é só o que tenho pra lhe dar.

— Não, eu sei que tem outras coisas.

— O quê?

— A farinha da sua roça, a castanha-do-pará, o jutaí-cica, o caucho...

— A farinha eu posso dar, mas a castanha-do-pará, o jutaí-cica e o caucho estão no mato.

— Pois então, seu Bagata, é só trazer do mato e amontoar aqui no terreiro; enquanto isso, eu vou à cidade buscar mais cachaça; na lua cheia eu volto pra gente fazer a troca das coisas. O que acha?

— Eu já fico com o machado.

O forasteiro pensou dizer não, parecia arriscado deixar as mercadorias sem nenhuma garantia, mas acabou entregando o machado, para não ferir os brios do caboclo. Depois disso, mandou o ajudante de bordo funcionar "o bicho que roncava", e foi-se embora, crendo haver realizado ótimo negócio adiantando aos matutos as garrafas de cachaça e o machado.

Amor e Ódio

Na lua cheia, o forasteiro voltou. Na verdade, como escondera dos caboclos grande quantidade de aguardente, nem precisou ir à cidade; camuflou o batelão numa curva do rio, quatro dias abaixo, e deixou o tempo passar. Quando chegou ao porto dos Bagata, ficou eufórico com o que viu. Os Bagata tinham, sem dúvida, durante aquele mês, dado um duro dos diabos, pois no terreiro, debaixo de folhas de palha, enxergou grandes montes de ouriços de castanha-do-pará e de jutaí-cica. Esfregou as mãos de contentamento, já calculando quanto dinheiro obteria na cidade com a venda daqueles produtos.

— Oi de casa, oi de casa! — gritou várias vezes e não obteve resposta. Ninguém apareceu, mas olhos curiosos espionavam pelos buracos da parede.

O forasteiro ficou mais desconcertado ao ver Silvestre e Sabá Bagata saírem do tapiri, atravessarem o terreiro e desaparecerem no mato, deixando-o a esperar no porto. Movido pelo orgulho caboclo, o velho queria com isso mostrar ao forasteiro que ali ninguém precisava dele; que podiam viver sem tocar em nenhuma daquelas coisas. Mas Bagata, no fundo, já não acreditava nisso. Durante aquele mês sentiu enorme falta da cachaça. Não adiantou beber tiborna, não era a mesma coisa.

Os dois, que não tinham ido, é claro, a lugar nenhum, reapareceram de tardinha, mas não deram as caras no porto. Cumpria que fosse assim. Silvestre Bagata, como chefe do clã, debatia-se entre o desejo de beber cachaça e a necessidade de manter-se sóbrio. Não pensasse o forasteiro que o pegaria desprevenido, que conseguiria enganá-lo. O forasteiro veria por quantas garrafas de cachaça, por quantos machados e panelas, por quantos terçados ele, Silvestre Bagata, filho de Francisco Bagata, entregaria a sua castanha-do-pará, o seu jutaí-cica, o caucho, a farinha.

Pensando assim, pai e filho, no outro dia bem cedo, foram ter com o forasteiro, o qual, ao avistá-los, foi dizendo:

— Como vê, seu Bagata, estou de volta, conforme combinamos. Vejo também que o senhor, de sua parte, também cumpriu o trato, pois arriou do mato a produção; façamos então o negócio?

O caboclo, sisudo, não disse sim nem não. O estranho, ao que parece acostumado a lidar com matutos, pegou uma garrafa de cachaça, abriu-a e despejou dois dedos num copo; em seguida, aspirou a forte fragrância que se espalhara no ar e sorveu um gole lentamente, sem uma careta, como se degustasse não a cachaça ordinária e barata, mas um fino e caro licor. Olhando para os dois caboclos, perguntou, oferecendo-lhes o copo:

— Que tal um golinho?

O velho não mais resistiu ao desejo; atropelou o restinho de orgulho que lhe tolhia os gestos e segurou o copo, levando-o imediatamente à boca, terminando por fazer uma careta bisonha. O estranho, em seguida, ofereceu também dois dedos de cachaça a Sabá, que os engoliu com a mesma avidez. Bastaram uns poucos instantes para os matutos ficarem alegres e falastrões, do jeito que o outro os queria. Pediram mais cachaça, mas o forasteiro não atendeu, dizendo que primeiro deviam fazer o negócio.

— Sim, agora eu faço negócio — disse Silvestre Bagata, dando-se certo ar de importância.

O forasteiro, com a cautela de um caçador que espreita a sua vítima, disse, com naturalidade:

— Pois bem, seu Bagata, eu digo quanto valem as minhas coisas e o senhor diz quanto valem as suas, está bem?

O estranho certamente avaliara que os Bagata, nascendo e morrendo naquelas brenhas, sem conhecerem a cidade, eram criaturas simples e ignaras, primitivas, quase selvagens, destituídas da educação e malícia civilizadas, que não sabiam contar, que nunca viram dinheiro, e que por isso podiam ser, com jeito, por ele manipuladas. Deixar o caboclo valorar os seus bens era, portanto, mero estratagema do astuto forasteiro, o qual, no entanto, sofreu um pequeno sobressalto, ao ouvir Silvestre Bagata dizer:

— Eu troco um paneiro de farinha por um paneiro de panelas; um panacu de castanhas por um panacu de machados; um monte de jutaí-cica por um monte de terçados, é o que valem!

O estranho, pego de surpresa pela singeleza da proposta, engasgou atrapalhado. O que dizer? A coisa já não lhe parecia tão fácil quanto pensara. Por fim, falou:

— Mas, seu Bagata, desse modo o senhor já está dando valor às minhas coisas; está dizendo que uma quantidade de machado vale o mesmo que igual quantidade de castanhas; ora, isso não é justo; sejamos razoáveis, dê valor às suas coisas e eu dou às minhas.

O caboclo velho ficou desconcertado, pareceu-lhe que assistia razão ao estranho, mas — que diacho! — não lhe batia à cachola outra forma de valorar as suas coisas. Quanto valia a dura faina da roça, durante o ano inteiro, ano após ano, labutando na broca, na difícil derruba, na coivara, no plantio, na exasperante capina, na colheita e no serviço cansativo da casa-de-farinha? Quanto valia procurar os castanhais no fundo da mata e expor a cabeça aos ouriços que a todo instante despencam das castanheiras? E a penosa caminhada do castanhal para o porto, sob o peso de enormes panacus cheios de castanha-do-pará, quanto valia? O matuto sinceramente não sabia.

Vendo o matuto vacilar, o forasteiro continuou aprontando o terreno:

— Vejo que não está entendendo; não dá pra trocar assim uma coisa pela outra, pois as coisas têm natureza diferente e não podem ser comparadas. Veja, seu Bagata, que Deus faz a castanheira e o senhor só vai lá no mato buscar o ouriço; Deus também faz o pé de jutaí crescer e o senhor só junta a resina do chão; embora o senhor plante o pé da mandioca, é Deus quem faz a planta crescer. Quanto às minhas coisas, dá-se bem diferente: não há uma planta que dê machado, nem árvore que dê panela; precisa muita inteligência pra fazerem essas coisas, dão muito trabalho. O senhor me entende? Um machado, apesar de menor, vale mais do que um panacu de castanha.

O forasteiro seguia exaltando a sua mercadoria, mas não dizia o preço. Sendo o comércio, como a guerra, uma nobre arte, parecia-lhe boa tática induzir o adversário a avançar primeiro sobre o campo de batalha, pois assim, conhecendo-lhe os passos, achava mais fácil desferir o contra-ataque. Tratando-se, aliás, dos Bagata, o forasteiro estava absolutamente certo da vitória. Contudo, novamente se surpreendeu com o que acabou de ouvir do matuto:

— Pois agora o senhor é que vai dizer o valor das suas coisas e também das minhas. Se eu concordar, concordei; se não, não há negócio; ande, diga lá!

Isso restituiu o equilíbrio e a autoestima ao velho Bagata. Ele, o dono da casa, e não o estranho, decidiria sobre a realização ou não do negócio. O forasteiro, por seu turno, pressentiu que teria trabalho para engrupir o matuto. Resolveu enfrentar o problema que evitava desde o começo — falar de dinheiro para quem não o conhecia. Disse:

— Prestem atenção: na cidade cada coisa vale um preço, esse preço é medido em dinheiro; por exemplo, o preço de um machado é três mil cruzeiros; uma panela vale dois mil cruzeiros; uma garrafa de cachaça custa mil cruzeiros, e assim por diante. Assim também a farinha de mandioca, a castanha-do-pará, o jutaí-cica, o caucho, tudo tem um preço; umas coisas valem mais, outras menos. Entenderam?

Silvestre Bagata, que não entendeu patavina, já impaciente, perguntou:

— E quanto vale a minha castanha?

— Pois sim, seu Bagata, vamos ao negócio; primeiramente vejamos as suas coisas.

E o forasteiro saltou para terra e se aproximou dos montes de castanha-do-pará, de jutaí-cica e dos paneiros de farinha já trazidos para o terreiro. Mandou o ajudante medir a castanha numa lata que trouxeram de bordo. Enquanto isso, ia anotando cada lata no mesmo caderninho ensebado onde anotara as garrafas de cachaça consumidas anteriormente pelos Bagata, bem como o machado que ficara em poder do velho. O jovem Sabá, sacudido como sempre, ajudava na medição. Depois foi a vez do monte de jutaí-cica ser pesado numa velha balança. A cada quilo, o homem alto e muito branco fazia uma anotação. Por último, ele mesmo contou os paneiros de farinha — cinquenta paneiros ao todo, quase toda a mandioca extraída de uma roça!

Tudo contado e anotado, o forasteiro passou à soma dos números. Enquanto fazia os rabiscos indecifráveis, o homem, já naturalmente alto, cresceu ainda mais diante dos olhos tímidos de Silvestre Bagata, que o observava com um temor quase supersticioso. Concluída a complicada aritmética, o forasteiro falou:

— Tudo somado, seu Bagata, chegamos a quinhentas latas de castanha-do-pará, quatrocentos quilos de jutaí-cica, mais os paneiros de farinha. Bem, vejamos...

O forasteiro, enquanto procrastinava ao máximo a informação dos preços, pensava até quanto poderia depreciar o valor das coisas, sem revoltar os matutos. Se em outro lugar, a caboclos mais espertos, ele pagaria até cinquenta cruzeiros pela lata da castanha — a mesma lata que venderia na cidade a quinhentos cruzeiros! —, ali ele daria só vinte cruzeiros; se a outros já pagara até cem cruzeiros pelo paneiro da farinha — o mesmo paneiro que venderia na cidade a dois mil cruzeiros! —, aos Bagata daria não mais que cinquenta cruzeiros; pelo quilo do jutaí-cica, que entrou em baixa depois que passaram a fazer tudo de petróleo, pagaria no máximo dez cruzeiros.

Não podendo mais adiar, passou finalmente aos números, pronto para endurecer numa eventual reação dos Bagata.

— Como o senhor já é meu amigo, seu Bagata, farei um ótimo preço às suas coisas; por exemplo: mesmo as castanhas sendo bem mirradinhas, eu pago vinte cruzeiros à lata, o que acha?

— Mas assim não faço negócio! — falou prontamente o velho caboclo, com a fronte levantada. — O senhor está querendo me passar a perna; isso por que é meu amigo! Imagina se não fosse, haveria de querer levar de graça as minhas coisas!

O forasteiro não esperava reação tão áspera e imediata. E o caboclo continuava, parecendo muito seguro de si:

— Pois ora veja, só vinte cruzeiros! Como se eu fosse besta! Por vinte não há negócio! Se o senhor quiser levar as minhas castanhas, terá de dar dez cruzeiros (!) pela lata.

Tal desfecho fez o estranho sorrir involuntariamente. Refeito do susto, falou:

— Mas, seu Bagata, vinte é um bom preço, acredite; dez cruzeiros já é demais para mim, assim o senhor me explora!

— É dez e pronto! Vinte? nem pensar! Sou velho mas não bobo.

Havia altivez e orgulho no semblante do matuto, altivez e orgulho do tamanho de sua ignorância, pois era analfabeto e os poucos números que lhe chegaram através de gerações e gerações de Bagatas haviam caído em desuso e perdido a correspondência com as coisas.

— Muito bem — disse o forasteiro, fingindo contrariedade. — Eu pago os dez cruzeiros, só para não perder o amigo; mas veja lá que acabo levando prejuízo.

Em seguida, a discussão repetiu-se quanto ao preço dos outros produtos. O forasteiro, depois de desmerecer a qualidade da farinha, ofereceu cinquenta cruzeiros pelo paneiro, mas Silvestre Bagata exigiu com veemência que lhe pagasse vinte; quanto ao jutaí-cica, dava dez cruzeiros pelo quilo, mas o velho só aceitava cinco!

Acordes quanto ao preço das unidades, o forasteiro multiplicou-o pela quantidade total de cada produto, chegando aos seguintes valores: cinco mil cruzeiros de castanha-do-pará, mil cruzeiros de farinha e dois mil cruzeiros de jutaí-cica, perfazendo o crédito dos Bagata o total de oito mil cruzeiros. Isso valia tão pouco que o homem alto e muito branco achou desnecessário errar a conta a seu favor.

— Eu lhe devo, seu Bagata, oito mil cruzeiros; viu? Vai me levar oito mil cruzeiros! Oito mil cruzeiros!

A família toda, inclusive Primitiva, acompanhou o forasteiro ao barco, onde este passou a valorar as suas mercadorias. E deu-se aí, sem tirar nem pôr, o processo inverso.

O forasteiro, que comprara na cidade o machado por mil cruzeiros, disse que o vendia por três mil e quinhentos, fazendo o velho Bagata esbravejar contra ele, pois aonde já se viu um machado, que o homem que faz machado deve fazer brincando, valer três mil e quinhentos? Se o forasteiro quisesse fazer negócio, que abaixasse o preço para cinco mil cruzeiros! O forasteiro fingiu contrariedade, mas, feliz da vida, aceitou.

Já as panelas, do pior alumínio, foram adquiridas na cidade por oitocentos cruzeiros cada, mas ali o forasteiro disse que vendia por dois mil e novecentos! Espantado com o tamanho da pronúncia deste número, Silvestre Bagata novamente empacou. Dois mil e novecentos?! Era uma roubalheira. Aonde já se viu, dois mil e novecentos!!! "Dois mil e novecentos, não! Por três mil eu faço negócio, e olhe lá!", regateou o caboclo. Negócio fechado.

Quanto à cachaça, por sinal da mais vagabunda, o forasteiro comprava na cidade cada garrafa pela bagatela de cinquenta cruzeiros, mas, como depois de trazido àquelas distâncias o líquido ordinário adquirisse a atração e a consistência das bebidas finas, o forasteiro carregava no preço: "Trezentos e cinquenta a garrafa", anunciou ele, pondo fé no produto, ao que o velho Bagata, como se conhecesse número, exclamou: "Trezentos e cinquenta?! Trezentos e cinquenta, não! que não sou bobo; mas pago mil". Para ele, mil, por ser uma palavra mais curta e fácil de falar, certamente valia menos que trezentos e cinquenta.

Em seguida, o forasteiro conferiu na caderneta os gastos já feitos pelos Bagata e efetuou as deduções. Somando-se os cinco mil do machado já em poder do velho aos dez mil cruzeiros pelas dez garrafas de cachaça por eles consumidas, chegava-se, apenas com tais coisas, a quinze mil cruzeiros, valor esse que já ultrapassava em sete mil ao crédito de oito mil da família.

Mesmo sabendo que todos ali eram analfabetos, o forasteiro chamou Silvestre Bagata e o filho para verem a conta que ele ia fazendo na caderneta sebenta. Os dois, com olhos curiosos, sem nada entenderem, acompanharam admirados os rabiscos que o forasteiro fazia. Silvestre, impaciente, um pouco excitado, queria concluir logo o negócio para depois beber cachaça à vontade, já não pensava noutra coisa. Foi, portanto, tamanha a decepção quando o forasteiro informou que, mesmo entregando toda a farinha, a castanha-do-pará e o jutaí-cica, eles nada tinham a receber; pelo contrário, deviam-lhe sete mil cruzeiros!

O velho, furioso, insultou o forasteiro, chamando-o de "mico ladrão".

— Pois quero o tal de oito mil! — disse o velho.

— Mas eu não tenho o dinheiro; ele serve pra dar valor às coisas, entendeu? Depois a gente troca uma pela outra, explicou o estranho. "Mas então ele não vai me dar cachaça?", ruminava Silvestre, frustrado. O forasteiro, adivinhando o que lhe ia pela cabeça, tratou de acalmar o caboclo:

— Não se preocupe com a dívida, seu Bagata; homens de palavra como o senhor e o seu filho merecem toda confiança; mesmo devendo, têm crédito comigo. E, passando mão das coisas assim que ia falando: — Que tal mais dez garrafas de cachaça, seu Silvestre? Fique também com um terçado. E dona Veva, não quer duas panelas? Pros cabelos da mocinha — o forasteiro não tirava o olho de Primitiva — eu trouxe um espelho e um lindo pente; podem ficar com tudo isso, que eu anoto na minha cadernetinha. Daqui a três luas eu volto e aí o senhor me paga com mais produtos. O que acha?

O caboclo concordou de pronto, sem já se importar com a dívida. Na verdade, não tinha completa noção do que fosse. O forasteiro era certamente um homem bom, pois confiava nele, e também poderoso, pois conhecia o homem que faz machado. Poria a família pra trabalhar — pois sempre trabalharam! — e teria assim a cachaça (ah, como era gostosa a danada!), isso que importava.

Assim foi que o forasteiro, levando o batelão carregado de valiosos produtos, zarpou do porto dos Bagata no mesmo dia. Após muitos dias, chegou à cidade feliz da vida, certo de que descobrira nos Bagata uma mina perene, de lucros inesgotáveis, pois, só para se ter uma ideia, vendeu por quatrocentos e trinta mil cruzeiros os produtos que trocara com bugigangas que não lhe custaram três mil! Três meses depois, como prometera, estava de volta ao Maró, obtendo o mesmo sucesso. As lucrativas visitas sucederam-se, o forasteiro mantendo, por intermédio da cachaça, os Bagata sob cabresto. Silvestre e Sabá ficaram completamente dependentes e tornaram-se manobráveis como duas crianças viciadas em chocolate. Mas o forasteiro controlava a quantidade de álcool, nunca fornecendo além do necessário para manter-lhes o vício, pois tinha certeza de que os tapuios, "vadios por natureza", se entregariam inteiramente ao ócio se tivessem cachaça para beber todos os dias. Assim, tomavam porres homéricos durante uns dez dias, até lamberem a última gota de aguardente; depois, passada a ressaca, voltavam ao trabalho, ansiosos pelo regresso do forasteiro. A tiborna, a bebida dos antepassados, antes tão apetecida, agora raramente Veva a fazia, pois, depois que conheceram o fogo da cachaça, já nem os curumins queriam prová-la. O forasteiro também mostrou que os vinhos silvestres — de taperebá, de açaí, abacaba, patauá, e outros frutos — ficavam mais gostosos com açúcar, e a carne assada e o peixe cozido mais deliciosos com sal, e a pescaria mais fácil com anzol, ao invés da flecha e da zagaia. Trouxe calções de brim barato para os homens e vestidinhos de chita para as duas mulheres, incutindo-lhes a vergonha de sua seminudez. Os Bagata, inicialmente seduzidos pela novidade, deixaram-se rapidamente corromper, alterando o seu modo de viver, tornando-se por fim completamente dependentes do forasteiro, que trazia tais artefatos da cidade. À Primitiva, a quem cada vez mais mirava com mal dissimulada cobiça, a cada viagem o forasteiro presenteava com pentes, espelhos, e, certa vez, até lhe trouxe um batom vermelho, que ela nunca usou, esperando talvez com isso abrir uma brecha na alma da bela e viçosa cunhantaim, onde depositaria a semente da luxúria. Mas agia com cautela, não tinha pressa, não que temesse a Sabá, mas sabia o quanto era perigoso despertar o ciúme de um caboclo; além do mais, era-lhe fundamental para a prosperidade dos negócios manter sempre a postura de amigo desinteressado e protetor daquela família, o que logrou por muito tempo. Antes os Bagata, afora as limitações naturais do meio hostil em que viviam, eram completamente livres. Trabalhavam no que queriam e quando queriam, só obedecendo às venetas da lua e aos rigores das chuvas. Apesar dos instrumentos rudimentares, sempre lhes sobrava um bom tempo para o ócio, no qual, nos áureos tempos, Silvestre Bagata deitava e rolava com Veva na rede ou em qualquer lugar apropriado ou não, resultando desse labor sete abortos, três anjinhos e cinco filhos. Mas agora, depois que o "bicho que roncava" subiu o Maró trazendo na barriga aquele forasteiro que parecia bom e ensinava-lhes muitas coisas, nem Sabá, ainda no verdor dos anos e no auge da força, embora andasse cada vez mais louco para ter um filho, já não conseguia manter-se dias e dias rolando por aí com a sua Primitiva, como outrora o pai e a mãe o faziam, tamanha modificação ocorrera em suas vidas. Depois que o forasteiro apareceu, não eram mais donos do seu destino. Tirando os dias de pileque, trabalhavam de sol a sol, e os dias do ano eram poucos para fazerem a roça e coletarem os frutos da floresta que o forasteiro levava em troca daquelas coisas novas, que eles já não apreciavam tanto, mas sem as quais não mais conseguiriam passar. O forasteiro, vindo sabe lá de onde, passou a ser, de forma sutil e insidiosa, o senhor dos seus destinos. Sugava-lhes as energias, explorava-os, arrebatava o fruto do penoso trabalho. Mas, reconheça-se, nunca os forçou ao trabalho, nem os aprisionou, pois que não era preciso. Os caboclos submetiam-se a uma servidão voluntária, emaranhados que estavam numa rede de malhas invisíveis e presos numa cela cuja parede não era outra senão a própria selva bruta e impenetrável que os comprimia num círculo da mais completa solidão. Daí por que o forasteiro não lhes parecia agravar os sofrimentos presentes, mas, ao contrário, anunciava-lhes a esperança num futuro que, embora eles não soubessem antever, certamente seria melhor, como melhor já era riscar o fósforo que o forasteiro trazia do que continuar tirando fogo da pedra, o que, nos seis meses de chuva, era empresa das mais difíceis.

A partir de certo dia, porém, Silvestre Bagata começou a demonstrar um envelhecimento precoce. Perdeu interesse pelo trabalho e até por Veva, e deu para acocorar-se no porto, no mesmo lugar onde se acocorava o vô Pachico, olhando sempre pro rio, balbuciando sons sem sentido enquanto coçava o enorme culhão que jazia fora do calção encardido, como se acometido por um pileque eterno. Sabá, assim como o pai outrora dava ao vô cuias de tiborna, dava-lhe agora de vez em quando goles de cachaça. Pouco a pouco um palor funéreo cobriu o rosto do valetudinário, que perdera a virilidade e o vigor, corroído por um processo de completo emasculamento, no qual os momentos de delíquio já eram mais longos que os de lucidez. Antes de morrer e ser enterrado na curva do rio, Silvestre Bagata aguentou algum tempo nessa semicoma. E quando o forasteiro vinha aos Bagata, ignorava já a existência do velho e tratava diretamente com o filho, o qual se revelara tão desastrado em negócios quanto o pai. Que lhe importava o caboclo velho? O forasteiro cansara de ver caboclos de todas as idades acocorados às margens dos rios por onde andava, ou caídos pelas ruas de sua cidade, todos brutos e ignorantes, sujos de baba, entupidos de chibé e cachaça, empambados de vérminas que lhes corroem as vísceras e enlouquecidos pelos mucuins que infernizam o saco. Quem daria atenção a um desses desgraçados caboclos de origem obscura, sem história nem monumentos, cujo passado insignificante não contempla nenhum grande feito? Quem seria capaz de sacudi-los desse torpor que lhes parece tolher a alma e ser a fatídica sina? Quem seria capaz de extrair dessas criaturas silenciosas e arredias o pensamento oculto desde tempos remotos? Porque gerações e gerações desses seres melancólicos e sombrios levaram consigo para o silêncio eterno o seu mais profundo enigma.

Pois certamente há algo que só eles veem e conhecem, um segredo fantástico e tão maravilhoso que, se eles revelassem, ninguém acreditaria. Silvestre Bagata, auxiliado certamente pela cachaça, adquirira precocemente esse dom de ver o invisível. Quem poderia imaginar que, em seu estado estúpido e gemebundo, estivesse feliz? Encontrava no fundo de cada síncope a tão ansiada paz. Quanto mais definhava e perdia a lucidez, mais adquiria o conhecimento pleno das coisas que em vida jamais compreendera. Era-lhe já doloroso, pior mesmo que morrer, acordar e ver as mesmas coisas diante de si. Sabá divisou nos lábios do pai o mesmo sorriso tranquilo e estranho do avô, antes de ele se ir. O que estaria sentindo o velho?

Uma cosquinha deliciosa foi o que ele sentiu voltando ao útero da primeira linda índia que o pariu. Depois a sensação de desamparo, pois a tribo de sua mãe era formada somente por mulheres guerreiras, as terríveis "cunhã apuiaras" ou amazonas, hábeis no arco e na flecha e destras na borduna, comandadas pela formosa Conhori, que desprezavam os homens e só os procuravam uma vez por ano, quando lhes vinha aquela gana, chegando mesmo a raptá-los nessas ocasiões, e, quando ficavam prenhes, se pariam filho, o matavam ou enviavam a seus pais, e, se fêmea, criavam-na com regozijo. O curumim teve a sorte de ser mandado para a tribo do pai, chamada *tupaiu*, localizada na foz do hoje rio Tapajós, onde cresceu tímido e mirrado sob o estigma da rejeição materna, mas teve o azar de ser um dos índios que caíram, ainda em tenra idade, crivados pelas balas assassinas do espanhol Francisco de Orellana, o descobridor do Amazonas, em 1542, sem ter realizado nada de extraordinário em sua curta vida. Depois de alguns anos vagando pelas sombras das florestas e pelas cozinhas das malocas de sua tribo, onde vinha à noite beber tiborna, a alminha imberbe daquele que um dia viria a ser Silvestre Bagata reencarnou não por acaso naquele que se tornou o maioral da tribo; é que, como em sua primeira encarnação morrera levando consigo uma grande mágoa da mãe que o rejeitara, quis a infinita Providência que ele voltasse a este mundo perecível para encontrar-se de novo com a mãe a fim de se purificar de sua raiva, mas, em vez de apaziguar a alma ferida elevando-a no conceito divino, o tuxaua acabou sucumbindo ao impulso das obscuras reminiscências e agravou o seu mal ao trocar por bugigangas uma de suas filhas, não por acaso a mais rebelde, que era justamente a mãe desnaturada que reencarnara no corpo de linda e fogosa tapuia, a qual ele entregou ao facinoroso português Bento Maciel Parente, que comandava, em 1639, uma das piedosas "tropas de resgates", que tinham como nobre objetivo libertar da escravidão e salvar da morte certa os infelizes índios aprisionados por outras tribos, subjugando-os porém a uma nova e mais atroz escravidão, pois, como diziam os senhores portugueses, "escravos por escravos, era preferível que o fossem dos cristãos". Contudo, mal concluiu a vil transação, a Providência fulminou o tuxaua com a morte, na qual, readquirindo a plenitude do conhecimento, reconheceu o seu erro e aceitou o desafio de regressar a este mundo para submeter-se a novas provas, certo de que agora as venceria. Não adivinhava, porém, que a sua nova missão seria dar ânimo ao embrião que acabava de ser concebido no ventre da infeliz tapuia, sua filha, a mesma que há poucos dias ele vendera ao branco asqueroso, que, não logrando por bem os favores da jovem donzela, sem dó a estuprou. Não sabia, também, que, fruto indesejado, seria mais uma vez rejeitado pela mãe, que o abandonou à sua própria sorte, tendo ele, muito jovem, escapado de seu senhor e pai, quando este empreendia mais uma de suas humanitárias incursões de resgate, evadindo-se para a maloca dos insubmissos índios *manaus*, tornando-se braço direito do indomável Ajuricaba, que, contrariando o próprio pai, organizou a maior confederação de gentios contra brancos que se tem notícia no grande vale. Finalmente, depois de várias encarnações, aquela alma revolta havia aprendido a relevar a falta materna, mas, ao que parece concebida para sofrer, não teve paz, pois acabou transferindo todo o ódio e despeito para os brancos invasores de sua terra. É que um filetinho de consciência da opressão a que era submetido o seu povo despontara-lhe em meio à densa bruma da ignorância. E essa luzinha tênue não lhe dava sossego. Quando os portugueses, depois de sangrentas batalhas, em que flechas e bordunas bateram-se contra alabardas e mosquetões, desbarataram finalmente a heroica confederação dos manaus e prenderam o líder Ajuricaba, preferiu o fiel tapuio, à uma vida de vergonha e escravidão, jogar-se com o chefe e amigo nas profundezas das águas do grande rio, afogando consigo no abismo o seu grande mistério. Foi essa a primeira vez que aquela almazinha ainda inexperiente provou o gosto amargo do suicídio, que passaria a ocorrer frequentemente entre os de sua raça. Durante anos o espírito daquele que um dia viria a ser Silvestre Bagata definhou-se na mais completa inanição. Impressionada com as experiências de sua mais recente encarnação, a almazinha quase desiste de aprender e por pouco não se conforma com a sua não-forma. Mas, como na não-matéria também nada se cria, nada se perde e tudo se transforma, a almita foi obrigada a abandonar o estado catatônico em que se quedara e pôr-se de novo em movimento, sob pena do não-ser, mesmo não sendo, passar a ser. No fim de tais férias concedidas pela Providência, em 1820, embora a contragosto, a almazinha, ainda sob o impacto deletério do suicídio, voltou a encarnar no rebento de uma mameluca, animando o corpo de um pirralho mestiço tão peralta e fujão que, em 1835, em vez de corrigir-se dos erros de sua encarnação passada, acabou metendo-se em confusão ainda maior, ao unir-se aos negros, índios e brancos pobres, sob o comando dos irmãos Vinagre e de Eduardo Angelim, na desastrada revolução dos cabanos, a qual, irmanando num só ideal de liberdade e justiça a todos os fracos e oprimidos da Amazônia, tornou-se o terror da aristocracia portuguesa, que reagiu à revolta com uma sanha assassina jamais vista, perseguindo, prendendo, torturando e degolando milhares de infelizes, mas, por ironia do destino e desdouro da história, poupou a vida dos principais líderes do movimento, os quais, em vez de repelirem ao infame favor e imitarem o fim trágico e glorioso do indomável Ajuricaba, aceitaram a vida longa que seus algozes lhe ofertavam, em troca de um humilhante silêncio. Tal exemplo levou ao poço profundo da decepção o intrépido mestiço, o qual sucumbiu ao espectro da morte que já o atraía e, pela segunda vez, a alma do futuro Silvestre Bagata viu-se despachada do corpo que lhe servia de morada por obra de suas próprias mãos, mas, desta vez, em vez de ela ficar perambulando penada pelas cabanas e beiradões, em vez de ficar chafurdando em cuias e panelas juntamente com outras almas vagabundas, danou-se para as brenhas mais profundas, para os grotões mais selvagens, regredindo a um estágio ainda mais primitivo, pois, à falta do *homo sapiens* por perto, encarnou várias vezes em macacos mais estúpidos como o cuxiú, o barrigudo e o prego. Até que um dia veio surpreendê-lo a flecha certeira de um tapuio que o assou bem assado e comeu. A alminha desgarrada ainda continuou pulando de galho em galho por um bom tempo até que, por ordem da Providência, voltou a entrar na barriga de uma tapuia, datando-se de nove meses depois a primeira aparição de um Bagata neste mundo. E por que não antes? Porque, ao que parece, só a ignorância humana conduz a pensar que o destino é tão fatal quanto se apresenta. Há plausíveis evidências para se pensar que o surgimento de um indivíduo, de uma nação ou mesmo de uma raça não se dá por acaso, mas requer a conjuminação de complexos fatores, como a confluência de certos reflexos siderais, o alinhamento de certos astros, a temperatura de certos corpos celestes, embora, é claro, o bom humor da Providência venha sincronizar todos esses acontecimentos, pois tudo parece ter um sentido e nada parece surgir sem uma finalidade. E com os Bagata não seria diferente. Aquela alminha de origem tão fantasiosa, filha da lenda, pois ganhou corpo a primeira vez no útero de uma amazona, teve que enfrentar várias peripécias até ser vista com seriedade e estar apta a se tornar Bagata. Não foi por acaso, portanto, que a seta de um "homo sapiens" veio atingir o "homo estupiduz" nas densas brenhas em que vivia acoitado pela necessidade de isolamento com que os espíritos suicidas costumam autopunir-se. Mas, embora essa vontade atávica e inconsciente de morrer seja a marca inconfundível dos Bagata, só ela não bastaria para fazer surgir essa estirpe de homens tristes, arredios e silenciosos que até hoje se escondem como condenados nas florestas e rios do grande vale. Foi preciso que *tapuiuçus, aruaques, orianecos, mundurucus, barés, manaus, parintintins, guaxinazes, arapiuns, ariquenas, caianás, boraris, jacipuiás, cariberis, cruzaris, passês, juris, uainumás, marinhas, muras, uruerucus, jurunas, tupaius* e tantos outros povos primitivos que habitavam as margens do rio Amazonas e de seus grandes afluentes, em número tão grande de indivíduos que, admirado de deparar-se com tamanha multidão, um certo capitão português disse em 1640 que "são tantos em número que se do ar deixássemos cair uma agulha, há de dar em cabeça de índio e não no solo" —, pois foi preciso que esses povos — não todos, pois muitos deles, de tão dizimados, rapidamente deixaram de existir — abandonassem as margens dos rios e se escondessem terra a dentro, escapando nas brenhas da sanha assassina das hordas de brancos embrutecidos que assaltavam as suas malocas, pilhavam os seus pertences, estupravam e roubavam as suas mulheres e matavam a quem quer que se lhes opusesse. A alminha suicida que se escondia nos macacos achou-se novamente segura no meio de um desses povos andarilhos, fugitivos em sua própria terra. Mas por pouco tempo, pois o primeiro Bagata, numa noite sem lua, fugiu ainda mais para o centro da mata, levando consigo três mulheres, nas quais fez muitos filhos, os quais acabaram acasalando-se entre si, mas, mal nasciam os netos, o pequeno clã se desmanchava, tomando cada casal um rumo desconhecido, permanecendo com os pais apenas o filho mais velho, que recebia o encargo de cuidar deles até morrerem. Silvestre Bagata fora, por obra da Providência, um desses primogênitos. Cuidara do pai Pachico que, por sua vez, cuidara de seu pai, que também cuidara do dele, como rezava o costume.

Silvestre Bagata tinha várias síncopes por dia e em cada uma repetia-se a mesma visão que, inalteravelmente, começava pelo comichãozinho gostoso no útero da amazona e chegava, num assombroso torvelinho de lembranças, até a sua vida presente. O filho Sabá estranhava que o pai ressurgisse dos desmaios com uma sonora gargalhada. É que o velho Silvestre — mais pra lá do que pra cá, nesses lusco-fuscos que medeiam entre a vida e a morte, em que o *homo sapiens* adquire o conhecimento do passado, do presente e do por vir — divertia-se com a descoberta de que já acontecera de ele ter sido ao mesmo tempo o pai, o filho e até por vezes o neto e o bisneto, o que lhe dava um trabalho dos diabos, pois, enquanto dormia, tinha de ir, numa só noite, a diversos tapiris, onde outrora viveram os donos da mesma alma, distantes dias e dias um do outro, para comer os restos de comida das panelas e beber a tiborna das cuias. Fazia tal esforço em respeito aos antepassados, cuja memória ficaria desmoralizada se, depois de mortos, não voltassem para beber tiborna, embora já soubesse que um dia as almas enlouqueceriam sedentas, pois as novas gerações, viciadas em cachaça, não mais saberiam fazer a tiborna, e, como a cachaça é cara, também não a desperdiçariam com as almas. E o que seria dele, Silvestre Bagata, sem cachaça? Cachaça faz rir, dá um troço engraçado, faz falar bonito, toca tambor no ouvido, dá coragem e a gente fica invisível, podendo até cair por aí, e se mijar, e cagar, ficar nu, se peidar de rir, arrotar, xingar e até matar um branco, sem mais precisar fugir, pois quem se incomoda com um caboclo bêbado, quem lhe dá ouvido? Assim, pois, Silvestre Bagata, quando voltava dessas longas viagens, falava e fazia coisas estranhas, que deixavam Sabá muito vexado. Onde já se viu chamar o forasteiro, tão bom e amigo, de bandido? Onde já se viu cuspir em sua direção, praguejando-o? Além disso, o moribundo, em seus impropérios, deu para chamar o forasteiro de Maciel, como se o conhecesse de longa data.

— Maciel, filho duma porca, assassino de índios, comedor de criança, eu sei quem tu és. Maciel, filho duma piranha, eu vou mas volto pra te foder...

Achando que o velho ficara completamente lelé, todos resolveram ignorar-lhe a ranzinzice; todos, menos o forasteiro, que, embora disfarçasse, sentia enorme antipatia pelo valetudinário. Não saberia dizer porque, mas o pequeno corpo cadavérico do tapuio diante de seus olhos não era apenas um daqueles trapos humanos que ele se acostumara a chutar do seu caminho; não, ele, homem que já enfrentara muitos inimigos, agora se achava até ridículo deixando-se impressionar pelas palavras imbecis de um caboclo velho. Mas a verdade é que o forasteiro tremia quando o velho o insultava e o chamava de Maciel. Por isso, dessa vez, não se demorou no porto dos Bagata.

Depois que o forasteiro se foi, o velho, no derradeiro instante de lucidez, ciciou no ouvido do filho:

— Toma cuidado com o Maciel, ele já matou muita gente e veio aqui me buscar.

Logo em seguida, o velho expirou e foi enterrado na curva do rio, mas as suas enigmáticas palavras ficaram por muito tempo ecoando no ouvido de Sabá, trazendo-lhe à lembrança as palavras não menos estranhas do vô Pachico: "Um dia o dragão vai subir o Maró para devorar os que vivem na terra". Qual o significado destas terríveis palavras? Ele não sabia, pois era muito jovem e ainda não possuía o poder da vidência. E, nem que voasse nas asas etéreas de dez mil garrafas de cachaça, não compreenderia que a alma daquele forasteiro, há trezentos anos, pertencera ao já referido facínora caçador de índios Bento Maciel Parente, o qual, por sinal, ao estuprar a infeliz índia que lhe fora entregue pelo velho tuxaua degenerado, seu próprio pai, também tornou-se desgraçadamente um dos seus antepassados, numa relação conflitiva, de amor e ódio, que marcaria através dos séculos a convivência entre o branco europeu e o vermelho nativo.

As Duas Histórias

Quando o forasteiro voltava de suas longas e demoradas viagens pelos sertões mais ínvios e rios mais longínquos, trazendo o batelão carregado de produtos da floresta, os quais, como se sabe, o comerciante tomava dos simplórios caboclos a troco de bugigangas, a primeira coisa que fazia, depois de convertê-los em dinheiro, era comparecer à igreja matriz de sua cidade e entregar ao pároco dez por cento de tudo quanto Deus lhe permitira ganhar nos negócios, visando obter com isso a condescendência do prelado e, quiçá, o perdão de Nossa Senhora da Conceição, padroeira da cidade, pelos seus muitos e feiosos pecados. Fazia questão, nessas ocasiões, de atravessar a praça da matriz bem devagar, exibindo, como mandava o figurino, a indumentária desenxabida e a sua bela família — uma esposa recatada e caridosa, ainda bem apetecível, embora a exagerada devoção à Nossa Senhora tivesse-a deixado murcha e insípida como uma fruta arrancada prematuramente do galho, e, escanchada ao colo do pai, branquinha e ruiva como uma boneca, uma graciosa menina, a única filha que a mulher lhe pudera dar, posto que, após o primeiro parto, ficara para sempre estéril, fato que aborrecia secretamente o impetuoso varão, que não se resignava à ideia de não ter um filho que mantivesse viva a sua tão nobre e prezada estirpe, pois, segundo pensava, tirante a ignara ralé, que não conhecia a História, ninguém em Santa Irene haveria de negar-lhe a importante origem. Com efeito, pertencia o nosso personagem a uma das mais ricas e tradicionais famílias portuguesas da Amazônia — os Barbosa, senhores de baraço e cutelo, donos de muitas terras e de muitos escravos, cujos descendentes, em 1822, dobrando-se ao peso de inexoráveis acontecimentos, aceitaram a independência do Brasil do jugo de Portugal e, mais que isso, tornaram-se ardorosos brasileiros, tão extremadamente ardorosos que até pareciam ser mais brasileiros que os verdadeiros brasileiros, o que se explica pelo fato de que eles, os portugueses, em sua nova pátria, sob a proteção do Império, continuaram sendo por muito tempo os únicos senhores, donos de todos os privilégios. Assim era que Estefano Alves Barbosa — esse é o nome do tal forasteiro — toda vez que chegava de suas viagens, quedava-se admirando com infinito orgulho a antiga gravura pendurada na parede da ampla sala de sua casa, onde se via a figura de seu bisavô, o Barão de Santa Irene, cujo título, segundo consta dos anais, fora-lhe conferido pelo Imperador D. Pedro II, em 1843, como prêmio à sua inconteste bravura na defesa da pátria há pouco sacudida por hordas bárbaras de negros fujões, índios atrevidos e alguns brancos degenerados, rebotalhos do gênero humano, que, com lábios sanguissedentos de vingança e olhos chispando de ódio aos seus antigos senhores, invadiam, saqueavam e violentavam os dignos lares das famílias paraenses, espalhando terror-pânico e ameaçando instaurar o reino da mais completa anarquia. Mas, de dentro da esmaecida gravura, o bravo Barão de Santa Irene certamente não poderia sentir o mesmo orgulho do bisneto, o qual, tendo recebido do pai, próspero *coronel de barranco*,[1] dono de muitos seringais, uma inestimável herança em terras, imóveis, dinheiro e, acima de tudo, o honrado nome da família, bens esses a muito esforço conquistados, não soube zelar por tal patrimônio nem ampliá-lo, como fizeram todos os seus antepassados. Embora trouxesse na máxima conta a força de vontade, a pertinácia no trabalho, a sagacidade para farejar

1 Homem enriquecido com negócios relativos aos rios da Amazônia.

grandes negócios, a bravura e a honestidade que julgava serem a marca de sua estirpe, Estefano, ao que parece, não herdou nenhuma dessas preciosas virtudes; ao contrário, não era muito dado ao trabalho, nem firme de vontade, e não raro se revelava covarde, e, como o leitor já teve oportunidade de reparar, o nosso personagem era muito desonesto. Quanto ao faro para grandes negócios, basta dizer que, tendo falecido o pai e partilhada a herança entre ele e Alzira, sua única irmã, em apenas três anos conseguira dilapidar a maior parte do seu quinhão, vendendo terras para comprar bois, bois para comprar terras, por fim bois e terras para comprar uma fábrica de gelo (!), onde congelou uma cifra enorme de dinheiro que rapidamente derreteu e evaporou. Quando deu por si, descobriu que da volumosa herança quase só lhe restava o nome de família, e nem mesmo este, porém, soube manter por muito tempo, pois, estribado no prestígio secular da família, não resistiu à tentação de pedir empréstimos a homens de bem, obrigações essas jamais honradas, razão por que o seu nobre nome rapidamente se depreciou na consideração pública, não lhe restando outro modo de ganhar a vida senão, reunindo o restolho das economias e vencendo a repugnância, subir rios e igarapés a fim de negociar com reles caboclos, com quem agora se via obrigado a promiscuir-se na vida sacrificada e vil de simples carcamano. Para um bisneto de Barão, despencar ao nível da ralé, ter de acotovelar-se com ela, era um duro golpe, ainda mais que a única coisa que ele herdou da família e sempre cultivou foi o asco e o desprezo por índios, negros e pobres de qualquer cor, uma gentalha, segundo pensava, feita por Deus bem abaixo dos humanos e um pouquinho acima dos cães, cuja única finalidade era servir a homens brancos e dignos como ele. Esse ódio a tais "raças inferiores" fora nutrido por histórias terríveis narradas pelos pais e pelas mucamas, ou escritas em velhos recortes de jornais, ou ainda constantes da poeirenta papelada da família, que ele guardava com carinho e, vez ou outra, com um prazer doentio, relia.

Num desses recortes, consta o seguinte relato:

"Amazonas abaixo, a quarenta milhas, pouco mais ou menos, distante de Santa Irene, em 1851, alvejava em fundo verde de bananeiras e cacauais, aqui e ali pontilhada de coqueiros e árvores frondosas, debruçada à margem esquerda do estuante rio-mar, a fazenda Cacaual Grande, antiga propriedade senhorial do Dr. José Coelho Barbosa, filho do ilustre Barão de Santa Irene, onde desenrolou-se uma lamentável tragédia."

"Como em todas as fazendas e engenhos da época, lá também havia escravos, esses desgraçados seres, sempre cabisbaixos, traiçoeiros e dissimulados, cheios de ódio aos seus benfeitores, degenerados e sempre curvados, fedorentos debaixo da soalheira ardente e muito fujões, indignos de confiança e mui dignos da vergasta, que só entendem o sibilar do chicote dos seus senhores. Aí, entre os escravos, havia, então, um velho africano, de uns sessenta anos, indivíduo tão musculento e de avantajada estatura quão vadio e larápio, conhecido como Pai Antonio, o qual, numa dessas tardes de tempo excelente para o trabalho, ao ser despertado pelas chicotadas do seu bondoso senhor, lançou mão de uma ponta de terçado ferrugento e, sem grande esforço, desferiu certeiro golpe em seu amo e benfeitor, Dr. José Coelho Barbosa, filho, repita-se, do insigne Barão de Santa Irene, matando-o instantaneamente". O jornal ainda informa que Pai Antonio foi levado perante um júri inteiramente composto de senhores de escravos que unanimemente o condenou à pena capital de enforcamento em praça pública. Assim teria morrido o Dr. José Coelho Barbosa, avô do nosso personagem.

Um outro caso atiçava o seu ódio aos negros. Consta que a sua bisavó, Ana Beatriz Coelho Barbosa, mulher do já referido Barão, ao falecer, deu, por disposição testamentária, carta de alforria a um negro de nome Janjão, que mais a ajudava na fazenda. Acontece que, dias depois, os herdeiros da baronesa, entre estes o avô de Estefano, promoveram processo judicial para anular a disposição do testamento que daria liberdade ao escravo, alegando que "na mesma noite do óbito, enquanto os parentes choravam a morte, em solene e compungido velório, o negro refestelado na rede, no seu barraco ao lado, tocava cavaquinho e cantava alegres modinhas". E assim teria sido toda a noite. O preto não cabia em si de alegria e disso dava evidente demonstração no repenicado do seu instrumento. Isso — diziam os herdeiros querelantes — demonstrava a falta de sentimento e de gratidão do bruto para com aquela que ao expirar lhe prometia a alforria. Mas, o que mais açulava a ira de Estefano era o fato de o juiz, certamente um branco já contaminado pelas sedutoras ideias liberais, ter indeferido o requerimento dos herdeiros, motivando a sua decisão com as seguintes palavras: "A alegria do mancípio não é um desrespeito à morta, mas apenas a manifestação de júbilo que sentia por se ter tornado um homem livre. Chorava, por dentro, a morte de sua ex-senhora, mas externava nas cordas do cavaco o seu amor à Liberdade". E, num arroubo poético, concluíra o lépido e saltitante magistrado: "Em verdade, haverá alguma cousa ou recompensa que pague ou substitua o gozo de serlivre? Tão livre quanto as aves do céu? Ai, quem me dera, minha mãe, ter asas para voar... voar!..." Mas, uma outra tragédia, que teve como pivô um tio-avô de Estefano, de nome Juca Barbosa, marcara fundo a história daquela família.

Conta um cronista local que, possuindo regular fortuna, entre sítios de cacau, escravos e prédios, o Sr. Juca era homem respeitado e benquisto na vila de Santa Irene. Casado com senhora que, segundo voz do povo, para ser santa só lhe faltava um altar, não tivera filhos do consórcio, mas, dizia ainda a voz do povo, muito molecote e cabrochinha brancarana, rebento de escravas negras ou índias, podiam, com razoáveis argumentos, chamá-lo de pai... Também era certo que a todos protegia dentro da sua rígida moral para uso interno e de acordo com os preceitos da religião e do bom nome da família.

Certa noite alguém teria batido à porta da casa do Sr. Juca, vindo atender dona Sinhá, sua esposa. Não encontrou ninguém, mas dentro de um balainho de palha, na soleira da porta, algo se mexia e grunhia. Era uma criança, uma menina roxinha que parecia ter vindo àquela hora ao mundo.

Compadecida, dona Sinhá recolheu a garotinha e quando o marido chegou comunicou-lhe o fato pedindo sua opinião sobre o que fazer da enjeitada.

Apanhado na curva, Sr. Juca desconcertou e engrolou algumas objurgatórias não muito sinceras contra as malvadas que abandonavam os filhos, e terminou opinando que deviam criar a menina. Já que não tinham filhos, Deus lhe enviara aquela. Isso mesmo estava querendo dona Sinhá, e a criança ficou.

Criada com mimo e carinho verdadeiramente maternais, Florinda — assim fora batizada — foi crescendo, desenvolvendo-se com rapidez. Aos treze anos, era clara e bonita caboclinha e, aos dezesseis, já a rapaziada da vila andava às turras por aquele pedaço de diabinho que, entretanto, não dava trela, pois desde cedo se tomara de amores por um escravo, mulato, forte e desempenado, que trabalhava em uma das fazendas de cacau de Sr. Juca.

Florinda, tratada como se fora a filha dos senhores, recebera o "Nhá" das meninas da família. Todos, escravos ou não, chamavam-na Nhá Fuluca, e era respeitada e obedecida como a segunda pessoa na administração da casa. Era a mão direita de "dindinha" Sinhá, que nela depositava a maior confiança. Para o Sr. Juca a afilhada era tudo. Tinha para ela atenções e carinhos que talvez não dispensara a uma filha. Joias, vestidos, presentes de toda sorte enchiam os baús de Florinda. Era a senhora e quase dona de tudo e de todos. Vaidosa e semostradeira, nas missas de domingo exibia joias caras e vestuários de seda e veludo, ao lado de dona Sinhá e de Sr. Juca.

Mas naquela linda cabecinha de mechas lisas e negras morava uma insidiosa serpente que ainda não acordara.

O escravo, namorado de Nhá Fuluca, sob as suspeitas do Sr. Juca, fora vendido a outro senhor. A cólera da mameluca não explodiu, mas reconcentrou-se, feroz, a referver revides.

O cronista, nessas alturas, informa que, por essa época, rebentou a revolta popular da Cabanagem, a qual influiria decisivamente no desfecho da tragédia. A partir de Belém, capital da província, o ódio represado durante três séculos de feroz dominação portuguesa extravasou das cabanas e das tabas e, infiltrando-se pelos rios e florestas do grande vale, alcançou a pacata Santa Irene, cuja história já em si é um monumento à injustiça e à infâmia, pois, alguns séculos antes do Brasil, antes do primeiro europeu abelhudo beber das águas do grande rio, nem os bisavós de Pedro Álvares Cabral ainda eram nascidos, ali, onde hoje se encontra Santa Irene, havia apenas um rio de águas verde-negras que corria, sereno, para dentro do outro, imenso, de águas amarelo-barrentas, ambos ainda sem nome. Um ainda não era o famoso rio das Amazonas, nem mesmo o Paráuaçu... E o outro ainda não se chamava Tapajós, nem sequer Paraná-pixuna... Mas nas praias deste maravilhoso rio já vivia um povo feliz, que extraía da terra o milho, os frutos e a caça, e do rio o peixe abundante e a água pura e cristalina; viviam nus e sem pecado, banhando-se no rio, rolando pelas praias, cada homem podendo ter muitas mulheres e cada mulher muitos homens, e os velhos e as crianças eram respeitados, até o fatídico dia que o espanhol Francisco de

Orellana descobriu o Amazonas, espalhando o terror por onde passava. Depois dele vieram os brutos e arrogantes portugueses, e aquele povo nunca mais teve paz. As malocas foram invadidas, as plantações pilhadas, seus cultos perseguidos, os monhangaripes profanados, suas mulheres violentadas, e os que não morreram ou foram escravizados tiveram de fugir para as brenhas. Do conúbio indesejado entre brancos e índios nasceu essa figura triste e humilhada do caboclo paraense, cabisbaixo e inferiorizado, a servir na gleba dos senhores ou a encafuar-se em sua humilde cabana na beirada de algum rio distante, a fermentar ressentimentos e ruminar recalques. Sonhando com a justiça, estas criaturas simples e ingênuas lutaram pela independência do Brasil e por ela muitos foram sacrificados, mas qual não lhes foi a decepção ao perceberem que tal independência, a duras penas conquistada, serviu apenas aos portugueses do Brasil, os seus antigos senhores, enquanto eles, os brasileiros, continuaram párias em sua própria terra. Agora estes desgraçados levantavam-se, acompanhados de todos os deserdados da terra, rilhando terrivelmente os dentes num cego clamor de vingança. Os negros escravizados e os que já haviam fugido para os mocambos, em sua ânsia de liberdade, trazendo ainda as marcas do azorrague pelo corpo, não vendo a hora de porem as mãos no pescoço dos seus senhores, acorriam de todos os lados, desordenadamente, às fileiras cabanas. Tribos inteiras de índios saíam das brenhas para vingarem o sangue derramado de seus antepassados.

Antes dos cabanos, porém, quase sempre chegavam às vilas e vilarejos os seus emissários secretos, hábeis em arquitetar boatos e lançar a discórdia entre os crédulos habitantes do interior. Diziam terem sido testemunhas oculares de bárbaros crimes, atrocidades inauditas e carnificinas espetaculares que praticavam os cabanos contra os que não rezassem pela sua cartilha. Daí que, a par das simpatias, contavam também com o pavor que empolgava as populações ribeirinhas, o medo irreprimível de ser contra os cabanos!... Era preferível e mais garantido ficar ao lado dos sediciosos, por que, dos legais, pensavam, nada havia a temer.

E Santa Irene não escapou desse pesadelo. No centro da vila proliferaram vários núcleos de cabanófilos que se infiltraram pela força armada, pela mocidade, pelas famílias, pelo povo. Conta o cronista que o tal namorado da caboclinha, vendido a outro senhor, havia fugido deste e ingressado nas hostes cabanas e, tendo demonstrado valentia e inteligência, fora designado para agir subterraneamente dentro da vila, preparando a entrada de sua gente quando fosse a ocasião. Aproveitando bem as caladas das noites, o mulato fizera serviço digno de bom estrategista. Embora não contasse com o centro da localidade, povoado pelos portugueses, era seu o bairro chamado de Aldeia, onde ainda viviam muitos índios e seus descendentes, com os quais esperava reforçar as fileiras cabanas no momento da invasão. Conseguira entrevistas noturnas com Nhá Fuluca, pelos fundos do casarão, pois esta, sendo cria da família, conhecia-a em todos os seus recantos.

E a filha de criação de Sr. Juca e de dona Sinhá, a Florinda dos bonitos olhos e pele acetinada, aderira aos planos do namorado: tornara-se cabana!

Quando atroou na vila o alarmante boato da aproximação dos verdadeiros cabanos, que estariam subindo o rio Amazonas vindos de Belém, foi um Deus que nos acuda. Muitos portugueses, sobretudo comerciantes que possuíam embarcações à vela, embarcaram suas famílias e haveres, escravos e o que fosse possível levar de mercadorias e afastaram-se para o interior e para localidades ainda em poder dos legalistas, havendo também quem preferisse enterrar as joias e objetos de valor no fundo dos quintais ou sob o piso das casas, esperando recuperá-los mais tarde, quando findasse a guerra civil; ainda hoje procuram-se tais tesouros. Outros, menos apetrechados, fugiram em pequenas canoas e mesmo a pé, pelos matos e campinas, para abrigos que julgavam isentos de penetração revolucionária. Outros, por não terem aonde ir ou por covardia, embora antipatizando com a Cabanagem, esperaram os acontecimentos ou acabaram virando a casaca, fingindo-se amigos dos cabanos. Consta que, no domingo seguinte, alguns dos principais da terra foram à missa das oito com suas famílias vestindo a roupagem dos sediciosos. Senhores, senhoras, moços, crianças, mucamas, fâmulos, escravos, todos na indumentária marrom, tingida na casca do muruci.

Mas Juca Barbosa, português da gema, não fez uma coisa nem outra. Não obstante conselhos de amigos e rogos da esposa, não quisera deixar a casa.

— Que posso temer dos cabanos? — dizia ele. — Toda gente me conhece. Nunca fiz mal a ninguém e espero que também ninguém me maltrate...

Nhá Fuluca era da opinião do padrinho:

— Por que recear esses homens? Eles não fariam nada de mal...

Quando, porém, os cabanos chegaram e iniciaram a matança de portugueses e não portugueses, desde que assim o decidissem, dona Sinhá, alarmada e com maus pressentimentos, conseguiu ocultar o marido no pequeno e raso porão da casa, cobrindo a entrada do alçapão com uma esteira de tala, sobre a qual se sentaram várias negrinhas a fazer rendas de bilros e almofadas.

Não tardou que os sediciosos, sob o comando do namorado de Nhá Fuluca, invadissem a casa a perguntar por Sr. Juca.

— Está pro sítio! — disse dona Sinhá apavorada a debulhar o terço, enquanto as negrinhas tremiam de medo, paralisando a dança dos bilros.

Não acreditaram e fizeram pesquisas. Rebentaram caixas, baús, armários... Revistaram todos os recantos do prédio e nada do Sr. Juca!...

Quando já se preparavam para a retirada, Nhá Fuluca, por trás da madrinha, fez-lhes sinal que procurassem sob o tupé de talas onde estavam as rendeiras. Imediatamente jogaram a trampescos as molecas e suas almofadas; levantaram a esteira e abriram o alçapão pela boca do qual surgiu Sr. Juca, rindo amarelo e conciliador, tentando talvez apaziguar as feras. No mesmo instante caiu sob golpes de terçados e foi arrastado pela rua afora até o largo do pelourinho, onde acabou de expirar aos pés do cruzeiro. Dona Sinhá desmaiara e desse delíquio só saiu para a cama de onde não mais se levantou, morrendo dias depois.

A malta, composta em geral de indivíduos da ínfima classe social, sem educação nem disciplina, arrastada unicamente pelo instinto de vingança, viera ajustar as contas com três séculos de injustiças e humilhações. Sem estremecer diante dos maiores crimes, espalharam-se em grupos armados que assaltaram povoações, fazendas, sítios, matando, devastando, saqueando, pilhando tudo o que encontravam pela frente, sem rédea nem freio; nem mesmo os chefes mais ajuizados tinham já a força moral para contê-los. E o terror se abateu sobre a desditosa vila durante três dias e três noites, deixando um saldo de trinta e seis pessoas trucidadas e mais de trezentas vítimas de espancamentos e mutilações, que recaíram na maior parte sobre velhos lusitanos, há muito ali radicados com vastíssima prole; mas também não escaparam escravos, fâmulos, serviçais e quaisquer puxa-sacos que permanecessem ao lado dos portugueses.

Após a partida dos assassinos — é esse o tratamento que o cronista emprega aos cabanos — consta que Nhá Fuluca correra ao quarto, arrumara suas joias e vestidos e arribara com os sediciosos, ou antes, com o seu namorado, que na mesma noite tornou-se seu amante.

Entrementes, segundo boatos que chegavam a Santa Irene, os cabanos na capital teriam sido bloqueados pela expedição do brigadeiro Soares Andréa e passavam um mau bocado, faltando-lhes víveres e munição, grassando a indisciplina e desordem entre a soldadesca exausta e faminta, que já não acatava ordens nem mesmo do seu chefe maior, Eduardo Angelim, e começavam a desertar em massa, temendo a prestes derrota e os consequentes castigos pelos crimes praticados. Tais boatos confirmaram-se pela passagem, rio acima, de vários chefes cabanos que fugiam diante das expedições dos legais, sendo voz corrente que o próprio Angelim escapara da capital e encontrava-se foragido.

Quando, dias depois, a horda cabana, temendo um contra-ataque das forças legais, que parecia iminente, deixou a vila de Santa Irene e refugiou-se nos campos e matas vizinhas, Nhá Fuluca seguiu o seu desgraçado roteiro. Mas, dentro de pouco tempo, o seu amante morria aos golpes misteriosos de algum rival pretendente aos encantos da irresistível mameluca. E a infeliz passou a rolar de rede em rede, de uns braços para outros braços de chefes e subchefes cabanos, sendo o pivô de rixas e até mortes entre eles.

Meses depois, quando voltou à sua terra natal, doente e desfigurada, maltrapilha e sem recursos, com a virgindade e a vergonha perdidas, Fuluca já não tinha o "Nhá" que outrora tanto a envaidecia; era agora simplesmente Fuluca, uma pobre mameluca que derrapou pelos despenhadeiros da miséria e do destino.

O cronista, talvez por desconhecimento do fato ou por falso moralismo, não informou que só muitos anos depois de findar a guerra civil — quando a provocante mameluquinha já não era a "Nhá" nem simplesmente "Fuluca", mas a "Madame" Fuluca, a irreverente proprietária do primeiro bordel digno desse nome que se tem notícia em Santa Irene — só então ela soube que o infelicitado padrinho Juca, que com tanto dengo a criara, era na verdade o seu pai!

O comerciante Estefano Alves Barbosa veio a saber desse detalhe também muito tempo depois, quando, ao chegar de uma das suas longas e demoradas viagens pelo interior, depois de ir com a querida família à missa entregar o dízimo à Santa, enfiou-se noites a fio no bordel de Madame Florinda, cabocla tão formosa e sensual quanto o fora Madame Fuluca, sua avó, de quem herdara não só o nome como a profissão. Pois D. Etelvina, mulher discreta e devota como convinha a um homem honrado, era talvez por isso mesmo também muito insossa, o que aliás não desagradava de todo o comerciante, que a queria como esposa exemplar e mãe denodada, destinando à cabocla Florinda as funções menos nobres porém fundamentais como esvaziar-lhe os escrotos e satisfazer-lhe a lascívia. Censurado pelo padre e pela moral, mas absolvido pelo costume, Estefano passava horas deliciosas e despreocupadas com Florinda, a sua "puta Fuluca", como ele tinha o prazer de chamá-la, quando, sobre ela na cama, subjugava-a num misto de cólera impotente e gozo profundo. O ódio que sentia pelos de cor, o preconceito inoculado de geração a geração ferviam-lhe no sangue, dando-lhe ímpetos de esganar, amordaçar e estrangular aquela cabocla de pele doce e morena, lábios carnudos, olhos aveludados, xibiu lacrimejante cheirando a patchuli. E era o que fazia, segurando-a pelos pulsos, sufocando-lhe a respiração, retorcia-lhe a espinha quase a ponto de parti-la, enquanto ele, o "senhor" absoluto, usava e abusava dela como de uma coisa. Mas, em vez de magoada, a intrigante cabocla retribuía com mil dengos aos maus-tratos da fera, exasperando-lhe ainda mais a volúpia, que alcançou alturas estratosféricas depois que Florinda, num doce interregno de uma dessas noites loucas de amor, sussurrou-lhe ao ouvido a história completa de vó Fuluca e Juca Barbosa. "Então tio Juca era pai da traiçoeira mameluca?". O sangue nobre de sua família extraviara-se nas veias de uma cabocla. A partir desse dia, os dois tiveram momentos deveras divinos. A violência adquirira um sentido. O hereditário ressentimento de raça que borbulhava secularmente como lavas de um vulcão irrompia pelo quarto. Estefano, com os olhos semicerrados, segurava-a pelos pulsos e penetrava-a a socos, enquanto grunhia: — Sua puta, neta de cabana, índia duma figa, eu te fodo! Florinda arquejava: — Se és macho, me rasga, branco de merda, desgraçado!

Nos primeiros tempos, quando ele voltava para casa, tinha três dissabores: encarar os olhos tristes e resignados da mulher, os vítreos e inquisidores da Santinha no pequeno altar da sala e, por fim, os amarelecidos mas severos do Barão a reprová-lo do alto da velha gravura na parede. Com o tempo, porém, removeu o problema da seguinte forma: acostumou-se aos da mulher, aplacou os da Santa ofertando-lhe o dízimo; quanto ao Barão, um dia disse-lhe alto: — Não adianta me olhar desse jeito, seu velhaco; pois sei que tiveste um harém só de crioulas, não foi? O velho desconversou e no outro dia pareceu-lhe mais simpático.

Pois a biografia oficial do bravo Barão de Santa Irene, escrevinhada por um daqueles ufanistas filhos da terra, repleta de valentia e heroísmo, apresenta, no entanto, alguns pontos obscuros, para não dizer suspeitos, que urge esclarecer. Consta que nos dias ominosos da Cabanagem, viúvo já de dona Ana Beatriz, com quem tivera belos filhos e uma vida de dedicação e lealdade, e revoltado com o bárbaro fim do irmão Juca Barbosa, trucidado pelas mãos sujas dos bandidos cabanos, Teobaldo Leôncio Barbosa, futuro Barão de Santa Irene, que então não passava de um honrado e pacífico senhor português, tomou-se de incontrolável amor pela pátria brasileira ameaçada pelo "vandalismo e pela anarquia", e, em vez de escafeder-se por rios e matas, como fizeram muitos dos seus compatriotas, arregimentou forças entre homens livres, fâmulos e os poucos escravos que continuavam leais, dando imediato combate aos amotinados, vindo porém a cair sob o poder do vil inimigo, o qual, depois da violenta razia sobre a vila, temeroso de um ataque das forças legais, retirou-se taticamente para as matas e campos vizinhos, levando consigo o intrépido prisioneiro. Quando, cinco meses depois, reforçados pela adesão de muitos índios e negros fugidos de seus senhores, os cabanos voltaram para retomar o povoado, o infeliz prisioneiro, que suportara cinco meses de humilhações e maus-tratos e por pouco não fora morto pelos bárbaros, mas que, apesar de tudo, em nenhum momento perdera a fé em Deus e na pátria, conseguiu num lance de sorte e audácia escapar dos seus algozes e unir-se às tropas leais ao governo, recebendo o posto de "coronel", realizando então as memoráveis façanhas com as quais conquistou a glória e o baronato. Segundo relato histórico que muito compraz a Estefano, "Não fosse o nobre e valente coronel Teobaldo Leôncio Barbosa, que por um milagre da Imaculada Conceição escapou das mãos dos facínoras marrons, de quem ficou prisioneiro durante cinco longos meses, não fosse esse valoroso patriota por isso mesmo conhecer-lhes os diabólicos planos e propósitos perversos, com o que pôde ele mesmo comandar a surtida certeira contra o insidioso inimigo dos brasileiros, não fosse ele talvez todos nós não tivéssemos existido, posto que muitos de nossos queridos pais teriam, antes de nascermos, sucumbido à sanha assassina da escória sanguissedenta e embrutecida". Consta que "os índios e os negros atuaram como se fossem inspirados por diabólico fanatismo, pois não tinham armas, exceto de madeira, bastões, bordunas, arcos e flechas, uma vez que a pólvora e o chumbo há muito tinham se acabado, mas com estas armas grosseiras vieram por matas e campos atacar a vila. O ataque teve lugar ao amanhecer. As sentinelas foram mortas ou fugiram e enxames de índios e negros pularam as paliçadas e desceram em tropel pela rua principal. Mas logo veio a seu encontro força grande e bem armada, já sob o sábio comando do coronel Teobaldo Leôncio Barbosa, que tomou posição nas casas e atrás dos muros, e os selvagens foram mortos às centenas. Só quando as ruas ficaram atravancadas de cadáveres é que o resto voltou as costas e fugiu."

Esta é a história oficial, cheia de bravura, retocada e nobre, contada pelos vencedores. Mas há outra, repleta de covardia e infâmia, fora dos anais, mas também digna de ser contada. Madame Florinda, dona do bordel mais badalado do Baixo-Amazonas, filha de puta e neta de Vó Fuluca, que antes de ser Fuluca foi "Nhá" e depois de ter sido cabana virou "Madame" Fuluca, nada mais nada menos que a primeira prostituta a assumir abertamente em Santa Irene a mais antiga e nobre profissão, Madame Florinda conhecia muito bem essa história. Certa vez, já bem velhinha, Vó Fuluca contou-lhe que o padrinho Juca Barbosa, na verdade seu pai, tinha um irmão de nome Teobaldo Leôncio Barbosa, senhor muito mau que mesmo em vida da esposa Ana Beatriz era dado a se servir das escravas, maltratando ou vendendo as que resistiam. Quando a senhora faleceu, o marido andava enrabichado pela jovem e fogosa negra Zezé, a qual, embora se submetesse à lascívia do amo, tinha sonhos de liberdade, pois era filha de Domingos Pixuna, um negro fujão que ao estourar a Cabanagem foi-se com os rebeldes. De noite, corujas passaram a cantar, macacos assobiavam e dentes brancos moviam-se como vaga-lumes na escuridão da fazenda, situada nos arredores da vila. Teobaldo temia os escravos e receava dos serviçais; até mesmo Zezé já não lhe parecia fiel. Foi quando explodiu a rebelião com centenas de mortes e espancamentos, inclusive a trágica morte de Juca, seu irmão. Ao contrário do que se pensa, Teobaldo, temendo ser a próxima vítima, em vez de resistir bravamente aos sediciosos, liberou seus escravos para seguirem aos cabanos e ele próprio, tomando a precaução de se fazer acompanhar por Zezé, cujo pai Domingos Pixuna tornara-se, segundo ela, braço direito do caboclo Troncho, chefe dos amotinados, foi ter com estes em seu esconderijo nas matas, não como alguém que se rende, mas para se incorporar aos rebeldes, colocando à sua disposição todos o seus bens, pois o pavor que sentia daquela gentalha de cor era mais forte que a sua repugnância. Mas nem a companhia de Zezé, filha de Domingos Pixuna, tranquilizou completamente os cabanos. Era-lhes difícil conceber que um senhor de escravos, homem perverso, que até há pouco se comprazia em açoitar seus escravos e violentar suas negras, de repente descesse do pedestal do seu orgulho de classe para misturar-se com aqueles que sempre explorou e humilhou, ainda mais quando acabava de ter um irmão por eles eliminado. O primeiro impulso do Troncho foi cortar a orelha de Teobaldo, pois que ele próprio não tinha orelhas. Perdera-as anos atrás ao ser flagrado roubando gado de um senhor, apanhando uma surra de relho dos escravos da fazenda, que também lhe cortaram a parte superior das orelhas, ganhando desde então o apelido de "Troncho", embora procurasse disfarçar o defeito deixando crescer longa cabeleira. Ao romper a Cabanagem, incorporou-se como chefe a um grupo de sediciosos e especializou-se em cortar orelhas de negros escravos, quando não os matava como paga pela operação que lhe haviam feito. Nhá Fuluca, que se unira ao namorado cabano, teve oportunidade de testemunhar Teobaldo ajoelhando-se aos pés de Troncho implorando-lhe clemência. O caboclo iria sangrá-lo não fosse a interferência de Domingos Pixuna e outros chefes, que viam mais proveito em mantê-lo vivo. Durante alguns dias Teobaldo foi serviçal e capacho, realizando tarefas mesquinhas como lavar pratos e roupas, inclusive das mulheres, para troça e gáudio de negros e índios, muitos deles seus ex-escravos, que assim vingavam-se dos antigos maus-tratos e punham à prova a sinceridade do antigo amo. Sentindo a vida por um fio, Teobaldo comportou-se de forma tão reta e morigerada, a tudo se submetendo sem nenhum gemido, que muitos chefes, inclusive Troncho, convenceram-se de sua lealdade. Além do mais, concordara de bom grado que os cabanos se alimentassem do seu gado. Assim, aos poucos, foi conquistando o seu espaço, desincumbindo-se a contento de tarefas bem arriscadas, como espionar a vila e capturar portugueses, os quais tratava asperamente, trazendo-os amarrados ao acampamento. Cresceram-lhe as responsabilidades e também as regalias como ser o amante inconteste da cobiçada Zezé e fazer parte do pequeno círculo dos chefes cabanos. Foi aí que, superada a covardia inicial e recobrada a petulância típica dos Barbosa, Teobaldo urdiu o plano macabro com que conquistaria a glória e o baronato. Numa de suas incursões noturnas à vila, soube que numerosa tropa legal chegara há pouco da capital, onde os cabanos haviam sido derrotados. Voltando ao acampamento, porém, conseguiu convencer os chefes, inclusive Troncho, de que era a melhor hora para atacar, pois os poucos soldados legais que resguardavam a vila teriam sido requisitados pelo general Andréa para engrossarem o cerco à capital, onde Eduardo Angelim e seus valorosos cabanos ainda resistiam heroicamente. Marcaram a invasão para o dia seguinte, tempo suficiente para Teobaldo completar o seu plano. Aproveitando-se da excitação que agitava o acampamento, soltou um dos portugueses que fizera prisioneiro, incumbindo-o de avisar o chefe da guarnição legal de que haveria um ataque rebelde no dia seguinte, informando-lhe por onde os rebeldes iriam passar. Ao mesmo tempo, deu a conhecer a um grupo de negros e índios dos mais indisciplinados que no sótão do casarão da sua fazenda estavam escondidas muitas garrafas de aguardente, obtendo o resultado esperado. Os tapuios saíram de tardinha sorrateiramente do acampamento e, já bem embriagados, regressaram à boca da noite com a bendita cachaça. Com pouco, todo o acampamento caíra na algazarra. Em vez de descansarem para o embate do dia seguinte, todos, inclusive Troncho, passaram a noite em claros, entregues à orgia. Teobaldo juntou-se aos pândegos, mas nada bebeu, mantendo-se sóbrio. Perto da madrugada aproximou-se de Troncho e o incitou a atacar a vila antes do sol nascer, aproveitando-se das sombras da alvorada. Tal ideia caiu como faísca na horda inflamada pelo álcool. Armados unicamente de flechas, bordunas e terçados, uma vez que a munição das armas de fogo acabara, marcharam todos, homens e mulheres, em bloco compacto, sobre a vila. Aos primeiros raios de sol que sarapintavam o crepúsculo matutino, a horda esfogueada, pensando na pilhagem, vadeava a campina que se estendia aos fundos da vila. Teobaldo, que durante a bebedeira assumira praticamente o comando, convenceu Troncho de que apanhariam a vila de chofre se viessem pelo leste, entrando pela praia, única passagem entre o rio e um outeiro que se levantava ao sul, ao lado do qual, como que protegidas, erguia-se a maior parte das casas dos portugueses. Acontece que, avisada do ataque, a numerosa força legal montara forte artilharia no alto do morro, capaz de varrer toda a praia lá em baixo, o rio e boa parte do vale; ao mesmo tempo, por recomendação do próprio Teobaldo, um destacamento legal preparou-se para cortar a retaguarda dos cabanos, assim que deixassem a mata e entrassem na praia. Além disso, homens armados dentro de paliçadas montaram guarda em torno dos quarteirões dos brancos, que pouco a pouco, depois de desesperada fuga, haviam voltado aos seus lares. Então deu-se o trágico desfecho. Quando estavam justamente entre o rio e o outeiro, espremidos entre as águas e a escarpa do morro, os cabanos foram atingidos pela cerrada fuzilaria inimiga; os que não tombaram ali mesmo em vão procuraram evadir-se. Os que retrocediam encontravam o fogo da tropa que lhes fechara a retirada, e os que corriam para a vila recebiam a carga mortífera que partia das paliçadas; pouquíssimos conseguiram escapar jogando-se nas águas. Quando a fuzilaria cessou, havia mais de dois mil corpos de negros, índios e mestiços estendidos na areia, alguns apenas feridos, outros, na esperança de escapar, fingindo-se de mortos. O próprio Teobaldo, que se refugiara com Zezé numa das paliçadas segundos antes de despencar a chuva de balas, já com a aura de herói nacional luzindo-lhe no rosto, comandou os legais no rescaldo. Com a ponta do cano de um mosquetão cutucava os corpos de um a um, procurando os feridos. A guarnição que viera de Belém trouxera ordens expressas do brigadeiro Andréa para fazer uma guerra sem quartel contra os cabanos, não poupar feridos nem fazer prisioneiros. Assim foi que centenas de infelizes, ali mesmo na areia branca da praia, sob o calor tépido dos primeiros raios da manhã, receberam o tiro de misericórdia; os que se fingiram de mortos eram arrastados a safanões pela soldadesca embrutecida e fuzilados de encontro à escarpa do morro. Vó Fuluca, que se jogara na areia e não sofrera um arranhão, ainda era capaz de sentir quase cem anos depois o cano frio do mosquetão de Teobaldo Barbosa cutucando-lhe o rosto. Pelo ódio injetado nos olhos de Teobaldo, a traiçoeira mameluca que participara do assassinato do irmão Juca seria fuzilada ali mesmo sem direito nem mesmo ao paredão, não fosse a pronta interferência da negra Zezé, amante de Teobaldo, que se tornara a melhor amiga de Florinda no acampamento cabano. Troncho, embora ainda zonzo da bebedeira, conseguiu escapar com braçadas fortes pelo rio. O negro velho Domingos Pixuna fez uso mais uma vez de sua astúcia, safando-se por milagre: puxou um cadáver ensanguentado para cima de si e fingiu-se tão bem de morto que ludibriou a todos; só à noite, depois de ter desmaiado sob o calor infernal da areia onde permanecera o dia todo, aproveitou-se da escuridão e escapuliu dos legais, bem como do odor que já exalava dos corpos em acelerada putrefação.

A heroica façanha de Teobaldo Leôncio Barbosa foi anunciada com a velocidade do vento em toda a região. O seu cativeiro pela bárbara horda cabana, a forma paciente e valente com que suportara martírios e humilhações, a sua fuga espetacular e a participação decisiva no massacre dos inimigos da pátria eram fatos cantados em verso e prosa. E a pátria nunca foi cega, muito menos injusta ou ingrata com os filhos que se sacrificaram por ela. Salvo os que foram mortos na forca, fuzilados ou esquartejados, a pátria soube recompensar os seus heróis, esses seres simples mas denodados, que, por se mostrarem capazes de sacrificar a própria vida nos campos de batalha, merecem ser glorificados e receber na fronte os louros da vitória; não só os louros, nem só a glória, que estofam a alma de orgulho mas não enchem barriga. Teobaldo, dias depois, foi galardoado pelo brigadeiro Andréa, então governador da província do Grão-Pará, com a patente de coronel e o comando das tropas estacionadas na vila de Santa Irene, com a qual pôde continuar a sua benemérita obra de perseguir e eliminar os vendilhões da pátria — criaturas baldas de decência e moral, desfibradores dos bons costumes, energúmenos que movidos por impulsos diabólicos e ideias estranhas atentavam contra Deus e a Lei, investindo contra sagrados valores como a ordem, a família e a propriedade, sem os quais não pode haver justiça nem liberdade — indo desentocá-los nos cafundós onde se homiziaram. Trouxe muitas cabeças cortadas, de homens, mulheres e até de crianças, e alguns prisioneiros, troféus vivos e testemunhas oculares de sua vitória. Entre estes estava o Troncho, nu e de cabeleira rapada, ficando-lhe à mostra as orelhas cortadas, e Domingos

Pixuna, que, nem por ser pai de Zezé, amante do "coronel" Teobaldo, foi poupado; foi com os demais prisioneiros açoitado em praça pública, tendo cada cidadão português a oportunidade de aplicar-lhe uma vez o azorrague. Ao final do dia, o negro velho era um autômato que pedia a bênção e ajoelhava-se diante de quem quer que fosse, mesuras que o acompanharam pelo resto de sua desgraçada vida. Como Zezé rogasse em favor do pai a Teobaldo, Domingos Pixuna escapou da morte e foi condenado à prisão perpétua, sendo aproveitado como carrasco da vila, vindo a adquirir nessa função até certo respeito, pois executava com raro zelo as surras disciplinares aplicadas aos réus amarrados ao pelourinho, ou os enforcamentos "legais" no patíbulo ao lado, principalmente se o réu era negro como ele. Segundo Vó Fuluca, foi Domingos Pixuna quem, anos depois, com sua caraça de chimpanzé, cada vez mais obediente e idiota, prendeu o pescoço ao baraço e enforcou no cadafalso o negro velho chamado Pai Antonio, que, cansado de apanhar, matara a golpes de terçado o seu senhor Dr. José Coelho Barbosa, filho de Teobaldo Leôncio Barbosa e avô do comerciante Estefano Alves Barbosa. A anistia outorgada por D. Pedro II aos prisioneiros da Cabanagem foi totalmente ignorada em Santa Irene, continuando Domingos Pixuna a cumprir sua pena — aliás que já não saberia fazer outra coisa e nem seria aceito em outro lugar, pois ninguém queria ser senhor de um negro fujão. Quando já não tinha forças para exercer a sua hedionda função, o negro velho foi abandonado numa das celas da cadeia, onde veio a falecer. Troncho também foi condenado à prisão perpétua, mas certo dia amanheceu morto na prisão, com muitas facadas pelo corpo. A revolta dos cabanos fora definitivamente debelada e, na paz dos salões de Belém, o nome do coronel Teobaldo era pronunciado com pasmo e admiração. As suas façanhas repletas de abnegação e bravura eram apontadas como um exemplo para as futuras gerações. Citado pelo brigadeiro Andréa no seu "Relato de Campanha" como "o tigre do Baixo-Amazonas", Teobaldo Barbosa conseguiu façanha ainda maior — atrair a curiosidade dos ministros e do próprio imperador, de quem, meses depois, receberia o título de Barão de Santa Irene. Justamente nessa época a negra Zezé desapareceu misteriosamente da vila e ninguém mais a viu. Uns disseram que se embeiçara por um escravo fugido, com quem fora morar num mocambo. Outros garantiram que o ciumento Barão trancara-a num dos aposentos do casarão. Mas Vó Fuluca era capaz de apostar que a amiga fora morta pelo próprio Teobaldo e enterrada num canto qualquer da fazenda, pois, depois do baronato, Zezé, que além de negra conhecia pedaços nada lisonjeiros do passado do seu senhor, tornara-se uma mancha e um estorvo no seu caminho.

E o Barão de Santa Irene, como todos os portugueses, em vão procurava apagar esse incômodo passado, que parecia em tudo entranhado — na argamassa das grossas paredes e no solo das plantações, onde pingaram o suor e o sangue das raças cativas; no piso dos casarões e no subsolo dos quintais, onde os senhores ocultaram ossadas de escravos assassinados. E, ainda que destruíssem tais provas, sempre restaria uma mulata ou uma *mameluca*[2] de pele esbranquiçada e olhos gateados para testificar o passado. E nem todos os genocídios de índios e negros seriam capazes de remover essa parte obscura da qual os portugueses só se libertariam se eles próprios se matassem, pois corria-lhes no sangue e morava em suas almas. A maioria deles sequer sabia que o ódio cego e a atração atávica que sentiam pelas raças de cor eram apenas o eco de um longínquo passado, no qual os seus antepassados brancos e cristãos, em meio a muitas guerras, tiveram de se misturar com infiéis africanos de pele escura, de cujo conúbio provinham.

[2] Mestiça de branco com índio ou de branco com caboclo.

Estefano Alves Barbosa, bisneto decadente de um Barão, e "Madame" Florinda, puta tão competente quanto sua Vó Fuluca, entranhados um no outro na cama do bordel, divididos entre o ressentimento de não se sentir amado e o gozo sublime de ser desejado, sofriam da mesma aflição.

Espetáculo Grandioso

Depois que Silvestre Bagata morreu, o filho Sabá, agora responsável pela família, pegou Veva, já bem velhinha, os quatro irmãos menores e Primitiva, e desceram o Maró à procura de um novo lugar para moradia. Veva resmungou contrariada e ranzinza durante todo o primeiro dia de viagem, teimando em morrer e ser enterrada ali, naquele recanto perdido de mato onde ela e Silvestre foram tão felizes. Temia que a sua alma se desorientasse com as distâncias e não acertasse o caminho de volta. Quando, num final de tarde sombrio, passaram numa curva do rio frente à frondosa itaubeira em cujo pé dormiam os defuntos da família, a pobre Veva ameaçou jogar-se nas águas. Sabá amarrou-a ao pavês da canoa com muito pesar, pois também gostaria de ficar ali, onde o pai o ensinou a caçar e pescar, onde conhecia cada árvore e cada palmo de chão e onde ficariam as suas melhores lembranças. Mas tinham que ir. A terra ficara cansada dos roçados de vários anos, a caça e o peixe andavam cada vez mais ariscos e, se isso não bastasse, as alminhas brincalhonas dos sete abortos e três anjinhos de Veva, que não viram a luz do dia ou mal chegaram a ver e já se foram sãs como vieram, juntavam-se todas as noites às almas pândegas de vô Pachico e Silvestre Bagata, que as introduziram no delicioso vício de beber tiborna, e faziam a maior farra na cozinha e no terreiro do tapiri, onde destampavam panelas, barulhavam no pote e beliscavam os cachorros, não deixando os vivos dormirem. Mas, no segundo dia de viagem, Veva pareceu mais calma. Passara quase toda a noite conversando com as almas, que daí por diante todas as noites lhe apareciam. Conversavam, riam um pouco, bebiam o copo de tiborna que Veva lhes oferecia e, antes dos primeiros clarões da manhã, desapareciam. Durante o dia, exausta mas tranquila, Veva deitava-se no fundo da canoa e dormia.

Depois de três dias descendo o Maró, a família chegou ao lugar onde morava o astucioso pai de Primitiva, tio de Sabá, de quem este a roubara. Mas todos haviam partido, deixando apenas uma tapera abandonada, já quase totalmente encoberta pelo mato. Para onde teriam ido? Como a noite se aproximasse e os olhos tristes de Primitiva traíssem um quê de saudade, Sabá resolveu ali pernoitar. Cometeram porém o erro de subirem para terra e armarem as suas redes na velha tapera, pois, mal caiu a noite, em meio ao piar lúgubre de corujas e morcegos e ao coaxar monótono dos sapos, espectros do outro mundo começaram a sair das sombras das árvores, principalmente de uma frondosa mangueira ao lado da tapera, e vinham trançar entre as redes como querendo se fazer notados. Embora só Veva tivesse o condão de vê-los, Sabá e os demais eram capazes de pressenti-los pela fisionomia assustada da anciã e pela hostilidade dos cães, que rosnavam e eriçavam os pelos no terreiro. Um ventinho frio e malévolo soprou, provocando arrepios. Mas a coisa ficou mesmo feia quando, minutos depois, os mortos da família chegaram para ter com Veva. O ventinho frio transformou-se de repente em lufada, quase derrubando a tapera; mãos invisíveis sacudiram o punho das redes; os cachorros, violentamente espancados, entraram ganindo na tapera, com o rabo entre as pernas. Finalmente, depois de algum tempo, a balbúrdia cessou; ao que parece os espíritos da tapera venceram, pois Veva, que durante todo o embate não parara de encorajar Silvestre, agora apenas choramingava como uma criança abandonada.

A família acabou deixando a tapera e passou o resto daquela noite na canoa. Mas zarparam do porto mal-assombrado antes do sol nascer. Durante o dia Veva não dormiu no fundo da canoa; manteve-se o tempo todo acordada, com os olhinhos tristes e vazios, fixos na água. Talvez achasse que os seus, por saírem escorraçados, nunca mais voltariam para fazer-lhe companhia. Sabá notou também muita tristeza nos olhos negros de Primitiva, e era capaz de adivinhar o que ela pensava. Os espíritos da tapera puseram fim em sua esperança de um dia rever os pais e os irmãos. Pois já não tinha dúvida de que algo terrível acontecera com eles. Certamente todos haviam morrido, pois os espíritos só ficam perdidos à noite na beira do rio quando já não há ninguém vivo da família para seguirem. Nunca procuraram Primitiva porque nunca perdoaram a sua fuga com Sabá. Também por isso os agrediram.

Mas, ao cair da noite, pelo menos Veva recobrou o ânimo ao ver de novo ao seu lado, badernando em tudo, os seus alegres entes queridos.

No quinto dia de viagem, Sabá encontrou umas terras férteis, ainda virgens, no fim de um estirão do rio. Toda a família — menos Veva, que dormia durante o dia — esforçou-se para armar o tapiri antes de chegar a noite. Sabá, embora exausto dos cinco dias de remo, trabalhava contente. A floresta parecia-lhe rica de caça, e o rio, farto de peixes. Ao chegar a noite, o tapiri estava pronto, e toda a família — inclusive Veva, que despertara para mais uma noite de conversa com as almas — reuniu-se em volta de uma grande fogueira para comemorar o feito. Os curumins jogavam gravetos no fogo, divertindo-se com as faíscas. Enquanto assava na brasa um belo tucunaré que pescara à tarde, ouvindo o estralar da lenha, Sabá olhava no fundo dos olhos de Primitiva, que lhe retribuía na mesma medida, numa muda confidência. Até os cães participaram da confraternização devorando os restos de peixe. Todos estavam felizes, sem ideia do que os esperava naquele lugar.

Lá pelas tantas, quando a fogueira quase sem lenha já definhava e os curumins recolheram-se para dormir, Sabá ouviu um barulho que vinha do rio, àquela hora imerso em densa escuridão. Parecia o ruído típico de remo cortando a água e depois esfregando na borda da canoa. Ocultou-se com Primitiva na sombra do tapiri, olhos e ouvidos bem abertos, num misto de medo e curiosidade. Quem seria? Veva, sempre alheia à realidade, continuava à beira da fogueira, cuja luz pálida e bruxuleante emprestava-lhe um aspecto fantasmagórico. O barulho de remo parou no porto, a uns trinta metros do tapiri. Seja lá quem fosse, ao avistar a imagem espectral de Veva à beira da fogueira, ficou paralisado, pois seguiu-se um longo silêncio, no qual se ouvia apenas o coaxar dos sapos e o crepitar das últimas brasas na fogueira. Até os cães, talvez lembrando da sova que levaram duas noites atrás, esconderam-se no escuro, sem se animarem a latir.

Até que uma voz de homem cortou o silêncio:

— Ei de casa, ei de casa!

Dois vultos aproximaram-se — um homem e, ao que parece, uma mulher atrás dele. Como parecessem pacíficos, Sabá e Primitiva saíram das sombras e vieram ao encontro dos recém-chegados; agora que estavam bem perto da fogueira, via-se que na verdade em vez de dois eram três, pois atrás da mulher um outro vulto de homem movia-se.

Veva, com a vista cada vez mais falha, deve tê-los confundido com os seus amigos, pois dirigiu a voz ao primeiro homem e começou a repreendê-lo asperamente como fizera certo dia com Silvestre por ter esquecido um panacu no mato. A figura e as invectivas de Veva pareceram tão estapafúrdias ao estranho que este se mostrou de novo amedrontado. Por fim, disse:

— Eu sou o Albino; esta é a Dadá, minha mulher, e este é o Aldo; moramos duas curvas abaixo; durante o dia escutamos vocês fazendo o tapiri, mas o amigo nos desculpe só agora aparecer; é que a gente tava ocupado no roçado, pois, como sabe o amigo, a qualquer hora despencam as chuvas. Que mal lhe pergunte, qual a sua graça?

— Sabá Bagata, filho de Silvestre Bagata com Genoveva — respondeu Sabá.

— Então é neto de Pachico Bagata? — indagou Albino.

— Sim, como sabe?

— Quando eu era pequeno, certa vez seu pai desceu o rio até lá embaixo, onde minha família morava. E cadê os velhos?

— Já morreram — informou Sabá.

A mulher, magra e de faces chupadas, que até aí se portara como uma sombra de Albino, de repente se intrometeu:

— Albino, esta moça não é a filha do velho Pedro, a tal que fugiu com o primo?

— Pois não é que deve ser?! A moça não se chama Primitiva? — perguntou Albino.

— Sim, sou Primitiva; vocês sabem que fim levou meu pessoal?

Os visitantes tagarelas de repente emudeceram. Só depois de um bom silêncio Albino falou:

— Então viram que o lugar onde o velho Pedro morava tá abandonado. A moça me perdoe, mas a história é longa, depois lhe conto. O amigo Sabá pretende ficar por aqui?

— Sim, se não atrapalhar vocês.

— Atrapalhar o quê? A mata e o rio a Deus pertencem e a terra é de ninguém. Será bom ter vizinhos por perto.

— Aldo, vai buscar a cachaça na canoa — ordenou Dadá ao segundo homem, o qual, parecendo acostumado a receber tais ordens, obedeceu imediatamente.

— Cachaça? Vocês têm cachaça?! — exclamou Sabá, como que despertado por uma palavra mágica.

— Sim, temos cachaça, e da boa — confirmou Albino.

— Mas como conseguiram? — indagou novamente Sabá.

— O seu Estefano que traz; vocês conhecem o seu Estefano, não conhecem?

— Sim, de vez em quando ele subia até lá em cima conosco.

— Pois é ele que traz a cachaça; seu Estefano é um homem muito bom, não acham?

— É verdade, é um bom homem — aquiesceu Sabá. — Trouxe machado, terçado, panela, anzol, e ensinou a gente a tomar cachaça. Só mamãe ainda bebe tiborna.

Aldo voltara com duas garrafas de aguardente.

— Pois então, Sabá, tomemos uma cachacinha pra comemorar — convidou Albino. — A vovó também toma um golinho? — indagou à Veva.

— Ora vai-te à merda, pirralho! O diabo que te carregue! — praguejou Veva, contrariada.

— Calma, vovó! Amanhã a Dadá faz uma tibornazinha pra senhora, tá bem?

Veva nada respondeu; parece que lhe voltara a razão, pois ficou amuada.

— Não te incomoda com ela, Albino; ela é assim mesmo — justificou-se Sabá, em tom já íntimo, sem reservas.

— Tua mãe tem razão de não gostar da cachaça — disse Albino, enquanto os três homens e as duas mulheres sentavam-se ao redor do que restava da fogueira. — A danada queima a tripa que nem fogo, mas quem prova da bicha uma vezinha quer sempre mais, é tiro e queda.

Sabá reanimou a fogueira com novas achas de lenha e, em seguida, a garrafa passou de mão em mão, dando cada um duas goladas, inclusive Dadá, que parecia acostumada a beber. Primitiva no começo tentou acompanhar Sabá, mas logo parou de beber, sentindo-se enjoada. Os quatro curumins — na verdade já quatro rapazotes — dormiam no tapiri. Os cães aquietaram-se a um canto.

Fazia uma noite muito escura, povoada pelos rumores soturnos da floresta: sapos que coaxavam, pássaros noturnos que esvoaçavam na escuridão; gritos, uivos e gemidos de autores desconhecidos chegavam do fundo da mata, imprimindo uma nota lúgubre àquela solidão. As sombras dos três homens e das duas mulheres, recortadas pelas chamas bruxuleantes da fogueira, encolhiam e expandiam-se contra as árvores, mexendo-se como fantasmas. Veva, um pouco afastada, não fazia sombras, porém ela própria, na semiescuridão em que se postara, com a pele do rosto engelhada e pálida, já era um fantasma. Enquanto iam jogando lascas de madeira na fogueira e bebericando goles de cachaça, Albino começou a desfiar um novelo de casos. Primeiro contou como fora a pescaria naquele verão, os peixes que ficaram presos no baixio e deixavam-se apanhar até com as mãos, as piracemas de jaraquis e aracus, e a multiplicação inexplicável dos jacarés, que ultimamente atacavam até gente, tendo sido, certa noite, encurralado no igapó por um enorme jacaré, que só não o comeu porque ele trepou numa árvore, onde ficou até o bicho se cansar de esperá-lo e ir embora, já de manhã. Depois falou da floresta, rica de frutos e de caça, mas também cheia de mistérios.

Com o semblante muito sério, Albino contou que um dia foi caçar e perdeu-se no mato. Tendo andado em círculos a tarde inteira sem encontrar o caminho de casa, acabou dormindo debaixo de uma grande árvore. Acordou no meio da noite com gritos que pareciam de gente, no começo distantes, mas aos poucos cada vez mais perto. Escutou pancadas nas sapopembas das árvores e de novo os gritos ainda mais perto, já junto a si. Ficou encolhido de medo, com os olhos fechados, sem coragem de olhar para a escuridão. Quando abriu os olhos, viu diante de si uma criatura absurdamente feia, meio homem meio macaco, quase anão, calvo, com o corpo todo coberto de longos pelos, pés ao contrário, calcanhares para a frente, grandes orelhas e dentes azuis, e com um só olho no meio da testa, o qual brilhava como uma lanterna.

— Nunca tinha visto coisa igual, mas, pelo que os antigos contavam, logo vi que era o Curupira. Pois saiba o amigo que aqui neste mato há um Curupira. Às vezes a gente passa perto de um tronco ou de uma galhada de árvore caída e sente um arrepiozinho esquisito e o cabelo fica em pé; outras vezes assobiam atrás da gente e quando a gente olha não tem ninguém; é o Curupira se divertindo com a gente. Dizem que ele é o protetor da floresta e da caça e se torna muito mau com quem derruba o mato sem necessidade ou caça mais do que a precisão.

O Curupira chegou bem perto de Albino, assentou-se e começou a conversar.

— Como estás, meu neto? — indagou.

— Sempre bom, meu avô, e você, como passa? — respondeu Albino.

— Sempre bem também — tornou o Curupira.

— Ah! meu avô! Eu me perdi de casa — lamentou-se Albino.

— É possível, meu neto? Tua casa não é longe. Quando vieste de casa?

— Ontem, meu avô.

O Curupira fez uma pausa, abriu a boca, mostrando os afiados dentes azuis, e continuou a conversa.

— Ah! meu neto! Eu tô com fome.

— Eu também tenho fome, nada comi ainda hoje — disse com voz trêmula Albino, já se sentindo mastigado pelo Curupira.

— Meu neto, eu quero comer — voltou este.

— Eu também — balbuciou Albino.

— Meu neto, tu me dás a tua mão pra eu comer! — sentenciou finalmente o Curupira.

— Pronto! eu pensei, o Curupira vai me comer. Suei frio, a tripa se contorceu de medo. O que fazer? O Curupira já me olhava de mau jeito. Foi quando tive uma ideia. Cortei a mão de um macaco que havia caçado de tarde e lhe dei.

O Curupira pegou a mão do macaco e logo comeu. Mas, quando acabou, disse, lambendo ainda os pelos da boca:

— Meu neto, a tua mão é gostosa, eu quero comer outra.

— Aqui está, meu avô — disse-lhe Albino, entregando-lhe a outra mão do macaco.

O Curupira comeu rapidamente e falou:

— Ah! meu neto! É bem gostosa a tua mão. Tu me dás também teu pé para eu comer?

— Aí está, meu avô! — Albino cortou o pé do macaco e lhe deu. Logo o Curupira pegou nele e comeu.

— Ah! meu neto! Como é gostoso o teu pé!

— É possível isso, meu avô?

— Ah! meu neto! Eu quero também o teu coração! — pediu o Curupira.

— Quer mesmo, meu avô? Aqui está. — Albino tirou o coração do macaco e lhe deu.

— Enquanto o Curupira se lambuzava no coração, eu pensei: "Logo já comeu todo o macaco, e então vai me comer". Aí veio-me outra ideia.

Antes que o Curupira me pedisse outra coisa, falei:

— Agora eu também quero o teu coração, meu avô!

— É possível, meu neto? Então me dá a tua faca — respondeu o Curupira.

— Aqui está a minha faca, meu avô.

O Curupira tomou imediatamente a faca, feriu-se, caiu e morreu.

— Ele ficou lá e eu fui mimbora.

— É bem feito que morresse — comentou Sabá.

— Mas acabou não morrendo — retrucou Albino. — Passado um ano, lembrei-me: "Vou agora ver o Curupira que morreu, pra tirar os dentes azuis dele pra remédio; já deve estar podre, vou tirar os ossos dele pra bico de flechas". Fui logo embora. Chegando lá achei os ossos já brancos, e fui tirá-los com o machado que levei. — Agora, com o machado, eu tiro os dentes — disse eu.

Mas, para espanto de Albino, quando bateu com o machado nos dentes, o Curupira ressuscitou e assentou-se, dizendo:

— Ah! meu neto! Tô com sede, quero água.

— Verdade, meu avô?

Então Albino urinou no chapéu e deu pro Curupira.

— Aqui tá a água pra você, meu avô.

— Acordei agora bom, mas não sei em que ponto estávamos quando dormi. O que era, meu neto? — indagou o Curupira, enquanto bebia a urina.

— Não sei, meu avô — respondeu Albino, novamente tomado pelo medo. Mas, para sua surpresa, ouviu o Curupira lhe perguntar:

— O que queres tu, meu neto?

— Não sei, meu avô.

— Eu te dou uma flecha para tu matares caça.

— Dizes bem, meu avô.

— Então vamos pegar a flecha — disse o Curupira.

Andaram no mato e o Curupira deu-lhe a flecha, depois disse:

— Agora que já tens uma flecha para caçar, queres ir-timbora?

— Quero ir — disse Albino, mais que depressa.

— Sabes, porventura, onde é a tua casa?

— Não.

— Então eu vou contigo para tua casa — disse o Curupira.

— Bem, meu avô, então vamos — disse eu, louco pra me livrar do Curupira. Quando chegamos perto de casa, o Curupira me disse: "Agora, meu neto, eu vou-mimbora e te deixo. Quando quiseres vai ter comigo, já sabes onde eu estou. Sabes? Adeus! Desta flecha só tu sabes o jeito, não leva ela pra casa, não conta a ninguém, nem à tua mulher. Só tu sabes caçar com ela. Essa flecha é uma cobra surucucu; para matar a caça não precisa arco, basta jogá-la. Eu conto para tu saberes que ela te deixará. Bem, adeus!". — Adeus, meu avô! Agora quando eu for passear irei ter contigo — eu lhe disse. "Bem, meu neto, eu tô sempre aí", ainda ouvi o Curupira dizer, antes de desaparecer no mato.

A partir desse dia, Albino ficou um caçador feliz; matava muito, mas só o necessário, enquanto os outros não. A sua fama chegou aos ouvidos do pai de Primitiva, que ainda morava um pouco acima no rio.

— Foi aí, moça — disse Albino para Primitiva — que começou a desgraça que agora vou lhe contar. O velho Pedro Bagata, seu pai, um dia disse: "Como é isso? Ele mata pássaro, mata caça; como nós então não mata? — Ninguém sabe — Nós vamos pro mato, caçamos e não matamos; ele vai e depressa chega, quando menos se espera". Então aquele seu irmão mais velho, que já não lembro o nome, falou pro velho: "Vamos vigiar como o Albino mata a caça". O velho achou boa a ideia e mandou os dois filhos menores me vigiarem. Quando fui pro mato, vieram atrás escondidos. Me viram tirar a flecha do galho da árvore; me viram também atirar a flecha atrás de um pássaro que caiu morto. "É assim! Agora sabemos como ele mata caça", certamente pensaram eles. De manhã os dois meninos foram lá. Acharam a flecha, tiraram ela do lugar; experimentaram logo num pássaro que tava voando; atiraram; a flecha voou e voltou flechando um deles mesmos, que chegou a cair, morrendo logo o menino. O outro voltou e contou: "Morreu meu companheiro". "De que morreu?", perguntou o pai. "Mordido pela cobra", respondeu o menino. "Vamos ver!", disse o pai. Ele e o irmão mais velho foram-no buscar e trouxeram o cadáver.

Quando Albino foi buscar a flecha para ir à caça, não a achou mais.

— Por onde se perdeu minha flecha? — quis saber Albino. — Voltou talvez a ter com o seu dono. Agora sim, não tenho mais flecha! Que se perca! Talvez ele a achasse; por isso já ela voltou. Talvez a flecha voltasse e fosse ter com o Curupira.

Albino não tardou a saber que os vizinhos acharam a sua flecha, que a experimentaram, que o menino foi mordido pela cobra e morreu, e que por isso ela foi ter com o Curupira.

— Por isso, moça — disse ele para Primitiva —, o velho Pedro Bagata, seu pai, com medo do que aconteceu, pegou o menino, a mulher e o resto dos filhos, e fugiu desse lugar, indo não se sabe pra onde.

Houve um incômodo silêncio, quebrado pela voz aguda de Dadá.

— Eu também já vi esse Curupira. Um dia fui dar uma volta no mato e me perdi. Passei o dia inteiro zanzando pra lá e pra cá, sem encontrar o caminho de casa. À noite, encontrei o Curupira. Ele me perguntou: "Pra onde vais?". Eu respondi: — Eu vim caçar e me perdi no mato. Não sei o meu caminho. Então o Curupira disse: "Vem comigo pra minha casa". Quando chegamos à sua casa, ele falou: "Agora vou caçar pra tu levares pra teu marido". Mas antes teceu um jamachi pequeno, para enchê-lo de caça. Chegou do mato trazendo muita caça — anta, veado, paca, cutia, porco — para encher o jamachi. "Vamos embora ter com teu marido", disse o Curupira. Segui atrás dele. Quando chegamos perto de casa, o Curupira me disse: "Vai já ter com o teu marido. Eu me separo de ti. Quando não tiveres que comer, vem ter comigo em minha casa". O Curupira foi simbora. Já em casa, abri o jamachi e dele saiu caça que encheu toda a casa.

Veva, esquecida a um canto, de repente falou:

— Curupira, heim! Eu conheço essas histórias!

— O que disse, vovozinha? — perguntou Albino.

— Abre o olho pra ela — disse Veva, espichando os beiços rumo a Dadá —, pois o Curupira não dá nada de graça a ninguém, ainda mais pra mulher. Meu filho, eu conheço essas histórias de Curupira; dizem que o danado gosta dum rabo de saia...

Albino e Dadá entreolharam-se e o outro caboclo, que até parecia mudo, encolheu-se no seu canto.

— Mamãe, que tal ir pra rede? — disse-lhe Sabá, envergonhado pelas palavras da anciã.

— Dormir? Agora que o Silvestre tá pra chegar?

— A vovozinha certamente conhece muitas histórias; conte uma pra gente — pediu-lhe Albino.

— Se conheço!... e as que não conheço invento, pois qual a diferença entre uma história acontecida e uma inventada?

— Pois então conte uma — insistiu Albino.

— Querem mesmo ouvir? Eu conto, mas antes devem prometer que não vão duvidar do que vou contar.

— Eu prometo! — garantiu Albino.

— Pois saibam que eu inventei o fogo.

— E como foi isso, vovozinha? — indagou Albino, contendo o riso.

— Foi há muito tempo. O seu Estefano ainda não tinha chegado por aqui trazendo o tal fósforo, e a gente precisava manter um pau-de-fogo sempre aceso. Quem tomava conta do pau-de-fogo pra ele não se apagar era meu bisavô, o mais velho de todos, que já não prestava pra outras coisas. Ele ficava dia-e-noite perto do tronco livrando ele da chuva e assoprando, mas um dia o velho encheu o rabo de tiborna e dormiu, deixando o pau-de-fogo se apagar. "E agora? O que a gente vai fazer sem fogo?" — perguntou meu pai, pois ninguém já admitia viver sem fogo. Segundo meu bisavô, os antigos sabiam tirar fogo de uma certa pedra, chamada wato, mas essa pedra desapareceu da terra e eles ficaram sem fogo por muito tempo, até que chegou um homem branco que deu pra eles esse fogo do pau que se apagou. Sofremos muito tempo sem o fogo, pois a gente não sabia comer carne crua e os nossos dentes já não eram apontados e afiados como antigamente — sabem por que os bichos têm dentes compridos e amolados? É porque eles comem carne crua. A gente já não achava mau o fedor de carniça e a nossa barriga andava inchada de vento, foi quando um dia, muito zangada, juntei um monte de lenha e enfiei embaixo do fogão, depois me abaixei com a bunda voltada para a abertura do fogão, e fiz força. Do meu corpo saiu muito fogo por aquele buraco que vocês bem conhecem, e incendiou a lenha. Todos ficaram alegres. Minha mãe fez muitos beijus de mandioca e caxiri. Voltamos a comer peixe e caça no moquém. Em vez de guardar o fogo pro outro dia, eu tinha de peidar fogo todo dia pra acender a lenha do fogão. Mas, como não comia mais coisas cruas, minha barriga murchou e um dia nem fazendo força consegui peidar fogo. Então todos me agarraram e amarraram meus braços e minhas pernas, depois ajuntaram muita lenha, me sentaram sobre o monte e apertaram a minha barriga com as mãos. Aí, eu defequei fogo, e o fogo se transformou nas pedras que, quando nelas se bate, dão fogo.

— Mas cadê, Dona Veva, essas pedras que dão fogo? — perguntou Albino, com ar de troça.

— Pergunta pro tal Curupira — respondeu Veva.

Todos, inclusive o outro caboclo que até aí não soltara uma palavra, caíram na risada.

A fogueira já estava quase apagada quando se despediram. Os dois homens e a mulher desceram para o porto e desapareceram na noite. Sabá e Primitiva deitaram-se juntos na rede e dormiram. Só Veva permaneceu acordada, conversando com as almas.

Conforme o combinado na noite passada, de manhã os Bagata foram ter com os vizinhos para um putirum em sua roça. Dadá moqueou carne de cutia para os homens e deu uma cabaça de tiborna para Veva, que ficou deitada em sua rede à beira do roçado, enquanto os três homens, as duas mulheres e os quatro molecotes trabalhavam. Animados pela cachaça, derrubaram árvores o dia inteiro. Aldo, retraído e calado na noite anterior, agora parecia outro, alegre e palrador. Parece ter simpatizado com Sabá, pois procurava estar sempre perto dele e, entre uma árvore e outra, ia contando o que Sabá já adivinhava.

Um dia, juntara-se com Dadá, irmã mais nova de sua mãe, portanto sua tia, e vieram montar o seu tapiri ali, rio acima, não muito longe da casa dos pais de Albino, com quem estabeleceram proveitosa amizade. Porém logo notou a forte paixão que Dadá provocava em Albino e o estado de excitação que dominava a mulher toda vez que se deparava com o então molecote. A princípio, Aldo até surrou a mulher, enciumado, mas depois mudou de ideia. Dadá, exigente e autoritária, tornara-se-lhe um fardo, pois só ficava em casa, deitada, enquanto ele tinha de caçar, pescar e buscar lenha. Conjeturou então deixá-la. Mas concluiu já não poder viver sem Dadá, aquela mulher bem mais velha e experiente que ele, e que, já tendo deitado com vários homens, sabia manobrá-lo como a um menino. Então dizia que ia caçar e ficava perscrutando Albino vir ter com Dadá, só reaparecendo quando o molecote ia embora. Aos poucos tais visitas entraram na rotina e Aldo não mais se mortificava espionando. Metia-se no mato dias e dias, deixando os dois amantes sozinhos. Na verdade, a situação mostrou-se conveniente. Toda vez que chegava do mato, carente e faminto, a mulher o recebia com um fogo antes desconhecido, o que já lhe bastava. Como o marido amiudasse as ausências e voltasse sempre muito excitado, Dadá adivinhou que ele sabia de tudo, e que, em vez de sentir-se ultrajado, até gostava. Daí por diante não escolhia hora para deitar-se com Albino, pouco importando se o marido ia ou não voltar, pois, certa vez, tendo Aldo flagrado os dois grudados na rede em plena tarde, fez questão de ser visto por eles e voltou para o mato, reaparecendo somente depois de Albino ter-se ido.

Albino estava no auge da paixão quando a sua família resolveu mudar-se para outro lugar. Como era costume entre os moradores do Maró, o pai e a mãe, já bem velhinhos, acompanharam o filho mais velho que se casara com uma prima e fora morar bem longe dali; os outros irmãos, livres da autoridade paterna, escolheram desaparecer no mundo, fazendo o seu próprio caminho. Albino, sem forças para deixar Dadá, acabou ficando. Aldo convidou-o então para morar com eles. Embora não trocassem uma única palavra sobre o assunto, os três entendiam-se às maravilhas. Quando Aldo saía pro mato, Albino ficava com Dadá; quando ele chegava, Albino saía, repartindo equitativamente as regalias. Mas Aldo continuava sendo o marido, responsável pela subsistência da mulher. Tinha de caçar, pescar, buscar lenha e tantas outras coisas, para benefício não só de Dadá, mas também de Albino. Certo dia, porém, sem uma palavra, Aldo pegou sua rede e saiu de casa, indo morar num tapiri que construíra um pouco rio abaixo.

— Eu sabia que o trouxa ia gostar de ocupar o meu lugar — disse Aldo, sorrindo.

Desse dia em diante voltou a chamá-la de tia, ocupando o outro a penosa posição de marido, tendo de caçar, pescar, buscar lenha e fazer todos os serviços pesados. Quanto ao mais, porém, tudo continuou como antes, apenas com as posições invertidas. Agora era o Aldo que não aparecia quando Albino estava em casa, ou aparecia apenas para prosear um pouco e ia embora; mas era só Albino ir caçar, e ele vinha se socar na rede com Dadá, sempre calorosa. Foi por essa época que Albino deu para se perder no mato e ver Curupira.

— Não que não haja Curupira; eu mesmo já vi o bicho duas vezes por aí — disse Aldo, numa das refregas do trabalho. — Mas certa vez que eu queria ficar mais tempo com Dadá, fiz o Albino encher a pança de tiborna e ir caçar; mas antes dele sair confundi os caminhos da mata, de modo que Albino logo se perdeu; para completar, segui os passos dele e vi quando ele, com a cabeça zonza da tiborna, sentou-se ao pé duma grande árvore; soltei então alguns gritos longos e finos, e voltei pra casa. Só depois de três dias Albino chegou dizendo que tinha se encontrado com o Curupira. No começo eu pensei que nem ele acreditava nessa história — pois o tal Curupira tinha sido eu —, mas depois eu mesmo passei a crer, pois a partir daquele dia o Albino, que sempre foi um cabra panema, tornou-se o maior caçador; era só entrar no mato e matava anta, veado, paca, cutia... e sem sujar a ponta de sua flecha! o que parecia muito estranho. Até o dia que o curumim do velho Pedro Bagata descobriu o segredo dele e morreu picado pela misteriosa flecha que, segundo Albino, o Curupira tinha dado pra ele, e que era uma cobra.

— E o tal Curupira que Dadá disse que encontrou no mato e foi caçar pra ela? — indagou Sabá, maliciosamente.

— Ainda não adivinhaste? — respondeu Aldo, com ar matreiro.

— Hammm... — fez Sabá. — Mas o Albino não se zanga?

— Como se zangar, se têm dois homens pra uma mulher? O jeito é se conformar; mas às vezes ele fica acabrunhado. Antigamente se entupia de tiborna, agora enche a cara de cachaça, e não sai de casa durante vários dias, mesmo sabendo que Dadá vai se encontrar comigo no mato. Pra aliviar, ela traz caça que este Curupira aqui — Aldo apontou o dedo para si próprio — caça pra ela. E ele até fica contente.

— Um dia vocês ainda se matam — disse Sabá, pondo fim ao assunto, pois Albino, que roçara o tempo todo do outro lado, aproximava-se com o machado na mão. Vinha suado e sorrindo, a cara bronzeada.

— O que tá achando da terra, Sabá? — indagou ele.

— Parece boa; é preta e até agora não vi uma única *saúva*[3] — respondeu Sabá.

— Mas as danadas aparecem onde a gente menos espera — intrometeu-se Aldo.

— É verdade. É preciso sorte ao escolher o lugar do roçado — concordou Sabá. — Mas acho que elas não vão aparecer; há uns

[3] Formiga da região tropical, do gênero Atta, que corta pedaços de folhas e carrega para os ninhos a fim de criar os fungos que constituem seu alimento exclusivo.

trinta anos alguém fez roça aqui, pois a capoeira ainda está baixa, e as saúvas não gostam muito de capoeira.

— Tomara... tomara... — disse Albino. — O seu Estefano falou que precisamos tirar pelo menos cem alqueires de farinha desta roça, se a gente quiser pagar a dívida que temos com ele.

— Só a roça não vai dar — acrescentou Aldo. — A gente tem de aproveitar o tempo entre uma capina e outra da roça pra colher castanha-do-pará; seu Estefano paga um preço bom por elas.

— Eu também tô na mesma situação — disse Sabá. — Devo pro seu Estefano; nem sei mesmo quanto devo, só seu Estefano sabe, pois anotou naquela cadernetinha.

— Ainda bem que ele é um homem bom — disse Albino. — Desde a primeira vez ficamos devendo pra ele; né mesmo, Aldo? Mas ele nunca se zangou; sempre deixa um pouco de açúcar, de sal, alguns anzóis, um rolo de tabaco, e nunca negou cachaça. É verdade que, como tamos devendo, não deixa muito, mas sempre deixa pro gasto. Ele até me prometeu trazer uma espingarda no dia que a gente tiver algum saldo, aí então eu jogo fora a porcaria do meu arco.

— Um dia também vou querer uma espingarda — disse Sabá.

— Então vamos ao trabalho — retorquiu Albino, em tom grave de homem responsável, chefe de família.

— Ao trabalho! — repetiram os dois companheiros, entreolhando-se com ar zombeteiro.

De tardinha, depois de comerem juntos o que sobrara do almoço, cada qual foi para sua casa.

No dia seguinte, em vez de ir ao roçado com os outros, Albino foi pescar. Voltou lá pelo meio dia com muitos peixes, que os trabalhadores já encontraram assados quando chegaram do roçado. Todos comeram e ainda sobrou bastante peixe que Dadá e Primitiva, já muito amigas, desossaram e esfarelaram, fazendo grande porção de delicioso piracuí, suficiente para comerem nos dias restantes de trabalho.

Concluído o roçado do Albino — melhor dizendo, do Albino, do Aldo e de Dadá — continuaram o mutirão no roçado de Sabá, lavrado numa terra alta, atrás do tapiri. Agora era Sabá quem providenciava o alimento aos trabalhadores, e as duas mulheres preparavam. Era preciso muita comida, pois, além dos adultos, os quatro rapazolas, desgastados pelo esforço desproporcional às suas idades, tornavam-se vorazes. Albino, que conhecia melhor aquela parte do rio, acompanhou Sabá uma vez na pescaria.

Quando terminaram a broca e a derruba no roçado de Sabá, já era tempo de fazer a queima no roçado dos vizinhos, pois em poucos dias o sol abrasador de outubro ressecara as folhas e os galhos das árvores derrubadas. Todos queriam participar da queimada, pois a queimada era sempre um momento de grande euforia para os caboclos. Dividir-se em quatro grupos, com tochas na mão; atear fogo nos quatro cantos do roçado ao mesmo tempo, e sair correndo para longe (ai de quem ficasse cercado pelas chamas!); depois contemplar a fogueira infernal alcançando os céus, era sem dúvida um espetáculo grandioso. Sabá teve de ameaçar com um galho de pau o curuminzote menor que se recusava a ficar com Veva e os cachorros no tapiri.

Voltaram pro tapiri meio sabrecados, fedendo à fumaça e felizes. Albino, esbanjando contentamento, com a nobreza de um senhor, destampou duas garrafas de cachaça e ofereceu aos amigos. Nem o meninote menor recusou o trago. Depois se empanturraram de *chibé*[4] de *piracuí*[5] que Dadá distribuiu em cuias. Ficaram até tarde da noite na clareira do tapiri, tomando cachaça e contando patranhas,

---

[4] Pirão.

[5] Farinha de peixe, em tupi.

enquanto espiavam o enorme clarão que subia da terra, rasgando a escuridão e trazendo-lhes esperanças.

— Se Deus quiser, desta vez tiramos mais de cem alqueires de farinha — disse Albino, como se falasse consigo mesmo.

— E então eu peço do seu Estefano uma espingarda — completou Aldo, como uma criança que sonha com um brinquedo.

Os Bagata dormiram ali mesmo no terreiro de Albino. Todos de madrugada caíram num sono tão pesado que ninguém a não ser Veva ouviu a algazarra que Silvestre Bagata e a sua turma fizeram no jirau do tapiri.

Dias depois, reuniram-se para a queimada do roçado de Sabá, e a festa repetiu-se, acabando tarde da noite todos porres, inclusive Veva, que não bebia cachaça mas engoliu as duas cuias de tiborna trazidas por Dadá, esquecendo-se até mesmo de deixar um pouquinho aos seus amigos invisíveis, que naquela noite, não encontrando o que beber, fizeram um escarcéu dos diabos no terreiro, bateram nos troncos das árvores e molestaram os cachorros. De manhã, com remorsos, Veva pediu de Dadá mais tiborna e à noite distribuiu em cuias, deixando-as à espera das almas penadas em vários cantos da casa.

Depois de esperarem alguns dias até as brasas se apagarem, os vizinhos voltaram juntos aos roçados para fazerem a coivara. Juntaram em grandes pilhas os troncos e galhos não atingidos pela queimada e de novo lançaram-lhes fogo, limpando desse modo o terreno e ao mesmo tempo adubando-o com as cinzas, deixando-o à espera das chuvas, que completariam o serviço do homem, preparando o solo para o plantio.

Em novembro, como esperavam, caíram as chuvas. Sempre juntos, unidos já por uma forte amizade, os vizinhos lançaram-se ao plantio. Sabá cedeu de bom grado aos amigos boa parte da maniva que trouxera do seu antigo sítio, recebendo em agradecimento um pé de pimenta e alguns brotos de bananeira, que Primitiva plantou na beira do rio. Aldo presenteou o menor dos Bagata com um papagaio danado de falador, de nome Xereco, pretendendo, com isso, não só agradar os Bagata, como também livrar-se de uma testemunha indiscreta de suas visitas clandestinas a Dadá. O garoto, por sua vez, retribuiu-lhe o presente com um dos espertos filhotes que a cadela da família acabara de parir.

A Lucidez de Veva

O comerciante Estefano Alves Barbosa, ao regressar dias depois ao Maró, já encontrou os Bagata no novo lugar, trabalhando no plantio da mandioca. Ao ouvirem o ronco do motor atroando na mata, vieram esperá-lo no tapiri. Sabá e os irmãos estavam alegres; as mulheres, porém, não pareciam comungar do mesmo sentimento. Primitiva, calada por natureza, falou ainda menos; parecia preocupada. E Veva, ao saber que o forasteiro chegava, ficou resmungona e ranzinza, uma jararaca.

O barulho do motor cessou por alguns minutos. Estefano parara antes na casa do Albino. Já era tardezinha quando o comerciante atracou no porto dos Bagata. Dadá e seus dois homens — o mais perfeito triângulo — vinham com ele. Sabá notou que, além do tapuio que sempre acompanhava o forasteiro em suas viagens, havia outro homem no barco. Um sujeito forte e moreno, braços musculosos, cabelos esgrouvinhados, mal-encarado.

Embora descalço, Estefano vestia calça e camisa compridas, como convinha a um homem da sua importância, neto de um Barão, filho da cidade. Saltou para terra com uma sacola na mão, seguido pelos três vizinhos dos Bagata — Dadá, semicoberta pelo seu único vestido de chita, Aldo e Albino apenas com o surrado calção de brim que mal escondia os culhões, mas com o qual se mostravam bem à vontade. E foi falando:

— Então, Sabá, já estou sabendo das novidades. Resolveram vir mais pra baixo?

— Pois é, seu Estefano; a terra lá já andava cansada e a caça e o peixe muito ariscos — explicou Sabá.

— Fizeram bem em descer pra cá, lá era muito longe. Eu tenho planos pra vocês, ouviram? — falou, procurando algo com os olhos. Como não avistasse Primitiva, que se entocara no tapiri, Estefano perguntou: — Sabá, não vejo a tua mulher, onde ela está?

— Primitiva! Primitiva! — gritou Sabá.

Depois de uns instantes, Primitiva apareceu na porta do tapiri, olhando para o chão, encabulada, evitando os olhos do comerciante. Mesmo assim, os pezinhos no chão e o vestidinho de chita desbotado da pequena matuta só realçavam a sua graça.

— Boa tarde, Dona Primitiva, eu trouxe uma coisa da cidade pra senhora — disse Estefano, metendo a mão na sacola, de onde tirou uma calcinha de mulher, sensualmente debruada de rendas, surrupiada de Madame Florinda no meio de uma daquelas noitadas de amor. — Espero que aceite — completou Estefano, estendendo o presente para Primitiva, que, no entanto, não se moveu.

— Pega já, mulher! Seu Estefano tá te dando! — ordenou o simplório caboclo, sem captar a malícia do comerciante.

— Assim que se fala, Sabá! Minha mulher adora usar essas calcinhas, principalmente no verão. Sei que Dona Primitiva vai gostar.

Primitiva, enraivecida com Sabá e odiando aquele homem cujos propósitos pressentira desde o começo, pegou a calcinha das mãos de Estefano e recolheu-se no tapiri.

— E Dona Veva? — indagou Estefano.

— Deve estar dormindo dentro do tapiri — respondeu Sabá.

— Vai-te pra lá, demônio! — uma vozinha estridente respondeu lá de dentro. Era Veva, que acompanhara toda a conversa lá do seu canto.

— O que está dizendo, vovozinha? — indagou Estefano.

— Volta pro inferno, satanás! — repetiu Veva.

Todos lá fora riram. Sabá explicou bem baixinho que a mãe — coitada! — andava caduca. Mas Estefano insistiu:

— Dona Veva, eu também lhe trouxe um presente!

— Enfia no cu, satanás! — esbravejou a velhinha desbocada. Estefano entregou um pacotinho a Sabá. Era uma caixinha com almofada e pó, para a mãe passar no rosto.

— Obrigado, seu Estefano, não ligue pro que esta velha azeda fala.

Sentaram-se sobre um tronco de árvore no terreiro. Estefano então disse:

— Eu pedi pro Aldo vir com o Albino e a Dadá porque tenho uma proposta pra vocês. Houve uma pausa, depois ele continuou: — Vocês todos estão me devendo, e não devem pouco; mas o problema não é esse, pois não duvido que vão me pagar. O problema é que, trabalhando com os antigos instrumentos que vocês têm, a produção de farinha nunca vai ser grande coisa; por isso eu trouxe um rodete manual pra ralar a mandioca no lugar do ralo de lata, e um forno de ferro pra torrar a farinha; com eles vocês produzirão mais, e mais rápido. O que acham?

— Mas, seu Estefano, vamos ficar mais endividados com essas coisas — ponderou Sabá.

— Não se preocupem com isso, eu suporto o gasto; mas imponho só uma condição: tudo o que vocês produzirem de farinha, tudo o que trouxerem da mata, como a castanha-do-pará, o jutaí-cica, o breu, a madeira, e outras coisas, me venderão; concordam?

Como discordar? O negócio parecia-lhes mais do que razoável. Devessem quanto devessem ao forasteiro, bastaria trabalhar e entregar-lhe o fruto do trabalho, recebendo em troca as coisas da cidade, às quais haviam rapidamente se acostumado, como o açúcar, o sal, os anzóis, o pano para roupas, o café, o tabaco e a cachaça; pois já lhes repugnava o sabor natural das frutas, e sem o sal tudo parecia insosso, e já repudiavam os antigos anzóis de osso, e já não plantavam o algodão para as suas roupas, nem teciam nem fiavam, e o chá da casca de árvores cheirosas como a preciosa perdera o sabor, e nem mais um pé de tabaco plantavam, e nem já a tiborna, a manicuera, a maniçoba ou o tarubá eles davam-se ao trabalho de fazer.

Então ficou tudo acertado, do jeito que Estefano propôs.

— E a roça, como vai? — perguntou Estefano a Sabá.

— Tamos no finzinho do plantio — respondeu ele.

— Eu sei, eu sei... Agora nada tens pra me dar, mas não te preocupa, com a farinha dessa roça dará pra pagar o que me deves. Queres mais algum machado ou terçado pro trabalho?

— Não, seu Estefano; o que temos já basta. Mas tem uma coisa que eu queria, mas acho que não vai dar...

— Fala, homem! O que é?

— Uma espin...garda! — gaguejou Sabá.

— Uma espingarda? — repetiu Estefano, como que surpreendido. Mas não perdeu o equilíbrio. — E por que não? Claro que te posso adiantar uma espingarda; mas, é bom que se diga, uma espingarda está bem cara.

— Fica por conta da farinha e da castanha que eu, Primitiva e os meninos vamos colher nesta safra.

Aldo e Albino também pediram espingardas, garantindo ter muita castanha-do-pará, jutaí-cica e couros de animais estocados no tapiri para dar em troca. Os olhos de Albino brilhavam como os de uma criança quando Estefano disse-lhes que sim.

Nesse momento, os meninos voltaram do porto, onde a presença hostil de um dos homens no barco desencorajou intimidades. Nem o menorzinho, de uns doze anos, o mais sem-vergonha, venceu o temor. Ficaram de parte, olhando os adultos.

Dadá e seus dois homens despediram-se e foram-se numa só canoa. Estefano no dia seguinte iria ter com eles para acertar as contas. Quando os três passaram perto do barco, de novo viram o homem frio e taciturno ainda sentado no mesmo lugar, como um animal adestrado que aguardasse ordens. Acharam estranho, mas, por mais que matutassem, não encontraram razões para alarme, de modo que ninguém comentou.

Sabá convidou Estefano para dormir em terra com eles. O comerciante aceitou. Durante o jantar, o hóspede dividiu sua atenção entre o peixe assado que levava à boca, as estórias que o anfitrião desfiava com voz mansa, e Primitiva, de quem não tirava os olhos. Os impropérios de Veva já não o importunavam. Um dos rapazes levou comida aos homens do barco, que ali dormiriam.

Depois os Bagata e o hóspede tiveram de acomodar-se no compartimento único do tapiri, cuja arquitetura não contemplava quartos nem divisórias. Estefano armou sua rede no canto oposto à rede de Veva, ao lado de Sabá e Primitiva. Cansado da longa viagem, nem as blaterações constantes da velha impediram que caísse rapidamente num sono pesado, roncando quase a noite inteira. Primitiva, ao contrário, não conseguiu dormir, tampouco pôde entregar-se a Sabá, razão por que de manhã o marido levantou-se com a cara amarrada para a mulher, pois não entendia porque ela, sempre tão solícita aos seus desejos, naquela noite o repelira. É que, mesmo dormindo, a presença daquele homem a constrangia, fazendo-a sentir-se como a presa que segura a respiração ao ver-se ao lado de uma terrível serpente.

A julgar pelas palavras de Veva, Silvestre Bagata e vô Pachico passaram a noite malinando do comerciante Estefano. "Sufoca ele, Silvestre! Arranca a orelha do safado, Pachico!", dizia a velha. Com efeito, mais de duas vezes o hóspede interrompeu os roncos como que estrangulado, e uma vez sacudiu a cabeça como se quisesse safar-se de alguém que o segurasse, e soltou um forte gemido. A velha então ria: "Isso, Pachico! Acaba com esse demônio!".

Já estava um pouquinho claro quando Estefano, antes dos Bagata, levantou-se. Aliviou de propósito a bexiga ali mesmo, da porta do tapiri, como os caboclos costumam fazer à noite. O jorro barulhento da urina no chão podia ser ouvido por todos, e isso muito o excitou. Estrangulou por duas vezes o pescoço do enorme pênis branco com os dedos grossos, interrompendo dessa forma o jorro, para em seguida liberá-lo em jatos mais violentos. Manipulou o pênis devagar, provocando um começo de ereção. O membro intumescido na mão e a certeza de que a poucos metros a cobiçada cabocla adivinhava o que ele fazia, enchia-o de capitoso prazer. Ali mesmo, na semiescuridão, pouco se importando com Sabá, despiu-se, na esperança de que Primitiva o enxergasse, e desceu para o porto, jogando-se no rio com estrépito, procurando arrefecer nas águas geladas a sua enorme excitação.

— Arre, diabo! — esconjurou Veva, ouvindo a barulheira que Estefano fazia lá no rio.

Os Bagata também se levantavam. Primitiva quase cai de costas quando, ao sair para o terreiro, olhou para o rio e viu o forasteiro completamente nu, branco e enorme, meio de lado, vislumbrando-lhe de relance o membro descomunal. Teve ímpetos de esganar o marido por não perceber o perigo que aquele homem significava para eles.

Naquela mesma manhã Estefano foi embora, deixando com Sabá o rodete e o forno de ferro para fazer farinha, conforme combinaram. Deixou também a espingarda e um pouco de munição, adiantando algum mantimento por conta da farinha que a família extrairia da roça que acabara de plantar.

Eufórico com a espingarda, Sabá, mais uma vez, não percebeu o galanteio descarado que Estefano, ao subir para o barco, lançou para Primitiva.

O homem taciturno e esquisito que o acompanhava não saiu a terra uma única vez, nem pronunciou sequer uma palavra, para pesar dos meninos, que não se animaram a entrar no barco para bisbilhotar, como das outras vezes. Que era estranho, era; mas ninguém ousou perguntar sobre o homem, e tampouco Estefano esclareceu a sua presença.

Dessa vez o comerciante zarpou do porto de Dadá com o batelão carregado de castanha-do-pará e jutaí-cica que Aldo e Albino coletaram, além das cobiçadas peles de animais, deixando-lhes em troca, como sempre, uma porção insignificante de mercadorias da cidade, e uma dívida cada vez maior. Mas, grande ou pequena, por que se importariam com a dívida, se os caboclos, analfabetos, não faziam ideia do tamanho?

Aldo e Albino tocavam em suas espingardas com mística veneração. Pela primeira vez experimentavam o poderoso sentimento de possuírem algo que eles seriam incapazes de produzir. Alisavam o cano de aço e o verniz da coronha e arrepiavam-se num misto de prazer e temor. A partir desse dia, a admiração e o respeito que já sentiam por Estefano aumentou ainda mais. Passaram a nutrir um temor reverencioso pelo forasteiro, que parecia enorme e poderoso diante deles.

Terminado o plantio da mandioca, os Bagata e os seus vizinhos dedicaram-se à coleta da castanha-do-pará. Tinham de empreender longas caminhadas do porto ao castanhal e deste ao porto, através de espessa floresta, carregando nas costas enormes panacus cheios de ouriços de castanha. Afora Veva, que ficava no tapiri vigiada por um dos curumins, ninguém escapava do penoso trabalho. Mesmo Dadá, de hábito preguiçosa, com a chegada dos Bagata ficou mais sacudida, ainda mais que o trabalho no castanhal tinha suas conveniências. Pelo menos uma vez por dia, quando Albino fazia uma de suas descidas ao porto, a mulher de repente desaparecia de perto dos Bagata, que no começo se preocupavam, mas depois perceberam que o Aldo desaparecia junto com ela, reaparecendo minutos depois, sempre antes do Albino retornar do porto. A princípio temeram que um descuido dos dois amantes, um desencontro, provocasse uma desgraça. Mas logo se acalmaram, ao perceberem que também o Albino dava suas escapulidinhas com a mulher, curiosamente sempre quando o Aldo tinha ido levar os ouriços ao porto. Por fim, ninguém mais se incomodava, e, quando se referiam aos dois homens, já não era só o "Albino da Dadá", mas também o Aldo, embora o primeiro fosse o marido. Dir-se-ia até que os laços entre os dois homens eram mais perfeitos que a ligação de cada um deles com a mulher, pois nunca os viram discutindo por um nadinha que fosse, enquanto que de vez em quando Dadá, que tinha na verdade o comando, aplicava uma sova em qualquer deles. Como prova da completa falta de disputa entre os dois, certa vez, ao voltarem Dadá e Aldo de uma de suas escapulidas, a terrível mulher, certamente por um motivo fútil, veio lambando com um galho de árvore o coitado do homem, que, ao que parece acostumado ao ritual, em vez de reagir, apenas se defendia. Nessa hora Albino ia chegando do porto e deparou-se com a cena, a qual devia conhecer como ninguém, pois, vira-e-mexe, era ele a vítima. Sabedor do quanto dóem tais lambadas, e vendo o amigo contorcer-se de dor, segurou Dadá pelos punhos e arrancou de suas mãos o galho de árvore, dando-lhe em seguida umas boas palmadas no traseiro, com o que a mulher então se aquietou. Para facilitar as coisas, o triângulo amoroso ainda contava com a prestimosa colaboração do Xereco, o louro falador. É que o curumim menor, seu dono, sempre o levava para o castanhal, onde, do galho de uma árvore, o danado gritava: *"É vem o chifrudo! É vem o chifrudo!"*, toda vez que um dos dois homens se aproximava, dando tempo para Dadá recompor-se e reaparecer alegre e faceira com o seu companheiro, antes do outro chegar. Mas certa vez Dadá quis matar o papagaio, porque o engraçadinho deu alarme falso, estragando o prazer.

Por essa época, os vizinhos resolveram reunir-se. Os três fizeram seus tapiris perto dos Bagata, pois, embora cada um continuasse dono de sua parte, o trabalho coletivo mostrara-se vantajoso. No fim da safra havia um barracão entupido até o teto de castanhas. Construíram então a casa-de-farinha, onde instalaram as gamelas de madeira, os engates do tipiti, assim como o rodete e o forno de aço que Estefano trouxera, deixando tudo pronto para receber a futura colheita da mandioca. Depois se ocuparam da limpeza das roças, auxiliando-se uns aos outros na capina.

Veva andava muito triste, pois a partir de certa noite seus infalíveis amigos não mais apareceram. Não se conformava à ideia de que todos, de uma só vez, assim tão de repente, esqueceram-se dela. Além de ranzinza, tornou-se chorona. Durante muitas noites ficou à espera, em claros, cacarejando velhas cantigas que já só ela conhecia, recusando-se a desistir. Até que, certo dia, para surpresa de todos, ficou calma e tranquila, deixando de trocar a noite pelo dia. Ninguém senão Primitiva soube da razão da mudança. Segundo a anciã, Silvestre Bagata aparecera uma última vezinha pedindo-lhe que parasse de sofrer, pois ele e vô Pachico voltaram a encarnar e as dez alminhas penadas sentiam-se mais seguras perambulando perto dele no novo lugar, mas um dia eles voltariam.

A partir desse dia, como que remoçada, Veva voltou a ser como antes de Silvestre morrer — uma velha alegre e sacudida, trabalhadeira e animada. Nem a possibilidade de morrer antes de Silvestre Bagata reaparecer e ficar por aí desorientada, sem saber onde encontrá-lo, amofinava-a, pois ele também lhe garantira que as almas desencarnadas conhecem todos os rumos e nunca se perdem.

Veva, portanto, deixara de ser um peso para os outros. Embora não tivesse mais forças para carregar panacus de mandioca na costa, limpava o terreno, arrancava as raízes e ajudava Primitiva nos serviços domésticos, readquirindo mesmo parte do seu antigo prestígio. Os pirralhos já não zombavam dela e, vira-e-mexe, provavam do seu cipó. Deixara de ser a "vovozinha" caduca, era de novo a "Dona" Veva, conselheira nas decisões importantes. Uma coisa, porém, continuou — a sua antipatia pelo comerciante Estefano. Quando este, alguns meses depois, voltou ao Maró, teve de enfrentar o azedume da velha, que, contrariando Sabá, o impediu de dormir com eles no mesmo tapiri, pondo-o para se agasalhar na casa-de-farinha, junto com os cães. Encorajou Primitiva a recusar os presentes do estranho e chamou o filho de "banana" por permitir tal "safadeza", pois "só cego não percebe o que o patife tá querendo", dizia-lhe ela.

Depois que recuperou a lucidez, Veva também nunca mais pôs na boca um tiquinho que fosse das coisas que Estefano trazia da cidade. Enquanto os homens se encharcavam de cachaça, ela foi à roça e, com a ajuda de Primitiva e de Dadá, arrancou um punhado de mandioca, voltou para a casa-de-farinha, descascou e ralou as raízes, fez os beijus e mergulhou-os na água, depois retirou-os e pôs um a um sobre uma cama de folhas de *kurumikáa*[6] que ela mesma buscara no mato, estendeu-a sobre o jirau, e polvilhou os beijus com puçanga, cobrindo com folha de bananeira, deixando assim por três dias, até escorrer dos beijus o melaço, quando então as mulheres, comandadas por Veva, desfizeram a massa na água, coaram na urupema, resultando finalmente daí o tarubá, deliciosa bebida herdada dos antepassados, mais forte até que a tiborna,

[6] Mato novo, em tupi.

a qual, quanto mais velha, mais embriaga. A distância, Estefano acompanhou toda essa maratona e, embora desprezasse a rezinga da velha, guardava certo receio.

Na hora de acertarem as contas, Veva postou-se atrás dos homens e pôde ouvir Estefano dizer que, embora a roça tivesse rendido cento e cinquenta alqueires de farinha, eles continuavam lhe devendo, pois só pela espingarda teriam de entregar cem alqueires. E ainda tinha o açúcar, o sal, o café, os anzóis, o tabaco, os panos... sem falar do rodete e do forno de aço.

Vendo o filho tão manso e submisso, ela não aguentou e falou:

— O senhor tá tomando da gente tudo que conseguimos durante este ano, e ainda diz que tamos devendo? Não é possível! Tá nos roubando!

— Mãe, não fale assim com seu Estefano — remediou Sabá.

— Desculpe, Dona Veva; as coisas da cidade são caras; mas não se preocupem, não quero que paguem agora.

— Eu sei, eu sei; quer que a gente fique sempre devendo, pra sempre nos explorar; pois fique sabendo que a gente não precisa das suas coisas! — disse a velha, e afastou-se bufando.

Enfim, os homens fecharam o negócio. Aldo e Albino também entregaram todas as suas coisas e, segundo Estefano, continuaram devendo.

Mais uma vez o comerciante voltou à cidade com o batelão carregado de produtos da floresta, deixando aos tapuios coisas de ínfimo valor.

a qual, quanto mais velha, mais embirrava. A distância, Estefano acompanhou toda essa [illegible] e, embora desprezasse a rezinga da velha, achava-a [illegible] certo.

Na hora das acertos das contas, Veva postou-se atrás dos homens e pôde ouvir Estefano dizer que, embora a roça tivesse rendido cento e cinquenta alqueires de farinha, eles continuavam lhe devendo, pois só pela empreitada teriam de entregar cem alqueires. E ainda tinha o açúcar, o sal, o café, os anzóis, o tabaco, os panos, sem falar do [illegible] e do fumo de rolo.

Vendo o filho tão manso e submisso, ela não aguentou e falou:

— O senhor está tomando da gente tudo que conseguimos durante este ano e ainda diz que estamos devendo? Não é possível. Tá nos roubando!

— Mãe, não fale assim com seu Estefano — remediou Saba.

— Desculpe, Dona Veva, as coisas da cidade são caras, mas não se preocupem, não quero que paguem agora.

— Eu sei, eu sei, quer que a gente fique sempre devendo, pra sempre nos explorar; pois fique sabendo que a gente não precisa das suas coisas — disse a velha e afastou-se falando.

Enfim, os homens fecharam o negócio. Udo e Albino também entregaram todas as suas coisas e, segundo Estefano, continuaram devendo.

Mais uma vez o comerciante voltou à cidade com o batelão carregado de produtos da floresta, deixando aos caboclos coisas de ínfimo valor.

Um Rosto Sem Nome

Depois de cinco anos, cinco safras de castanha e cinco roçados, muita coisa mudara. Estefano abandonara pouco a pouco a amistosidade inicial, usada para seduzir os tapuios, e revelara sua verdadeira personalidade de homem ríspido e desalmado, tornando-se espécie de patrão, chefe e autoridade. Assenhoreara-se por completo da vida dos caboclos, que nada faziam sem conhecer-lhe a vontade.

Convencido de que descobrira naqueles tapuios simplórios e ignorantes do rio Maró uma preciosa mina, Estefano tomou todas as providências para melhor explorá-la. Mandou os caboclos construírem um barracão no melhor ponto do terreiro e lá instalou um tapuio de nome Rosalbo, que trouxera do rio Tapajós, o qual seria, em sua ausência, uma espécie de capataz, responsável pela fiscalização do trabalho e pelo aviamento das mercadorias indispensáveis aos caboclos. Já antes recrutara em Santa Irene alguns jagunços — mulatos, mamelucos e cafuzos da pior extração, vadios e desordeiros, procurados pela polícia, homens para quem a vida não valia um tostão — e estabelecera-os num ponto encachoeirado do Maró, estrategicamente escolhido, alguns dias abaixo dos Bagata, justamente ali onde enormes e afiados rochedos antepunham-se não só à passagem das águas como a qualquer ser vivente que se atrevesse a desafiá-los. Deu-lhes a tarefa de bloquearem a entrada e a saída do rio, impedindo a penetração de estranhos e principalmente a fuga dos nativos, no que os jagunços eram auxiliados pela própria natureza, que durante os seis meses do verão baixava o nível das águas, pondo a nu os perigosos rochedos. Apenas no inverno, quando as águas das chuvas escorriam para o rio encobrindo os rochedos e permitindo novamente a passagem de embarcações, os jagunços tinham que manter maior vigilância. Montaram o acampamento sobre um pequeno promontório na parte mais elevada da margem esquerda do rio, de onde se divertiam atirando nos pássaros que vinham mariscar na outra margem. À falta de mulher, inventavam jogos arriscados, como atravessar o rio a nado, durante a cheia, expondo-se à fúria dos jacarés que por ali deslizavam, ou, no verão, desafiar a violência das águas, despencando de canoa por entre as pedras da cachoeira. Não se preocupavam em vigiar as matas, pois, além de tarefa impossível, seria completamente inútil. Quem quisesse, do Maró, alcançar o vilarejo mais próximo teria que empreender uma caminhada de muitos dias, talvez meses; e só um louco ousaria enfrentar a floresta densa e inóspita, habitada por feras, de forma que a única passagem para o resto do mundo, o único caminho, era o rio; quem por ele entrasse, por ele teria de sair. Agora se explica a presença no barco de Estefano daquele sujeito mal-encarado, braços musculosos, cabelos esgrouvinhados. Era o Manecão, chefe desses jagunços, que às vezes acompanhava o patrão.

Toda vez que chegava, Estefano instalava-se no barracão central, mandando o caboclo Rosalbo acomodar-se no depósito de castanha ou na casa-de-farinha. Durante quatro ou cinco dias vistoriava os serviços, conferia a produção, aviava mercadorias e calculava o saldo, invariavelmente devedor, de cada um dos caboclos. Estimulava-os ao trabalho negaceando-lhes a cachaça, diminuindo a porção do açúcar, do sal, do tabaco. Ultimamente, talvez por recear alguma reação, já não lhes fornecia munição para as espingardas, pois previa que os tapuios, cedo ou tarde, se rebelariam contra a situação. Mas, por enquanto, tudo corria bem. Os dois homens de Dadá, mesmo que lhes faltasse a cachaça, não se importavam com a sujeição. Dadá fazia-lhes a felicidade. Presenteara Albino com dois filhos homens; o primeiro, um curumim magro e comprido que nem o pai, batizado por este com o nome de Aldo; e o segundo, um pimpolho gordinho e atarracado que nem o Aldo, recebeu o nome de Albino. Albino assumiu a paternidade dos dois, mas não se aborrecia — aliás, achava até justo — quando Aldo o ajudava a prover a alimentação dos garotos; e ambos eram muito agradecidos ao comerciante pelas duas mamadeirinhas e as duas chupetas e pelas latinhas de leite em pó que trouxera da cidade. Pois Estefano desde logo se fez "padrinho" das crianças, razão por que Dadá e seus dois maridos, embora guardassem apenas vaga noção dos ritos católicos há muito abandonados por seus antepassados, ficaram-lhe eternamente gratos.

Com Sabá deu-se diferente. O tempo passava e Primitiva, apesar de todas as beberagens que a sogra lhe providenciava, de jeito nenhum engravidava, deixando o marido muito frustrado. Para completar sua desdita, pressentira-se embaraçado nas teias insidiosas do comerciante Estefano. No começo, Sabá ainda procurou resistir, mas, depois, já não vislumbrando um modo de escape, afogou-se no trabalho e na cachaça, perdendo pouco a pouco e por completo a dignidade. Durante o dia, pouco se alimentava e, ao voltar do mato, caía bêbado na rede, onde roncava e babava como um porco queixada.[7]

Estefano, lá do barracão, acompanhava com perversa satisfação essa rápida degradação física e moral do caboclo. Impacientava-se, quase não contendo o desejo de ter Primitiva em seus braços. Certa noite, explodindo de lascívia, rondou o tapiri dos Bagata disposto a deitar-se com a tapuia, mas acabou recuando ante um tossido roufenho que partiu lá de dentro — era Veva avisando-o de que estava

[7] Porco-do-mato que apresenta como características mais marcantes o topete e o bater característico dos dentes; andam em grupos de 50 a 300 indivíduos.

acordada e atenta, pronta para lhe aplicar umas boas pranchadas de terçado. Voltou zangado ao barracão, mas consolou-se pensando que, do jeito que o caboclo se conduzia, dali a alguns dias, no máximo meses, estaria morto. E então nada o impediria de arrebatar a apetitosa cabocla para si. Mas, ao contrário de suas previsões, tal não aconteceu.

Um fato veio alterar o curso das coisas.

Numa de suas vindas ao Maró, Estefano trouxe consigo uma rapariga ainda bem jovem, embora parecesse muito maltratada, chamada Lazinha, e, grudado ao colo desta, um curuminzinho de uns seis anos, olhinhos vivos e espantados.

A mulher, amuada como um animal selvagem, teve de ser arrastada para terra pelo Manecão, que sempre acompanhava o patrão. Mas jogou-se no terreiro e ali ficou empacada, com o filho agarrado ao seu pescoço. Os Bagata e o pessoal da Dadá rodearam a estranha sem entenderem o que se passava.

— Eu trouxe a Lazinha pra morar com vocês — falou Estefano. — O homem dela morreu e ela não tem com quem ficar. Mas não dêem ouvidos ao que ela fala, pois ficou lelé da cabeça.

Algo inesperado aconteceu quando Veva se aproximou da coitada. O curumim, até aí muito assustado, largou o pescoço da mãe e agarrou-se às pernas da anciã, como se já a conhecesse. Veva, ao agachar-se e deparar-se com os olhinhos cintilantes do menino, também sentiu uma comoção no peito, seguida de um formigar de olhos e uma vontade enorme de chorar. Teve então imediata certeza de que era o espírito de Silvestre Bagata que voltara no corpo daquele menino, cumprindo-se, assim, o que prometera. Mas guardou consigo o segredo. Com a ajuda de Primitiva e Dadá, conseguiu acalmar a pobre Lazinha, que se deixou conduzir para dentro do tapiri. O curuminzinho, sem nenhum receio, danou-se a correr pelo terreiro, familiarizando-se rapidamente com as pessoas e com os animais. Vira-e-mexe vinha ter com Veva, agarrando-se-lhe à roda da saia, roçando-lhe as pernas de uma forma que os demais não deixaram de notar, desinteressando-se já quase completamente pela mãe. Veva, por sua vez, sabendo de quem se tratava, desmanchava-se em cuidados para com o pirralho, mas sem descuidar da mãe, a qual, com poucos dias, a peso de muitos banhos e muitos mingaus, restabelecera-se quase completamente, parecendo mesmo outra mulher, embora todos fossem capazes de apostar que a coitada ficara com um ossinho a menos na cabeça. Pois, embora já acompanhasse os outros à roça e ajudasse na cozinha, mostrando-se mesmo muito trabalhadeira, vivia sempre calada, como que cismando constantemente em algo longínquo, e, quando abria a boca, não dizia coisa com coisa. Nessas horas deixava de ser a índia pacífica e macambúzia e transformava-se numa cabocla histérica e tresloucada, que acusava Estefano de ter assassinado o seu marido para dela se apossar. Embora ninguém lhe desse crédito, um dia Veva pediu que Lazinha lhe contasse com mais vagar. Então ouviu dela a seguinte história:

Era filha de Tilico e Palmira, já falecidos, os quais, por sua vez, foram filhos de índios *maué* que há não se sabe quanto tempo se desgarraram de sua tribo e vieram morar no rio Nambu, o qual, segundo ela, distava muitos e muitos dias dali. Um dia chegou à aldeia, vindo não se sabe de onde, um punhado de homens e mulheres muito brancos, que andavam com uma cruz no peito e um livro na mão — o qual depois ela soube ser a Bíblia — e que os ensinaram a falar a língua dos brancos e a cantar hinos tristes, e a temer a Deus e odiar o diabo, e sentir vergonha de sua nudez. Chamavam-se Batistas e captaram facilmente a simpatia e a amizade dos nativos, que só não se sentiam à vontade com as roupas grossas que foram admoestados a usar, pois seus corpos esquentavam e suavam e tornava-se difícil livrar-se dos panos quando iam banhar-se no rio. Tudo ia muito bem até começarem a nascer curumins bem branquinhos na aldeia, pois, mesmo sabendo ser pecado, as tapuias não resistiam à tentação de provocar e se esfregar naqueles homens enormes, braços cabeludos e pele fofa, com suas partes baixas sempre bem encobertas, mas que, pela grossura dos dedos das mãos, excitavam as imaginações. Quando veio a ordem para os Batistas deixarem a vila, o filho do pastor, ainda um rapazote, disse que não ia. O pai em vão tentou convencê-lo. Por fim, ao querer forçá-lo a embarcar, o rapaz encafuou-se no mato, de onde saiu só um mês depois, quando o pai, triste e aborrecido, cansado de esperar, fora-se embora. Deixou, porém, com o filho, para minorar-lhe os sofrimentos, além de uma Bíblia, todos os seus instrumentos de trabalho, como serrotes, martelos (que logo ficaram sem préstimo, ao se acabarem os pregos), machados, terçados, panelas e talheres, muitos anzóis, e várias outras coisas, com que João Batista — esse era o nome do rebelde — e Lázara — nome cristão da recém-batizada índia Moara, mais conhecida por Lazinha — começaram a sua vida em comum, pois o motivo da desobediência fora a grande paixão que o filho do pastor sentia pela linda tapuia, da qual jamais aceitaria separar-se para sempre. O rapaz conquistou com isso a confiança e o respeito de toda a gente da aldeia. Com seus conhecimentos, ensinou os nativos a obterem melhor proveito do solo, a diversificarem a lavoura, plantando grandes roças de milho e banana, além da mandioca; dividiu com os principais da aldeia as poucas armas de fogo que o pai deixara, mas aconselhou-os a preservarem a munição para ocasiões importantes, pois já adivinhava os embates futuros. Quando o maioral da aldeia morreu, o seu filho Saluma, irmão de Lazinha, convidou João Batista para auxiliá-lo no comando dos negócios da tribo, tal era o prestígio do jovem branco, o qual, ao invés de impor os hábitos e as crenças de seus pais, integrou-se tão perfeitamente no modo de viver dos índios que, não fosse a pele branca e os olhos azuis, em nada seria diferente. Lazinha e o marido viveram então dias felizes. Apesar do árduo trabalho, sempre sobrava um tempinho para os dois se banharem numa prainha solitária do rio, afastada uma hora da aldeia, onde, completamente nus, faziam todas as loucuras. Veio coroar aquela união o nascimento de um belo menino, perfeita mistura das duas raças. O povo da aldeia vinha ver o pequerrucho e apontava as marcas de um e de outro no corpo do menino. A ossatura graúda, os dedos compridos e a pele cor de areia vinham do pai; mas diziam ter puxado a mãe nos traços do rosto e no jeito silencioso. Havia porém um traço que ninguém comentava e que muito intrigava a Lazinha. Era o brilho dos olhos da criança, o modo experiente como olhava o mundo, até parecendo um olhar de adulto. "Pois se é o Silvestre que tá no menino!", pensou Veva, sorrindo, sem interromper o que a outra contava.

João Batista de vez em quando dizia que um dia o diabo subiria o rio para atacá-los. Talvez receasse que o pai, que nunca se conformaria em perder o filho para os "índios", insuflasse os poderosos da cidade contra os nativos. Mas a desgraça acabou vindo de um modo não esperado.

Certo dia, o batelão de Estefano atracou no porto da aldeia. Ninguém se opôs àquele homem branco e enorme, que distribuía presentes, dizendo querer apenas comerciar. João Batista, de boa fé, sem saber com que víbora se metia, convidou o estranho para sua maloca. Foi o começo da desgraça.

Ao ver a formosa Lazinha, Estefano ficou fortemente atraído. Mas, de início, disfarçou. Só após a segunda ou a terceira viagem é que o comerciante foi se revelando. Distinguia-a com presentes, não poupava elogios, desferia galanteios. Demorava-se na aldeia mais do que o necessário, e, assim que João Batista se ausentava, ele subia para terra e abordava a tapuia, de dia ou de noite, onde quer que estivesse. Nada conseguia, pois Lazinha o repelia, mas, temendo uma desgraça, não contou nada ao marido. Todo o povo da aldeia acompanhava o caso, mas, como era do seu costume, em assuntos de homem e mulher ninguém se metia. Até que certo dia o irmão de Lazinha, não suportando mais ver o estranho molestá-la, disse a João Batista o que se passava, oferecendo-lhe a solidariedade dos homens da aldeia. Combinaram então que, assim que o atrevido chegasse ao porto, João Batista diria a todos que ia caçar, mas ficaria escondido atrás das bananeiras do terreiro, de onde sairia para flagrar o safado bolinando a sua mulher, aplicando-lhe uma sova exemplar. Por precaução, os homens da aldeia estariam por perto para dar-lhe proteção. E assim foi feito. Como tentou reagir, o rufião foi expulso da aldeia a lambadas e pontapés. Mas saiu gritando que voltaria para vingar-se daquela humilhação.

Por algum tempo houve estado de alerta. Vigias avançados postaram-se a cinco curvas do rio, prontos para darem o alarma, caso algum estranho se aproximasse da aldeia. Quando os homens tinham que se ausentar, sempre ficavam alguns para resguardar mulheres e crianças. O maioral chegou mesmo a pensar em transferir a aldeia para as cabeceiras do rio Nambu, muitos dias de viagem acima, onde ninguém os encontraria. Mas, como o tempo passava e nada acontecia, a vida da aldeia retomou a sua rotina. Com pouco, ninguém mais lembrava do sucedido.

Mas a tranquilidade durou bem pouco.

Certa noite, quando boa parte dos homens fora caçar e a aldeia toda dormia, aconteceu o que tanto temeram. Estefano, acompanhado de muitos capangas, fortemente armados, chegaram de mansinho ao porto e, como um raio, tomaram a aldeia, não dando a menor chance de reação aos poucos homens que encontraram, os quais foram arrancados de suas redes e jogados no terreiro, em volta de uma grande fogueira, com pés e mãos amarrados. Em seguida, as mulheres e as crianças também foram trazidas e tiveram de assistir a uma cena macabra. Estefano mandou um dos jagunços tirar o menino do colo de Lazinha — o que não foi fácil de fazer, pois o curumim agarrou-se ao pescoço da mãe de tal maneira que tiveram de jogá-la ao chão para separá-los. Em seguida, pôs-se a apalpar a mulher bem à vista de João Batista, o qual, imobilizado no chão, ao lado dos demais homens, era obrigado a tudo assistir, sem nada poder fazer. Enquanto isso, Estefano, com uma chama diabólica nos olhos, soltava boas gargalhadas. Demorou algum tempo nesse jogo hediondo até que, cansado da diversão, mandou outro jagunço separar João Batista do monte de homens. Em seguida, com frieza, aproximou-se dele e, debaixo dos gritos das mulheres e do choro das crianças, cravou no peito do coitado um longo punhal, que o traspassou e fincou-se na terra. Em seguida, como que saboreando a vingança, Estefano desamarrou pés e mãos do moribundo e mandou-o levantar-se, mesmo sabendo que jamais poderia. Em seguida, desceu com os jagunços para o porto, levando nos braços Lazinha, que havia desmaiado. Um dos jagunços carregava consigo o menino, que, cansado de lutar, agora apenas soluçava.

Lazinha deve ter permanecido muito tempo desacordada, pois, quando voltou a si, notou que já não estavam nas águas brancas do rio Nambu, mas num outro rio de águas negras, que depois soube ser o Maró. Seu primeiro pouso foi no acampamento dos jagunços, num trecho encachoeirado do rio. Nessa mesma noite Estefano quis deitar-se com ela, mas estava tão fraca que o homem não insistiu. No outro dia, bem cedo, Estefano recomeçou a viagem, rio acima, mas agora os acompanhava somente um dos jagunços, o tal Manecão, já bem conhecido dos Bagata.

— O resto da história a senhora já sabe — finalizou Lazinha, ficando de novo silenciosa, como que voltando às paragens longínquas de onde saíra.

Veva observou por longo tempo a mulher, sem decidir se devia crer ou não na coitada. Dava-lhe pena ver uma criatura assim transtornada. Ela também receava de Estefano, mas não chegava ao ponto de enxergá-lo como o terrível demônio que Lazinha pintava, ainda mais que, daí em diante, o comerciante pareceu desinteressar-se por Primitiva, pois deixara de ofertar-lhe presentes e dirigir galanteios, tampouco Veva pressentira-o rondando à noite o tapiri.

Agora, toda vez que chegava, Estefano, em vez de dormir no barracão central, ia à noite ter com Lazinha no tapiri que os caboclos construíram para ela. Da primeira vez a mulher ainda tentou repeli-lo, fazendo um escândalo dos diabos, mas recebeu ao que parece tantos tabefes que logo se aquietou. Apesar da rapariga clamar por socorro, ninguém se moveu, porque ali não é costume intrometer-se nas querelas entre homem e mulher. Nem mesmo Veva se incomodou, parecendo-lhe mesmo justo que Estefano, que amparara Lazinha no infortúnio, agora a possuísse. E, com o tempo, a própria Lazinha parecia acomodada à situação; nunca mais se furtara aos instintos de Estefano, nem voltara a assacar-lhe aquelas terríveis acusações. Mas era só aparência, pois, embora continuasse muito ativa, ficara, porém, cada vez mais introvertida e macambúzia, acentuando-se-lhe nos olhos certa expressão de alheamento e um brilho ensandecido, suscitando a chacota dos moleques, que deram para troçar da infeliz, chamando-a de "Lazinha-louca".

Em compensação, Sabá, com a chegada de Lazinha e do menino, livrou-se do torpor etílico em que definhava, reencontrando a antiga alegria de viver. Como Lazinha quase não procurasse o filho e este também não mais demonstrasse sentir a falta da mãe, os Bagata, com extremado carinho, encarregaram-se da educação e do sustento do menino. Veva, como se sabe, fazia-o por achar que Silvestre Bagata vivia no curumim; e Sabá, por enxergar no pimpolho o filho que tanto esperava. Tal arranjo não desagradou a Estefano, pois assim tinha Lazinha só para si; trazia sempre da cidade um presente qualquer para o garoto, querendo, com isso, cativar a sua amizade. Mas o pirralho gostava mesmo era das coisas da floresta, revelando desde cedo grande intimidade com os animais. O primeiro bicho que possuiu foi um macaquinho-prego que Sabá trouxe do mato — o Chico —, que vivia solto no terreiro e vinha comer banana em sua mão. Depois Albino trouxe-lhe um filhote de cervo tão dengoso que no começo até dormia com ele na rede. Três anos depois, o terreiro dos Bagata era já um completo zoológico, com jabutis, araras e papagaios, sem falar nos amigos cachorros.

Sabá e Gedeão — assim se chamava o menino — tornaram-se amigos inseparáveis. Cedendo às súplicas do menino, Sabá cedo levou-o à caça e à pesca, revelando-lhe pequenos segredos. Com os curumins — agora já rapazes — o menino aprendeu a espionar as mulheres no banho ou quando faziam as suas necessidades, e, como vivia entre estas, delas ouviu que os rapazes costumavam fazer coisas muito feias, as quais foi logo pedir que o ensinassem.

Integrara-se tão completamente aos Bagata que já nem lembrava de Lazinha como sua mãe. Chegava mesmo a engrossar a zombaria dos rapazes contra a pobre mulher, que ouvia as pilhérias sem reagir, cada vez mais estranha e calada. Mas, no fundo, Gedeão não deixava de sentir profundo pavor dos olhos tresloucados de Lazinha.

Certa vez, Lazinha quis abraçar o filho, mas este correu para longe dela. Veva teve de passar mão de um cipó e falar grosso para que o pirralho, amedrontado, fosse ter com a mãe. Lazinha então o encostou a si e fez-lhe um cafuné nos cabelos. Mesmo anos depois, já rapaz, Gedeão veria saltar das brumas do passado um rosto sem nome de mulher, pálido e triste, que o olhava com infinita ternura. Foi o último contato entre mãe e filho.

Meses depois, Lazinha apareceu barriguda e foi acompanhada durante a difícil gravidez pelas outras mulheres, que cuidaram dela dia e noite, dando-lhe banhos de ervas, passando-lhe unguentos na barriga, servindo-lhe chás e mingaus, até o momento do parto, quando Veva, com seu cabedal de velha parideira, comandou os serviços, trazendo à luz uma linda cunhantaim, de pele esbranquiçada e olhinhos amendoados, que nem chegou a conhecer a mãe. Isto porque, nem terminara o resguardo, apesar dos protestos de Veva, Estefano mandou o Manecão carregar Lazinha para o barco e foi-se embora com ela, dizendo que a levaria à cidade para se tratar e depois a traria de volta. Mas a pobre Lazinha nunca voltou e ninguém soube que fim levou. Primitiva, que tanto sonhara com uma filha, passou a ser a mãe da menina, colocando-lhe o nome de Diana, uma cunhantaim tão esperta que, mal aprendera a andar, punha-se para lá e para cá atrás dos moleques. Certo dia, tendo Gedeão e os dois pirralhos da Dadá embarcado numa montaria a fim de pescar, Diana, no afã de ir com eles, lançou-se no rio. Não fosse Gedeão saltar n'água pegando-a a tempo pelos cabelos, Diana teria morrido afogada. Mas o incidente serviu para dar início a um forte e dúbio sentimento entre os dois, que os uniria pelo resto de suas vidas.

Depois da ida de Lazinha, muita coisa piorou. Estefano já não escondia nenhuma de suas sórdidas intenções. Voltou a assediar descaradamente Primitiva, às vezes até mesmo na presença de Sabá, o qual, apesar de sóbrio, pois deixara de refugiar-se na cachaça, tinha de conter a ira, nada podendo fazer diante da ameaça presente e constante dos jagunços de Estefano. O Manecão, que antes só vinha ao porto dos Bagata acompanhado de Estefano, agora aparecia a qualquer hora, e já não ficava somente no porto; subia para terra, exibindo o enorme revólver à cintura; entrava no barracão e fazia o estafermo do Rosalbo servir-lhe cachaça; às vezes ia à casa-de--farinha, onde mexia nas coisas e furava com o dedo os paneiros, depois rondava o terreiro, com passadas lentas e pesadas, calcando o chão com os calcanhares, encarando homens e mulheres, sem uma palavra. Quando Manecão vinha com outros jagunços, o temor dos tapuios redobrava. O que fazer se eles investissem contra as mulheres? Sabá, Aldo e Albino, embora sem munição para as suas espingardas, pactuaram resistir até à morte com o que pudessem.

Até mesmo quando os jagunços se ausentavam, a vida dos tapuios não melhorava. Rosalbo, embora rastejasse aos pés do patrão, na ausência deste tornava-se um tirano. Gritava para os caboclos irem trabalhar, enquanto ele próprio ficava no barracão no mais completo ócio; insultava-os, ameaçando contar o corpo-mole a Estefano; e negaceava mercadorias enquanto não se julgasse satisfeito. Afora Veva, que não quebrara a promessa de nunca provar uma só das "porcarias" que Estefano trazia, todos temiam as retaliações de Rosalbo, pois viciaram-se nas coisas da cidade. Mas a virilidade do tapuio desmanchava-se em suspiros diante dos quatro rapazolas de Veva, os quais, depois de terem fornicado com a cachorra da família e com outros animais domésticos, ampliaram suas experiências com Rosalbo, de quem ainda recebiam boas recompensas. E montaram um sistema de revezamento tão perfeito que nenhum adulto, a não ser Veva, percebeu. Vendo que os rapazes de vez em quando apareciam no tapiri trazendo inexplicavelmente alguma das bugigangas de Estefano, não foi difícil à velha adivinhar o que se passava, mas nada disse que denunciasse os garotos, pois nessa época a anciã, com a alma apaziguada pela volta de Silvestre, já não se importava com as coisas comezinhas deste mundo; voltara a cair num estado de progressivo alheamento. Mas, desta vez, o definhamento decorria de modo plácido e feliz. Isto porque, certa noite, assim que o pequeno Gedeão dormiu, Veva enxergou Silvestre Bagata em pé num canto do tapiri. Ela então perguntou se ele tinha algo a lhe dizer e Silvestre lhe respondeu: "Mulher, é chegada a tua hora de partires, não tenhas medo". E desapareceu numa piscadela de olhos, no exato momento que Gedeão se remexia na rede.

Pela manhã, Veva anunciou a sua própria morte, que ocorreria dali a um mês, na boca da noite de lua cheia. Pediu que a enterrassem ali mesmo no fundo do terreiro, pois assim, calculou ela, ficaria mais perto de Gedeão. Embora todos imaginassem ser apenas mais uma de suas estranhas brincadeiras, Sabá fez, por via das dúvidas, um caixão de madeira nas dimensões da velha e o deixou escondido no mato.

Nos dias que se seguiram, Veva comportou-se como quem realmente se prepara para uma viagem. Limpou as unhas, lavou e remendou o seu melhor vestido de chita e pediu para Primitiva catar-lhe os piolhos da cabeça, coisas que há muito não fazia. Como às noites dormisse um sono de anjo e de dia se mostrasse bem lúcida, quase ninguém já lembrava da fúnebre previsão. Mas, dois dias antes da lua cheia, um fenômeno, por muitos conhecido, despertou a atenção de todos. A velha cachorra da família, amiga inseparável de Veva, pôs-se a uivar sem parar pelo terreiro, como num lúgubre e plangente lamento, vindo, de vez em quando, arranhar o esteio do tapiri onde estava amarrada a rede de sua dona, de quem pressentia a morte iminente. O uivo lamentoso continuou até mesmo quando Veva punha-a ao colo. Cessou somente depois que Veva, tendo de todos se despedido, ajeitou-se na rede e deu seu último suspiro, conforme ela mesma previra. O velório estendeu-se noite afora, noite de lua cheia, a noite de lua cheia mais feia que eles já viram, pois todos eles, até mesmo os animais domésticos, sentiam separar-se de Veva, que, de uma forma ou de outra, marcara a vida de todos com a sua forte presença.

No dia seguinte, Sabá colocou a mãe no esquife que havia preparado, e todos, com exceção do Rosalbo, o ajudaram a enterrá-la no fundo do terreiro, à sombra de frondosa árvore, cumprindo-se assim a sua última vontade. E já naquela primeira noite Veva voltou ao tapiri para beber a tiborna que a partir daí Primitiva sempre deixava no jirau. Gedeão, cuja pureza ainda não fora conspurcada, era o único com o condão de enxergá-la. Sabá e Primitiva apenas o viam conversar com a velha como num sonho, procurando acalmá-lo quando o curumim se espantava, cuidado esse que logo se tornou desnecessário, pois Gedeão passou a conviver muito bem não só com o espírito de Veva, mas também com os outros que, ao que parece, o acompanhavam. Depois da morte de Genoveva, Gedeão já não fazia questão de andar com os outros meninos. Era capaz de passar horas e horas afastado de todos, concentrado em brinquedos que só aparentemente eram solitários, pois via-se que não estava sozinho; entes invisíveis, com quem conversava, participavam com ele das brincadeiras, fazendo Sabá e Primitiva suporem que as alminhas penadas, há muito sumidas, haviam regressado.

Presos na Solidão da Floresta

Um dia, Sabá sentou-se num tronco de árvore e pôs-se a lembrar dos tempos em que o pai ainda existia. Tempos bons aqueles. O comerciante Estefano ainda não havia chegado. Lembrou-se dos banhos que a família tomava no rio, das pescarias com o pai, de suas primeiras incursões pela mata, da primeira caça que conseguiu abater. E de sua pequena e doce Primitiva... daquele fogo que há muito parece ter se apagado. Como seria bom senti-lo novamente, reviver a antiga liberdade!

Chegando à casa, Sabá segredou à mulher o seu intento de regressar ao antigo lugar, de onde vieram. Voltariam assim a viver como antes; plantariam a sua roça, tirariam do rio e da floresta o seu sustento, não mais se deixariam escravizar por Estefano. Mas, embora os Bagata se preparassem mui discretamente para a longa viagem, Rosalbo, lá do barracão, com o seu olho de gavião, acabou adivinhando o motivo da estranha movimentação. E não perdeu tempo. Sem que ninguém percebesse, pegou uma das canoas do porto e desceu o rio a toda brida até o acampamento dos jagunços de Estefano, pondo-os a par de suas suspeitas. Na mesma hora, Manecão e mais três capangas, e com eles Rosalbo, voaram em suas pirogas para o porto dos Bagata. Enquanto isso, Sabá, dando pela falta do delator e sabendo o risco que corriam, resolveu não esperar a noite para partirem, como planejara. Despediram-se de Dadá, Albino e Aldo, os quais, pesarosos pela perda dos amigos, em vão tentaram convencê-los a ficarem. Dadá e Primitiva, quando se abraçaram, chegaram mesmo a chorar, comovidas. Mas, no exato instante em que os Bagata acomodavam-se na canoa, a montaria dos capangas abicou na curva do rio, a uma distância já tão curta que Sabá, com os nervos tensos e a mente embaraçada, ficou completamente sem ação.

— Aonde pensam que vão? — perguntou Manecão, encostando a canoa. Ninguém respondeu. — Pensavam sair assim de fininho sem pagar o que devem ao patrão? Pois podem desembarcar; daqui ninguém sai sem permissão do patrão! Como os Bagata não se mexessem, Manecão continuou, alisando de propósito o cabo do revólver: — Não me ouviram? Tô mandando desembarcarem!

Embora o sangue fervesse-lhe nas veias, Sabá obedeceu à ordem do jagunço, pois seria inútil qualquer resistência. Os capangas estavam fortemente armados. Cabisbaixo, pôs-se a levar de novo os teréns para o tapiri, no que era ajudado pelos quatro irmãos menores e por Gedeão, enquanto Primitiva acalentava a pequena Diana, que se espantara com o vozerio dos jagunços e abrira um forte berreiro. Dadá e seus dois homens também ajudaram os amigos a carregarem as coisas para terra.

De pé no alto do porto, Manecão assistira a tudo, com ares de importância. Por fim, disse bem alto, para que todos ouvissem:

— Isso é para todos saberem que daqui ninguém sai sem permissão do patrão; e não adianta fugir, pois até no inferno nós vamos buscar. Entendido? E agora, Rosalbo, merecemos um trago!

Manecão e os três jagunços só se foram no dia seguinte, depois de passarem a noite em claro no terreiro, bêbados, em volta de uma fogueira que o Rosalbo foi obrigado a fazer.

Dois dias depois, Estefano chegou e mostrou-se muito zangado. O mundo estava cheio de caboclos trapaceiros e ingratos. Onde já se viu ir-se embora devendo?

— Sabá! Sabá! Vem cá, seu patife! — gritou Estefano, lá do barracão.

Sabá atravessou o terreiro de cabeça baixa, orelhas formigando, como um réu diante do tribunal.

— Então, depois de tudo o que eu te dei, achavas que ias embora assim sem mais nem menos?

— Seu Estefano... — gaguejou Sabá. — Eu só pensei em voltar ao meu antigo lugar.

— Sem a minha ordem? — esbravejou Estefano.

— Nunca foi preciso permissão de ninguém pra gente mudar de lugar — ousou responder Sabá.

— Engole essa tua língua, patife, antes que eu mande cortar! Se não sabias, agora escuta: de hoje em diante, enquanto não pagares o que me deves, tu me pertencerás; e não só tu, mas teus irmãos, teus bichos e até tua mulher. Não sejas besta de fugir, que mando o Manecão te buscar! Mas, como sou um homem bom, faço-te a seguinte proposta: se mandares a tua mulher dormir comigo amanhã à noite aqui no barracão, perdoo todas as tuas dívidas. Que tal, não é uma boa proposta? — indagou Estefano, com um sorriso maroto. — Podes aceitar ou não; mas é melhor aceitar, pois, do contrário, não só continuarás com as dívidas como também ficarás sem a mulher, pois, se ela não vier ter comigo por bem, virá por mal. De qualquer forma, podes escolher. Amanhã à noite estarei à espera. Entendeste?

Segundos depois, enquanto voltava ao seu tapiri, Sabá tomou a resolução de fugir. Mas desta vez não iria pelo rio, pois estava claro que pelo rio os jagunços o alcançariam aonde quer que fosse. Sairiam pelos fundos da mata, rumando sempre para o sul, até encontrarem o rio Nambu, onde Lazinha dizia viver o seu povo. Mas, e se Lazinha fosse realmente louca e o tal rio Nambu não passasse de fantasia? Mas não, agora tudo parecia encaixar-se perfeitamente.

Sabá já não duvidava da terrível história contada por Lazinha. Nem podia se dar ao capricho de duvidar, pois essa história trazia-lhe uma esperança única de salvação.

Entrou em casa e relatou à mulher as palavras de Estefano e a sua decisão de fugir naquela mesma noite. Primitiva, amedrontada, com Diana no colo, chorou baixinho. Nunca se enganara, sabia que um dia isso acabaria acontecendo. Mas, como fugiriam pelo mato? Certamente, se o rio Nambu existisse, estaria muito longe, sabe-se lá a quantos dias de caminhada. E qual rumo tomar? E como enfrentar a mata levando com eles Gedeão e Diana? As duas crianças não suportariam os sofrimentos da marcha. Sabá manteve-se calado enquanto Primitiva fazia tais ponderações, por fim, quando a mulher não tinha mais o que dizer, ele falou: — Mas não temos escolha; se a gente não fugir, amanhã à noite terás de dormir com o desgraçado.

— E se a gente lutar? — disse Primitiva, com um estranho brilho no olhar.

— Lutar, de que modo? O diabo tá bem armado e ainda tem os capangas com ele.

— Mas, se o Aldo e o Albino também lutar...

— Nem assim a gente vencia; além disso, não sei se eles ficavam do nosso lado.

— Se eu pedir pra Dadá, eles ficam — disse Primitiva, não muito segura do que dizia.

— Então vamos falar com eles — concordou Sabá, mais para agradar a mulher.

Encontraram Dadá e Albino em casa. Um dos rapazes foi chamar o Aldo em seu tapiri. Quando ele chegou, Sabá contou-lhes o seu dilema. Ou fugiam, ou Primitiva se entregava a Estefano, ou resistiam com as armas que possuíam. Por fim, pediu a opinião dos amigos.

Houve, a princípio, um grande silêncio. Via-se que os vizinhos, como que constrangidos, titubeavam. Vendo no silêncio uma resposta, Sabá compreendeu que não podia contar com eles para grandes coisas. Ao seu lado, Primitiva parecia também muito desapontada, pois esperava que os amigos aderissem prontamente à sua causa.

Primitiva tinha razão, pensou Sabá. Não poderiam arriscar as vidas de Gedeão e Diana na difícil caminhada. Além do mais, as duas crianças seriam um pesado fardo. Melhor seria deixá-las aos cuidados de Dadá, que não se recusaria a ficar com elas. A própria Dadá, quebrando o incômodo silêncio, falou:

— Se quiserem, eu fico com as duas crianças.

— Eu muito agradeço esse seu favor — respondeu Sabá. — Ia lhe pedir justamente isso; a gente não sabe quanto tempo vai levar a viagem.

— Quando partem? — indagou Albino, ainda visivelmente encabulado por não ter se oferecido para lutar com o amigo.

— Ainda esta noite — respondeu-lhe Sabá.

— Tomem a picada velha do castanhal, quando ela findar já tarão muito longe — disse Aldo.

— Esta noite eu matei um veado. Dadá vai assar a carne pra vocês — ofereceu Albino.

— Não esqueçam de levar bastante água, pois no centro da terra o verão seca todos os córregos — recomendou Aldo.

Sabá agradeceu e abraçou os amigos. Quando já ia saindo, Aldo aproximou-se e falou-lhe ao ouvido:

— Desculpe a covardia; ninguém enfrenta os jagunços do seu Estefano; e, falando a verdade, ele até tem sido bom pra nós. Não falei nada pra não lhe desanimar, mas o amigo Sabá acredita mesmo que possa chegar a algum lugar pela mata? Pra mim esse tal rio Nambu não existe, e se existe é tão longe que não se pode chegar até lá. O amigo não se ofenda, mas não era melhor deixar

Dona Primitiva dormir com o velho? Veja só, de vez em quando ele pede pra Dadá ir lá com ele, e o Albino não se zanga por isso, até gosta, pois ela sempre trás alguma coisinha pra casa. O amigo me perdoe se lhe falo isso.

Sabá calou-se; não os censurava; até procurava entender suas razões. Voltaram ao tapiri e esperaram a noite.

Gedeão e Diana, como que pressentindo a separação, demoraram a dormir. Preocupado, Sabá vigiou os quatro rapazes para não fazerem barulho nem caírem no sono, pois deveriam estar despertos na hora de partir. A noite já ia alta quando finalmente as duas crianças renderam-se ao sono. Sabá e Primitiva não perderam tempo. Cada um carregou uma das crianças ao colo, enroladas na própria rede, e, com muito jeito, cuidando para não chamarem a atenção, enveredaram pelo caminho que ia dar na casa de Dadá, onde os vizinhos os esperavam acordados.

Duas redinhas já estavam atadas à espera das duas crianças, que nelas foram colocadas. Primitiva, contendo a custo o pranto, debruçou-se sobre os dois pirralhos e despediu-se deles com um trêmulo beijo. E Sabá nem mesmo quando a mãe morrera sentira o peito tão oprimido. Teve que desviar o rosto da chama bruxuleante da lamparina para esconder uma lágrima quente que lhe escorria pela face. Já sentia remorsos por deixar as duas crianças para trás.

— Vou cuidar bem dos dois — confortou Dadá, vendo a dor e a desolação dos amigos.

— Um dia, quando Gedeão crescer, conte-lhe tudo sobre o seu passado. Se a gente escapar, quem sabe um dia volte a se encontrar — disse Sabá, com a voz embargada.

Dadá e Primitiva abraçaram-se, ambas soluçavam. Em seguida, homem e mulher voltaram a desaparecer na escuridão do caminho. Quando chegaram ao tapiri, o irmão menor havia caído no sono e Sabá teve muito trabalho para reanimá-lo. A noite já ia pelo meio quando enfim a família esgueirou-se pelos fundos do tapiri e ganhou a mata. Seguindo o conselho do Aldo, tomaram a picada velha do castanhal, procurando andar o mais rápido possível, sendo, porém, embaraçados pelas coisas que levavam e pela fraqueza do menino menor, que, de hora em hora, pedia para descansar. A marcha ficou ainda mais penosa depois que a picada do castanhal se findou. Tiveram que enfrentar a teia intrincada da floresta virgem. Apesar da fome e do cansaço, a noite se fora e eles continuaram a espinhosa marcha durante todo o dia, procurando afastar-se o mais que podiam do rio Maró; paravam somente de vez em quando, mas apenas o suficiente para Sabá verificar a direção. À noite, esfaimados e exaustos, finalmente comeram e descansaram. Sabá limpou uma clareira e no meio dela fez uma pequena fogueira, ao lado da qual Primitiva e os rapazes dormiram. Sabá ficou acordado quase até de madrugada, ouvindo os gritos de animais e os estranhos ruídos que vinham do fundo da mata. Em certo momento, escutou um baque surdo e longínquo que julgou ter sido um tiro. Seriam os jagunços? Marcou a direção numa árvore para de manhã verificar de que lado ficara o barracão de Estefano. Mas, como nesse instante estivesse com muito sono, chegou a pensar que escutara mal; talvez não fosse um tiro, mas simplesmente a queda de uma árvore. De qualquer forma, não pôde deixar de imaginar o que se passava lá no porto. Àquela hora, Estefano certamente já dera pela falta deles e pusera os capangas à caça. Estariam eles vindo ao seu encalço? Um arrepio de pavor percorreu-lhe a espinha. Mas, não. A menos que os vizinhos tenham revelado a Estefano o rumo que tomaram, já seria impossível alcançá-los — procurava tranquilizar-se Sabá. E os vizinhos, ele tinha certeza, não abririam o bico.

Quando Sabá sentiu que sucumbiria ao sono, acordou o irmão maior para substituí-lo na vigília, e dormiu pesado até de manhã. Mal, porém, a mata clareou, a família reencetou a marcha.

Enquanto isso, lá no Maró, Estefano espumava de raiva. Somente de manhã, com o sol bem alto, deu pela fuga dos Bagata. Vendo todas as canoas no porto, concluiu que não tinham se evadido pelo rio. Mandou então Rosalbo ir chamar os jagunços no seu acampamento, enquanto ele mesmo, espingarda em punho, pôs-se a interrogar Dadá e seus dois homens no centro do terreiro, pois, ao ver que Primitiva confiara-lhes a guarda de Gedeão e Diana, teve como certo que sabiam o destino dos fugitivos.

— Eu já sei que fugiram por terra; é bom dizerem logo o rumo que os patifes tomaram, antes que eu me zangue.

— Mas... seu Estefano, eles só trouxeram os meninos e deram a volta, sem dizer aonde iam — gaguejou Albino.

— Pensam que vou engolir essa história? — esbravejou Estefano, segurando o cabo do revólver. — Vou perguntar mais uma vez: que caminho os desgraçados tomaram?

Aldo, que até aí estivera calado, de repente falou:

— Eles pegaram o caminho da roça, seu Estefano.

— Tem certeza?

— Tenho sim, vi quando eles saíram.

Dadá e Albino olharam de esguelha para o Aldo, compreendendo que ele mentia.

— Então não há tempo a perder! — gritou Estefano. — Chispemos logo atrás dos malandros! Vocês dois vêm comigo! Dadá fica pra dizer ao Manecão ir ao nosso encontro.

Imediatamente, os três homens entraram no caminho da roça, enquanto Dadá, no meio do terreiro, balbuciava uma espécie de prece que ouvira muitas vezes dos lábios da infeliz Lazinha.

Fingindo diligência, Aldo guiou Estefano pelo caminho da roça. Em dado ponto jurou enxergar marcas de pés sobre o húmus. Tais marcas, segundo o astuto tapuio, saíram do caminho e perderam-se numa baixada, por onde eles enveredaram. Andaram ainda um bom tempo por uma região pantanosa, até Aldo declarar o desaparecimento das marcas. Por fim, já bem tarde, desistiram de procurar os fugitivos. No caminho de volta toparam com Manecão e os outros jagunços, que vinham ao encontro de Estefano.

— É inútil prosseguir, Manecão; os patifes já estão muito longe — disse Estefano.

— Mas não chegam a canto nenhum — falou Manecão —, pois o rio mais próximo é o Nambu e é impossível chegar por terra até lá, ainda mais quando se leva mulher e curumins na bagagem. Além disso, o verão este ano está de rachar. Seu Estefano pode ficar certo que mais cedo ou mais tarde os danados acabam descendo pra beber água no Maró.

— Então vigiem dia e noite as margens do rio; tragam o patife do Sabá vivo ou morto. Quanto à mulher, não toquem nenhum fio do seu cabelo, quero ela inteirinha pra mim! Entenderam? Mãos à obra, Manecão!

Vários dias se passaram. Estefano, em vez de se demorar pouco no Maró, como das outras vezes, parecia disposto a ficar para sempre no barracão. Dizia que só iria embora depois de pôr as mãos em Sabá. Mas os dias iam se passando e não se tinha notícia alguma dos fugitivos. Tal situação deixava Estefano a cada dia mais exasperado, enquanto Dadá e seus dois maridos por pouco não traíam o seu contentamento cada vez maior, pois já não criam que os Bagata se deixassem apanhar pelo Manecão.

A vida voltava aos poucos à rotina. Albino e Aldo iam ao trabalho enquanto a mulher ficava no tapiri com as crianças. Agora, além dos seus dois meninos, Dadá tinha mais dois pupilos para cuidar, mas não reclamava do encargo, pois Gedeão e Diana não lhe davam trabalho. Embora nos primeiros dias tenham sentido muito a falta de Sabá e Primitiva, pouco a pouco se conformaram, crendo que um dia eles voltariam, conforme Dadá lhes dizia. Na verdade, Gedeão e Diana, sempre velados pelos espectros de Veva e Lazinha, que também havia voltado, sentiam-se completamente seguros, chegando a comportar-se como se nada houvesse acontecido, o que aos adultos não deixava de parecer bem estranho.

Certa tarde, porém, a calma foi rompida.

Albino e Aldo haviam voltado da roça e lavavam-se no rio. Dadá varria o terreiro quando uma sucessão de estampidos, partidos de não muito longe, ribombou no espaço, quebrando o silêncio da floresta. Um bando de araras vermelhas, espantadas, passou voando. Os cachorros latiram. O papagaio Xereco disse *"Arre, diabo!"* três vezes. E o macaquinho-prego de Gedeão, lá no seu poleiro, gritou e fez muitas caretas.

— O que será que foi? — perguntou Albino.

— Só pode ter sido o Manecão com os homens — respondeu Aldo.

Os dois homens, tendo vestido os calções, subiram para casa calados. Encontraram no rosto chupado de Dadá a mesma apreensão.

— Foram mais de dez tiros — comentou a mulher.

— De certo o Manecão encontrou um bando de queixadas — disse Albino.

— Mas nessa época do ano os bichos não aparecem — retrucou Aldo.

— Mas tem porco de cinco dedos que vem beber água no rio — falou alto Estefano, que acabara de varar no terreiro de Dadá, vindo do barracão, pegando os caboclos desprevenidos. Naturalmente fazia alusão aos Bagata.

— O compadre Estefano tá aí?! — exclamou Albino, muito vexado. — Teja à vontade, conseguiu completar.

— Ora não se preocupem comigo; só vim dizer à comadre Dadá que hoje à noite eu espero ela no barracão.

— Pois sim, compadre, ela há de ir — disse Albino.

— E ela que não vá! — falou Estefano, em tom de ameaça, e deu as costas aos caboclos, voltando ao barracão.

Dadá ouvira toda a conversa lá de dentro do tapiri. Era-lhe completamente indiferente ir ou não à noite ter com Estefano. Na verdade, embora homem por homem preferisse os encantos de seus dois caboclos, não deixava de se sentir lisonjeada deitando-se com Estefano, o qual, além do mais, sabia fazer-lhe coisinhas bem gostosas. Os dois amantes também não viam nada de errado em compartilhá-la; pelo contrário, até se sentiam orgulhosos de que outro homem, encontrando-se faminto, se saciasse no mesmo prato. Mas, ultimamente, não lhes agradavam os maus bofes de Estefano. Não compreendiam que um homem fosse obrigado por outro a ceder-lhe a mulher.

— Ele pensa que ficou dono de nós — disse Albino.

— Pior é que isso é verdade; olha só o que ele fez com os Bagata — retorquiu Aldo.

— Mas os Bagata fugiram...

— Não sei não, aqueles tiros...

Os dois homens calaram-se, tomados por uma espécie de temor até então desconhecido. Pela primeira vez tiveram o sentimento, para eles totalmente absurdo, de estarem presos na solidão imensa e sem fronteiras da floresta.

Depois de um tempo, Albino falou:

— Hoje não deixo a Dadá ir lá com o desgraçado.

— Olha que o malvado se zanga — ponderou Aldo. — Ele pode chamar o Manecão.

— Então nós fugimos — insistiu Albino.

— Sabes que isso não é fácil, a única passagem é o rio e tá vigiado pelo Manecão.

— A gente pode fazer como os Bagata, ir por terra até encontrar outro rio pro lado de lá — apontou Albino com o beiço.

— Coitado dos Bagata, acho que aqueles tiros...

Apesar da impetuosidade de Albino, acabou prevalecendo a prudência de Aldo. Naquela noite, depois que as crianças dormiram, Dadá deitou-se com Estefano.

De manhãzinha, antes do sol alcançar a copa das árvores, aconteceu a cena que Gedeão, anos depois, já crescido, recordaria com pavor.

Dadá, que passara toda a noite com Estefano, retornara para casa esbaforida, com cintilações de pânico no olhar.

— O que houve, mulher? — indagou-lhe Albino, ainda deitado na rede do casal.

— Compadre Estefano quer todos nós agora na frente do barracão! — disse ela, quase sem conseguir falar.

— Mas pra quê?

— Tem uma coisa lá — respondeu Dadá.

— Que coisa, mulher?

— O Manecão que trouxe — explicou ela, reticente.

— Trouxe o quê?! Explica-te logo, mulher! — impacientou-se Albino.

— Tu sabe o que ele trouxe! — foi o que disse Dadá.

Albino não insistiu. Estava tudo entendido. Agora tinha a confirmação do que todos temiam.

— Pra que quer a gente lá?

— Não sei. O malvado disse pra levar até as crianças.

Albino foi ao tapiri do Aldo e o avisou, e todos, com um misto de medo e curiosidade, tomaram o caminho que levava ao barracão de Estefano, perto do qual, até há poucos dias, moravam os Bagata.

De longe enxergaram Manecão e os outros jagunços em volta de alguma coisa estendida no chão. Embora já adivinhassem o que era, foram mesmo assim aproximando-se da roda de jagunços, com o coração aos pulos e a respiração suspensa, recusando-se a crer no que logo viram.

Gedeão recorda-se cada vez com mais nitidez daquela terrível manhã. Passando por entre as pernas dos jagunços, foi ele o primeiro a ver o que restara do infeliz Sabá. Estirado no terreiro, completamente nu, o corpo peneirado de balas, os olhos vazados e os cabelos empapados de sangue ressecado, o que antes fora um vistoso caboclo agora não passava de carne macerada.

De dentro do barracão vinha um lamento tão débil e constante que nem parecia choro. Dadá quis entrar, mas Estefano, que se postara à porta do barracão, impediu-a, falando alto aos caboclos:

— Olhem bem o que aconteceu com o Sabá, e que isso sirva de exemplo! Ninguém sai daqui me devendo! E, depois de uma pausa, completou: — Manecão, pode jogar o corpo às piranhas!

Gedeão ainda lembra do risco vermelho que o cadáver arrastado foi deixando no chão. E em seguida o baque do corpo na água, que, manchada de sangue, esparramou-se e logo o engoliu, borbulhando. Recorda-se também da tristeza que, de forma incompreensível, sentiu.

Só então Dadá pôde entrar no barracão e acalentar Primitiva que, ao enxergar a amiga, caiu num pranto convulso.

— Calma, minha amiga, nós vamos cuidar de ti — falou-lhe Dadá ao ouvido.

Os quatro rapazolas não foram trazidos pelo Manecão e por muito tempo ninguém falou deles, até o dia em que Albino, tendo ido caçar, encontrou dois esqueletos de gente no mato, os quais, pelo pequeno tamanho, julgou pertencerem aos rapazes menores. Quanto aos dois maiores, não foram encontrados, reinando grande mistério sobre que fim levaram.

O Azar de Rosalbo

A partir desse dia, Primitiva passou a morar no mesmo barraco onde vivera Lazinha, trilhando a mesma sina infeliz. Como a outra, foi ficando pouco a pouco cada vez mais ausente e recolhida, não oferecendo qualquer resistência, tornando-se objeto dócil nas mãos de Estefano.

E a vida seguia o seu curso. Aldo e Albino já não estranhavam a truculência de Estefano, nem se importavam de trabalhar como escravos, desde que não lhes faltasse a divina cachaça. E mesmo Dadá já não via mal algum em que o "compadre" possuísse Primitiva; ela própria sentia-se lisonjeada quando, durante as regras de Primitiva, o "patrão" solicitava-lhe os préstimos.

Estefano impusera-se como o grande senhor. Ninguém já ousava contestar a menor de suas ordens. Era ele que decidia se os caboclos deviam ocupar-se com a roça, com a castanha-do-pará, com a coleta de breus ou com a extração de madeira. Tanto se acostumaram a ficar devendo que até perderam o entusiasmo de assistirem Estefano, na hora do acerto de contas, fazer os misteriosos rabiscos na famigerada cadernetinha. Enquanto isso, o espertalhão levava para a cidade quantidades cada vez maiores de produtos da floresta, os quais conseguia a ínfimo custo.

Pensando em aumentar ainda mais a lucratividade do negócio, Estefano arrebanhou para o Maró uma dezena de pobres coitados — homens, mulheres e crianças — que viviam miseravelmente nalguma beira de rio e viram-se atraídos pelas mil promessas do comerciante. O pequeno porto dos Bagata de repente transformou-se num amontoado de tapiris, erguidos em volta do barracão central, de onde reinava Estefano. Prevendo a frustração dos caboclos ao se verem ludibriados e antecipando-se a uma possível rebelião, Estefano reforçou a vigilância trazendo a metade dos jagunços do distante rancho da cachoeira e acampou-os do outro lado do rio, frente à "vila", de onde o Manecão pudesse observar qualquer movimentação dos caboclos e agir a tempo, se necessário.

Apesar de desprezar o caboclo Rosalbo e conhecer "aquele" seu fraco, Estefano confiava mais nele do que em qualquer dos jagunços, podendo-se mesmo afirmar que escondia um certo receio do Manecão. Temia que, por trás da servil obediência, o capanga ocultasse traiçoeiros propósitos. Por isso Estefano ensinou a Rosalbo as operações aritméticas indispensáveis e o valor de cada mercadoria, para que pudesse aviar a tapuiada na sua ausência. Às vezes chamava o Rosalbo e oferecia-lhe o resto da cachaça que estava bebendo; e o fâmulo, como um cachorro que recebe migalhas da mão do dono, ficava todo derretido com a distinção. Estefano procurava assim trazer cativa a alma do tapuio, fazendo do bronco um espião. Rosalbo, que não era tão estúpido quanto parecia, entendeu rapidamente o que o seu amo queria e desincumbiu-se com rara competência desse papel. Desenvolveu técnicas tão refinadas de xeretagem, como prometer irresistíveis torrões de açúcar aos curumins que lhe contassem a conversa dos pais, que, em pouco tempo, nenhum movimento, sequer um pensamento, passavam-lhe despercebidos. Desse modo, Estefano, quando chegava ao Maró, ouvia da boca desdentada de Rosalbo, com todos os detalhes, tudo o que ocorria em sua ausência. No entanto, não lhe fosse útil essa fidelidade de cão, há muito já o teria escorraçado, pois detestava a intimidade, o jeito meloso e bajulador do tapuio. Embora em suas andanças pelos sertões, na vida rústica de carcamano, Estefano tenha se tornado rude e vulgar, às vezes, porém, deitado em sua rede no barracão, depois de ter se servido de Primitiva, ouvindo o coaxar monótono dos sapos e o piar lúgubre das corujas, despertavam-se dentro dele amortecidos sentimentos, orgulhos inesperados, resquícios do nobre passado de sua família. Nessas ocasiões, sentindo-se muito infeliz, Estefano se perguntava: "Até quando viverei humilhado, tendo de me misturar com esses tapuios safados?". E então imaginava o dia que, tendo acumulado dinheiro suficiente para estabelecer armazém em Santa Irene, não mais penaria pelos rios e sertões, pois empregaria homens nesse reles serviço. Chegado a esse ponto, antegozava o maravilhoso futuro. Via-se já importante senhor, sentado na ampla poltrona de seu escritório ou a vistoriar ele mesmo as grandes transações, temido e reverenciado por todos, restaurando-se, assim, a venerável memória de sua família. Pois não se pense que o pequeno comerciante da beira de rio fosse desprovido de ambição. Pelo contrário, pensava dia e noite em safar-se de sua acanhada posição. Daí que, nos últimos tempos, ao ver Dora, a única filha que D. Etelvina lhe dera, desabrochar tão linda e viçosa, nasceu-lhe uma ideia que ele considerava com carinho cada vez maior. Tal ideia consistia em dar a garota em casamento a algum filho de uma das poderosas famílias de Santa Irene, ou melhor, em trocá-la por um pedaço do prestígio de uma dessas famílias. Na verdade, sempre pensou nos Ambrósio, família de políticos e fazendeiros, cujo caçula, José Ambrósio, embora pouco ou nada gracioso, até mesmo repulsivo, segundo Etelvina lhe informou, requestava publicamente a filha. Estefano, embora antevisse dificuldades em convencer Dora a aceitar o gordo e seboso José Ambrósio como marido, tinha já como certa a transação, pois não duvidava de que a filha, branca e vistosa, de olhos verdes e cabelos ruivos, tão diferente das tapuinhas brancaranas da região, era a mais valiosa moeda que possuía. E, além dessas qualidades, ainda era, apesar de filha de um pequeno comerciante, tataraneta de um Barão; e não de um Barão qualquer, mas do sempre lembrado Barão de Santa Irene, orgulho e glória do município. O velho Ambrósio, por sua vez, embora rico e poderoso, carecia do brilho mágico da tradição, razão por que, ao saber do interesse do filho por Dora, aceitou de bom grado a futura união. Mas, todo o proveito que decorresse de tal enlace não teria o condão de transformar Estefano num homem completamente feliz. Isto porque D. Etelvina, tendo ficado estéril, jamais poderia lhe dar um filho varão. E "o que adianta", indagava-se a si mesmo Estefano, "dar um duro dos diabos, embrenhar-me por estes matos, tratando com tapuios ignorantes, deitando-me com caboclas fedorentas, se não tiver quem um dia me suceda nos negócios?"

Foi por essa época que Estefano prestou atenção em Gedeão. Pois, desde que o entregara aos Bagata, esquecera-se de sua existência. Na verdade, por ser filho de Lazinha e João Batista, Gedeão era um estorvo que Estefano preferia esquecer. Mas, ultimamente, toda vez que pensava no filho que a mulher não lhe poderia dar, vinha-lhe à mente Gedeão. Apesar dos olhos amendoados e dos negros cabelos lisos que herdara da mãe, tinha o corpo mais desenvolvido que Dinho e Bino, seus dois companheiros de molecagens, filhos de Dadá. Estefano apreciava-os enquanto nadavam. Gedeão já não era o curuminzinho mirrado, mas um belo rapazote. Com braços longos e vigorosos que herdara do pai, sempre alcançava primeiro a outra margem do rio. Nas porfias de canoa, raramente perdia. Mas, além de forte, Gedeão também era um garoto vivaz. Gostava de entrar no barracão central e perquirir de Estefano sobre as coisas da cidade; fazia-o com tanta confiança que o senhor, normalmente carrancudo, acabava a tudo respondendo, e até mesmo com certo prazer, pois o interesse do menino o cativava. Um súbito sentimento paternal apossou-se dele. Presenteou o garoto com uma bela rede e um punhado de anzóis, recebendo em troca um olhar tão estranho que o embaraçou, como se um dia já o tivesse conhecido. Mas de nada desconfiou.

Gedeão, por sua vez, deixou-se conquistar facilmente por Estefano. Pois a lembrança macabra do pai amarrado e sangrado apagara-se nas brumas da inconsciência; o rosto pálido de Lazinha, sua mãe, tornara-se uma sombra perdida na retina; o corpo ensanguentado de Sabá já raramente vinha-lhe à memória; e as experiências anteriores de sua alma andarilha, em vez de lhe decifrarem o presente, traziam-lhe apenas confusas sensações. Veva, depois de voltar várias vezes para beber tiborna no jirau de Dadá, quando aproveitava para brincar com Gedeão e Diana e falar mal de Estefano, de repente desapareceu, colaborando assim para que o menino esquecesse a malvadeza do homem, de forma que Gedeão já não sentia o antigo medo de Estefano; pelo contrário, a atenção e o carinho do comerciante enchiam-no de gratidão. No pequeno coração do menino, Estefano ocupou o lugar do pai que ele gostaria de ter conhecido. O comerciante, quando vinha ao Maró, tinha agora grande prazer em inventar caçadas e pescarias, só para levar consigo Gedeão. Mandava um dos jagunços de dia localizar no mato as fruteiras dos animais, debaixo das quais à noite ele, Manecão e o curumim ficavam à espera. Ensinara Gedeão a atirar de espingarda e, pela manhã, ao voltarem para o porto, exibia orgulhosamente a todos as caças que o pupilo conseguira acertar. Doutras vezes, passava o dia inteiro metido pelas cabeceiras dos igarapés e nos lagos, pescando com Gedeão. Não precisavam do auxílio de ninguém, pois o rapazinho havia aprendido com Sabá todos os truques da pescaria, os quais procurava ensinar a Estefano, que, certo dia, divertiu-se muito tentando em vão flechar os peixes do alto de uma árvore do igapó. Nessas ocasiões, Estefano transformava-se. Já não era o homem violento e perverso que mantinha os caboclos sob regime de servidão. Quem o visse ao lado de

Gedeão, lançando pacientemente o caniço na água ou soltando deliciosas risadas por qualquer motivo, certamente pensaria tratar-se de um pacato caboclo ensinando ao filho as primeiras lições da vida dura da floresta. O monstro que vivia dentro do homem dormitava. O inferno voltava a ser o paraíso onde o leão, antes devorador, agora brincava com o carneiro.

— Um dia ainda te levo à cidade — disse-lhe certa vez Estefano. Mas logo se arrependeu do que disse, pois teve de responder a mil perguntas do rapaz, que ficou sabendo que na cidade havia coisas bem estranhas, como grandes vaga-lumes presos a enormes mastros iluminando estradas muito largas que chamavam de ruas; que na cidade as pessoas andavam dentro de enormes baratas barulhentas e centopeias cascudas chamadas de ônibus, bichos tão pesados que uma pessoa era capaz de ser esmagada por eles; que a cidade fica às margens de um rio tão largo, mas tão largo, que não se enxerga a outra margem, e que nesse rio deslizam enormes canoas do tamanho de uma cobra grande, chamadas de navios; que na cidade as crianças ganham dos pais umas coisas de duas rodas, chamadas bicicletas, que rolam no chão como *embuá*,[8] com as crianças em cima.

— Um dia eu queria ir na cidade — disse Gedeão.

Estefano calou-se. De repente percebera quão ridículo era ficar dando trela a um reles curumim, ignorante e primitivo como um macaco. Ele, neto de um Barão, que aspirava voltar a ocupar um lugar de destaque na sociedade santairenense, não podia se entregar a essas fraquezas.

Quando voltavam à "vila", Estefano, para manter a imagem de homem rude e de poucas palavras, mostrava-se tão reservado com Gedeão como com todos os caboclos, mas, no fundo, tinha grande

[8] Artrópode semelhante à lacraia, mas com dois pares de pernas em cada segmento do corpo.

afeição pelo rapazola, embora tal sentimento, sendo Gedeão quem era, muito o incomodasse. Uma forma sutil que encontrou para distingui-lo foi chamá-lo para desempenhar algumas funções importantes no barracão, como fiscalizar a medição das latas de castanha-do-pará, pesar o açúcar e o sal a serem entregues aos caboclos, e outras tarefas pequenas mas não menos importantes; com isso, Estefano buscava introduzi-lo no comando dos negócios, pois passou a sonhar em transformar Gedeão no seu homem de confiança. Apesar de analfabeto, como todos os caboclos do Maró, Gedeão aprendia rapidamente tudo o que o senhor lhe ensinava, revelando grande tirocínio, deixando Estefano muito satisfeito.

Quem não gostou nenhum pouquinho dessa mudança foi o sonso do Rosalbo, que, de uma hora para outra, viu usurpada parte de suas competências, passando a ver em Gedeão um perigoso rival que deveria afastar a qualquer preço. Entre os caboclos não havia uma só pessoa que o estimasse, pois, na ausência de Estefano, além de comportar-se com a bazófia de um tiranete, era por demais desonesto. Anotava duas latas de castanha como se fossem uma, um quilo de açúcar como se fossem dois, três anzóis viravam dez, de forma que, quando Gedeão passou a fazer a medição das mercadorias, o povo suspirou aliviado, pois tinha certeza de que não mais seria enganado. Rosalbo, despeitado ao ver que Gedeão conquistara rapidamente o respeito e a confiança dos caboclos, maquinou um plano para prejudicá-lo.

Nessa época, Gedeão ainda morava com Dadá e Albino. Certa noite que Albino e os rapazes foram caçar, e Dadá e Diana faziam companhia à Primitiva, Rosalbo, sabendo que o patrão chegaria da cidade pela manhã, aproveitou-se da ausência dos moradores para pôr em prática o seu plano. Carregou sorrateiramente para a cabana de Dadá duas sacas de açúcar, ocultando-as debaixo de umas folhas, de modo que ninguém pudesse descobri-las antes do amanhecer. Tendo Estefano chegado bem cedinho, Rosalbo apressou-se em lhe contar que Gedeão, em sua ausência, não só favorecia os caboclos, fornecendo-lhes mais mercadorias do que podiam pagar, como também desviava coisas do armazém para o tapiri de Dadá.

— Não fala besteira, tapuio; o menino não seria capaz duma safadeza dessas — retrucou Estefano.

— Mas, seu Estefano, não tô mentindo; inda ontem vi ele levando duas sacas de açúcar pra lá — insistiu Rosalbo, com a cara mais sonsa do mundo.

— Tens certeza? Olha que, se não for verdade, eu te corto a língua — ameaçou Estefano.

— É só ir lá procurar — disse Rosalbo.

— Pois vou checar essa história, mas ai de ti se for mentira!

— Quer que vá com o senhor? — indagou Rosalbo, já antegozando a vitória.

— Não! Vou sozinho. Sabes se o Albino está em casa? — indagou Estefano, depois de uma pausa, na qual mirou bem o tapuio diante dele.

Rosalbo, meio embaraçado, respondeu-lhe:

— Não. Parece que os homens foram caçar.

— E as mulheres? — continuou Estefano, perscrutando o caboclo.

— Dadá e Diana vieram dormir com D. Primitiva — informou Rosalbo, sem atentar para o objetivo das perguntas.

— Ham... — fez Estefano. — E como sabes?

O tapuio pareceu confundir-se com tantas perguntas. Olhou o chão, atrapalhado, como se pedisse socorro às formigas que lhe subiam pelos pés.

— Já sei; ficas sabendo sempre de tudo, não é? — disse por fim Estefano, e tomou o caminho que levava à casa do Aldo.

Lá chegando, o sol já batia firme no chão do terreiro que Dadá mantinha sempre muito bem varrido. Chamou os donos da casa, mas ninguém respondeu. Então afastou o japá da porta, deixando entrar uma faixa de luz, e vasculhou com os olhos o único compartimento do tapiri, enxergando imediatamente, em um dos cantos do barraco, o monte de folhas que ocultava as duas sacas de açúcar. Aproximou-se e removeu as folhas; as sacas estavam lá, como Rosalbo informara-lhe. As faces injetaram-se de sangue e os punhos, num movimento colérico, fecharam-se. "Maldito moleque!", chegou a exclamar Estefano. Mas, logo em seguida, já mais sereno, atentou para as folhas. Eram novas. Pegou uma delas e levou-a aos dentes, sentiu o gosto forte da clorofila. "Sem dúvida, estas folhas foram arrancadas ainda esta noite", falou sozinho. Achou estranho. Se as sacas tinham sido furtadas no dia anterior, conforme lhe dissera Rosalbo, por que só à noite tomaram a precaução de encobri-las?

Nesse instante, ouviram-se vozes que se aproximavam pelo caminho. Estefano saiu do tapiri e recolocou o japá na porta, aguardando no terreiro.

Eram Albino e os três rapazotes que chegavam do mato, seguidos por Dadá e pela pequena Diana, com quem se encontraram no caminho. Cada um dos homens trazia alguma caça consigo. Gedeão matara um lindo mutum.

— Matei pro senhor, padrinho — disse o rapaz, ao ver Estefano. Acostumara-se a chamá-lo respeitosamente de padrinho, como faziam Dinho e Bino, filhos de Dadá.

O homem nada respondeu, mas ninguém percebeu que estava zangado.

— O cumpadre fez boa viagem? — indagou Albino.

— Muito boa... — resmungou Estefano, quase para estourar de impaciência.

— Dadá foi dormir esta noite com D. Primitiva — continuou Albino, enquanto ajeitava no jirau do tapiri a paca e a cutia que havia matado.

— Hoje o pessoal vai trazer a castanha pra ser medida — disse Gedeão.

— Pois sim, eu quero o senhor lá no barracão logo-logo! — respondeu Estefano. Em sua voz havia algo mais do que uma ordem.

— Estou já lá, padrinho! — respondeu Gedeão, sem adivinhar o que ia pela cabeça do homem.

Nesse instante Dadá gritou de dentro do tapiri:

— Meu Deus, o que é isso?! Albino, vem ver aqui dentro!

— O que é, mulher? — indagou, já entrando.

Os rapazes também correram pra ver o que era. Estefano continuou lá fora. Depois de uns segundos, todos saíram do tapiri. Albino, um pouco pálido, com voz trêmula, gaguejou:

— Cumpadre, aconteceu uma coisa muito ruim, não sei nem como lhe dizer...

— Não precisa dizer nada, Albino; eu já sei, são as duas sacas de açúcar, não é? — interveio Estefano.

— Eu quero que o Dinho e o Bino morram se foi um de nós que trouxe elas pra cá; e nem foste tu, né Dadá?

— E eu sou capaz de uma coisa dessas, homem?! Quando preciso de alguma coisa do armazém do cumpadre Estefano eu peço.

Estefano olhava para Gedeão, que não dizia nada.

— O padrinho não tá pensando que fui eu — disse finalmente o rapaz.

— Não, não estou dizendo que foram vocês — disse Estefano, desconcertado com a reação dos tapuios.

— Como o padrinho soube das duas sacas? — indagou Gedeão.

Estefano, como se acabasse de ter uma ideia, respondeu:

— Não importa como fiquei sabendo; acho que já sei quem trouxe as sacas pra cá. — Em seguida, virando-se para o Albino, completou: — Pode mandar a Dadá tirar um pouco do açúcar pra vocês e leva o resto de volta ao barracão. E deu-lhes as costas, desaparecendo no caminho.

Durante o percurso pensou num meio de confirmar a sua suspeita. Gabava-se de conhecer em profundidade a natureza tapuia, a sua arraigada tendência para a gatunice, mas, desta vez, estava absolutamente convencido de que não fora o pessoal do Albino que tirara do armazém as duas sacas de açúcar, tampouco o "menino", como ele costumava referir-se a Gedeão. Então, aquilo era coisa de quem? perguntava-se a si mesmo. Rosalbo, sim, o patife do Rosalbo! Só ele poderia ter armado tudo, pois estava estampada na sua cara pálida e chupada o despeito que sentia por Gedeão.

Quando chegou ao barracão, Rosalbo veio todo dissimulado ao seu encontro.

— E então, patrão, descobriu as duas sacas? — ousou indagar.

— Não! Tu me enganaste, seu patife! — disparou Estefano, num tom previamente ensaiado.

— Não, patrão! Eu juro que falei a verdade! — disse Rosalbo, sentindo-se apertado.

— Pois então me prova que não mentiste! — desafiou Estefano.

— Só se eles já tiraram as sacas de lá — disse Rosalbo.

— De lá onde? Explica-te! — esbravejou Estefano, jogando a isca.

— De dentro do tapiri, patrão.

— Como sabes que estão dentro do tapiri, se eu olhei e não vi nada.

— Deve tá debaixo de alguma coisa — ponderou Rosalbo, cada vez mais acuado.

— Que coisa, por acaso umas folhas de mato? — perguntou Estefano.

— Sim, patrão, as sacas tão em baixo dumas folhas de mato — finalmente se entregou Rosalbo.

— E como sabes de tudo isso? Anda, patife, me responde! — gritou Estefano, dando vazão a toda a sua cólera. O tapuio, percebendo a asneira que cometera, ficou mudo, sem saber onde se enfiar.

— Está claro que sabias de tudo, desgraçado, pois fostes tu que carregaste as sacas de açúcar pro barraco da Dadá. Anda, patife, confessa! Confessa, desgraçado!

Como Rosalbo, apalermado, nada falasse, Estefano puxou-o pelos cabelos com tamanha truculência que o miserável tapuio caiu por terra. Em seguida, foi até o porto e berrou pelo Manecão, que estava do outro lado do rio, no acampamento dos jagunços. Em um minuto Manecão abicou com sua montaria no porto.

— O que o patrão tá querendo? — indagou o cafuzo.

— Pega mais dois homens e faz na capoeira um buraco de uns quatro metros de fundura, depois joga nele esse tapuio de merda — ordenou Estefano, apontando para Rosalbo. — E põe também o patife pra cavar!

— Pois sim, patrão, é pra já — disse Manecão, dando início aos preparativos da tarefa. Dois jagunços vieram do outro lado com pás e picaretas para cavarem o buraco. E naquela mesma hora Manecão e os dois companheiros puseram-se em marcha, entrando na capoeira pelo caminho da roça. Rosalbo, dócil e resignado, deixou-se levar entre eles, sob a mira constante do jagunço que vinha na retaguarda.

Manecão escolheu um lugar afastado do caminho, a meia hora de marcha. Os quatro homens puseram-se a cavar o buraco. Rosalbo, embora a contragosto, teve de participar do trabalho. Cavaram e cavaram. Pouco a pouco a terra engolia o corpo dos homens. Rosalbo não podia parar de cavar. Quando fraquejava, um dos jagunços aplicava-lhe violentos cutucões, forçando-o a continuar trabalhando. Quando o buraco já ia bem fundo, os jagunços um a um foram saindo, ficando por fim dentro dele apenas Rosalbo, que, ainda assim, sob a mira das espingardas, viu-se obrigado a continuar cavando. Bem de tardinha, quando a noite prematura já engolfava a floresta, ouvindo-se apenas o choramingar de Rosalbo no fundo negro do buraco, os jagunços deram o serviço por encerrado. Mas, justamente nesse momento, teve início um breve entrevero. Dois dos jagunços queriam recolocar a terra no buraco, soterrando vivo o infeliz Rosalbo, enquanto Manecão garantia que o patrão não dera tal ordem. Manecão teve de empregar toda a sua autoridade, o que incluiu apontar a cartucheira para os dois insubordinados, só assim conseguindo demovê-los do seu intento, para sorte do prisioneiro, que ali ficou abandonado por cinco dias, amargando fome e frio, no fim dos quais porém foi resgatado por ordem de Estefano, reaparecendo na vila fraco e magro que nem um cachorro faminto, sofrendo, para completar, a chacota de adultos e crianças, que assim se viram vingados da empáfia daquele caboclo.

Daí por diante o tapuio não mais levantaria a cabeça para ninguém, virou o saco-de-pancadas de todo mundo. Estefano o expulsou do armazém, pondo-o para dormir num barracão lateral que servia de alojamento para os homens solteiros, o que, apesar de tudo, não foi mau negócio, pois os homens, na escassez de mulheres, lançaram mão dele, compensando-lhe a desdita com um pouquinho de felicidade. Apesar do desprezo de todos, o tapuio tornou-se importantíssima instituição naquela minúscula sociedade. Toda uma geração de garotos e rapazes, cujo aprendizado sexual se resumiria às frutas e aos animais domésticos, encontraram em Rosalbo o mestre competente e solícito com quem completaram os estudos. Isso sem falar nos adultos e até mesmo velhos, que, solitários e desesperados, tiveram em Rosalbo o seu momento de alívio.

Vivesse na época de seus antepassados, certamente o tapuio Rosalbo, com a sua sensibilidade feminina, seria um adivinho ou um pajé mui respeitado por seu povo por conhecer os dois lados do mistério. Mas, infelizmente, teve o azar de nascer quando seu povo já vivia disperso e envergonhado, embrutecido e cego pela hipocrisia civilizada. Entre os milhões de tapuios que restam perambulando pelo grande vale, os tapuios que nem Rosalbo são os mais massacrados e humilhados, pois, além de comungarem da miséria de sua raça, são ainda objeto do escárnio de explorados e exploradores. Na sociedade que os brancos criaram, têm de disputar com os cães os piores lugares. Quem não sente comiseração e ao mesmo tempo asco ao topar com um desses tapuios desdentados, de rosto pálido e chupado, obrigados a demonstrar a sua feminilidade através de trejeitos hilariantes?

Rosalbo era um desses miseráveis. Desgarrado de suas origens, sem conhecer pai nem mãe, acostumado a viver de léu em léu sob a abominável proteção de quem mais se mostrasse disposto a tiranizá-lo, perdera desde cedo toda a dignidade de um ser humano, tornando-se uma criatura degradada e vil, insensível às maiores humilhações, bem como capaz das maiores pusilanimidades.

Depois de tudo o que passou, não nutria nenhum ódio contra Estefano. Pelo contrário, a sua enorme carência de afeto teve a força de fazê-lo receber com gratidão a terrível reprimenda do amo, o qual, a partir daquele dia, cresceu ainda mais diante dos olhos do desgraçado caboclo, deixando de ser um homem para converter-se num semideus. Rosalbo, mais que nunca, sentia-se entregue de corpo e alma ao seu amo e senhor, sentindo-se capaz de sofrer tudo por ele. Nem o fato de ter sido preterido pelo amo aborrecia-o, mas regurgitava de despeito contra Gedeão, achando que o seu antigo lugar fora por ele usurpado. Mas, matreiro e arisco como uma animal peçonhento, sabia esconder tal sentimento. Falava sempre bem de Gedeão, oferecia-se todo meloso para ajudá-lo, visando com isso distrair sua atenção, enquanto maquinava dia e noite uma forma de prejudicá-lo.

Rudá, o Deus do Amor

Naquele ano, a safra de castanha-do-pará prometia ser recorde. Estefano convocara os homens mais corajosos e experientes e, acompanhado de alguns jagunços, internara-se na selva durante dez dias, descobrindo assim novos castanhais. Tal nova, porém, não trouxe nenhum entusiasmo aos caboclos, que não conseguiam colher toda a castanha nem mesmo dos antigos castanhais, localizados próximos do rio, quanto mais dos novos, perdidos no centro da terra, a horas e horas de caminhada.

Estefano era o único que sentia a importância da descoberta e ardia de felicidade. A indiferença dos tapuios não o abateu, muito menos o surpreendeu, pois, segundo pensava, eram uns bugres ignorantes e preguiçosos que se condenavam a si mesmos a uma vida de miséria. Ele era diferente. Era trabalhador e, principalmente, visionário. Não se sabe por que cargas-d'água encasquetou que naquele ano o melhor negócio do mundo seria a castanha-do-pará, vendida a preço de ouro aos gulosos ianques, esquecendo-se do seu rotundo fracasso com a famigerada fábrica de gelo, a qual, como se sabe, em vez de lhe congelar riquezas, acabou derretendo todos os seus capitais, jogando-o na vida vil de simples carcamano. Como daquela vez, Estefano sentia-se irremediavelmente inclinado a lançar-se de corpo e alma no negócio das castanhas. Enfim, pensou que, desta vez, os riscos seriam incomparavelmente menores, pois, o que seria preciso para extrair uma, duas, cem, mil toneladas de castanhas? Somente braços, muitos braços, todos os braços que pudesse conseguir!

E braços era o que não lhe faltariam. Mirrados e indolentes, sem dúvida, mas de qualquer maneira braços. Era só rastelar as margens de rios e igarapés, ou a zona pobre das vilas e cidades, como um catador de lixo faz com a sujeira do chão, e escolher entre a escória da terra os tapuios mais fortes e dóceis, capazes de se deixarem explorar sem nenhuma queixa.

Em menos de um mês, Estefano trouxera centenas de braços para o Maró. Famílias inteiras de tapuios e caboclos desgarrados deixaram-se seduzir por suas fantasiosas promessas. A mais mentirosa delas era receberem a paga do trabalho em dinheiro, o que os deixava completamente fascinados, pois quase nenhum dos tapuios que viviam perdidos no grande vale vira em toda a sua vida uma única moeda, e os que tinham visto falavam dela com tanto mistério que todos ficavam sonhando em ter um dia a diaba na mão e poder apalpá-la, cheirar, encostar a língua e sentir-lhe o gosto, e por fim guardá-la num lugar especial e ficar admirando-a para sempre, como um novo Deus. Pois não concebiam que alguém que tivesse essa coisa tão preciosa fosse insensato de desfazer-se dela.

O antigo porto dos Bagata era agora uma vila de centenas de barracas de palha, erguidas umas muito próximas às outras, de forma que qualquer movimento dentro de uma, qualquer som ou ruído produzido por seus habitantes, eram imediatamente detectados pelos vizinhos, o que, aliás, parecia ser da própria índole tapuia, de sua cultura — tendo tanto espaço para viver, acabarem se amontoando uns sobre os outros, numa intimidade menos solidária que promíscua; já que perderam o costume de morar todos dentro de uma única maloca, como faziam seus antepassados, levantavam os tapiris o mais próximos possível. Mas, apesar de assim reunidas, a área ocupada pelas barracas não era pequena; basta dizer que levaria alguns minutos para alguém atravessar a vila em linha reta — o que seria perfeitamente possível através das paredes de palha dos tapiris, que não ofereciam nenhuma resistência.

A essa massa novata Estefano destinou o penoso trabalho nos distantes castanhais recém-descobertos. Destacou dez homens somente para pescar e caçar, sob o comando de Aldo e Albino, que mais conheciam os segredos da região, de modo que o restante do povo se preocupasse apenas com o trabalho. Deixou os tapuios mais antigos fazerem a coleta dos castanhais conhecidos, por dois motivos: primeiro por pressentir que eles, já bastante descontentes com o serviço, não aceitariam de bom grado maiores sacrifícios, e, depois, convinha mantê-los afastados dos novatos, a fim de evitar a transmissão do pernicioso vírus da insatisfação. Distribuiu os jagunços pelos castanhais, reforçando a vigilância, e entregou as tarefas do armazém aos cuidados de Gedeão, que conquistara definitivamente a sua confiança, reservando para si próprio o importante papel de comando, no qual tinha de se desdobrar, pois não era fácil, sendo apenas um, acompanhar o trabalho nas diversas frentes. Daí que, movido pela necessidade, requisitou novamente os serviços de alcaguetagem do tapuio Rosalbo, o qual, indo e vindo entre os castanhais, embora sem nenhum privilégio, misturado à massa cabocla, trazia ao seu senhor tudo o que via e ouvia, resgatando, assim, um pouquinho da glória perdida.

Toda a comida conseguida pelos pescadores era repartida entre os trabalhadores, da seguinte maneira. Uma parte ficava na vila para o povo jantar depois do trabalho, outra parte era preparada ali mesmo no porto e levada para o almoço nos vários castanhais, atentando-se para a população de cada um deles. Estefano encarregou Dadá de todo esse trabalho de cozinha. Nos primeiros dias ela ainda contou com a prestimosa ajuda de Primitiva, que de uns tempos para cá parecia ter recuperado boa parte do antigo vigor; mas, quando todos pensavam que estava completamente sarada, eis que a coitada deu para vomitar e sentir tonturas, mergulhando de novo no estado de morbidez do qual jamais sairia. Dadá deu murros no ar ao descobrir que Estefano a havia embuchado, como fizera com a desgraçada Lazinha. A partir desse dia, Dadá teve de arcar sozinha com todo o trabalho, pois, não bastasse perder Primitiva, ficou também sem a pequena Diana, que foi fazer companhia à infeliz rapariga.

No primeiro mês, tudo correu muito bem; o trabalho rendia. Os três enormes barracões construídos para depósito da castanha encheram-se rapidamente, levantando-se imediatamente outros barracões, os quais, porém, se a coleta continuasse no mesmo ritmo, em pouco tempo também transbordariam. Mas Estefano sabia que tinha que trabalhar rápido; havia uma corrida contra o tempo. Pois até quando conseguiria manter a horda de tapuios sob cabresto? Por enquanto, maravilhados de poderem comer à farta, os tapuios nada reclamavam, apesar da árdua labuta. Cedinho, com os primeiros raios da aurora, eram postos de pé pelos berros de Estefano e Manecão. Depois de uma longa caminhada, enfrentando ainda a semi-escuridão da floresta, finalmente chegavam aos castanhais, onde recolhiam às pressas a castanha nos enormes panacus, expondo os crânios aos ouriços que despencavam a toda hora do alto das castanheiras; e começavam o caminho de volta ao porto, onde cada família submetia o seu carregamento à medição. Os jagunços, de repente investidos de grande poder, exortavam os tapuios ao trabalho, pressionando-os a permanecerem em constante movimento, só permitindo uma única trégua para o almoço. Contudo, à noite, embora estropiados, a maioria dos tapuios ainda encontrava energia para se divertir. Depois da janta, cada um ia buscar um pedaço de lenha e jogava no terreiro; em seguida, arrumavam as achas umas sobre as outras até a altura de um homem, e ateavam fogo. Homens e mulheres, jovens e velhos, até mesmo crianças, cercavam a enorme fogueira e deixavam-se contagiar pela alegria das chamas. Estefano demonstrava o seu assentimento mandando distribuir garrafas de cachaça aos foliões, mas tomava sempre a cautela de proibir os jagunços de participarem da animação, mantendo-os em constante prontidão, o que naturalmente os aborrecia. O próprio Estefano se excitava com a profusão de mulheres que trançavam à sua frente. Bem que gostaria de se meter na folia, mas, em proveito da ordem, abstinha-se, contentando-se em apreciá-las da escada do barracão central.

Nhá Consuelo, cabocla já bem encarquilhada mas ainda sajica, comandava o terreiro. Com sua vozinha estridente, organizava a dança. "Cada cavaleiro pega seu pá". Quem não agarrara antes a sua companheira, tinha que se azafamar, pois não havia mulher pra todos; os mais molengas acabavam emparelhando-se com outro homem. Essa era a hora que o tapuio Rosalbo mais gostava, dando-se até ao luxo de recusar pretendente, pouco se lixando para a troça dos jagunços. Velho Toró na flauta e seu filho Chuvisco no tamborim faziam a tapuiada repenicar. Nhá Consuelo fazia a marcação: "Olha a cobra...", e a turma respondia "Uuuhhh...". "Olha a chuva...", e todos gritavam "Iiihhh...". "Abrindo a roda; fechando a roda; cumprimentá; cada quá com seu cada quá...". Lá pelo meio da festa, os casais começavam a sair da roda de mansinho, mas, do meio para o fim, enfiavam-se direto no mato, enquanto casados e amasiados, esgotados de um dia de trabalho, nem davam as caras no terreiro, aproveitando-se da folia para se amarem no sossego dos tapiris. Aldo e Albino, como de hábito, revezavam-se na mais perfeita harmonia. Na noite que um ia pra dança, o outro ficava no tapiri. Dinho e Bino, filhos de Dadá, desde que o povaréu chegou ao Maró, andavam em polvorosa. Bino, é verdade, vivia mais agitado que o Dinho, pois, embora tido como filho de Albino, herdara a natureza extrovertida do Aldo, seu verdadeiro pai. Mas o Dinho, apesar de desenxabido e pongó como Albino, seu pai, seguia o irmão em todas as aventuras. Já na primeira noite entabularam relação profícua com duas cunhantains, e, mesmo não tendo nenhuma experiência com mulheres, salvo as cinco ou seis punhetas diárias que batiam para as raparigas que se banhavam no rio, realizaram a proeza de convencerem as irmãs Lourdes e Gertrudes, netas de Nhá Consuelo, a revelarem as suas virtudes atrás das toiças de bananeiras. De manhã, a primeira coisa que fizeram foi contar vantagem para Gedeão, pois não se conformavam que, no meio de tantas tapuias, o amigo não se arretasse.

— Vem com a gente esta noite, Gedeão — insistiram os irmãos.
— A Gertrudes me disse que a prima dela Genildes gosta de ti — disse-lhe Bino.

Não precisava dizer. Gedeão já sabia. Há muito percebera a pequena tapuia de pernas grossas a devorá-lo com seus dois olhinhos lânguidos e amendoados de cutia. Gedeão também pensava nela, mas resistia.

— A Lourdes vai avisar a Genildes que tu vem pra roda esta noite — disse Dinho. Gedeão permaneceu calado.

Mas à noite deixou o barracão e desceu para o terreiro. Genildes e as duas primas já os esperavam. A cunhantaim não tirava os olhos dele, mas Gedeão não se atrevia a se aproximar. Estefano percebeu o embaraço do pupilo e gritou lá da escada do barracão: "Não deixa a caça fugir, Gedeão!". Nessa hora, Nhá Consuelo autorizou: "Cada cavaleiro pega seu pá!". Bino e Dinho, já com as duas irmãs, o encorajaram a avançar. Lourdes e Gertrudes também lhe sorriram. Paralisado pelo medo e ao mesmo tempo latejando de desejo, Gedeão não saía do lugar. Genildes já recusara dois tapuios e um terceiro aproximava-se dela, mas ela desviou-se. O velho Toró e seu filho Chuvisco já plangiam seus instrumentos quando finalmente Gedeão, sentindo o coração na boca e a boca no coração, pegou Genildes pela mão. Daí por diante as coisas ficaram fáceis, pois a cunhã, apesar da pouca idade e do corpinho mirrado, revelou grande experiência na dança e no amor.

Já dançavam bem afinados quando Dinho e Lourdes passaram por ele. O amigo, cutucando-lhe o costado, falou: "Já estamos indo". Lourdes soltou um sorrizinho maroto. Logo em seguida, Bino e Gertrudes também se meteram no mato. Só que, na passagem, foi a cunhantaim que cutucou a prima, dizendo: "Não deixa o danado escapar".

Um minuto depois, Genildes puxou a mão do companheiro e arrastou-o para a escuridão. Rumaram para a toiça de bananeiras atrás do tapiri de Dadá. No caminho ouviram sussurros e gemidos dos casais que se amavam na *capoeira*.[9] As folhas compridas e ralas das bananeiras deixavam passar a claridade da lua, que naquele momento acabava de despontar sobre a copa das árvores. Embora Gedeão se sentisse mais seguro, a excitação ainda lhe tolhia os movimentos. Foi preciso Genildes, já encostada ao tronco de uma bananeira, puxá-lo de encontro a si. Gedeão estremeceu, nunca estivera tão perto de uma mulher. O que fazer? Ele bem que sabia, mas não tinha ânimo. Genildes novamente o socorreu. Sem uma palavra, a cunhantaim deixou cair o vestidinho de chita e deitou-se sobre a cama de folhas podres que forravam o chão.

— Vem, Gedeão, tô aqui — sussurrou, puxando o companheiro para si. Foi a primeira vez que o rapaz ouviu a voz da rapariga.

Instantes depois, tudo havia acabado. Os dois, aliviados da opressão que os consumia, quedaram-se ainda nus por um longo tempo. Gedeão perdera a virgindade e sentia-se satisfeito. Mas não era feliz, pois imaginara que o amor fosse diferente.

[9] Mato de baixa elevação.

— Quando foi a tua primeira vez? — indagou Gedeão.

— Já faz muito tempo — respondeu a rapariga, sem nenhuma cerimônia.

— Eras então criança! — exclamou Gedeão.

— Sim, por isso meu pai, quando suspeitou que eu não era mais virgem, me levou pra cobra-grande.

— Cobra-grande?!

— Sim, a cobra-grande que vive no lago; nunca ouviste falar?

— Ham... sei, a cobra-grande... Mas quem te fez mal?

— Tenho certeza que não foi homem.

— Então quem foi?

— Foi o Uauiará.

— O boto?

— Sim, o boto.

— Mas como aconteceu?

— Tá bem, eu te conto.

Os pais de Genildes eram índios puros, mas, quando ela nasceu — a penúltima de quinze filhos — a família já não vivia junto dos parentes, mas num braço de rio distante, onde, de vez em quando, alguns homens brancos chegavam. Chegou primeiro o homem todo vestido de negro, o "cariaua-catu", ou seja, branco bom e amigo, o qual ensinou que os homens eram filhos do bom Deus, e Satanás, o príncipe do mal. Mas não entrava na cachola dos selvagens que Deus, sendo tão bom, pudesse criar Satanás, um ente tão mau, mas tão mau que nada que viesse dele podia ser bom. Pois Tupã, o princípio de tudo, era diferente. Criou *Anhangá,*[10] o espírito que aparece aos homens na forma de um veado branco com olhos de fogo, que traz febre e loucura a quem o vê, mas, ainda assim, não é mau, pois, tendo

[10] Na mitologia dos povos tupi e maué, um dos vários demônios seguidores de Jurupari.

Anhangá recebido de Guaraci — o Sol, mãe de todos os viventes — a incumbência de proteger os animais terrestres contra os índios que, abusando de seu pendor para a caça, quisessem destruí-los inutilmente, apenas aplica a justa e merecida punição ao agressor da natureza, protegendo, em última instância, o próprio índio, o qual estaria perdido se não houvesse mais caças. Nem o Curupira — que pune todo aquele que derruba ou estraga à toa as árvores com a pena de errar longo tempo pelos bosques sem atinar com o caminho de casa — é por isso uma criatura má; apenas cumpre as ordens de Jaci — a Lua, mãe de todos os vegetais —, que o incumbiu de proteger as florestas, pois o que seria dos homens sem as florestas?

Depois chegou à casa dos pais de Genildes o "cariuatá-puxi", ou seja, homem branco ruim, que deixava quase todo o corpo bem à vista das mulheres, atordoando-as. Parecia bom, pois trazia uma porção de coisinhas bonitas e nunca vistas que distribuía a todos da família; depois ia embora levando banana, castanha e farinha. Certa vez o homem convidou Genildes, que mal menstruara pela primeira vez, a conhecer o seu barco. Embora Genildes tenha ficado morta de curiosidade, não pôde ir ter com o forasteiro, como já haviam feito as irmãs mais velhas, pois o pai, sempre vigilante, não desgrudava. Eis que certa noite, tendo havido um putirum na casa de um compadre, muitas léguas rio acima, quem lá aparece? Nada mais nada menos que o tal branco. "Sim, era ele, eu juro que era ele!". Desceu da canoa todo faceiro, impecavelmente vestido, calçando um sapato de couro de jacaré, com um galante chapéu na cabeça. Genildes, toda derretida, caiu em seus braços, dançando com ele a noite inteira, ou melhor, parte da noite, pois, lá pelas tantas, aproveitando-se da claridade da lua, deixou-se levar pelo belo cavalheiro até o tronco de uma frondosa mangueira, na beira do rio, onde veio a perder a virgindade.

— Doeu? — perguntou Gedeão.

Não, não doeu, estava perdidamente apaixonada para sentir qualquer dor. Mas a noite não acabaria bem. Lá pelas tantas, sentindo a falta da cunhantaim, o pai deu o alarma. Correram todos pelos caminhos à sua procura, encontrando-a finalmente desfalecida no tronco da mangueira, com as saias levantadas.

— E o homem? — indagou Gedeão.

— Que homem? — fez-se de desentendida a tapuia.

— Ora, o que te fez mal!

— Ham, o boto? Pois foi o boto que, pra me enganar, se fez passar pelo outro. O danado desapareceu assim como tinha surgido. Mas antes de sumir me falou que "xoxota de jacaroa engana a cobra-grande".

O pai logo desconfiou do boto, pois alguém garantira ter visto um mancebo mui bonito e bem vestido, com um belo chapéu na cabeça, dançando com Genildes na festa, pouco antes da rapariga desaparecer. Um homem assim, e ainda mais de chapéu, só podia mesmo ser o boto, pensou o pai. Com efeito, alguém acabara de ver um estranho correndo na direção do rio, e todos saíram ao seu encalço. Quando o fugitivo, morto de cansado, foi finalmente alcançado pela turba, já estava completamente irreconhecível. O sapato de couro de jacaré, depois de tantas topadas, ficara pelo caminho; a roupa branca e bem engomada transformara-se num triste molambo; mas o belo chapéu ainda se mantinha firme em sua cabeça, fazendo todos terem como favas contadas que realmente se tratava do boto, o irresistível sedutor das cunhãs. Todos, porém, ficaram mui frustrados quando, depois de terem-no coberto de pancadas, retiraram o tal chapéu e não encontraram no alto da cabeça do homem, no lugar do miolo, o famigerado buraco que o boto costuma ter. Ficaram ainda mais consternados ao reconhecerem, no que restara das bordoadas, o homem bom e amigo que sempre lhes trazia algum presentinho da cidade. Todo mundo lhe pediu mil desculpas pelo lamentável engano. Ninguém teve dúvida de que o boto, sabedor da paixão da cunhantaim pelo forasteiro, passara-se por ele para enganar a ingênua rapariga. O velho, porém, ainda desconfiado, resolveu pôr em pratos limpos a história.

— O que ele fez? — indagou Gedeão, curioso.

— Me levou pra cobra-grande do lago, que devora as cunhantains descabaçadas muito cedo.

É que o velho, trazendo ainda vivas as lendas e tradições de seu povo, inclinava-se a crer que no infortúnio da filha havia a mão pesada de Guaraci, mãe de todos os animais. Pois, dias antes, ele batera o timbó nas cabeceiras de um igarapé, matando inutilmente, juntamente com as mães, milhares de peixinhos, razão por que Guaraci, mui enraivecida, mandara o Uauiará, guardião dos peixes, deflorar a sua filha, como uma forma de puni-lo. "Maldito seja eu", lamentava-se o velho, arrependido. Pois agora só havia uma forma de remediar o mal e aplacar a ira dos deuses — levar a filha até o lago onde morava a grande serpente que Rudá, deus do amor, criara para defender a virgindade. Porque Tupã, o deus dos deuses, mostrara-se mui sábio ao criar as outras divindades. Guaraci, o Sol, mãe dos animais; Jaci, a Lua, mãe de todos os vegetais; e Rudá, o guerreiro que reside nas nuvens, cuja missão é criar o amor no coração dos homens, despertando saudades, trazendo de volta os que partiram e fazendo suspirar os que ficaram. Ai de quem romper a ordem da criação! Pois Rudá criou Cairé — a Lua cheia — e Catiti — a Lua nova — iluminando com poesia a noite dos amantes, para que assim, enlaçados pelo amor e pela lealdade, gerassem uma prole forte e sadia, capaz de vencer a fome, as intempéries, as peregrinações forçadas e as guerras. Mas criou também uma terrível serpente que reconhecia as moças que se conservavam virgens, recebendo delas os presentes que lhe levavam e devorava as que haviam perdido a virgindade. Para punir o pai, que ferira a ordem da criação matando sem necessidade os peixinhos, Guaraci mandara Uauiará transformar-se no boto — o atrevido peixe com cara de pênis — e seduzir a filha, que, deixando-se desvirginar prematuramente, conspuscara a inocência e enfeara o amor, expondo a família ao opróbrio e a raça ao abastardamento, caso gerasse prole fraca e mal conformada, razões mais do que suficientes para ser levada perante a serpente que mora no fundo do lago, onde, deixando-a a sós em uma ilhota com os presentes destinados à serpente, o pai retirou-se para a margem fronteira, e pôs-se a cantar:

"Arará, arara Mbóia
Cuçucui meiú"

(Quer dizer: Arára, oh cobra arara! Eis aqui está o teu sustento).

— E aí, o que fez a cobra-grande? — indagou Gedeão, deveras impressionado com a história.

— Daí que a monstra começou a boiar e a cantar; foi e veio até me avistar.

— E então?

— Então se aproximou com a bocarra escancarada; quando eu pensei que a bicha fosse me engolir, ela parou; então, tremendo de medo, entreguei pra ela todos os presentes que meu pai trouxera, e ela foi embora deslizando pelo lago, com o lombo de fora, cantando suave, o que fez os peixes adormecerem; meu pai, então, antes de vir me buscar na ilhota, pegou muitos peixes pra viagem.

— Mas então ainda eras virgem — concluiu Gedeão.

— Claro que não!

— Então por que a cobra-grande não te comeu?

— É simples: eu enganei ela — respondeu Genildes, rindo.

— Enganaste como?

Lembrando-se do que lhe dissera o boto antes de partir, a esperta cunhantaim retirara o xibiu de uma jacaré-fêmea que o pai havia matado e o ajeitara sobre o seu próprio xibiu, logrando, dessa forma, ludibriar a terrível serpente, cujo detector de virgindade, ao que parece, não funcionava com jacarés.

— E o homem que te dava presentes? — indagou Gedeão.

— Ah, o branco que levou as bordoadas? Andou meio ressabiado por uns tempos, mas depois deu tanta cachaça pro meu pai que acabou conquistando ele de vez; e aí, quando o boto queria me pegar, não precisava mais se disfarçar.

Demoraram um tempo tão longo nessa conversa que nem perceberam a noite avançar. A lua escondera-se por trás das árvores mais altas, mergulhando as bananeiras na escuridão. Já nenhum barulho chegava do porto; a fogueira apagara-se e todos tinham ido dormir. Então eles vestiram-se às pressas e puseram-se a caminho. O rapaz ainda a seguiu por entre os tapiris, ouvindo cochichos, roncos e outros ruídos menos nobres, que se misturavam ao ranger dos caibros. A certa altura, Genildes parou e apontou para um tapiri:

— É este aqui — disse. — Se tu quiser, amanhã a gente se vê de novo. E desapareceu entre as palhas da barraca.

Tropeçando em tocos de árvores e em cachorros, Gedeão seguiu em frente, rumo ao porto, pois não dormia na casa do Albino desde que passara a trabalhar no barracão. Ainda ouviu a voz arrastada de um homem ralhar: "Cansou de ficar no mato? Cadela!"

Branquinho e Tão Frágil

Os primeiros tapuios que se queixaram do mal e abandonaram o trabalho foram tidos como vadios e insubordinados. Estefano mandou Manecão aplicar-lhes uma sova de cipó e depois lançá-los no buraco da capoeira, cavado para o Rosalbo e daí por diante convertido em cadeia. A verdade do caso só ficou patente no dia seguinte, quando correu a notícia de que todos os tapuios jogados no buraco haviam morrido. Entrementes, nos castanhais, pelos caminhos e no acampamento, a cada instante, sem perder tempo na escolha, a peste fulminava uma nova vítima. No final do segundo dia já se contabilizavam vinte defuntos.

A castanha ainda não fora trazida toda para o porto e Estefano temia que o pânico paralisasse os tapuios, razão por que reforçou ainda mais a vigilância. Tinha um forte pressentimento de que o pior ainda estava por vir, pois não sabia qual a reação dos jagunços quando a morte começasse a lançar o seu manto negro também sobre eles. Chegou a pensar em suspender os serviços e transferir a vila um pouco mais para cima, na direção da nascente, onde a água ainda era limpa, pois desconfiava que o mal partia do rio, onde todos, depois de se banharem e lavarem seus trapos, saciavam a sede. Para agravar a situação, naqueles dias uma chuva pesada despencou sobre a capoeira em torno do acampamento, onde os tapuios costumavam fazer as suas necessidades não só fecais como todas as outras, escoando para o rio uma putriqueira infernal. Mas, como faltasse pouco para o fim da safra e ainda não estivesse satisfeito com a montanha de castanhas já colhidas, Estefano decidiu continuar os serviços, apesar da peste. Destacou dois homens para subirem o rio e trazerem água limpa, mantendo um alguidar sempre cheio; mesmo assim, ele próprio fervia a água que bebia, cuidando para que Gedeão, Primitiva e Diana também assim fizessem. Admoestou severamente os jagunços a não provarem da água contaminada. Quanto aos tapuios, apenas recomendou-lhes que não bebessem a água do rio, mas foi o mesmo que não dizer nada, pois não entrava na cachola dos broncos que a água sempre límpida e cristalina do rio pudesse carregar o germe da morte. Embora o número de mortes fosse maior a cada dia, continuaram bebendo da água e morrendo. Mas a coleta das castanha continuou, embora alguns tapuios, no desespero, tenham tentado fugir pelo rio, sendo porém flagrados pelo Manecão no exato momento em que desamarravam as canoas. Tais desgraçados tiveram um fim atroz — já amarrados, foram forçados a engolir um pouco do vômito pestilento de um moribundo e depois os arrastaram até o fatídico buraco da floresta, convertido em hedionda vala comum, onde foram lançados sobre inúmeros cadáveres, alguns já em franca decomposição.

Estefano viu confirmada a sua suspeita no dia que um dos jagunços, contrariando-lhe a ordem, acompanhou ao banho uma cunhantaim por quem andava enrabichado. Já no começo da noite começaram as conhecidas cólicas e menos de três horas depois, tendo evacuado todo o líquido do corpo, os dois pombinhos expiraram. Havia tantos mortos que os vivos não davam conta de enterrar a todos. Às vezes, quem abria uma cova sentia-se mal e acabava caindo ali mesmo sobre o cadáver, sem que alguém viesse completar o serviço. Os cadáveres jaziam à beira dos caminhos e nos próprios caminhos, dentro e fora dos tapiris. Mas, não fosse a insuportável fedentina e os urubus que disputavam a carniça, Estefano estaria pouco se lixando para a mortandade, pois a peste, segundo lhe parecia, em vez de castigo, era um sinal de que Deus estava do seu lado. Já não precisaria dar um fim aos caboclos depois da safra, a peste faria o serviço. Com efeito, a cada dia morriam mais caboclos. Jaziam em todos os lugares, em número tão grande que era impossível enterrá-los. Estefano mandou então os jagunços jogarem os cadáveres no rio, amarrados a uma pedra, para que não boiassem. Em poucos dias não restaria um só caboclo para trabalhar nos castanhais.

Pois foi justamente num desses dias que Primitiva, auxiliada por Dadá, trouxe à luz um pirralho branquinho e tão frágil que os ossinhos pareciam querer se quebrar. Chamado para ver o filho, Estefano mostrou-se desanimado, augurando-lhe um fim próximo. Mas o prognóstico não se confirmou. O curumim lutou contra todas as adversidades e sobreviveu, recebendo o nome de Mica. A mesma sorte não teve a infeliz Primitiva, que, no outro dia, antes do sol se pôr, faleceu, ardendo em febre e desidratada. No meio de tanta desgraça, Dadá ainda teve lágrimas para chorar a morte da amiga, morte que não causaria nenhum efeito sobre o desalmado Estefano se não tivesse sido acompanhada pelos sintomas da peste. Por um instante achou que o flagelo ia se voltar também contra ele, razão por que, embora ainda houvesse castanhas para trazer dos castanhais, Estefano tomou uma resolução.

Dividiu os jagunços em dois grupos e mandou o primeiro, chefiado pelo Manecão, descer o Maró e aguardar as suas ordens no antigo acampamento da cachoeira, enquanto o segundo grupo, sob o seu comando direto, ficaria ali para evacuar dos castanhais os tapuios sobreviventes, a fim de levá-los para longe das garras mortíferas da peste, conforme Estefano explicara ao Aldo e ao Albino. Como era a primeira vez que viam o "patrão" se preocupar com o destino dos tapuios, os dois ficaram bem impressionados, mas, ao mesmo tempo, acabaram olhando a coisa com certa desconfiança, pois Estefano, antes do Manecão ir-se embora com o seu grupo, chamou-o à parte e falou-lhe alguma coisa que só o jagunço pôde ouvir, terminando ambos numa sonora gargalhada, o que não parecia se adequar à situação. Estranharam também a enorme jangada de troncos de árvores que Estefano mandou os jagunços construírem para transportar os sobreviventes, na qual os desgraçados tapuios, um dia depois, deixaram-se amontoar pacificamente. Por que a jangada, se havia canoas? Só tempos depois saberiam.

Gedeão, ainda ressentido da morte de Primitiva, assistiu a jangada afastando-se do porto, levada pela corrente, apinhada de tapuios, sob a vigilância dos jagunços, que, temendo o contágio mortífero, mantinham suas canoas bem afastadas. Espremida no meio das mulheres ia uma cunhantaim de rosto esquálido e cabeleira desgrenhada, cujos olhinhos tresloucados brilhavam de febre; reconheceu na rapariga a até há pouco viçosa Gertrudes. A irmã Lourdes e sua prima Genildes, namorada do boto, não estavam na jangada; haviam sido devoradas pela peste. Gedeão ficou ainda um longo tempo olhando a curva do rio, depois que a jangada desapareceu. Quando se voltou para terra e viu apenas o pessoal da Dadá, Diana e em seu colo o pequenino Mica, o rapaz sentiu pela primeira vez uma grande solidão, pois se acostumara ao barulho daquela gente, às vozes e ruídos do acampamento onde agora só restavam taperas abandonadas, bafejadas pela morte qual cemitério. Imagens estranhas assaltaram-lhe a cabeça. Viu um homem amarrado sendo apunhalado por outro homem no chão. Pessoas sem rosto gritarem. Uma mulher em prantos agarrar-se ao moribundo e ser imediatamente arrastada por homens de rosto mau. Por um instante ele teve a certeza de conhecer aquela mulher. Mas não, nunca a vira. Lembrou-se de Veva. Só agora percebia o quanto gostava de Veva. Ela nunca mais voltara para conversar com ele. Sentiu saudades. Depois Sabá, o bom amigo Sabá que ia pescar com ele. Seu sangue parecia estar ainda ali, grudado no terreiro. De novo o rosto daquela mulher, um rosto sem nome, agora pálido e triste, a olhá-lo com imensa ternura. De quem seria? Dadá contara-lhe várias vezes a história de Lazinha, porém não toda, mantendo Gedeão na ignorância sobre a sua origem. Seria o rosto de Lazinha? Ele era muito pequeno quando Estefano a levou; e depois, quando o espírito da coitada voltou para velar pelo filho, o menino não sabia de quem se tratava, de forma que, por mais que agora se esforçasse em decifrar o seu enigma, o passado parecia-lhe obscuro e nebuloso. De repente viu Estefano, que não acompanhara os jagunços, a inspecionar os barracões atulhados de castanhas, já calculando em sua famigerada cadernetinha os lucros que obteria com a venda. De repente, um clarão: o rosto do homem que apunhalava o outro no chão era o de Estefano! Gedeão estremeceu. Agora era capaz de lembrar também dos braços cabeludos do homem com o punhal na mão. Eram os braços de Estefano! Mas não, não podia ser! Estaria ficando lelé? Em seguida enxergou Rosalbo, o patife do Rosalbo, que sobreviveu à peste e parecia ter sete vidas, oferecendo seus préstimos ao seu senhor. Tal imagem fê-lo voltar ao presente. O que seria feito dos tapuios?

Só tempos depois Gedeão soube que os jagunços, por determinação de Estefano, depois de conduzirem os infelizes durante três dias e três noites rio abaixo, morrendo vários durante a viagem, ao chegarem um pouco acima do trecho encachoeirado, cortaram os cipós que prendiam as toras de madeira da jangada, desintegrando-a por completo, fazendo o rio engolir os desgraçados, muitos dos quais, porém, apesar de doentes e desnutridos, ainda encontraram forças para se segurarem nos rochedos, havendo também uns poucos que, bracejando contra a corrente, conseguiram agarrar-se aos galhos das árvores que pendiam para o rio, o que, no entanto, não os livrou do bárbaro destino para eles traçado.

Aquele foi o dia mais divertido de Manecão e sua turma, que aguardavam ansiosamente a descida da jangada. Ao irromper o alarido angustioso dos náufragos, os jagunços colocaram-se em posição de tiro.

Naquele verão, por pouco o rio não ficara completamente seco. Do promontório onde o acampamento dos jagunços se estabelecia era possível avistar lá embaixo o leito do rio, que naquela época do ano não passava de um sulco pedregoso de uns dez metros de profundidade, semelhante a uma escura garganta pontilhada de rochedos afiados e ameaçadores como dentes expostos ao sol, nos quais toda a água que restava do Maró vinha violentamente se chocar. Os jagunços, que nos verões passados brincaram de exercitar a mira nos pássaros que desciam imprudentemente ao leito pedregoso para mariscar, agora tinham alvos mais nobres para provarem a sua pontaria. E soltavam urros de prazer quando um desgraçado, após titânico esforço para se agarrar nalgum rochedo, era abatido pela bala certeira de um dos jagunços, desaparecendo no turbilhão de água, depois de se espatifar de encontro às rochas. Às vezes alvejava-se apenas o galho da árvore no qual o infeliz se segurava, de modo a fazê-lo despencar no torvelinho, para depois finalmente fulminá-lo no justo instante em que se prendia a um rochedo.

Já era quase noite quando o último infeliz foi tragado pela corredeira, indo emergir alguns metros abaixo da cachoeira num grande remanso feito pelo rio, onde os outros corpos o aguardavam circulando de bubuia.

As piranhas também tiveram a sua festa. Mal a noite caiu, um diabólico estalido como que de vorazes mandíbulas subiu de repente das águas, tão alto e ensurdecedor que abafou o não menos potente ruído da cachoeira. Mas nenhum dos jagunços, embriagados de alegria e de cachaça, dele se apercebeu. Gritaram e brigaram entre si a noite inteira, numa algazarra dos diabos, e pela manhã, ao procurarem os cadáveres, ainda encontraram as águas do remanso tisnadas de vermelho, mas já não havia um só corpo para testificar a carnificina.

Poucos dias depois, desabaram sobre a floresta as primeiras chuvas pesadas do inverno, fazendo renascerem os córregos ressecados durante o verão e elevando de novo o Maró acima da cachoeira.

Livre dos perigosos rochedos que lhe bloqueavam a passagem e da malta de tapuios ceifados pela peste, Estefano pôde fazer o transporte das castanhas para a cidade, onde, confirmando suas previsões, vendeu-as a ótimo preço.

Terrível Incógnita

Com a permissão de Estefano, transferiram as moradias a um lugar um pouco mais acima, na segunda curva do rio, livrando-se assim da forte fedentina que demorou muito tempo para desaparecer.

E a vida no Maró, depois de tantos acontecimentos estapafúrdios, retomou o seu curso. Aldo e Albino continuaram a compartilhar a mesma mulher, no comborço mais feliz que se tem notícia. Quanto ao Dinho e ao Bino, não foi fácil para eles, depois de terem provado o gosto de mulher, voltarem a contentar-se com o Rosalbo, o qual, por sua vez, pôde dedicar-se de novo não só aos meninos como também a matutar em sossego uma forma de ferir Gedeão. Já os jagunços tornaram a ficar no acampamento da cachoeira, de onde podiam controlar a entrada e a saída do Maró. Apenas o Manecão aparecia de quando em vez, sempre ao lado de Estefano, como fiel cão de guarda.

Em suma, tudo voltara a ser como antes, ou melhor, quase tudo, posto que Gedeão, depois dos últimos acontecimentos, já não era o mesmo. Imagens esquisitas irrompiam não sabia de onde, despertando-lhe o desejo cada vez mais intenso de desvendar o seu passado. Mas Dadá desconversava toda vez que ele perguntava quem fora a sua mãe, ao mesmo tempo que parecia gostar de lhe falar sobre a Lazinha louca. Mas ele estava longe de imaginar que fosse filho da infeliz, pois tudo o que dela guardava nem chegava a ser uma lembrança, mas tão somente uma vaga sensação ao mesmo tempo de simpatia e repulsa. Pois Dadá, julgando meros frutos da loucura, não mencionava as escabrosas histórias que Lazinha lhe contava, nas quais Estefano aparecia como odioso facínora, deixando Gedeão ainda por um bom tempo sem saber quem era aquela mulher que se lhe apresentava à memória, ora clamando desesperadamente por socorro, ora triste e resignada. Soube, sim, que Diana era filha de Lazinha, mas quando perguntou a Dadá quem era o pai da menina, a mulher novamente tergiversou, dizendo, por fim, que a coitada já chegara grávida. Na verdade, Dadá gostaria de informar que os dois eram irmãos, filhos da mesma mãe, mas temia magoar o rapaz e insuflar seu espírito contra Estefano. Mas logo já não poderia calar, pois Diana crescia e tornava-se uma linda cunhã, muito parecida com a mãe, e era de se esperar que o rapaz, como qualquer homem, um dia ia querer deitar com a rapariga. Não que a ideia de pecado a incomodasse, mas não achava certo que dois irmãos se possuíssem desconhecendo tal fato. E seu temor não era de todo infundado, ainda mais porque Estefano há poucos dias tirara Diana da companhia de Dadá e pusera-a para morar com Gedeão. Não vendo outra razão, Dadá achou que Estefano quisesse livrar a cunhã das estocadas do Dinho e do Bino, que andavam muito assanhados. Não censurou Estefano, afinal Diana era sua filha, mas colocar a menina aos cuidados de Gedeão parecia-lhe o mesmo que tirar um ninho de passarinho do alcance do gavião para entregá-lo ao zelo da mucura. Segundo pensava, cedo ou tarde Gedeão arrebataria Diana para a sua rede. Enganava-se. O rapaz não seria capaz de mexer num único fio de cabelo da menina. Disso Estefano tinha certeza, pois há muito observava o jeito carinhoso de Gedeão tratar a menina e o respeito que ela lhe retribuía, pois nem os cinco anos que os separavam conseguiam torná-los estranhos.

Quase todas as tardes, depois do trabalho, Diana ia banhar-se no rio com Gedeão. O pequeno Mica, que já se tornava comprido e liso que nem uma varinha de pescar, escapulia da casa de Dadá e também vinha se lançar nas águas. Bino e Dinho não deixavam por menos. Afora o descarado do Mica, que vivia nu pra lá e pra cá, Diana e os três rapazes caíam n'água vestidos, mas, de tanto viverem juntos, sentiam-se tão à vontade entre si que logo tiravam a roupa e a jogavam para terra. Os rapazes até se esqueciam que Diana era mulher. Mas Estefano acabara de proibir essa brincadeira, pois, da escada do barracão, vira o danado do Bino, o mais atrevido dos dois irmãos, nadar pelo fundo e apalpar Diana, que deu um gritinho. "Olho nos dois irmãos", recomendou Estefano a Gedeão.

A partir daquele dia Gedeão não mais deixou os irmãos se aproximarem de Diana. Para dar o exemplo, ele próprio não admitia que a menina o acompanhasse ao banho. Mas, apesar do jeitinho ágil e dengoso de felina, a cunhantaim parecia-lhe ainda tão insignificante que o rapaz não compreendeu os cuidados de Estefano. Por um instante pensou que o padrinho podia ser o pai de Diana. Não que seu corpinho de índia apresentasse alguma semelhança com Estefano, mas havia algo no jeito e no olhar que muito a aproximava de Mica e fazia-o de vez em quando pensar que os dois eram irmãos. Mas logo abandonava a ideia, preferindo crer que Mica era filho de Estefano com Primitiva enquanto Diana nascera de Lazinha, a louca, que, segundo Dadá, já chegara grávida no Maró. Embora tentasse esquecer o problema, acabava porém voltando sempre ao mesmo ponto: quem eram eles, como chegaram ao mundo? Bino e Dinho, filhos de Dadá, sabiam quem eram os seus pais, ou pelo menos pensavam que sabiam. Dadá e o Albino, bem como o Aldo, também conheceram os seus pais. Até o Rosalbo, embora ninguém lhe desse crédito, gabava-se de ter tido um pai. E por que ele e Diana não podiam ter essa ventura? Lembrou-se de Mica. Todos sabiam que o pequeno era filho de Estefano com Primitiva, mas, para não magoá-lo, pois o pai o enjeitara, ninguém lhe contava a verdade. "Tua mãe morreu no parto e teu pai foi picado de cobra", diziam ao pirralho. Aliás, foi também essa mesma história que Gedeão ouviu de Estefano quando, certo dia, perguntou-lhe sobre o seu passado.

Por mais que tentasse esquecer o problema, era só ver Diana, e tudo voltava. A sua delicada silhueta na penumbra da tarde, os olhos tristes entre as mechas negras dos cabelos, como se no corpo da menina existisse uma outra pessoa que ele em vão tentava reconhecer. Quem seria? A resposta para essa pergunta ele obteve quando Estefano certo dia o convidou para acompanhá-lo até o acampamento dos jagunços, fazendo o rapaz muito feliz, pois sempre quisera conhecer a tão famosa cachoeira, onde, depois de dois dias de cansativa viagem, finalmente chegaram. Mas não pareceu empolgado com o queviu. Naquela época do ano as águas haviam encoberto os rochedos!

Depois de uma conversa curta, Estefano mandou os jagunços carregarem as coisas para o batelão, no que se ocuparam pelo resto do dia. O patrão ficou olhando a distância o serviço dos homens. E Manecão, braço direito do amo, também não pegou no pesado. Todavia Gedeão, embora pudesse furtar-se ao trabalho, juntou-se alegremente aos jagunços, labutando ombro a ombro com eles até o último paneiro de farinha carregado, conquistando com isso a simpatia dos broncos, que até então viviam enciumados dos privilégios que o amo conferia ao afilhado.

À noite, como sempre faziam antes de dormirem, os jagunços reuniram-se em volta de uma fogueira para bebericarem e contarem casos, cada um mais cabeludo que o outro, ouvindo-se ao fundo o barulho da correnteza, qual música sinistra no meio da escuridão. Estefano e Manecão juntaram-se a eles. Gedeão também foi convidado e, por estranho que pareça, por mais receio que tivesse dos jagunços, sentiu-se bem com eles, pois, ao que se lembre, nunca estivera assim no meio de tantos homens, sendo tratado como um igual. Teve até, por insistência de um jagunço de nome Osório, de contar um "causo". Ficou de início embaraçado, pois todas as histórias que conhecia — de caçadores que inexplicavelmente se perdiam, de jacarés e sucurijus gigantes, da mulher que virava porco-espinho, do homem que flechou uma veada e matou a própria mãe — todas as histórias, que julgava só ele conhecer, já haviam sido contadas.

— Anda, Batista, conta um caso! — insistia o Osório, já com a voz engrolada.

Não era a primeira vez que alguém o chamava de Batista, mas desta vez estava tão preocupado em lembrar de uma história que nem se intrigou com o tratamento.

Ele tinha de contar uma história, seja lá qual fosse, sob pena de ficar desmoralizado, pois caboclo que é caboclo tem sempre uma história pra contar.

De repente, sem saber como, ele começou:

"Num lugar muito longe daqui vivia uma família muito feliz. O homem e a mulher dormiam na mesma rede, e, enquanto ele ia caçar e pescar, ela ficava em casa cuidando do filho que tinha nascido. Na época de fazer a farinha, os dois iam juntos pra roça, a mulher levando o curumim na tipoia. Até que um dia veio pelo rio um forasteiro e com ele outros homens, todos muito maus, e a paz se acabou. Primeiro o forasteiro esperava o homem ir caçar e tentava seduzir a mulher com galanteios e presentes; depois, cansado de ser rejeitado, mandou os jagunços amarrarem o marido num tronco e ele mesmo enfiou um punhal no coração do infeliz, levando para si a mulher, de quem então o malvado pôde se aproveitar. Mas cometeu um grande erro deixando viver o menino. Pois o menino, mesmo sem os cuidados da mãe falecida pouco depois devido aos maus-tratos do bruto, cresceu e ficou homem. Quando quis reparar o erro, já era tarde, pois o menino sabia de tudo e já era mais forte que ele."

Quando Gedeão terminou de falar, notou que todos estavam em silêncio, atentos à sua história. O padrinho o encarava de um jeito estranho, enquanto os jagunços não sabiam para onde olhar; quase nenhum levantava a cabeça.

Gedeão não entendia o que se passava e continuava calado. Finalmente a voz do padrinho veio tirá-lo do embaraço:

— E daí, Gedeão, o que o rapaz fez com o safado do velho? — perguntou, procurando disfarçar a tensão.

— Mas ele não era tão velho, padrinho — reparou Gedeão, sem captar a intenção da pergunta.

— Não importa; o que o rapaz fez com o homem? — tornou a perguntar Estefano, com voz metálica.

— Bem... no começo, assim que soube do seu passado, o rapaz teve vontade de matar o malvado com uma punhalada no peito, do mesmo jeito que ele tinha matado o seu pai. Mas mudou logo de ideia, achando que mesmo uma morte dessa não pagava o mal que o forasteiro tinha feito.

Todos o olhavam atentamente. Embora achasse exagerada tal atenção, Gedeão de nada desconfiou, saboreando o sucesso.

— Mas o que podia ser pior do que matá-lo? — indagou Estefano.

— Fazer ele sofrer lentamente pelo resto da vida — respondeu Gedeão.

— Mas de que jeito? — perguntou Manecão, que ouvia tudo com muita atenção.

— É que o homem tinha uma única filha, por quem diziam ter grande afeição. Então o rapaz decidiu matar essa filha.

Gedeão notou o olhar de todos os jagunços convergirem de uma só vez para o padrinho e este mexer-se sobre a tora de madeira que lhe servia de tamborete.

— E ele matou a moça? — perguntou Manecão.

— Ele tava disposto a matar; chegou a amolar um punhal que sempre andava com ele, mas, quando um dia se encontrou com a moça, aconteceu uma coisa que ele não esperava. A filha do homem era tão linda e tão graciosa, de uma beleza tão pura e tão impressionante que o rapaz, em vez de matar a moça, se encantou por ela.

— E ela também gostou do rapaz? — perguntou Osório, deveras curioso.

— Sim, embora todo mundo fosse contra essa união. Os dois fugiram pra longe e o rapaz viu-se obrigado a esquecer sua vingança.

Houve um instante de silêncio, quebrado finalmente por Estefano:

— Teria sido melhor pro pai da moça que o rapaz o tivesse matado, assim pouparia ele de ver a sua única filha nos braços do inimigo.

— Também era melhor que o rapaz tivesse morrido quando ainda era menino, assim não ia ver o assassino do seu pai vivo — disse Gedeão, sem atinar na gravidade de suas palavras.

O padrinho deu boa noite e levantou-se, dirigindo-se em seguida ao barracão que reservara para si, onde também dormia Manecão. No percurso indagou ao capanga:

— Será que o pirralho já está sabendo de tudo?

— Tenho certeza que não, patrão; pois se soubesse não ia cair na besteira de falar.

— Mas de onde ele tirou essa história?

— Talvez se lembre de alguma coisa, mas era muito pequeno pra saber o que aconteceu com o pai.

— Eu mato quem contar a verdade ao garoto! — resmungou Estefano.

— O patrão não se preocupe, nenhum dos homens vai abrir o bico.

— É bom ter certeza disso. Não viste o linguarudo do Osório ainda há pouco chamando Gedeão de Batista?

— Amanhã dou uma prensa nele — prometeu Manecão. — Desconfio mais da Dadá.

— Não, a Dadá não é problema, nunca vai contar, pois gosta do garoto como se fosse mãe e sabe que no dia que ele descobrir eu vou ser obrigado a matá-lo. E mato também quem contar a história pra ele! Disso ninguém duvide! — sentenciou Estefano.

Os jagunços também se recolheram a suas redes, menos o Osório, a quem coube ficar de guarda naquela noite. Gedeão teve de se acomodar num tapiri, ao lado de mais três jagunços, os quais, mal encostaram-se à rede, caíram num sono de pedra. Embora a parede de palha cheia de buracos deixasse entrar algum ar no tapiri, a noite estava quente e abafada, e, se isso não bastasse, os caboclos desfaziam-se em roncos e outros ruídos mais nocivos, afugentando o sono do nosso herói. A insônia, porém, permitiu-lhe pensar e repensar na estranha conversa em volta da fogueira. De onde lhe viera aquela história? Custava-lhe crer que a tivesse inventado. Admirava-se de tê-la contado sem nenhum esforço, como se há muito a conhecesse. Ele fora o único a prender a atenção de todos, o que não deixava de ser uma proeza. Até o padrinho, em regra circunspecto, fizera-lhe perguntas. Por que esse interesse? O que o caso tinha de tão extraordinário? Em vão procurava a resposta.

Lá pelas tantas, sentindo-se sufocado dentro do tapiri, saiu para o terreiro.

Embora o céu estivesse apinhado de estrelas, fazia uma noite muito escura. Gedeão enxergou um pontinho de luz que se apagava e acendia que nem vaga-lume. Devia ser o Osório, sentado numa pedra, fumando o seu *porronca,*[11] enquanto perscrutava a escuridão, atento para qualquer ruído estranho que viesse do rio.

Gedeão aproximou-se pigarreando para não assustar o caboclo.

[11] Cigarro feito de fumo na palha.

— Olá, Osório, como vai a noite? — falou o rapaz, parando a dois metros dele.

— Muito chata! Há anos o patrão faz a gente vigiar o rio sem necessidade, pois nem alma penada se arrisca neste cu de mundo, quanto mais gente viva.

O jagunço deu uma tragada tão forte no cigarro que Gedeão pôde enxergar por um instante a sua cara encovada.

— O rapaz quer exprimentar? — indagou Osório, estendendo-lhe o porronca.

Gedeão hesitou, pois nunca fumara, mas acabou aceitando. Puxou a primeira vez e engasgou-se.

— Da segunda já entra mais macio; é tabaco do bom, de corda, deixa a gente bem acordado.

Ao contrário, a fumaça desviava-se ao estômago, dando-lhe ânsias de vômito, mas Gedeão aguentou firme e deu mais umas tragadas, fazendo caretas no escuro.

— Obrigado, Osório; o tabaco é mesmo supimpa — agradeceu o rapaz, querendo conquistar a amizade do bronco.

— Eu não lhe disse?! — respondeu ele, com vivo entusiasmo.

Houve um pequeno silêncio entre os dois homens. O barulho que vinha do rio era tão constante que nem mais incomodava.

Foi Osório quem retomou a conversa.

— O rapaz não conseguiu dormir?

— O tapiri tava muito abafado — respondeu Gedeão.

Pequeno silêncio.

— O rapaz não ficou preocupado com o que disse?

— Do que tás falando? — indagou Gedeão, sem compreender a pergunta.

— O causo do homem que matou o marido pra ficar com a mulher.

— E por que ia ficar preocupado?

— Então o rapaz não sabe que essa história aconteceu de verdade? Bem... pelo menos um pedaço dela aconteceu.

— Como assim, Osório?

— Tu não viu a cara do patrão enquanto contavas a história?

— Sim, ele tava bem atento; mas, e daí?

— Daí que o patrão há muito tempo também matou um homem pra lhe roubar a mulher.

Gedeão então ouviu a história trágica de João Batista e Lazinha, nos mínimos detalhes; de como Estefano, depois de usar em vão todos os meios pacíficos de persuasão, acabou assassinando de forma atroz o marido; de como Lazinha, tendo ficado louca, tornou-se objeto passivo de todos os caprichos lascivos de Estefano, que dela usou e abusou, embuchando-a; de como, após nascer a criança, que era nada mais nada menos que a pequena Diana (!), Estefano deu sumiço da infeliz rapariga, cujo paradeiro ninguém mais soube.

Gedeão estava pasmo. Então Diana era, da mesma forma que o Mica, filha de Estefano!? Os dois realmente se pareciam. Bem que ele havia notado.

— Então o rapaz não sabia mesmo dessa história?

— Não, não sabia.

— Eu não devia de falar; se o patrão sabe que contei, me mata!

— Então eu não devia de saber?

— O patrão disse pra gente não contar pra ninguém.

— Fica sossegado, Osório, eu não conto pra ninguém que me contaste. Eu já meio que desconfiava.

Osório, que não era tão lorpa quanto parecia, procurou concertar a coisa, dizendo:

— Sabe, a história que o rapaz contou se parece com a história do patrão. Só faltava a Lazinha e o marido terem tido um filho e esse filho, depois de grande, descobrir a verdade e querer vingar a morte

do pai. Só faltava isso, pois até uma filha o patrão tem com a mulher dele que mora na cidade; e é filha única; e, assim como a moça da história do rapaz, dizem que a filha do patrão é muito bonita. O Manecão disse que uma vez viu ela na cidade. O rapaz já pensou se Lazinha tivesse um filho e esse filho, em vez de matar o patrão, acabasse se enrabichando pela filha dele? Mas Lazinha não tinha nenhum filho, só depois nasceu a Diana.

— Como mesmo era o nome do marido da Lazinha? — indagou Gedeão, como quem não quer nada.

— João Batista — respondeu Osório, fazendo imediatamente um gesto com a mão direita, como que arrependido do que dissera. Então Gedeão lembrou-se de que o mesmo Osório há pouco chamara-o de "Batista". Isto o intrigou. Achou que o jagunço escondia algo muito importante.

— Onde o padrinho matou o homem?

— No rio Nambu, muito longe daqui.

— E o povo que vivia lá?

— Dizem que se entocaram nas cabeceiras do Nambu, onde fundaram uma vila, que a gente chama de Vila dos Batistas.

— Dos Batistas?

— Por causa do tal João Batista, marido da Lazinha, que era muito querido entre eles.

Pela primeira vez Gedeão ouvia falar na Vila dos Batistas.

— Como a gente faz pra chegar até lá?

— O único caminho é o Nambu, que desemboca no Maró um dia acima da cachoeira, pois pela mata é impossível, basta lembrar do finado Sabá, que quis fugir pra Vila dos Batistas pelo centro da mata e acabou voltando pro Maró em busca de água, e foi pego por nós.

— Então o padrinho manda vocês vigiarem o Maró pro pessoal do Nambu não ter por onde passar?

— Isso mesmo, mas acho besteira, pois a gente da Lazinha é tudo índio; pra eles não tem mato fechado. Se eu fosse o patrão já tinha ido acabar com eles lá no Nambu. O patrão não confessa, mas acho que ele tem medo deles.

— Por que medo? Eles são muitos?

— Já não eram poucos naquele tempo, agora então deve ter mais gente; do jeito que índio faz filho... Além disso, é uma gente feroz, que dorme com o arco e a flecha na mão e que é bem capaz de comer carne de gente. Bem... não é só isso, tem também os paulistas que vivem com eles.

— Quem são os paulistas?

— Uns bandidos que vieram fugido de um lugar chamado São Paulo, muito longe. Dizem que os paulistas são muito ruins, comem miolo de criancinha.

— Mas se o pessoal da Lazinha é tão perigoso, como os paulistas vivem com eles?

— Esses paulistas devem de ser tão ferozes quanto eles, por isso se deram bem. Mas, por mim, enfrentava tudo e ia lá pegar eles, pois dizem que nos Batistas tem muita mulher bonita.

— Quem te contou essas coisas?

— Ora quem... o patrão, e a gente também escuta no rádio. Sabe o que é rádio?

— Rádio? Não, não sei.

— É uma caixinha deste tamanhinho assim, que fala. Sim, uma caixinha que fala que nem papagaio! O patrão uma vez trouxe ela da cidade. A primeira vez que a caixinha falou, eu, o Zelão e o Manduca corremos apavorados pro mato, pensando que era alma penada que falava dentro da caixinha. Foi preciso o Manecão, que já tinha morado na cidade e conhecia o troço, ir atrás da gente explicando o que se passava. É uma coisa do capeta, o rapaz precisa ver.

Por um instante Gedeão pensou que o jagunço enlouquecera. Pois como acreditar que o padrinho, amigo e protetor, fosse um frio assassino? E como crer que Diana fosse filha do padrinho com Lazinha, a louca? E essa história da "Vila dos Batistas" e dos terríveis "paulistas" que comiam miolo de criancinha? E, se isso não bastasse, essa história maluca da caixinha que falava.

Zonzo com o rol de maluquices, Gedeão desejou boa noite a Osório e voltou ao tapiri, disposto a dormir, mas, embora lhe parecessem asneiras, passou o resto da noite acordado, rolando-se na rede, matutando no que ouvira. Embora pouco a pouco tudo ganhasse um sentido, o sol veio pela manhã surpreendê-lo sem que tivesse chegado a nenhuma conclusão. O fato principal de sua vida continuava uma terrível incógnita: quem era ele? Quem foram os seus pais? Certa vez fizera tais perguntas a Estefano, que lhe deu a clássica resposta: "Tua mãe morreu no parto e teu pai, dias depois, foi picado de cobra". Agora Gedeão tinha quase certeza de que o padrinho mentira. Mas por quê? Por que ele não podia saber quem eram os seus pais?

Durante o dia, Gedeão tornou a aproximar-se de Osório, no intuito de arrancar do tagarela outras informações. Mas o jagunço, sem o estímulo da cachaça, parecia outro homem. Mostrou-se seco e lacônico quando o rapaz voltou ao assunto. Gedeão não insistiu, procurando tranquilizar o caboclo. Mas, sem querer, acabou soltando a língua do bronco.

— No verão nem precisa vigiar o rio — comentou Gedeão, vendo os enormes rebojos que os rochedos, embora submersos, produziam na água.

— É verdade, fica só pedra; não tem como passar a cachoeira de barco, nem mesmo nadando — explicou Osório, mais descontraído.

— E a jangada dos catadores de castanha? — perguntou por acaso Gedeão, pois nunca suspeitara de nada.

Osório deu uma gargalhada.

— A jangada? O Manecão arrebentou ela antes de se chocar nas pedras.

— E o pessoal que vinha nela?

— A maior parte se afogou, e o resto levou bala.

— Ninguém escapou? — indagou Gedeão, com os olhos arregalados de espanto.

— Ninguém.

— Osório, seu patife, deixa de lorota! — gritou Estefano, que a alguns metros fuzilava-os com o olhar.

A partir daquela hora Manecão grudou no Osório. Para onde um ia, o outro seguia atrás. Gedeão teve de ficar mais uma noite no acampamento dos jagunços, mas Osório foi dormir noutro tapiri. De manhã, antes de partir para a cidade no seu batelão carregado de produtos da floresta, Estefano aproximou-se de Gedeão e disse:

— Não sei o que o Osório te disse, mas, seja lá o que for, não deves dar ouvido, pois esse tapuio é biruta.

— Ele não disse nada importante, padrinho; logo vi que o danado não bate bem da bola — respondeu Gedeão, que já não tinha dúvida de que todos lhe escondiam algo muito sério.

À tarde, tendo o padrinho partido para a cidade, Gedeão pegou a sua montaria e voltou sozinho para casa. Enquanto remava, ia pensando em todas as coisas que Osório lhe contara. Já não lhe pareciam tão absurdas como soaram no começo.

Em casa, a primeira coisa que fez foi procurar Dadá e lhe contar o que ouvira de Osório.

— A senhora sabia que o padrinho era o pai de Diana, por que escondeu isso de nós? — perguntou por fim Gedeão.

— Tem coisas, meu filho, que é melhor a gente nem saber — respondeu Dadá.

— Que coisas? Por exemplo, quem foram meus pais? Eu sei que a senhora sabe.

— Meu filho, às vezes mãe é aquela que cuidou da gente, e não a que pariu. Tu tiveste várias mães: primeiro a velha Veva, ainda te alembras dela? Depois Primitiva, que te deu muito mingau de crueira; e por último eu. Quer saber quem foi teu pai? Pois bem, o Sabá, te alembras dele? O Aldo e o Albino, que gostam muito de ti. Pra que tu quer saber mais? — e a mulher calou-se, fugindo do assunto toda vez que Gedeão insistia.

Quanto ao massacre dos tapuios na cachoeira, todos ficaram deveras abalados quando souberam. Nunca suspeitaram que Estefano fosse capaz de praticar um ato tão covarde e hediondo.

Vontade de Matar

Cansado de investigar em vão a sua origem, Gedeão sentiu pela primeira vez aquele desejo de morrer tão típico dos Bagata. Durante dias nada comeu, por mais que Diana e Dadá insistissem. Ele, que detestava cachaça, engoliu pelo gargalo, de um só fôlego, três garrafas, passando dois dias e duas noites em coma, mas resistiu. Chegou a esbarrar o pé na cabeça de uma surucucu, e a terrível serpente, como que avisada, nem se acordou. Nenhum mal parecia ter o condão de atingi-lo.

Procurou então o esquecimento esfalfando-se no trabalho, mas nem assim conseguiu apaziguar o espírito corroído por uma profunda melancolia. Certo dia, o desejo de morrer novamente irrompeu e ele teve uma ideia: convidou Dinho e Bino para irem à caça com ele, como de vez em quando faziam. Saíram cedo de casa e enveredaram pelo caminho que findava no fundo da mata. À frente dos três, fazendo o reconhecimento do terreno, ia o fiel Rompe-mato, farejando e latindo, o melhor amigo de Gedeão. Há muito que os irmãos não viam o companheiro tão alegre. Ria, contava anedotas, como há tempos não fazia. Já bastante afastados do Maró, no centro da terra, onde as árvores mais altas chegavam por vezes a alcançar a altura de cinquenta metros, os três amigos pararam e ficaram em silêncio, ouvindo apenas o cantar dos pássaros e o farfalhar do vento na folhagem espessa. Bino, embora acostumado com a selva, sentiu um arrepio na espinha, como se pressentisse a presença vigilante de criaturas ocultas atrás dos troncos e das galhadas. Dinho teve a mesma sensação, como se mil olhos os observassem naquele exato momento. Gedeão também parecia envolvido pelo clima místico da floresta, embora na verdade só pensasse no seu plano. De repente aconteceu o que ele esperava — Rompe-mato, que há minutos desaparecera, acabara de latir muito longe, chamando pelos amigos.

— Ele entocou algum bicho, tá pedindo nossa ajuda — disse Gedeão, já correndo em direção aos latidos.

Por alguns instantes os dois amigos conseguiram acompanhá-lo, mas, dos três, Gedeão sempre fora o mais ágil, de forma que rapidamente o perderam de vista.

— Viste só, Dinho! Ele se afobou tanto que acabou se esquecendo da espingarda! — disse Bino, feliz por carregar consigo a tão cobiçada arma de Gedeão, presente de Estefano ao afilhado.

— Pois é, ele acabou levando o meu arco — respondeu Bino.

— Tomara que o Rompe-mato não teja encurralando uma onça. Vamos rápido, Gedeão pode ficar em apuros.

Os dois irmãos, porém, por mais rápido que rasgassem o emaranhado da floresta, já haviam ficado muito para trás do amigo, cujo barulho nem mais ouviam.

Gedeão, que deixara a espingarda de propósito, procurava afastar-se dos dois o mais rápido possível, decidido a levar a cabo o seu plano. O cachorro continuava latindo.

Ao chegar ao local, Rompe-mato tinha as patas dianteiras apoiadas no tronco de uma enorme itaubeira e olhava fixamente para o alto, enquanto latia ameaçadoramente. Gedeão pôde então ver a enorme onça-pintada que se refugiara acuada num dos galhos da árvore. Pressentindo a chegada do amigo, o cão parou por um instante de latir e abanou amistosamente o rabo, apenas rosnando. Ao ver o fiel amigo esperando por ele, Gedeão hesitou por um momento, quase desistindo do seu intento. Mas já era tarde. Sua alma tristonha almejava um descanso.

Dinho e Bino já vinham perto. Era possível escutar a barulheira infernal que, na azáfama de chegarem, vinham fazendo. Dentro de instantes estariam ao pé da itaubeira e poderiam socorrer Rompe-mato.

Não tendo um segundo a perder, Gedeão ocultou-se atrás duma grande árvore e, com o coração aos pulos, decidido a dar cabo de si, ficou à espera. Não se apercebeu, porém, que Rompe-mato deixara de fustigar a presa e aproximara-se perigosamente do amigo.

— Leva a espingarda já engatilhada! Quando enxergares o bicho, atira logo, e vê se não erra! — gritou Dinho ao irmão, que corria na frente.

Já estavam muito perto da itaubeira, mas, como o cão parara de latir, não sabiam que rumo seguir. Pararam então para escutar, músculos contraídos e nervos tensos. Um breve instante se passou até que, subitamente, a apenas dez metros, uma palheira mexeu-se e por trás dela Bino julgou ver um vulto mover-se rapidamente. Levou instintivamente a espingarda ao ombro e apertou o gatilho.

Gedeão, que se expusera de propósito à mira do amigo, por alguns segundos pensou que tinha morrido, embora o estampido seco da descarga ainda lhe repercutisse nos tímpanos. Uma espessa nuvem de fumaça de pólvora impedia-o de ver o que quer que fosse, reforçando-lhe a convicção de que não pertencia mais a este mundo. Qual não foi porém a sua decepção, quando, segundos após, ouviu a voz do Dinho gritando: "Atira na onça, ela vai fugir!".

Então não havia morrido? O que teria acontecido? Apalpou-se e certificou-se de que ainda tinha um corpo. "Merda! O Bino errou!", pensou Gedeão, saindo da bola de fumaça.

Qual não foi a sua raiva ao enxergar a um passo da palheira, entre o lugar onde ele estivera e os dois irmãos, o corpo do Rompe-mato estendido no chão, com os olhos vidrados, todo perfurado de chumbo.

— O que foi que vocês fizeram, seus filhos duma cadela?! — gritou ele, só então entendendo o que se passara.

Os dois irmãos deixaram de perseguir a onça e voltaram-se para Gedeão, surpresos com o que viram. Então o vulto detrás da palheira era o Rompe-mato?

— Achamos que fosse o bicho! — justificaram-se eles, deveras chateados, pois também gostavam muito do animal.

Contendo a dor, Gedeão, em vez de insultar os irmãos, como eles certamente esperavam, juntou do chão o pobre amigo e, pondo-o ao colo, pôs-se de volta para casa. Atrás dele vieram Dinho e Bino, calados e cabisbaixos, culpando-se amargamente pelo que fizeram. Mas Gedeão nunca mais tocou no assunto, pois sabia que fora o único culpado pela morte do fiel amigo, que se sacrificara por ele. Não encontrou forma mais elevada de externar a sua gratidão pelo cachorro senão enterrando-o debaixo da mesma árvore onde Veva jazia.

Tal incidente veio aumentar ainda mais a sua tristeza, nada conseguia distraí-lo. Muitas vezes Diana teve de voltar a dormir na casa de Dadá, embora lhe desagradasse o assédio dos dois irmãos, pois Gedeão, depois do trabalho, deu para não voltar para casa. Metia-se mato a dentro e atava a sua rede debaixo de uma fruteira qualquer, permanecendo em vigília a noite inteira. No começo, a expectativa da chegada de alguma caça impedia-o de pensar no seu problema. Mas, a partir de certa noite, tal expediente tornou-se ineficaz. Pela primeira vez Gedeão apercebeu-se de que, na escuridão de breu das noites da floresta, tanto faz estarem os olhos fechados ou abertos. Nada se enxerga. "Ou é só o bicho-homem que não sabe enxergar?", indagou-se ele. Pensou que a maior parte dos animais da floresta fazem da noite o seu dia e são capazes de, sem um pingo de luz, atravessarem a mata com a facilidade que um homem não encontra de dia. Por que ele também não via no escuro? Passou horas mirando a noite, num esforço supremo para enxergar alguma coisa. Ouvia os ruídos da floresta, por vezes uma caça passava não muito longe e ele pensava que as coisas estavam ali, embora não as visse. Sabia que tinha um corpo porque o apalpava, mas, por mais que se esforçasse, não conseguia vê-lo. Virava o pescoço para um lado, depois para o outro, e era como se não tivesse olhado a canto algum. Tudo era a mais completa escuridão. Devia estar exausto, pois em dado momento lhe pareceu que já não tinha pescoço, embora o movimentasse de um lado para o outro, nem cabeça, embora sentisse pesarem-lhe os pensamentos. E os globos dos olhos moviam-se no escuro, mas já não eram olhos, apenas uma sensação.

Foi quando teve uma estranha visão:

Num lugar montanhoso e isolado, um pequeno e pacífico povo vivia de apascentar cabras e ovelhas. Certo dia, um outro povo, mais forte e numeroso, invadiu as suas terras e o sitiou, trazendo medo e miséria. Quando, premidos pelo desespero e pela fome, as mulheres já se punham a comer as crianças, e os homens a devorarem as mulheres, eis que de um facho incandescente de luz uma voz poderosa falou ao homem mais simples e humilde entre todos os que haviam naquele pequeno povo, dizendo-lhe: "Levanta-te, homem valoroso, vai nessa tua força e livra o teu povo da mão do inimigo; porventura não te estou enviando?". E Gedeão — pois o homem era ele, Gedeão — respondeu à voz: "Ai, senhor meu, com que livrarei o meu povo? Eis que a minha família é a mais pobre entre todas, e eu o menor entre meus irmãos". Disse a voz: "Não temas, pois eu estou contigo; ao teu chamado, o povo te seguirá". Então Gedeão, movido por uma força desconhecida, convenceu os homens do seu povo a acompanharem-no à luta e, de madrugada, acamparam frente ao arraial do inimigo. Estava, porém, mui temeroso, pois todos os homens de seu povo ainda eram poucos diante do número dos soldados inimigos, que eram como gafanhotos em multidão. Mais surpreso ficou ao ouvir a voz lhe dizer: "Ainda é demais o povo que está contigo. Apregoa, pois, aos ouvidos do povo, dizendo: quem for tímido e medroso, volte da região dos combates". Assim fez Gedeão, então voltaram do povo vinte e dois mil e dez mil ficaram. A luz voltou a falar: "Ainda há povo demais; faze-os descer às águas — um pequeno açude que restava — e todo aquele que lamber as águas com a língua, como faz o cão, esse porás à parte; como também a todo aquele que se abaixar de joelhos a beber". Assim procedeu Gedeão. E trezentos homens lamberam a água como os cães, e todo o restante do povo abaixou-se de joelhos para beber. Então disse a voz a Gedeão: "Com estes trezentos homens que lamberam as águas eu vos livrarei e entregarei os inimigos nas tuas mãos; pelo que o restante da gente se retire para o seu lugar". Perguntou-lhe então Gedeão: "Senhor, como derrotarei o inimigo com tão poucos homens?". Respondeu-lhe a voz: "Nunca esqueças que mais valiosa que a força ou a coragem é a astúcia; o jabuti não conseguiu vencer o veado na corrida? Pois, se fizeres como eu te disser, com estes trezentos homens vencerás a multidão dos teus inimigos. Reparte-os em três companhias de cem homens cada e dá nas mãos de cada um trombetas, e cântaros vazios, com tochas neles, para serem acesas na hora propícia; aproveita a noite, quando o inimigo dorme, e cerca o seu arraial com os três pelotões, um pelo norte, outro pelo leste e o terceiro pelo sul, e diz aos teus homens para manterem-se alertas, olhando para ti, e que façam justamente o que tu fizeres". Tendo a voz se calado, perguntou-lhe Gedeão: "E o que devo fazer?". Disse-lhe a voz: "Despedaça o teu cântaro, põe fogo na tocha e toca a trombeta; o resto verás". E o facho de luz, de onde saía a voz, se apagou. E Gedeão procedeu em tudo conforme a voz lhe instruíra. Assim, tendo à noite cercado o inimigo, as três companhias tocaram as trombetas e despedaçaram os cântaros a um só tempo, agitando as tochas nas trevas da noite, bradando: "Por Gedeão! Morte aos inimigos do nosso povo!". Então o exército inimigo, impressionado com tamanho alarido, deitou a correr, a gritar e a fugir de forma desordenada, pensando tratar-se de um grande exército que o perseguia.

Nesse momento Gedeão despertou, e passou o resto do dia refletindo no sonho. Era difícil crer que houvesse um lugar como aquele, só de pedras e poeira, sem nenhuma árvore, pois sempre concebera o mundo como uma vasta e única floresta. Que voz era aquela que partira da luz? Ao que sabia, todo espírito da floresta empresta um corpo de animal ou de gente para se manifestar. Mas, o que mais o intrigou foi o fato de o herói do sonho possuir o seu nome. O que queria isto dizer? Ele não podia saber, pois era muito criança quando o pai, filho de pastor protestante, debaixo de um céu crivado de estrelas, ao lado de uma fogueira, costumava narrar-lhe as lindas histórias da Bíblia, principalmente a de Gedeão, que tinha de repetir muitas vezes, pois o menino não se cansava de ouvir a história do herói que salvava o seu povo e que tinha o seu nome.

Procurou então Dadá e lhe perguntou:

— Quem foi que me deu esse nome?

— Sei lá! Quando chegaste aqui já eras chamado assim — respondeu ela.

— E de onde me trouxeram? — insistiu o rapaz.

— De que adianta te dizer? Não ias saber onde fica.

— Mesmo assim quero saber.

Dadá calou-se, compadecida do sofrimento de Gedeão. Sabia que o rapaz não teria descanso enquanto não descobrisse a sua origem.

— Queres mesmo saber? — perguntou ela, quase sem forças para continuar resistindo. — Pois vou te dizer, mas tens de jurar que vais guardar pra sempre o segredo.

— Eu juro! — disse Gedeão, procurando conter o nervosismo.

— Te trouxeram do rio Nambu, onde vive um pessoal chamado de Batista.

— De lá donde veio a Lazinha? — perguntou Gedeão.

Sem uma palavra, Dadá deu-lhe as costas e se foi.

De repente, tudo ficou claro e fez sentido. Agora entendia porque Dadá, embora não lhe revelasse quem era a sua mãe, gostava de lhe falar de Lazinha; porque Osório chamou-o uma vez de "Batista"; e porque, naquela noite na cachoeira, conseguira atrair a atenção de todos os jagunços e principalmente de Estefano com aquela história que lhe veio não sabia de onde. Agora via perfeitamente o nexo entre todos esses fatos. Sim, devia ser isso — ele nascera no rio Nambu, onde ainda vivem os "Batistas"; Lazinha era a sua mãe, e Estefano assassinara João Batista, seu pai, para arrebatar-lhe a mulher, por isso todos se calavam sobre o seu passado.

Sua primeira vontade foi matar Estefano. Não de uma morte qualquer, mas uma morte lenta e dolorida, como a que o malvado costumava impor às suas vítimas. Estefano tinha ido à cidade e Gedeão se consumiu durante vários dias imaginando uma forma atroz de matá-lo quando ele voltasse. Mas, toda vez que pensava em Estefano, acabava a contragosto lembrando-se de Diana. Por uma dessas fatalidades perversas do destino ela era sua meio-irmã, filha de sua mãe Lazinha com Estefano, o homem que lhe assassinara o pai. Agora o rapaz sabia que era Lazinha que o corpinho de Diana às vezes lhe fazia lembrar. Como matar Estefano sendo ele pai de Diana, sua irmã? Se bem que a menina a tudo ignorava, pois ninguém ousara lhe contar, tampouco ela parecia interessada no assunto, o que não deixava de parecer estranho a Gedeão, pois até o pequeno Mica já andava ansioso por conhecer a sua origem.

Certa tarde, quando trabalhavam na roça, Gedeão perguntou à Diana:

— Me disseram que tua mãe viveu com o padrinho antes dela morrer.

— E eu com isso? Pouco me importo! — respondeu a moça, fingindo tranquilidade, mas Gedeão bem que notou o seu mau humor.

Agora, pensando bem, Gedeão era capaz de lembrar-se do jeito estranho como Diana certa vez fitou o padrinho, como se o odiasse. Então lhe ocorreu que a menina talvez já soubesse de toda a história; mas não, não era possível que soubesse! Como saberia, se ninguém lhe contara e Estefano, apesar de demonstrar às vezes um interesse exagerado pela cunhantaim, na maioria das vezes tratava-a como uma estranha? Gedeão gostaria de lhe contar, mas achou melhor guardar o segredo. Apesar de ser filha do seu maior inimigo, o rapaz ficou contente por saber que Diana era sua irmã.

Tirania do Destino

O conhecimento dos fatos, porém, em vez de lhe trazer alívio, tornou a existência de Gedeão ainda mais difícil. Passados os primeiros dias, nos quais deixou borbulhar dentro de si, como num caldeirão, todo o seu ódio ao padrinho, sentiu arrefecer-se o ímpeto inicial de vingança, o qual, embora não tenha esfriado de todo, conservou-se em fogo brando.

Assim que chegou da cidade, Estefano convidou o afilhado para pescar, como de vez em quando faziam. Por um instante Gedeão vacilou, sem saber se aproveitava ou não aquela oportunidade talvez única que o destino oferecia. Pensou "não", mas, como estivesse habituado a obedecer, acabou dizendo "sim" ao padrinho.

— Pega então os petrechos de pesca — disse-lhe Estefano, dirigindo-se ao porto, onde ficou à espera de Gedeão.

O rapaz, sempre obediente, buscou a zagaia sobre a coberta do barracão, os anzóis e as linhas no jirau da cozinha. Mas não desceu ao porto. Ficou alguns instantes sem saber o que fazer, o coração aos pulos, como o caçador que pressente a aproximação da presa. De onde estava, pôde ver o pequeno punhal que pertencera a Sabá enfiado nas palhas da parede, muito bem afiado, como que o espreitando e a dizer "pega-me". Gedeão sentiu um arrepio pelo corpo, a mesma sensação que tivera várias vezes quando, depois de amolar o punhalzinho, experimentava o fio da lâmina em sua própria pele. O padrinho o esperava. E o punhalzinho, que sempre o acompanhou nas caçadas e pescarias, olhava-o do seu lugar, dizendo: "Estou faminto de carne; me leva", num apelo quase irresistível. O próprio Gedeão era o culpado do punhalzinho ter ficado assim enxerido, mal acostumado. Pois em quantos pescoços de veados, de pacas, cutias e macacos o danado já não se enfiara? O punhalzinho estava eufórico, queria porque queria sentir o calor tépido de um gogó, a cosquinha do sangue escorrendo pela lâmina, e o ronronar do ar escapando pela garganta. Gedeão estava puto da vida com o punhalzinho, que pensava que podia ter vontades. Pois que fique de castigo, o danado! Gedeão chegou a dar um passo à frente, o padrinho o esperava. Mas parou, como que atraído por um ímã, ouvindo o punhalzinho chorar, o chantagista. Gedeão, condoído, pediu-lhe desculpas, já não achava justo puni-lo. Finalmente, aproximou-se da parede e pegou o punhalzinho, cuja lâmina afiada riu para ele, agradecida. Gedeão voltou a irritar-se com o punhal, ameaçando recolocá-lo na parede, mas já não teve forças para isso. "Tá bem, eu te levo; mas vê se fica quietinho no teu canto", admoestou-o Gedeão, embora soubesse de antemão que o danado iria azucriná-lo até sentir o gosto morno de algum pescoço. Pela primeira vez repugnava-o lembrar do punhalzinho afogando-se no sangue das presas feridas. Lembrou-se nitidamente dos olhinhos desesperados, como que pedindo clemência, de um macaquinho que ele, depois de alvejar, teve de sangrar com o punhal. "Ainda jogo ele fora", pensou Gedeão.

Estefano aguardava-o no porto, já sentado no banco da proa da canoa. Gedeão acomodou-se na popa. Puseram-se a remar.

— Como foram as coisas na minha ausência? — perguntou Estefano.

— Tudo em ordem.

— E Diana? — tornou o padrinho.

— Tenho cuidado dela, como o padrinho mandou — respondeu Gedeão.

— Já saltaram os peitinhos e a periquitinha já empenachou. Olho nos filhos da Dadá, são dois gaviões! — alertou Estefano.

Gedeão nada falou. Mas não deixou de se perguntar mais uma vez por que razão o padrinho só confiava Diana a ele?

— Ah, e o pirralho? Até tinha me esquecido dele.

— O Mica? Está bem, é muito esperto.

Ficaram em silêncio.

Do fundo da canoa, o punhalzinho já avistara a nuca branca de Estefano e ficara todo excitado, sendo imediatamente repreendido pelo seu dono.

Haviam deixado o leito do rio e entrado num pequeno lago de águas quase paradas, refúgio natural para os peixes. Papagaios barulhentos revoaram sobre o lago, enquanto os peixes, lá no fundo, nadavam tranquilos.

— Cuidem-se, seus malandros, que eu cheguei! — disse Estefano, conversando com os peixes, enquanto punha a isca no anzol, lançando-o em seguida às águas, depois de bater com a ponta do caniço duas vezes na superfície, imitando o cair dos frutos das árvores na água, a fim de atrair os peixes, como faziam os pescadores. Depois tudo virou expectativa e silêncio.

Sentado à popa, Gedeão podia ver Estefano pelas costas. Por um instante calculou os movimentos necessários para fazer o que tinha de ser feito. Era pegar o punhal no fundo da canoa, e, no momento que o velho estivesse fisgando um peixe, cravá-lo no meio das costas. Mas em vão tentou reacordar o ódio que dormitava dentro dele. O punhalzinho, adivinhando-lhe os pensamentos, encorajava-o. Gedeão chegou a passar mão do punhal, mas, ao frio contato do aço, sentiu um grande mal-estar. Passaram-lhe de novo pela memória as expressões de dor e desespero de vários animais que matara com o punhal, para quem, em sua cegueira de metal, Estefano seria apenas mais uma vítima. Procurou lembrar do pai amarrado a um tronco sendo traspassado pelo punhal de Estefano, mas nem assim animou-se a agir.

Ainda segurava o punhal quando Estefano, virando-se subitamente para trás, pediu-lhe mais iscas. Gedeão ficou tão desconcertado que acabou deixando o punhal cair na água.

— E agora? Ficamos sem nenhuma faca — disse Estefano, de nada desconfiando.

Gedeão voltou da pescaria decepcionado. Daí por diante teria que dissimular a repulsa pelo padrinho.

Se isso não bastasse para lhe infernizar a vida, surgiu ainda um outro problema.

Diana, de uma hora para outra, sofrera uma grande transformação. Deixara de ser a pequena cunhantaim alegre e fagueira que vivia descalça e seminua misturada com os meninos. À noite, ao deitar-se, passou a esconder muito bem o corpinho debaixo de uma manta que ela mesma tecera e de manhã, ao acordar, tornara-se pudica no espreguiçar, escondendo de Gedeão as partes misteriosas do seu corpo. Nunca mais trepou em árvores à vista dos homens e, certa tarde, tendo ido com Dadá banhar-se no lugar destinado às mulheres, ficou furiosa ao descobrir que um dos caboclos espionava-as por entre as árvores.

Um dia, ao voltar do mato, Gedeão encontrou a irmã chorando. Pela primeira vez a via assim. Maior que o espanto foi sua admiração. Esqueceu até de perguntar o que lhe acontecera e quedou-se admirando-a, pois teve a impressão de que diante dele estava uma mulher que ele nunca havia visto. Dos olhos negros e amendoados da moça rolavam grossas lágrimas como gotas matutinas de orvalho. A pele de seu rosto apresentava um rubor só visto nas frutas selvagens; das umedecidas narinas que ela assoava, escapava um fungar triste como que de uma fera ferida. Ao perceber que Gedeão a observava de pé à porta do barraco, a moça ergueu o rosto para ele e o rapaz então viu, como que por encanto, todo ódio e amargor que a faziam sofrer transmudarem-se numa cândida expressão que só se pode ver nos olhos de uma mulher, no momento máximo do desamparo. Gedeão nunca presenciara um milagre como aquele. Ficou desconcertado, não sabia o que dizer. Os olhos meigos da irmã o incomodavam. Que sublimes palavras queriam eles pronunciar?

Gedeão ficou furioso ao saber que o endiabrado do Dinho, tendo se encontrado com Diana num dos caminhos, tentara à força subjugá-la, só não conseguindo porque a rapariga, ágil como uma suçuarana, mordeu o agressor com as suas afiadas presas, logrando, assim, desvencilhar-se a tempo. Achando-se no direito de pedir satisfações, Gedeão procurou o atrevido, disposto a aplicar-lhe uma boa sova, mas, ainda no caminho, mudou de ideia. Afinal, Dinho fizera o que todo homem faria na sua idade ao encontrar-se sozinho com a única mulher que podia ter ao alcance das mãos. Que culpa tinha o amigo se Diana transformara-se numa linda e apetitosa mulher? Dinho nem pôde negar o que fizera, pois duas marcas profundas de dentes na cara o denunciavam. Com a sua cara de moleque levado, prometeu a Gedeão que aquilo não se repetiria. Daí por diante passou a usar meios mais civilizados para atrair Diana. Deu para sair sozinho para o mato, em demoradas caçadas, a fim de chamar a atenção de todos, principalmente de Diana, para a sua coragem e valentia. E não voltava sem ter caçado uma grande presa, cuja melhor parte dava de presente à rapariga. Certa vez apareceu com uma enorme onça-pintada escanchada ao ombro, a qual, segundo contou todo fanfarrão, quase o matara antes do tiro certeiro que a fulminou. Ofertou à Diana o lindo couro do animal. Bino, rival na disputa, tripudiou desse feito, como era natural. Mas, verdade ou mentira, ainda se podia ver pelo corpo do caçador os lanhos que as garras da fera lhe teriam feito. Bino, por sua vez, embora mais esperto, não tinha a coragem do irmão. Preferia mostrar seus dotes sem correr grandes riscos. Especializou-se em atravessar o rio a nado e nem já Gedeão, antigo campeão, o superava. Tendo sido melhor agraciado pela natureza, Bino era vaidoso. Conseguira com Estefano, depois de dar um duro dos diabos em dois roçados, um pente de plástico, dos mais ordinários, que, depois do arco e da flecha, era seu amigo inseparável. Ao contrário do irmão sempre desgrenhado, Bino, a toda hora, às vezes debaixo do sol a pino, o corpo sujo e suado, na roça ou em qualquer lugar, usando sua própria sombra como espelho, penteava-se, com uma técnica que só ele desenvolvera. Depois de porfiar com os amigos na travessia do rio, o maganão sentava-se à beira d'água e punha-se a pentear, de vez em quando dando uma olhadinha discreta a ver se Diana observava-o. Pois Bino, apesar de bronco, era um refinado cavalheiro. Olhava para a moça com veneração e respeito, incapaz de lhe violar um único fio de cabelo, enquanto o Dinho, temendo Gedeão, só a custo se continha.

Certo dia, os dois irmãos, depois de muita rivalidade, assinaram um armistício e uniram-se para enfrentar Gedeão.

— Por que vives protegendo Diana? — indagou Dinho.

— Por quê!? — exclamou Gedeão, pego de surpresa.

— Sim, acaso ela é alguma coisa pra ti? — perguntou Bino.

— Não... claro que não, mas ela é mulher, mais frágil — tentou explicar Gedeão.

— Sei não; dizem que queres Diana pra ti — alfinetou Dinho.

Gedeão teve ímpetos de espancar o amigo, mas se conteve.

— Vocês não tão vendo que ela é só uma menina?

— Menina? E aqueles peitinhos apontados, e aquela bundinha redonda? — Bino desenhou no ar com as mãos.

— Ou tás cego ou não gostas de mulher — afirmou Dinho.

Gedeão encolerizou-se.

— Olha aqui, seus patifes! Eu sou muito homem, e não quero Diana pra mim! Ouviram?

— Então por que não deixas ela pra nós? Quem for mais macho conquista ela — arrematou o atrevido do Bino.

— Pois que se atrevam a mexer num fio de cabelo dela — sussurrou-lhes Gedeão, fechando os punhos.

— Não adianta brigar, Gedeão; um dia Diana ainda chama um de nós três pra rede; não queres que ela vire onça — disse-lhe Dinho, sem querer ofender o amigo. E os dois irmãos afastaram-se.

Durante dias o rapaz pensou no problema e acabou dando razão aos irmãos. Não conhecia sequer um caso de um homem ter dado proteção desinteressada a uma mulher. O que pensariam dele? Se os dois amigos soubessem que ele e Diana eram irmãos... Bem, isso apenas diminuiria as suspeitas, pois sabia que na história do Maró registravam-se muitos casos de irmãos que acabaram rolando-se juntos na rede ou num lugar qualquer. Mas não, ele não se sentia forte para revelar o seu segredo à irmã. Tomaria conta dela sem nada pedir em troca. Fugiria do seu olhar cada vez mais terno, fecharia os olhos para as suas formas sedutoras, conversaria com ela só o indispensável, evitando assim a suave melodia da sua voz. Também não mais afugentaria os amigos. Embora considerasse Dinho, com toda a sua rudeza, o mais leal, não se intrometeria na disputa dos dois irmãos. Diana teria de decidir-se um dia. Chegou a inventar motivos para se afastar sozinho de casa, para que os irmãos pudessem estar a sós com ela. Eles bem que tentaram conquistá-la, recorreram a todos os meios, mas Diana decididamente os rechaçou, deixando-os enlouquecidos.

Ficava cada vez mais difícil desconhecer os encantos da rapariga. Era impossível não reparar a transformação que lhe trouxera singular beleza, uma beleza simples e desataviada, quase rústica. Quando iam a caminho da roça, Gedeão evitava andar atrás da irmã, para não lhe ver as pernas e as coxas torneadas, as nádegas firmes e os quadris apertados de rapariga ainda virgem. Bino e Dinho, ao contrário, quase abandonam a mãe para seguir Diana aonde quer que ela os deixasse vir, para proveito de Gedeão, que os punha para trabalhar. Deleitavam-se principalmente na hora da colheita da mandioca, quando Diana, ao abaixar-se para arrancar as raízes, acabava deixando, apesar de todo o seu recato, algum pedacinho recôndito à mostra. Enquanto Gedeão proibira a irmã de urinar perto dele como antes, porquanto o voluptuoso jorro dera para excitá-lo sobremaneira, os irmãos ansiavam por devassar-lhe a intimidade, no que aliás estavam sempre unidos. Para ver Diana no banho, os dois não respeitavam nem mesmo a mãe, que ia ao rio com ela. Bem, também isso não chegava a ser nenhum escândalo, pois, de tanto verem a velha fornicando na rede com Aldo ou Albino, a mãe foi o primeiro objeto dos seus lúbricos desejos, desviados agora para Diana.

Mas não era o corpo da jovem donzela que mais o amedrontava, mas sim o seu olhar, tão triste como o de uma veada ferida. Mais de uma vez Gedeão surpreendeu-a olhando assim para ele; mais de uma vez os olhares dos dois cruzaram-se e por instantes, que pareceram uma eternidade, interpenetraram-se, terminando num leve rubor. Diana não só o desejava como o queria daquele jeito que faz uma jovem veada seguir o seu macho escolhido pelo resto da vida. Não o amava, pois não era do seu vocabulário tal palavra, mas de uma coisa estava certa: seria capaz de todos os sofrimentos, até mesmo de morrer por aquele menino que de repente, num abrir e fechar de olhos, quando menos esperava, surgiu diante dela como o mais perfeito varão. Mas, ó cilada dos deuses! Ó terrível sofrimento! Não há palavras que possam expressar a dor que a dilacerava, o rasgo em seu coração ferido. Pois Diana, desde o instante em que descobriu a existência deste sublime sentimento, martirizava-se e maldizia-se, achando-se a mais desgraçada entre todas as mulheres. Não bastasse ter sido ela o indesejado fruto do martírio da infeliz Lazinha, ainda se via condenada a desejar loucamente o próprio irmão! Ó Providência maldita, ó cego destino, melhor nunca tivesse nascido!

Pois certo dia Diana brincava atrás da casa e pôde ouvir Dadá contando a alguém a história de sua mãe Lazinha. Descobriu então que o menino que brincava com ela era seu irmão. Melhor que não tivesse sabido, assim poderia entregar-se ao homem do seu coração sem sentir uma cunha no peito e sem esconder o olhar. Não era remorso o que sentia, pois não sabia o que fosse o pecado. Apenas se insurgia contra a tirania do destino que, havendo tantos homens no mundo, fê-la enamorar-se justo do irmão. Gedeão, por sua vez, vendo a irmã apaixonada, também blasfemou contra a sorte. As duas alminhas ainda tenras estavam longe de compreender que vieram a este mundo para, mais uma vez, ajustarem uma velha pendência. Pois, se Gedeão era Silvestre Bagata reencarnado, e este, ao ver a luz pela primeira vez, fora rejeitado pela linda índia amazona que o pariu, a qual, mais tarde, acabou voltando como filha de um malvado tuxaua que, vingativo, vendeu-a a um ainda mais malvado senhor português, pois tal tuxaua era nada mais nada menos que o filho que a amazona rejeitara, o qual, depois de morrer, acabou voltando ao útero da filha que vendera, a qual fora estuprada pelo seu terrível senhor, até que, depois de sucessivos encontros e desencontros, chegaram finalmente ao presente, sendo Diana nada mais nada menos que a indiazinha amazona, a primeira mãe de um Bagata, bem como a filha depois vendida pelo desalmado pai, a qual, não tendo ainda superado o primitivo sentimento de rejeição que há séculos acompanhava-a, recebia da magnânima Providência mais uma chance de pacificar-se com o filho, o qual há muito livrara-se daquele peso, daí o terrível conflito na alma da rapariga, dividida entre o desejo de entregar-se a Gedeão, apesar disso parecer loucura, ou mais uma vez rejeitar o filho, prolongando pelos séculos o seu padecimento.

Diana, com a sensibilidade típica das mulheres, pressentia que Gedeão não se apaixonara. Talvez a desejasse como um animal macho deseja uma fêmea; os seus olhos irradiavam um brilho carinhoso e fraterno, que, embora não a desgostasse, muito a entristecia. Ela também pensou contar tudo a Gedeão, assim tudo se resolveria. Mas, dominada por tormentosa dúvida, acabava sempre calando. Achava que, enquanto ele não soubesse que eram irmãos, ela podia ter esperanças. "Esperanças de quê?", indagava-se ela, envergonhada de seus pensamentos. Então voltava aquele antigo ressentimento contra o filho que ela rejeitara, e pelo qual, tornado seu pai, também fora rejeitada.

Emaranhados em confusos sentimentos, os dois irmãos já pouco se falavam. Gedeão fatigava-se no trabalho, buscava o esquecimento em penosas caminhadas; rara era a noite que vinha para casa. Quantas vezes, a pretexto de ir caçar, dormia no mato. Como nas noites de luar os animais silvestres permanecem temerosos em suas tocas, Gedeão aproveitava para pescar. Fazia sua montaria deslizar suavemente pelas águas do rio, parando aqui e ali para lançar o anzol nalgum lugar silencioso e solitário. Voltava para casa quando os pássaros já anunciavam a chegada da aurora, mas evitava entrar no tapiri, temendo não resistir à tentação e olhar para a rede de Diana. Esta, por sua vez, embora se fingisse embalada em sono profundo, sempre via Gedeão voltar; o barulho no porto, os passos no terreiro, os petrechos de pesca sendo guardados... Esperava loucamente o irmão arredar o japá da porta e aproximar-se da sua rede, quedando-se depois longo tempo a contemplá-la, como certa vez fizera. Ela, apesar de manter os olhos fechados, era capaz de vê-lo ao pé da rede: o tronco nu, os cabelos negros e lisos escorrendo sobre a testa. Oh, se ele soubesse que ela estava acordada, que seu coração saltava como um pequeno cervo amedrontado! Mas isso nunca mais se repetiu. Gedeão esperava o dia deitado no chão, do lado de fora, onde cochilava um pouco antes de se levantar, tomar o chá de casca-preciosa com beiju que a irmã preparava e sair pro trabalho.

Era outra hora embaraçosa para os dois. Vê-lo sentado à beira da mesa rústica de madeira, silencioso, limpando a espingarda ou fazendo qualquer coisa só para não ter tempo de olhá-la; saber que ele a perscrutava assim que, ocupada no fogão de lenha, ela lhe dava as costas, era para a moça um tormento. Para Gedeão não era diferente. Sentir-se observado pelos olhos tristes da irmã; depois ver os seus movimentos suaves cuidando do fogão, a mãozinha que segurava a chaleira, a curva dos cotovelos, os longos cabelos negros que desciam até aos quadris, os quadris e — não conseguia se controlar! — as coxas e as pernas... tudo visto furtivamente, sem uma palavra, num silêncio tão duro que machucava.

Diana também deu para andar sozinha por aí, ou melhor, temerosa de uma nova investida do Dinho, levava consigo o pequeno Mica, que, por ordem de Estefano, deixara a casa de Dadá e viera morar com eles. Gostava de voltar aos lugares onde um dia estivera com Gedeão, antes do sentimento intruso postar-se entre os dois. Certa vez voltaram ao pé da mesma bacabeira onde Gedeão, ao trepar para apanhar os frutos, caíra e desmaiara. Diana lembrou-se com saudades de como suas lágrimas rolaram sobre o rosto do amigo desfalecido e como ele retribuíra-a com um inesquecível beijo ao voltar a si. Sentindo-se novamente criança, desejou que esse dia voltasse. Mica também ficou triste, pois lembrou-se de Rompe-mato, seu grande amigo, que já não vivia para o acompanhar pelo mato.

Ao astuto e perspicaz curumim não passou despercebida a tristeza da amiga. Era pequeno para enxergar as razões, mas notou que Gedeão fugia de Diana. Um dia, com a franqueza das crianças, perguntou a Gedeão:

— Por que vocês dois já não andam mais juntos?

Gedeão não sabia o que responder, por fim falou:

— Diana cresceu muito, já não é criança.

— Quer dizer que quando eu crescer não vou poder mais andar com vocês?

— Não, não é isso, Mica.

— Então o que é? — insistiu o pirralho.

— Diana é mulher — explicou o rapaz, em tom fraterno, recebendo em resposta o seguinte.

— Diana gosta muito de ti; não deixa ela sofrer mais; ela vive lembrando de tudo.

Gedeão ficou surpreso e embaraçado com as palavras de Mica.

— Eu também gosto muito de Diana, diz isso pra ela; talvez por isso a gente já não possa andar juntos como antes.

— Mas então, se vocês se gostam, por que se afastam um do outro? — perguntou Mica, fazendo uma engraçada careta.

— Um dia, quando tu crescer, vais entender — finalizou Gedeão.

Mica procurou logo uma ocasião de contar à amiga as palavras de Gedeão. Diana ouviu-o com a respiração presa de emoção. Ao final, sentiu que a esperança não havia morrido dentro do seu coração. "Então ele disse que também gosta de mim!", exultava a rapariga; porém, em seguida, voltava-lhe de novo a dúvida. "Se ele gosta de mim, por que foge? Será que também sabe que somos irmãos?".

Muitos dias se passaram nesse tormento. Apesar da aparente distância, um velava pelo outro. Gedeão providenciava-lhe carinhosamente tudo o que lhe faltasse, afastando-a dos serviços mais pesados.

Diana, por sua vez, preparava os alimentos, varria o chão da casa, lavava a rede do irmão e de Mica com esmero, pondo em cada gesto um pedacinho de sentimento. Quando o irmão ia à caça ou à pesca, a moça não tinha sossego enquanto não o visse chegar são e salvo.

Como não conhecesse santos nem rezas, muito menos soubesse da força das promessas, Diana pediu a Dadá que lhe ensinasse uma poção mágica capaz de proteger o caçador contra os malefícios da floresta. Passaram uma semana fazendo o remédio, uma vez que a fórmula de mil cascas, flores e sementes de ervas era demais complicada. Recomendou também uma presa enorme de jacaré, a ser amarrada no tornozelo do caçador. Segundo garantiu, era escudo infalível contra as serpentes venenosas, posto que o jacaré era o único animal que as monstras temiam. Mas tinha um problema, alertou-lhe Dadá: quem desse a presa ao caçador tinha também de caçar o jacaré.

Diana não se deu por vencida; procurou nos igapós um jacaré dos maiores e, sozinha, o matou, retirando-lhe a presa. O que ela não faria por Gedeão?

Um dia, depois do trabalho, Diana aproximou-se do rapaz e, tomando coragem, quebrou o silêncio de muitos dias.

— Quero que aceites uma coisa que eu fiz pra ti — disse-lhe a moça, com voz vacilante.

— Uma coisa? — perguntou ele, esboçando um meio sorriso.

— Uma coisa que vai te proteger contra todos os males da floresta.

Gedeão não pôde resistir à graça e meiguice da irmã e aceitou o presente. A partir daquele dia, toda manhã, antes de sair para o mato, esparzia pelo corpo um pouco do líquido protetor, embora o desagradasse a sua enjoativa fragrância. O que ele não faria para agradar a irmã?

Nas Noites Sem Lua

Diana demorou-se mais que o necessário ajoelhada ao chão, amarrando no tornozelo direito do irmão a presa comprida e branca do jacaré. Enquanto isso, Gedeão apreciava a formosura das pequenas mãos e a perícia com que os dedinhos da irmã aplicavam-se no trabalho. Diana, depois de amarrar e desamarrar várias vezes o cordão, mostrando-se sempre descontente com o resultado, por fim deu o serviço por encerrado, para pesar do rapaz, que gostaria de prolongar pela eternidade aquele doce momento.

— Assim, em vez da cobra pular na tua perna, vai é dar no pé com medo do dente do jacaré — disse-lhe a rapariga, endireitando o corpinho e levantando-se.

As sombras que antecedem a noite já se projetavam das árvores em redor do terreiro; pássaros noturnos começavam a cantar, dando uma nota melancólica àquele fim de tarde. Apesar de ainda sujos do trabalho, os dois não se atreviam a descer ao rio para se lavar. Diana sentara-se ao lado do irmão e permanecia calada. Depois de alguns instantes de silêncio, o rapaz, como quem não tem nada a dizer, falou:

— Então agora eu estou protegido...

— Assim garantiu Dadá; duvidas?

— Não, eu acredito, não pela Dadá, mas porque foi tu que me deste a presa do jacaré — respondeu-lhe Gedeão, em tom fraternal.

As sombras da tarde ocultaram o rubor que aflorou nas faces da moça. Em seu peito confrangido um coraçãozinho pulava.

— Gedeão, não te arriscas mais tantas noites sabe lá por onde — suplicou-lhe a rapariga.

— Mas, com este muiraquitã, o que posso temer? — perguntou Gedeão, referindo-se ao dente de jacaré no seu tornozelo.

— O que queres dizer com muiraquitã? Não brinca com coisa séria — repreendeu-o a moça.

— Mas não é brincadeira! Ninguém te contou a história das índias guerreiras? — perguntou-lhe o rapaz.

— Não.

— Foi Veva que um dia me contou; se quiser, eu conto.

— Então conta — concordou Diana, feliz por continuar ouvindo a voz de Gedeão.

O rapaz então lhe contou que há muitos e muitos anos, antes do homem branco aparecer, num lugar retirado, sobre um grande monte no meio da selva, havia uma tribo só de mulheres. Eram altas, de pele branca, cabelos compridos e lisos passados em volta da cabeça; usavam como roupa apenas um cinto à volta da cintura, e homem algum era mais destro que elas na flecha e na borduna. Eram tão temidas que até as tribos mais ferozes que viviam no seu território a elas submetiam-se. Eram chamadas pelos índios de "icamiabas", que quer dizer mulheres sem marido, e de "amazonas", depois que os brancos chegaram, pois, sabe-se lá por que, as índias guerreiras odiavam os homens e os excluíam implacavelmente. Mas, para impedir a extinção da própria tribo, viam-se obrigadas a permitir que os homens das tribos vassalas viessem até elas uma vez por ano, durante as festas de núpcias. Os felizardos, completamente desarmados, pegavam as suas montarias e vinham eufóricos encontrar-se com as soberbas mulheres, as quais, anunciada a aproximação dos noivos ao som do boré e da inúbia, acorriam ao porto para recebê-los, armadas e aguerridas como se fossem repelir uma invasão de estrangeiros, dando mostras da sua força e superioridade até mesmo nesse momento. Mas, descoberta a alegre flotilha de igaras numa curva do rio, os braços e cabeças agitavam-se em alegres saudações e dos peitos rudes dos guerreiros irrompia o canto nupcial. Descargas festivas de emplumadas setas apontadas para o céu fendiam os ares enquanto as canoas abicavam mansamente ao porto apetecido. Estendidas até então em linha de batalha, as amazonas depunham as armas por terra em sinal de paz, batiam palmas e corriam às canoas, de onde, num salto, sem que ninguém as pudesse tocar, arrancavam as redes dos guerreiros e fugiam velozes, abraçadas com estas, rumo à morada de cada uma, na taba comum. Enquanto os homens punham pé em terra e amarravam as canoas, já elas, pressurosas e solícitas, armavam em lugar bastante evidente da residência de cada qual a rede do guerreiro que a sorte lhes designara para esposo. E daí a pouco, lentamente, aproximavam-se os homens, abanando de leve as altas coroas de penas multicores que lhes cingiam as cabeças e chocalhando os cascavéis dos tornozelos. Cheios de ansiedade, iam percorrendo de uma a uma as casas, a cuja porta, eretas e calmas, numa serenidade de deusas vitoriosas, as formosas donzelas aguardavam o esposo. A noiva de cada guerreiro era aquela em cuja casa este reconhecesse a própria rede armada. Assim unidos, ao som do maracá, do tambor e da flauta, e animados pelo cauim, a bebida dos guerreiros, começava o baile selvático do poracé, no qual os esposos, sempre abraçados, faziam longas viagens e voavam vertiginosas alturas, sob as asas poderosas do paricá, o pó dos sonhos paradisíacos. Mas eis que se acabavam as festas, os casais separavam-se e os tristes guerreiros regressavam cheios de saudades às terras longínquas de onde haviam partido cheios de esperanças. Do pescoço de cada um, porém, pendia, pesando-lhes nos colares de leves plumas e de finos dentes, uma joia preciosa, penhor e testemunho dos amores das amazonas: a pedra verde ou muiraquitã, talismã poderoso contra todos os malefícios. É que, antes das festas do amor, as amazonas iam em romaria a um formosíssimo lago por elas chamado de Espelho da Lua, ou Jaciuaruá, tão oculto e misterioso que homem algum jamais o viu ou verá. Ali, reunidas em torno do lago sagrado, nas noites de luar da mais bela das estações, as amazonas celebravam a festa a Jaci, a Lua, a mãe querida e temerosa das filhas selvagens. Subiam então aos céus, no meio da imensidade do sertão amazônico, os cantos que nenhum ouvido de homem pôde ouvir, nem ouvirá jamais. O óleo balsâmico do umiri e a fina essência do molongó recendiam nos ares como uma oblação aromal à deusa das noites serenas, que tece com os raios de prata os filtros misteriosos dos invisíveis amores e das germinações. Maceradas de longas vigílias e de flagelações, as filhas de Jaci caíam em êxtase antes de obterem a purificação suprema das águas cristalinas do Espelho da Lua, em cujo fundo morava a mãe das muiraquitans, as pedras verdes. Quando, a horas mortas, a face da lua refletia-se bem clara na superfície polida do seu líquido espelho, então as amazonas mergulhavam nas águas e recebiam das mãos da mãe das pedras verdes, como penhor da consagração, o presente dessas joias sagradas. Antes de expostas ao ar e à luz do sol, as muiraquitans eram como barro, que as mãos firmes e habilidosas das amazonas modelavam à sua guisa, tomando as mais bizarras formas: qual a de uma flor, qual a da cabeça de uma fera ou uma grotesca genitália, que os tristes guerreiros, já cheios de saudades, levavam de volta para casa.

— E o que as amazonas faziam com os filhos que nasciam? — perguntou Diana, que tudo ouvira muito concentrada.

— Enquanto as filhas eram recebidas com grande alegria e cuidadosamente criadas pelas mães para continuarem a glória da raça, os pobres dos curumins eram mortos ao nascerem, ou, os de mais sorte, entregues aos pais um ano depois, por ocasião das próximas festas nupciais, para serem criados longe delas.

— Por que será que elas desprezavam os homens? — tornou Diana, deveras intrigada.

— Também queria saber — respondeu-lhe Gedeão.

A noite havia caído definitivamente; sapos coaxavam em monótona sinfonia. Vozes chegavam de longe; eram os homens que, depois de se banharem no rio, tinham ido jantar na casa de Dadá, como acontecia todas as noites. O pequeno Mica, cansado de esperar por Gedeão, tomara o seu banho sozinho e já os aguardava dentro do tapiri. Mas Gedeão e a irmã nem se aperceberam.

— Talvez o problema era a Lua — disse Diana, retomando a conversa.

— A Lua? — indagou Gedeão, sem compreender.

— Sim, a Lua; pois as amazonas não adoravam a Lua?

— E daí?

— Daí que a Lua tem ódio do seu irmão Sol e também dos homens, pois, antes de ser Lua, ela foi uma linda cunhantaim que se enamorou pelo irmão, com quem não podia casar.

— Que história é essa? — perguntou Gedeão, admirado de ver a rapariga falando mais que de costume.

— É a história da Tapera da Lua, que Primitiva um dia me contou. Queres ouvir?

Gedeão assentiu com a cabeça.

Pondo na voz todo o sentimento que trazia na alma, Diana contou a seguinte lenda:

Há muito havia uma tribo de índios que morava junto de uma lagoa tranquila, nas bordas de uma serra. Uma guerra infeliz reduziu a tribo a dois sobreviventes, irmão e irmã dos mais belos de sua raça, que ficaram sozinhos no alto da montanha. Então a irmã disse ao irmão:

— Ó meu querido irmão! Como és homem e forte, ficarás aqui no alto da montanha, enquanto eu desço à nossa aldeia, às margens da lagoa. Armei tua rede no castanheiro e deixei ao lado as minhas lindas flechas. As flores das parasitas que crescem nos ramos suavizarão o teu sono com o seu aroma. Adeus!

— Adeus até quando?

— Até quando te acordarem os mais belos pássaros, cantando à luz da manhã.

E a índia desceu com o passo incerto, os olhos tristes de veada ferida, mostrando na estranha palidez um aperto no coração.

Ao entardecer, seu corpo leve de menina baloiçava na rede selvagem, enfeitada de penas multicores, que os raios do sol poente irisavam. Enoitou-se a aldeia e já o oitibó tinha saído do seu esconderijo, quando a moça, trêmula, ofegante, arrastada por uma força estranha, procurou o caminho da serra, à procura da rede armada nos castanheiros.

— Ninguém conhecerá o segredo desse meu tormento! — suspirava ela. — Amá-lo-ei na treva; serei de dia sua irmã!

E tocou a rede... a rede se estremeceu...

— Quem és? — perguntou o irmão, sem nada ver.

E, num sussurro, teve como resposta um beijo.

Três vezes a índia apaixonada subiu a montanha e três vezes voltou à aldeia deserta, escondendo na solidão e no negrume da noite o seu segredo.

Mas na última vez o moço, querendo descobrir o mistério, tingiu o rosto com as tintas do urucum e do jenipapo, para que, ao primeiro beijo, a face da cautelosa visitante ficasse marcada.

E quando ao nascer do sol, já na sua aldeia, à margem da lagoa, a moça enamorada foi mirar-se no espelho das águas — horror! — viu no próprio rosto as manchas vermelhas do seu crime.

Então, com o coração sangrando de desespero, ela saltou sobre o arco, tomou das setas de combate e desprendeu a primeira para o céu. Outra a seguiu, e mais outra, e outra... e, como por milagre, uma longa cadeia de setas formou-se no céu, como uma escada de flores convidando-a a subir.

Ela subiu e transformou-se em Lua. Desde então, triste e solitária, vagando pelo espaço, mira-se nas águas da lagoa e na corrente dos rios, a ver se ainda tem as manchas no rosto.

Um grande silêncio novamente envolveu os dois irmãos. Mergulhados no mesmo dilema, sentiam-se profundamente tocados por aquelas histórias.

— Não há como a Lua parar de sofrer? — perguntou Gedeão à irmã.

— Não, pois a Lua foi condenada a aparecer somente quando o Sol já se foi; mas dizem que eles continuam se encontrando nas noites sem Lua, quando, deixando os seus lugares lá no céu, os dois irmãos descem à terra pra matarem a saudade na escuridão das matas mais fechadas, escondendo um do outro a sua vergonha.

Nesse instante, os tapuios que foram jantar na casa de Dadá voltavam ao barracão onde dormiam. Não querendo dar azo à maledicência dos caboclos, Gedeão afastou-se de Diana e dirigiu-se ao rio, onde, despindo-se no escuro, banhou-se rapidamente. Não parara de pensar um só instante em tudo o que haviam conversado. No caminho de casa, tendo tropeçado mais de uma vez, pensou que aquela era uma noite sem lua, das que a irmã apaixonada, fugindo da claridade, ia encontrar-se com o irmão.

Encontrou a comida já na mesa. O pequeno Mica terminara de jantar e bocejava, mas Gedeão não o deixou dormir. Com um vestido de chita numa das mãos e um pedaço de sabão grosso na outra, Diana preparava-se para ir ao banho. Como já fosse tarde para ir ao lugar destinado às mulheres, teria de banhar-se ali mesmo no porto de casa, o que não acontecia há um bom tempo.

— Acompanha ela, Mica! — ordenou o rapaz.

O pirralho, mais dormindo que acordado, obedeceu resmungando. Gedeão resolveu esperar Diana voltar do banho para jantar com ela. Saiu ao terreiro e, envolto pelas trevas, ficou olhando os dois descerem para o porto. Mica ia à frente levando a lamparina; a três metros da água arriou a lamparina no chão e acocorou-se, enfiando a cabeça dorminhoca entre os joelhos. De onde estava, Gedeão percebia o curumim perfeitamente. Um pouco afastada, à meia luz, o rapaz viu a rapariga, num gesto enérgico, livrar-se das roupas, lançá-las para terra e caminhar para o rio, ficando com as águas pela cintura. Logo começou a lavar-se passando o sabão no rosto e no peito, onde os pequeninos seios saltavam como dois veadinhos rebeldes. Gedeão envergonhou-se de estar espionando a irmã, mas não encontrava forças para resistir. Sentia o sangue latejar-lhe nas veias e podia ouvir a sua própria respiração ofegante. Assim de longe, sem rosto, Diana parecia-lhe simplesmente uma mulher. A cabeça rodopiou e ele sentiu na boca o gosto inesquecível de Genildes, a atrevida tapuinha que uma noite o desvirginou. Mica, à beira do rio, conseguira realizar a fantástica proeza de cochilar explicitamente de cócoras, sem tombar para nenhum lado. Gedeão então lembrou-se dos tempos em que podia acompanhar as mulheres ao banho. Nessa época ainda não tinha nenhuma malícia, pois, com os olhos de criança, via tudo, menos as partes íntimas das mulheres. Para seu alívio, uma brisa inesperada começou a bater, fazendo a chama da lamparina bruxulear e quase apagar-se, desaparecendo o corpo tentador da rapariga na escuridão mais profunda.

Censurando-se pelo que acabara de fazer, o rapaz tornou à cozinha do tapiri e aguardou o regresso da rapariga e do pirralho.

Em Homenagem aos Amantes

E o incômodo silêncio voltou a reinar entre os irmãos, apesar do esforço que o pequeno Mica fazia para aproximá-los. Ao ver Diana cada vez mais triste e ensimesmada, Dadá temeu que a cunhã acabasse demente como a mãe, razão por que ficou contente quando certo dia a rapariga a procurou e fez-lhe um estranho pedido.

— Quero que me ensine a fazer tiborna — disse-lhe Diana, deixando Dadá deveras estupefata, pois a moça sempre se mostrara avessa a todo tipo de bebida alcoólica.

Dadá teve de largar os seus afazeres para ir à roça buscar a mandioca com Diana. Depois trabalharam dois dias na casa-de-farinha fazendo os grossos beijus, os quais, fermentados em alguidares de água, transformam-se na poderosa bebida. Dadá achou curioso o súbito interesse de Diana pela tiborna, pois já ninguém sentia a sua falta. Os homens, com a chegada de Estefano ao Maró, viciaram-se na cachaça, e Veva, a única pessoa que se opusera à malvada, havia morrido e seu espírito há muito deixara de vir lambujar nas cuias e panelas dos jiraus, em busca da tiborna, como fizeram os seus antepassados, de forma que Dadá, a única que ainda sabia fazer a bebida, quase se esquecera da fórmula. Por fim, a tiborna ficou pronta sem que Dadá, embora haja empregado todos os meios para descobrir, tenha adivinhado as misteriosas razões da infeliz rapariga.

O caso acabou chamando a atenção de todos, pois os homens, embora afeiçoados à cachaça de Estefano, sentiram água na boca ao aspirarem o cheiro forte dos beijus fermentando na água escura e espumante do alguidar. Mas ficaram babando, pois Diana, para surpresa da própria Dadá, carregou todo o precioso líquido para o seu tapiri, sem desperdiçar uma única gota, atraindo, com isso, a curiosidade e a maledicência dos caboclos, os quais, instigados pelo despeitado Rosalbo, que, lá do seu canto, continuava destilando veneno contra Gedeão, deram para espionar a rapariga dia e noite, na esperança de flagrá-la nos braços de Gedeão, pois, é bom que se diga, ninguém já duvidava de que, mais cedo ou mais tarde, num lugar qualquer, o rapaz a possuiria. Rosalbo, incumbido por Estefano de espionar Gedeão e Diana, esperava impacientemente a hora de poder levar a terrível notícia a seu amo e senhor.

Mas os dias passavam e nada de estranho acontecia. A tiborna, bem vigiada por Diana, continuava fermentando no velho alguidar, deixando todos, inclusive Gedeão, ainda mais intrigados. "O que Diana pretende com essa tiborna?", indagava-se ele, sem atinar-lhe as razões. Enquanto isso, a rapariga vivia um estado de incompreensível excitação; dava longos suspiros durante o dia e à noite, na rede, revirava-se muitas vezes, numa atividade quase febril. O rapaz, vendo a sua agitação, temeu que a irmã estivesse sofrendo de algum malefício. Enganou-se, pois Diana, embora tenha há muito tomado a sua decisão, apenas se debatia no seu terrível dilema.

Até que, certa tarde, sabendo que Gedeão iria à noite esperar as pacas que costumavam vir roer os frutos caídos debaixo das mangueiras, a tímida cunhantaim, com os olhos baixos e o rosto pejado de vergonha, finalmente tirou do alguidar uma cuia da tiborna e ofereceu-a ao irmão. Gedeão hesitou, estranhando que a moça lhe oferecesse tiborna mesmo sabendo que ele sempre detestou bebida alcoólica.

— Por favor, bebe! Eu fiz só pra ti — balbuciou a moça, quase não ouvindo a própria voz, mal acreditando que fosse capaz de fazer aquilo.

Não encontrando forças para contrariá-la, Gedeão levou a cuia aos lábios e sorveu de um só fôlego o saboroso e inebriante licor. Quando afastou a cuia do rosto, pôde ver por um instante os olhinhos meigos da irmã que o espreitavam, incendiados por um estranho fogo.

— Quero que bebas mais um pouco, te fará muito bem — tornou ela, ainda olhando para ele.

"O que será que deu nela? Será que ficou louca?", indagou-se a si mesmo o rapaz, como se tivesse visto a irmã pela primeira vez.

Mas acabou obedecendo. Quando devolveu a cuia à Diana, já sentia a cabeça mais leve e tudo à sua volta parecia faiscar; conseguia distinguir nitidamente os ruídos mais longínquos e Diana já não lhe parecia tão triste.

— Boa noite, Diana, eu vou à caça — disse Gedeão, com voz já um pouco engrolada. — Assim que a lua sair, estarei de volta — completou ele, enquanto pegava os petrechos de caça.

A moça então lhe disse:

— Esta noite uma mulher irá ter contigo em tua rede; não atira nela!

Gedeão pegou o caminho do mato como se tropicasse nas nuvens, achando que as palavras de Diana fossem apenas o eco dos seus próprios pensamentos.

Ao chegar debaixo das mangueiras, a muito custo conseguiu amarrar a rede nos galhos. No entanto a tiborna, por tantos dias fermentada, mal começara a destilar seus efeitos.

Sentado à rede, como se montasse num cavalo, com os pés trançados um no outro e sobre as coxas a espingarda, Gedeão fazia enorme esforço para manter-se desperto. Passada a primeira tontura, viu-se tomado por grande euforia, sentindo latejar a mínima parte do seu corpo. O sol ainda não deitara de todo, mas debaixo da mataria fechada há muito caíra a noite. Gedeão sentia-se perfeitamente bem, chegando até a matar duas pacas que se atreveram a desafiá-lo. Mas, daí a pouco, um irresistível torpor tomou conta dele. A tiborna, liberando todo o seu poder, fê-lo cair num sono profundo, no qual teve estranhas visões, não se podendo precisar quanto tempo ficou desacordado. Quando despertou, ainda duvidava de que tivesse regressado, pois, apesar de envolvido pela mais completa escuridão, teve a nítida sensação de que uma mulher encontrava-se na rede com ele. Lembrou-se então das palavras de Diana. Uma mulher viria ter com ele. Mas quem seria? Era capaz de sentir-lhe a maciez da pele e a tepidez do seu corpo. Procurando convencer-se de que não era mais um de seus sonhos, o rapaz, com o coração aos pulos, fez uma tímida incursão pelo corpo da mulher com a ponta trêmula dos dedos, não se atrevendo porém a invadir-lhe as partes mais recônditas.

Mais uma vez duvidou de que estivesse acordado, pois não conhecia outra mulher naquelas brenhas além de Dadá e Diana, que viesse se deitar com ele. Mas não podia ser apenas sonho, pensou o rapaz, pois era capaz de sentir-lhe a arfante respiração soprando-lhe no peito, as duas mãozinhas acariciando-lhe o rosto e a delicada fragrância de seus cabelos. A mulher, porém, como se não quisesse fornecer nenhum vestígio, viera completamente nua, coberta tão somente com a manta negra da noite.

— Quem és? — perguntou o rapaz, ansiando por ouvir-lhe a voz.

Como resposta obteve, em meio a um sussurro, apenas um beijo. Um beijo tão cálido que novamente Gedeão sentiu-se embriagado.

Quando, altas horas da noite, o rapaz recobrou os sentidos, a Lua já havia aparecido, infiltrando seus raios prateados por entre a folhagem, afugentando boa parte da escuridão. Só então Gedeão percebeu que estava despido. Ainda meio aturdido pelos últimos efeitos da tiborna, lembrou-se da mulher que com ele estivera. Seu cheiro inebriante permanecia no ar, mas ela havia se ido pelo mesmo modo misterioso como chegara, para pesar de Gedeão, que tudo faria para conhecê-la. Ou aquela mulher não passara de uma fantasia?

Gedeão desamarrou a rede, pegou as duas pacas que havia matado e, sem esperar que amanhecesse, voltou para casa, sem saber se cria ou não no que havia acontecido.

Diana, aparentemente caída num sono profundo, ressonava. Diferentemente das outras vezes quando Gedeão chegava tarde da noite, a rapariga nem se mexeu. O cheiro da misteriosa mulher, que o acompanhara por todo o caminho, ele continuava sentindo até mesmo dentro do tapiri. Mas o rapaz estava longe de suspeitar um tiquinho que fosse da irmã.

De manhã, foram juntos à roça. Era época da capina. Dadá e os dois filhos vieram com eles. Diana, pela primeira vez depois de muitos meses, parecia feliz. Tão feliz que nem se incomodava com as importunações dos dois garanhões, que nunca perderam as suas esperanças. Pensando todo momento na misteriosa mulher, Gedeão trabalhava mecanicamente, tão alheio às coisas à sua volta que, durante toda a manhã, só olhou uma ou duas vezes para Diana. Mas, numa dessas vezes, flagrou a irmã olhando-o de uma tal maneira que lhe provocou um estranho arrepio, pois teve a impressão de que não era Diana que ele via, mas uma outra mulher. No entanto, logo esquecera tal incidente.

Embora houvesse comida em abundância, à tarde, ao voltarem para casa, Gedeão avisou Diana que iria de novo esperar as pacas debaixo das mangueiras. Teve de dar um ralho no Mica, que insistia em acompanhá-lo. Tinha de estar só à espera da mulher, que não lhe saía um instante do pensamento.

Como se houvesse um pacto entre eles, nem Gedeão contara à irmã os acontecimentos fantásticos da noite passada, nem Diana lhe perguntara.

No entanto, antes de sair para o mato, a rapariga ofereceu-lhe novamente duas cuias de tiborna, que o rapaz sorveu de dois fôlegos, repetindo-se tudo como na noite anterior. Quando Gedeão despertou, tateando entre o sonho e a realidade, a Lua já havia se levantado, afugentando os bichos da noite, que se recolheram às suas tocas temerosos da claridade. Embora ainda sentisse o calor tépido da mulher ao seu lado, ela também havia partido. Entristecido, pois ansiava por conhecer-lhe o rosto, Gedeão voltou para casa. Como na noite anterior, Diana, em sua rede, dormia um sono profundo, acordando-se porém com os primeiros clarões da aurora, passando o resto do dia alegre e faceira como há muito ninguém a via. Acostumados a vê-la tristonha e melancólica, todos perceberam a mudança, mas só a experiente Dadá captou no ar os brevíssimos olhares que a rapariga dirigia ao irmão, o qual, porém, perdidamente apaixonado pela mulher invisível, nada via à sua volta, pois só enxergava com os olhos do coração.

À tarde, o rapaz disse de novo à Diana que iria caçar. Como esperando por isso, a moça novamente ofereceu-lhe tiborna para beber. O rapaz aceitou, mas, louco para descobrir a identidade de sua misteriosa visitante, em vez de engolir a bebida como fizera das outras vezes, agiu conforme um estratagema longamente pensado durante o dia. Saiu do tapiri com a cuia na mão e, fingindo levar a bebida à boca, pediu à rapariga que fosse buscar a espingarda que deixara de propósito dentro do barraco. Assim que Diana deu-lhe as costas, Gedeão, num gesto rápido, derramou no tronco de uma bananeira a maior parte da forte bebida, bebendo apenas uma pequena porção, insuficiente para roubar-lhe o controle da situação. Quando a moça voltou, ele ainda tinha a cuia entre os lábios, de forma que a rapariga de nada suspeitou. Enquanto lhe devolvia a cuia vazia e recebia das mãos da moça a espingarda, aproveitou para sondar-lhe o semblante. Notou um pequeno rubor e uma rápida vacilação nos olhos da rapariga, mas estava longe de decifrar-lhe o enigma.

— Até mais — disse ele à Diana. — Assim que a lua aparecer, estarei de volta.

E enveredou pelo caminho da mata, deixando a irmã de pé à porta do tapiri, com os olhos de novo tristonhos, sentindo-se pequenina e desamparada. A doce ventura das noites passadas, a ímpar sensação do amor compartilhado na escuridão, de repente cederam lugar a um mau pressentimento. "E se ele descobrir o meu segredo? Nunca mais poderei olhar o seu rosto sem desejar morrer", lamentava-se a moça, cheia de temores. Mas a sua vontade já não lhe pertencia. Por mais que quisesse resistir, não podia. Uma poderosa força atraia-a para a rede do irmão. "Não, ninguém conhecerá o segredo desse meu tormento! Amá-lo-ei na treva; serei de dia sua irmã!", suspirou ela, repetindo assim as palavras da pobre índia que se apaixonara pelo irmão e, impedida de ser feliz, transformara-se em Lua.

Sentado na rede, na mais completa escuridão, Gedeão esperava, atento ao menor ruído da floresta. "De que lado ela virá?", perguntava-se ele. Sóbrio, sem o doce torpor da tiborna, cada instante parecia uma eternidade. Mais de uma vez ouviu passos debaixo da rede, mas, reconhecendo o andar das pacas, deixou de focar a lanterna. Só lhe interessava a mulher.

Lá pelas tantas, cansado de esperar, deve ter resvalado numa semidormência, pois, de repente, sem ter ouvido nenhum ruído que anunciasse a aproximação, Gedeão sentiu um leve sacolejo numa das árvores na qual a rede estava amarrada. O rapaz, num gesto instintivo, quase acende a lanterna, mas, embora ansioso para desvendar a identidade da misteriosa visitante, acabou se contendo, como se temesse o que poderia ver. Logo o conhecido corpinho, nu em pelo, pendurava-se à rede, recebendo a ajuda do rapaz. Com todos os sentidos despertos, Gedeão deixou-se embalar pelo amor da ardente donzela, cuja doce fragrância o entontecia. De vez em quando olhava para a copa das árvores, preocupado com a hora, pois sabia que, antes da Lua despontar iluminando a mata, a sua amiga teria ido embora. E o rapaz jurou a si mesmo acompanhá-la aonde quer que ela fosse, para ficar o resto da vida ao seu lado. Mas, naquela noite, como por encanto, todos os ruídos cessaram, todos os seres vivos da floresta pareciam ter parado de andar, em homenagem aos dois enamorados. Gedeão, por mais que lutasse para manter-se acordado, acabou mergulhando num turbilhão escuro de sensações, sem tempo nem espaço. Quando regressou da longa viagem, a Lua já havia despontado; o perfume de sua misteriosa amiga ainda vagava no ar, mas ela havia partido.

Aborrecido e desesperado, Gedeão desatou a rede e voltou para casa. Ao afastar o japá da porta do tapiri, uma nesga de luar penetrou, iluminando a rede da irmã. Debaixo da velha manta, a rapariga parecia jazer em sono profundo. Mas o rapaz chegara tão transtornado que nem reparara a roupa da cunhantaim amontoada ao pé da rede, pois, na pressa para deitar-se antes que o irmão chegasse, Diana esquecera de pôr o seu velho vestidinho de chita.

Depois que Gedeão fechou a porta e deitou-se, voltando a imperar a mais completa escuridão no interior do tapiri, Diana procurou com jeito, evitando chamar atenção, a roupa ao pé da rede. Sentia-se a mais desgraçada das mulheres, pensando que o irmão, que já devia andar bem cismado com ela, agora não tinha mais qualquer dúvida de que a mulher que o procurava nas trevas era ela. Sentia ainda o corpo do irmão entranhado no dela, o gosto da sua saliva, o seu hálito. Como viver sem ele? Mas agora estava tudo acabado, tudo se perdera para sempre. Desejou que a morte a fulminasse de uma vez, para nunca mais ver a luz da manhã; pois como poderia aparecer de novo diante de Gedeão? Antes do sol nascer, Diana deixou sorrateiramente o tapiri e foi à casa de Dadá, acompanhando-a depois ao serviço da roça. Não sabia se devia se sentir mais aliviada ou mais atormentada ao ver as horas do dia se passarem uma a uma sem Gedeão dar as caras no trabalho. Chegou a pensar que o rapaz também não queria vê-la, o que era mais uma prova de que descobrira o seu terrível segredo. Mas estava enganada.

Há três noites sem dormir, Gedeão sentia-se exausto. Levantou-se tarde e nem deu pela falta de Diana e Mica, pois só conseguia pensar em voltar ao mato e ficar à espera da misteriosa mulher que se fora sabe lá para onde, carregando-lhe o coração.

Quando Diana voltou da roça, não pôde evitá-lo. Notou que boa parte da tiborna do alguidar havia desaparecido durante a sua ausência e Gedeão trazia os olhos vermelhos e transpirava álcool de mandioca.

— Vou dormir no mato de novo — disse-lhe o rapaz, com voz ainda ligeiramente pesada, para alívio da irmã, que assim descobriu que Gedeão desconhecia-lhe o segredo. — Quando a Lua sair, eu volto.

Daquela vez, porém, Diana não lhe ofereceu tiborna. Ficou na porta do tapiri olhando o irmão partir, como quem vê um ente querido afastar-se para sempre.

Naquela noite, como em todas as outras que viriam, a rapariga não foi ter com o irmão, pois sentia-se já completamente vazia, como se a sua alma houvesse se evolado pelo espaço infinito até transformar-se numa daquelas pequeninas estrelas que só aparecem no céu nas noites sem Lua.

Tendo esperado em vão até o despontar da Lua, o pobre rapaz retornou para casa já quase de manhã. Durante várias noites ainda voltou a esperá-la, até que, triste e desolado, desistiu de esperar, convencido de que a mulher que lhe roubara o coração tinha para sempre desaparecido.

A tiborna que restava no alguidar foi pouca para afogar sua tristeza. Sentindo-se o mais desgraçado dos homens, sucumbiu ao desejo atávico de morrer, típico dos Bagata, e entregou-se à cachaça, passando dias e noites sem conta jogado na rede, recusando-se a comer e a limpar-se, completamente alheio, num estado de letargia que nem o desvelo da irmã nem os cuidados de Dadá conseguiram dissipar. Quando, por fim, levantou-se da rede, tinha o rosto encovado e o corpo magro e malcheiroso de um defunto, sendo quase impossível reconhecê-lo. Depois de convencê-lo a comer e a banhar-se no rio, Dadá procurou reanimá-lo esparzindo-lhe no corpo um extrato de resinas e flores silvestres cuja fórmula misteriosa aprendera com Veva, mas sem bons resultados, pois o rapaz continuava macambúzio, não parecendo nem de longe o jovem belo e alegre como as frescas manhãs de sol do Maró, que tinha a força e a destreza do puma aurinegro que dominava a mataria brava e que muito o excedia na audácia em perseguir a caça, e que vogava deslizando com a sua igara, cuja proa, como asa de um pássaro, apenas frisava as águas, e nem as garças ariscas fugiam da beira do rio, e os jacamins mesureiros vinham saudá-lo roçando os peitos no chão. Porque nunca houvera no Maró um moço que o igualasse na altivez do porte, nem na agudez da vista, nem na firmeza do braço. Arremessada do rijo arco, a sua flecha certeira cortava a carreira do caitetu ou o pulo do maracajá, e era capaz de abater o gavião carniceiro no voo; e ninguém manuseava melhor que ele a espingarda, a cuja vista as caças tremiam.

Embora tenha percebido que Gedeão e Diana já não se tratavam como antigamente, em vão Dadá procurou penetrar o mistério.

Filha Daquele Monstro

"Que pescaria é esta que se prolonga com as sombras, à hora em que só Anhangá se deleita em correr as terras e as águas?", indagava-se a si mesma Dadá, ao saber que Gedeão, que todos julgavam recuperado, dera para sair nas tardes purpúreas em sua canoa, ruborescida pelo poente e tauxiada de sombras esguias das árvores marginais, subindo em demanda de um lago triste e solitário para as bandas das cabeceiras do rio Maró, um lugar tão ermo e soturno que ninguém se atrevia a visitar, onde se demorava, solitário e silente, até ao meio da noite!

Diana contara-lhe que o rapaz, chegando do rio, a horas mortas, ficava insone, noite a dentro, com as pernas pendentes da rede, cotovelos fincados nos joelhos e os olhos fundos e tristes a olharem, a olharem pungentemente para fora, para o rio, para a noite, para o seio negro da escuridão! E só a rapariga sabia porque a alegria, que até há pouco esvoaçara à flor dos olhos do rapaz como as marrequinhas à tona da lagoa, fora para tão longe fazer o seu ninho; e porque o seu corpo, que tinha o frescor e a seiva do talo da palmeira, tanto murchara. Só Diana, ninguém mais, nem mesmo a experiente Dadá, sabia que o cupim roaz picava o coração do irmão.

Embora tenha voltado a trabalhar como antigamente e às vezes até brincasse com Dinho e Bino, ao cair da tarde, porém, a todos evitando, saltava sozinho na leve igara e voava até o misterioso lago, onde, solitário e tristonho como o meditativo maguari, quedava-se com os olhos fitos no espelho das águas. Diana, que algumas vezes seguira-o a distância, ao vê-lo assim, adivinhou o que tanto o atraía.

— É ela! É ela que ele vê! — exclamava a rapariga, certa de que o irmão, ainda apaixonado, procurava nas águas do lago a misteriosa mulher. Tolhida pelo destino, a moça voltava para casa triste e infeliz, envergonhada por sentir ciúmes, pois Gedeão, ocupado em sua desesperada busca, quase não reparava mais nela.

Um dia, tendo o acauã cantado seu canto agourento perto do tapiri de Dadá, a preocupada mulher, cheia de apreensões funestas, veio perguntar a Diana sobre Gedeão.

— Madrinha, faça alguma coisa! — suplicou-lhe a rapariga. — O *Jurupari*[12] que mora no lago deve ter enfeitiçado ele, pois já não tira os olhos das águas.

Dadá não foi embora antes que o rapaz, altas horas da noite, com os olhos fundos e tristes, regressasse. Então lhe falou:

— Filho, os Juruparis perversos envenenaram o ar que respiras. Acauã veio cantar na beira do terreiro. Talvez seja tempo de mudar os tapiris pra outro lugar, assim nunca mais tu visitas o lago e a ave da alegria volta a esvoaçar em teus olhos...

Depois de um longo silêncio, Gedeão suspirou:

— Gente, eu a vi!... Eu a vi boiando nas águas do lago. É linda como a Lua nas noites mais claras; é formosa como homem algum jamais viu nem verá. Eu a vi! Seus cabelos têm a cor das flores do paud'arco e do brilho do sol; suas faces tiraram o rosado das penas da colhereira e das flores da sapucaia. Os passarinhos que mais cantam não cantam como ela. Ela cantava e à sua voz os bichos, as árvores, o vento, até os peixes debaixo d'água pararam para ouvi-la. Ela olhou pra mim! Ouviram? Ela olhou pra mim e me estendeu os braços. Depois, as águas se repartiram e ela desceu para a sua casa, que foi esquecida lá no fundo pelo céu, num tempo muito longe, quando o céu se estendia como embaixo de nós a campina matizada de flores,

[12] O próprio Mal, que deu origem a todos os demônios.

antes de subir e de arquear sobre as nossas cabeças a sua concha estrelada. Mas, eu quero vê-la mais! Eu quero ouvir ainda o seu canto!

Dadá, horrorizada, clamou:

— Foge daquele lugar maldito! Nunca mais a tua canoa entre na boca do lago. Foge, meu filho! Tu viste a Iara! O seu canto é a agonia! De dentro de seus olhos verdes te espia a Morte!

E a tapuia, em soluços, agarrou-se ao rapaz, pois conhecia o terrível destino de quem via a Iara, a Mãe-d'água. Mas de nada valeram as suas admoestações.

No dia seguinte, à hora em que os patos selvagens aos casais passam alto, fendendo os ares em demanda do pouso da noite, a igara de Gedeão deslizava célere nas águas do Maró, rumo ao fatídico lago.

Diana correu à casa de Dadá e, sentindo um aperto no peito, deu o alarme:

— Acode, Dadá! Ele voltou ao lago! Corram todos, não deixem que ele se perca!

Então todos, menos o caboclo Rosalbo, desceram ao porto e, montando às pressas em suas igaras, puseram-se temerosos a caminho do lago, em cuja boca estacaram atônitos, olhando a barra do horizonte incendiado pelo ocaso. A canoa de Gedeão, inundada de luz, fendia as águas com o rapaz de pé, os braços abertos como uma grande ave selvagem prestes a desferir voo. A igara parecia marchar em direção ao sol, a fim de precipitar-se no seu disco abrasado. E, ao lado do jovem, enlaçando-o como a beijá-lo, surgia, num halo de luz argêntea que se destacava do rubor do poente, um corpo alvo, de formas harmoniosas, coroado de longas madeixas de fios de ouro a esvoaçarem.

— A Iara! A Iara! — conclamaram, em grito uníssono, os caboclos, quedando-se a contemplar a maravilhosa cena.

Quando lembraram do que vieram fazer, já era tarde. O sol agonizante, por trás das grandes árvores da margem, sufocado pelo

manto negro da noite que se abatia sobre o lago, soltava gemidos já quase inaudíveis. Gedeão e a sua Iara haviam desaparecido, engolidos pelas brumas da solidão.

Os caboclos ainda ensaiaram uma tímida incursão pelo lago, mas, chegados a certo ponto, sentindo uma brisinha fria e ouvindo longínqua melodia, logo empacaram, não havendo quem os fizesse prosseguir na busca. Dadá, inconformada, dava gritos na escuridão, recebendo em resposta o eco de sua própria voz.

Voltaram silenciosos para casa, tomados de grande consternação, crendo que jamais tornariam a ver Gedeão, pois sempre ouviram dizer que quem vê a Iara e ouve o seu mavioso canto jamais tem sossego e acaba de uma hora para outra levado deste mundo.

Daí a surpresa de todos quando, de manhãzinha, Gedeão reapareceu no porto, como se nada houvesse acontecido. Todos, menos Rosalbo, que exultava com o desaparecimento do rival, acorreram para vê-lo.

— Aonde foste esta noite, meu filho? — indagou-lhe Dadá, com voz embargada.

— Tive pescando — respondeu o rapaz, embora não trouxesse nenhum peixe em sua canoa.

— Mentes, pois te vimos junto da Iara! — retrucou-lhe Dadá.

— Estão enganados, pois só a vi uma única vez e desde então procuro ela em vão lá no lago — respondeu Gedeão, deixando-os deveras desconcertados.

Verdade ou mentira, Dadá e Diana suspiraram aliviadas.

Nesse mesmo dia Estefano chegou da cidade e ficou logo sabendo, através da boca viperina de Rosalbo, da história da Iara.

— Então, meu rapaz, andas vendo Iaras? — indagou-lhe o padrinho, em tom de deboche.

Com as faces rubras de raiva e vergonha, Gedeão nada respondeu.

— Eu entendo, eu entendo... pois também já passei por isso — continuou Estefano. — Quando um homem começa a ver Iaras e sereias, está precisando de um bom rabo de mulher. Deixa estar que logo-logo trarei uma tapuia pra te acalmar.

Tomando o silêncio do rapaz por timidez, o velhaco continuou:

— Por falar em mulher, como vai Diana?

— Tá bem — respondeu Gedeão.

— E os pirralhos da Dadá continuam dando em cima dela?

— Eu pus eles pra correr — respondeu Gedeão.

— Fizeste bem, Gedeão; a menina é guloseima das mais finas, não é pro bico de nenhum tapuio — disse-lhe Estefano, acentuando bem as últimas palavras, enquanto, ao mesmo tempo, mirava firmemente o pupilo, como se a mensagem também lhe servisse.

Não era a primeira vez que o safado do padrinho referia-se à rapariga com tais palavras. O que ele queria dizer com isso? Se a cunhantaim não era "pro bico de nenhum tapuio", pro bico de quem seria?

Tendo naquele mesmo dia acertado as contas com os caboclos e carregado o batelão de produtos, Estefano anunciou que no dia seguinte voltaria à cidade. Antes, porém, mandou Aldo e Albino irem à caça, levando com eles o Bino e o Dinho, a fim de que Dadá ficasse livre para vir ter com ele naquela noite, o que realmente aconteceu, embora a mulher já não se entregasse a Estefano com a mesma vontade de antigamente. Não que a simplória tapuia desgostasse de tais encontros, nos quais experimentava deliciosos prazeres, no entanto a figura de Estefano parecia-lhe cada vez mais terrível e hedionda. Diana, por sua vez, sempre reservada, ultimamente já não escondia sua aversão cada vez maior ao padrinho. Provocava-lhe engulhos ver Dadá entregar-se aos caprichos daquele homem depravado, que, segundo descobrira, conduzira a sua pobre mãe à loucura. Mas, pior que tudo, o mais insuportável e repugnante era saber-se filha daquele monstro! Os recalques de suas vidas pregressas, de filha vendida pelo pai e de virgem estuprada, irrompiam agora num ódio cego ao "padrinho". Tinha desejo de matá-lo. Empregaria a astúcia, a arma dos fracos. Poria veneno na comida, chumbo derretido no ouvido. Pensou também insuflar Gedeão contra o malvado, revelando ao irmão aquilo que ele já sabia, ou seja, que Estefano assassinara-lhe o pai a fim de se apoderar da infeliz mãe Lazinha. Mas, assim como Gedeão, querendo evitar sofrimentos, não contara à irmã que era filha de Estefano, pelo mesmo motivo Diana acabou nada dizendo ao irmão. E o seu ódio era como a tiborna fermentando no alguidar, cada dia mais forte.

— Vens comigo até a cachoeira — disse Estefano a Gedeão.

Além de dividir espaço no barco com Manecão, teve ainda de suportar a presença irritante do Rosalbo, também convocado pelo padrinho.

Durante a viagem, Gedeão só pensava numa coisa: voltar a conversar com o Osório, o jagunço que, sem querer, fizera-lhe importantes revelações sobre o passado. Mas qual não foi sua decepção quando, na tarde do dia seguinte, ao chegarem ao acampamento da cachoeira, constatou o sumiço do tal jagunço. Ainda mais estranho, porém, pareceu-lhe o comportamento dos jagunços, que se recusaram a falar sobre o assunto. Só tempos depois Gedeão veio a saber que Osório, cujo grande defeito era ser tagarela, um dia foi caçar com o Manecão e nunca mais voltou, pois o capanga, a mando de Estefano, pegando desprevenido o ingênuo caboclo, matou-o com um tiro nas costas, nem se dando ao trabalho de enterrá-lo.

À noite, depois da janta, para espanto de Gedeão, Estefano pôs uma caixinha preta para falar. A caixinha também tocava.

Maravilhado, o rapaz compreendeu tratar-se do rádio, a tal "caixinha que falava", conforme lhe dissera o infeliz Osório.

Estefano mexia num pequeno botão no meio da caixinha e de dentro da bicha saíam, em meio a assobios e ruídos, vozes incompreensíveis.

Estefano explicava-lhe:

— Esse aí é um japonês falando, e agora um inglês, e esse um italiano... um americano... espanhol...

"O que querem dizer essas palavras?" — indagava-se a si mesmo o rapaz, para quem o mundo era uma única floresta e não tinha noção da existência de fronteiras.

Até que, finalmente, Gedeão conseguiu compreender uma das vozes.

— É um paulista falando — explicou Estefano.

— Paulista? — balbuciou Gedeão.

— Sim, a rádio é de São Paulo — tornou Estefano.

"São Paulo? Onde fica isso?", quis perguntar o rapaz, mas apenas balançou a cabeça, envergonhado de sua ignorância.

Os jagunços, embora fossem homens rudes e violentos, diante da maravilhosa caixinha falante tornavam-se dóceis e inofensivos como crianças. Estefano nunca ligava o rádio durante o dia, pois nada os impedia de largarem os seus afazeres para ouvi-lo.

O locutor tinha a voz mais grossa que o rapaz jamais ouvira e, de cinco palavras que ele dizia, desconhecia pelo menos uma. Por exemplo: "Esta manhã os órgãos de repressão política do governo conseguiram desbaratar numa das ruas do Brás o esconderijo de quatro perigosos terroristas, os quais, respondendo à voz de prisão com tiros, acabaram exterminados". O que significava "órgãos da repressão", "governo", "desbaratar", "ruas", "terroristas", "voz de prisão", "exterminados"? Ele não sabia, mas não teve coragem de perguntar a Estefano. Quando o homem parou de falar, ouviu-se uma cantiga esquisita, que começava assim: "Brava gente, brasileira/ longe vá temor servil,/ou ficar a pátria livre,/ou morrer pelo Brasil;/

ou ficar a pátria livre,/ou morrer pelo Brasil...". O que queria dizer tudo aquilo? Quem era o tal Brasil por quem se devia morrer?

Estefano mexeu no botãozinho e ouviu-se uma outra voz, um pouco fina, mas de homem, que dizia: "Conclamamos o patriótico povo ribeirinho, nos mais distantes rincões do nosso Estado, a prenderem e entregarem às autoridades policiais, vivo ou morto, qualquer elemento suspeito que tente se infiltrar na comunidade, pois muitos terroristas, perigosíssimos comunistas, conhecidos como paulistas, têm fugido das cidades e se abrigado nas florestas. Só com a valorosa colaboração do povo brasileiro o Brasil se salvará desses terríveis inimigos..."

Estefano desligou o rádio e falou:

— Vocês ouviram? Alguns bandidos, gente muito ruim, estão escondidos no mato; se toparem com algum deles por aí, não deixem escapar; se tentar fugir, passem fogo! Tenho certeza que há muitos deles lá com os Batista.

— Batistas? — perguntou Gedeão, sem poder conter-se.

— Sim, os Batista — repetiu Estefano, embora tenha olhado para o rapaz como que arrependido de tocar nesse assunto. — Pois é, acho que nunca te falei deles. Bem... agora já sabes; é um bando de tapuios vadios e sem vergonha, que vivem entocados nas cabeceiras do rio Nambu e que fogem de gente que nem o diabo da cruz.

— Mas, se fogem de gente, porque receberam os paulistas? — ousou perguntar Gedeão.

— Por quê? Ora, meu rapaz, os bandidos se conhecem de longe! Tanto os paulistas quanto os Batista são inimigos do Brasil — arrematou Estefano.

— E quem é o Brasil? — balbuciou Gedeão.

— É a nossa pátria, a mãe de todos nós brasileiros — respondeu Estefano, em tom professoral.

Gedeão ficou confuso. Então ele era brasileiro, filho do Brasil? Aprendera a pensar que todos os seres vivos eram filhos da floresta.

— E os paulistas são brasileiros? — voltou o rapaz.

— Nasceram no Brasil, mas são maus brasileiros — explicou Estefano.

— Se são filhos do Brasil, por que são inimigos?

— É que são uns filhos-da-mãe! Acham que podem viver sem os brancos e sem os ricos; querem entregar o Brasil nas mãos dos negros e dos índios, essa gentalha preguiçosa e imoral.

— E por que, padrinho, essa gente que vive no Nambu se chama Batista? — perguntou por fim Gedeão, fazendo um supremo esforço para não se deixar trair.

Estefano, animado pela conversa, acabou falando:

— Porque, há muitos anos, antes dos tapuios se acoitarem nas cabeceiras do Nambu, um pastor da Igreja Batista veio da cidade e conseguiu fazer-se aceito pelos tapuios, que até então não tinham birra de branco. Acontece que um dia o pastor resolveu voltar pra cidade, mas o seu único filho, chamado João Batista, enrabichado por uma das tapuias, não quis seguir o destino do pai, que, depois de tudo fazer para levá-lo consigo, acabou desistindo do filho, que ficou para sempre morando com os índios, tornando-se muito respeitado por eles.

— E o que aconteceu depois com esse João Batista? — atreveu-se a perguntar Gedeão, colocando na voz o máximo de ingenuidade.

— O que aconteceu com ele?! — Estefano repetiu as mesmas palavras do rapaz, só agora percebendo a que ponto delicado chegara a conversa. — Bem, não sei ao certo — tergiversou o velhaco, espraiando o olhar em volta da mesa, encarando os jagunços, em cujos rostos havia grande expectativa. — Parece que acabou morrendo de picada de cobra — emendou Estefano. — Bem — disse por fim, depois de incômodo silêncio — é hora de dormir, quem ficará de guarda?

Gedeão não insistiu, evitando suspeitas do padrinho.

No dia seguinte, bem cedo, enquanto Estefano desceu o Maró rumo à cidade, Gedeão pôs-se a subir o rio, de volta para casa. Teve de suportar a presença exasperante do Rosalbo, que veio com ele na mesma canoa e por pouco não o fez passar um mau bocado.

Gedeão, por precaução, mandou o tapuio acomodar-se na proa da canoa, de onde poderia vigiá-lo. Depois de remarem o dia todo, comportando-se Rosalbo como o mais fiel dos companheiros, o rapaz resolveu parar numa ponta de areia para dormirem. Rosalbo, em tudo solícito, ajudou-o a fazer uma pequena fogueira, em volta da qual logo se deitaram. Embora durante o dia não tenham trocado mais que duas palavras, o tapuio dera-lhe tantas provas de obediência que Gedeão quase se esquece de que tinha ao seu lado o Rosalbo, o tapuio mais sonso que conhecera. Para testá-lo, o rapaz, mais de uma vez, fingindo fechar os olhos, espreitara-lhe os movimentos. Deitado na areia, o tapuio só não parecia uma fada benfazeja porque ressonava com tal estrépito que mais parecia um porco, logrando, com tal maestria, convencer Gedeão de que realmente dormia. Mais tranquilo, lá pelas tantas, sucumbindo ao cansaço, Gedeão acabou cochilando. Rosalbo, que esperara ansiosamente por esse momento, levantou-se devagarinho e, na ponta dos pés, desamarrou a canoa e já se punha a empurrá-la para fora quando Gedeão, que não havia ainda caído totalmente no sono, de repente abriu os olhos, a tempo de evitar o pior.

— Então, patife, pensavas abandonar-me aqui pros jacarés? — gritou Gedeão, irado, deixando o tapuio plantado à proa da canoa, sem esboçar qualquer reação. Com água pela canela, conseguiu ainda pegar o bico da canoa e puxá-la para terra. Primeiro pensou em retribuir o traiçoeiro tapuio na mesma medida, abandonando-o ali na praia, mas logo teve ideia melhor.

Passou mão das coisas que estavam em terra e subiu na canoa, esbravejando:

— Senta aí, seu filho duma porca, e mãos ao remo! Até de manhã quero estar em casa, ouviste?! Se parares de remar, eu te queimo!

Rosalbo, acostumado a receber ordens, obedeceu sem nenhum resmungo. Remou sozinho a noite inteira, enquanto Gedeão, na popa da canoa, lutando contra o sono, não deixava de vigiá-lo.

Durante muitos dias o tapuio rastejou como um réptil e abanou o rabo como um cachorro diante de Gedeão. Mas que o rapaz não se fiasse, o tapuio procurava apenas distrair a sua atenção. Como uma insidiosa serpente, concentrava o veneno esperando a hora certa para o bote.

A Admiração do Pequeno Mica

Gedeão via os dias transcorrerem lentos e monótonos. Nem o brilho do sol nem o canto da passarada conseguiam alegrá-lo como antigamente. Os únicos momentos em que se sentia vivo era quando, para o desespero de Dadá e da irmã, entrava na sua igara e punha-se a remar rumo ao lago assombrado, onde se quedava fitando longamente o espelho das águas.

Foi numa dessas vezes que o rapaz, pela primeira vez, como se visse uma outra pessoa, observou a sua própria imagem. Estranhou, pois não sabia que tinha um rosto escuro, fino, de queixos compridos e triangulares, a testa mais larga que o necessário, e os cabelos negros e lisos, bem compridos, a deslizarem sobre os ombros magros e largos, onde podia perceber a saliência dos músculos. Acabou voltando triste para casa, sentindo-se o mais desgraçado dos homens, pois, segundo pensara, a Iara, ou seja lá quem fosse a mulher encantada, certamente se decepcionara com a sua feiura e desaparecera, carregando-lhe a alma.

Certo dia, porém, tendo ido caçar, levando consigo o pequeno Mica, um acontecimento extraordinário veio sacudir a sua melancólica existência.

Depois de uma hora de caminhada, já longe de casa, andavam os dois com os ouvidos atentos e bem devagar a fim de não espantarem as caças, quando de repente ouviram um forte barulho que parecia vir em sua direção, fazendo-os pensar que se tratava de um animal de grande porte, talvez um veado ou mesmo uma anta. Com a respiração presa e a espingarda nas mãos, tomado por grande expectativa, tendo atrás de si o espantado Mica, Gedeão fitava concentradamente o trançado de troncos e arbustos, esperando vislumbrar a qualquer instante o animal, que rapidamente se aproximava. Mas, qual não foi a surpresa quando, em vez da esperada caça, enxergaram o vulto do que lhes pareceu um homem! Esconderam-se atrás de um tronco e puseram-se a espreitá-lo. Não era ninguém que conheciam; na verdade, não se parecia com ninguém. Muito magro e coberto por andrajos esfarrapados pelo roçar de espinhos e cipós, o seu estado era tão deplorável que nem mais parecia um humano. Os cabelos grossos e embaraçados, verdadeiros chumaços, caíam-lhe pelos ombros e encobriam-lhe o rosto, do qual uma barba negra e espessa, não menos desalinhada, partia, já lhe alcançando o peito. Veio rasgando caminho sem o cuidado de desviar-se dos obstáculos, produzindo um barulho dos diabos. Andava rapidamente, como se tivesse hora e lugar marcados. Até que, parecendo cansado, parou debaixo de uma árvore que punha seus frutos e começou a roê-los como o fazem as pacas, mas maquinalmente, sem a volúpia do animal.

Lá do seu canto, com os olhos arregalados, Gedeão se perguntava: "Quem será ele? De onde veio? Como veio parar nessas brenhas, sozinho, qual um animal sem rumo?". O Rapaz sentia mais curiosidade do que medo, embora o seu pequeno companheiro, em outras ocasiões tão corajoso, agora tremesse como vara verde. Seria um espírito? — conjeturou inicialmente Gedeão. Crescera ouvindo que o Curupira aparecia na forma de um macaco peludo. Não, não podia ser! Os espíritos da floresta, fortes e inteligentes, aparecem e desaparecem quando menos se espera, num abrir e fechar de olhos, sem nenhum barulho. Aquela estranha criatura, ao contrário, parecia fraca e estúpida. Seria uma espécie de grande macaco até então desconhecido? — pensou em seguida o rapaz, convencendo-se, por fim, de que estava diante do que antigamente fora uma pessoa. Mas quem seria? — voltou a perguntar-se Gedeão.

Recordou-se então do que ouvira no rádio e sentiu-se tomado de receio. Seria um dos bandidos, um dos tais "paulistas" fugidos da polícia? Estefano pintara os "paulistas" como gente ruim e perversa. E o homem do rádio pedira a quem visse um deles vagando por aí que o entregasse vivo ou morto aos mandões da cidade, o que seria fácil de fazer, pois a pobre criatura, que continuava roendo caroços debaixo da fruteira, encontrava-se debilitado e indefeso, num estado tão deplorável que, em vez de medo, inspirava comiseração. Gedeão hesitou por alguns instantes. Deveria prendê-lo e conduzi-lo a Estefano? Ou seria melhor deixá-lo seguir seu caminho sem destino? Não, isso não! Seria o mesmo que deixar o infeliz entregue aos braços da morte, pois, fraco como estava, sem alimento e sem água, perdido na selva inóspita, não tinha nenhuma chance de sobreviver. Já era um verdadeiro milagre haver chegado até ali, sem ter se transformado em repasto dos vorazes predadores.

Tendo acalmado o pequeno Mica, Gedeão resolveu aproximar-se do andarilho, o qual, porém, ao pressentir-se vigiado, desabalou numa atabalhoada carreira, como se fugisse do demônio. Gedeão foi-lhe ao encalço, seguido pelo curumim, ágil que nem uma pequena cutia, logrando alcançá-lo após barulhenta perseguição, pois o estranho caíra por terra, desfalecido.

Mas o que fazer com o homem? Seu primeiro pensamento foi levá-lo ao acampamento, mas logo desistiu dessa ideia, concluindo que a presença do andarilho acabaria despertando tão grandes suspeitas que o melhor seria deixá-lo no mato, mas, do jeito que o coitado estava fraco e debilitado, essa também não seria uma boa solução. Gedeão então o amarrou com fortes cipós ao tronco de duas árvores, deixando-lhe ao alcance uma cuia com água — assim, quando ele acordasse, não poderia fugir. E voltaram para casa, contando o caso somente a Diana.

Às escondidas de todos, procurando não gerar suspeitas, os três decidiram proteger o estranho andarilho. Naquele mesmo dia, antes de escurecer, Gedeão e Mica, levando água e um tucunaré assado por Diana, retornaram ao local onde haviam deixado o forasteiro, o qual, embora houvesse despertado e bebido toda a água da cuia, ao vê-los mostrou-se tão ameaçador quanto uma fera acuada, que os dois quase perdem as esperanças de poderem ajudá-lo. Mesmo assim, comeu vorazmente o tucunaré que lhe lançaram.

Durante dois dias a pobre criatura não se comportou de outro modo. Alternava momentos de raiva e pavor, soltando grunhidos. No terceiro dia, depois de ter devorado vários tucunarés e engolido grande porção de água e farinha, ficou um pouco mais calmo, como que prostrado, caindo numa espécie de delírio. Já não grunhia, mas as palavras que lhe saíam eram desarticuladas e sem sentido. Gritava a pessoas imaginárias, dava ordens, pronunciava nomes de desconhecidos, como se estivesse num combate. Quase todas as tardes, depois do trabalho, Gedeão, pegando sua espingarda e dizendo que ia caçar, ia ter com o forasteiro, levando-lhe água e comida. Algumas vezes, para não chamar a atenção, o pequeno Mica o substituía nessa tarefa.

Certo dia, pela primeira vez em muitos dias, como se tivesse saído de um poço escuro e profundo, reflexos de lucidez irradiaram dos olhos da pobre criatura.

Olhando ao seu próprio corpo e aos seus protetores, o estranho parecia surpreso.

— Não tenha medo — disse-lhe Gedeão, procurando acalmá-lo. — A gente só quer ajudar.

— Quem são vocês e por que me amarraram? — perguntou finalmente o estranho, tropeçando nas palavras.

— Eu sou Gedeão e este aqui é o Mica — respondeu-lhe o rapaz, apontando o pirralho com o beiço.

Em seguida, contou-lhe tudo o que aconteceu desde que o encontraram perambulando na mata. Amarrado durante tantos dias, o estranho nem pediu que lhe soltassem.

— Que lugar é este? — tornou a perguntar, ainda revelando receio no olhar.

A resposta nada esclareceu, pois o Maró, filete de água perdido no centro da vasta floresta, ausente em todos os mapas, nada queria dizer.

Depois de lhe responder às perguntas, Gedeão também quis saber quem era o estranho e de onde viera.

— Pode me soltar? — pediu o estranho, antes de responder a Gedeão.

O rapaz, depois de hesitar por um momento, não sem receio aproximou-se do estranho e desatou-lhe os cipós dos dois braços. O homem pôde então se acomodar num tronco de árvore caída.

— Chamo-me Eduardo — informou ele. — O lugar de onde vim não sei mais pra onde fica; só lembro que eu e meus companheiros estávamos indo ao encontro de outros companheiros quando fomos atacados pelo Exército. Houve tiroteio e acabei me perdendo; vaguei sem rumo durante vários dias, até que, acabando a munição, vi-me perdido e faminto no centro da mata; não sei quanto tempo errei sem destino, até vocês me encontrarem.

Fez uma pausa, cansado.

Gedeão estendeu-lhe a cabaça com água. Eduardo bebeu a água lentamente. Depois foi a vez do Mica entregar-lhe um pedaço de peixe assado, que o estranho, usando as mãos, começou logo a comer.

Enquanto isso, Gedeão preparava-se para fazer a pergunta que há muito ensaiava e não se atrevia a fazer. Não que sentisse medo do estranho, pois, apesar de sua desagradável aparência, a voz transmitia um quê de serenidade e confiança.

Eduardo, por sua vez, enquanto comia, aproveitava para observar os seus dois interlocutores. Pelo modo como o olhavam, principalmente o engraçado pirralho, adivinhava a enorme estupefação que os dominava, ao verem diante de si uma criatura de aparência tão estrambólica e grotesca, quase sobrenatural. Embora os dois lhe infundissem boa impressão, não sabia até onde poderia confiar em seus novos amigos. Pois sua situação, conforme avaliara, continuava bastante delicada. Embora tenha sobrevivido, encontrava-se num lugar completamente desconhecido e cercado por dois estranhos cujas intenções eram-lhe até agora um enigma. Assim preocupado, Eduardo comia o peixe bem devagar, pensando num jeito de fazer os dois caboclos contarem-lhe mais coisas, sem espantá-los. Mas acabou de comer e não sabia como começar.

A voz de Gedeão veio providencialmente socorrê-lo.

— O senhor é um dos paulistas? — finalmente Gedeão pôs para fora a pergunta que trazia atravessada na garganta.

O estranho arregalou os olhos, surpreendido. Por fim, respondeu:

— Não, sou paraense, nasci em Belém; conhecem?

— Belém?!

— A capital do Pará — explicou Eduardo. — Mas por que perguntas se sou paulista? — tornou Eduardo.

— É que dizem que uns tais de paulistas andam fugidos pelos matos.

— Quem que disse? — insistiu o estranho.

— O rádio. Bem, o padrinho Estefano também disse.

— E o que mais andam falando dos paulistas? — tornou Eduardo, ávido por informações.

— Dizem que eles são bandidos; como chama? Terroristas! Comunistas! Gente muito perversa, que quer fazer mal ao Brasil. O rádio disse que se a gente encontrar um deles deve prender e entregar vivo ou morto pros homens da cidade.

— E se eu fosse um paulista, o que farias? — testou Eduardo.

— Não sei, respondeu Gedeão, franzindo a testa. — Acho que deixaria ir simbora.

Eduardo, vendo a ingenuidade do rapaz, achou que poderia ganhar a sua confiança. Na situação em que se encontrava, não tinha escolha, precisava de ajuda; cedo ou tarde acabaria contando-lhe a verdade.

— Os paulistas não são essa praga que andam falando — arriscou-se o desconhecido.

— Por que então andam fugidos? — questionou Gedeão.

— Porque são contra as injustiças que os ricos praticam contra os pobres — respondeu Eduardo, simplificando a explicação para fazer-se entendido.

— O padrinho disse que os paulistas querem acabar com os ricos, é verdade?

— Sim, pois toda riqueza é, pelo menos um pouco, injusta — confirmou Eduardo, atento aos efeitos de suas palavras.

— Mas, sem os ricos, não acaba restando só pobreza? — perguntou Gedeão, que pensava pela primeira vez no assunto.

— Não, a riqueza pertence a Deus; antes de existirem ricos a riqueza já existia. Basta olhar os rios, as florestas, os peixes e animais; estava tudo aí e pertencia a todos; os ricos apenas se apropriaram do que Deus fez para servir a todos os homens.

Eduardo fez uma pausa e ficou observando a reação do tapuio.

As palavras do estranho refletiram como um facho de luz sobre a mente obtusa de Gedeão, que até aí dormitara submersa em densa escuridão. Sim, o que Eduardo dizia fazia sentido, reparou Gedeão. Era só pensar no caso de Estefano. Dadá contara-lhe que, antes de ele chegar ao Maró, todos viviam tranquilos, trabalhando só o suficiente para viverem, preocupando-se apenas com a roça, a caça e a pesca, no que eram muito felizes. Depois que o padrinho chegou, foram no início induzidos e por fim obrigados a trabalharem mais do que o necessário, sem que esse sacrifício lhes trouxesse algum proveito, ao contrário, os homens, escravizados pela cachaça, ficaram mal alimentados e adoeceram facilmente, e as crianças e as mulheres tornaram-se vítimas de seus achaques; e tudo isso para quê? Para que Estefano ganhasse muito dinheiro na cidade vendendo o fruto do trabalho dos tapuios!

— Mas como matar todos os ricos? — indagou o rapaz, com o semblante muito sério.

— Não, não é preciso matar nenhum rico, basta impedir que eles continuem enriquecendo, entendeste?

— Mas quem fará isso?

— O povo, as pessoas, os pobres que têm se deixado explorar por eles! Se o povo trabalhar para si próprio, a riqueza pertencerá ao povo e não somente a alguns espertinhos.

— Mas, e os ricos que já existem? Eles têm capangas armados pra forçar o povo a trabalhar. Será que vão aceitar que o povo se liberte? — indagou Gedeão, pensando em Manecão e sua turma de jagunços.

— O que é um grupo de capangas diante do povo? — respondeu Eduardo. — Ainda mais que os jagunços também são pobres, fazem parte do povo. Se o povo todo resolver deixar de ser explorado pela minoria de ricos, não há força capaz de impedir!

Gedeão pensou nas centenas de tapuios que se deixaram conduzir até a cachoeira e ali foram assassinados pelos capangas de Estefano, sem oferecerem nenhuma resistência. Lembrou-se também de Sabá crivado de balas e jogado às piranhas porque tentara se libertar.

— Mas, desarmados, o que os pobres vão fazer?

— A arma dos pobres deve ser a sua consciência, o desejo de ser livre!

— O padrinho disse que os paulistas são maus brasileiros.

— É que esse teu padrinho deve estar do lado dos exploradores; deve temer que os paulistas abram os olhos do povo e o povo se levante contra os ricos. Eles se sentem ameaçados e dizem que é o Brasil que está sendo atacado.

Eduardo calou-se, receando haver ido longe demais. Mas logo se tranquilizou, vendo o interesse sincero que o semblante de Gedeão estampava. Decididamente aquele simplório caboclo não parecia lhe querer mal, concluiu Eduardo. De qualquer forma, era melhor continuar cauteloso, pensou ele.

— O padrinho também disse que os paulistas são contra os brancos e querem entregar o Brasil pros negros e pros índios, é verdade?

— Não. Apenas acham que o Brasil não é só dos brancos, que os de cor também têm o direito de serem ouvidos, pois são a maioria da população.

— O senhor conhece o rio Nambu? — perguntou Gedeão.

— Nunca ouvi falar — respondeu Eduardo. — Por quê?

— Por nada; é que o padrinho disse que os Batista, um pessoal que mora no Nambu, acolheram entre eles os tais paulistas — justificou Gedeão.

Sentindo que não poderia mais esconder a verdade, sob pena de desapontar o caboclo e perder a sua amizade, Eduardo falou, atentando bem na reação que suas palavras provocariam:

— Na verdade, Gedeão, eu sou paraense, mas alguns dos meus companheiros são de São Paulo.

— Os tais paulistas? — exclamou Gedeão, com os olhos arregalados.

— Sim, é esse o apelido que o governo e a polícia deram pra gente.

Como Gedeão e o pequeno Mica parecessem muito espantados, Eduardo procurou tranquilizá-los:

— Fiquem sossegados, amigos, que eu não vou criar problema; agora mesmo vou embora.

— Não senhor! Não pode ir embora! Do jeito que tá não ia chegar muito longe — disse Gedeão, refeito do susto.

— Obrigado, meu amigo; devo minha vida a vocês...

— E à Diana, que preparou a comida que o senhor comeu — falou Mica, revelando ao estranho pela primeira vez a sua singular vozinha.

— Diana?! — exclamou Eduardo.

— Sim — respondeu Gedeão. — Além de nós dois, só ela sabe do senhor.

— Não me chamem mais de senhor — ordenou Eduardo, esboçando pela primeira vez um leve sorriso por baixo da grenha que em parte lhe encobria o rosto. — Chamavam antigamente de senhor aos donos de escravos, explicou. — Digam à Diana que os peixes estavam muito gostosos, mas não precisa mais se preocupar, hoje mesmo sigo meu caminho, antes que o padrinho de vocês me descubra. Estão correndo um grande risco protegendo um homem procurado pela polícia, entenderam?

Ao ouvir tão sinceras palavras, Gedeão perdeu o resto de receio que ainda trazia e sentiu pelo estranho uma grande simpatia.

— Fique pelo menos mais uns dias, até ficar mais forte. A gente traz água e comida e vamos fazer um tapirizinho pra se abrigar da chuva. Ninguém vai desconfiar de nada.

Em seguida, Gedeão explicou as dificuldades que Eduardo teria para sair daquela zona da floresta, cuja única passagem para o mundo era o rio Maró, o qual, todavia, era vigiado dia e noite pelos jagunços de Estefano.

— Não há nenhum povoado por perto, onde eu possa chegar cortando pela mata? — indagou Eduardo.

— Não tenho bem certeza, mas, que eu saiba, só a vila dos Batista que lhe falei, no rio Nambu, mas fica muito longe — respondeu Gedeão, pegando um graveto e fazendo o desenho no chão. — Pra chegar até lá, caminha-se não sei quantos dias, sempre na direção do poente; mas a gente não sabe de ninguém que tenha chegado lá.

Gedeão então contou a Eduardo a macabra história de Sabá e seus quatro irmãos, que um dia sonharam com a liberdade e acreditaram poder chegar ao Nambu atravésda mata e acabaram mortos por Estefano. Querendo poupar o pequeno Mica, Gedeão não falou do triste fim de Primitiva, mãe do pimpolho.

Eduardo ouviu tudo com interesse, o que cativou ainda mais a Gedeão. Quando este acabou de falar, Eduardo disse-lhe:

— Está bem, meus amigos; ficarei aqui mais uns dias, pois já confio muito em vocês; depois verei que rumo tomar.

Gedeão abriu o rosto num largo sorriso, contente por ter convencido aquele homem cuja voz, lenta e pausada, tornara-se-lhe tão rapidamente familiar.

Puseram-se então a levantar um tapiri. Enquanto Gedeão e Mica buscavam as palhas de caroá para a cobertura, Eduardo cortava cipós para a amarração. Os dois tapuios divertiam-se com a figura comprida e cabeluda, ágil que nem um macaco. Gedeão notou que o estranho, apesar dos braços longos e dos movimentos um tanto desengonçados, manipulava o terçado com firmeza, desferindo golpes com admirável precisão. Entre as várias espécies de cipós, Eduardo escolhera o fino mas resistente cipó-titica para amarrar as palhas e o grosso e flexível cipó-açu para os caibros. Na hora de abrir as palhas, os seus dedos longos e finos revelaram surpreendente habilidade, deixando Gedeão e Mica admirados.

Em poucos minutos o tapiri, oculto de propósito atrás de uma enorme raiz, estava pronto.

— Não se afaste daqui e, se ouvir barulho de gente, só apareça se assobiarem assim: fiu, fiu, fiiiii... Entendeu? Se ouvir esse assobio, é um de nós que tá vindo.

A tarde findava e as primeiras sombras que antecedem a noite já inundavam a mataria, confundindo fantasmagoricamente galhos, folhagens e troncos. O alegre canto das araras em breve cederia lugar aos misteriosos ruídos noturnos — baques longínquos de sapopembas, gritos finos e compridos de uma criança, tristes e sentidos soluços de donzela e gemidos tão profundos, capazes de levarem à loucura a quem os escutasse.

Gedeão e Mica voltaram para casa.

No dia seguinte, enquanto Gedeão acompanhou os homens à roça, o pequeno Mica foi ter com Eduardo, levando-lhe água e comida e um calção que Gedeão lhe mandou.

O curumim, antes de aproximar-se, assobiou três vezes, conforme o combinado. Mesmo assim, Eduardo levou um baita susto, pois, embora tenha ficado atento a qualquer ruído que anunciasse a aproximação dos amigos, só viu o pirralho quando este, leve e macio como uma brisa, já estava ao seu lado.

— Eu que sou um bicho feio, mas és tu quem me metes medo, rapaz! — disse-lhe Eduardo, feliz por ver o pequeno amigo sorrindo-lhe sem receio.

— O Gedeão disse pro senhor ir comigo tomar banho no rio — avisou o pimpolho.

— Oh! Vai ser bom! Estou mesmo precisando! — exclamou Eduardo, já antegozando o prazer que um bom banho lhe proporcionaria. — O rio fica muito longe?

— Um pouco; mas eu sei de um caminho bem rápido — garantiu o curumim, orgulhoso por sentir-se útil.

Depois de ter comido mais rápido do que das outras vezes, os dois puseram-se a caminho, Mica na frente e Eduardo atrás. O garoto não deixou de reparar com que habilidade o estranho desviava-se de galhos e espinhos.

Seguindo orientação de Gedeão, o pequeno conduziu Eduardo a um lugar solitário, fora do caminho das canoas, onde as águas do rio recolhiam-se numa grande volta. Eduardo arrancou os trapos do corpo e lançou-se às águas de braços abertos, gritando que nem criança. Ensaiou algumas braçadas, mas logo parou, sentindo presos os ossos e os músculos. Enchia a boca de água e dava esguichos para o ar, produzindo minúsculos arco-íris. Em pé à beira d'água, Mica o observava, admirando-se de que um homem daquele tamanho pudesse se comportar de forma tão engraçada.

— Não quer tomar banho? — perguntou-lhe Eduardo, que agora procurava desengruvinhar os cabelos e a barba.

O pirralho, sem uma palavra, livrou-se do minúsculo calção e saltou de cabeça dentro d'água. Mergulhou e só boiou a dez metros; depois voltou nadando o mais rápido que podia, procurando mostrar seus dotes ao forasteiro. Eduardo, adivinhando-lhe a intenção, festejou-lhe a proeza. Depois de outras piruetas, Mica saiu para terra e vestiu a roupa, mas Eduardo ainda ficou um bom tempo dentro d'água. Quase sentado, com água pela cintura, pegava a alva areia do fundo e ia se esfregando devagar, detendo-se especialmente nos dedos e nas unhas, onde havia se formado uma crosta negra e grossa de sujeira. Pela primeira vez em muitos dias sentia-se plenamente revigorado.

Apenas um Homem e uma Mulher

Eduardo nunca pensara que um banho pudesse dar tanto prazer. A água cristalina do Maró, como uma doce namorada, acariciava-lhe o corpo, invadindo-lhe cada poro. A superfície do rio, onde os raios do sol da manhã vinham refletir-se, transformara-se numa polida lâmina de alumínio, cuja visão fê-lo por um instante sentir-se tonto. Essa curtíssima síncope trouxe-lhe, de relance, a lembrança de muitos acontecimentos de sua vida. E uma sensação nebulosa e incômoda de repente apossou-se dele, fazendo-o perguntar-se sobre o que teria acontecido aos seus companheiros. Já sabia que alguns tinham sido mortos, mas, e os que estavam com ele naquele dia fatídico? Teriam sobrevivido, como ele, ou estariam todos mortos? A indescritível alegria que há pouco sentira por estar vivo cedera lugar a uma imensa tristeza. Lembrou-se da infância pobre num subúrbio de Belém; da mãe — coitada! — deixando de comer o único pedaço de peixe do seu prato e entregando-o ao filho para que este não fosse à escola com fome; da falta crônica de dinheiro para comprar uniforme e material escolar; do pai, pedreiro, muitas vezes desempregado, tendo de viver da solidariedade de amigos, mas sempre a sonhar com o filho um dia "doutor", digno e respeitado, livre do opróbrio e da miséria, como aqueles homens bem-vestidos, mãos e dedos de moça, que circulavam na obra com a planta da construção nas mãos, fiscalizando o serviço e distribuindo ordens aos trabalhadores. Pobre pai, despencado num dia de chuva do décimo andar de um dos feios arranha-céus de

Belém, onde trabalhava, deixando a viúva na mais completa miséria! Depois, o colégio de padres, onde o aceitaram na qualidade de menino pobre, que estudava pela manhã e à tarde tinha de sair pelas ruas da cidade vendendo os bolinhos e as cocadas que a mãe fazia. Pobre mãe! Coitada! De tanto chorar talvez lhe tenham secado as lágrimas! Tanta luta para criá-lo, tanto sofrimento, para nada! Em vez de se tornar doutor, o amparo da mãe na velhice, o que ele fizera? Enfrentara moinhos e perdera-se em confusões; querendo aliviar o sofrimento dos pobres e castigar as injustiças dos ricos, convertera-se num severo juiz do mundo. Naquele momento, onde estariam o Jairo e o João, inseparáveis amigos de escola? E a bela e doce Judite, sua primeira e única namorada, ainda lembraria dele? Com eles aprendera a indignar-se contra as injustiças. O que teriam pensado do seu desaparecimento? Sentiu um desejo enorme de voltar para casa, jogar-se nos braços da mãe e pedir seu perdão. Nunca pensara que um dia sentiria saudades das caminhadas à toa, da conversa fiada com os amigos, numa rua qualquer da cidade. O que estaria fazendo Judite, a pequena e doce Judite?

Eduardo não saberia dizer quanto tempo ficou nesse devaneio. A vozinha alarmada do pequeno Mica o despertou:

— Saia já do rio, lá vem uma canoa! — balbuciava o curumim, com os olhinhos arregalados.

O rapaz, parecendo um grande macaco, deixou a água em largas passadas, enfiou-se no mato atrás do seu pequeno guia. Antes, porém, teve a lembrança de recolher do chão não só o calção novo que Gedeão lhe mandara, como também os seus velhos trapos, os quais mais adiante cuidaria de enterrar, evitando, dessa forma, que um dos tapuios os encontrasse, o que fatalmente geraria suspeitas.

Os dois postaram-se atrás de uma palheira, de onde ficaram a espreitar o rio. Uma canoa aproximava-se e logo Mica reconheceu quem vinha nela remando. Era o Aldo da Dadá que voltava da pescaria.

Chegando ao ponto onde Eduardo se banhara, o tapuio, meio desconfiado, parou de remar e demorou alguns segundos olhando para a margem. Depois retomou o seu caminho, remando bem devagar. Mica então reconduziu Eduardo ao seu esconderijo.

No dia seguinte, Gedeão veio visitá-lo, trazendo-lhe água, peixe e farinha. Trouxe também uma faca bem amolada, que Eduardo lhe pedira para remover os pelos da cara. Mas, já sem o costume de fazer a barba e sem a ajuda de um espelho, acabou desistindo. Contentou-se em aparar as pontas do cabelo, que, mesmo assim, continuou cobrindo-lhe os ombros.

Gedeão teve então uma ideia:

— Amanhã trago Diana pra cortar seu cabelo — prometeu o rapaz.

E cumpriu a palavra.

No dia seguinte, voltando da roça, em vez de irem diretamente para casa, Gedeão e Diana foram ter com Eduardo.

A moça controlava a custo a sua excitação. Nos últimos dias o misterioso andarilho tornara-se o centro de suas vidas. Gedeão contava dele coisas tão extraordinárias e Mica referia-se ao estranho com tanta fascinação que Diana acabou dominada por grande curiosidade. Apesar das descrições nada lisonjeiras que os dois faziam do corpo e dos movimentos de Eduardo, a rapariga, sem saber por que, já simpatizava com ele, mesmo sem conhecê-lo. Causava-lhe certa confusão pensar que o estranho comia o peixe que ela assava e bebia na boca da mesma cabaça que os seus lábios tantas vezes tocaram. Chegou a censurar-se pelo zelo com que preparava a comida para o estranho.

A expectativa de ver novamente uma mulher mexeu também com Eduardo. Coberto apenas com o calção de chita que Gedeão lhe emprestara, e com os pelos do corpo em total desalinho, temia parecer à visitante mais um macaco do que um ser humano, embora não fosse vaidoso. Esperava ansioso por Diana, cuja imagem construíra a partir da descrição que o pequeno Mica certa vez lhe fizera.

Quando ouviu os três assobios de Gedeão, quis fugir dos amigos e não dar as caras, pois tinha como certo que a sua cara peluda assustaria a visitante. Realmente, ao vê-lo, Diana estacou, espantada.

— Não tenha medo, Diana; devo estar parecendo um macaco — procurou tranquilizá-la Eduardo.

Diana nada respondeu. Apesar da curiosidade, baixara os olhos, envergonhada. Eduardo então pôde observá-la. Apesar dos pezinhos descalços e da extrema simplicidade — para não dizer pobreza — com que se vestia, a rapariga não o decepcionara. Pelo contrário, até o surpreendera. Pois o rapaz jamais pensara encontrar em tão ermas paragens criaturinha tão formosa e delicada. E tão arredia também. Pois, onde parou, lá a rapariga ficou, encolhidinha e hostil. Seus olhinhos amendoados e brilhantes, e o corpinho leve e flexível, fizeram o rapaz compará-la a uma pequena felina acuada, uma suçuarana desesperada e ferida, prestes a dar o último salto.

— Taí a Diana — disse Gedeão. — Ela pode cortar sua barba.

— Fazes isso pra mim, Diana? — perguntou Eduardo.

Diana continuou calada.

— Eis a faca — tornou o rapaz, estendendo-a à rapariga. — Quer que eu me sente?

— É melhor — respondeu Diana.

Diana falara! Eduardo sentara-se num tronco caído. Gedeão ficou de parte, assistindo.

A moça, com a faca na mão, aproximou-se do desconhecido. Um imperceptível rubor tisnava-lhe a face, um tremor percorria-lhe todo o corpo e ia terminar na lâmina. Teve de apoiar o corpinho em Eduardo para melhor fazer o serviço, e o rapaz pôde então ouvir a respiração ofegante e os baques do pequeno coração da rapariga. "Deve estar bem assustada", pensou Eduardo, estranhando que aquela pequenina tapuia, simples e desataviada, quase rústica, cheirando a mato, surgida como por milagre das entranhas da selva, tivesse-lhe despertado tão grande interesse. Seria porque a doce tapuinha, com seu jeitinho de índia, fazia-o lembrar-se de Judite, a sua adorável pequena?

Parecendo mais calma, Diana ia rapando cuidadosamente a espessa barba do estranho. Eduardo não tirava os olhos da cunhantaim, cujo rosto refletia como um espelho a espetacular transformação que se ia operando em seu próprio rosto. A expressão inicial de receio cedia pouco a pouco lugar a uma inescondível admiração, pois de debaixo da feia pelugem despontava um homem jovem e muito belo. Procurando mostrar-se concentrada no seu trabalho, Diana segurava a faca bem firme, temendo que o afiado instrumento escorregasse-lhe da mão umedecida por um estranho suor e o ferisse. Uma única vez ousara olhar nos olhos do estranho, mas desviou-os imediatamente, encabulada. Embora os olhos do forasteiro lhe tenham parecido dóceis e amigos, tinham a escuridão e a profundidade dos abismos.

Feita a barba, Diana aparou-lhe os cabelos. Acabado o trabalho, Eduardo podia ver a estupefação estampada no rosto dos amigos.

— Obrigado, Diana; não sei como pagar tudo o que vocês me têm feito.

Diana, como sempre calada, esboçou-lhe apenas um leve sorriso. Os dois amigos em seguida se foram, deixando Eduardo a vagar entre lembranças e sentimentos, ora alegres, ora tristes. Não estaria vivendo um sonho? — perguntava-se o rapaz, pois era demais coincidência que Diana se parecesse tanto com Judite.

Nos dias seguintes, Eduardo voltou a vê-la. Embora nunca falasse do forasteiro, Diana arranjava sempre um pretexto para acompanhar Gedeão até o esconderijo. Certo dia, arrastada por uma estranha força, a cunhantaim escapuliu de todos e despontou sozinha diante de Eduardo. Surgiu de entre a folhagem de forma tão inesperada que o rapaz ficou embasbacado, sem saber o que dizer.

— Aconteceu alguma coisa? — acabou perguntando.

— Não — balbuciou timidamente Diana, a face esfogueada, sem ousar encará-lo. Mas não parecia ter noção nem vergonha de sua seminudez. O único vestidinho de chita que possuía, verdadeira colcha de retalhos de tão remendado, embora fosse um primor de limpeza, apresentava-se em frangalhos. Eduardo podia vislumbrar, através dos buracos do pano puído, a pele cor de canela da cunhantaim, nos recantos mais recônditos. No entanto, em vez de lascívia, sentiu imensa compaixão pela rapariga. Comovia-lhe ver a feminilidade sem adornos daquela tapuinha agreste e viçosa como um pé do mais lindo tajá, cuja beleza faria vergonha à mais ataviada donzela da cidade. O rapaz não sabia como se comportar. Apesar de pouco se conhecerem, apesar de todas as diferenças, não havia barreira que os separasse. Eram apenas um homem e uma mulher, postos frente a frente pelo destino, no meio da selva inóspita e solitária, unidos pelo que há de comum a todos os homens — a humanidade. Tudo o que aprendera sobre mulheres, tudo o que lera sobre o amor perdera sentido e serventia. O que fazer com aquela tapuinha tímida e arredia?

— Alguém já te disse que és uma moça muito bonita? — perguntou Eduardo, sem nenhuma malícia.

Em vez de responder, a cabocla ficou ainda mais retraída. Filha legítima da selva, Diana aprendera desde menina a pôr-se de guarda contra a ambição dos intrusos, pois, carregando nas veias o sangue indígena, herdara o sentimento de inferioridade típico da raça oprimida. Desconcertava-a porém ver que nos olhos do estranho não havia o brilho daninho da cobiça.

— O peixe que tu assas é muito gostoso — disse-lhe Eduardo. — Amanhã vou embora, não darei mais trabalho — completou o rapaz, mirando o rosto da moça.

— O moço devia não ir; se for, nunca mais vai voltar — balbuciou Diana, erguendo pela primeira vez a face, com um quê de tristeza nos olhos.

— Gostaria de ficar, mas não devo; se descobrirem que estão escondendo um fugitivo, também serão perseguidos.

— Quero só ver quem se atreve a vir aqui te pegar! — desafiou a rapariga, um pouco exaltada.

— Eles são muitos e têm muitas armas, vocês não poderiam impedir.

— Só queria ver! Ninguém conhece a mata mais do que Gedeão!

A rapariga de repente calara-se, como que arrependida do que dissera. Não compreendia o seu interesse pelo estranho. Ele que se fosse! Nunca mais voltasse! Melhor mesmo que nunca tivesse aparecido! Pois a cunhantaim a cada dia pensava mais naquele homem esquisito, que falava de coisas desconhecidas e que, depois de Gedeão, era o homem mais bonito que ela já vira. Vai ver que nem homem era! Seus olhos negros às vezes tinham o brilho dos ensandecidos! Gedeão contara-lhe que quando o estranho falava dos ricos e dos pobres, das injustiças, já não parecia homem, mas um espírito. Quem sabe não era um enviado de Anhangá, uma cilada do demônio? E se a voz lenta e segura, o olhar firme e suave e os gestos serenos, que exerciam verdadeiro fascínio, fossem apenas disfarces? Quando assim pensava, Diana entristecia-se, pois já desejava, embora não admitisse, que Eduardo fosse real.

O rapaz ficou completamente sem ação quando, ao dar um passo na direção da rapariga, esta recuou e desapareceu entre as árvores, do mesmo modo inusitado como havia surgido. Em vão ainda tentou segui-la. Em um segundo, o ruído dos passinhos da cunhantaim na folhagem havia cessado. Eduardo voltou ao tapiri deveras desapontado. Ficou um longo tempo perscrutando o mínimo movimento em volta do tapiri — uma folha ou um galho que caíam, um ramo que balançava, um tronco que parecia sair do lugar —, pois pressentia-se vigiado. E tinha razão. A poucos passos, camuflada pela rama de uma velha palheira, Diana o observava, arrependida do seu gesto impensado. Mas, como é do temperamento dos filhos da floresta, não deu o braço a torcer nem quando Eduardo, já duvidando de que a rapariga estivesse por perto, gritou seu nome várias vezes. Só se aproximou quando o rapaz, exausto, entregara-se a um sono bem leve, quedando-se a admirá-lo. No instante, porém, em que Eduardo reabria os olhos, a rapariga partiu.

No dia seguinte, quando Gedeão veio visitá-lo, Eduardo disse-lhe que iria embora. Gedeão, que já se afeiçoara ao estranho, procurou convencê-lo a ficar mais alguns dias, mas argumentou sem muita convicção, pois no fundo sabia que mais cedo ou mais tarde o amigo teria que ir. Por mais cuidado que ele, Diana e Mica tivessem, não daria para escondê-lo por muito tempo. O xereta do Rosalbo nos últimos dias não lhes dava sossego. Vivia a espioná-los. Para despistar, quando iam ao esconderijo de Eduardo, tomavam o rumo oposto e só depois seguiam pelo verdadeiro caminho.

Certo dia, um outro tapuio, de nome Dedé, com os olhos arregalados, pálido que nem um defunto, varou no terreiro com a língua de fora, os cabelos espetados, suado e ofegante de tanto correr. Todos o rodearam, ansiosos por saber a causa de tanto pavor. Mas foi preciso jogar um balde de água fria na cara do tapuio, que desmaiara. Até que finalmente falou: "Gente, eu vi um homem andando no mato! Quando eu quis pegar ele, desapareceu!". Todo mundo, menos Rosalbo, rachou o bico de tanto rir, pois o tal Dedé, um caboclinho recém-trazido ao Maró por Estefano, rapidamente angariara a terrível fama de cagão e mentiroso, mais mentiroso até que o Albino, o qual, certo dia, estando com muita fome, foi pescar e pegou um lindo tucunaré, só que o bicho viera do fundo sem a cabeça! Fato ainda mais extraordinário foi que, ao chegar à casa, Albino teria encontrado a cabeça do tucunaré em sua cuia, já assada, tendo ele o trabalho apenas de comer! Com isso, o ladino pretendia provar que era amigo e protegido do Uauiará — o boto — responsável pela sorte dos peixes, e do Curupira, protetor das florestas.

O Aldo, que tinha cada vez mais certeza de que vira um homem se banhando no rio, também andava esquisito. Discreto e circunspecto, não revelou suas suspeitas a ninguém, mas deu para caçar quase todas as tardes, justamente na hora que Gedeão, Diana ou Mica iam ter com Eduardo. E quando via Gedeão chegando do mato, sorria-lhe de um jeito enigmático. Certa vez, sem quê nem pra quê, Aldo entabulou com Gedeão a seguinte prosa:

— Será que é verdade o que andam dizendo?

— O que andam dizendo?

— Que um pessoal muito ruim fugiu da cidade e se encafuou no mato?

— Quem disse?

— O Manecão.

— Sei não, acho que é conversa fiada; só índio aguenta ficar pra sempre dentro da mata.

— A não ser que um de nós dê pra eles água e comida!

Pego de surpresa, Gedeão engasgou. Aldo o observava, maroto. Gedeão se recompôs:

— Tu serias capaz de esconder um estranho?

— Não sei não; se fosse um sujeito ruim como esses que o Manecão falou, acho que não.

— Quem é mau pro patife do Manecão só pode ser um cabra bom.

— Também já pensei nisso — concordou Aldo.

Nunca mais tocaram no assunto, mas Gedeão ficou com a impressão de que o tapuio escondia algo. Teria descoberto Eduardo? Gedeão ficou preocupado, pois não sabia se poderia contar com Aldo. Na dúvida, tomou mais cuidado.

— Tá bem; também acho que não pode mais ficar aqui — concordou finalmente Gedeão, diante da insistência de Eduardo em ir-se. — Mas peço que espere até eu pescar uns tucunarés pra viagem; Diana vai fazer o piracuí, que é leve pra carregar e pode aguentar mais de um ano sem estragar; esta semana também vamos fazer farinha.

Eduardo teve de retardar mais uma vez a partida.

Os Olhos Verdes da Mãe-D'água

Desde o aparecimento de Eduardo, Gedeão não voltara ao lago, mas não se esquecera um só instante da Iara, a Mãe-d'água, por quem continuava apaixonado. Naquele dia, como tivesse de pescar para Eduardo, montou bem cedinho em sua igara e foi deslizando suavemente pelas águas do rio, parando aqui e acolá para lançar seu anzol, no mais absoluto silêncio. Embora mantivesse os olhos fixos na linha, aguardando pacientemente a beliscada, seu pensamento vagava muito longe. Por mais que não quisesse, lembrava-se da Iara. Assim como o sol descreveu no céu o seu arco, sem poder desviar-se dele um só milímetro, assim também o jovem tapuio, à medida que a noite chegava trazendo consigo as suas sombras, foi conduzido por uma força poderosa e estranha ao misterioso lago, onde quedou-se mais uma vez com os olhos fitos no espelho das águas, solitário e tristonho como o meditativo maguari.

Naquela noite, como nas outras, depois de em vão ter procurado a Iara, Gedeão voltou para casa com os olhos fundos e tristes, como um pássaro que, tendo uma das asas quebradas, já não pode voar. Para agravar o seu sofrimento, teve um sonho: a Mãe-d'água aparecia-lhe, mas, em vez dos lindos olhos verdes, tinha os olhos tisnados de rancor; a rósea candura de suas faces cedera lugar a uma expressão fria e malévola; o seu canto, em vez de encantar os seres vivos, provocava agonia; e em vez de estender-lhe os braços, afastou-se dele, cheia de desprezo. Gedeão, ao despertar, compreendeu que o sonho era um aviso. Herdara de Lazinha o estranho dom de pressentir o futuro através dos sonhos. Algo importante aconteceria.

E aconteceu.

À tarde, tendo ido ter com Eduardo depois do trabalho, Gedeão chegou por último em casa. Encontrou Diana e Mica alvoroçados. O pequeno, que o esperava na boca do terreiro, deu-lhe a nova: o padrinho chegara da cidade e trouxera com ele uma moça branca e bonita, que dissera ser sua filha Dora! Sim, Estefano já lhe falara dessa filha, a única que sua mulher lhe dera, e que ele destinava ao filho de uma família rica e importante de Santa Irene. Seria mesmo tão linda quanto o jagunço Osório dissera? Gedeão, que nunca vira uma moça da cidade, viu-se tomado de sobressalto. Como apareceria diante dela?

O rapaz ouviu as vozes que chegavam da casa-de-farinha. Enquanto o curioso e ladino Mica, assanhado com a novidade, como uma abelha atraída pelo néctar, voltara correndo para perto dos recém-chegados, Gedeão enfiara-se em seu tapiri, de onde podia ouvir muito bem a conversa que se estabelecia na casa-de-farinha.

Dora, como uma criança mimada, fazia mil perguntas aos caboclos, os quais, apalermados com a exuberante beleza da jovem, não sabiam se respondiam ou se a admiravam. Tendo nascido e crescido sem nunca ter saído da cidade, tudo o que agora via era-lhe novidade; a coisa mais banal, óbvia e comezinha para os caboclos — como para que servia o forno, ou de qual material era feita a peneira — era objeto de sua curiosidade. Apesar de a tudo responderem, os caboclos não deixavam de dar risinhos de incredulidade e escárnio diante de tamanha ignorância. Como podia uma pessoa não saber que o forno era para torrar a farinha e que se fazia peneira com tala do buriti?

De dentro do tapiri, Gedeão ouvia tudo. Rapidamente aprendera a distinguir a voz esperta mas um pouco dengosa de Dora. Qual não foi a sua surpresa ao ouvir a moça de repente perguntar por ele. Seu coração disparou como uma presa corre em desabalada do caçador.

— Foi pra roça, mas antes da noite deve chegar — respondeu-lhe Dadá, com sua inconfundível voz de taquara partida.

— Não sei pra quê a moça se preocupa com ele — disse uma vozinha fina e melosa. — Conhece ele?

— Claro que não; meu pai que me falou! — respondeu Dora, visivelmente embaraçada.

Gedeão reconheceu a voz do Rosalbo, cheia de despeito. Dora desviou-se do assunto e voltou às perguntas fúteis. "Ela perguntou por mim!", exultou o rapaz, emocionado, pois jamais imaginara que a filha do padrinho, moça da cidade, fina e estudada, pudesse mostrar algum interesse por um reles caboclo. De repente, sentiu medo. Teria coragem de aparecer diante dela? Teria que se mostrar apenas de calção, com um dos dois calções remendados que possuía! E sem camisa! Ouvira dizer que na cidade dão mais importância às pessoas que andam bem-vestidas. O que ela pensaria dele, ao vê-lo assim, seminu, pés no chão? Pela primeira vez Gedeão envergonhou-se. Chegou a pensar em dormir no mato aquela noite. Mandaria o Mica dizer que tinha ido à espera. No outro dia, se voltasse tarde, quem sabe Estefano já não teria levado a filha embora?

Ainda hesitava quando Estefano o chamou lá de fora.

— Gedeão, ó Gedeão, vem pra cá! — gritou o padrinho, que acabava de chegar com o Aldo. Desta vez, para não espantar a filha, Estefano achara por bem deixar o Manecão com os outros capangas no acampamento da cachoeira.

Reunindo toda a sua coragem, Gedeão saiu para o terreiro.

— Boa noite, padrinho — cumprimentou.

— E então, rapaz; já viste minha filha Dora? — indagou Estefano, com orgulho na voz. — Vem comigo, ela está na casa-de-farinha.

Relutante, o rapaz o seguiu. Ao entrarem na casa-de-farinha, Dora, tendo Dadá como professora, experimentava ralar mandiocas.

Ao ver o pai aproximar-se, a moça, que ralava agachada, levantou-se para recebê-lo. Deitou seu olhar curioso e investigativo sobre o vistoso caboclo que acompanhava o pai.

— Filha, eis aí o Gedeão, de quem já te falei — apresentou Estefano.

— Ham... — foi o que a rapariga conseguiu dizer. Por um momento fitou-o de um jeito que Gedeão sempre iria lembrar. Apesar da timidez, o rapaz encarou-a boquiaberto. Sem dúvida, tinha diante de si a mulher mais bela e formosa que os olhos de um homem poderiam ver. Mais linda do que esperava encontrar. Alta e esguia, de um branco bronzeado pelo sol, os cabelos ruivos e longos como as chamas de uma fogueira, e os olhos! — Gedeão levou um choque — Dora tinha os mesmos olhos verdes da Mãe-d'água!

— Filha! Podes perguntar pra ele o que quiseres; não há coisa que Gedeão não conheça! — disse Estefano, afastando-se com Aldo para a outra ponta do barracão.

Dora, antes tão loquaz, já não dizia uma palavra. Simplesmente olhava para o rapaz, incrédula. Tirando a esperteza e a coragem, qualidades que o pai tanto gabara em Gedeão, esperava encontrar um caboclinho qualquer, pachorrento e mirrado como tantos que já vira. Qual, pois, sua surpresa ao deparar-se com um rapaz um pouco mais alto que ela, e que, apesar de se apresentar quase nu e de pés descalços, apesar da pele de bronze e dos cabelos lisos de índio, não tinha o aspecto ordinário dos filhos da pobre raça! E que, em vez de baixar a vista e apequenar-se, como costumam fazer os caboclos diante de alguém que chega da cidade, ousava levantar os olhos e mirá-la. E, para completar seu espanto, os olhos negros do rapaz, em contraste com a virilidade dos músculos e a consistência do porte, eram doces como os de uma criança.

Irritada consigo mesma por ter visto graça e beleza em Gedeão, Dora procurou esconder o seu pasmo. Para sentir-se segura, agarrou-se aos preconceitos que lhe inocularam desde tenra idade e pensou que Gedeão não passava de um reles caboclo, rude e analfabeto, um bicho-do-mato ainda meio selvagem como seus antepassados, um matuto como qualquer um, daqueles que nascem e morrem na beira de um igarapé qualquer, sem nunca verem as luzes da cidade. Um bronco que o pai poderia manipular em seus negócios. Enfim, apenas uma coisa, e nada mais!

— A moça quer saber de alguma coisa? — balbuciou Gedeão, procurando controlar a emoção.

— Duvido que tenhas o que me ensinar! — respondeu Dora, sentindo delicioso prazer em parecer perversa.

Gedeão ouviu o risinho de aplauso que soltou Rosalbo. Procurou controlar-se. Em sua ingenuidade, não conseguia compreender a razão daquelas palavras.

— A moça tem razão — disse Gedeão, olhando candidamente para ela. — O que um caboclo pode ensinar a uma moça estudada? Além do mais, as coisas que a gente sabe não devem servir pra nada, não é?

Sentindo-se perversa e ignorante, Dora corou. As palavras de Gedeão queimaram como brasa. O que mais a feriu, porém, foi a pureza com que o rapaz exprimiu seu pensamento.

— Não! — prosseguiu Dora, fingindo seriedade — Vocês têm muito o que nos ensinar; por exemplo, ainda comem carne de gente?

— Que eu saiba, não; dizem que antigamente tinha índio que comia, mas a gente não é índio; a gente só come carne de caça — respondeu pacientemente Gedeão.

Os dois haviam saído da casa-de-farinha e andavam devagar rumo ao porto.

— É uma coisa tão bárbara quanto comer gente, matar a sangue frio os bichinhos! — provocou Dora.

— Se a moça vivesse aqui no Maró, acabava fazendo o mesmo; a gente só mata porque precisa.

— Eu, heim? Nunca ia morar neste fim de mundo! — cutucou novamente Dora, atenta às reações do tapuio.

— A moça deve ter razão, na cidade deve ser bem melhor; eu gostava de conhecer um dia a cidade; mas, me diga, moça, é verdade que na cidade uma pessoa é capaz de matar outra pra roubar?

Apanhada de surpresa, Dora respondeu que sim, era verdade.

— Isso não acontece aqui — comentou Gedeão.

— Também não pode mesmo acontecer; aqui ninguém tem nada pra ser roubado, são todos uns miseráveis! — disse a filha de Estefano, no auge da perversidade.

— Mas a gente não precisa ter mais nada; tem comida, tem casa, o rio pra tomar banho, tudo! — retrucou Gedeão.

— A natureza dá tudo, sem trabalho nenhum, não é?

— Não! A natureza é nossa grande mãe, mas se a gente não trabalha, morre de fome!

— Mas isso de caçar, pescar e fazer uma rocinha mixuruca de vez em quando, não é trabalho! — disse Dora.

— A moça que pensa! Queria ver o pessoal da cidade pegando no cabo do machado pra fazer a roça, entrando no mato sem se perder, ter de esperar a caça no escuro, saber a isca e a hora certa pra pescar, ter de remar... Não é fácil, olhe só minhas mãos. Gedeão mostrou os dedos longos, grossos de calos.

Os dois haviam chegado à beira do rio. Dora, com ar travesso, ergueu a saia de cambraia e avançou até ficar com água pelas canelas, quedando-se a olhar para o fundo do rio, onde, apesar da tarde avançada, ainda se podiam ver os peixes, de todas as espécies e tamanhos, circulando. Ao ver a bela imagem da moça refletida no espelho das águas, Gedeão sentiu a mesma comoção que o acometera naquela tarde fatídica na beira do misterioso lago. Era ela! Do fundo do rio a Mãe-d'água o espiava! Mas, assim como aparecera no sonho, os olhos verdes da Mãe-d'água, em vez de doces e apaixonados, estavam tisnados de rancor; nas faces, em vez de candura, despontava uma expressão fria e malévola, carregada de desprezo. "Por que ela me olha assim?", indagava-se o jovem, desapontado.

Como Dora parecesse interessada nos peixes que passavam a todo instante no fundo do rio, Gedeão prontificou-se a informar-lhe o nome de cada espécie.

— Não é preciso, Gedeão; aposto como todos têm no nome a sílaba cu — pacu, aracu, curimbatá, tucunaré, sem falar no pirarucu, não é mesmo?

Mica acabara de saltar n'água e punha-se a nadar de um lado para o outro, exibindo-se à visitante, que, no entanto, parecia desconhecer-lhe a existência. Durante todo esse tempo se ocupara em olhar de soslaio ao cicerone.

Nesse instante, uma voz de homem partiu do barracão.

— Meu pai me chama — disse Dora, virando-lhe as costas e subindo para terra.

Gedeão não a acompanhou. Ficou onde estava, de pé e calado, com os olhos tristes ainda procurando no espelho das águas a imagem da Mãe-d'água, que mais uma vez se fora. O rapaz sentia-se confuso, não entendia porque a Iara se dera ao trabalho de lhe aparecer e deitar-se com ele na noite mais profunda, enfeitiçando-o, se agora ela não o desejava mais, se não o olhava com meigos olhos e não mais lhe sussurrava ao ouvido seu mavioso canto. O que ele fizera para merecer tamanha punição? No entanto, agora que vira a Mãe-d'água em carne e osso, já não tinha dúvida de que nunca mais seria dono do seu próprio coração. Dora era o seu nome, a rainha das águas, de olhos tão verdes como os muiraquitans! De repente ocorreu a Gedeão que a sua Iara era filha de Estefano, o desgraçado que lhe matara o pai! Ó céus! Ó cilada do destino!

Como genuíno Bagata que era, Gedeão sentiu voltar-lhe aquele desejo incontido de morrer, o louco desejo de nunca ter nascido, tão típico de sua estirpe. Quis ser o menor entre os menores animais da floresta — quem sabe um pequenino macaco, ou um periquito, ou um peixinho, para perder-se na altura infinita dos céus ou na escura profundeza das águas.

Ao subir para casa, encontrou Diana amuada. A rapariga vira Dora e Gedeão juntos na beira do rio e, por mais que se esforçasse, não conseguia disfarçar o ciúme.

Viver, Sem Desesperar

Embora desprezasse os caboclos, Estefano sentia imenso prazer em exibir-lhes a sua bela filha. Mandara Diana e Dadá cozinharem uma peixada e permitiu que todos os tapuios se aproximassem da mesa, que, como era de se esperar, não suportou todos os convivas. Rosalbo e o resto da tapuiada acomodaram-se como puderam, de pés ou de cócoras em volta do patrão e da filha, invejando Dadá e o seu pessoal, que tiveram a honra de ocupar os lugares da mesa.

Durante o jantar, Estefano, que tomara dois bons tragos de cachaça, falou pelos cotovelos, não parecendo nem sombra do homem grave e circunspecto, de cara sempre enroscada, que se permitia um instante de fraqueza somente diante da Santa Padroeira, quando, toda vez que chegava de suas viagens pelos sertões, ia agradecer-lhe as bênçãos recebidas e renovar seu pedido de proteção. Dora estranhou o modo bonachão, o tom pândego e debochado, inadequados num bisneto de Barão, com que o pai se portava diante de reles caboclos, a intimidade promíscua que lhes permitia, rebaixando-se à vulgaridade daquela gente. Pois o pai, em casa tão cerimonioso e asseado na hora das refeições, agora, comendo o peixe com as mãos, falando com a boca cheia, cuspindo as espinhas sobre a tábua da mesa, mais parecia um porco. Depois de alguns minutos de comilança e palanfrório, era impossível encontrar qualquer diferença, além da física, entre o pai e os caboclos. Um deles — o ladino do Albino — até tinha o topete de interromper Estefano, sem cerimônia, para contar histórias loucas e cabeludas, às quais só um imbecil daria crédito. E o pai, em vez de aborrecer-se com a intromissão, como era de se esperar do nobre bisneto de um Barão, acabava prestando atenção. Dora, que sempre tivera o pai na conta de um semideus, estava decepcionada, pois sempre levara muito a sério as ideias que lhe haviam ensinado em casa. Cria piamente que havia uma raça superior — a branca —, detentora da sabedoria e responsável pelo futuro da espécie, à qual os filhos das raças inferiores — negros, amarelos e vermelhos — broncos e ignorantes, ainda meio macacos, tinham de se submeter naturalmente, para o seu próprio bem, como única maneira de também ascenderem na escala humana. Mas, vendo agora o pai lambuzando-se na gosma daquela gentalha, Dora sentia enorme confusão. Para ela, até aí, os índios e os negros não passaram de criaturas que apareciam na História do Brasil como corpos estranhos ao organismo social, pedras no meio do caminho, moscas na sopa, areia no sapato dos brancos, obstáculos à marcha inexorável da civilização. Os únicos elementos das raças inferiores dignos de menção — como o índio Poti e o negro Marcílio Dias — morreram defendendo interesses dos brancos, enquanto os que se rebelaram contra a servidão dos missionários e a escravidão dos colonos só mereceram da História, como justo quinhão pelas infâmias que cometeram contra seus senhores, o epíteto de bárbaros, canibais, desalmados, comedores de anjos, hordas de bagunceiros e incendiários, escória imoral, encarnação de demônios, incapazes de qualquer boa obra. De tanto o pai contar-lhe a história da família, cuja trajetória estava pontilhada de índios e negros fujões, traiçoeiros e vadios, que nas caladas da noite voltavam dos mocambos onde se acoitaram para atormentar o sossego dos seus senhores. De tanto ouvir a trágica história de tio Juca, vítima da trama macabra de sua própria filha bastarda, a mameluquinha Fuluca. De tanto ouvir a saga gloriosa, cheia de martírio e heroísmo, do coronel Teobaldo

Alves Barbosa, que, por seu denodo e bravura contra os vendilhões da pátria ameaçada, recebera das mãos do imperador D. Pedro II o título de Barão de Santa Irene. De tanto ouvir a história do negro ingrato que, mesmo tendo recebido a alforria de sua caridosa ama Ana Beatriz, mulher do futuro Barão, tocou seu cavaquinho de alegria na justa hora que a infelicitada senhora agonizava no seu leito de dor. De tanto ouvir o pai blaterando contra quilombos, mocambos, comunas e cabanos — hordas de negros, índios e brancos pobres e degenerados! —, que a moça não sabia olhar para os tapuios sem um forte desprezo, mesmo àqueles que, apesar da discriminação racial, conseguiram alguma distinção. Desprezava principalmente os mestiços, que, rastejando diante dos seus senhores e renegando a sua própria origem, passavam a falar, pentear-se, vestir-se, enfim, a comportar-se como brancos, como se pudessem realmente sê-lo. Daí que, ver o pai descer ao nível daquela gentalha, ia-lhe além da compreensão. Mas não estava longe o dia em que Dora olharia para os velhos casarões das cidades e das antigas fazendas da Amazônia, cuja argamassa das paredes fora feita com o sangue e os ossos dessa mesma gentalha que, apesar de tudo, construíra a fortuna dos seus senhores, e, sem as vendas que a educação conservadora lhe colocara, veria finalmente a verdade.

Para agravar o seu desconcerto, a garota via-se objeto da curiosidade de todos os caboclos, que a olhavam como se vissem uma criatura do outro mundo. Sempre detestara o jeito indiscreto como os tapuios às vezes espiam às pessoas, de frente, pouco se lixando se estão ou não importunando. É certo que não há maldade alguma nesse gesto, mas simples resquício da ingenuidade com que os seus antepassados receberam os europeus que primeiro chegaram ao grande vale. Mais ridícula achou a ousadia do gabola do Bino, que, do lado oposto da mesa, sempre penteando os cabelos, mirava-a com descarada insistência, enquanto Dinho, seu irmão, menos seguro de sua beleza, só raramente levantava a cabeça. Não bastasse isso, teve de suportar o olhar felino daquela tapuinha arredia, que até aí não lhe dirigira uma única palavra. O que ela pensava que era? Uma rainha? — indagava-se Dora, com o orgulho ferido.

No entanto, o que mais a irritava era o fato de sentir-se insegura perto de Gedeão, de ter de olhá-lo de soslaio, a fim de esconder a sua perturbação, pois temia mostrar-se fraca diante de um tapuio, que crescera ao relento, exposto às intempéries e à fúria dos elementos, e que a tudo sobrevivera, revelando-se forte e nobre como uma madeira-de-lei. Reconhecia que nenhum jovem da cidade provocara-lhe tamanha impressão, mas, cheia de orgulho e preconceito, Dora envergonhava-se de prestar atenção num jovem pobre e ingênuo, rude e sem adornos, cujo porte digno e altivo, e os olhos de bárbara meiguice, faziam lembrar dos pássaros livres da floresta.

Depois da janta, todos foram se deitar em suas redes. Dora custou a dormir. O canto tristonho dos pássaros noturnos, o coaxar monótono dos sapos e a escuridão mais profunda deixaram-na por um longo tempo de sobressalto. Ela, que nunca havia saído de Santa Irene, sentia-se agora deslocada. Então era este o mundo dos caboclos?! Sempre vivera cercada pela maior floresta do mundo e nunca se dera conta disso! Nunca pensara que em cada grãozinho de farinha que eles consumiam na cidade havia o trabalho de um tapuio! E entre uma e outra reflexão surgia, com irritante impertinência, a figura de Gedeão. E Dora já não se comprazia em ter se mostrado tão perversa. O que estaria ele fazendo àquela hora? — indagava-se. "Certamente dorme que nem pedra", respondia a si mesmo a moça, pois tinha como certo que ela nada significava para aquele tapuio simplório e insensível, incapaz de amar!

Mas Dora estava enganada. Como não saberia amar um ser capaz de viver, sem desesperar, na mais bruta solidão? Amar não é aprender a ouvir a voz do silêncio? Como não saberia amar alguém capaz de sentar-se num tronco de árvore para escutar o canto de um sabiá? O amor não é a capacidade de ouvir o cântico que vem do coração? Como não conheceria o amor alguém que aprendeu a conversar com as estrelas? Quem ama não se comunica com o brilho do olhar? Gedeão, naquela noite, pensando na filha de Estefano, também quase não dormiu. Por que ela o desprezava? — queria ele saber.

O rapaz levantou-se bem cedinho, disposto a desaparecer no mato e só voltar à noite, depois que a filha do padrinho tivesse ido dormir. Mas não teve tempo de executar seu plano. Estefano, lá do barracão, lhe falou:

— Hoje quero que vás pescar com Dora!

Gedeão, no fundo, alegrou-se porque poderia ver mais uma vez a sua Iara.

— Diana vai com vocês — avisou Estefano, zeloso.

Enquanto Dora tomava café com o beiju que Dadá lhe trouxera, Gedeão arrumou os petrechos de pesca no porão da canoa. Antes do sol despontar sobre a copa das árvores, zarparam. Diana na popa; Gedeão e Dora, um ao lado do outro, no banco da proa. Sem que tenha pensado, Gedeão pôs-se a remar contra a correnteza, rumo ao lago misterioso, onde tantas vezes estivera à espera da Mãe-d'água. Aqui e acolá faziam uma curta parada nalgum remanso, onde o rapaz baixava o seu anzol, incitando Dora a imitá-lo. Sem ousar olhar nos olhos da moça, Gedeão ensinava-a a não perder o balanço da linha na superfície e a distinguir a beliscada. Mas havia pouco progresso. Dora soltou um gritinho eufórico quando finalmente conseguiu fisgar uma pequena piranha. Puxara o caniço de forma tão desastrada que por pouco o peixe não se safa do anzol. Dora, na ânsia de impedir que a sua preciosa presa se perdesse, levou uma das mãos para segurá-la, o que poderia acabar num desagradável acidente, pois o peixe carnívoro procurava desesperadamente encontrar algo em que pudesse enfiar seus afiadíssimos dentes. Gedeão segurou-lhe o pulso, interceptando a tempo o irrefletido movimento.

— Cuidado! Ela pode te morder! — gritou Gedeão, pegando com muito jeito pelo rabo da piranha, enquanto enfiava a ponta da faca na cabeça do peixe.

— Como é o nome dele? — perguntou Dora, que deixara de ser a rapariga arrogante e orgulhosa do dia anterior.

— Diz pra ela meter o dedo na boca do peixe que logo descobre o nome dele! — sugeriu sarcasticamente Diana, que até esse momento parecia muda na popa da canoa.

— É uma piranha! — explicou Gedeão, sem dar ouvidos à provocação da rapariga.

— Piranha!? — exclamou Dora, com os olhos arregalados de espanto, envergonhada de sua ignorância.

Gedeão notou a curiosidade com que Dora, embora sempre de soslaio, observava-o; a expressão admirada toda vez que ele pegava um peixe.

O sol já ia bem alto quando chegaram à boca do lago, que, pela primeira vez, parecia ter perdido todo o seu mistério. Também pudera! Pela primeira vez Gedeão não ia em busca da Iara, pois a Iara ia pertinho dele, bem ao seu lado!

Numa das margens, começaram a pescaria. Dora a essa altura já manuseava o caniço com mais facilidade e pouco a pouco aprendera a sentir a beliscada no anzol. De vez em quando puxava um peixe, mas sempre os mais fáceis de serem fisgados, como a piranha e o aracu. Certo momento, porém, Dora gritou. Quando Gedeão olhou, a moça ainda segurava a custo o caniço, que tinha

sido arrastado quase completamente para o fundo do rio. O rapaz, então, num abrir e fechar de olhos, virou-se para socorrê-la. Diana teve de pender o peso do corpo para o lado contrário, a fim de evitar que a canoa emborcasse, pois Gedeão e Dora, com os corpos a roçarem-se involuntariamente, forcejavam a quatro mãos para controlar o enorme peixe que, lá no fundo, travava uma luta desesperada contra a linha, que Gedeão puxava e soltava, puxava e soltava, num tenteio calculado, procurando com isso cansar a presa, quebrar-lhe a resistência. Mas os dois jovens, além da luta com o peixe, travavam outra batalha contra um inimigo bem mais poderoso: o medo que sentiam um do outro. Pois, enquanto forcejavam para dominar o peixe, ficaram tão juntos que um era capaz de sentir o hálito quente do outro, os movimentos do corpo, a respiração agitada, o cheiro de sol na pele. No calor da luta, os cabelos de Dora soltaram-se, esparramando-se pela costa e pelo rosto, parecendo fios do mais puro ouro. A moça não sabia se continuava segurando o caniço ou se arrumava os cabelos. Ainda bem que, cansado de tanto lutar, o infeliz peixe deixava-se arrastar para a superfície. Gedeão conseguiu puxá-lo para a borda da canoa. Da fronte do rapaz pingavam gotas e mais gotas de suor. A pele molhada resplandecia de encontro ao sol, realçando o movimento dos músculos. Era um enorme tucunaré, de mais de dez quilos! Gedeão não sabia se olhava para o peixe ou para a sua linda companheira de pescaria, que, ao seu lado, não cabia em si de alegria. Foi quando, sem que nenhum deles tivesse premeditado, algo maravilhoso aconteceu. Ao se inclinarem juntos, a fim de puxarem o enorme peixe para dentro da canoa, cada um pôde enxergar o rosto do outro refletido no espelho das águas. "Como é lindo!", pensou Dora, pasmada com a imagem do tapuio que lhe sorria! Pois Gedeão também vira a Mãe-d'água, cujos olhos verdes tinham voltado a ser doces e meigos como antigamente! E a ave da alegria voltara a esvoaçar nos olhos do tapuio. Mas por pouco tempo.

No dia seguinte, Dora voltou com o pai para a cidade, deixando no porto, de pés, a acenar com as mãos em sinal de despedida, um punhado de melancólicos caboclos, entre os quais Gedeão, que naquele dia era certamente o homem mais triste e miserável do mundo. Enquanto todos, depois que o batelão de Estefano desapareceu na curva do rio, voltaram a seus afazeres, Gedeão permaneceu de cócoras na beira do rio por um longo tempo, com os olhos tristes e fundos a perscrutar o vazio, tão absorto em seus pensamentos que nem percebeu a galhofa dos irmãos Bino e Dinho e a chacota do Rosalbo, os quais, embora por razões diversas, encontravam em sua prostração motivo para zombarias. Diana, embora aliviada com a partida de Dora, era a única, além de Dadá, capaz de se condoer do sofrimento de Gedeão. Mas ambas ficaram surpresas quando, já quase de noite, ao levantar-se da posição incômoda na qual permanecera durante horas, o rapaz, em vez de procurar o esquecimento na garrafa de cachaça, como era de se esperar, voltou para casa com os olhos ainda tristonhos, mas estranhamente serenos, como raramente acontece com um caboclo que acaba de ter o coração partido. Pela primeira vez sofria sem desesperar, pois aprendera que todas as coisas têm o seu tempo. Tempo de plantar, tempo de colher, tempo da desova, tempo de chocar, tempo de florescer, tempo dos frutos maduros, tempo das cutias magras, tempo das pacas gordas. Bobo é o homem que corre adiante do tempo. Pois, bem antes do mundo aparecer, o destino de todos os seres já estava definitivamente traçado. Sábio é o homem paciente, que respeita o tempo das coisas. Tempo para caçar, tempo para pescar, tempo para trabalhar, tempo para descansar, tempo de rir e tempo de chorar, tempo de estar alegre e tempo de sofrer, tempo de nascer e tempo de morrer. Tempo.

Gedeão acostumou-se a pensar que um dia Dora voltaria. Então ele a protegeria no colo e velaria o seu sono, afugentando os espíritos malignos que rondam os tapiris nas tardes de chuva. Nas noites sem Lua, ficaria até tarde apreciando as estrelas e, de manhã, ainda impregnado do seu perfume, pescaria o tucunaré mais bonito, depois assaria, fazendo questão de colocar ele mesmo a comida em sua boca. No trabalho da roça, sob um sol a pino, protegeria sua cabecinha com um chapéu que ele mesmo teceria; e, se um dia naufragassem, não hesitaria em morrer por ela.

Embora estivesse triste, Gedeão não desesperava, pois a esperança é como o ar para esses caboclos esquecidos há séculos no grande vale e que se acostumaram a viver uma longa espera.

Ódio Soturno

Cinco dias depois, tudo estava pronto para Eduardo partir. Gedeão trouxera do tapiri, aos poucos, para não despertar a atenção dos caboclos, principalmente do Rosalbo, a provisão indispensável para a longa e arriscada viagem — meio alqueire de farinha, uma boa porção de piracuí e uma cabaça com água.

— Leva também esse terçado — disse Gedeão a Eduardo. — Com ele tu faz de tardinha um jirau no galho da árvore; é perigoso dormir no chão!

— Não sei como agradecer — disse Eduardo, deveras comovido com a lealdade do tapuio.

— Não há de quê, eu não fiz nada; se tiver de agradecer, agradeça à Diana, que fez a farinha e o piracuí.

— Por que ela e o menino não vieram? — perguntou Eduardo, disfarçando a ansiedade, pois há dias a intrigante tapuinha não dera mais as caras e ele não pensara em outra coisa.

— A gente não pode andar juntos, pois o puxa-saco do Rosalbo não desgruda o olho da gente — justificou Gedeão.

— Que pena! — lamentou Eduardo. — Queria me despedir da moça e do menino.

— Se não for simbora hoje, garanto que amanhã de manhã, antes de ir pra roça, a gente vem se despedir.

— Oh, sim! Eu espero! — exclamou Eduardo, sentindo reavivarem-se as esperanças.

Gedeão despediu-se do amigo e tomou o caminho do porto. Teve de estugar o passo, pois os raios do sol poente já não tinham força para penetrar na densa ramagem da floresta, onde a noite se antecipava.

Já perto do porto, estranhou que não ouvisse as vozes dos caboclos no barracão. Era novembro, final do verão; homens e mulheres acordavam muito cedo e trabalhavam o dia inteiro, sem descanso, no plantio da mandioca, antes que as chuvas de dezembro desabassem. Mas já era tempo de terem voltado da roça. E por que o silêncio? — indagava-se a si mesmo Gedeão, apressando ainda mais os passos.

Ao varar finalmente no terreiro, a sua intuição confirmou-se. Não enxergou vivalma, tudo parecia misteriosamente abandonado e deserto, até mesmo as galinhas, ao que parece, haviam se recolhido ao poleiro; o único ser vivo a recepcioná-lo foi o papagaio Xereco, que, trepado na cumeeira do tapiri, apesar de já não ser a ave alegre e loquaz de antigamente, teve a presença de espírito de cacarejar *"o padrinho chegou, o padrinho chegou!"*, o que não esclareceu em nada a situação. Estefano chegara? Podia até ser verdade, pois às vezes retornava da cidade antes da época esperada. Mas onde o diabo se enfiara com todo o pessoal? — indagava-se a si mesmo Gedeão, cada vez mais preocupado.

Resolveu fazer uma vistoria, começando pela casa-de-farinha, onde não encontrou ninguém. Um mau pressentimento apossara-se dele. Onde estariam Mica e Diana? Dirigiu-se ao barracão dos caboclos, mas, a meio caminho, avistou Estefano, que, a um canto do terreiro, com o enorme tronco branco e cabeludo à mostra, tendo como único traje uma ceroula, segurava numa das mãos uma garrafa de cachaça e com a outra gesticulava como se conversasse com um interlocutor invisível. Ao notar a presença de Gedeão, deu um passo à frente, falando com voz engrolada:

— Então já chegaste, molecote? Eu não disse que não queria ninguém hoje aqui?

O pressentimento de repente se transformou em quase certeza. Em vez de dar atenção ao porco velho, o rapaz correu para o tapiri onde ele, Diana e Mica moravam. Encontrou Diana dentro do tapiri, encolhidinha num canto, tremendo como se estivesse com muito frio. O primeiro olhar que a moça lhe dirigiu foi de pavor. Talvez achasse que era Estefano quem entrava.

— Calma, Diana, sou eu, Gedeão! — procurou tranquilizá-la o rapaz.

A rapariga nada respondeu. As sombras da noite já invadiam todos os recantos e Gedeão quase não via o rosto de Diana.

— O que aconteceu? — indagou Gedeão, procurando acender a lamparina. — Anda, me conta!

Diana soluçava baixinho.

— Alguém te fez mal? — tornou Gedeão.

Podia ver apenas um dos lados do delicado rosto da cunhantaim. Dor e vergonha no olhinho negro e amendoado. Pela primeira vez Gedeão vislumbrava, nos olhos da pequenina fera, súplica em vez de ódio.

— O que fizeram contigo, Diana? — insistiu Gedeão, temendo a resposta. Lá do terreiro, Estefano chamava Gedeão aos berros. — Foi ele? — tornou a perguntar o rapaz.

Diana continuou calada. De cócoras, limitava-se a choramingar, com as mãos entre as pernas. Era monstruoso, mas Gedeão já não tinha dúvidas.

— Tá bem, fica calma; eu tô aqui, ninguém mais vai te fazer mal, garanto! — disse Gedeão, sentindo um gosto amargo na boca. — E o Mica, onde tá?

— O Aldo levou ele à força pro rio; ele forçou todo mundo a ir pescar esta noite — balbuciou Diana, finalmente.

"Então foi isso!" — pensou Gedeão. "O desgraçado mandou todo mundo ir pescar pra poder ficar sozinho com Diana!".

No terreiro, Estefano berrava cada vez mais alto.

— Espera que eu volto logo — disse o rapaz à infeliz rapariga, a cujos olhos voltara a antiga expressão de fera ferida, o brilho ensandecido que daí por diante perseguiria a sua alma.

Gedeão caminhou para o terreiro, sentindo uma zoeira na cabeça, como se mil besouros lhe azucrinassem o ouvido. Procurou dominar a fúria cega que já se apoderava dele. Mais cedo ou mais tarde aquilo teria que acontecer e há muito também fora decidido o que ele teria que fazer.

Estefano continuava de pé, meio cambaleante, no meio do terreiro. Ao avistar Gedeão, falou:

— Chega pra perto de mim, meu filho.

— O que o senhor fez, padrinho? — perguntou Gedeão, reprimindo a ira.

— Ah, queres saber? — disse Estefano com voz pastosa e debochada.— Pois eu te conto: colhi a frutinha da Diana, antes que macacos mordessem!

— O senhor não fez a coisa certa, padrinho! — disse Gedeão, num tom terrivelmente sereno.

— Ora, ora! Então meu afilhado está zangado comigo?!

— O senhor nunca devia ter feito isso com Diana! — a voz do rapaz tornara-se fria e cortante como uma faca afiada.

— Por que não? Ela é minha! Faço dela o que bem quiser! — grunhiu Estefano.

— Não, padrinho! Com Diana não podia ter feito isso! — repetiu Gedeão, mal resistindo à força do instinto que o empurrava contra Estefano.

— Então me diz por que não, quero saber!

— Porque o senhor é o pai da Diana e o que fez com ela é monstruoso! — desembuchou finalmente Gedeão.

— Ah, então já sabias?! Estás me desafiando? Não sabes que aqui posso fazer isso e outras coisas com quem quiser, inclusive contigo, seu filhote de um veado?

— Podia, mas não vai fazer nunca mais, seu velho patife! — gritou Gedeão, não se reconhecendo em suas próprias palavras, pois nunca imaginara que um dia pudesse quebrar a casca do medo que o prendia ao padrinho.

— Ora veja! Então o frangote aprendeu a cantar?! — zombou o velhaco. — Pois fica sabendo que a partir de hoje Diana vai dormir comigo toda vez que eu estiver aqui! Não nasceu ainda o macho que vai me impedir!

Com tais palavras Estefano destampou, sem querer, o caldeirão de ódio que fervia dentro do rapaz, que caiu sobre ele como um raio e aplicou-lhe uma rasteira tão precisa que o corpanzil se estatelou no chão como um fardo. Estefano ainda tentou levantar-se, passando mão de um porrete, mas um violento bofetão prostrou-o definitivamente por terra, onde por instantes ficou a contorcer-se como um barrasco, grunhindo palavras mal-arranjadas contra o "malcriado e ingrato" afilhado, caindo em seguida num profundo desmaio.

Embora já tivesse um propósito, por um instante Gedeão hesitou. Vendo o assassino de seu pai entregue em suas mãos, deu-lhe ganas de matar o patife e dar sumiço no cadáver, o que seria tarefa fácil de executar. Era só amarrar pés e mãos com cipó-de-ambé e jogá-lo ao rio, preso a uma pedra, do mesmo modo como o malvado fizera com Sabá. Ou então perfurar o coração com uma faca, retribuindo-lhe na mesma medida o bárbaro tratamento que dera ao seu infeliz pai; em seguida, nem precisaria amarrá-lo, pois as piranhas, atraídas pelo sangue, devorá-lo-iam em menos de um segundo. Mas não, refletiu o rapaz, não poderia matá-lo. A morte de Estefano, mesmo que o corpo não fosse encontrado, ser-lhe-ia facilmente imputada e atrairia a reação violenta dos jagunços. No entanto, ele havia ido longe demais e já não poderia recuar, sob pena de sofrer terríveis castigos do desalmado padrinho. Além disso, não suportaria ver Diana entregue à lascívia daquele monstro obsceno.

Em um minuto o rapaz havia amarrado os pés e as mãos de Estefano. Em seguida, teve de usar todas as forças para ajeitar o fardo branco e flácido sobre os ombros. Antes, porém, tomou o cuidado de despejar goela abaixo de Estefano a cachaça que restava na garrafa, a fim de prolongar-lhe a dormência. O velho babava. Atravessou o terreiro tropicando. Só então percebeu que já era noite completa. Não conseguiria entrar na mata àquela hora sem a ajuda de uma lanterna. "Merda!", resmungou Gedeão, contrariado por precisar arriar a sua carga no chão depois do esforço que fizera para erguê-la. Mas, de repente, foi surpreendido por um foco de luz que partia da porta do tapiri. Gedeão não conseguia ver quem era.

— Eu vou contigo! — falou uma vozinha firme e decidida.

— Não! Tu deve ficar! — respondeu Gedeão, reconhecendo Diana por trás da luz da lanterna. — Se alguém chegar enquanto eu estiver no mato, fica calada; ninguém pode saber do que aconteceu. Fica calma, eu volto logo!

Pegou a lanterna das mãos de Diana e, bufando como uma besta-de-carga, meteu-se no caminho da mata, sendo imediatamente engolido pela mais negra escuridão.

Enquanto Diana, com o corpo e a alma magoados, aguardava-o no tapiri, Gedeão procurava romper caminho o mais rápido que podia, pois sabia que corria contra o tempo. Se o patife do Rosalbo voltasse antes dele e desse pela falta de Estefano, tudo estaria perdido! Certamente o tapuio faria um alarido dos diabos, o que atrairia a atenção do Manecão, que estava acampado no antigo pouso dos jagunços, do outro lado do rio. Mas, apesar do esforço, avançava devagar. O corpanzil de Estefano era mais largo do que o caminho. Gedeão tinha a todo instante de desenroscar braços e pernas de algum cipó, além de ficar atento aos espinhos, se bem que não lamentaria se algum deles vazasse os olhos do porco velho, que, como uma trouxa de panos mal-amarrada, tremia e debulhava-se com o sacolejo da marcha. A coisa ficou quase impossível quando Gedeão deixou o caminho da roça e enveredou por uma zona de floresta densa e emaranhada. O rapaz, numa das vezes em que parou para descansar, chegou a pensar em largar a carga ali mesmo, mas, concluindo que seria temerário deixar Estefano tão próximo da estrada, de onde ouviriam facilmente o seu grito, continuou a caminhada. Neste ponto, apesar de exausto, no rosto do rapaz se esboçou um sorriso. Já antegozava o prazer de saber que o padrinho, por uma dessas deliciosas ironias do destino, seria o próximo usuário do buraco que ele próprio mandara cavar, onde o Manecão prendera o Rosalbo e que depois servira de vala comum para inúmeros cadáveres. Mas, depois do sorriso, Gedeão sentiu um arrepio de pavor ao imaginar a ira do padrinho quando se acordasse. Pensou então que, depois do que tinha feito, ele e Diana só sobreviveriam à sanha assassina de Estefano fugindo. Mas fugir por onde e para onde? Se tentassem escapar pelo rio, seriam apanhados pelos jagunços de Estefano e acabariam tendo o mesmo fim trágico de Sabá. Mas, se enfrentassem a selva inóspita e desconhecida, sem saber que rumo tomar, talvez não tivessem melhor sorte. Evitariam os capangas de Estefano, mas seriam fustigados pela fome, pela sede e pelo cansaço de uma jornada sem fim, além da peçonha das serpentes e do cerco de predadores traiçoeiros e famintos.

Gedeão então se lembrou de Eduardo. E toda dúvida de repente se dissipou. Sim, embora não menos temerária e perigosa, acompanhá-lo na caminhada, pelo centro da mata, em busca da Vila dos

Batista, parecia ser a única saída. Evitou pensar que talvez a tal Vila dos Batista não mais existisse, ou que o seu povo, por medo de um ataque de Estefano ou por buscar uma paragem virgem e mais farta, talvez tivesse deixado o rio Nambu. Se pelo menos as chuvas do inverno tivessem começado a cair... O verão, naquele ano, prolongava-se, secando igarapés e ressecando a floresta, obrigando pequenos e grandes animais a descerem até o Maró em busca de água. E, sem água, eles também acabariam voltando ao Maró, como fizera o infeliz Sabá. No entanto, mesmo sabendo que dificilmente alcançariam a Vila dos Batista, Gedeão não perdia a esperança.

Finalmente chegara ao lado da velha cova. Gedeão, como se carregasse o mundo nas costas, deixou a carga rolar para o chão. Enquanto respirava, aliviado, focou o interior da cova. Podia-se ainda ver, entrelaçados uns aos outros debaixo dos arbustos que começavam a crescer, os alvos esqueletos dos tapuios que Estefano mandara Manecão jogar no infame buraco. Completou sua tarefa sem muito esforço. Só precisou arrastar o corpanzil do padrinho para a beira da cova, arriar primeiro as pernas, e, em seguida, segurando-lhe os braços, deixá-lo escorregar lentamente até se alojar no fundo do buraco, onde foi fazer companhia aos seus trágicos e sorridentes companheiros. Por último, Gedeão focou na cara de Estefano. Este continuava caído no sono mais profundo. A ceroula rasgara-se pelo caminho, deixando desprotegida a enorme e flácida genitália. Mais uma vez o rapaz degustou o prazer de ver o desgraçado em estado tão deplorável. Desejou matá-lo, mas, já que não poderia fazê-lo, dar-se-ia por satisfeito se pelo menos pudesse ficar ali para ver a cara do canalha na hora que recobrasse os sentidos. Mas não havia tempo a perder.

Pôs-se de volta pelo mesmo caminho. Livre da pesada carga, apesar da densa escuridão, não demorou a chegar ao tapiri, onde Diana o aguardava com ansiedade. Ao vê-lo, a rapariga suspirou aliviada.

— Viste pra que lado o Aldo foi? — indagou-lhe Gedeão, também aliviado, pois nenhum dos caboclos voltara.

— Eles foram pra cima — respondeu Diana, apontando o rumo da nascente do rio.

— Tenho de encontrar o Mica, mas não me demoro! Tu ficas arrumando as coisas — disse Gedeão, procurando esconder a tensão da voz.

— Arrumar pra quê? — quis saber a rapariga.

— Vamos simbora agora mesmo com Eduardo! Ele tá esperando nós lá no mato — explicou Gedeão, como se isso não tivesse grande importância. — Vai até o barracão e tira de lá tudo o que for preciso pra uma viagem de muitos dias — completou.

— Mas pra onde vamos? — tornou a perguntar Diana, espantada.

— Agora não dá pra explicar; também não sei direito — respondeu o rapaz, dirigindo-se ao porto. — Se alguém de repente aparecer, disfarça — recomendou ele, já pondo os pés na canoa. — Volto logo!

Pôs-se a remar contra a correnteza, na direção da nascente do rio. De vez em quando, engolfado pela mais completa escuridão, contando apenas com a ajuda dos vaga-lumes, parava de remar e perscrutava as estranhas formas móveis das margens e ouvia os ruídos esquisitos que chegavam de terra, na esperança de detectar a presença de algum dos caboclos. Mas o tempo passava e nada de Gedeão encontrar alguém. Quando se deu conta já estava na embocadura do misterioso lago, onde outrora avistara a Mãe-d'água. Fez a igara deslizar sobre as suas águas, quem sabe movido pelo nostálgico desejo de despedir-se daquele lugar que se tornara para ele sagrado. Nenhum receio, porém, já o incomodava ao penetrar naquele recinto ainda tão temido pelos demais caboclos. Gedeão sabia que, no exato momento em que seus olhos avistaram Dora, o lago perdera o seu encanto. Pois a Iara que nele habitava resolvera ir morar na cidade, um lugar tão longínquo, mas tão longínquo que ele só conseguiria visitar em sonho.

Finalmente, depois de muito escrutar os rumores noturnos, distinguiu como que um barulho de remo na água. Aproximou-se cauteloso, pois só lhe interessava encontrar-se com Aldo, em cuja companhia Mica achava-se. Com que palavras convenceria o caboclo a deixar o curumim passar para a sua canoa? Deveria revelar ao Aldo as suas intenções? O Aldo, o Albino e a Dadá eram quase como seus pais, mas Gedeão não sabia até onde poderia confiar neles. Soubera que Dadá e seus dois homens, não se achando com forças para desafiar Estefano, não quiseram acompanhar Sabá e Primitiva na perigosa fuga. Pois quase sempre os caboclos, apesar de explorados e humilhados, submetem-se como crianças à prepotência do pai-patrão.

Gedeão parou de remar e aguardou em silêncio a canoa que se aproximava, disposto a não se manifestar caso não fosse o Aldo. O ruído quase imperceptível do remo cortando a água era ouvido muito perto, mas a escuridão impenetrável impedia de se verem. Seja lá quem estivesse na canoa, vinha calado, de forma que Gedeão não conseguia descobrir a sua identidade. Os ruídos, depois de terem passado muito rentes, já começavam a se distanciar, sem que Gedeão se decidisse a chamar. Até que, depois de puxar uma forte tragada no cigarro, cuja ponta brilhou como um vaga-lume, o tripulante da canoa pigarreou de um modo para Gedeão bem familiar.

— Aldo! Aldo! — chamou o rapaz. O caboclo havia parado de remar. — Sou eu, o Gedeão!

Os ruídos de remo na água voltaram a se aproximar. Logo as bordas das duas canoas esbarraram-se e Gedeão pôde enxergar a cara do caboclo semi-iluminada pelo tênue fogo do cigarro, que lhe pendia a um canto da boca.

— Então já tás sabendo do que aconteceu? — indagou o tapuio.

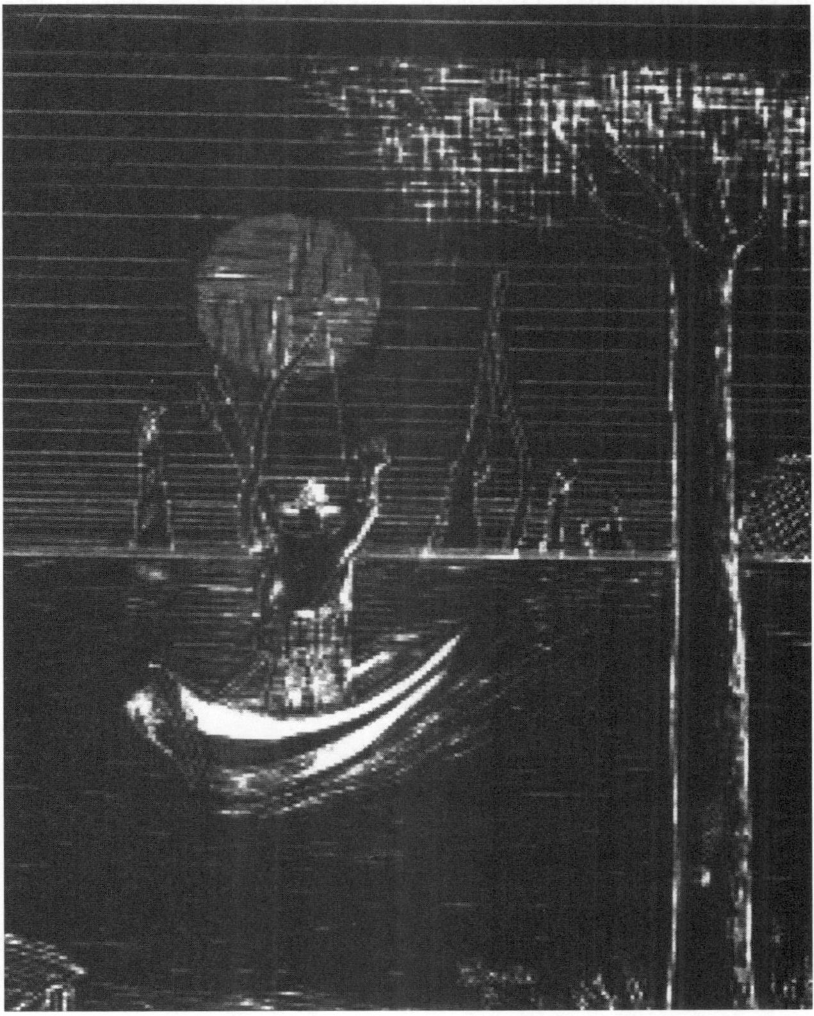

— Sim, já passei no tapiri — respondeu Gedeão, sem saber se devia ou não confiar no caboclo. — Cadê o Mica? — acabou perguntando. Evitara focar com a lanterna, pois não devia chamar a atenção dos outros caboclos.

— Eu tô aqui na popa, Gedeão! — anunciou-se a vozinha inconfundível do pequeno Mica.

— Fui obrigado a trazer ele comigo — justificou-se Aldo.

— Mica, passa pra cá! — ordenou Gedeão, já esperando a oposição de Aldo.

— Não é preciso — retorquiu Aldo. — Ele pode continuar na minha canoa.

— Mas eu quero que o menino venha comigo — argumentou Gedeão, achando que o tapuio realmente se opunha.

— Não é preciso — repetiu Aldo. — Eu, a Dadá e o Albino também decidimos ir simbora com vocês.

— Mas como?! — exclamou Gedeão, sem saber o que dizer. — A gente não vai a lugar nenhum!

— Ora, Gedeão, deixa de besteira! — retrucou Aldo, com voz firme. — Depois do que o patife fez com Diana, temos que fugir.

— Fugir pra onde? — desconversou Gedeão, ainda procurando despistar.

— Sei lá! Pro mesmo lugar pra onde vai o homem que vocês tão protegendo.

— Então tá sabendo? — finalmente se entregou Gedeão, admirado.

— Sim — disse Aldo. — Certa manhã eu vi ele se banhando no rio; acho até que o Mica tava com ele. Não tavas com o estranho, Mica?

Mica manteve-se calado.

— Pode falar, Mica; já não adianta esconder — disse-lhe Gedeão.

— Sim, eu tava com ele — confirmou o pimpolho, sem que se pudesse ver o lugar de onde falava.

— Eu não disse? — exultou Aldo. — Como vês, podes confiar na gente; se quisesse denunciar, já tinha feito. Sabemos até onde o estranho se esconde!

— Quem mais sabe? — perguntou Gedeão, apreensivo.

— A Dadá, o Albino, o Dinho e o Bino. Mas podes confiar na gente; deixamos de ser covardes.

Gedeão não tinha outro remédio senão crer na sinceridade de Aldo; afinal, ele, Dadá e o Albino sempre foram amigos dos Bagata e, pelo que contavam, mui pacientes com a louca e infeliz Lazinha. Ficou mesmo contente de tê-los a seu lado; eles, na verdade, depois da morte de Sabá e Primitiva, passaram a ser a sua família — dele, de Diana e de Mica.

— Tá bem, vamos rápido, pois a Diana ficou sozinha lá no tapiri — aquiesceu Gedeão. — E a Dadá com os dela? — perguntou ansioso.

Esperam a gente na boca do lago — respondeu Aldo.— A gente já imaginava que tu não ia embora sem te despedir da Iara.

Gedeão fingiu não ouvir estas últimas palavras. Ele e Aldo foram conduzindo silenciosamente as duas canoas lado a lado para a boca do lago. Por precaução, porém, Gedeão fizera Mica pular para a sua canoa. Se, por um acaso, naquela escuridão, perdesse contato com o Aldo, o curumim estaria com ele.

Enquanto remavam, Aldo contou-lhe o que acontecera à tarde.

— O diabo já chegou bêbado da cidade; mandou logo o Manecão se retirar com os jagunços para o acampamento do outro lado do rio; quando chegamos da roça, mandou todo mundo, menos a Diana, passar a noite no rio pescando; eu e o Albino mais uma vez não tivemos coragem de enfrentar o malvado, ficamos com medo dele chamar o Manecão; ainda vimos Diana tentar se meter no mato e o patife do Rosalbo agarrar ela e trazer arrastada pelos cabelos pro porco velho, que, só de cueca no terreiro, começou a bolinar na coitada; doía o coração da gente, mas o que a gente podia fazer? Teve caboclo que riu do que tava acontecendo; o Dedé disse que depois daquele dia Diana ia dar pra todo mundo.

Remaram em silêncio. O ódio soturno arrebentou de novo dentro de Gedeão. Apertou o cabo do remo com tanta força até lhe doerem as falanges. De vez em quando, Aldo dava uma forte tragada em seu porronca, lançando débil claridade sobre a superfície lisa e negra do lago. Gedeão tinha então a sensação de que a biliosa massa líquida saíra de suas entranhas.

Conforme dissera o Aldo, na boca do lago encontraram Dadá, Albino e os dois filhos. Dadá e Albino em uma canoa; Bino e Dinho em outra.

— Meu filho, nós também vamos contigo! — foi dizendo Dadá, cuja aflição tornara sua voz ainda mais esganiçada.

— Têm certeza do que tão fazendo? — questionou Gedeão, com gravidade. — Sabem o que pode acontecer se a fuga não der certo?

— Tamos sabendo — disse Albino.

— Mesmo assim querem ir? — insistiu Gedeão.

— Meu filho, isso aqui não é vida! — desabafou Dadá, que, desde uns tempos, tornara-se uma tapuia tão feia quanto firme e sajica. — Sabe, por mim, já tinha ido simbora faz tempo.

— Então vamos rápido, concordou Gedeão. — Temos de sair ainda esta noite, antes do patife se acordar lá no buraco.

— Buraco?! — exclamaram os amigos.

Enquanto remavam, agora já no curso principal do Maró, Gedeão contou-lhes o destino que dera a Estefano. Apesar da gravidade da situação, todos, principalmente o galhofeiro do Bino, soltaram boas risadas.

Logo depois, cuidando para não fazerem barulho, encostaram suas canoas no porto de casa. Em terra reinava o mais completo silêncio.

Dadá adiantou-se ao grupo e foi achar Diana triste e prostrada a um canto do tapiri. Gedeão iluminou-lhe o caminho com a lanterna. A experiente mulher agachou-se e abraçou a pobre cunhantaim, que se entregou em soluços.

— Minha filhinha, isso nunca mais vai acontecer — dizia Dadá, baixinho, acariciando-lhe os cabelos.

Os homens assistiram à cena calados, sufocando a raiva que queria escapar de suas gargantas.

Em seguida, quase não tiveram trabalho, pois, enquanto Gedeão fora em busca de Mica, Diana fizera os preparativos que o irmão lhe ordenara. Sobre a mesa rústica do tapiri estavam as provisões necessárias para a longa e imprevisível viagem — um paneiro com piracuí, carne de caça defumada, dois alqueires de farinha, duas vasilhas de água, além de porções de sal, açúcar e café retiradas do barracão de Estefano. Mantimentos para mais de quatro pessoas. Parecia até que Diana adivinhara que Dadá e o seu pessoal iriam com eles. Faltavam apenas as roupas e as redes, que Aldo e Albino foram buscar correndo em seus tapiris. Enquanto isso, Gedeão trouxe a espingarda de Estefano e colocou-a ao lado da sua, sobre a mesa. Quando os dois voltaram, Gedeão, cuja liderança apesar de sua pouca idade tornara-se inconteste, fez a distribuição da carga de acordo com o tamanho e a força de cada um. Ele, Aldo e Albino pegaram para si a parte mais pesada, enquanto Diana, ainda muito abalada, foi poupada.

Eduardo pensou que fosse uma manada de antas ou de porcos que se aproximava, tal era o barulho que os passos dos fugitivos produziam. De repente, porém, a zoada cessou e em seu lugar ressoaram três assobios já bem familiares. Eduardo chegou a pensar que estava sonhando; mas não, os assobios repetiram-se. A noite devia estar apenas pela metade. Não haviam combinado se encontrarem pela manhã? O que teria feito Gedeão mudar de ideia e enfrentar a selva àquela hora? A escuridão era absoluta. Eduardo respondeu aos assobios com desconfiança. E se não fosse Gedeão? As noites da selva são povoadas de mistérios. Quantas vezes, mesmo de dia, já não escutara vozes que se aproximavam e de repente silenciavam; choros de crianças, risadas escandalosas, gemidos...

A barulheira de folhas amassadas e galhos quebrados recomeçara. Eduardo agora ouvia também vozes. Uma nem duas, várias! Uma delas — julgou reconhecer — era de mulher. Mas ficou arrepiado: a voz da mulher — fina, raspada, de taquara — parecia-se mais com um sopro produzido por qualquer coisa, do que com um som humano. Era a voz de Dadá. E Diana? Por que não a ouvia?

Quando já tinha como certo que estava sendo vítima de mais uma peça que os espíritos brincalhões da floresta costumavam lhe aplicar, eis que Eduardo enxergou os primeiros focos de lanterna que se aproximavam, tremeluzindo em troncos e galhos, criando na copa das árvores fantasmagóricas figuras.

Segundos depois, o medo que já o paralisava cedera lugar a uma alegre surpresa. Finalmente divisara Gedeão, curvado sob o peso das coisas que carregava. Atrás dele, porém, não vinham somente Diana e Mica, como Eduardo esperava, mas também dois homens ainda jovens e dois rapazotes; mas, o que mais despertou sua atenção foi a presença de uma mulher de cara encovada e muito magra, parecendo mais velha que os seus olhos negros e amendoados.

Ao pé da árvore na qual Eduardo construíra o seu jirau, pararam.

— Olá, Eduardo! Tivemos de vir antes da hora — falou Gedeão, desvencilhando-se da carga, o que os companheiros também fizeram.

Enquanto descia do jirau e procurava Diana entre os recém-chegados, Eduardo perguntou:

— O que aconteceu? Quem são eles?

— Este é o Aldo e este o Albino, marido da Dadá — apresentou Gedeão, indicando com a mão. — O Bino e o Dinho são filhos da Dadá. Vão com a gente; são de confiança.

— Mas por que não esperaram que chegasse a manhã? — insistiu Eduardo, com um mau pressentimento. Notara que Diana, no meio dos tapuios, não levantara uma única vez a cabeça. — O que aconteceu? — tornou a perguntar Eduardo.

Gedeão contou-lhe em poucas palavras o que acontecera.

Em seguida, puseram-se a caminho, procurando afastar-se do alcance de Estefano o mais rápido possível, pois sabiam que, pela manhã, ao perceber o que acontecera, o próprio Estefano comandaria os jagunços no encalço dos fugitivos.

Avançavam lentamente. Não bastasse haver apenas uma lanterna para iluminar o caminho, Diana, bastante machucada, quase não conseguia andar. A partir de certo momento, a pobre rapariga teve de ser carregada numa rede amarrada de comprido numa vara, sob cujas pontas os ombros dos homens revezavam-se.

De vez em quando Gedeão, que ia à frente, parava para se orientar. Apesar da dificuldade de traçar um caminho à noite, procurava seguir sempre para o sul, onde, segundo seus cálculos, devia ficar a Vila dos Batista, no rio Nambu, a sabe lá quantos dias de jornada.

Pela manhã, exaustos, ouvidos atentos aos ruídos da floresta, pararam para se alimentar. Embora instada por Dadá, Diana quase não comeu; a dor que a rapariga sentia na alma era maior que o seu sofrimento físico.

Bino, sempre fanfarrão, disse ao irmão que um dia mataria Estefano. Dinho concordou que Gedeão fizera muito mal em não ter liquidado o malvado. Mas, afora esse ponto, em tudo o mais discordavam, pois era notório que os dois irmãos viviam às turras pelo amor de Diana.

Já se punham a caminho quando um latir longínquo de cães colocou-os de sobressalto. Por alguns instantes quedaram-se paralisados. Os latidos por vezes cessavam, mas o vento que soprava do nordeste trazia-os de volta, dando a terrível impressão de que estavam cada vez mais perto. Recomeçaram a marcha, em passo estugado. Já quase corriam. Mas os homens que carregavam a rede de Diana avançavam devagar, obrigando os demais a esperá-los, quando então aproveitavam para escrutarem os latidos, retomando em seguida a sôfrega marcha. Só diminuíram o ritmo da caminhada quando o latir dos cães, tendo se tornado cada vez mais distante, finalmente cessara por completo.

Caminharam o resto daquele primeiro dia fazendo apenas breves pausas para descanso. À medida que galgavam o centro da terra, a selva ia mudando de aspecto. Árvores milenares pareciam querer atingir o céu, formando lá em cima, a cem metros de altura, uma abóbada monumental. Pouco a pouco os pássaros, tão familiares nas margens do Maró, foram rareando, deixando a selva entregue a um silêncio pesado e melancólico. Enormes sapopembas, como tentáculos demoníacos, encravavam-se desesperadas terra a dentro em busca de água. Mas o que antes fora húmus encharcado de umidade não passava agora de folhagem seca e estorricada. O solo pobre e arenoso não podia socorrer as árvores, pois ele próprio estertorava.

— Tomara que chova logo — disse Gedeão — olhando com apreensão para as cabaças de água que levavam. Todos os córregos haviam secado.

Há horas caminhavam sem ouvir o rumor de um único animal, pois, a não ser os bravos jabutis, capazes de resistir heroicamente ao estio debaixo de suas carapaças, nenhum outro animal da floresta suportava ficar no centro da mata durante o verão. Desciam para as terras baixas, à procura de água.

Eduardo granjeou logo a simpatia dos caboclos, não só por se oferecer com insistência para ser um dos homens a carregar Diana, como também por se recusar a beber da água das cabaças, a fim de que não faltasse água para o Mica e para as mulheres. Para admiração dos caboclos, numa das paradas, enquanto todos aproveitavam para descansar, Eduardo passou mão de um terçado e afastou-se do grupo, retornando minutos depois trazendo na palma da mão um recipiente improvisado de folha, cheio de água.

— A água do cipó-de-ambé está muito gostosa — disse o rapaz, com o queixo e o peito ainda molhados. — Acho bom economizarmos a água das cabaças — sugeriu ele, estendendo a mão para Gedeão, que provou da água.

— Ele tem razão, pessoal! — falou alto Gedeão, dirigindo-se aos homens do grupo. — A gente bebe água do cipó, as cabaças ficam pras mulheres.

Embora só o conhecessem há um dia, o pessoal da Dadá já não estranhava que um rapaz de mãos tão delicadas e gestos um tanto desengonçados pudesse suportar a fadiga da caminhada, sem nenhuma lamúria. Embora não ousassem fazer-lhe perguntas, crescia em todos a curiosidade sobre o passado daquele homem misterioso.

Música Desconhecida

Quando as sombras precoces da noite os impediram de continuar caminhando, pararam numa clareira natural, entre as sapopembas de duas árvores gigantes, onde, depois de atar as redes em árvores menores, fizeram uma pequena fogueira, na qual a esperta Dadá preparou a janta — piracuí com farinha. Todos pareciam contentes, inclusive o papagaio Xereco, que, no ombro do Mica, trançava pra lá e pra cá entre os adultos, soltando chistes que há muito parecia ter esquecido. A alegria tinha pelo menos dois motivos: primeiro, que já não acreditavam que os jagunços de Estefano pudessem alcançá-los; segundo, que Diana começava a dar sinal de melhora. A cunhantaim, que durante todo o dia, prostrada e capionga, deixara-se carregar pelos homens, finalmente pusera-se de pé e levantara a cabeça, embora o pudor a impedisse de encarar o olhar meigo de Eduardo. A presença do estranho a incomodava. Sentia-se confusa, pois seu dilacerado coração, por mais que quisesse, não conseguia odiar aquele homem, embora ele pertencesse à monstruosa espécie dos machos.

Enquanto jantavam, Albino, curioso que nem uma velha, fez a pergunta que na verdade todos queriam fazer:

— Por que o moço acabou perdido nestas brenhas?

Não vendo por que desconfiar de gente tão boa e simples, que já lhe dera tantas provas de amizade, Eduardo resolveu contar-lhes a sua história.

— É uma longa história; nem sei por onde começar — disse ele, vendo a expectativa brilhar nos olhos dos amigos. Por uma fração de segundo seus olhos encontraram os de Diana. Eduardo sabia que, entre todos, era a cunhantaim que o escutava com mais interesse.

— Bem, acho que tudo começou quando eu nasci, ou bem antes, quando meu pai nasceu, ou até antes, quando surgiu no mundo o primeiro homem pobre, que, depois de ser expulso de sua terra, teve de trabalhar de graça pra outro homem. Os amigos me desculpem, estou sendo confuso, não é? Bem, meu pai era muito pobre. Como na cidade não existe mais caça nem peixe pro pobre pegar, quem não tem dinheiro pra comprar comida passa fome. Meu pai era pedreiro, construía as casas dos ricos. Sabe, na cidade fazem as casas de pedra e tijolo. Quando não tinha casa pra ele levantar, faltava também dinheiro e a gente passava fome. Já aí eu aprendi que o mundo é dividido entre os ricos, que nunca passam necessidades, e os pobres, que só têm os braços pra trabalhar e caem na miséria quando falta trabalho. Vi também que o pobre trabalha debaixo de ordens, vive de cabeça baixa, humilhado, e não pode se rebelar, pois os ricos compram não só o seu trabalho, como também a polícia, o juiz, o governador... Eu ficava com pena do meu pai, que trabalhava tanto e não tinha nada. Eu queria trabalhar com ele todos os dias, ajudar, mas ele e minha mãe não deixavam, me mandavam pra escola, não queriam que eu tivesse o mesmo destino desgraçado que eles tiveram. Sabe, na escola os meninos aprendem a ler, a escrever, a fazer contas e também a ser bem-comportados e achar que as diferenças entre pobres e ricos, as injustiças, existem desde que o mundo é mundo e que nunca vão acabar. Mas eu achava que isso era uma grande mentira, que a exploração do homem pelo homem nem sempre existiu e que um dia ela poderia acabar, se os trabalhadores, os pobres, acreditassem que era possível se libertar. Fiquei muito contente quando descobri que outros garotos pensavam como eu. Nessa época conheci o Jairo, o João, e uma menina chamada Judite, meus melhores amigos. Não eram pobres como eu, nunca passaram fome, mas tinham uma alma rica e se incomodavam com o sofrimento dos pobres; sonhavam com um mundo de justiça.

Eduardo parou de falar. As chamas da fogueira crepitavam e a combustão da lenha provocava pequenos estalidos. Procurou de novo os olhos de Diana e, como sempre acontecia, viu neles os de Judite. Onde estaria a sua pequena Judite àquela hora? — divagou o rapaz. Todos esperavam, atentos. Eduardo ganhou tempo levando à boca uma porção de piracuí. Enquanto mastigava, refletiu que, para fazer-se entendido por gente tão simplória, deveria ser criterioso com as palavras.

— E daí, o que vocês fizeram? — indagou Dadá, com os olhinhos explodindo de curiosidade.

— Daí que, nessa época, governava o país um homem muito mau, chamado general, chefe do Exército. Sabem o que é o Exército, não é? — perguntou Eduardo. — Bem, o Exército é assim como os jagunços do tal Estefano. Recebem armas dos ricos pra defenderem as coisas deles. E esse general mandava os seus soldados baterem nos trabalhadores, e quem enfrentava era preso, impedido de falar e até morto. Então, por todo o país os jovens se reuniram em pequenos grupos, e esses grupos se comunicavam entre si escondidos, e havia um comando de todos os grupos, e, quando menos o general esperava, a gente aparecia de tudo quanto era canto da cidade e se reunia nalgum lugar proibido, e xingava o governo, xingava o general e a mãe dele, e pedia liberdade e justiça.

Eduardo fez outra pausa, cuidando para que as palavras não o inflamassem. E continuou:

— Descobri que havia no país um grupo de homens e mulheres que lutava contra a tirania do governo e queria construir no Brasil uma sociedade de justiça e igualdade, na qual quem daria as ordens seriam os trabalhadores. Os ricos, se quisessem continuar vivendo, teriam que devolver o que roubaram dos pobres. As fábricas e a terra deviam pertencer a todos e não só a um punhado de ricos que se apoderavam de tudo, enquanto os trabalhadores viviam na miséria. Eu e meus amigos entramos no Partido — era assim que se chamava esse grupo de homens e mulheres — e passamos a lutar com mais afinco, sentindo-nos mais fortes, pois sabíamos que o Partido estava em todos os lugares. Onde acontecessem injustiças, lá devia haver alguém do Partido lutando. Os ricos se cagavam de medo e pediam ao tal general que calasse os terríveis comunistas, que queriam escravizar o Brasil e acabar com todas as diferenças. Muita gente foi presa, torturada e morta, culpados e inocentes. Bastava alguém criticar o governo para ser tachado de comunista. Quem não fugiu do país teve de enfrentar a perseguição mais vil e sanguinolenta. Então muitos membros do Partido, homens e mulheres, que eram caçados que nem bicho nas cidades, foram obrigados a fugir para o mato. Eu era um deles. Nos entocamos no sul do Pará, no meio do mato, longe da polícia. Encontrei lá companheiros de diversos lugares do país. O Zeca, do Ceará; Osvaldão, Doca e a Lia, do Rio de Janeiro; João Carlos e Paulo Rodrigues, do Rio Grande do Sul; Antonio, da Bahia; tinha também gente de Minas Gerais, de Pernambuco...

— E de São Paulo — completou Aldo, a quem Gedeão já contara um pedaço da história.

— Sim, boa parte veio de São Paulo, os paulistas.

— E o que vocês faziam lá? — perguntou Albino, com grande interesse.

— A gente trabalhava na roça, caçava e pescava como os moradores antigos faziam. No começo, não tínhamos experiência com a selva, foi difícil; mas, aos poucos, a gente aprendeu a se virar, ganhando o respeito do pessoal do lugar. Tinha com a gente um médico, uma enfermeira e algumas professoras, que ajudaram muito o povo da região. A gente trabalhava com o povo e também ia se preparando pra resistir às tropas do governo, pois a gente sabia que iam acabar nos descobrindo e vindo contra nós. E isso acabou acontecendo, mais cedo do que a gente esperava.

Eduardo novamente parou de falar, decidido a pôr um ponto final em suas revelações. Afinal — julgou ele — os broncos certamente não entendiam nada do que estava falando; talvez fosse mais prudente guardar segredo sobre o seu passado. Mas viu-se obrigado a continuar, tal era o interesse dos caboclos.

— E daí, o que aconteceu? O general mandou os jagunços dele atacar vocês? — perguntou Dadá, com os olhinhos negros incendiados por uma curiosidade febril.

Eduardo ainda hesitou, mas, vendo a expectativa estampada nos rostos dos seus simpáticos interlocutores, continuou.

— Sim. Primeiro mandaram alguns homens nos espionarem. Disfarçavam-se de comerciantes, de pescadores perdidos, sondavam e iam embora; até que começaram a chegar os primeiros soldados, fortemente armados. Ainda não estávamos preparados para o combate e resolvemos fugir para o mato. Então os soldados pegavam os caboclos e perguntavam do nosso paradeiro. Como não informavam o nosso esconderijo, amarravam eles no meio do terreiro e espancavam na frente das mulheres e dos filhos. Pois não entrava na cachola de ninguém que fôssemos bandidos, assassinos, fugitivos, como diziam os soldados. Pro pessoal dali, éramos caboclos como eles. Não havia um entre nós que não fosse compadre de um caboclo, que não tivesse participado de um mutirão, que não tivesse ajudado num parto, que não tivesse levado comida quando um chefe de família estava doente, e isso era o que importava. Por um bom tempo a população nos sustentou. A gente aparecia de noite e eles davam peixe, caça, farinha, e informavam o que os soldados andavam fazendo. Enquanto isso, a gente circulava pela mata, nunca ficava num mesmo lugar, fazia o mapeamento da região, construía armadilhas, camuflava esconderijos, armazenava alimentos, treinava emboscadas. Pois no começo os soldados não entravam na mata, ficavam apenas intimidando os caboclos. Nessa fase, alguns dos nossos, ao irem buscar alimento na casa dos caboclos, caíram em emboscadas preparadas pelos soldados. A Maria Lúcia, muito querida pela população, foi a primeira a morrer. Tinha só vinte e dois anos! Ouvimos as rajadas da metralhadora — que é uma espingarda de várias bocas. O corpo dela caiu no terreiro, crivado de balas. Essas mortes aterrorizaram a população. O Exército ameaçava o povo, conseguindo com isso recrutar os seus primeiros colaboradores, os bate-paus, como a gente chamava. Os caboclos, temendo pela própria vida e pelas vidas de seus familiares, viam-se forçados a servir de guia; ou, quando um dos nossos saía do mato pra pedir alimento, fingiam que tudo estava bem, mesmo sabendo que, assim que o coitado virasse as costas para ir embora, seria metralhado pelos soldados, que se escondiam nalgum lugar. Assim, melhor informados e com a ajuda de alguns caboclos, os soldados entraram na mata, forçando a gente a combater. No começo, tivemos até algumas vitórias, pois tínhamos a vantagem de conhecer aquele pedaço de selva melhor que ninguém. Alguns soldadinhos, que nem sabiam porque estavam lutando, caíram em nossas emboscadas; dava pena vê-los morrerem. Ninguém tinha prazer em matar, mas era preciso mostrar força, era a guerra. O Exército então recuou e por alguns meses não se atreveu a nos procurar na mata. Comemoramos como uma grande vitória, mesmo sabendo que os soldados iam voltar. Ganhávamos algum tempo pra nos preparar. Mas os soldados já ocupavam as estradas, as roças, os castanhais e os vilarejos, que se tornaram lugares muito perigosos. Mas a gente tinha que se arriscar; os alimentos que a gente escondeu em troncos e raízes tinham se acabado. Alguns dos nossos morreram, mas a gente decidiu ir até o fim. Quando a gente deixou a cidade, já sabia que não haveria retorno. Não passava pela cabeça de ninguém se entregar. Teve um companheiro — o Quelé — que estava muito doente, com malária. Ficou deitado na rede enquanto um companheiro foi pedir ajuda. Nessa hora os soldados o avistaram e o balearam no ombro. Amarraram ele no lombo de um burro para ser levado ao acampamento do Exército. Pelo caminho, foi deixando um rastro de sangue, mas, por onde passava, ia gritando pro povo: "Abaixo a ditadura! Viva a liberdade!". Os soldados, fulos de raiva, só calaram ele a golpes de baionetas — uma espingarda que tem o cano apontado que nem um punhal. Também quando pegaram a Sueli, ela ainda estava com vida, mas muito ferida. Um capitão — chefe dos soldados, assim uma espécie de Manecão — aproximou-se dela com a arma baixa, pensando que ela estivesse desarmada, e gritou: "Piranha comunista!". Foram as últimas palavras do falastrão, pois a companheira, mesmo mortalmente ferida, ainda teve forças para meter a mão no cano da bota e mirar o capitão, traspassando-lhe o maxilar. No mesmo instante foi metralhada pelos soldados que acompanhavam o tal capitão. Mas, com toda nossa coragem, estávamos cada vez mais fracos diante do inimigo que voltou a nos atacar com mais força. Só por milagre conseguimos escapar a esta segunda investida do Exército. Os soldados tinham se recolhido aos povoados, mas o sabor que tínhamos era de derrota. Muitos companheiros haviam tombado, mas a gente tinha decidido ir até o fim. Quando os soldados atacaram de novo, éramos um punhado de homens e mulheres famintos e doentes, cobertos de andrajos, espremidos de todos os lados por um inimigo numeroso e fortemente armado.

Eduardo não pôde continuar falando. Esses acontecimentos, ainda muito recentes, despertavam-lhe forte emoção. Mas a expectativa no rosto dos caboclos exigia que ele continuasse. Todos tinham os olhos fixos nele.

— E daí, o que aconteceu? — perguntou desta vez o Aldo.

O jeito era contar.

— Pois bem — retomou Eduardo. — Concentramos os sobreviventes num único grupo. Já não pensávamos em derrotar o inimigo, mas só escapar. Alguns companheiros queriam deixar a região e voltar à cidade, onde seriam socorridos pelo Partido. Mas isso já era impossível; o Exército tinha cercado por completo a região, não havendo uma estrada, um vilarejo, que não estivesse patrulhado. Se a gente conseguisse sobreviver ali, sem fugir nem se entregar, já seria uma grande vitória. O inimigo entrou por diferentes pontos: Transamazônica, São Domingos, Metade, Brejo Grande, São Geraldo, Palestina e Santa Cruz. Prenderam todos os homens válidos. Deixaram nas roças só as mulheres e as crianças, mas não todas, pois algumas também foram presas. O Exército aterrorizou o povo. Prenderam, espancaram, muitos enlouqueceram. Quem fugia tinha a casa queimada. Até pequenos comerciantes sofreram. Os soldados ocuparam fazendas, sedes de castanhais, roças, estradas, grotas... Montaram acampamento no meio da mata, guiados pelos bate-paus. Tudo isso apenas pra pegar 50 guerrilheiros, fracos e doentes, forçados a circular sem parar pela mata, procurando ficar fora do alcance dos soldados, tendo apenas os frutos silvestres como alimento, pois não se podia tirar mais nada das roças ou das casas, onde o Exército nos aguardava. Na ânsia de conseguir alimento, vários companheiros acabaram caindo em tocaias. Foi o que aconteceu com Zé Carlos, Nunes, Alfredo e Zebão. O Alfredo insistiu com o Zé Carlos pra que fossem apanhar dois porcos dele que se encontravam numa roça próxima. Zé Carlos achou arriscado e até disse que não deviam morrer pela boca, pois o Exército podia estar emboscado na roça onde estavam os porcos. No dia seguinte, cinco companheiros saíram pra apanhar farinha num depósito e, se não notassem nada de anormal, até iam apanhar os porcos. Mas no caminho decidiram ir primeiro pegar os porcos. Chegaram lá umas 9 horas, mataram os porcos com quatro tiros e levaram os bichos pra serem retalhados num lugar limpo. Fizeram fogo de palha pra pelar os porcos. Uma hora depois estava terminado o serviço. Mas as alças dos panacus se quebraram quando foram carregar a carne. Então Alfredo resolveu improvisar um atado de cipó pra carregar nas costas. Quando terminou o último atado, eram 12 horas. Preparavam-se para sair quando Alfredo ouviu um barulho esquisito. Chamou a atenção de Zebão, que achou que era uma palha de coqueiro que tinha caído. Logo em seguida, apareceram os soldados, apontando suas armas. Atiraram sobre o grupo. Só Zebão conseguiu escapar, os outros nem tiveram tempo de pegar nas armas. Para completar, o meu grupo se desgarrou e giramos muito tempo pela mata. Certo dia ouvimos rajadas de metralhadoras em duas direções e concluímos que o nosso pessoal tinha se dividido. Ficamos sem saber o que aconteceu com eles, os soldados se espalhavam por todos os lados, impedindo os nossos movimentos. No dia seguinte, fomos descobertos por uma patrulha de soldados. Pela barulheira que faziam na mata, deviam ser mais de cinquenta. Procuramos desesperadamente furar o cerco. Era a única coisa que podíamos pretender, pois as nossas armas sem munição havíamos abandonado. Eu estava muito fraco e desnutrido, além disso enfrentava uma crise braba de malária. Para não atrapalhar os companheiros na fuga, deixei-me ficar para trás e me escondi no buraco da sapopemba de uma grande árvore, de onde ouvi rajadas de metralhadoras para todos os lados, no meio duma gritaria infernal. Acho que desmaiei, pois em seguida houve um grande silêncio. Quando saí do esconderijo, não sei quanto tempo depois, os soldados tinham se ido. Foi muita sorte não me terem encontrado. Saí bem devagar, só então me lembrando do que aconteceu. "Que fim levaram os meus companheiros?", eu me perguntava. Tive a resposta imediatamente, e era trágica: mal dera uns três passos e quase tropecei no cadáver de um dos companheiros; não dava pra saber de quem era o corpo, pois estava sem a cabeça. Avancei mais um pouco e avistei outro corpo, e outro, e outro... todos sem cabeça.

— Malditos! — exclamou Dadá, os punhos magros esmurrando o ar. Eduardo via indignação nos rostos dos tapuios. Pela primeira vez Diana não desviou dele os pequenos olhos amendoados.

— Senti raiva e tristeza — continuou Eduardo — vendo os corpos dos companheiros ali largados, como coisas que não interessavam a ninguém, ultrajados. Quanta esperança, quanto anseio por justiça eles tinham carregado! Nem mesmo um enterro digno de um ser humano eles teriam. Senti-me perdido, como se junto com os companheiros tivessem morrido também todas as minhas esperanças. Não sei o que aconteceu daí em diante, nem quantos dias perambulei pela mata até ser encontrado por Gedeão. E pelo Mica — acrescentou, passando a mão carinhosamente na cabeça do curumim, que sorriu a todos, orgulhoso.

Eduardo calou-se; houve pesado silêncio. Todos olhavam-no com grande respeito, como se, com esse gesto, quisessem demonstrar o quanto também sentiam e estavam solidários. Por fim, Dadá perguntou:

— E não sobrou mais ninguém?

— Não sei — respondeu Eduardo. — Acho difícil, mas quem sabe?

— E o Partido? Por que não fez alguma coisa? — indagou Albino.

— Ficamos completamente isolados da direção do Partido, que estava nas cidades — explicou Eduardo. — Por mais que o Partido se preocupasse com a nossa sorte, nada poderia fazer por nós.

— Mas então o general e seus jagunços podem ter acabado com o Partido — concluiu Aldo.

— Sim, muita gente morreu nos últimos tempos — concordou Eduardo. — Mas, mesmo que matem todos os comunistas, o Partido nunca deixará de existir, pois, onde houver injustiças, onde houver um ser humano oprimido, ali o Partido renascerá.

O rapaz disse tais palavras serenamente, com um estranho brilho no olhar. Os caboclos o escutaram maravilhados. Jamais viram alguém assim. O rosto do forasteiro resplandecia como um facho de luz e as suas palavras tinham o encanto de uma música desconhecida.

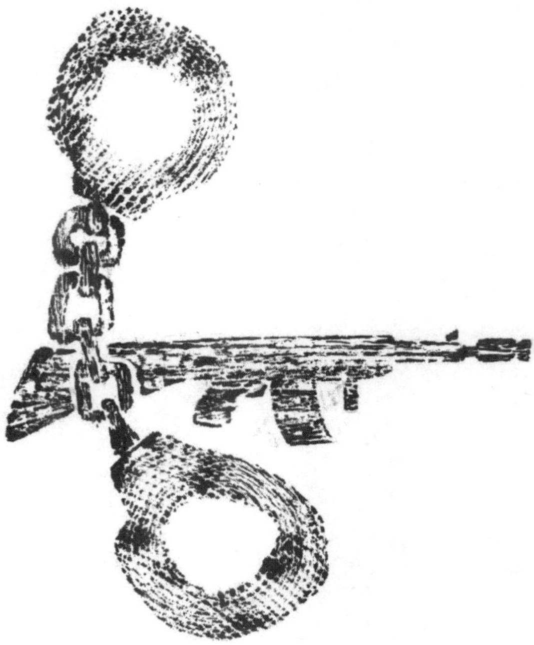

SEGUNDA PARTE

Peixe Fora D'água

Choveu pesado a noite toda, encharcando tudo até os ossos. O sol, pela manhã, fez o seu trabalho: lambeu as poças das ruas esburacadas da cidade; entrou pelas casas e casebres, enxugando os panos dos varais, sugando o líquido do corpo das pessoas. Em meio à evaporação de estufa, eletrizava o ar parado.

As pessoas, como bolhas que se espocam, andavam pelas ruas cabisbaixas. Ninguém ousava parar nas esquinas para conversar; proibiram-se reuniões e ajuntamentos.

Embora o povo seguisse na sua vidinha modorrenta, alheio aos acontecimentos, pairava no ar a atmosfera sombria que se segue às grandes catástrofes.

Apesar da claridade escaldante, a cidade estava envolvida por um véu de luto. Dois dias atrás, um Sábado de Aleluia, a cidade acordara com inúmeros judas malhados pelos postes de luz, nas paredes dos estabelecimentos comerciais, nas repartições públicas, nos bancos... Não teria nada de mais se todos os judas não fossem um boneco do general-presidente da República. O troco veio logo no dia seguinte: a polícia invadiu o campus universitário com gás lacrimogênio, bombas e armas pesadas, matando um estudante.

O comerciante Estefano nunca se conformara por não ter um filho varão, legítimo, para ajudá-lo nos negócios. Amava Dora — ao seu jeito, é verdade —, mas não era a mesma coisa. Ele precisava tanto de um filho homem! Mas, na falta deste, daria à filha tudo o que também daria ao filho que não veio, inclusive estudos. Por isso, a moça teve de vir a contragosto para Belém, onde começou a estudar administração de empresas — mais uma imposição paterna.

Dora chegara à capital nos tempos mais difíceis. Na primeira semana de aula, viu-se arremessada num turbilhão de acontecimentos incompreensíveis. Travava-se uma luta encarniçada, de vida ou morte — isso ela percebia —, mas não entendia a causa. A princípio, pareceu-lhe apenas uma briga entre policiais e estudantes, uma briga à toa, pois notara que quase todos os estudantes vinham de famílias ricas e não tinham do que reclamar. Dora chegou a escrever ao pai, clamando pelo amor de Deus para que ele a deixasse voltar, recebendo como resposta a ameaça de deserdação.

A moça morava com uma tia — D. Alzira, irmã única de Estefano, casada com um velho fazendeiro sempre ausente de casa. Sentia-se muito só. Na escola, não se integrava ao movimento estudantil, pois não se identificava com suas bandeiras. Os estudantes bradavam contra os fazendeiros, reivindicando a distribuição das terras aos camponeses pobres. Denunciavam a exploração dos caboclos pelos comerciantes. Pediam escola para os ribeirinhos. E Dora se perguntava: "para quê escola, se os broncos só sabem trabalhar com as mãos?". Achava aquilo muito louco, pois ainda não vira nenhum pobre participar da luta dos estudantes. Mas, para ela, a maior asneira era a do governo, que se incomodava tanto com as estripulias dos moleques mimados, que brincavam de bons mocinhos, como se fossem os Robin Hood da floresta amazônica.

No dia seguinte à morte do estudante, Dora não foi ao campus. Sabia que teria confusão, e ela temia confusão. Resolveu dar uma voltinha pelo centro da cidade, sozinha, pois a tia nunca saía de casa, vivia a lastimar-se da ausência do marido e do seu rosário de doenças.

Quando entrou na Praça da República, viu um grupo de pessoas que se amontoavam na escadaria do Teatro da Paz. Carregavam, flamulando, algumas bandeirolas vermelhas com foice e martelo. Eram os estudantes que faziam um de seus atos de protesto — atos-relâmpago, pois a polícia deveria baixar sobre eles a qualquer momento. Quando passava à meia distância, decidida a seguir em frente à bagunça, ouvindo já o mesmo discurso da escola — contra os ricos, contra a ditadura e a favor dos pobres e trabalhadores —, Dora, sem querer, parou, pois lhe pareceu reconhecer o jovem que, usando a escadaria do teatro como palco, fazia um discurso inflamado, gesticulando teatralmente, soltando chispas pelos olhos negros, numa voz empostada de locutor de rádio. Recordou que aquele jovem conversara com ela no primeiro dia de aula. Muito gentil, perguntara-lhe de onde viera e mostrara-se interessado na sua história. Se ela bem escutara, ele era filho de um fazendeiro do Marajó. Dora também se lembrou que o jovem, sem que ela entendesse coisa nenhuma, falara do que se passava no país — da ditadura militar, da luta dos estudantes pela justiça social, das mortes e torturas dos presos políticos, da guerrilha urbana e rural, de uma guerrilha que estava naquele instante se travando no sul do Pará. Dissera que os estudantes tinham que abraçar a causa dos menos favorecidos, apesar de estes não terem ainda consciência de sua exploração.

Dora nunca mais viu aquele jovem no campus. Era alto, de um branco tostado pelo sol inclemente de Belém. Possuía um talhe não propriamente atlético, mas esbelto, e uma voz cortante, quase estridente, firme e convincente, e exibia um bigode muito grosso para alguém da sua idade, que lhe dava certa imponência. Segundo avaliou Dora, era um jovem bonito, apesar de haver nele algo de arrogante, algo de empostado, mas concluiu que talvez fosse assim porque o jovem parecia ser mais do que era, principalmente com aquele bigode quase excessivo, e a voz mais solene do que suportava a sua fisionomia um pouco bonachona. Apesar disso, porém, ficou ali a olhar para o jovem enquanto ele falava e gesticulava a uma plateia pequena mas barulhenta. Parecia exercer sobre os estudantes incontestável liderança, a julgar pelos aplausos que recebia a cada frase de efeito proferida.

Dora reconheceu no meio da plateia alguns colegas de curso. Ficou confusa, sem saber se ia embora ou se ficava mais um pouco para ver no que aquilo ia dar. Acabou ficando. Tudo se passou muito rápido. Dora nem percebeu que já estava em meio ao círculo de estudantes, que continuava a aplaudir o orador, às vezes interrompido pelo estribilho orquestrado: "O povo, unido, jamais será vencido!". Ou então: "O povo, na rua, derruba a ditadura!". As bandeiras vermelhas com a foice e o martelo tremulavam no ar carregado de eletricidade e vapor. Da testa de Dora escorriam gotas de suor, mas ela continuava ali, atraída não sabia por quê. Percebeu também mulheres na pequena plateia. Uma colega de classe — pequena, cor de índio, nariz afilado e quadris roliços, de punho erguido e ameaçador — engrossava com sua vozinha de apito o estribilho revolucionário. Olhou para Dora e a reconheceu, dando um largo sorriso de cumprimento, e disse: "Sejas bem-vinda, companheira!". Dora estranhou o tratamento; ela não se achava companheira de ninguém. Mas ali imperava um elo de solidariedade. Todos pareciam agir de forma ensaiada e pensar coisas há muito refletidas. Dora sentiu-se mal, como um corpo estranho naquela onda de euforia juvenil. Pensou em ir logo embora para a casa da tia, que nos últimos dias se tomava de cuidados por ela — "Coitadinha! Pobre garota do interior, perdida numa cidade tomada por agitadores e bandidos". Dora já dava os primeiros passos, rasgando o pequeno amontoado, quando o jovem, que acabara a sua falação, ainda sob os apupos da plateia, desceu da escadaria do teatro e, pedindo passagem entre os colegas, tocou

Dora pelo braço. A moça espantou-se, quis apressar o passo, mas se deteve ao ver que era o seu jovem conhecido.

— Ainda não vá — disse ele, com uma voz bem diferente do estrídulo do discurso. Dora obedeceu, e ele deixou a mão continuar sobre os ombros da moça. — Tu me reconheces? — perguntou ele.

— Sim — respondeu ela. — Não és o rapaz que conversou comigo no primeiro dia de aula, o filho do fazendeiro do Marajó?

— Sim! Eu mesmo! Quando falava, te vi no meio da plateia. Não passas despercebida, a não ser que o cara seja cego ou ... — disse o rapaz, fazendo um trejeito com a mão direita e uma mesura com a boca, imitando os *gays*.

Dora não sabia como se comportar diante do galanteio. Afinal, quase sempre os rapazes mantinham-se longe dela, pois a sua beleza e aquela postura superior desaconselhavam afoitezas. Mas gostou das palavras do rapaz; ficaria mesmo frustrada se ele ficasse indiferente à sua pessoa. Experimentou uma sensação de descoberta, tudo lhe era completamente novo. Percebeu jovens casais que aplaudiam os oradores e, de quando em vez, discretamente, beijavam-se, e faziam carícias. Ela, então, num relance, pensou: "E se ele já tiver namorada?".

O diálogo foi interrompido bruscamente, pois da esquina da praça um garoto apitou três vezes e, como se tudo já estivesse combinado, o ajuntamento dispersou-se em segundos, numa correria dos diabos. O rapaz puxou Dora com força pelo braço; a moça não resistiu, deixou-se levar por ele, e os dois fugiram rua abaixo. Correram alguns metros, abalroando transeuntes; alguns destes caíam e gritavam-lhes palavrões. Dora poderia ter se desvencilhado da companhia do rapaz, mas continuou a correr ao seu lado. Quando chegaram à esquina, deram de cara com um carro da polícia; um dos policiais apontou para eles. Os dois deram meia-volta e entraram numa viela escura, que terminou num pântano, onde havia algumas canoas. O rapaz, sem hesitar, mandou Dora entrar numa das canoas.

— Temos que enganar a polícia — disse o jovem. — Não há outro jeito, a não ser levar conosco esta canoa; depois o dono dela a encontra.

— Por que tu estás fugindo? — perguntou Dora, ingenuamente.

— Porque, se não fugir, serei um homem morto. A repressão não tá pra brincadeira. Isto é uma guerra!

— Tens para onde ir? — tornou ela.

— Tenho... Na verdade não; quase todos os meus esconderijos estão *queimados.*[13] Mais adiante te deixo. Te meti numa confusão dos diabos, não foi? Desculpe...

— Não te preocupa, eu sei me cuidar.

Os dois já iam longe. Haviam atravessado uma zona de palafitas, driblando os barrotes das casas que, lá em cima, a dois metros sobre a água fétida do alagado, lembravam garças pretas, pernilongas.

— Estás vendo esta porcaria? — perguntou o rapaz, apontando com o beiço as palafitas, enquanto remava mais devagar agora. Dora fez que sim com a cabeça. Enxergou, lá em cima, dentro de uma das palafitas, uma velha mulher que, de cócoras sobre um vão das tábuas do assoalho, arreganhava-se num defecar difícil. Dora não sabia se ria ou se chorava, pois era terrível pensar que alguém cagasse na mesma água que bebia. Mais adiante, viu alguém baixando na água um balde preso a uma corda, elevando-o cheio até em cima.

— Pois é... Nós queremos mudar esta situação, acabar com essa miséria toda, pois o povo hoje vive como bicho. Enquanto nós, filhinhos de papai, temos de tudo, sem gastar nada, pois vivemos às custas do dinheiro público, estes miseráveis, que trabalham sem nada ganhar, vivem que nem porcos.

[13] Descobertos pela Polícia.

Atravessaram a área das palafitas. O jovem encostou a canoa no início de uma viela que terminava no mar.[14] Dora olhou para trás e avistou veleiros ao longe. Mais para a esquerda, olhando pela costa, avistou a ponta do Forte, com seus canhões enferrujados "apontando para o cu de São Pedro", como dissera certa vez tia Alzira. O governo gastava uma dinheirama para manter o museu do Forte, enquanto a cidade precisava de segurança era nas ruas, onde bandidos — e agora os "comunistas" — ameaçavam a vida das pessoas de bem.

Dora achou engraçado. Imaginava esses tais comunistas como "gentalha bandida" — como diziam o pai e a tia. Mas, olhando o jovem ao seu lado, que agora se esforçava para amarrar a canoa a fim de que seu dono pudesse encontrá-la, viu o quanto eram ridículas aquelas acusações.

Os dois puseram-se a subir a ladeira da viela escura. Casas de madeira, construídas numa arquitetura incompreensível, empatavam a claridade do sol. O cheiro de maresia que subia do mar confundia-se com os odores típicos das favelas de Belém. Dora pensou que gente vivia naqueles lugares e que os ratos que se alojavam no telhado da casa da tia tinham melhor vida.

— Tu és comunista? — indagou ela.

— E tu, és da polícia? — retrucou o jovem, com ar bonacheirão.

Dora corou. Compreendeu que ninguém, em sã consciência, andaria por aí assumindo ser comunista, ainda mais diante de uma estranha.

— Desculpa, é que falam tão mal dos comunistas... e minha tia diz que as coisas que os estudantes andam fazendo são ações de comunistas.

— Digamos que eu seja comunista, o que isso importa? Tu já tens uma ideia negativa que teus pais incutiram...

— Talvez — respondeu ela. E continuou: — Desculpa! Nunca mais vou perguntar essas coisas...

---

[14] Chamado por alguns de o "Rio Mar", o rio Amazonas, em sua foz, tem as características de um pequeno mar, sofrendo, por exemplo, o influxo das marés. (N. do E.)

— Tu queres aprender o que é ser comunista? Um pouco já assististe hoje, mas não basta; é preciso estudar, senão fica-se preso a preconceitos; queres?

— Não sei... Nunca pensei nisso, nem sei se é boa coisa se preocupar com isso.

— Se quiseres participar do nosso movimento, eu te apresento ao pessoal. Acho que posso confiar em ti — disse o rapaz, marcando bem as últimas palavras. Parara de andar e segurava a moça suavemente pelo braço, olhando em seus olhos.

Dora ficou embaraçada. Viu a fagulha no fundo dos olhos dele e não sabia se temia ou se gostava. Quase responde que também já confiava muito nele, mas calou, resolvida a manter a conversa no tom racional até aí dominante. Disse:

— Não seria mau saber um pouco mais sobre essas coisas. Já que não temos mais aulas na Faculdade, pelo menos alguma coisa eu aprendo.

— Assim é que se fala — disse o rapaz, largando o braço de Dora e retomando os passos, já fora da área dos alagados. — Então façamos assim — continuou ele —: qualquer hora dessas alguém te entregará lá no campus a revista "Veja"; dentro dela encontrarás o local e a hora da reunião.

Os dois agora varavam numa pequena praça, onde três pivetes jogavam petecas. O rapaz, num gesto que pareceu instintivo, parou de andar subitamente e perscrutou por alguns segundos toda a extensão da pracinha. A moça, esquecida de que há pouco estavam fugindo da polícia, pensava nas últimas palavras do rapaz, e se indagava se isso de alguém passar uma revista não seria um exagero. Pensou então em encerrar a brincadeira ali mesmo, as coisas estavam se complicando. Ia dizer que, embora não fosse contra a causa dos estudantes, achava melhor ficar de longe, pelo menos por enquanto. Em vez disso, acabou perguntando:

— Tu estarás na reunião?

O jovem, com ar misterioso, disse que não poderia assegurar, pois ele era "apenas uma peça no esquema da organização" e poderia ser requisitado para outras atividades, mas tudo faria para estar presente, pois "gostaria de revê-la muitas outras vezes". Ao ouvir tais palavras, a moça corou. Os dois continuaram andando, agora por uma rua maior, onde ônibus cruzavam com automóveis apressados. A cabeça de Dora era uma grande confusão. Lembrou-se da tia, que àquela hora deveria estar preocupada com sua ausência.

Quando passavam à porta de um bar, ouviram no rádio que a polícia havia dispersado um ato público promovido pelos estudantes no Teatro da Paz e que vários deles foram presos. Mas o enterro do jovem, num cemitério qualquer do subúrbio, transcorrera sem incidentes, pois mais de cem policiais garantiram a ordem. Dora sentiu-se ridícula, pensando que, enquanto pessoas eram presas e assassinadas, ela deixava-se conduzir por um sentimento vil, que a subjugava. Mas já não encontrava forças para resistir. A presença daquele jovem imobilizava-a completamente. Achou-se mesmo mesquinha: ia aceitar ir a uma reunião para se reencontrar com ele! Pensou nos casais de jovens lá no ato, que se acariciavam em meio aos discursos.

Não será difícil compreender os sentimentos de Dora, se pensarmos que ela fora criada como filha única de um comerciante que, apesar de mulherengo e descarado, dentro de casa se comportava como o último bastião da moralidade, impondo à mulher uma fidelidade infeliz, e à filha, a quem guardava com zelo excessivo, uma virgindade que, aos dezenove anos, a consumia. Acresça-se o ambiente provinciano e acanhado de Santa Irene, a pequena cidade onde nasceu e viveu, com suas mil capelas e beatas, e as vizinhas linguarudas e mal-amadas, que colaboravam com Estefano em sua obra de castrar à filha os mais comezinhos prazeres de sua idade. Ela nunca teve namorado, nunca pôde ficar um minuto a sós com jovem algum, nem mesmo com José Ambrósio, o caçula dos Ambrósio, a família mais poderosa do município, dona de mais de cinquenta mil cabeças de gado e que tinha em suas fileiras um deputado estadual.

Esse José Ambrósio, de uns vinte e cinco anos, gordo e afetado, com um nariz redondo e vermelho de palhaço, mas com fama de paquerador e rufião das empregadas de sua mãe, era muito amigo do comerciante Estefano, que já fazia cálculos políticos e econômicos, nos quais a filha era a moeda com que compraria um pouco da fortuna e prestígio político dos Ambrósio. José Ambrósio, tendo tomado conhecimento das intenções de Estefano, já lambia os toucinhos de seus beiços pensando no que faria com a rolinha quando a tivesse em sua gaiola. Dora desconfiava dos planos do pai, repugnando-lhe a ideia de um dia ver-se entregue ao gorduroso José Ambrósio. Daí porque a moça, embora não tivesse ambições intelectuais, não opôs resistência quando o pai determinou que fosse estudar na capital. Preferia mil vezes a companhia da reumática e rabugenta tia Alzira à terrível perspectiva de um dia ser obrigada a viver com o tal Ambrósio.

Caminharam duas quadras da rua movimentada, onde havia um bosque que Dora conhecia. A casa da tia Alzira não era longe dali. Bastava cruzar a avenida e seguir por uma via mais estreita, dobrando à direita lá mais embaixo. O casarão de estilo colonial da tia ficava no fim de uma travessa pavimentada com paralelepípedos. Dora ia despedir-se do jovem, não sabia o que dizer, quando, a duzentos metros dali, sem que esperassem, surgiu um carro da polícia com a sirene ligada. O jovem, num segundo, havia puxado Dora pelo braço e começaram a andar pela calçada em frente ao bosque, cujos alambrados tinham buracos aqui e ali, por onde uma pessoa poderia passar. Procuravam caminhar misturando-se com os transeuntes, sem apressar o passo, mantendo a calma.

Antes do carro da polícia parar no grande portal do bosque, a cinquenta metros, Dora olhou para o companheiro e não mais o reconheceu. Pensou ser outro homem que andava ao seu lado. Nem viu quando ele colocou sobre os seus próprios cabelos, que eram curtos, uma peruca castanha e longa. Não fosse a situação de perigo, teria soltado umas boas gargalhadas. O bigode também já não era o mesmo. Na verdade, o bigode sumira, tendo crescido milagrosamente duas suíças negras e largas na cara do rapaz, realçando-lhe o talhe quadrado do rosto. Ele sorriu para ela enquanto os dois se metiam por um dos vãos do alambrado do bosque e, andando agora mais rápido, mas não o suficiente para gerar suspeitas nas pessoas que visitavam o bosque, enveredaram por uma ruela que conduzia ao outro lado da pequena floresta. A meio caminho, ele perguntou:

— Tu não esqueceste da reunião?

— Não — respondeu ela. — Eu aguardo a revista.

— Então até outro dia; já te expus demais; não é bom que te vejam andando comigo nunca mais. O que eu fiz não está certo. Adeus. Foi bom ter te conhecido. Cuidado.

Como das Páginas de um Romance

Dora ia dizer qualquer coisa ao rapaz, mas não teve tempo, pois ele, dizendo adeus, desapareceu pela vereda que levava diretamente ao lado oposto do bosque. Num impulso involuntário, Dora seguiu-o alguns passos e ainda pôde ver quando ele se meteu num dos buracos do alambrado, saindo numa rua pouco movimentada nos fundos do bosque. Ela então deu meia-volta, disposta a ir ter com a tia, mas acabou sentando-se mais adiante, num dos bancos do bosque, ao lado de um garoto que comia pipoca e apontava para o galho de uma árvore, querendo mostrar a um homem, talvez seu pai, uma arara que vivia solta. A arara parecia muito à vontade no pequeno espaço verde do bosque. Dora, certa vez, vira um visitante dando pipoca no bico da ave, que chegou a pousar-lhe no ombro.

Tudo aquilo lhe parecia muito esquisito. O bosque, a arara, uma minúscula cutia que trançava entre as pernas dos visitantes, traziam--lhe a lembrança desbotada do ambiente em que crescera; dos bandos de pássaros, de espécies variadas, que cruzavam o céu da pequena cidade onde nascera; dos papagaios que vinham comer as goiabas do grande quintal de sua casa; e de um periquito muito do seu sem--vergonha e preguiçoso, que, para não ter mais de procurar comida, tornou-se membro de estimação da família, e pousava sobre a mesa, beliscando o prato de Dora nas refeições. Ela lembrou do dia em que o Rico — apelido que dera ao periquito — apareceu tristonho, com os olhinhos vidrados, e não quis mais comer. A morte do bichinho quase leva também a menina, que ficou vários dias acamada, sem querer se alimentar, precisando a mãe trazer o médico da família, Dr. Siqueira, que lhe aplicou soro.

Os amigos da infância de Dora — além da mãe, prisioneira também da prepotência de Estefano — foram esses bichinhos, que encontravam na menina uma protetora dedicada contra os estilingues dos moleques, a pessoa que sabia reconhecer neles o pouco de natureza divina que possuíam.

Essas coisas ela não pensou, ali, sentada no banco do bosque, mas vieram todas de uma só vez, embaralhadas, confusas, com uma sensação de tempo perdido, de dias que não voltam mais. Sobre esse pano de fundo que inundava a sua alma, veio o presente fixar-se como uma camada de tinta ainda fresca, esparramada sem técnica nem previsão por um pintor principiante, de forma que o presente pareceu a Dora ainda menos palpável. Uma frase escapou-lhe involuntariamente, baixinha, entre os lábios: "Essa vida é louca". Voltar para a casa da tia — aquele casarão do início do século, de paredes grossas e arcadas barrocas; ter de atravessar o longo pátio, o jardim, onde a tia cuidava de cada uma das plantas como se fossem gente; depois percorrer aqueles corredores sombrios, onde o sol nunca penetrava; escutar o ranger dos seus próprios passos na velha escada que conduzia ao segundo pavimento; antes, porém, tomar a bênção da tia, dizer-lhe que estava com pressa, teria de fazer um trabalho escolar (mentira! há dias não havia aulas no campus!); deixar a velha falando sozinha, o que aliás não lhe causava remorsos, pois a vida da velha era falar sozinha, com pessoas mortas, ou com o marido sempre ausente, ou com fantasmas, o que dava no mesmo. Depois entrar em seu quarto — imenso, as mesmas paredes grossas que lembravam prisão; a cama ao pé da grande janela que dava para os fundos de outro casarão, de onde nunca chegava som algum; a cômoda na cabeceira da cama, muito limpa mas escura, parecendo ter acumulado a penumbra de não sei quantos dias de solidão. E o silêncio sólido, que nem mesmo os ruídos da grande avenida não muito distante conseguiam quebrar. Tudo isso, repito, Dora não chegou propriamente a pensar, apenas sentiu, num daqueles relances que nos invadem a alma, quando a pessoa se sente pequenina e frágil.

Finalmente, levantou-se do banco e foi andando em direção ao portal de saída do bosque. Andava bem devagar, maquinalmente, sem enxergar nada nem ninguém. Nem mesmo percebeu um rapaz que, de um coreto, fitava-a com insistência. De repente, relembrou dos acontecimentos do dia; recapitulou-os num relance: o ato público, a fuga de canoa entre as palafitas — sentiu ainda o odor almiscarado de dejetos humanos misturado ao cheiro de maresia; depois procurou lembrar palavra por palavra do diálogo com aquele rapaz que surgira como das páginas de um romance; a voz do locutor no rádio do bar informando a prisão dos estudantes; a sirene da polícia; a peruca e as suíças postiças do jovem, e aquele seu olhar terno, que, mesmo em meio ao perigo da fuga, parecera-lhe tão distante e seguro.

Sem dúvida, aquele fora um dia extraordinário. Dora então sentiu uma alegria louca; a ansiedade cedeu lugar a uma perspectiva de confiança indescritível. Sentiu-se forte. Nem o passado, representado pela figura untuosa de José Ambrósio, nem o presente, personificado pela tia fossilizada e pelo casarão sombrio, nada lhe amofinava, pois o futuro abria-se ensolarado para ela.

Mas aquele dia extraordinário ainda não terminara. O que aconteceu no exato momento em que Dora saía do bosque, quando já se dispunha a atravessar a avenida, deixou a nossa personagem completamente desnorteada. A viatura policial, a mesma que os fizera esconderem-se no bosque, agora passava frente à entrada do bosque, devagar, em silêncio, de forma que foi fácil para Dora, que se ocultara por trás do poste do farol da avenida, divisar em seu interior, além do motorista e da farda ao seu lado, uma outra pessoa no banco traseiro. Mas não queria acreditar no que via. Não podia ser possível! Era ele, sim, era o seu jovem companheiro de fuga que ia lá dentro! Não havia dúvida. Dora prestou atenção nos cabelos e nas suíças: eram postiças. A primeira coisa que pensou, com um aperto no coração, foi que o tinham agarrado. Queria poder fazer alguma coisa para salvá-lo, mas o carro, no mesmo ritmo lento, foi passando e seguiu avenida adiante. Ficou parada, abobalhada; sem dúvida que o haviam apanhado, mas como? Ela lembrou que o rapaz desaparecera numa rua sem movimento, nos fundos do bosque, e o carro da polícia havia estacionado na avenida frontal. Depois refletiu que, em suas divagações, demorara um pouco sentada no banco do bosque. E quando o carro passou levando o jovem, não havia tumulto, e nenhum transeunte parecia perceber o que estava acontecendo. E o companheiro de fuga — agora ela relembrava — parecia ir muito à vontade na viatura. Sim, nem algemado estava, pois o seu braço direito ia apoiado sobre a janela traseira do carro. Mas, se assim fosse, como explicar toda aquela fuga, e as suas palavras deveras convincentes sobre a injustiça dos ricos que exploram os pobres? Não, Dora não ousava concluir o que o seu instinto lhe dizia. Era sórdido demais.

Ainda sob estado de choque, atravessou a avenida e retornou para casa. O sol do equador, antes direto e aquecedor, encontrava-se agora escondido por uma grande nuvem, que ensombreou a alma da moça.

Quando Dora chegou ao velho casarão, tudo o que imaginara aconteceu: atravessou o longo pátio, entre as plantas da tia, depois percorreu os corredores sombrios, subiu a velha escada ao segundo pavimento, ouvindo o ranger dos passos; mas não tomou bênção da tia, e, quando esta a procurou em seu imenso quarto, a moça também não mentiu que havia um trabalho de aula urgente a fazer; ao contrário, pediu para que a idosa senhora não a deixasse sozinha, pois achava que estava muito doente.

Tia Alzira, como um animal doméstico enjeitado há muito pelos donos, abanou-se toda em cuidados com a jovem sobrinha. Pegou-lhe o pulso, encostou os lábios na fronte da moça, com o coração agitado por uma enorme gratidão que irradiava de seus cansados olhos; por fim, concluiu que ela ardia em febre, mas que isso logo ia passar. A moça disse que também sentia fortes dores de cabeça, ao que a tia respondeu que devia ser "a margarida" — apelido da gripe que assolava a cidade nos últimos meses —, mas não havia o que temer, pois ela tinha lá no pátio uma folha que era um santo remédio para gripes. Dando um beijinho na testa da sobrinha, D. Alzira — que revelava inesperadamente uma lepidez inimaginável — desceu a velha escada como um azougue, mas antes estendeu um cobertor sobre a sua paciente, dizendo, da porta do quarto, que logo voltaria com um chá da erva milagrosa.

Dora deixava-se vagar num torvelinho de sentimentos; realmente sofria, mas não deixava de se recriminar por ser fraca, inexperiente e boba, como as personagens femininas que pululavam as suas leituras românticas. Coitada da tia; que trouxesse o seu chá, isso lhe traria alegria. Pensou na tia, tão carente de afeto, e tão prestativa. Não mais lhe parecia a velha que vivia se lamuriando pelos cantos, esperando por um marido que há muito a abandonara.

Quando a tia voltou, com o famoso chá, Dora já estava de pé, decidida a antecipar-se à decrepitude que, embora pareça vergar as mulheres somente em avançada idade, pode alquebrar porém suas almas, quando ainda jovens. Não! Com ela tudo seria diferente! Não cultivaria jardins, nem plantas medicinais; não se apegaria a ambientes, como os gatos; não se afeiçoaria a homem algum, como as cadelas que lambem as pernas do dono. Dobraria o cabo das tormentas, sem esperanças nem decepções. Despertou com a voz da tia, que voltava:

— Dora, minha filhinha, o que fazes aí de pé?

D. Alzira, com a xícara de chá numa das mãos, quis puxar a sobrinha para a cama, mas Dora resistiu. Olhava pela grande janela do quarto, como se pudesse enxergar através da muralha que se levantava aos fundos de um outro casarão.

— Já passou, tia. Acho que foi o calor...

A tia aproximou-se da moça, apalpou-lhe de novo os pulsos e tocou-lhe a testa, mas insistiu para que a sobrinha pelo menos bebesse o chá. Dora sorveu o líquido da xícara de um só gole, como se o tempo contasse, como se com aquele gesto afugentasse a lassidão que parecia tomar conta de todo o seu ser. Anos mais tarde, a moça compreenderia os sentimentos agora confusos. Não sabia definir em palavras a sensação de ter assistido a um espetáculo comovente, de ter caminhado junto ao protagonista e com ele solidário até o último ato, e, de repente, baixada a cortina, ter descoberto com assombro que o ator, que desempenhara com tanto realismo o seu papel, absolutamente nunca acreditou no seu personagem.

— Acho que foi só um susto. Tu ainda não te acostumaste ao clima desta terrível cidade — disse, por fim, a velha. Voltara à sua antiga atitude recolhida, petrificada, enclausurada em sua solitária espera, sem a qual talvez nem mais soubesse viver.

Dora sentiu pena da tia, há pouco tão ligeira, a emprestar-lhe força, que talvez ela nem desconfiasse que possuía. Dora pensou então que, daquele dia em diante, trataria de modo diferente a tia Alzira, que já não lhe parecia somente uma velha rabugenta com seus unguentos.

Dora estava recuperada, mas decidira-se a não ir ao campus nos próximos dias. Temia não resistir a "revista", não queria mais ver o jovem misterioso. Mas, quando pensava nele, tudo voltava, detalhe a detalhe, e a dúvida atroz a consumia. Seria ele mesmo que ia no carro policial? E se fosse, por que foi apanhado? Não, ele não foi apanhado pela polícia. Mas então era alguém parecido com ele. Ela, na verdade, já não tinha certeza.

Durante três dias ficou em casa com a tia, sem sair para nada. Quando a tia perguntava por que ela não ia à aula, ela lembrava os comunistas, e a velha, que ouvira o marido praguejá-los como a demônios, não insistia. Dora ponderava que, como ainda não se sentisse totalmente refeita daquele mal-estar, era melhor ficar em casa uns dias se recuperando, leria uns livros; quando voltasse às aulas, a polícia já teria posto ordem no campus. Sim, era mais seguro, concordava a velha. Nesses três dias, Dora procurou aproximar-se da tia; até a ajudou a regar as plantas pela manhã, e ficou sabendo de coisas.

O Grande Fazendeiro

Que Alzira era a única irmã de Estefano, Dora já sabia. Mas a tia falou-lhe da grande fortuna que os avós, já falecidos, deixaram aos dois irmãos. Estefano, sempre metido em negócios arriscados, perdera quase tudo, acomodando-se por fim à vida nada nobre de carcamano, a engrupir caboclos pelas beiras de rio. "Pelo menos não caiu na miséria", ponderou tia Alzira. Quanto a ela, sempre econômica, teve a infelicidade de casar com um pobretão, que, no entanto, roubou o seu frágil coração, e que, administrando com maestria a fortuna da mulher, tornara-se um dos maiores fazendeiros do sul do Pará, prestigiado pelos políticos, que lhe disputavam o apoio em época de eleições. Candidato apoiado pelo marido era candidato eleito, gabava-se a velha. Mas uma coisa há anos a mortificava: a ausência eterna do marido, o qual, no entanto — ela não tinha nenhuma dúvida —, ausentava-se dela com pesar, pois ainda a amava como no primeiro dia. Que Dora nunca duvidasse disso, ele a amava "tanto quanto às vacas do curral". A velha pronunciou estas últimas palavras num tom cortante, com um quê de rancor, discrepante naqueles lábios ressequidos de tanta lamúria. Dora, que não sabia como encarar aquelas confissões, julgou vislumbrar uma ponta de maldade nos olhos da velha.

No quarto dia — quando a moça já se animava a voltar às aulas, pois, como previra, a onda de agitação, pelo que noticiavam os jornais, havia amainado — o tio "desaparecido" caiu como um raio sobre o velho casarão. Dora, muito tempo depois, recordaria aquele dia. Lá do seu quarto, ouviu um buzinar despropositado de carro, que parecia chegar da rua sem saída, em frente ao casarão. Depois a tia, numa voz de lata esganiçada, mas prenhe de emoção, gritando que o Dimas havia chegado. Esse grito foi dado com tanta vibração, que Dora depois o comparou ao grito de "terra à vista" do marujo de Pedro Álvares Cabral, no descobrimento do Brasil.

Quando Dora desceu, a tia já havia se mandado, lépida como um *cernambi*,[15] ao encontro do amado no portão da casa. O que tia Alzira havia pintado como um velho sem contornos, na verdade despontou pátio adentro como um varão radioso, que, embora já entrado em dias, ainda guardava no rosto, no porte, nos movimentos, certos reflexos da juventude já longínqua, mas que ele não parecia haver abandonado.

A pobre mulher pendurou-se no amado e, ridícula, chorou. Tio Dimas parecia bem acostumado àquela cena. Pois, sem se mostrar afetado, tratou da esposa como se fora uma criança mimada, que encontra seu brinquedo perdido. Tio Dimas, depois de carregar comicamente a velha no colo, pô-la sentada na mureta de entrada da sala, dizendo a ela que se acalmasse, pois não lhe faltaria tempo.

Dora, no segundo degrau da velha escada, que conduzia ao segundo pavimento, observava a tudo com grande interesse. Não pensara que o tio tivesse ainda todo aquele vigor. Pareceu-lhe mesmo um velho jovial. Bem firmado sobre a sua bota de cano longo; a calça de pano grosso metida no cano da bota; o cinturão, de puro couro de boi, apertando-lhe a cintura; um punhal embainhado à cinta; a camisa de mangas compridas que lhe caíam tão bem, apesar de inadequadas ao calor de estufa típico de Belém; e os bigodes bastos, com duas pontas bem afiladas, dividindo a cara em duas partes, sendo que o queixo fino e bem escanhoado parecia demasiadamente pequeno

[15] Borracha de qualidade inferior, extraída da seringueira.

e delicado debaixo da testa larga, afixada num crânio desenvolvido um pouco mais que a média. Dora pensou, deliciando-se com a lembrança, que o tio era um típico "cabeça chata", como se falava dos cearenses e pernambucanos, que descendiam da turma holandesa do Visconde de Nassau, que ocupara o Nordeste por algumas décadas, imprimindo sua marca inconfundível nas testas anchas dos varões e nas ancas largas das mulheres que ainda hoje habitam essas paragens. Ela própria devia ter sangue holandês nas veias, a julgar pelo rosto de um branco corado, pelos cabelos ruivos e aquela pele leitosa que lhe recobria como nuvem a fofura das nádegas. Dora, àquela altura, apesar de nenhuma experiência com homens, tinha já consciência de sua beleza, mas não saberia sopesar se essa formosura traria mais prazeres que dissabores.

Tio Dimas, que ouvira falar muito dela, mas não a conhecia pessoalmente, não disfarçou o seu assombro ao vê-la ali, em pé, diante dele, parecendo ainda mais alta e imponente do que era, sobre os degraus da escada, como uma deusa estática e exuberante a olhar para os mortais do cimo de um sicômoro.

— És tu a minha adorada Dora? — perguntou o velho, num tom bonachão, no qual se entrevia deslumbramento e também, quem sabe, uma pontinha de galanteio.

Dora percebeu apenas o deslumbramento; só depois descobriria que o tio Dimas, todo ele, recendia à lascívia típica dos touros reprodutores.

— E o senhor? É o tio que sempre está viajando? — retrucou ela, embarcando no clima de intimidade que o velho permitira, mas também sem deixar de transparecer certa censura. — Tia Alzira não esquece do senhor um só instante — concluiu.

— Pois agora estou eu aqui, para ela e para você também, minha rolinha... Quanto à tua tia, sofre porque quer, pois eu vivo pedindo para ela ir morar comigo em uma das nossas fazendas no sul do Pará. Na verdade, ela bem tentou, mas parece que não se adaptou à vida dura do campo; não foi, meu bem?

Tia Alzira não respondeu. Uma pequena rusga toldou-lhe as faces até então de uma coloração vicejante. Dora não sabia que tia Alzira fora morar, anos atrás, na fazenda, mas voltara para Belém depois de três meses. Não suportara ver o marido partilhado com pelo menos mais cinco mulheres da região. Era uma disputa desigual. O velho, fazendeiro afamado pela violência e lascívia, mantinha cinco raparigas novas, teúdas e manteúdas, num raio de poucos quilômetros. Também não gostava de assistir ao modo como ele se dirigia aos peões e como tratava aqueles que considerava inimigos. Voltou para Belém e enterrou-se naquele mausoléu, numa rua sem saída. Quanto ao progresso econômico do marido, a velha também não contara tudo à jovem. Por exemplo, omitira que a atual fortuna não proviera unicamente da herança de seus pais, tampouco apenas do tino empreendedor do marido, mas que este, nos últimos dez anos, aliando-se aos grandes fazendeiros do Estado e aos políticos mais influentes, conseguiu agregar enorme quantidade de terra ao seu patrimônio, numa cobiça voraz e sanguinária, pois, nesse empreendimento, colocou ao seu serviço jagunços fortemente armados, que escorraçavam ou matavam os antigos moradores daquelas terras, quando não os forçavam a entregarem as suas posses a preço vil. Mas essa faceta do tio só descobriu depois. Por ora, enxergava apenas um velhinho endiabrado e jovial, que gostava de arriar as asas a uma donzela, mesmo quando esta era sua sobrinha.

Passada a euforia da chegada, tio Dimas assenhoreou-se do ambiente, como se nunca tivesse dali se afastado. Tia Alzira passou a portar-se como a mulher submissa que era, azafamando-se em agradar o cabeça da família. Como a esposa se metesse na tarefa da cozinha, Dimas indagou-lhe sobre a empregada doméstica que havia contratado, e D. Alzira ouviu severas recriminações por tê-la despedido sem a concordância do marido. Mandaria vir outra empregada, porque lavar pratos e varrer casa não eram trabalho para mulher sua. Tia Alzira ouviu tais recriminações como quem saboreia uma guloseima há muito desejada. Via naquela reprimenda a prova de que era amada.

Dora despediu-se da tia e punha-se a sair para a escola, mas o tio não deixou que se fosse. Rústico, mas cerimonioso, implorou à sobrinha que ficasse com eles aquele dia, pelo menos aquele dia. Gostaria de saber sobre a família, e, não escondia, esperava roubar dela nem que fosse um naquinho da sua juventude. A moça — não digo a contragosto, pois o tio Dimas até lhe parecia uma pessoa interessante, mas também sem grande prazer — teve de assentir em ficar.

O velho mandou o motorista, cabra de sua confiança, que com ele andava para tudo quanto era canto, chamado Elviro, colocar o jipe marca Toyota, todo cheio de barro e poeira da longa viagem, na garagem. Antes, porém, admoestou o capacho a não relar nas plantas de D. Alzira. E assim, mostrando zelo pelas coisas da velha, tio Dimas ia fazendo seus afagos na alma esquálida e abandonada da pobre senhora. Aquela situação sempre lhe fora conveniente. Se bem que agora pudesse dispensar a velha, pois fizera suas próprias posses e era homem que andava com as próprias pernas, perderia, contudo, em prestígio, desligando-se daquele bregueço; pois era ela, e não ele, que portava o brasão de nobre família de Belém. Os antigos da aristocracia do Estado ainda lembravam dos pais de Alzira, na época em que os sonhos eram feitos de elástico. De toda a borracha da Amazônia, parece ter restado apenas as pelancas de cernambi da velha, que já nada valiam diante da pele sintética das caboclas que ele comprara no sul do Pará. Afinal, Dimas achava-se um fazendeiro dos tempos modernos.

Naquele dia, Dora ajudou a tia a fazer o almoço — tucunaré cozido com tomates, arroz e bastante farinha de mandioca, prato predileto de Dimas. Na verdade, o velho já se afinava mais com um bom churrasco de carne de novilho; mantinha, porém, na casa de Alzira, os velhos gostos — uma forma a mais de neutralizar as lamúrias dela, deixando a mulher pensar que o agradava.

À mesa, sentaram-se somente os três, uma vez que Elviro, o motorista, nunca comia com o patrão na mesa. Foi aí que o velho soltou a bomba: no dia seguinte haveria em Belém uma grande e importante reunião política — na verdade, um alegre encontro da elite regional, ou seja, uma festa, ou melhor, uma recepção ao presidente da República, o general "M" — e o tio Dimas teria que comparecer ao encontro. "Os casados vão levar esposas e filhos", disse ele, olhando para Dora, que não teve dúvidas de que acabava de ser intimada a comparecer na qualidade de sobrinha do "grande fazendeiro".

— Tu te divertirás, tenho certeza — arrematou Dimas. — Além disso, farás companhia para Alzira. Não é, meu bem?

E voltando-se de novo para a moça, sem esperar a confirmação da mulher, continuou: — Banqueiros, grandes fazendeiros, deputados, altos funcionários do governo, o próprio governador, e até o senador Bentevi, com suas respectivas famílias, estarão na recepção; tenho certeza que a minha bela sobrinha não fará feio. Não achas, querida?

Embora tia Alzira preferisse ficar no velho casarão, como um tatu no buraco, não ousou discordar. Sabia que não era um convite, mas uma ordem inquestionável. Para quê expor a público o seu opróbrio? Mas o marido a dominava.

O Mecanismo

Um dia depois da tal recepção, tio Dimas — acompanhado pelo seu fiel cão-de-guarda Elviro, grudado ao volante do Toyota empoeirado — voltou ao campo, insensível aos apelos da tia Alzira, que, em total descontrole, chegou a dizer que melhor seria se o malvado nunca mais regressasse. Isso, está claro, apenas da boca para fora, pois, assim como as plantas do jardim precisavam do sol para não morrerem, tia Alzira precisava do marido para continuar viva. Pois saiba o leitor que, depois da primeira noite do tio Dimas no velho casarão, tendo marido e mulher dormido na mesma alcova, tia Alzira acordou lépida como uma gazela, e tio Dimas despertou rijo e forte, embora durante o dia lhes escapassem uns bocejos de noite não dormida. Dora julgou mesmo ter ouvido naquela noite um arfar de latas sufocadas, sob a marcação compassada de ferro batido na bigorna. Na noite seguinte, foi a festa, e depois, quanta coisa...

Dora era agora a aluna mais assídua no campus, e a mais pontual. A tia admirou-se da repentina mudança. Não bastava só assistir às aulas, eram trabalhos e mais trabalhos a fazer, livros e mais livros a serem lidos, analisados, entendidos e, por fim, resumidos. Assim é que, todas as tardes, a moça trancava-se para estudar no quarto do segundo pavimento. No começo, a tia estranhou o fato da sobrinha se trancar — havia necessidade? —, mas acabou entendendo que a "menina" não devia ser incomodada. Realmente, ela estudava, pois a velha ouvia lá da cozinha ou do pátio, onde cuidava de suas plantas, o debulhar de milho na máquina de escrever que o tio Dimas comprara para a sobrinha.

Se pudéssemos penetrar, sem sermos vistos, poderíamos então ler o que ela tanto escrevia: um diálogo monocórdio entre personagens estapafúrdios, sobre temas em geral esdrúxulos, é o que pensará o leitor não habituado a refletir sobre o que vai por trás das palavras dos políticos ou o que representa na sociedade uma pessoa em posição de comando. Não importa, pois, em que ponto do estranho diálogo começamos:

"— Nós precisar mais segurança; governo brasilero precisar cumprir promessa fez capital estrangero. Como desenvolver mazônia com bando bandolero non querendo trabalhar nem sair terra?"

"— Sim, Mr.Robin Kollie, o governo se empenha em garantir as atividades dos investidores estrangeiros. Mas não é fácil. A Amazônia não é o espaço vazio que se imaginava. Tem gente metida nesse mato de meu Deus, vivendo que nem índio, que até o diabo esqueceu, quanto mais as estatísticas. Sabemos que não é entregando o país a essa escória analfabeta que ele vai se desenvolver. O governo está com vocês, pioneiros do desenvolvimento, que, com risco e sacrifício, querem desbravar o inferno verde."

"— Mas, presidente, como desenvolver mazônia se empresa estrangera ser proibida dquirir terra em mazônia? E se estrangero non pode ser dono, enton quem ser? Non ser peon tatu no mato, enton ser dono o governo, non ser? Governo ser sempre dono terra, mas gente governo non ir em terra trabalhar, terra enton non produzir."

"— Certo, muito certo, Mr. Robin; por isso resolvemos entregar a Amazônia para o capital estrangeiro, claro que sem excluir o patriótico capital nacional; em breve baixarei um decreto revogando a lei que proíbe as empresas estrangeiras de terem terras no Brasil."

"— E se o decreto demorar sair?"

"— Enquanto isso, Mr. Robin, brasileiros podem comprar terras do Estado pra vocês."

"— Oh, sim, ser menos mau, mas não ser melhor. Nós ficar na mon gente trapacera como Dimas, que sem toston ficar dona milhares hectars terra."

"— Mas, Robin, a turma do Dimas é só testa-de-ferro; vocês que instalam as serrarias, extraem o minério, plantam o capim pro gado... Fica calmo, Robin, este é um país de palavra. Daremos todas as garantias, mesmo que as Forças Armadas tenham de matar brasileiros — se é que se pode chamar de brasileira essa gentalha que vive embrenhada que nem bicho. Se não for possível convencer, usaremos a força; aliás, já estamos usando. Cá entre nós, Robin, não diga a ninguém, está havendo uma guerra no sul do Pará. Não permitimos divulgação para não repetir Canudos. Já ouviu falar em Canudos, Mr. Robin? Lá, um bandido inteligente juntou todos os idiotas do sertão nordestino e fundou uma comunidade autossuficiente, sem abastança nem miséria. A gentalha adorou, pois detesta pegar no pesado, prefere a pobreza sem esforço ao progresso com sacrifícios. Armaram uma confusão dos diabos, afrontaram as leis da República e derrotaram as duas primeiras expedições legalistas. Por falta de visão estratégica, o governo permitiu que Euclides da Cunha, um lunático, relatasse ao país o cotidiano da guerra. Já ouviu falar de *Os Sertões,* Robin? Um livrinho de merda, uma verborreia que enxovalha a imagem nacional, mas que corre mundo. Na terceira incursão, ganhamos a guerra, não sobrou um mosquito pra contar a história de Canudos, mas é como se tivéssemos perdido, pois o filho da puta do Euclides da Cunha convenceu o povo de que os heróis eram bandidos e que a guerra foi um genocídio. E os genocídios, Robin, não devem ser feitos à luz dos *flashes.* O governo não está parado; travamos uma batalha no escuro contra o atraso. Queria que você visse as cabeças cortadas dos bandidos que nos fazem guerra no sul do Pará. Trouxeram uma pra eu ver; eu mesmo abri o saco: o bandido continuava rindo da minha cara. Mas, Robin, pelo amor de Deus, não conta isso a ninguém, ouviste?"

Em seu relato, Dora escrevia o diálogo algo cínico entre o presidente da República e Mr. Robin Kollie McCohn, conhecido negociador de terras — debaixo dos panos, é claro — no norte do país. Afinal, como uma jovem recém-chegada do interior, inexperiente e sem visão, transformara-se, de uma hora para outra, em escritora de temas tão complexos?

No dia seguinte à chegada do tio Dimas, ela fora ao campus. À noite haveria a recepção ao presidente da República. Tal fato deixava-a apreensiva, com a cabeça cheia de fantasias. Não sabia o que seria a recepção. Mas pressentia não ser uma coisa qualquer. Grandes homens, com suas famílias, iriam ao evento, dissera o tio. Até um certo senador, nome de passarinho (Bentevi ou Araponga?), ia esperar o presidente, que ela sabia ser um general, o chefe daquilo que os estudantes chamavam ditadura. Ela foi mesmo ao campus mais para ver como as coisas estavam, pois imaginava que os estudantes não ficariam passivos. Até ela, que não participava do movimento, logo percebeu que a presença do presidente da República em Belém era uma provocação da elite paraense à oposição.

Mas ela tinha outro motivo para ir ao campus, embora não ousasse confessá-lo a si mesma. Tratava-se do belo jovem, que surgira e desaparecera surpreendentemente de sua vida. Ia ao encontro dele, embora uma premonição típica das mulheres a avisasse que o caminho era perigoso.

No campus, o clima era de alta tensão. A ditadura alardeava aos quatro ventos a visita do general; informara à imprensa até mesmo o local do festejo: o Teatro da Paz — uma afronta aos estudantes, pois o Teatro da Paz, com sua clássica arcada e imponente escadaria, era um lugar-símbolo da resistência. Mas a informação era apenas um trote para despistar. A festa acabou acontecendo no palacete particular do governador do Estado.

Exército, Marinha e Aeronáutica, e os gendarmes estaduais, postaram-se nos pontos estratégicos da cidade. E o campus, "bunker" dos estudantes, certamente era um ponto estratégico. Àquela altura, eles eram a única força organizada ainda em atividade no país. Os sindicatos de trabalhadores foram fechados ou entregues a interventores de confiança da ditadura militar — os famigerados "pelegos". A imprensa fora amordaçada por implacável censura; os militares exigiam que os donos dos jornais despedissem os jornalistas tidos como de esquerda. O baixo clero católico, que acompanhava o sofrimento do povo e com este se solidarizava, via-se tolhido pela pressão da cúpula da Igreja — ilustres dignitários que, velada ou ostensivamente, apoiavam o regime militar. Vivia-se no sombrio contexto da "Guerra Fria" — de um lado, os países capitalistas, sob a liderança dos Estados Unidos da América; de outro, os países socialistas, controlados pela União Soviética. Não havia lugar para indecisos. O Brasil, seguindo sua triste vocação de colônia, submetia-se às potências capitalistas, em troca de proteção. Para salvar o país do "monstro vermelho", a grande burguesia nacional entregara todo o poder aos militares, que o exerciam com mão de ferro.

Antes de entrar no campus, Dora avistou um pelotão de policiais, com seus capacetes, suas botas cano-longo, os escudos que vinham das cabeças aos joelhos, e os temíveis cacetetes de quase um metro, três dedos de espessura, negros, feitos de uma fibra sintética especial, inquebrantáveis, próprios para triturar osso humano. A moça comparou a fileira de policiais a uma coluna de cruzados, com seus elmos e armaduras. E era isso mesmo que achavam os defensores do regime — uma "guerra santa contra os infiéis, os maus brasileiros". Dora sentiu um forte temor, quase voltou.

Ao ver, porém, um grande número de pessoas à paisana circulando entre os prédios, animou-se e entrou no campus. Bom sinal; parecia haver aula. Dirigiu-se, então, ao prédio da sua Faculdade, mas, ao entrar na sala de aula, sentiu o ar tenso e carregado. Dos olhos de uma colega saíam raios vibrantes de inquietação. O professor, vez ou outra, olhava de esguelha, ora para o canto da sala, ora para os fundos. Dora logo compreendeu o que se passava: dois estranhos, que nunca haviam pisado naquela sala, assistiam à exposição do professor. Embora se vestissem de modo comum e procurassem não chamar atenção — um deles tinha até um bigodinho e um cavanhaque à moda dos militantes comunistas —, ninguém engoliu o disfarce. Sim, eram dois agentes policiais.

Como a recepção do presidente seria à noite, o comando estudantil aconselhara os estudantes a assistirem às aulas do dia, procurando manter a normalidade no campus. Ninguém devia reagir às provocações dos policiais e devia-se fingir não perceber a presença dos espiões infiltrados. Tais orientações foram transmitidas através da "rede de contatos", que fazia a ponte entre a base e o comando. Ninguém sabia onde estava o comando. Imaginava-se que muitos dos seus integrantes nem mais frequentavam aula, pois eram caçados implacavelmente pela polícia. Mas a prudência dessa tática, longe de significar um recuo do movimento, visava apenas distrair a atenção dos órgãos repressivos do Estado, a fim de que, à noite, em frente ao local da recepção ao presidente, os estudantes pudessem mostrar em massa o seu repúdio ao regime militar.

Diante daqueles dois corpos estranhos ali na sala, Dora sentiu-se solidária aos colegas, como se fizesse parte daquela comunidade que queriam sufocar e calar. Por que todo aquele aparato, toda aquela demonstração de força contra jovens desarmados, que apenas sonhavam com a liberdade? A moça não acreditava que os jovens representassem um perigo à sociedade, esta sim violenta e vingativa. Afinal, era a sociedade que mantinha aqueles cães de guarda prontos para devorar qualquer um que parecesse suspeito. O que a sociedade fazia para acabar com a miséria do povo, a porcaria dos mangues, as doenças que se alastravam nas palafitas e matavam as criancinhas barrigudas que ela vira naquele dia de fuga com o jovem desconhecido? Tempos depois, quando a vida da moça se enredaria em experiências dramáticas e inexoráveis, quando ela se punha a rememorar esses tempos, concluiria que o seu envolvimento começara naquele dia, não pelo caminho da razão, mas pelo sentimento de solidariedade humana, porta de entrada para a amizade e o amor entre as pessoas.

O campus era uma cidade sitiada, e as populações dessas cidades não plantam, não constroem, não produzem, mas são tomadas por uma paralisia angustiante. Era tempo perdido ficarem ali sentados, fingindo atenção ao professor, já que nem este parecia concentrado em sua exposição; ia soltando frases decoradas, raciocínios mecânicos que se contradiziam, como os dentes de uma máquina se entredevoram quando, por algum motivo alheio, o mecanismo se rompe. A imagem do mecanismo era boa: a máquina continuava funcionando, embora os dentes mais fortes da engrenagem fossem carcomendo os mais fracos, num processo autofágico. Enquanto o professor soltava frases, Dora ia refletindo essas coisas. De repente, veio-lhe à mente que o "corpo social" — jargão apreciado pelo professor —, grande e complexo mecanismo, no qual cada indivíduo, cada grupo ou classe cumpre o seu papel dentro de um objetivo único e comum, continuava em movimento, mas perdera a coordenação motora; já não tinha dedos, nem cabelos, nem olhos ou órgãos sexuais, muito menos língua para sentir o sabor das coisas, mas ia se transformando num único e descomunal músculo. Sim, o corpo perdera o tato, o olfato, e qualquer sensibilidade espiritual, resultando mera força, descomunal musculatura prestes a arrebentar todos os ossos, num arrocho de serpente faminta.

A moça então se lembrou de ter visto — quando o pai a levou ao Maró — uma sucuriju que lhe parecia enorme, com a cabeça fora d'água, a bocarra escancarada, engolindo o coitado de um sapo. Em movimentos lentos e peristálticos, a serpente aos poucos ia recolhendo a presa, que, embora sem chance de escapar, não se rendia. O sapo enchia-se de ar, ficava mais grosso, não queria passar pela goela da fera, mas ia passando. Com a metade do corpo já no interior do tubo digestivo da serpente, o pequeno sapo, num último esforço, ainda abriu as perninhas traseiras, na esperança de ficar entalado na garganta da cobra. Depois de alguns segundos, no entanto, com as perninhas cansadas, finalmente o sapinho sucumbiu à força descomunal da fera, que acabou por engoli-lo por inteiro. Dora ainda recorda do piar angustiado do sapo, engolido vivo, vindo lá do estômago da serpente. Embora tivesse noção do tamanho de sua ignorância política, não deixou de comparar a ditadura dos militares a um músculo que se ia agigantando à custa do corpo no qual se integrava, ou à bestial serpente que aos poucos ia quebrando a resistência da presa, até engoli-la completamente. O campus se lhe pareceu a cidade sitiada que definha lenta e silenciosamente, ou um órgão jovem do que outrora fora um organismo sadio em crescimento e agora é devorado pelos dentes de aço da repressão, ou a pequena presa que se debate num esforço último e extremo de resistência. Mas, ao fim de reflexões tão amargas, Dora ficou surpresa com uma voz interior que lhe dizia: "Vocês não são sapos, mas pessoas!". Qual, porém, a diferença? Os sapos não pensam! Mas qual a força do pensamento contra a bestialidade dos sabres e dos fuzis? Ela não sabia ainda responder, mas de uma coisa estava convencida: "Se é dado aos sapos resistirem, não é justo retirar das pessoas o direito de lutarem contra aqueles que as oprimem". Acabara de dar, sem que percebesse, considerável avanço em sua consciência, o que, afinal, não lhe fora tão difícil. Crescera sozinha, filha única do comerciante Estefano com D. Etelvina, tendo aprendido desde tenra idade a conversar consigo mesma nos longos dias sem relógio de sua adolescência, e com as estrelas nas noites profundas do equador, noites que convidam até pequenos espíritos a transcenderem a esfera física para mergulharem no espaço superior e infinito da imaginação. Sentimento e imaginação, eis as duas portas do entendimento.

Apesar de tudo, havia no campus mais estudantes que de costume. A lógica seria poucos terem vindo, pois o dia prometia ventos e tempestades. Outros jovens, como Dora, embora não estivessem organizados no movimento, não resistiram à força da curiosidade e vieram ver de perto a tromba d'água prestes a despencar da atmosfera eletrizada. Pois a passividade da presa era só aparente; ela ainda estava viva e resistiria até as últimas forças.

Durante a aula, Dora — boa observadora que era — notou um cochichar discretíssimo entre os colegas. Finda a última aula, lá pelo meio-dia, quando se retirava por um dos corredores que levam à saída da cidade universitária, alguém, que a seguira com passos tão leves que nem se fez notar, tocou no cotovelo de Dora e foi andando ao lado dela, como se as duas pessoas já se conhecessem e tivessem combinado o encontro. Nem deu tempo para se assustar, pois imediatamente reconheceu quem andava ao seu lado: a mesma jovem pequena, cor de índio, nariz afilado, quadris roliços e dois olhos cor de mate, a mesma que, no ato público em frente ao Teatro da Paz, sorrira-lhe e chamara-a de "companheira".

— Olá, como vai? — indagou ela, baixinho.

— Eu vou indo, e você, tudo bem?[16]

A pequena índia disse que não tinham tempo a perder, como se tivessem se encontrado debaixo de um sinal de trânsito fechado, prestes a se abrir. A duzentos metros estavam os policiais uniformizados, e, perto delas, talvez um espião, à paisana, as escutasse.

— Alguém que tu conheceste te manda um abraço — sussurrou a jovem, com a mesma vozinha metálica. — Ele não pode vir ao campus, a polícia o procura. Mas mandou te dizer o seguinte, grava bem: "Sabemos que vais à recepção do presidente; por favor, colabores conosco fazendo um relatório de tudo o que ouvir". Entendeste bem?

— Sim, acho que entendi — respondeu Dora. As duas continuavam andando.

— Então repita rápido — mandou a outra.

— Faça um relatório de tudo o que ouvir — repetiu Dora.

— Muito bem, não esqueça que o relatório é da recepção do ditador — advertiu a jovem, disfarçando a tensão com um sorriso, pois já estavam bem próximas da fileira de policiais postados à saída do campus.

— Boa sorte — disse a mensageira, enquanto, num gesto rápido, enfiava uma revista na bolsa de Dora. E afastou-se com passinhos ligeiros, mal dando tempo de Dora desejar-lhe também boa sorte.

E os estudantes iam precisar de muita sorte naquela noite. O comando estudantil, reunido ninguém sabia onde, decidira-se por uma concentração-monstro em frente à residência do governador

---

[16] Diálogo da música "Sinal Fechado", de Paulinho da Viola (1974), que bem exprime o clima de tensão e medo que se instalou no Brasil com a repressão política exercida pela Ditadura Militar de 1964 (N. do E.)

do Estado, e não no Teatro da Paz, onde, segundo divulgara o governo, ocorreria a famosa recepção. Mas tal decisão não foi tranquila; vários membros do comando divergiram, por não confiarem nas informações trazidas pela comissão de espionagem, segundo as quais o governo blefava ao alardear que a recepção seria no Teatro da Paz, pois, na verdade, ocorreria no palacete particular do governador. A decisão era arriscada. Naquele momento de tensão, o comando não podia errar. A coisa, porém, era mais complicada do que parecida. As desconfianças não pesavam somente sobre as informações da comissão de espionagem, mas já sobre a própria comissão, formada por jovens que, pela origem social elevada, tinham livre trânsito na alta sociedade local, podendo, por isso, garimpar preciosas informações. Por intriga, disputa de posições ou ciúme — pois a importância estratégica da espionagem fazia da comissão de espiões a menina-dos-olhos da organização estudantil —, alguns companheiros do comando desacreditavam o trabalho da comissão, apontando a origem aristocrática de seus membros como fator de perigo para o movimento, uma vez que tal posição privilegiada expunha os espiões à influência corruptora dos órgãos da repressão. Sem provas nem culpa formada, por pura maledicência, alguns elementos da comissão de espionagem já eram apontados como casos de alto risco. Suspeitas, meras suspeitas, pois o comando não conseguia espionar nem mesmo o inimigo, quanto mais os seus próprios espiões, de modo que a falta de confiança entre os companheiros já ia minando por dentro a organização estudantil, o que mais se acentuava à medida que a feroz repressão apertava o seu cerco de aço em torno do movimento e os estudantes já não seguiam com o mesmo ardor aos conclamos da direção. O perigo da infiltração inimiga, no entanto, era real, e o comando não desconhecia que na história das lutas sociais o inimigo conseguiu alojar-se muitas vezes no interior das organizações revolucionárias, causando-lhes enormes estragos e até mesmo a completa aniquilação. Daí por que o comando ocultava dos espiões as decisões mais importantes, procurando mantê-los afastados da cabeça da organização. Um dia antes da famosa recepção, enquanto os estudantes eram avisados de boca em boca de que a concentração seria em frente ao palacete do governador, os espiões receberam do comando a tarefa de fazerem chegar aos ouvidos da elite e da polícia que os estudantes fariam o ato de protesto no Teatro da Paz, levando a repressão a acreditar que os estudantes ignoravam a alteração do roteiro do presidente. Era fácil a um espião trair o movimento, bastava contar à repressão que o comando blefava.

Toda essa cautela justificava-se. O uso dos espiões requeria prudência. Coisas estranhas andavam acontecendo: passeatas eram pegas desprevenidas por pelotões da polícia, companheiros eram presos e desapareciam de forma misteriosa e suspeita, e chamava atenção a incrível habilidade de um dos membros da comissão de espiões para sempre se safar da polícia.

Contudo, apesar de arriscada, manteve-se a decisão de concentrar os estudantes frente ao palacete do governador, onde estaria o presidente. O comando estudantil jogava, assim, importante cartada. A recepção ao ditador, em vez de reverter em proveito da elite paraense, seria transformada pelos estudantes num barulhento fato político de repúdio à ditadura militar, levando alento aos companheiros que lutavam bravamente em outras regiões do país.

Alheia a tais meandros, como um peixinho novo lançado num aquário atulhado de grandes peixes carnívoros, Dora dava os primeiros passos no movimento, de peito aberto, inocente dos perigos, desprotegida. Sem perceber, um ideal já a movia. Uma ideia ampla, dir-se-ia mesmo uma ideia vaga, mas muito forte, que entrara pelo coração e tomara conta de sua alma. Essa ideia traduzia-se numa única palavra: justiça. Quando passou entre os guardas, que admoestavam os estudantes a voltarem às suas casas e delas não saírem até o dia seguinte, Dora não mais ficou intimidada, como de manhã, à entrada do campus. Encarou a muralha cinzenta e, em vez de medo, sentiu aversão. Sentia-se outra pessoa, exaltou-se, não estava mais sozinha. Agora sabia que milhares de pessoas, em todos os lugares do mundo, pessoas que nem se conheciam, seguiam irmanadas num único ideal, e esse ideal agora era o dela também, um elo invisível, mas inquebrantável, forjado com um material tão nobre que dinheiro nenhum do mundo poderia comprar. E ela se questionava: "Como pude viver todos aqueles anos sem perceber nada? As pessoas não são sapo, mas gente". Como pudera viver tanto tempo alheia à humanidade que existe em tudo, até mesmo no instinto das feras? Como pudera viver sem consciência da dignidade de ser pessoa humana? Vivera, só agora percebia, em estado de inocência típica dos animais irracionais, uma inocência cega, que tanto pode fazer dos homens santos, como monstros. Não entendia, porém, como que seres humanos poderiam colocar-se por trás, empunhando, aquela muralha cinzenta e hostil, que se comparava a dentes metálicos prontos a triturar ossos humanos. Quis saber o que se passava na cabeça de um policial ao ouvir o estralar dos ossos de suas vítimas. Mas qual a diferença entre o que ela fora até então, cega e segura no seu isolamento, e aqueles homens que, embora unidos num pelotão e ferreamente disciplinados, também não enxergavam além da viseira de seus capacetes? Animais é o que eram, e não gente!

E assim, empolgada com a ira santa dos neófitos, Dora chegou à casa da tia Alzira, decidida a cumprir a sua primeira tarefa no movimento: fazer um relato de tudo o que ouvisse na recepção do presidente. Um imenso contentamento invadiu a sua alma revolta. Havia largado a atitude crítica e ressabiada em relação a movimentos de massa e à plebe, adotando postura diametralmente oposta, de fé absoluta na justeza de sua luta e na sinceridade dos "companheiros". Finalmente, julgou ter compreendido o sentido profundo da palavra companheiro, que lhe soara tão despropositada quando, lá no ato, aquela pequena jovem índia assim a cumprimentou.

Nesse estado de exaltação, achou mesmo ridículas as inquietações, as dúvidas que lhe afligiram a alma, a respeito daquele jovem. Censurou-se porque, em seu delírio, chegou a pensar que ele fosse um agente policial. Mais que nunca, firmara-se-lhe no espírito a imagem mais sublime, forjada de atributos heroicos como a abnegação, a audácia, inteligência e fidelidade, que só raramente se juntam num único homem. E ainda, para aumentar a dimensão da imagem, havia a auréola fulgurante do mistério. Sim, aquele jovem já não lhe parecia uma pessoa, um mortal, mas um espírito que pairava em nenhum e em todos os lugares, a tudo vendo, onisciente. Em outras situações, a moça teria remoído as palavras, questionado as conveniências, perquirido sobre os riscos; teria, por exemplo, indagado a si mesma como que descobriram que ela ia à recepção do presidente, e por que aquele interesse por ela, justamente ela, talvez a jovem mais insignificante da classe média paraense, sem relacionamentos, uma interiorana recém-chegada à capital; teria também desconfiado de que a mesma pessoa que sabia que ela iria à recepção devia fazer parte da aristocracia que apoiava a ditadura e mantinha contato com o seu jovem herói, que dizia combater contra os interesses dessa mesma aristocracia. Mas agora, porém, nada a preocupava. Contribuiria na luta contra as injustiças, acreditando participar de uma irmandade de jovens, na qual cada um carregava a sua cruz sem reclamar do peso. A soma das atitudes individuais resultaria no grande e irresistível esforço que libertaria a humanidade da cegueira e do egoísmo. O fato de pessoas desconhecidas terem conhecimento de sua vida, em vez de incomodá-la, só lhe reforçava a sensação, agora já uma certeza, de que participava de uma grande e poderosa organização, invisível mas ramificada por todos os lugares. Todo o perigo do mundo que resultasse de sua opção não conseguiria apagar a nova e sublime sensação de segurança, pois ela já não possuía apenas dois olhos, nem estava mais isolada; enxergava o universo, as noites estreladas do equador, com milhares e milhares de olhos, os olhos da humanidade liberta.

Assim que Dora se viu só, longe dos policiais, certificando-se de que ninguém a espionava, abriu a revista que a companheira lhe havia passado. Revirou as páginas, impacientemente, até encontrar aquilo que procurava. Em letra de forma, que ela pensou ser a letra dele, estava escrito, no rodapé de uma das páginas: "Em dez dias te comunicaremos a hora e o local da nossa reunião. Até lá deves aprontar o relatório. Cuidado!"

Ela reteve os passos por alguns instantes e ficou mirando aquelas letras. Pensou que a mão dele havia pressionado aquela folha, que aqueles riscos, ao que parece feitos às pressas, saíram de seus impulsos nervosos. A alma da jovem, extremamente romântica, anelava toda ela por aquele jovem, que já não lhe parecia um desconhecido.

Foi com pesar que a moça, antes de entrar no velho casarão, resistiu à tentação de guardar consigo o precioso pedaço de papel onde o seu herói havia encostado os dedos. Rasgou o canto da página, picou-o em pedacinhos e deixou que eles fossem caindo pela rua de paralelepípedos. Era o instinto de sobrevivência que já atuava nela e a acompanharia daí por diante, na vida atribulada que a esperava.

Viva o Presidente!

Numa única manhã, a jovem percorrera uma longa e fantástica viagem, projetada para o futuro; em compensação, ao retornar ao antigo casarão de sombras seculares, o presente parecera retroceder a um longínquo passado.

Ao entrar no pátio do casarão, Dora logo notou que tio Dimas havia saído com Elviro, pois o Toyota não estava na garagem. Preparou-se então para enfrentar a tia. Foi encontrar a velha sozinha na sala de estar do segundo pavimento, atrapalhadíssima entre meia dúzia de vestidos estendidos sobre as cadeiras de vime. Quando avistou a sobrinha, Alzira correu para ela como uma criança que se perdera. Havia desespero em seus pequeninos olhos empapuçados. Disse que o Dimas havia saído, mas logo voltaria para apanhá-las, pois não pretendia chegar atrasado à recepção do presidente, às 7 da noite. Elas deveriam apronter-se logo.

— Vamos, minha sobrinha, o que achas desse vestido?

A velha referia-se a um vestido roxo, de rendas, mangas compridas, com umas rosas amarelas bordadas no colarinho, parecendo uma grinalda. A sobrinha não via a tia, mas um ataúde de pé, a locomover-se pela sala.

— O azul lhe cai melhor — respondeu a sobrinha, procurando disfarçar o desânimo, pois, quer o azul, quer o verde, o lilás ou o preto, todos os vestidos pareciam talhados para embalar um cadáver rumo à sua última morada. De repente, assaltou-a a sensação de que a tia estava efetivamente morta, um fantasma que impregnava de ecos as paredes do antigo casarão.

A velha, elástica, ali mesmo no meio da sala, sacou fora o vestido roxo e, só de anáguas, com as mamas à mostra, enfiou-se no azul, mas este, ao contrário do anterior, era curto demais, deixando expostos os dois macérrimos gravetos.

— O que achas agora, Dora?

— Um pouco melhor — respondeu a jovem. Concluíra que não havia jeito. Um vestido era mais ridículo que o outro. Tia Alzira deu-se por satisfeita, iria com o vestido azul, de borboletas roxas.

— E tu, sobrinha, com que roupa irás? — indagou tia Alzira.

— Não sei, tia, com qualquer uma.

Dora entrou em seu quarto e trancou a porta. Queria ficar só, não para experimentar vestidos, os quais provavelmente estavam fora de moda, pois costurados há tempos pela mãe, e a coitada, acanhada e provinciana, não entendia nada de moda, e, mesmo que entendesse, Dora não poderia competir com as moças de Belém, acostumadas a visitar o Rio de Janeiro e São Paulo, ou mesmo os Estados Unidos e a Europa.

Às 5 da tarde, o tio voltou — Elviro ao volante do Toyota, agora lavado e brilhando que nem novo. Às 6 e meia rumaram para a famosa recepção do presidente. Tio Dimas trocara as botas de cano longo por um sapato preto, de couro e cadarço, bico fino. Quanto à indumentária, embora mais leve, continuava denunciando o fazendeiro do sul do Pará. Ia ao lado de Elviro, cujas vestes não importam, uma vez que o peão, mero instrumento de trabalho do patrão, ficaria de fora da festa, ao lado do Toyota. Tia Alzira, no banco traseiro, ao lado da sobrinha, era uma expectativa só, vestida de azul e borboletas roxas.

Tio Dimas, loquaz por natureza, parecia excitado, falando mais que de costume, mas falava sozinho, porque nada que dizia era entendido pela mulher e pela sobrinha — e o Elviro, verdadeira mula, não contava. Elencava assuntos urgentíssimos a tratar, e ia relacionando cada assunto à personalidade que se dirigia. Ao comandante da 8ª

Região Militar, sediada em Belém, pediria mais segurança, pois o Exército não conseguia liquidar alguns bandidos que jogavam os posseiros contra os fazendeiros. Ao diretor da SUDAM (Superintendência do Desenvolvimento da Amazônia), perguntaria em que pé andava o processo de aprovação do seu projeto de beneficiamento do castanhal das Sete Latas; e, se a ocasião permitisse, tentaria saber, do próprio presidente da República, se o governo tencionava revogar a lei que proibia aos estrangeiros adquirirem terras na Amazônia. E tio Dimas, ao falar de tal lei, insultou os gringos, que queriam se apossar do Brasil. Eram duas pragas que o governo deveria exterminar: os posseiros miseráveis, que ocupavam terras que não podiam cultivar, e os estrangeiros, que queriam ter mais direitos do que os brasileiros.

Dora ouvia com interesse os resmungos do tio, e pensava: "Então ele também não simpatiza com os estrangeiros? Mas por que apoia um governo que facilita as coisas pros gringos?". Pois já lera ou ouvira que, nos últimos anos, grandes empresas estrangeiras ocuparam a Amazônia, favorecidas pelo governo brasileiro.

Ao desembocarem na Avenida Nazaré, Elviro teve de parar na esquina, onde uma patrulha de soldados do Exército, metralhadoras em punho, montava barreira. Um dos soldados aproximou-se do motorista e disse que não podia passar, a Avenida Nazaré estava interditada. Mas tio Dimas tirou do bolso da camisa um papel e, esticando-se por cima de Elviro, mostrou-o ao guarda, que, com ar pachorrento, examinou-o demoradamente, mandando finalmente dois soldados vasculharem o interior do veículo, contra o que tio Dimas imediatamente se insurgiu, dizendo que "onde já se viu um convidado do presidente ser revistado assim no meio da rua, como se fosse um qualquer?". Elviro teve de largar o volante para abrir a porta de carga do jipe. Quando os soldados começaram a revistar a parte dianteira do veículo, aproximou-se o militar mais graduado, que comandava os trabalhos, pedindo desculpas a tio Dimas e, inclinando-se respeitosamente diante das duas damas que iam no banco traseiro, impediu a continuação da revista, liberando a passagem do carro através da Avenida Nazaré. Tio Dimas, que logo se acalmou, enquanto Elviro punha o carro em movimento, disse: — A patrulha tá certa, a cidade deve estar infestada de bandidos e comunistas; essa canalha é bem capaz de querer aprontar uma boa pro presidente.

Dora notou que praticamente todo o centro antigo da cidade fora isolado pelas barreiras policiais, que se postavam em todas as travessas de acesso à Avenida Nazaré, onde ficava o palacete do governador do Estado. Mas a moça pensou: "Estudante não anda de carro; será que a polícia impediria até pedestres de entrarem na zona de segurança?". Isso pareceu-lhe improvável, pois como iam impedir que os moradores da área tivessem acesso a suas casas? Bem, mas se eles se preocuparam em dar salvo-conduto até a um fazendeiro do sul do Pará, era sinal de que deviam estar preparados para evitar qualquer risco ao presidente. Contudo, sorrindo intimamente, Dora concluiu que os militares não eram invulneráveis, bastava ver que ela, sem que os policiais desconfiassem, estava indo espionar a recepção. Se os companheiros conheciam de antemão até quem estava na lista de convidados, certamente também saberiam o local da recepção. Outras pessoas — tinha certeza — estariam na festa trabalhando em prol da causa dos estudantes, da sua causa. Não deixou de achar curioso que ela estivesse, de uma forma ou de outra, conspirando contra os interesses do tio fazendeiro. "Como pode uma família se dividir?", indagava-se ela, "a cabeça ir para um lado e o coração para outro?"

O Toyota deslizou debaixo das frondosas mangueiras da Avenida Nazaré, cujo movimento, mesmo de pedestres, era quase nenhum.

Onde estavam os estudantes? Será que não viriam? Dora tinha quase certeza que algo aconteceria, apesar da aparente calmaria.

Haviam chegado ao palacete do governador, construído há muitos anos, na área nobre da cidade, aos fundos de um grande quintal de esquina. De arquitetura barroca, eram inconfundíveis as colunas frontais, que se juntavam em arco, cujos topos sustentavam cabeças de leão com mandíbulas ameaçadoramente escancaradas. Entre o grande portão e as imponentes colunas, havia um pátio amplo, onde os carros dos convivas iam sendo acomodados. Mas, apesar do salvo-conduto de tio Dimas, não foi fácil entrar naquele castelo. Pela quantidade de militares vigiando, parecia bunker de um governo acuado.

À entrada, novamente o Toyota foi barrado, e tio Dimas, desta vez, até que se controlou, não resmungou durante os quase cinco minutos que teve de esperar pela confirmação de seu nome na lista de convidados. Depois, eles saíram do jipe, que novamente foi vasculhado por dois soldados, os quais, a uma explicação do Dimas, permitiram que Elviro permanecesse sentado no carro, à espera do patrão.

A moça, que até aí pensara em sua missão e nos surpreendentes sucessos dos últimos dias, pela primeira vez ficou apreensiva. Andando entre as aleias de flores do belo pátio do castelo, prestes a transpor o imponente portal, com seu traje desenxabido, ainda mais ao lado da tia com aparência de catacumba, não passaria incólume. Todos os olhos a veriam, e zombariam dela. Dora nunca fora a uma recepção como aquela, não sabia como se comportar. O tio, dando cada braço a uma de suas damas, ia todo garboso, como um domador de touros. Devia ter lá a sua importância, do contrário não o teriam convidado, e, apoiado nessa importância, achava-se seguro. Mas a sobrinha temia também por ele, porquanto, como assistia na televisão, os homens importantes da cidade eram bem diferentes, na indumentária, no andar, no falar, e, principalmente, na pança. O tio, perto dos figurões da cidade, por mais que disfarçasse, não deixava de parecer um peão melhorado, e Dora não ignorava o desdém que a cidade nutre pela gente do campo. "Seja o que Deus quiser" — pensou ela, a um metro de se ver dentro do grande salão do castelo.

Assim foi que Dora, por acaso, num processo sutil, quase espontâneo, foi se envolvendo com objetivos que, pensando bem, nem seus eram, pois ela, ainda que filha de um pequeno comerciante, fazia parte da rede oligárquica que mantinha a Amazônia há séculos estagnada, a reboque de interesses externos. Entrara no movimento pela porta dos fundos, fisgada pelo coração, e, logo de cara, recebeu a tarefa perigosa e suspeita de espiã.

Agora o leitor poderá compreender melhor os diálogos que a nossa heroína ia debulhando na máquina de escrever, durante aqueles dez dias, que se seguiram à recepção do presidente da República.

"— Tojal, incompetente, não te mandei soltar a notícia de que a recepção seria no Teatro da Paz?"

"— Sim, coronel Ubiratan, eu fiz as rádios e a televisão divulgarem."

"— E como explicas, tenente Tojal, aquela multidão de estudantes ali na rua?"

"— Coronel, tudo está sob controle. O caso é que um dos homens que infiltramos no movimento estudantil está em apuros; precisávamos reabilitá-lo perante os seus companheiros."

"— Explica isso, Tojal, está muito complicado."

"— Sim, meu coronel: fizemos o nosso homem levar a informação ao comando estudantil de que a recepção seria aqui, e não no Teatro da Paz, como o coronel mandou divulgar; assim, o nosso homem reconquistará a confiança; podemos até ter mais trabalho, mas preservamos o peão no tabuleiro, no meio do campo inimigo."

"— Mas por que não fui comunicado dessa manobra? O tal homem é verdadeiramente dos nossos?"

"— Oh, meu coronel, desculpe, só quis lhe poupar, pois sabia que estava muito ocupado; quanto ao nosso homem, o senhor bem o conhece, é de sua inteira confiança."

"— Espero que não estejas enganado. Mas, Tojal, que história é essa de mandar um pelotão ao Teatro da Paz se o presidente veio para cá?"

"— Como o senhor sabe, coronel, os estudantes soltaram o boato de que fariam um ato de protesto frente ao Teatro da Paz, mas era blefe, pois na verdade viriam para cá. Para iludi-los, mandei o pelotão ao Teatro da Paz; pensarão que nos enganaram. O que acha disso, meu coronel?"

"— Nada mau, tenente Tojal."

"— Quanto à corja aí em frente, já estamos preparados, sabíamos que eles viriam."

"— Que os soldados não poupem os cacetetes; tiros só em último caso. Ouviste, Tojal?"

"— Sim, meu coronel."

Tal diálogo foi entabulado entre o coronel Ubiratan, chefe do serviço secreto do Exército em Belém, responsável pela segurança do presidente, e o tenente Tojal, seu ajudante de ordens. O coronel, achando mais seguro trazer o presidente diretamente da base aérea, onde desembarcara de um catalina da FAB,[17] para o local da recepção, agora descia todo garboso ao lado do presidente e do governador do Estado, no heliporto do palacete.

Como só importasse o conteúdo das conversas, tais detalhes não constaram do relato de Dora. Tampouco a descrição do ambiente, a indumentária das damas, ou o bigode dos cavalheiros. De sorte que forçoso é ao autor, quando necessário, preencher tais lacunas.

Pois bem, o presidente chegou pontualmente às 19 horas ao palacete do governador. Ao entrar no magnífico salão do palacete,

[17] FAB-Força Aérea Brasileira.

de braços dados com a primeira-dama da República — uma senhora de nariz de pelicano e papo de peru, alta como uma vara e branca como a neve, coberta de alto a baixo com uma espécie de manta de lã, verdadeira sauna aos 35 graus centígrados do equador —, todos os convivas levantaram-se, uns batendo palmas, outros gritando "viva o presidente!". O presidente, encaixotado no uniforme verde-oliva, com duas medalhas no peito e quatro estrelas no ombro, com seu nariz de elefante, dez vezes o da mulher, e os óculos escuros. Eis o presidente da República, eis o nosso grande homem! Ali está ele, e a elite paraense o reverencia. Quando os apupos cessam e o ditador, ao que parece, vai começar a falar de improviso, eis que, lá de fora, ressoa o estribilho: "O povo, na rua, derruba a ditadura!"

O País Vai Bem

Os estudantes, como um enxame de abelhas que se juntam na colmeia, chegaram ao local combinado rapidamente. Vieram de um em um e a um só tempo, e de todos os lados. Eram especialistas nesse tipo de movimentação. Cada um dava o seu jeito. Alguns já esperavam a hora por perto, na casa de algum amigo; outros entravam nos bares, pediam um guaraná, como quem não quer nada, fingiam estar sós, ninguém se falava, até a hora chegar.

Os milicos iam à loucura, mas como impedir? Como saber que um garoto de dezesseis anos, ou uma menina de dezoito, com carinhas de anjo, eram temíveis "subversivos"? Não traziam marca na testa. Só havia um jeito: decretar estado de sítio por onde o presidente passasse e só recebê-lo após o toque de recolher. Mas uma recepção dessas soaria como um repúdio de toda a população à ditadura e revelaria não a força, mas a fraqueza do regime. Não era ainda o caso. O governo tinha o apoio da classe média e dos empresários. E os operários e os camponeses, explorados e humilhados, nada podiam fazer. Encontravam-se presos, expulsos ou simplesmente mortos todos os que resistiram ao golpe de 1964. Os trabalhadores do Brasil, pacificados pelo medo, foram entregues à grande burguesia, como carneiros levados ao tosqueio. Os ricos ficaram mais ricos, e os pobres, mais miseráveis. Só a juventude estudantil resistia. Na noite atroz da repressão política, quando já poucos criam que houvesse um amanhã, os jovens mantiveram acesa a pequenina chama da justiça contra a tirania.

— O povo, na rua, derruba a ditadura! O povo, na rua, derruba a ditadura!!!

O presidente da República, que não conseguira, com aquele alarido, agradecer à calorosa recepção dos convivas, foi conduzido a uma mesa, onde o aguardavam o general De Matos, comandante militar da Amazônia, e o governador do Pará, o fazendeiro Bulhões, ladeados de suas respectivas esposas, estas agarradas aos braços dos maridos, amedrontadas com o barulho que vinha da rua.

O diálogo que estes personagens travaram podemos encontrar no relato de Dora, pois, na confusão que se formou no salão, o protocolo foi quebrado e ela pôde, safando-se da tia, aproximar-se da mesa do presidente:

"— Veja só, De Matos; neste país, quem trabalha vive contente, mas esses desocupados badernam. Reclamam do quê? Construímos neste fim de mundo uma universidade gratuita pra eles, que poderiam pagar seus estudos. Oi, chega aqui, ó Bentevi, me explica porque estes imbecis estão aí."

"— Presidente — fala o ministro da educação e ex-senador da República, o coronel da reserva Jairo Bentevi. — Não é contra o sistema educacional que reclamam. Querem o fim do que eles chamam de ditadura militar. Como os trabalhadores e a classe média estão contentes, os comunistas só podem cantar o seu canto da sereia para os estudantes, que são jovens, inexperientes e idealistas."

"— E tu, meu caro De Matos, o que me dizes?"

"— Bem, general, concordo que os estudantes reclamam de barriga cheia, mas é um erro subestimá-los; devemos modificar as condições que favorecem a manipulação da juventude pelos comunistas."

"— Como assim, De Matos?"

"— Vai acabar, vai acabar, a ditadura militar!!! O povo, unido, jamais será vencido!!! Um, dois, três, quatro, cinco mil, queremos que o presidente vá pra puta-que-o-pariu!!!" — gritam os estudantes, em coro.

"— O país vai bem — retoma De Matos. — A economia cresce, o povo consome, geram-se novos empregos, mas há contradições. Por exemplo, presidente: reclamavam do abandono da Amazônia. Pois bem, atraímos para a região o capital estrangeiro, que aumentou a produtividade com a exploração da madeira de lei, da castanha-do-pará, do minério e com a criação de gado, e o que vemos agora? Os camponeses resistem ao desenvolvimento da região! Preferem continuar vivendo miseravelmente nas brenhas, cultivando a terra e coletando os frutos da floresta com métodos primitivos herdados dos índios, mas livres do Estado e dos grandes fazendeiros. Como sempre viveram nessas terras, acham-se os legítimos donos e se negam a deixá-las quando um fazendeiro qualquer, que nunca pisou naquele chão, chega da cidade com o título de propriedade comprado do Estado. Então ocorre o conflito. Sob a inspiração dos comunistas, os miseráveis se armam e defendem a terra, enquanto os fazendeiros contratam jagunços e pistoleiros para liquidarem os camponeses. É uma guerra, presidente, é uma guerra!"

"— Então o que fazer com essa gente, De Matos?"

"— Há dois caminhos, presidente: o primeiro é o do convencimento, da persuasão; o segundo, o da força, da coação armada."

"— E o que se tem feito?"

"— Empregou-se basicamente a força, presidente."

"— E não é suficiente?"

"— Por enquanto, sim. Mas temo que a força bruta se esgote. Os Estados Unidos nos apoiam porque não querem que caiamos nas garras do seu arqui-inimigo, a União Soviética. Mas, e se isso mudar? E se a nossa economia interna se desarranjar? Até agora, para sermos sinceros, a prosperidade das cidades não beneficiou o campo. Isto porque, a meu ver, os planos de desenvolvimento são feitos de fora, por técnicos que desconhecem a realidade do nosso interior. Por exemplo: não disseram que a Amazônia é um espaço vazio a ser ocupado pela população excedente das áreas cheias? Pois isso não é verdade, presidente! Não dá pra desconhecer essa gente miserável e de cabeça-dura, que vive embrenhada que nem bicho."

"— Vai, De Matos, desembucha! Tu podes..."

"— Pois bem, presidente, ouso dizer que as nossas gloriosas Forças Armadas, que conduzem o nosso querido Brasil ao progresso, devem agir mais politicamente do que pela força bruta."

"— Mas, De Matos, essa é uma crítica dos comunistas!"

"— Acontece, presidente, que não é tão fácil eliminar os comunistas. Por exemplo: não mais que sessenta deles se instalaram no rio Araguaia, no sul do Pará, e, no entanto, já fizemos duas campanhas para aniquilá-los e não conseguimos, pois eles têm o apoio do povo pobre da mata. A nossa sorte é que essa guerrilha não é divulgada, senão haveria um efeito multiplicador. Os comunistas defendem o uso da terra por quem nela trabalha, preços justos aos frutos da floresta, apoio do governo na produção e comercialização, assistência médico-hospitalar gratuita às populações do interior, escola para as crianças... esse programa soa como música no ouvido do matuto, que quer permanecer na terra onde sempre morou. Só derrotaremos os comunistas se ganharmos a população pobre para o nosso lado."

"— E como fazer isso, De Matos?"

"— Primeiro, pelo terror, pois, numa guerra, o povo acaba ficando com o lado mais forte; por isso que, quando apanhamos um comunista, cortamos a cabeça e fincamos na ponta duma estaca no meio do povoado, para que o povo veja e se borre de medo. Depois, presidente, o governo deve realizar algumas benfeitorias para alegrar os camponeses, como distribuir alimentos e remédios, arrancar dentes; ao invés de espancar os caboclos para que delatem os comunistas, deve-se pagá-los pelas informações. Os comunistas não prometem uma reforma agrária? Pois distribuamos alguns lotes de terra à população da região da guerrilha. Quem dá o pau deve dar o pão, é o que eu penso."

"— Um, dois, três, quatro, cinco, mil, queremos que os milicos vão pra puta-que-os-pariu!!!" — continuam os estudantes em frente ao castelo, agora uma multidão esparramada pela praça e pela Avenida Nazaré, até onde os olhos alcançam.

"— Chamem aqui o incompetente do Ubiratan. Ubiratan, Ubiratan!"

"— Sim, meu presidente?"

"— Primeiro garantiste que não haveria bagunça, depois nada fazes para cessar a balbúrdia!"

"— São muitos, meu presidente. Mas já estou armando um esquema eficiente para evacuar a cambada."

"— Dá umas bordoadas nesses filhos da puta, mas não vai matar ninguém, ouviste Ubiratan?"

"— Sim, meu general-presidente."

"— Então chispa, Ubiratan!"

"— É pra já."

O Tropel da Boiada

O coronel Ubiratan saiu do castelo gesticulando como se manobrasse uma batalha, ao seu lado o tenente Tojal, fiel escudeiro. Dora continha a exultação, pois era delicioso sentir-se partícipe de uma guerra, tendo o privilégio de poder ver o fogo cruzado do bunker do próprio inimigo, sem ser por este identificada, tão próxima ao chefão adversário que, se quisesse, poderia até liquidá-lo. Mas temeu pelos companheiros que estavam lá fora. Gostaria de olhar para a avenida, mas lembrou que o seu lugar era ali dentro, ouvidos atentos no que os figurões conversavam. Era difícil driblar a tia e desconsiderar as suas observações banais, ter de responder "sim, não, é mesmo, tia", sem nada estar ouvindo. Também não podia simplesmente quedar-se olhando para o presidente e seus ilustres interlocutores, não devia chamar atenção, pois o que faria uma moça desconhecida e desimportante ali, a dois metros da mesa do presidente?

O salão virara uma bagunça. Era de duvidar-se que as coisas seguissem o cerimonial. A elite local, tão entusiástica à entrada do presidente, agora, como um balão murcho, mostrava-se tímida. Afora o governador do Estado e o ministro Jairo Bentevi, nenhum outro paraense ousara aproximar-se do presidente, que ficara isolado dos convivas pelo círculo ultra seleto. Mas, a nossa espiã, apesar do barulho que vinha de fora e do burburinho dos convivas, ia conseguindo pescar frases, às vezes truncadas, mas que, depois, num meticuloso trabalho de memória, a moça acabou concatenando numa sequência mais ou menos lógica.

No outro extremo do salão, tio Dimas conversava com um "peão melhorado" — sem dúvida, a julgar pela indumentária rústica, tratava-se de outro fazendeiro figurante naquele espetáculo. Dora torcia para que o tio não viesse ter com elas, pois seria impossível continuar o seu trabalho com o "grilo falante" por perto.

Depois que o coronel Ubiratan saiu para tomar as providências, o relato da espiã continuou:

"— Não vá o incompetente do Ubiratan fazer besteira. Já pensou, De Matos, se matam outro estudante? Já não morreu um há poucos dias?"

"— Sim, presidente. A oposição se banqueteou; levaram três dias para sepultar o garoto, todos queriam tirar uma casquinha do mártir. Dissemos ao povo que era obra dos comunistas, mas acho que ninguém acreditou. É difícil calar esses pirralhos mimados, e não podemos simplesmente matar ou desaparecer com eles, pois a maioria deles vem da classe média, e a classe média, que hoje nos apoia, muda de ideia como muda de roupa."

"— Pau neles, De Matos, pau neles!"

"— Mas não é assim tão simples, presidente. Belém sempre foi um caso sério. Já em 1835 aconteceu aqui a Cabanagem, a revolta mais sangrenta da história do Brasil. A escória, envenenada pelos republicanos, guerreou contra o Império. Em Belém nasceram João Amazonas e Pedro Pomar, pais do comunismo tupiniquim mais venenoso. Já em 1932 esses dois filhos da puta aprontavam, pois não chegaram a hastear a bandeira do Partido Comunista no Palácio do Governo?"

— O João Amazonas, não é ele que está por trás dos guerrilheiros do Araguaia? Eu admiro esse caboclo filho da puta! O que ele tem de pequeno tem de astuto e atrevido. Se nosso Exército tivesse vinte — bastavam vinte! — generais que nem o Amazonas, seria outro. E tu, Bulhões, até aqui só ouviste, deves ter algo a dizer. Anda, homem, desembucha!"

"— Sim, presidente. Como governador do Pará, tive conhecimento de que boa parte da elite paraense anda descontente com a invasão do capital estrangeiro na Amazônia."

"— E daí, Bulhões? Capital é capital, aqui ou na China. O que importa é desenvolver a Amazônia. Concordas?"

"— Oh, sim, meu presidente. O capital não tem pátria e é sempre bem-vindo, mas reclama-se que os gringos levam a melhor parte dos frutos, deixando-nos só os caroços."

"— É o tributo que se paga ao progresso, Bulhões. Mas a Amazônia não perde por esperar. O gigante adormecido um dia vai despertar para cumprir o seu glorioso destino de grande potência, e, nesse dia, Bulhões, o Brasil saberá recompensar a Amazônia por ter fornecido a matéria-prima necessária ao desenvolvimento. Concordas, Bulhões?"

"— Em gênero e grau, meu presidente."

Na mesa do presidente há silêncio. A sua mão direita levantada pede atenção; a esquerda, cobrindo uma das orelhas, afina os ouvidos, pois o presidente quer entender o que os estudantes gritam lá fora:

"— Larga as armas, soldado, também és explorado! Larga as armas, soldado, também és explorado!" — berram os estudantes.

"— Estás ouvindo, De Matos? Eles fazem proselitismo com os nossos soldados! Há perigo nisso?"

"— Não se preocupe, presidente. É mais fácil ganharem o presidente da Volkswagen do que um soldado aqui do Pará. Noventa e nove por cento dos jovens é capaz de lamber as botas dos oficiais para serem admitidos na corporação, pois entrar no Exército significa trocar uma palafita infecta por um alojamento sadio, rangar todo dia — como eles dizem —, ser tratado como homem e sentir-se peça importante na manutenção da ordem no país, enfim, sentir-se brasileiro."

"— Isso noventa e nove por cento. E o um por cento, De Matos?"

"— Esses são os filhos da elite."

"— E estes?"

"— São dispensados."

"— Mas por quê?"

"— Eles estudam, e os pais — deputados, grandes fazendeiros e comerciantes — pedem que os filhinhos não sejam convocados para o serviço militar."

"— Grave, De Matos, muito grave. Então o Exército aqui é formado por uma caterva de miseráveis? É certo que pobre faminto se contenta com qualquer migalha, mas, uma vez nutrido, pode dar-se a pensamentos; e pensar, De Matos, é perigoso."

"— Acontece, presidente, que noventa e nove por cento da população da Amazônia é pobre. Não dá para montar um pelotão, quanto mais um Exército, com o um por cento de filhinhos de papai da região. Mas, com uma boa doutrinação moral e cívica, passam a sentir-se elos do poder, sustentáculos da nação, defensores da família brasileira e da segurança nacional."

"— Não estás delirando, De Matos? Como defenderão uma família que nunca tiveram?"

"— A família deles, meu presidente, é o Exército."

"— Mas, depois de treinados, voltam para os mocambos e caem nos braços dos comunistas, e então passam a nos combater com as nossas próprias armas. As Forças Armadas são o maior celeiro de agitadores: Eduardo Angelim, Tiradentes, Siqueira Campos, Prestes, Agildo Barata, Osvaldão, Lamarca, o sonso do Lott, e muitos outros. Devemos ser mais criteriosos no recrutamento. Mudando de assunto: não vejo nenhum padre aqui."

"— Mas não foi por falta de convite, presidente. O bispo foi convidado, mas parece que anda magoado conosco."

"— A Igreja também está infestada de comunistas."

"— Assim como acontece com os soldados, a maioria dos párocos tem origem humilde, e o Papa não pode fechar as portas para os pobres da América Latina, não quer ser um pastor sem rebanho. Muitos desses padrecos realmente dão apoio à subversão, mas a Igreja é muito poderosa e tem sido nossa aliada; não podemos sair prendendo e torturando padres — o que alguns jericos infelizmente já fizeram —, a Igreja pode se tornar uma grande inimiga."

"— Mas, De Matos, como cristãos, temos o dever de impedir que os comunistas tomem conta da Madre Igreja."

"— Certamente, presidente, mas, em vez de prender e torturar, o Estado agirá melhor incentivando obras sociais e de caridade, fazendo doações e oferendas aos altos dignitários da Igreja, exigindo-lhes, em troca, o expurgo das influências maléficas do marxismo e a volta da Igreja à sua verdadeira vocação — zelar pela alma de suas ovelhas."

Dora parou de descaroçar milho na máquina de escrever e pôs-se a lembrar do que aconteceu naquele momento. Deixara de prestar atenção à mesa do presidente e fora atraída por um tropel cavernoso, como o estouro de uma boiada. Uma boiada de mil, duas mil ou mais cabeças, que parecia correr em desabalada pelo campo, tocada pelo negrinho do pastoreio.[18] Não um, mas mil negrinhos, que gritavam num alarido estrepitoso, que fazia os vitrôs e castiçais do palacete trepidarem. Tropéis, gritos, o barulho de mil relhos batidos.

Muitos convivas acorreram ao portal do palacete para verem o que acontecia. Uma muralha de homens, porém, impedia a passagem. Quem estava fora não entrava e quem estava dentro não saía.

[18] Personagem do folclore brasileiro, muito conhecido no Sul do país. (N. do E.)

Como um Flagelo

Dora imaginou o desespero dos bovinos aprisionados no curral quando o negrinho punha-se a lambá-los. Pensar em mil, duas mil cabeças de gado fugindo em círculo sem poderem sair a lugar nenhum? E o negrinho batendo, batendo... E as novilhas pisoteadas pelas vacas velhas. E o negrinho, com um prazer cego nos olhos, batendo, batendo... e, sádico, pisando nas vacas caídas, que urravam de dor. E só depois de saciado, os músculos descontraídos após animalesco esforço, é que o negrinho, os mil negrinhos do pastoreio, que zelavam pela segurança do presidente e pela ordem da República, abriram a cancela do curral — e, ainda assim, lascaram a última chicotada em cada um que transpunha a porteira. Tal imagem ocorreu-lhe porque, assim como na lenda do negrinho do pastoreio, os estudantes debandaram com o desespero de gado, sem oporem nenhuma resistência. Por que não revidaram a agressão dos soldados? O tropel da disparada e os gritos angustiados distanciaram-se rapidamente, reinando lá fora o silêncio. E a tensão que paralisara o castelo dissipou-se num longo suspiro de alívio. A paz voltara ao recinto trazendo consigo a fatuidade de uma oligarquia incapaz de ver o futuro, perdida em tricas e futricas provincianas. A alegria dos convivas, a risada frívola do tio Dimas, o coronel Ubiratan entrando no castelo, empertigado, largas passadas, peito estufado, queixo levantado, a mão direita no cabo da espada de cavalariano, as botas luzidias, o quepe propositadamente em desalinho, sob os apupos dos convivas, todos de pé, como se Ubiratan fosse o próprio Napoleão

Bonaparte em sua entrada triunfal em Paris, depois de subjugar o mundo, causou na jovem profunda náusea. Sentiu ímpetos de vomitar ali mesmo, sobre a mesa do presidente — até que não seria mau —, mas controlou-se. Entrou no banheiro prendendo a respiração, travando a garganta, tão esbaforida que nem notou a presença de algumas damas que se aliviavam na toalete enquanto iam trocando confidências as mais diversas — nada de política, que isso era assunto de homem, e sim maledicências, coisas de alcova, estórias cochichadas pelos quatro cantos, mas que ninguém se atrevia a confirmar. Dir-se-ia que a toalete convertera-se na cozinha da recepção, onde se preparavam os quitutes mais saborosos.

Quando o mal-estar passou e a cabeça da jovem voltou ao lugar, ela pôde escutar duas vozes femininas, entre risinhos maliciosos, a comentarem a sorte do ministro Bentevi — um passarinho danado, que, tendo enviuvado, vivia solto no mundo, penetrando em muitos lares, esvoaçando-se pelos quartos, pousando nos leitos conjugais, bicando, com o seu biquinho já famoso, as frutinhas trancadas nas despensas a sete chaves. Diziam que o Bentevi ultimamente comia o fruto, embora um pouco bichado, da goiabeira do general Bandeira, o qual, ocupadíssimo no combate à subversão, nunca estava em casa. Bem feito para o general! Onde já se viu entregar uma goiabeira, árvore que precisa de muita água, ao calor afrodisíaco dos trópicos?

As duas vozes punham-se a falar sobre a fruteira do general De Matos, também ameaçada pelo passarinho atrevido, quando, subitamente, desabou na toalete profundo silêncio, somente quebrado pelo escandaloso jorrar de bica na bacia da direita, onde alguma madame mijava às escâncaras.

Quando Dora saiu de sua divisória, enxergou a seguinte cena: a primeira-dama da República, já despregando a saia, preparava-se para entrar numa das divisórias. Atrás dela, as mulheres do governador

Bulhões e do general De Matos disputavam sobre qual delas teria a primazia de suceder a primeira-dama no uso do banheiro. Valéria, mulher do governador, brandia o título de primeira-dama do Pará, enquanto Dos Prazeres escudava-se em sua posição de mulher do general De Matos, comandante militar de um governo militar, com mais poderes, portanto, que o governador, cuja nomeação fora um favor dos militares.

— Nomeado *ad nutum*,[19] sabes o que é isso? — indagava desafiadoramente Dos Prazeres. Valéria não sabia; era ignorante até no português. — Eu logo vi que ia ter de explicar: *ad nutum* quer dizer que o teu marido pode levar um pontapé no traseiro a qualquer momento, ouviste? — arrematou Dos Prazeres, superior.

Como a temperatura ia esquentando, a primeira-dama — nariz de pelicano, papo de peru e, agora se via, bunda de avestruz — interveio para proferir o seu voto de minerva: "Desta vez, a Dos Prazeres entra primeiro. Da próxima, entra Valéria". Porque a primeira-dama, doente da bexiga, certamente ainda mijaria pelo menos mais uma vez até o fim da recepção. E não houve mais discussão, as duas estavam intimadas a fazerem-lhe companhia. Quem ousaria desobedecer à ordem da mulher do general-presidente? Ao cruzar com a primeira-dama, Dora, estranhando o seu próprio atrevimento, disse, solenemente:

— Foi uma grande honra ter mijado ao lado da primeira-dama da República.

E saiu.

Encontrou o salão inundado de júbilo. O presidente acabara de discursar. Ainda sorria, balançando a cabeçorra em

[19] Expressão do latim relativa à demissibilidade de funcionário público não estável; diz-se do ato administrativo revogável pela vontade de uma só das partes ou resolvível a juízo exclusivo da autoridade competente. (N. do E.)

agradecimento às palmas e aos gritos de "viva o presidente". Mas o discurso não constou do relatório de Dora, pois tia Alzira, por mais esforço que fizesse, não conseguia lembrar de nada, e a moça receou perguntar ao tio Dimas. Na verdade, nada perdeu. Pois, em política, especialmente nas ditaduras, um conchavo ao pé do ouvido, regado a uísque, nos pequenos círculos, tem mais importância que qualquer discurso.

Cessados os vivas, todos reacomodaram-se em torno das mesas. Foi então que Dora encontrou o tio conversando com uma figura calva, de paletó preto e gravata cinza, bigodinho e suíças finas a realçarem uma cara oval, olhos empapuçados e bochechas obesas. Ao seu lado, contrastando com o aspecto de quarta-feira de cinzas do opaco cavalheiro, uma jovem, embora discretíssima, destacava-se pela invulgar beleza. Não era alta, tampouco baixa, mas, embora parecesse esforçar-se para passar despercebida — o que Dora depreendeu pela indumentária de suaves tonalidades —, chamava atenção, pois os olhos verde-chumbo, oceano profundo, ensombreados por duas belas sobrancelhas negras como nuvens espessas, nada neste mundo poderia ocultar, nem mesmo a companhia daquele sensaborão cavalheiro.

— Venha, sobrinha — chamou tio Dimas. — Deixa que te apresente o deputado Cândido Ambrósio, antigo amigo de nossa família, e a sua esposa, D. Maria Clara, a bela caçula dos Alarico.

Dora não sabia se atentava no nauseabundo cavalheiro ou em sua fulgurante esposa.

— Boa noite, senhorita — adiantou-se o deputado, estendendo-lhe a mão.

As duas mulheres perscrutavam-se mutuamente, num misto de curiosidade, inveja e respeito. Dora nunca olhara para outra mulher daquela maneira.

— Boa noite — respondeu ao deputado, deixando que ele apertasse a sua mão, um aperto frouxo, de lesma, que a fez estremecer com uma lembrança inoportuna: "Ambrósio, falou o tio? Não será o deputado irmão de José Ambrósio, da família dos Ambrósio, de Santa Irene?". Dora teve compaixão da formosa esposa do deputado. Era como se o infortúnio da coitada viesse a ser também o dela. Mas logo a comiseração cedeu lugar a um sentimento menos nobre, que a moça não sabia definir. Lembrou-se do olhar invejoso e despeitado com que as suçuaranas costumam medir-se quando disputam o mesmo macho. "Devo estar louca!", pensou Dora. As duas não disputavam coisa nenhuma, que o paspalho do deputado não se comparava ao mais ínfimo felino. Mas as duas mulheres continuavam a medir-se, arreganhando os dentes num silêncio incômodo. Somente anos depois, elas conheceriam as razões que insuflavam seus instintos.

— O Dr. Cândido Ambrósio conhece o teu pai, Dora. Lembras dos Ambrósio? — perguntou tio Dimas.

— Sim — respondeu Dora, achando o mundo pequeno, não só por se deparar com um Ambrósio em Belém, mas também pela presença daquela linda mulher que a agredia com seu discreto silêncio. — Meu pai já me falou do senhor — completou a moça.

— Estefano é nosso amigo; devo-lhe favores e votos — arrematou o deputado. — Certamente conheces o meu irmão José, estou certo?

— Oh! Sim! Meu pai também já me falou do vosso irmão — respondeu Dora, com a alma confrangida, sentindo pesar sobre a sua vida a antiga ameaça.

— Eu bem sabia! Meu irmão José distingue a senhorita entre todas as jovens de nossa pequena Santa Irene, no que demonstra muito bom gosto.

— Pois saiba o deputado que não estou nem um pouco preocupada com tais coisas — cortou Dora, asperamente, ferindo os ouvidos de todos, inclusive os seus, desabando um incômodo mal-estar entre eles.

— Desculpe, Dr. Cândido. Minha sobrinha está exausta; esta recepção já foi bastante conturbada.

— Eu entendo, eu entendo, Sr. Dimas — tranquilizou o deputado. — Sua sobrinha cursa Administração de Empresas, não é?

— Pois sim, e acho mesmo que antes de se formar não deve pensar em casamento. O deputado bem sabe que é só casar — e nos últimos tempos até antes do casamento — vêm logo os filhos, e adeus estudos. Minha sobrinha é ajuizada, doutor.

— Isso se vê, Sr. Dimas, senão estaria lá na rua com os baderneiros.

— Sabe, deputado, acho até bom que minha sobrinha veja essa baderna; assim aprenderá a lidar com a gentalha da sua cidade. Afinal, Estefano é um comerciante importante em Santa Irene. Com os seus conhecimentos, Dora ajudará não só o pai, como também o desenvolvimento do interior do nosso grande Pará. Tudo dentro da ordem, sem dar tréguas aos agitadores que jogam os caboclos contra nós.

— Sem dúvida, Sr. Dimas — concordou o deputado. — Felizmente que em Santa Irene o povo ainda está unido. O fazendeiro, o comerciante e o caboclo da beira dos rios são o que são, cada um desempenha o seu papel sem reclamar da sorte, e ninguém pergunta se podia ser diferente.

— No sul do Pará a coisa não é assim, deputado — lamentou-se tio Dimas. — Antes também havia paz naquelas bandas, eu resolvia a parada diretamente com os caboclos que trabalhavam na minha fazenda, sem necessidade de polícia, de governo, de ninguém, pois filho da puta nenhum chegava até lá. Às vezes os tapuios reclamavam, mas acabavam aceitando as minhas regras, não havia outro jeito. Até que o governo começou a falar em desenvolver a Amazônia e retalhou a floresta com estradas. Eu, os caboclos, todo mundo acreditou. Mas todos nos enganamos. As estradas só serviram para a gente do sul, que veio por elas. Só os grandes, os tubarões, se beneficiaram com elas. Pois o governo quer a riqueza acumulada nas mãos de poucos, e não dividida. Incrível, não é, deputado? Estou falando como um comunista! Pois, se eu não fosse covarde e não tivesse medo de cair na miséria em que vivem os peões, unia-me a eles. Odeio os capitalistas do sul e os gringos duma figa, que enriquecem às nossas custas.

— Concordo, Sr. Dimas, mas, ruim com eles, pior sem eles. Já pensou se o cardume miúdo, a ralé, resolve atacar-nos? Estaríamos perdidos. Se correr, o bicho pega; se ficar, o bicho come. Pelo menos os tubarões nos dão proteção. É o preço que se paga pelo progresso.

— Mas que humilhação, deputado! Só cego não vê que os sulistas, os donos do Brasil, como esse filho da puta do presidente, nos desprezam. O pior é ter que ficar do lado deles! Que merda, deputado! — desabafou tio Dimas.

Tal diálogo definhou em pura lamúria, prenhe de uma revolta conservadora e impotente, a revelar muito bem o perfil da aristocracia amazônica. Numa coisa, porém, o deputado tinha razão — pensou Dora. Só o progresso — criando ilusões, açulando desejos, atraindo aventureiros, arrancando o homem do seu meio, tomando a terra dos índios e dos camponeses, transformando-os em assalariados ou simplesmente em escravos, concentrando a riqueza nas mãos de poucos e agravando a miséria de muitos, despertando conflitos — exporia as contradições de um mundo que parecia dormitar em eterna harmonia, revelando, assim, aos camponeses pobres, índios e tapuios, a luta em que estavam metidos, abrindo os seus olhos para o bem e o mal, deixando que vissem a exploração a que sempre estiveram submetidos. Isto já estava acontecendo. O progresso entrara pelo sul do Pará como um flagelo destruidor — como ondas de insetos, milhares de serrarias atacavam a floresta com a voracidade dos gafanhotos, derrubando, com seus dentes de aço, em poucos segundos, árvores que levaram séculos para crescer; como monstros pré-históricos, empresas mineradoras escavavam o solo e cavocavam o leito dos rios, mijando n'água o mercúrio, em busca do ferro, do alumínio, do estanho, do manganês e do ouro, alimentos de sua cobiça; barcos pesqueiros, com enormes barrigas de gelo, vasculhavam os rios da Amazônia, como insaciáveis monstros marinhos que não poupam nem os peixes pequenos; como descomunais serpentes, estradas rasgavam a floresta em muitas direções, abrindo caminho a muitas outras desgraças. E quando o progresso capitalista tivesse destruído toda a natureza — pensou Dora —, a Amazônia, num lancinante gemido, revolver-se-ia sobre si mesma, como a baleia atingida pelo arpão assassino. Mas nem tudo estaria perdido: a miséria e a opressão fariam até o cego enxergar a angústia dos oprimidos. E estes, livres da cegueira, finalmente eliminariam todos os insetos, varrendo-os definitivamente da face da terra.

Como um Cavalo Selvagem

As duas jovens tiveram de caminhar apenas uma quadra, depois que saíram do campus. Assim que Dora entrou no automóvel — um velho fusquinha amarelo —, a outra vendou-lhe os olhos com uns óculos de aros enormes e lentes negras, pintadas pelo lado de dentro. Pela primeira vez deixava-se conduzir como uma cega, por pessoas desconhecidas e a um lugar incerto. O carro começou a rodar lentamente e Dora por instantes sentiu medo, como se tivesse voltado a um dia longínquo de sua infância, quando, brincando de pata cega, ao tentar apanhar um dos amiguinhos, com o rosto vendado por um lenço negro, foi dar com o nariz no tronco do sapotizeiro do quintal da casa. Nunca esqueceu a dor que sentiu.

Procurou tranquilizar-se, apalpou o banco do automóvel, encontrou nele um enorme buraco. Não aguentou e procurou vislumbrar com o canto dos olhos o percurso que faziam, mas nada viu além de réstias fugidias do dia lá fora. Recorreu aos ouvidos, e ficou aturdida com a confusão de sons e ruídos que os inundavam. Por alguns instantes, distraiu-se procurando colocar uma ordem no caos auditivo. Carros passavam em sentido contrário, variedade enorme de roncos, este que passou é um ônibus, e aquele é um fusca, e este outro, será uma motocicleta ou um DKV? De vez em quando ouvia um apito, mas até aí Dora nunca prestara atenção nas diferentes tonalidades de apitos. O condutor do automóvel que a levava buzinou não se sabe por quê, e Dora então ficou aguardando buzinadas parecidas, que não vieram. Percebeu que cada rua tinha a sua voz. As menos movimentadas

falavam baixo, dir-se-ia um murmúrio de fugitivos, ou de namorados, se arborizadas. As grandes avenidas — e eles já haviam passado por duas — feriam aos ouvidos com seu vozerio de lata raspada, mas agora entravam numa rua muda, e Dora achou engraçado uma rua sem língua; estaria apenas amuada ou tinham-lhe amputado o membro? Lembrou-se então do dia em que seu avô morreu: a rua ficou silenciosa, a vizinhança toda calou para ver o enterro passar. Mas há ruas como as do velho casarão da tia Alzira, de paralelepípedos, desimportante, sem saída, uma rua sem língua. Depois prestou atenção na variedade dos odores, pois as cidades são como grandes corpos suarentos. Belém pareceu-lhe uma mulher que não toma banho — cheiro de lama, azedume de comida estragada, panelas queimadas, a fetidez de ruas sem esgoto. O carro sacolejava, rangendo, numa rua esburacada, sem asfalto, e Dora também imaginou uma cidade de cara espinhenta e o corpo deformado por bexigas e celulites.

A voz estridente, de apito, da moça que ia ao seu lado, interrompeu seu devaneio. Era Judite, a "companheira", pele naturalmente bronzeada, olhos e cabelos negros, de índia, cuja delicadeza não fazia por merecer aquela voz deveras irritante. Ouvindo a voz de Judite, assim, com os olhos vendados, Dora nunca mais esqueceria daquele timbre de soprano, capaz de abrir caminho entre o cipoal mais trançado de ruídos.

— Desculpe se te vendei. É uma questão de segurança, entendeu? É melhor para ti mesmo que não saibas onde será a reunião.

— Eu entendo. Mas por que só eu estou vendada?

— É que só tu irás à reunião. Eu e o Jairo — ela se referia ao motorista — apenas te levaremos até lá perto.

— E depois?

— Um outro companheiro te levará ao local.

— Entregaste o relatório? — não resistiu Dora a esta pergunta.

— Sim, no mesmo dia. Aquela pessoa que tu conheces me disse que fizeste um ótimo trabalho.

— Ele não vai à reunião?

— Não sei, talvez...

— Como ele se chama?

— Não posso te dizer. Acabarás sabendo.

— Desculpa-me.

— Não há de quê. Eu também demorei pra me habituar a certas regras de segurança.

Bruscamente, o carro estacou. Jairo, com uma voz nervosa e roufenha, deu a ré no automóvel, informando que teria de contornar por outro caminho por causa de uma barreira policial que se postava na esquina. Dora sentiu o carro um pouco tombado na curva, mas depois ele se endireitou e continuaram rodando.

Judite orientou:

— Se algum policial nos barrar, demonstremos tranquilidade. Se pedirem documentos, apresentamos. Neste caso, deves tirar os óculos e agir com naturalidade. Não tem importância que a polícia saiba quem realmente somos, pois ainda não estamos queimados. Entendeu?

— Entendi — respondeu Dora.

E o carro seguia em frente, ora à esquerda, ora à direita, tendo de parar algumas vezes em faróis, segundos esses que para Dora pareciam uma eternidade. Percebeu que Jairo manobrou à direita seguidas vezes, porque o carro, nas curvas, tombava sempre para o mesmo lado. Depois soube que fazia parte das normas de segurança, antes de chegar ao ponto, darem-se voltas para despistar a polícia ou desorientar o companheiro que estivesse sendo conduzido vendado.

De repente, o carro parou numa rua de voz travessa, pois Dora escutava gritos de crianças brincando, parecendo que chapinhavam em água, e vozes de mulheres que, de quando em vez, berravam pelo José, pelo Daniel...

Judite, segurando o braço direito de Dora, convidou-a a sair do carro.

— Procure andar com a cabeça erguida, como se estivesse enxergando. Eu vou ao teu lado e te conduzo.

— Tudo bem — disse Dora, fazendo um enorme esforço para não burlar a regra de segurança e não olhar em derredor. Fixou melhor os óculos, que começavam a descer sobre o nariz.

— Espera aí, Jairo. Se pintar polícia, te manda, que amanhã, naquela hora, estarei lá.

— Tchau, Jairo! Obrigada — falou Dora.

— Tchau — respondeu Jairo, com a mesma voz roufenha, de velho, com a qual conseguia, naturalmente, disfarçar a sua pouca idade.

— Venha — disse a companheira, já do lado de fora do carro, dando o braço esquerdo à Dora. Meio cambaleando, a moça tateou o chão da rua com o pé direito, apoiando-se o mais que podia na sua pequena acompanhante. — Pocha! Como és pesada! Deixa-te vir, não tenhas medo.

Mas o pé esquerdo demorou um século para encontrar a terra. Dora teve a sensação de estar caindo num abismo sem fundo. Mas devia demonstrar naturalidade. Coitado do vô, que viveu uma noite de três anos, antes de morrer. Dora lembrou-se dele: alto, os bastos cabelos brancos, e aquela irritação constante por não poder mais dar rédeas a um corpo ainda enérgico, que teve de se dobrar à fatalidade da noite plúmbea da cegueira precoce. Cansou-se de tatear as paredes da ampla casa, de orientar seus dias sem luz pelo canto dos passarinhos na mangueira do fundo do quintal, o murmúrio da cidade logo o enervava. Mas o que o matou mesmo — agora Dora tem certeza — foi o esforço que fez para acostumar-se à resignação. Quem não o conhecia acreditou que o velho morrera em paz. Sofria, porém, na grande e angustiosa luta para não mais lutar, no esforço supremo de abster-se da vida. Que Deus não lhe aquinhoasse com o mesmo destino! Sempre por associação, um pensamento levando a outro, Dora lembrou da mãe, também definhando aos poucos, não pela opressividade de uma noite eterna, mas pela força descomunal, embora invisível, das tradições; pequenas pepitas de boa conduta que Estefano trazia nas mãos suarentas, manipulando a seu bel-prazer, controlando a vida da pobre mulher como um vaqueiro insensível aperta os cabrestos de sua montaria. Coitada da mãe, merecia outro destino.

— Que tal, tudo bem? — era a voz de tic-tac da boa Judite trazendo Dora ao presente.

— Sim, tudo bem.

— Não vais tu contar os passos — admoestou candidamente a companheira. Dora sorriu, achando, lá consigo, muito engraçado o cuidado da jovem.

— Não, estou contando é os minutos para tirar estes óculos.

— Vais indo muito bem, ninguém diria que estás cega.

— Cega, Judite? Cega eu era até há poucos dias. Antes, pensava que cego é quem perde os olhos. Estava errada. Cego é quem, embora vendo com os olhos do corpo, não sabe que existem outros olhos. Agora eu sei.

— Eu entendo...

Mas Judite não entendia. Há anos no movimento estudantil, enfrentando um inimigo feroz, poder-se-ia dizer que a "companheira" passara no teste, revelando-se uma liga nobre, capaz de aguentar altas temperaturas, sem cair em fusão. Não gostava de comandar, embora bem pudesse estar, pela consciência e firmeza incontestáveis, na direção do movimento. Mas, não; voluntariamente, mantinha-se aqui em baixo, como formiguinha que procura a comida para a formiga-mãe. Era destituída de ambições, não projetava para si nenhuma carreira política, a política era a sua própria vida, sem escadas a subir, uma esteira contínua, que todo homem deveria trilhar, e não apenas alguns. Mas enganar-se-ia quem julgasse ingenuidade esse total desprendimento. Não, embora pequenina e doce, e tendo um precioso coração, Judite assumia o sacrifício como uma opção livre e consciente, fruto da razão. Amava a humanidade, não a humanidade em geral, mas a que se pode encontrar em homens e mulheres concretos, de pele e osso. E da humanidade não se excluía; pelo contrário, se lutava era porque acreditava que um dia poderia redimir-se de seu próprio egoísmo, numa humanidade liberta de tudo o que a mantinha subjugada a uma situação degradante. É certo que, no começo, Judite ouviu a voz da justiça entrando pelo coração, e ela não lhe fechou as portas. Mas, da primeira indignação, tão poderosa que quase a põe a perder, a moça conduziu o seu entendimento pelos claros salões da razão, onde a obscuridade e a cegueira foram varridas. Leu muito, estudou, ouviu os companheiros que já haviam trilhado um longo caminho, e, finalmente, compreendeu as razões dos seus sentimentos. E pela razão deixou-se conduzir daí por diante. Uma razão tão arraigada, tão forte e exata, que — e isso ela ainda não percebera — a tiranizava. Só lhe importava a luta, a destruição, não do inimigo físico, mas das forças que mantinham a todos prisioneiros da maldade e impediam que a ideia do bem conquistasse a todos os corações do mundo. A ideia! Sim, lutava por uma ideia, vivia uma ideia fixa, pela qual morreria.

Na sua imensurável bondade, agarrada à ideia de justiça como um náufrago à tábua de salvação, Judite sufocava as vozes do coração a apontarem-lhe os perigos, os monstros marinhos que um dia devorá-la-iam. Tão esclarecida e obstinada em sua razão, não saberia entender tudo o que naquele momento acontecia no espírito de Dora. Pois, nesta, a ideia de justiça ainda não terminara de fazer o reconhecimento do primeiro aposento, que foi o seu coração. E o coração, o membro tão forte, capaz de trabalhar sem descanso, é a parte também mais frágil do corpo humano. O ponto vulnerável. Por ele entram todos os propósitos; à sua porta vêm bater pequenos e grandes, nobres e mesquinhos sentimentos. Assim, pois, a nobre ideia de justiça perambulava no coração da jovem, lado a lado com outros personagens menos dignos que povoam o universo humano. O medo, a inveja, o egoísmo e a vaidade olhavam para a justiça e, irmanados num único feixe de malignidades, procuravam lançá-la pela porta por onde tinha entrado. Pois o conflito entre Deus e o diabo, acontecido no céu, é mera pantomima do que continua a suceder no coração dos homens.

Dora, naquele instante, embora não mais estivesse cega, vivia também esse enorme conflito, num combate surdo cujo desfecho não se podia prever. Mas a jovem não tinha consciência disso, pois, nessa fase do seu envolvimento, a química de sua alma ainda não sofrera alterações qualitativas, ainda não deixara de ser a mesma jovem expansiva, voluntariosa, a olhar para o futuro com os olhos de uma criança, que conseguia enxergar em cada manhã um novo dia. Vivia o êxtase de ser gente, de sonhar com a justiça, sem medo do amor, esse sentimento que convulsiona a alma mantendo a expectativa em cada suspiro. O bem e o mal, o prazer e a dor, o amor e o ódio, digladiavam-se lá dentro, dando-lhe a sensação única de estar viva.

— Estamos chegando ao *ponto*[20] — falou Judite.

Dora ficou mais tensa. E agora? — indagava-se a si própria, com a mesma sensação de queda num abismo. Outra pessoa iria conduzi-la a um lugar desconhecido, e ela se deixaria conduzir cegamente por essa pessoa desconhecida. O que seria dela? Teve ímpetos de

[20] Local combinado pelos membros de organizações clandestinas que faziam a luta armada contra a ditadura militar de 1964. (N. do E.)

arrancar os óculos pretos, mas resistiu, iria até o fim. Não confiava nos companheiros? Culpou-se por ter um instante vacilado.

Deram mais alguns passos. Judite parou e largou o braço de Dora, que se sentiu desamparada, mas procurou esconder a insegurança.

— Tchau, Dora. Boa reunião. Amanhã nos veremos no campus. OK?

— Mas...

— Fica tranquila, ele está vindo bem perto. Tchau — despediu-se Judite, afastando-se. Dora, em meio aos sons do ambiente, ficou atenta aos passinhos da companheira, até que eles silenciaram a distância.

Sentiu-se completamente só, ali em pé, numa rua ou beco qualquer, sabe lá em que parte da cidade. Sem nada enxergar, ficou imóvel, temendo que algum transeunte esbarasse nela. Procurou tranquilizar-se. Judite dissera que ele estava bem perto. Ele quem? Bem, pelo menos já sabia que se tratava de um homem. De qualquer forma, a descoberta de nada servia, pois, seja lá quem fosse, ela o desconheceria. Mil rostos foram num relance desenhados pela sua imaginação fértil. Um garoto imberbe e risonho, de vozinha entre pinto e galo; quem sabe um jovem de cabelos longos, tez pálida encoberta por ralos fios de barba; ou um homem já maduro, rosto anguloso e testa larga, mãos rudes de camponês? Dora ouvira dizer que os estudantes não estavam sozinhos na luta contra a ditadura. Camponeses, operários e intelectuais resistiam juntos, ligados por uma organização invisível, que estava em todo e em nenhum lugar. De repente, porém, como uma seta envenenada, picou-lhe o cérebro um pensamento macabro: e se o homem, que devia já estar bem perto dela, fosse um inimigo disfarçado? Lembrou, num relance, do diálogo entre o coronel Ubiratan e o tenente Tojal, e sentiu um frio na barriga ao pensar que entre os companheiros houvesse pessoas malignas, lobos em pele de cordeiro, que vigiavam as presas esperando a hora certa para dar o pulo fatal. Ela poderia ter tirado os óculos do rosto, dado meia volta e desaparecido

por qualquer rua; ainda era tempo de apagar tudo e voltar à vidinha que sempre levara. Mas nada fez, e já era tarde, pois pressentira passos que vinham pela rua e subitamente pararam.

Ela não se mexeu, não poderia fazê-lo, uma enorme expectativa prendia-a ao solo como um ímã. Sabia que ele estava bem perto, sentia sua presença eletrizando o ar quente da manhã. Aguardava a sua manifestação, e todas as vozes que imaginara falaram ao mesmo tempo, como legiões de demônios a sussurrarem-lhe descaminhos. Um arrepio percorreu-lhe o corpo, a respiração parecia faltar-lhe, e o coração saltava como um cavalo selvagem diante do seu domador. E ele nada de se manifestar. O que estaria fazendo? Seja lá quem fosse, certamente se comprazia em torturá-la, e a moça sentiu-se desnuda ao imaginar-se observada.

Mas não havia maldade no seu silêncio. Ao contrário da moça, impedida de ver a luz do dia, era a claridade escandalosa do sol, a tudo devassando, que o embargava. Ficaria a vida toda saboreando aquela imagem de mulher exposta diante de si, em completo desamparo. Sentiu uma fissura na alma, um conflito entre forças que há muito disputavam-lhe a vontade. Acostumara-se à sua dupla personalidade, exaltava-o a sensação de ser ao mesmo tempo Deus e o diabo. A divisão era a sua unidade. Ao contrário da maioria das pessoas, que temem a dualidade, ele apavorava-se com a ideia de vir um dia a sucumbir à individualidade única.

A primeira vez que viu Dora no campus, temeu a beleza incomum da jovem, mas não se incomodou, estava treinado para afastar tentações. Mas já da segunda vez, embora tenha procurado disfarçar, sentiu-se frágil e vacilante, como nunca o deixara antes outra mulher. Agora não conseguia quebrar a mágica daquele silêncio, a dualidade de sua alma foi atingida pelo aflitivo desejo de ser único. Procurava afastar tal desejo, mas não conseguia. Do corpo dela emanava um poder supremo, capaz de arrastar o universo e amesquinhar a milenar luta entre o bem e o mal. Sentiu-se perdido, com o coração sacudido e dilacerado pela luta titânica entre Deus e o diabo. Mas todo o estrago que lhe fazia o corpo da moça era um pingo do que lhe poderia causar os olhos dela, mas ele já não conseguia estancar o desejo ardente de perscrutá-los. E foi justamente aí que começou a sua desgraça. Na luta entre o bem e o mal, entre Deus e o diabo, entre o amor e ódio, flagrou-se a tomar o partido do amor, e este, como Deus, conduz as almas ao absoluto.

— Como és linda, companheira! Posso te conduzir? — foi o que conseguiu dizer.

A resposta não veio rápida. Dora imediatamente reconheceu aquela voz, firme e metálica, que parecia entrar em seu corpo por todos os poros. "É ele, é ele!" — regozijava-se ela, já livre de todos os presságios. Com o espírito desanuviado das apreensões, um outro tipo de expectativa tomou conta dela.

— Sim, que bom que és tu — respondeu ela, procurando esconder a ansiedade da voz, pois já ansiava pelo seu toque. O corpo todo fremia, a cabeça rodopiava, o coração de novo disparou.

Em vez de dar-lhe o braço, ele segurou-lhe a mão. E ela, embora contrariada pelos valores morais que a educação lhe impusera, não se esquivou. A mão dele, de dedos longos e fina, também estava úmida de suor, e Dora sentiu uma doce satisfação em pensar que não somente ela ficara nervosa.

Em silêncio, cada um vivendo o seu conflito, foram andando; os dedos das mãos pouco a pouco, numa trêmula timidez, enlaçando-se, até que, traduzindo o que seus corpos gostariam de dizer, as duas mãos apertaram-se em cálido afago.

— Não tenhas medo; cuido dos teus passos — disse o jovem, duvidando das palavras.

— Estou segura, acho agora que até posso viver sem olhos.

— Eu serei os teus olhos e tu os meus pés — disse ele, estranhando a própria voz. Um servo de sua senhora. Ou seria ele o senhor? Poderia levá-la aonde bem quisesse, pois ela se deixava conduzir como uma criança pelas mãos do pai. Os cabelos ruivos esvoaçavam ao vento que subia do Guamá, a nuca cheia de pelugem transpirava, o busto palpitava sob a blusa, deixando entrever o alvor dos seios, cujos mamilos espetavam o tecido fino. Dora tinha o frescor das frutas ainda não colhidas, mas Julião não ousava erguer a mão à fruteira. Irritava-se, achava-se sórdido, não se reconhecia.

Sentindo o cálido olhar do companheiro lambendo seu rosto, a nuca, os braços e as pernas, Dora enrubesceu. Desejava ardentemente o contato daquele homem, que poderia fazer com ela o que bem quisesse, sem precisar desvendá-la. E ambos sentiam esse frêmito, essa agonia que cruzava seus corpos através da ponta dos dedos.

— Agora vamos caminhar por uma escadaria, mas não tenhas medo. Apoia-te em meu braço. Podes também erguer um pouco os óculos, assim poderás olhar aonde pisas — sussurrou-lhe o rapaz, próximo ao ouvido.

E foram descendo, tábuas mofadas estralando sob seus pés. De novo a moça ouviu crianças chapinharem em água, gritos de mulheres, cheiro forte de farinha molhada, um apito longo veio lá de baixo. Dora seria capaz de apostar que estavam bem perto do porto; o martelar monótono de um motor e o almíscar das palafitas eram trazidos pelo vento malcheiroso. Apesar da sensação desagradável, gozou o doce prazer de sentir o braço de seu guia enlaçando-lhe a cintura, procurando evitar que ela caísse. Mas ele nunca demorou mais do que o necessário, e esse respeito exagerado, se a ele o enervava, a ela desapontava. Dora estava certa. A reunião seria num velho casarão, espécie de armazém desativado, no Porto do Sal, no lado oeste da cidade, de onde era possível enxergar centenas de barcos, de todos os tamanhos, uns atracados em pequenos trapiches, outros singrando para lá e para cá as águas amarelas, atulhadas de detritos que a cidade despejava. Mas tal cena a moça não pôde ver, pois, terminada a descida pela velha escadaria, os dois caminharam sobre uma espécie de jirau de madeira, que conduzia ao velho casarão, onde eles entraram.

— Pode tirar os óculos. Chegamos — disse o jovem.

Dora até havia esquecido por que viera até ali.

Quem é Livre Nunca se Perde

O jovem misterioso era Julião José Miguel Albuquerque Aires, filho do maior fazendeiro da ilha do Marajó, Domiciano Miguel Tenório Aires, este, por sua vez, filho de José Miguel Aires, que herdou do tataravô de Julião, José Miranda Aires, a primeira manada de búfalos, trazida da China em 1906, via Trinidad.

Preservou-se tal genealogia, é preciso dizer, menos pelas excelências do sangue da família Aires — portugueses empobrecidos na metrópole, sem nobres brasões, e que só em terras do Brasil conquistaram sua eira e beira, na ilha do Marajó — do que pela inusitada prosperidade proporcionada pelos pouco menos de quinhentos bubalinos iniciais, os quais, ao longo de setenta anos, multiplicaram-se a cinquenta mil cabeças. Dir-se-ia que os búfalos deram uma história à família.

Julião, até conhecer Dora, não tinha nenhuma dúvida quanto ao que ele significava aos seus próprios olhos. Quando conhecia uma pessoa, a primeira coisa que perguntava era se já fora ao Marajó e vira os búfalos. Se a resposta era não — e quase sempre o era —, dificilmente haveria uma segunda pergunta. Quando ele veio à capital, constrangido pelo pai, aos dezesseis anos, para continuar os estudos, no começo ainda procurava, no afã de se fazer entendido e aceito, descrever o ambiente em que nascera e crescera, mas logo percebeu a parvoíce desse esforço, pois acabava falando sozinho, ou porque ninguém se interessava pelo assunto, ou por não captarem o sentido de suas palavras, apesar da veemência com que se exprimia.

Terminou por omitir sua origem, que parecia ter relevância somente para ele, o que veio reforçar a ideia que ele tinha de si próprio: a de ser um búfalo *rosilho*.

Quando Julião nasceu — contou-lhe certo dia o Tião, tataraneto de um peão do tataravô José Miranda Aires —, os búfalos *rosilhos* já se misturavam aos *pretos* nas imensidões alagadas da ilha. Mas, no começo, só eram os rosilhos, de pelagem preto-cinza, aterradores chifres em meia-lua, bravios, sempre a se meterem pelas cabeceiras, sempre a darem trabalho aos vaqueiros, mesmo com a ajuda do cavalo cilheiro, que aguenta firme a rês laçada. "Tu já viste um rosilho manso? Duvido. Rosilho não se dá ao costeio. Por isso que o patrão prefere os pretos, trazidos diz-que da Índia, onde o boi é santo e ninguém come, e ele cresce sem medo de gente. Quem sabe é daí que o preto, de pele negra e chifre enrolado, com seu passo pesadão, é mais frouxo que o rosilho, parecendo mesmo um corno manso. Tu és capaz de colocar até uma cangalha no preto e ele não reclama, o chifrudo".

"Eu também desprezo esses pretos, Tião. Nunca vi um deles arribar por aí, só querem viver de bubuia, de papo pro ar, mas, na hora de reunir o gado, é só soar o rebaque e lambar o relho que são os primeiros a correrem pra fechação". "E quando a gente reúne o gado pros serviços, já reparou, Nhô Julião, como os pretos são bem-mandados na dobração?". "Por isso, Tião, é que meu pai gosta dos pretos; eles facilitam o serviço; sem eles os rosilhos se escafederiam pelos peraus, mas não, esses pretos duma figa servem de rede pra prender os rosilhos". "O Nhozinho é mesmo porreta, arretado que nem potro sestroso! Que nem eu acho, Nhozinho: gado manso é bom pra trabalhar, mas dá raiva de ver. É como vaqueiro que puxa-saco do patrão. Nhozinho sabe que lhe devoto respeito, mas não adulo, e eu que lhe vi crescer. Acho que homem não nasceu pra cabresto, nem pra cangalha ou caçuá, como esses pretos". "Nem pra ferra, Tião. Já reparaste como os pretos não cabeceiam nem com o ferro em brasa na bunda?". "Mas cuidado o Nhozinho, não vai falar essas coisas perto do Nhô teu pai". "Pois eu falava isso era pra ele mesmo, Tião, pois é engano criar gado manso nesse baita atoleiro; não vê que um manso tem preguiça até pra sair do chavascal?". "Lá isso é verdade, Nhozinho; o manso dá até mais trabalho, e morre fácil". "Eu, Tião, se um dia vier a mandar na fazenda, acabo com esses pretos, levo todos pra matalotagem, deixo no campo só os rosilhos. Mando também embora o Mundico, que o pai gosta porque se comporta como um búfalo preto; o pai trata gente como xerimbabo, não tá certo; o animal que aceita comer na mão da gente perde a dignidade...". "Tá na hora da fechação, Nhozinho". "Chama os vaqueiros, Tião". "Sim, Nhozinho, e o Mundico?". "Todos, o Mundico também, eu estou mandando". "E se ele fizer corpo mole, Nhozinho?". "Então mete pau no cu dele, que ele desempaca, não é assim que a gente faz com os pretos, Tião?". "Os homens já vêm vindo, patrãozinho; o Mundico vem resmungando, mas vem. O filho da mãe!". "Deixa ele comigo, Tião. Pegamos primeiro os pretos. Ó Argemiro, ó Manduca, e tu, Lazário, vão pela ponta! Eu, Tião e tu, Mundico, vamos espremendo a malhada". "A maré tá subindo, Nhozinho". "Mas hoje não vai ventar, Tião". "Tomara, Nhozinho". "Vamos lá, gente, cossando os cavalos, cabeceando a manada. Ôa, ôa, ôa... A maré já vai alta, Tião. Cuidado com o tijuco". "A rede tá pronta, Nhozinho, mas dois rosilhos espirraram da fechação". "Não tem problema, Tião, se eu até já adivinho quem são". "Quem, Nhozinho?". "O rosilho camacho, com a perna doente, e o garrote bangoleiro, acertei?". "Sim, Nhozinho". "Deixa os dois pra lá, Tião. O camacho não foge que não pode andar longe, e o rosilho bangoleiro depois aparece, que quem é livre nunca se perde".

"Quem é livre nunca se perde". Essa frase fluiu pela boca do filho do fazendeiro, espontânea e bárbara, como o gado que espirra do atoleiro, em luta titânica para não sucumbir à terra alagada; era a mais acabada síntese filosófica do próprio meio. "Que diabo! Desde que eu vi essa moça já não sou livre, e estou perdido. Como deixei acontecer isso?", ruminava consigo, desconhecendo-se a si próprio, pois nunca pensara que um búfalo pudesse amar.

Sentia-se agora culpado, dividido. Já não era fiel ao búfalo rosilho, que jamais se entregara, mas como trair o sentimento que já o dominava?

"Dora, meu amor, senta-te aqui, ao meu lado, e escuta a história do búfalo rosilho" — e ela escutaria; sim, escutaria, e, no final, compreendê-lo-ia, porque a história do búfalo rosilho era a sua própria história. "Dora, presta atenção: do curral chega até a casa-grande o mugido estertorante, terrível, da búfala parideira. Já tinha visto porco, cavalo, pinto e passarinhos nascerem, mas búfalo não. Morria de curiosidade. Naquele dia driblei todo mundo e vi, escondido lá no capinzal, o bichinho nascer. Uma manchinha negra e viscosa rolando na gosma, já de olhinhos abertos, que logo estava de pé, e quebrou o cordão umbilical num trote. Nem esperou que a mãe o enxotasse, danou-se pelo campo quando ainda precisava de leite. Mas sobreviveu, pois herdou a bárbara liberdade de sua raça. Tornou-se o garrote mais vagabundo que o Marajó conheceu. Sumia durante dias e dias, e quando reaparecia sempre dava um jeito de espirrar da fechação. Tornou-se um touro bravo e lavrador. Surrava os pretos, que se deixavam fechar pelos vaqueiros. Fugiu até não poder mais à ferração. E depois que lhe encostaram a brasa, disparou enlouquecido pelo campo e, só de birra, embiocou no tijuco, de onde ninguém conseguiu arrastá-lo. O pai, em represália, toda vez que faltava comida na fazenda, ameaçava mandar o rosilho rebelde para a matalotagem, mas eu sempre consegui impedir, pois, para mim, aquele búfalo rosilho era que nem gente. Como era bandoleiro! Ia à Santa Helena, Santa Maria e até Nossa Senhora do Bom Fim, do outro lado da ilha, sabe lá quantas léguas de distância. Quase toda semana havia uma apartação numa dessas fazendas, adivinha pra retirar quem do meio da manada? Pois o rosilho bangoleiro não respeitava peraus nem cercas, quando o cheiro do cio d'alguma búfala o tirava do sério. Atravessava pelo fundo, de um só fôlego, o lago Arari, e não pela superfície, como os pretos; e tinha uma técnica especial para derrubar cercas. Muito viajado, em toda a ilha ninguém mais se incomodava com o bandoleiro. Nunca ficava perdido, era só fazer a apartação que ele voltava para o seu lugar. Mas que não o fossem buscar a laço, porque ele desembestava por esses atoleiros de meu Deus, e nem o diabo o achava. Tanto afrontava a morte, que nem esta já o metia em seus cálculos. E até o pai, embora não desse o braço a torcer, pareceu afeiçoar-se às extravagâncias desse búfalo. 'Tião, onde anda o *animal*?', perguntava às vezes. Já não era tratado por 'bicho' pelo dono, e nenhum vaqueiro desconhecia o que isso significava".

"Dora, esta é a história do búfalo rosilho. Que fim levou o animal? Isso eu te conto outro dia, ou é melhor nem contar, porque é muito triste".

Julião era assim, nunca falava de si próprio, de modo que se sabia apenas que ele era filho único de um grande fazendeiro do Marajó. Essa discrição era valorizada pelo comando estudantil como uma evidência de que o passado burguês do companheiro o desagradava. Mas só pensavam assim porque não o conheciam; aliás, ninguém, além do vaqueiro Tião, nem mesmo o pai, o conhecia. Falava de si por meio de parábolas, nas quais simples vaqueiros, montados em cavalos cilheiros, agigantavam-se domando as repontas, protegidos por suas baetas vermelhas que flamulavam ao vento furioso que varria os campos alagados anunciando o começo da maré enchente. Na verdade, há muito, nem mais por parábolas falava de si. Porque, quando um caboclo vem para a capital, deve deixar seus teréns lá no campo, bater a poeira e limpar os pés na entrada, como quem entra numa casa fidalga. Mas para Dora ele falaria — e ela escutaria. "Queres ouvir a minha história? Mas já não te contei a do búfalo rosilho?".

Quem lhe contou foi o Tião, pois o pai nem mais a genealogia da família Aires, dos quinhentos búfalos para cá, parecia sentir prazer em relatar. Segundo Tião, ele nasceu ali mesmo no barracão da fazenda, numa noite de tempestade em que os búfalos danaram a correr sem rumo debaixo dos relâmpagos e da chuva. Teve de nadar pro mundo sozinho, pois nem parteira havia na ocasião para lhe dar uma mãozinha. Poucos dias haviam passado e a mãe abandonou a ele e ao pai, fugindo com Eleutério, o capataz da fazenda. Tião salvou-o com leite de búfala. Cedo Julião aprendeu a vaquejar, crescendo pelos campos, chapinhando pelas imensidões alagadas do Marajó, que lhe davam a impressão de que o mundo era um único pântano. Sofreu quando o pai o mandou estudar na cidade. Já imaginaram um vaqueiro na cidade?

Búfalo Rosilho

E Julião foi logo cair na casa dos Alarico. Uma gente metida a besta, que morava num prédio modernoso, enfeitado com pastilhas coloridas, para distinguir-se dos velhos casarões empoeirados onde ainda se escondiam os netos decrépitos da aristocracia decadente dos tempos da borracha. Alarico, o velho, era filho de outro Alarico, grande fazendeiro do Marajó, dono da fazenda Santa Inês, mas já nasceu na cidade, onde estudou e aprendeu as artimanhas do comércio, de modo que, quando o pai morreu, Alarico filho quebrou com a secular tradição pecuarista da família, convertendo os milhares de búfalos em toneladas e toneladas de secos e molhados, que empilhavam o maior armazém do cais de Belém. Mas sonhava em elevar a família a novos píncaros, por isso investiu pesado nos três filhos que fizera em D. Maria Adelaide Alarico — Alarico, o primogênito, Adelaide Maria, a do meio, e Maria Clara, a caçula. Enquanto ele, nas férias escolares, fora obrigado a atolar-se nos tijucos do Marajó, enfrentando a reponta com reles vaqueiros, para fazer jus à mesada que recebia o resto do ano, os filhos, principalmente o "Alariquinho", tinham como único trabalho os estudos, e nas férias iam com a mãe, que vestia rendas caras, ao Rio de Janeiro, onde os hospedava, a contragosto, um irmão banqueiro. A história do casamento de D. Maria Adelaide Setúbal — depois Maria Adelaide Setúbal Alarico — com o comerciante paraense José Nunes Alarico Neto, ela nascida e criada no Rio de Janeiro, e ele em Belém do Pará, daria muito bem um outro romance. E um romance tão difícil de contar como explicar o casamento de uma onça com um jacaré. Pois o Alarico velho, lidando com secos e molhados — o que já constituía, para o conceito moderno, um inegável avanço — guardava ainda muito do passado enlameado e bubalino da família, o que desagradava eternamente a estirpe carioca de D. Maria Adelaide. Mas Alariquinho — dedos finos, lábios femininos, e um andar levíssimo de jaçanã sobre o capim — só atravessava os meses escolares com resignação porque sabia que viriam as férias e o passeio fantástico no mar de luzes da "cidade maravilhosa". Repugnava-lhe o cheiro de pirarucu salgado que tinha de respirar nas poucas vezes em que não conseguia se safar de ir ao armazém do pai. Acostumara-se ao ternos caros, aos sapatos de verniz, às gravatas.... e abominava o comportamento de alguns colegas de escola, que se deixavam levar pela moda, cobrindo-se de andrajos e calças de vaqueiros. Não conhecia música clássica, mas também desprezava o carimbó, que soava todas as noites nos atabaques dos terreiros de Belém. Gostava de "bossa nova" — aquela coisa nem *rock* nem samba, que ouvia muito quando ia ao Rio de Janeiro. Sonhava em ser banqueiro, como o tio Olavo, pois, entre outras conveniências, dinheiro não tem cheiro do pirarucu que empesteava o ar do cais de Belém, e que o pai trazia para casa impregnado em suas roupas. Enfim, Alariquinho não queria ser vaqueiro, como seu avô, e muito menos comerciante de secos e molhados, como o pai. Mas uma coisa admirava no velho: a sorte que teve, e o gosto, de casar-se com a mãe, mulher granfina, que trouxe brilho e prestígio à família.

Em compensação, Adelaide Maria e Maria Clara, apesar de fúteis e criadas pelos pais como um valioso investimento — pois esperavam usá-las como moeda com que comprariam participação numa das famílias poderosas de Belém — traziam consigo essa sina que parece marcar as mulheres do Norte, e da qual nem a mãe se livrou

— a de se enamorarem por homens rústicos, de posição social inferior, mas que sabem manejá-las e fazê-las felizes.

Julião nunca esqueceu das caras meio esquisitas, meio engraçadas de Adelaide Maria e de Maria Clara, quando o viram pela primeira vez, naquele dia já distante em que Domiciano Miguel Tenório Aires o trouxe à casa dos Alarico, puxando-o com uma das mãos e, com a outra, carregando um saco de juta com seus poucos pertences.

O pai, chapéu de couro, botas de cano longo sujas de barro, calça de brim desbotado, e os bastos bigodes; e ele, alto e franzino, que nem um varapau, espadaúdo e rosto anguloso, cabelos avermelhados pelo sol inclemente do Marajó, dedos compridos e ásperos de vaqueiro, e aquele andar trôpego de quem avança a contragosto, arrastado pela mão de tenaz do pai, como o búfalo rosilho levado ao matadouro. Agora, quando se recorda dessa cena, Julião bem compreende o ar de espanto, curiosidade e ao mesmo tempo repulsa, estampado no rosto de todos, principalmente no de Maria Clara, a caçula.

— Entra, Domiciano, estejam à vontade — disse Sr. Alarico, com ar bonachão. — Então é este o teu menino?

— Sim, Alarico. Não reparem em nossa aparência. Dona Maria Adelaide deve imaginar a vida que leva um homem como eu, sem uma mulher que cuide dele, mesmo que seja rico. De quê adianta dinheiro, se um homem nasce e vai crescendo que nem bicho?

— Ora, seu Domiciano, não se apoquente; em breve o rapaz será outro, no que depender de nós...

— Como te prometi, Domiciano, eu já providenciei escola para o rapaz, a melhor de Belém, a mesma de meus filhos.

— Queres ficar conosco, não é, rapaz? — dirigiu-se o velho Alarico a Julião.

Não obteve resposta. Julião, que entrara com a cabeça baixa, agora encarava a todos, de um a um, com dois olhos ameaçadores, que talvez não escandalizassem a nenhum deles, uma vez que a rispidez do olhar casava perfeitamente com a aspereza de sua aparência. O silêncio foi tomado na conta de timidez de um matuto.

Mas Julião, com seu olhar lampejante de ódio, como um garrote acuado, por instantes foi absorvido pelos olhos verde-chumbo de Maria Clara, ensombreados por duas sobrancelhas negras e espessas, que o lancetavam furiosamente, com um brilho para ele familiar. Era o mesmo olhar irracionalmente luxurioso, umedecido por uma lascívia cega e primitiva, que ele tantas vezes observara nas búfalas sobre as quais arremetia, vergalho em riste, o inesquecível búfalo rosilho.

Adelaide Maria, a do meio, também na idade da vaca-louca, deve ter pressentido o cheiro de cio no ar, pois olhou à irmã caçula com a carranca reprovadora de quem não admitiria rival.

— E então, Julião, queres ficar conosco? — tornou a perguntar o velho Alarico.

— Oh, sim, Sr. Alarico; se assim quer meu pai.

— Assim que se fala, rapaz! — aplaudiu o dono da casa. — Domiciano, fica despreocupado, o rapaz será tratado como um filho.

— Fico-te desde logo muito grato, Alarico. Mando-te a mesada para cobrir as despesas com o menino. Podes repreendê-lo, quando necessário.

— Não será preciso, tenho certeza.

E nunca mesmo foi preciso repreender o garoto, pois ele sempre fazia o que o velho Alarico mandava, até mesmo ir ao cais pelo menos duas vezes por semana, após as aulas, lavar o assoalho do armazém, enquanto Alariquinho, em vez de fazer as tarefas escolares, bundeava pela cidade, enganando o velho com a complacência de D. Maria Adelaide e a conivência de Adelaide Maria e Maria Clara, as quais por essa época só pensavam em namorar.

Na primeira semana em Belém, Julião ainda pensou em evadir-se da casa dos Alarico. Certo dia, escapuliu de mansinho e foi enveredando pelo labirinto de ruas da cidade. Se o pai o deixara em casa dos Alarico por causa de comida e abrigo, isso ele conseguiria em qualquer lugar. Não era assim lá na ilha? Quantos dias um vaqueiro não seria capaz de suportar trotando pelos campos alagados em cima de seu cavalo cilheiro, tendo o céu por cobertura e a natureza por refeição? Tião certa vez desapareceu por dez dias. Queria morrer, pois fora rejeitado por uma cabocla da fazenda Santa Bárbara, mas nem morrer se consegue lá na ilha. Onde Tião pisava ia misgalhando ovos de marrecos e passarinhos. Quando alguns já o davam por perdido, reapareceu no barracão, mais gordo do que quando sumiu. Ele, Julião, escafeder-se-ia também pela cidade, e ninguém mais o veria, nem mesmo o pai, que o abandonara entre aquela gente sem alma, que o humilhava e fazia questão de demonstrar o seu desprezo. Afora os olhos vorazes de Maria Clara — mesmo assim ainda carregados de repulsa —, tudo naquele ambiente parecia querer expeli-lo. Comia junto com os empregados domésticos, num pequeno quarto, ao lado do banheiro; dormia na varanda dos fundos, onde ficava um cachorro peludo e esclerosado, que era, porém, tratado por D. Maria Adelaide e pelas filhas como uma pessoa; não tinha guarda-roupa nem estante, como o Alariquinho, tampouco dinheiro, pois o pai fora-se naquele mesmo dia, sem lhe deixar sequer o puto dum vintém. Mas, não havia problema. Para quê dinheiro, se lá na ilha ninguém via dinheiro? O que comprava as coisas era a força dos braços, a sapiência no manejo do laço, a clarividência no adivinhar o tempo.

Acabou quebrando a cara. Sem água para beber na concha das mãos e sem ovos para comer quando a fome mordeu-lhe o estômago, e sem dinheiro para comprá-los, vagou pela cidade sem destino. Quando a noite caiu, deitou-se, cansado, debaixo de uma das mangueiras da Avenida Nazaré, e logo dormiu. Lá pelas tantas, um policial acordou-o com um cutucão nas costelas. Não adiantou tentar fugir nem explicar que não era um "vagabundo", como o homem o chamava. Estava apenas perdido. Documentos? Que documentos? Ele não os tinha. Morava com o Sr. Alarico, do grande armazém lá do cais. O guarda não conhecia o Sr. Alarico?

— Alarico que nada! Estás mais pra filho de vaqueiro do Marajó — pilheriou o policial.

— O senhor tá certo. Sou filho de Domiciano Aires, fazendeiro do Marajó.

O guarda duvidou da história de Julião até às quatro da madrugada, quando recebeu do Sr. Alarico a gorjeta por ter trazido o pirralho de volta. Depois daquele dia, a cidade pareceu-lhe uma enorme ilha de concreto e asfalto, cuja solidez, porém, era mais traiçoeira que os pântanos movediços de onde viera.

Daí por diante, Julião andou direito. Acordava cedo, tomava banho, vestia o uniforme escolar e ia pra aula, geralmente sozinho, pois Alariquinho e as duas irmãs não deixavam que ele os acompanhasse. Só no final do primeiro ano Alariquinho, fingindo dar pouca importância, como quem não quer nada, dirigiu-lhe palavra. Adelaide Maria e Maria Clara, embora imitassem a hostilidade do irmão, faziam-no mais por temor do que por convicção, pois Alariquinho era possessivo com elas. Certa vez, quando Alariquinho caiu doente e faltou três dias à escola, as irmãs, ainda fingindo indiferença, deixaram-se ir com Julião, que, a bem da verdade, já não era o mesmo espigão desengonçado que chegou do Marajó. Bom observador, Julião comprara roupas de acordo com a moda: duas calças pantalonas, uma azul de listras brancas e outra branca riscada de bege, e duas camisas de mangas compridas, claras. Nos finais de semana, costumava vestir-se a caráter, exibindo também o seu sapato preto, de couro fino e cadarços, um pouco démodé, é verdade, mas que chamavam a atenção. As irmãs, aos poucos, foram mudando o conceito que faziam de Julião, o qual já não tinha dúvidas de que as interessava. O molecote vivia uma época medonha: a musculatura ia se modelando e as espinhas da cara revelavam um vulcão de desejos explodindo pelo corpo. Adelaide Maria e Maria Clara — brancas, carnudas, não muito altas, mas com os membros bem proporcionados — ainda tinham nos olhos aquele brilho de cristal intocado, que só as virgens possuem.

Adelaide Maria, um ano mais velha que Maria Clara, tinha mais consciência de sua beleza. Julião não perdia o seu andar boleado a realçar as ancas ainda justas de mulher selada, mas preferia a intrepidez estouvada de Maria Clara, que dilatava as narinas quando olhava pra ele. As narinas de Maria Clara, úmidas de desejo, pareciam sentir a fragrância do capim que recobre os tesos do Marajó, e o cheiro forte e inconfundível do tijuco onde as búfalas, despreocupadamente, vêm mijar. Julião era capaz de ouvir o jato sensual das vacas se aliviando. Era a hora que o búfalo rosilho se encostava nelas, aproveitando-se do momento de fraqueza, em que o prazer de um órgão pede o complemento do outro.

— Por que vocês me desprezam? — perguntou de chofre Julião.

As duas irmãs entreolharam-se, indecisas. Poderiam falar com o "vaqueiro"?

Como Adelaide Maria, mais orgulhosa, resistisse, Maria Clara, mais expansiva, respondeu:

— Tu eras muito estranho.

— Como estranho?

— Queria que tu te visses quando chegaste. Eu não sabia se ria ou se corria de medo.

— Não podia ser diferente, eu nunca tinha vindo à cidade.

— Pois é; mas nós também nunca tínhamos ido à ilha do Marajó, e de repente aparece um espantalho na nossa frente.

— E agora?

— Agora já é diferente.

— Como assim?

Maria Clara ia falar, mas Adelaide Maria cutucou-lhe o braço, e a caçula mudou de tom.

— Bem...

— Eu sei; vocês me acham um bronco, um matuto.

— E tu não eras? — tornou Maria Clara, com um sorriso largo e franco no rosto.

— Tá certo, eu era. Acho até que ainda sou. Sabe mesmo duma coisa? Eu sempre vou ser um matuto.

— Não, não és mais um matuto! Sabes? Eu te acho um garoto bonito. Não é mesmo, Adelaide?

— É melhor a gente parar com essa conversa — cortou Adelaide Maria. — Papai não ia gostar de te ouvir fazendo declarações ao Julião.

Maria Clara corou e Julião saiu leve desse episódio, com a sensação de que havia vencido um grande desafio. Não havia mais dúvida: Maria Clara gostava dele, mas isso ninguém poderia saber.

É preciso aqui dizer que Julião, embora só tivesse dezesseis anos, já não era virgem. Tião, seu mentor espiritual, um Aristóteles do Marajó, introduziu o nosso pequeno Alexandre do Marajó nos prazeres e mistérios da vida. Certa vez, levou Julião ao forró dos vaqueiros da fazenda Nossa Senhora do Bonfim, do outro lado da ilha, com a concordância de Nhô Domiciano, é claro, que confiava muito em Tião. Nhô Querêncio, dono da fazenda, como era costume na ilha, trouxera de Belém umas dez raparigas para animarem os vaqueiros, porque ali mulher era que nem ouro. Quem tinha a sua que se cuidasse, que era muito fácil engrossar a manada dos chifrudos. "Hoje eu cumpro a promessa que te fiz, Nhozinho". Tião referia-se à conversa que tiveram certa tardezinha, quando o touro rosilho ciscava em volta duma búfala arisca. Tião, que conhecia bem aquele ritual de sedução, foi comentando a Julião, montado em seu cavalo cilheiro, os próximos lances do jogo. Falava mecanicamente, a idade e a visão repetida daquela cena durante mais de cinquenta anos, tiraram-lhe todo o apetite, mas Tião sabia que com Julião era diferente. O garoto devia sentir cada movimento do búfalo rosilho como se fosse o seu próprio corpo. "Tá vendo, Nhozinho? Ele agora vai pra cima com tudo, pois ela não tá querendo por bem. Bem que ela quer, a manhosa, mas prefere deixar o bicho mais enfezado, deve de ficar mais gostoso. Tá vendo, Nhozinho? Ele agora se afastou, mas é agora que a safada não escapa. Olha só o vergalho do rosilho como está". Julião já ia à frente da narração, fitava os lábios grossos debaixo do rabo da búfala, que piscavam umedecidos. Seus beiços também se molharam e ele sentiu um gosto indescritível na boca, a mão deslizou até o cabeçote da sela, e Tião fez que não viu esse gesto. Julião meteu a mão na braguilha da calça, o rosilho errou na primeira arremetida, a longa vara saiu escravelhando a coxa direita da fêmea, que finalmente se rendera, à espera das estrelas, com as duas pernas traseiras um pouco abertas, um "v" de ponta-cabeça. O touro, concentrando toda a ira do mundo, recuou três metros e de novo arremeteu contra a fêmea totalmente entregue. Julião sentiu a cabeça rodopiar. Tião parara de narrar, observava de esguelha o desespero do jovem, lembrando que ele também um dia passara por isso. Foi então que disse a Julião: "Dia desses, quando tiver forró, eu levo o Nhozinho pra pegar uma rosilha". A promessa se cumpria. Julião, aos quinze anos, perdera a sua imaculada virgindade e, cada vez mais, compreendia as razões do búfalo rosilho.

Quantas noites, deitado em sua rede — pois Julião preferia a rede, como sempre dormiu no Marajó, à cama que seu Alarico mandou pôr na varanda pra ele —, quantas noites ele, pensando em Maria Clara, na pelugem de seus braços, no bronzeado de seus tornozelos, e naquele brilho virgem de seus olhos, não sentia o mesmo gosto indescritível na boca, e dava graças a Deus por manterem-no ali na varanda, afastado de todos, pois assim poderia, em sua segregação, acariciar o membro tão carente de afeto. O calor das noites de Belém dava-lhe o pretexto para balouçar-se na rede, disfarçando os movimentos, no começo suaves e espaçados, por fim rápidos e desesperados, terminando quase sempre em ranger de escápulas.

O Rosilho Camacho

Até aí, apesar da agonia de deparar-se pela manhã com Maria Clara e não poder tocar no seu belo corpo, tudo corria muito bem para Julião. Possuía-a em fantasia todas as noites, em gozos longos e espasmódicos, dormindo depois o sono tranquilo e reparador dos anjos. Mas essa paz foi quebrada quando Julião, refletindo sobre a sua situação, indagou-se a si mesmo por que não sentia remorsos do que fazia. Enquanto Maria Clara sentia culpa só de contrariar os pais — que a aconselhavam a manter-se afastada de Julião —, ele, que a violava em pensamento todas as noites, sentia unicamente prazer nesse ato, o qual, para a maioria das pessoas, não passaria de fraqueza, conduta sórdida de um celerado.

Mas, superados os escrúpulos desse primeiro conflito, Julião, cada vez mais ousado, passou a acalentar o sonho de converter em realidade aquela maravilhosa fantasia. E, em vez de remorso, tal desígnio aumentava ainda mais a sua lascívia. Uma poderosa sensação de liberdade o dominava. A cidade, a escola, a casa dos Alarico, o tratamento discriminatório que recebia, bem como sua vida sem família, nenhuma dessas peias imobilizavam a sua alma, que transcendia às convenções de qualquer espécie. Deliciava-se com a ideia de iludir a todos, deixando-se dominar, acatando todas as ordens: do pai, do Sr. Alarico, de D. Adelaide, dos professores e, até mesmo, do Alariquinho, que o tratava pior do que a um agregado. Antes, quando Sr. Alarico mandava-o lavar o assoalho do armazém, a muito custo ocultava a irritação, mas agora sentia até prazer em executar essas tarefas de criadagem. O cheiro de pirarucu inebriava-o, o almíscar de farinha mofada entre as tábuas do sótão exaltava-o; ver Sr. Alarico fiscalizando-lhe o trabalho, como se ele fosse um seu escravo, deixava-o excitado. O velho chegou a enternecer-se com a disposição de trabalho do jovem, com sua índole pacífica e bem-mandada, sentiu mesmo uma pontinha de remorso, pois prometera tratá-lo como um filho, mas, na verdade, aproveitava-se dele como um serviçal. Afeiçoara-se ao jovem, pois vivia uma contradição: ao mesmo tempo que sonhava ver o Alariquinho "doutor", metido na política, quem sabe deputado ou até governador, gostaria também de ter um filho como Julião, que o ajudasse na lida do armazém. Mas nunca o Alariquinho ia se submeter a lavar assoalhos de armazém, nunca! *Riquinho* desprezava a vida do campo e o comércio. Um amargor invadiu o sexagenário: e se ele não fosse seu pai, como tratá-lo-ia *Riquinho*? Lembrou então de que há um ano Julião morava com eles e, até agora, o filho não dirigira uma palavra sequer ao pobre rapaz. Alariquinho, lá no fundo, também não desprezaria ao pai? Tais pensamentos o acabrunharam, mas resolveu não mexer em ninho de vespas. Continuaria tratando Julião da mesma forma. Em vez de fazer suas tarefas escolares após as aulas, o filho do amigo Domiciano teria de lavar assoalhos.

Mas, enquanto o velho Alarico começava a afeiçoar-se a Julião, este, aparentemente submisso, ia adubando e regando com prazer e carinho a árvore daninha do ódio que medrara dentro de si. E Maria Clara era o objeto da sua vingança, a sua obsessão. E o próprio Sr. Alarico, sem entrever consequências, contribuiu para que as coisas tomassem o rumo que Julião queria. Certo dia, convidou-o para fazer as refeições na mesa com a família, fixando-lhe como lugar o assento em frente à Maria Clara. Agora, todos os dias, por dez minutos, ficaria a um metro dela, podendo, com o devido cuidado, olhá-la nos olhos. Para melhorar ainda mais a sua situação, já no primeiro almoço "em família", Sr. Alarico, dirigindo-se à mulher e aos três filhos, sentenciou:

— A partir desta noite, o Julião deixa de dormir na varanda. Adelaide, ajeita um quarto pro rapaz. Alariquinho, vai com Julião a uma casa de móveis e escolhe um bom guarda-roupa e uma estante pro quarto dele.

As ordens foram cumpridas por D. Adelaide até com certo prazer, mas *Riquinho* não escondeu seu dissabor com a mudança. Acompanhou Julião à loja de móveis sem dar palpites, mantendo-se sempre empertigado, ostensivamente contrariado. Julião sempre lhe fora um intruso.

Se não era um cubículo, também não era um grande quarto, mas o suficiente para Julião, que viu vantagens e desvantagens na mudança. No quarto não havia escápulas para atar rede, mas uma única cama de mogno, onde ele teria de dormir. Era a primeira desvantagem: as camas suportam mais peso, mas, em compensação, são bem mais barulhentas do que as redes. Como disfarçar os movimentos nos momentos recônditos da mais íntima fantasia? Mas essa dificuldade logo foi contornada, pois Julião descobriu que a porta do quarto, também de excelente madeira, poderia ser trancada à chave; a sua privacidade seria preservada. De qualquer forma, teria de ser comedido em seus espasmos de prazer, pois os ruídos poderiam chegar com facilidade às outras dependências da casa. A segunda desvantagem decorria da primeira: agora, dentro de casa, seria observado com mais rigor pelos Alarico, teria de manter seu estado de ânimo sob constante autovigilância, para não ser pego em contradições, no perigoso jogo entre aparência e essência. Desagradava-o, particularmente, a proximidade com o *Riquinho*, que o perscrutava com insistência.

Em compensação, as vantagens seriam inúmeras. A começar pela menor: não ter mais a companhia do Zenóbio, o pachorrento cão de estimação, que até o mérito de ter pulgas não tinha, e que se acomodara a gozar nas mãos de D. Adelaide uma vez por semana, quando a senhora lhe dava aquele banho espumoso, com um xampu especial, passando-lhe as mãos deliciosas nas partes pudicas. Julião chegou a pensar que D. Adelaide também se comprazia com esse contato. E tinha razão. Assim como o velho cão há anos não sabia o que era uma cadela, D. Adelaide, mulher ainda fogosa, há anos não sabia o que era um macho. Pois o Sr. Alarico murchara precocemente, como uma posta seca de pirarucu, que só adquire sabor à base de certos temperos, o que, infelizmente, D. Adelaide não possuía. Era dessas comidas que desconhecem condimentos, e, mesmo se temperadas, perdem o seu quê de natural, o seu poder de se fazerem apetecidas. Pudera manter-se fiel ao marido, em parte pelo cão, que lhe permitia extravasar através dos dedos a energia que se acumulava nas ancas, e em parte pelo acaso, uma vez que, devotada como era aos filhos, não tinha tempo para enxergar, fora do lar, os olhos gulosos que vislumbravam o seu sofrimento. Julião, pensando nisso, incluiu na relação de desvantagens o fato de não poder mais ver toda semana as belas mãos de D. Adelaide a massagearem o pelo do velho e manhoso cão. Apesar da tenra idade, o velhaco já adivinhava o valor que tinham as mãos de uma mulher, ainda mais com a experiência de D. Adelaide.

A segunda vantagem era estar agora mais perto de Maria Clara, que dormia, com Adelaide Maria, num quarto do mesmo pavimento, ao fim de um comprido corredor. Tal vantagem, porém, como qualquer vantagem, estava condicionada por uma pequena desvantagem: em frente ao quarto das moças dormiam o Sr. Alarico e D. Maria Adelaide. Mas, como todo fenômeno da vida é dialético, essa pequena desvantagem era compensada por uma pequenina vantagem: Sr. Alarico era um exímio e notório roncador, de modos que, a não ser que o sujeito fosse completamente surdo, de qualquer canto da casa seria possível saber, pelo ronco, se o velho estava ou não dormindo. Quanto ao Alariquinho, não haveria problema. Pelos cálculos de Julião, lá de cima, do segundo pavimento da casa, onde o rico mancebo dormia, era impossível ouvir passos e outros ruídos daqui de baixo, mesmo porque os roncos do Sr. Alarico sobrepunham-se a tudo.

Julião não computou, pois ainda não conhecia os hábitos da casa, mas restava como obstáculo entre ele e Maria Clara o zelo serôdio e obsessivo de D. Adelaide pelas filhas, que a conduzia todas as noites, pelo menos uma vez, ao quarto das duas, com uma toalha nas mãos, para matar algum carapanã que porventura estivesse chupando o precioso sangue de suas beldades. Como se sabe, os carapanãs, que ainda hoje proliferam nas poças das ruas esburacadas e nos esgotos a céu aberto da periferia de Belém, não têm ideologia nem consciência de classe, tampouco fazem acepção de sangue, seja de plebeu, de nobre ou burguês.

Em suma, somando e diminuindo, houve um saldo de vantagens na repentina mudança. O animal conseguira finalmente instalar-se no ninho das presas. Restava só esperar o momento certo para o bote fatal, o que não seria problema, pois Julião, filho da bruteza das imensidões, aprendera desde cedo a adaptar-se ao tudo e ao nada, tornando-se mestre na arte da espera.

Em uma semana, confirmaram-se os progressos.

Durante o dia, pouco mudara. O café da manhã, na mesa grande, era frugal; Julião à frente de Maria Clara. Como às 7 os jovens deviam estar na escola, mal tinham tempo de engolir, mesmo assim Julião ainda conseguia dar umas olhadelas à Maria Clara, que fingia não perceber. Apenas uma vez — quando Sr. Alarico madrugara a fim de chegar mais cedo ao cais, onde um barco aguardava para ser *aviado*[21] com urgência — os dois jovens, mesmo sob a vigilância de D. Adelaide e do *Riquinho,* arriscaram cruzar os olhares.

Depois do café, nada mudara: *Riquinho* pastoreava as duas irmãs por um lado da rua, enquanto Julião andava pela outra calçada. Mesmo assim, os dois, de vez em quando, olhavam-se, porque isso Alariquinho não poderia impedir. Adelaide Maria já parecia indiferente à atração que Maria Clara sentia por Julião. Andava enrabichada por um frangote da turma do *Riquinho.* "Mais dia, menos dia — pensou Julião — Adelaide Maria aparece com o cristal dos olhos quebrado". Mas *Riquinho* não parecia se importar com a sorte de Adelaide Maria. Claro, o problema não era as irmãs namorarem, a questão era com quem. Julião então resolveu descobrir o calcanhar-de-aquiles de Alariquinho, só assim teria com que barganhar.

Na escola, não demorou para Julião granjear a fama de aluno aplicado. Isso menos por uma tendência nata, mas por necessidade de se afirmar. Pois, nos primeiros dias, com sua aparência entre ridícula e exótica de peão marajoara, era excluído das rodas dos garotos citadinos, que o repudiavam mais por ignorância do que por frescura. Muitos não criam que um caboclo, um matuto, tivesse atributos intelectuais. Sua falta de graça era para eles a prova da falta de inteligência. O andar anguloso, os gestos de rústica geometria, a frase curta e seca, colocavam-no aos olhos dos alunos da cidade como um parente não tão próximo do gênero humano. Tal impressão atenuava-se um pouco à medida que o olho observador visse o mundo com a sensibilidade feminina — o que não se refere necessariamente à mulher, pois a feminilidade não tem sexo. Era natural que as primeiras pessoas a começarem a mudar de opinião quanto a Julião fossem as mulheres, como Maria Clara. Mas essa não é uma fórmula exata,

[21] Abastecido.

senão como explicar ter Julião feito justamente entre os homens a sua primeira amizade verdadeira? Trata-se de Jairo Acácio, um garoto cujo corpo muito desenvolvido para a sua idade, andar lento e pesado, escondia uma inteligência vibrante e uma refinada sensibilidade. Jairo Acácio era um poeta que, através do jornalzinho do grêmio estudantil, se impôs pela intimidade com as palavras, uma vez que o seu corpanzil não tinha nada de romântico. Julião quis saber quem havia escrito aquele poema que, com palavras talhadas a machado, laçadas com extrema perícia na relação quase infinita do dicionário, exprimia o sofrimento do caboclo amazônico em sua luta titânica pela sobrevivência. Um poema sem "Ohs!" e sem "Ais", um poema que só quem conhece o amor poderia ter escrito. Julião, quando conheceu Jairo Acácio, espantou-se: como poderia uma pessoa tão desenxabida ter concebido algo tão lindo? A partir daí, não se revoltou mais com a incompreensão dos colegas, que o julgavam pela aparência. Ele próprio, não fossem os versos de Jairo, não sentiria nenhuma simpatia por ele. Mas Jairo era muito mais do que os seus oitenta quilos e um metro e setenta de altura, aos dezesseis anos. Jairo — pensou Julião — tinha mais sensibilidade do que ele próprio, pois, sem que tivesse escrito nenhum poema, o colega soube ouvir com prazer as suas histórias de vaqueiros e rosilhos. Certo dia, Jairo, num gesto que todo macho evitaria, pediu que Julião lhe mostrasse as mãos. Apesar da candura do amigo, Julião titubeou. O que pensariam as meninas se vissem um homem pegando nas mãos de outro? Ao perceber a sua hesitação, Jairo não insistiu, mas o próprio Julião entregou a mão ao colega. Imaginem para quê? Somente para ver as mãos calosas, ainda com as rachaduras ressequidas que a corda dos laços fizera. Jairo não disse uma palavra, mas Julião entendeu tudo. E ficou comovido com o que acabara de aprender: um homem é muito mais do que um macho, e a sensibilidade não é coisa só das mulheres.

Foi Jairo Acácio quem abriu a porta das relações sociais para Julião. Mastodonte grosseirão, para uns, ou excessivamente feminino, para outros, o amigo era, de qualquer forma, um espécime da fauna citadina. Pertencia a uma família de classe média — o pai, professor; a mãe, artista — e tinha livre trânsito em alguns círculos da elite paraense. Jairo também o introduziu em certos raciocínios, revelando-lhe dimensões desconhecidas do mundo. Jairo, porém, tinha um defeito que muito o entristecia: era fanhoso de nascença. Os pais chegaram a levá-lo até São Paulo, onde o submeteram a uma cirurgia arriscada, sem grandes resultados, pois o defeito congênito das fossas nasais não foi de todo corrigido. Julião não teve mais dúvida de que Jairo era seu melhor amigo no dia em que o poeta, olhando para o chão, pediu-lhe que declamasse um dos seus poemas no recital que o grêmio promoveria no anfiteatro da escola. Julião lembrou-se do rosilho camacho, que nasceu com uma perna defeituosa. Lembrou-se também do outro rosilho, o bangoleiro, sempre arredio e feroz, porém brando e complacente com o rosilho manco, protegendo-o das arremetidas de algum covarde rufião.

— Sim, Jairo, eu recito; mas me dá o poema antes, pra que eu ensaie a leitura.

No recital, Julião prendeu as atenções pelo timbre límpido da voz, que arremessava cada palavra, cada sílaba, cada fonema, como lâminas contra a insensibilidade da plateia. Houve vaias e aplausos, menos indiferença. Jairo ficou feliz, já esperava esse resultado. Julião também sentiu prazer na leitura e na reação que causou. As palavras arranjadas pelo amigo saíram-lhe pela boca como se partissem de seu próprio coração. Havia algo — concluiu o garoto — capaz de unir as pessoas, não importava onde nasceram, sua raça ou cultura. Que maravilhosa descoberta! Pena que não houvesse muita gente como Jairo naquele formigueiro humano que era a cidade. Alariquinho, por exemplo, embora possuísse um corpo humano, parecia pertencer a outro gênero de animal. Jamais seria amigo do Jairo, tampouco dos amigos deste, os quais, não importava o tipo físico, a cor ou a origem social, falavam a mesma linguagem, tinham os mesmos gostos, "curtiam" as mesmas músicas. E nesse círculo havia lugar para Julião, o vaqueiro marajoara! Nos ouvidos desses meninos e meninas, palavras como João Cabral, Drummond, Guevara, Gorki, Lênin, Brecht, Chico, Taiguara, Gregório, Vandré, Zumbi, Ajuricaba... soavam carregadas de sentido, arrepiando as suas almas. Eram senhas de uma irmandade secreta que abriam as portas para a amizade, o amor e a solidariedade. Para Julião, tudo era novidade. Essas mágicas palavras não pertenciam ao seu vocabulário. Para ele, existiam a *reponta*, a *matalotagem*, a *maré alta*, o *tijuco*, o *matupá*, o *búfalo preto* e o *búfalo rosilho*, *vaqueiro brabo*, *raxado*, *maromba*, *arreio*, *caçuá*, *garrote*, *cilheiro*, *bangoleiro*... e uma palavra que ele nunca pronunciava, mas que, vira-e-mexe, soava como música macabra lá dentro de si: traição. A mãe que traiu o pai; o pai que o traiu, deixando-o entregue aos Alarico; o velho Alarico que traía o pai, mandando Julião lavar o assoalho do armazém, enfim, traição dele próprio que abandonara o seu búfalo rosilho para vir à cidade aprender que há homens mais brutos do que o mais bruto dos animais.

Jairo apresentou Julião ao Marcos, Marcos o apresentou a João, João levou-o até Judite, e esta, tempos depois, ajudou-o a aproximar-se de Dora. Passou a ler muito, não se contentava com a sua ignorância, queria saber qual a misteriosa substância que fazia arder o coração e a mente dos amigos. E não demorou para descobrir: Drummond escrevera a *Rosa do Povo*, Lênin fizera uma revolução contra a tirania, Guevara morrera lutando numa terra estranha, Cabral revelara ao mundo a *Morte e Vida Severina*, Taiguara e Chico, com o seu canto crítico, eram a própria esperança, e Vandré, num bélico acalanto, concitava o povo à luta. Sim! — ele entendera. As palavras não eram mágicas por si mesmas, mas pela força que podiam emprestar ao povo. E esses garotos da cidade, filhinhos de papai, arrogavam-se o direito de interpretar os anseios do povo. E ele, que nascera como um búfalo e crescera como um vaqueiro, longe das luzes da cidade, do brilho enganador do poder, convivendo com gente simples, teria o mesmo direito? Em lugar das bonitas palavras, a pele tostada pelo sol inclemente do Marajó, o rosto crestado, a testa larga, as pernas desengonçadas, as mãos calosas de tanto pegarem no cabresto e nos laços, a voz metálica acostumada a cortar a ventania tangendo o gado, eram a sua senha. Jairo e seus amigos o acolheram porque, aos olhos destes, o matuto "vaqueiro" do Marajó era a figura do próprio povo por quem lutavam, pouco importando que Julião fosse filho de um fazendeiro — porque, na cidade, o matuto, mesmo rico, não deixa de ser matuto.

O Rei do Mundo

O ano letivo findava e Julião estava satisfeito. Superara todas as dificuldades e ia criando em volta de si uma zona de segurança, o seu habitat. Já sabia onde botar os pés. Afinal, quem cresceu chapinhando nas várzeas traiçoeiras do Marajó não se deixaria surpreender pelas areias movediças da cidade. Antes das provas finais, ele já havia passado, podendo até relaxar. Maria Clara não lhe saía do pensamento. Admitido na intimidade dos Alarico, o garoto maquinava dia e noite uma forma de tê-la sozinha consigo, nem que fosse por um breve momento. E a sorte parecia estar do seu lado, pois o *Riquinho*, que se constituíra no principal obstáculo entre ele e Maria Clara, pelo menos por alguns dias, ficaria afastado. Passava por uns maus bocados, perigando até ser reprovado. Péssimo aluno, acostumado a colar e a pagar para que os colegas colocassem seu nome nos trabalhos, Alariquinho arrastara-se até o terceiro ano colegial à base de trapaças. D. Adelaide, sempre alcovitando o amado pupilo, perdera a conta das visitas que fizera a professores de *Riquinho*, solicitando, presenteando, comprando a compreensão dos mestres, o que, contudo, não diminuía o prestígio de *Riquinho* junto ao círculo seleto de garotos e garotas que, já tendo tudo na vida, viam a escola como um martírio, coisa à toa, sem sentido. Para que saber matemática, física, química e história do Brasil, se viviam fora da civilização? Tais conhecimentos talvez fossem úteis no Rio de Janeiro ou em São Paulo, jamais na Amazônia, terra de índios estúpidos e caboclos broncos, rebotalho do gênero humano, com quem, infelizmente, eram obrigados a conviver. O sonho de cada um desses jovens era ir embora para o sudeste-sul do país, para os Estados Unidos da América, ou a Europa. Como não era tão fácil realizar esse sonho, fantasiavam-se com símbolos de fora. A turma do *Riquinho* compunha uma fauna extravagante, que se podia identificar de longe, pelas roupas de etiquetas da moda, pelos neologismos que papagueava o ano inteiro, querendo impressionar aos "matutos" — como designava o grupo oposto da fauna citadina, do qual faziam parte Jairo e seus amigos, entre estes Julião.

Parece que D. Adelaide não estava conseguindo convencer os mestres sobre os merecimentos de Alariquinho, pois este, pela primeira vez em muitos anos, teve de debruçar-se sobre os livros, como um cego que não conhece o código braile. Como resolver uma equação do segundo grau, se ele não aprendera a do primeiro? Como ser aprovado em português, se ele confundia "agente" com "a gente"? De que lhe valia o impecável inglês, se era obrigado a falar o português, língua safada, cheia de *fá-los* e de *fi-los*? Alariquinho, como um condenado às galés, enquanto a maioria dos colegas saía ao recreio, ficava na sala de aula, batendo cabeça nalgum problema, embora todo esse desesperado labor de nada valesse. D. Adelaide já ia ficando inquieta, pois a reprovação de *Riquinho* seria um rude golpe no orgulho que o pai sentia pelo filho; temia as terríveis inquirições do marido sobre o eventual fracasso do pupilo. Nunca soubera mentir, acabaria revelando sua conivência com a situação de ócio improdutivo em que vivera o filho nos últimos anos. O marido não entenderia que o rapaz, que pretendia alçar altos voos na política, não podia perder tempo e energia com certas ninharias. Para ser um bom político, Alariquinho não precisava saber nada além de pronunciar convincentes mentiras. E, para isso, ele já estava preparado.

Enquanto Alariquinho se preocupasse com as provas, Julião podia encontrar-se com Maria Clara. Certo dia, conversava com Jairo na lanchonete da escola, quando Maria Clara aproximou-se. Encostou-se ao balcão, fingindo que não os vira, e pediu uma coca--cola. Jairo, nacionalista que nem Policarpo Quaresma,[22] abominava coca-cola, símbolo do imperialismo ianque.

— Essa não é Maria Clara, a filha do comerciante Alarico? — perguntou Jairo. — Não passa de uma burguesinha colonizada.

— Não exagera, amigo. Nessa idade, ela só pensa em namorar — disse Julião.

— Toma cuidado, Julião.

— Não te preocupa, Jairo. O filho da puta do Alariquinho não desgruda da irmã. Nunca posso conversar com ela.

— Cuidado, amigo. Cuidado! A burguesia é foda, pega a gente pelo desejo.

— Tudo bem, Jairo. Mas, cá pra nós, também não preferes uma bem alimentada bunda burguesa?

O amigo sorriu, cúmplice. Substituiu o discurso decorado pelo tom de amizade que era comum entre eles. Embora intransigente em seus princípios, Jairo sabia que com Julião tinha de transigir em muitos momentos, pois o amigo era feito de uma substância diferente e o seu imaginário tinha outra lógica. Julião era um rosilho. E este, apesar da aparência grotesca e aterradora, é dócil e leal com quem o trata com respeito. Julião merecia respeito, pois tinha ideias próprias e enxergava o mundo com seus próprios olhos. Como um búfalo bangoleiro, imprevisível e desconcertante, não podia ser cercado num espaço estreito. Às vezes, dizia as coisas indiretamente, por meio de parábolas impregnadas de uma sabedoria matuta; outras

[22] Personagem do romance *O Triste Fim de Policarpo Quaresma*, de Lima Barreto (1881-1922), que virou símbolo do cidadão sonhador, ingênuo, nacionalista fanático. (N. do E.)

vezes, era cínico e direto. De qualquer forma, parecia autêntico, e tudo o que dizia, por mais chocante, aproximava-se da natureza das coisas, de sua verdade.

— Bem... nada contra as burguesas; pelo contrário, seria ótimo se todas as mulheres pudessem ter um corpo saboroso.

— Assim que se fala, amigo! — exclamou Julião, sem tirar os olhos de Maria Clara, que continuava pedindo a sua coca-cola. — Jairo, sei que é heresia, mas vou ajudar esta jovem burguesa a comprar a sua famigerada coca-cola. Acho que nem Policarpo Quaresma me censuraria.

— Fica à vontade, companheiro. O cavalheirismo está acima de qualquer ideologia — respondeu Jairo, levantando-se. — Vou ao grêmio ajudar o Marcos e o João fazerem o boletim informativo. Pressentindo que o amigo queria ficar só com Maria Clara, afastou-se discretamente. Grato, Julião piscou para ele. Em seguida, virou-se para o balconista, e falou bem alto:

— Ó rapaz! Não vês que esta jovem há cinco minutos te pede uma coca-cola?

O frangote — que não tinha nada de surdo — olhou para Julião com a cara de quem comeu peixe estragado, e colocou a garrafa sobre o balcão.

— Desculpa-me, Clara, gostaria de pagar a coca-cola para ti, mas, como sabes, sou um duro.

— Não acho certo o que meu pai faz contigo. Se pelo menos te pagasse pelos assoalhos que lavas — disse Maria Clara.

— Não tem problema, Clara. Meu pai também me fazia trabalhar de graça lá na ilha.

Ficaram algum tempo em silêncio. De repente, Maria Clara falou, olhando para o chão.

— Gostei que vieste morar dentro de casa conosco.

"Hora de atacar!", pensou Julião.

— Também gostei, Clara. Estás mais perto de mim. Só tenho pensado em ti.

— E eu ontem quase não dormi; estava muito calor — balbuciou a garota, corando.

— Desculpa-me, Clara, preciso te falar: fiquei nu na cama esta noite, imaginando-te também nua na tua. Acho que estou ficando louco.

— Não, não estás.

— Mas vou ficar, se nunca puder te tocar. Vivo atormentado desde que nos vimos, lembras?

— Sim, também fiquei tonta; percebeste?

— Percebi. Como é duro não poder conversar contigo! Mas agora nem conversar resolve. A gente precisa ficar sozinho, senão sou capaz de fazer uma besteira.

— Calma, Julião. Papai e mamãe tão sempre de olho, mas não desconfiam de nada. Adelaide Maria não pega no meu pé desde que começou a namorar com o Villacinha. Ela não contaria nada sobre nós dois, mas eu disfarço falando mal de ti.

— O problema é o teu irmão.

— Mas ele tá se borrando de medo das provas; por enquanto não tem cabeça para mais nada.

— Sabe, Clara, queria saber porque teu irmão tem tanta raiva de mim; nunca lhe fiz mal.

— Não liga, Julião. O Rico é assim mesmo. Pensa que é o rei do mundo, não gosta de gente que ele acha matuta.

— Mas vocês, comparando com o pessoal de fora que vocês imitam, não passam também de uns matutos.

— Também acho, mas, pro meu irmão, tu és o matuto dos matutos.

Julião soltou uma gostosa gargalhada. Olhou de um modo diferente para Maria Clara. Ela não era apenas carne luxuriosa; também pensava. Em seguida, como que aborrecido, ficou sério, não queria ver Maria Clara diferente, abominava sentimentalismos. O touro rosilho pulava todas as cercas do Marajó, fazia mil filhos, e não se apaixonava. Mas, tinha que reconhecer: a garota era diferente, muito diferente de Alariquinho e Adelaide Maria. Tinha algo de primitivo no olhar, e um jeito simples de ser e de falar que cativava, pondo em realce nobres atributos do espírito, que só engrandecem a beleza física. Maria Clara, apesar de burguesa, não era desprezível, talvez até fosse uma excelente garota, presa a uma teia que ela não construiu. Na turma do Jairo também havia garotas como Maria Clara, bonitas e burguesas, que procuravam se desgarrar de suas origens de classe, revelando almas generosas. Mas, não! Maria Clara era só uma burguesinha gostosa, e nada mais. Ele não ia fraquejar agora. Não passava horas maquinando formas de vingar-se dos Alarico? E não escolhera Maria Clara para objeto de sua vingança? Agora não ia parar. Pensou em Jairo, no que o amigo acharia de tudo isso. Ousaria contar-lhe? Se fosse o Jairo, o tesão cederia lugar a um discurso frio, racional, assexuado, de recrutamento, que encontrava o seu êxtase na idealização de um futuro paradisíaco, onde os homens, para se sentirem felizes, não mais precisariam chafurdar em sensações meramente carnais, mesquinhas, como a gula ou o orgasmo. Será que ele confiaria o assunto a Jairo?

Julião enxergou Marcos do lado de lá da quadra de esportes, na porta do grêmio. Falava com alguém, provavelmente com Jairo. Sim, era com Jairo, pois este apareceu na porta e os dois vieram na direção de Julião e Maria Clara. O recreio estava findando, e, com ele, Julião pressentiu que ia embora também a sua chance. Era agora ou nunca. Mas não sabia como dizer.

— Hoje vou ao teu quarto! — sussurrou, finalmente.

— Mas é perigoso. Adelaide pode acordar. E mamãe...

— Sei, dona Adelaide mata carapanã toda noite.

— Pois é. A gente podia combinar fora de casa.

— Mas, onde, com todo mundo de olho na gente?

— Já sei! Eu que vou no teu quarto!

— Não é mais perigoso?

— Não. Eu já pensei: quando mamãe for ao meu quarto matar carapanã, ela não vai me achar na cama, mas aí eu corro pro banheiro, entre o meu quarto e o teu, e finjo estar urinando, pois de lá acho que dá pra ouvir os passos dela atravessando o corredor. A garota fez uma pausa e, em outro tom, continuou: — Oh! Como estou envergonhada! As coisas não deviam ser assim. Eu te amo, Julião. Por favor, não pensa mal de mim.

Só depois Julião atentaria nestas últimas palavras de Maria Clara. Agora era só carne e saliva, um touro sem coração.

— Eu te espero. Se não fores, acho que não vou conseguir dormir.

— Podes esperar.

A coca-cola estava menos da metade quando Maria Clara, com o olhar indescritível das novilhas no cio, despediu-se de Julião. "Como é linda!"— pensou ele, apreciando-lhe o andar macio e espontâneo de menina-moça e as curvas graciosas dentro do uniforme escolar. Dos cabelos longos e soltos, e de todo o corpo da garota, evolava-se um olor sensual. Julião estremeceu. O membro viril, involuntariamente inchado, procurava uma saída na cueca. Disfarçou o volume. A chegada de Jairo e Marcos quebrara o encanto, restando apenas, para o adolescente vaidoso, a deliciosa sensação da conquista.

Como um Carapanã

Julião voltou lépido para casa. Largou os cadernos sobre a cama, pegou sua melhor roupa e meteu-se no banheiro, onde — sem nem mesmo tomar banho — caprichou num penteado galante: com o pente molhado, acomodou os cabelos lisos para trás, deixando, porém, um topete sobre a testa. Entre confiante e decepcionado, mirava-se no espelho, espremendo mais espinhas do que possuía. A voz de D. Adelaide, imperativa, intimando-o para o almoço, fê-lo voltar a si. Ficou atrapalhadíssimo. Como se apresentaria à mesa daquele jeito? Perceberiam, sem dúvida, algo de errado em seu esmero. Titubeou, achando-se ridículo. Chegou a levar as mãos aos cabelos para amarfanhá-los; por pouco não completa o gesto, não haveria tempo para repenteá-los. A roupa também o desagradava. Vestira a domingueira calça pantalona, branca, de listras bege, em pleno dia de semana! Temeu os olhos do Sr. Alarico. E o Alariquinho? Sem dúvida que, tão logo o visse, todo empavonado, descobriria a causa. Mas já era tarde. D. Adelaide chamava-o pela terceira vez. Saiu então do banheiro e, enquanto andava pelo comprido corredor, sentiu-se como um condenado que se deixa conduzir resignadamente ao cadafalso.

Ao entrar na ampla sala de jantar, todos já estavam à mesa. Vendo-o, Sr. Alarico, que já havia começado a comer, deteve a colher entre a boca e a mesa. Julião sentiu sobre si um amplo espectro de olhares, variando da mera curiosidade — caso de D. Adelaide —, passando pelo desdém do *Riquinho*, o espanto de Adelaide Maria, e — para seu alívio — a pura galhofa do Sr. Alarico, que se dirigiu ao rapazola no tom folgazão de dono de empório:

— Ora veja, temos um galã aqui em casa! O frango descobriu que é galo! Que transformação! — E soltou uma sonora gargalhada, expelindo farelinhos de tucunaré sobre a mesa. — Senta-te, meu rapaz — completou, depois do acesso de riso. Julião obedeceu, sabendo ter vencido mais uma batalha.

Os olhos do *Riquinho* fuzilavam-no, mas Julião os encarou.

Sr. Alarico voltara a mastigar barulhentamente. Metia pedaços inteiros de peixe por um canto da boca e, depois de movimentar a língua com alta perícia, as espinhas saíam pelo outro canto, com uma precisão que faria inveja ao mais programado computador. Comia calado, planejando mentalmente o que tinha de fazer à tarde. A apoteótica aparição de Julião já era coisa do passado. O frangote virara homem! Um dia isso ia acontecer. Estava contente. Até já tinha um plano.

Mais relaxado, Julião, fingindo concentrar-se na comida, roçou, por baixo da mesa, os joelhos de Maria Clara. O contato físico, tenso e secreto, dava ao pirarucu um sabor nunca experimentado, a boca salivava — pequena mostra do que viria à noite, repasto de uma refeição saborosa. Maria Clara correspondia-lhe com esmero e competência, fazendo-o suspeitar de que não era a primeira vez que aquilo acontecia. Mas, não! As búfalas virgens sabem como se comportar desde a primeira vez, por mero instinto. Só se distinguem das parideiras pelo brilho nos olhos, brilho de cristal intocado. O mesmo brilho que Maria Clara ainda tinha nos olhos e que sumira dos olhos de Adelaide Maria há alguns dias.

Mas, entre a manhã radiosa e a noite dos amantes, interpunha-se a tarde dos degredados. Sr. Alarico, depois de um arroto sonoro, disse a Julião, levantando-se da mesa:

— Meu rapaz, vai trocar tuas roupas, o assoalho do armazém do Porto do Sal te espera.

Riquinho, jubilante, fuzilou-o com o olhar, sentindo-se vingado. Que o matuto nunca esquecesse o seu lugar! Mas Julião não se deu por atingido. Respondeu ao velho Alarico, como um filho obediente responderia a seu pai:

— Tá certo, Sr. Alarico. Se o senhor quiser, posso trabalhar no armazém todas as tardes, pois já passei de ano.

Riquinho, acuado, baixou os olhos. Sr. Alarico perguntou-lhe:

— E tu, Rico, já estás aprovado?

Riquinho tartamudeou algo incompreensível, desmontado da costumeira empáfia. A mãe veio-lhe em socorro:

— Sim, Alarico; apenas em duas matérias ele ainda não fechou. Mas falta pouco.

Mentia.

— Parabéns, Julião! Domiciano pode ficar orgulhoso de ter um filho inteligente e trabalhador.

Tal elogio significava uma reprimenda às avessas ao *Riquinho*, o qual, a partir desse dia, odiou ainda mais a Julião.

Naquela tarde, Julião trabalhou com mais afinco. Esfregou as tábuas sebentas do armazém como se estivesse a polir o Teatro da Paz; espanou as prateleiras empoeiradas por restos de piracuí com tanto esmero que, quando Sr. Alarico, lá pelas 5 da tarde, chegou, depois de acompanhar o embarque de mercadorias num barco, não deixou de registrar o seu contentamento, chamando Julião, pela primeira vez, de "filho".

— Filho, a partir de amanhã não mais lavarás assoalho.

— Mas, Sr. Alarico...

— Nem mais nem menos! Não vou desperdiçar um rapaz estudado como tu nesse trabalho pesado. O teu lugar é no escritório.

Acabei de mandar o Gregório embora. O filho da puta andava me passando a perna. Mas, meu filho, é claro que não te forço a nada.

— Está bem, Sr. Alarico, eu lhe ajudo no escritório.

— Senhor que nada, filho. Chama-me simplesmente de seu.

— Obrigado, seu Alarico — aquiesceu Julião, com submissão filial.

O velho jamais imaginaria que o rapaz, sob a aparência dócil e bem-mandada, escondesse o ódio peçonhento das víboras. Ou seja, um ódio natural, instintivo, que a razão não aumentava nem diminuía, apenas controlava. Pois Julião colhera da humanidade o que ela tem de mais apurado — a astúcia. Ator nato, o ato de representar não lhe era enfadonho, mas prazeroso e criativo, mais que um reflexo.

Quanto progresso, em apenas uma semana!

Durante o jantar, evitando olharem-se, Julião e Maria Clara novamente roçaram os joelhos. Ele chegou a tirar um pé do chinelo e com ele percorreu pelas pernas da garota, tocando-lhe a pele cálida e macia das coxas, que se afastaram espontaneamente, deixando o dedão acomodar-se sobre o monte fofo e quente do púbis. Quis ser Deus para estancar o tempo.

Mal o Sr. Alarico engoliu sua última colherada, Julião pediu licença para levantar-se. Precisava estudar; no dia seguinte haveria prova — justificou-se, olhando para Maria Clara. Do corredor, ainda ouviu o costumeiro arroto do Sr. Alarico, dando por encerrado o jantar.

No quarto, acendeu a luz e sentou-se na cama. A cabeça rodopiava e os olhos, bem abertos, não se detinham em nada. No dedo do pé, que tocara no átrio do paraíso, pulsava o mundo. Não era o calor da cidade que o fazia suar, mas as labaredas do inferno queimando por dentro dele. Arrancou a roupa do corpo, ficando apenas de cueca. Sentou-se de novo na cama. Olhou para a porta. Por ali ela entraria. Sem querer, os olhos fixaram-se na fechadura. Ele nunca tinha olhado para uma fechadura daquele jeito. Quis apalpá-la. Foi até ela, tirou e meteu a chave várias vezes, ora rápido, ora bem devagar, observando detidamente a borda metálica da pequena greta, e a racha comprida, que findava lá em cima num orifício redondo, e, dentro deste, os pequenos mecanismos, que guardavam segredos e só permitiam a passagem da chave feita para aquela fechadura. Julião pensou na atração atávica das crianças pelas chaves, e de como parecem, desde tenra idade, conhecer o nexo entre elas e as fechaduras.

Sentou-se de novo. Nada podia fazer senão esperar Maria Clara. E se ela não viesse? Nunca estivera tão impaciente. Lembrou-se do rosilho bangoleiro. Onde ele estaria agora? E Tião? Não teria morrido? Tais evocações causaram-lhe mal-estar. Que contraste entre a imensidão dos campos do Marajó, onde se podia caminhar a vida toda sem nunca chegar a um fim, e aquele minúsculo quarto de uma casa da cidade, onde Julião sentia-se espremido, mais parecendo um carapanã que se esconde de dia e à noite sai para chupar sangue. Tal comparação o deprimiu. Não gostava dos insetos. Tinha mais afinidade com os répteis. Quantas vezes detivera-se pelos campos a observar o trabalho astucioso das víboras. Compridas, silenciosas e escorregadias, os homens perdiam muito em não lhe compreenderem a meticulosa paciência. Alguém já viu uma cobra perseguindo a presa? Nunca. É a presa que, vigiada no mais insignificante movimento, vem com suas próprias pernas cair na bocarra da serpente.

Julião concentrou-se então nos rumores da casa. Passos subiram a escada que conduz ao segundo pavimento — era *Riquinho*, desesperado com a prova da manhã seguinte, indo para o seu quarto. Coitada de D. Adelaide, não merecia aquele filho. Mas *Riquinho* que se lascasse!

Um barulho de torneira chegou do banheiro. Sem dúvida, era "seu" Alarico lavando a boca, pois, em seguida, um tamborilar mais fino anunciava que o patriarca dava sua última mijada antes de dormir. Milagre! Sr. Alarico não urinava durante a noite, coisa admirável num varão da sua idade. Em compensação, roncava.

Depois, foi a vez das três mulheres irem ao banheiro, uma de cada vez. Julião distinguiu perfeitamente a ordem das usuárias. Primeiro, D. Adelaide: urinada grossa e demorada, já pouco potente. Depois, Adelaide Maria: mais fina que a da mãe, porém bem mais grossa do que há uma semana, quando ainda era virgem. E, por fim, o esguicho veloz, fino e breve de Maria Clara. Julião ouviu tudo com os olhos cerrados e os tímpanos dilatados, como se fossem estourar. A muito custo não se masturbou, esvaziando o balão que ameaçava explodir a qualquer momento. Deliciou-se com a ideia de que Maria Clara, enquanto mijava, pensava nele. De novo passos no corredor. E silêncio.

Julião pôs-se a aguardar os roncos do Sr. Alarico como um exército espera o toque de avançar das cornetas. E se uma insônia indesejada tomasse conta do ancião justamente naquela noite? Só faltava essa! — pensou.

Finalmente, soaram os clarins. No início, baixos, falhos, o corneteiro experimentando o instrumento, umedecendo o bico, tirando as bolhas do tubo. Pouco a pouco, o toque se encorpando, denso, metálico, numa cadência orquestrada, o artista percorrendo as notas com segurança e desenvoltura, revelando refinamento técnico e sensibilidade. Julião já conhecia de cor o repertório. No começo, música de fanfarra, lenta, no compasso dos tambores. Em seguida, na marcação agitada dos foles, o artista mostrava o seu talento. Flautas, flautins, violinos, violoncelos, e um trombone estertorante, com perfeitas divisões de silêncio, às vezes tão demoradas que se podia até pensar que o artista morrera. Mas — qual nada! —, a música voltava com mais ímpeto, mais agitada, divinamente inspirada. Às vezes, no meio da noite, pairava forte silêncio, D. Adelaide interrompia a orquestra com um cutucão. Mas o som logo voltava, agora pândego, carnavalesco, endiabrado. Bumbos, agogôs, cuícas e tamborins. Nas noites mais apimentadas, até um refiri estribilhava no meio da sinfonia. E — por que não? — peidos de pirarucu e batata-doce davam um toque regional ao repertório.

Olhos fixos na porta, Julião esperava Maria Clara. Sr. Alarico iniciara uma toada camponesa medieval, para dançar em roda, um pouco melancólica. Uma rabeca lamuriosa produzia tal efeito, podendo-se imaginar o clima meio fanfarrão, meio romântico, que envolvia os aldeões — mãos calosas segurando vigorosamente as cinturas das donzelas, as saias rodando; matrona gorducha negaceando afeto a um velho viúvo; jovens rolando sobre o feno da estrebaria, enquanto a rabeca tristonha alimentava o coração dos boêmios. Mas a toada camponesa acabara, e nada de Maria Clara chegar. Julião já ia à loucura. A rabeca tristonha tê-la-ia feito dormir? Não seria possível! Julião quase chorava de impaciência.

Sr. Alarico agora executava uma música árabe, de cabaré, todinha em flautas. Quem estava dormindo jamais acordaria, e quem estivesse acordado jamais dormiria, pois aquela música, suave e lânguida, conduzia corações e mentes ao infinito, onde as almas gêmeas se fundem. E ele ali, um espigão de fogo. Temeu que depois da árabe viesse a chinesa, e depois a japonesa, músicas boas para se dormir. Mas, não. Daí por diante a coisa ficou animada. Sr. Alarico deixou de lado a erudição e descambou num frevo da gota, eletrizando ainda mais a noite quente e úmida de Belém. Julião animou-se, o astral levantou. Maria Clara viria, e os dois, abraçados, três dias e três noites pulariam na avenida.

De repente, a porta de mogno ganhou vida. Uma fechadura de carne, negra e úmida, feita para a chave de Julião, substituiu a outra, metálica e fria.

A moça, de camisola branca, cabelos soltos e descalça — para não fazer barulho — pareceu espantar-se ao ver Julião só de cuecas. Pela primeira vez via o corpo dele inteiro, ou quase inteiro, pois a cueca encobria a montanha onde um vulcão a qualquer momento explodiria.

— Adelaide Maria não dormia — balbuciou a jovem.

Todo músculos, ele saltou da cama para recebê-la. A garota, trêmula, parecia não saber como se comportar. Julião agarrou-a pela cintura e puxou-a para si. Ela não resistiu, mas estava tensa. Também o abraçou, mas evitou tocar-lhe a bunda. Julião, ao contrário, enquanto distribuía beijinhos pela nuca da amiga, acariciava-lhe com ímpeto a traseira; apalpava-lhe as coxas e a ondulação da volumosa bunda, enfiando a mão no prodigioso rasgo, até encontrar a fenda menor, onde os dedos, afundando em densa e negra floresta, finalmente encontravam o orifício quente e úmido que conduzia ao paraíso.

Julião passou a chave na porta. "Pronto, ela está no meu papo; é só apagar a luz que ela perde a vergonha" — pensou o frangote.

A garota aceitou deitar-se na cama. Mas, para desconcerto de Julião, não o deixou apagar a luz. Queria ser possuída, mas não de qualquer jeito. Abraçou-o e o beijou, com olhos cheios de ternura. Deixava-se tocar pelo amigo, arrepiando-se por fora e fremindo por dentro, mas, para loucura de Julião, não deixou que consumasse o seu plano. Entregou-lhe o tufo negro, tão carente de afeto, para que fizesse dele o que bem quisesse, menos aquilo que ele mais queria. Dividido entre a irritação e o prazer, Julião viu Maria Clara apalpar-lhe lenta e detidamente o enfurecido membro, sem saber se estava diante de um anjo ou de um demônio. Ainda explorou o corpo da menina, atentando para cada detalhe: as orelhas pequenas, as pequeninas sardas no pescoço alvo, os seios volumosos mas firmes, os mamilos escandalosamente negros no corpo cor de leite — um antepassado negro na família? Lambeu-lhe os seios, mordiscando-lhe os mamilos; acariciou-lhe demoradamente a xoxota, a não mais poder de molhada, mas a pequena fêmea, gemendo de prazer, não se rendeu.

Enfim, tendo o rufião empregado em vão todos os argumentos físicos e verbais, resignou-se a esperar outro dia, pois Maria Clara devia ser daquelas búfalas pretas que negaceiam uma, duas, três e até mais vezes, mas, ao final, entregam-se ao garanhão com a volúpia das fêmeas. Desconsolado, disse para Maria Clara voltar ao seu quarto. Feliz e desvairada como as mulheres apaixonadas, ela seria capaz de ficar com ele até de manhã, já pouco se lixando para as consequências. Mas, tanto ele mandou, que ela obedeceu.

Julião encerrou a desventurada noite sozinho, a mão direita no pobre membro estressado, olhando fixamente para a negra e intumescida fechadura da porta, no ritmo tribal de um samba-enredo que o Sr. Alarico sapecava. O final apoteótico do samba coincidiu com a prostração do garanhão, que, de manhã, lavou a cueca.

As Palavras

No café da manhã, Julião não olhou para Maria Clara, nem lhe roçou as pernas, fazendo questão de demonstrar a sua contrariedade. Sr. Alarico fora ao cais mais cedo, de forma que D. Adelaide pôde perguntar ao Rico:

— Filho, e daí, dá pra passar no exame de hoje?

— Só Deus sabe, pois se dependesse da senhora... — respondeu *Riquinho*, irritado.

— Aí é que te enganas, ingrato. Fiz tudo pra ganhar os professores, mas este ano estão vendendo caro o apoio.

— Se não conseguiu nada, por que pergunta? O Villacinha me passa cola.

— Não vai ser preciso, filho. Pega! — disse D. Adelaide, esticando o braço e entregando ao *Riquinho* um pedacinho de papel.

Ainda contrariado, Rico o abriu. E seu semblante mudou da limonada para o vinho.

— Mamãe, a senhora é um anjo! — exclamou, beijando-a na testa.

— Lembra disso quando fores o governador do Pará.

— A senhora tem certeza que isto é pra valer?

— Claro, Rico. O próprio professor de biologia me entregou. Mas, toma cuidado, ninguém pode saber disso.

— Não tem perigo, mãe. A grana é rachada entre todos, até o diretor da escola participa.

— Mas toma cuidado.

— Está bem — disse *Riquinho*, voltando a encarar Julião com empáfia. Deu outro beijo na testa da mãe e levantou-se.

Julião estava abismado. Então os professores vendiam o gabarito das provas? Até o sonso do professor de biologia, o mesmo que misturava gametas com política, para provar aos alunos que a desigualdade social é injusta?

Julião chegou à escola decepcionado e enraivecido. Para que queimar as pestanas noite a dentro, se um filhinho de papai podia tirar nota na maciota? Isto, sim, era injusto! Fez a prova em dez minutos, com a motivação de quem sabe estar num jogo de cartas marcadas. Foi o primeiro a sair da classe. Na lanchonete, encostou-se ao balcão e pediu uma coca-cola, tomando-a devagar, enquanto, ansioso, aguardava a chegada de Jairo. Precisava do amigo para desabafar.

Jairo não tardou. Os exames eram-lhe simples exercícios, que ele fazia de olhos fechados. Encontrou o copo do amigo ainda pela metade.

— Então, cara, estás mesmo viciado nesta porra imperialista — ralhou, apontando para a coca-cola.

— Não enche, Jairo. A gente bebe e logo mija, imperialismo é outra coisa — retrucou Julião.

— Calma, amigo. Que bicho te ferrou?

— Pior do que isso, Jairo.

— Então, desembucha, cara.

Julião contou os dois assuntos que o atormentavam. Jairo ouviu tudo pacientemente, sem interrompê-lo. Só ao final, disse:

— Ainda bem que a Maria Clara não quis te dar. Já pensaste se ela engravida?

— Não, não pensei.

Julião não pensara nisso, nunca vira o búfalo rosilho evitar filhos.

— Cuidado, cara! Não queres vir morar em minha casa?

— Não! — respondeu Julião, irritado com as recriminações do amigo. — E se de repente eu comer a tua irmã? — completou, querendo feri-lo.

— Se ela topar, eu não me incomodo. Melhor com meu amigo do que com qualquer um — respondeu Jairo, rindo, pois as tiradas sarcásticas do marajoara não o ofendiam.

— E se ela pegar um filho?

— Só se fores burro.

— E o que entendes de mulher, Jairo? Logo tu, que ainda és cabaço! Não me dizes que já foste ao puteiro, não cairia bem a um revolucionário.

— Nunca julgues um homem pela aparência. Há mais mistérios sob os céus do que imagina a nossa vã filosofia — respondeu Jairo, com voz fanhosa e ar misterioso.

— Humm... O nosso filósofo hoje tá-que-tá — pilheriou Julião.

— Tudo bem, Julião. Se queres continuar com os Alarico, continuas. Se queres comer a Clara, comes. Mas evita fazer um filho.

— Porra, Jairo; o que faço hoje à noite, se ela for ao meu quarto?

— No mínimo, cara, não goza dentro.

— Queres que eu coma o pudim e jogue fora a calda?

— Não tens escolha, meu chapa; a não ser que queiras que seu Alarico faça paçoca de ti.

— Mas nem uma gozadinha dentro?

— Caramba, Julião! Nunca olhaste num livro de anatomia? Não sabes que durante alguns dias o espermatozoide é inofensivo, pois não encontra no útero o óvulo da mulher? É só fazer as contas. Bem, pode-se também empetecar o nenêm com uma camisinha, ou dar pílula anticoncepcional pra mulher. Mas, no teu caso, amigo, o melhor mesmo é não bulir em Maria Clara. Sobram garotas na nossa turma, é só se enturmar.

Em seguida, passaram ao assunto do professor de biologia.

— Realmente — disse Jairo —, é uma sacanagem o professor vender gabarito de prova. Acontece, Julião, que o professor Navarro não é um filho da puta, como pensaste. O dinheiro não fica pra ele, vai pro movimento. Precisamos de dinheiro para viagens, para o papel dos boletins, para alimentar companheiros desempregados ou na clandestinidade. Enfim, arrancamos dinheiro da burguesia para financiar a luta contra a própria burguesia. Entendeste?

— Mas, Jairo, será que os fins justificam os meios?

— Eu também, amigo, quando soube, fiquei confuso. Depois entendi que estamos numa guerra, e nas guerras ou se toma ou se destrói a arma do inimigo. O dinheiro é a principal arma da burguesia. O professor Navarro só está tirando uma arma da burguesia.

— Mas Alariquinho pode chegar a doutor comprando notas, pode se tornar poderoso.

— Pouco importa quem personifica o poder; se não for o Riquinho, será outro; com fraude ou não, sempre será um deles. Por isso, lutamos para destruir o sistema, e não as pessoas.

— Mas as pessoas mantêm os sistemas.

— No entanto, eles não dependem das pessoas determinadas para sobreviverem. Mesmo se o Hitler não tivesse nascido, o nazismo teria existido. Entendeu, amigo? As pessoas vão, os sistemas ficam.

— Então a mentira, a falsidade, a corrupção, a violência que a burguesia emprega para manter a injustiça, não são coisas condenáveis em absoluto?

— Meu amigo, tudo se move, nada é estático, o mundo vive dialeticamente. O real e o ideal são coisas diferentes. Para alcançarmos o ideal — o mundo de paz e justiça, sem conflitos, que tanto almejamos — temos que lutar no mundo real, cheio de contradições, onde nada é absoluto. Por exemplo: o ideal é o homem nunca usar de violência para impor suas ideias, mas a burguesia usa de violência, franca ou dissimulada, para manter o seu *status quo*. Os explorados não se libertarão apenas pedindo justiça. Mais que palavras, precisam usar a força, a força que a burguesia usa contra eles. Se negássemos ao proletariado o direito de recorrer à força, estaríamos condenando os trabalhadores à escravidão eterna. Entendeu? Vejamos o dinheiro: não há comércio sem dinheiro, e sem comércio não há exploração burguesa. Mas não sejamos ingênuos ao ponto de não tocarmos em dinheiro. Ao contrário, precisamos de dinheiro, muito dinheiro, para financiar a luta.

— E a consciência, Jairo?

— Eu sabia que chegaríamos aí. Sim, certamente que a consciência é importante, não há revolução social sem consciência da necessidade da mudança. Mas ela não é tudo, senão seria apenas uma questão de vontade. E tu sabes, Julião, que querer não é poder. Os desejos não se concretizam no vazio, dependem das condições materiais, e tais condições só podem ser criadas no mundo real em que vivemos; e que mundo é este? É o mundo capitalista, meu amigo! O socialismo não cairá do céu.

— Mas o uso do cachimbo faz a boca torta, já dizia o Tião. No socialismo será mais fácil abolir a coca-cola do que acabar com a corrupção que está dentro de cada homem; a não ser que desde já as condutas abomináveis sejam evitadas. Estou dizendo heresias, não é, Jairo?

— Tudo bem, amigo. Tens razão. Mas, pelo amor de Deus, não censures o professor Navarro, que só cumpriu orientação do coletivo.

— Eu sei, eu sei, "a voz do povo é a voz de Deus", não é? Tudo em nome do coletivo. Mas o coletivo também erra. Não foi o povo que elegeu Hitler antes de ele se tornar ditador?

— Sim, mas a comparação não cabe. O professor Navarro não é nenhum Hitler.

— Jairo, entre um amigo e o coletivo, com quem ficarias?

— Que pergunta, Julião! Nunca pensei nisso; espero nunca passar por tal dilema.

Jairo respeitava a capacidade intelectual de Julião. Sabia que não fazia aquelas perguntas por ignorância. Nos últimos meses, toda semana, passara ao amigo um livro da vasta biblioteca do pai. Julião estudara com afinco a história e a teoria do socialismo. Conheceu os utópicos Babeuf, Morus, Owen e Fourier, os anarquistas Proudhon, Malatesta e Bakunin, os científicos Marx e Engels, desembocando inevitavelmente nos revolucionários Rosa Luxemburgo, Gramsci, Trotsky, Stalin e Lênin. Entre os brasileiros, leu Caio Prado e Jacob Gorender. Com eles aprendeu que há diversas formas de luta, desde a greve dos escravos romanos, passando pela luta armada — guerra de guerrilhas ou guerra popular —, até a luta parlamentar de nossos dias. Sem posar de professor, Jairo ia esclarecendo-lhe dúvidas, questionando interpretações, apontando caminhos. A par da dedicação e do interesse nos estudos, Jairo logo notou a facilidade com que o amigo convertia a teoria em prática, característica imprescindível a um revolucionário, da qual, porém, um problema decorria: Julião não se conformava aos esquemas acabados, às teorias transformadas em dogmas. Para o vaqueiro do Marajó, cujas mãos tinham grande papel no raciocínio, as teorias só eram boas se correspondessem às necessidades dos homens. Não que não soubesse trabalhar com abstrações, mas, desde cedo, aprendera com Tião a encontrar as palavras mais próximas das coisas da vida. Daí o seu linguajar descarnado, no qual inúmeras palavras eram expungidas por afastarem a mente daquilo que procurava expressar. Assistira com Jairo ao *O Encouraçado Potemkin*, de Eisenstein. Ficou maravilhado. Uma história pungente, narrada sem uma única palavra. Um milagre!

Julião desconfiava das palavras. A mãe que jurava amar seu pai e fugiu com o capataz, deixando o filho tão novinho. Ele próprio, dirigia palavras tão amenas ao Sr. Alarico, enquanto tramava contra ele, dentro de sua própria casa. Palavras e simulação, simulação e palavras. E o que são as teorias senão uma cadeia lógica de palavras? Julião não queria conhecer as teorias para segui-las, mas para prová--las. Jairo percebeu desde cedo que a amizade entre eles alicerçava--se no sentimento de justiça que a ambos envolvia. As teorias eram secundárias. Para Jairo, o amigo, com sua atitude permanentemente crítica, dando mais importância aos homens do que às representações que fazem de si mesmos, captara o sentido mais profundo da teoria revolucionária. No entanto, justamente por isso, Julião teria problemas. Para os que se julgavam donos da verdade absoluta, proferida pelos pensadores clássicos, Julião não passaria de um criador de casos, um idealista desequilibrado, incapaz de abraçar a causa sem vacilações, um indivíduo suspeito e perigoso, um estorvo. Para Jairo, ao contrário, o que parecia ser o seu fraco era o seu forte. A organização precisava dele. O coletivo haveria de disciplinar-lhe a capacidade crítica. Julião devia ser educado na oficina da revolução.

— Julião, tenho algo muito sério para te dizer — disse Jairo, como se prestes a revelar o segredo do universo.

— Acaso posso me esquivar?

— Não.

— Então, se não tenho escolha, desembucha, porra!

— Hoje à noite, a minha célula[23] se reunirá e tu estás convidado. Os camaradas decidiram te receber na organização.

— E eu posso dizer não?

— Claro que não.

— Então não é um convite, merda!

— Digamos que seja um convite irrecusável.

— Que sutileza! — exclamou Julião, com seu modo franco, agitando os braços longos.

— Te pego às 19 horas, em frente ao Teatro da Paz.

[23] Unidade menor de que se compõe uma organização revolucionária. (N. do E.)

— Logo hoje que a Maria Clara deve ir no meu quarto?

— Não é problema; a reunião acaba antes do Sr. Alarico começar a sinfonia. Eu te trago de volta.

— Não tô preocupado com a volta.

— Eu sei, a Maria Clara...

— Pois é, Jairo, o velho conflito entre o individual e o coletivo! Acho melhor nem entrar na organização. Diz aos camaradas que sou anarquista.

— Nada disso, cara. Tens grande capacidade e conquistaste nossa confiança. A organização há meses vem te observando.

— Que porra de organização, Jairo. O que eu vejo é uma enorme desorganização.

— Não disse? Podes bem nos ajudar.

— A organização já analisou que eu sou pentelho?

— Já, mas preferimos achar que és crítico.

— Grande diferença!

— Então? Às 19?

— Tudo bem, às 19. Não tenho escolha.

— Até à noite, camarada — despediu-se Jairo, atravessando a quadra de esporte com o andar pesado dos paquidermes. Olhando o amigo que se afastava, Julião pensou: "Quem diria que dentro dessa montanha de carne e lipídios se esconde apenas um garoto? Quem diria que dentro desse garoto vive uma alma precocemente adulta?". Sentiu um grande carinho pelo amigo, o único com quem podia falar com franqueza. "Ao diabo a tal organização" — pensou. "Vou à reunião pelo Jairo".

Estava contente. Não que ansiasse pertencer à organização, mas porque o levaram em conta. O que era notável! Ser admitido em outros lugares, ampliar seus horizontes, conquistar espaço na prisão que era a cidade.

No almoço, Sr. Alarico perguntou como tinham ido nas provas. Todos bem, inclusive o *Riquinho,* é claro. No dia seguinte, o "Isaac Newton" iria à escola apenas fazer firula, para não despertar suspeitas, pois D. Adelaide, para evitar surpresas, comprara já não o gabarito da prova de física, mas a própria nota.

Sr. Alarico dispensou Julião de ir ao armazém naquela tarde. Comunicou à família a promoção do agregado — de esfregador de assoalhos a auxiliar de escritório. Promoção sem salário!

Enquanto o patriarca falava, Julião lembrou-se do encontro com Jairo, às 19 horas, no Teatro da Paz. Quando Sr. Alarico terminou de falar, havia inventado a seguinte história:

— Seu Alarico, combinei estudar na casa de um colega às 6 da tarde. Peço a sua permissão. Volto às 9.

— Não vais te perder como da outra vez? — perguntou Sr. Alarico, dando uma gargalhada.

— Oh! Não! A casa do colega é perto e já conheço bem a cidade.

— O que achas, Adelaide? — perguntou o patriarca à mulher.

— Quem é esse teu colega? — inquiriu ela.

— O César — mentiu Julião, preservando, assim, o amigo Jairo, já bastante marcado na escola por suas atividades políticas.

— Vocês conhecem esse César? — indagou D. Adelaide aos três filhos. Não conheciam.

Por que não dera outro nome? Alguém, por exemplo, do círculo insuspeito do *Riquinho*? — lamentava-se Julião. Mas isso também seria arriscado. Rico poderia descobrir que ele nunca estivera em casa de seus amigos. Agora não tinha jeito. D. Adelaide ia dizer não. Julião pediu ajuda com os olhos para Maria Clara.

— Ah! Mãe! Agora me lembro! Conheço sim o César! Ele é irmão de uma amiga minha.

Riquinho olhou desconfiado para a irmã, mas nada disse.

— Está bem, Julião; podes ir. Mas não volta tarde — sentenciou D. Adelaide.

Julião olhou agradecido para Maria Clara. Iria à reunião de qualquer jeito, mas o beneplácito do Sr. Alarico e da mulher o aliviavam, pois não convinha contrariá-los.

Os Burgueses Também Amam

Chegou às 19 em ponto ao Teatro da Paz. Jairo apareceu um minuto depois, dirigindo o fusquinha amarelo do pai. Julião sentou-se ao lado do amigo, que transbordava no assento e passava as marchas como se o câmbio fosse um palito.

— Desculpa o atraso — disse Jairo.

— Lá no Marajó, o vaqueiro que se atrasa é pego pela maré alta — respondeu Julião.

— Aqui, é a polícia que pega.

O carro rodou uns quatro quarteirões, Jairo calado e Julião na expectativa. Afinal, quem seriam os "camaradas" que o aguardavam? Apostava que o Marcos, o João e a Judite eram comunistas, mas pertenceriam à mesma organização do Jairo? O Marcos, com certeza. A Judite, talvez. Lembrou dela divergindo do Jairo algumas vezes. Quanto ao João, o mais radical de todos, não se espantaria se fosse um trotskista; certa vez chamara Jairo de reformista. Reformista, o Jairo, um garoto que sonhava com o socialismo como quem sonha com o paraíso? Sabia que Jairo era do Partido Comunista do Brasil; a amizade entre os dois traiu o sagrado dever de sigilo que todo militante tinha naqueles tempos negros de repressão. Sabia que os socialistas se dividiam por ninharias, dando mais importância às diferenças que às semelhanças. Sabia que, embora tivesse colaborado com todos, correndo os mesmos riscos, todos o olhavam com reserva, pois dava mais importância às semelhanças do que às diferenças. Para uns, parecia ingênuo; para outros, um pequeno-burguês com mania de independência, um indisciplinado. Na verdade, Julião achava as pessoas mais importantes que as organizações. Estas deviam servir àquelas, e não ao contrário. Duvidava da necessidade de um Estado proletário, ainda que fosse definhando pouco a pouco até sua completa extinção, como teorizava Karl Marx, o que não o impedia de juntar-se a quem quer que fosse, pensasse como pensasse, desde que lutasse contra a tirania.

De repente, Jairo brecou perto da guia e disse a Julião que precisava vendá-lo. Não era uma reunião aberta, legal, como as do grêmio, mas um encontro secreto, de um Partido clandestino que precisava preservar os aparelhos — justificou-se Jairo. Julião não discordou, mas fez a seguinte observação, em tom de pilhéria:

— Caralho, Jairo! Parece que a organização está mais preparada para se esconder de si própria do que da polícia.

— Por quê? Não entendi — indagou Jairo, amarrando-lhe um lenço sobre os olhos.

— Primeiro chegas atrasado; depois, diriges sem habilitação; por fim, pões um lençol na minha cara, quando podias vendar-me com algo mais discreto, uns óculos de lentes tapadas, por exemplo. Deste jeito, todo mundo vai saber o local da reunião, menos eu. Que puta organização!

— Tens razão, amigo, mas maneira aí nas críticas, o nosso chefe da segurança pode se ferir.

— Eu cago na cabeça do chefe. Porra, nunca tive chefe!

Era o velho Julião, sozinho em seu cavalo cilheiro, baeta vermelha flamulando ao vento tempestuoso do Marajó.

— Assim não dá, Jairo. Quando descer do carro, vou parecer uma pata cega.

— Deixa de resmungar, caralho! Ninguém vai te ver! — ralhou Jairo. Ao escutar o palavrão, Julião soube que o amigo estava irritado.

Jairo agora parecia manobrar num ambiente acanhado. Julião sentiu o carro parar e a porta do motorista se abrir. O fusca levitou quando Jairo descarregou o corpanzil no solo.

— Espera aí, Julião, vou trancar o portão.

Depois, segurando-o pelo braço, o amigo conduziu-o pelo que lhe pareceu o interior de uma casa. Começavam a subir uma escada. Jairo mandou-o retirar a venda. Julião obedeceu imediatamente. Esfregou os olhos antes de abri-los. Mas, ao olhar para cima e enxergar as meninas de Renoir no alto da escada, soltou, para desconcerto do amigo, uma gostosa gargalhada.

— O que foi, Julião? Estás passando mal?

Julião continuava rindo a não mais poder, lágrimas escorriam-lhe pelo rosto.

— Fala, cara, o que foi?

— Porra, Jairo, esta não é a tua casa? — perguntou finalmente Julião, enxugando as lágrimas com o lenço que lhe servira de venda.

— Sim, e daí? Meus pai viajaram.

— E daí, Jairo, que eu não sou um palhaço! Pra que me vendar, se a reunião vai ser num lugar que conheço? O teu chefe da segurança é um asno.

Ao transporem a ampla biblioteca, Julião leu de soslaio a lombada do *Reforma Social ou Revolução?*, de Rosa Luxemburgo, que ele lera, dias antes, com avidez e prazer.

Jairo apontou a porta do quarto. Julião, no auge da expectativa, mentalizou-se na nova situação. De hábito galhofeiro, compreendia, porém, a seriedade do seu gesto. Quem encontraria lá dentro?

A porta abriu-se e Julião sentiu o crivo de diversos olhos sobre ele. Disseram-lhe boa noite. Sentavam-se em círculo no assoalho de madeira do quarto. Lá estava Judite, a garotinha macérrima, pele bronzeada, cabelos negros e longos, com sua vozinha estridente e dois peitinhos que mal bicavam a blusa. Já esperava encontrá-la ali. Surpresa foi avistar, ao lado dela, o João, que, com Jairo e Marcos, compunha a diretoria do grêmio. Ninguém diria que Jairo e João eram da mesma organização. Os dois polarizavam o movimento na escola. João mais guerreiro, buscando sempre o confronto, Jairo mais ponderado, esgotando as vias pacíficas, procurando alianças com as outras correntes do movimento. Ambos, porém, coerentes, numa disputa de ideias leal, que, no fim das contas, nunca os impediu de caminharem juntos. Surpresa também era a ausência do Marcos, cuja presença Julião contava como certa. A alegria contagiante, o desprendimento nas tarefas difíceis e a coragem com que reconhecia os seus erros, fizeram do Marcos um militante muito querido. Julião admirava-o mais pelas qualidades humanas do que por suas ideias políticas. A imagem de Marcos — alto, cabelos lisos caídos na testa, pés enormes, o que lhe rendera o apelido de "44" — não era física. Estava associada a uma cena que Julião assistira: uma criança pobre, das muitas que perambulavam pelas ruas de Belém, certo dia driblou o porteiro da escola e foi direto à lanchonete, onde se pôs a pedinchar. Julião viu a criança, suja e maltrapilha, pescocinho fino, braços que eram pele e osso, ir pedindo de um a um que lhe pagassem um lanche, e todos negarem. Julião quis ter dinheiro para dar de comer à criança, mas não tinha nem pra ele. Às vezes, não fosse o Jairo dividir com ele o seu lanche, tinha que se contentar em aspirar o cheiro bom do cachorro-quente que exalava no ar. Mas ele podia aguentar, era forte. E a criança? Procurou Jairo na lanchonete. Se o amigo estivesse, certamente daria o lanche ao pirralho. Viu João negar, não dava esmola por princípio. Viu Judite negar — se desse a um, outros viriam pedir, e não poderia dar a todos. Viu os filhinhos de papai negarem, não sabiam o que era fome. Quando a criança, faminta e humilhada, já se afastava da lanchonete, eis que surge o Marcos atravessando a quadra de esportes. Leva a criança ao balcão da lanchonete e compra para ela um sanduíche e uma coca-cola. Ora vejam, uma coca-cola! Foi um escândalo! Julião viu a censura nos olhos de todos. A criança comeu o lanche desesperadamente, lambendo os dedos, lambuzando-se toda. E foi-se, sem nem mesmo agradecer ao seu benfeitor.

— Eu não digo? São que nem bicho. Em vez de darmos o peixe, devemos ensinar o povo a pescar — dissera João, o militante radical, transformador do mundo, sempre disposto a morrer pelas grandes causas, mas insensível à fome de uma criança.

Julião notou dois garotos desconhecidos. E um terceiro, também estranho, que aparentava mais idade, olhar severo debaixo dos aros quadrados dos óculos. Depois de acomodados à roda, João rompeu o silêncio, dirigindo-se a Julião num tom de voz grave e solene, como se os dois não se conhecessem:

— Na qualidade de secretário da célula, dou boas-vindas ao companheiro, cuja adesão é um inestimável reforço ao exército do proletariado que luta em todo o mundo contra a opressão burguesa e as outras formas de tirania.

Julião já conhecia de cor este discurso — o caráter internacional da luta do proletariado, que João sempre dava um jeito de inserir em quase todas as suas frases, verdadeira obsessão.

— Meu codinome é Ferreira — continuou João. — O Pedro (referia-se ao Jairo) já conheces; aqui tens o Lázaro (apontou um garoto gordo e sardento); e este é o Joel (mirrado e moreno, olhinhos espantados); e a camarada Madalena (era Judite). Por uma questão de segurança, não usamos os nomes de família.

Julião, adequando a fisionomia à solenidade do momento, anotava mentalmente os nomes, contendo a vontade de rir. "Pedro,

Lázaro, Joel e Madalena, só falta o último camarada chamar-se Jesus" — pensou. Aquilo era um partido comunista ou uma seita cristã?

— Por último, apresento o camarada Carlos, assistente do Comitê Regional do Partido. Ele não participa das decisões da célula, apenas assiste-a em ocasiões importantes como esta, em que o Partido ganha um novo membro. O camarada também deve ter um codinome — completou Ferreira, fixando os olhos em Julião, que, embaraçado, não sabia o que dizer.

Ele sempre fora Julião. Como ter dois nomes, se era apenas um? Certa vez, alguém o chamou pelo nome e a palavra Julião soou esquisita, como se não lhe dissesse respeito, como quando se olha no espelho pela primeira vez. Julião? Eu sou o Julião? Achou mesmo feio o nome. Ficou insatisfeito, como se o nome que lhe impuseram não correspondesse à completa representação de sua pessoa. Sim, "há um pedaço de mim que é Julião, forte e bravo. Ju de juba. Lião de leão — Julião. Mas há outro pedaço muito frágil, quando sinto falta da mãe que nunca mais vi, ou do pai sempre ausente" — pensou o garoto. Agora podia preencher a lacuna. Julião para o dia da legalidade, outro nome para a noite da clandestinidade. Luz e sombra. Sombra e luz. Sombra de ruas desertas, de calabouços onde se perpetram atrocidades; sombra de camuflagens, de traição. Tal palavra ecoou nos labirintos sombrios do inconsciente, buscando outra palavra que lhe expressasse com fidelidade o sentido. Mas qual a palavra? Iago, a maldade em pessoa, a intriga e a dissimulação, que Shakespeare criou para atormentar o bom Otelo. E o menino carente, que teve de crescer como bicho nos campos do Marajó? Precisava de uma palavra que expressasse esse lado frágil. Santo, eis a palavra. Pronto: era Santo e era Iago, era *Santiago*.

— Santiago, chamem-me de Santiago — disse Julião.

— O camarada Santiago não imagina quanta felicidade sentimos com sua incorporação ao nosso partido — disse Carlos, em tom baixo, quase sussurrado, olhando para Julião por cima dos óculos quadrados —, ainda mais neste momento da vida de nosso país, em que a burguesia joga o seu braço armado contra os socialistas e os democratas e que o povo se encontra anestesiado pela ilusão de um milagre.

Santiago, embora não ouvisse novidades, ficou impressionado com as palavras do camarada Carlos, cujo modo simples e austero imprimia energia e autenticidade às frases.

— Com a indicação do novo general, a ditadura militar, desculpem-me o pleonasmo, está cada vez mais dura — prosseguiu Carlos. — Dia 28 de março, dois mil estudantes foram reprimidos no Rio de Janeiro. Resultado: um estudante morto. Em 1° de abril, mais dois estudantes foram mortos, e 600 pessoas foram presas na missa de sétimo dia. Dias depois, foi preso um senhor do Movimento Familiar Cristão, pois nem os religiosos escapam da repressão. No dia 29 de agosto, a polícia invadiu a Universidade de Brasília e feriu à bala um estudante. O crescimento da violência faz parte da estratégia internacional do capitalismo monopolista, que cria e sustenta as ditaduras nos países pobres como o nosso, visando a garantia dos seus investimentos. Trata-se da mesma violência que matou Luther King em abril, que há décadas mantém os negros segregados em regime de *aphartheid* na África do Sul, que ano passado matou Che Guevara na Bolívia, e reprimiu as greves operárias em Contagem e Osasco. Ao permitir a invasão do capital internacional e ao lançar mão de vultosos empréstimos internacionais, o governo militar tem tido êxito em sua política econômica, vendendo a ideia de um desenvolvimento seguro e promissor: desenvolvimento com segurança. Pura ilusão, pois nada pode ser verdadeiro e duradouro se construído com o sofrimento e a miséria do povo. Temos de reconhecer, porém, que a ditadura militar tem hoje o apoio do grande empresariado nacional, da classe média e de boa parte de trabalhadores que atuam como pelegos no movimento sindical. O Parlamento é mera fachada, mas, mesmo nele, o mais moderado democrata é perseguido. E o povo não tem consciência da dominação; os que lutam ficam isolados. E, para agravar a situação, os revolucionários dividem-se por ninharias. O Comitê Central do Partido baixou resolução orientando os militantes a continuarem agitando e organizando. No recrutamento de novos militantes, devem ser observadas rigidamente as normas de segurança, privilegiando sempre a qualidade em detrimento da quantidade. O Partido condena os grupelhos de esquerda que abraçaram o terrorismo sem levarem em conta as condições concretas do país, dando motivo para que a repressão se abata com mais crueldade sobre os trabalhadores. Condena também os reformistas, que renegam a luta armada por princípio e sonham com uma transformação pacífica, sem destruir o Estado burguês. Nosso Partido, ao contrário, não descarta a luta armada, mas não crê numa revolução sem operários e camponeses, que são a grande maioria do povo. Só o movimento estudantil não basta, embora a coragem e a generosidade dos estudantes sejam valiosas. Precisamos ter a dimensão maior do problema. A guerrilha urbana redundou até aqui numa briga de gato e rato, nos labirintos das grandes cidades, enquanto as estruturas do poder continuam intactas. De que adianta lançar uma bomba no consulado americano? De que adianta roubar armas do Exército ou lançar um carro-bomba contra o Quartel General do Exército, ou matar o coitado de um soldadinho? Adianta matar os agentes da CIA no país se os trabalhadores continuam indo às fábricas como cordeiros ao tosqueio? Mais importante que armas e dinheiro é a consciência da revolução, e esta não se ganha numa mera batalha militar, mas numa disputa política por corações e mentes. Talvez o calcanhar de aquiles da ditadura seja querer dar soluções militares a problemas políticos, transformando a sociedade numa grande caserna. O Partido não defende o absenteísmo, mas avalia que é tempo de semear para a grande colheita que deverá acontecer no tempo certo. A arte da política é escolher o tempo certo para cada ação. Semear, cuidar da plantação, e só então vem a colheita. O fruto está imaturo, o solo precisa de adubo, as árvores ainda aguardam as águas de muitas chuvas e o agricultor precisa cuidar para que parasitas não comam os frutos. Vocês entenderam? Agitar, agitar, agitar. Organizar, organizar. Eis a tarefa. O Partido saberá a hora de colher os frutos maduros de tanta luta.

O camarada Carlos fez uma pausa. Depois, tirando os óculos, pediu ao Pedro um copo d'água. Enquanto esperavam a volta de Pedro, *Santiago*, ainda impressionado pelas palavras e pela aura fulgente que transbordava da figura do camarada Carlos, perscrutou os camaradas calados, como que suspensos por uma incômoda expectativa. Não compreendeu o porquê do silêncio nem da expectativa, mas adivinhou que algo muito grave a todos preocupava. Alguma coisa caíra lá na cozinha. Jairo tinha mãos enormes e notoriamente estabanadas. *Santiago* pôs-se a recapitular a fala de Carlos — as resoluções do Partido. Concluiu que, a princípio, faziam sentido. O Partido reconhecia os seus limites. Via-se como um instrumento, e não um fim em si mesmo. Embora abstrato, parecia humano. Uma cabeça coletiva com alma e sentimentos. Gostou sobretudo da comparação do Partido com o agricultor, e da revolução com a colheita. Além disso, Carlos tinha, como ele, braços longos e as mãos finas. O Partido tinha, em Carlos, a fisionomia de homem simples e sensível, mais para Pedro que para Ferreira. Aliás, as críticas de Carlos aos "voluntaristas" caíam como uma luva no Ferreira, com a sua mania de colocar o carro na frente dos bois. O Partido criticava o Partido, o que não deixava de ser curioso. Como acontecia isso? Claro, pelo centralismo democrático, era-se livre para divergir, mas, uma vez tomada a decisão, todos tinham que se submeter. "Perfeito!" — pensou Julião. E se a minoria se insubordinasse? Claro, a crise resolver-se-ia em expurgo, por traição. E se a maioria estivesse errada? O expurgo teria sido injusto, o que, certamente, num Partido revolucionário, em que cada indivíduo pode expressar-se livremente, jamais aconteceria, pois a maioria se formaria democraticamente. Isso era razoável. O homem deve ser livre para pensar o que quiser, pois o pensamento é a matéria-prima dos sonhos. E a vida, sem sonhos, torna-se gesto mecânico, monótono e angustiante, terrível pesadelo. Sem liberdade para sonhar, mesmo o sonho inútil, de que adianta viver? Sonhar é bom, mas não se deve fechar os olhos à realidade, pois os sonhos adubam o espírito, mas não aram a terra, não plantam nem colhem. Na revolução encontram-se o sonho e a realidade, a fatalidade e o acaso, o racional e o absurdo, o bem e o mal, Deus e o Diabo: *Santiago.*

Pedro trouxera a água. Carlos, como se quisesse ganhar tempo, sorveu-a em goles lentos. Em silêncio, todos o esperavam. Finalmente, depois de devolver o copo e agradecer polidamente, falou:

— Camaradas, o congresso dos estudantes caiu. Quase todos os delegados foram presos.

— E o que aconteceu com o camarada Eduardo? — perguntou Madalena, os olhos negros cheios de ansiedade, o rosto transtornado.

— Bem, pelo que se sabe, tudo corria bem, até que alguns companheiros foram à cidadezinha mais próxima. Imaginem o que fizeram? Simplesmente compraram pão para todo mundo! O dono da padaria quis saber quantas barrigas comeriam tanto pão e foi direto perguntar isso ao chefe de polícia. Quando os congressistas, em fila, serviam-se de café e dos famigerados pães, os soldados cercaram o sítio atirando para o ar. O congresso havia caído! Sorte de quem ainda conseguiu comer o malfadado pãozinho, porque a maioria foi pra cadeia com fome mesmo. Empilhados em caminhões, foram levados ao presídio.

— E o Eduardo? — insistiu Madalena.

— O camarada Eduardo foi preso, mas não se encontra abandonado. O Partido tudo fará para libertá-lo. Em breve estará conosco — disse Carlos.

Madalena, agora de pé, não escondia o seu desespero. A prisão do tal camarada Eduardo parecia tê-la abalado de uma forma muito particular. Quem seria ele? — perguntava-se *Santiago*. Lembrou-se de Marcos. Sem dúvida, se ele fosse do Partido, merecia ser escolhido para ir ao congresso — era o mais preparado.

Terminada a reunião, Carlos despediu-se de *Santiago* com um firme aperto de mão, olhando-o nos olhos. *Santiago* retribuiu com um sorriso àquela demonstração de confiança, que lhe fazia tanto bem. Ouviu, em seguida, passos descendo a escada, depois o ronco do fusca lá na garagem. Passou para a biblioteca, onde Jairo pedira-lhe que o esperasse. Quantas vidas precisaria viver para percorrer todos os labirintos daquela biblioteca? Como seria ter um pai que amasse os livros? O pai do Jairo era um professor, devia ter lido todos aqueles livros! Lembrou-se então do pai. Ele sabia o que era ter um pai semi-analfabeto, que só amava os campos encharcados. Jairo, certo dia, querendo consolá-lo, dissera-lhe que não tivesse vergonha do pai, pois a vida era o maior e mais sábio dos livros. Se o amigo quisesse, um dia haveria de levá-lo ao Marajó para conhecer o pai, o Tião e os famosos rosilhos.

Jairo voltou. Subiu as escadas falando:

— Prometeste ao Sr. Alarico voltar às 21, não foi?

— Não estou preocupado com o velho; sabes que o meu problema é outro — respondeu Julião.

— Já sei! A Maria Clara! Então vamos embora. Que tal a reunião? — perguntou Jairo, enquanto saíam à garagem.

— Melhor do que esperava.

— Meu amigo, entraste no Partido num momento difícil e importante. Vistes só? Pegaram o Eduardo! Se ele não voltar, vai fazer uma falta dos diabos.

Julião quase pergunta quem era Eduardo, mas acabou indagando quem era afinal o tal "chefe da segurança".

— Nada mais nada menos do que este panaca aqui — respondeu Jairo, apontando para si próprio.

— Logo vi — disse Julião. — Os poetas são bem atrapalhados.

Os dois caíram numa gostosa gargalhada.

— Tens razão, estou apenas quebrando um galho.

— A camarada Madalena ficou aflita com a prisão do Eduardo.

— Coisas do coração — respondeu Jairo.

— Ou do culhão? — completou Julião.

— Pode ser, mas nisso o Partido não se intromete.

— Mas o culhão se mete no partido — brincou Julião.

— Por falar em culhão, cuidado com o teu. Se o Sr. Alarico te pega comendo a Maria Clara...

Enquanto Jairo manobrava pelas ruas de Belém, Julião contou-lhe que Maria Clara dera cobertura à sua estória de estudar em casa de um amigo.

— Mas não te iludas. Ela só fez isso porque está enrabichada por ti. Cuidado, amigo! — admoestou Jairo.

— Fica frio; não sou tonto — tranquilizou o frangote.

— Bem, posso até estar enganado; afinal, os burgueses também amam.

SINDIC
ABAIXO A DITADURA
DEMOCRACIA
DIR

— Sai pra lá, Jairo! Não creio nesse blá-blá-blá de amor. O que há são instintos ou interesses.

— Não estejas tão certo, meu chapa — retrucou Jairo, com um olhar sonhador, enquanto fazia do câmbio um palito.

— Acaso já amaste? — perguntou Julião.

— Um dia te conto, amigo — respondeu Jairo, reticente e misterioso. Com o seu corpanzil, estava mais para bufo do que para romântico.

A duas quadras da casa dos Alarico, Julião desceu do fusca.

— Obrigado, Jairo. Até amanhã.

— Até amanhã, Julião, se o velho Alarico não te capar hoje à noite.

Riram de novo juntos, enquanto Julião tomava a calçada e Jairo procurava dar a volta no carro.

Impulso Hereditário

Enquanto dirigia-se à porta dos Alarico, o pensamento de Julião voltou-se para Maria Clara. Fragmentos da noite passada saltaram-lhe à memória com intensidade. Dali a pouco teria outra oportunidade, pensou ele. "Dessa vez, ela não me escapa". O rufião, porém, sentia-se meio travado. Embora a tensão hereditária já tivesse começado o seu trabalho — engatilhando nervos, esticando músculos, comprimindo vasos, dilatando glândulas, liberando secreções e enzimas, estimulando o olfato e eriçando o pelo —, Julião sentia o coração confrangido, um nó incômodo na garganta, a respiração embargada, os olhos turvos só em pensar que, para realizar o seu intento, teria de suportar os olhos de Maria Clara cravados nele. Como enfrentar os olhos meigos e confiantes da garota — ainda intactos como um espelho onde ninguém se mirou —, depois que o seu brilho fosse quebrado? Quem, depois do cristal partido em mil pedaços, colheria no chão os cacos da pureza perdida? "Eu te amo, Julião", dissera ela certa vez, e ele só agora escutava. Amassou a sineta, contrariado, pressentindo que estava prestes a fazer algo que não mais queria. Mas o destino já não poderia ser mudado. Estava traçado há milhares e milhares de anos, quando o primeiro homem surgiu arrastando-se na lama, no primeiro lampejo de inteligência e maldade.

Maria Clara foi quem abriu a porta. Julião deu um passo à frente, desengonçado. A garota não recuou, e os dois por um instante estiveram tão próximos que ele sorveu a fragrância inebriante dos longos cabelos que ela trazia escorridos sobre os ombros, sentindo o ar quente e nervoso que lhe saía das narinas roçar-lhe a pele do pescoço. Julião baixou os olhos meio palmo e encontrou os olhos verde-chumbo de Maria Clara, ensombreados pelas duas belas sobrancelhas negras. Não sabiam o que dizer, como se tudo entre eles já estivesse dito. Coisa que acontece na vida para se rir ou chorar, mas que homem algum pode alterar.

— Julião... — balbuciou Maria Clara.

"Não vai mais no meu quarto, ouviste?" — pensou Julião. Apenas pensou. Pois Maria Clara ouviu esta frase:

— Não vejo a hora de te abraçar, menina linda.

Certa vez, lá no Marajó, Tião mostrara ao seu pupilo uma cena impressionante. Uma jiboia gigante, tão avançada em dias e em escamas que mal podia locomover-se. Não podendo mais ir à caça, enrodilhou-se no oco de uma grande árvore para esperar a morte. Tião a descobrira assim, e resolveu vigiá-la, para ver o seu fim. Pois lá na ilha, os homens, de tanto temerem suas rivais, procuram aprender os segredos delas. E um vaqueiro, não só precisa viver — mais que isso, há vaidade e orgulho no saber morrer. A morte tem sua dignidade. E quem conhecerá melhor a morte do que as feras, que vivem de matar? Daí o interesse de Tião pela velha jiboia. Depois de muitos dias, quem sabe meses, Tião intensificou a vigília, intrigado porque a jiboia, imobilizada há meses, continuava viva. Logo descobriu o segredo da fera: estava sendo alimentada por alguns ratos do campo que, cínicos perante a vida, mantiveram seus ninhos dentro da mesma árvore oca onde a jiboia esperava a morte chegar. Os ratos, parecendo vingar-se da velha jiboia, que em outras épocas os comia sem remorsos, agora, vendo-a doente e imobilizada, resolveram humilhá-la, não a deixando morrer com dignidade. Mas a cobra, em vez de enfezar-se, parecia ter aceito a situação com a resignação também típica das feras. Queria morrer, mas acabava comendo os pequeninos ratos, de espécies menores, que os seus vizinhos lhe traziam. E assim, a contragosto, ia sobrevivendo. Observe-se que essa interpretação quem a deu foi Tião, ao contar o retrospecto do caso a Julião. Quando Tião convidou o pupilo para espionar a jiboia, ela estava deveras muito mal. Nem mais se mexia. E os ratos, enfadados da brincadeira, desinteressaram-se do destino da vizinha, mas não se mudaram dali. As fêmeas andavam às voltas com a nova ninhada, e os machos, ativos e orgulhosos com a expectativa da paternidade próxima. Esqueceram completamente da jiboia, que, no entanto, estava ali perto, só carcaça, mas ainda viva. Aconteceu o que Tião previra. E foi isso que Julião viu: a jiboia, sabendo que ia morrer, querendo mesmo morrer — se é que as feras têm consciência da vida —, não resistiu ao impulso maior, hereditário, milenar, de sobrevivência, e acabou engolindo a ninhada dos vizinhos, na primeira oportunidade em que deixaram os filhotes sozinhos. Mas não foi o fato em si que impressionou Julião, pois é da ordem natural das coisas que as feras comam suas presas, mas sim a circunstância estranha, observada por Tião, de que a jiboia pareceu comer os ratinhos a contragosto, como se capitulasse a um dilema. Que dilema houve, Tião tem certeza. Os olhos da fera sofriam e as mandíbulas pareciam não mais obedecer ao ódio destilado sem consciência. O que Tião não soube explicar foi se o mal-estar da cobra se devia a alguma sensação de não estar sabendo deixar-se morrer com dignidade (pois, para que matar, se ela já estava a bem dizer morta?), ou se era realmente um lampejo de compaixão pelas pequeninas e indefesas presas (o que seria um absurdo. Alguém já imaginou compaixão numa víbora?). Restou uma dúvida: a jiboia teria engolido os ratinhos se estes não tivessem, ainda cegos, se arrastado até a bocarra da serpente? A jiboia morreu depois de três meses, tendo os ratos fugido dali.

— Foi Julião que chegou? — perguntou alto, da cozinha, D. Adelaide.

— Sim, mãe — respondeu Maria Clara, recuando três passos, debaixo da claridade da lâmpada central da sala, a fim de afastar suspeitas, caso a mãe aparecesse. Julião, da penumbra, via o corpo inteiro da garota, delicioso. A imagem que lhe veio, espontânea e perversa, foi a de uma suçuarana faminta a perscrutar o pequeno cervo a banhar-se de sol na clareira.

— Julião! Tem comida pra ti na cozinha! — informou D. Adelaide ao felino.

Embrutecido, a boca salivando e os músculos engatilhados, Julião agradeceu a bondade da senhora, mas não quis jantar. Saiu da penumbra da porta e fitou Maria Clara com dois olhos hipnóticos, que paralisaram por completo a presa. Em seguida, rumou para o seu quarto, endiabradamente ávido por carne crua, quente, úmida, humana. Entrou no quarto e, em vez de deixar a porta só encostada, como na noite anterior, trancou-a. Em seguida, deitou-se na cama sem tirar a roupa. Mas o calor da cidade, constante e abafado, transformava o pequeno quarto numa estufa; logo Julião ficou empapado de suor. "E depois dizem que o inferno não é na terra! Porra!" — Julião pôs-se a resmungar. "Como ser lúcido e harmônico nesta terra que submete o homem a terríveis sofrimentos? Como refletir, ter pensamentos conexos, se nesta terra a natureza parece odiar a humanidade? Como ser bom, tendo um corpo talhado para perpetrar maldades? Caralho! O inferno sou eu!". E arrancou de si a camisa e a calça, suadas e malcheirosas, ficando de novo, como na noite anterior, apenas de cuecas. Resolveu tomar banho, não para se preparar para Maria Clara, mas para afastar o calor infernal que lhe incendiava não apenas o corpo, mas já a própria alma. Embora D. Adelaide ainda barulhasse na cozinha, correu para o chuveiro, atravessando o corredor só de cuecas, como se quisesse expulsar os demônios que o infernizavam, tão fora de si que estava. Deixou a água fria jorrar sobre a cabeça, fechou os olhos, a mente rodopiava. Um minuto depois, já respirava melhor. Pensava. Atravessou de volta o corredor, num pulo. Só agora via-se de cuecas. E se D. Adelaide o visse assim? Mas ninguém o enxergou. Se ele pensara livrar-se do inferno no banheiro, enganara-se. Salvara-se do calor, que queima a pele, mas não do desejo, que esfogueia a alma. Deitou-se de novo na cama, com gotas d'água a escorrerem-lhe dos cabelos castanhos, deixando à temperatura de 35° da cidade o trabalho de enxugar-lhe o corpo. Olhou a fechadura da porta e ainda a viu somente metálica. "Não tocarei em Maria Clara hoje nem nunca, ontem fui um calhorda". Lembrou-se do Jairo, e envergonhou-se. O amigo certamente não se orgulharia dele. Mas foi só olhar para o seu corpo solto na cama, para a flor murcha de pétalas negras, para sentir o longínquo tremor de terras que se desmoronavam no centro do seu planeta. Que diabo! O inferno vinha lá do fundo, e ninguém poderia abafar os malefícios que flagelam a humanidade. O tormento não era só dos que sofriam, pois o bem-estar, a fartura e a bonança estão na superfície. Julião nem viu quando, entre as pétalas negras da tulipa, cresceu um espinho, um espinho que espetava o seu corpo no meio, como o cravo que mantinha o condenado preso à cruz. Um condenado sem processo, sem defesa, sem pecado. E na sua dor, a dor dos crucificados, com os olhos turvos de quem o espírito está prestes a abandonar, Julião, num supremo esforço, apalpou em volta da ferida do portentoso cravo, e fixou o olhar na porta de mogno do quarto e a fechadura já não lhe parecia fria e metálica, mas negra, vibrante, úmida. Experimentou o processo inverso: espantar a dor com o sofrimento. Com a quina dos dedos da mão, desferiu três pancadas violentas na canela. Dizem que o excesso de dor traz o desmaio, e o desmaio, o esquecimento, e o esquecimento — como o sono — é o átrio da morte, e a morte, o definitivo descanso. Mas, em vez de lhe baixarem o pau, as pancadas na canela renderam-lhe apenas três mondrongos, que, por três semanas, testemunharam a sua perfídia. "Não há mesmo jeito; o diabo anda comigo!".

Julião escutou, como na noite anterior, o jorro experiente e grosso de D. Adelaide, e depois outro jorro inexperiente e fino, embora mais longo e veloz, no banheiro. Identificou este último como sendo de Maria Clara. Estranhou que Adelaide Maria, sempre a do meio, não viera dar sua costumeira mijada antes de dormir. Sr. Alarico também falhara. Ou será que Julião não ouvira? O Rico tinha banheiro privativo no segundo pavimento da casa. "E o que eu tenho a ver com as mijadas do Sr. Alarico?" — indagou-se Julião. "Maria Clara hoje não fica aqui nem um minuto, eu prometo!" — disse a si mesmo o garoto, ainda acreditando poder safar-se do suplício.

Reinava na casa agora profundo silêncio. Pretendendo ser fiel às palavras, Julião apagou a luz do quarto e deitou-se na cama, decidido a dormir. Mas em vão fechou os olhos. Os ouvidos estavam bem abertos, e a linha da vida e da morte por eles passava, mantendo-o desperto. Sr. Alarico começara mais uma noitada sinfônica. Como que zombando do seu tormentoso conflito, o velho, em vez da alegre fanfarra, iniciara o espetáculo com uma música lúgubre, de triste história. Tratava-se do *Réquiem*, que Mozart compusera numa premonição de sua própria morte. Música sublime, divina, mas deprimente — a preferida de Jairo, que nascera no século errado. Estirado na cama, Julião viu o seu espírito desgarrado do corpo, como o de um cadáver devorado por seres mesquinhos, como a luxúria, a volúpia, a concupiscência. Viu o espírito fingir desprezo pelos vermes e descer ao cadáver para livrá-lo dos agressores. O espírito, na verdade, só queria participar dos despojos. Pois a desgraça dos espíritos é que eles só se realizam nesses corpos corruptíveis, que, ao mesmo tempo, são o fardo e as primícias da vida. Mas, em vez de combater os inimigos, o espírito de Julião pôs-se a dançar e a embebedar-se com eles, experimentando os mesmos prazeres. Ainda mais que Sr. Alarico atacava agora um xote arretado.

Num gesto irrefletido, Julião acendeu a luz do quarto e destrancou a fechadura da porta, deixando-a apenas encostada. "Melhor assim, faz menos barulho; depois mando Maria Clara embora" — pensou ele, justificando a sua fraqueza, pois ansiava brutalmente pela chegada da amiga.

Ao contrário da noite anterior, Maria Clara não demorou para vir.

— Adelaide Maria hoje dormiu cedo — balbuciou, da porta, Maria Clara.

Embora alvoroçado, Julião não se ergueu. Apenas disse:

— Fecha a porta com a chave.

A garota obedeceu. Depois, sem ser convidada, deitou-se ao lado de Julião. Vestia uma camisola curta, que mal lhe cobria as coxas.

Embora um vulcão explodisse dentro dele, Julião ficou imóvel, sem dizer palavra.

— Maria Clara, vai embora agora! — finalmente falou, mas baixo, sem muita convicção.

— Por quê? — indagou a garota, com os belos olhos verdes desapontados. — O que foi que eu te fiz?

— Nada. Era melhor se nada tivesses feito.

— Como? Não entendi.

— Melhor não entender. Vai embora, vai! Obrigado pela mentirinha na hora do almoço.

— Julião, o que há contigo? — persistiu ela. — Olha pra mim.

Julião não resistiu. Os olhos de Maria Clara eram como um mar profundo, cheio de mistérios.

— Já não sou um estranho, sou teu amigo — disse Julião.

— E um amigo manda uma amiga embora assim?

— Mas um amigo não pode fazer o que eu queria fazer contigo.

— E o que querias fazer comigo?

— O que tu querias que eu fizesse.

— Se o amigo não faz o que a amiga quer, não é amigo. Eu não te compreendo, Julião.

— É que sexo a gente só faz com estranhos ou com quem se ama — disse Julião, sentindo um calor nas orelhas. Falara em amor sem crer na sua existência.

— Não importa se não me amas; eu te amo. Se és meu amigo, deixa-me te amar.

— E farias sexo com quem não te ama?

— Farei de conta que és um estranho; não é assim que pensas? — respondeu ela, com a simplicidade toldada pela amargura.

E, quando menos Julião esperava, Maria Clara levantou-se da cama, como se estivesse indo embora.

— Não vais! — quase ele grita.

— Mas não querias isso?

— Já não quero.

— Nunca quiseste! O que querias era uma desculpa para ficarmos juntos, sem compromissos. Sou inexperiente, mas não sou burra — disse a garota, aborrecida.

Deitado na cama, só de cuecas, Julião continuava imóvel, o membro desmiolado inerte, debilitado. Foi quando tudo aconteceu. Maria Clara, mansa e delicadamente, deitou-se de novo ao lado de Julião e, sem esperar pelo amigo, ela própria começou a tirar a camisola. Pego de surpresa, Julião esperou para ver. Mas não viu, pois Maria Clara apagou a luz do quarto. Melhor assim, pois se evita a narração de um episódio tão antigo, mas nem por isso menos surpreendente, que é a primeira noite de uma mulher. Apenas se diga que não foi fácil, dada a inexperiência sexual dos dois, mas foi possível, graças ao milenar impulso hereditário que dá vida ao universo.

O Cristal Partido

Na manhã seguinte, à mesa do café, Sr. Alarico parecia muito animado. No Porto do Sal um grande barco do Marajó aguardava carregamento. Ele não entendia por que "essa molecada" andava badernando contra o governo, se o país ia de vento em popa. "Ainda bem que a moda de protesto não seduziu ninguém aqui de casa", disse, lançando um olhar admoestador a cada um dos filhos e, por último, a Julião, que sentiu um bolo no estômago.

Sr. Alarico estava mesmo demais falante. Falava enquanto ia comendo, no que era um artista. As frases eram ponteadas por espaços de ventania (Sr. Alarico sorvendo goles de café quentíssimo), ou por estralos de fogueira (Sr. Alarico mastigando pedaços de macaxeira frita, socados inteiros na boca). De modos que expelia as frases juntamente com dezenas de farelos, que as moscas da casa vinham mordiscar sobre a toalha da mesa. Eufórico, falava pelos cotovelos. Patriarca zeloso, fazia perguntas a todos, mas não aguardava as respostas. À D. Adelaide — cada vez mais entediada em seu claustro — perguntou sobre o Zenóbio, o cachorro de estimação. "Está muito velho; devemos arrumar outro", respondeu ele mesmo. E era isso mesmo que D. Adelaide gostaria de fazer: "arrumar outro", que não roncasse muito à noite! Só Julião imaginou os pensamentos de D. Adelaide, tristes mas espirituosos. Se ela os proferisse, fariam rir. Ao Rico, Sr. Alarico indagou como estava indo nas provas. "Vai indo, vai indo, que de baixada todo santo ajuda", resmungou ele próprio, como se falasse consigo mesmo. *Riquinho* encolheu-se à beira da mesa e D. Adelaide agora tinha certeza de que o marido não desconhecia o verdadeiro desempenho do filho. Pareceu aflita. "E tu, Adelaide Maria? Como andas?", perguntou o patriarca. E, antes que a pupila abrisse a boca, ele mesmo respondeu: "Sei, sei... sempre foste bem; ainda mais agora, não é?". Adelaide Maria, sem a proteção do cristal da pureza partido pelo Villacinha, tomou-se de sobressaltos, entrevendo malícias no "ainda mais agora", proferido pelo pai com uma entonação estranha. Julião pôs-se de guarda, pois era a vez de Maria Clara. O velho teria notado a extraordinária mudança em sua caçula? Maria Clara mantivera-se com os olhos baixos, desviando-os até mesmo de Julião. "E tu, Maria Clara, como foste no teste?". A que teste o velho se referia? Como Maria Clara nem respondesse nem levantasse a vista, o patriarca completou, em seu tom bonacheirão, mas algo perverso: "Eu sei; tu foste aprovada. Eu deveria te dar mais atenção, minha caçulinha; se bem que já sabes te defender sozinha. Como cresceste!".

Julião estremeceu. Teria subestimado o velho? Teria ele percebido a mudança em sua caçula, ou dissera "como cresceste!" por mera coincidência? Preferia crer na última hipótese. Lembrou das palavras de Jairo e sentiu o gume frio da lâmina extirpando-lhe o saco. Mas o pior ainda estava por vir: "E tu, meu frangote de briga, como vais? Eu sei, eu sei..." — e Sr. Alarico fez um gesto obsceno, piscou maliciosamente, e, meio rindo, completou: "Sei; és da raça dos rosilhos, e os rosilhos não se deixam vencer; usam o vergalho muito cedo. Parabéns, Julião, teu pai vai se espantar quando te enxergar; o frangote virou galo, até já canta grosso".

Julião não sabia onde se enfiar. Aquele velho ou era burro ou demais matreiro. Na dúvida, o garoto sentiu terrível medo. Mas o velho agia com tanta naturalidade que, salvo Julião, todos se convenceram de que não desconfiava de nada.

Depois de soltar o tradicional arroto, Sr. Alarico informou a Julião que, segundo recado trazido por um barqueiro, na próxima semana o Sr. Domiciano, pai do garoto, viria buscá-lo, razão por que o auxílio no escritório do armazém do Porto do Sal ficava para o próximo ano, quando regressasse do Marajó, a menos que fizesse questão de ver como eram as coisas lá no cais. Julião, em fingida reverência, agradeceu.

Tendo Sr. Alarico saído, Julião procurou os olhos de Maria Clara. Já não eram os mesmos. Tinham outro brilho: mortiço, de esmeralda, semelhante ao de Adelaide Maria. Pensou em correr ao seu quarto e procurar, entre os lençóis e pelo assoalho, os cacos do cristal partido. Mas já seria impossível reconstituí-lo — beleza encantada.

No caminho da escola, Julião deixou os três irmãos seguirem na frente. Preferia não ver Maria Clara. Mas era impossível esquecê-la. Parecia entranhada em seu corpo, ou o corpo dele entranhado no dela. O ar que respirava tinha o hálito quente e gostoso da garota; as flores das mangueiras das ruas tinham a fragrância do seu perfume. Julião viu uma nesga de mar ao final de uma rua, e uma nuvem negra sobre o mar — os olhos de Maria Clara. Mas não estava contente. Tinha a impressão de que, ao invés de ter se vingado do velho, era este que agora ria dele, gozando-lhe o fracasso. Pois Julião, sopesando as palavras do patriarca durante o café, já não tinha dúvidas: o velhote sabia de tudo, e parecia contente!

Sr. Alarico, comerciante astuto, mestre nos cálculos, há muito traçara o futuro de cada um dos filhos. *Riquinho* seria doutor, seguiria carreira política, elevando a família. Adelaide Maria casaria com alguém importante na cidade, filho de banqueiro ou de alta patente militar; e Maria Clara, a mais pura e menos ambiciosa das duas, fincaria os pés da família no campo, dando em riqueza o que Rico e Adelaide Maria trariam em prestígio. E Julião — matuto, mas filho do maior fazendeiro do Marajó (o único filho!) — parecia o marido talhado para Maria Clara. Daí por que o velho passou a tratá-lo melhor. Já o via assumindo os negócios da família no cais — genro trabalhador, zeloso e obediente ao patriarca. Com a morte de Domiciano e a venda das 50 mil cabeças de búfalos, Julião se tornaria o maior fornecedor de mercadorias do cais de Belém. Por isso, o caso entre Julião e a filha era bem-vindo, embora não esperasse ter acontecido tão cedo. Teria de tomar, porém, alguns cuidados. O cristal dos olhos da caçula, segundo seus cálculos, não fora perdido, mas trocado por 50 mil bubalinos. Tinha apenas uma preocupação: como prender Julião, o pequeno e intrépido búfalo rosilho? "Não prender", eis a solução, concluiu o velho, que, na juventude, também enfrentara as repontas e a maré alta do Marajó, e conhecia a índole dos rosilhos: quanto mais livres, mais presos.

Depois da prova, enquanto os outros discutiam as questões no pátio, Julião foi direto à lanchonete, onde costumava encontrar com os amigos. Precisava conversar com o Jairo. O ano letivo havia findado, mas ficara-lhe uma sensação de começo. O pai viria buscá-lo dali a poucos dias.

Pediu, ansioso, um cachorro-quente e uma coca-cola. Enquanto bebia, olhava o pessoal que saía das classes. Saiu João — o camarada Ferreira. Foi, no entanto, para o grêmio. Lembrou de Eduardo. Quem seria o tal Eduardo? Pensou no Marcos. Não o via há quatro dias, e ninguém queria dizer o que acontecera com ele. Enxergou depois o *Riquinho*. O filho da mãe até que se demorou simulando responder ao exame! Saiu conversando com o filho de um coronel do Exército, o Villacinha, que andava comendo a Adelaide Maria.

Eis que, de repente, surge Maria Clara. Mas ela mudou de rumo ao perceber Julião na lanchonete. Era natural que estivesse envergonhada, mas o pudor logo passaria.

Surgiu Judite — a camarada Madalena. Mas também se desviou de Julião — a primeira regra de segurança era não fazerem contato em público. Julião seguiu-a com os olhos. Simpatizava com a meiga, feminina e guerreira indiazinha. Ela certamente sabia de Eduardo. E, seja lá quem fosse Eduardo, sem dúvida não a esqueceria.

Finalmente viu Jairo vindo em sua direção.

— Queres uma coca-cola? — perguntou-lhe Julião.

— Vá lá, aceito. Não sou tão sectário quanto pensas, amigo.

— Ainda bem, conheces o triste fim do Policarpo Quaresma.

— Policarpo Quaresma era um ingênuo, mas estava certo.

— Pena que fosse ridículo.

— O Eduardo foi solto! — disse Jairo, de chofre.

— Solto? O Eduardo? Que bom! Deve ser um porreta!

— E é mesmo. Vale por dez. E são caras como ele que mais se fodem. Acho que já perdeu o ano. Os professores de direita não vão deixar ele fazer as provas.

— Então ele é da nossa escola?

— Não disse isso... — disse Jairo, sem muita convicção.

Então era mesmo o Marcos, concluiu Julião. Quem valeria por dez? Ou por vinte, caso a comparação fosse feita com ele? Mas Julião subestimava-se. Apesar de novato, também já era um "porreta", um camarada de culhões — embora ainda meio desmiolado, como de regra o são os culhões. Mas logo criaria juízo.

— E quando ele chega? — indagou Julião.

— Não sabemos. Na verdade, estamos com um problema.

— Qual?

— Todos os que foram apanhados no congresso estão agora na lista da repressão. Embora solto, o camarada Eduardo será vigiado passo a passo pelos agentes da ditadura.

— Daí que...

— Até a Direção Regional decidir o destino do camarada Eduardo, teremos de protegê-lo.

— É esse o problema?

— Não, não é bem esse.

— Então qual é?

— Decidimos te nomear chefe da segurança da célula!

— Eu?! Chefe do quê?

— Da segurança.

— Estás brincando! Fico lisonjeado, mas não nasci para ser chefe de nada! Não é responsabilidade demais para um novato?

— Se não fosses tu, talvez. De qualquer forma, já decidimos, não tens escolha.

— Porra, Jairo! Então pra que todo esse discurso de convencimento?

— Porque somos amigos.

— Tudo bem, me submeto. Realmente, as tarefas devem ser dadas aos homens certos. Tu, meu amigo, não servias pra cuidar nem da tua segurança, quanto mais da dos outros. Vocês artistas vão mirando as estrelas enquanto atolam os pés na merda. És melhor na propaganda. Depois do Eduardo, és o mais preparado.

— Falas como se já soubesses quem é o camarada Eduardo.

— Claro que é o Marcos, quem mais poderia ser?

— E o que te parece?

— Não podia ser melhor. O Marcos é a maior liderança da nossa escola. É daqueles caras por quem a gente é capaz de fazer tudo.

— Então o assunto está resolvido: cuidarás da segurança.

— Mas há um probleminha, Jairo.

— Qual?

— Meu pai vem me buscar para passar as férias no Marajó.

— Isso vai foder tudo — esbravejou Jairo, deveras irritado.

— Mas o que posso fazer, camarada? Só tenho dezesseis anos.

— Não sei, dá um jeito, inventa uma estória pro teu velho.

— Que história? Que não vou com ele porque entrei no Partido Comunista? Ou que quero ver a caveira dos fazendeiros? Ou que comi a filha do Sr. Alarico e tenho de ficar pra casar com ela?

— Tudo bem, vejamos... Tu vais, ficas lá alguns dias, amansas o teu velho, e voltas pra Belém. O que achas?

— E se meu pai me segurar por lá?

— Aí a gente se vira, dá-se um jeito. O que não se pode é deixar o Eduardo desprotegido. Por mim, ele ficava na geladeira por uns tempos, ou ...

— Ou o quê?

— Nada, estava só pensando.

— Ou desaparecia, não é? — completou Julião.

— Sim, acho arriscado mantê-lo na legalidade. O Partido tem tarefas clandestinas, mas não nos compete especular. O Partido sabe o que faz.

— Decidiram sem consultá-lo?

— O Partido decide, e o indivíduo obedece. Eis a regra. Quem não confia no Partido deixa o Partido. E deixar o Partido é abandonar a revolução, pois esta não existe sem Partido.

— Eu já li o ABC do leninismo, camarada Pedro — disse Julião, sarcástico.

— Então o camarada irá ao Marajó e voltará logo para suas tarefas no Partido. OK?

— Sabes de uma coisa? Quero voltar, mais pela Maria Clara do que pelo Partido; mais pelo amigo Jairo do que pelo Partido. Heresia, né? Ainda bem que és meu amigo.

— E não levo jeito para inquisidor — completou Jairo, o Jairo que Julião se acostumara a admirar.

— Devemos fazer algo pelo Marcos. Ele não pode perder o ano. Cadê a Judite e o João? O que achas de pormos a boca no trombone? Muitos colegas ficariam do nosso lado.

— Perfeito. Espera que vou procurá-los — disse Jairo.

A lanchonete estava apinhada de garotos e garotas entre doze e dezoito anos, que festejavam o fim do ano letivo. Julião chamou para junto de si o Zeca, vulgo Chulé — já se vê por que; o Joaquim Pé-de--bosta — porque, certa vez, atolara o pé num monte de merda, cujo perfume inviabilizou o resto da aula; a Maria Bonita — porque namorava com o Lampião, um garoto vindo do Ceará; e o Pelé, o único aluno negro da escola. Era a tropa de choque do grêmio. Quando Jairo chegou com o João e a Judite, todos já estavam de acordo.

Coube a Julião, o menos marcado pela direção da escola, a tarefa de fazer o discurso. Não perdeu tempo. Trepou numa das mesinhas da lanchonete e, à guisa de sino, bateu um copo numa garrafa de coca--cola. Enquanto batia, deu um sorriso maroto e enigmático para Jairo, querendo dizer-lhe que a garrafa da coca-cola era o símbolo do imperialismo ianque, mas também podia servir de clarim da revolução.

Formou-se uma plateia de uns duzentos jovens. Visto no alto, de corpo inteiro, Julião parecia mais alto, os olhos negros sob o senho franzido impunham respeito. Entregou a garrafa e o copo ao Pelé e, com as mãos liberadas, pôs-se a falar, gesticulando, enquanto ia mirando um a um da plateia.

— Colegas de escola, estamos todos contentes pelo término de mais um árduo ano letivo; os que se esforçaram terão a sua merecida recompensa. Muitos irão passear com seus pais, alegres e despreocupados, porque subiram mais um degrau na escada da vida... — Até aí ninguém entendia o propósito do orador; nem mesmo João e Judite captavam o sentido, e já temiam pelas vaias. Mas Jairo, vendo-lhes a inquietação, tranquilizou-os com um gesto. Conhecia muito bem

Julião, que prosseguia: — No entanto, colegas, peço-vos um pouquinho mais de atenção, para lembrar que a nossa paz foi assegurada com o sofrimento de muitos colegas, que, enquanto estudávamos e fazíamos as provas, foram ao congresso estudantil representando suas escolas. Da nossa escola foi o colega Marcos, presidente do grêmio, e agora está preso pela polícia da ditadura, que assim tenta impedir que o povo se organize e lute pelos seus direitos. No nosso país, somente alguns conseguem estudar, pois o governo não assegura escolas para todos, e os trabalhadores não podem pagar escola particular para seus filhos. Me digam, colegas, isto está certo? Talvez alguém pense que não é problema nosso, mas eu digo que é. Pois, do jeito que está, que país receberemos dos nossos pais? Um país de analfabetos! E não se constrói um país na miséria e na ignorância. Os militares incultos e incompetentes entregaram o país ao imperialismo ianque, reprimindo os trabalhadores e mantendo-os na ignorância, facilitando assim a sua exploração. Miséria e ignorância para a maioria, enquanto uma minoria privilegiada fica cada vez mais rica. Posso estar ferindo os ouvidos de muitos de vocês, mas a verdade deve ser dita: o preço da nossa tranquilidade é o sofrimento de milhares de pessoas, que não comem, não moram, nem estudam. Por não concordar com isso, o colega Marcos deixou de fazer as provas e foi ao congresso, e agora está preso como se fosse um bandido...

De repente, levantou-se um burburinho no fundo da plateia, um princípio de empurra-empurra, e uma voz gritou bem alto:

— Comunista! Não deem atenção a esse comunista! Ele quer entregar o nosso país aos Russos.

Todos olharam para trás. Julião logo identificou o autor do grito — o Villacinha! Perto dele estavam o *Riquinho* e mais uns quinze garotos do grupo "verde-amarelo", apelido da patota agressiva que fazia oposição à direção do grêmio.

Julião procurou retomar o controle da situação, mas o tal Villacinha, puxando um estribilho histérico, engrossado pela turba, gritava:

— Verde e anil, lugar de comunista é fora do Brasil!

Lampião e sua Maria Bonita — o casal de militantes mais ativo do grêmio — conseguiram formar um cordão de isolamento do grupelho colorido. Jairo temeu que a provocação do Villacinha acabasse em pancadaria. Quase quebrando o copo na garrafa de coca-cola, Pelé procurava atrair a atenção da plateia, perplexa e indecisa entre Julião e o Villacinha, enquanto este martelava o bordão, que parecia ser a síntese de todo o seu pensamento político:

— Verde e anil, lugar de comunista é fora do Brasil! Verde e anil, queremos que os comunas vão pra puta-que-os-pariu!

Aos poucos a maioria da plateia deu as costas aos baderneiros e voltou-se de novo para Julião. Vendo-se derrotado, Villacinha comandou seus sequazes para fora do recinto. Atravessaram a quadra de esportes gritando o estribilho anticomunista. Balançando os braços longos, Julião pediu silêncio, e continuou:

— Companheiros, eu queria saber por que o Villacinha tem tanta raiva do comunismo. Marcos encontra-se preso por combater a injustiça. Será isso o comunismo? Se a solidariedade é coisa de comunista, ser comunista é uma coisa boa. O companheiro Marcos arriscou-se por todos nós e agora está ameaçado de perder o ano. Será justo que se prejudique sozinho? O companheiro João, vice-presidente do nosso grêmio, tem uma proposta a fazer.

Pego de surpresa, João trepou na mesa onde estava Julião, o qual lhe sussurrou ao ouvido: "Propõe a formação de uma comissão de alunos para ir conversar com o diretor da escola". No tom grandiloquente de futuro bacharel em Direito, João sugeriu que se formasse a tal comissão. "Alguém é contra?" — perguntou, ao final, tendo como resposta o silêncio. "Quem for a favor, levante a mão" — inverteu a pergunta. Todos os braços se ergueram. "Formaremos uma comissão de seis pessoas. Quem quiser fazer parte erga de novo a mão" — pediu João. Como o tempo passava e ninguém se manifestava, o Zeca-chulé levantou a mão. Encorajados pela atitude do Zeca, mais de dez mãos ergueram-se, o que foi motivo de júbilo dos camaradas, que sentiram a força que tinham juntos. De todos, porém, o mais alegre era Julião, pois um dos braços que se levantaram era o de Maria Clara. Alegria e apreensão, pois os olhos ternos e solidários da garota, voltados para ele, exprimiam gratidão e súplica. Maria Clara respondera ao discurso político de Julião com a música do coração, deixando-o sem saber se admirava a coragem da menina, ou se a temia — pois dificilmente um touro rosilho consegue safar-se de uma fêmea apaixonada! Sr. Alarico teria acertado no cálculo? Porque Julião desejou acariciar Maria Clara, para que ela soubesse de seu contentamento.

Alguém sugeriu que se buscasse o professor Navarro, de biologia — o mesmo que vendera o gabarito da prova ao *Riquinho*. Popular e querido, o mestre intermediaria o diálogo com o Dr. Antunes, diretor da escola, professor de moral e cívica e notório colaborador da ditadura, inibindo-lhe a costumeira postura agressiva.

E assim fizeram. Enquanto João e o professor Navarro foram, com a comissão, falar com o diretor, Julião, Jairo e os outros companheiros procuravam segurar o pessoal na lanchonete.

— E se o diretor não receber a comissão? — alguém perguntou.

— Boa pergunta — disse Jairo.

— Greve não dá; hoje foi o último dia de aula — observou Judite.

— Que tal um quebra-quebra na escola? — sugeriu Lampião, fazendo jus ao apelido.

— Não! — retrucou firmemente Jairo. — Só aumentaria a repressão. O Marcos seria contra.

Mas Lampião não se deu por vencido.

— Que tal uma greve de fome?

— Porreta, Francisco! — exclamou Julião.

— Excelente ideia, Lampião! — aplaudiu Jairo.

— Há um problema — redarguiu Judite.

— Qual? — quis saber Jairo.

— Quem fará a greve de fome? — respondeu Judite.

— Os gordos, que têm energia pra queimar — brincou Julião, lançando um olhar travesso para Jairo.

— Companheiro Julião, não é a melhor hora para brincadeiras! — recriminou Jairo, solene.

— Falo sério, companheiro. Um magricela tem menos chance de resistir, não acha?

— Gordo ou magro, não vamos agora nos dividir — cortou Judite, sem entender a galhofa que deliciava os dois amigos.

Zeca-chulé, Joaquim-pé-de-bosta e o Pelé concordaram sem pestanejar com a proposta de greve de fome. Num formigueiro, contentar-se-iam em ser operários. Numa orquestra, carregariam os instrumentos. Não pensavam, estavam sempre com a maioria.

Mas não precisaram fazer a greve de fome. Para surpresa de todos, o Sr. diretor não só recebeu a comissão, como prometeu atender a reivindicação, mas, disfarçadamente, anotou os nomes dos integrantes da comissão.

— Até tu, Maria Clara?! — exclamou ele, ao ver a filha do comerciante Alarico, beneficiário do regime, irmã do jovem *Riquinho,* de brilhante futuro, entre a turba de baderneiros que incendiava o país.

Quando João informou a vitória, os alunos urraram vivas, sentindo-se partícipes no feito. Um forte elo de solidariedade a todos envolvia. Embora ausente, Marcos crescera diante de todos. Já não era só o presidente do grêmio, mas um intrépido guerreiro que defendia os pobres da fúria dos tiranos. E Julião, com seu contundente discurso, saíra da penumbra para a luz do reconhecimento público. A partir daquele dia, sua vida não seria a mesma. Com uma sensação de poder que o inebriava, observou os alunos retirando-se para suas casas, cada um levando consigo uma impressão grandiosa dos últimos acontecimentos. Viu Maria Clara, uma das últimas a sair. Pensou em acompanhá-la, mas precisava conversar com Jairo.

— Que dia, hem, amigo? — disse Jairo.

— Que dia! — repetiu Julião, sem saber por onde começar.

— Tomara que o sacana do diretor cumpra a palavra.

— Tomara que não cumpra, assim perderás alguns quilos na greve de fome — brincou Julião.

— Até que não seria mau. Lembras da Bela e da Fera? — perguntou Jairo. — O meu corpo é tão monstruoso que a minha bela não consegue enxergar a minha linda alma.

Julião conteve-se. Jairo nunca fora romântico. Certamente sofria.

— Sinto muito, amigo.

— Lembras de Prometeu, acorrentado pela eternidade a uma rocha, onde corvos vorazes vinham bicar os seus olhos, por ter dado o fogo aos homens? E ele era um Deus! O que farei eu, pobre humano, preso pela eternidade a esse repulsivo corpanzil?

— Não te flageles, meu caro. Acaso não consegui enxergar além do teu corpo?

— Porque não és mulher. Entre nós não entra a porra da libido; pelo menos não é relevante. Entre homem e mulher é diferente. O sexo anseia pela aproximação dos corpos e repele tudo o que não proporcione prazer físico. A verdadeira amizade é impossível, pois as mulheres só pensam no corpo. Só as feias procuram príncipes encantados em corpos de sapo, panteras, elefantes, como o meu.

— Pois então, amigo, tens uma chance.

— Tenho não. Ela é muito bela; poderia escolher o homem que quisesse; não precisa procurar um príncipe encantado. Jamais olhará para mim.

— Posso saber quem é a bela? Talvez possa te ajudar.

— Não ias acreditar.

— Tô escutando. Conta!

— Tudo bem. A Judite é a minha bela.

— A Judite?! Juro que não sabia. És um mestre na camuflagem.

— Mas ela não me enxerga, só tem olhos pra outro.

— O Marcos?

— Sim, eles se amam. E a felicidade deles compensa um pouco o meu sofrimento.

— Realmente, amigo, tens um coração maior que o corpo.

— E nem assim ela o enxerga! — desabafou Jairo. — Como sofro, Julião.

— Esquece. Procura outra — confortou Julião.

— Se eu pudesse...

Ficaram um instante em silêncio.

— Sabes? Também tenho um problema — retomou Julião.

— Então fala, amigo.

— Comi a Maria Clara ontem à noite.

— Mas não era isso o que querias?

— Era. Mas estou arrependido.

— E por quê?

— Fui surpreendido por uma mulher diferente daquela que eu havia idealizado. Uma mulher deliciosa, que se deixou penetrar tão fundo, que toquei a sua alma. E a alma dessa mulher me amedronta, pois acho que sou amado e não quero amar. Sinto-me confuso.

— Nem sei o que te dizer. Como não querer amar uma mulher tão linda como a Maria Clara? Talvez tenhas medo que a sua beleza seja falsa, encantada, como se a bela fosse na verdade uma fera. Talvez o belo corpo dela te impeça de enxergar a sua alma. Sei lá, amigo. Quem sou eu para te aconselhar? Mas noto entre nós uma diferença: a solução do teu problema só depende de ti, enquanto no meu caso dependo dela. Sofro e nada posso fazer.

E os dois pirralhos, enternecidos e mais íntimos do que nunca, celebraram a amizade bebendo uma coca-cola, pedida ao garçom, desta vez, pelo Jairo! Não precisavam de álcool para se embebedar, pois a vida já era suficientemente épica, aventurosa e amarga para embriagá-los.

[illegible] Como não querer amar uma mulher [illegible] que sua beleza [illegible] de uma fera [illegible] Sergio amigo [illegible] entre [illegible] caso [illegible]

[illegible] nunca [illegible] [illegible] ganham, [illegible] se embebedar, pois [illegible] e ensopar para embriagar.

Apenas uma Lição

No almoço, Julião enfrentou o olhar raivoso do *Riquinho*. Além de inimigos pessoais, agora eram adversários políticos. Roçou, por baixo da mesa, os joelhos de Maria Clara, lembrando do seu extraordinário feito. Procurou os olhos da amiga e encontrou-os profundos, elípticos, límpidos, verde-chumbo, quase pretos. Meiga e selvagem como uma búfala preta! As pretas sempre foram melhores amantes que as rosilhas — lânguidas, porém ardorosas, ancas largas e acolhedoras, andar lento e majestoso, sempre aprumadas e nunca nervosas, as rainhas do pasto, desejadas pelos pretos e pelos rosilhos. Mas tinham um fraco: preferiam os rosilhos — grandes, rústicos e desengonçados, de luxuriosos olhos redondos, límpidos e projetados, de potente vergalho e arremetidas fogosas, cegas, de uma grosseria quase humana, fazendo-as transcenderem sua natureza animal. Era assim que o rosilho Julião enxergava Maria Clara, sua búfala preta, e mal podia esperar a noite, quando os búfalos caem no cio.

Mas temeu por Maria Clara — o que não era hábito dos rosilhos —, e isso o incomodou. Ela não era só uma fêmea, era também uma mulher que se entregou por amor, que provou ser capaz de arriscar--se junto com seu macho. E se o *Riquinho*, para atingi-lo, delatasse aos pais a atitude de Maria Clara na escola? Julião então resolveu partir antes para o ataque:

— Sr. Alarico, vou hoje à tarde, uma vez que findaram as aulas, ao armazém do Porto do Sal; preciso aprender o serviço do escritório.

— Ó filho, não é melhor deixar para quando voltares do Marajó? Afinal, mereces tuas férias. A não ser que faças mesmo questão.

— Então eu vou — disse Julião, acertando o alvo.

Observou a estupefação no rosto de D. Adelaide, do Rico e de Adelaide Maria, que escutaram a palavra "filho" proferida tão espontaneamente pelo patriarca, como se fosse uma bomba a arrebentar-lhes os tímpanos. Onde já se viu chamar de filho a um matuto agregado?! O Rico ficou louco de ciúme, mas sentiu-se fragilizado diante de Julião, que conquistara a simpatia e a benevolência do pai — é certo que interessada.

— Eu também quero ir, pai — disse Maria Clara. A segunda bomba!

— Mas o que vais fazer naquele cais fedorento, minha filha? — indagou Sr. Alarico, em tom de pai para a sua caçulinha.

— Deixa, pai! Quero ver os barcos que chegam e saem. É bonito — insistiu Maria Clara.

— Tá certo. Vai de táxi com o Julião. Eu preciso ir ao Banco, chego depois lá no escritório. Adelaide, dá dinheiro pra eles.

Julião não acreditava no que ouvia. E Sr. Alarico, lá consigo, como um arquiteto, ficou contente com o rápido andamento da obra que planejara. Já imaginava Julião — ou melhor, o Sr. Julião — rei do cais de Belém, marido de D. Maria Clara Alarico Albuquerque Aires. Era só tomar certos cuidados.

Riquinho e Adelaide Maria não se ofereceram para irem ao cais, nem o pai os convidou. Animais superiores, vieram da água, como as amebas e os peixes, mas, aos poucos, elevando a raça, foram conquistando a terra, como os peixes pulmonados, os anfíbios e os répteis, até alcançarem o estágio dos mamíferos, improdutivos e dominadores do mundo. O cais, meio terra meio água, habitat dos anfíbios, não era lugar para eles, mas para seres inferiores, porém rústicos e resistentes às intempéries, como Sr. Alarico e Julião, que nasceram e cresceram encharcados nos pântanos do Marajó, e que nunca respirarão direito no ambiente abafado das cidades.

Enquanto o táxi rodava, Julião e Maria Clara ficaram de mãos dadas, no banco de trás. Pouco falavam, mas era como se dissessem tudo. Julião ia olhando as coisas que passavam: casas, muros, pessoas nas calçadas, bancas de jornal, praças com casais sentadinhos nos bancos, carros que andavam em sentido contrário... As mãos de Maria Clara, apertadas nas suas, pareceram o cabresto do seu cavalo cilheiro. Julião respirou fundo, como se quisesse aspirar a fragrância da lama misturada ao cheiro do verde das canaranas. As buzinas dos carros pareceram-lhe o grasnar de patos selvagens. Acordou do devaneio meio engasgado com a fumarada de óleo diesel que a descarga de um velho ônibus despejou dentro do táxi.

— Lá no Marajó o ar é puro — comentou a menina.

— Mas não tem lá uma Maria Clara — respondeu Julião, para consolá-la de sua breve partida.

— Mas deve ter as Marias de Lourdes.

Julião não respondeu. O ar ficou mais abafado.

— Julião, o que será de nós?

— De nós? Não sei. Como saber? Não sei nem de mim. Só sei que estamos aqui. Quem diria que isso seria possível?

— Eu gostaria de ir contigo ao Marajó.

— Eu também — disse Julião, cada vez mais sufocado. — Admirei a tua coragem hoje de manhã, lá na escola.

— Eu também, pois não entendo de política.

— O sentimento de justiça é algo natural.

— Sem amor não há justiça — disse Maria Clara.

Julião de novo não respondeu, mas entendeu o que ela queria dizer.

Maria Clara pendeu a cabeça nos ombros de Julião, que a enlaçou com o braço esquerdo, repousando a mão nas ancas da garota.

Beijou suavemente a testa da menina, como faria à irmã que nunca teve, mas, de novo dominado pelo desejo, meteu a mão direita camisa a dentro e apalpou os seios da amiga, encontrando os mamilos já duros. A mão esquerda, desmiolada, escorregou das ancas e foi parar, nervosa, na montanha macia, de florestas negras, umedecidas por uma sombria fenda vermelha. Maria Clara, delirando, como se à beira de um precipício, agarrou-se desesperadamente ao promontório vigoroso e rijo de Julião, que agora corria em desabalada e tresloucada cegueira, o coração aos saltos pela floresta negra de Maria Clara, enlouquecido por sentir as doces lágrimas da fenda e não poder bebê-las.

— Chegamos ao Porto do Sal — avisou o motorista do táxi, azedo, sem olhar para trás, pois já vira tudo pelo retrovisor.

Maria Clara pagou a corrida, e os dois, em vez de irem direto ao armazém, desviaram-se à esquerda, pela rua da beira, respirando o cheiro de maresia que subia da água, cruzando com homens rústicos, seminus, suarentos, que carregavam enormes sacos de açúcar da terra para os barcos atracados no velho trapiche de madeira, ou que traziam de bordo para o porto paneiros de farinha, cachos de banana, gaiolas com galinhas, e outras bugigangas. Era somente duas horas da tarde, mas alguns barcos de linha já estavam apinhados de passageiros, com suas redes atadas umas sobre as outras, muitos de seus donos já alojados. Outros barcos chegavam, meio pensos, pois a chusma de passageiros amontoava-se de um só lado do barco, no afã de enxergar a cidade. A mistura de mau cheiro com o alarido vulgar fez Maria Clara comparar o Porto do Sal a uma pocilga. Desgostou-a a lembrança de que o pai passava a maior parte de sua vida metido naquele ambiente amesquinhado, tratando com homens rudes e iletrados, embrutecidos como bestas de carga, seminus como selvagens, mas que exalavam uma sensualidade lúbrica e animalesca.

— Eu cheguei num destes barcos — disse Julião, adivinhando os pensamentos de Maria Clara. — Também fui aqui despejado.

— Como é rústica essa gente!

— É a vida que lhes resta. Eles não escolheram. Mas não os julgues pela aparência. Eu também era assim. Lembras?

— Mas és diferente.

— Em quê?

Maria Clara não soube dizer. Parecia abalada. Julião alfinetou:

— Olha, vês aquele garoto saindo daquele barco? — apontou para um pirralho de uns quinze anos, de um moreno tostado, magro que nem um varapau, cabelos compridos e queimados pelo sol, descalço, com uma saca de teréns nas costas.

— Sim, e daí?

— Imagina que sou eu.

— Impossível. És diferente.

— Ilusão. Poderia ser eu.

— Nunca gostaria de um moleque desses — falou Maria Clara, enfaticamente.

— Mas já gostaste.

— Tu és filho de um fazendeiro.

— E daí? Sou tão matuto quanto o filho de um vaqueiro ou de um pescador. Se eu não fosse filho de fazendeiro, não gostarias de mim?

— Não. Pois como iria te conhecer?

— Tens razão. Os filhos dos caboclos pobres não vêm pra cidade estudar. Então como saber se gostas de mim ou das cabeças de gado do meu pai?

— Queres uma prova? Me levas contigo pra onde quiseres. Mesmo que meu pai e o teu nos deserdem, ficarei contigo. Te amo.

Julião queria também dizer que a amava. Mas acabou falando:

— Então vem comigo, já!

— Aonde?

— Pro armazém do teu pai. Afinal, viemos pra isso.

Julião conhecia como a palma de sua mão aquele casarão antigo, de grandes portais, que abarcava todo um quarteirão do porto, e onde se podia ler de muito longe o letreiro CASA ALARICO, COMÉRCIO & CIA. Conhecia cada tábua do assoalho dos dois pavimentos, cada prateleira, cada compartimento, com suas ligações, corredores e escadas. E também era conhecido por todos os empregados do Sr. Alarico, os quais, no começo, o maltratavam, talvez por ciúme, uma vez que o garoto morava em casa do patrão, mas aos poucos o foram aceitando como um igual, que tinha, como eles, de dar duro com as mãos para sobreviver. Julião fazia questão de ocultar que era filho do fazendeiro Domiciano, pois queria ser aceito como Julião, o esfregador de assoalhos. Depois de um ano, já ninguém o estranhava, podendo entrar e sair do armazém a hora que bem quisesse, ainda mais quando os empregados do escritório perceberam a admiração e o carinho com que, discretamente, Sr. Alarico referia-se ao humilde agregado.

Mas, em vez de entrar por um dos portais da frente, como sempre fazia, Julião enveredou com Maria Clara por um corredor espremido entre o armazém e o muro que o separava de outro velho casarão. Não queria ser visto entrando no armazém com Maria Clara. Subiram o corredor meio íngreme, tropeçando em troços que atulhavam a passagem, até alcançarem a altura do segundo pavimento, onde havia, aos fundos, uma pequena entrada que há muito parecia não ser usada. Uma enorme ratazana fugiu espantada por entre caixotes abandonados frente à porta. Maria Clara parecia assustada, mas nada perguntou. Julião, dando um leve empurrão na velha porta, ao mesmo tempo que metia um pedaço de pau por um orifício, conseguiu uma pequena passagem. Maria Clara então perguntou:

— Por que não entramos pela frente?

— Quero te mostrar uma coisa.

Os dois entraram. Julião segurava de novo Maria Clara pela mão e a conduzia por corredores escuros, cuidando para não dar com a cabeça nas pernas-mancas do teto baixo. Maria Clara encolhia-se atrás dele, firme e confiante no companheiro, embora meio apreensiva. Até que chegaram a um espaço clareado por réstias de luz lá de fora, que entravam filtradas pelo telhado do armazém. Julião mandou Maria Clara sentar-se num saco de milho jogado no assoalho, enquanto ele, trepando sobre outra pilha de sacos encostada à parede, na ponta dos pés, abriu uma pequena janela. De baixo, olhando para o alto, Maria Clara viu a luz do dia entrando pela janelinha, como se o sol fosse quadrado. Não estava entendendo nada. Julião desceu e, sem uma palavra, carregou-a no colo, subindo de novo a custo sobre a pilha de sacos. Uma vez em cima, disse para Maria Clara pisar em seus joelhos e olhar pela pequena janela. Maria Clara obedeceu.

— O que estás vendo, Maria Clara?

— Um alagado, água estagnada e palafitas! Não pensei que alguém morasse aí atrás.

— Têm mais coisas, me fala — insistiu Julião.

— Sujeira, muita sujeira. Roupinhas de crianças no varal. Uma velha sentada num caixote. Um moleque pesca de caniço no alagado. Tem peixe aí, Julião?

— E o que mais vês?

— Bem, são muitas palafitas, cercadas de armazéns. Vejo uma escadaria de madeira que desce da rua do outro lado do quarteirão, passa pelo meio das palafitas e termina aqui perto, no fundo do nosso armazém.

— E o que mais? — insistia Julião.

— Não sei. Já disse tudo o que vi, Julião.

— Resume então numa única palavra.

— Não sei, vejamos. Pobreza? Não. Sujeira. Não. Abandono. Não. Poxa! Como é difícil encontrar a palavra. É mais fácil descrever.

— Pobreza, sujeira, abandono, miséria. Miséria, Maria Clara. Miséria!

Julião desceu com Maria Clara em seu colo, o rosto dela bem coladinho ao dele. Mas ela não sentia o mesmo prazer de antes, o mesmo cálido enlevo. Um enjoo embolava-lhe o estômago. Uma ratazana saltou de um saco a outro e desapareceu no escuro. Maria Clara pediu para saírem dali. Não se sentia bem. O ar do cômodo era denso, os dois respiravam a poeira mofenta que subia dos sacos de mercadorias. Dava para ver o pó flutuando na faixa de luz que entrava pela janelinha.

— Não me amas? — perguntou Julião.

— Sim, te amo.

— Não disseste que ias comigo aonde eu te levasse? Pois, então, aqui estamos. Estás ouvindo as vozes dos marinheiros, o grito dos estivadores, o apito dos barcos?

— Sim.

— Sentes o cheiro podre do porto. Aquilo é merda, Maria Clara, merda pura. E os pobres moram em cima da merda, na merda!

— Julião, para com isso! Vamos embora! — pediu Maria Clara, com expressão de pavor.

— Não. Vamos ficar mais um pouquinho. O teu pai ainda não chegou.

— Mas me sinto mal aqui.

— Então não serias capaz de viver comigo em qualquer lugar?

— Claro! Mas nunca precisaremos morar num lugar tão miserável.

— Mas muita gente não tem escolha. Já pensaste naquele menino pescando peixe numa água de merda? Ele vai comer o peixe.

— Julião, vamos embora.

— Não. Não te disse que eu sou igual àqueles matutos que estão chegando à cidade? Sou tão feio e bruto quanto todos eles. E tu não és diferente daquelas mulheres pálidas, desdentadas, barrigudas e descabeladas que acompanham aqueles homens seminus, suarentos, animalescos. E eles trepam toda noite, e não sabem o que é amor. Tu sabes o que é amor, Maria Clara?

— Julião, quero sair.

— Ainda não. Sabes o que é o amor?

— Julião, estás ficando louco?

— Não. Responde! O que é o amor?

Jogou brutalmente Maria Clara sobre os sacos de milho. Arrancou-lhe a blusa e a calcinha, baixou as calças e deitou-se sobre ela. Maria Clara queria ir embora, mas não resistiu.

— Não tenhas medo, garota; vais ver o que é o amor.

Ali, sobre os sacos de milho, ouvindo o burburinho lá do cais, as vozes de mulheres e crianças que subiam das palafitas ao fundo, a correria de ratos no teto, Julião penetrou Maria Clara e, como um animal selvagem, socou-lhe os quadris com violência, como se, com esse gesto brutal, esperasse que a garota entendesse o que ele não sabia expressar.

Maria Clara, de início fria e lívida como um cadáver, aos poucos foi dando sinais de vida. A cada sacolejo de Julião ia perdendo a noção de espaço e de tempo. A vista escureceu por completo; os ruídos e odores abjetos misturaram-se ao cheiro de Julião; a água de merda do Guamá já era o suor de seu macho pingando sobre ela. Entre uivos lancinantes, que devem ter amedrontado os ratos, Clara estrangulou três vezes o pobre membro de Julião, como a querer extrair dele o néctar. Mas Julião, que só lhe queria dar uma lição, retirou o vergalho a tempo, embora Maria Clara, com as duas mãos, puxasse-lhe as nádegas contra si.

Julião levantou-se, vestindo-se, enquanto a garota ficou abandonada sobre os sacos de milho; os olhos fechados e a fenda infernal, entre as pernas, alagada.

— Agora sabes o que é o amor, Maria Clara — disse-lhe Julião.

Ela nada respondeu. Levantou-se e vestiu-se sem pedir ajuda. Mas não parecia nem zangada nem amedrontada.

Em vez de asco, Julião enxergou nos olhos de Maria Clara a resignação de uma mulher machucada, mas que soube tirar proveito do sofrimento. Julião sentia grande satisfação. Fizera um bem a Maria Clara, que vivia enjaulada pela carapaça de preconceitos de sua classe. Agora veria o mundo de outra maneira. E, ao mesmo tempo, vingou em Maria Clara a humilhação de todos os deserdados da sociedade, discriminados por uma situação de miséria que impede de serem vistos como seres humanos. E, ainda por cima, comprovara a sua tese de que não existe o amor, pelo menos como a burguesia o concebe. Pois o que eles fizeram não era amor, mas sexo. Maria Clara, apesar do nojo, da agressiva situação, gozou como gozaria uma égua, ou uma ratazana no cio. A partir daquele dia, não mais se sentiria superior àquelas pobres mulheres que parem que nem rato nas palafitas de Belém. Nem mais ela o idealizaria. Se o quisesse, era como realmente era — um matuto rústico, desengonçado, cínico, livre e malvado.

Quando entraram no armazém, agora pela porta da frente, Sr. Alarico ainda não havia chegado.

Como as Pétalas Duma Flor

Julião quase não acha lugar ao lado do motorista do fusca amarelo.

— Boa tarde, chefe da segurança — saudou Jairo.

— Já que sou chefe, dá-me aí um dinheiro — foi dizendo Julião.

— Mas pra quê?

— Não discute, subalterno! Me dá o dinheiro!

Pedro obedeceu. Julião foi até uma barraca de marreteiro armada na calçada e voltou com dois óculos na mão. Mandou seguir em frente. Jairo de novo obedeceu.

— Agora para — determinou de repente.

— Pra quê, camarada Santiago? — quis saber o outro.

— Precisamos de mais dois — explicou Julião.

— E por que não compraste os quatro duma vez?

— Elementar, camarada Pedro: pra não chamar a atenção.

O fusca parou e Julião comprou mais dois óculos ordinários noutra barraca.

— Precisamos achar uma papelaria — disse, ao voltar.

— Tudo bem, chefe.

Por sorte, havia uma bem perto. Num minuto Julião voltava com um pincel e um tubinho de tinta guache preta.

— Agora entendeste? — indagou *Santiago*, começando a pintar as lentes dos óculos. A operação foi rápida. — Agora, aos pontos!

O primeiro a ser colhido foi o camarada Joel — moreninho, eternamente espantado, sem a altivez do profeta. Sentou atrás, com um dos óculos na cara.

— Não tire os óculos, camarada, senão te amarro o lençol do Pedro — ameaçou Julião.

No segundo "ponto" estava Ferreira.

— Porra, bem melhor assim! — elogiou Ferreira, referindo-se aos óculos.

— É que a segurança do Partido entrou numa fase profissional — brincou *Santiago*.

Depois pegaram o Lázaro — gordo e sardento, devia mesmo se parecer com o outro Lázaro, amigo de Jesus, ressuscitado depois de três dias.

Só faltava a Madalena — prostituta na Judeia, mas, aqui, fiel a Eduardo, preso como Jesus. Encontraram-na no "ponto". Pequenina, bronzeada, olhinhos negros e amendoados, um pedacinho do mais puro mel. Julião, de soslaio, viu o nervosismo do Pedro, que rateou na reduzida, arranhou a marcha, e freou sem pisar na embreagem, fazendo o carro saltar para frente, engasgar e morrer.

— Controle-se, camarada; não chame atenção! — advertiu *Santiago*, no exercício de suas funções.

— Perdão, camaradas, me distraí — desculpou-se Pedro.

Santiago passou para o banco traseiro, cedendo lugar à Madalena. Vermelho que nem uma pimenta-malagueta, visivelmente encabulado, Pedro balbuciou um "boa tarde, camarada", quase inaudível. Madalena cumprimentou aos que iam espremidos no banco traseiro, e, como que pretendendo demonstrar deferência a Pedro, perguntou-lhe, de um jeito diferente: "Tudo bem, camarada Pedro?". "Vai! Ataca, cara! Diz alguma coisa interessante pra ela!", torcia em pensamento Julião. Mas Jairo, com sua voz fanhosa, mal respondeu "tudo bem". "Ele tem o complexo da fera", concluiu com pesar Julião, que se incomodava com a desventura do amigo. Não lhe agradava conspirar contra Eduardo, o eleito de Judite, mas Pedro merecia uma chance.

No banco traseiro, o pequenino Joel e o comprido *Santiago* lutavam para não serem esmagados pelo Ferreira e pelo largo e pesado Lázaro. Trocista, Ferreira propôs como solução que o Joel sentasse em seu colo, e o *Santiago*, no do Lázaro. Diante dos protestos dos dois, o gordo Lázaro, com a inocência das crianças, falou: "Se o Santiago fosse a Madalena, até que eu deixava". Pra quê! "Olha o respeito!" — grunhiu Pedro, como um lobo defendendo os seus domínios. Todos estranharam a reação de Pedro, sempre tão pacato, menos *Santiago*, que vibrou com a presença de espírito do amigo. "Aí, cara! Assim que se age!" — pensou ele. E quase solta uma risada ao imaginar a pequenina Judite debaixo do elefante do Jairo — como na piada da formiga e do elefante. Não se conteve, deu uma gargalhada. "Perdão, camaradas; não foi uma risada, mas uma contração facial" — desculpou-se. Todos riram, menos Pedro e Madalena, tomados por um silêncio significativo.

Algumas vezes Judite suspeitara dos sentimentos de Jairo. Discreta e dissimulada, como em geral o são as mulheres, punha-se a observar o companheiro de luta — a refinada sensibilidade, a invejável inteligência, o grande amor à humanidade, que transbordavam do seu corpo avantajado. Mas, o que mais a atraía era a sua timidez. Imensa timidez, menor apenas que a coragem e a determinação. Como um homem daquele tamanho podia ser tão frágil? — indagava-se Judite, sensibilizada com a levíssima candura daquele homem desamparado, à espera de compaixão. Temia magoá-lo. Daí o codinome "Madalena", que amava a Jesus, mas se entregava a outros homens. Amava o Marcos, mas gostaria de consolar, pelo menos um pouco, o sofrimento de Jairo.

O fusquinha finalmente entrou na garagem da casa de Pedro. Este e *Santiago*, sem os óculos, guiaram os camaradas através da escada estreita, em forma de caracol, que conduzia ao segundo pavimento da casa, local da reunião. *Santiago*, de propósito, cuidou de Ferreira, Lázaro e Joel, e deixou para Pedro a Madalena. Trêmulo, suando frio, as grandes mãos umedecidas, o coração aos saltos, Pedro segurou a mãozinha de Madalena, como se temesse machucar as pétalas de delicada flor. A mão dela também estava suada e fria. Pela primeira vez, tocavam-se assim. Embora prejudicado pela penumbra da escada, contemplou-a por um segundo, sentindo que aquela pequena criatura era todo o seu mundo. Mas continuava cego perante o destino. Embora vendada, o toque suave e seguro do amigo fê-la enxergar a sua dimensão invisível. Embora se julgasse ateia, por um instante sentiu-se nas mãos de Deus. Contudo, assim como juntos se enlevaram, juntos foram atingidos pela mesma amargura, ao lembrarem-se de Eduardo, por ambos amado, ao qual não poderiam apunhalar pelas costas.

No topo da escada, Pedro continuou segurando a mão de Madalena. Livre dos óculos, a garota pôde ver os olhos amargurados do companheiro, que lhe pediam desculpas pelo atrevimento. Se não estivesse tão perturbado, Pedro veria nos olhos amendoados de Judite compreensão e ternura. "Ela me desprezará; mostrei-me indigno de sua amizade" — recriminava-se Jairo. Mas, ao se sentarem no assoalho, Pedro sentia-se aliviado. "Pelo menos ela já sabe". Julião — o único a perceber os sutis movimentos — exultava com os progressos de Jairo. "Flecha a índia, Jairo! Flecha!"

O Triste Fim do Búfalo Rosilho

"Queres saber que fim levou o búfalo rosilho? Preferia não contar, é muito triste. Ainda hoje sofro quando me lembro. Insistes? Está bem, eu te conto o triste fim do meu búfalo rosilho". E, como se o tempo não contasse, sem sofreguidão nem medo de perder a atenção, à maneira dos vaqueiros — se ninguém lhe ouvisse, dava no mesmo — foi falando para si mesmo, como se ensaiasse um monólogo que um dia ele declamaria à sua amada, à luz das estrelas, talvez à volta duma fogueira, ou à mesa de um bar, ou na cama, depois de amá-la como jamais amara outra mulher.

"Era novembro, quase dezembro, quando meu pai me foi buscar em casa dos Alarico. Se eu adivinhasse o que encontraria na ilha, não teria ido. Já em viagem, estranhei que meu pai nada soubesse do búfalo rosilho. 'Tá por lá, sabe onde; vai lá alguém saber? Aquele animal tem dono?' — desconversava quando eu, vira-e-mexe, lhe indagava. Às vezes, fingia não ouvir minha pergunta; por fim, quando o barco já contornava a ilha rumo ao norte, onde ficava nossa fazenda, o meu velho, olhando-me severamente, admoestou-me: 'Julião, esquece o búfalo rosilho, o bicho não se liga a ninguém'."

"Havia algo errado, pressenti. Mas se ele me contasse a verdade, de tão malvada e absurda, não teria crido. Acho que ele calou não por isso, mas por medo, não de mim, um pirralho, mas da minha reação, pois meu pai sabia da minha afeição por aquele búfalo danado, que me era como um irmão mais velho, livre e arredio, que não se misturava com fedelhos."

"E havia muita coisa errada, isso logo percebi, antes mesmo de desembarcar. Era novembro, quase dezembro, e há dois dias beirando a ilha, eu não vira sequer uma terroada. Em vez das pisadas do gado no terreno seco e rachado pelo sol, o que eu via até onde os olhos alcançavam eram campos ainda alagados, onde as manadas se atolavam no tijuco amolecido. Águas ainda de julho? Então naquele ano não houvera o verão? Vi manadas inteiras ainda suspensas em marombas, quando a maré alta repontava. Mas as marés não explicavam as marombas em novembro, a invernia não vai de abril a julho?"

"Não conto a alegria de novamente pisar a terra encharcada do Marajó, sentir o cheiro de lodo e de capim, a pele queimando ao sol escaldante, sem língua, porém, para lamber tanta água. Nem conto a satisfação de encontrar de novo o meu velho Tião, que — desde que nasci e depois já sem mãe — me fora o verdadeiro pai, melhor que o de sangue, que não respondia a perguntas e se afastava quando lhe pedia afeto."

"Tião, meu velho, o que se passou por aqui? — perguntei-lhe à noite, pois não conseguia dormir sem saber do que já bem sabia, não com detalhes, mas sabia. Pois o Tião, desde que cheguei — naquela tarde ele nem foi ao campo, mandou o Lazário e os outros vaqueiros —, conversou com o pai e comigo sobre tudo, mas não tocou no búfalo rosilho bangoleiro. E o seu silêncio já dizia tudo, ou quase tudo, e agora eu queria conhecer esse quase. Um longo e doloroso quase. Ainda mais contado pelo Tião, que sabia narrar sem desperdiçar palavra, sem perder o ritmo nem o ouvinte. Ele começou assim, como quem não vai dizer nada, por um ponto qualquer."

"O Nhozinho sabe a periantã? Se sabe! Me desculpe a pergunta à toa, é que Nhozinho ficou um ano na cidade e meio já parece dotô. Que ano, Nhozinho! O balsedo se desgarrando das margens, a canarana arrastada louca pela correnteza descendo os rios, sabes as ilhinhas flutuantes? Se sabe! E era apenas maio, Nhozinho! Se fosse julho, vá lá, mas maio! Desde que apareci no mundo não vi nada igual. Aguapé, matupá arrancados das beiras dos lagos iam de bubuia não sei pra onde. No começo se agarravam nos tesos, onde a malhada se entocava, amedrontada e arredia. Eu, o Lazário, o Argemiro, o Manduca, e o resto da vaqueirama, e até o Nhô teu pai (!), em riba dos cilheiros, já com água pela barriga, ainda fizemos fechação durante uma semana. O Nhô disse que era só um repiquete das águas, toró passsageiro lá pras ribas do Amazonas, logo as águas iam baixar pra continuar subindo devagar. A gente não desmentia, mas via o Nhô Domiciano cada vez mais cuíra. E ficou inquieto quando os tesos sumiram e tudo virou perau. Os cavalos nadavam que nem capivara e se afogavam, o vaqueiro voltava a braço. Isso de um dia pro outro, sem aviso. E um sol dos infernos, parecia que o satanás cuspia fogo pelo cu, e a água nem aí pra ele. Crescia, crescia, crescia... E era apenas fim de maio! Pensei que fosse o fim do mundo, mas o Lazário garantiu que Deus prometeu não afogar o mundo mais de uma vez, da próxima a destruição seria pelo fogo. E não havia mais mondongo; até o lago Arari desapareceu, virou mar. Igapó? Nem falar, Nhozinho! As árvores haviam sumido, só a copa dos açaizeiros mais altos resistiam à força das águas, cocurutos desgrenhados onde os pássaros vinham se abrigar, mas por pouco tempo, pois os açaizeiros eram arrancados do solo e iam de bubuia não sei pra onde. Nhô Domiciano, que nem um louco, punha o seu cilheiro pra nadar, procurando os tesos. O Mundico, o vadio, a puxar saco do Nhô teu pai, com o cu na mão de tanto medo, escafedeu-se de noite, arribando da fazenda numa montaria. Depois eu conto o que aconteceu pro filho da mãe, bem feito! Aos poucos fomos trazendo os búfalos, primeiro os pretos, covardões, morrendo de medo de morrer. A gente ia fazendo o costeio n'água, eu e o Lazário nos cilheiros, Nhô

Domiciano e os outros nos cascos, pra poupar os cavalos. Os rosilhos se escafediam da gente e iam de bubuia de uma restinga pra outra, até não terem mais onde pôr as patas, então os brabos preferiam morrer nadando do que se dar ao costeio."

"O rosilho morreu, Tião? Ele morreu?"

"Calma, Nhozinho; mal comecei a estória. Mas te digo que ele não morreu, o danado. Primeiro enchemos de búfalos o rancho dos vaqueiros, depois a casa-grande. Imagina que Nhô Domiciano, misturado aos vaqueiros, numa noite dormiu no capim que a gente cortava pros bichos! E a água subia, subia... Não era repiquete coisa nenhuma. Enquanto Lazário e o Argemiro procuravam os búfalos no alagado, eu e Nhô Domiciano começamos a levantar às pressas a maromba, pois o rancho e a casa-grande já tavam lotados e também logo o aguaceiro cobria os assoalhos. Fincar barrotes na tabatinga, com água pela cintura, não é fácil, tendo ainda de tirar sanguessugas das pernas. O Lazário se enganou mesmo, ou lhe contaram a estória errada, ou Deus enganou o tal Noé, pois parecia que o fim do mundo ia ser de novo pela água. A chuvarada caía sem parar. E o diabo escondeu a bunda com medo da água que ia subindo, subindo... Em vez de mandar brasa, o demo começou a peidar, com raiva de deus, que descumpriu sua palavra. Água e ventania, coisa medonha, Nhozinho. Aquilo não era mais reponta, pois não havia mais maré alta nem baixa, mas só um oceano. A dúvida era se o Amazonas tinha invadido o mar ou se o mar havia engolido o Amazonas. De qualquer jeito, a gente tava perdido, não sabia o que fazer, se acabava a maromba, se ia buscar o gado extraviado, ou se agarrava o capim que passava perto levado pela correnteza. Ia fazendo de tudo um pouquinho, num desespero de ver. Quando acabamos a maromba e passamos o gado do rancho e da casa-grande pra ela, metade da malhada ainda tava perdida sabe Deus onde. E tudo rosilho!"

"E o bangoleiro, Tião? Acharam ele?"

"Calma, Nhozinho, eu conto. Enfrentando a maresia com os cascos, o banzeiro violento do mar, conseguimos arrastar muitos rosilhos, mas a maioria se perdeu."

"E o bangoleiro, Tião, se perdeu?"

"Calma, Nhozinho, eu conto. O bangoleiro deixou-se trazer até perto da maromba, mas não quis subir."

"E daí, Tião, ele morreu?"

"Calma, Nhozinho, eu conto. O bangoleiro se encostou num esteio da maromba e ficou ali dez dias sem se mexer; queria que o Nhozinho visse. Que animal inteligente e opinioso! Nhô Domiciano mandou todos caírem n'água pra arrastar o rosilho pra maromba, pois tinha o risco das piranhas comerem ele. Mas ele lutou, esperneou, mergulhou, ameaçou sumir no mundão de água, até que deixamos ele em paz e ele voltou a se encostar no esteio e se aquietou; dormia só com o nariz de fora. E nem comer queria. Só depois de cinco dias o animal aceitou um pouquinho de capim que Nhô Domiciano ele mesmo ofereceu pro bicho. Nhô Domiciano parecia gostar daquele animal, senão não tinha feito com ele o que fez."

"E o que meu pai fez com ele, Tião?"

"Calma, Nhozinho, eu chego lá. Se o Nhozinho tivesse aqui, chorava. Os rosilhos passando de bubuia, inchados que nem baiacu, já meio fedendo, com urubus sobre eles, vinham mortos sabe lá de onde, pois a ilha não tinha mais norte, nem sul, só água. Mas o Nhozinho também ia rir."

"De quê, Tião?"

"Do filho da puta do Mundico."

"Mas ele não fugiu?"

"Sim, mas depois de uns dez dias voltou, mas de bubuia, de papo pro ar, no maior sossego, tirando uma soneca das que ele gostava, com um urubu em cima do barrigão inchado, a cara todinha bicada, aquela cara sonsa. Nhô Domiciano mandou o Lazário empurrar o sem-vergonha com um varejão, pois se engatou embaixo do assoalho da casa-grande, como se pedisse pra ser aceito de volta. A correnteza arrastou ele sabe lá pra onde; pro céu é que não foi."

"E o rosilho, Tião?"

"Ah! O rosilho, sim, o rosilho. Pois é... Após dez dias a água deixou de crescer, a chuva foi afinando, mas demorou pra começar a descer. Era já final de junho, mas nem julho chegou! O capim ia acabando nas baias, logo o gado das marombas ia começar a morrer. A gente ainda saía com os cascos pra catar algum balsedo, mas desistimos, o mar levou todos os periantãs, sabe lá pra onde; a maromba e a casa-grande pareciam duas pequeninas marrecas solitárias na imensidão das água. O rancho dos vaqueiros se afogou. Dava pena de ver Nhô Domiciano, mais calado que ele próprio. Acho que vi ele um dia chorando. Dá raiva ver um homem como Nhô Domiciano chorando. E eu pensava que Nhô Domiciano não tinha coração. E como tem! E como também gostava do búfalo rosilho!"

"Gostava, Tião? Então o rosilho morreu?"

"Calma, Nhozinho, eu conto."

"Caralho, Tião! Então não enrola!"

"Essas coisas a gente pode dizer assim num zás, Nhozinho? O Nhô teu pai mandou o Lazário, de casco, tentar achar a casa-grande da fazenda Bonfim. Depois de doze horas ele voltou e disse que morreu lá muito búfalo, e que os pássaros e outros animais selvagens se amontoaram num teso que sobrou lá pro sul da ilha. Mas não dava pra levar os búfalos pra lá, era muito longe e o banzeiro não cessava. Nhô Querêncio, dono da fazenda Bonfim, esperava ajuda da cidade, barcos pra pegar o gado, ou pelo menos trazer capim. A gente já andava comendo os animais mais baqueados, que iam morrer de qualquer jeito de fome e cansaço. Foi então que Nhô Domiciano mandou não darem mais capim pro búfalo bangoleiro. Parecia magoado com o animal que não confiava nele. Pois pra Nhô Domiciano cada búfalo é como gente. Gente ruim, mas gente. Na manhã do quarto dia o rosilho havia desaparecido. Pensamos que, já sem forças, tinha sido tragado pela correnteza."

"E ele morreu, Tião?"

"Não, eu conto."

"Então desembucha, Tião"

"Bem — encurtando o caso, Nhozinho —, em julho as águas começaram a baixar. Só em julho, Nhozinho! Noutros anos, já estava quase tudo de fora, mas este ano só havia água. Ainda bem que a vazante, nos primeiros quinze dias, foi rápida. A gente começou a enxergar, aqui e ali, longe, ilhotas de capim que apareciam de repente, vindas não se sabe de onde. A cada dia ficava uma marca nos esteios da maromba. Um, dois, três palmos... Então a gente ia buscar capim nessas ilhotas, eram os cabuchos mais altos das restingas e tesos que começavam a aparecer. Mas era pouco capim pra sustentar todos os animais, que continuavam morrendo. Até que as aves foram aparecendo, e Lazário, alegre, falou do urubu de Noé, que foi e não voltou, avisando o velho que tinha achado terra. Eram garças, marrecas, patos-do-mato, jaçanãs, que vinham, não se sabe de onde. Da parte mais alta da ilha, pro sul, onde os animais se empoleiraram, depois a gente soube."

"E o búfalo rosilho, Tião?. Ele morreu mesmo?"

"Não, Nhozinho; não desta vez."

"Então ele morreu depois? Fala logo, Tião!"

"Calma, meu Nhozinho, eu conto. Em agosto, a ilha ressurgiu, quer dizer, não a ilha, mas milhares de ilhinhas. Em setembro, as ilhinhas se uniram, formando ilhas maiores. Em outubro, os animais tinham deixado as marombas, só não as búfalas que esperavam cria pra aqueles dias; chapinhavam que nem bêbados pelo lodaçal, os mais fracos ainda morreram, nunca os urubus passaram tão bem. Um belo dia, na fazenda Santa Inês, quem apareceu? O teu búfalo rosilho, Nhozinho!"

"E cadê ele, Tião?"

"Calma, Nhozinho. Queria que o Nhozinho visse o animal: gordo e formoso, mais arretado que antes. Nhô Domiciano, que tem coração, mas de pedra, quando soube do bangoleiro, mandou dizer ao Nhô Dioclécio da Santa Inês que fizesse do bicho o que bem entendesse. Já tratou o animal de bicho e disse que o bicho era o próprio satanás."

"E daí, Tião, o que o Sr. Dioclécio fez com o rosilho?"

"Nada, não fez nada, Nhozinho. A ilha se levantava do fundo do oceano, mais linda que antes. O verde brotava da lama. Jacarés, jiboias, tartarugas passeavam entre as pernas da gente sem medo, e a gente também nem ligava, parecia o começo do mundo. Os búfalos, com água pela canela, se enlameavam no campo, mais uma vez livres; comiam o capim dia e noite, babando, como se comessem pela primeira vez. Mas o prejuízo foi enorme, a ilha está coberta de carcaças de tudo quanto é bicho. Nhô Domiciano perdeu quase a metade da malhada."

"E o rosilho bangoleiro, Tião? — eu insistia, no auge da expectativa e do desespero. Foi então que o Tião, sabendo que eu já sabia, começou a narrar o final da tragédia."

"Foi no começo de outubro, quando a tormenta da natureza havia passado, que a desgraça do rosilho verdadeiramente começou."

"Chegou uma gente da cidade — continuou Tião —, num barco bonito, branquinho que dava gosto, cheio de luzinhas no mastro, com a bandeira brasileira pendurada no mastrinho da popa. Diz-que vieram ajudar os criadores do Marajó a multiplicar o rebanho. Por que não vieram antes, quando Nhô Domiciano precisava salvar o rebanho? Eu perguntei, ninguém respondeu. No dia 5 de outubro, dia de São Benedito, quase todo mundo da ilha foi pra fazenda de Nhô Dioclécio; ia dar uma festa de arromba e, depois de tanta desgraça e tristeza, a alegria devia chegar. Diz-que também um dotô, que veio da cidade no barquinho branco, ia falar. Fomos todos pra Santa Inês bem cedinho, menos o Argemiro, o vaqueiro mais novo e bem-mandado, que lá deve não ter gostado de ficar, mas era o de menor regalia e tinha bezerrinhos pra vigiar. Nhô Domiciano na frente, cossando o cilheiro, a gente atrás. De vez em quando tinha que desviar de alguma carcaça, onde os urubus rondavam a gente dobrava. Do outro lado do Arari — e olha que o lago ainda estava muito largo! — a gente já enxergou a preparação que ia ser a festa. Coisa que nunca se viu. Na frente da casa-grande tinham feito um arco-íris de papeizinhos cortados como bandeirinhas — verde, amarelo, azul, branco — e um jirau de tábuas, ninguém sabia pra quê. Não fomos os primeiros, e o pessoal continuou chegando de tudo quanto era canto. Do Bonfim, Santa Isabel, Nossa Senhora das Mercês, Santana, São Miguel, Assunção, da fazenda Arari, e Dos Remédios. Enquanto os patrões faziam a roda na varanda da casa-grande, assuntando ainda na desgraça, o tal dotô lá com eles, falante e galante, todo de branco, diz-que médico de bicho; como é que chama, Nhozinho? Isso! Que palavra mais feia! Lembra salafrário. Enquanto eles lá conversavam entre eles e o dotô, a vaqueirama se divertia no terreiro esfolando quatro búfalos pra festança. E o povo ia chegando, mas tudo homem, chega fedia. Mas diz-que Nhô Querêncio, da fazenda Bonfim, tinha contratado umas vinte mulheres pra aliviar a moçada, e ninguém duvidava, pois o Nhozinho mesmo perdeu o cabaço num dos forró do Nhô Querêncio; lembra, Nhozinho? Se lembra! Hora dessas Nhozinho me conta das fêmea da cidade? Se conta, Nhozinho conta. Mesmo agora, se o Nhozinho tivesse lá, se metia na roda, ora se metia. A gente ia esfolando os búfalos, estripando, desossando, pondo no molho, preparando a lenha pra hora de assar, fazendo os espetos, cada um querendo ajudar mais que o outro, sem assuntar em nada; não que a cachaça que Nhô Dioclécio distribuía do seu alambique já fizesse zonzeira, mas por que ninguém tinha mais miolo na cabeça desde que soube das vinte raparigas que Nhô Querêncio mandou trazer. O peão pensava com a outra cabeça, aquela sem pescoço nem ombro, e muito menos juízo, e era um tal de nego apalpar o saco pra ver se não havia caído. Lá pelas tanta, o sol cozinhando a cachola, Nhô Dioclécio, com seu melhor terno, o escuro, como um búfalo brabo ao lado de uma garça, apareceu na escada da varanda, ao seu lado o tal dotô; como chama? Não, não é salafrário. Sim, isso aí, Nhozinho. Que palavra! Vou chamar de dotô-garça, todo de branco, é mais fácil. Atrás dos dois, o Nhô teu pai, e o Nhô Valdevino, da fazenda Arari, e o Valdemar, das Mercês, e assim o resto. Subiram no jirau de tábuas, debaixo das bandeirinhas coloridas, e Nhô Dioclécio, dono da festa, chamou alto a homenzarada. No terreiro, frente ao jirau, uns cem homens, e chegando mais. Nenhuma mulher, pois tanto Nhô Dioclécio, como os outros patrões, tinham filhas na cidade, moças prendadas, e as madames vinham pouco na ilha, e nos dias de festa nunca estavam. E o vaqueiro que tinha sua mulher, se cuidava, vinha só, pra poder variar com as raparigas do Nhô Querêncio, e também com medo da vaqueirama no escuro confundir urubu com meu louro e mandar ver na sua cabocla. Isso aconteceu com o Zelito das Mercês, que hoje cria um filho que é a cara do Cirilo da Assunção. Mas o tal dotô não assuntou nesse porém, pois, depois que Nhô Dioclécio pediu silêncio, o dotô começou o seu palavrório assim, na ponta dos pés, com os dois braços levantados, parecia que ia voar: 'Meus senhores e minhas senhoras'. Aqui embaixo a vaqueirama toda engasgou o riso, pois o homem merecia respeito, veio da cidade pra ajudar. O Nhozinho me perdoa a ignorância, mas parece quanto mais o homem estuda mais louco fica, e besta, pois não é que o dotô-garça chamou o rosilho de *kerebau* e o preto de variedade *búfalis*? Mas eu lhe digo algumas palavras que fiquei repetindo a tarde inteira e não esqueci: laticínios (um cachorro latindo?), terapêuticas (terras pretas?), sanidade (sanitário?), gástrica (gás de tripa?), genealógico (gênio do relógio?), afrodisíaco (flor de quê?), e outras que esqueci. O Nhozinho depois me explica? Se explica! Mas pelo que o Nhô teu pai me disse depois da festa, pelo que fui coletando de um ou outro vaqueiro curioso, e pelo que aconteceu depois, acho que posso lhe dizer do meu jeito o que o tal dotô queria dizer."

"Pelo que o Tião me traduziu do discurso do doutor veterinário, representante do governo do Pará, naquele fatídico dia, ele deve ter dito algo assim: 'Meus senhores e minhas senhoras. Desde 1890, quando entraram no Brasil, sediados nesta maravilhosa ilha do Marajó, os primeiros 50 búfalos, a população de bubalinos vem crescendo numa velocidade bem maior do que a dos bovinos, graças à inigualável resistência que a espécie possui e a sua grande capacidade de poder transformar alimentos pobres, em leite, carne e trabalho. Meus senhores e minhas senhoras, tenho que aplaudir, em nome do governador do Estado, a desmesurada valentia e o denodado patriotismo destes verdadeiros brasileiros, que se arrojam na faina diuturna enfrentando a natureza mais bruta, pela honra e glória da pecuária nacional. Aos donos de fazendas, como os Senhores Dioclécio, Domiciano, Valdevino, Querêncio... e todos os que aqui se encontram e os que não chegaram e não puderem vir, e a vocês, vaqueiros, valentes e destemidos, que arriscam suas vidas pela grandeza do Brasil, a pátria agradecida rende homenagens. O governo, porém, reconhece ter feito pouco para o incremento da bubalinocultura, mas, feita a mea culpa, arregaça agora as mangas na grandiosa tarefa de transformar a criação de búfalos na principal fonte de desenvolvimento das regiões alagadas do Pará. Para isso, é necessário que se esclareçam ao mercado consumidor a excelência da carne e as vantagens do leite, este de ótimo sabor, levemente adocicado, mais nutritivo e mais rentável na produção de laticínios, além de suas propriedades terapêuticas, difundidas na Ásia, entre as quais se inclui seu uso como afrodisíaco, assim como na cura da úlcera gástrica. Quanto à valorização da carne, esta depende de uma postura mais correta e patriótica dos frigoríficos e revendedores, não discriminando os bubalinos. Em relação ao abate, todas as pesquisas indicam o rendimento de carcaça semelhante ao dos bovinos e, quanto ao consumo, a carne se apresenta no mercado sem diferenciação, como sabor, cortes e modo de preparo iguais à denominada carne de vaca. Além disso, entre as carnes dos bovídeos, apresenta maior sanidade, devendo ser melhor qualificada com vistas à exportação, a partir da premissa de que o búfalo é animal mais resistente a inúmeras doenças. O couro, mais resistente, tem múltiplos usos, desde a indústria de arreios e a indústria de móveis, até na produção de calçados e vestuário. Mas, meus senhores e minhas senhoras, convencer os consumidores das excelências dos produtos de origem bubalina não será tarefa fácil'."

"A vaqueirama, Nhozinho, teve de gritar vivas e bater palmas ao dotô-garça, a mando do Nhô Dioclécio. Mas a mim ninguém enganava: se o dotô e o governo quisessem mesmo ajudar, ajudavam, não precisavam vir dizer. Por que não mandaram barcos salvar as malhadas que se afogavam na enchente? Mas uma coisa eu assuntei, Nhozinho, e não entendi. Por que Nhô Dioclécio e os outros patrões, com mais tirocínio que a vaqueirama, acostumados a negociar na cidade, ficavam ouvindo o dotô e aplaudindo? Havia treta, se havia! O Nhozinho, quando for dotô, não vai ser que nem o garça, pelo amor de deus! Gente boba, fala, fala que fala, e fica toda besta pensando que a gente entende. Acho devia haver só uma língua, pra vaqueiro, pescador, governador, dotô, uma língua só pra todos, a brasileira, que todos entendessem, não do jeito que é; assim o pessoal da cidade ouvia o que a vaqueirama fala; o Nhozinho entende? Se entende! O Nhozinho vai ser um dotô diferente. Mas o garça continuou discursando, Nhozinho. E eu atento nele. Diz-que pro pessoal da cidade comer mais carne e beber mas leite de búfalo e para os donos dos búfalos receber melhor preço; tinha que fazer a gente da cidade gostar dos búfalos, perder a ideia errada de bichos brabos, selvagens, puladores de cerca. E aí, Nhozinho, o dotô-garça começou a puxar saco dos pretos, bichos sim, mas mansos, bem-mandados, por isso escaparam da enchente, e não como os rosilhos, de chifres apontados que nem facão, selvagens, fujões, criadores de caso, puladores de cerca, que preferiam morrer de fome ou afogado a precisar de gente. Diz-que tinha que apurar a raça acabando com os rosilhos. Eu pensei no teu búfalo rosilho, Nhozinho, pois lembrei que Nhô Domiciano pensava que nem o tal dotô. Mas, cá comigo, Nhozinho, eles tão errados, os mansos dão mais trabalho, são frouxos e carecem de mais cuidados, e dão menos cria que os rosilhos, arredios, entocados no tijuco de meu deus, comendo sozinho e se multiplicando que nem diabo, sem precisar de vaqueiro, menos de médico salafrário (!); como mesmo chama o dotô, Nhozinho? Sim, sim, que nome mais feio, Nhozinho! Ah, agora me lembro, depois de mimar os pretos, o dotô diz que o povo da cidade tem preconceito; o que quer dizer esse palavrão, Nhozinho? Ah...é isso? Acho que sei, não é como pensar que toda cobra é venenosa? Amm... entendi, Nhozinho. O dotô-garça também disse que pra minorar a fama de mau e o azar do búfalo ser um bicho negro, era melhor mudar o nome do búfalo para gado São Benedito, e assim, Nhozinho, de bicho pagão, do capeta, virava cristão, protegido pelo santo padroeiro, até meio branco, pois o povo da cidade não gosta de negro."

"E agora, amada minha, fecha os olhos, porque o fim da estória é só pra se ouvir. Estória do ouvi dizer, contada e não escrita, pois só a memória popular registra essas estórias de búfalos rebeldes e vaqueiros nascendo da lama e na lama sendo enterrados. Pois, se fosses comigo, no dia seguinte, à fazenda Santa Inês, verias com os olhos aquilo que os meus ouvidos, embora descrente, criam. Verias, ah, se verias! Pelo menos dois punhadinhos de cruzes fincadas na tabatinga recoberta de musgos ainda encharcados, que passavam a metade do ano debaixo d'água. Hoje o Tião é estrume dessa lama e tem como lápide a imensidão. Fecha teus olhos, minha amada, que essa estória é pra se ouvir."

"Até hoje me pergunto de onde Tião tirava suas estórias, pois nasceu e, segundo corriqueira sina, também morreu sem nunca ter saído da ilha. Sabia da cidade por Nhô meu pai dizer, e imaginava outras ilhas como o Marajó prá lá do mundão de água, porque duas ou três vezes viu, lá muito longe, as luzinhas de uma coisa se movendo sobre as águas e Nhô Domiciano disse ser um bicho que nem cobra grande, que anda de ilha em ilha, mas nunca quis parar no Marajó. Tião desconfiou que a sua ilha fosse uma ilha muito da vagabunda, indigna do bicho navio. Então quem lhe contou as estórias que eu cresci ouvindo dele? Recordo de uma: na China (imagina na China, Tião na China?!) havia um deus Byres, Rei de Kine ou Niu Wang, personificava o búfalo. Ele era representado por um gigante de cinco metros de altura, a mesma atribuída a Buda. Esse deus tinha chifres, boca e orelhas de búfalo. Como vestimenta, trazia uma capa vermelha (Tião dizia que as baetas dos vaqueiros do Marajó eram a veste de Deus; a gente ria), um capacete, e, como arma, uma lança de três pontas (os vaqueiros, segundo Tião, não precisavam mais do escudo nem da lança desde que os pretos, dóceis, chegaram da Índia, e os rosilhos, apesar de arredios, se tornaram os melhores amigos dos vaqueiros; estórias de vaqueiro, a gente pensava). O deus, segundo Tião, era um guerreiro de muita força, escudeiro especial do Rei de Chou, a quem defendia de seus inimigos. Por essa época, e antes, não existiam bois na terra e o homem não tinha animais para ajudá-lo no seu cultivo. Consequentemente, ele passava mal, com muito pouco para se alimentar, ficando às vezes três dias sem comer (os vaqueiros, apesar de paupérrimos, nunca passaram fome na ilha, pródiga em peixes e ovos de aves e répteis como a tartaruga, daí mostrarem-se incrédulos). O imperador dos céus, sensibilizado com os esforços do homem para sobreviver, enviou um boi à terra para conversar com o homem e tentar resolver o problema. Mas o boi confundiu a mensagem dizendo que o imperador dos céus tinha decretado que o homem poderia comer três vezes por dia. Tal engano agravou a situação, pois se antes, quando os homens ficavam até três dias da semana sem comer, já faltavam alimentos, imagine-se agora que poderiam comer até três vezes por dia, e todos os dias! E Tião dizia, para riso geral: 'Comer muito não é valentia, comer pouco mas todo dia'. Então o boi foi mandado de volta à terra, mas desta vez para ficar e ajudar o homem a plantar e produzir o necessário para sua alimentação. E Tião profetizava o fim dos búfalos rosilhos, que se insurgiram contra o imperador dos céus, pois não se prestaram à cangalha; seriam perseguidos e sacrificados pelos homens, que receberam o boi como mero objeto de trabalho, sem o digno respeito, e por isso também seriam um dia punidos. Se Tião repetisse muito essas estórias, logo o teriam por louco, principalmente porque dizia que esse boi que veio do império celeste era chamado na China, onde fora lançado, de *ater-ox*, quer dizer búfalo do pântano ou Shui niu.

Isso era ainda mais absurdo, pois no Marajó todo vaqueiro sabia distinguir o búfalo do pântano, os rosilhos, do búfalo de rio, os pretos."

"Mas a estória de Tião tinha fundamento. Meu pai, quando contou a genealogia da minha família, começou dizendo dos 50 búfalos que chegaram da China, e que só depois, muito depois, chegaram os pretos. O imperador dos céus, dizia Tião, mandara os pretos para serem bestas de carga do homem, uma vez que os rosilhos a isso se recusaram."

"Quando Tião começou a narrar os últimos momentos da vida do meu búfalo rosilho bangoleiro, também suspeitei que meu amigo desvairasse, em fase adiantada de demência, vagando entre as estórias fantásticas de vaqueiro e a realidade. Mas ele contava com tantos detalhes — o que, aliás, entre os vaqueiros, acostumados a homéricos devaneios, não é prova lídima da verdade, mas de simples verossimilhança — que eu, recusando-me a crer, cria. Cria porque já sabia, embora a dor e a revolta tenham me levado no outro dia à Santa Inês, para ver com os olhos o que os ouvidos já bem ouviram. Agora, para encolher o espichado, conto eu o que me contou Tião — os últimos instantes do meu búfalo rosilho."

"O doutor veterinário, dotô-garça, imagino, para assombro da vaqueirama, contou, com diferenças de somenos, a estória do deus Byres, com chifres, boca e orelhas de búfalo, que defendia o Rei de Chou, na China. 'Queria que Nhozinho visse a boca aberta da vaqueirama. Diz-que o imperador dos céus, penalizado com o sofrimento dos homens, que passavam fome, mandou o búfalo do pântano, os rosilhos (!), os primeiros animais domesticados pelo homem, para ajudá-lo na agricultura, mas o imperador teve de mandar outro boi, o do rio, o preto, para ajudar os homens, vez-que os rosilhos se rebelaram contra o imperador dos céus e contra os homens, recusando o arado e a cangalha, extraviando-se pelos pântanos como feras. Os rosilhos deviam ser mortos, concluiu o dotô-garça. Imagine o Nhozinho a cara da vaqueirama, admirada, me olhando, pois riram de mim quando dizia que os rosilhos um dia seriam sacrificados pelos homens. Mas agora era o dotô que falava!'. O doutor veterinário continuou, ladeado pelos fazendeiros, inclusive meu pai, do alto do jirau de tábuas, ou melhor, do palanque: 'O governo brasileiro, representante do imperador dos céus, decretou o dia 5 de outubro, que a Santa Madre Igreja escolheu como o dia de São Benedito, para o dia do búfalo — dos pretos, bem verdade, e não dos rosilhos, que se bandearam pro lado do capeta e receberão por isso o seu castigo. Doravante ninguém mais chame os búfalos de búfalos, mas de gado São Benedito; que todos os rosilhos sejam levados ao matadouro, e morram primeiro os touros reprodutores, para não continuarem a propagar a inimizade, a revolta e a subversão entre os animais domésticos'."

"E foi aí, Nhozinho, que começou o fim do rosilho bangoleiro — falou-me Tião, com os olhos vidrados de viva emoção, com um quê de loucura, que me ressuscitou a esperança de que tudo fosse o cúmulo da mais desbragada fantasia de um vaqueiro atormentado pela solidão e pela tormenta infernal que se abatera sobre a ilha. Mas não, quase louco estava eu, não querendo crer no que cria. Os vaqueiros perdem, com a decrepitude, a visão e as laçadas, mas nunca a memória e a razão. Tião chegara a esse ponto; as suas fantasias, que antes provocavam risos, agora eram reverenciadas como depurada sabedoria. Ao prever o fim dos búfalos rosilhos, angariou o respeito digno dos profetas. 'Tragam o rosilho mais famoso, o que criou mais casos, o que mais pulou cercas, o que mais emprenhou as búfalas pretas, o que nunca se deu ao costeio, o que não entrou num curral ou numa maromba, o rosilho mais selvagem da ilha; tragam o bicho pro terreiro, pertença a quem pertencer, o governo indeniza o proprietário' — determinou o dotô-garça'. Ah, Nhozinho, eu senti um arrepio; pensei logo no teu búfalo rosilho; quem mais podia ser escolhido? Era o mais famoso, e fizera tudo o que o dotô dizia, e muito mais, e até se salvou da enchente, sozinho, sem ajuda de nenhum vaqueiro."

"E trouxeram o búfalo rosilho bangoleiro arrastado pro meio do terreiro, frente ao palanque. Foi preciso cem homens pro serviço. Menos o Tião, que se recusou a participar da caçada, desobedecendo pela primeira vez a uma ordem do patrão. Mas meu pai, embora contrariado, não o castigou, quem sabe em respeito a mim, pois sabia que Tião se recusava não por ele, que tudo previra, e aceitava os vexames da vida como fatalidades."

"Embora peiado por cem cordas, acochado, completamente imobilizado, o bangoleiro não se rendia. Os dois olhos negros, arredondados, depois de tanta luta, estavam ainda mais projetados, e injetados de ódio; reviraram-se enormes, de baixo para cima, insultando a roda dos vaqueiros que, sem dó nem compreensão do que se passava, divertiam-se com o sofrimento do pobre animal. 'Pra mim, a festa acabou ali, Nhozinho. Xinguei muitos cabras, pela covardia que tavam fazendo; por que não soltavam o bangoleiro e cada valentão não enfrentava o animal sozinho? Uns frouxos, e bestas, dominados por um sujeito que nunca pisou na lama, com mão de moça prendada, com roupinha branca e a vozinha de periquito! Não eram valentes, brabos que nem búfalos, capazes de matar outro homem por ciúme ou bebedeira? Trouxas é que eram, os valentões! Pois, Nhozinho, como não viam que, des-que o vaqueiro nasce, às vezes no mesmo lugar, da mesma maneira que os búfalos, é com estes que se valem, e ainda mais com os rosilhos, que, se fogem, é que não gostam de dar trabalho? Pois eu lhe digo, Nhozinho, observando os rosilhos, descobri que os selvagens são é tímidos e carentes. Quando o imperador do céu mandou o bicho para ajudar os homens, eles devem ter maltratado o bicho, humilhado demais o coitado, daí ficou assim, arredio, brabo, mas é só deixar ele livre, solto no pântano, que ele não foge, pois quem é livre foge do quê? Mas o bicho-homem tem a mania de dominar, né, Nhozinho? Mas depois que o tal dotô foi embora, quem ficou com a gente? Os búfalos! E os rosilhos sofrem junto com a gente des-que o mundo é mundo; são nossos amigos mais antigos; invés de castigo, merecem respeito. De noite ainda fui com uma rapariga do Nhô Querêncio, mas broxei, Nhozinho; talvez a idade, talvez os olhos redondos da cabocla, e tudo o que é redondo e negro lembra os olhos do rosilho'."

"Mas o pior está por vir, amada minha. Ainda insistes? Então vamos até o fim."

"Só uma mente doentia, lunática, poderia conceber tamanha maldade. Em nome do imperador dos céus e do desenvolvimento da pátria, pregar o extermínio de uma espécie das mais antigas, criada para conviver com o homem e ser-lhe útil. Só um demônio depravado poderia, em nome de Deus e do progresso, torturar um animal indefeso, e tirar prazer da sevícia. Não bastou só matar — que a simples morte é corriqueira, e a vida faz falta só ao morto ou a quem dele precisa. Às vezes, é mesmo desejada, e, para alguns, nem existe. De forma que, o dotô-garça, homem estudado, entendido nos significados, concebeu não uma morte, mas um espetáculo. E que espetáculo! Fechaste os olhos, amada minha? Melhor seria não ouvisses. Pois pouco do que se vê vai além da retina, mas tudo o que se ouve fica ecoando na memória. Ainda queres ouvir o triste fim do búfalo rosilho? Então ouve."

"O dotô-garça, comandando os músculos da vaqueirama, mandou traspassarem o rosilho, ainda vivo, com um varejão, como se quisessem assá-lo ao espeto, como um frango depenado é assado inteiro, o varejão enfiado pelo ânus, perfurando as vísceras, e, depois, saindo pela boca. 'Eu pensei no Nhozinho. Ah, se Nhozinho estivesse, não teriam feito aquela perversidade com o animal. Mas o Nhozinho não estava, e quem era eu pra impedir? Já foi muito não ter ajudado. Na hora que encaixaram a ponta do varejão no cu do rosilho, antes do Zelito das Mercês dar a primeira porrada com a marreta, vi Nhô Domiciano com cara de quem ia impedir, mas ele já não podia, tinha dado o bangoleiro a Nhô Dioclécio, e um fazendeiro é homem de uma só palavra. O Zelito das Mercês mirou a ponta do varejão com perícia, como se mirasse o xiri duma rapariga, e deu a primeira marretada, potente e enraivecida. Um vaqueiro trocista gritou: 'Bate, Zelito! É o cu do Cirilo da Assunção!' O Zelito das Mercês criava um filho dele que era a cara do Cirilo da Assunção. Com a primeira pancada, o bangoleiro deu um urro rouco, longo e agoniado. Mas não se abateu, como se quisesse esconder a sua dor. Só os olhos continuavam bem abertos, escancarados. Uma coisa incrível aconteceu então, Nhozinho. Eu acompanhava o martírio do animal lá de longe, por trás da roda de homens, que gritavam se divertindo. O bangoleiro não podia me ver, mas eu via ele. Eram olhos de gente, Nhozinho! Ódio e dor. A cada martelada do Zelito das Mercês, o ódio dava lugar à dor, mas parecia que o animal não podia morrer antes de ver alguém. Mirava a roda de brutos como se procurasse alguém. Diz-que os animais não guardam memória nem recordações, pois eu digo que guardam, senão por quem ele procurava? Era pelo Nhozinho, pensei. Mas o Nhozinho fazia um ano na cidade! Não podia ser, tem gente que se esquece de tudo depois de um dia! Então não aguentei, Nhozinho; corri pra roda embrutecida, rasguei caminho, levei um cotovelaço do Tonhão do Bonfim, que não queria perder visão, e quando apareci do lado de dentro da roda, a dois metros da cabeça do bangoleiro, o animal, que até aí não parava de mexer os bagos do olho, grudou os olhos em mim. A estaca já estava pela metade, sangue escorria do cu do coitado, e uma lágrima, Nhozinho, uma lágrima, grossa, vermelha, rolou pela cara do animal, que continuava me olhando, já sem ódio nem dor, só desespero e uma coisa estranha, Nhozinho, parecia saudade. Se aquele búfalo tivesse uma língua que nem a nossa, falava. Nhozinho talvez não acredite nisso, mas, tenho certeza, o bangoleiro mandou um adeus pro senhor! Uns vinte homens suspenderam o varejão e penduraram o rosilho, que morreu olhando pra mim, nas forquilhas de dois barrotes fincados no terreiro. Deixaram o animal o resto da tarde ali, exposto, para todo mundo ver. No instante que o animal expirou, outra coisa estranha aconteceu, Nhozinho. Milhares de búfalos urraram, parecendo chorar a morte do touro amado. O dotô-garça, pra completar, mandou trazerem à força alguns touros rosilhos pra verem o bangoleiro espetado num varejão que nem frango. Mas o doido não conseguiu amedrontar os bichos, que urraram enraivecidos e arribaram pro campo, quebrando cordas e arrastando vaqueiros. À noite, antes da festança de São Benedito começar, antes da dança e da mulherança, o dotô-garça, com a ajuda da vaqueirama, arriou o rosilho do terreiro, tirou o varejão e fez o serviço de empalhação. O bangoleiro tá lá na Santa Inês, frente à capela da Santa. Já tem vaqueiro achando sagrado o animal, até os que ajudaram a torturar o bicho. A Santa que se cuide, senão perde os devotos pro rosilho. Foi assim na China, já tinha dito. Vai ser também no Marajó. O homem mata, depois se arrepende e acaba santificando o morto. Falar a verdade, Nhozinho, o bangoleiro bem merece adoração; foi um animal que nem gente. Mesmo empalhado, continua com o olhar da hora da morte. Nem ódio nem dor, só saudade. Se o Nhozinho quiser, eu levo o Nhozinho na Santa Inês pra ver'."

"E eu fui, pois embora não tivesse dúvida, não queria crer que a loucura fosse verdade. Mas era. Encontrei o meu bangoleiro do jeito que o Tião contou. E concluí, amada minha, que o meu obscuro amigo Tião, na sua simplicidade de vaqueiro iletrado, era mais filósofo do que o mais festejado dos filósofos, que um dia escreveu: 'O homem pergunta um dia ao animal: — Por que não me falas da tua felicidade e não fazes mais do que me olhar? O animal bem queria responder e dizer: — Isso provém de que esqueço imediatamente o que queria dizer. — Mas já esqueceu a resposta e calou-se, o que muito espantou o homem'. Se o filósofo tivesse assistido à morte do meu búfalo bangoleiro e o seu último olhar, não blasfemaria contra Deus, afirmando que o animal não se recorda."

Pássaro na Mão

Do parapeito do convés, enquanto o barco se afastava do porto, Julião via o pai, Tião e os vaqueiros dando adeus. Respondeu algumas vezes, mas logo se aquietou, envolvido por uma profunda melancolia. Sentiria falta de Tião, e nada mais. A ilha, os búfalos, os vaqueiros e o pai, já nada significavam para ele. A morte monstruosa do seu búfalo rosilho nas mãos daqueles brutos sepultou o resto de esperança que havia dentro do garoto, que agora se sentia órfão de pai e mãe, e já não poderia falar de sua ilha com orgulho. Olhando os campos alagados, de um lado, e o oceano infinito, do outro, teve a impressão de que o seu espírito pairava sobre as águas. Desejou ser uma gaivota que suavemente surgiu da ilha e foi diminuindo de tamanho até se transformar num pontinho em alto mar. Ia para sabe onde. Mas ainda isso era ilusão, pensou Julião, pois não pode ser verdade que os animais não sintam, não sofram, não se apaixonem. Chamou-lhe também a atenção uma garça-real solitária, que pescava entre as touças de capim da margem. Nada a perturbava, nem o barulho do motor que passou bem perto. Alvíssima, trabalhava certeira com seu longo pescoço em esse. Não conhecia matemática, mas cinco vezes bicou e, nas cinco, mediu com exatidão a distância de sua presa sob as águas. Qual pescador nunca errou a presa com seu arpão? Os animais — pensou Julião, lembrando-se de uma frase do professor Navarro — nunca erram, porque perseguem um fim sem cálculo, e, se erram, isso não importa, pois, diferentes do homem, só aprendem pelo sucesso, cuja repetição forma hábitos. O pescador sabe — a garça não — que entre o arremesso do arpão e a presa há apenas uma possibilidade, e, ao errar, aprende.

O barco contornou a ponta da ilha, deixando para trás a garça; e Julião, ansiando fugir do sofrimento, desejou ter ficado na margem como aquela garça, que, em sua vida de reflexos, não refletia. O sol já se deitara sobre a costa oeste da ilha; o oceano, a leste, de um verde-chumbo cada vez mais negro, pareceu-lhe um grande olho, dele bem conhecido — o olho de Maria Clara. Não era a primeira vez que se recordava dela. E isso o agoniava. Queria ser um animal para não recordar, mas nem isso adiantava. O Tião não lhe provou que os animais recordam? Mas os animais não falam! Nem mesmo o papagaio fala, apenas emite palavras, imita. Julião lembrou de um papagaio que sabia dizer "dá-me um bolo", mas não recusava a castanha-do-pará que lhe davam. Por que não recusava a castanha e insistia no bolo? Porque bolo ou castanha eram, para o papagaio, sem nenhum sentido. A única linguagem do papagaio era a fome.

"Bela bosta ser um animal!" — concluiu Julião, tomado por uma indescritível desesperança. Há felicidade na ignorância? Qual a diferença? E importa mesmo saber? E como saber se a ignorância dos animais não é a mesma pureza das crianças? Já se imaginou um homem aprisionado no corpo de uma gaivota, ou de um papagaio? De que adiantaria poder refletir a situação sem ter mãos, pés, e boca de homem? Já se imaginou um homem no corpo de um leão-marinho? E quem disse que não há homens morando noutros corpos? Julião arrepiou-se pensando no sofrimento da gaivota, que, sem saber por quê, tem de voar para o alto mar, entre as brumas da noite.

A noite caíra sobre o oceano, descomunal pálpebra negra sobre o grande globo ocular da terra — Maria Clara dormia. O barco era um pontinho de nada em meio a lugar nenhum, pois tudo voltara ao início, como se Deus tivesse ordenado: "Desfaça-se a separação entre a luz e as trevas, entre a terra e as águas, e o homem volte a ser o que sempre foi — lama disforme debaixo das trevas". Julião lembrou de Descartes, que proferiu a seguinte besteira: "Penso, logo existo". E quem lhe disse que ele pensava? Se pensasse, pensou Julião, o cretino teria dito: "Penso, logo sonho". Pois o que é a existência senão um vazio que chamamos de vida? "Não penso, logo existo" — inverteu Julião, achando-se também um cretino.

Existindo ou não existindo, Julião teve de se render a algo cuja existência ele não poderia negar: o sono. Apesar de repugnar-lhe promiscuir-se com os demais passageiros e tripulantes do barco — os quais, muito à vontade, depois de jantarem peixe na cozinha do barco, deitaram-se em suas redes, trançadas umas sobre as outras, e logo caíram num sossego de peidos e roncos que se misturavam ao matraquear da máquina do barco —, Julião também atou a sua rede entre as outras e, a contragosto, deitou-se. Disse a si mesmo que não dormiria a noite toda, como se desse modo purgasse o seu sofrimento. Porém, mal acabou de tomar tal resolução, já estava dormindo. De manhã, quando acordou, deu conta de sua fraqueza e envergonhou-se ao pensar que provavelmente roncara e soltara sonoras flatulências como os outros passageiros. "Peido, logo existo" — brincou consigo Julião. Mas, como não tivesse coragem de indagar aos outros se havia peidado, ficou sem saber se existiu.

Quando o barco atracou no Porto do Sal, embora a cidade ainda dormisse, o grande sol do equador já penetrava todas as brechas, devassando a intimidade dos adultos e os sonhos das criancinhas do cais de Belém. Julião, como se nunca tivesse experimentado os tormentos do Marajó, era já outra pessoa. De longe pôde ler o grande letreiro: CASA ALARICO, COMÉRCIO & CIA., o que despertou nele uma enorme necessidade de movimentos. Seu corpo fremiu lembrando de Maria Clara. A subida obscura de uma poderosa impulsão locomotora, só explicável pela influência dos hormônios sexuais na adolescência, tomou conta dele. Já não queria compreender, mas apenas viver. Respirou a atmosfera do cais, outrora tão opressiva, com gosto e prazer, como quem aspira um cheiro familiar e querido. Com a mochila nas costas, saltou para o cais mal o barco atracou, como um animal esbaforido se livra de uma armadilha. Pela primeira vez em sua curta vida, sentia-se verdadeiramente livre; nada o prendia; o passado confuso, os traumas paternos, as imagens que lhe perseguiram como fantasmas, ele os sepultara definitivamente no lodaçal da ilha. Sentia-se infinitamente alegre. Apesar do risco e da insegurança do futuro, era feliz, ou pelo menos pensava que era. E nesse estado de espírito, caminhou pela rua do cais, ainda deserto, com passadas confiantes e poderosas, vendo o mundo como nunca vira antes. As coisas olhavam para ele e sorriam à sua passagem. Um velho e sarnento cão, conhecido de todos, cumprimentou-o com reverência e dignidade, sem baixar o rabo nem lamber-lhe as pernas, comportamento que Julião detestava nos cães. Um estivador madrugador — peito nu, pés no chão — olhou para ele e sorriu, não com os olhos no chão, envergonhado, como se portavam os estivadores do cais. Julião respondeu ao cumprimento e orgulhou-se de conhecer aquele homem rude, que carregava o progresso nas costas. Os reflexos do sol nas águas sujas do cais pareceram-lhe lâminas de ouro a enriquecer o ambiente outrora miserável, onde ele sentira-se promiscuir à gentalha que se submetia à exploração dos comerciantes, a troco de nada. Agora Julião os compreendia, ou achava que os compreendia. E se antes se condoía com a sua miséria, mas se afastava do contato repugnante daquela gente, agora os via da mesma altura, com os mesmos olhos com que eles também o viam, mas nisso Julião se enganava. Ninguém cumprimenta um escravo como se fosse um nobre, porque o escravo, em sua angústia e revolta impotentes, jamais poderia ver sinceridade em ninguém e em nenhuma coisa. Ninguém se curva ao olhar de um miserável, nada parece alegre aos olhos de um homem triste.

Mas Julião estava alegre, e é isso que importa. Parou em frente ao armazém dos Alarico, dele bem conhecido, e ficou um instante a observar seus grandes portais em curva, suas paredes corroídas pelo tempo, mas a guardarem ainda toda a imponência decrépita de um século. Aquelas velhas construções do cais pareciam-lhe certas figuras de fósseis desenhadas no seu livro de ciências. Um dia os comerciantes do cais de Belém foram os donos da cidade, controlavam sua vida como os grandes e poderosos animais controlavam e devoravam os menores, mas algo aconteceu nas águas. Peixes monstruosos, répteis gigantescos, apareceram como num pesadelo e puseram-se a devorar os outrora dominadores do mar, até deles se fartarem, deixando-os viverem suas vidas marginais, soterrados pelo limo — nadadores desenvoltos de repente transformados em rastejadores do cais.

Mas até isso agora tinha para Julião a sua graça. As prateleiras que durante um ano varreu e os assoalhos que lavou deveriam sim ser conservados como recordação de um tempo importante, que passou. Prosseguiu andando, rumo à praça do Forte, a fim de encontrar um táxi que o levasse à casa dos Alarico. Mas, ao passar frente ao corredor estreito por onde entrara com Maria Clara certa tarde, quase enlouquece. Nem toda a sujeira que afogava aquele ambiente, nem a lembrança das ratazanas saltando de um saco de milho a outro no escuro do vão do sótão, nem o miasma pestilento que os sufocava naquela tarde puderam impedi-lo de sentir um voluptuoso prazer, de recordar daquele momento com exaltação e êxtase, de desejar ardentemente repeti-lo. Não naquele lugar depressivo, mas noutro, digno da exuberante delicadeza de Maria Clara. Lembrou do oceano verde-chumbo ao entardecer — os olhos tristes de Maria Clara. Foi preciso ver o oceano com olhos de melancolia para compreender a expressão dos olhos de Maria Clara naquela tarde. Olhos de mágoa e amor misturados.

Julião pegou o primeiro táxi e mandou o motorista pisar fundo no acelerador. Por que só agora entendera a expressão dos olhos de Maria Clara? Maria Clara tinha olhos de um oceano profundo, e os mistérios dessas profundidades só são revelados pela melancolia que lança a alma do homem na profunda solidão de si mesmo.

Enquanto o táxi rodava, Julião foi tomado de assalto por inúmeras lembranças, que se apresentavam induzidas por semelhanças ou dessemelhanças, ou por associações. Formas redondas, ovais, elípticas, retas ou angulosas, fundiam-se umas às outras, superpunham-se. Mas tudo acabava por converter-se nos olhos de Maria Clara. Julião então recordou da primeira vez em que a viu. Mas, em vez da luxúria e lascívia primitivas, típicas das búfalas pretas, ele agora enxergava um outro brilho irradiando-se dos olhos da sua garota — "sua", porque um suave sentimento de posse, comum nos amantes, o envolvia — um brilho invulgar, não já de fêmea no cio, mas de uma mulher cheia de ternura, apaixonada. Por aí se conclui que Julião, apesar de suas filosofias pejadas de ceticismo no amor entre homem e mulher, finalmente, como é fatal acontecer na adolescência, rendera-se a esse sentimento que se aloja no coração e daí passa a comandar, como um tirano, os passos, as palavras, o fôlego e todas as vibrações do homem. Julião amava. A morte do seu búfalo rosilho — que até então lhe fora o paradigma de comportamento —, depois de lançá-lo na mais profunda e angustiada amargura, liberava-o primeiro para uma sensação desagradável de vazio, na qual quase sucumbe, soerguendo-o depois a um estado de sublime êxtase, de felicidade etérea, de inusitada alegria que inundava toda a sua alma e derrubava todas as comportas que a sua história de sofrimentos e abandono construíra, todos os diques que o mantiveram na constante defensiva, como um animal desconfiado e retraído, pronto para reagir ao menor ataque, os nervos engatilhados contra o menor perigo. Deixou-se levar por tais sentimentos, como se o táxi fosse um carro imaterial, nuvem inefável deslizando no infinito, um imenso infinito onde ele já não relutava em cair, sem medo de nunca chegar, pois quem disse que se tem de chegar a algum lugar? O não-lugar, o aprofundar-se no nada, na não-matéria, parecia ser o seu destino. Ele, que sempre se ressentira do abandono, agora não se furtava a ele, um abandono eterno, uma queda para o nada, mas um nada mais tudo que o tudo — Maria Clara.

Entre esse estado de espírito, verdadeira revelação, e aquele outro, que o dominava quando, anos mais tarde, os destinos de Julião e Dora se cruzaram, vai um abismo explicável somente por uma frustração maior que a maravilhosa revelação de sua adolescência. Enquanto a revelação produziu-se num salto, como milagrosa superação, a frustração abateu-se lentamente.

Julião pagou o táxi, deu um "bom dia" ao motorista, e rumou à porta dos Alarico, sem nem aguardar o troco que lhe cabia — menos generosidade que euforia —, deixando o taxista agradecendo sozinho. Amassou a campainha duas vezes, o coração aos pulos. Só então percebeu o seu desalinho. A camisa branca encardida, a calça listrada com manchas amareladas nos joelhos. Há dois dias não se banhava; o cheiro azedo que emanava dos companheiros de viagem, misturado ao odor do porão, de mercadorias estragadas, devia ainda andar nele impregnado, embora suas habituadas narinas não mais se ressentissem; as botas pretas ainda traziam o barro ressequido do Marajó. O rapaz, lembrando-se do ar de espantalho com que se apresentou pela primeira vez, um ano atrás, aos olhos curiosos, zombeteiros e estupefatos dos Alarico, esmerou-se em ajeitar os seus bastos cabelos, alisando-os com as mãos, mas logo desistiu, tão desgrenhados e ressequidos estavam. Mas, ao contrário do primeiro encontro, em que Julião entrara pela porta dos Alarico como um garrote bravo, agora ele se sentia mais seguro, já não era o garoto amedrontado e tímido com os nervos engatilhados contra tudo e contra todos. Sentia-se possuidor de uma força até há pouco desconhecida. Os pequenos receios, as desconfianças, não mais o acabrunhavam, eis que estava agora acima de tudo e de todos, dono de si, capaz de enfrentar o mundo inteiro e vencê-lo — não que fosse um super-homem, mas porque o mundo já não lhe entrava na conta, não lhe era um adversário, mas o palco onde ele reinava sozinho, um rei diferente, sem servos ou escravos; um reinado de liberdade, alegria, felicidade e amor. Amor, sim. Julião, um outro Julião, mais Santo que Iago, já não zombaria dos amantes, dos ensandecidos, dos desesperados, pois que ele, ao amar, tornara-se um deles.

Quando a porta se abriu, Julião teve de esconder a sua frustração. Esperava ver Maria Clara, mas foi D. Adelaide quem veio recebê-lo. Claro! Os "meninos" dormiam — consolou-se.

— Julião, já voltaste do Marajó, meu garoto? — espantou-se D. Adelaide, efusiva mais que o costume, abraçando-o com um calor no qual ele, embaraçado, vislumbrou carinho.

— Sim, D. Adelaide. Desculpe se incomodo.

— Que incômodo qual nada, meu filho! Já sentíamos a tua falta. Entra, que o Alarico está tomando o café. Já tomaste café?

— Ainda não, D. Adelaide — respondeu Julião, estranhando tanta amabilidade. "Meu filho" — assim ela se referira, como Sr. Alarico o fizera semanas atrás. O que isso significava? Na verdade, tal expressão, dirigida ao rapaz de um modo tão carinhoso, por uma mulher tão digna e altiva como D. Adelaide, era mais do que ela podia exprimir, pois há quanto tempo Julião esperava ser chamado de "meu filho" por uma mulher?

— Adivinha quem chegou! — falou alto D. Adelaide ao marido, da entrada da cozinha. Julião a dois passos atrás dela.

— Não faço ideia, Adelaide — respondeu o velho.

— O Julião! — anunciou a mulher.

— O Julião?! Não acredito! — exclamou Sr. Alarico, devolvendo à mesa o pedaço de macaxeira que já ia a meio caminho da boca. — Traz esse pirralho pra cá — ordenou o patriarca, alegre e expansivo.

Largando a mochila no assoalho, Julião foi-lhe ao encontro.

— Sejas bem-vindo, filho — disse Sr. Alarico, abraçando-o. — Toma café comigo — determinou, paternal, perguntando, em seguida, sobre o amigo Domiciano. Julião falou da enchente, da dizimação dos rosilhos; inventou razões para ter voltado da ilha antes do início das aulas.

Sr. Alarico — sem Julião indagar — falou dos negócios no cais, de um calote que lhe aplicara um certo fazendeiro de Macapá, das dificuldades com o fisco — "uns sanguessugas, que se metem em tudo e em todo lugar, atrapalhando as pessoas corretas deste país, que não podem dar um arroto sem pagar imposto; e para quê? Para sustentar a ambição dos políticos e desses parasitas que manobram o país. Quando o dinheiro não fica no bolso dos políticos, acaba jogado fora nas tais obras sociais. Uma vergonha! Enquanto os homens de bem trabalham, suam, empreendem, dão empregos, o governo arranca dinheiro de quem produz e faz demagogia com a malta de vagabundos, que reclamam da miséria mas não querem trabalhar", esbravejava Sr. Alarico, sem deixar de mastigar pedaços de macaxeira amolecidos em goles de café, sorvidos sem assopros e sem se queimar, com admirável técnica. Tecia tais comentários como se falasse consigo mesmo, fitando de quando em vez a mulher ou Julião, o qual, embora atento às palavras do patriarca, também tomava café com macaxeira com grande prazer, como se a expectativa de avistar Maria Clara abrisse-lhe o apetite. Pela primeira vez escutava Sr. Alarico falando tão sério sobre os seus negócios e a política; e — o mais inusitado — falava mal do governo! Alguma mudança importante operara-se durante a sua ausência. Mas qual? E por quê? Dirigindo-se agora diretamente a Julião, o velho continuava: "Prova de que o erro está em cima e em baixo eu posso dar. Vês só, meu filho, a gente ampara um sujeito, confia nele, dá emprego, um salário bom, deixa até tomar certas decisões por nós, e, quando menos se espera, tal sujeito esquece de tudo e se torna ingrato, mais que isso, trai quem só lhe fez bem; não se contenta com o seu justo salário, quer mais, mesmo que ultrapasse seu merecimento, e, como não tem paciência para crescer com o trabalho honesto, que demanda suor e tempo, torna-se um ladrão, desvia mercadoria do meu armazém, falsifica faturas, e ainda tem o desplante de vender pro meu próprio armazém o que dele furtou, e, quando se põe o sujeito no olho da rua, ele ainda tem o topete de ir reclamar seus direitos, e o pior é que a Justiça ainda dá razão ao vagabundo, ao ladrão, que quer enriquecer sem trabalhar. Sabes de quem estou falando? Do Gregório, chefe do escritório do armazém do Porto do Sal; é tão parasita quanto os militares incompetentes e os políticos corruptos que governam o país. Se a gente não paga por fora, não dá um presentinho, um agrado, além dos impostos, esses filhos da puta são capazes de entregar o país aos comunistas. Uns vendidos, sem caráter nem ideologia, que só querem encher os bolsos, locupletar-se com o dinheiro público! Nem capitalistas nem socialistas, uns coisa-nenhuma é o que são! Estão com o poder, não importa qual; enganam o povo, protegem o povo, sugam o povo, que se deixa sugar e também suga, pois o povo brasileiro também se vende à toa, se deixa enganar, pede aos políticos coisas que eles não podem dar sem explorar os comerciantes, que fazem o progresso do país, pois o que seria do mundo sem o comércio? Quem movimenta as riquezas, quem mantém a sociedade ativa, quem faz os homens trabalharem? Nem os políticos nem os parasitas que ameaçam destruir as energias do mundo. Sabes de quem estou falando? Falo dos industriais, que transformam o que não precisa ser transformado, e dos banqueiros, que não plantam um pé de couve, mas controlam o país, fazem e desfazem governos. Basta ver que o governo permitiu a criação de dezenas de bancos e a formação de centenas de sociedades por ações, aumentando o poder dos especuladores. Mas o governo não tarda por esperar, qualquer dia os banqueiros e os industriais ainda dispensam os seus serviços. Como vês, Julião, acima e abaixo grassa a corrupção e a preguiça, dois cancros que destroem o Brasil. Um sujeito que queira trabalhar honestamente é perseguido e sugado de todos os lados. Uma injustiça!".

Mas o que dera em Sr. Alarico? Não vivia elogiando o governo militar, que "promovia o progresso da Amazônia e garantia a paz social, contra os comunistas que manipulavam a rebeldia juvenil?". Na verdade, refletiu Julião, os "reis" do cais de Belém — que se acostumaram a viver marginalizados no limbo do sistema, onde se sentiam seguros — temiam perder a sua posição, a sua migalha de paz, o sossego para explorar animais menores da variada fauna humana que habita a nossa sociedade. Pois os comerciantes do cais, os donos dos armazéns e dos empórios, não vivem do suor do povo ribeirinho? "É por isso, meu filho — continuou o velho —, que precisamos de homens na política que defendam os que realmente trabalham pela grandeza nacional; homens incorruptíveis, que combatam todas as formas de parasitismo. Quanto a ti, meu filho, se, como eu, converteres em armazéns a grande manada de búfalos que um dia herdarás, poderás dominar o cais de Belém. És inteligente e trabalhador, qualidades de todo comerciante de sucesso, e eu estou disposto a te introduzir no mundo do comércio. Lembras do nosso trato, meu filho?".

Julião via agora onde o velho queria chegar. Mas precisava toda essa volta?

— Sim, seu Alarico, o senhor se refere ao emprego no escritório do armazém do Porto do Sal? — perguntou.

— Sim, meu filho. O lugar do filho da mãe do Gregório é teu; se quiseres, é claro.

— Começo amanhã mesmo — disse Julião, sem hesitar. O que não faria para continuar perto de Maria Clara?

— Oh! Ainda não, meu filho! Deves estar moído da viagem. Eu bem sei o que são essas viagens de barco! — interveio D. Adelaide.

— Deixa pra semana que vem; descansa primeiro — disse Sr. Alarico.

— Que bom que já voltaste, meu filho! — disse D. Adelaide, efusiva. Podia até parecer ingênua, mas não era boba, principalmente no que dissesse respeito às suas três pérolas — *Riquinho*, Adelaide Maria e Maria Clara. Enganava-se Julião ao temer mais o Sr. Alarico do que à boa e pacata senhora, pois D. Adelaide, bem antes do patriarca, pressentira o que se passava entre o agregado e a sua caçula. Tanto que, há muito já não ia matar carapanãs no quarto das pupilas. Tomara, pois, por lerdice o que era puro cálculo da anciã. D. Adelaide, ao conhecer Julião, vislumbrara a hipótese de celebrar a união de sua família com as mais de cinquenta mil cabeças de búfalos do fazendeiro Domiciano. E Maria Clara, entre as duas irmãs, era a que mais se enquadrava nos cálculos de D. Adelaide. Mas a senhora, sempre muito prudente — o que o marido e os filhos tomavam por falta de iniciativa —, estudou primeiro o terreno, tomou precauções, cercou sua pupila de cuidados, daí não ter permitido ao pequeno espantalho chegado do Marajó alojar-se desde logo no interior da casa, mandando-o fazer companhia ao pachorrento cão Zenóbio. Impediu também que os filhos se aproximassem do estranho nos primeiros tempos, e até incentivou a aversão do *Riquinho* pelo "matuto", plantando, assim, um espião entre Maria Clara e Julião. E fazia tudo isso com tanta discrição que ninguém, nem mesmo o patriarca, diria que ali tinha o dedo da senhora. Foi ela — é preciso ainda dizer — que insinuou no espírito do marido não já a hipótese vaga, mas quase uma certeza, de que Julião e Maria Clara dariam um bom par. Insinuou e deixou que o velho agisse, mantendo-se na penumbra, vigilante como um anjo da guarda, que livra do mal e ninguém vê.

— Até à noite, meu filho. Vai descansar — disse Sr. Alarico, levantando-se da mesa com um pedaço de macaxeira na mão direita, gorda e lambuzada de óleo.

— Obrigado, seu Alarico — respondeu Julião, que continuou sentado — pois, embora fosse o que menos falava, não conseguia acompanhar o ritmo frenético que o patriarca imprimia às refeições.

Depois de limpar as mãos na toalha da mesa, o ancião, de pé, curvando-se sobre a mulher, ainda sentada, levou seus grossos e oleosos lábios de encontro aos dela, oferecidos maquinalmente — pois, depois de ter resistido durante algum tempo aos modos vulgares do glutão, a paciente senhora perdera a ilusão de educá-lo, sucumbindo a uma resignação de mártir. Bela na juventude, à sinuosa formosura não correspondia, porém, a simplicidade de sua alma, destituída de altos enlevos. De natureza forte, a jovem Adelaide, mais prática que sonhadora, contrariou a vontade da família e rejeitou o rico e formoso príncipe encantado que esta lhe prometia, preferindo o sapo feio — mas real — que era o jovem Alarico, matuto rústico, cuja fortuna, porém, na qualidade de filho de fazendeiro, era certa. Tal gesto foi tido como a mais desbragada loucura, e o jovem Alarico foi tomado como um caipira espertalhão, que se aproveitava do coração frágil de uma donzela. Na verdade, D. Adelaide casara-se com Sr. Alarico, em parte, por um acaso — pois jamais imaginara vir do Rio de Janeiro, em rápido recreio, encontrar marido em Belém do Pará —, e, em parte, a maior parte, por cálculo, pois a jovem Adelaide era daquelas criaturas que preferem um pássaro na mão do que dois voando. Não se pode afirmar que sentia asco do noivo, mas — ao contrário do que ainda hoje pensa a família carioca — nunca lhe devotou amor. Carregou o peso do casamento contra tudo e contra todos, não sendo justo incluí-la no rol das criaturas débeis e covardes. Embora todos — inclusive o marido — a tenham por fraca e dolente, D. Adelaide, na verdade, esconde uma natureza felina e astuciosa. Sr. Alarico percorre distâncias, mas não percebe que é D. Adelaide quem lhe traça os caminhos. Quantas vezes ele, insatisfeito com os negócios do cais, pressentindo a decadência moral e social em que a classe dos comerciantes fora jogada, pretendeu, num rompante de loucura, vender tudo e mudar de ramo? D. Adelaide vinha em socorro, acalmando-o, fazendo-o ver que é melhor a decadência com dignidade do que a queda total no humilhante abismo da miséria. Foi ela também quem plantou no marido a semente da ambição, de ver os rebentos florescerem num terreno mais alto que o limbo em que estagnaram, elevando o nome e a posição da família. Assim é que, para quem suportara heroicamente o insípido casamento, os ósculos de macaxeira do marido até que eram agradáveis.

— Se tivesses chegado ontem, ainda pegarias os meninos aqui — disse ela a Julião, depois que Sr. Alarico saiu.

Então Maria Clara não estava em casa? Embasbacado, Julião sentiu a vista escurecer; todas as coisas assumiram um aspecto melancólico. Antecipando o seu sofrimento, ouviu os próprios passos, solitários, pelos corredores da casa. Desejou dormir eternamente para não ver o tempo passar. Veio-lhe à mente a figura monótona de uma ampulheta, e quase enlouqueceu imaginando ter de contar cada grãozinho caindo numa sucessão exasperante e sem fim.

— Eles viajaram? — perguntou, contendo os nervos.

D. Adelaide, sabendo o que ia pela alma do rapaz, perscrutou-o por alguns segundos, antes de responder, como a deliciar-se com o seu desespero. Por fim, disse:

— Menos Maria Clara, que convalesce de um desarranjo intestinal. E, como que cifrando as palavras, completou: — Coitadinha! São as primeiras férias que Maria Clara não passa com a avó no Rio de Janeiro. No mesmo dia que partiste para o Marajó, ela adoeceu. Queixou-se de um mal-estar no estômago, vomitou muito, durante dois dias passou a frutas e chás. Ficou muito fraquinha, teve febre, delirava... Quase foi internada. Finalmente a crise passou, já está mais fortinha. *Riquinho* e Adelaide Maria foram ao Rio de Janeiro. Eu preferi não acompanhá-los para ficar com a minha caçulinha.

Então Maria Clara estava ali, a poucos metros dele! A claridade voltou, afugentando os fantasmas que rondavam a cozinha. As xícaras dançavam; as colheres caminharam até bem pertinho e deram piscadelas cômicas; até o velho bule de ágate dilatou o seu bico curto, num sorriso; enfim, a alegria de Julião fazia cócegas em todas as coisas.

— Eu posso vê-la? — atreveu-se o rapaz.

— Claro, meu filho. Mas primeiro toma um bom banho e troca essa roupa.

Os Olhos de Eva

Debaixo do chuveiro, a água tépida escorrendo-lhe pelo corpo, Julião pensa em Maria Clara. Já não lhe parece a amante passiva e resignada que ele, com prazer perverso, deflorara. Fluidos etéreos circundam-lhe o corpo, cuja aura fulgurante só agora enxerga. Como pudera ser tão presunçoso? Enternecido até às lágrimas, tem de assoar o nariz congestionado pelo muco do arrependimento. Sente-se esquisito; já não se reconhece. Pela primeira vez, porém, não quer resistir à força estranha que lhe irrompe o peito, agitando-lhe a respiração, como se o coração — cavalo cilheiro sem cabresto — quisesse saltar e galopar pelo mundo. Dá rédeas à imaginação. Com sua amada ao colo, no dorso de um Pégaso fogoso, circunda estrelas, contorna galáxias, mete-se em buracos negros, ressurge no clarão dos astros, descansa na cauda de uma nebulosa. Antes de retornar a terra, tem instantes de síncope, dos quais ressurge como que do vazio eterno, morada de Deus. Agora entende o brilho tresloucado nos olhos de Maria Clara — o cristal partido em mil pedaços, fagulhas reverberecentes no espaço.

Ante o espelho do banheiro, penteia-se e despenteia-se várias vezes, sem saber que imagem convinha a quem ia se encontrar com uma deusa. Acaba partindo os cabelos à esquerda, penteando-os para o lado, na forma comum. Um projeto de suíças — cultivado com o orgulho típico dos frangotes que se veem a um passo do ansiado estado de galo — dá-lhe certa proteção.

"Agora ela já sabe que eu cheguei" — pensa, saboreando o prazer de se saber esperado por uma mulher.

Ouve vozes em algum canto da casa. Vêm do segundo andar. Maria Clara, com a doença, ocupara o quarto do *Riquinho,* mais arejado, pois tinha um janelão por onde entrava o sol da manhã e podiam ser vistos os passarinhos nas palmas dos açaizeiros que se erguiam nos fundos dos quintais. Do janelão também se podiam ver, por uma fresta do arvoredo, os navios de alto calado entrando pela baía de Guajará.

Ainda enlevado, Julião vai galgando os degraus que levam ao segundo pavimento. Faz isso pela primeira vez, pois nunca se atrevera a invadir o território do *Riquinho,* senhor absoluto naquelas plagas. Como Clara é diferente dos dois irmãos! — pensa o rapaz. No fim da escada, tem que parar, pois não sabe de qual dos quartos vêm as vozes. É quando pesca no ar o seguinte diálogo:

— Anda, filha, te arruma! Passa esse pente nos cabelos! Que o Julião não vá te encontrar desse jeito.

— Preferia não vê-lo agora, mãe.

— Mas, por que, filhinha? O rapaz está ansioso pra te ver. Quase desmaia quando lhe disse que os meninos tinham ido ao Rio de Janeiro. A cor só voltou ao rosto quando soube que tu ficaras. Queria que visses como os olhos dele brilharam. É um bom rapaz.

— Não é tão bom assim, mãe.

— O que dizes, filha? Ele te fez alguma coisa?

— Não, nada.

— Então, por que agora isso? Queres feri-lo?

— Ninguém consegue ferir o Julião, mãe. Ele é como um touro bravo.

— Mas tem sentimentos, filha; não o magoes. Todos veem que ele gosta muito de ti, e não é um qualquer. Teu pai um dia morou em casa de estranhos em Belém, como Julião; era filho de fazendeiro.

— É, nisso eles se parecem...

— Mas Julião é mais que um matuto. Sem pai nem mãe, comporta-se como um garoto de bem, responsável, trabalhador, inteligente... Um dos melhores alunos de sua turma...

— Tá bem, mãe, eu me penteio! Mas não pense que é por causa do Julião.

Imagine-se o efeito arrasador que tais palavras causaram no coração do garoto. O primeiro impulso foi voltar ao seu quarto e trancar-se ali pelo resto do dia, sem falar nem comer, jogado no esquecimento do sono, já que não teria coragem nem vontade de se matar. Mas não teve tempo de fugir. D. Adelaide surge inopinadamente com as vasilhas do café nas mãos e não demonstra surpresa ao ver Julião à cabeça da escada.

— Só um instantinho, meu filho — pede D. Adelaide, retornando ao interior do quarto para anunciar o insigne visitante. — Filhinha, seja razoável com Julião. Esse mau humor é só da boca pra fora, ou pensas que me enganas?

D. Adelaide reaparece com a bandeja nas mãos. Ao ver a xícara onde Maria Clara encostara os lábios, as cascas do mamão que ela comera, é como se já tivesse começado a vê-la. Como censurá-la se ela ainda não sabia de sua fantástica mudança? Talvez o modo rústico e cínico como a tratava fosse a causa de sua moléstia? De agora em diante tudo seria diferente.

— Entra, meu filho! — chama a senhora. — Tenha paciência com a minha caçula; ainda está meio tristinha.

— Obrigado, D. Adelaide. Vou distraí-la um pouco. Se estiver aborrecendo, saio — diz Julião, com a voz mais alta que o necessário, pois quer ser ouvido por Maria Clara. Fazendo-se de desentendida, D. Adelaide desce à cozinha, deixando o rapaz plantado à porta da caçula.

Por alguns segundos hesita, o coração aos saltos. Por fim, avança, tomando o cuidado de encostar a porta do quarto. Mas, qual surpresa ao avistar a nave principal do quarto do *Riquinho*! Em vez do ambiente sombrio e melancólico que havia concebido, depara-se com a forte claridade que entra pelo janelão do aposento e enche-o de energia. Imaginara Maria Clara encolhidinha, sob um levíssimo cobertor, na cama do *Riquinho* (*Riquinho* detestava redes!), os grandes olhos verde-chumbo dentro das olheiras. Mas, qual nada! Em vez do ambiente enfermiço, o quarto parece o próprio paraíso. Sentada à beira da cama, as faces airosas, o vento brincando nos seus cabelos, Maria Clara olha-o com olhos de Eva, depois do pecado. E Julião, arrependido de tudo o que lhe fizera, maldiz a cobra que a seduzira.

Durante a ausência de Julião, Maria Clara refletira muito sobre a sua vida. E não se arrependeu por deixar-se possuir. Nem se lastimou por tê-lo amado desde o primeiro dia de corpo e alma, com o jeito feroz e irracional dos animais. Oh! Como amava aquele matuto desengonçado, cínico, livre e malvado! Queria agradá-lo, fazê-lo feliz. Viveria para o homem de gestos bruscos e palavras amargas, que a conduzira às portas do inferno, de onde lhe mostrara o bem e o mal que dormitam dentro de cada criatura. Levanta-se da cama — os cabelos negros derramados sobre os ombros, os olhos quentes de sedução — e, suavemente, sem uma única palavra, sem que ele tivesse tempo para mover-se, encosta-se nele e, na ponta dos pés, põe-se a beijá-lo com ardor e sofreguidão, inebriando-o com seu hálito fresco de fruta madura.

Julião também beija-a, acariciando-lhe os sedosos cabelos, sentindo-lhe os mamilos cutucarem-lhe o peito como dois cabritos rebeldes. Não tem dúvida de que ama aquela mulher, mas, agora, em vez de sentir-se feliz, um amargor arrefece-lhe o ânimo, como se o corpo que abraça não fosse o que desejara.

Depois que se separaram, demoram longo tempo olhando um para o outro, talvez tentando encontrar a parte que faltava a si mesmos. Vendo-lhe os olhos negros, serenos, irradiando ternura, Maria Clara tem certeza de que ele a ama. Fica, ao mesmo tempo, feliz e amedrontada. Antes, embora ele se entranhasse nela, estava mais distante do que a mais longínqua estrela. Agora, ele é dela, e por isso teme perdê-lo.

— Tu pareces tão bem — disse finalmente Julião, com uma involuntária ponta de ironia.

— Eu sei, esperavas me encontrar acamada, pálida como uma alma penada. Não foi assim que mamãe disse que eu estava? Não estás contente por me ver bem? Realmente adoeci, mas não foi tão grave como pensaram; exagerei um pouco, acho que até demais, pois quase me enfiam num hospital.

— Estou contente por te ver assim...

— Mas preferias, quem sabe, encontrar-me realmente mal; assim sentirias remorsos por minha causa, não é? Mas não preciso do teu arrependimento, pois não fizeste nada de mau pra mim, e eu não sou nenhuma santa. Se fosse santa, não te amaria desse jeito. Sentiste pena de mim?

Julião vai dizer que não, que se preocupava com ela, que a amava, mas nada disso saiu.

— Tu nunca acreditarias que eu te amo — é o que diz.

— Melhor que não me ames! Não disseste que não existe o amor? Vejo agora que estavas certo. O que sentia por ti era piedade. Depois de irmos pra cama, virou necessidade, já não sei viver sem ti. Isso não é amor.

— Por que então não foste com o Riquinho e a Adelaide Maria ao Rio? — pergunta, desnorteado, pois nunca imaginara que Maria Clara um dia dissesse que não o amava.

— Já não te disse? Não posso ir a canto nenhum sem ti. Fazes-me falta como o ar que respiro, a água que bebo, o alimento que me mantém viva. Não é isso que sentes por mim, necessidade? É bom que seja assim, é mais real.

— Já não me amas... — balbucia Julião.

— Desde quando isso te importa? Vivias fugindo do amor. Pois não tens do que fugir. O amor é como Deus e papai noel — não existe! Fui uma tonta acreditando.

— Mas Maria Clara... eu te amo — exclama Julião, como uma donzela que se despe pela primeira vez diante de um homem. Bem pior, pois desvestia a alma diante de Maria Clara.

— Tu, amando? Não acredito — responde Maria Clara, indo até a porta e trancando-a à chave. — Ao diabo o amor! A vida que importa! Nós dois, agora, neste quarto todo nosso, podendo fazer o que quiser um com o outro. Por que não vamos pra cama? — sugere, com segurança aterradora, encostando os seios palpitantes ao peito de Julião, que, embora tenha pensado em resistir, acaba dominado pelos olhos abissais da garota.

Rolam loucamente sobre a cama, em mútuas carícias. O sol invade o quarto escandalosamente. Através do janelão, um bentevi os observa do cimo de uma palmeira, cujo estipe brota do montículo negro das raízes e termina lá em cima, no tufo redondo das ramagens, onde se dependuram os cachos. Julião vê o caule rijo, longo e bronzeado penetrando na vicejante ramagem, e a clorofila das folhas explodindo como um orgasmo. Raiz, caule e ramagem rodopiam numa superposição vertiginosa. De repente, tudo escurece. Nada mais vê, apenas sente o caule ceder lugar a dois tufos que se encontram, montanha quente e úmida, de raízes, folhas e ramagens. Não dizem que à noite as árvores — fêmeas e machos — saem para se acasalar? Verdade ou não, certo é que as árvores acordam molhadas, gotas de orvalho escorrem pelos caules, lágrimas de amor penduram-se nas folhas, e a raiz empapa-se de um líquido mais grosso que a água. E, quando o sol se abre, devassando as intimidades, lá estão as sonâmbulas árvores em seus lugares, bem postadas, discretas sob as cascas, hirtas, bem-comportadas, mas ansiosas pela próxima noite.

Quando D. Adelaide volta ao quarto, encontra Maria Clara debaixo do cobertor, doentinha, os cabelos desgrenhados, os olhos tristinhos, implorando cuidados. A não ser os cabelos meio desalinhados, Julião, sentado à cabeceira da enferma, mantém o aprumo — botões nas respectivas casas, colarinho dobrado, botas devidamente amarradas, braguilha fechada. O sossego, a tranquilidade do ambiente, a serenidade dos "meninos", apesar do estranho mutismo, dissipam as apreensões da astuciosa senhora, que, antes de entrar, aplicando os ouvidos à porta, auscultara o interior do quarto, pois temia que o calculado desenlace se precipitasse. Vendo a filha encolhidinha e carente, a mãe censura os próprios pensamentos: "Tadinha! Que maldade! Como uma criatura tão mofina seria capaz de tamanha aleivosia?". Vendo Julião tão bem composto, eretamente sentado na cadeira como um verdadeiro cavalheiro, D. Adelaide não tem dúvidas de que o rapaz possui mais uma virtude: é respeitador, incapaz de macular a honra de sua nobre família.

— E então, Julião, o que achaste da minha caçulinha? — indaga a senhora, quebrando o silêncio.

Procurando camuflar o embaraço, Julião olha para Maria Clara, pedindo socorro. Mas a garota esquiva os olhos, acentuando neles uma terrível expressão de acabrunhamento.

— Deve ter ficado bem doente, pois ainda guarda as marcas do definhamento — responde Julião, procurando imprimir à frase entonação adequada. Mas tem a impressão de que D. Adelaide sabe de tudo e brinca com eles.

— É, ela ficou bem ruim, mas já estás melhor. Né, filhinha?

Estupefato, Julião acompanha o modo perfeito com que Maria Clara simula sua enfermidade. O corpo todo paralisado, mal consegue mover as órbitas oculares.

— Ainda sinto tontura; não sei se consigo me levantar, mas acho que estou melhor, mãe — responde, com voz muito débil.

D. Adelaide encosta a mão direita na testa da filhinha, sonda-lhe a temperatura. Julião reflete sobre a inusitada faceta teatral da companheira. E, quanto mais pensa, mais surpreso e confuso fica. Maria Clara — fêmea no começo, coisa desejada — acaba revelando-se mulher complexa e exaltada, que foge do seu jugo e, depois, quando ele se acha senhor, prende-o em suas garras. D. Adelaide desdobra-se em cuidados com uma "menina" que há muito inexiste.

— Vamos, filhinha, tenta levantar. Uns passinhos pelo quarto te farão bem — sugere a senhora, abaixando-se para ajudá-la a erguer-se.

— Será que consigo, mamãe? — indaga Maria Clara, com um fiozinho de voz, enquanto, por trás dos ombros da mãe, dá uma piscadela marota para Julião.

— Ajuda-me, Julião! — pede D. Adelaide.

Julião levanta-se e, sentindo o ridículo da situação, dá o ombro direito à amiga, que se deixa arrastar pelo quarto como uma inválida. Divertida, um lado do rosto é de enferma, enquanto o outro sorri. Atrevida, aplica um beliscão na costela de Julião, que, pego de surpresa, quase deixa a doentinha cair. Felizmente, dá com a canela na cama e esquece a dor do beliscão.

D. Adelaide imagina que a situação serve para aproximar os dois pupilos. Sente os movimentos do rapaz vibrando através do corpo de Maria Clara e tem uma pontinha de inveja da filha — ou melhor, saudade dos tempos em que ela própria ficava arrepiada com a aproximação de um homem. "Como é fácil manobrar essas crianças!"

— pensa a senhora, vendo os três enlaçados uns nos outros, perambulando pelo quarto, e compara a cena a um ritual sagrado, através do qual Julião passava a integrar o círculo restrito da família.

D. Adelaide chega mesmo a encompridar o braço direito até encontrar os ombros do rapaz, querendo com isso lhe dizer que o aceita como futuro genro. Contudo, Julião é invadido por inexplicável estranhamento. O belo corpo de Maria Clara já não parece habitado pela mesma alma. Teria ela mentido o tempo todo? Já não só o corpo tropeça pelo quarto; o espírito também claudica.

D. Adelaide, por fim, determina descanso à caçulinha. Tadinha, está exausta! Vagando entre os mais discrepantes sentimentos, Julião desce ao seu quarto, onde se deita, desassossegado.

Tendo evitado a viagem ao Rio de Janeiro, e havendo Julião retornado, Maria Clara já não vê proveito na doença. Fica o resto da manhã frente ao espelho do guarda-roupas do Riquinho, penteando-se, retirando do rosto, da testa e das orelhas a oleosidade de propósito acumulada, dissipando o negrume das olheiras. Banha-se demoradamente, investigando o corpo enquanto se ensaboa. Todas as fantasias levam-na a um único ponto: Julião. Pelo vitrô do banheiro, enxerga o caule da palmeira — um açaizeiro rijo — coruscando ao sol, subindo em busca da ramagem. Apalpando o tufo negro e lúbrico entre as pernas, a garota agora sabe o que é ser ramagem e esperar sequiosamente pelo caule.

O Guizo da Cascavel

Sr. Alarico e a mulher esperavam que a chegada de Julião atuasse beneficamente sobre o combalido espírito da enferma, mas não contavam com milagres. Grande, pois, foi a surpresa, enorme o espanto, maior ainda a alegria, ao verem a repentina reabilitação da pupila, que, no almoço, já ocupava o lugar costumeiro na mesa, frente a Julião, a roçarem-se as pernas. Na janta, anunciou que voltaria a dormir no seu quarto, no primeiro pavimento. Ainda era cedo, achou Sr. Alarico. Era verão e, lá em cima, no quarto do *Riquinho*, passava mais vento. D. Adelaide tinha a mesma opinião, mas, diante da insistência da filha, acabaram cedendo. "Tadinha, quer se livrar do isolamento" — conjeturava a mãe. "Está com saudades da irmã, por isso quer dormir no quarto delas" — justificava o pai, sem atinar em outros motivos. Só o faro bubalino de Julião detectava o verdadeiro propósito.

À noite, mal Sr. Alarico aquecera a sinfônica, os dois estavam juntos. As surpresas, as desconfianças, os estranhamentos da manhã dissiparam-se na confusão de corpos, na mistura de hálitos e sensações. Segurando firme na cauda de um cometa, Julião percorreu galáxias. Montada num cavalo alado, Maria Clara cruzou o universo. Explosões de estrelas. Extasiados de beleza, exultantes de júbilo, cegos de tanta luz, afastaram-se, de mãos dadas, para um desvão mais tranquilo do universo, onde assistiram calados à força daquele espetáculo. Na noite sem lâmpadas do quarto, quanta luz, quanta alegria! E, sem uma palavra, servindo-se da linguagem celeste, eles conversavam!

No dia seguinte — domingo, dia do deus sol, deus da vida, que escolheu Belém para seu templo —, homens, mulheres e crianças andando pelo cais, inchando os pulmões do ar puro da grande baía. Navios apitando, barquinhos riscando as águas. Praças e avenidas cheias de gente sorrindo, casais beijando-se, barracas de tacacá cercadas de gente, e a alegria dos sorveteiros, amantes do sol, inimigos da chuva.

— Seu Alarico, queria lhe dizer uma coisa.

— Pois fale, meu filho.

— Não sei como começar...

— Como começar? Começando.

— Sr. Alarico...

— Sim, Julião?

— Eu e a sua filha nos amamos e queremos a sua permissão para namorar.

— Vocês dois?! Pois namorem. E nós já não sabíamos?

E os dois, como duas rolinhas, voando leves, sem o peso do remorso, iriam até à Praça da República e lá ficariam grudadinhos. Ele acariciando-lhe os cabelos, as costas e, de vez em quando, roçando as nádegas redondas, o joelho direito entre as pernas dela. Ela todinha derretida, olhando pra ele, deixando-se apalpar, oferecendo e até procurando os lábios do amante, assim ao relento, as pessoas vendo e passando, admirando e invejando.

O galo já cantara duas vezes, Sr. Alarico sapecava uma peça brejeira, de sua autoria, misturando estrambolicamente acordeão e oboé, quando Julião prometeu à Maria Clara fazer o pedido de namoro no dia seguinte, à hora do almoço. Mas quem disse que teve coragem? Em vez das frases ensaiadas e do diálogo imaginado, Julião — suando frio, o estômago embolado — só conseguiu pedir aos pais permissão para irem à rua "tomar um sorvete". Mas, como para bom entendedor meia palavra basta, Sr. Alarico e D. Adelaide, diante da inopinada gagueira que acometeu Julião, não tiveram dúvidas de que se tratava do outro pedido, aquele pedido clássico, que, infelizmente, a juventude vai rapidamente deixando de fazer, nestes tempos de contestação vazia e rebeldia desmoralizante. Tivesse Julião externado seu pedido de namoro e obteria o beneplácito dos anciãos, que, no entanto, valorizaram a timidez e a falta de jeito do rapaz, vendo nelas, em vez de fraqueza, a nobreza de um verdadeiro cavalheiro. Como geralmente acontece aos pais, preocupam-se em demasia com os perigos da rua, com os lobos maus e os botos sedutores que rondam as esquinas e as festas, e ficam cegos aos insetos e às víboras que se alojam dentro de sua própria casa. Imaginando seus pupilos como uns poços de pureza, franqueiam a porta da frente depois que o pretendente já se cansou de entrar pelos fundos. E, assim, orgulham-se de entregar ao forasteiro um poço virgem, há muito, na verdade, sem tampa. Não que a tampa valha grande coisa para essa gente, mas por acrescentar ao poço um *plus*, um quê a mais, decisivo na hora da venda. Pois quem beberia as águas de um poço sem tampa? Daí, talvez, a ancestral regra moral: "Quem quebrar a tampa do poço deve beber as suas águas".

— Quanto a mim, podem ir — disse o patriarca. — Não sei o que a Adelaide acha.

— Desde que voltem antes da noite — disse a mulher, com um sorriso nos lábios, vendo o seu plano se encaminhar. "Besteira impedir. Melhor dar corda e continuar controlando" — pensou a matreira senhora.

Mal dobraram a esquina, os dois, felizes, já estavam de mãos dadas.

Tarde de fim de dezembro, clímax do verão quente e úmido, de estufa, da Amazônia. Belém, nessa época, é uma bolha de vapor cujas paredes são nuvens medonhas, baixas e escuras, que vão se formando e ficam ali paradas sobre a cidade, como um véu negro encobrindo um grande cemitério. Durante seis meses, de maio a outubro, o grande oceano, com sua bocarra, sopra vapor d'água para o centro da terra, até ocupar todo o céu. Por isso, em novembro, as nuvens, não tendo para onde ir, estacionam ameaçadoras sobre Belém — panela de gás prestes a explodir. Quem conhece a natureza reclama, mas não se desespera; sabe que São Pedro é amigo dos pobres e dos pescadores — pois foi um deles. São Pedro não deixará o seu povo sufocar; destampará a boca da panela, ou meterá seu dedo na bolha infernal, transformando vapor em água, fazendo tudo se precipitar milagrosamente. Não mais medo e apreensão, só júbilo — pois a água despenca e sobe alagando tudo, fertilizando a terra, como se Deus lhe copulasse o útero. Afora os que não sabem nadar e os ricos que veem as águas engolirem parte da sua ganância, quem mais execra as cheias? O povo humilde da Amazônia cansa mas não desespera, segue indiferente aos humores celestes.

Como duas crianças loucas, Julião e Maria Clara desceram de mãos dadas a Avenida Nazaré, protegidos pela aura do amor e pela sombra das frondosas mangueiras. Na Praça da República, Maria Clara quis tomar tacacá. A cabocla velha — toda de branco, saia rendada, pano na cabeça — colocava a goma da tapioca na cuia, enquanto proseava com as pessoas que aguardavam a vez ou bebiam com grande prazer. Olhou para Maria Clara e, em vez de perguntar, acabou afirmando, maliciosa: "Se eu fosse tão jovem como a moça, maneirava no tucupi, pois deixa o sangue fervendo", e piscou para Julião. Entendendo o chiste da cabocla, a garota soltou uma gostosa gargalhada. Sentaram-se num dos bancos da praça e beberam o tacacá na mesma cuia. A boca ardendo de tucupi e pimenta-malagueta, Maria Clara deixava a saliva cair na cuia e depois se excitava vendo Julião engolir a goma e a saliva. Ele também salivava e ela engolia, os olhos cheios de lágrimas, fixos um no outro.

O romantismo é algo difícil nessas paragens quentes. O vapor do verão, o aguaceiro do inverno, os pratos e bebidas picantes, fazem das pessoas moléculas agitadas, o sangue ferve como lavas de um vulcão. Uma profusão de cores, cheiros e sabores exalta e desorienta o mais apático dos viventes. Na Amazônia de tantos rios, o raciocínio corre pelas veias.

Terminado o tacacá, devolveram a cuia à boa cabocla e, sem destino, foram atravessando a praça — Julião com o cérebro fervendo e os escrotos em polvorosa; Maria Clara sentindo uma fornalha entre as pernas.

Já vira muitas vezes aquela bolha de gases cozinhando as pessoas, o sol aquecendo as nuvens como um fogão de lenha na bunda de uma panela. Mas, desta vez, era diferente. A companhia de Maria Clara acalmava-o, dava sentido à sua vida, mas não era tudo. Pessoas andando nas ruas, crianças brincando nas calçadas, bancas de tacacá rodeadas de gente, casais namorando nas praças, enfim, essa aparência de normalidade parecia-lhe grotesca e repugnante como maquiagem sobre um rosto bexigoso. Tal normalidade escondia a miséria dos bairros pobres, das palafitas do Guamá, dos alagados da Marambaia, dos cortiços do cais. Julião gostaria de crer naquela aparente harmonia. Precisava de mais? Já não tinha tudo? Um pai de fortuna, de quem cedo ou tarde herdaria; a melhor escola de Belém; e a garota mais bonita do mundo, com quem um dia se casaria e teria muitos filhos. Então por que diabos não ficava ali na Praça da República, degustando o doce e excitante convívio de sua amada? Não conseguia, porém, prender o diabinho que o desorientava desde pequeno, soprando-lhe coisas ao ouvido, revelando-lhe formas invisíveis. Às vezes o danado escapava e dava ao seu hospedeiro o poder de pressentir espectros, ler estrelas, falar línguas. Maria Clara muitas vezes enxergara um brilho estranho nos olhos de Julião, lampejos de uma inteligência exuberante, genuína, mas perversa. Atraída e amedrontada, tentou em vão desvendar o mistério. Por que gostara desde o primeiro instante de Julião? Por que tivera compaixão do garoto malvestido, rosto anguloso, bravo como um animalzinho sem mãe, arrancado do seu meio e jogado num ambiente estranho? Porque o amava, era a única explicação.

Desde que chegara do Marajó, Julião não lia jornais e evitava o rádio. Mas sabia que, debaixo da ilusória harmonia da cidade, havia outra vida, subterrânea e violenta. Algo sórdido e monstruoso, como insidiosa serpente, arrastava-se silenciosamente entre as pessoas que se divertiam nas ruas e praças pensando que amanhã seria apenas o outro dia

Julião apertou a mão de Maria Clara quando viu um carro da polícia se aproximando da praça. Como bestas ferozes, os policiais, de armas em punho, cercaram um casal que namorava atrás do tronco de uma grossa mangueira. Em vão o rapaz ainda tentou fugir; os policiais o lançaram violentamente ao chão, encostando o cano de uma metralhadora no rosto da vítima.

— Patifes! — grunhiu Julião, afastando-se da praça.

— Por que tanta violência, Julião? O que eles fizeram? — perguntou Maria Clara, encolhendo-se debaixo do braço do amigo.

— Talvez nada; a polícia inventa.

— Olha lá! — apontou a garota, trêmula, os olhos espantados. Virando-se para trás, Julião viu o rapaz, já algemado, sendo espancado. Um dos policiais, segurando os cabelos da menina, sacudia-lhe a cabeça como se fosse um brinquedo. Os transeuntes olhavam de longe. Medo ou indiferença?

— Vamos embora, Julião! — disse Maria Clara, puxando-lhe a mão. — O Riquinho me disse que a polícia procura os agitadores da escola. A diretoria expulsou o Marcos e pôs o nome dele na lista negra.

Agarradinhos, andavam a esmo pelas ruas do centro, desviando-se instintivamente do movimento. Quem os visse, pensaria que eram apenas dois pombinhos enamorados.

— Sabes se alguém foi preso?

— Não sei não, mas o Riquinho parecia muito alegre.

— Aquele filho da puta! — soltou Julião, logo se arrependendo. Maria Clara, por sua vez, ao invés de zangada, envergonhou-se com o maucaratismo do irmão. Caminharam um bom tempo em silêncio; por fim, Julião desculpou-se: — Não quis te ofender.

— E eu com o Riquinho? Não respondo por ele! Também te detesta; não é problema meu. Eu pensava como ele, mas, depois daquele dia lá na escola, eu mudei. Lembras?

— Como esquecer? Foste corajosa.

— E seria capaz de muito mais, se valesse a pena. O povo vê e nada entende. Viste como as pessoas ficam indiferentes à truculência da polícia?

— O povo está cego, mas um dia ainda se levanta contra a exploração.

— Pois duvido. O povo até parece gostar da miséria. Se alguém tenta explicar a situação, chamam a polícia.

Apertaram o passo numa rua estreita, pois o vigia de um armazém pareceu olhá-los com desconfiança.

— Talvez tenhas razão — disse Julião. — Mas não me acostumo à ideia de viver num mundo onde a injustiça seja normal entre as pessoas.

— Mas adianta morrer lutando por algo que ninguém sente? A justiça é uma ideia muita perfeita para se fazer realidade — retorquiu Maria Clara.

— A maioria pode não compreender, mas nem por isso vamos nos embrutecer; não achas?

— Concordo, mas a gente deve antes gostar da vida. Eu quero viver, Julião! Viver muito! Gozar as coisas boas desta vida! Já pensaste como deve ser triste morrer sem ter vivido? A polícia anda matando gente que nem mosca. Odeio a injustiça, mas prefiro viver.

— Também não quero morrer, Maria Clara. Mas aceitar as injustiças é como já estar morto.

— Muito bonito, mas acabas sendo apenas um novo Cristo. Adiantou Ele ter morrido pela justiça se os que se dizem cristãos são os maiores perversos?

Julião não insistiu. O eco de suas frases carregadas de idealismo — rompantes de um espírito ensandecido — desagradava-o, trazia ceticismo. Não queria morrer, como Cristo, para remir a alma dos que o mataram.

Maria Clara também se recriminava. Gostaria de dizer ao amigo que o seu apego à vida não era covardia, que seria até capaz de morrer com ele pela vida, desde que dessa vida sobrasse para os dois um pedacinho. Mas calou-se. E esse algo não dito era a manifestação eloquente do abismo que havia entre os dois.

Depois de caminharem longo tempo pelas ruas estreitas e desertas do velho centro comercial, deram por si frente às docas. Pararam para olhar o comprido guindaste de um navio que subia e descia arrumando a carga; parecia um gafanhoto mexendo os braços. Julião aborreceu-se consigo próprio por ver-se naquele lugar. Era sempre assim: toda vez que saía de casa e punha-se a andar pela cidade, acabava indo em direção ao porto, como se fosse um anfíbio que virou réptil e trocou as águas pela terra firme, mas nunca se esqueceu das origens. As grandes portas e as largas janelas dos antigos casarões de estilo colonial pareciam os olhos fundos e escurecidos de uma velha senhora. Estes olhos, apesar de fechados, pareciam perscrutá-los com ar de censura. No outro dia, segunda-feira, aqueles casarões do cais já não seriam as velhas dorminhocas, mas os seus cadáveres, pois, através das portas e janelas, poder-se-iam enxergar dezenas de pessoas se acotovelarem como formiguinhas laboriosas roendo o esqueleto de um defunto.

O mercado municipal, no final da rua das docas, estava silencioso e deserto; só alguns cães quebravam a monotonia com a algazarra que faziam disputando a imundície de um camburão de lixo que eles próprios tombaram. Um dos cães — cara de mau, focinho sujo — encarou os dois e rosnou, ameaçador, mas não ousou atacá-los. Maria Clara escondeu-se no corpo de Julião e ele segurou-a firme pela cintura. O *Ver-o-Peso* era o único lugar onde havia certa atividade: os urubus, que nasciam e morriam no porto, bicavam a lama negra deixada pela maré e disputavam, grasnando, os restos de peixe podre que encontravam. As barcas encalhadas, à espera da maré alta, pareciam grandes peixes, barrigas à mostra. Pelo menos um marinheiro em cada uma delas, caboclos de torsos nus, tostados pelo sol, deitados em suas redes sobre o convés. A presença de Julião e Maria Clara no porto certamente era um notável acontecimento. Os marinheiros os observavam, curiosos e admirados, pois, aos domingos, a gente da cidade não se atrevia por aqueles lados. Ao sabor das impressões, os dois deixavam-se levar. Ora Maria Clara, deixando o corpo tombar à direita ou à esquerda, dava a direção, ora Julião puxava a companheira. Iam atravessar a Praça do Relógio, mas, de repente, Julião, sem uma palavra, descambou à direita. No lado oposto da praça, um carro da polícia dava as caras lentamente. Maria Clara encolheu-se toda debaixo do braço de Julião.

Entraram rápidos numa viela, entre o porto e os velhos casarões, onde outrora morara a aristocracia, e agora era ocupada por vagabundos, desempregados, miseráveis e prostitutas. Havia vida ali, se é que se pode chamar de vida aquelas mulheres de pele cansada pelo sol, escoradas às paredes carcomidas dos arruinados casarões, pernas e peitos à mostra, à espera de clientes. Maria Clara quis voltar, mas Julião não retrocedeu, procurando acalmar a companheira com um afago na nuca. Um choro impertinente de criança vinha do interior de um dos cortiços; uma senhora velha pôs a cara em uma janela lá em cima, num dos sobrados, e chamou a "Lourdes" várias vezes com sua vozinha esganiçada. Uma menina, cara e corpinho de criança, por fim respondeu, mas não foi ter com a velha porque um homem de torso nu estava com ela e a amassava descaradamente de encontro à parede. As mulheres faziam psiu para Julião e diziam para ele: "Vem cá, meu bem!". Um marmanjo mal-encarado, que acertava o preço com uma prostituta, ao ver Maria Clara, sem tomar conhecimento da presença de Julião, soltou: "Ai! Que rabo gostoso! Espera aí, belezinha!". Quase correndo, os dois chegaram ao fim da viela, que saía no Largo do Palácio, onde, para alívio de Maria Clara, avistaram algumas pessoas sentadas debaixo das frondosas mangueiras. Eram turistas atraídos pela fama do famoso Largo, palco de acontecimentos dramáticos — como o cônego Batista Campos amarrado à boca dum canhão para ser despedaçado por ordem do mercenário John Greenfell, ou o tirano Lobo de Souza rolando pela escadaria do Palácio depois de um tiro certeiro do cabano Domingos Onça. Embora a ditadura militar fizesse tudo para apagar a Cabanagem da história, os espectros desse incômodo passado teimavam em voltar. O carro de polícia agora entrava no Largo do Palácio, discretamente, para não assustar os turistas.

— Parece que procuram alguém — disse Julião, fingindo tranquilidade. — Melhor a gente entrar no Forte.

— Lá não tem onde se esconder, e só tem uma porta — observou Maria Clara.

— Mas não há outro lugar — concluiu Julião, tomando a direção do grande portal do Forte. O carro da polícia — um veraneio cinza — deslizava devagar, já quebrando a esquina do Largo. Os dois, fingindo naturalidade, entraram no Forte, abraçadinhos.

Há três séculos, os portugueses construíram o Forte — enorme montanha de pedras talhadas, acomodadas caprichosamente umas sobre as outras, graças aos braços dos índios escravizados. Fora erigido num ponto estratégico da embocadura do grande rio, no cotovelo de terras baixas onde se formou a cidade de Belém. Três grossos canhões, corroídos pelo tempo, permanecem apontados para a grande baía e servem de cenário para as fotos dos turistas. São como paspalhos que todo mundo zomba, pois sabe-se que o seu poder intimidatório sempre foi simbólico. Além de nenhuma precisão, só um comandante bêbado, sendo tão larga a baía, poria a sua nau ao curto alcance dos canhões. Mas os turistas fingiam crer na importância bélica do Forte e olhavam cada pedra, cada laje, cada centímetro daqueles canhões enferrujados e procuravam guardar deles o que pudessem. Uns mediam as espessuras, outros faziam cálculos complicados a fim de determinar o alcance dos terríveis cuspidores de aço, e havia até quem encostasse os ouvidos às muralhas querendo ainda ouvir os ecos das ferozes batalhas, dos gritos lancinantes da soldadesca enfurecida, o ricochetear de balas nas guaritas e o intrépido soar dos clarins. Não sabiam que batalhas eram aquelas, que exércitos se defrontavam nem por que lutavam, mas isso não interessava, o que importava era sair dali impregnado da aura de ferocidade e perigo que eles próprios criavam.

— Uns babacas! — disse Julião, referindo-se aos turistas. — Desconhecem o passado, não enxergam o presente e pensam que têm um futuro.

Os dois sentaram-se à volta de uma das mesinhas distribuídas sobre o piso redondo do Forte, atrás dos valorosos canhões, onde um restaurante, devidamente autorizado pelo governo, explorava os turistas. Julião pediu ao garçom uma coca-cola, o que o fez lembrar-se de Jairo. Onde estaria ele? E o Marcos? Prenderam-no realmente?

E Judite, a pequena e doce Judite? E o João? E o Joel? E o Lázaro? E o Pelé? E ele, o que fazia ali, no meio daqueles palhaços, enquanto os amigos eram caçados pela polícia? Sentiu remorsos, precisava juntar-se aos companheiros. Chegou a levantar-se, mas logo tornou a sentar, sem que a amiga lhe percebesse o intento. "O que há comigo?" — perguntava a si mesmo. Decididamente, já não era o mesmo Julião, irreverente, trocista, a mangar de tudo e de todos. "Por que agora essa culpa?". Maria Clara! Sim, ao lado da luta havia Maria Clara a apontar-lhe um outro caminho. Não queria escolher nunca entre os dois caminhos, pois — embora um deles fosse largo e reto, e o outro estreito e sinuoso — a escolha não seria fácil. Embora o instinto de sobrevivência indicasse-lhe a estrada larga e segura, o coração o empurrava ao caminho estreito e perigoso. Mas, cedo ou tarde, teria que se decidir. Não podia ficar sentado, por muito tempo, na encruzilhada. Mexeu-se na cadeira, mas não tinha forças para se levantar. Por que Maria Clara não vinha com ele?

— Vem comigo, Clara — balbuciou Julião no ouvido da garota. Mas, ao invés de saírem do Forte, tiveram de se enfiar num grupo de turistas que olhava a orla fluvial com binóculos. É que os policiais, depois de estacionarem a viatura, haviam entrado pelo portal do Forte com passadas lentas, como quem não quer nada, mas, com os olhos perscrutadores, esquadrinhavam o recinto, vasculhando cada rosto. Os dois, abraçadinhos, coração aos pulos, meteram-se entre dois casais que apreciavam a vista do Forte. O da direita, comunicando-se ao que parece em inglês, falava pouco. O da esquerda falava e gesticulava pelos cotovelos, no inconfundível sotaque nordestino. Julião e Maria Clara acompanhavam de esguelha o movimento dos policiais. Julião gelou e teve ímpetos de sair correndo com Maria Clara quando viu, a dois metros, um policial pedir os documentos a um rapaz. Teve certeza de que a polícia o procurava. Lembrou-se do seu discurso em defesa do Marcos. Não imaginava que algumas palavras despejadas com ardor pudessem ameaçar o poder.

O policial pediu em seguida os documentos de outro rapaz, e de outro, e de mais outro... A busca se dava com método. Três policiais guardavam a saída do Forte enquanto aquele que parecia o mais graduado, acompanhado por dois colegas, atentos nos revistados, rostos tensos e músculos engatilhados, ia pedindo os documentos. Pareciam escolher o revistado com critério, pois não incomodavam mulheres, e homens adultos eram deixados de lado. O policial comparava a cara do revistado com duas fotografias que trazia consigo. E agora, o que fazer? Sair pela única porta seria o mesmo que se denunciar; saltar a grade do Forte seria loucura — a muralha acabava lá muito em baixo nas águas barrentas e profundas do Amazonas.

Ficaram ali, grudados à grade, paralisados como dois coelhos à espera do salto fatal do leopardo. "Desgraça!" — praguejava Julião. Saíram apenas para tomar um sorvete e agora estavam ali, naquela enrascada, como dois ratos tontos que entram espontaneamente na ratoeira. Como ele — que conhecia o som do guizo da cascavel e resistia ao hipnotismo da sucuriju — não pressentira o perigo? Se pelo menos estivesse sozinho... Entre eles e os policiais só havia agora o casal inglês, que, alheio ao que se passava, continuava vasculhando as distâncias com o binóculo. A única ideia que Julião teve foi afastar-se de Maria Clara, fingindo que não a conhecia, mas não deu certo, pois a garota agarrou-se teimosamente nele, apertando-lhe a cintura.

— Eis seus documentos, senhor. Desculpe-nos o incômodo. Precisamos livrar a cidade de alguns malfeitores — disse o policial ao último revistado. Estava já tão próximo de Julião que este conseguiu ver o Marcos numa das fotos. Não viu quem estava na segunda foto, mas já não tinha dúvida de que era ele.

O instante seguinte durou uma eternidade. O casal inglês (ou americano?) continuava sua pertinaz investigação. Enquanto o rapaz pesquisava com o binóculo e a moça fotografava um caboclo velho que desembarcava de uma canoa no sopé do Forte, Julião viu, de soslaio, os policiais virem em sua direção. Sentiu-se como um passarinho nas garras de um gavião.

— Os documentos, rapaz! — pediu o policial, com voz severa, quase se encostando em Julião. Aconteceu, então, o imponderável: Maria Clara arrebatou a máquina fotográfica das mãos da jovem gringa — que, espantada, soltou uma torrente de frases, naturalmente incompreensíveis — e a enfiou nas mãos de Julião. Enquanto isso, falava e sorria ao casal de turistas, como se o conhecesse há muito: *"Thank you, thank you, it is beautiful"*. Só então Julião, compreendendo a astúcia da amiga, pôs-se a fotografar, a esmo, como que repentinamente possuído pelo furor documentário dos gringos. E o policial, achando que Julião e Maria Clara também eram estrangeiros, desculpou-se pelo engano. Os procurados eram brasileiros.

Planta Carnívora

Depois que todos os empregados do armazém deixavam o trabalho, Julião inspecionava o enorme casarão — checando trancas, desligando lâmpadas — e saía pela portinhola incrustada no portal principal, prendendo, em seguida, o grosso cadeado à argola de aço rés ao chão. Há seis meses na lida do armazém, tomava tais cuidados maquinalmente e até com tédio. Todos os dias, de segunda a sexta-feira, depois do almoço, ia ao cais com Sr. Alarico, de onde só voltava à tardinha, depois que todo o comércio fechava. Apesar do trabalho no cais ser-lhe cansativo, tinha lá os seus atrativos. Descobrira coisas, conhecera pessoas, aprendera os segredos do comércio, ganhando, em consequência, a estima do comerciante, que passou a depositar nele total confiança. Se isso não bastasse, Maria Clara dera para aparecer no armazém quando ele menos esperava, presenteando-o com momentos inesquecíveis nalgum desvão do centenário casarão. Ultimamente, porém, tendo as aulas começado, a garota reduzira as suas visitas, fazendo Julião aguardar com impaciência o fim de tarde. Mal saía o último empregado, ele vistoriava as portas, apagava as luzes, prendia o grosso cadeado da portinhola da frente, e ia para casa rapidamente, pensando em Maria Clara.

Naquela tarde, porém, ao invés de ir à casa dos Alarico, Julião pôs-se a caminhar pela rua da beira, acabando sentado numa das vigas de madeira do velho trapiche do Porto do Sal, de onde — o coração entristecido, o olhar sombrio — viu o sol mergulhar nas águas do grande rio, deixando sobre as águas um manto escarlate, que se refletia nos velhos casarões, dando-lhes configurações fantasmagóricas. Em um mês, muita coisa mudara, fazendo Julião refletir.

Certa tarde, Sr. Alarico chegou ao Porto do Sal acompanhado pelo "excelentíssimo deputado Cândido Ambrósio" — assim o comerciante, reverencioso, apresentou-o. Cândido Ambrósio fora guindado à capital pelos votos de sua pequena Santa Irene, situada nos confins do Pará, na divisa com o Amazonas. O trajar cafona denunciava a origem interiorana. A calva precoce, o rosto oval e as duas bochechas salientes, de aspecto macilento, davam-lhe uma aparência mais velha do que fazia jus a sua idade. Em compensação, o homenzinho fitava o mundo com dois olhinhos cheios de confiança, que, vencida a primeira impressão desfavorável, a todos submetiam e de todos obtinham o respeito.

Nunca Julião poderia adivinhar que essa figura tão antiquada e bolorenta pudesse significar-lhe alguma ameaça. Não fosse o título, ninguém lhe daria atenção — salvo, é claro, o Sr. Alarico, que, como bom comerciante, não queria saber de onde vinha o freguês ou qual a sua posição social, importando-lhe unicamente os negócios.

— Então, deputado, quanto vai comprar de fazenda? — indagou o velho. — Faço um desconto especial a cada cem metros vendidos. Pro deputado o desconto é ainda mais especial.

— Pelo menos trezentos metros, o que papai me pediu — respondeu o deputado. — Mas me deixa ver o pano, Alarico.

— Esteja à vontade, meu deputado. Julião, Julião! — chamou Sr. Alarico.

— Pois não, seu Alarico — apresentou-se Julião.

— Quero que leves o deputado para ver o nosso estoque de pano. Ah! Deputado! Este é o Julião Aires, meu braço direito no armazém, filho do Domiciano Aires, do Marajó. O senhor conhece?

— Domiciano? Hummm... deixa-me ver. Domiciano? O criador de búfalos do norte do Marajó? Conheço, claro que conheço! Então o rapaz trabalha com o senhor?

— Estuda e mora conosco. É um bom rapaz. Ele vai lhe mostrar as fazendas.

Caminharam por um corredor espremido por prateleiras de mercadorias e foram dar num cômodo onde estavam os fardos de pano. Julião abriu um caixote de papelão e retirou dele uma peça de mercadoria. Era um pano grosseiro e ordinário — só mais fino que a estopa — que o deputado se pôs a amassar, com a sua mãozinha gorda, experimentando sua tessitura, chegando mesmo a forcejar com os dois braços em sentido contrário, como se quisesse rasgá-lo. Parecendo satisfeito com o material, devolveu a peça a Julião, que o recolocou no caixote. Enquanto os dois voltavam ao escritório do armazém, o deputado explicou:

— Meu pai tem armazém em Santa Irene; vende mercadoria aos pequenos comerciantes da região, que, por sua vez, revendem aos ribeirinhos.

Julião nada respondeu, mas, enquanto caminhavam de volta ao escritório, pensou na corrente perversa, cujo primeiro elo era o agricultor que plantava o algodão e a juta e alienava o fruto do seu trabalho a preço vil ao segundo elo da corrente, o comerciante, que o vendia a um preço maior a outro, que, depois de transformá-lo em tecido, vendia-o a outro, que, com preços cada vez mais altos, poderia ainda vendê-lo a muitos outros comerciantes, até chegar ao último elo da corrente, o mais fraco, o consumidor, o mesmo que, no começo de tudo, arou a terra e plantou. No meio da corrente estavam Sr. Alarico e o deputado, os aproveitadores.

— Fico com trezentos metros do pano, Alarico, mas quero um desconto realmente especial — pechinchou o deputado.

— Pois veja só o deputado: trinta por cento a cada cem metros, não é moleza?

— Moleza nada, Alarico! O transporte anda pelo olho da cara. Os donos de barco é que ficam com o filé do negócio.

— O deputado reclama de barriga cheia — brincou Sr. Alarico, dando uma piscadela marota.

— Que nada! Se pelo menos tivesse tempo pra me dedicar aos negócios. A política me absorve por completo.

— Quando o deputado vai encontrar um tempinho pra jantar na minha humilde casa?

— Oh! Sim, Alarico! Será uma honra! Assim que aliviarem as votações na Câmara, irei cear em tua casa. Tucunaré, caldeirada de tucunaré!

Enquanto Sr. Alarico entretinha o eminente freguês com sua conversa fiada, Julião calculou o preço do pano. Assumira completamente o posto do Gregório. Verdade que, durante algum tempo, o velho pôs à prova a honestidade de Julião, chegando a armar-lhe ciladas, como pedir a um amigo da família que lhe oferecesse propina para que errasse no cálculo de uma compra. Mas Julião — que aprendera com Tião que o homem que se vende não vale nada — não caiu no embuste. Sr. Alarico também fez, no armazém, o que D. Adelaide já fizera em casa, isto é, deixou um pacote de cruzeiros como que esquecido a um canto da mesa do escritório. Grande foi a alegria do velho quando Julião veio lhe alertar sobre o pacote.

Aprovado em todos os testes, Julião tornou-se dono da situação, não deixando dúvidas sobre sua capacidade. E como procurava sempre aplicar no armazém o que aprendia na escola, o trabalho, ao invés de um fardo, até lhe parecia gratificante.

Tal posição, porém, aparentemente tão sólida, começou a desmanchar-se a partir daquela tarde, quando Maria Clara, inopinadamente, irrompeu porta a dentro do armazém, fazendo Julião esforçar-se para continuar calculando o preço dos panos do deputado, pois sua presença desconcentrava-o. Mesmo agora, sentado na viga do velho trapiche, vendo o sol mergulhando no poente e as águas do rio transformando-se de manto escarlate em abismo profundo, Julião recorda o olhar malicioso, de gavião, que o deputado lançou sobre Maria Clara.

Sr. Alarico, muito embaraçado, não sabia se olhava para os números apresentados por Julião ou se dava atenção à filha. O que pensaria o deputado vendo uma moça como a sua filha circular naquele ambiente próprio para homens rústicos e mulheres da vida?

— O que vieste fazer aqui, Maria Clara? Não tinhas nada pra fazer em casa? — acabou falando.

Pressentindo-se observada pelo homem desconhecido, Maria Clara desviou o rosto para Julião, enrubescida.

— Não estou entendendo, Alarico. Quem é esta linda moça? — indagou Cândido Ambrósio, pondo na voz a força de um galanteio.

— Oh! Claro! Ainda não lhe apresentei Maria Clara, a minha caçula. Diga, deputado, isto é lugar para uma moça passear? Clara, o deputado Cândido Ambrósio deu-nos a honra de nos visitar.

— Não sabia que tinhas uma filha! A moça é casada? Oh! Isso não importa. Diante de uma beleza ofuscante, até o mais bruto se curva. É um enorme prazer conhecê-la, senhorita Maria Clara — disse o finório, voz de falsete, estendendo-lhe a mão fofa, cujo toque vibrou cordas interiores que ela não sabia que possuía.

Era a primeira vez que um homem influente, de meia idade, dirigia-lhe palavras tão lisonjeiras. Descobriu que sempre desejara aquele cálido contato, como se o deputado fosse o pai, sem o tabu do incesto. Cândido Ambrósio conseguira o seu intento, a semente da sedução estava lançada.

— Alarico, acho que irei à tua casa antes do que imaginava — disse o deputado, enquanto fazia o pagamento do pano.

O deputado veio jantar já no próximo domingo, alvoroçando a casa dos Alarico. O velho tinha motivos para estar exultante. Embora vivesse choramingando contra os políticos, sentia grande fascínio pelo mundo das altas esferas. Embora achasse o comércio a atividade mais nobre do mundo, nutria secretamente o desejo de ver *Riquinho* enfronhado na política, carreando riqueza e prestígio à família. Embora cultivasse uma birra especial pelos políticos do interior — os quais, segundo pensava, vinham para a capital com uma mão na frente e outra atrás e, em pouco tempo, voltavam podres de ricos —, dava trégua aos ressentimentos para receber em casa o digno deputado Cândido Ambrósio. Afinal, o homem — apesar de paspalho — tinha voz e voto na Assembleia Legislativa, integrava o partido do governo, e devia ter boas relações com os militares que governavam o país. Além disso, a amizade do deputado talvez abrisse ao Riquinho as portas do conchavo e da alcaguetagem — obscuro mundo no qual o velho pretendia inserir o filho. Pensando em agradá-lo, trouxe do porto um cabrito já coureado e o entregou à D. Adelaide, que captou imediatamente a mensagem: devia caprichar no preparo, pois não se come cabrito em qualquer ocasião.

Mas que espécie de homem era o tal deputado? A imagem que D. Adelaide fazia dos políticos não era nada lisonjeira. Imaginava-os gordos, indolentes, bochechudos, sem caráter, como de regra o são. Contudo, ao ver o entusiasmo da caçula, pediu-lhe uma descrição detalhada do visitante, não obtendo, porém, o que queria, pois Maria Clara, por mais que se esforçasse, não se recordava, apenas se lembrando das palavras — razão por que a mãe concluiu que o deputado, fisicamente, não devia ser lá grande coisa, senão a filha se lembraria. D. Adelaide, porém, muito cismada, se perguntava: — O que, afinal, é mais traiçoeiro: um belo corpo de homem ou suas adocicadas palavras? Pôs-se de guarda.

Às 11 em ponto, Cândido Ambrósio chegou à soleira dos Alarico. Veio só, pois, apesar de trintão, não era casado. Era uma daquelas graciosas plantas carnívoras que atraem suas vítimas pelo colorido das pétalas e pela irresistível fragrância. Uma vez capturadas, afoga-as até a morte num líquido irrespirável e viscoso, por ele secretado, onde, no afã de escapar, debatem-se desesperadamente, apressando o seu próprio fim. A cabocla Josefa, abrindo a porta, o anunciou. Cândido Ambrósio não se fez de rogado. Mal Josefa desapareceu, refestelou-se numa das poltronas da sala. Sozinho, sem ninguém para inibi-lo, esquadrinhou o recinto com seus olhinhos brilhantes, escondidos sob as pálpebras empapuçadas, ocupando-se, finalmente, com o retrato de família, pendurado numa das paredes, em cujo centro via-se Alarico, ainda bem jovem, tendo ao seu lado uma mulher muito bonita, sobrancelhas negras e espessas, expressão larga e radiante, as mesmas que enxergara em Maria Clara. "É a mãe. Deve ser ainda um peixão", pensou Cândido Ambrósio, escorregando a vista, em seguida, aos três rostos que rodeavam os pais no retrato — um garoto de uns seis anos, bastos cabelos negros, partidos de lado, olhar petulante que o envelhecia em alguns anos; e duas cabecinhas de meninas, mui parecidas, com o mesmo penteado em caracol, entre as quais Cândido Ambrósio reconheceu facilmente Maria Clara, cuja expressão profunda do olhar, o nariz bem recortado, o rosto amplo, já estavam latentes no retrato.

— Bom dia, deputado, o cabrito não demora a sair — interrompeu-o Sr. Alarico, de chinelos e sem camisa.

— Cabrito? Oh! Não mereço tanto, Alarico! Uma caldeirada de tucunaré já me bastava — disse Cândido Ambrósio, apertando a mão do anfitrião.

— Oh! A caldeirada! — exclamou Alarico, levando a mão à testa. — Que droga, deputado! Esqueci da caldeirada!

— Deixa pra lá! Vai-se muito bem de cabrito — tranquilizou a visita. — Não importa a comida, mas em que cozinha é preparada — completou, lisonjeiro.

— O deputado tem razão. Minha mulher é capaz de fazer músculo passar por filé.

— Eu é que gostaria de ter uma esposa como a sua senhora — disse Cândido, olhando para a menina de trancinha, que, do retrato, sorria para o mundo.

— Por que o deputado ainda não se casou? — perguntou Sr. Alarico, já à vontade, como se conversasse com um dos fregueses do cais.

— Não sei, Alarico. De uns tempos para cá ando panema, as mulheres comem do meu queijo, mas escapam da ratoeira.

— Das duas uma: ou o queijo do deputado perdeu o sabor, ou o deputado tá lento pra fechar a porta.

—Talvez as duas coisas — confidenciou Cândido Ambrósio. — Mas vou resolver esse problema — arrematou, sem tirar os olhos da menina de trancinha. Depois de um breve silêncio, continuou: — Tens uma bela família, Alarico. A garota da direita é a Maria Clara?

— Sim. Tinha apenas três anos. Hoje tá com dezesseis — respondeu o patriarca, aguçando o apetite da ratazana.

Em seguida, Sr. Alarico, pedindo um tempinho para se aprontar, deixou o deputado sozinho na sala. A caminho do banheiro, deteve-se no quarto de Julião e pediu-lhe que entretivesse a visita. Não podia contar com os filhos, que, aos domingos, acordavam muito tarde.

A caminho da sala, Julião lembrou dos olhinhos mirrados e maliciosos do deputado, da pele untuosa, das bochechas salientes, da barba rala, e das mãozinhas gorduchas apalpando o pano, e da voz anasalada, de tenor, com a qual o finório arrastou as asas para Maria Clara.

— Bom dia, deputado — cumprimentou Julião, escondendo a custo o seu mal-estar.

— Oh! Bom dia, jovem! — respondeu Cândido Ambrósio, baixando os olhos do retrato. — Claro! Já conheço o senhor!

— O deputado não me chame de senhor! — cortou Julião, seco e reto, quase ríspido.

— E não me chames de deputado! Basta Cândido, ou Ambrósio, como quiser. Vejo que o rapaz não é de muita conversa. Sabe, conheço teu pai! Vocês do Marajó não desperdiçam palavras.

— E o deputado, pelo visto, fala muito.

— Pois é. Na política, contrai-se tal vício.

— Se os políticos falassem menos e trabalhassem mais... — alfinetou Julião, lutando para controlar a aversão que sentia pelo deputado.

— Aposto como o moço é da oposição. Estou certo? — indagou Cândido Ambrósio, piscando um olho.

— Não! Não tenho partido — respondeu Julião.

— É o que dizem todos os estudantes que jogam pedra nos militares.

— O deputado é do partido do governo? — indagou Julião, como se ainda não soubesse.

— Bem... Pertenço ao partido do governo, porém me mantenho crítico. — desconversou Ambrósio.

— Já que é crítico, acredita que todos os que criticam o governo são comunistas, como dizem os militares?

— Sabe o que eu penso, Julião? Tanto os militares quanto essa molecada que ataca o governo são umas mulas. Se a ditadura caísse, o Brasil acordaria no dia seguinte comunista. Já pensaste o horror? No comunismo não há liberdade, nem propriedade privada, nem família. Tudo lá pertence ao Estado. E sabe quem é dono do Estado? Os burocratas — respondeu Cândido Ambrósio, professoral.

— Ora bolas! Se é como diz o deputado, já estamos no comunismo! — provocou Julião.

— Como assim, meu jovem?!

— Me mostre a liberdade, a propriedade privada e a família no Brasil! Há liberdade com ditadura? Há, sim, mas só para poucos. Liberdade para explorar uma mão de obra semiescrava. Há propriedade? Há, sim, o latifúndio, enquanto a maioria não tem onde cair morta. Há família, deputado, com desemprego e salário de fome?

Desconcertado, Cândido Ambrósio olhava para o interlocutor com um misto de espanto e respeito.

— As observações do rapaz não deixam de ser interessantes — contemporizou. — Com esse discurso e os votos da vaqueirama do Marajó, bem podes chegar à Assembleia Legislativa.

Josefa apareceu na sala com dois copos de vinho de taperebá. Na cozinha, D. Adelaide, abrindo de vez em quando a porta do forno, verificava a cor do cabrito. Um cheirinho gostoso já chegava na sala.

— Como se chama a menina da esquerda? — voltou Cândido Ambrósio ao retrato de família.

— Adelaide Maria — respondeu Julião.

— É a mais velha?

— A do meio.

— Bonitas moças. A da direita, Maria Clara, já tem namorado?

— Isso só ela pode responder — respondeu Julião, mal-humorado.

A curiosidade do deputado não era à toa. Lá no armazém já havia perguntado se ela era casada. "Mas o que ele pretende? Acaso quer namorar com ela. Onde já se viu? Maria Clara zombaria dele."

Cândido Ambrósio intuiu que o ciúme era a causa da frieza do seu mestre-sala. Ele também detestara os rapazes que requestavam a irmã Clotilde, a coitada que, de tanto porem defeito em seus pretendentes, acabou ficando no caritó. Julião e Maria Clara, porém, não eram irmãos. Deveria observar melhor o frangote. Pois, como todo predador, o deputado, antes de agir, reconhecia o terreno, levantava informações, detectava obstáculos, anotava comportamentos.

Julião suspirou aliviado quando Sr. Alarico, já lavado e trocado, veio buscar o deputado para a mesa, grande e retangular, debaixo de um candelabro de cristal, pendente do teto. Um ventilador de parede arejava o ambiente. Sobre a mesa, frutas, verduras, legumes, sucos e o delicioso cabrito, cozido, assado, frito, guisado, enfim, uma variedade de acepipes e iguarias nunca vista em casa dos Alarico, a denunciar o apreço (ou o interesse?) que os anfitriões tinham pela visita.

— Pessoal, eis o deputado Cândido Ambrósio — anunciou alto Sr. Alarico. Todos ficaram de pé para cumprimentar a ilustre visita.

— Madame, é um enorme prazer conhecê-la — disse Ambrósio, com voz de falsete.

— O prazer é nosso, deputado. Fique à vontade.

— Oh! Madame, como não me sentir à vontade? Sua casa lembra a casa dos meus velhos, lá em Santa Irene.

Tornar-se familiar era o pré-requisito do sucesso, sabia Cândido Ambrósio.

— E o Dr. Alariquinho, como vai? É um prazer conhecê-lo. Então, em breve o Pará terá um grande advogado, ou um emérito juiz? E a senhorita Adelaide Maria, acredite, é uma honra conhecê-la.

Ambrósio usava as informações que colhera sobre as pessoas, deixando-as surpresas e desguarnecidas.

— Bom dia, Maria Clara. Como vai a caçulinha da casa? — disse, apertando a mão da garota. — A senhorita ainda é quase a mesma do retrato. Disse quase, pois se transformou numa bonita mulher.

Maria Clara corou, mas achou delicioso aquele elogio de homem. O autor do galanteio era tão mais velho do que a destinatária que ninguém lhe levou a sério as palavras, muito menos a confusa e encabulada Maria Clara. Melhor para Cândido Ambrósio, que, assim, podia ir regando com calma a sementinha da sedução, que plantara há uma semana em Maria Clara.

Todos já haviam tomado seus lugares à mesa — Sr. Alarico à cabeceira, à direita D. Adelaide, ao lado dela Maria Clara e Adelaide Maria, Julião e *Riquinho* do lado oposto, e Cândido Ambrósio na outra cabeceira. Começavam a servir-se quando alguém toca a campainha. Josefa vai atender e volta acompanhada do Villacinha, namorado de Adelaide Maria, que, depois de noivarem, entrava e saía da casa dos Alarico à hora que bem queria. Sentou-se ao lado de Julião. Quem diria! Villacinha, Julião e *Riquinho*, lado a lado, na mesma mesa! Pode parecer absurdo, se não for devidamente explicado.

A Mudança

Julião não sabia o porquê, mas *Riquinho* havia mudado. Ficara-lhe menos hostil, o que já era notável. Havia o dedo de D. Adelaide, claro. Como uma fada benfazeja, tocara no humor do pupilo, falando-lhe do bom caráter de Julião e de sua provável participação na família — pois o namoro com Maria Clara, embora sem pedido formal, já não era segredo. Tal mudança tranquilizou-o. Já não temia que *Riquinho* denunciasse seus encontros noturnos com a irmã. Também podia observá-lo melhor. A petulância, a arrogância, a personalidade vaidosa do *Riquinho*, que antes emprestavam-lhe uma imagem viril, assumiam conotações surpreendentemente diversas. Só agora Julião notava a afetação dos passos e dos gestos de *Riquinho*, os trejeitos, a notável variação de timbres, e o cabelo *à la* Elvis Presley, másculo e corriqueiro, não fosse o corte entrado na nuca. Só agora se perguntava por que *Riquinho*, sempre rodeado de garotas, nunca tinha namorada?

Por essa época, o Villacinha passara a frequentar a casa dos Alarico. No começo, uma ou duas vezes por semana, quase sempre à noite, ficando com Adelaide Maria na poltrona da sala ou num banco da pracinha da esquina, embora pudesse ir mais longe, pois os velhos prestigiavam o namoro.

Villacinha era o marido talhado para Adelaide Maria — esbelto, dado à prática esportiva, filho de um coronel do Exército. Julião via-o jogando futebol na escola. Nada de goleiro! Gabava-se de ser centroavante, um artilheiro. Em política, defendia a ordem, pondo seus dotes físicos a serviço da pátria. Comandava um grupo violento de garotos que — porrete em punho — dispersava passeatas e reuniões de estudantes, de forma nada democrática. Ao contrário do *Riquinho,* não desafinava. Falava grosso, voz de barítono. No amor, dizia-se fiel. Só uma pessoa parecia ter para Villacinha a mesma importância que Adelaide Maria. Essa pessoa era o *Riquinho,* reinando entre os três perfeita harmonia. Nas horas que sobravam do namoro, Rico e Villacinha estavam sempre juntos. Embora não tivesse talento, até no futebol *Riquinho* acompanhava o outro. Punham-no no gol, onde revelava mãos hábeis e reflexo de felino. Em política, seguia o Villacinha, de quem era conselheiro. Foi o Riquinho quem deu a ideia de tocarem fogo no grêmio e darem uma surra no Marcos. Foi também ele quem convenceu o Villacinha a não molestar Julião, que, apesar de matuto e comunista, namorava com sua irmã. Inestimável ajuda. Se Julião soubesse dela, haveria de agradecer. Pois Villacinha, filho de um coronel, tinha enorme poder. Podia estrepar quem quisesse, bastando entregar ao pai o nome do "subversivo" que escolhesse, o qual saía do mapa no dia seguinte. Não foi isso que aconteceu com o Marcos? Ao voltar do congresso, foi expulso da escola e, dias depois, faltou à reunião do Partido, e ninguém soube mais dele. O João também desapareceu, mas, neste caso, ninguém se espantou. Deixara o Partido, abandonara a escola e entrara na *Ala Vermelha,* dissidência que pregava a luta armada contra a ditadura. Mais cedo ou mais tarde, isso aconteceria. Vivia-se um tempo terrível. As principais lideranças do movimento foram presas; o regime proibira qualquer forma de organização; até o Congresso Nacional, sempre bem-comportado, fora dissolvido. O país era governado por decreto; perseguiam-se as pessoas à toa, sem acusação nem processo. Julião admirou a coragem de João, que largou tudo e desapareceu na noite da clandestinidade, para combater, com a espada da justiça, o dragão da maldade. Chegou a pensar em fazer o mesmo, coragem não lhe faltava. Enfrentaria a ditadura como Davi enfrentou Golias, mesmo que Deus não estivesse do seu lado. Pois, se Deus existia, não era brasileiro. Não era fácil ficar quieto, como um peixe pequeno que, com medo dos predadores, se esconde nos arrecifes. Não era fácil tomar café, almoçar, jantar, sabendo que a maioria do povo passava fome; ou ir à escola, sabendo que os filhos do povo cresciam analfabetos; ou trabalhar no armazém, enquanto milhares de homens imploravam um emprego. Depois que Maria Clara se ia, Julião, ainda despido na cama, pensava nos companheiros, àquela hora quem sabe torturados num infecto porão. Sentia remorsos. Envergonhava-se da vida mansa que estava levando. Acalmava a consciência dedicando-se com afinco ao trabalho de organização, um trabalho pequeno, miúdo, na surdina. Sem o Marcos e o João, ele e Jairo assumiram o comando da célula, procurando mantê-la viva. Com todos os espaços legais fechados — até o grêmio fora proibido! —, restavam-lhes movimentos restritos, em pequenos círculos, à boca miúda, redobrando o zelo com a segurança das reuniões. Pois a turma do Villacinha andava mais agressiva. Crescera em número e constituíra-se em milícia. Dividiram a escola em zonas e andavam com porretes. Por isso Julião, mesmo agora, não estava totalmente tranquilo. O Villacinha não mudara; continuava inimigo declarado. Quando ia à casa dos Alarico, Julião se afastava.

Mas as visitas do Villacinha amiudaram-se. Vinha também às tardes, à hora que bem queria, entrava sem se anunciar, sentava-se à mesa sem ser convidado, comia o que encontrasse, e trancava-se horas a fio lá em cima, no quarto do *Riquinho,* às vezes com os dois irmãos, outras vezes só com Adelaide Maria, saindo lá pelas tantas da noite, sem ninguém se incomodar. Chegou ao ponto de chamar Sr. Alarico de “tu”, e o velho parecia até gostar.

Julião às vezes imaginava o que eles faziam lá em cima. Não era difícil adivinhar. As ancas de Adelaide Maria larguearam-se, os seios ficaram mais cheios, os olhos tinham a malícia da mulher feita. Julião apenas sorria. Adelaide Maria já não tinha moral para se intrometer no caso dele com Maria Clara.

Uma coisa, porém, o intrigava: por que às vezes Villacinha vinha quando Adelaide Maria não estava em casa e entocava-se lá em cima com o *Riquinho*? Por que, às vezes, o *Riquinho* andava pela casa, roendo as unhas, e só se acalmava quando o Villacinha chegava? Subiam então para o quarto, onde durante horas se trancavam. O que fariam lá em cima? Julião resolveu vigiá-los. Talvez planejassem algo para a milícia — um novo controle da escola, quem sabe um atentado, ou a fabricação de alguma arma caseira. Ou seria outra coisa?

Certa vez, Julião flagrara um olhar lânguido e tristonho do *Riquinho* em direção ao Villacinha, enquanto este acariciava Adelaide Maria. Doutra vez, pescara no ar uma estranha troca de olhares, no meio de uma conversa. O mistério persistiu até que, certa tarde, Julião foi, na ponta dos pés, espionar o que os dois faziam no quarto do *Riquinho*. Encontrou a porta fechada. Não sabia se prosseguia ou se voltava. Por fim, evitando barulho, experimentou a maçaneta, constatando, para sua surpresa, que a porta estava só encostada. Ficou de novo indeciso. Como se explicar se o surpreendessem? — preocupava-se, quase desistindo da empreitada. Por fim, foi adiante. Seja lá o que fosse, precisava saber. Girou lentamente a maçaneta da porta — músculos tensos, a mão suada. Liberada a trava, empurrou devagarinho a porta, torcendo para que as dobradiças não rangessem. Por uma abertura de dois palmos, perscrutou o interior do quarto. Mas começou a piscar, embaraçado. O sol entrava pelo janelão do quarto, reverberando sobre os móveis e o assoalho, tudo clareando. Mas não era o sol que lhe ardia nos olhos, mas a cena estapafúrdia que se lhe apresentava. "Então é isso que eles fazem?!" — exclamou Julião, perplexo.

De pé, costas para a porta, à ilharga da cama, completamente nu, Villacinha trabalhava em ritmo cadenciado, os quadris indo e vindo, os músculos das nádegas retesando-se. Julião não lhe podia ver a cara, voltada para o outro lado, mas, pelos movimentos do corpo, devia estar concentrada. Só sabia que era o *Riquinho* que estava de quatro sobre a cama porque via Villacinha puxar para si uma branca e vigorosa bunda. Como quem recebe uma tijolada na cabeça, Julião não sabia o que pensar. Era difícil crer no que via. Não podia ser o Villacinha, defensor da ordem, campeão da disciplina, chefe de milícia, artilheiro do time, noivo exemplar de Adelaide Maria, cobiçado pelas meninas, filho do coronel Villaça, símbolo da masculinidade nacional. Nem podia ser o *Riquinho,* não menos atlético, não menos requestado pelo sexo oposto, exemplar não menos legítimo do macho nacional. O que faria? Fora pescar sardinhas e arpoara um pirarucu. Ao invés de afastar-se na ponta dos pés, Julião puxou calculadamente a porta do quarto com força e saiu pisando forte pelo corredor, desceu a escada e foi sentar-se na sala, a fim de aguardar o resultado, imediato como o de uma bomba. *Riquinho* na frente, Villacinha atrás, cabisbaixos, desbancados da costumeira arrogância, entraram na sala e, encabulados, olharam para Julião, que, sem uma palavra, mas com um sorriso nos lábios que dizia tudo, encarou-os com altivez, dono da situação.

— Julião, por favor... — balbuciou Villacinha.

— Eu sei... mas fiquem tranquilos, serei um túmulo — garantiu Julião, em tom excessivamente reverencioso, que só realçava o sarcasmo.

A partir desse dia, Villacinha e *Riquinho* trocaram, a contragosto, o desprezo e a indiferença por palavras e gestos amistosos. *Riquinho* passou não apenas a tolerar as aventuras noturnas de Julião com Maria Clara, como até os alcovitava. Aos domingos, subia com eles ao seu quarto, deixando-os, logo em seguida, lá em cima, atracadinhos, apreciando, através do janelão, o caule rijo do açaizeiro do quintal enfiar-se na verde e luxuriante ramagem da palmeira. Villacinha, por sua vez, não só passou a falar com Julião, como até o convidou para conhecer a sua casa. D. Adelaide, cujo propósito era aproximá-los, ficou satisfeitíssima com tal mudança. E, assim, Julião reverteu a força dos inimigos em seu próprio proveito.

O Enviado de Deus

Embora estivesse sentado ao lado do *Riquinho* e do Villacinha, não era deles, porém, que Julião tinha receios, mas sim daquele homenzinho de aparência insignificante e ridícula, mas rico e poderoso — qualidades que lhe davam segurança interior e um verniz de dignidade que atraíam os olhos como as flores coloridas e seduziam como as irresistíveis fragrâncias.

Villacinha atrasara-se e pedira desculpas. Sr. Alarico apresentou-o ao deputado, que não perdeu a oportunidade:

— Então o rapaz é filho do coronel Villaça? Bela carreira, a militar. Suponho que pense em segui-la.

— Meu pai quer que eu entre na Academia Militar. Preferia ficar em Belém — respondeu Villacinha, olhando para Adelaide Maria e *Riquinho*. Não poderia viver longe deles.

— Sei o que é isso — tornou Ambrósio. — Sofri que nem condenado quando tive de deixar Santa Irene para cumprir o meu primeiro mandato na capital. Como me fizeram falta o colinho de mamãe e o perfume da minha namorada!

Todos olharam para o autor daquelas palavras, como se, até então, não tivessem se apercebido de que era homem. Vendo-se o centro das atenções, Cândido Ambrósio aproveitou para mostrar-se:

— Mas foi bom sair de casa. Primeiro, aprendi a me virar sozinho, o que é indispensável a um homem. Segundo, descobri que a minha namorada não gostava tanto de mim como dizia, pois, uma semana depois da minha partida, arranjou outro. Já imaginaram se eu tivesse casado com ela? — E Ambrósio concluiu solene, olhando para Maria Clara: — Quando existe amor, nem o tempo nem as distâncias prevalecem. Maria Clara corou. Ambrósio marcara mais um tento.

O almoço, que começara tímida e recatadamente, fluía magnificamente. Espelhando-se no patriarca, que comia literalmente pelos cotovelos, todos, inclusive o ilustre convidado, depuseram os talheres e meteram as mãos no cabrito.

Cônscio de sua importância e querendo impressionar, Cândido Ambrósio — pegando carona numa observação do Sr. Alarico sobre o excesso de impostos que sufocava o comércio — criticou não só o governo, cujos membros chamava pelos nomes, como também empresários, banqueiros e até eclesiásticos — todos, segundo ele, culpados pelo atraso do país. Mas, se alguém quisesse tirar alguma lição do seu discurso, não teria sucesso, pois Ambrósio punha governo e oposição no mesmo saco. Na verdade, o tema era apenas pretexto para exibir seus conhecimentos sobre os bastidores do poder, o que sem dúvida conseguia. Sr. Alarico, preso à lida do cais, cheirando a secos e molhados, ignorando as engrenagens do poder — embora fosse um dos seus sustentáculos —, impressionou-se muito com as bravatas do deputado, e concluiu que contar com a amizade daquele homem era pôr-se ao abrigo.

D. Adelaide, enquanto Ambrósio falava, observou-lhe o corpo, o rosto e os gestos, comparando-os à imagem que dele fizera a partir das entusiásticas informações da filha. Tomado por partes, o deputado valia bem pouco. Tudo nele estava abaixo da média. Cândido Ambrósio era uma figura mais que medíocre. Visto no todo, valia ainda menos, mas revelava uma força que se impunha sobre a miserabilidade de cada parte. Além disso, tinha consciência de sua insignificância — coisa rara nos indivíduos medíocres. Não sendo forte nem belo, desenvolveu outras armas. Era ladino, ágil e astuto;

pensava enquanto falava; não dava pingo sem nó. No entanto, enquanto ele ia, D. Adelaide já estava voltando. Tendo-lhe desenhado o perfil, ocupou-se de enquadrá-lo em seus planos, pois, para a astuta senhora, todos eram peças de um quebra-cabeça, que ela estava sempre montando e desmontando.

— O deputado tem planos de morar definitivamente em Belém? — indagou, sabendo que Cândido Ambrósio se deliciava em falar de si mesmo.

— Quem me dera, Madame! Belém foi um caso de amor à primeira vista, mas minha família tem seus negócios em Santa Irene — coisa miúda, umas cabecinhas de gado e um armazém, mas que dá muito trabalho —, por isso, quando terminar meu mandato, serei obrigado a voltar. A menos que me reeleja ou... se me casar com uma moça daqui de Belém, mas isso só Deus sabe.

Estava mais do que claro, o deputado interessava-se por Maria Clara. Hum... e agora? Perto de Julião, não passava de um trambolho. Em compensação, ao lado do deputado, Julião não passava de um projeto de homem. Será que Maria Clara já percebera as intenções do deputado? "Duvido! É uma bobinha".

Em seguida, deixando de lado as considerações de ordem física e psicológica, D. Adelaide passou a analisar o aspecto puramente mercadológico da questão. Alarico não lhe dissera que o deputado era dono de considerável fortuna e era também quem dava a última palavra nos negócios da família? Além disso, construíra brilhante carreira política, representando, portanto, presente certo e futuro garantido. Julião, em contrapartida, embora herdeiro de um fazendeiro, não passava, por ora, de mera promessa. Colocados na mesma balança, o prato do deputado era o que pendia.

Durante todo o almoço, Maria Clara ficou paralisada pelas palavras do deputado, como que embebedada pela sua fragrância melosa.

E recolheu os joelhos quando Julião, por baixo da mesa, quis roçá-los. Quando, já de tardinha, Cândido Ambrósio levantou-se para ir embora, Julião até lhe apertou a mão, aliviado, pensando ter se livrado definitivamente do intruso. Crasso engano, pois D. Adelaide insistiu tanto com o deputado para que os honrasse com outras visitas, que o espertinho, dias depois, estava de volta.

Ambrósio, com sua natureza úmida, lembrava um vegetal — não um vegetal qualquer, mas um vegetal carnívoro, capaz de imitar certos comportamentos do homem e com este até ser confundido. Para compensar a sua insignificância hereditária, era capaz de engendrar engodos, empregar disfarces, preparar armadilhas, nas quais suas presas, seduzidas, vinham cair. Toda a família parecia embriagada pela fragrância que se evolava da transpiração biliosa do deputado. Sr. Alarico e D. Adelaide não tinham mais dúvidas de que Cândido Ambrósio era um anjo por Deus enviado, embora, no pouso, tenha se avariado. Esqueceram de Julião e empurraram a filha para os braços do deputado, apontando-lhe virtudes, inventando-lhe qualidades. Maria Clara — por curiosidade ou por necessitar de segurança — tocou no líquido viscoso do deputado, pensando apenas em sentir-lhe a espessura, e nunca mais conseguiu desgrudar-se dele. Cândido Ambrósio, uma vez capturada sua presa, enchia-a de carícias e cuidados, enquanto lhe secretava mais visco, lambuzando-a toda, e, quanto mais Maria Clara se debatia no líquido, mais e mais ia se afogando, num processo macabro que progredia rapidamente. Atraída e imobilizada a presa, passa-se aos preparativos da deglutição, começando pelo noivado, celebrado mal começara o namoro. Depois secretam-se outras enzimas, pelas quais a presa finalmente é digerida. Mas, enquanto as enzimas da planta não tiverem absorvido as suas proteínas, a presa não está completamente perdida. Uma força exterior ainda pode resgatá-la da câmara mortífera. Mas o socorro tem que vir rápido, antes que o veneno se infiltre nos vasos, penetre nas mucosas e destrua os tegumentos, pois Cândido Ambrósio, mal noivara, marcou o casamento. Julião, no entanto, desistiu da luta, dando Maria Clara como perdida. Enquanto ia sufocando, a moça debatia-se tenazmente para se libertar do envolvimento asfixioso e opressivo de Cândido Ambrósio, chegando mesmo a declarar à mãe que não mais queria casar com o deputado, só atraindo com isso, porém, o cerco ainda maior da família, que não tinha mais dúvidas sobre o acerto do casamento. Também confidenciou o seu arrependimento a Julião, recebendo um terrível silêncio como resposta, aquietando-se, por fim, num imenso e doloroso sofrimento.

O Exemplo de Wu

O anúncio do próximo casamento de Cândido Ambrósio e Maria Clara sangrou-lhe ainda mais o coração, mas Julião decidira não dar o braço a torcer. Continuou sua vida, como se nada tivesse acontecido, esforçando-se desesperadamente para esquecer não só Maria Clara, mas todas as mulheres do mundo — "essas víboras traiçoeiras".

Certa noite, Maria Clara veio-lhe bater à porta, voltando, porém, ao seu quarto, depois de longa e inútil espera. Com o amor-próprio ferido, Julião jurara a si mesmo humilhar Maria Clara como mulher nenhuma já fora humilhada.

Procurava não ver D. Adelaide cuidando de cada detalhe do grande evento, numa atividade febril, como se fosse ela, e não Maria Clara, a noiva. Via Maria Clara acompanhar a mãe às lojas e imaginava-a escolhendo o vestido de noiva ou a cama de casal. Procurava então aliviar o seu terrível pesar esfalfando-se no trabalho do armazém, de onde, se pudesse, jamais voltaria. Acordava cedo, tomava café antes de todos, saindo logo para a escola, onde procurava aplicar-se nos estudos. Voltava lá pelo meio-dia, ficando em casa só o tempo de almoçar. Mudara seu lugar à mesa, sentando-se longe de Maria Clara, mas, por mais que quisesse, não deixava de olhá-la; por mais que sofresse, não podia ficar sem ver os olhos verde-chumbo da garota, os quais, cansados de o procurarem, agora fugiam dele, confirmando no espírito de Julião sombrios prognósticos. Levantava-se primeiro da mesa e ia para o cais, de onde só voltava para dormir. A mortificação na lida aliviava um pouco a sua agonia. Tinha noites de sono pesado, sem sonhos, mas não a salvo de pesadelos.

Embora o deputado tenha conquistado os Alarico — que já só o chamavam de "Cândido" —, Julião não perdera o apreço do velho, que continuou a tratá-lo carinhosamente por "filho". Cada vez mais diligente no trabalho, Julião firmava-se mais e mais como seu braço direito na administração dos negócios. Com a experiência de cinquentão, Sr. Alarico pressentia o sofrimento do rapaz, razão por que deixara de se incomodar com as suas saídas demoradas.

Julião contara aos companheiros o segredo que unia tão fortemente *Riquinho* ao Villacinha. Contara por contar, vendo apenas a brejeirice do acontecimento, mas, para sua surpresa, acabou recebendo uma importante missão: aceitar o convite do Villacinha para ir à sua casa e tentar descobrir o destino do companheiro Marcos. Talvez o coronel Villaça — da "Inteligência" — soubesse do caso.

Certa tarde, saiu do Porto do Sal antes das 5, passou em casa somente para se trocar, pois iria pela primeira vez jantar em casa do coronel Villaça. Como devia apresentar-se ao militar? Embora fosse conduzido pelo próprio filho, certamente o coronel — cuja função no Exército era espionar e inquirir elementos tidos como suspeitos — ia querer saber com que tipo de gente andava o Villacinha. Depois do banho, vestiu-se da maneira mais sóbria — camisa de tergal bege e calça de linho branco, engomada. Para disfarçar os cabelos compridos — marca registrada da juventude rebelde que infernizava o regime — aplicou brilhantina e penteou para o lado, imitando o Villacinha. Pensou que devia ir preparado para conversar com o coronel. Mas não fazia a menor ideia sobre o que conversa um coronel. Nunca estivera tão perto de um coronel. Bem, como militar, pensou Julião, o coronel devia gostar de falar de batalhas, de táticas e estratégias, temas que, modéstia à parte, ele conhecia um pouco. Mas deveria tomar cuidado, pois, uma das táticas da guerra era a guerrilha — forma de luta que Julião mais estudara, estando, portanto, mais propenso a discorrer sobre ela. Num momento em que o Exército travava uma batalha contra grupos guerrilheiros, demonstrar conhecimentos sobre guerrilha seria altamente suspeito. A guerra convencional era tema mais seguro. Lera *A Arte da Guerra,* de Sun Tzu, e *A Retirada da Laguna,* do Visconde de Taunay, dois clássicos insuspeitos. Teceria considerações sobre a guerra do Paraguai, certamente enaltecendo o papel do glorioso Exército brasileiro e injuriando o sanguinário Solano Lopez, que, pusilanimemente, conduzira o seu povo ao massacre. Levaria de cor uma ou duas frases de elogio ao Duque de Caxias, o Pacificador. Como não conhecesse o julgamento do coronel sobre o Exército imperial após a Independência, evitaria nomes de mercenários como lorde Cochrane e John Greenfell, que massacraram os brasileiros para manter os privilégios dos reinóis. Se o assunto fosse a Cabanagem, Canudos ou Contestado, era prudente condenar como obras de fanáticos e desordeiros. Se o coronel falasse dos negros, nada de defendê-los, pois todo negro é culpado, até prova em contrário. Se falasse dos homossexuais, deixaria o coronel vituperá-los — com o Villacinha por perto, era melhor se calar. E quanto às mulheres? Nada mal endeusá-las, desde que mantidas, evidentemente, quietinhas nos seus altares. Em poesia, seria romântico como Gonçalves Dias de "a minha terra tem palmeiras / onde canta o sabiá / as aves que aqui gorjeiam / não gorjeiam como lá", ou parnasiano como Olavo Bilac de o "querido símbolo da terra / da amada terra do Brasil". Nada de Drummond, muito menos de Cabral. Em música, mencionaria Ângela Maria e Nélson Gonçalves, e não esqueceria Dom e Ravel, os cantores de "eu te amo, meu Brasil, eu te amo / meu coração é verde, amarelo e branco, azul-anil", e nada de Vandré, menos ainda de Chico Buarque. Comunismo?

Cruz credo! Vai-te, capeta! Sexo? Só no casamento. Drogas? Aí, sim! Julião esconjuraria de verdade, fazendo ou não coro com o coronel. E o *rock'n roll*? Xô, satanás! *Beatles*? Uns afeminados!

Concentrando-se em tal ideário, Julião dirigiu-se à casa do Villacinha. Ficava numa vila de casas térreas — amplas, com grandes portas e janelas, pequeno jardim na frente — e separadas umas das outras por muros baixos, de maneira que, do portão, enquanto batia palmas, Julião pôde ver um soldadinho que parecia lavar roupas no tanque ao lado da casa vizinha. Estranhou que o soldado, tirando as mãos do tanque, fosse ao varal do quintal e dependurasse pequenas peças, que, sem muito esforço, identificou como sendo cuecas e — seria possível! — calcinhas de mulher! Depois de alguns minutos de espera, outro soldado, devidamente uniformizado e com um fuzil apoiado ao ombro, aproximou-se dele pela calçada e indagou:

— O que o senhor faz aí parado?

— Venho à casa do coronel Villaça. Sou colega do filho dele — explicou Julião.

— Mostre-me o seu documento — mandou o soldado.

— Pra que documento? É só chamar alguém da casa.

— Eu pedi o documento! — insistiu o soldadinho.

A situação já estava tensa quando a porta da casa se abriu e o Villacinha apareceu.

— Desculpa-me a espera, Julião. Estava no banheiro.

— Chegaste na hora certa, pois o soldado parecia disposto a me prender.

Villacinha mirou o soldadinho com os olhos reprovadores com que se costuma calar os cães.

— Perdão, Sr. Villacinha! Eu só pedi o documento — choramingou o soldado.

— Documento que nada! Recruta de merda! Desde quando meus amigos estão obrigados a mostrar documentos? Nunca mais peças documento a este rapaz, ouviste?

— Perdão, seu Villacinha... — balbuciou o soldadinho.

— Pois siga em frente! Faça sua ronda, mas não moleste os meus amigos! — esbravejou Villacinha. O soldadinho, amedrontado, bateu continência e se foi.

Entre as aleias do pequeno jardim, explicou:

— Estes recos dão-me nojo. Servem o Exército por um prato de comida e nem sabem o que significa pátria. Uns covardões! Se mijam quando a gente fala grosso. Apesar da miséria, não têm coragem nem para ser comunistas.

Julião perguntou o que estava fazendo o soldado que vira na casa ao lado.

— Pois não te falei que esses recos não prestam pra nada? — respondeu Villacinha, sarcástico. — Aliás, até que prestam pra alguma coisa. Vês aquelas calcinhas de mulher no varal? São da mulher do capitão Ubiratan.

— O soldado lava as calcinhas da mulher do tal capitão?!

— E o que mais os imprestáveis saberiam fazer? Aliás, além de lavar as cuecas e as calcinhas, o soldadinho sabe fazer mais uma coisa.

— O quê? — quis saber Julião, curioso.

— Comer a mulher do chifrudo do capitão Ubiratan! Uma piranha!

— Mas... e o capitão?

— O capitão? Nem percebe. O seu verdadeiro casamento foi com o Exército. É um patriota extremado.

Julião sorriu, incrédulo. Então um militar, por baixo do uniforme e da mística espartana, escondia as mesmas fraquezas e passava os mesmo vexames de um cidadão comum? Queria saber mais sobre aquela mulher que ousava desafiar a vigilância e a moral militares. Podia até ser frívola, mas tinha mais coragem do que muitos generais.

— Por que ela faz isso?

— Sabe lá porque! Elas precisam de motivos? O pessoal chama ela de papa-anjo.

— Papa-anjo?

— Sabe, esse soldadinho não é o primeiro. Quando ela se cansa de um, pede pro marido mandar outro. Como não pode ter filhos, adotou um pelotão de recos, que fazem fila pra serem filhinhos dela.

— Ela é louca?

— Louca que nada! É inteligente e gostosa! Só não me dá chance porque sou filho de oficial; ela se preserva.

— E se contarem pro marido?

— Ninguém tem coragem.

Julião ficou durante algum tempo com a mulher na cabeça. Como seria ela? Qual a sua idade? Seria alta ou baixa? Que cor teria a sua pele? E a cor dos cabelos? Mas concentrou-se de novo em sua missão. Não cria na amizade do Villacinha. Sabia que não passava de um jogo, no qual o gato procurava parecer inofensivo, e o rato, confiante.

Em vez de ficarem na sala, Villacinha levou Julião diretamente à cozinha, apresentando-o à mãe, D. Beatriz — de uns quarenta e cinco anos, pele muito branca, cabeça loira já se esbranquiçando, gaúcha, neta de imigrantes italianos.

— Então o senhor é o Julião? Se é amigo do meu filho, seja bem-vindo — disse, sem tirar os olhos das panelas.

— Obrigado, senhora — respondeu Julião.

— Tua mãe está bem? — indagou D. Beatriz.

— Minha mãe?

Villacinha, sabendo que Julião não tinha mãe, socorreu-o a tempo.

— O Julião mora na casa do Sr. Alarico, mãe. A família dele é do Marajó.

— Ah! Tua mãe mora no Marajó — insistiu D. Beatriz. — Diga-lhe que mandei um abraço. Como mesmo ela se chama?

Novamente Julião engasgou. Mas foi salvo, desta vez, pelo coronel Villaça, que acabava de chegar do quartel. Descera do carro que transportava os oficiais e — mesmo sabendo que teriam visita — demonstrou surpresa com a presença de Julião na cozinha.

— Papai, este é o Julião, o colega de quem lhe falei — apresentou Villacinha.

— Sinta-se em casa — disse o coronel, perscrutando o visitante. E, sem esperar resposta, deu-lhe as costas, desaparecendo num dos quartos da casa.

— Não repara, Julião. A casa de um militar é meio caserna. Meu pai às vezes se esquece de que não está no quartel. Mas, o meu velho é legal. Tu verás! — justificou Villacinha. Voltaram à sala. — E lá na escola, como vão as coisas? — perguntou Villacinha, que, embora continuasse chefe da milícia anticomunista da escola, pouco ia lá, pois terminara o ciclo colegial e agora se preparava para o concurso da academia militar.

— Tudo igual — respondeu Julião.

— Me disseram que o Marcos foi expulso e o João desapareceu — disse Villacinha.

— É o que dizem, mas não sei se é verdade, pois me afastei do pessoal do Jairo.

Realmente, por decisão coletiva, Julião, há dias, não se encontrava em público com os companheiros. Esperavam, com isso, dissipar qualquer desconfiança do Villacinha, captando-lhe a estima, a fim de que revelasse o destino dos desaparecidos.

— Não precisas fingir, Julião; sei que és da turma do Marcos — cutucou Villacinha.

— Eu era! Não sou mais! — retrucou Julião, esforçando-se em parecer convincente.

— Tá certo, não precisas jurar. Estou sabendo de tudo, tenho os meus informantes. Mas gostaria de saber por que te separaste deles?

— Descobri que sonhar um sonho irrealizável é loucura.

— Se dissesses que passaste a admirar a ditadura militar, eu não acreditaria. Mas logo vais ver que a pior ordem é melhor do que a mais perfeita anarquia.

— Sabe, Villacinha, não sou contra nem a favor de nada; só quero viver minha vida — disse Julião, admirando-se de tamanha parvoíce.

— O que pretendes fazer depois do colégio? — indagou Villacinha.

— Ainda não sei — respondeu Julião. — Só sei que não volto pro Marajó.

— Pra tudo se dá um jeito. Já fizeste o alistamento militar?

— Sim. Mas não quero incorporar, nem sei como me livrar.

— Não queres servir? Isso é muito simples. Deixa que falo com papai; ele fala com o chefe do recrutamento. Tens razão, ser soldado raso é perda de tempo, quando se pode entrar numa escola militar e sair de lá oficial, ou numa Faculdade. É muito fácil entrar numa Faculdade, desde que se conheçam alguns caminhos. Não sei os detalhes, mas o Exército pode colocar quem quiser na lista dos aprovados. Ou achas que o Rico tinha condições de passar no vestibular? De qualquer forma, daqui a cinco anos será um bacharel em Direito, como tantos outros.

Então era isso! Estava explicado o sucesso do *Riquinho*.

— E então, meu chapa? — continuou Villacinha. — O que vais fazer da vida? É só decidir e deixar o resto comigo.

Julião disse que precisava pensar. Uma fotografia sobre a cristaleira da sala o atraiu. Dois militares, em primeiro plano, cumprimentavam-se. O mais alto — tronco largo, cabeçorra exuberante — era o general C,[24] presidente da República, muito fácil de ser reconhecido, com sua carona massuda, a tez lustrosa, os olhos camuflados sob as pálpebras empapuçadas, e aquela expressão pachorrenta que transparecia tibieza. O outro militar — mais baixo, impecavelmente fardado, o torso avançado, o braço direito estendido para frente — era o coronel Villaça. Atrás deles, em segundo plano, perfilava-se diante do presidente um pelotão de oficiais.

— O próprio presidente promoveu meu pai a coronel da inteligência — explicou Villacinha, orgulhoso.

Tiveram de voltar à cozinha. A janta estava pronta, avisara D. Beatriz. Coronel Villaça, devidamente banhado e penteado, já ocupara o seu lugar, à cabeceira da mesa. Sem a farda, parecia descontraído.

— Sentem-se. Julião, fique à vontade — disse, jovial, embora persistisse a expressão severa das sobrancelhas hirsutas. Julião e Villacinha sentaram-se. D. Beatriz, embora todas as bocas do fogão já estivessem desligadas, manteve-se de pé, perto das panelas. — O Ubiratan vem ou não vem? — perguntou o coronel à mulher.

— A Ofélia me garantiu que viriam às 7 — respondeu ela.

— Então eles vêm. O Ubiratan não perde uma batalha — ironizou o coronel.

Julião notou dois pratos a mais na mesa. Ofélia não era a papa-anjo? Então vê-la-ia? Villacinha — que escondera de propósito a vinda do capitão com a mulher — piscou para Julião, gozando-lhe a cara surpresa.

No relógio de parede da cozinha faltavam três minutos para as 7. Enquanto esperava a chegada do capitão Ubiratan, o coronel começou o seu trabalho de averiguação:

---

[24] Referência ao general Artur da Costa e Silva, segundo presidente do período da Ditadura Militar de 1964. (N. do E.)

— Imagino as dificuldades que o seu pai enfrenta para criar gado no Marajó...

— Sim, dá muito trabalho, mas a natureza na Amazônia é pródiga — respondeu Julião, medindo bem cada palavra.

— Ano passado, a enchente matou muito gado e os fazendeiros culparam o governo pela falta de ajuda. Seu pai perdeu muito boi?

— Quase a metade da manada de búfalos — respondeu Julião.

— Acho que o governo tem seu pedaço de culpa nessa tragédia. O senhor também não pensa assim?

"E agora, o que devo dizer?" — indagava-se Julião, verdadeiramente aperreado. Se dissesse sim, poderia aborrecer o coronel, o qual, de uma forma ou de outra, como militar, fazia parte do governo. Mas, se dissesse não, manifestaria opinião contrária ao coronel, o que talvez não fosse bom, pois os militares não toleram divergências.

— Penso que o governo deveria apoiar mais a agropecuária. Se bem que, quando se trata das violentas enchentes do Amazonas, nenhuma ajuda é suficiente.

— Então o senhor absolve o governo? Não deixa de ser sensato — disse o coronel, admirando-se da sutileza do visitante, que suspirou aliviado. — De qualquer forma — tornou o coronel —, o Poder Público tem descurado de algumas de suas obrigações para com o homem do campo. O senhor, por exemplo, se houvessem instalado escolas no Marajó, não teria vindo para Belém, deixando lá sua família. Suponho que o senhor preferisse ficar na ilha.

— Gosto da ilha, coronel, pois foi lá que nasci e cresci, mas, vir para a capital, no fim de contas, acaba sendo uma oportunidade de aprender coisas novas. E, depois, os filhos do campo, para se fazerem ouvidos, precisam conhecer as engrenagens da cidade, onde se estabelece o poder.

— O senhor tem razão. Política se faz nas cidades. Imagino que o senhor participa da política estudantil. Estou certo?

— Não nego, coronel. Já participei, mas hoje só me interessam os estudos. Os estudantes choram de barriga cheia — respondeu Julião, cismado que nem a presa na boca da armadilha, procurando ver o efeito que essas palavras ensaiadas produziam no rosto do coronel.

— Vejo que o senhor não se deixou contaminar pelas ideias subversivas que andam em voga entre a juventude.

Neste exato momento, bateram à porta.

— É a Ofélia e o capitão Ubiratan! Vai recebê-los, filho! — mandou D. Beatriz. Villacinha, levantando-se, cutucou sorrateiramente a costela de Julião e olhou-o maliciosamente. O relógio de parede marcava exatamente 7 horas. Julião não deixou de notar a pontualidade do capitão.

— Eu não disse, Beatriz? O Ubiratan não perde a hora! — disse o coronel, enigmaticamente, em tom de pilhéria. O que ele queria dizer?

Já se ouviam os passos no corredor da casa, misturados ao som gutural de uma voz de homem. Julião procurou distinguir, entre os ruídos, um toc-toc provocante, produzido — era capaz de adivinhar — pelo salto alto de Ofélia. Cada toc era como uma nota musical tirada ao piano, que brandia no ar, penetrava no ouvido e vibrava lá dentro, provocando as mais ímpares sensações. Juntando o nome à sensualidade dos passos, Julião — a pele arrepiada, a cabeça em rodopio — compôs a imagem de Ofélia: uma mulher alta, lábios úmidos e carnudos, testa larga, olhos azulados e luxuriantes, guarnecidos por longos cílios; o nariz um pouco maior que a média, com uma ponta marcada por insinuante protuberância; e a pele leitosa do pescoço e do busto, que dava vontade até de lamber. Com os olhos irresistivelmente atraídos para a entrada da cozinha, onde deveriam aparecer o capitão e Ofélia, Julião travava luta titânica para pôr cabresto nos instintos. Mas, o inusitado da situação, a sensação de risco, o desajuste entre a rígida moral castrense e a ultrajante infidelidade conjugal da mulher do capitão, somando-se o insaciável desejo sexual da juventude, descontrolavam os sentidos. Encontrava-se no auge da expectativa quando as duas visitas entraram.

— Boa noite, D. Beatriz. Boa noite, Villaça. Boa noite Villacinha — cumprimentou o capitão. — Boa noite, rapaz — dirigiu-se finalmente a Julião, depois de breve hesitação — natural, o capitão não o conhecia.

A mulher repetiu o marido e, antes de tomar o seu lugar à mesa, foi até D. Beatriz, rés ao fogão, e deu-lhe três beijos. O capitão — porte imponente, rosto graúdo, maxilares salientes, olhos de felino sob supercílios que se projetavam — não escondia a ascendência eslava. Seu pai chegara ao Brasil ainda menino, trazido pelos pais que fugiam do regime comunista recém-instalado na Checoslováquia, ao término da Segunda Guerra mundial. O velho Pavlovisky tornou-se chefe da gráfica de um grande jornal de São Paulo, graças ao seu ódio aos comunistas, que fez dele notório delator dos companheiros de trabalho, os quais, de uma forma ou de outra, ao lutarem por melhores condições de vida e salário, deixavam-se empolgar pela propaganda vermelha e terminavam engrossando as fileiras do Partido Comunista. Angariou, com isso, numerosos inimigos. Em compensação, sempre teve emprego garantido. Algumas vezes, quase se perde debaixo da vingança daqueles que se julgavam prejudicados por ele.

O capitão cresceu ouvindo o velho Pavlovisky contar a atribulada vida que teve em sua terra natal, antes e depois desta cair — conforme dizia — nas garras da tirania. Pavel Girkowicius, justa ou injustamente, herdou do pai a malquerença dos operários da indústria gráfica de São Paulo, que transferiram ao filho todo o despeito que sentiam pelo velho. Foi assim que Pavel, não tendo escolha, seguiu as pegadas do pai. Teve, porém, melhor sorte, pois, de chefe de gráfica, acabou um dia possuindo a sua própria gráfica, onde se imprimia quase toda a literatura anticomunista daquela época. Mas, quando Ubiratan Girkowicius nasceu, o pai, querendo quebrar a triste sina de perseguições da família, jurou de joelhos e de mãos espalmadas, rogando aos céus — pois também era muito religioso — que o garoto haveria de ter um futuro melhor, isto é, não deveria ser gráfico, como o avô e o pai.

Com faro invulgar, Pavel encaminhou o filho a uma escola militar, pois pressentiu que o futuro do país e de sua família estava na caserna — porque, do jeito que iam as coisas, com a baderna comunista grassando pelas ruas e ameaçando diluir a "fibra nacional", mais cedo ou mais tarde a ordem haveria de ser imposta, "para o bem de todos e a felicidade geral da nação". A pele alvíssima, os olhos azuis, os cabelos loiros, e o hereditário complexo de perseguição — que fez dele um animal cordato, sempre pronto a obedecer aos que se mostrassem mais fortes — facilitaram-lhe sem dúvida a carreira militar. Os superiores descobriram nele o protótipo do militar do futuro — um elemento instruído, disciplinado, cônscio de sua superioridade, preparado para conduzir a nação ao seu grande destino. Em 1964, no clímax da agitação política, o golpe desfechado pelos militares em defesa das instituições burguesas encontrou o nosso Ubiratan Girkowicius recém-saído da escola militar, onde se especializara em assuntos estratégicos e de segurança nacional, prestando, já naqueles dias conturbados, valiosos serviços à pátria, tais como delatar colegas de escola "contaminados com o vírus do comunismo", ou espionar altas patentes, aproveitando-se do bom relacionamento que fizera com seus filhos, fornecendo ao serviço de inteligência elementos suficientes para prendê-los ou cassá-los. Foi assim que, de segundo-tenente aspirante a oficial, em apenas quatro anos chegou a capitão. Fazendo-se uma projeção, forçoso seria concluir que, neste ritmo, em mais oito anos, seria coronel. Com um pouquinho de sorte e boas relações, para general-de-brigada era só um pulinho, e, se chegasse até aí, haveria de lutar pelo galardão máximo: ser general-de-exército, de quatro estrelas, como eram os generais-presidentes. Mas tão brilhante carreira, tão alvissareira perspectiva, encontrava-se seriamente ameaçada, dir-se-ia por um fio. Ubiratan, por amor à Ofélia, estava, como Adão, a um passo de ser expulso do paraíso por causa do pecado de Eva. Logo após sua formatura na escola militar, no Rio de Janeiro, recebeu, como primeira tarefa, sua prova de fogo, um serviço no *front*, que consistia em frequentar aulas na Universidade Federal de Pernambuco, onde a agitação política extravasava, ameaçando a paz da capital. Ali, cabelos compridos e barba por fazer, infiltrado entre os estudantes, ele conheceu Ofélia, filha de usineiro, que viera morar com a mãe em Recife. Ofélia era a prova irrefutável da temporada holandesa no Nordeste. Flamenga no talhe da cabeça, no tamanho da testa, nos olhos azuis, no nariz grande e afilado, bem como no resto — dois braços longos e torneados, as pernas (que pernas!), duas toras de carne macia, os pés grandes mas em perfeita harmonia com os volumosos seios — seios não! Úbere de vaca holandesa! Não bastassem tais qualidades, que deixaram o tenente transtornado, Ofélia era a aluna mais desinteressada por política do mundo. Na verdade, nada lhe importava senão gozar das regalias que sua posição social permitia. O tenente conjeturou que, de duas uma: ou a moça era a mais alienada estudante que já conhecera, ou a maior dissimulada. Em qualquer dos casos, não lhe mereceria a estima. Ubiratan, anticomunista por princípio e devoção, não admitia que uma pessoa pudesse ficar indiferente à luta titânica que se travava entre o bem e o mal. Os indiferentes eram-lhe como baratas que se deve pisar. Quanto aos dissimulados, lobos sob a pele de cordeiro, são inimigos que se deve aniquilar.

Mas — como a ignorância de Ofélia era tão grande, apenas menor do que a sua estonteante beleza, e, como a paixão incendeia e o amor cega — o tenente Ubiratan, ao invés de alienação ou maledicência, viu no desinteresse de Ofélia pela política uma rejeição deliberada à influência comunista no movimento estudantil, prova cabal do seu patriotismo. Ao término de sua missão no Recife — depois de entregar, com suas informações, vários estudantes ao inferno das torturas — conduziu sua deusa ao céu do altar. Tal enlace trouxe-lhe respeito e prestígio. A rica e bela esposa parecia uma peça talhada com perfeição, sobre a qual se assentaria a tranquilidade e o sucesso do jovem tenente. Com efeito, o casamento é um importante requisito moral exigido de quem postula altas funções no Exército. O casamento é a prova sagrada, senão da coragem, pelo menos da masculinidade do militar. Um militar solteiro, ainda que muito jovem, anda debaixo de uma nuvem de desconfianças quanto à sua virilidade. Ofélia foi o sol que dissipou com seu calor as nuvens da desconfiança, clareando, com a sua luz, os passos de Ubiratan, que foi rapidamente promovido a capitão. Mas, com o passar dos anos, o fulgor do casamento perdeu a intensidade e já não chamava atenção. O que os colegas de caserna — e principalmente as suas mulheres — começaram a se perguntar era por que Ubiratan e Ofélia, quatro anos após o casamento, ainda não encomendaram um bebê? Os filhos são o corolário do casamento, só eles provam a fecundidade do casal. Uma família sem filhos não é bem uma família, assim como um exército sem soldados não é um exército. E o militar, para comandar soldados, deve primeiro saber comandar os próprios filhos. Eis a lógica e a moral castrenses. O belo casal foi, assim, posto sob forte suspeita. Insinuava-se à boca pequena que Ubiratan tornara-se impotente, havendo quem garantisse que Ofélia era estéril. Fosse qual fosse a verdadeira razão para a falta de filhos, esta falha comprometia fatalmente e punha em risco a promissora carreira. Ubiratan já pescara no ar tais comentários maledicentes. Fingia ignorá-los, embora andasse cada vez mais incomodado. Mas era de estranhar que, apesar de ciente, parecia jogar às traças o tão caro pundonor familiar, que integra, juntamente com a coragem, a honradez militar. Isto porque, já não bastante a pecha de impotente, corria o risco de também ser tachado de corno, e — o pior — corno manso! Pois parecia que, ele mesmo, ao mandar um soldado executar serviços domésticos em sua casa, fornecia à Ofélia os instrumentos com que lhe ornamentaria a testa.

— E então, Ubiratan, houve progressos na chácara? — perguntou o coronel.

— Tive um dia de cão, Villaça. Os desgraçados foram programados pra não falar — respondeu o capitão, pondo peixe em seu prato e no da mulher.

— Não deixem rastros — disse o coronel.

— A chácara é um túmulo, coronel, e o nosso pessoal é competente — garantiu o outro.

"Então há uma chácara onde eles torturam os presos! Marcos e João foram levados para lá? Onde fica ela? Preciso descobrir! Mas, como?" — pensava Julião, enquanto o coronel e o capitão conversavam e comiam, obrigando os outros a ouvi-los. Estava tão atento ao que os dois diziam, que até se esqueceu de Ofélia. De repente, o coronel voltou-se para ele e indagou:

— O que o rapaz acha que pesa mais, os interesses do Estado ou os de um indivíduo? Explico melhor: é justo infernizar a vida de uma pessoa para garantir a paz de toda a sociedade?

Não sabendo o que responder, mas precisando dizer alguma coisa, Julião falou:

— Bem... Não há sociedade sem indivíduos, mas os interesses dos indivíduos não podem ser mais importantes que os da sociedade....

— Vês só, Ubiratan? Nem toda a juventude está perdida. Ainda há jovens que amam a sua pátria e que darão sequência ao nosso trabalho. A juventude do Brasil não é essa malta que nos ataca, mas a massa silenciosa que só aguarda o momento do heroico chamado. Foi assim na Independência, quando a juventude rejeitou os inimigos do Império e seguiu os Andrada.[25] Foi assim na guerra do Paraguai, quando, como *voluntários da pátria*,[26] depuseram suas vidas no altar da honra nacional, sem dar ouvidos aos republicanos. E agora também será assim. Uma vez extirpado o quisto comunista, a juventude, salva do embuste e da confusão, descobrirá que era feliz e não sabia. O rapaz parece na idade de dar a sua contribuição à segurança da pátria.

— Sim, pai — adiantou-se Villacinha. — O Julião já se alistou, mas não sabe se quer incorporar. Ele está terminando o colegial, talvez se interesse pela escola militar.

— Oh! Isso é ótimo! Não é, Villaça? Precisamos purificar o nosso corpo de oficiais, substituir os elementos vacilantes... — intrometeu-se o capitão.

— Permita-me dizer, capitão, mas talvez eu queira cursar uma Faculdade. Não que desmereça a defesa da pátria, mas não sei se tenho vocação para as armas — disse Julião.

— Tudo bem, meu rapaz! O Brasil também precisa de jovens valorosos em outros lugares. Às vezes contribui-se melhor para a segurança nacional fora das forças armadas. Não é mesmo, Villaça?

— Sem dúvida, Ubiratan. Basta ver os colaboradores que temos nos mais diversos pontos da sociedade. O filho do Alarico, por

---

[25] José Bonifácio, Antonio Carlos e Martim Francisco, conhecidos como irmãos Andrada, tiveram papel destacado no movimento que conduziu à Independência do Brasil de Portugal. (N. do E.)

[26] Denominação das unidades militares criadas em 7 de janeiro de 1865, pelo Império do Brasil (1822-1889), para lutarem na Guerra do Paraguai (1864-1870), composta, em grande parte, por escravos incorporados à força. (N. do E.)

exemplo — disse o coronel —, faz, à paisana, o que muitos oficiais não conseguem fazer.

"Mas é lógico!" — pensou Julião. "O filho da mãe do Riquinho ganhou a vaga na Faculdade para delatar os colegas. Estarão pretendendo fazer o mesmo comigo?". Pois assim agem os militares. Quando cercam uma zona suspeita, procuram conquistar as pessoas com bom tratamento, dando-lhes comida e remédio, empregando-as como espiãs. Descobrem nas fileiras inimigas homens direitos que foram rebaixados, agentes que sofreram reprimendas, homens preteridos na distribuição de cargos, que aguardam, ansiosos, que seu lado seja derrotado, para que, assim, possam exibir sua capacidade e talento, infames vira-casacas, que se deixam atrair com presentes caros. Entre estes, os mais visados pelos militares são os espiões do inimigo. Quando os descobrem, ao invés de eliminá-los, procuram antes apoderar-se deles, a fim de empregá-los em seus próprios fins: recebendo grandes subornos e promessas liberais, tais espiões não raro se deixam seduzir. Não só se afastam do inimigo, como passam a fornecer-lhe informações falsas, espionando, ao mesmo tempo, o seu antigo grupo, causando-lhe um enorme estrago, pois, através das informações dos espiões convertidos ao seu serviço, é que o inimigo não só descobre os planos do adversário, como também quais os militantes gananciosos e sensíveis à corrupção.

E, na arte de fazer espiões, eles eram peritos. Além de espiões recrutados entre a população e as fileiras do próprio inimigo, o governo tinha os seus próprios espiões, os quais, obedecendo clássico modelo de ensinamento, eram de duas espécies: primeiro os espiões chamados de condenados, por serem deliberadamente preparados para caírem em mãos do inimigo e serem mortos — o que se dava da seguinte forma: os comandantes faziam certas coisas às claras, permitindo aos espiões tomarem conhecimento, mas tal se fazia calculadamente, com o objetivo de enganar os próprios espiões, que eram levados a acreditar e de nada desconfiavam. Então eram mandados em missões arriscadas, caindo em mãos inimigas. Como escolhiam-se para estas missões os homens mais fracos, não suportavam a pressão do interrogatório e contavam o que sabiam, fazendo, porém, um relatório totalmente falso, levando o inimigo a perder tempo e forças com medidas desnecessárias. Descobrindo-se tardiamente o engodo, o espião estava condenado. A segunda espécie de espião, a mais comum, é a que trazia notícias do acampamento inimigo — aos quais o general Sun Tzu, há 2500 anos, chamou de espiões sobreviventes, os atuais agentes infiltrados. Como precise sobreviver, deve ser um indivíduo de grande sagacidade. Embora, no aspecto, possa parecer bobo e até desprezível, deve ser ágil, forte, corajoso, dotado de uma vontade de ferro, capaz de suportar fome e frio e de conspirar com a vergonha e a ignomínia — ou seja, inteiramente acostumado a toda espécie de trabalho sujo.

Ao pesquisarem a literatura de guerra, Julião e seus amigos encontraram o seguinte episódio. Certa vez, o imperador T'ai Tsu enviou Ta-hsi Wu para espionar seu inimigo, Shen-wu, de Ch'i. Ta-hsi Wu fez-se acompanhar por mais dois homens. Estavam montados e usavam o uniforme do inimigo.

Quando escureceu, desmontaram a algumas centenas de metros do acampamento inimigo e, furtivamente, engatinharam para escutar, até conseguirem saber a senha usada pelo exército. Depois tornaram a montar e, ousadamente, entraram no acampamento sob o disfarce de vigias, chegando até a parar mais de uma vez, ao passarem por um soldado que quebrava a disciplina, para dar uma forte cacetada no culpado!

Assim, conseguiram voltar com grande quantidade de informações sobre as disposições do inimigo e receberam calorosa demonstração de apreço do imperador, que, em consequência do seu relatório, pôde infligir uma séria derrota ao adversário.

Julião, na casa do coronel Villaça, procurava seguir o exemplo de Wu e seus dois companheiros. Como disfarce, encarnou o tipo de jovem de classe média, descrente da política, mas patriota. Nem tão descrente que passasse por ignorante, nem tão patriota que levantasse suspeitas. Professava, no entanto, sua fé no regime. Contudo, a facilidade com que parecia ter sido aceito pelos dois militares, em vez de ser motivo de júbilo, deixava-o seriamente preocupado. Era-lhe difícil conceber ingenuidade em dois profissionais da espionagem, chefes da "inteligência" inimiga, homens acostumados a conceber engodos e a desvendar disfarces.

Mas o jantar transcorria aparentemente tranquilo. Não faltaram demonstrações de amabilidade. Mais descontraído, Julião pôde fazer um reconhecimento mais detido da formosa Ofélia. Concluiu que o capitão Ubiratan, com uma mulher daquela, só podia ter uma vida desgraçada, marcada, ao mesmo tempo, pela felicidade e pela tragédia — pois, como diz o povo, "quem não quer confusão casa com um canhão". Teve, porém, mais de uma vez, que interromper o devaneio a fim de dar atenção aos dois militares.

O capitão Ubiratan ofereceu-se para interceder perante a Junta Militar, a fim de que Julião fosse dispensado do serviço militar obrigatório. E o coronel Villaça disse que, se Julião resolvesse cursar uma Faculdade, era só falar com ele. Tais propostas só aumentaram a sua apreensão.

O relógio de parede marcava 21 horas quando o capitão, puxando a mulher pelo braço, levantou-se da mesa e despediu-se.

— Às 5 uma viatura vem me pegar. Vou à chácara ver como o sargento Tojal se saiu por lá — justificou-se o capitão. — Boa noite, Julião. Não esqueças de que gostamos de ajudar os amigos — repetiu.

— Vou chamar uma viatura do Exército para levar o senhor em casa — disse o coronel a Julião.

— Obrigado, coronel, mas prefiro ir andando — respondeu ele.

O coronel ainda insistiu, alertando para o perigo de se andar à noite pelas ruas de Belém, uma cidade infestada de bandidos. Mas Julião repetiu que preferia voltar sozinho.

— Bem, eu avisei. De qualquer maneira, se alguma patrulha te detiver, podes dizer que és meu protegido.

No caminho de casa, procurando decifrar o enigma, Julião convencia-se cada vez mais de que toda a obsequiosidade dos dois militares não era à toa. Diante dessa hipótese, ficou arrepiado. Se ela se confirmasse, estaria metido numa enrascada dos diabos, pois significaria que não lograra convencê-los de sua inofensividade e que eles, tendo-o como espião, controlariam os seus passos e provavelmente o eliminariam, caso não aceitasse o jogo da colaboração. Pois não há uma antiga regra de espionagem que diz: "O espião do inimigo que chegar até nós deve ser descoberto, tentado com suborno, deixado livre e confortavelmente abrigado. Assim, tornar-se-á um espião convertido e à nossa disposição"? Sim, os favores que lhe ofereciam eram a paga pela sua traição. Então, dominado por grande ira, Julião afirmou para si mesmo: "Eles cometem um erro em me subestimar. Ou pensam que não percebi que eles estão sabendo que eu sou um espião? Se pensam que vou engolir a isca, estão muito enganados. Jamais trairei os meus camaradas!". Mas, chegando a este ponto, outra pergunta saltou-lhe espontânea aos ouvidos: "E se não me deixar subornar, como reagirão os militares? Não estaria dessa forma ajudando a dissipar a dúvida que talvez ainda tenham sobre mim? Posso bem fingir que aceito, eles então pensarão que me converteram ao seu serviço, mas estariam enganados. E se eles não estiverem desconfiando de nada? Nessa hipótese, se não aceitar os seus favores, estarei desperdiçando a oportunidade, talvez única, de me infiltrar nas fileiras do inimigo. Diabos, o que faço agora?!"

A Seleção

Os sinos das mil igrejas de Belém tocam, anunciando o nascimento do menino Jesus, mas, em vez de alegria, uma melancolia de velório toma conta de todos os recintos. Numa atmosfera carregada de maus presságios, as pessoas parecendo nadar entre moléculas opressivas de umidade, Julião debate-se para manter-se lúcido.

O ar de estufa, a enorme bolha de vapor que parece cozinhar o mundo, as nuvens negras que — como mortalhas — escondem o sol, não o amedrontam. Pois fora parido num desses dias de calor e agonia do equador, num mundo antediluviano, ainda em formação, onde a vida, durante milhares de anos, debate-se contra a inércia titânica dos elementos. Julião compreende os humores da natureza, a ordem no aparente caos, a origem de bichos que nem ele, de sangue frio, meio anfíbios meio répteis, de índole mórbida, nervos de poraquê, cérebros de macaco, sempre prontos para o ataque. Sabe que, com a grande bolha de vapor, explodirão para a vida milhares de seres, numa orgia desesperada, cada um trazendo gravado dentro de si, do caldeirão em que foram gerados, um pedacinho da grande perversidade — essa coisa imaterial, invisível, mas sinistra, em tudo entranhada como um nada que a tudo escraviza. Essa coisa monstruosa — que também está dentro dele — que o atormenta.

Ainda se lembra de como o mundo parecia-lhe único e simples — de um lado, os búfalos pretos, covardões; e de outro, os búfalos rosilhos, bravos e malvistos, mas livres. Era capaz de distinguir o bem do mal, sem se preocupar com a justiça. Podia odiar a mãe que o abandonou, sem remorsos. Podia amar o pai, sem lhe mendigar carinho. Estrangular um passarinho e sentir prazer nisso. Salvar o sapo da bocarra da serpente, sem nenhum altruísmo. Ou admirar o vaqueiro Tião pela sabedoria e bravura — e somente por isso — sem idealismo. Nas noites de tempestade, quando o diabo parecia disposto a acabar com o mundo, era capaz de enfrentar a fúria do vento, sem se lembrar de Deus. E, quando o pai, certa vez, surrou um vaqueiro, não teve nenhuma pena dele. Sente saudades do tempo em que se excitava com o cio das vacas.

Julião agora se pergunta por que já não é feliz — pois era feliz e não sabia. Agora entende por que a ralé padece mas não sofre — pois só sofre quem tem consciência do padecimento. Agora entende porque os miseráveis não se empolgam com a ideia de justiça e deixam-se tosquiar como carneiros. Agora compreende porque um pobre é capaz de arrancar os olhos de outro pobre, enquanto, sem pudor nem remorsos, se curva diante de um rico. Eles não são nem melhores nem piores, são simplesmente o que são — conclui. Mas persiste o problema: por que deixara de ser o que era? Por que já não era capaz de insultar Deus e o diabo? Por que a luta entre o bem e o mal deixara de ser somente a briga entre dois irmãos ciumentos e transformara-se numa guerra real, diante da qual ninguém poderia ficar alheio? Aonde fora o seu humor? E a resposta dói-lhe mais que uma brasa: a justiça, sim! A ideia de justiça era a causa do seu sofrimento! Pois perdera a paz ao aceitar que o bem é melhor do que o mal, devendo todos, inclusive ele, serem absolvidos ou condenados. Quisera de novo sorrir de tudo e de todos, um riso gostoso e sarcástico, sem medo de ser feliz. Mas isso já lhe parecia impossível. A dor, a fome e a miséria já não lhe eram indiferentes. Maldita a hora em que tivera dó das criancinhas barrigudas das palafitas e sentira-se solidário àqueles homens rústicos do cais! Como agora esquecê-los? "Ora!

Ao diabo os pobres! Que culpa tenho eu? Não inventei a pobreza! Que procurem quem ergueu a primeira cerca no mundo, o filho da mãe que primeiro prometeu protegê-los. Eles não aceitaram proteção? Pois agora, aguentem! Diabos! Por que estou a maldizer-me? Acaso a ralé me pediu alguma coisa?". Mas já lhe repugna a ideia de fechar os olhos à realidade, de viver ao lado dos oprimidos e não se incomodar com eles. As mazelas do mundo desabam sobre a sua cabeça e, mais que culpado, sente-se perverso. Desespera-o pensar que o paraíso comunista, o tão sonhado mundo sem explorados nem exploradores, de amor e solidariedade, sem Estados nem fronteiras — que aprendera a desejar com Jairo e os camaradas do Partido — parecia-lhe agora tão distante quanto o brilho fugaz da mais longínqua estrela. Para continuar crendo nesse sonho, precisa crer no povo. Mas como isso é difícil! "O povo se curva à toa. Dêem-lhe um prato de comida; construa-se um cubículo para cada família; dêem-lhe emprego e um salariozinho de merda; e não se meta com ele, que ele segue vivendo de qualquer jeito e em qualquer lugar, pois o povo é que nem rato, alimenta-se de lixo e se esconde em buraco". Acaba censurando-se por tais pensamentos. "Que estúpido eu sou! Como querer que o povo sonhe, se a fome nasceu antes do pensamento? Se o macaco não tivesse que pular nos galhos para se alimentar, encontraria tempo para ser homem? Como culpar a criança, que morreu de desnutrição, por não ter crescido?". E, como um escorpião que se ferroa com a própria cauda, acusa-se: "Um pequeno-burguês, o menor de todos, é o que sou!". Não ter nascido na classe oprimida, era, nessa época, um pecado terrível, tão terrível quanto a lepra ou um aleijume injurioso que se deve esconder, pior do que não ter nascido. Embora Julião fosse filho de um fazendeiro, queria crer no povo, nas pessoas, enfim, num lugar que lhe desse trégua e lhe sorrisse, onde houvesse pessoas que não vivessem só para si. "Mas, qual futuro? Qual manhã? Não existe essa manhã que eu perseguia, nem pessoas que não vivam só pra si."[27]

Ao fazer tão amargas reflexões, decerto Julião sofre os influxos do verão escaldante da Amazônia. Nesta parte do mundo, a aparente mansidão dos habitantes esconde uma natureza em ebulição. Aqui, os pensamentos nascem, ganham corpo e desaparecem como bolhas de suor que se formam na pele. A pessoa, se for paciente, até será capaz de acompanhar todo o processo de formação dessas bolhas. Se tiver um microscópio, poderá até flagrar as moléculas de água em expansão. Elas crescem, crescem... e, quando menos se espera, a bolha desaparece, deixando o observador frustrado, sem descobrir o mistério, pois é no vazio, naquilo que a bolha não mostra, que está o seu segredo.

Havia, porém, outra razão para o desassossego de Julião; uma razão que ele, se pudesse, esconderia até de si mesmo, e que, silenciosamente como o vazio da bolha, fazia crescer o seu sofrimento e ameaçava explodir a sua agonia. Nos últimos dias, a cabeça dava mil voltas, milhares de pensamentos desencontrados giravam em círculos. E aquilo que não queria pensar era, na verdade, a força motriz de todos os seus pensamentos.

Não por acaso, sente vontade irresistível de reler *A Origem da Família*, da *Propriedade Privada* e do *Estado*, de Friedrich Engels — o capítulo que trata do casamento. Engels está certo, o casamento não passa de uma instituição burguesa, mesquinha celebração de interesses. Julião sente um mórbido prazer em enxovalhar o matrimônio. Vêm-lhe à mente os enredos românticos, em que pálidas senhoras casadas, carentes de amor, escondiam seus amantes debaixo da cama; e rapazes castos e valorosos, que arriscavam o

[27] Com pequenas alterações, tais palavras aparecem em letra de música de Taiguara, cantor e compositor perseguido pela Ditadura Militar. (N. do E.)

pescoço e os bagos pela mulher amada. Custa-lhe crer que tivera estômago para ler tais histórias e que torcera pelos pombinhos. Como pudera condenar o casamento e absolver o adultério, se um é a cara, e o outro, a coroa? Agora vê claro: o problema não é a ausência de amor no casamento, mas o próprio casamento. E daí que os nubentes se amem? Adão certamente amava Eva e nem por isso se casaram. E sua conclusão é óbvia: nunca se casará. Jamais admitirá que a conclusão preexista à tese, que Engels seja apenas um pretexto para justificar o seu coração ferido. Pois o que de fato o atinge e quase o leva à loucura é o casamento de Maria Clara e Cândido Ambrósio, a celebrar-se no dia seguinte.

Os Alarico não pensam em outra coisa. O velho dispensara do trabalho os empregados do armazém, que, pela primeira vez em duas décadas, ficará fechado num dia de semana. Por insistência da mulher, até se submeteu à manicura, que lhe aplicou uma tênue camada de esmalte transparente nas unhas. D. Adelaide andava excitada, todo dia tinha alguma coisa a fazer; se não tinha, inventava. Pensa em tudo, passando e repassando detalhes, chegando até a tomar aulas de etiqueta com uma figura que vivia a bisbilhotar a *society*. A atividade febril da mãe chega a ofuscar a própria noiva, que acompanha os preparativos sem entusiasmo, deixando-se conduzir ao altar sem nenhuma lamúria, como um cordeiro levado ao matadouro. Percebera o seu erro, mas já era tarde. A família, embriagada pelo perfume de Cândido Ambrósio, deixa-a afogar-se em seu líquido viscoso.

A ideia de que Deus e o diabo irmanaram-se contra ele, embora estapafúrdia, fincou raízes no cérebro angustiado de Julião e, rapidamente, como uma árvore daninha, deu frutos.

“Não! De hoje em diante, ninguém me verá chorar! Só quem confia sofre. Não confiarei mais em ninguém! O amor puro é uma ingenuidade. Se pensam que vou morrer, estão enganados. Serei forte e malvado! Queria o bem: tolice! Nesta terra e nestes tempos, o bem e o mal são inseparáveis: aceito ser mau, para tornar-me bom. Besteira! Não há alguém totalmente bom, nem alguém totalmente mau. Deus criou o diabo, e o homem criou Deus! Pois serei Deus e o diabo. Serei, assim, mais forte que cada um deles" — Julião diz tais coisas a si mesmo, com o coração borbulhando de ressentimentos. Como os homens criaram as divindades e estas os desampararam, resolve decretar a morte de Deus e do diabo. Sendo o bem simplesmente o bem, e o mal simplesmente o mal, ele poderá transitar entre os dois, sem remorsos. "Levanta a cabeça, Julião! Gargalha do mundo e nem a ti mesmo poupes!."

Profunda comiseração de si mesmo, contudo, move-o, conduzindo-o ao autoflagelo. Concluíra o colégio e, quando todos esperavam que entrasse na Faculdade, apresentou-se à Junta Militar, decidido a servir ao Exército. Nem Jairo nem Judite o entenderam. O Partido precisa dele no campus, onde a agitação política fervilha entre os jovens. Jairo, cujo corpanzil o livrou do serviço militar, minimizou a questão, dizendo: "Tudo bem, Julião. Assim, o Partido terá um soldado nas fileiras do inimigo."

Mas não fora pelo Partido que Julião decidira entrar no Exército, porque nenhuma entidade do mundo, nem mesmo o Partido, comandaria doravante os seus passos. Não era mais uma peça que não encontra sentido fora da engrenagem. Fora manipulado por entes invisíveis, que ele próprio criara. Agora teria absoluto controle sobre o seu destino. Chegara a retirar o pôster de Lênin da porta do guarda-roupa, pois já não precisava de guias — não era carneiro para se deixar conduzir por pastores. Sepultara — juntamente com Deus — os seus antigos ídolos. Marx, Engels, Lênin, Stalin e Che-Guevara voltaram a ser simplesmente homens.

Chega às 7 em frente ao prédio da Junta Militar, mas nem por isso foi o primeiro. Uma fila de uns quinhentos garotos já dobra o quarteirão. Depois dele, muitos ainda chegaram. Sabe-se de onde vêm pela cor do barro que trazem nos sapatos. Terra amarela e visguenta, da Marambaia; tijuco preto, da Sacramenta; simplesmente lama, do Guamá... A maioria não tem dinheiro para o ônibus, vem a pé, derretendo de suor. Julião conta nos dedos os limpos e bem-arrumados. O da frente — um caboclinho mirrado, rosto fino e olhinhos puxados — diz que saiu de casa em Icoaraci às 5 da madrugada, sem jogar nada no estômago. A barriga dele ronca. O de trás saíra de casa às 5 e meia, viera correndo, mas pouco adiantou, pois muita gente já havia chegado.

A Junta é lerda. Até às 9, só uns cem são atendidos, e o sol arde nas cabeças que nem brasa. Não bastasse o sol, uma chuva de verão, de viúva, cai pesada, e vai embora, deixando todo mundo ensopado. Mas ninguém arreda pé da fila, pois ali não se guarda lugar. Mas, às 10 — o sol quase a pino, as barrigas vazias, as pernas bambas, a evaporação subindo do asfalto —, a fila sofre as primeiras baixas. Os que caem são atendidos pela Junta. Para estes, o exame acabara — não venceram a primeira prova. Saem chorando, como que barrados numa festa de aniversário.

Julião mantém-se firme, o sol arrebenta na cabeça, já nem sente dor no pé. No começo, acha exagerada a azáfama dos garotos para serem atendidos primeiro, mas, às 11, já compartilha da mesma ansiedade. Não que quisesse se aliviar, pois a cansativa espera na fila era um sofrimento que o comprazia, era até um bom começo. O que o levava ao Exército era justamente a vontade de martirizar-se. Até há pouco, achava-se superior à escória que surgira da periferia, cujo jeito vergonhoso de rastejar perante tudo que fosse autoridade ele desprezava. Julgava-se incapaz de baixezas. Tinha opções, estava ali porque queria. Mas, às 11, debaixo de um sol escaldante, a barriga roncando e os pés rachando no asfalto, todos naquela fila eram iguais. Todos tinham uma razão imperiosa para desejarem ardentemente serem escolhidos. É certo que as razões diferiam: a maioria dos garotos procurava o Exército não por patriotismo, mas para escapar da fome; eram os mais determinados e afoitos, os que mais choravam quando rejeitados. Alguns buscavam no Exército o aprendizado de alguma profissão. Aprenderiam a lidar com as armas ou seriam motoristas de caminhão. O horizonte pequeno não os deixava sonhar. Só um ou outro, como Julião, queria ser soldado por razões menos concretas. Mas, ao meio-dia, o sol a pino, o cérebro cozinhando, nada significavam as razões.

Julião surpreende-se ao ver as coisas daquele ângulo. A vida parece mais forte do que qualquer ideia. Diante da vida, as ideias não passam de pretextos. O único fato incontestável é que todos eles — não importa de onde vieram — estão juntos, debaixo daquele sol, querendo a mesma coisa. Achar-se superior, conclui Julião, é ilusão, arrematada tolice.

Às 13, chega a sua vez.

— Seu certificado de alistamento — pede o sargento Teófilo, com voz enfadada, sem olhar para Julião. Mas, ao bater o olho no papel, repentinamente muda de figura. — Então, o senhor é Julião Aires? — indaga, amistoso, olhando para Julião. — O senhor foi-nos recomendado: pode ficar sossegado, os médicos estão cientes — conclui o sargento.

— Recomendado? Por quem? — pergunta Julião, surpreso.

— O senhor não está sabendo? — indaga o sargento, apalermado.

— De quê?

— Temos ordem do coronel Villaça para dispensá-lo do serviço militar.

— Deve haver um engano, eu quero servir.

— Bem, isso não é o senhor que decide, ouviu? — diz o sargento, prepotente.

— Não quis dizer isso, sargento! — desculpa-se Julião.

— Então não discuta! Ordens são ordens! Devia dar graças a Deus por ter um padrinho como o coronel Villaça. De qualquer forma, passará pelos médicos. Soldado Zenildo! — o sargento chama um soldadinho. — Leva este rapaz ao capitão Frazão e diga-lhe que é o Julião Aires.

— É pra já, sargento! — diz o soldadinho, empertigando-se.

Não era possível! Havia um engano! Dissera ao Villacinha que queria servir. Diabos! O coronel pensava que era seu pai? Dispensava proteção justamente para ser livre. Então não podia mais fazer o que queria? — pensa Julião, enquanto percorrem um longo corredor. A Junta funcionava num dos antigos casarões do centro da cidade, cheio de quartos de um lado e do outro do corredor, quase todos desocupados. Os médicos trabalhavam num amplo salão, onde o corredor terminava.

O soldadinho Zenildo, num gesto patético, volta a empertigar-se diante de um dos três médicos: — Capitão Frazão, o sargento Teófilo mandou trazer este rapaz, de nome Julião Aires — diz, depois de bater continência.

O médico, sem se voltar, despede o soldado, e continua a examinar um dos conscritos.

Senhor Julião, já lhe atendo — diz o capitão.

— Não tenho pressa, capitão — responde inocentemente Julião.

— Nem eu me apressaria pelo senhor! — retruca o capitão, pegando-o desprevenido.

— Oh! Sim, capitão! Não quis dizer isso! — desculpa-se Julião.

— Então faça-me o favor de falar menos — grunhe o capitão.

— Pois sim, fico calado — diz Julião, intimidado.

— Mas continua a falar — observa sarcástico o capitão.

Julião cala-se, embaraçado. Não consegue atinar uma razão para a agressividade gratuita do capitão. De pé, encostado às grossas paredes do casarão, o rapaz observa o trabalho dos médicos-militares.

Cada um ocupa-se de um conscrito. Chama-lhe de imediato a atenção o garoto negro, negríssimo como um tição, nu, completamente nu, sentado numa cadeira. Não é todo dia que se vê um negro em Belém, ainda mais assim: nu como nasceu. A população da Amazônia é basicamente cabocla — mescla do branco europeu com o índio nativo. O tráfico negreiro para o Grão-Pará começou com um atraso de cem anos e, além disso, o sanguinário governo imperial, para debelar a revolução dos cabanos, exterminou quase todos os negros, que, ao lado de índios e mestiços, engajaram-se no movimento. Assim, aquele negrinho surgia como por milagre, de um passado que se queria esquecer.

O médico, inclinado sobre o garoto, mete-lhe a ponta de uma lanterninha na boca, inspecionando-a. Apalpa-lhe os dentes e as gengivas com os dedos da mão direita, o que faz Julião lembrar as gravuras feitas por Debret há três séculos, retratando a compra e venda de negros. O interessado, antes de fechar o negócio, inspecionava exaustivamente a coisa. Se o objetivo era a lavoura, preferiam-se os negros altos, de pernas finas e carapinha — mais espertos, resistentes e bem-mandados. Os negros baixos, largos e gordos, embora parecessem mais fortes, valiam pouco, pois ganharam a fama de falastrões e indolentes. Mas o preço dependia de outros critérios, como a qualidade dos dentes e da sola dos pés. Dava-se também grande importância à vistoria do ânus, pois, segundo arraigada crença, haveria uma correspondência perfeita entre a quantidade de pregas e a idade do negro. A escravidão foi abolida em 1888, mas aquele garoto negro em Belém do Pará parecia ainda carregar a triste sina dos seus antepassados.

O médico ordena que mostre a palma dos pés. O negrinho atende, e o médico bate com uma pequena régua. Quando a régua toca no calcanhar, o garoto pula e solta um grito lancinante de dor.

— Mais um, Frazão! — exclama o médico, apontando com a lanterninha o bicho-de-pé do negrinho. Depois manda o garoto vestir-se e sair. Perguntasse o veredicto ao sargento Teófilo. — Agora é o senhor! — diz o médico, apontando para Julião. — Dispa-se! O que está esperando?

— Capitão, permite que lhe fale? — pergunta Julião, tirando a roupa.

— Não tem nada que me falar! Já me foi dito o que fazer.

— Mas, capitão! O sargento Teófilo disse...

— Esqueça o que o sargento Teófilo disse, ele fala muito. Não entendo porque o senhor, tendo a proteção do coronel Villaça, insiste em servir.

— Pois é disso que quero falar! Eu quero servir...

— Eu sei, eu sei. Recebemos instruções do coronel Villaça a seu respeito — diz o capitão, auscultando os pulmões de Julião. — Respire fundo...

Julião respirou.

— Agradeço muito a preocupação do coronel Villaça; é um bom amigo, mas quero servir — repete Julião.

— Erga as mãos aos céus por ter um amigo como o coronel Villaça. Agora, assopre o ar dos pulmões com força. Assim, assim...

— Capitão Frazão, eu quero servir! — insiste Julião.

— O senhor é um rapaz muito forte, tem pulmões de bebê e um coração de búfalo. Abra a boca.

— Se estou fisicamente apto, não há o que me impeça de servir.

— O senhor é teimoso! Não confia no coronel Villaça?

— Claro que confio! Mas, neste caso...

— Tem dentes também muito bons, nenhuma cárie, nenhuma infiltração. Só não entendo porque quer servir. Não tem jeito de quem precisa servir, certamente é bem-alimentado e, pelo que consta, tem estudo. E, ainda, com a proteção do coronel Villaça, pode se livrar do serviço militar.

— Mas eu quero servir...

— Encoste-se à parede. Mas me diga, rapaz, por que quer tanto servir? Não tem cara de patriota.

— Acho que estou querendo sofrer, capitão — responde Julião.

— Ham, levou algum fora? Foi assim que entrei pro Exército. Queria morrer e me joguei na caserna. Era o que me restava, pois a outra opção era o seminário, mas detestava os padres. Fique bem reto, assim... Hum, vejamos: um metro e setenta e cinco. Com essa altura entraria na escola de oficiais. Mostre-me a sola dos pés.

— Está havendo um engano. Falei ao coronel Villaça que queria servir.

— Sim, está havendo um engano, mas da sua parte, rapaz. Pés limpos... — continua o capitão. — O senhor sabe que nove em dez garotos têm bicho-de-pé? Temos que fazer uma faxina. Pronto! Agora vista-se! Fisicamente apto para o serviço militar.

— E então, capitão? O que me impede de incorporar? — indaga Julião, em tom de súplica.

— Nada, nada o impede. Serviria de qualquer jeito, mesmo se o julgássemos inapto. Esqueceu-se de que tem a proteção do coronel Villaça?

— Mas, o sargento Teófilo disse...

— O sargento Teófilo fala muito e está sempre desatualizado. Informe-se, antes de sair, sobre o dia da apresentação. Mas tem plena certeza de que quer servir? Ainda é hora de mudar.

— Não tenho dúvida, quero servir o Exército — disse Julião pela centésima vez ao Sr. Alarico, que não aceitava a perda do seu braço direito no armazém.

— Deixas-me justo agora que os negócios vão tão bem? Quem vai escriturar as transações? Fica comigo, meu filho! Faço-te meu sócio. Trabalhas de dia e estudas à noite. O que achas? — insistia o velho, que, nos últimos tempos, vivia a queixar-se do intestino, mas não abria mão do desfiado de pirarucu salgado e da macaxeira frita, dois deliciosos venenos que um dia ainda o levariam ao túmulo.

Nada, porém, seria capaz de demover Julião de sua decisão, embora soubesse que estava a tomar um caminho espinhoso e sem retorno. Aliás, era isso mesmo o que ele queria: andar na contramão, rejeitar qualquer sucesso, experimentar o não-ser numa fase da vida em que todos almejam ser alguma coisa.

Ódio Visceral

De onde estava, Julião podia ver os passarinhos voarem da grande mangueira nos fundos da "Chácara do Sossego" e virem pousar nos galhos secos do velho muricizeiro da chácara vizinha. Mas, o que os bentevis, as tesourinhas e os sanhaçus gostavam mesmo era de passar o tempo na frondosa mangueira, erguida na ilharga do galpão de zinco, onde pouquíssimas pessoas estavam autorizadas a entrar, pois lá eles podiam comer os insetos das folhas e esconder-se do sol quente do meio-dia, e, mesmo quando chovia grosso, eles não se molhavam — a espessa folhagem continha a água lá em cima e eles, descendo aos galhos mais baixos, esperavam a chuva passar. Mas, todos os dias, à mesma hora, os passarinhos deixavam a mangueira e pousavam nos galhos secos do velho muricizeiro, descendo, depois de algum tempo, ao chão, para procurar alimento. De onde estava, Julião matava o tempo observando-os. Logo lhes descobriu os hábitos. As tesourinhas e os bentevis eram hábeis caçadores de gafanhotos. Trabalhavam sem tocar no chão, planavam sobre o arbusto e, com impressionante precisão, bicavam a presa, que em vão procurava esconder-se entre a folhagem. Já os sanhaçus eram exímios ciscadores. De onde estava, Julião ouvia o estralar de folhas secas e de pequenos gravetos quebrados; vez ou outra um passarinho pousava na cerca entre as duas chácaras com um gafanhoto, um pequeno tatu-do-jardim ou uma minhoca no bico. Quando chovia, os passarinhos pareciam aturdidos. Certamente eram movidos pelo instinto, pensava Julião, mas o instinto parecia ser diferente em cada um deles. Pois alguns bentevis resignavam-se a ficar encolhidos nos galhos desfolhados do velho muricizeiro, enquanto outros abrigavam-se nalgum lugar. E nem todos os sanhaçus ficavam contraídos nas moitas de serrado; alguns atreviam-se a alçar voo sob os bagos da chuva. Embora a maioria das tesourinhas aguardasse encolhida nalgum lugar, uma ou outra ficava cortando os pingos até a chuva passar.

Algo, porém, intrigou Julião: por que, por mais grossa que fosse a chuva, nenhum passarinho arriscava-se a voltar à frondosa mangueira, por mais acolhedora que lhes parecesse? O que acontecia todo dia nos fundos da chácara que os aterrorizava? Julião não sabia, pois nunca o deixaram transpor a grade que separava a parte da frente da chácara do restante do quintal, onde havia o galpão de zinco. Os bagos da chuva caíam como pedregulhos no zinco, fazendo um barulho dos diabos, mas Julião tinha certeza que não era isso que espantava os passarinhos, pois, mesmo quando não chovia, eles fugiam para o muricizeiro.

Julião enganou-se ao pensar que, sendo soldado raso, ficaria fora do alcance do coronel Villaça. Por determinação do coronel, o capitão Frazão encaminhara-o ao Centro de Informações do Exército, onde daria sua quota de sacrifício à nação, sob as ordens do capitão Ubiratan, marido da formosa Ofélia. O que para outros seria um privilégio, para Julião tornou-se — como veremos — um martírio. Mas não devia se lamentar. Não buscava indescritíveis sofrimentos, como caminhar horas a fio debaixo de sol escaldante, sem beber água; fazer exaustivos exercícios, sem nenhum descanso; passar noites de guarda, sem dormir; sobreviver à selva bruta, sem fogo nem víveres?

Acabara encontrando a mais entediante rotina. Acordar cedo, tomar banho, barbear-se, vestir a farda, cuidando para que o coturno e as fivelas se mantivessem sempre brilhando, tomar frugalmente o café que Josefa preparava, despedir-se da boa cabocla e sair a passos largos para a rua, onde uma viatura militar o apanhava. Às 7, chegava à "Chácara do Sossego", onde assumia a guarda de uma das guaritas. Entre o pessoal do dia, havia um revezamento de três turnos — das 7 às 10 e meia, das 10 e meia às 14, e das 14 às 17:30. Dois turnos na guarita, no terceiro faziam-se outros serviços, como a faxina dos banheiros e a limpeza das dependências da casa e do terreno, menos, evidentemente, a parte dos fundos da chácara, onde ficava o galpão coberto de zinco — somente entravam ali o capitão Ubiratan, o sargento Tojal, o cabo Anísio e os policiais à paisana, que auxiliavam o Exército na caça aos comunistas. Pois a "Chácara do Sossego", apesar do nome, não tinha nada de sossegada. A qualquer hora, principalmente à noite, entravam e saíam viaturas. Julião nunca soube se aquele nome fora dado antes ou depois de o lugar passar a ser usado para aquele fim. A casa da frente, onde ficava a "administração", era antiga; guardava vestígios de pessoas que por ali passaram nos tempos em que deve ter sido um belo recanto. Já o galpão de zinco — mesmo Julião só conseguindo ver, lá da guarita, a ponta da cobertura — parecia construção recente. O zinco ainda brilhava muito de encontro ao sol. Por que zinco e não telha de barro? Só mais tarde teria a resposta. Mas logo aprendeu a distinguir quando uma viatura trazia algum prisioneiro: passava direto ao galpão.

As horas de guarita tornavam-se cada vez mais entediantes. A chácara ficava a duzentos metros da estrada Belém-Brasília, no final da cidade. Havia outras chácaras por perto, inclusive a do lado, com o velho muricizeiro, onde os passarinhos refugiavam-se. Quase todas abandonadas. Quase ninguém vinha dar naquelas paragens. Afora as marcas dos pneus dos carros militares, não se viam outras pegadas na estrada vicinal que passava em frente à "Chácara do Sossego". O silêncio só era quebrado pelo ronco longínquo dalgum caminhão na autoestrada, dependendo, assim mesmo, da direção do vento.

Certos, mesmo, eram o chilrear dos passarinhos no arvoredo e o remoto latir dalgum cão andarilho.

Depois que Julião se apercebeu do completo isolamento do lugar, perdeu todo sentido vigiar o movimento da pequena estrada, que seguia reta a perder de vista, num terreno arenoso, entre o cercado das chácaras. Foi assim que, mais por tédio que por outro motivo mais nobre, Julião passou a se interessar pelo que acontecia dentro da chácara. Não concebia espionar a vida do quartel, embora pressentisse que algo muito sutil, como uma rede invisível, prendia-o àquele lugar solitário e sombrio. Procurava convencer-se de que seu interesse pela vida do quartel era simples maneira de fazer o tempo passar, e não uma tarefa — pois entrara no Exército para pôr-se à prova e esconjurar sua angústia, e não para cumprir um papel. Enganava-se.

Ninguém entrava naquela chácara por acaso. Antes da designação, a vida privada de cada um era minuciosamente vasculhada. As decisões pessoais, os caprichos, nada valiam. O que contava era a "gloriosa missão" a eles confiada. Julião, que até aí alimentara a ilusão de ser livre, não havia percebido que era como um animal no zoológico, ao qual se deixa solto numa réplica de habitat, onde pode ir e vir num espaço limitado, uma jaula.

O capitão, sem relaxar a hierarquia, dispensava-lhe um tratamento todo especial. De manhãzinha, Julião já encontrava o capitão na sala de comando. Sempre lhe perguntava, depois de retribuir a continência, como estava indo, pondo neste "indo" uma entonação indefinível, como se o capitão quisesse, ao mesmo tempo, demonstrar o interesse pelo recruta e esperasse alguma coisa. Julião, discretamente, mantinha-se afastado. O capitão nunca seria um amigo. Pressentia-se vigiado. Certa vez, por um motivo qualquer, mandaram-no caminhar sozinho até a autoestrada. Na ida, viu um vulto seguindo-o entre os cajueiros das chácaras. Era o cabo Anísio, mas preferiu pensar que estava enganado, pois o cabo, quando voltou, parecia alheio. Doutra vez, depois do almoço, o capitão o chamou à sua sala.

— Boa tarde, capitão, às suas ordens — disse alto Julião, depois de bater continência.

— Sente-se, meu rapaz — disse o capitão, tirando um cigarro da caixa. — Não é nada não. A gente passa o dia aqui e não tem tempo pra conversar. O senhor vai bem? O que está achando do seu serviço?

— Pra lhe falar a verdade, capitão, é entediante. Sete horas espremido naquela guarita! Mas não reclamo, é o meu serviço.

— Gosto de gente sincera. Tenha paciência que vai melhorar — disse o capitão. — Depende do senhor. Sei que é um jovem inteligente, educado e patriota. Estou certo?

O capitão colocou o cigarro entre os lábios e aí o deixou, apagado. Não fumava, mas parecia sentir prazer em estragar os cigarros desse jeito. Julião sorriu, sem nada dizer.

— O senhor é discreto, e faz bem. Cão que late muito não morde.

Enquanto puxava esse diálogo inconsistente, o capitão, como quem não quer nada, tirou um livro da gaveta — espécie de álbum de capa preta e folhas de plástico — e colocou-o aberto sobre a mesa. Queria — claro! — que Julião olhasse para o álbum. Sabendo que o capitão usava o cigarro apagado e a conversa fiada para desconcentrar o interlocutor, Julião programou-se para olhar o álbum sem trair suas emoções.

Dizendo que ia ao banheiro, o capitão saiu da sala.

— Volto já. Fique à vontade.

Julião levantou-se rápido e espiou o álbum. E como que levou um soco na cara. Pois viu duas fotografias ampliadas dos rostos dos companheiros Marcos e João. Sentou-se imediatamente, fingindo desinteresse, como se as fotografias nada lhe dissessem. Sabia, pelos passos do capitão no assoalho de madeira, que ele não tinha atravessado a casa para ir ao banheiro, como dissera, mas entrara no quarto ao lado da sala, de onde provavelmente agora o espionava através dalguma fenda da parede.

Depois de uns minutos, o capitão, sem nenhum aviso, reapareceu, tornando a sentar-se. Não parecia desapontado.

— O senhor vai indo muito bem. Vou lhe adiantar: temos planos para o senhor — disse o capitão, tirando o cigarro amassado da boca e jogando-o no lixo — não precisava mais dele.

Mas não revelou o "plano".

O resto da tarde, na guarita, Julião meditou no problema. "Agora está claro!" — pensava ele. "Esse capitão é um velhaco! Sabe que eu, Marcos e João nos conhecemos, do contrário não abriria o álbum para eu ver justamente naquela página. O patife do Villacinha deu a minha ficha completa pra ele. É claro! É claro! Não estou aqui por acaso. Em tudo, desde o começo, há um propósito. Era mesmo o cabo Anísio que me seguia na estrada. Mas pra quê? Devem cismar de mim, imaginam que tenho algum contato, que estou aqui a serviço, têm-me na conta de espião. Que enrascada! Recusei a ajuda do coronel Villaça para não me meter em confusão... Que bela ajuda!".

Viu quando o capitão e o sargento — tronco largo, baixo e pançudo — atravessaram, gesticulando, o centro da chácara e entraram no galpão de zinco. Voltavam ao "trabalho". O cabo sempre ficava no galpão. Já sabia, dali a cinco minutos os passarinhos voariam da grande mangueira e pousariam no velho muricizeiro. Lembrou-se dos dois amigos foragidos, viu os passarinhos pousarem no muricizeiro, e sentiu um bolo ácido no estômago. A boca encheu-se de um líquido bilioso e ele teve de cuspir pela janelinha da guarita. Sentiu-se mais aliviado: "Pelo menos sei que não pegaram o Marcos e o João. Onde estarão eles? Ou o capitão blefou comigo? Não, ele não me parece tão inteligente assim. Acha que tem completo controle da situação. Armou tudo e pensa que não percebi. O que ele esperava que acontecesse quando eu visse as fotos dos camaradas? Certamente não queria só descobrir se eu os conhecia, isso ele já sabe. Talvez quisesse saber, pela minha reação, se sei onde eles estão. Então por que não me interroga diretamente sobre isso? Não, ele não é tão bobo assim, não quer me espantar, porque tem um plano pra mim. Não foi o que ele disse? Mas que plano é esse? Parece ter gostado da minha reação. Será que acreditou que eu não tenho mais nada a ver com a subversão? Ou será que percebeu que eu disfarcei? Isso! deve ser isso! É isso! O que é mais útil pra eles: um espião feito em casa, ou um espião inimigo convertido à sua causa? Claro que um espião convertido tem mais valor. Se quisessem um espião de inteira confiança, não perderiam tempo comigo, pois, com o que sabem de mim, seria sempre suspeito. Claro! O capitão ficou satisfeito com a minha indiferença com as fotos dos camaradas porque percebeu que eu fingia! Era isso que esperava de mim, que eu fosse um espião inimigo!"

Mas as conclusões de Julião não passavam de aplicação um tanto mecânica das clássicas teorias formuladas há 2500 anos pelo general Sun Tzu sobre a arte da guerra. Pois Julião pertencia a uma geração de jovens que se formava a partir dos livros. E, no afã de aprender com o passado, muitas vezes a intuição se embotava. Com efeito, Sun Tzu classificara cinco espécies de espiões: espiões locais, espiões internos, espiões condenados, espiões sobreviventes e espiões convertidos, dando destaque a estes últimos — os quais, espionando o seu próprio grupo, passavam informações preciosas ao inimigo e indicavam, também, os elementos gananciosos e sensíveis à corrupção. Razão por que o espião inimigo, ao invés de eliminado, devia ser atraído com sedutoras promessas e a concessão de presentes caros. Julião se perguntava: "Não foi isso que tentaram fazer comigo? Primeiro o jantar na casa do coronel, depois o oferecimento de ajuda, a vaga na Faculdade... Como não aceitei, me recomendaram aos médicos, e, depois, cá estou eu aqui, sob a proteção do capitão Ubiratan."

Julião, porém, superestimara o capitão. Na escola militar, Ubiratan Gircowicius fora um aluno medíocre; detestava a leitura e passou maus bocados em teoria clássica da guerra. Preferia crer que a façanha de Leônidas, as conquistas de Alexandre, ou o fiasco de Napoleão em Waterloo pouco tinham a ensinar aos tempos modernos. Não concebia um Alexandre ou um Napoleão no Brasil, um país dominado. Em compensação, devotava grande admiração ao rei Dario, o persa, que inventou, com as satrapias, o reino da alcaguetagem. Para o capitão, cada funcionário público devia ser um sátrapa, olhos e ouvidos do rei. Servia devotadamente ao governo militar, mas apontava-lhe um grave defeito: não ter varrido o regime republicano e restaurado a monarquia. Herdara tal ideologia do pai, o velho Pavel Gircowicius, que via na República a origem de todos os males, pois nela emergira a milenar luta entre nobres e plebeus, que a monarquia trouxera durante séculos sufocada. Tal luta ressurgia sob a forma de luta de classes entre burgueses e proletários, tendo como responsáveis os comunistas, que, como demônios, levantavam-se das tumbas dos condenados, das cruzes dos crucificados, dos porões dos encarcerados, dos restos mortais dos apedrejados, para arrancar a ralé do seu sono, sacudindo-a do seu torpor, acordando-a para o mais louco sonho. O sonho da igualdade, da liberdade e da fraternidade, palavras mágicas que a burguesia, sedenta de vingança e poder, num momento de exaltação, pronunciou e hoje se arrepende, pois tais palavras, saindo das tumbas, escapando dos porões, gritadas nas praças, transformam-se em saboroso pão nas bocas desdentadas da ralé enfurecida. O ódio que o capitão nutre pelos comunistas é visceral, como uma doença transmitida a várias gerações. A simples palavra causa-lhe arrepios. Era ainda muito pequeno quando o avô Pavlovisky, num fim de tarde sombrio de São Paulo, irrompeu porta adentro, todo ensanguentado. Os comunistas — vadios, traiçoeiros, covardes! — haviam-lhe aplicado uma sova. Recorda das ameaças de morte, dos bilhetes debaixo da porta, dos telefonemas anônimos que o pai, anos mais tarde, recebeu durante uma greve dos operários de sua gráfica. "Bandidos! Comunistas!". Ouvia ainda os gritos do pai. O ódio aos comunistas era uma cicatriz hereditária que lhe deformava os sentidos, algo tão bruto e desmedido que o capitão pensou mesmo possuir o estranho poder de reconhecer um comunista pelo cheiro, pois, para ele, comunista não era gente, mas cachorro. Desde a escola militar, como fosse fraco em teorias, desenvolvera o seu lado prático. Destacava-se nas manobras de campo, surpreendia a todos nas caminhadas. Nas simulações, intuía com grande facilidade os movimentos do inimigo. Granjeara, com isso, senão a admiração, pelo menos o respeito dos superiores. Jamais seria um estrategista, mas daria um excelente executor de ordens, um homem talhado para tarefas pequenas e sacrificadas, trabalhos que um militar mais ilustrado não suportaria. Disseram-lhe que era um bom sátrapa, olhos e ouvidos do rei, e ocuparam-no na "inteligência". Vieram as delações de estudantes, as torturas que ele comandou nos porões, e também as promoções que lhe deram tanta alegria.

Mas, ultimamente, o capitão anda meio magoado. Há três anos é capitão e, na última promoção por merecimento, foi preterido. Mais um preterimento e estará prejudicada a sua velada pretensão de um dia galgar o cobiçado posto de general. Para completar, há seis meses o deslocaram para o comando da "Chácara do Sossego", um estabelecimento de segunda importância na guerra contra a subversão comunista. Ubiratan engoliu a decepção e, enquanto se esforçava em demonstrar o máximo de competência no trabalho, procurava ganhar a simpatia do coronel Villaça, seu superior. Teve a sorte de ser vizinho do coronel na vila militar e de tornar-se um de seus convidados, depositando grande esperança nesta aproximação. Mas não deixava de perquirir, lá consigo, as razões que pareciam pugnar contra a sua carreira. O problema estaria em sua ascendência eslava? Não! Não podia ser isso! Ao contrário, até havia, quando da admissão para o oficialato, uma preferência velada por jovens brancos, de origem europeia. Teriam, no seu caso — neto de um fugitivo de país comunista —, dúvidas sobre as convicções burguesas de seu avô? Não! Não era isso! Pois o velho, anticomunista doentio, provara sobejamente, em sua atribulada vida no Brasil, a sua fidelidade ao sistema capitalista. Chegara a ganhar, das mãos do próprio ditador Vargas, a medalha de operário-padrão pelo relevante serviço de alcaguetagem que prestara à nação. Estaria pesando contra ele o seu fraco desempenho intelectual na escola militar? Não era possível! Pois ele fazia seu serviço como nenhum outro oficial poderia fazer. De que lhe serviriam fórmulas e teorias? E o capitão compensava o complexo de inferioridade intelectual com um rancor subterrâneo contra os intelectuais, de fora e de dentro do Exército. Remoía secretamente: "Por que não mandam aqueles almofadinhas, que só pegam no lápis e no pinto, fazerem o que eu faço? Queria ver um deles meter as mãos na massa, sem vomitar. Queria ver o míster sorbone (referia-se ao coronel Villaça) teorizar sobre quantos fios de pentelho tem o saco de um comunista. Eles dizem-se inimigos dos comunistas, mas não têm coragem de enfrentar cara a cara sequer um deles. Mas, na hora de promover, são esses palermas que decidem, e o sujeito, se não for um afeminado que nem eles, está frito". Preocupava-o também cada vez mais o fato de Ofélia não engravidar. Pressentia já o olhar malicioso das mulheres dos outros oficiais, que passavam o tempo fofocando sobre a vida alheia. Ouvia pelas costas a chacota dos companheiros de caserna. Foi assim que, em silêncio, impondo-se a si mesmo a disciplina dos soldados, decidiu agir segundo um plano, com paciência e cuidado. Sabia que o coronel Villaça devia o posto de "chefe da inteligência" à fama de intelectual que granjeara na escola militar e nos vários cursos de estado-maior que frequentara. Embora fosse um "almofadinha", o capitão dependia dele, precisava agradá-lo.

Ultimamente, deu para queimar pestanas na leitura dos clássicos de guerra, e, à mesa do coronel, desenterrava episódios épicos, despejava frases decoradas. O coronel ouvia-o, mas não se empolgava, adivinhando-lhe o esforço — pelo menos não o desmascarava. O capitão já desanimava, quando conheceu Julião, que se encaixou como uma luva em seu plano de conquistar a admiração do coronel. Naquela noite, deixando de lado a pseudo-erudição, ficou atento em Julião. Invejou o jovem, amigo do único filho do coronel, a quem o superior ofereceu ajuda. Quando soube que o rapaz serviria ao Exército, pediu ao coronel que o deixasse sob o seu comando — haveria de ser bem tratado.

Eis como Julião veio parar na "Chácara do Sossego". Como se vê, motivos fúteis, prosaicos até, por vezes se intrometem, sem que se perceba, no caminho de um homem, alterando-lhe o percurso e forjando o destino. Teria Hitler — que um dia quis ser artista — odiado tanto aos judeus, a ponto de ordenar o seu extermínio, se, na obscura adolescência, um judeu recalcado, professor de pintura, não o tivesse reprovado de forma humilhante? Já Brás Cubas teria conquistado a glória se uma pneumoniazinha sem-vergonha não o tivesse levado do mundo antes de ele inventar o seu sublime emplasto anti-hipocondríaco, destinado a aliviar a nossa melancólica humanidade. Assim também Julião não estaria tão desassossegado na "Chácara do Sossego" se um capitãozinho de merda, mesquinho e ambicioso, não o tivesse incluído em seus planos. Pois, enquanto Julião julgava-se vítima de um grande complô, o capitão empenhava-se em agradar o coronel Villaça, pensando apenas em sua promoção. Daí a sua amistosidade, sua deferência para com o rapaz. Imaginou recrutá-lo para o serviço de espionagem do Exército. Seria uma forma de dar-lhe destaque, pô-lo acima dos demais soldados. Julião demonstrava todos os predicados: tinha a mesma idade dos jovens que combatiam contra a ditadura, poderia meter-se entre eles sem ser notado; era simpático e bem-apessoado; tinha um rosto expressivo e porte atraente; carismático, certamente atrairia com facilidade outros jovens, principalmente do sexo feminino. Em suma, belo espécime de caboclo, representante legítimo da população da Amazônia, que traz na pele a brancura do europeu e o bronzeado do índio, podia transitar sem chamar atenção. Além disso, o capitão sabia que o rapaz estudara na melhor escola de Belém, obtendo ótimas notas — o que o preocupava, pois educação num soldado só atrapalha. Também estava informado da vida pregressa de Julião, de sua militância política, de suas amizades, mas isso lhe parecia uma vantagem, pois, conhecendo pessoas do movimento, seria mais fácil para Julião atraí-los.

O capitão programara recrutar Julião por etapas. Nos dois primeiros meses, deixou-o bem à vontade, dando a entender aos subordinados que aquele recruta era um caso especial, que não deviam tratá-lo com a brutalidade costumeira, o que aumentou o tédio e a frustração de Julião, que não encontrara no Exército a almejada fonte de martírios. Ao mesmo tempo, o capitão determinou ao cabo Anísio que o vigiasse de longe, pois queria ter certeza de que Julião, apesar do passado suspeito, já não representava perigo. O capitão chegou mesmo a destacar um agente para seguir-lhe os passos fora da "Chácara". Nada de estranho foi detectado, e o capitão — que torcera para que Julião fosse confiável — suspirou aliviado. Caso contrário, acabaria desistindo de usá-lo em seu plano. O seu anti-comunismo patológico impedia-o de relacionar-se civilizadamente com um comunista. Seguia a força do instinto, mesmo contrariando certas leis da espionagem. "Quando um boi empaca" — filosofava o capitão — "não tem lero-lero que resolva; só pau no cu do bicho dá jeito". Desobedecia, assim, o clássico conselho de Sun Tzu para, ao invés de matar o espião inimigo, suborná-lo com promessas e presentes. Ao colocar as fotos de Marcos e João diante de Julião, sem que este tenha traído qualquer emoção, o capitão, que o espionava por um buraco da parede, convenceu-se de sua inocência, passando à etapa mais séria do recrutamento.

Na manhã seguinte, quando Julião passava em frente à sala do capitão, este o chamou:

— A partir de amanhã, o senhor nos auxiliará no galpão de zinco. Assim, escapa do tédio da guarita. Prometi ao coronel Villaça ocupá-lo em tarefas importantes. Espero que goste da mudança; terá dias bem animados.

No dia seguinte, em sua nova função, Julião como que se viu lançado num abismo negro e profundo, onde descobriu, com assombro, de quanta vilania e perversidade é capaz o animal chamado homem.

Última Lembrança

Ao transpor, pela primeira vez, a cerca que separava o galpão, um arrepio percorre o corpo de Julião, um mau pressentimento toma conta dele. Lembra-se do búfalo rosilho empalado frente à capela de Santa Inês. Adiantou tê-lo visto assim? Já é tarde para dizer ao capitão — que anda ao seu lado — que prefere voltar à guarita.

Há um pequeno jardim entre o galpão e a cerca lateral. O capitão retém os passos para ajeitar o galho de uma roseira que pende sob o peso das flores. Faz isso com carinho.

— Eu mesmo plantei essa roseira — comenta, cheirando uma das flores, sem arrancá-la. — De vez em quando levo uma flor pra Ofélia. Prefiro as brancas às vermelhas.

Detestava tudo o que fosse vermelho — aberração da natureza, coisa de comunista. Julião está surpreso com a sensibilidade do capitão, o qual, retomando os passos entre o galpão e a cerca, continua:

— Hoje o senhor não fará nada, deve só prestar atenção. Eu mesmo faço questão de lhe ensinar o serviço. Já lhe aviso: pode ficar chocado no início, mas depois se acostuma. É um trabalho como outro qualquer, creia. Não há profissões impopulares, como o castrador de animais, o coveiro? São, no entanto, vitais para a sociedade. Já pensou o que seria de nós, os vivos, se os mortos ficassem insepultos? Pois lhe digo: a nossa função é ainda mais importante, pois dela depende a paz social. Cortamos e queimamos as árvores infrutíferas, as parasitas daninhas, separamos o joio do trigo, como Nosso Senhor ordenou.

Depois de beirarem a parede lateral do galpão, vão dar nos fundos do quintal da chácara. Os passarinhos, velhos conhecidos de Julião, agitam-se nos galhos da grande mangueira, mas logo se acalmam. Só à tarde, por uma razão ainda desconhecida, eles abandonavam a mangueira e iam pousar no velho muricizeiro da chácara vizinha. Na área entre o galpão e a mangueira, Julião avista um tanque cheio d'água e, encostada nele, uma mesa rústica. Para que servem? O capitão dá a volta pelos fundos do galpão, procurando, ao que parece, a única entrada — um portão enorme, de ferro, por onde devem entrar homens e viaturas, pois há sulcos profundos de pneus. Ao passar pelo tanque, Julião nota uma camada vermelha, de uns três dedos, no fundo da água. Parece tinta, mas não é. O capitão tira do bolso um molho de chaves e, com a maior delas, destranca o grande portão, que corre à esquerda sobre pequenos trilhos, ligando em seguida as luzes.

Do lado esquerdo do galpão há dois quartos.

— Aqui é a enfermaria — diz o capitão, apontando o primeiro cômodo. Julião vê um colchão encardido sobre velha maca de ferro, manchado de algo vermelho. Agora, não há dúvida, é mesmo sangue! — O outro quarto é o dormitório dos oficiais — informa o capitão. Camas e colchões limpos.

O resto do galpão é uma única peça, retangular e sombria, pois não tem sequer uma janela e as poucas lâmpadas que pendem do teto alto são muito fracas.

Quando Julião olha para o fundo do galpão, espanta-se com o que vê: um Cristo, de meio metro, talhado em madeira, pregado numa cruz suástica! O que queria dizer aquilo? O capitão parece ter percebido a perplexidade do rapaz, pois comenta: — Cristo foi torturado e morreu na cruz para nos dar o exemplo; sem sofrimento não há salvação.

Outros objetos ocupam o salão. Uma cama de ferro, sem colchão, próxima a uma tomada de energia, da qual partem fios elétricos, que têm nas pontas garras de prender bateria; três cacetes de madeira encostados à parede; uma cadeira de ferro com um grilhão no local de apoiar os pés; fixados na parede, a dois metros de altura, veem-se argolas de ferro, embaixo das quais, escorrendo pelas paredes e salpicado no piso, há sangue, ainda bem fresco.

Julião não quer crer no que vê. Mas tudo é real, não tem dúvida. Um grande pavor apodera-se dele, a cabeça rodopia. Um cheiro adocicado de sangue humano sufoca o ambiente. Pensa que vai vomitar, a vista tolda-se e, de repente, no lugar do capitão, enxerga um dragão de sete cabeças, que o olha com ameaçadores olhos de tochas. O capitão deve ter notado o mal-estar do rapaz, pois lhe fala:

— Isso logo passa. Acontece com todos que entram aqui. O senhor talvez não compreenda, tudo aqui foi pensado.

Julião quer saber o que estavam fazendo ali, mas não ousa perguntar, teme dizer algo que irrite o capitão. Este, como que lhe adivinhando os pensamentos, informa:

— O Tojal e o Anísio foram buscar um comunista preso esta noite. Quando chegarem, teremos trabalho.

Mal o capitão acaba de falar, ouve-se uma sineta. É o soldado da guarda anunciando a chegada de um carro. Ouve-se o ronco do motor contornando o galpão. O capitão, num gesto mecânico, alisa a coronha da pistola, enfiada no coldre. Caminha, excitado, para a porta do galpão. Julião o segue.

O carro, uma viatura verde-oliva, do Exército, para no terreiro. O sargento Tojal desce pela porta direita, o cabo Anísio continua ao volante, aguardando ordens. O capitão, em voz alta, pergunta:

— E então, trouxeram a carga?

— Taí dentro — responde o sargento.

— Vamos então ao serviço — ordena o capitão, caminhando para a parte traseira do veículo. Voltando-se para o cabo Anísio, manda: — *Carlito*, vá buscar os capuzes.

— É pra já, *Bravo* — responde cabo Anísio, pulando da boleia. Entra no galpão e logo volta com panos pretos nas mãos, distribuindo-os ao capitão, ao sargento e a Julião, ficando com um para ele.

Já de capuz, o capitão diz a Julião:

— É fundamental que os prisioneiros não saibam onde estão e nem quem somos. Todos os que entram no galpão têm um nome de guerra. O senhor se chamará, a partir de agora, *Anselmo*. Gravem bem, ele se chama *Anselmo*.

Com a pistola na mão, o *Bravo* manda *Miranda*, ou seja, o sargento Tojal, retirar a "carga".

— Baixe a arma, *Bravo*, não tem perigo. A carga já veio arrebentada — diz *Miranda*, abrindo a traseira do carro.

— O que ele tem?

— Parece que meteram uma bala em cada perna.

— Merda! É sempre assim! Aqueles caras começam sempre pelo fim.

No assoalho do carro, o soldado *Anselmo* — ou seja, Julião — enxerga apenas um tapete enrolado. Onde está o prisioneiro?

— Dentro do tapete, a forma mais segura de transportar esse tipo de carga; imobiliza e não machuca — explica-lhe o *Bravo*.

Cabo Anísio e o sargento Tojal, pegando cada um em uma das pontas, carregam o "tapete" para dentro do galpão e o jogam sobre a cama de ferro. A pessoa metida ali dentro parece leve, pois fazem tal manobra com certa facilidade.

— *Carlito*! Desenrola o charuto! — ordena o capitão.

Cabo Anísio começa a desenrolar o tapete, fazendo o corpo do prisioneiro rodar várias vezes sobre si mesmo. A velha cama de ferro range.

— Espera aí, *Carlito*. O bandido está de capuz? — indaga o capitão.

— Sim, *Bravo*! — responde cabo Anísio, continuando a desenrolar o tapete. Voltando-se para Julião, o capitão explica:

— Os prisioneiros nunca devem nos ver, mesmo os condenados, que não mais voltarão. A cautela é necessária, temos de nos preservar.

Faltam só três voltas para o rolo acabar, o prisioneiro vai aparecer. Julião não tira os olhos do tapete. Quem está ali? Sabe que é homem, mas quem? "Certamente não o conheço" — pensa Julião, procurando acalmar-se, mas, a cada volta a menos do tapete, vai ficando mais inquieto.

— O capuz, além de nos proteger, faz um estrago dos diabos no prisioneiro — continua explicando o capitão. — Ele perde a noção de espaço, sua relação com o mundo é completamente cortada e deixa de reconhecer até os limites do seu próprio corpo. O senhor verá como isso acontece de forma interessante.

Cabo Anísio puxa a última volta do tapete, o prisioneiro vai aparecer. Quem será? O capitão, como que conhecendo a expectativa de Julião, diz:

— Fique tranquilo, soldado *Anselmo*, pois o prisioneiro não o enxergará.

E daí que o prisioneiro o veja? Ele não tem nada com aquilo, está ali por acaso, só cumpre ordens — pensa Julião. Mas fica inquieto. O que o capitão está querendo dizer?

Cabo Anísio acaba de dar o último puxão no tapete e, apesar da fraca iluminação, Julião vê um corpo de homem rolar sobre a cama. Está completamente nu. Afora o capuz preto, nada mais cobre o prisioneiro. O corpo é magro e comprido, quase sem pelos, a realçar as pernas inchadas e arroxeadas, perfuradas de bala. Fica imóvel sobre a cama, de lado, em posição fetal, como a querer esconder sua vergonha, as mãos algemadas nas costas, forçando os braços para trás. Dá para ouvir a sua respiração difícil dentro do capuz. Está vivo, claro! Mas nada fala.

— *Carlito*, marca o bicho! — ordena o capitão.

— Sim, *Bravo*! — responde cabo Anísio, apanhando a um canto do galpão uma lata de tinta preta e pequenas letras, feitas em madeira. — Qual é o número dele? — pergunta *Carlito*.

— 101, *Bravo*! 101! — repete o sargento Tojal, saindo da "enfermaria" com uma cadernetinha na mão.

— 101? E ainda estamos em junho! Até o fim do ano passaremos dos duzentos — comenta o capitão, e completa: — Marca o filho da puta, *Carlito*! Passando subitamente a gritar: — Comunista de uma figa! Desgraçado! Sei que estás ouvindo! Seria melhor que não tivesses nascido, pois aqui, nas mãos do *Bravo*, tu não existes. Ouvistes bem? Não és nada! Vales menos que merda! És apenas um número! *Carlito, Miranda, Anselmo*, este monte de estrume não tem mais nome, é o 101, ouviram? Se alguém te procurasse — mas quem vai procurar um monte de merda? —, achas que ia te encontrar aqui? E o capitão, pondo o coturno sobre as costelas do prisioneiro, esbraveja, com voz terrível: — A justiça somos nós! Somos tudo para ti! Somos Deus!

Enquanto isso, cabo Anísio, usando números de forma, carimba no peito e nas nádegas do prisioneiro o número 101. Julião lembra-se da ferração dos búfalos no Marajó, de como os vaqueiros, depois de árdua batalha, subjugavam os bichos, derribando-os por terra, gravando por fim com ferro incandescente a marca do dono. Essa lembrança, que trazia à tona um passado que ele queria esquecer, dói-lhe como ferro em brasa. Cabo Anísio terminara de marcar o número no prisioneiro, e o capitão lhe diz:

— *Carlito*, agora tira o capuz do prisioneiro e coloca a venda. Quero ver a cara do bicho. Mas não deixa ele te ver! O capuz e a venda isolam o sujeito completamente do mundo, a solidão é total — o capitão fala agora para Julião. — Desprotegido, ele perde o moral e não opõe resistência.

Cabo Anísio obedece. Desamarra o cordão do pescoço do infeliz e, postando-se às costas do prisioneiro, para que ele não o enxergue, tira-lhe o capuz da cabeça, colando-lhe imediatamente uma tarja suja, de esparadrapo, sobre os olhos.

Os cabelos do prisioneiro — agora se vê — são longos; chegam até os ombros. Mas, como ele se mantém encolhido de lado sobre o catre, não se lhe vê o rosto, virado para a parede. É jovem, sem dúvida, mas a exacerbada magreza, a indicar atrozes mazelas, impede que se faça uma previsão aproximada de sua idade. Quem será? Julião, por um instante, tem a impressão de que aquele corpo não lhe é estranho. Um mau presságio o assalta. Procura ver além da ossada que se apresenta aos seus olhos. "Não é possível! Devo estar vendo coisas! A luz fraca distorce tudo. Devo estar impressionado com tudo isso. Sem dúvida, ele era magro, mas não tanto. Não! Não é possível! Não é ele!". Percebe que o capitão o observa, com um sorriso sarcástico nos lábios, mas prefere crer que tudo não passa de uma ilusão. Mais uma vez está enganado. O capitão armara a sua cilada e vai controlando tudo de cima, dono da situação. Goza intimamente, imaginando a cara de Julião quando descobrir quem é o prisioneiro.

— *Carlito*, vira a cara do 101 pra cá — mandou o capitão, sem tirar os olhos de Julião.

Cabo Anísio agarra os cabelos do prisioneiro e torce-lhe o pescoço com violência, obrigando-o, entre gemidos lancinantes, a virar o corpo para o outro lado. Julião mira o rosto do prisioneiro, enquanto o capitão e o sargento Tojal apreciam-no a distância.

Não há mais dúvida. Era ele. Sim, aquele corpo exposto e indefeso era de João.

Como quem leva uma bofetada no rosto, Julião procura recompor-se. Mas não consegue se mostrar indiferente. O antigo companheiro está ali, à sua frente, em pele e osso. Quantas vezes estiveram juntos, trilhando o mesmo caminho, enfrentando os mesmos perigos, seguindo o mesmo sonho! E agora um abismo parece separá-los. Sentimentos desencontrados tomam conta de Julião: "Meu Deus! Como cheguei até aqui? De que lado me coloquei? Estou cercado por carrascos!". E agora? Cadê a sua excêntrica filosofia sobre Deus e o diabo? E a sua autossuficiência? Onde estão? Sente-se vagando num enorme vazio, como a água que evapora dando origem às tormentas.

João continua encolhido, sem opor resistência. Está muito machucado. A luz baça do galpão reflete-se-lhe no rosto, a pele tem uma coloração rósea, o supercílio direito rompera-se e a órbita do olho esquerdo está roxa e saltada. Julião desvia os olhos, não consegue encarar o antigo companheiro, que, mesmo com os olhos vendados e estourados, talvez cego, parece enxergá-lo. Julião recorda do camarada Ferreira — aquele garoto sempre sério, o mais intransigente, o mais vigilante e agressivo contra a burguesia. Agora está ali, travando talvez o seu último combate. Apesar do rosto desfigurado, continua o mesmo. Olha para Julião e o condena: "Seu burguês de merda, filho de fazendeiro, tu não me enganavas. Sempre soube que ias acabar traindo, tu e a tua laia". Tais pensamentos explodem na cabeça de Julião e causam-lhe grande confusão. Ele, com sua mania de liberdade, rebelando-se contra todo tipo de organização, não procurava, na verdade, desculpas para não ter compromissos? Envergonha-se profundamente. Tem ímpetos de evadir-se, de desaparecer, de desfazer aquele mal-entendido. Mas já não pode. Tudo é cruelmente real. Sente-se de novo peça de uma engrenagem que, posta em movimento, ninguém consegue parar. Ouve o piar de um bentevi na velha mangueira da chácara. Uma réstia de luz atravessa o telhado do galpão. Dói-lhe saber que lá fora faz um dia de sol lindo e passarinhos cantam nas árvores. O seu tormento, porém, apenas começara.

— E então, *Anselmo*? Isto precisava acontecer. Sei que é difícil para o senhor, mas era necessário. Depois disso, vai ver que não será mais o mesmo — diz o capitão. Eles nunca haviam conversado sobre o passado, mas não precisavam. Tudo está tão claro. Voltando-se para o sargento Tojal e o cabo Anísio, o capitão ordena: — Peguem o merda! Comecemos a sessão de amaciamento.

O que quer dizer "amaciamento"? Logo fica sabendo: os dois subalternos, segurando João pelos cabelos, arrastam-no até uma das paredes do salão — já que o prisioneiro, com as pernas machucadas, não conseguia se locomover. Em seguida, livram as mãos das algemas e penduram o prisioneiro nas duas argolas de ferro encravadas à parede. João não é baixo, mesmo assim seus pés não tocam o chão. O corpo nu estica-se com o seu próprio peso, fazendo saltar o feixe de costelas. Por fim, usando uma mangueira, cabo Anísio lança jatos d'água fortíssimos no prisioneiro.

— A higiene aqui é regra — diz cinicamente o capitão.

Em seguida, cabo Anísio passa mão de um porrete e começa a bater com ele em João. Nas panturrilhas, nas nádegas, nos músculos dos braços, evitando os ossos. Bate com método. A cada porretada, João se contorce de dor, mas não grita.

— Bate mais forte, *Carlito*! Quero ver se esse merda não grita.

Cabo Anísio obedece. O corpo de João estrebucha no ar a cada baque, mas ele não cede.

— Chega! — grita o capitão. — É só o desjejum.

Retiram o corpo e o jogam de novo sobre a cama. João arfa, está cheio de hematomas. Amarram-no ao catre, ficando de costas para cima, os quatro membros em posição aberta.

— Banhadinho e massageado, chegou a hora do amor — diz o capitão, sarcástico.

Julião sente um bolo no estômago, tudo é sórdido e repugnante. O que farão com João? Chega a pensar que, se tivesse uma arma, poderia eliminar os três militares e evadir-se com João. Loucura!

No estado calamitoso em que se encontra João, é impossível. Como pularia a cerca da chácara se não conseguia nem mesmo andar? Além do mais, o capitão não seria bobo de lhe confiar uma arma.

O capitão aproxima-se da cabeceira da cama e, curvando-se sobre a cabeça de João, fala sussurrado:

— Como te sentes, camarada *Ferreira*? Estás mais disposto? (Julião estremece; o capitão sabe até o nome de guerra do companheiro. Certamente também sabe o dele!). — Ferreira porra nenhuma! Aqui não és nada, ouviste?! Tudo bem, 101? Vou te dar uma chance. Hoje acordei bonzinho, não quero voltar zangado pra casa. Eu podia acabar contigo agora (o capitão tira a pistola do coldre e aciona o gatilho, fazendo o clic perto do ouvido de João), mas não quero. É inútil calar, pois já sabemos de tudo. Não devia perder tempo contigo, mas hoje estou sem serviço. És um garoto inteligente, tens estudo, teus pais te amam. Coitados, estão sofrendo com o teu sumiço. Por que se perder assim à toa? Os comunistas estão fodidos, vamos acabar com todos, é uma questão de dias. Escuta bem, 101, ainda podes te salvar. Sabes por que te mandaram pra cá? Porque decidiram que não há mais nenhum lugar onde possas ir. Aqui é o fim da picada, estás ouvindo? Mas ainda há uma chance, depende só de ti. De que adiantará a tua morte? Não conheces ainda nada da vida, e a vida é deliciosa, 101. Aposto como ainda és virgem! Oh! A vida! Poder voltar pra casa, depois de um dia de suado labor, e encontrar uma mulherzinha perfumada. E ter filhos, 101! Ter filhos! Humm... Há coisa melhor? (o capitão fica alguns instantes calado, Ofélia não tinha filhos, é o seu grande problema). E então, 101? Só depende de ti. Basta que respondas o que vou perguntar. Se não falares, quem perde és tu, pois já sei de tudo (o capitão volta a engatilhar a arma pertinho do ouvido de João). Por favor, garoto, colabora: quando e onde será a próxima reunião do comitê regional do Partido? Já sabemos, eu repito, mas quero te dar uma chance. Anda! Responde! Onde será a reunião do comitê regional do Partido? (João continua inerte e calado, mas certamente ouve tudo). O capitão continua: — Eu sei, eu sei... Acreditas que falar é traição. A primeira coisa que os comunistas incutem em vocês é esse orgulho idiota. Parece muito digno, mas queria ver se o João Amazonas[28] não abria o bico se o pegássemos. O Prestes,[29] em 35, não sofreu um arranhãozinho. Também pudera! Delatou meio mundo para não ser torturado! E então, *Ferreira,* onde será a reunião? (João não fala) Tudo bem, deixa isso pra depois. Primeiro me diz quem é do comando estudantil? Taí, até te facilito as coisas, não precisas dizer nomes do teu Partido, basta apontar os outros. Nós já sabemos, mas sempre é bom confirmar (João continua calado). Isso! Podes pensar com calma! Quero os nomes certos! Eu te ajudo: um deles é um tal *Santiago,* não é?

O capitão faz a pergunta olhando para Julião, que em vão procura disfarçar o pavor. Tudo é demais absurdo. Suando muito, vê formas e cores movimentando-se como num outro tempo, como se revivesse um daqueles terríveis pesadelos que costumava ter na infância: ele dentro de um túnel, espécie de esgoto subterrâneo — na ilha do Marajó não há esgotos! — sem abertura, que vai pouco a pouco se apertando; ou ele dentro de uma gruta — no Marajó também não há grutas! — que pouco a pouco vai se fechando. Passa por tudo isso de olhos abertos, vendo o pai diante dele, enorme,

---

[28] Líder comunista, nascido no Estado do Pará, que, com outros líderes, dirigiu a Guerrilha do Araguaia (1966-1974).

[29] Luiz Carlos Prestes (1898-1990), militar brasileiro que ficou conhecido como o Cavaleiro da Esperança, por liderar a legendária Coluna Prestes (1924-1927), que atravessou o Brasil defendendo bandeiras de uma classe média ascendente e pôs em xeque a velha política das oligarquias agrárias. Com o fim desse movimento, Prestes adere ao marxismo-leninismo e se exila na URSS-União das Repúblicas Socialistas Soviéticas. (N. do E.)

dizendo-lhe que tudo está bem, que é só um sonho. É desses pesadelos, por ironia, a imagem do pai que lhe ficou mais forte. Nos meses de enchente, quando a ilha submergia e todo ser vivente tinha de se pendurar sobre as águas, o pai, à noite, por precaução, amarrava um dos pés do menino ao esteio da casa; depois, já franguinho, quando já trotava pelos campos ao lado de Tião e já não urinava na rede, ele próprio aprendeu a defender-se do terror dos pesadelos. Depois dos pesadelos, quando tudo havia passado, o garoto dizia para si mesmo: "Quando vier outro pesadelo, eu vou pensar que é só um pesadelo, assim não fico apavorado". Tal foi o seu esforço que acabou conseguindo. Assim, quando vinha um pesadelo, sofria menos, pois sabia que era só pesadelo e que de manhã encontraria tudo como deixara — os passarinhos e os marrecos livres nos campos, os bezerrinhos presos no curral enquanto as mães, soltas nos alagados, disputavam o capim com a lama. Ele montaria no seu cavalo cilheiro e sairia por aí sem destino, tendo o vasto céu por testemunha.

— O *Santiago*, ou melhor, o Julião, filho do fazendeiro Domiciano Aires, é um deles, não é? Não adianta negar, sabemos de tudo — blefa o capitão, piscando para Julião. Pergunta por pura diversão, como a fera que brinca com a presa antes de devorá-la. Julião não pode fazer como nos pesadelos de antigamente, pois sabe que aquilo é real, que a atmosfera sombria no interior do galpão é eterna, e que, para os que caem naquele inferno, não há amanhã. — Já é hora de falar, garoto — insiste o capitão. — O *Santiago* é ou não do comando estudantil?

— Não! *Santiago* não é do comando. E, se fosse, não falaria — responde João, com voz surpreendentemente firme.

— Ora veja! É um bom começo! Falaste a verdade! O Julião não poderia mesmo ser do comando estudantil, pois é um dos nossos. Ouviste? Santiago é um dos nossos!

— Mentira! Não acredito! *Santiago* jamais trairia — diz João.

— Estás certo, garoto. *Santiago* jamais trairia. Como iria trair, se ele nunca foi um dos vossos? Não é mesmo, *Anselmo*?

Julião entende o que o capitão quer lhe dizer: a partir daquele momento deve considerar-se um agente da repressão. O capitão volta à carga:

— E o camarada *Eduardo*, onde está? Sabemos que ele não é do comando estudantil. Para onde foi mandado?

Julião fica atento. Então não pegaram o Marcos?

— Não sei! E se soubesse não diria — desafia novamente João.

— Realmente não poderias informar, seu merda! Pois há tempos fizemos picadinho desse bandido — grita o capitão.

— Duvido! Ele está bem vivo! Ninguém pega o camarada *Eduardo* — diz João, que, involuntariamente, acaba dando chance ao capitão de marcar um tento. Agora o militar sabe que *Eduardo* está vivo. Como o "perigoso terrorista" evaporara de Belém sem deixar vestígios, os órgãos da repressão chegaram a pensar que ele poderia ter morrido nas mãos de seus próprios camaradas. Por essa época, acossadas por feroz perseguição e isoladas do povo, as organizações revolucionárias, como barcos açoitados pela tempestade, sofriam irremediáveis avarias: prisão e desaparecimento de dirigentes e militantes, deserção de uns, traição de outros. A desconfiança e o pânico — como água que se infiltra pelo casco — punham a pique as organizações, ensejando os "julgamentos revolucionários", pelos quais os elementos suspeitos de traição eram eliminados. Julião, porém, não acredita que isso tenha acontecido com *Eduardo*. Marcos está vivo! Se estivesse morto, o capitão não perguntaria sobre ele. Mas onde estará?

Julião também descobre que a "inteligência" é burra, pois não sabe que João não mais pertence ao Partido, mas à Ala Vermelha.[30]

30 Organização de esquerda, atuante no Brasil nos Anos 60 do século XX. (N. do E.)

Portanto, nem se quisesse, não saberia informar ao capitão o que ele queria. Mas o ritual macabro continua.

— É melhor responderes por bem, 101. Não queremos te machucar. Quando e onde será a reunião?

— Não sei. Como saberia? Não sou do comitê regional.

— Sei que estás mentido, 101.

— Eu não sei, mas, ainda que soubesse, não diria.

— Seu patife! — esbraveja o capitão. — Te arranco o saco se não colaborares. Pela última vez: onde será a reunião?

— Não sei. Já não sabem de tudo? Por que me perguntam?

O capitão não se contém, desfere um violento murro nas costas do prisioneiro, que solta um urro lancinante de dor.

— *Miranda*! *Carlito*! Deem uma vitamina ao 101. Quem sabe não recobra a memória — manda o capitão.

Tal "vitamina" consiste em conectarem a corrente elétrica do galpão às extremidades do corpo do prisioneiro, aplicando-lhe, durante longos segundos, choques violentos. O corpo do infeliz, atingido pela corrente, quer se contorcer, mas não pode, pois os pés e a mãos, amarrados nos cantos da cama, deixam o corpo bem esticado. Assim, o desgraçado estrebucha, parecendo que cada músculo, cada pedacinho de osso, quer se desintegrar do restante do corpo. O pescoço é a única parte que pode se movimentar. A descarga atinge o cérebro e produz nos músculos da face um esgar que a deformava; os olhos reviram-se; a língua enrola-se, tapando a respiração. Apesar da admirável intrepidez e soberba valentia, João, após os algozes desligarem a corrente, sucumbe à fragilidade da contingência humana, urra e geme como um animal ferido. O corpo nu, todo ele, sua. O coração salta. E o infeliz, como um guerreiro que atravessa penosa batalha, respira sofregamente, como se todo o ar do mundo não fosse suficiente.

— E então, 101? Voltou-te a memória? Quando e onde será a reunião do Partido? — pergunta, nos intervalos, o capitão.

— Não sei! Juro que não sei! — responde João.

— Eu te abro a memória — diz o capitão, cada vez mais impaciente. E o suplício recomeça. Uma, duas, três, incontáveis vezes, e nada do prisioneiro falar. Cada vez mais debilitado, o infeliz estertora, quase já não consegue respirar.

É impossível descrever o que se passa na cabeça de Julião. No entanto, imaginemos o que seja ver uma pessoa com quem convivemos, que compartilhou dos mesmos anseios e dos mesmos sonhos, entregue nas mãos de um algoz implacável, sem nada poder fazer para mitigar-lhe o martírio. Imaginemos o que é ter a sensação de que a nossa passividade diante da injustiça converteu-se em conivência, e que esta nos divide ao meio, revelando-nos uma face obscura, que julgávamos não possuir — a face da traição, que nos degrada e envergonha. Maldito o homem que, olhando ao espelho de sua própria alma, enxerga essa face abjeta! Nunca terá sossego. Passará pela vida com a agonia dos condenados. Clamará às montanhas para que desabem sobre ele. Ajoelhar-se-á diante da morte pedindo que ela o carregue. Pedirá que o tempo retroceda para antes da maldita hora em que foi concebido. Mas não será atendido. Nada o livrará do fardo da agonia, pois lhe foi dado enxergar, para além da tinta diáfana da tela, o rosto hediondo da maldade, a cara esquálida do demônio que lhe sorria.

Impossível dizer quanto tempo já fora gasto naquele martírio. Como nos pesadelos, quanto pavor! Quanto medo cabe num único segundo! João, apesar das forças irem-lhe paulatinamente faltando, resiste bravamente. Quanto brio, quanta nobreza podemos encontrar no ser humano! João está decidido a morrer dizendo não. Seus algozes, apesar da prepotência, só dominam o corpo do prisioneiro, não conseguem vergar-lhe a alma, o que muito os aborrece.

Sentem-se derrotados, pois há um ponto em que, para além de toda racionalidade, já não importam ao torturador pretextos como a descoberta da verdade ou de culpados, mas unicamente o prazer de dominar completamente o outro, de subjugá-lo como se fosse coisa, de ser seu dono e manipulá-lo como um amante, no êxtase do delírio, manipula o objeto dos seus desejos. A tortura de um ser humano por outro é algo tão repugnante e hediondo, tão horripilante e indescritível, que humilha e degrada não só a vítima, como ao próprio torturador. Ela faz o homem tornar-se monstro, e esse monstro sentir-se Deus. Porque o prazer do torturador é solitário, não o extrai do consentimento do outro, pois não precisa do outro para ser feliz. Ao contrário, precisa reduzi-lo a nada, à mais completa aniquilação.

Nada é, porém, mais poderoso do que o impulso de vida que rege o universo e está dentro das pequeninas e das grandes coisas. Num grãozinho de areia, na gotinha de orvalho, na lágrima de uma criança, na profundeza abissal dos oceanos e no pináculo do mundo. Nada pode deter essa força estranha, esse halo misterioso que dá brilho às estrelas e ânimo aos supliciados. Até Cristo, o filho de Deus, o mais famoso dos torturados, na hora da morte, clamou: — Pai, se possível, retira de mim esse cálice! E pediu água, pois queria viver.

João também pede que lhe deem água. A respiração ofegante resseca-lhe a boca e racha os lábios. O capitão responde com mais choques.

— Água! Água! — implora o desgraçado, até que o capitão manda trazerem água. *Carlito* também traz uma garrafa, cujo conteúdo entorna na água.

— Abre a boca, 101! — manda o capitão, zombeteiro.

João obedece, ávido. Dá pena ver um homem nesta situação. Nu, imobilizado, à mercê de outro homem, destituído de sua dignidade, humilhado. Mas a natureza do homem é tal que, superado o horror pelos males alheios e sufocado o benévolo germe da compaixão, se embrutece e se regozija com o espetáculo da infelicidade alheia. A tortura é a manifestação de algo tão antigo quanto o próprio homem. Passa o tempo, gerações sucedem-se, impérios levantam-se da terra e pela terra são engolidos, surgem novas técnicas, a cultura e a civilização nos envaidecem, mas essa coisa primitiva, obscura, que dormita dentro de cada homem, desafia os séculos e nunca muda. Vá o homem aonde for, atravesse num segundo todo o universo, mas essa coisa hedionda parece fadada a seguir com ele. O capitão derrama a água — azeda, gosto de vinagre — na boca do prisioneiro, que a repele. Força-o, em vão, a engolir, deixando o coitado todo molhado. Move-o a mesma volúpia, o mesmo furor que, há 2000 anos, unia nobres e plebeus romanos na arena, ávidos pelo sangue dos gladiadores.

— Queres água limpa, não é? Pois vais beber água até se afogar. Levem esse merda pro tanque! — ordena o capitão.

O sargento e o cabo desamarram da cama o prisioneiro, o qual, já bastante debilitado, não esboça nenhum movimento. Puxando-o somente pelos braços, os dois subalternos põem-se a arrastá-lo desajeitadamente em direção à porta do galpão. Os membros inferiores, roçando o chão, acabariam ainda mais machucados, se Julião, tomado por uma força estranha, não os tivesse erguido. Tal gesto aumenta-lhe a confusão. Já não pode sustentar inocência. Tocara no corpo de João. Ingressara no infame rol dos partícipes. Sente-se culpado. Por um instante, Julião perde as suas referências. Cadê suas ideias sobre as injustiças dos homens? Cadê suas palavras inflamadas contra a burguesia? É como se a fissura que partia a sua alma de repente se transformasse numa perigosa rachadura. "De que lado estou? Não adianta dizer que estou do teu lado, companheiro. Sou como aquele homem que ajudou Cristo a carregar a cruz. O que adiantou? De qualquer forma, a cruz seria levada. Só apressaste, idiota, o fim da tragédia. Colaboraste com os algozes!", martiriza-se. Saem do galpão carregando o prisioneiro. Faz um daqueles dias radiosos do equador. Só agora Julião percebe que a metade do dia já passou. O sol está a pino e os passarinhos — tesourinhas, bentevis, sanhaçus — que se escondem na folhagem da frondosa mangueira no fundo do quintal da chácara, de repente, de uma só vez, como se tivessem combinado, silenciam por completo. Esse detalhe não lhe passa despercebido, pois quantas vezes, lá da guarita, Julião não se ocupara em observar o estranho comportamento dos passarinhos? Depositam o corpo de João sobre a mesa rústica, de bruços, ao lado do tanque que o leitor já bem conhece. Depois que os passarinhos se calavam, não demorava cinco minutos e eles saíam voando para o velho muricizeiro da chácara vizinha. Algo incomum devia acontecer todo dia no fundo da chácara, que causava medo aos passarinhos. Julião, da guarita, apenas suspeitava o que acontecia, mas agora tem certeza.

O sargento e o cabo amarram os pés de João à mesa, deixando o resto do corpo livre. Em seguida, o capitão volta a fazer a velha pergunta: — Quando e onde será a reunião da direção do Partido? Repete a pergunta várias vezes, e nada de João responder. Então acontece aquilo que costuma espantar os passarinhos: o capitão pega o prisioneiro pelos cabelos e mergulha a cabeça dele no tanque, segurando-a ali por um minuto. O desgraçado luta desesperadamente para trazer a cabeça à tona — esforço inútil, pois o capitão, punhos de ferro, não lhe dá nenhuma chance. Quando, enfim, o capitão o solta, o coitado, num resfolegar agoniado, parece querer sugar com a boca e o nariz todo o ar do mundo.

— E então? Quando e onde será a reunião do Partido? — volta à carga o capitão.

— Não sei! Não sei! — responde o infeliz.

— Mentira! Filho duma cadela! — esbraveja o capitão, os olhos injetados. — Não vais dizer? Então vou te matar afogado! — grita, fora de si. E, agarrando o coitado pelos cabelos molhados, repete a mesma operação. Mas, antes de conseguir vergar-lhe a cabeça no tanque, trava-se uma breve mas desesperada batalha, na qual João, numa resistência comovedora, procura manter-se à tona. Nessa hora, os passarinhos, espantados pelo barulho, voam da grande mangueira e vão, como já era esperado, pousar no velho muricizeiro.

Os afogamentos repetem-se inúmeras vezes. O infeliz vai definhando. É incrível como um ser humano pode suportar tamanho martírio. Forças insuspeitas certamente vêm socorrer a alma em desespero, dando-lhe fôlego para continuar resistindo. O suplício é aplicado com método. Aos poucos, aumenta-se o tempo de afogamento e reduzem-se os intervalos. Procura-se alcançar aquele ponto-limite da capacidade de resistência ao sofrimento, além do qual a alma cai no abismo obscuro da inexistência. A vida, como a luz de uma vela, quando lhe falta o ar, vai definhando, até extinguir-se por completo. Mas há um instante, um único instante, em que se dá a passagem da luz para as trevas, e o capitão persegue esse instante. Como todo torturador, não objetiva matar a sua vítima, mas levá-la a percorrer a fronteira entre a agonia e o descanso, onde a alma do supliciado já não lhe pertence, mas vagueia sonâmbula e sem rumo, sendo finalmente dominada pelo carrasco, que faz dela o que bem quer, extraindo daí todo o seu prazer. Grande, porém, é a frustração do algoz quando, depois de aplicar todo o seu rol de suplícios, não consegue se apoderar da alma de sua vítima e transformá-la em coisa. Tal sentimento já tomava conta do capitão quando, às 2 da tarde, manda *Carlito* e *Miranda* levarem João de volta para o interior do galpão.

Além da maldade intrínseca à natureza humana, o capitão ainda conta com enorme acervo de instrumentos e técnicas de tortura de nossos antepassados — o tronco, o pelourinho, o azorrague, a diadema de aço, a castração, a extirpação da língua, o esquartejamento... No isolamento das celas, no escuro dos porões, a ditadura militar — que governava o país nos dias desta estória — resgatou essa macabra tradição, aplicando no corpo dos adversários políticos, com perverso requinte, toda espécie de crueldade.

Arrastado novamente ao galpão, João é alvo indefeso de toda essa brutalidade. A partir de certo momento, não se lhe ouve mais nos lábios nenhuma palavra, apenas geme e respira. O capitão, incapaz de extrair do prisioneiro o que deseja, desiste de fazer-lhe perguntas. Tortura o infeliz já sem nenhuma medida, pondo em cada um de seus gestos todo o peso de seus recalques. Como se mantiveram ocupados desde a manhã, tendo passado a hora do almoço sem se alimentarem, todos estão exaustos. A fome e o cansaço aumentam a impaciência dos carrascos, que agora parecem decididos unicamente a retirarem a vida do prisioneiro da forma mais cruel.

Lá pelas 4 da tarde, quase tudo está consumado. Não há mais rosto para deformar, nem osso que não esteja quebrado. O prisioneiro jaz transformado num repulsivo pedaço de carne sanguinolento e macerado. Está definitivamente perdido, nada poderá socorrê-lo. É como um daqueles animais malferidos, prostrados por terra para sempre, mas que, para a sua própria desgraça, continuam vivos. Seus algozes trituram seu corpo, mas sentem-se derrotados, pois o prisioneiro, apesar de todos os suplícios, nada falara que pusesse em risco a vida dos companheiros. Sozinho, indefeso, travara o seu último combate contra um inimigo brutal e impiedoso, e vencera-o. Apesar de sua breve existência nesta terra, apesar de não ter tido tempo para experimentar os prazeres deste mundo, aquele garoto morreria satisfeito. Nada, nem mesmo a venda que lhe puseram nos olhos, poderá impedir que, em seu último olhar, contemple o mundo novo, de felicidade e amor, que ele, com o seu sacrifício, cria haver ajudado a construir. Quantos homens e mulheres generosos como João, cheios de ingenuidade e pureza, já não morreram acreditando piamente que, num breve porvir, o paraíso se instalaria sobre a terra?! A visão desse futuro radioso é-lhe um prêmio por todos os martírios. A vida, no estado em que se encontra, é-lhe já um fardo doloroso. Quer morrer. Que os verdugos o matem logo, é o seu desejo. A sua alma inteira anseia ardentemente pelo sossego. Mas os algozes, impotentes diante de tanta firmeza, embora injetados de ódio, sabem que a única arma que ainda possuem contra ele é deixá-lo vivo, prolongando-lhe a agonia. Dando o expediente daquele dia por encerrado, diz o capitão aos subordinados:

— *Carlito* e *Miranda,* podem ir ao refeitório. Não há mais o que fazer com esse infeliz, a não ser deixar que apodreça. E, virando-se para Julião, dá a seguinte ordem, que deixa nosso herói surpreso: — *Anselmo,* quero que fique aqui mais um pouco, vigiando essa coisa. Duvido que ele ainda possa se levantar, mas é bom não relaxar, comunista é bicho de sete vidas. E o capitão, para espanto de Julião, retira a arma da cintura e estende-a, dizendo: — Pode usá-la, se precisar.

Os três homens dão as costas e saem do galpão, deixando Julião com a pistola na mão. O primeiro impulso que tem é de liquidá-los pelas costas. Mas isso seria, além de arrematada loucura, um gesto completamente inútil, pois acabaria pego pela guarda e, ainda que escapasse pulando a cerca da chácara, não conseguiria levar João consigo. Procurando ordenar os pensamentos, diz para si mesmo: "Calma, Julião! Nada de precipitação". Só então reflete sobre a sua situação. Como interpretar a decisão do capitão de confiar-lhe uma arma? Queria com isso dizer que confiava nele? Ou, ao contrário, pairavam desconfianças e a arma seria um teste? Mas, neste caso, o que o capitão esperava que ele fizesse? Se fosse só para vigiar o infeliz, não havia necessidade de nenhuma arma. Mas, então, para quê a arma? Certamente não era para tirar a vida do prisioneiro, pois, se quisessem, já o teriam feito. Mas por que o capitão dissera que poderia usá-la, se precisasse?

Um longo gemido quebra o tétrico silêncio do galpão e interrompe o curso dos pensamentos de Julião. Sob a luz baça, consegue ver João, ou o que dele resta, estendido sobre o catre. Lembra-se do angustioso fim do seu búfalo rosilho e, sem que possa impedir, tem uma ideia. Terrível ideia! Não sabe se seria capaz de concretizá-la, mas pelo menos é o que tentaria fazer com o infeliz animal, se tivesse acompanhado o seu suplício. Sabe que tudo já é inútil, tudo está irremediavelmente perdido, mas, disfarçando a voz, a fim de que o companheiro não o reconheça, diz:

— Os outros já se foram, só eu fiquei. Levanta e foge, amigo!

Chega a desamarrar os braços e as pernas de João, mas este não se move. Vê-se que está vivo, pois ainda respira, mas os nervos romperam-se e o cérebro já não comanda o corpo, o que faz a coisa ficar mais complicada, pois tudo pareceria mais convincente se o próprio João conseguisse arrastar-se para fora do galpão. Então Julião só precisaria fazer um pequenino gesto, um quase imperceptível movimento, e tudo estaria consumado. Mas já não pode retroceder. Sabe que tem pouco tempo, a qualquer momento o capitão Ubiratan ou um dos subordinados voltarão ao galpão. Então, com muito cuidado, como se pudesse minorar-lhe o sofrimento, Julião retira João do catre e estende-o sobre o chão do galpão. Em seguida, segurando-o pelas axilas, arrasta-o para fora do galpão, deixando-o, por fim, ao pé da cerca dos fundos da chácara. Os outros deviam crer que o prisioneiro fora abatido na fuga. Durante toda a manobra, o coitado geme. De forma, porém, tão estranha e contida, como se adivinhasse e aprovasse o que Julião ia fazer.

Depois de apagar as marcas que o corpo de João fizera no chão, Julião retorna para junto do infeliz, disposto a pôr um ponto final na tragédia. Forte angústia afoga-lhe a alma quando ele retira a arma do coldre. Já conduz o cano à nuca do amigo, mas interrompe o gesto ao notar que o coitado, num esforço sobre-humano, tenta levar a mão direita ao rosto, ou melhor, ao que dele resta.

— Queres alguma coisa, amigo? — pergunta Julião, a voz embargada.

— Sol! Sol! — em voz ciciante, é a resposta.

João quer ver o sol, quer ter a alegre claridade do sol como última lembrança. No paraíso porvir — pelo qual sacrificou a vida nesta terra — não haverá sombras nem tristezas, pois a exploração do homem pelo homem, origem de todos os males, estará para sempre banida. Nele reinará a luz mais radiante, que penetrará desde a pequenina fenda da mais alta montanha até o mínimo recesso da consciência humana, impedindo o nascimento de monstros e a edificação de masmorras.

Julião titubeia. Quer atender ao último desejo do amigo, mas, se retirar-lhe a venda, será visto por ele. Paira profundo silêncio — quebrado apenas pelo gorjeio dos passarinhos, que, aproximando-se a noite, tornaram a acomodar-se nos galhos da frondosa mangueira — quando Julião, reunindo toda coragem, leva o cano da pistola já engatilhada à nuca do infeliz. Mas, qual não é o seu espanto ao ouvir:

— Acaba logo com isso, Julião! Será um alívio!

"Então João sabe que estou aqui? Mas como?" — pergunta-se a si mesmo Julião, retirando-lhe a venda dos olhos.

— Patifes! O que fizeram contigo! — indigna-se com o que vê.

— Como está o dia? É tarde ou manhã? — indaga João, cujos olhos tinham sido vazados.

— É tarde — responde Julião, sufocado.

— Faz sol?

— Sim. Está muito claro.

— Não te culpes por nada, Julião — foram as últimas palavras de João.

Do fundo da chácara, segundos depois, partiu um estampido seco, que fez os passarinhos da grande mangueira revoarem espantados.

Miragem

Desde pequeno, era assim: quando alguma coisa o perturbava, costumava pensar no problema enquanto caminhava. No lombo do cavalo cilheiro, tendo o horizonte por limite, soltava as rédeas e deixava-se ir aonde o animal o levasse. Mas, na cidade, era diferente. Achava Belém uma cidade acanhada, sem horizontes, quase mesquinha. Quando Julião deu por si, chegara às docas. O serviço de carga e descarga dos navios atracados no cais já encerrara. Enormes guindastes sobre as águas jaziam inertes, como braços de gafanhotos. Os estivadores, exaustos e suarentos, iam para casa; a sua pele bronzeada pelo sol inclemente do equador já se confundindo com o negrume de mais um começo de noite no cais de Belém. Logo aquelas ruas antigas e estreitas, de velhos casarões, estariam desertas.

Pensa em voltar para casa, mas acaba penetrando cada vez mais pelo centro velho da cidade. Vai tão absorto em seus pensamentos que nem percebe os olhares de curiosidade e espanto que lhe lançam os transeuntes. Certamente todos se perguntam o que traria um soldado do Exército, impecavelmente fardado, àquelas horas, às ruelas sujas e fedorentas do cais. Pois vive-se uma época em que até o mais ínfimo recruta é capaz de suscitar no povo sentimentos como inveja ou temor.

Passa pelo *Ver-o-Peso* e o burburinho, que sobe dos barcos atracados no porto, acrescenta uma nota lúgubre ao seu sofrimento. Dois cães saltam de repente de dentro de um depósito de lixo e, enquanto um deles — a fêmea — balança o rabicho amistosamente para Julião, o outro — o macho —, cara de mau, rosnando, corta-lhe o caminho, querendo certamente proteger a companheira. Ambos tão sujos que nem se lhes podem ver as cores, mas Julião não deixa de reconhecê-los. São os mesmos que fizeram Maria Clara, num dia já longínquo, encolher-se debaixo de seus braços. Homem e animal novamente se encontram. Mas o homem, que fora feliz, agora está triste, e sente-se pior do que aquele cachorro, pois, enquanto o bicho continua acompanhado pela sua fêmea, ele está só e abandonado. "Os cães são mais constantes do que os homens" — conclui Julião, acrescentando a nota amarga que faltava ao seu sofrimento.

Passa pelo Largo do Palácio, onde ainda há algum movimento de turistas que saem do Forte, mas não se detém. Os turistas o enervam. Sem saber por que, dirige-se ao Porto do Sal, onde tantas vezes estivera.

O Porto do Sal situa-se no extremo oeste da cidade, no ponto mais obscuro e isolado. Quando cai a noite e os armazéns fecham as suas portas, não há homem de bem que se arrisque por aquelas paragens. Quer dizer, o engravatado, que paga impostos e preocupa-se com os destinos nacionais, pai de família exemplar, que zela pela honra de suas filhas, enfim, o verdadeiro cidadão brasileiro, que se orgulha de sua pátria, para entrar no Porto do Sal à noite deve deixar todos os títulos para trás, pois ali — sobre as vigas do trapiche, nos muros dos casarões ou na penumbra dos botecos — todas as diferenças se apagam; homens e mulheres, sem distinção de cor, credo, raça ou nacionalidade, são verdadeiramente iguais, independentemente de lei ou autoridade.

No fim da rua do porto, onde o cais faz uma curva, há uma taberna de madeira, onde homens e mulheres da noite vão se encontrar. Ali, a maioria não sabe ou não lembra que é brasileira, mas tudo é genuinamente nacional. Não há *whisky* escocês nem vinho do Porto, mas bebe-se a cachaça de alambique e uma velha vitrola vibra o carimbó na voz inconfundível do mestre Pinduca.

“Ariramba, minha ariramba,
Vem voando e pousa na ladeira;
A filha do pescador,
Está fazendo levantar poeira,
A filha do pescador,
Está fazendo levantar poeira.
São Benedito,
Na ilha da seringueira,
Quem mandou ferrar,
Foi uma tucandeira.
Ah, tucandeira, tucandeira,
Quem mandou ferrar,
Foi uma tucandeira”

Julião entra na taberna e senta-se numa das cadeirinhas de cipó. O olhar de todos pesa sobre ele. Esperava curiosidade, mas não raiva e desprezo. Faz que não percebe a hostilidade. Não bebe, mas, para mostrar que é um igual, pede alto “um trago”. O dono da taberna, um caboclo baixo e barrigudo, demora de propósito a atendê-lo. O clima vai esquentando. “O que esta escória pensa que é? Então não pode vir aqui quem quiser? Já sei! É a farda. O povo odeia os militares, embora rasteje aos seus pés. Porra! Mas eu não tenho culpa de nada!” — diz a si mesmo Julião.

Um homenzinho atarracado, recendendo a perfume barato, só para provocá-lo, diz que a cadeira onde Julião se senta é dele. Sentindo um gosto de sangue na boca, Julião continua sentado. O baixinho já se aproxima com os punhos fechados, quando uma voz firme, no fundo da taberna, grita:

— Calma aí, Manequinho! Deixa ele em paz! Então não o conheces? É o seu Julião, do Armazém Alarico!

O tal Manequinho estaca, os punhos no ar. Murcha completamente:

— Perdão, seu Julião! Se soubesse que era o senhor...

Julião também se lembra dele. Era um dos carregadores do armazém, da época em que ali trabalhara. De repente, como que arrebatado por uma força daninha que procura lançá-lo num abismo, Julião ergue-se e fala, quase gritando:

— Vocês não devem pedir desculpas a ninguém! Eles, os bacanas, que só vêm ao cais para explorá-los, é que devem se ajoelhar aos seus pés, pois são eles que precisam de vocês, e não vocês deles. Entenderam? Os doutores, os políticos e os milicos que se danem! Eu sou um de vocês, ouviram? Estou de farda, mas odeio os militares!

Todos batem palmas, o que muito desagrada a Julião, que, de repente, lembra-se dos discursos dos políticos que, em ano de eleições, vão à ilha do Marajó adular o povo com discursos demagógicos.

Manequinho, que mudara da água para o vinho, puxa outra cadeira e senta-se ao lado de Julião. Pede alto "uma loirinha aqui pro patrão". O dono da taberna, lépido e solícito, traz a cerveja. Logo, o Manduca, o que primeiro reconhecera Julião, achega-se à mesa, trazendo consigo, agarrada pelo cangote, uma cabocla de saias curtas e peitos enormes, que sorri para Julião e mira-o com olhos negros e luxuriantes. Julião também lembra do Manduca, um caboclo capaz de carregar cem quilos sem dar um suspiro.

— Esta é a Lourdes, minha mulher — apresenta Manduca.

Enquanto todos se apoderam da cerveja, o nosso herói é surpreendido por uma mão que, por baixo da mesa, acaricia-lhe a coxa. Em outra ocasião, aquilo poderia até ser interessante, mas agora o assédio da cabocla causa-lhe mal-estar.

Julião levanta-se, disposto a ir-se embora. Mas os novos "amigos" literalmente o agarram. Pedem mais cerveja. Manequinho insiste para que o patrãozinho beba. Julião começa a entender o que se passa, mas sente que deve agir com cautela. Sente-se um peixe perdido num lago de jacarés; qualquer gesto em falso seria fatal. A caboclona já lhe força a braguilha sem cerimônia, e o Manduca faz que não vê. Deve haver uma combinação entre ele e a mulher. Julião, que só pensa em evadir-se, aguarda o melhor momento para dar o fora. Mas está difícil. Manequinho, já meio porre, abraça-o e declara-lhe solenemente toda a sua dedicação. No auge da intimidade, cuspindo e babando, despeja terríveis impropérios contra o Sr. Alarico — "um mão-fechada, que paga a todos um salário de merda". Mas, se o patrãozinho virasse o patrão, seria diferente — completa o bêbado. Não está tão grogue, porém, quanto quer parecer, pois, num lampejo de lucidez, pede alto "mais uma loirinha, pro patrãozinho". Mas só eles bebem.

Não mais suportando, Julião levanta-se para ir embora. O dono da taberna, com expressão hostil, aproxima-se da mesa e diz:

— Foram quinze cervejas, o senhor vai pagar!

Por sorte, o dinheiro que traz na carteira dá para pagar a conta.

— O patrãozinho não vá ainda, é cedo — dizem Manequinho e Manduca, mais para lá do que para cá. A cabocla oferece-se para acompanhá-lo, mas Julião faz-se de surdo e sai da taberna sem olhar para trás.

No caminho de volta, vem tão amargurado que nem percebe o trajeto. "Então foi por essa gente que João deu a vida?" — indaga. "Um bando de velhacos é o que são, uns brutamontes, incapazes de um sentimento nobre. Consciência de classe! Ora essa! Eles não respeitam nem a si mesmos. Socialismo, bela palavra! Esta gente é incapaz sequer de solidariedade, pois, de tão humilhados, acabam odiando a todo mundo. Falsos, mentirosos! Na frente do patrão, são a passividade em pessoa, comem merda se o patrão mandar, mas, pelas costas, viram feras. Ora veja! Queriam me depenar, os danados! Quem quiser ajudá-los, deve fazê-lo a distância, senão acaba devorado. Coitados dos irmãos Vinagre e de Eduardo Angelim, que arriscaram o pescoço por eles! Peri e Zumbi não passam de uma fantasia. Loucura acreditar que um dia esses brutos possam libertar-se do jugo dos poderosos e comandar os destinos do país!". Tais reflexões jorram como filetes de sangue da alma ferida de Julião. Como é difícil encarar o fato de que tal discurso — que outrora ele rotularia de reacionário — seja proferido pela voz de sua própria consciência! No entanto, mais terrível é a sensação de que, pouco a pouco, ele também, sem a fé no futuro que o distinguia, vai se embrutecendo e ficando como a massa anônima e disforme. Que rumo tomar? Sente-se desorientado como um barco à deriva. O seu norte — que até aí fora a ralé — revelara-se uma miragem.

Genética Política

A morte de João trouxera-lhe inusitado prestígio entre os militares, fora a prova definitiva de abnegação e coragem que o capitão esperava dele. Na manhã do dia seguinte, Julião teve de auxiliar os superiores no suplício de um novo infeliz. À tarde, terrivelmente impressionado, encontrava-se à beira de um ataque de nervos.

Conhecem-se histórias dessa época negra do nosso país, em que jovens recrutas, obrigados a participarem das torturas, caíam, primeiro, em profunda depressão, resvalando, em seguida, à mais completa loucura, sendo, por fim, eliminados pelos superiores, para quem se tornavam um estorvo.

Já entrado nesse estado de desagregação moral, Julião foi chamado, no final do dia, ao gabinete do capitão, que lhe perguntou:

— E então, meu jovem, estás gostando do serviço? Como Julião demorasse a responder, o capitão continuou: — Vê-se que te adaptas muito bem a novas situações. Pois bem, tenho-te boas novas: o coronel Villaça arranjará, a meu pedido, uma vaga na Faculdade de Direito a ser ocupada por ti. Isso, claro, se quiseres! Precisamos infiltrar gente nossa entre os estudantes, e tenho certeza que darias um ótimo agente. Aceitas?

— Aceito — respondeu Julião.

Seria fácil enquadrá-lo no rol dos covardes, mas não seria justo. Se há uma fraqueza em nosso herói, é a de confiar excessivamente em si mesmo e possuir elevada autoestima. Também não seria justo imputar-lhe uma maldade hereditária, com a qual se costuma explicar o gesto dos traidores. Talvez quisesse apenas safar-se daquele ambiente repugnante e deletério que lhe feria todos os princípios éticos. Colocar-se acima de Deus e do diabo era um modo de dar coesão à sua alma partida. Assim, ao aceitar a vil tarefa que o capitão lhe confiava, Julião cria, sinceramente, estar apenas tripudiando da luta milenar entre o bem e o mal.

Não voltou mais ao galpão de zinco, o que certamente o livrou da loucura. Durante os meses seguintes, o capitão introduziu-o no misterioso mundo da "inteligência". Num dos cursos de espionagem que frequentou, deparou-se com o professor *Nerval*. Ágil de corpo e de mente, Julião logo o reconheceu. Era, nada mais nada menos, o professor Navarro, de biologia — expansivo, risonho e muito popular, sempre disposto a interceder em favor dos alunos junto ao tirânico diretor da escola, o mesmo que vendera nota ao pilantra do *Riquinho*. Pasmo e decepcionado, Julião jamais imaginara encontrá-lo ali, como um dos instrutores da ditadura. Exprimia as ideias com cadência e clareza e, dando azo à fértil imaginação, não perdia ocasião para comparar o comportamento do homem ao do animal, mania que muito divertia a Julião. Jairo, com seu corpanzil e excelente memória, era um perfeito elefante. João, magro e rebelde, cabelos revoltos, lembrava um potro do campo. Marcos, olhar expressivo e mãos ágeis, era, na fauna humana, um macaco. E Maria Clara — Ah! Maria Clara! —, de negra pelugem e largas ancas, misteriosa e dissimulada, era uma búfala. Ele próprio não era chamado de búfalo? "Mas que búfalo ridículo! Sem manada!" — pensou Julião.

Disfarçado entre a turma, Julião ouviu o professor *Nerval* começar:

— Como as plantas e as pedras não pensam nem fazem revoluções, deixo de lado os reinos vegetal e mineral e vou direto ao reino animal, o reino dos homens.

Os alunos olhavam perplexos para o professor, sem verem nexo entre as palavras. "Estará ele variando?"— certamente se indagaram, pois era insólito ouvi-lo falar de reino animal quando o tema da palestra era "A estrutura e o funcionamento das organizações terroristas no Brasil". Julião, que o conhecia, não se impacientou; sabia onde ele queria chegar.

Começou com os protozoários — animaizinhos unicelulares, como a ameba, que roem o intestino do homem, podendo atingir pulmão, baço, fígado e cérebro; ou o *tripanossoma*, que entra no corpo humano através da picada do inseto "barbeiro" e aloja-se no coração; ou a *leishmania*, que passa dos animais para o homem através da picada do mosquito "palha", destruindo a pele e a mucosa; ou o *plasmodium*, transmitido ao homem pelo mosquito "prego", que se alimenta das células do fígado, causando a malária.

Depois das esponjas, dos celenterados, mencionou os vermes, começando pelos achatados, como a planária, que tem enorme capacidade de regeneração (os mil pedacinhos de uma planária dão origem a mil novos vermes!); e o *schistosoma*, que vive num caramujo e passa para o homem quando este se banha na água doce estagnada; e os vermes redondos, como a *ascaris*, que inferniza as crianças, e o *ancylostoma* (ancinho da boca), responsáveis pelo amarelão do nosso Jeca-Tatu; e os vermes em forma de anel, como a minhoca e a sanguessuga.

A plateia, bestializada, ouvia o professor desfiar caracóis, ostras, mexilhões, lulas, polvos, calamares, lesmas e caramujos, animais que se protegem geralmente dentro de conchas. Depois, falou dos artrópodes (que têm patas articuladas), os quais, se tivessem um décimo da inteligência do homem, certamente dominariam o mundo, pois são os mais numerosos e encontram-se na água, na terra e no ar; e mencionou crustáceos como o caranguejo, o siri, a lagosta, o camarão, e o tatuzinho-de-jardim; os insetos como o gafanhoto, a barata, a cigarra, a borboleta, a abelha, a mosca, o mosquito, o percevejo, a libélula, o besouro, a formiga, o cupim e o bicho-da-seda; os aracnídeos como a aranha, o escorpião e o carrapato; e, por fim, os miriápodes como a centopeia, a lacraia, o embuá e o piolho-de-cobra. Os equinodermos (que têm espinhos na pele) não mereceram grande atenção, mesmo assim lembrou das bolachas da praia, dos pepinos, das estrelas, dos ouriços e lírios do mar.

Lembrou do anfioxo — bichinho que vive na areia das praias — e caiu, finalmente, nos vertebrados, como os peixes, os anfíbios, os répteis, as aves, os mamíferos, até chegar ao animal mais complexo — o homem.

— Percebo que vocês não compreendem onde quero chegar — observou, vendo a estupefação no rosto dos alunos. — Mas logo entenderão. Já notaram que as invenções do homem são imitações imperfeitas de coisas que a natureza criou? O avião, por exemplo, é inspirado nas aves. Ícaro fez uma asa e voou até perto do sol, esborrachando-se na terra — a asa era de cera. O submarino é cópia de uma grande baleia — malfeita, claro. Pois, enquanto o submarino pode se acabar no fundo do mar, uma baleia jamais morre afogada. E a roda? Dizem que o homem a inventou, mas toda a sua genialidade foi ter tido a paciência de observar uma pedra rolando serra abaixo. O homem apenas descobre o que já existia. E daí? — vocês devem estar perguntando. Daí que isso não vale só para o mundo físico, mas também para a vida social. Dizem que a democracia, o regime dos comerciantes, foi invenção de Atenas, mas os atenienses, passando dias e noites no mar, apenas descobriram a rota dos peixes. Dou outro exemplo, menos poético: a grandeza dos Estados Unidos da América está no regime democrático, mas o povo americano não fez mais do que descobrir a ordem natural das coisas. O tirano que tentasse subjugar milhares de homens e mulheres dispostos a morrer por um pedaço de terra daria fatalmente com os burros n'água. Os governos devem ser a expressão do povo. O Império, no Brasil, ao escravizar noventa por cento da população de índios e negros acostumados à uma vida livre, não podia mesmo durar. Até hoje, estamos por descobrir a forma de governo adequada para o Brasil. Disso depende o sucesso ou o insucesso do país. Entenderam? Um sujeito já nasce determinado pelos cromossomos a ser gordo ou magro, alto ou baixo. Já pensaram a estupidez que seria um gordo pretender ser o homem mais veloz do mundo? Isso também se aplica aos Partidos. Homens, grupos ou classes, ao formarem um Partido, visam a conquista do poder, a fim de imporem os seus interesses à toda sociedade. Mas não há total liberdade de criação. Há como que uma limitação dos cromossomos. É impensável um Partido aberto, democrático, numa sociedade fechada, dominada com mão de ferro por um tirano ou por uma oligarquia. A tentativa de organizar um Partido aberto, debaixo de uma ditadura, seria um aborto, uma aberração política, pois tal Partido, para existir, teria que abandonar sua finalidade principal de conquistar o poder, mas, no momento que fizesse isso, deixaria de ser um Partido político. Daí que, pela lei da genética política, onde há ditaduras, há também organizações terroristas. Compreenderam? À violência oficial, opõe-se a violência revolucionária, ilegal. Sempre foi assim: quando se é impedido de usar a língua, usa-se o braço. As ditaduras, como partos prematuros, usurpam o poder antes que ele esteja maduro. As ditaduras nascem como paquidermes e, mesmo descontentes com seu corpanzil, já não podem mudar, pois, não possuindo a inteligência de outros animais, precisam da força bruta para sobreviverem. Impedem a evolução das outras espécies, pois, como grandes predadores, não admitem concorrentes. Impedidos de crescerem, os comunistas assumem a forma traiçoeira dos pequenos animais daninhos, os quais, fisicamente inferiorizados, não podendo bater-se de igual para igual com o animal superior, resolvem aporrinhar-lhe a existência, penetrando-lhe no corpo, infiltrando-se pelo sangue, ocultando-se nas cavidades dos órgãos, roendo-lhe impiedosamente as entranhas, numa guerra suja e sem trégua. A organização terrorista é uma terrível combinação de tudo que a natureza criou de mais nocivo contra o homem, como a *ameba*, o *tripanossoma*, a *leishmania*, o *plasmodium*, o *schistosoma*, a *ascaris*, o *ancylostoma* e a sanguessuga, que infernizam a vida de milhares de brasileiros. Não sei o que é pior para a ditadura: enfrentar um inimigo grande e forte, mas visível, que se pode atacar às claras e esquivar-se quando preciso, ou um inimigo minúsculo e disforme, que só ataca quando conveniente e oculta-se onde ninguém imagina. Claro que um adversário grande e forte é muito perigoso, mas imaginem o mal-estar de quem vive fustigado por um inimigo pequeno e invisível, que entra pelo corpo e, se não eliminado a tempo, pode destruir o seu hospedeiro. Não é fácil, por exemplo, combater a ameba, um bichinho de apenas uma célula, mas tão completo quanto um elefante. Não tem olhos, nem ouvidos, nem boca, nem ânus, nem nariz, nem mãos, nem pés como os animais superiores, mas enxerga, ouve, cheira, come, excreta, anda e se agarra como qualquer outro animal. Senhor da escuridão, o parasita aloja-se na noite mais profunda das entranhas de seu hospedeiro. Quando pressente algum inimigo, esconde-se rápido nalgum tecido. Quando tem fome, banqueteia-se de glóbulos vermelhos. Se ameaçado no intestino, refugia-se no pulmão, no baço, no fígado e, até mesmo, no cérebro. Milhões de pessoas já morreram corroídos pela ameba, até que se produzisse o antibiótico capaz de matá-la. E a esperteza do *plasmodium*? Entra no corpo e se encuba durante doze dias no fígado, onde penetra nas células para se alimentar, causando crises de febre altíssimas no hospedeiro. Mesmo ingerindo quinino, as crises vão e voltam, pois um punhado de bravos parasitas sempre se esconde no interior das células e se reproduz. E a fertilidade da planária, que não precisa de parceiro para se reproduzir? Qualquer pedacinho dela é capaz de gerar um novo ser. Pois a organização terrorista é uma réplica de todos esses flagelos. A inspiração da biologia é tão grande que tais organizações constituem-se de "células", que, embora coordenadas por um sistema nervoso central — o Comitê Central —, têm grande autonomia de movimentos. Cada célula, acaso separada do grande organismo, torna-se núcleo de uma nova organização, o que dificulta a ação da ditadura. Mas as peripécias dos terroristas também são grandes. Fogem da luz, falta-lhes ar, vivem sobressaltados. Esbravejam contra a ignorância, denunciam as atrocidades, mas temem a democracia, pois se acostumaram com a escuridão. Mas a ditadura não pode usar a democracia para acabar com a subversão, pois seria também o seu fim. Entenderam?

Embora os alunos o olhassem com expressão circunspecta e compenetrada, o professor desconfiou que não entendiam patavina.

— Pra ficar mais claro, farei uma comparação — disse *Nerval*. — A maneira mais eficiente de se evitar a ação nociva dos parasitas seria evitar que eles penetrassem no corpo do hospedeiro. Por exemplo: para acabar com a *schistosomose*, bastaria impedir a formação das lagoas estagnadas, habitat do *schistosoma*, onde o homem vai se banhar. Para erradicar a malária, bastaria eliminar o mosquito-prego, transmissor da doença. Uma boa infraestrutura sanitária poria o homem a salvo de parasitas como a ameba e os vermes. Mas, por qualquer motivo, não se faz a prevenção. Só depois que os vilões se apossaram do corpo, causando-lhe as mazelas, é que se lhes dá combate. Fabricam-se então vermífugos e antibióticos, espécies de soldadinhos de chumbo, lançados dentro do organismo, para guerrear os parasitas. Glucantime contra a *leishmania*. Quinino contra o *plasmodium*... Mas, como tais soldadinhos têm de guerrear um inimigo experiente e perigoso na mais completa escuridão, acabam bombardeando tanto o inimigo quanto o corpo que pretendem defender. Entenderam? — de novo indagou, passando a língua nos lábios ressecados de tanto falar.

Julião entendera perfeitamente: por falta de prevenção, perigosos parasitas, prevalecendo-se das condições insalubres em que vive o povo, infestaram a sociedade brasileira. E o enfermo chamado Brasil, para defender-se, convocou os generais mais truculentos, os quais, a pretexto de combater o inimigo, apagaram todas as luzes, baixando uma terrível ditadura. Mas a escuridão que cegou o povo para as iniquidades do regime também protegeu o inimigo que se queria eliminar. Daí a necessidade de formar agentes capazes de movimentar-se na escuridão e distinguir o inimigo invisível nas brumas da clandestinidade.

— Entenderam? Vocês serão esses agentes.

Não era possível que o professor Navarro cresse em tais baboseiras. Apesar da mania de ver a vida social como simples réplica da natureza, era inteligente e não tinha jeito de fascista. Como saber se o professor colaborava com a ditadura? Ele também não estava sendo treinado para combater o comunismo? Só o fato de estarem ali não dizia muito, pois se conhece o gesto pela intenção que carrega. Judas, em vez de execrado, deveria ser engrandecido, pois não dizem que foi por ordem do próprio Mestre que ele teve que carregar o pesado fardo de traidor, para que se cumprissem as escrituras? Tinha de haver um Judas, estava escrito.

Jogo Duplo

Julião está só no mundo, completamente só. A solidão, porém, em vez de apavorar, excita-o. Foge da solidão — pensa ele — quem tem medo da liberdade. Quem quer segurança, impõe-se limites. O homem é o único animal que constrói gaiolas para si próprio. Dentro dela se sente seguro.

Em sua solidão, passa a nutrir terrível desprezo pela humanidade. Que respeito se pode ter — pergunta-se ele — por seres que nascem livres mas, desde o primeiro momento, não fazem outra coisa senão abrir mão de sua liberdade? A criança, no começo, ainda resiste à roupa e prefere atolar o pé no chão, mas logo é enfiada na escola, onde aprende que o certo é ser bom, obedecer aos pais e amar a pátria. Fica medrosa, bem- comportada, e não ousa mais pular as cercas que os adultos levantaram. A cerca do incesto, a cerca entre o seu país e o dos outros, a cerca da autoridade...

Julião começa a frequentar as aulas na Faculdade de Direito. Jamais será um espião da ditadura — diz a si mesmo, divertindo-se com a ideia de ludibriar os milicos. Já no primeiro dia de campus, reencontra Jairo e Judite, e se desculpa pela longa ausência. Os dois estão no segundo ano, Jairo na Medicina e Judite na Sociologia. Embora se atravesse uma época em que qualquer ajuntamento é suspeito, os três conversam um bom tempo na lanchonete do campus. Julião está contente, mas a inocência dos amigos o incomoda, ainda mais porque sabe que outro agente da ditadura certamente os observa. Mas, fazer o quê? Pensando bem, até convém que os milicos saibam que já está trabalhando.

Aluno assíduo, basta um mês para fazer-se conhecido de todos de sua classe. Pelas mãos de Jairo — um dos líderes da Medicina — tem acesso ao pequeno círculo de dirigentes. Seu jeito simples mas firme impressiona. Fala com energia, sem tirar os olhos do interlocutor, mas sem arrogância. Argumenta com veemência, mas nunca eleva a voz além do suficiente. Trata a todos com respeito e parcimônia. Os cabelos compridos e o incipiente cavanhaque — marcas registradas da geração rebelde — completam-lhe a mística, afastando desconfianças. Não se vê como um traidor, pois comunga do mesmo ódio à ditadura militar, embora repudie da mesma forma o sectarismo dos companheiros mais radicais. Mas nem com estes se choca, pois não tem a vã ilusão de convencê-los. Mantém-se superior, alheio às contendas. Gargalha do bem e tripudia do mal, tendo como princípio não chafurdar na lama nem jogar pérola aos porcos.

Quanto às mulheres, não fosse uma cabocla no Marajó e Maria Clara, Julião ainda seria casto. Basta, porém, três meses de campus — convivendo com as garotas mais bonitas de Belém, filhas da aristocracia paraense — para adquirir consciência da atração que exerce sobre elas. No começo, olha para o corpo magro e desengonçado — que não esconde o menino que cresceu escanchado no lombo de um cavalo, dedos longos de tanto apertar o laço — e não entende o que as garotas granfinas da cidade veem nele, pois tudo nele é rústico e desconchavado, sem o requinte e a suavidade do *Riquinho* — o qual, no entanto, embora esteja sempre cercado de frívolas e deslumbradas garotas, continua sozinho, sem namorada.

Descoberta, por fim, a sua força, Julião passa a usá-la. Mas descobre que nem sempre a palavra pensada traz o melhor resultado. Soa falsa, se não for bem pronunciada. Prefere o gesto solto, a palavra espontânea. "Quanto tempo perdi medindo as palavras! O que ganhei com isso?! Não é preciso ser gênio para dizer as trivialidades que elas gostam de ouvir. Uma mulher, mesmo letrada, não merece uma palavra estudada" — pensa, deixando as coisas simplesmente fluírem. E os frutos logo vêm. Vezes sem conta, depois das aulas, ele e uma garota metem-se no velho fusca do Jairo, num lugar qualquer da cidade. O amigo, ainda cego de amor pela camarada Judite, não aprova tal comportamento, mas também não o censura.

Tudo fica mais fácil para Julião quando, no meio do ano, deixa a casa dos Alarico e vai morar na Casa do Estudante — um velho casarão na cidade velha, que já fora mansão de coronel da borracha, casa de pensão e até prostíbulo, tendo, portanto, longa tradição em bagunça. Ali, pode entrar e sair à hora que quer e com quem quer, sem dar satisfação a ninguém.

— Pelo menos de quinze em quinze dias vem almoçar conosco — dizem Sr. Alarico e D. Adelaide, ainda inconformados, pois sabe-se o quanto o prezam. Não fosse o finório do Cândido Ambrósio ter arrebatado Maria Clara, Julião teria acabado genro.

Deixando de lado os velhos ressentimentos, Julião vai de vez em quando visitar os Alarico. Sente-se bem naquela casa. Gosta de sentar-se no sofá da sala e ficar olhando o retrato da família pendurado na parede. Só deixará de olhá-lo no dia em que o rosto da menina de sobrancelhas espessas já não lhe disser nada.

Sr. Alarico, à mesa, apesar de cada vez mais adoentado, enfia na boca, com o costumeiro apetite, pelotas de macaxeira frita, enquanto fala dos negócios, que não vão mal, mas poderiam ir melhor. Sente que é hora de expandir-se no cais, mas, por desgraça, faltam-lhe duas coisas indispensáveis: a saúde e um braço direito — vá lá, que seja um sócio! — em quem confiar. Já não esconde a frustração com o filho, que se revelara um estroina, consumado janota. Julião ouve e quase não dá opinião, depois vai embora.

Jairo, certo dia, avisa que o comando quer que Julião integre a comissão de espiões. Souberam que servira ao Exército e fizera boas relações com o todo-poderoso coronel Villaça. Souberam também que era íntimo do comerciante Alarico, sogro do influente deputado Cândido Ambrósio. Qualquer contato com a elite conservadora — como fonte de informações — é de grande importância, numa época em que a ditadura fecha o cerco e a oposição está isolada.

Excitado com as perspectivas de uma vida dupla, Julião aceita imediatamente a nova tarefa. Mas por onde começar? Depois de muito pensarem, ele e Jairo concluem que a porta de acesso ao mundo das altas esferas é, nada mais nada menos, o *Riquinho,* pelas seguintes razões: em apenas dois anos de Faculdade, o Rico tornara-se famoso pela vida boêmia que levava e pelos bailes e jantares que promovia com dinheiro surrupiado do infeliz pai, tendo, com isso, travado excelentes relações com os filhos das famílias que compunham a nata da aristocracia paraense; também se desconfiava que *Riquinho* camuflasse o seu papel de informante da ditadura com a vida dissoluta e o aparente desinteresse pela política; e, por fim, quem lhe conquistasse a confiança cairia por tabela nas graças do deputado Cândido Ambrósio, carne e osso com o cunhado. Político da confiança dos militares, Ambrósio devia ser um veio inesgotável de informações.

Com apoio da "inteligência", Julião faz chegar aos ouvidos do *Riquinho* que ele se passara para o lado dos militares. Já no dia seguinte, Rico convida-o para um baile em casa do Pedrosa, uma daquelas velhas e ainda belas mansões construídas há cem anos na Avenida Nazaré, na época áurea da borracha. Cercada de frondosas mangueiras, antiga mas pomposa, a propriedade não desmerece o anfitrião, filho da família mais antiga e tradicional do Pará — os Pedrosa —, de linhagem real (bastarda, troçavam os inimigos). Provado mesmo — e atesta-o o brasão da família incrustado na coluna principal da mansão — é que o tataravô do tataravô do tataravô do tal Pedrosa foi um dos doze donatários d'El Rei de Portugal. Dessa verdade decorre outra: que a família Pedrosa já teve um senhor de escravos que se viu forçado a vender todos os seus escravos para saldar dívidas, e um coronel de barranco que teve de se desfazer do seringal, e um banqueiro que faliu, e um político que não se reelegeu, tendo, porém, todos eles, para quem puxar, pois a história de incompetência e fracasso da família Pedrosa começou há 500 anos pelo primeiro patriarca, donatário de uma capitania que, como todos sabem, não prosperou. Em todo caso, a orgulhosa e decadente família Pedrosa é o emblema vivo da sociedade paraense. Mas o peralvilho do Pedrosa — cabelo *à la* Elvis, terceiranista de Direito, mas já com um anelão no dedo — promete levar a família à modernidade. O caminho é a política. Toda a aristocracia decadente salvou-se no funcionalismo público ou na política. Mas ele não gosta do funcionalismo. Então lhe resta a política. Mas sem Partido. Pois o nome Pedrosa é mais que um Partido. Só precisa de dinheiro para comprar os votos. Mas, como não tem dinheiro, cultivará amigos ricos, que lhe financiem a campanha. Pois sua política é outra. Nada de ideologia, nada de agitação. O seu lema é: "Faça amor, não faça guerra."

— Vão entrando, gente! E fiquem à vontade — saúda Pedrosa, ao ver *Riquinho* e Julião. Os pais tinham viajado e a mansão era todinha deles. — Cadê o Villacinha?

— Ele não vem. Foi pra Agulhas Negras — responde Riquinho.

— Que pena! É porreta pra animar a festa. Mas o deputado vem, não é, Rico?

— Sim, meu cunhado com certeza vem. Conheces o Julião, calouro de Direito?

— Oh! Não. Mas agora conheço! É um grande prazer, Julião. És de Belém? — quer saber Pedrosa.

— Julião é o dono de todos os búfalos do Marajó — adianta-se *Riquinho*. — Estuda em Belém — completa.

— Oh! Nada mal! Desculpa-me a pergunta, Julião: quantos búfalos tens?

— Nenhum. Ainda são do meu pai — responde Julião.

— Ele é modesto, Pedrosa. São tantos que nem sabe o número — comenta *Riquinho*.

— Pois quero que te sintas bem, Julião. Podes laçar quantas búfalas quiseres nesta noite! — diz Pedrosa, piscando um olho, parecendo bastante impressionado. Julião descobre que os búfalos do pai são um mágico cartão de visitas.

Riquinho apresenta-o ao Altair, filho do prefeito; ao Jorginho, filho do presidente do Banco da Amazônia; ao Rochinha, sobrinho de um vereador. E ao Paulinho Souza, gay assumido, colunista social e também estudante de Direito, que se encanta imediatamente por Julião, "peixe novo no pedaço", conforme alardeia pelo salão da mansão, entre pulinhos e uiuis. Diverte-se mas também trabalha. Tira inúmeras fotos de Julião para sair no jornal e não lhe dá sossego o resto da festa. Julião, que se sentara numa das poltronas do salão, observa a figura curiosa de Paulinho Souza. Ao que parece, é o único recebido ali não pela tradição ou patrimônio da família, pois ninguém parece interessado em saber de quem Paulinho Souza é filho. Saltita de um canto a outro, chamando todos pelo nome. Ninguém lhe dá propriamente atenção. Na verdade, os filhos da sociedade, ciosos de sua posição, não o hostilizam, apenas o toleram. E Paulo Souza, ciente de sua posição subalterna, parece não se importar. Os filhos da sociedade aceitam a sua presença, mas evitam contato. Mas o colunista social parece tão bem encaixado naquele ambiente, como o espelho num guarda-roupa. Pois as colunas sociais são o espelho onde a sociedade local, medíocre e narcisista, gosta de mirar-se.

Pedrosa, filho único, sem irmão para o ajudar, faz sozinho o fatigante papel de anfitrião. Recebe o recém-chegado na porta da mansão, acompanha-o conversando até o meio do salão vestibular, e volta para receber outro conviva. Vai e volta, vai e volta, incansável. Mesmo tão atarefado, ainda encontra tempo para falar com Julião, de quem se aproxima, trazendo pelo braço uma mulher — e que mulher! Certamente é muito jovem, mas não seria exato chamá-la de jovem, ou de garota, muito menos menina.

— Ao rei do Marajó, apresento a Valéria, que, além de filha do governador do Estado, é a mais bela búfala de Belém, e precisa de laço — diz Pedrosa, malicioso, e retira-se imediatamente, deixando o nosso herói completamente apalermado diante da estonteante Valéria.

— É um prazer conhecê-la — diz Julião, levantando-se da poltrona e estendendo-lhe a mão, ainda um pouco formal.

— Desculpa se te incomodo — diz ela, simulando embaraço. — Só perguntei quem eras ao tagarela do Pedrosa.

— Filho de fazendeiro do Marajó, um matuto, em outras palavras. Não foi isso que o Pedrosa informou? — pergunta Julião, ainda segurando a mão dela.

— Oh! Não! Ele não disse que eras matuto. Mas eu te achei diferente, isso é verdade — diz Valéria, já com a voz lânguida, olhos umedecidos. Debaixo da blusa e da saia decotadas, o corpo derrete-se, o peito arfa, as mãos suam. Muitas garotas já ficaram diante dele naquele estado. Puxa-a suavemente e sentam-se, bem juntinhos, no sofá. "A filha do governador! Quem diria! As coisas estão indo rápidas demais. Fica alerta, Julião! Nada de emoções, nada de sentimentos. Trabalha e te diverte, une o útil ao agradável, ó palerma!" — diz a si mesmo o nosso herói, já passando o braço pelo ombro da donzela, que, ato contínuo, como se só esperasse aquela senha, oferece os lábios, a boca e a língua num beijo quente, longo e salivado.

A noite está quente, infernal. Belém do Pará é na terra a réplica perfeita do inferno. Diante dela, Dante Alighieri ficaria envergonhado. Até a criatura mais pura, chegando a Belém, acaba conspurcado. O calor agita os corpos e estimula a imaginação, aniquilando por completo a razão. Os lábios carnudos de Valéria, o seu cheiro de fruta madura, fazem o nosso herói embarcar numa vertiginosa viagem, da qual só retorna quando Paulinho Souza espoca sobre eles um dos seus *flashes*.

— Se puseres essa foto no jornal, meu pai manda te prender — grita Valéria.

— Mas por que, coração, se foi a única coisa interessante que aconteceu até aqui? Ai! Que inveja, Valéria! — diz Paulinho, suspirando.

Nesse instante, todos se voltam para a porta da mansão. É o deputado Cândido Ambrósio que entra no salão. Muitos batem palmas, enquanto o Pedrosa o recebe. Julião nota que o deputado traz consigo uma mulher, por sinal uma bela mulher, mas não é Maria Clara. Esta, ao que parece, acomodara-se à triste sina de mulher casada que definha à sombra da tranquilidade doméstica, enquanto o marido suga-lhe a seiva e rejuvenesce em afrodisíacos bacanais. Ambrósio emagrecera dez quilos num regime, tirara a barba debaixo da qual durante anos se escondera e bronzeara-se ao sol de Mosqueiro, de forma que o rosto oval, bem escanhoado, perdera o aspecto untuoso de barra de sabão, parecendo-se agora com o bumbum de uma criança. Quem o conhecesse, não o reconheceria. Tem a aura dos homens casados e bem-sucedidos. Poder-se-ia mesmo afirmar que as mulheres já não querem apenas o seu dinheiro. Circula pelo salão e recebe cumprimentos reverenciosos. Em meio àquela juventude vazia, Ambrósio parece um decano que estampa no rosto os dotes da sabedoria. Na verdade, entrara tarde na vida. Só depois de se casar com Maria Clara conseguira romper a carapaça de timidez e gordura que o envolvia.

O deputado parece espantar-se quando se depara com Julião. Lembra-se do rapaz sério, quase moralista, preocupado com coisas pelas quais os jovens naquele recinto não davam a mínima. Certa vez, *Riquinho* dissera-lhe que Julião era comunista. "O que um comunista fazia naquela algazarra burguesa?". Mas Pedrosa o tranquiliza: — Julião é nosso novo amigo. E *Riquinho*, trazendo Ambrósio até Julião, fala-lhe ao ouvido: — Julião mudou muito, agora é um dos nossos.

O fato de Julião ter conquistado a filha do governador quebra as últimas resistências do deputado. "O garoto deve ter esquecido Maria Clara" — pensa, aliviado.

— O deputado Cândido Ambrósio e Julião já se conhecem — apresenta-os *Riquinho*.

— Boa noite, Julião. É uma boa surpresa encontrar-te aqui. Esta é Jurema, uma amiga. Oi, Valéria, como vai o governador?

— Aguardávamos o deputado, só não pensávamos que viesse tão bem acompanhado — diz Julião.

— Pois é, meu caro. A vida é pra se viver e ninguém é de ferro, concordas? — diz Ambrósio, jovial, piscando para Valéria.

— O deputado tem razão — concorda Julião. — Um sujeito não deixa de ser sério só porque é alegre.

— Agora que o destino nos reaproximou — diz Cândido Ambrósio — espero um dia continuar a conversa que iniciamos outro dia, lembra? Talvez entremos num acordo.

— Oh, deputado, seria um prazer! — diz Julião, sentindo as palavras amargarem como fel.

Em seguida, Cândido Ambrósio, em todo o seu brilho, gritando alto, no meio do salão, pede música. Imediatamente o *rock* irrompe nas caixas e a juventude esparrama-se saracoteando desajeitadamente com os braços, como viam nos filmes americanos. De vez em quando descansam os ouvidos com a voz romântica de Roberto

Carlos. As garrafas de uísque passam de mão em mão, dando certo ar de transgressão ao ambiente conservador. Já antes da meia noite, tudo rodopia dentro do salão. Sob o influxo do *rock* e do uísque, sem falar no calor de trinta graus daquela noite de verão, os corpos loucos e suarentos entram em combustão. Para apagar o incêndio, os casais procuram qualquer lugar. Alguns fazem amor ali mesmo nos sofás do salão, outros sob a frondosa mangueira do quintal, e outros, mais desesperados, jogam-se na piscina e só depois tiram as roupas. Valéria engolira bastante uísque. Julião carrega-a para fora do salão. Tudo lhe parece, ao mesmo tempo, delicioso e repugnante. Nunca vira tanta lascívia. Não imaginava sentir a força coletiva no sexo, na luxúria. Era a forma que aquela juventude bem-alimentada, que não tinha por que lutar nem sonhar, encontrava para sentir-se viva. Enquanto a maioria do povo sofria terríveis privações, enquanto centenas de jovens eram torturados e mortos por sonharem com um mundo melhor, eles divertiam-se e gozavam. Julião aguarda um lugar no tronco da mangueira, que só cabe uns seis casais de cada vez. Encosta Valéria ao tronco. Ela mesma suspende uma das pernas e inclina o corpo para trás. Num misto de raiva e de desejo louco, Julião faz um rasgo na calcinha de Valéria e introduz sem dificuldade o membro latejante no tufo quente e úmido da rapariga, que, como que aliviada, solta um longo gemido de prazer. Ao que parece, o tronco da mangueira já lhe é bastante familiar, pois, mesmo no escuro, soube rapidamente onde encaixar as costas. O outro tronco, rijo e forte como o de uma bacabeira, também não lhe parece estranho, pois soube rosqueá-lo na medida certa, movimentando suave e espontaneamente os quadris. Julião, tomado por uma fúria cega, imobiliza-a com as duas mãos, passando a penetrá-la através de vigorosas estocadas, às quais a rapariga, ao invés de queixar-se, responde com lânguidos gemidos do mais puro prazer, deixando nosso herói completamente desapontado, pois, em seu delírio, já não é simplesmente Valéria que ele fode, mas a classe a que ela pertence, a desprezível burguesia.

De repente, para completar aquela peça esdrúxula, alguém começa a tocar no velho piano da família, esquecido a um canto do salão, a lamentosa *Asa Branca,* que lembra a miséria no sertão nordestino. A música causa tamanho mal-estar que, em poucos minutos, a maioria dos casais recompõe-se e vai voltando para o salão. Julião e Valéria também voltam. Ela toda faceira; ele curioso para ver quem ousara estragar a festa da burguesia. Custa crer que seja o Paulinho Souza que toca *Asa Branca,* mas é ele mesmo. Garoto pobre do interior do Estado, Paulinho sofre muitas humilhações e, à custa de mil sacrifícios da família, consegue instruir-se. Toca piano e é homossexual, duas práticas suficientes para levarem qualquer homem, em qualquer lugar, principalmente no Norte do Brasil, à fogueira. Mas supera todos os preconceitos e vai morar na capital, onde estuda Direito e é colunista social de um grande jornal. Sua origem humilde é um estigma terrível. Mas têm que aceitá-lo, pois possui um artigo de luxo, mui apreciado — a sua cultura —, que dá verniz aos encontros dos filhos da elite. Tocar *Asa Branca* é a forma que Paulinho Souza encontra para agredi-los.

Pedrosa, que há horas ninguém vê, é o último a reaparecer, e chega bufando:

— Paulinho! Para com essa merda! Quem gosta dessa música é pobre, comunista ou bicha.

— Tudo bem, tudo bem, Pedrosa! Vou tocar uma música de rico, de capitalista e de macho, OK? Escuta lá! — diz Paulinho, sem perder a pose. E dedilha *Garota de Ipanema,* um cântico à plástica impecável da banhista do Rio de Janeiro. A paz e a harmonia voltam a reinar no salão.

Já é quase dia quando Julião volta à Casa do Estudante. Joga-se no beliche e dorme até uma hora da tarde. Quando se levanta, encontra a Casa em polvorosa. Todos já viram a sua foto no jornal beijando Valéria. Não há o que negar. É ele! Diz assim a legenda: "A formosa Valéria e seu mais novo paquera no baile do Pedrosa". Não interessa que Julião seja apenas o "mais novo paquera" de Valéria. Os colegas já o olham diferente. Uns com rancor, outros reverenciosamente, como se ele já fosse genro do governador e detivesse um pouco do seu poder. Julião acha tudo muito divertido.

À tarde, encontra os companheiros também impressionadíssimos, mas não precisa explicar nada. Todos entendem que fizera aquilo a serviço.

— E que serviço, hem, companheiro?! — todos exclamam. Embora discreto, Julião ouve comentários do tipo: em apenas dois dias já comeu a filha do governador; mais alguns dias e enraba a primeira-dama.

Os companheiros estão satisfeitos com o novo espião. Só não sabem que ele, no mesmo dia, pediu cobertura ao coronel Villaça, para que intercedesse junto ao governador, pois, certamente, àquela altura, Sua Excelência já devia estar ciente do desastrado beijo. "Pois não é que o veado do Paulinho publicou mesmo a foto?" — fala para si mesmo Julião.

Nunca soube o que disseram ao governador, mas devem ter dito coisas boas, pois continua a encontrar-se com Valéria sem ser molestado, o que, aliás, muito lhe convém. Valéria fora um milagre em sua vida, um maná caído do céu, um poderoso cartão de visita, um mágico abre-te sésamo, com o qual pôde penetrar nos recintos mais chiques, nos círculos mais fechados da alta sociedade paraense. No começo, alheio às etiquetas do mundo refinado, nosso herói passa vexames. Contudo, deixando-se conduzir pela sua fada madrinha, logo se transforma num completo cavalheiro. De um sem-número de recepções, almoços, jantares e bailes participa com Valéria! Enquanto relaxa o espírito e a bexiga, entre um uísque e outro, nosso herói trabalha. Entre uma gargalhada e outra, dando rédeas à imaginação, estimula o interlocutor até ficar com a língua solta. Enche os copos (mas ele mesmo nunca bebe) e, de amenidade em amenidade, penetra em lugares secretos, descobre segredos, devassa alcovas. Com base nessa "garimpagem", o comando planeja com sucesso um assalto ao cofre de um figurão de Belém, de onde retira milhares de dólares. O prestígio de Julião sobe às alturas, mas não o suficiente para que o admitam no comando. "É novato demais" — dizem uns. "É o nosso melhor espião, deve continuar na espionagem" — dizem outros. Na verdade, por mais admirado, por mais eficiente, desconfiam dele. Nosso herói, porém, não se aflige nem nutre ressentimentos. Tudo, para ele, não passa de uma grande brincadeira, da qual procura tirar o máximo prazer. Só aparentemente mantém-se apegado aos velhos ideais. Não chega a zombar do anseio por justiça, mas, no fundo, descrê de todos os meios para alcançá-la. Meras abstrações que o homem criou para encobrir velhos comportamentos. Já não crê na humanidade, mas somente em si. E, ultimamente, nem em si acredita. Afinal, quem é ele? "Um pequeno-burguês, anarquista, porra-louca, é o que diriam de mim, se ouvissem o que penso" — diz a si mesmo Julião, sorrindo entre dentes. Como não ousa falar, vai vivendo do jeito que dá, sem se apegar a nada, mantendo as conveniências.

— Domingo almoçaremos na casa de D. Adelaide. Faço questão de que venhas — intima-o Cândido Ambrósio, aparentemente curado dos antigos temores. — Traga a Valéria. Maria Clara também vem — completa.

— Obrigado, deputado. Irei com a Valéria — promete Julião, perplexo.

Cada um, à sua maneira, aguarda tal almoço com grande expectativa. Depois de muito tempo, Maria Clara e Julião sentarão em volta da mesma mesa. Julião trará uma garota — o que, por si só, já é excitante, quanto mais por ser a filha do governador. A cabocla Josefa, quase surda, dois dias antes já se azafamava nos quitutes, pensando que o próprio governador seria o visitante. Entre todos, porém, Maria Clara é a mais excitada. Desde o casamento não via Julião — pois ele fugia dela, e o marido, ressabiado como um veado-galheiro, vigiava-a. Enfrentara sozinha violentas crises de saudade, trancando-se no banheiro para chorar. A solicitude do marido e o tempo trouxeram-lhe, porém, algum conforto, chegando ela a pensar que havia sarado. Vã ilusão. Só foi Ambrósio avisar que Julião estaria no almoço, e tudo voltou. Desde que o marido regredira à vida de rapazote, deixando a esposa noites a fio na mais completa solidão, Maria Clara já não tinha dúvida de que o casamento com Cândido Ambrósio foi a maior besteira.

— Vem acompanhado da namorada, a filha do governador — diz Ambrósio, perscrutando de soslaio a reação da mulher.

Maria Clara disfarça, mas tal notícia atinge-lhe o coração como uma punhalada. "Como será a outra? Mesmo que não seja bela, é filha do governador" — remói, inferiorizada. O casamento arranjado com Cândido Ambrósio estragara-a. Os poderosos instintos próprios da adolescência, abafados pelos dois anos de estéril clausura, agora irrompem ainda mais violentos. Não podendo extravasá-los no álveo natural do casamento, Maria Clara, como um trem que descarrila, está à beira de cometer rumorosas loucuras.

Como nos velhos tempos, Sr. Alarico ocupa o seu lugar à mesa. Só então os demais acomodam-se.

— Como é bom ver a família de novo reunida. Julião é como um filho, e a moça — dirige-se à Valéria — pode se considerar em casa. Julião, quero te ver sentado no teu antigo lugar, em frente a Maria Clara — diz, de uma forma estranha, com a voz um tanto cansada, pois dia a dia piora do mal que lhe corrói as vísceras.

Para satisfazer o velho, Julião troca de lugar com Valéria. No meio do movimento, flagra o olhar desconfiado de Cândido Ambrósio. Evita olhar para Maria Clara, mas ela, sem medir consequências, mira-o com insistência.

O almoço flui normalmente. Fala-se de política. Talvez querendo ferir o genro, Sr. Alarico injuria os deputados. Para agradar a Valéria, enaltece o governador. Enquanto o deputado fala dos seus projetos na Assembleia Legislativa, Julião olha para a Sra. Ambrósio, cujos olhos têm o antigo brilho ensandecido das búfalas negras. Não resiste à tentação de comparar as duas mulheres. Carne por carne — pensa Julião — Valéria é uma bela vaca de corte. Considerando-se, porém, que não se come uma mulher no prato, mas na cama, Maria Clara — que sabe ser lânguida e furiosa — é mais mulher. Sente, por baixo da mesa, como nos velhos tempos, as pernas de Maria Clara roçando-lhe os joelhos, enquanto Valéria segura-lhe a mão. Mais que nunca, Julião agora tem certeza de que, se puser cabresto nos sentimentos, terá o mundo a seus pés.

Poder Supremo

Desde que conhecera Dora, porém, Julião andava diferente. Em uma semana, recusara um almoço e dois bailes, e não mais procurara Maria Clara e Valéria. Em suma, abandonara a vida alegre e despreocupada que vinha levando, e flagrou-se contando os dias para a reunião da célula, à qual Dora seria trazida. Queria vê-la, ouvir a sua voz, cheirar o seu perfume, crer que era real. Pasmava-lhe ver que todo o seu castelo de filosofias sobre a vida, sua descrença no amor, desmanchara-se de repente como espuma no ar. Nas noites que se seguiram à fuga com Dora entre as palafitas, ele dormiu mal, teve terríveis pesadelos, nos quais era encurralado e preso pelo feroz inimigo, mas aquela linda menina — que ele mal conhecia — deitou-se ao seu lado, tomou-o no colo, curou suas feridas e falou-lhe de amor. De manhã, abria os olhos e ainda a enxergava onde quer que olhasse. Saía à rua e ela o seguia entre as pessoas. Certa vez, numa avenida movimentada, ele viu no meio da multidão uma cabeleira ruiva. Não teve dúvida, era ela! Teve de pedir desculpas à dona da cabeleira, uma senhora mui simpática, que pareceu compadecida ao ver a frustração estampada no rosto do jovem. Quem um dia não desejou loucamente enxergar o rosto do seu amor entre a multidão? Doutra vez foi ao bosque — onde naquele dia se separaram — e sentou-se no banco onde ela se sentara. Apalpou-o suavemente, enquanto olhava as árvores, as plantas, e a pequena cutia que trançava entre as pernas dos visitantes. Sentia um vago prazer em passar os olhos pelas mesmas coisas que ela também tinha visto. Não perdia a esperança de que ela de repente aparecesse. Ela não lhe dissera que morava perto, em casa de uma tal tia? Como era mesmo o nome da tia? Não conseguia lembrar. Esperou até à noite, mas Dora não apareceu.

Várias vezes tomara o propósito de esquecê-la. Mal, porém, acabava de decidir-se, já estava pensando nela — o que o desgostava profundamente. Não havia jurado nunca mais gostar de ninguém?

A ditadura, por essa época, fechara o cerco sobre os estudantes. Não podendo mais frequentar as aulas, Julião procurou Judite para saber notícias de Dora. Embora discreto, não conseguia esconder da companheira a sua ansiedade, pois temia que o pai da garota viesse buscá-la.

Andava tão ansioso que, no dia da tão esperada reunião, chegou ao ponto antes da hora, quebrando, assim, elementar regra de segurança. Perdeu a conta das vezes que foi de um poste da rua ao outro, olhando de vez em quando ao relógio. Para passar o tempo, entrou num boteco frequentado por marujos e prostitutas e comprou um quebra-queixos, mas logo saiu, menos pelo terrível mau cheiro do lugar, mas porque aconteceu aquilo que ele não queria: todos crivaram os olhos sobre ele — pois estava numa zona portuária das mais pobres da cidade, onde, mesmo a sua camisa já bem surrada, parecia elegante.

Um dos dedos, cuja unha fora completamente roída, já sangrava, quando o velho e inconfundível fusca amarelo de Jairo parou na esquina. Com o coração aos pulos, as mãos suadas, Julião finalmente viu a pequena Judite sair do carro e, logo depois, uma silhueta ruiva, a mesma que, nos últimos dias, ele havia procurado em todos os lugares. Viu quando a Judite retornou ao carro e o motorista — o Jairo, certamente o Jairo! — deu vagarosamente a partida, desaparecendo na outra rua. Deu alguns passos, mas não pôde continuar avançando. Ficou parado, abobalhado, completamente paralisado, com um nó incômodo na garganta, vendo-a ali, apenas a alguns metros dele, sozinha, naquele lugar arriscado. Ela estava de óculos, uns óculos pretos, dos bem baratos, pintados por dentro. Fazia uma manhã derramada de sol, escandalosamente clara, e o vento que subia do Guamá varria as pontas soltas do cabelo ruivo da garota, que ela teimava em puxar para a nuca. Era alva e alta, formosa e delicada, impossível de ser escondida entre a população cabocla, de pele tostada. Parada onde Judite a deixara, parecia olhar para algum lugar, mas certamente nada enxergava. Esperava. Uma enorme expectativa prendia-a ao solo como um ímã, um arrepio percorria-lhe o corpo, a respiração apressava-se, como que flutuava entre sons e ruídos. Transeuntes que passavam, crianças que choravam, um cão que latia, um caminhão que roncava. E ela ali parada. Julião ficaria a vida toda saboreando aquela imagem de mulher, exposta em completo desamparo. Ele, que se exaltava com a sensação de ser ao mesmo tempo Deus e o diabo e de ter a força dos contrários, sentia-se agora vacilante e vulnerável, como nunca antes o deixara uma mulher. A vida fervilhava em volta, mas era como se ele e ela estivessem sozinhos no mundo, já não dois, mas um único corpo, no mais completo silêncio. Por mais que quisesse, não conseguia quebrar a mágica desse silêncio. Sentiu uma fissura na alma, voltou a viver o antigo conflito, que julgara extinto, e desejou ser único, como a maioria das pessoas — o que muito o acabrunhou. Do corpo da jovem emanava um poder supremo, capaz de arrastar o universo e amesquinhar a milenar luta entre o bem e o mal. Por longo tempo ficou ali, como um basbaque, a contemplá-la.

Foi despertado por um grupo de marmanjos que, saindo do boteco, postara-se do outro lado da rua, em frente ao local onde continuava a moça, para quem olhavam, mal-encarados, cochichando algo. Talvez até fossem trabalhadores, mas, no baixo mundo do porto, onde tudo tinha um aspecto sórdido e miserável, era impossível distinguir, apenas pela aparência, o homem direito, pai de família, trabalhador, do malandro, desocupado. Julião ficou atento, os nervos tensos, engatilhados. Os marmanjos tinham um ar de troça. Um deles disse algo e os outros balançaram as cabeças, numa só risada. Não parecia apenas curiosidade por descobrirem uma granfina em seu território. Julião pressentiu que algo estava para acontecer. E a garota, inocente do que se passava, continuava lá, esperando. Ele tinha que se mexer, fazer alguma coisa. Apesar da tensão, não sentiu medo, mas uma sensação doce, uma vontade resoluta de protegê-la. Foi quando se adiantou, sem perder de vista os marmanjos, mas, a um metro deles, novamente se deteve. Ela não o via, mas, pelos passos, sabia que o pressentira. "O que devo lhe dizer?" — indagava-se a si mesmo, agitado. Havia ensaiado frases, nem muito agressivas nem demais tímidas, frases concisas, com palavras leves, mas precisas, que pudessem transmitir, de uma só vez, tudo o que ele sentia. Mas tais frases já lhe pareciam imprestáveis, pois diziam tudo, menos a verdade que ele, quando as forjou, não sabia ou não queria admitir: ele amava aquela garota!

"Sim, não adianta enrolar. Ela precisa saber"— pensou. Mas não lhe acudiam as palavras.

— Como és linda, companheira! Posso te conduzir? — foi o que conseguiu dizer.

— Sim. Que bom que és tu — respondeu ela, aliviada por reconhecer a voz do amigo. Então era ele! O coração disparou, o corpo todo fremiu, ansiando pelo seu toque. O vento e o sol, rivais ciumentos, acariciavam-lhe a pele, causando arrepios, metendo-se em lugares secretos.

Os marmanjos olhavam para os dois como a águia prestes a embicar sobre a presa. Julião só teve tempo de segurá-la pela mão, afastando-a rapidamente do local. Dora sentiu que a mão dele, de dedos longos e finos, também suava. "Ele também está nervoso"

— pensou ela, tomada de júbilo. Os marmanjos ficaram para trás. Livres da ameaça, Julião diminuiu o ritmo dos passos. Em silêncio, cada um vivendo o seu conflito, foram andando pela rua esburacada e sem calçadas, sob o crivo de olhares curiosos. Dora tropeçou numa pedra e Julião, com mão firme, a amparou. Foi quando se surpreendeu com as seguintes palavras, que vieram não sabia de onde e escaparam de sua boca:

— Eu serei os teus olhos e tu os meus pés — disse ele, surpreso com as palavras, mas sem se achar tolo.

— Apesar destes óculos, agora enxergo bem melhor — disse ela.

Julião recordou que Maria Clara dissera-lhe quase as mesmas palavras. "Não! Agora é diferente" — pensou ele, readquirindo o equilíbrio.

Dora ia ao seu lado como uma criança que se deixa levar pelas mãos do pai. A pelugem doirada da nuca transpirava, o busto palpitava e os mamilos dos pequenos seios, como carneirinhos rebeldes, espetavam a blusa de tecido fino. Tinha o viço de uma planta do campo, que ninguém tocou. Tinha o aroma fresco da manhã, antes do sol dissipar o orvalho. Trazia nas ancas o movimento da fêmea selvagem, antes de ser ferida pelo macho. Melodioso canto, que ainda não conhecia as notas melancólicas da dor, era a sua voz. Era como uma floresta virgem, exposta à ação daninha do predador. E tinha o frescor das frutas ainda não colhidas, à espera do apanhador. Mas Julião não se sentia com coragem para erguer as mãos e colhê-la. A beleza e a inocência da garota o paralisavam. Como tocar em algo tão delicado, sem machucar? Cadê a sua experiência com mulheres. Por que não passava o braço em torno da cintura da companheira? Ela certamente não resistiria. Mal conseguia segurar-lhe a mão. Os dedos das mãos, porém, numa trêmula timidez, vão pouco a pouco se enlaçando, até que, traduzindo o que os dois gostariam de dizer, as duas mãos apertaram-se em cálido afago.

Deixaram a rua para trás e começaram a descer por uma escadaria de madeira, não menos feia e miserável, que ligava a parte alta do bairro à rua do porto, onde estavam os trapiches e os armazéns. Dir-se-ia construída à noite por um arquiteto muito bêbado, tal o desconcerto de suas linhas e a falta de esmero na armação. Guardava, porém, em sua precariedade, perfeita harmonia com tudo o mais que existia no local. Casas — se é que se pode dar tal nome a miseráveis palafitas — fincadas como pequenos caixotes sobre estacas de dois, três, às vezes até cinco metros de altura, numa área pantanosa entre a parte alta e o porto. Detritos de todas as espécies que a água da chuva despejava no alagado — aos quais se somavam, num fétido amálgama, os excrementos dos próprios moradores — formavam um caldo grosso e amarelado, onde os guris, dependurados nas palafitas, pescavam pequenos mandis, os únicos peixes capazes de sobreviver no líquido putrefato.

Ouviam o barulho que vinha das palafitas: uma mulher ralhava um menino de nome Daniel; um bebê chorava; uma modinha tocava no rádio; como que um esfregar de roupas sobre tábua; uma lata caindo na água, depois a lata sendo erguida, e o barulho dos respingos; o fuçar de um porco na lama... E um fedor característico, insuportável, emanava. Com as tábuas estralando debaixo dos pés, Julião segurou-a pela cintura. Gostaria de apertá-la com mais força, mas sentia-se tolhido.

— Não tenhas medo, apoia-te em meu braço — disse-lhe baixinho, tão pertinho do ouvido que ela sentiu-lhe a respiração. Ficou arrepiada. O perigo passara, não havia o que temer, ele estava ao seu lado. Sentia-se capaz de abraçar o mundo e recriar a história. O rosto resplandecia, com a mesma beatitude, o mesmo entusiasmo — misto de excitação física e adoração — das meninas que enxergaram Nossa Senhora de Fátima no cume de uma árvore. Exultação ardente e genuína irrompia-lhe da alma e aflorava pelo corpo, como um facho de luz. Os cabelos esvoaçavam, gotículas de suor cintilavam ao sol, um sopro divino parecia entrar e sair pelas delicadas narinas. Vendo-a assim, Julião já não queria possuí-la, mas eternizar aquele instante; sair com ela por aí, sem destino. Afastá-la daquele antro fétido, das armadilhas montadas em todos os lugares, dos mil olhos que os espreitavam pelas frestas das portas, detrás dos postes, das esquinas... e levá-la a um lugar seguro. Mas haveria esse lugar? Lembrou-se do que fizeram com o búfalo rosilho e com João. "Como está o dia? É tarde ou manhã?" — o amigo, já cego, perguntara-lhe. Não precisava mais do sol, já enxergava através da eternidade. Em sua pureza, certamente Dora também vislumbrava esse lugar sem forma nem volume, que só os mártires e os loucos enxergam. Não! Não deixará que mal algum lhe suceda. Mas já nem ele se sente seguro. A brincadeira virara coisa séria. Muitos companheiros suspeitavam dele e jamais creriam em sua inocência. Os milicos também o apertavam. O túnel — o mesmo da infância — ia se estreitando.

Terminada a escadaria, seguiram por uma ponte, espécie de jirau estreito, alcançando, por fim, o corredor espremido entre uma parede alta de um prédio e um muro coberto de musgos. Uma ratazana enorme, preta, saiu de um buraco e desapareceu nos fundos do prédio, como no dia em que ali estivera com Maria Clara. Pois a reunião do Partido aconteceria no mesmo prédio do Porto do Sal, onde outrora se estabelecera a famosa CASA ALARICO, COM. & CIA.

Há três meses Sr. Alarico falecera. O intestino arruinado emperrara por completo. Mas o que de fato o matou foi o desgosto de ter criado um filho janota e afeminado. Pois pertencia à estirpe de homens viris e ciosos de sua honra, que fizeram, a um só tempo, a glória e a miséria da Amazônia. Com ele, foi sepultado um pedaço do cais de Belém, do seu passado, da sua história. Vendidos os estoques remanescentes de mercadoria, sem alguém que assumisse a direção dos negócios, em dois meses o armazém foi fechado. Liquidadas as contas, D. Adelaide, num lampejo de lucidez, garantiu o pé-de-meia na poupança bancária, livrando-se, assim, da penúria, pois o *Riquinho*, perdulário como era, dilapidou, em poucos dias, com voracidade de traça, tudo o que lhe caiu nas mãos. Como andasse desgostosa com o genro, D. Adelaide confiou as chaves do velho armazém a Julião, para que lhe supervisionasse a venda.

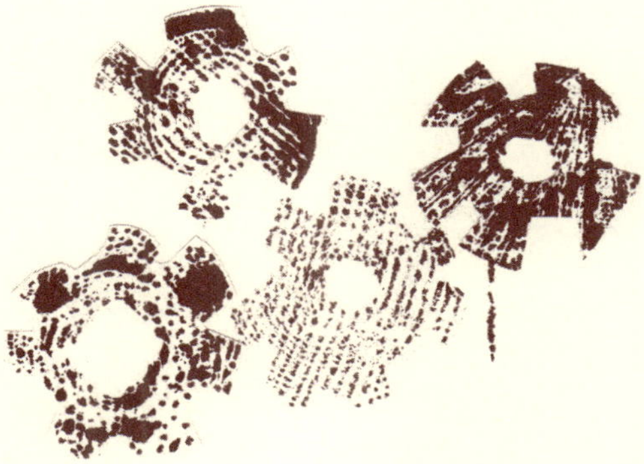

TERCEIRA PARTE

A Vila dos Batista

O Nambu naquela época do ano não passava de um filetezinho de água fria e cristalina, pontilhado de poças e pequenas cascatas, que o verão não conseguira secar. O pequeno Mica foi o primeiro a jogar-se nas águas, no que foi imediatamente seguido pelos dois rapazotes da Dadá. Até esta, que há dias se tornara mórbida e sombria como a floresta, ao ver os raios do sol refletindo nas águas do rio, imitou os meninos, lépida e alegre como antigamente. "Conseguimos! Conseguimos!", gritou ela, lançando-se numa das poças e chacoalhando a água com os braços. Aldo e Albino, embora menos afoitos, também vieram se banhar. Eduardo não pôde se conter. Entrou no rio até ficar com água pela canela e, fazendo uma concha com as mãos, bebeu avidamente do líquido precioso. Mas voltou logo para perto de Diana, que, deitada na praia, depois de muitas horas sem dormir, finalmente caíra num sono agitado. Dadá, que conhecia ervas, cascas e raízes milagrosas como ninguém, já fizera todas as beberagens sem conseguir debelar a febre cruel e pertinaz que há dias maltratava a cunhantaim.

A euforia com o rio foi tanta que só depois do banho lembraram-se da fome que há dias roía seus estômagos. Dadá, quase nua — pois do velho vestido de chita restava apenas um trapo —, voltou para perto de Diana. Eduardo, Aldo e Albino puseram-se a estrovar os anzóis para a pescaria, enquanto os dois rapazes e o curumim pegaram seus arcos e, ora pulando sobre as pedras, ora com água pela cintura, desapareceram na curva do rio. A comida trazida do Maró fora toda consumida nos primeiros dias de viagem e, não fosse o Aldo ter flechado alguns macacos, teriam sucumbido à fome, pois, embora possuíssem espingarda e munição, viam-se tolhidos de atirar. Temiam que os estampidos, repercutindo quilômetros e quilômetros pela mata, trouxessem Estefano e seus jagunços até eles. Agora estavam livres e poderiam atirar sem receio, mas não era possível; por descuido, a pólvora fora molhada pela chuvarada de inverno que começava a abater-se sobre a mata, tornando-a ainda mais triste e sombria. Mas os homens nem precisaram experimentar seus anzóis. Dinho, Bino e Mica, mal haviam desaparecido na curva do rio, começaram a gritar efusivamente. Os homens foram em socorro e os encontraram lutando para controlar os enormes tucunarés que cada um havia flechado. Os homens carregaram os peixes, menos Eduardo, impedido pelo vaidoso Mica, que não abria mão de carregar ele mesmo a sua presa.

O sol havia descambado por trás das copas das árvores da margem; a noite se aproximava. Os homens construíram rapidamente uma barraca de palha e nela abrigaram Diana, que havia acordado. Fizeram também uma fogueira para assar os peixes e afugentar o frio e outros indesejáveis visitantes noturnos. Com muito jeito, Dadá conseguiu que Diana comesse um pouco de peixe amassado no caldo. A cunhantaim parecia cada vez pior, deixando todos entristecidos. Até o pequeno Mica, habitualmente alegre, não comia com apetite, embora tivesse à sua frente o peixe mais lindo e delicioso do mundo.

Diana delirou a noite toda. Com a primeira claridade da aurora, estavam prontos para continuar a viagem. Mas que rumo tomar? Deveriam descer ou subir o Nambu? Para que lado estaria a vila dos Batista? Albino queria descer o rio; jurava ter ouvido latir de cães naquela direção. A evocação dos cães causou arrepios nos demais. E se fossem os cães de Estefano? Dadá, talvez por puro medo, resolveu ir em sentido contrário, no que era apoiada por Aldo. Eduardo ouvia a discussão a distância, também cheio de dúvidas. A divergência ameaçava transformar-se em entrevero quando o pequeno Mica, que brincava de jogar pedras no rio, aproximou-se dos adultos com os olhinhos arregalados de admiração. Trazia algo nas mãos que a semiescuridão não deixava distinguir.

— Olha só o que eu peguei! Olha só o que eu peguei! — repetia o curumim.

Os adultos deixaram de arengar e olharam para o curumim.

— O que é isso, menino? — indagou Dadá, arrancando das mãos do curumim a coisa que ele trazia.

Só então puderam ver que se tratava de uma miniatura de canoa, das que os curumins costumam fazer para seu brinquedo. Agora não havia mais dúvida: a vila dos Batista situava-se rio acima.

— Eu não disse que era pra lá? — vangloriou-se Dadá, espichando o beiço no rumo da nascente do rio.

Na mesma hora, puseram a enferma na rede e levantaram acampamento. Durante quase todo o dia enfrentaram uma marcha penosa, pois o rio, cujo curso servia-lhes de guia, com suas incontáveis curvas e as margens pedregosas, era como uma criança rebelde e caprichosa. Ainda assim, apesar de traquinas, o rio era mais amigo e leal do que a mata sisuda e traiçoeira, cujas sombras de muitos dias quase os levam à loucura.

O sol já se punha quando, depois de ouvirem latidos intermitentes de cães e gritos de velhas e crianças, finalmente estacaram às bordas de uma grande clareira. Teriam chegado à vila dos Batista? Embora Diana delirasse e precisasse urgentemente de socorros, resolveram, antes de darem as caras, espionar cautelosamente os moradores da vila, que não passava de um círculo mal feito de tapiris rodeando um barracão sem paredes. Àquela hora da tarde, era grande o movimento: homens suarentos e famintos que chegavam

da roça e, devorando os beijus que as mulheres lhes ofertavam, desciam direto para o rio, acompanhados por um barulhento séquito de curumins; rapazotes que subiam do rio com cambadas de tucunarés; velhas que desciam ao rio para tratar dos mesmos tucunarés; mulheres e cunhantains de pés no chão, seminuas, que, entre risinhos e beliscões, desciam em bloco para o banho, excitadas com a algazarra que os homens, um pouco mais acima, faziam na água, todas elas saudosas da época não muito distante em que homens, mulheres, cunhantains e curumins juntavam-se todos no banho; curuminzotes, de pintos recém-empenachados, que seguiam sorrateiramente as mulheres para espioná-las; tudo isso misturado com o latido de cães e o alarido infernal de curicas, macacos e papagaios de criação.

O fato de homens e mulheres usarem roupas tranquilizou-os. Se fossem inteiramente selvagens andariam nus. Mas nem assim se atreveram a aparecer. E se não fosse a vila dos Batista? De qualquer forma, depois de tantos dias de viagem e com Diana precisando de ajuda, não tinham escolha. Teriam de se mostrar.

De repente, quando já pensavam em sair do esconderijo, algo despertou a atenção dos fugitivos: um homem alto, muito magro e grisalho, vestido com um hábito negro que lhe encobria até os pés, saíra de uma das barracas do vilarejo, a maior das barracas, em cuja cumeeira havia uma cruz de madeira, tão pequena e tosca que, mesmo agora, só Eduardo percebera; mesmo porque, para Dadá e os seus, a cruz, símbolo máximo da cristandade, era completamente destituída de qualquer significado. Os tapuios arregalaram os olhos muito espantados. Aquele homem desmesuradamente alto, vestido dos pés à cabeça, cuja única parte do corpo à vista era o rosto extremamente alvo, era, naquele calor dos diabos, no meio daquela gente de pele bronzeada e seminua, uma visão inusitada e absurda, de arrepiar os cabelos. Pois mesmo Dadá, que dizia já ter visto o Curupira e ouvira muitas histórias de assombração, não sabia que o diabo, ou Anhangá, ou o Curupira, seja lá que nome se empreste ao demônio, tenha aparecido em forma de corvo, muito menos de homens ou mulheres vestidos de negro.

— É um padre — disse baixinho Eduardo.

— Padre?! — repetiram todos.

— O que é padre? — quis saber Dadá.

— Padre é um homem que se diz mandado por Deus para ajudar os homens — explicou Eduardo, percebendo a ignorância da tapuia.

— Mas como ele vai trabalhar na roça vestido desse jeito? — tornou Dadá, incrédula.

— Os padres não plantam nem colhem, nem vão à roça, ajudam de outro jeito.

— De que jeito? — insistiu Dadá, que parecia expressar a curiosidade de todos.

— Afastando os demônios, rezando pelos doentes, encomendando as almas dos defuntos a Deus, ensinando aos vivos as boas maneiras e os bons caminhos, como andar de roupa, cada homem dormir com uma só mulher e cada mulher se entregar a um só homem, os curumins não fornicarem com frutas e animais, os inimigos se amarem, suportar todos os males sem reclamar, e apanhar calado, sem reagir.

— Padre não presta! — exclamou Dadá. — Querer que a gente apanhe calado...

— Pois é, mas os padres não ensinam isso por mal, acreditam mesmo que é o melhor, pois para eles toda violência gera outra violência, até mesmo quando é pra se defender.

— Se esse padre não vai pra roça, o que ele come? — perguntou Albino.

— Ele come o que o povo dá para ele — explicou Eduardo.

— É um vadio, isso que ele é! Ninguém precisa de padre! — indignou-se Dadá.

— Mas ele pode agora nos ajudar; acho que primeiro devemos nos mostrar pra ele; vocês esperem aqui até eu voltar — disse Eduardo, afastando-se.

Escondendo-se atrás das árvores, foi beirando o terreiro até alcançar os fundos do barraco da cruz, arremedo de templo. Não se atreveu a atravessar a espécie de pátio que se formava entre a "igreja" e o barracão onde o padre se encontrava. Preferiu aguardar que o padre voltasse; não devia correr o risco de ser visto pelos caboclos no estado deplorável em que se encontrava, pois certamente a sua aparência grotesca os assustaria. Os cabelos castanhos haviam voltado a crescer desgrenhadamente sobre os ombros, a barba negra e espessa endurecia-lhe o semblante, não se podia dizer que vestisse roupas, mas frangalhos.

Eduardo já esperava há um bom tempo quando finalmente o padre, depois de conversar com homens e mulheres que foram procurá-lo no barracão, voltou. Entrou pela porta que dava para o pátio. Além dessa e das duas toscas aberturas laterais, uma de cada lado do barraco, às quais só com muita condescendência poder-se-ia chamar de janelas, havia uma outra porta aos fundos, quase encostada à mata, através da qual Eduardo podia perscrutar os movimentos do padre dentro da igreja. Apesar das sombras que já engolfavam o interior do barraco, viu o padre encher uma cuia com a água de um balde que ficava no chão e, em seguida, como se esparzisse água benta, começar a borrifar o piso de terra-batida da capela, de onde se levantou uma poeira muito fina, quase imperceptível, e o cheiro inconfundível de terra molhada. Em seguida, com muita dificuldade, acendeu o pavio de uma lamparina, cuja luz débil e bruxuleante, não tivesse feito as sombras do padre dançarem como espectros pela parede, nenhuma diferença faria. Eduardo ia avançar, mas se conteve. O padre acabara de ajoelhar-se diante de uma espécie de jirau, ao qual só com muita fé e não menos boa vontade alguém poderia chamar de altar, ainda mais que, ao contrário da riqueza e ostentação da maioria dos altares da cidade, aquele altar era parco em conforto e mísero em imagens. Nenhum ícone, nenhum santo, nenhuma santa, a não ser o Cristo crucificado, aliás que toscamente crucificado numa mal talhada tora de madeira; um Cristozinho de pele escura, atarracado, pés chatos, meio barrigudinho e de olhinhos espichados, enfim, um Cristo acaboclado, papa-chibé, diante do qual o padre, humilde e contrito, prostrava-se de joelhos. Enquanto rezava, Eduardo observava-o. Um dia, como quase todas as crianças, fora levado perante um padre e recebera na testa, sem nenhuma consciência do que se passava, o sacramento do batismo. Mas não se sentia pertencendo, como a mãe — coitada, tão beata! — ao grande rebanho católico. Ao contrário, depois que entrara no Partido Comunista e tomara conhecimento das engrenagens do sistema que mantinha milhares de homens e mulheres explorados, passara a professar uma rejeição visceral às Igrejas em geral, principalmente a Apostólica Romana, e aos padres e pastores em particular, os quais considerava meros traficantes de ilusões, condutores de ovelhas ao tosqueio. Mas agora, não sabia por que, sentia um começo de simpatia por aquele padre já não tão jovem, mas também não muito velho, de gestos serenos e modos comedidos, capaz de concentrar-se em sua fé longe dos confortos da cidade, no lugar mais isolado do mundo, sem se perturbar com a gritaria dos curumins, o alarido dos papagaios e a satânica tentação que certamente eram para ele os corpos mal cobertos das mulheres e cunhantains. Eduardo aguardava o padre terminar a sua oração para então se lhe apresentar. Embora tenso, já não sentia receio.

Finalmente o padre, fazendo o sinal da cruz sobre o peito, concluiu sua longa prece e levantou-se. Temendo que o pároco lhe desse as costas e rumasse para o pátio da vila, Eduardo deixou o esconderijo, disposto a mostrar-se. Justamente na hora em que o rapaz procurava a porta dos fundos da igreja, o padre voltou-se para ele e o enxergou. Retrocedeu um passo, com expressão assustada, enquanto Eduardo procurava tranquilizá-lo.

— Não se assuste, padre; eu sou de bem!

— Quem és tu, ó criatura? — perguntou o padre, procurando controlar a desconfiança.

— Chamo-me Eduardo; há dias eu e meus amigos fugimos do rio Maró, onde morávamos; foi muita sorte chegarmos até aqui; acaso esta é a vila dos Batista? Perdão, bom padre, meus amigos precisam de ajuda; há uma moça doente entre nós!

— E por que vocês fugiram do rio Maró? — indagou o padre, que readquirira a serenidade, mas continuava a perscrutar o interlocutor.

— Estávamos sendo obrigados a trabalhar como escravos — respondeu Eduardo, hesitante, pois não conhecia toda a história. Sabia apenas o que Gedeão lhe contara.

— E quem os obrigava? — tornou o padre, inquisidor.

— Estefano... Estefano Barbosa.

Ao ouvir tal nome, o semblante do padre modificou-se repentinamente. A desconfiança inicial cedeu lugar ao mais puro interesse.

— O senhor disse que fugiu com uns amigos, onde estão eles? — indagou o padre.

— Por precaução, aguardam-me escondidos no mato — respondeu Eduardo.

— Diga o nome dos seus amigos — ordenou o padre.

"Para que ele quer saber os nomes?", perguntou-se a si mesmo Eduardo, estranhando o inusitado interesse do padre. Não havia, porém, mais jeito de calar.

— Albino e sua mulher Dadá; Aldo, sobrinho da Dadá; Bino e Dinho, filhos de Albino e Dadá; Diana, a moça que está doente, e o pequeno Mica, seu irmão; e um rapaz chamado Gedeão.

— Gedeão?! O senhor disse Gedeão?! — exclamou o padre, com um estranho júbilo na voz. — O que o senhor sabe sobre ele?

— O que sei sobre Gedeão? — tartamudeou Eduardo, sem saber o que responder. — Acaso o padre conhece ele? — indagou, querendo com isso ganhar tempo.

— Certamente que não, mas pode ser que Saluma e Francisca o conheçam. Por favor, conte-me o que sabe sobre esse Gedeão? — insistiu o padre. — Mas falemos baixo, por enquanto é bom que ninguém saiba que o senhor se encontra aqui. Oh, desculpe, sente-se neste banco.

E o pároco, para deixar o estranho à vontade, deu ele mesmo o exemplo e também se sentou num dos cinco bancos rústicos da igreja, cujo interior àquela hora da noite soçobrava na semiescuridão que a luz frágil da lamparina não conseguia afugentar.

— E então, conte-me mais sobre o seu amigo Gedeão? — tornou a insistir o padre.

— Bem, nós crescemos juntos — mentiu Eduardo, querendo com isso evitar que o padre também perguntasse sobre a sua origem. — Não sei quem foi a mãe dele, só sei que ela morreu quando ele era ainda muito pequeno. Foi criado por uma velha de nome Veva; depois que a velha morreu, o filho dela, chamado Sabá, cuidou dele; mas Estefano matou Sabá por que tentou fugir, então Dadá e Albino se encarregaram dele até não ser mais preciso.

— O senhor lembra do nome da mãe de Gedeão?

— Não sei se lembro, padre, mas Gedeão sabe; um dia ele me contou; parece que se chamava Lazinha, se não estou enganado.

— Lazinha?! O senhor disse Lazinha? Deus seja louvado! — exclamou o padre, espalmando as mãos contra e peito e elevando os olhos para o céu, àquela hora completamente escuro. Erguendo-se de repente do banco, o padre puxou Eduardo pelo braço, forçando-o também a levantar-se, e disse-lhe, apontando um compartimentozinho aos fundos da capela, somente agora percebido por Eduardo: — Por favor, peço-lhe que me espere aqui só um instantinho, volto já com Saluma; o senhor não pode imaginar quanta alegria esta notícia lhe dará.

Diante de Saluma

O padre deu meia volta e seus passos confundiram-se com o burburinho da vila. Preocupado com os amigos que o esperavam, Eduardo vasculhou o ambiente com os olhos. Com o mesmo aspecto de improvisação que marcava tudo quanto os tapuios faziam, enxergou uma fileira de livros sobre tábuas grosseiras, amarradas com cipó à parede de palha. Somente em homenagem ao zelo com que os livros pareciam arrumados poder-se-ia denominar de estante àquele trambolho. Com muito esforço, conseguiu ler algumas lombadas e achou muito curioso que o padre cultivasse leituras tão díspares, como as *Confissões*, de Santo Agostinho, e *A Origem da Família, da Propriedade Privada e do Estado*, do ateu Friedrich Engels, um dos pais do movimento comunista internacional, o que só vinha confirmar a favorável impressão que tivera do padre desde o começo, de que era um homem sério e criterioso, incapaz de cometer a leviandade de mandar alguém executar algo que ele mesmo não fosse capaz de realizar, ou de falar sobre algo que ele não conhecesse, qualidades essas mui raras, principalmente num pároco, cuja classe notabilizara-se pela fatuidade em blaterar pusilanimemente contra satanás, sem lhe dar nenhuma chance de defesa, deformando de modo tão inescrupuloso a face de Lúcifer, que, de anjo de luz, obra-prima do Criador, converteu-se vergonhosamente no mais terrificante capeta, sendo da tradição clerical chantagear a humanidade com a perspectiva horripilante do fogo eterno, um fogo cada vez mais quente e cada vez mais eterno, que o pecador acaba pensando que as brasas que já o consomem na terra são uma saunazinha que Nosso Senhor construiu para o deleite de seus filhos, e que as mazelas que infernizam os homens desde o ventre materno outra coisa não são que obra da Divina Providência. Quantas almas justas já não foram lançadas à fogueira por causa da ignorância!

Num dos cantos do minúsculo compartimento, que só por uma licença literária poder-se-á chamar de quarto, Eduardo enxergou uma rede enrodilhada. Foi fácil compreender que o rústico barraco servia ao mesmo tempo de templo e moradia do pároco.

Eduardo, sem se arredar de onde o padre o deixara, escutou passos que se aproximavam. Com pouco não se ouviam mais os passos, mas as vozes de dois homens que conversavam; uma delas era a do padre, a outra só podia ser do tal Saluma.

— O padre ouviu bem? O estranho disse que Gedeão veio com ele? — perguntava uma voz grave, um pouco arrastada.

— Sim, eu tenho certeza; gostaria de lhe apresentar o estranho — respondeu o padre.

— Cadê ele?

— Aqui no meu quarto; espere que já o trago.

O corpo do padre, ao bloquear a luz débil da lamparina, projetou uma sombra que impedia a visão do que quer que fosse dentro do quarto.

— Eduardo, o senhor está aí? — perguntou o padre, com voz um pouco nervosa, pois achou que o rapaz podia ter desaparecido.

— Sim, estou aqui — respondeu Eduardo, quase esbarrando no padre.

— Pode aparecer, Saluma quer vê-lo.

Bastou dois passos para Eduardo ver-se na nave principal da igreja, ao lado do altar, entre os olhinhos matreiros do Cristo crucificado, que faiscavam mesmo na semiescuridão, e o olhar não menos caboclo de um homem já idoso, de um belo porte, cuja estatura acima da média, embora fosse mais baixo que o padre, não deixou de chamar a atenção do rapaz.

— Eduardo, este é Saluma, o chefe da vila — apresentou o padre.

— Oh, perdão! Que falha! Pois eu mesmo nem me apresentei! Pois eu sou o padre Alfredo; estamos dispostos a vos receber, mas antes Saluma quer fazer algumas perguntas — arrematou padre Alfredo.

Eduardo contou a Saluma o que já dissera ao padre, nem mais nem menos, fazendo questão de repetir que sempre morara no Maró. Encontrar naquelas brenhas aquele padre — homem culto e refinado, embora a sua simplicidade natural camuflasse tais atributos — deixava Eduardo ao mesmo tempo satisfeito e apreensivo. Poderia ele, um perseguido político, um militante comunista, ateu, acusado de ser a encarnação do capeta, lobo com pelo de ovelha, um impostor pernicioso, que difundia a diabólica ideia de que é possível construir o paraíso aqui mesmo na terra, poderia ele ainda assim confiar num membro do clero, num representante de Deus na terra, num filho da Santa Madre Igreja, a qual, embora já tenha afirmado monumentais besteiras, como, por exemplo, que a terra era quadrada e que o índio não tinha alma, fazendo churrasco dos que a contestaram, continuava achando-se dona exclusiva das verdades?

Padre Alfredo entrou no quarto e, depois de revirar alguma coisa, voltou com um par de roupas nas mãos.

— Experimente, talvez fiquem um pouco justas — disse o padre, estendendo uma calça e uma camisa a Eduardo, as quais serviram perfeitamente no corpo do rapaz, embora tenha sido preciso enrolar a barra da calça, pois padre Alfredo, dono das roupas, era um pouco mais alto.

— Não sei como lhe agradecer, padre Alfredo — disse o rapaz, embaraçado.

— Pode trazer o seu pessoal — determinou Saluma a Eduardo. E, virando-se para o padre, completou: — Se padre Alfredo for com ele, eu fico preparando com a Francisca o lugar da doente.

Enquanto Saluma dirigia-se à porta da frente, padre Alfredo e Eduardo saíram pelos fundos da igreja, logo alcançando a mata.

Eduardo ia à frente, alumiando o caminho com a lanterna que o padre lhe entregara.

— Pessoal, sou eu, Eduardo! O padre vem comigo! — gritou Eduardo ao aproximar-se dos amigos. Logo em seguida, padre Alfredo pôde ver os rostos dos tapuios sob o foco da lanterna. Pareciam assustados. Também não era para menos. Não bastasse se depararem com aquele homem muito alto, todo vestido de preto, e ainda aparecia diante deles Eduardo, de calça e camisa, quase irreconhecível!

— Meus filhos, não se assustem! Vamos para a vila, Saluma quer vê-los! — anunciou padre Alfredo, oferecendo ele próprio o seu ombro para carregar uma das pontas da vara na qual vinha presa a rede da enferma.

Quando vararam no terreiro da vila, viram-se repentinamente cercados por um enxame de tapuios, cujos rostos, iluminados pelo fogo de lamparinas, espreitavam-nos, entre curiosos e desconfiados. A notícia da volta de Gedeão alastrara-se rapidamente. Todos queriam vê-lo, pois não havia uma só pessoa na vila que não soubesse da trágica história de Lazinha, irmã de Saluma, a qual, depois de assistir o seu homem ser assassinado covardemente por Estefano, fora por este raptada juntamente com seu pequenino filho Gedeão, que então não passava de um fedelho.

Saluma cumprimentou-os de um a um, procurando controlar as emoções, mas, ao ficar frente a frente com Gedeão, perdeu toda a compostura e acabou abraçando demoradamente o sobrinho. Ao seu lado estavam os filhos, uma penca de homens e mulheres já feitos, quase todos também já pais de muitos filhos, bem como cunhantains e curumins, rebentos seus com várias mulheres, as quais podiam ser vistas ali por perto, embora quem por direito estivesse agora ao lado do velho fosse Francisca, uma cabocla carnuda e de ancas largas, fogosa e parideira, que não só lhe dera noites maravilhosas como também muitos filhos, acabando por se firmar no posto de única esposa, depois que padre Alfredo chegou e impôs a monogamia como regra, embora não fosse nenhum segredo que Saluma, apesar da idade e da conversão, continuasse dando as suas escapadelas. Gedeão, desconcertado, viu formar-se uma longa fila de pessoas que queriam cumprimentá-lo. Só depois que todos tocaram em Gedeão é que se voltaram para Diana.

— Dadá, o que a moça tem? — perguntou Saluma, abrindo a rede onde a cunhantaim há dias jazia.

— Uma febre maldita que não para nunca — respondeu a mulher.

— Levem ela pra casa! — ordenou Saluma aos filhos que estavam por perto. — Francisca, chama o velho Isaías! Aposto como foi a Mãe-da-doença que entrou no corpo da menina. Eu gostava que padre Alfredo também fosse ver a menina.

— Sim, Saluma, claro que vou — disse o padre. — Mas deixa primeiro o velho Isaías chegar.

Dois rapazotes troncudos enfiaram-se imediatamente debaixo das pontas da vara que sustinha a rede da enferma e, seguidos por um cortejo de mulheres e cunhantains comandado por mãe Francisca, dirigiram-se à casa de Saluma. Dadá, ainda um pouco inibida, acompanhou-os.

Enquanto isso, Saluma levou os homens para o barracão sem paredes, construído no centro da vila, ao qual chamou de "salão da comunidade", no que Eduardo reconheceu imediatamente o dedo do padre, pois, enquanto andavam, imaginou que, embora ainda vivessem isolados, certamente os tapuios haviam perdido, depois do nefasto contato de seus antepassados com os brancos, não só a antiga pureza e a liberdade, como também a sua própria identidade como povo, tornando-se presa fácil de ideias e concepções de pessoas, como o padre, estranhas à sua cultura. É verdade que o rapaz também notara que padre Alfredo em tudo agia com muita prudência, sempre respeitando a autoridade inconteste de Saluma, nada havendo nele que denunciasse empáfia ou arrogância. Pensando nisso, Eduardo estava muito curioso para saber quem era o tal velho Isaías, cuja presença era tão importante que padre Alfredo não iria ver a enferma antes que o dito cujo chegasse.

Diante dos anciãos da vila, à luz das lamparinas, Gedeão teve de contar toda a sua história. Rapazotes, cunhantains e curumins, repreendidos pelo olhar severo de Saluma, contentaram-se em abelhudar do lado de fora do barracão.

Saluma perguntou a Gedeão quem fora seu pai; perguntou de um modo tão irresistível que o rapaz pela primeira vez se viu forçado a revelar o que um dia descobrira por acaso: que era filho de João Batista e Lazinha, deixando Aldo e Albino estupefatos, pois não imaginavam que ele soubesse. Saluma também quis saber quem era a mãe de Diana. Gedeão novamente deixou todos pasmados ao responder que a cunhantaim era filha de Lazinha com o patife do Estefano — portanto, sua irmã! Só agora Aldo e Albino conseguiam entender por que o rapaz vivera debaixo do mesmo tapiri com a linda e apetitosa cunhantaim, sem possuí-la.

"O senhor conheceu o meu pai?", era a pergunta que Gedeão tinha na ponta da língua, mas não teve tempo nem precisou fazê-la, pois o velho Saluma, com todo aquele tamanhão, aproximou-se dele e, num gesto efusivo, que há muito ninguém via nele, abraçou-o com lágrimas nos olhos, dizendo:

— Meu sobrinho! Agora estás entre os teus! Quanto tempo esperei por este momento!

Depois, recompondo-se, Saluma contou ao sobrinho, com voz ora trêmula ora cortante como o gume de uma navalha, a história que Gedeão já bem conhecia — a morte do pai nas mãos de Estefano e o rapto dele e de sua mãe Lazinha. Quando o tio terminou de falar, um grande, cálido e eloquente silêncio estabeleceu-se no barracão. Pela primeira vez em toda a sua vida o rapaz sabia quão doce era sentir-se aceito e protegido. Todos voltavam-se para ele. No olhar dos mais velhos, habitualmente severos, podia ver somente compaixão. Nos olhos dos mais jovens, principalmente no das cunhantains, o rapaz via benquerença e amizade e — por que não dizer? — em mais de uma delas enxergava o brilho estranho e ensandecido que somente em certas ocasiões acomete as fêmeas.

Em seguida, Saluma, acompanhado pelo padre, conduziu os recém-chegados à cozinha de sua casa, onde peixe assado e farinha os aguardavam sobre a mesa rústica, feita de varas, que só por benevolência alguém não chamaria de jirau. Uma das muitas filhas de Saluma e Francisca, viçosa cunhantaim de pele bronzeada e rosto oval, fazia aquilo que na cidade se chama serviço de copa. Gedeão não deixou de notar o sorriso tímido que a cunhantaim procurava esconder puxando os cabelos negros e lisos sobre o rosto.

— Não liga pras tuas primas, Gedeão; parece que nunca viram homem — disse Saluma, lançando um olhar severo para a filha. — Jurema, vai ver se o velho Isaías já chegou — ordenou Saluma à cunhantaim. Jurema saiu e logo voltou, dizendo que o velho tinha acabado de chegar e já estava perto da enferma.

O Pajé e o Padre

"Ora, então é este o homem tão importante?", indagou-se a si mesmo Eduardo, quando, depois de deixarem a cozinha e entrarem na outra parte da casa, enxergou um caboclinho seminu e mirrado, sentado num tamborete, ao lado da rede de Diana, que continuava submersa numa sonolência agoniada. Encontraram-no concentrado no seu ofício e ninguém, nem mesmo Saluma, ousou interrompê-lo.

— É o pajé — sussurrou padre Alfredo ao ouvido de Eduardo. — O povo acredita nele com a mesma fé que nós acreditamos nos médicos.

Eduardo não deixou de estranhar as palavras do padre, não pelo que disse a respeito de Isaías, o pajé, mas por ter dito de um certo jeito, como se conversasse com alguém que ele há muito conhecesse. "Nós acreditamos", sussurra-lhe o padre. O que queria dizer com esse "nós"? Acaso o padre já percebera que ele não era um simples caboclo?

O velho Isaías já havia fumado, em profundas tragadas, seguidas de longas baforadas que entupiam a casa de fumaça, um comprido cigarro de palha de tauari. Entre uma e outra baforada, sorvia grandes goles de caxiri, feito especialmente para tais ocasiões.

— Conhece esse cheiro terrível? — tornou a sussurrar padre Alfredo no ouvido de Eduardo. — Eles chamam de diamba; na verdade é a mesma maconha que destrói a vida de tantos jovens nas cidades. Os índios aprenderam a fumar maconha com os negros trazidos como escravos para a Amazônia, e não há o que os faça abandonarem essa terrível prática.[31]

Eduardo continuava confuso. Gostava da atenção que o padre lhe dispensava, mas não estava havendo um certo exagero? Sim, tinha já quase certeza de que o pároco sabia que ele dominava os mesmos assuntos.

Embriagado pela bebida e pelo fumo, o caboclo velho Isaías transfigurara-se.

— Eles creem que desse modo têm acesso às divindades aquáticas, que eles chamam de companheiros do fundo — explicou o padre.

Isaías, agitando o marari — uma cabaça cheia de sementes do amuncuré —, chamava os espíritos e as divindades. Com a cabeça pendida de lado e uma voz roufenha, começou a entoar o seguinte canto:

"Aterôri oê-quen-moé
Uiué payninhiá ôpi"

— Ele canta na língua maué — explicou padre Alfredo. — Foi quase tudo o que restou da língua dos seus antepassados.

Os versos eram repetidos de dois em dois:

"Aterôri oê-quen-moé
Uiué payninhiá ôpi"

Padre Alfredo pôs-se a traduzir, baixinho:

Eu trouxe a minha arte,
atrás do Papaizinho.

---

31 O sertanista Nunes Pereira (1892-1985), em seu livro *Os Maués,* registra o modo como o uso da maconha foi introduzido na sociedade maué. (N. do E.)

“Inháice oô-quen-moé
Aitoi êquabatamón”

Tradução:

É bonita a minha arte que eu trouxe.
Para que todos conheçam a minha arte que eu trouxe.

“Eiuán baicótiá capêi
Arêp arêpê tuérut
Quiát oiquêt-tap-capêi”

Tradução:

Vim benzer as criancinhas
E vim cantando
De onde durmo vim cantando
Eu vim cantando.

“Arêt arêpê tuérut
Iháiçé arénambên
Oiçá háp amôaá tôté”

Tradução:

Imagino muito bem
Sobre a banca a que me dirijo.

O caboclo velho, sempre agitando o marari, repetiu várias vezes esse canto, dando pequenas pausas para beber caxiri e puxar fumo.

Pouco a pouco, como uma acha de lenha lançada ao fogo, foi se aquecendo... aquececendo... até que sua voz mudou subitamente para um tom grave, enquanto seu corpo tremia como num acesso de febre — entrara em combustão, completamente transfigurado.

— Agora já não é ele, mas o Mestre Santana, um companheiro do fundo, que invocou nele! — disse padre Alfredo ao ouvido de Eduardo.

— Mestre Santana?

— Sim! Tem o Mestre Anési, que benze ezipla, e o Mestre Rodão, que benze dores de cabeça e de estômago, mas agora é o Mestre Santana, que tira malefício do corpo.

— O senhor crê verdadeiramente nisso, padre? — acabou exclamando Eduardo.

— Não é questão de acreditar ou não, meu filho. O diabo existe! E povos inteiros já nascem entregues ao demônio.

— O senhor se refere aos povos que creem em reencarnação? — perguntou Eduardo, mas logo se arrependeu, suspeitando de que engolira a isca que o padre lhe lançara.

— Sim, pois a reencarnação é uma das ideias incutidas na humanidade pelo demônio; a reencarnação tem como pressuposto a imortalidade da alma, e o homem que se acha imortal não mais precisa de Deus, pois para que serviria Deus se não fosse para oferecer o perdão e dar a chance de salvação? O próprio martírio de Cristo teria sido inútil se o homem não tivesse uma alma mortal e não precisasse de um redentor.

— Mas, padre, a Bíblia está cheia de espíritos que entram em homens e animais a toda hora! — observou Eduardo.

— Sim, meu filho, disseste bem, eles entram mas não reencarnam; o espírito dos que morrem volta à fonte, que é Deus, de onde só sairá no dia do juízo final, quando os mortos ressuscitarão para ouvirem o filho de Deus proferir a sua sentença; os absolvidos então ganharão a vida eterna como galardão, enquanto os maus serão condenados à morte eterna. Esse Mestre Santana entra no corpo do Isaías e faz mesuras a fim de manter o povo no engano, mas Cristo, ao morrer e ressuscitar ao terceiro dia, negou todas as formas de espiritismo.

Depois que o pajé cumpriu seu ofício e foi embora, padre Alfredo, já deitado em sua rede, no quartinho que lhe servia de aposento, nos fundos da igreja, contou a Eduardo uma história que Saluma certo dia lhe contara:

Viviam, antigamente, nas terras do Andirá, dois irmãos — Mari-Aipoc e Uri-hé-I. Naquele tempo as terras eram férteis e cheias de caça como o Noçoquém, que era um lugar onde Onhiamuaçabé plantou a castanheira. Mari-Aipoc era o chefe de todos os maué. O povo vivia feliz... Mas um dia apareceu uma barata maior que um jabuti, chamada Apeeuató, e com ela veio a Mãe-da-doença. Dali em diante não houve mais frutas, nem guaraná, nem batata doce, nem cará, nem mandioca, nem peixe, nem inhambu. Os maué passavam fome. Havia muitos maué. Então Mari-Aipoc combinou com o irmão que se fossem embora dali; esperaria o irmão no porto. E, dando-lhe um dos seus remos, foi logo reunir a sua gente. O irmão, porém, não quis ir das terras onde tinha a sua roça. Chegado ao porto, Mari-Aipoc esperou, esperou pelo irmão. Uri-hé-I não apareceu. Mari-Aipoc mandou preparar a canoa, embarcou com a sua gente e baixou pelo Andirá — depois teriam caminhado até o Nambu, onde vivem até hoje. O lugar que Mari-Aipoc deixou passou a chamar-se cicantá, que quer dizer breu. Assim surgira, segundo os tapuios, a Mãe-da-doença.

Mas, por enquanto, o caboclo Isaías — ou melhor, Mestre Santana — ia fazendo o seu serviço. Aproximara-se da enferma e, com a mão direita espalmada sobre a sua testa, balbuciava algo, enquanto com a esquerda levava à boca o cigarro, agora já quase ao fim, expelindo densas baforadas sobre a doente.

— Sai, Mãe-da-doença! Sai, Mãe-da-doença! — por fim passou a gritar, com voz estertorada.

E nada da Mãe-da-doença sair.

— Acho que desta vez Mestre Santana, mesmo com os poderes que o capeta lhe deu, nada poderá fazer — comentou padre Alfredo.

— Como assim, padre? — perguntou Eduardo.

— Tenho quase certeza de que a moça está é com uma malária da braba que só o santo *quinino*[32] é capaz de curar — explicou. — Certamente o senhor sabe do que estou falando.

[32] Pó branco, inodoro e de sabor amargo, extraído da árvore quina; substância utilizada no tratamento de malária e arritmias cardíacas. (N. do E.)

Eduardo também já pensara nessa hipótese, mas achou mais prudente manter-se calado. Já não tinha dúvida de que o padre insinuava algo.

Lá pelas tantas, bastante extenuado, finalmente o caboclo Isaías viu-se livre do Mestre Santana e, talvez para ganhar tempo e manter seu prestígio de pajé, despediu-se de todos, garantindo que a Mãe-da-doença abandonaria o combalido corpo da enferma ao nascer do sol. Só então padre Alfredo, a pedido de Saluma, examinou a enferma. Mas nem era preciso; só pelos sintomas já era capaz de concluir que Diana contraíra mesmo malária.

Padre Alfredo era um homem prevenido. Trouxera da cidade e guardava entre as suas coisas alguns comprimidos de quinino, o único remédio eficaz contra a doença, embora nunca tivesse acontecido um caso de malária entre eles. Pediu uma cuia d'água à Francisca e, com a ajuda de Dadá, que não saíra um só instante de perto da enferma, introduziu o quinino na boca de Diana, forçando-a a ingeri-lo.

— De manhã a moça já vai estar bem melhor e a reputação do pajé estará salva — disse Padre Alfredo lá da sua rede. Tinham apagado a lamparina e o quartinho afogava-se na escuridão. Eduardo, apesar de não poder ver o rosto do padre, era capaz de adivinhar o sorriso que certamente lhe aflorara ao fazer tal comentário.

— O mico come e o periquito leva a fama! O padre não se importa que o povo pense que foi o pajé quem curou Diana? — perguntou Eduardo, também lá da sua rede. Gedeão e Mica haviam ficado na casa de Saluma. Aldo, Albino e os dois rapazotes da Dadá acomodaram-se num dos tapiris desocupados da vila. Dadá continuara sua vigília ao lado da rede da enferma.

— Não, não preciso mais disputar prestígio, pois tive de consolidar a minha reputação já no primeiro dia com eles — disse o padre, jovial.

— Como assim, padre? — atreveu-se a perguntar Eduardo, incentivado pelo tom descontraído do padre.

— Eu te conto — disse o pároco, dirigindo-se pela primeira vez a Eduardo na segunda pessoa, num sinal inequívoco de confiança. — Eu consegui chegar ao Nambu, trazido por dois caboclos de Boim, justamente uma semana depois de o salafrário do Estefano Barbosa ter assassinado João Batista e levado sua mulher Lazinha com o menino Gedeão, que graças a Deus voltou agora para a sua gente. Saluma já era chefe da aldeia e, quando nos viu, pensou logo que fôssemos gente de Estefano. Ficamos dois dias presos e, no terceiro dia, fomos avisados de que o dia seguinte seria nosso último dia nesta terra. Foi quando o dedo de Deus colocou uma infecção no intestino de uma velha cabocla, que do dia pra noite esguichou quase todo o líquido do corpo. Não houve ervas nem chás, nem mesmo pajés, que debelassem a doença da velha, que, mais um dia de caganeira, certamente estaria morta. Vendo o alarido dos parentes da vítima, eu disse ao homem que nos vigiava que podia curar a enfermidade. Ouvindo isso, Saluma, visivelmente contrafeito, veio nos visitar.

— Não, não sou eu quem cura — respondi-lhe quando me perguntou se eu podia mesmo curar a moribunda. — Deus é quem pode curar todas as doenças, sou apenas seu instrumento — expliquei. Percebendo, porém, que Saluma ficara confuso, tratei de clarear logo as coisas, antes que o terrível chefe se arrependesse de me consultar. — Sim, com o poder de Deus, eu posso curar a enferma.

— Então se levante daí e venha comigo! — ordenou-me Saluma rispidamente.

— Tive os braços e as pernas desamarrados e fui conduzido ao tapiri da enferma. Enquanto andava, apalpava o bolso da minha calça, onde sempre trazia alguns remédios, como iodo, cibalena, anador e tetrex — um antibiótico terrível, danado de forte, verdadeira bomba contra os germes causadores de infecções. Encontrei a mulher estirada na rede, pele e osso, semimorta. Ajoelhei-me e, exigindo silêncio e ordenando que todos também se ajoelhassem diante do Deus que iria realizar a cura, rezei por mais de cinco minutos, mesmo sabendo que, naquele caso, se o remédio não funcionasse, Deus talvez nada pudesse fazer. Em seguida, pedi uma cuia com água e, com um gesto de prestidigitador, joguei na água três comprimidos do tal tetrex, de modo que ninguém pudesse vê-los no fundo da cuia, e entornei goela adentro da minha paciente a água e os comprimidos. Mandei ministrarem-lhe um chá de casca-preciosa bem quente e depois cobrirem-na para que pudesse suar, e dei por encerrada a minha missão, afirmando que a enferma de manhã estaria bem melhor. Ainda desconfiado, Saluma ordenou que me levassem de volta à minha prisão, onde, ouvindo o ronco dos meus dois amigos de infortúnio, passei a noite inteira rezando. De manhã, tendo sucumbido ao sono, fui acordado pelo próprio Saluma. Já não trazia a carranca dos outros dias, até sorria! A mulher, para nossa sorte, havia melhorado. Fui então aceito por eles como amigo e pude exercer o meu ministério, sem descuidar, logicamente, de trazer bons remédios da cidade, onde vou de vez em quando.

— E o pajé não o hostiliza? — perguntou Eduardo, deveras curioso.

— Oh, não! Pelo contrário, é até um bom fiel! — respondeu Padre Alfredo, em tom grave.

— Mas como, padre, se ele é um pajé?! — exclamou Eduardo, achando que o padre não falava sério. Mas falava!

— O caboclo Isaías, como todos os outros tapuios, deixou-se batizar por mim, aprendeu a rezar muito bem o terço, hoje vive com uma única mulher e, de vez em quando, vem à missa com o seu pessoal; é, sem dúvida, uma das minhas melhores ovelhas. A minha tarefa não foi tão difícil, pois o nome de Cristo, o batismo em água e a noção de pecado, embora palidamente, eles já conheciam, reminiscência do contato que seus antepassados tiveram com os brancos.

— Confesso que não o entendo, padre; pois e a diamba, e o tal Mestre Santana?

— Se rejeitasse o caboclo Isaías por essas coisas, meu filho, teria também de rejeitar todo o povo que habita o grande vale amazônico, o que seria preconceituoso, injusto e nenhum pouco cristão. Como fechar as portas do céu a um povo de índole tão dócil e pacífica? Tu bem sabes, Eduardo — de novo Padre Alfredo tratava-o de igual para igual —, como foi fácil ao europeu, que já estava num estágio superior de civilização, submeter fisicamente o nosso índio atrasado, que vivia ainda na era da pedra lascada. Só não se submeteu quem fugiu. Mas houve apenas uma conquista material; o modo de viver e sentir nativo continuou intacto nos tapiris do índio fugido e nas cabanas do mestiço civilizado. Por isso que a Igreja, que auxiliou o Estado na conquista, sentiu-se frustrada. Para ela, a conquista da alma dos indígenas não se poderia dar sem a destruição de sua cultura. Era uma visão pecaminosa e imperialista do cristianismo, que procurava impor aos nativos os valores morais da civilização branca e ocidental, como se fosse o único modo aceito por Deus, esquecendo-se de que Cristo não veio somente para os *fariseus,*[33] que aliás o rejeitaram e crucificaram, mas também para todos os gentios, incluindo-se aí os indígenas brasileiros. E os apóstolos, quando foram pregar o evangelho a gregos e cretenses, não exigiram que eles se tornassem cidadãos judeus. Para mim, esta é uma questão superada: Cristo não é incompatível com a cultura cabocla, assim como não é incompatível com a vida moderna. Já pensou se fosse exigido do cristão das cidades que abdicasse de fazer compras

[33] Pessoas pertencentes à seita dos fariseus, corrente religiosa preponderante nas sinagogas judaicas da época de Cristo, que o conduziram a Pôncio Pilatos, governador romano na Judeia, que o devolveu ao fariseus para que, ao talante destes, o crucificassem. (N. do E.)

num supermercado? Ninguém seria cristão, pois como uma pessoa da cidade poderia excluir-se da cultura urbana consumista? E nem por isso o supermercado é um templo do pecado, como condenam alguns párocos puritanos. Assim também as lendas e os mitos ancestrais dos nossos tapuios, a sua cosmogonia, e o fato de comerem macacos, não são obstáculos à conversão cristã.

A tese de Padre Alfredo restou sobejamente comprovada no dia seguinte quando — após toda a vila ter se rejubilado com a franca melhora de Diana, conforme o pajé e o padre haviam preconizado — todos foram à missa de ação de graças convocada pelo padre. O velho Isaías, embora vaidoso da cura que pensava ter operado, sentara-se humildemente no primeiro banco, bem próximo do altar, de onde acompanhou contritamente os gestos e as palavras de Padre Alfredo, imitando-o toda vez que este fazia o sinal da cruz. Padre Alfredo jamais pusera em dúvida a fé dos tapuios, embora soubesse que o Cristo que eles aceitaram não era o mesmo das cidades; bastava olhar para o Cristo crucificado sobre o altar, um Cristozinho papa-chibé, de pele escura, atarracado, pés chatos, barrigudinho e de olhinhos espichados, talhado em madeira pelo próprio Isaías, que, além de pajé, era, como a maioria dos de sua etnia, um exímio artesão.

A Força e a Fraqueza do Pajé

Saluma nunca foi com a cara do velho Isaías, embora tivesse de se curvar à sua reputação de poderoso pajé, capaz de se comunicar com os "companheiros do fundo" e de curar as moléstias mais graves. Dele contavam-se estórias de arrepiar. Para começar, quando a mãe estava grávida, teria gritado três vezes em seu ventre, o que, segundo se acredita, já era um aviso de que o seu destino era ser pajé. Depois, já menino, era muito estranho. Não brincava com os amiguinhos, mostrando-se sempre triste e alheio a tudo. Era magrinho e frágil. Sua pele tinha um tom amarelado de gente doente. A mãe chegou a pensar que o curumim viciara-se em comer terra, mas, tendo-o vigiado por muitos dias, convenceu-se de que tal não ocorria. Levou-o, então, a um pajé que "conheceu" os companheiros que estavam no curumim e disse que ele era um pajé. Aos seis anos de idade, Isaías tinha o costume de passear pela praia flechando camarões e peixinhos. Um dia, desapareceu. A mãe, ao dar pela falta do filho, procurou-o em toda a beira do rio, mas só encontrou a sua camisinha enganchada em um pau junto ao trapiche. Desesperada, chorando muito, chamou pelo menino mas ele não aparecia. Prometeu dar o peso da criança em ouro para quem fizesse aparecer ao menos uma mãozinha ou um pezinho para ela ver. Passaram-se dois dias e ela não arredou pé da beira do rio. Ao terceiro dia, já sem esperanças, teve a surpresa de encontrar Isaías, nuzinho, em cima das tábuas do trapiche. Correu para ele indagando ansiosa onde ficara todo esse tempo. Isaías respondeu que não sabia e em casa não houve jeito de arrancar dele outra resposta. Três dias mais tarde foi que falou. Tinha ido ao fundo! Era tudo muito bonito e tinha lá muito povo. Convidaram para ficar. Se fumasse de um cigarro bonito, todo pintado, e provasse da comida que ofereciam, não voltava mais. Mas teve pena da mãe — "Tu chorava muito e me chamava". Então ele voltou. Os pais levaram de novo o menino ao pajé e pediram-lhe que o libertasse dos tais companheiros. O pajé, que já era bem velhinho, tentou, mas, ao fim da sessão, afirmou que não tinha certeza dos resultados. Avisou aos pais que tivessem cuidado com o curumim, pois quando completasse quinze anos algo poderia acontecer. A criança passou a comportar-se normalmente. Já haviam até esquecido a história de sua viagem ao fundo. O pajé havia-o curado, pensavam todos. Mas, ao completar quinze anos, o curumim deu para passar o tempo todo na rede, chorando e gemendo. A mãe, que era benzedora, tentou curá-lo, pensando tratar-se de um mal sem importância. Em uma dessas ocasiões, após indagar ao jovem o que lhe acontecia, ouviu uma voz de homem que se distinguia entre os gemidos do doente. Disse chamar-se Santana, um companheiro do fundo. Outras vozes fizeram-se ouvir após a primeira, todas se anunciando por um nome próprio. A mãe chegou a contar doze *companheiros*, entre homens e mulheres. O jovem passou um longo tempo nesse estado, gemendo e falando coisas incompreensíveis. Quando ficava mais calmo, contava à mãe suas conversas com os companheiros.

Pouco a pouco Isaías foi se restabelecendo. Por essa época, dizem, manifestou-se nele o poder de adivinhação. Certa vez, foi com a mãe visitar um menino muito doente. Isaías começou a rir ao ver a criança. A mãe ralhou com ele, que isso não eram modos. Mas Isaías continuou a rir e explicou que o menino não ia morrer. Deixou a casa e foi para o mato, de onde voltou com umas ervas para fazer um chá e deu ao doente. Com um pouco mais o menino estava bom. Doutra vez, chamou a mãe e disse-lhe que uma arraia acabara de ferrar o irmão. Mandou arranjar casca de pracaxi para aquecer no fogo e aplicar sobre a ferida. Todos em casa duvidaram da afirmação, mas daí a pouco apareceu o irmão carregado por companheiros, ferido por uma arraia. Seguiram o conselho da casca de pracaxi e o rapaz ficou logo bom. Daí por diante era alguém cair doente e logo chamavam Isaías para curar. Com o tempo tornou-se o principal pajé do rio Nambu, obtendo a honra de ser chamado de "sacaca", título com que o povo distinguia os pajés mais poderosos, aqueles capazes de permanecer dias ou semanas seguidas sob a água e viajar enormes distâncias com a maior rapidez. Acredita-se que os sacacas não morrem como a gente comum, desaparecem para viver no "reino encantado" do fundo das águas. Diz-se que para atravessar os rios os sacacas vestem-se de uma casca de pele de Cobra Grande. Todo sacaca tem um "porto", ponto de partida e chegada de suas viagens. Isaías sacaca escolheu para seu porto um tronco de assacuzeiro tão espinhento que só ele sabia andar, de onde saía para as suas demoradas viagens. Habitualmente, os sacacas viajam sozinhos. Só vez ou outra se fazem acompanhar de um leigo. Foi o que Isaías, certo dia, fez, arrependendo-se depois amargamente, não por ter convidado Francisca, então jovem e mui cobiçada donzela, mas pelas terríveis consequências de sua imprudência, isto porque o jovem e brioso Saluma, primogênito do chefe da aldeia, por essa época já morria de ciúmes pela cunhantaim, que acabou mesmo vindo a ser a mãe da maioria de seus filhos. Isaías e Francisca embarcaram numa montaria e tomaram o rumo de uma pequena ilha, onde, segundo ele, haveria uma festa. Ao aproximarem-se, a moça estranhou, pois não havia sinal de festa ou de gente. Isaías então esclareceu que se tratava de uma "festa no fundo", mas que nada temesse. Em seguida, tomando-a nas costas, mergulhou com ela. Até hoje Francisca jura que não lembra de como chegou até o fundo, sabe apenas que de repente se viu no meio de uma cidade onde as casas brilhavam como se fossem de ouro. A gente que andava nas ruas era muito alva e bonita, os cabelos louros. Isaías conduziu-a até a casa da festa, mas advertiu-a de que nada aceitasse da comida que iam lhe oferecer, pois, se provasse um pedacinho que fosse, ficaria para sempre no reino encantado. Dançaram toda a noite como se estivessem em uma festa comum. Ao amanhecer, depois de ter devolvido a jovem à sua casa, foi que Isaías descobriu que cometera um grande erro ao convidar Francisca para a festa, pois Saluma, que o esperava no caminho, aplicou-lhe uma surra tão violenta que até hoje lhe doem os ossos quando se lembra. Mas não guarda rancor. O tempo passou, Saluma juntou-se com Francisca, tiveram muitos filhos e Isaías já foi chamado para curar muitas doenças. Certa vez, faz muito tempo, o próprio Saluma precisou dele. Conta-se que Saluma sofria de uma panema braba, ou seja, andava azarado na caça, não havendo banho ou defumação que o curasse. O pai aconselhou-o a procurar o pajé Isaías, mesmo sendo ele quem era. "Eu? Procurar o tatu do Isaías, aquele mentiroso?", bufou Saluma, mas acabou cedendo, não havia outro jeito. Saluma foi à casa de Isaías. Enquanto este fazia os preparativos para a cura, dirigiu-se a Saluma: "Rapaz, você se lembra do dia que disse que eu era um tatu, um mentiroso? Você não devia falar assim de coisas que não sabe!". Saluma, muito confuso, desculpou-se. Isaías, que era muito amigo do pai de Saluma, avisou-o de que daquela vez não levaria em conta a leviandade e ia curá-lo, como efetivamente curou. Saluma ficou bom da panema. Pois panema braba, assombrado de bicho, febres e feitiçarias, mesmo depois que Padre Alfredo chegou trazendo aqueles "carocinhos de pó" da cidade, só o pajé pode curar. Nem Padre Alfredo, com os carocinhos de pó trazidos da cidade, nem as benzedoras como Francisca têm esse poder. Pois só Isaías tem muitos companheiros do fundo. Só ele conversa com Mestre Santana, o chefe dos companheiros, e com Luandinha, moça bonita que sabe cantar, toma chá de folha fina e só fuma cigarro de papel, pois não gosta de tauari. Dizem que ela é uma boiúna (Cobra Grande) mas não atenta ninguém. Às vezes Isaías sacaca diz que Luandinha está chamando. Vai até seu "porto" e entra na água, andando devagar até desaparecer. Quando chega ao fundo, dizem, três borbulhas vêm à tona, sinal de que está com Luandinha. Fica no fundo para mais de hora. Quando sobe no porto, de volta, aparece seco como se não tivesse entrado n'água. Às vezes, os companheiros juntam-se no porto e ficam a chamá-lo, mas Isaías sacaca nem sempre atende ao chamado.

Todos na vila já tinham visto pelo menos uma das curas operadas por Isaías, por isso o respeitavam e acreditavam nas suas estórias, até nas mais cabeludas. O único que o contestava era Saluma, que, apesar de todas as evidências em favor do pajé, nunca perdeu a esperança de um dia desmascará-lo. Mas, embora Saluma fosse o filho mais velho do chefe e tivesse a seu favor a coragem e a valentia, a sua hostilidade em nada abalava a reputação do pajé, pois todos sabiam que a rezinga era por causa de Francisca. Mas Saluma tanto procurou, que um dia acabou achando um ponto fraco em Isaías, pois este, afetado pela vaidade, não satisfeito em ter ao seu lado os companheiros do fundo, deu para exagerar o ritual das curas, o que quase o põe a perder. Chamado à casa de um doente grave, mandava apagarem todas as luzes e, na mais absoluta escuridão, iniciava o trabalho: fumava, cantava e bebia, chamando os companheiros. Depois fazia massagens, defumava e chupava no lugar onde se localizava a doença para, em seguida, sempre no escuro, soprar a fumaça dentro de um copo, cobrindo-o com um pires, no qual, no dia seguinte, encontravam uma barata, um besouro, uma centopeia ou outro corpo estranho qualquer, que ele retirava dos doentes. "Encontravam" é só uma maneira de dizer, pois ninguém tinha coragem de olhar de perto, muito menos tocar na coisa retirada pelo pajé, que era jogada no rio com copo e tudo, detalhe esse que aguçou as suspeitas de Saluma.

Tendo um morcego mordido o pé de Clementino, arruinando-se a ferida, Saluma, seu pai, mandou chamar o sacaca Isaías, pois não havia chás, nem defumações, nem rezas que dessem jeito. Ao mesmo tempo que queria acreditar no pajé, ficou de olho nele. E o conhecido ritual repetiu-se: Isaías defumou, bebeu muita cachaça (pois era nessa época que Estefano vinha ao Nambu e trazia cachaça) e, finalmente, chupou a ferida do menino, cuspindo, em seguida, dentro de uma garrafa, qualquer coisa parecida com um besouro. Tornou a chupar e desta vez cuspiu uma centopeia. Prosseguiu com a cura, cantando e chamando os companheiros, mas embriagou-se a tal ponto que teve de ser arrastado para a rede. Ninguém se atreveu a esmiuçar o conteúdo da garrafa, mas Saluma não se conteve: pegou a garrafa e, colocando-a sob uma luz, descobriu que o besouro era nada mais que uma folha enrolada, e a centopeia, um pedaço de carapaça de tatu, cujas cerdas imitavam pés. Mesmo assim, Saluma mandou ministrar ao filho os chás e dar na ferida os banhos que Isaías prescrevera antes de desmaiar, e o menino rapidamente sarou. A reputação do pajé saiu fortemente arranhada do episódio, mas não o suficiente para que Isaías deixasse de ser o pajé mais poderoso do Nambu. Apenas nunca mais operou suas curas no escuro, nem cuspiu besouros, centopeias ou qualquer outra coisa.

A Festa da Tocandira

Os cuidados de Dadá e Francisca e as doses de quinino ministradas pelo padre trouxeram de volta a saúde de Diana. Sabendo que a cunhantaim e Gedeão eram irmãos, filhos da finada Lazinha, todos queriam de alguma forma colaborar para seu restabelecimento. Diana, porém, não sabia como se portar diante de tanta solidariedade. Demorou algum tempo para se acostumar com o tratamento de sobrinha que Saluma e Francisca dedicavam-lhe. Embora gostasse de ouvir, fechava o semblante aos galanteios dos inúmeros primos e divertia-se com a cara enciumada do Dinho e do Bino. Restabelecera-se do corpo, mas a sua alma continuava enferma. Voltaram a persegui-la os mesmos sentimentos contraditórios que tivera ao conhecer Eduardo. Embora tenha sentido um doce prazer ao saber dos cuidados que o rapaz lhe dedicara durante a sua doença, a cunhantaim zangou-se com Dadá e Gedeão por terem convidado o estranho para morar junto com eles. Ela própria não se compreendia: sabia que sofreria muito se o estranho de repente se fosse; sabia que lhe faziam muito bem o olhar terno de Eduardo, a sua voz amiga, as suas perguntas interessadas; mas não sabia por que, toda vez que o tinha por perto, seu coração saltava e o corpo todo fremia, mas ela acabava retraindo-se como um animal que foge do afago do seu dono. E justamente por isso, porque ele lhe fazia tanto bem, é que a moça o rejeitava. O amor, que só em fantasia um dia experimentara, tornara-se para ela tão impossível quanto o sol desposar a lua. Estefano, animalesco e brutal, esmigalhara o pouco de esperança que ainda lhe restava. Todos os homens do mundo assumiram a sua face hedionda. Não confiaria mais em ninguém e em nada. Quanto mais doce a palavra, quanto mais terno o olhar, quanto mais amigo se mostrasse o estranho, mais devia temê-lo e pôr-se de guarda. Não devia crer em boas intenções e em promessas e jamais aceitaria qualquer ajuda, pois ninguém dá nada sem querer algo em troca. Diana chegou a dizer a si mesma que o odiava. E mais o odiou porque não conseguia esquecê-lo um só instante.

Eduardo aceitou sem pestanejar o convite dos amigos para que viesse morar com eles. Não teve forças para recusar. Já se sentia fazendo parte daquele grupo. Além disso, tinha um outro motivo: ficaria mais perto de Diana, a graciosa cunhantaim que gostava de estar perto dele e — ele já notara — espionava-o constantemente, mas encolhia-se como um animalzinho assustado toda vez que ele tentava aproximar-se. "Melhor assim" — pensou Eduardo — pois o rapaz queria tudo no mundo, menos magoá-la. E é o que acontece com o animal arrancado da selva e domado: depois de comer nas mãos do dono, entrega-se sem reservas, sendo capaz até de morrer se este, passada a euforia da conquista, o abandona. Diana era como um animalzinho brabo à espera de um dono. Mas Eduardo não poderia possuí-la enquanto a presença da cunhantaim lhe lembrasse a imagem sempre muito viva de Judite, a companheira de lutas, a amiga e namorada que deixara na cidade. Isso ficou bem claro durante a "festa da tocandira", que acontecia todos os anos.

Padre Alfredo dissera-lhe que tal festa datava dos tempos primevos, quando a Mãe-da-doença ainda não havia aparecido, e os antigos índios maué, seus antepassados, viviam em permanente guerra com os mundurucu, terrível nação que disputava o domínio das ricas e vastas florestas do Noçoquém — o Éden amazônico — que vão do rio Tapajós, no Pará, ao Rio Maué-assu, no Estado do Amazonas. A festa, feita anualmente para nela se escolherem guerreiros de coragem provada e intimidar os mundurucu, consistia em submeter o candidato a guerreiro à torturante prova das ferroadas da formiga tocandira, que provocam dores e febres terríveis e, em casos extremos, podem levar até à morte.

— Hoje, com a tribo dos maué dizimada ou quase toda mais ou menos civilizada — arrematou Padre Alfredo —, a festa da tocandira perdeu a sua razão, seu valor é meramente simbólico, pois não há mais necessidade de provar bravura; contudo, ainda hoje, o jovem que não passou pela prova da tocandira é considerado como um pária, jamais poderá aspirar o lugar de chefe.

Aquele ano não seria diferente. Saluma, o chefe da vila, de pé frente ao seu tapiri, declarou iniciados os preparativos para a grande festa. Com grande alegria, as mulheres e as cunhantains prepararam o caxiri e o tarubá, bebidas inebriantes que animarão a festa. Os homens e os curumins, por sua vez, foram à caça e à pesca, que, depois de moqueadas sobre um grande jirau, ficaram guardadas para os dias da festança, à espera de outro sinal. Saluma, vendo que tudo havia sido preparado, deu o novo sinal. E de todas as casas começaram a chegar neófitos, acompanhado cada um pelo respectivo pai, enquanto as donzelas, ajudadas pelas mães, trouxeram a caça, a pesca, os potes de bebidas e as terríveis tocandiras, que foram apanhadas e guardadas num longo colmo de aquarassú. Imediatamente, as formigas foram despejadas n'água e, uma vez entorpecidas, foram metidas entre o trançado de uma bolsa de palha que se adaptava à luva também de palha — chamada "çary" — rematada com um penacho de penas de araras e de gavião-real, na qual o infeliz candidato a guerreiro meterá a mão.

A multidão encontrava-se reunida em frente à casa de Saluma. Os homens, ataviados de penas e plumas de aves, formavam um grande círculo, dentro do qual, em outro, estavam sentadas as mulheres. Bem no centro estava Saluma, segurando as diversas luvas, dentro das quais as formigas, presas, mostravam-se muito enraivecidas. A um novo sinal, rompe a festa. Começam os cantos, acompanhados pelo toque de tamborins e flautas de bambu. Saluma, ajudado pelos pajés, vai puxando a cantoria. Entre os pajés está o velho Isaías, e, ao lado deste, cantando alegremente, vê-se nada mais nada menos que Padre Alfredo. O primeiro canto foi sobre a origem da tocandira:

> "Tatu grande fez sair tocandira
> Tatu pequeno fez sair tocandira viva
> Para cá para os moços se ferrarem
> Para ficarem espertos
> Em minha mão tocandira ronca
> Tatu grande: Você se ferra só na mão?
> E eu, que é em toda parte?
> Assim fala o Tatuzinho:
> É bonito o lugar da minha tocandira
> Enfeitado de vermelho
> E de pena de gavião-real
> E do toco do cumaru
> E do toco do ingazeiro
> E do toco do cipó chato.
> Assim eu era antes.
> Mas nós havemos de passar...
> E nós sacudimos enfeites
> Sacudimos enfeites em nossa tocandira"

Enquanto o povo cantava, Saluma chamou os que tinham de passar pela prova. Um dos jovens valentes apresenta-se e o chefe da vila, lançando uma baforada de fumo, tirada de um grande cigarro de tauari, sobre as formigas, desespera-as e enfia a luva na mão do paciente, o qual canta e dança — se é que se pode chamar de dança os trejeitos e saltos, urros e gritos, dados com cara alegre. Assim, entre os aplausos da tribo e ao ritmo da dança, o coitado, feliz da vida, percorreu o espaço do círculo aberto, até que, como era solteiro, uma mulher compadeceu-se dele e, rompendo o círculo, tirou-lhe a luva, arrastando-o em seguida para uma rede, onde os dois passaram juntos o resto da noite. O próximo paciente não teve a mesma sorte. Embora solteiro, era muito feio, e nenhuma mulher dele se agradou. Depois que Saluma julgou suficiente o seu martírio e retirou-lhe a luva, foi atirar-se na sua rede, onde curtiu por muitas horas o seu sofrimento.

Vários filhos e alguns netos de Saluma nesse dia enfrentaram galhardamente a terrível prova, mostrando mais uma vez a têmpera de sua nobre estirpadre Aldo e Albino, depois de beberem várias cuias de tarubá, também se apresentaram, na ânsia de mostrar seu valor. Dinho e Bino, empurrados pelos pais, também se apresentaram, mas só o Dinho foi até o fim. Bino, justamente o mais gabola dos dois irmãos, depois de ouvir os urros do outro, acabou escafedendo-se no mato, deixando Dadá envergonhada e fula. Eduardo, embora respeitasse a importância da cerimônia, não deixava de achá-la bem estúpida. Não via nenhum motivo para se entregar àquele martírio, afinal de contas nunca ia querer ser chefe da vila. Mas não teve coragem de recusar a luva infernal que Saluma, lá pelas tantas, com um largo sorriso e nenhuma palavra, estendeu-lhe. Pensando que a sua segurança dependia da confiança que inspirasse naqueles tapuios, Eduardo acabou entregando a mão ao formigueiro. Foi quando, depois de saltar e urrar como todos os outros coitados, uma cunhantaim rompeu o círculo e tirou-lhe a luva. O povo todo aplaudiu. A dor e as lágrimas eram tantas que Eduardo, enquanto a cunhantaim o conduzia a um dos tapiris, como as outras mulheres haviam feito, nem conseguiu reparar no rosto de sua protetora. Apenas sentiu, pelo toque suave de suas mãos e pelo rumor quase inaudível de seus passos, que ela era pequena e delicada. O rapaz, procurando reanimar-se, pensou que, depois do sujeito passar por tão grandes sofrimentos, bem que merecia ser recompensado com os afagos de uma boa fêmea. E ele, para dizer a verdade, andava muito necessitado. Padre Alfredo dissera-lhe que os tapuios acreditavam piamente nas propriedades terapêuticas ou mágicas do sexo e das secreções da mulher (incluindo-se aí a urina e o líquido catamenial), contra a ferroada de qualquer animal peçonhento — arraia, lacrau, centopeia, caba, marimbondo ou formigas de fogo como a tocandira. Mas não se podia — observara Padre Alfredo — acusar exclusivamente os tapuios pela grosseria de tal crença, pois — "della vagina dele membre sue", como diria Dante — estava espalhada entre todos os povos da terra, civilizados ou bárbaros.

— Está claro — arrematou o padre — que a ação curativa ou atenuante das dores resulta das sensações do próprio coito e não das secreções íntimas da mulher.

Fosse como fosse, Eduardo já não achava a festa da tocandira de todo estúpida e sem sentido. Cumpria, isto sim, uma função muito importante. Estimulava a valentia e o auto-sacrifício nos homens e oferecia às mulheres não só ocasião para exercitarem o espírito de caridade como também de escolherem entre os homens aquele com quem quase sempre acabavam constituindo prolífica família.

Está claro que o rapaz não pensou estas coisas de forma clara e ordenada, pois a dor, que nem dor de brasa, agoniava-o. Além do mais, imaginar-se logo-logo afogado em cálida e úmida maciez de mulher, podendo entregar-se ao gozo de uma forma legítima, sem nenhum remorso, tendo a vila por testemunha, deixava-o por demais excitado, impedindo-o de raciocinar.

Um calor inesperado percorreu-lhe as veias; o olfato de repente ficou muito aguçado. Eduardo aspirou, num quase delíquio, a inebriante fragrância, misto de patchuli e xibiu, da rapariga, lembrando-se dos efeitos afrodisíacos que, segundo Padre Alfredo, as mordeduras da tocandira produziam.

Enquanto lá fora a festa continuava, com o povo dançando e cantando, movido a caxiri e tarubá, sob a luz avermelhada e enfumaçada de grandes bolsas de estopa impregnadas de breu, aqui dentro do tapiri, depois de alguns tropeços no escuro, finalmente Eduardo e sua companheira conseguiram, às apalpadelas, encontrar a rede, e deitaram-se.

Não deixava de ser esquisito deitar-se com uma mulher cujo rosto não se conhecia. Eduardo, apesar da dor que ainda sentia, apalpou a face de sua companheira, na esperança de reconhecê-la. Mas logo desistiu. O rosto pequeno e delicado, o narizinho afilado, os dois riscos débeis que eram os lábios, e as pequeninas orelhas certamente não pertenciam a nenhuma das filhas de Saluma, cunhantains carudas como a mãe e corpulentas como o pai, filhotas de anta, embora fossem bem capazes de deixar um homem saciado e feliz. Procurou lembrar de outras cunhantains da vila, mas nenhuma lhe ocorreu. Pensou então na única mulher cujas formas pareciam caber nas dimensões de sua companheira. Mas imediatamente concluiu que estava enganado. Não! Não poderia ser Diana — cunhantaim tímida e arredia, certamente ainda virgem — essa mulher atrevida e ardente, verdadeira felina, que se deitava agora com ele. Ou era ele que estava muito excitado? O diabo das ferroadas continuavam doendo pra danar, mas, em vez de gritar, suportava o sofrimento sentindo-se elevado a um quase êxtase. "Seria o efeito do veneno?", foi a última coisa sensata que conseguiu pensar. Daí por diante tudo aconteceu como num sonho, sem espaço nem tempo, sem limites.

Era Judite, a sua doce e pequena garota, que viera passar aquela noite com ele! Quem o conhecia tão bem no escuro? Quem era ágil e flexível como uma suçuarana? Quem o arrepiava gemendo ao seu ouvido? Quem se entregava tão profundamente que era como se ela fosse ele e ele fosse ela? Quem o amava tanto que pedia que ele depositasse nela todas as suas dores? Quem seria capaz de morrer por ele? Judite, sim, Judite! A prova era aquela fragrância maravilhosa de patchuli que impregnava o tapiri, o cheiro do único xibiu capaz de perfumar o mundo. Mas, de repente, juntamente com a dor, Judite, como num passe de mágica, também se fora, deixando um sabor de saudade no corpo de Eduardo. Os dois rolaram ainda muito tempo na rede. Era doce e carinhosa a sua companheira, mas também capaz de instantes da mais selvagem fúria. Durante toda a noite, permaneceram calados. Passadas a dor e a euforia, Eduardo, exausto, ia ficando cada vez mais preocupado, mas não ousava perguntar o nome de sua companheira. Temia que uma única palavra quebrasse todo o encanto. Desejou que aquela noite nunca acabasse, que não houvesse amanhã, para que a aurora com os seus primeiros raios não trouxesse de volta a dura realidade. Pois havia deliberado permanecer na vila dos Batista somente até adquirir uma nova identidade, até transformar-se num caboclo iletrado e bronco, que não conhecia a cidade, sem documentos, cuja existência não fora ainda computada. Mas agora — que deixara uma cunhantaim livrar as suas mãos da luva das tocandiras e aplacar as suas dores com o bálsamo milagroso de sua vagina — acabara por se complicar. Teria forçosamente de se enterrar pelo resto da vida naquele cu de mundo, para não frustrar a confiança e a amizade daquela gente tão boa e simples. Tal pensamento o acabrunhou. Como poderia ficar naquele lugar, enquanto seus amigos lutavam?

Enquanto o rapaz ruminava esses pensamentos, a claridade da manhã penetrara de chofre através das palhas do tapiri, sem que ele notasse. A amiga sucumbira ao cansaço e pendera a cabeça sobre o seu peito, ressonando suavemente. Só então Eduardo pôde confirmar a sua suspeita. Era mesmo Diana a cunhantaim! Mas isso, em vez de trazer alegria, deixou-o ainda mais infeliz. Como fazer a felicidade da graciosa cunhantaim se toda vez que a olhasse, como agora fazia, acabaria enxergando Judite?

Lá de fora chegava apenas o barulho dos animais domésticos. A festa acabara depois que o último varão fora ferroado. Seguindo o exemplo de Saluma, todos recolheram-se a suas casas, onde, esgotados pela dança e pela bebida, desforravam o sono atrasado. Enquanto contemplava a beleza pura e desataviada da cunhantaim e lastimava não poder fazê-la feliz, Eduardo também foi arrastado por um sono profundo. Quando acordou, a vila continuava inerte e silenciosa, mas Diana, para sua surpresa, não estava mais com ele. Havia ido embora da mesma maneira como havia chegado, sem proferir sequer uma palavra. Eduardo não teve ânimo para procurá-la. "Já que estou mesmo amarrado, não há por que ter pressa" — pensou ele — "tratarei do caso com Saluma e Dadá, quando eles despertarem da ressaca".

Mas não teve que tratar coisa nenhuma. De tarde, quando procurou Saluma, antes que falasse qualquer coisa, ouviu dele as seguintes palavras:

— Não tem com o que se preocupar; esqueça o que aconteceu ontem à noite entre o senhor e a cunhantaim; ela já me disse que não quer viver com o rapaz; e, se ela não quer, ninguém pode obrigar.

Eduardo de início pensou que Saluma troçava, mas logo concluiu que o ancião, apesar do sorriso malicioso, falava sério. Por essa ele não esperava. Mais uma vez a cunhantaim o desconcertava. Embora lhe tenha saído a contento, Eduardo não deixou de se sentir um pouco frustrado com tal desfecho.

Nos dias seguintes — na roça, no caminho do rio, em qualquer lugar onde os dois se encontravam — o rapaz, temendo enxergar a mágoa nos olhinhos da cunhantaim, desviava o olhar. Diana, por sua vez, agia como se nada tivesse acontecido, deixando a vila aparvalhada, pois ninguém concebia que uma tapuia rejeitasse a companhia de um homem forte, bonito, valente e trabalhador como Eduardo, ainda mais depois de tê-lo aliviado das dores terríveis das tocandiras. Para os homens, era a prova cabal de que lhe faltava um ossinho da cabeça ou talvez tivesse uma pedrinha no meio do miolo. Já para as mulheres, principalmente as cunhantains invejosas, era simplesmente petulância. De qualquer modo, a causa do inusitado comportamento da cunhantaim era um intrigante mistério.

O Passado do Padre Alfredo

Eduardo integrara-se tão perfeitamente ao modo de vida dos caboclos, participando dos putiruns e das festas, dos velórios e batizados, das caçadas e das pescarias, que já ninguém, salvo Padre Alfredo, parecia importar-se com o seu passado. É verdade que o padre nunca lhe perguntara nenhuma coisa que ele não pudesse responder, mas isso não o deixava mais aliviado. Sabia que o padre, sempre cordial e discreto, observava-o enquanto folheava, fingindo desinteresse, os livros da sua curiosa biblioteca, ou quando relia pela centésima vez os amarelecidos recortes de jornais que o padre há muito trouxera da cidade, cujas notícias lhe pareciam sempre novas, ou quando, depois do trabalho, mesmo se não fosse convidado, ia até o humilde aposento do padre, aos fundos da capela, ouvir junto com ele o seu velho rádio. Estava na cara que o padre fingia não perceber o seu interesse pela leitura e pelo rádio; sintoma disso era que fugia dos assuntos tratados nos livros e nos recortes de jornais e nunca comentava as notícias do rádio. Essa atitude calculada do padre punha Eduardo em constante guarda. E o rapaz se perguntava por que Padre Alfredo agia assim? Não seria melhor se ele deixasse de fingir e lhe fizesse as perguntas que certamente gostaria de fazer? É verdade que ficaria embaraçado, mas não se aborreceria. Eduardo chegou a lamentar-se que a coisa fosse assim, que entre os dois houvesse esse ponto dúbio, essa coisa tênue e latente, que procurava justificar de todas as maneiras, não querendo admitir que se tratasse de desconfiança, pois ele, que via no padre muitos atributos admiráveis, desejava sinceramente ser seu amigo. Chegou a pensar em contar tudo ao padre, mesmo se ele não fizesse nenhuma pergunta. Mas logo afastou tal ideia. Poderia cometer uma grande besteira. E se o padre não quisesse saber de nada? Talvez estivesse enxergando coisas. Passou então a observar o padre com mais vagar, esquadrinhando-lhe os gestos, a personalidade. Pois uma pergunta também lhe martelava a cachola: qual o motivo que poderia levar um homem no auge da força e da maturidade a abandonar o calor fraterno da família e as comodidades da cidade para se enterrar de corpo e alma naquelas brenhas solitárias? Embora Eduardo acompanhasse discretamente os movimentos do padre, sabia que este se sentia observado. Pois, assim como Eduardo, Padre Alfredo também carregava consigo um grande segredo. E sem conhecer tal segredo não se poderia entender aquele homem sereno e solitário, que parecia viver com renovado zelo cada um dos dias que Deus lhe dava, como se estar vivo e poder glorificar a Deus fosse o maior dos prêmios, um galardão que por si só justificava a sua existência. De onde teria vindo Padre Alfredo? De uma família rica? Ou era um daqueles rapazes pobres que entram na Igreja não por vocação, mas por necessidade? Padre Alfredo ainda hoje guardava uns vestígios do jovem senão belo pelo menos bonito que fora. Teria ele alguma vez amado? Eduardo suspeitou de que Padre Alfredo, debaixo dos gestos serenos e da voz suave, escondia uma alma triste.

Querendo estar a sós com o padre, Eduardo convidou-o para uma pescaria. Padre Alfredo aceitou prontamente o convite, pois apreciava conversar com o rapaz.

Eduardo demorou para puxar o assunto, não sabia por onde começar. Acabou falando dele mesmo.

— O padre não acha que foi uma burrada eu ter deixado Diana livrar a minha mão da luva com as tocandiras? — perguntou Eduardo, como que ansiando por uma absolvição. Desde a festa da tocandira queria fazer esta pergunta ao padre.

— Queres que eu responda como padre ou como homem?

— Como padre e como homem.

— Bem... como padre, não vejo nada de mal que um forasteiro aceite os oferecimentos de uma cunhantaim; se não fosse Diana, seria outra cunhantaim, que quase todas não veem a hora de se deitarem contigo; além disso, Diana nada mais fez que seguir um antigo ritual do povo.

— Mas... — tartamudeou Eduardo — eu acabei dormindo com ela...

— Embora, como padre, eu me veja forçado a recriminar o sexo antes do casamento, considero porém como natural que tenhas passado a noite com a bela cunhantaim, como fazem os iniciados com as donzelas que os libertam das luvas; faz parte do ritual. E agora, se queres a minha opinião como homem, também não te recrimino. Afinal, também carrego um culhão debaixo da batina e não imaginas quanto pesa um culhão a um padre, tendo de honrar o voto sagrado de castidade. Eu, na tua idade, também fiz minhas loucuras.

— Mas, padre, toda a vila sabe que dormimos juntos...

— E que não estão juntos, como seria o mais lógico; não é isso que queres dizer?

— Sim.

— Pois, como padre e como homem, eu te absolvo, meu filho — falou alto Padre Alfredo, fazendo com um gesto largo o sinal da cruz sobre Eduardo, o que, partindo de um padre, não deixava de ser bem engraçado. — Sabes o que eu acho mesmo? — continuou Padre Alfredo, no mesmo tom chocarreiro. — Ainda bem que a cunhantaim não quer ficar contigo, assim te livras de um problema, pois quase sempre os amores entre um forasteiro e uma tapuia acabam mal!

— Como assim, padre? — perguntou Eduardo, bastante aliviado.

— A literatura colonial está repleta de casos de navegadores destrambelhados que se apaixonaram por uma das lindas cunhantains e aqui ficaram para sempre, mas para sempre mesmo, abatidos ou por uma borduna ou por um bocado de veneno, sem falar nos casos, como o de João Batista e Lazinha, em que o infeliz rapaz, branco e educado, acabou liquidado por outro branco, que lhe cobiçava a mulher.

O padre de repente abandonara o tom chocarreiro e reassumira a postura séria e compenetrada que lhe era peculiar. Eduardo, percebendo tal mudança, voltou a concentrar-se na pescaria. Porque a conversa com Padre Alfredo não deixava de se parecer a uma pescaria — Eduardo no papel de pescador; Padre Alfredo no de peixe. Pressentindo uma débil beliscada no anzol, o rapaz ficou atento. O companheiro segurava o caniço, mas parecia distraído.

— O padre já deve ter trabalhado entre índios... — falou Eduardo, para não deixar morrer a conversa.

Padre Alfredo parece que não ouviu e Eduardo não insistiu. Mas, depois de um bom tempo, o padre respondeu, como se só agora tivesse ouvido a pergunta:

— Sim, já estive muitas vezes... a minha primeira missão, antes mesmo de minha ordenação, foi entre os índios.

O padre de novo se calou, parecendo agora muito concentrado na pescaria. Eduardo pôs-se de guarda, pressentindo o peixe rondar o seu anzol. De repente, a puxada:

— Agora me lembrei de um desses casos de amor desastrados entre um branco e uma tapuia — dissera Padre Alfredo.

Sentindo o peixe fisgado, Eduardo soltou um pouco a linha:

— Então me conte, padre.

— É uma história longa e talvez um pouco enfadonha — preveniu o companheiro.

— Não tem importância, conte mesmo assim — pediu Eduardo, puxando a linha com todo cuidado.

— É a história do portuguesito Sebastião Teixeira, garoto das margens remansosas do Tejo, protegido do padre Antônio Vieira que queria fazer dele padre. Um padre missionário que com alma e coragem se interessasse pelos sertões da Amazônia à cura de índios e de almas. Para principiar, registrou-o no grande livro da irmandade da Companhia de Jesus, na qualidade de irmão-estudante. Depois dos necessários estudos seria ordenado sacerdote. No colégio da Companhia, em Lisboa, dedicou-se ao estudo da então famosa língua brasílica, da qual Vieira era mestre exímio. Quando o grande pregador pela segunda vez embarcou para o Maranhão, em 1665, trouxe-o no mesmo navio. Irmão Sebastião ainda não era padre, usava roupas seculares e continuou seus estudos no Pará, mas, ao que parece, não tinha pressa de se ordenar... Quando padre Vieira, que era o Superior da Ordem em Maranhão e Pará, determinou ao padre João Felipe Bettendorf que fosse fundar e assumir as missões do Amazonas, com sede no Tapajós, este, por indicação do padre Vieira, levou Sebastião Teixeira por ser auxiliar de confiança e excelente "língua",[34] para tratar com os indígenas, pois o padre luxemburguês, apesar de ter estudado o nheengatu e o português em Lisboa, antes de embarcar para o Brasil e ainda durante a longa viagem marítima, não tinha muita certeza em ambas as línguas. Sabia corretamente o alemão, o francês e muito mais o latim, sendo até sofrível poeta na língua de Virgílio, mas quanto ao português e ao tupi, ainda estava longe da perfeição... Sebastião Teixeira, rapaz novo, sonhando altas cavalarias, não gostou da indicação. Não podia se conformar em sair do meio de gente para se meter "entre lobos"... Todavia obedeceu ao seu protetor e embarcou na igara que conduziu o

[34] Tradutor.

missionário ao Tapajós. Mas emburrou desde o início da viagem e padre Bettendorf logo conheceu a má vontade com que agia (ou não agia), porque chegando ao Tapajós não queria fazer nada, não sabia nada, nem sequer falava direito a língua da terra... — Padre Antônio Vieira se enganou a meu respeito! — respondia ele às recriminações do missionário. Padre Bettendorf chegou a escrever ao padre Vieira denunciando o humor melancólico do "irmão" Sebastião Teixeira; de como o rapaz estivera com o padre Francisco Veloso, seu maior amigo, sem lhe falar uma só palavra em seis semanas inteiras; de como procurou diverti-lo, levando-o pelas belíssimas praias do rio Tapajós, e pelas campinas e montes, sem poder remediar o seu mal, que o fazia dar gritos e dizer: — Basta que havemos de viver aqui entre lobos!; de como entregou-lhe todo o governo temporal, reservando para si somente o espiritual, para ver se o curava, acabando por concluir, desanimado, que tudo fora debalde, porque, se dantes era molesto, agora se ia tornando intolerável. Um dia, porém, Maria Moaçara, a "principalesa" da aldeia dos tapajós, tinha uma jovem sobrinha, bonita cunhã de 15 anos que vivia em sua companhia, cujo pai era viúvo e não queria tê-la em sua barraca. O termo "moaçara" queria dizer fidalga ou rainha e havia sempre nas aldeias, ao lado do tuxaua, uma mulher que pelo seu valor moral ou por outros predicados tinha a qualidade de chefe e era ouvida e respeitada como tal. Então num belo dia de verão, as alvas praias do rio azulado rebrilhavam ao sol, enquanto as águas cristalinas bordavam rendas de prata nas areias da margem (desculpa-me, Eduardo, o rompante poético, é que duvido que haja no mundo um rio mais lindo que o Tapajós). A brisa, quase forte, encrespava as ramalhudas árvores que de espaço a espaço semelhavam dossel a descambar sobre as águas. A vida explodia impetuosa da terra, exuberante e criadora, num desses gloriosos dias tapajônicos. Sebastião, macambúzio, tétrico, fatalista como sempre, nem sequer olhava para esse quadro maravilhoso. O sol, a praia, as flores, a natureza, tudo lhe era hostil, pensava ele com desalento. Devia partir, fugir daquelas brenhas, daqueles selvagens cor de canela que só sabiam dizer: *erê, erê, curi, catu*... — Raios te partam!... Estupoire de vida!... — resmungou ele como legítimo português. Um grupo de indiozinhos, todos nus, saltava e brincava dentro d'água. Entre eles algumas cunhã-mucus e alguns curumim-açus. Sebastião por acaso levantou a vista e arregalou os olhos, espantados ou encantados... Uma linda tapuinha de corpo escultural, inteiramente *camixaima* (nua) saltava alegre e ligeira entre os banhistas. O rapaz sentou-se sob uma árvore e ali ficou extasiado a apreciar o lindo quadro que pela primeira vez deparava em sua vida de quase reclusão. Nessa tarde não jantou, nem dormiu à noite. Pensava na tapuinha e sua cabeça se encheu de sonhos que jamais sonhara. Ficou assíduo frequentador da praia de banhos, mas não conseguiu ver novamente a sereia de chocolate. Afinal descobriu quem era. Estava ali mesmo perto da choça do padre. Era a sobrinha de Maria Moaçara. Antes do batismo chamava-se Potira, que quer dizer "flor", agora era Maria como a tia. Padre João Felipe Bettendorf começou a estranhar as atitudes suspeitas, sonhadoras, digamos, algo apalermadas do seu ajudante: — *Ach! Lieber Gott!*... Aqui há coisa!... *Mon Dieu! Mahá-tahá?* (Quê)! Quando se zangava ou monologava, o padre fazia uma mistura das quatro línguas e, às vezes, até a quinta, o latim, entrava na algaravia. Sebastião, porém, não perdia tempo. Soube se virar tão acertadamente que dentro de pouco tempo já passeava nas praias bonitas com a bonita Potira. Agora o portuguesito já achava poesia, encanto, beleza em tudo. Nas flores, nas areias, nas matas, nas estrelas do céu e mais ainda nos olhos negros de Potira. Virou poeta. Fez versos. Até os índios já eram criaturas adoráveis e boas. Já não eram lobos!... O lisboeta estava sendo manjado bem direitinho por aquela gentil lobazinha das selvas tapajoaras... E nos seus constantes colóquios pelas campinas ou pelas ribas do grande rio, Potira relatava-lhe as velhas histórias dos seus antepassados, marandubas que os pajés iam transmitindo de pais a filhos. A jovem índia lhe contara, entre outras, a maranduba da Manioca, que é assim: "Um morubixaba dos tapuios, há muitos e muitos anos, tinha uma filha, moça solteira de grande beleza e bondade. Um dia apareceu grávida. O pai ficou furioso e procurou descobrir o sedutor da filha para se vingar. Esta, porém, por mais castigada que fosse, nada revelava. Só dizia que estava inocente e de nada sabia. Então o pai resolveu matá-la, mas certa noite sonhou que lhe aparecia um *cariua* (homem branco) que lhe disse não castigasse a moça porque ela estava inocente. Quando nasceu a criança, era uma menina muito branquinha que tinha a beleza da mãe. Toda a tribo ficou maravilhada e gostando da cunhantaim, que recebeu o nome de Mani e logo começou a andar e a falar. Daí a um ano morreu e foi enterrada dentro da *oca* (casa). Tiraram a cobertura para que Mani pudesse em sua sepultura receber o calor do sol quando sentisse frio e as chuvas do céu quando sentisse calor. Tempos depois nasceu no mesmo lugar uma planta cujas sementes os pássaros comiam e ficavam *cauimuara* (embriagados). Depois a terra fendeu-se em torno da planta e os índios encontraram raízes muito branquinhas como o corpo de Mani e começaram a usá-las como alimento, dando-lhes o nome de *Mani-oca* (da casa de Mani)". — Conta outra, pediu-lhe Sebastião. E Potira relatou a maranduba do *Perudá — Caiçuçáua — tupana* (o deus do amor): "Perudá morava no lago Juá, ali pertinho da aldeia dos tapajós. Tinha a seu serviço uma cobra grande chamada *Mbóia*. Quando alguma cunhã-mucu era suspeita de se haver desencaminhado, os pais a levavam ao Juá, deixando-a só numa ilhota que lá havia, juntamente com *putáuas* (presentes) que levavam ao deus, retirando-se em seguida para a margem, onde começavam a cantar. A cobra grande vinha sobre as águas até avistar a moça. Se ela estava realmente pura, recebia os presentes e percorria o lago cantando suavemente, o que fazia adormecer os peixes, dando lugar a que os pais da cunhã-mucu apanhassem grande quantidade desses para fazer piracuí. Caso contrário, a cobra devorava a moça, dando grandes rabanadas e roncos medonhos...". Sebastião confessou que não tinha entendido nem a metade das marandubas, mas de outra vez ela lhe contaria novamente, e perguntou: — Se te levasse ao Juá, Potira, será que a cobra não te havia de comer? Ou te daria piracuí? A jovem não entendeu a pergunta maldosa do rapaz que, então, lhe pediu nunca mais fosse tomar banho com os curumim-açus da tribo. A indiazinha deu um sorriso velhaco e, suspendendo-lhe a ponta do nariz com o dedinho em riste, perguntou: — *Aiquê mundau, cerá?* (Estás com ciúme?). Sebastião, trombudo, confirmou: — *Ixê icu mundauêra reté!...* (Sim, estou muito ciumento). Potira deu um muxoxo e sacudiu a cabeça negativamente: — *Iaquaimuçáua!...* (Tolice) e reencetou as marandubas. Contou-lhe a do *iabutí* (jabuti) e a *iauaretê* (onça), a do *piraiauára* (boto) com a cunhã-mucu, do *çuaçu* (veado) com a *iurará* (tartaruga) e outras. Padre João Felipe Bettendorf, porém, andava desgostoso com Sebastião. Não adiantava tê-lo como ajudante, pois em nada ajudava. Os índios mal entendiam o padre e este menos sabia o que diziam os índios. Assim a missão não iria avante. Devia conseguir outro "língua", um bom intérprete entre o missionário e a maloca. Havia, pois, resolvido recambiar Sebastião ao padre Antônio Vieira. Além do mais, andava ele com sezões e o pretexto não poderia ser melhor. Certa noite, o *iaci-tatá* (luar) espalhava sua branca toalha sobre as ainda mais alvas areias do Tapajós, cujas águas vinham em ondas eternas, infindáveis, beijar a praia, como um amante beija a sua amada (desculpa-me, meu filho, mas acabo me inflamando toda vez que falo na beleza do Tapajós). Então, sentados à margem do rio, estreitamente enlaçados, Sebastião e Potira gozam a beleza da paisagem e a frescura deliciosa daquela noite cheia de encantos. Ele a gaguejar o tupi que ela lhe ensinava carinhosamente, e ela a tatibitatear o português que o rapaz meigamente lhe ia ditando. Numa coisa, porém, entendiam-se plenamente, completamente, sem erros nem tartamudeios: no Amor. Silenciando, falavam a linguagem universal do amor, e... entendiam-se às maravilhas. Potira não concordava que o seu amado se chamasse "Xeuastião", nome feio. Queria que fosse Uainambi (Beija-flor). Este, por sua vez, não a queria "Maria" e sim Potira mesmo, que significava flor... e perguntava: — Que faz o Uainambi quando vê Potira? O nome está a dizer!... e beijava-a muitas vezes, o que a fazia rir e reclamar: — *Oia Pahi-abuna! U-pitá coherê reté!...* (Olha o padre. Ele fica zangado e ralha). — *Maharamatahá?* — dizia o rapaz. — *Potira ixé-irumo mendari curi!...* (Que tem isso? Nós iremos casar um dia). Ela abanava a cabeça duvidosa e triste: — Potira xirimiricó cariua mira-catu? Intimaan!... (Eu, ser esposa de um branco bonito e bom? Nunca...). Não acreditava que o missionário consentisse nesse casamento. E logo, para disfarçar o enleio, apontava a lua que rolava no azul: — *Iaciçuaçu poranga reté!...* (Como a lua cheia está bonita!). — *Poranga mahiê ne iauê!...*— dizia ele (Tão bonita como tu!). Potira fez um muxoxo: — *Iaci murutinga reté poranga; Potira tapuia puxuêra reté...* (A Lua é muito branca e muito bonita; Potira é morena e muito feia...). Ele tapou-lhe a boca com a mão e segredou-lhe, mesmo em português, talvez por não sabê-lo em língua de índio: — Ó rapariga, não me estejas a dizere asneiras... Cá eu te quero de calquer jeito!... Olha, canta pra aí uma daquelas *nheengari*[35] da tua gente que eu te cantarei umas trovinhas lá da minha terra... Recostando-se mais ao ombro do rapaz, em voz baixa e

[35] Historietas.

melodiosa, a indiazinha entoou uma antiga canção nheengatu: *"Xa manu ramé curi/ Te ieru iaxiu/ Aiquê caracaraí/ Xe rapió aramé curi"* (Quando um dia eu morrer e não quiseres chorar, aí está o gavião que há de chorar por mim). *"Xa manu ramé curi/ Xa mburi caa-puêra/ Aiquê tatu membeca/ Xe iutima aramé curi"* (Quando um dia eu morrer, e me jogarem na capoeira, aí está o tatu compassivo, que me há de enterrar). Sebastião desaprovou: — Não gosto da tua cantiga! *Çaciara xa-icu reté!* (Me fez ficar muito triste...). — *Potira amu nheengari çuri. Reputari cerá?* (Vou cantar outra mais alegre, queres?). E cantou novamente: *"Andirá iurupari/ Iunucu ce tatá/ Cururu mira-catu/ U-mundeca ce tatá..."* (O morcego, demônio, apagou o meu fogo; o sapo bom amigo, o meu fogo acendeu). — *Catu cerá ne piá?* (Estás contente agora?) — perguntou a moça. — Raios partam o morcego mailo cururu!... Antão isto é que é alegre? Olha que me fazes chorar com a tua alegria, ó Potira!... A índia não compreendeu bem e o rapaz não soube transportar para o *nheengatu* as suas invectivas. — *Indé nheengari iuiri...* (deves cantar agora) — disse Potira. — Vou cantar-te uma canção lá da minha terrinha. Vais vere o que é uma maravilha de beleza que alegra a ialma da gente... E, com um dos braços por cima dos ombros da jovem, cantou: *"Ai! ó linda lavadeira/ Que a roupa lavas tão bem/ Vê se lavas minha ialma/ Das saudades que ela tem/ Deixando-a limpa, branquinha/ Sem lembranças de ninguém/ Vê se lavas minha ialma/ Das saudades que ela tem"... "Ai! ó linda ceifadora/ Que, asinha, colhes o grão/ Vê se ceifas os espinhos/ Que trago no coração/ A cortar com mui cuidados/ Sem deixar cair ao chão/ Vê se ceifas os espinhos/ Que trago no..."*. Nesse instante, rugiu por trás deles voz bastante conhecida: — *Lieber Gott!* — enquanto um vulto negro se apresentava. Era o padre João Felipe que viera apanhá-los em flagrante. Assustados, levantaram-se de salto. Potira, sem esperar pelo resto, saiu a correr rumo à barraca da tia, enquanto Sebastião, de cabeça baixa, encabulado e trêmulo, não acertava com qualquer desculpa para dizer ao missionário, que, de braços cruzados ao peito, despejava sobre ele uma saraivada poliglótica: — *Gott Erbarme!... Mon Dieu!...* Bonito papel irmão Sebastião Teixeira!... *Einen Fraulein!...* Você um quase padre!... *Cariua puxi reté* (homem branco ruim) *Cunhã-mucu manguitauêra!...*(sedutor de mocinhas) *Le sale fripon!...* E logo a sobrinha da Moaçara! *Abrenuncio!...* Vai me pôr a missão por águas abaixo com o seu vil procedimento! *Ach! Teufel!...* O rapaz, aturdido com aquela catapulta verbal, tentou desculpar-se: — Padre João Felipe, eu...eu... — *Schweigt!...* Você coisa nenhuma! Cale-se...e trate de arrumar seu alforje. Antes de amanhecer embarcaremos para o Pará. Vou levá-lo ao nosso Superior, padre Vieira. Ele que decida o seu vergonhoso caso! E voltou-lhe as costas com arrebatamento: — *Dumm!... Imbecile!...* Idiota!... Mal a *coêma piranga* (aurora) tingiu o céu para os lados do nascente, padre Bettendorf e seu ajudante Sebastião Teixeira embarcaram na igara tripulada por alguns índios. Potira, que madrugara para apanhar água no rio, ainda o avistou quando embarcava e de longe, perdendo o medo que lhe inspirava o missionário, gritou-lhe um adeus: — *Iueré curi! Uainambi!...* (Até breve, Beija-flor!). Sebastião, afoito, respondeu: — *Iueré curi! Caturetê!...* (Até breve, querida!). Padre João Felipe roncou grosso, fez uma grande cruz no espaço para o lado da índia e gritou: — *Vade retro, satanaz!...*e, zangado, apanhou do remo e ajudou a canoa a se afastar do porto.

— E nunca mais se encontraram? — perguntou Eduardo, pois o padre, parecendo cansado, parara de falar. O lindo tambaqui, definitivamente dominado, ainda se mexia preso à linha, a dois palmos da canoa.

— Melhor teria sido se nunca mais tivessem se encontrado — retomou Padre Alfredo, com voz um pouco enfadada. — Acontece que, além do amor, irmão Sebastião havia apanhado umas sezões e Bettendorf queria aproveitar o pretexto para o levar “para baixo”, aonde houvesse mais recursos e possibilidade de tratamento. Na aldeia do Tapará, na foz do Xingu, mandou que o alferes João Corrêa sangrasse[36] o doente, mas de nada adiantou. Continuou a viagem até Cametá, onde o deixou, seguindo logo para Belém. Ali andava a Companhia de Jesus em má situação. Os partidários da escravização dos silvícolas, que tinham nos jesuítas os seus mais combativos adversários, com padre Vieira à frente, tinham conseguido envolver a Câmara e grande parte do povo num motim contra o padre Vieira e seus companheiros missionários, que foram presos e depois deportados para o Maranhão e de lá para Lisboa. Padre Bettendorf, porém, a conselho do Superior, antes de rebentar o levante, conseguiu regressar à sua missão no Tapajós, trazendo, desta vez, um bom auxiliar — o alferes João Corrêa, da missão do Xingu — que conhecia a fundo a língua da terra e era "sangrador de grande caridade". A mesma sorte não teve o portuguesito Sebastião Teixeira, que, na qualidade de "irmão", acabou sendo incluído no rol dos jesuítas deportados para Portugal. Dois anos depois, porém, em 1663, com uma reviravolta da política lusitana, os jesuítas e seus companheiros foram autorizados a regressarem ao Brasil, menos o maioral, padre Antônio Vieira. Assim, já no ano seguinte, Sebastião Teixeira — mesmo tendo sido seu nome cancelado do grande livro da Irmandade da Companhia de Jesus — estava de volta ao Pará. Aproveitou-se de uma das costumeiras e famigeradas "tropas de resgate" que subiam o Amazonas para suas razias contra os pobres silvícolas e regressou ao Tapajós, à terra da sua *caturetê* Potira, de quem jamais se esquecera. Felizes por se reencontrarem, continuaram os seus amores que tinham sido abruptamente interrompidos naquela noite

[36] Tratamento comum até o século XIX, que consistia em abrir a veia do paciente com um objeto curativo, a fim de, juntamente com o sangue, extrair-lhe o "*quid*" maléfico. (N. do E.)

enluarada das praias tapajônicas, e ali, na taba dos *tupaius*, contraíram matrimônio, e viveram muitos anos, e tiveram alguns filhos, legítimos mamelucos e curibocas.

Padre Alfredo fez nova pausa.

— Mas então, padre, onde está a tragédia nessa história? — perguntou Eduardo.

— Pois sim, a desgraça veio depois — continuou o padre — trazida pelas asas pérfidas da ambição, que estragou a felicidade do lisboeta e da sua *cunhã-xirimiricó* (esposa). Tendo morrido a grande Maria Moaçara, o lugar de "principalesa" ficara vago. Sebastião então logo pleiteou a vaga para Potira — sobrinha, parenta mais chegada e herdeira da falecida. Tola vaidade do português que queria ser marido de uma "moaçara"! Os índios, que nunca o viram com olhos de amigos, fizeram assembleia, negaram-lhe o posto para sua mulher e expulsaram-nos da aldeia do Tapajós. Os dois, com a interferência do padre Bettendorf, conseguiram se fazer aceitos pelos índios *borari*, que viviam rio acima, no lugar hoje conhecido por *Alter do Chão*, onde, porém, vieram a sofrer misérias e doenças sem conta, e onde acabaram morrendo, juntos, no mesmo dia, envenenados...

— Envenenados?! — exclamou Eduardo.

— Sim, pois Sebastião Teixeira, não sendo padre, era um cristão fiel e zeloso, que, em vez de se manter calado e gozar da hospitalidade dos tapuios, achou por bem despejar sobre a cabeça dos silvícolas — vistos por ele como beberrões, lascivos, amigos do ócio e da mentira — terríveis reprimendas, não conseguindo outra coisa com sua pregação moralista senão estimular o sentimento de vingança nos tapuios. Primeiro deixaram de lhes fornecer alimentos e, tendo adoecido Potira, os dois padeceram grande miséria, pois Sebastião nunca aprendera a pescar nem caçar. Padre Bettendorf conta em seus alfarrábios que, assim que soube da penúria que os dois estavam passando, levou-lhes algumas varas de pano e algumas cuias e, usando de seu prestígio e autoridade entre os índios, recomendou ao principal da aldeia dos borari, onde Sebastião se encontrava, que o acudisse com farinhas e peixes e o mais necessário e que o estimasse como à sua própria pessoa, pois tinha sido um dia seu companheiro no trabalho com os *tapajós* e sabia muito bem a doutrina. Mas não deixou de alertar o amigo Sebastião para que o seu demasiado zelo não o deitasse a perder, pois padre Bet tendorf sabia muito bem que os tapuias eram acostumados a dar peçonha em suas beberagens. Sebastião agradeceu-lhe o favor e padre Bettendorf regressou para a sua aldeia, mas, mal tinha chegado, um curumim regressou da aldeia dos borari com a triste notícia de que Sebastião Teixeira e Potira haviam morrido, juntos, no mesmo dia! De tal circunstância padre Bettendorf inferiu que os dois infelizes foram insidiosamente envenenados.

Padre Alfredo era excelente contador de estórias e Eduardo estava impressionado.

— Pelo menos os dois morreram juntos — acabou comentando o rapaz. — Desfecho perfeito para uma tragédia.

— Tens razão — concordou o padre, recolhendo à canoa o seu caniço. — Pior seria se um dos dois tivesse sobrevivido. Eu conheço outra história em tudo parecida, só que a mulher, em vez de ter sido envenenada, foi picada pelo anofelino e morreu de *malária*.[37]

Padre Alfredo falou desse caso de um jeito tão estranho que Eduardo acabou dizendo:

— Do jeito que o senhor fala, até parece que conheceu os dois.

— Mais do que conheci, meu filho... — disse padre Alfredo, com olhar melancólico.

[37] Doença infecciosa transmitida pelo mosquito "anofelino" e causada por protozoários parasitários do género *Plasmodium*. Os sintomas mais comuns são febre, fadiga, vómitos e dores de cabeça. Em casos graves pode causar icterícia, convulsões, coma ou morte. (N. do E.)

— E como se chamavam o padre e a cunhantaim? — tornou a perguntar Eduardo, atento como um pescador pressentindo o peixe.

— Como o portuguesito Sebastião Teixeira, ele ainda não era padre, mas simples irmão-estudante dos Franciscanos — esclareceu o padre.

— Sim, mas qual era o seu nome — insistiu Eduardo.

— O meu nome? — perguntou Padre Alfredo, entre amargo e sarcástico.

— Não, o nome do irmão-estudante.

— Queres mesmo saber o nome dele?

— Bem, na verdade não tem importância...

— Tem importância sim, meu filho; eu te conto. O nome dele era Alfredo!

— Alfredo?! — exclamou Eduardo.

— Para ser bem preciso: Alfredo Guedes de Aguiar, o infeliz que, depois de ter vencido à tentação de suicidar-se, acabou ordenando-se padre, menos por vocação do que por covardia, e hoje é chamado de padre Alfredo.

— Mas, então, padre...

O sol escondera-se por trás das árvores da margem e Padre Alfredo, enquanto voltavam para casa, contou a sua história.

Fora menino pobre em Santa Irene, o caçula de uma penca de dez irmãos. A mãe, muito carola, fizera dele, aos oito anos, um dos coroinhas da igreja matriz, função da qual se afastou aos quinze anos, para ser o mais novo residente do Cristo Rei, o seminário da cidade. Ali, além do exaustivo serviço de limpeza da casa, era obrigado a realizar serviços artesanais, como tecer abanos de palha, transformar cuias ordinárias em lindas *cuias-pitingas*, e outras bugigangas, que, vendidos aos turistas, forneciam-lhe os meios com que custeava seus estudos no colégio Dom Amando, pertencente à Congregação dos Irmãos da Santa Cruz, composta quase toda de cidadãos norte-americanos, onde estudavam os filhos da elite Santa Irenense. Aos dezenove anos, por recomendação do próprio bispo D. Romualdo — então um dos bispos mais jovens do país — viu-se mandado para Belém, onde, em regime de internato, concluiria seus estudos teológicos antes de ordenar-se padre. D. Romualdo vislumbrara ter encontrado no rapaz pobre e dedicado aos estudos, provado em dificuldades e de reto caráter, o futuro padre que tanto precisava em sua prelazia; um padre missionário que com alma e coragem se internasse pelos sertões da Amazônia à cura de índios e de almas. Mas, assim como padre Antônio Vieira enganara-se quanto ao caráter do portuguesito Sebastião Teixeira, D. Romualdo também desconhecia os impulsos mais íntimos do seu protegido.

— Mal eu tinha chegado a Belém, vendo-me longe da família e do olhar castrador das senhoras católicas de Santa Irene, toda a minha compostura de bom rapaz, discreto e devoto, foi soterrada pelos instintos que borbulhavam dentro de mim como lavas de um vulcão. O molecote tímido e espinhento transformou-se de uma para outra no santo-sacana mais sonso de toda a Amazônia. Bebi, fumei, introduzi cunhantains no mosteiro, forniquei à beça... confesso que por pouco não me deixei seduzir pelo apelo fácil da pederastia, verdadeira instituição na vida monacal. No entanto, como por milagre, esta vida desregrada não me chegou a prejudicar nos estudos. A concentração em que vivia por força das circunstâncias, entregara-me ao estudo dos tempos heroicos do Cristianismo, exaltando-me a imaginação com os exemplos de abnegação e de sacrifício dos Mártires da Igreja. E ao passo que os colegas decoravam tudo aquilo, para a utilidade prática dos sermões, eu criava para mim um mundo à parte, e ardia em desejos de reproduzir neste século as lendas que enchiam aqueles livros santos. Mas, à medida que me ia adiantando nos estudos e entrara a decifrar a filosofia de São Tomaz e de Genuense, quando cursara a teologia moral e dogmática, o meu espírito se perdera num dédalo de ideias antagônicas e contraditórias (padre Alfredo, a essa altura, usava qualquer palavra, sem subestimar o seu interlocutor). A dúvida, essa filha de satanás, pairava sobre a minha alma de ignorante, como um gavião preste a devorá-la. O senso inculto do campônio declarou guerra aos mistérios incompreensíveis e sublimes que os padres me ensinavam da cadeira da verdade, muito senhores de si. Em vão espevitava o juízo, na ânsia de assegurar-me da verdade, de agarrá-la fisicamente como se agarra um bezerro. A minha mente era como uma areia seca, em que o vento apaga os desenhos que o vento mesmo traçara. Mal me parecia estar senhor duma ideia, já começava a encará-la como duvidosa, e logo tão absurda que só um asno da marca maior poderia conceber. E se a inteligência algumas vezes recebia passivamente a proposição do mestre e gravava como verdade incontestável, em outras ocasiões punha-me em atitude belicosa, de lança em riste contra a doutrina da cadeira, que, mal se anunciava, logo me despertava no cérebro indisciplinado a ideia exatamente contrária. Conheci e partilhei todos os erros que contristaram e dividiram a Igreja Católica desde Orígenes até Lutero. À medida das leituras, ia-me embebendo das doutrinas mais extravagantes e dos sofismas mais grosseiros, pronto sempre para passar da verdade para o absurdo e do absurdo para a verdade, parecendo-me o mais intrincado tecido de disparates um sistema claro e consentâneo com a razão natural; e o mais simples preceito de moral ou de civilidade afigurava-se-me uma regra de convenção que a ignorância dos tempos impusera à boa fé dos pobres de espírito. Sentia-me à beira dum abismo e da loucura, quando, por acaso, deparei com um livrinho carunchento, deixado como que por engano na biblioteca do seminário, cuja leitura me salvou.

Padre Alfredo referia-se ao romance *O Missionário*, de Inglez de Souza — grande obra, embora pouco comentada, no qual também havia um seminarista campônio como ele, que, levado para estudar em Belém, também acabou dominado pela dúvida e pela contradição, as duas filhas mais formosas do demônio, padecendo da mesma ânsia e vivendo o mesmo infernal conflito que ele viveu. Antônio de Morais — o tal seminarista — fora maniqueu, como Santo Agostinho; fora milenário, com São Justino e Santo Ambrósio; fora místico, com Frígio Montário; acreditara na dualidade divina, como Marcion; fora ortodoxo, como Cerdon; mas, por mais que adotasse os sistemas mais extraordinários e as doutrinas mais imorais e antissociais que a loucura humana jamais concretizou numa seita religiosa, não conseguia enganar os apetites longamente sopitados e constrangidos sob a atmosfera claustral, os quais lhe causavam aberrações de sentimento e obscureciam-lhe a razão.

— Dizem que a arte imita a vida, pois eu acho que é a vida que tem muito o que aprender com a arte — comentou Padre Alfredo.

Pois o seminarista Antônio de Morais ordenou-se padre e, rejeitando a ajuda do bispo, seu protetor, pediu que o designassem para a miserável e longínqua vila de Silves, no rio Amazonas, esperando com sacrifício e martírio penitenciar-se de sua culpa. Pois padre Antônio de Morais, embora fosse bom e sincero e se sentisse movido por genuína vocação, incorreu num grave erro: desejou reproduzir na Amazônia os exemplos de abnegação e de sacrifício dos Mártires da Igreja. Julgara-se capaz do mais cruel martírio, como banhar-se em azeite fervendo e deixar-se fritar em pez derretida, no que faria inveja ao próprio São Quintino. Imaginara uma vida de ascetismo tal que deixaria obscurecida a fama dos Hilariões, Antões e Macários, e mesmo a do grande São Jacó, no último quartel da sua longa e acidentada existência. No entanto, malgrado seu, os ardores da sensualidade que procurava comprimir voltavam-lhe em bando sem disciplina, evocando a lembrança de grandes pecadores convertidos, e dando-lhe uma ânsia de cometer mais pecados ainda para remi-los todos por um arrependimento sincero, capaz dos maiores sacrifícios e tormentos. Umas vezes requeimava-se ao fogo da concupiscência, sonhando as maiores devassidões em que se atolasse duma assentada na plena imundície dos vícios mais desregrados, para saciar a fome de deleites que o devorava, e poder, morta de gozo a parte terrena e demoníaca do seu ser, elevar a alma às regiões sublimes do Amor Divino, pura de toda a mancha do interesse carnal. Outras vezes, queria imaterializar o corpo, dominando-lhe os apetites com o estoicismo de São Vicente de Paulo ou de Santo Efrém, invejando as tentações que sofreram, somente pelo gosto de as superar sobranceiramente.

— Bem que padre Antônio de Morais conseguiu, durante o primeiro ano em Silves, pôr cabresto nos demônios que lhe açulavam a carne, mas, pouco a pouco, vivendo no meio da mais completa liberdade de costumes, numa sociedade quase rudimentar, sem coação da opinião pública, sem a disciplina duma autoridade espiritual fortemente constituída... sem estímulos e sem apoio, acabou caindo na regra geral dos seus colegas de sacerdócio, sob a influência enervante e corruptora do isolamento, e entregara-se ao vício e à depravação, perdendo o senso moral e rebaixando-se ao nível dos indivíduos que fora chamado a dirigir.

Pois padre Antônio de Morais, réplica tupiniquim do Padre Amaro,[38] de Eça de Queiroz, também cometeria o seu crime. Esqueceria o seu caráter sacerdotal, a sua missão e a reputação do seu nome, para mergulhar-se de corpo e alma na tépida maciez de Clarinha, neta do velho tuxaua mundurucu João Pimenta, mameluquinha cheia de graça e beleza, cheirando a trevo e pipirioca, a própria encarnação do demônio, que acabou levando padre Antônio de Morais, feliz da vida, para as profundezas do inferno.

---

[38] Personagem principal do romance *O Crime do Padre Amaro*, do escritor português Eça de Queiroz. (N. do E.)

— Terminada a leitura do livro, tomei a minha decisão: não fugiria da ordenação, que me asseguraria um lugar tranquilo e seguro neste mundo; não mataria de desgosto a minha pobre mãe; mas não faria em vão sacrifícios nem sofreria martírios, para não acabar depois como padre Antônio de Morais — santarrão e fornicador emérito. Assim pensando, fiz de tudo para adiar a minha ordenação. Foi quando me mandaram auxiliar, na qualidade de irmão-estudante, o sacerdote responsável pela missão do rio Xingu. E ali aconteceu ao mesmo tempo a minha desgraça e a minha redenção.

Padre Alfredo falou então da indiazinha Juçara, o primeiro e único amor de sua vida, que conseguiu abrir seus olhos para a beleza do rio e da floresta. De como clamara aos céus para que descarregassem um raio fulminante sobre ele depois que sua amada, na tarde mais tristonha de que tem lembrança, veio a falecer, vitimada pela malária. De como, num desvario que durou vários dias, fora levado para Belém muito enfermo e o próprio bispo D. Romualdo viera lhe visitar. Certamente já chegara aos ouvidos de S. Rev.ma. as causas do abatimento do seu pupilo, pois, tendo este ressurgido das profundezas do sofrimento, perguntara-lhe se ainda queria ser padre. O rapaz não era ainda capaz de responder, mas, assim que se levantou do leito, sentiu-se como se uma nova pessoa vivesse nele. Assim como Saulo precisou ficar cego na estrada de Damasco para enxergar os desígnios que Deus tinha para ele, assim também aquele amor destrambelhado por Juçara, em vez de ter sido uma desgraça, permitira-lhe ver com clareza os propósitos divinos. A partir daquele momento desejava ardentemente ser padre, não por necessidade, mas por vocação.

— Depois da minha ordenação — continuou padre Alfredo — talvez por temer uma recaída, D. Romualdo segurou-me por vários anos em Belém; depois consegui a paróquia de Nossa Senhora

Aparecida, em Santa Irene, o que não deixava de ser um desperdício, pois os meus conhecimentos do nheengatu e de outros dialetos primitivos me habilitavam a ser um evangelizador dos índios. Embora os tapuios do Nambu já estejam bem civilizados, sinto-me mais útil e feliz entre eles. Para falar a verdade, cada vez me agrada menos ir à cidade.

Tiveram de interromper a conversa, pois haviam chegado ao porto da Vila.

Casto como um Pároco

Eduardo, ateu confesso, jamais imaginara que um dia fosse sentir tanto apreço por um padre, mas, depois das confidências de padre Alfredo, passou a admirá-lo ainda mais. Por trás da batina e dos gestos graves do sacerdote, despontara aos seus olhos um homem de carne e osso, capaz de rir e chorar, e que um dia, como qualquer outro homem, também amara uma mulher e amargara o sofrimento de perdê-la; um homem que, embora culto e refinado, sabia ser simples como um tapuio; e que, podendo viver no conforto da cidade, optara pela vida dura e solitária da floresta, andando descalço e dormindo em rede, caçando e pescando, contando estórias de Curupira e sabendo ser tolerante até com o pajé. Eduardo já não precisava esconder o seu interesse pelos livros e pelos velhos recortes de jornal. Padre Alfredo, por sua vez, já não fugia dos temas tratados nos livros e até convidava o rapaz para vir, depois do trabalho, ouvir as notícias do rádio. Eduardo recusava-se a crer no que dizia o locutor — que o país crescia em paz e harmonia e que os trabalhadores estavam felizes com a situação.

— Tudo mentira! — exclamou certa vez Eduardo, sem esconder a exaltação. — A imprensa continua amordaçada!

— Isso é verdade — concordou padre Alfredo. — Assim como também é verdade que os militares conseguiram eliminar qualquer resistência à ditadura. Os brutamontes se acham tão seguros que o general de plantão até anda prometendo uma abertura política *lenta, gradual e segura.*[39]

---

[39] Expressão usada pela Ditadura Militar de 1964 para definir a transição do regime autoritário para uma "democracia" controlada. (N. do E.)

— E o que aconteceu com o movimento estudantil e a luta armada contra o regime? — acabou perguntando Eduardo, ávido por informações.

— O movimento estudantil, que fornecia militantes aos grupos de oposição clandestina, foi completamente desbaratado, acarretando com isso também o enfraquecimento da luta armada que esses grupos dirigiam contra a ditadura; finalmente, os focos de resistência armada foram também completamente eliminados, restando hoje no país somente uma oposição de políticos da classe média e da burguesia nacional que atualmente anda descontente com os militares, uma oposição consentida.

As palavras do padre doeram como socos no estômago de Eduardo, que ficou por alguns instantes calado, pensando no que teria acontecido com Jairo, João e Judite, a sua pequena garota. E sua pobre e sofrida mãe, teria resistido ao desgosto que ele lhe causara ao desaparecer sem dizer adeus?

Ao vê-lo de repente macambúzio, padre Alfredo acabou falando sem querer:

— Meu filho, eu sei que tens sofrido durante todo este tempo; não tenhas medo, abre-te comigo, saberei guardar o teu segredo.

— Qual segredo, padre?

— Como vou saber, se não me contares?

Então Eduardo, como quem abre as comportas de uma represa, contou ao amigo o seu passado de menino pobre, a luta dos pais para mandá-lo à escola, a sua luta no movimento estudantil contra a ditadura militar, os queridos amigos que deixara para trás, e Judite, a sua intrépida e doce mameluquinha Judite, a primeira e única garota que amara. Embora não se sentisse obrigado a confessar, acabou revelando detalhes tão íntimos da sua vida que até o mais convertido fiel não seria capaz de revelar no confessionário. Quando terminou, sentiu-se aliviado. Mas ainda ficou algo que ele, talvez por mera timidez, não ousou revelar.

— E o resto? — perguntou padre Alfredo.

— O resto? — repetiu Eduardo, pego de surpresa.

— Por que não me contas? Ficarias mais aliviado.

Eduardo então acabou contando ao padre o seu passado de militante político e guerrilheiro comunista. Só não disse que era Marcos o seu verdadeiro nome.

— Eu logo percebi — disse padre Alfredo, quando Eduardo terminou de falar. — Podes ficar tranquilo, meu filho; saberei guardar o teu segredo.

O padre não o recriminou, apenas disse que, assim como as riquezas materiais, qualquer forma de violência era injusta. E nunca mais voltaram ao assunto. Não deixava de ser paradoxal que dois homens tão diferentes pudessem ser tão parecidos. Apesar de irremediavelmente separados pela ideologia, os dois encaravam a sua passagem por este mundo como uma missão, para cujo cumprimento estavam dispostos até mesmo a morrer. Daí a mútua admiração, o respeito recíproco e a tolerância que se firmaram entre eles. Padre Alfredo, embora abominasse as desigualdades sociais e todas as formas de injustiça — razão por que acabou estigmatizado com o depreciativo rótulo de "progressista" —, não deixava de ser um anticomunista convicto. Mas nunca imaginara que um guerrilheiro comunista, em quem se acostumara a pensar como um terrível capeta, pudesse se apresentar diante de seus olhos mais inofensivo e casto do que a maioria dos párocos. Pois como recriminar o rapaz de comportamento reto, ativo e trabalhador, que a todos tratava como iguais, reverenciando os anciãos e respeitando as mulheres e cunhantains?

— Se quiseres, posso conseguir informações sobre os teus amigos e sobre a tua mãe — disse-lhe dias depois padre Alfredo.

Pois, no dia seguinte, como fazia no começo de todo verão, antes mesmo que a mata secasse, padre Alfredo enfrentaria a longa viagem até Santa Irene. Desta vez, Clementino, o filho mais velho de Saluma, e Gedeão, o acompanhariam através da mata, durante várias jornadas, até alcançarem as barrancas do majestoso rio Tapajós, próximo a uma vila de pescadores chamada Boim, onde se separariam: enquanto padre Alfredo atravessaria o rio numa das rústicas embarcações dos tapuios, rumo a Santa Irene, Clementino e Gedeão retornariam ao Nambu pelo mesmo caminho.

— Até aqui neste fim de mundo não se pode escapar do poder — disse o padre, sorrindo. — Afinal, como tu, também faço parte de uma organização; e não penses, meu amigo, que a Igreja é menos rígida que um partido marxista-leninista. Se eu não for à cidade de vez em quando dar algumas satisfações e beijar as mãos do meu Bispo, acabo excomungado, embora — é justo que diga — D. Romualdo seja um santo homem, digno de minha reverência, e nunca esqueça de mim, a quem ele considera até hoje o seu pupilo. Então, nessas idas, eu aproveito e trago roupas e remédios pra esse povo, embora só os remédios sejam importantes, pois bem vês que eles preferem andar nus como sempre viveram. Em duas semanas, no máximo, estarei de volta, pois detesto cada vez mais o ajuntamento e a hipocrisia da gente da cidade, mas é tempo suficiente para telefonar para alguns amigos meus em Belém e pedir-lhes que procurem saber dos teus amigos. Se confiares em mim, é claro...

— É claro que confio, padre!

E Eduardo, por medida de segurança, pediu ao padre que decorasse os endereços, em vez de anotá-los em sua caderneta.

No dia seguinte, depois de despedir-se dos velhos, dos jovens e dos curumins, que o seguiram carinhosamente até à beira da mata, padre Alfredo partiu, deixando a vila na expectativa do seu retorno, pois sabiam que o padre, toda vez que ia à cidade, nunca se esquecia de trazer algum presentinho, por mais simples que fosse, a cada um de seus amigos. Ninguém, porém, aguardava o padre com mais ansiedade do que Eduardo, pois não via a hora de saber as notícias dos que lhe eram queridos. Na primeira noite depois que o padre partiu, o rapaz quase não consegue dormir, pensando na mãe, nos amigos e em Judite. Um mau pressentimento tomava conta dele e, para não enlouquecer, decidiu entreter o seu espírito no trabalho. Nos dias seguintes, era o primeiro a ir para a roça e o último a voltar para casa. Chegava tão exausto que, depois de se banhar no rio e de jantar com o pessoal da Dadá, mal arriava as costas na rede, caía num sono de pedra. Mas, durante o dia, por mais que se esfalfasse no trabalho, não conseguia escapar do tormento, pois, onde quer que estivesse, fizesse o que fizesse, pressentia sempre por perto o vulto miudinho e discreto de Diana, a espreitá-lo timidamente. Era simplesmente impossível ver Diana e não pensar em Judite. E, se isso não bastasse, o diabinho da cunhantaim, desde a festa da tocandira, evitava falar com Eduardo, completando-lhe, assim, o martírio. De vez em quando Eduardo se oferecia para ir com os homens à pescaria, a fim de escapar da incômoda presença da cunhantaim, mas, quando voltavam, lá estava Diana no porto lavando as roupas e as vasilhas, baixando a vista quando ele olhava para ela. Quando iam jantar, a malvada da Dadá, que não perdoava a cunhantaim pelo jeito besta de se comportar com Eduardo, mandava de propósito que Diana servisse o prato do rapaz. E Eduardo, por mais incomodado que se sentisse, não podia negar que gostava muito de ver a mãozinha frágil e destra da cunhantaim segurando a concha de pau, as uninhas malfeitas mas muito limpas, a pelugem do antebraço... Se ela pelo menos o olhasse!... O que ele fizera de tão grave naquela noite, que deixara a cunhantaim tão magoada? Eduardo aceitou prontamente quando Saluma certo dia o convidou para jantar em sua casa, pois já preferia mil vezes enfrentar o olhar enamorado de Jurema e o não menos melado de Iracema — as duas cobiçadíssimas filhas mais velhas de Saluma e Francisca — do que suportar o silêncio de Diana. Mas nem assim se livrou do problema. Quando voltou para casa, Diana, iluminada pelo fogo débil do fogão-de-lenha, ainda estava acordada. Eduardo poderia ter ido direto para a sua rede, sem que a cunhantaim o percebesse, mas, sem querer, acabou entrando na cozinha. Não deixou de se aborrecer por reconhecer que desejava muito ver Diana. Para sua surpresa, a cunhantaim não desviou o olhar como das outras vezes, deixando o rapaz desconcertado. Era a primeira vez, desde a festa da tocandira, que ficavam assim tão próximos, completamente sozinhos. Os outros — menos o Aldo, que naquela noite fora à "espera" — há muito roncavam em suas redes. O rapaz não sabia o que dizer para a rapariga, que o fitava de um modo tão firme e tranquilo que Eduardo até se intimidou.

— Ainda não foste dormir? — foi o que conseguiu balbuciar.

— Dormir? Todas essas noites, depois da noite da festa, eu não consegui dormir; acho que estou ficando louca — respondeu Diana, com uma vozinha límpida e os olhos faiscantes.

— Até agora não entendi porque deixaste de falar comigo...

— Pois eu te esperei pra isso, não sei se vou saber te falar.

— Claro que vais saber, estou te ouvindo!

— Não, não sei se o rapaz vai entender; sabe, gente como eu sente tudo aqui — Diana apontou para o coração — e não sabe dizer coisas bonitas. Sabe, a fala da gente é como o vento que passa entre as folhas; quando a gente sente uma coisa no coração, ninguém vê o que está sentindo, é como o vento; a fala da gente é leve e suave como o sentimento, entendeste? Não, não entendeu, pois essas coisas ninguém entende.

— Mas... estás dizendo palavras muito bonitas.

— Não, eu não sei falar como as moças da cidade — repetiu Diana, mas em sua voz não havia lamento, e sim altivez, uma espécie de estranho orgulho. — Eu não estudei, não sei ler, não aprendi a dizer o que não sinto.

— Mas, Diana, eu não te entendo... — balbuciou Eduardo, deveras confuso.

— Eu não te disse que não ias me entender? — exclamou a cunhantaim, com um brilho ainda mais intenso no olhar, o brilho ensandecido das criaturas condenadas à solidão. — Pois eu vou te contar por que nunca mais vou falar contigo.

— Nunca mais? O que eu te fiz?! — exclamou o rapaz, sentindo muita compaixão, pois, mesmo que não entendesse, adivinhava o que os olhos meigos da rapariga queriam lhe dizer e sabia de antemão que nada poderia fazer.

— Aí é que está, nunca nenhum homem vai poder fazer algo por mim! — continuou Diana, de um jeito que beirava o absurdo.

— Por que não?

— Não sei como te dizer, acho que tu saberias dizer, mas não eu; a gente não sabe dizer as coisas assim num zás, como a gente da cidade; mas sabemos contar muitas estórias; e quando a gente quer dizer alguma coisa a uma pessoa, então conta uma dessas estórias que a gente não sabe quem inventou.

— Então por que não me contas uma estória? Eu gosto de ouvir estórias.

— Promete que não vai rir de mim? Olha que tudo que eu contar aconteceu de verdade! Não, não tem importância; pode rir, acho mesmo que tô ficando biruta.

— Claro que vou acreditar em tudo — prometeu Eduardo, sem saber onde a moça queria chegar.

— Pois na noite passada sonhei que eu era a filha do velho Cauará. Não, eu não sonhei, tenho certeza que estava acordada, pois desde a festa da tocandira que eu não sei o que é dormir.

— E quem é esse velho Cauará?

— Não sei bem; Dadá talvez saiba, pois foi ela quem me contou essa estória, a não ser que quem contou pra ela também não tenha dito.

— E daí, o que aconteceu?

Diana meteu algumas achas de lenhas no fogão, depois começou:

— O velho Cauará, meu pai, tinha ido pescar numa cachoeira, que lá chamam de Buburi, mas não disse em casa pra onde ia. O dia já ia acabando e nada dele voltar, então eu perguntei, espantada: "Aonde tará paizinho?". Ninguém sabia onde ele tinha ido. Então eu saí atrás dele pela beira do rio, mas também não disse a ninguém pra onde eu ia. Quando eu tava na beira do rio, a Lua saiu faceira no céu. Fria luzia, clara como o dia. Quando a Lua já se sentava, olhei direito pra ela e vi sair do meio dela um vulto. Aquele vulto vindo, descendo pra terra. Nesse mesmo instante, um sono grande me fez dormir. Quando acordei de manhã cedo, a Lua já se perdia doutro lado do céu, vermelha agora resplendia. Quis chorar porque o meu coração ficou triste. Depois eu soube que meu pai, ao voltar pra casa, à meia-noite, procurou por mim e não me encontrou; então seu coração fez — *tiké!* Como ele era pajé, assim como o velho Isaías, logo *sondou* para ver onde tava a sua filha. Aparecia-lhe só uma porção de sombras que se atropelavam todas. Ele cheirou bem o paricá, acendeu outro cigarro, voltou a sondar. Então lhe apareceu uma sombra de homem subindo da terra para o céu. Ele quis pegar a sombra, mas acabou fechando os olhos e adormecendo. Quando acordou, ainda tolo, olhou pra todos os lados, depois disse: "Onde terá ido minha filha? Eu sondo para ver onde ela tá. Deixa, hei de encontrar ela aqui, se não for aqui, será no céu". E todos os dias em vão Cauará procurava por mim com a sua pajelança. Pois, naquele dia, eu desci o rio de madrugada e fiquei em cima de uma serra, a Lua então saiu, ainda mais bonita, a sua luz dançava nos meus olhos. Como eu tava muito cansada, dormi logo.

Então, quando deu meia-noite, sonhei que tinha parido um menino macho, dono de todas as coisas. O corpo do menino era transparente, a sombra do dia nele aparecia de um para outro lado. Quando acordei, o dia já vinha vermelho, a água fazia barulho. Então olhei pra todos os lados e vi que a água tava crescendo e logo me afogaria. Vendo uma ilha rio abaixo, nadei para lá. Quando tava para chegar, um peixe mordeu a minha barriga e tirou dela alguma coisa. Já em terra, senti a minha barriga rasgada; meti dentro a minha mão, não encontrei nada. A água continuava a crescer e a ilha tava para ir ao fundo, então eu quis trepar em cima duma árvore, mas não pude. Nessa hora, um gavião caripira veio sentar-se perto de mim, sobre uma árvore. Eu disse pra ele: "Caripira, olha a minha miséria, leva-me contigo por cima destas árvores". O Caripira respondeu: "Tá bem, vou te dar feitiço; esfrega o teu corpo com ele e engole o que sobrar". Assim eu fiz e, assim que engoli o feitiço do Caripira, virei uma macaca guariba e logo comecei a trepar em cima das árvores. Meu pai depois me contou — dentro do sonho — que ele viu em sonho que o filho de sua filha já estava na terra. Pois ele jejuava e aspirava paricá e sondava onde estava o seu neto. Um dia, viu pela sua sombra uma gente com cabeça de pássaro, branco como algodão. O coração do meu pai lhe disse para ir logo ao mato procurar seu neto. Assim ele fez; o dia já vinha vermelhando quando ele pegou em suas flechas e foi para o mato. Todo animal que encontrava pelo caminho pensava fosse seu neto. Quando chegou à margem do igarapé, encontrou aquela gente que tinha cabeça de pássaro. A cabeça olhava direito para o sol e cantava como *bacaco*. Tu conhece o *bacaco*?

— Acho que não... — respondeu Eduardo, ainda perplexo com toda aquela estória.

— Pois sim — continuou Diana, levantando-se mais uma vez para reanimar o fogão-de-lenha — o *bacaco* é um lindo pássaro do tamanho dum grosso bentevi, azul como o céu, finamente manchado de preto, de peito e barriga roxos e que canta muito bonito. Meu pai disse que chegou perto do pássaro, deixou as flechas no chão e disse: "Meu neto, eu tô faminto, eis aqui meu arco e minhas flechas; vá caçar pra nós comer". E voltou pelo mesmo caminho por onde veio. Quando chegou um pouco longe, parou, dizendo: "Quem sabe se este é mesmo meu neto, vou ver se é mesmo ele". Então meu pai, ali mesmo, virou *teiú*[40] e voltou pelo caminho. Quando a gente que tinha cabeça de pássaro enxergou o *teiú* passar perto, virou gente de verdade, entesou o arco e flechou o *teiú* bem na cabeça. O *teiú* fugiu, deixando lá mesmo a flecha. Já longe, virou gente outra vez, e disse: "É mesmo meu neto, por pouco não me mata". De noite, o neto do velho — meu filho — chegou onde tava o velho, trazendo uma porção de caça que ele havia matado, e disse: "Meu avô, eis aqui a minha caça; as tuas flechas são boas, pois fugiu de mim somente um *teiú*, porque a flecha saiu do corpo dele". Meu pai ferveu a caça e depois disse: "Meu neto, vamos comer, tô cansado, quero dormir". Eles tavam começando a comer quando já o moço, vendo a ferida na cabeça do avô, perguntou: "Meu avô, o que fez esta ferida na tua cabeça?". O velho respondeu: "Uma cigarra que se bateu contra mim. O sol lhe queimou os olhos". Quando acabaram de comer, o moço saiu no terreiro para aprender a flechar, o velho ficou em casa pra sondar. Fumou, cheirou paricá, jejuou... Naquela noite tudo pareceu muito bonito na sua imaginação. Ele viu a sua filha já guariba na ilha, quase morrendo de fome. Já de madrugada, ele disse pro neto: "Meu neto, vamos já livrar das águas uma porção de bichos que estão pra ir ao fundo". Então os dois embarcaram na canoa e desceram o rio. Quando chegaram à ilha, a água tava já no meio da árvore. A macaca guariba, filha do velho, estava magra, seus ossos

[40] Réptil também conhecido como jacuraru.

apareciam. Eles querem me pegar; eu pulo em outra árvore. "Esta guariba — disse meu pai ao meu filho — não deixa a gente chegar nela, vou jogar nela uma pedra; quando ela cair, tu apara nos braços, pra ela não se bater contra a canoa". Assim fizeram. O moço, meu filho, foi ficar embaixo da guariba; o velho, meu pai, atirou em mim uma pedra, que me acertou bem acertado. Quando a guariba vinha caindo, foi-se abrindo como tolda e escondeu o moço. Aí já mesmo virei de novo gente. Quando meu pai chegou à canoa, me encontrou já gente; a minha barriga já era grande, pois meu filho tinha voltado pra dentro dela. Logo o velho remou para casa; quando chegou ao porto, me disse: "Minha filha, vamos já pra casa, tem lá comida pra tu comeres". Quando acabei de comer, um grande sono me pegou; só acordei no outro dia com o sol. Então eu disse: "Paizinho, sonhei muitas coisas bonitas, vou contar elas pra ti: — Sonhei este meu filho, que está em mim; eu o pari em cima de uma grande serra. O seu corpo era transparente, seu cabelo preto, ele vinha falando. Quando eu o paria, os animais vinham perto alegrá-lo. Se fez a noite, meu filho estava com fome, minhas mamas estavam secas, ele chorava. Então bandos de beija-flores e bandos de borboletas trouxeram nos lábios mel de flores e o deram a ele. Logo ele calou-se, seu rosto se fez alegre, os animais lambiam ele de alegria. Como eu tava cansada, logo deitei meu filho perto, adormeci. Quando acordei no outro dia, meu filho tava longe de mim o comprimento de uma flecha. Quero ir perto, os animais não me deixam passar; eu grito para meu filho. Então vi um bando de borboletas suspendê-lo pro alto e virem para mim. Quando ele chega perto de mim, eu pego ele; sobre mim pousam as borboletas. Então os animais me circundaram, puseram-se em pé encostados em mim. Eu senti ciúme de meu filho, levantei ele acima da minha cabeça, o peso dos animais me fez cair, meu filho ficou suspenso nas asas das borboletas. Aqui acordei, olhei pra todos os lados pra procurar meu filho. Ele buliu dentro de mim, então me lembrei de tudo". O velho ouviu o meu sonho no meio de um grande silêncio, dizendo por fim: "É mesmo bonito teu sonho, minha filha. Será que não te lembras onde fica a serra onde estiveste?". Eu respondi: "Não, paizinho, só o que sei é que o pé da serra começa na margem de um rio". O velho, depois de ter ouvido o meu sonho, foi sondar pela sua pajelagem. Ele viu que aquele seu neto, que estava ainda dentro de mim, era o dono da terra. Esta noite era para pari-lo. Depois de sondar, o velho voltou para casa; a noite escondeu a terra, um sono grande agarrou nele; dormiu. No meio da noite, todos os animais da terra acordaram alegres, na sua alegria cantavam bonito. A gente ouvia do céu barulho como de vento. Eram os pássaros que tavam andando à procura de quem tinha nascido. Já de madrugada, o velho acordou espantado por ouvir barulho grande; perguntou aos animais: "O que aconteceu com vocês?". Todos responderam: "Acabou de nascer Poronominare, o dono da terra e do céu". "Onde pois?", perguntou meu pai. "Na serra do Jacamim", responderam. Então o velho foi para a serra do Jacamim; quando chegou ao pé da serra, não pôde subir, porque tinha porção de animais também lá. Então Cauará, meu pai, virou lagarto jacuraru e subiu. Poronominare tava sentado no cume da serra, com uma zarabatana na mão. Ele tava dividindo a terra; mostrava a cada animal o seu lugar. Então caiu a noite e, quando o outro dia apareceu, tudo tava calado na serra do Jacamim; somente a figura de um jacuraru grande tava na pedra.

Diana calou-se e ficou espiando para Eduardo. O silêncio da noite era pesado e incômodo. Os pequenos estalidos da lenha no fogão lembravam um tétrico murmúrio. A vila dormia profundamente. Apenas um ou outro ronco, ou algum choro débil de criança chegavam dos tapiris. Até os cachorros, acostumados a latirem por nada, estavam quietos. Eduardo então estremeceu ao pensar que àquela hora o fogão-de-lenha era o único ponto de luz num raio de milhares e milhares de quilômetros. Às vezes uma chama levantava-se debaixo da trempe do fogão e vinha lamber o rostinho impassível da cunhantaim, que não cansava de olhar para ele. Agora era Eduardo que não ousava encará-la; até se arrependera de ter parado para conversar. A presença da cunhantaim queimava como ferro em brasa e ele sentia-se desprotegido e confuso. Pensava na estória que acabara de ouvir, mas não lhe atinava um sentido. Diana continuava mirando-o, como quem aguarda uma resposta.

— O que quer dizer Poronominare? — foram as palavras que lhe escaparam.

— Sei lá, talvez a Dadá saiba; coisa de índio — respondeu Diana.

Eduardo achou engraçada a resposta. Mas logo em seguida pensou que nada era engraçado. Na verdade, não deixava de ser melancólico ver alguém como Diana, que trazia no corpo e na alma a marca inconfundível dos seus antepassados indígenas, lembrar deles como se eles fossem uns estranhos.

— Estou aqui comigo pensando no que esta estória tem a ver conosco... — disse Eduardo.

— Contigo, nada; comigo, tudo. Não reparaste que fiquei prenha da Lua? Tu já viste a Lua, a moça mais bonita que vive no céu, emprenhar alguém? Pois ela me emprenhou. E sabes por quê? Porque o Sol é meu irmão e não posso me deitar com ele. Então a Lua, com pena de mim, veio me emprenhar. Mas, ó desgraça! A Lua sou eu mesma! Um dia, envergonhada por ter me deitado com meu irmão, subi aos céus numa escada de flechas e fui ser a Lua, desde então vivo assim, eternamente apaixonada, só acordando de noite, quando o Sol dorme. E, por mais que tente agradar outro homem, só faço besteira...

— Não, eu que devo ter-te feito alguma coisa ruim naquela noite, pois não quiseste mais falar comigo — disse Eduardo, procurando trazer a conversa para um plano mais racional.

— Não, não fizeste nada de errado.

— Então por que fugiste de mim?

— Já não te disse que eu sou a Lua? Acredita se quiser! Tô ficando biruta.

— Não, não estás ficando biruta — disse Eduardo, sem muita convicção, vendo uma expressão estranha, nunca vista, nos olhos da cunhantaim.

— E mesmo que eu não fosse a Lua, não gostarias de mim...

— Não fala assim, eu gosto muito de ti — disse Eduardo.

— Não é verdade! — disse Diana. — Gostas mesmo é da Judite!

Eduardo estremeceu, pois pensava que ninguém além do padre Alfredo sabia da existência de Judite.

— Quem te contou?! — perguntou o rapaz.

— Ninguém — respondeu Diana.

— E como sabes?

— Tu mesmo me falaste!

— Quando? Eu nunca te falei de Judite!

— Não lembras, pois estavas dormindo.

— Naquela noite?

— Sim. Chamaste ela várias vezes!

Agora Eduardo entendia a mágoa da cunhantaim. Não teve outra saída senão explicar à Diana quem era Judite. Mas acabou sendo interrompido.

— Não precisa falar mais nada, eu já entendi tudo — cortou a cunhantaim. — Vamos agora dormir? Amanhã tenho que me levantar bem cedo. Se alguém perguntar por mim, diz que eu fui procurar o meu pai que virou jacuraru.

— Boa noite, Diana — disse Eduardo. — Prometes que não vais ficar zangada comigo?

— Oh! Não! Nunca mais vou falar contigo, mas não tô zangada. Amanhã vou procurar meu pai.

Achando tudo muito estranho, Eduardo retirou-se para a sua rede deveras preocupado. O que se passaria na cabecinha da cunhantaim?

De manhã, encontraram a rede de Diana vazia. Dadá perguntou a Eduardo se não sabia onde a cunhantaim tinha ido. Antes de responder, Eduardo perguntou sobre a estranha estória de Poronominare.

— É uma estória que se conta às crianças — respondeu Dadá.

— Pois Diana jura que pariu Poronominare e que é filha de um tal Cauará, que virou lagarto jacuraru.

— Esta cunhantaim está é precisando de um macho, isso sim! Pois mulher sem homem acaba ficando lesa — sentenciou Dadá.

— Ela disse que foi procurar Cauará — avisou Eduardo.

— Cauará eu não sei se ela vai achar, mas uma *caroara* ela acaba achando!

— Caroara? O que é isso, Dadá?

A debochada mulher sorriu e emparelhou as duas mãos num gesto obsceno. Falou assim porque era esse o seu jeito, mas quem a conhecesse saberia que estava preocupada, pois Diana era como se fosse sua filha.

O dia passou e caiu a noite, e nada da cunhantaim aparecer. A vila toda tomou conhecimento do sumiço de Diana. No outro dia, bem cedinho, o tapuio Venâncio, que fora caçar e ficara a noite inteira à espera debaixo de uma fruteira, veio na vila buscar os cachorros para farejarem os rastros de uma anta que ele dizia ter alvejado. Foi a partir desse dia que se espalhou pela vila a estória de que Diana, à noite, em vez de dormir, virava bicho. Isto porque os cães, seguindo os rastros da anta ferida, vieram dar, para espanto de todos, na casa de Dadá, onde, pouco tempo antes, Diana acabara de reaparecer muito

fraca, com alguns ferimentos estranhos pelo corpo, que demoraram alguns dias para cicatrizar. Por mais que não quisesse crer nessa estória, Eduardo não deixava de achar Diana cada vez mais estranha. Conforme prometera, nunca mais ela lhe dirigiu palavra. E até no trabalho, no qual costumava ser alegre como uma criança, tornara-se de repente triste e macambúzia, lançando-se nele com fúria, sendo capaz de realizar a tarefa de vários homens. Até com Dadá já pouco falava. A única pessoa que conseguia entrar no silencioso mundo da cunhantaim era o pequeno Mica, o qual, embora tenha espichado visivelmente nos últimos meses, ainda não deixara de ser curumim inocente e traquinas. Quando Diana ia ao banho com as outras mulheres, Mica, sentindo-se protegido pela irmã, ia junto com elas, metido no bolo de curuminzinhos menores, e, embora as mulheres não gostassem de sua presença, pois Mica já era quase um homenzinho, nenhuma delas, temendo o mau humor da "mulher que virava bicho", atrevia-se a escorraçá-lo. E Mica não se ofendia quando os homens e os rapazotes zombavam dele, pois ainda não tinha malícia; não entendia por que os rapazotes ficavam tão excitados só em pensar nos seios e na pelugem escura embaixo do umbigo das mulheres. É certo que, algumas vezes, ao olhar para uma ou outra volumosa teta das tapuias parideiras, sentia como que um incompreensível desejo de levar a boca até elas e sugar os intumescidos bicos negros, bicos de mamadeira. Outras vezes, no caminho de ida ou de volta do porto, ao vislumbrar a cavidade profunda e chorosa de uma das mulheres que mijavam de cócoras na beira do caminho, Mica sentia como que um arrepio pelo corpo e um gostinho acre na boca, mais acre do que o vinho do *taperebá*.[41] E perguntava-se: "Será que é isso que o Bino e o Dinho sentem quando vão espionar as mulheres no banho?". Não entendia por que homens e mulheres não tomavam

[41] Um dos frutos ácidos da Amazônia. (N. do E.)

banho juntos; e nem via mal algum em contar aos amigos o que via. Por meio dele os mais velhos, impedidos de acompanharem as mães e irmãs ao banho, tomavam conhecimento das partes mais íntimas dos corpos das mulheres, dos pontos mais recônditos e dos aspectos mais secretos, que só a posição privilegiada do Mica permitia desvendar. O curumim também não sabia que prazer poderiam ter os rapazes em maltratar os seus próprios pintos, estrangulando-os com os dedos de uma forma tão furiosa ao ponto dos coitados, depois de movimentos espasmódicos, vomitarem umas gotinhas brancas e pegajosas, enquanto espionavam a nudez das mulheres. Entendeu muito menos no dia em que padre Alfredo, seguindo-os sorrateiramente, flagrou os moleques espionando o banho das mulheres, pondo-os para correr, enquanto fazia o sinal da cruz e jogava água benta atrás deles. Padre Alfredo precisava se meter na vida até dos moleques? Uma coisa, porém, o intrigava: por que as cunhantains também não espionavam o banho dos homens? Será que quando elas viam o corpo nu de um homem também não sentiam aquele gostinho de taperebá na boca? Talvez não — pensava Mica —, pois os homens não tinham a mama grande nem aquela racha escura que se perdia lá pra dentro do corpo. Mas por que — perguntava-se o moleque — Diana às vezes suspirava fundo depois de olhar para Eduardo e, à noite, na escuridão do tapiri, a rede dela tremia de um jeito esquisito, antes de ela cair num sono profundo? O que ela fazia para a rede tremer? Não podia ser o mesmo que os rapazes faziam quando espionavam as mulheres, pois Diana não tinha pinto. Mica então se lembrou que Dadá uma vez dissera que mulher quando fica louca é falta de pinto. Será por isso que Diana se levanta às vezes de noite e vira bicho? "Sim, deve ser por isso!" — exultou Mica com a sua descoberta. Mas, se era falta de pinto — pensou o curumim —, por que Diana não pedia pro Eduardo meter o pinto dele na perereca dela? Mica sabia que a irmã, embora procurasse disfarçar, gostava muito do rapaz. A partir dessa descoberta, tudo ficou diferente aos olhos do curumim, que passou a experimentar uma nova e deliciosa sensação toda vez que olhava para as partes pudicas das mulheres. De uma hora para outra ficou tão interessado em xibius que dormia e acordava pensando neles. Ficou tão fissurado que, na hora do banho com as mulheres, metia-se debaixo d'água e vinha nadando com os olhos abertos, devagarinho, até quase enfiar o nariz entre as pernas de uma delas. Ficou tão atrevido e descarado que já nem mesmo Diana lhe escapava.

Tudo ia muito bem para o curumim, até que uma de suas vítimas descobriu sua malícia; então Mica nunca mais pôde ir ao banho com elas, passando a ser o mais novo integrante do time dos punheteiros da vila. Como acontece nessa idade, o curumim já quase não comia e andava magro e fraco como um cachorro vadio; apareceram-lhe calos na mão e olheiras na cara, pois o velhaco já quase não dormia — na escuridão do tapiri, muito excitado, sem enxergar nem mesmo o nariz, esperava toda noite ansiosamente os ruídos ritmados que a irmã, lá na sua rede, fazia. E a imagem sensual de todas as mulheres e cunhantains cuja nudez já vira causava-lhe vertigem tão grande que o curumim, totalmente esgotado, acabava logo dormindo, o que, no outro dia de manhã, ao acordar, deixava-o muito frustrado, pois cada noite ele dizia para si mesmo que ficaria acordado até ver Diana virar bicho. Pois Mica já não duvidava de que a irmã virava bicho. Alguns companheiros mais experientes lhe garantiram que suas irmãs de noite também viravam bicho e chegavam até mesmo a descrever o que elas faziam por aí, totalmente esquecidas de que eram gente. Diziam que o terreiro da vila ficava cheio de antas, onças, veadas... que só voltavam a virar gente quando o sol já estava para nascer, depois de cada uma ter se entregue ao seu respectivo macho — geralmente um irmão, ou até mesmo o pai, que só dessa forma poderiam deitar-se com elas. Pois o que os curumins da idade do Mica mais desejavam, depois de possuírem as próprias mães, era se deitarem com as irmãs. Como isso era impossível, restava-lhes fornicarem com frutas e animais. Mica não era exceção a essa regra. Começou com melancias, depois uma galinha, que acabou morrendo em suas mãos, passando em seguida à velha cadela da família, que teve logo de abandonar, pois, tendo a bicha ficado muito afeiçoada, já não desgrudava dele, causando-lhe sérios problemas. Por fim, estabeleceu-se com uma filhota de veada, dócil e discreta, que Gedeão trouxera do mato para ele. Mas não estava contente. O Bino, sempre faroleiro e gabola, um dia lhe dissera que um xibiu de mulher — Hummmm! — é muito melhor, mil vezes melhor do que a xoxota da mais gostosa das cadelas. E ele, como ninguém, bem podia dizer, pois andava enrabando a vasta e massuda Jurema, filha de Saluma, tapuia quente e úmida como a floresta, e de lábios grossos e roxos como o vinho de açaí. Pena que, segundo Bino, a cunhantaim era meio pancada, pois, depois que se deitaram no mato pela primeira vez, tendo perguntado à rapariga quem lhe tinha arrancado o cabaço — pois já não era virgem —, ela respondeu, com o ar mais sério do mundo, que fora um veado galheiro, numa noite em que ela virou bicho. Ham! Agora Mica entendia! Era por essa razão que muitas crianças nasciam com cara ou rabo de animal! Então não tinha por que duvidar. Diana virava mesmo bicho.

Certa noite, o curumim disse para si mesmo que daquela vez ficaria acordado para ver Diana virar bicho. Lá pelas tantas, começaram os costumeiros ruídos na rede da irmã, entremeados com leves suspiros e, uma ou outra vez, pequeninos gemidos. A cabeça rodopiando e o corpo latejando, o curumim, antes de sucumbir à vertigem, viu, como se de repente a noite virasse dia, a irmã, lépida e flexível, saltar da rede e aproximar-se dele, passando a esfregar o dorso macio e formoso na rede dele. Pois Diana havia se transformado numa lânguida e formosa suçuarana. Mica também se lembra de ter saltado da rede e andado pelo terreiro — agora também ele um felino — cheirando e lambendo a sua fêmea. Quando acordou, Diana não estava na rede. O curumim quis de novo dormir para voltar para perto da irmã, a fim de concluir o que nem havia começado, mas não conseguiu, o que o deixou muito frustrado. Enquanto não conseguisse arrastar uma cunhantaim para o mato, como faziam os curumim-açus, teria de continuar se contentando com a sua filhota de veada, pois nunca mais teve outra chance com Diana, que passou a virar bicho muito tarde, depois que ele já caíra no sono.

Quando Tudo Parece Perdido

— Êta mundão de água! — exclamava Gedeão, lembrando-se do rio Tapajós. Pois nunca vira tanta água junta e ficara maravilhado. Padre Alfredo, chegando à vila de Boim, partiu para Santa Irene no mesmo dia. Gedeão e Clementino, que vieram com ele do Nambu, viram — do pequeno trapiche da vila, cercados por homens, mulheres, curumins e cachorros que acenavam (e latiam) em despedida — a canoa à vela que levava o padre ser engolida pelo horizonte. Durante um longo tempo Gedeão continuou olhando fascinado para a vastidão azul do rio, que, naquele ponto, fazia uma grande curva e era muito largo, mal se divisando a outra margem. Então uma nostalgia até então desconhecida tomou conta dele, ao pensar que Dora, a linda filha de Estefano, a Iara que quase o enlouquecera, um dia também passara por aquelas águas. E se ele pegasse uma canoa e fosse remando até Santa Irene? Bateria em todas as casas, até encontrá-la. "Acho que ela não ia me reconhecer", pensou por fim Gedeão, muito triste. Os dois rapazes haviam deixado a vila de Boim, mas, em vez de enveredarem pelo caminho de volta ao Nambu, acabaram perambulando pelas praias alvas e desertas do rio. Clementino, impaciente para voltar para casa, em vão procurava quebrar o enleio do amigo, que, sentado na areia, não cansava de contemplar o rio. Quando, por fim, Gedeão levantou-se, a noite já ia lançando seu manto negro sobre todas as coisas. Milhares de estrelas começavam a piscar como pirilampos no céu. Espetáculo impressionante! Milhares de olhos pingando lágrimas de luz sobre a bacia lisa e profunda do rio!

— Agora vamos ter que dormir aqui! — disse Clementino, visivelmente aborrecido, enquanto amontoava lenha para uma fogueira.

— Amanhã cedinho a gente vai simbora — procurou acalmá-lo Gedeão.

Clementino, para quem nada daquilo era novidade, depois de jantarem o peixe assado que haviam trazido para a viagem, estirou-se sobre a areia da praia e dormiu, enquanto Gedeão continuou por muito tempo acordado. Longe, muito longe, como se brotasse do meio das águas, um clarão despontava. Apesar da distância, alguns raios, depois de caminharem sobre as águas, vinham morrer na praia, a poucos passos de Gedeão. "Ela tá lá", pensou Gedeão, olhando o longínquo clarão. Certa vez Estefano dissera-lhe que Santa Irene era iluminada por lamparinas muito fortes, que não queimavam querosene. Sim, aquele clarão só podia ser Santa Irene. Então ele pensou que Dora estava lá, bem pertinho de onde saía aquela luz que vinha morrer na praia. Quem sabe se a luz, antes de partir da cidade, não tinha batido no rosto dela? Gedeão então se levantou e fez um carinho no espelho da água, pensando no rosto de Dora. Mas sentia-se muito triste. A grandiosidade das coisas à sua volta o esmagava. Diante da imensidão monstruosa do céu, da terra e da água, ele sentia-se frágil como um sopro. Mas, oh! Nem isso ele era, pois, se fosse um sopro, ia por cima d'água até Santa Irene e faria um carinho de brisa no corpo de Dora.

De manhã, quando acordou, nem se lembrava de ter dormido. Não fosse pelo Clementino, bem que ficava mais aquele dia ali, na beira do rio. Quando os dois, depois de três dias de caminhada, chegaram ao Nambu, Gedeão não cansava de contar a todos o que vira. E ficou abismado quando Eduardo lhe disse que, embora o Tapajós fosse muito grande, não passava de uma cuia d'água na grande bacia que era o oceano; que havia muitos rios grandes como o Tapajós, embora poucos fossem tão bonitos como ele, e todos acabavam desaguando no mar; e que tinha mais água do que terra no mundo. Gedeão sabia que Eduardo falava a verdade, mas não queria acreditar.

— Então por que a gente não se afoga? — perguntou ingenuamente Gedeão.

— Porque há um equilíbrio em todas as coisas — respondeu Eduardo.

— E como apareceu tudo isso? — tornou Gedeão.

— Não sei, acho que ninguém sabe ao certo. Uns dizem que foi Deus quem criou, outros dizem que tudo aconteceu por acaso, outros acham que é a própria natureza que vai se fazendo...

— E tu, o que pensas?

— Eu? — espantou-se Eduardo, admirado de que Gedeão se preocupasse com tais coisas. — Não sei, antes eu achava que tinha uma verdade, mas hoje eu desconfio de que o que a gente vê e pensa que é a realidade talvez não passe de uma miragem; entende? O que a gente vê talvez não exista. Por exemplo: olha pro rio (Gedeão obedeceu). — Vês o volume d'água, a massa líquida escura do Nambu; se olhares dez vezes, vai parecer que é sempre o mesmo rio, mas isso é uma ilusão, pois, entre uma piscada e outra, a água passa sem cessar, assim como a pele da gente está sempre se renovando; entendeste? A única coisa que eu não tenho dúvida que existe é o movimento. As pessoas criam verdades absolutas para se sentirem seguras, apenas isso.

— Eu pensava que o mundo tinha vindo da escuridão.

— Como assim, Gedeão?

— Foi o que me contaram. No princípio, este mundo tava na escuridão. Da escuridão saíram dois homens, um chamado Caru e outro, que era seu filho, chamado Rairu. Rairu tropeçou numa pedra furada como uma panela e ralhou com a pedra. Caru, seu pai, mandou o filho carregar a pedra que tinha ralhado. Rairu cumpriu a ordem do pai, carregou na cabeça a pedra que em cima dele começou a crescer.

Pesando já muito, ele disse ao pai: "Esta pedra já pesa muito". A pedra crescia cada vez mais e Rairu não podia andar. A pedra continuou a crescer. Cresceu tanto a pedra em forma de panela que formou o céu. Apareceu então depois o sol no céu. Rairu ajoelhou-se, vendo seu pai ser o criador do céu. Caru era inimigo do filho, porque sabia mais do que ele. Um dia Caru flechou a folha de um tucumã e mandou o filho subir o tucumanzeiro para tirar a flecha, para ver se matava ele. O filho chegou perto do tucumanzeiro, os espinhos se viraram todos para baixo para ficar bonitos; e subiu e tirou a flecha do pai. Noutro dia mandou o filho adiante para o roçado e contam que cortou todas as árvores para matar o filho. Derrubou então as árvores em cima do filho, os paus caíram todos em cima dele, mas ele não morreu nem se feriu. Caru arredou-se daí, pensando que o filho tinha morrido. No outro dia voltou e achou o filho perfeitamente bom. Quando Caru ia queimar a roça, mandou o filho para o meio, pra que morresse queimado. Caru cercou o filho de fogo. Quando Rairu viu a fogueira cercá-lo, entrou pela terra e quando a roça acabou de queimar, apareceu sem nada lhe ter feito o fogo. Caru zangou-se muito, vendo que o filho não morria. No outro dia, Caru voltou e foi pro mato. Lá no mato, pegou folhas secas e fez uma figura de tatu, e enterrou, deixando o rabo de fora, mas antes esfregou resina no rabo do tatu. Depois chamou o filho e lhe disse: "Vamos caçar?". "Vamos!", concordou Rairu. Caru andou virando pelo mato e chamou o filho: "Aqui está um tatu, vem puxar!". A figura daquele tatu ia cavando: já tava um buraco no chão. Rairu agarrou o rabo do tatu e não pôde mais largar, porque a resina grudava na mão. Contam, então, que a figura do tatu levou ele pelo buraco pela terra dentro e sumiu-se. Caru ficou contente, pensando que o filho tinha morrido, mas, dias depois, passando pelo buraco, viu seu filho saindo dele. Então Caru pegou um pau e bateu no filho. O filho lhe disse: "Não me batas, porque no buraco da terra eu achei muita gente, mais que boa, e eles vêm trabalhar pra nós". O pai deixou ele e não bateu mais no filho. Arredondou uma coisinha e atirou no chão; essa coisinha cresceu transformada em algodão. O algodoeiro cresceu logo, floresceu, dando, depois, algodão. Caru apanhou o algodão e fez uma corda, amarrou Rairu e o meteu no buraco do tatu. Contam que pela corda e do buraco subiu muita gente feia, depois também subiu muita gente bonita; dizem que então a corda rebentou e o resto da gente bonita caiu no buraco. Rairu subiu com a gente bonita. Contam que Caru, quando viu aquele bando de gente, mandou fazer uma coisa verde, uma vermelha, uma preta, uma amarela, para assinalar aquela gente com as suas mulheres, para quando aquela gente crescesse ser munducucu, mura, arara, pamaná, uinamari, maué, manateneri, catauchi e assim todos os povos indígenas. Demoraram muito a pintar toda aquela gente, ficaram uns com sono e outros mais que dormindo. Caru disse aos preguiçosos: "Vocês são muito preguiçosos, agora vocês serão passarinhos, morcegos, porcos e borboletas". Aos outros que não eram preguiçosos e que eram bonitos, Caru disse: "Vocês serão o princípio de outro tempo; noutro tempo os filhos de vocês serão valentes". Depois Caru sumiu-se pela terra a dentro. E assim o mundo se formou.

— Pode ser que tenha sido assim — disse Eduardo.

— Vai lá a gente saber! Pois eu acho que a única coisa que sempre existiu foi o pensamento.

— Como assim, Gedeão?

— Quando eu olhava pro tamanhão do rio Tapajós e do céu cheio de estrelas que cobria ele, eu achei que se eu não tivesse nascido não fazia nenhuma diferença, assim como quando eu morrer tudo vai continuar existindo; tudo é tão grande, tão enorme diante da gente...

— E daí? Continua.

— Não sei como dizer. Sabe, eu pensei numa pessoa que eu sei que não pensa em mim, acho que nem lembra que eu existo! Daí que eu pensei que eu não existo pra ela, mas ela existe pra mim, porque eu penso nela. Entendeste?

— Não sei, deixa eu ver... Bem, queres dizer que as coisas só existem quando a gente pensa nelas?

— Sim, mas o que adianta existir na minha cabeça, se nunca puder tocar nela?

— E quem é ela? — perguntou Eduardo, percebendo finalmente que o amigo, inesperadamente tão filosófico, queria mesmo era fazer-lhe uma confidência.

— Dora, a filha de Estefano, o patife que matou meu pai!

Gedeão então abriu o seu coração a Eduardo, dizendo como era linda a filha de Estefano, que um dia surgiu do fundo do lago, branca, loura e de olhos verdes, verdes como a esmeralda! Eduardo agora entendia por que o amigo se sentia tão atraído pelas águas verde-negras, quase azuis, do Tapajós, e por que esperava ansiosamente o dia de ir com Clementino a Boim a fim de encontrar-se com padre Alfredo, conforme combinaram. Eduardo, que achara artificial, pueril e impossível o amor de Peri por *Ceci*,[42] agora era forçado a reconhecer que um amor desses podia até acontecer, embora continuasse sendo impossível. Pois era inconcebível que uma jovem branca, educada na cidade, retribuísse o amor de um tapuio bronco e analfabeto, por mais nobre que fosse a sua alma. Eduardo sentiu-se profundamente tocado e condoído pela desdita do amigo. Mas nada podia fazer por ele, pois ele próprio também

---

[42] Personagem feminina do romance *O Guarani* (1857), de José de Alencar (1829-1877). Cecília de Mariz (que é frequentemente chamada de Ceci, termo derivado do tupi antigo *sasy*, "a dor dele": no caso, a dor de Peri por não ver correspondido seu amor por Cecília). (N. do E.)

não sofria sem nada poder fazer a não ser esperar desesperadamente que padre Alfredo chegasse e lhe trouxesse as notícias?

Dois dias depois, Gedeão e Clementino foram a Boim buscar padre Alfredo, enquanto toda a vila os aguardava, ansiosa. Cinco dias depois de terem partido, quando a vila estava no auge da expectativa, os rapazes chegaram de volta com padre Alfredo. Como sempre fazia, padre Alfredo recebeu pacientemente as demonstrações de carinho de todas as suas ovelhas, que vinham de uma a uma beijar-lhe as mãos, em sinal de respeito, ou abraçá-lo, ou contar-lhe as novidades, saltando-lhe ao colo, como faziam as crianças, ou lambendo-lhe as pernas, como faziam os cachorros, o que, tudo junto, acrescido do assobio dos macacos e do grito dos papagaios e das araras de estimação, produzia um alarido dos diabos. Em retribuição, padre Alfredo distribuía a cada uma de suas ovelhas, ou pelo menos a cada chefe de família, uma pequenina bugiganga comprada na cidade, como prova de que, aonde quer que ele fosse, nunca as esquecia, o que as deixava muito vaidosas. Mas, desta vez, embora procurasse sorrir, padre Alfredo parecia tenso e preocupado, o que não passou despercebido a Eduardo. Terminada a recepção, tendo cada um tomado o rumo de casa ou do trabalho, padre Alfredo recolheu-se ao seu aposento — se é que se pode chamar de aposento o minúsculo cômodo aos fundos da capela. Eduardo, não contendo a ansiedade, foi ter com ele. Depois de se anunciar e de receber a permissão para entrar, foi encontrar padre Alfredo sentado num tamborete, retirando dos pés o surrado tênis que costumava usar toda vez que entrava na mata. O padre, embora fraterno e paciente, respondeu-lhe o cumprimento num tom tão desanimado que o amigo se sentiu desencorajado a prosseguir.

— A viagem certamente foi longa e cansativa — comentou o rapaz, sondando o ânimo do amigo.

— Sim, muito longa; são quatro dias sem parar; um pelo rio e três através da mata.

— O padre já se lavou?

— Ainda não, mas não te preocupa, meu filho; só preciso de um tempinho para refazer as forças, depois vou ao rio tomar banho.

— Se padre Alfredo quiser, eu o acompanho — ofereceu-se Eduardo, pensando num modo de introduzir o assunto que o trazia até ali.

— Eu até que aceito os teus cuidados, meu filho; não é bom um velho como eu andar sozinho de noite pelo rio, a gente nunca sabe o que pode encontrar pelo caminho.

Havia retirado o tênis, que arrumara cuidadosamente num dos cantos do quarto; em seguida, desembaraçou-se da calça larga de brim e da camisa de mangas compridas, ficando apenas de ceroulas, e, depois de pendurar as duas peças em pregos fincados no esteio, que faziam as vezes de cabide, sentou-se novamente no pequeno tamborete e, olhando os seus próprios movimentos, pôs-se a mexer os dedos longos e muito brancos dos pés, finalmente libertos do velho tênis.

Padre Alfredo calara-se e Eduardo não sabia o que dizer. Esperava que o padre perguntasse como tinha se portado a vila durante a sua ausência, pois sabia que o padre, como um condutor de ovelhas, temia que algum mal lhes acontecesse. Mas padre Alfredo nada perguntava, tampouco parecia querer falar sobre a sua ida à cidade. Eduardo procurava criar coragem, mas o silêncio do padre o desanimava. Só lhe restava esperar.

Padre Alfredo finalmente se levantara e, passando mão da lamparina, disse:

— Pronto, vamos ao banho!

Andaram um bom pedaço do caminho em silêncio.

— Como foram as coisas lá na cidade? — finalmente perguntou Eduardo, procurando afugentar o mau pressentimento que o agoniava, pois o silêncio de padre Alfredo não lhe parecia uma simples falta do que dizer, mas medo de dizer algo muito importante.

Depois de alguns instantes de hesitação, padre Alfredo respondeu:

— Nada bem! Problemas! Problemas! Mas nada que Deus não possa resolver.

E o padre novamente se calou, deixando Eduardo mergulhado na mais dilacerante ansiedade. "O que o padre quer dizer com nada bem?", indagava-se a si mesmo Eduardo.

Chegaram ao porto, padre Alfredo entrou n'água com ceroula e tudo, até ficar com água pela cintura. Antes de mergulhar, ciciou uma prece curta e fez o sinal da cruz sobre o peito. Eduardo acabou entrando n'água, só para fazer companhia ao amigo. O coaxar dos sapos misturava-se ao burburinho da vila.

— Padre, desculpe perguntar, mas o que o senhor quer dizer com nada bem? — não resistiu Eduardo.

— Nada bem, meu filho, apenas isso... — respondeu o padre, mas Eduardo julgou que os seus olhos, iluminados fracamente pela lamparina, queriam dizer muito mais.

— Pode me falar, padre; estou preparado!

Padre Alfredo não respondeu. E esse silêncio já dizia quase tudo.

— Eu sei, o senhor não tem notícias boas; o que aconteceu? — suplicou-lhe Eduardo.

Então padre Alfredo, que preferia continuar carregando sozinho aquele pesado fardo, não pôde mais se calar. Contou a Eduardo, escolhendo cuidadosamente cada palavra, as tristes notícias: um amigo seu em Belém conseguira contato com Jairo, que se encontrava preso, acusado de terrorismo; segundo Jairo, o João e a Judite estavam "desaparecidos", isto é, presos pelos militares, que no entanto negavam que eles estivessem em seu poder, sabendo-se, porém, com certeza, que João fora preso e torturado até a morte; quanto à Judite, também fora presa, mas não se sabia se estava viva ou morta.

Padre Alfredo, mais uma vez, parara de falar, embora a pior notícia ainda não tivesse sido dada. Os dois haviam saído d'água, padre Alfredo o observava. Por alguns instantes, Eduardo parecia estático. Aparentemente, as notícias não lhe causaram nenhum impacto, mas, na verdade, sofria a dor terrível de quem se vê num segundo brutalmente esmagado. João, o puro e valoroso João, morto sob tortura! "Bandidos! Desgraçados!", gritava a alma angustiada de Eduardo. Jamais duvidara de que João fosse capaz de sacrificar sua própria vida para ver realizado o seu sonho, pois, embora João proclamasse que cada homem podia escolher o seu próprio caminho, trazia inscrito na testa e em tudo o que fazia o seu trágico destino. Era, no entanto, por demais brutal saber que o companheiro tivera uma morte tão atroz e hedionda. E Jairo, o generoso e inofensivo Jairo, incapaz de matar uma barata, agora nas mãos de bandidos, que se auto-proclamavam defensores da pátria! Patifes é o que eram! Degenerados! E Judite, o que fizeram à sua pequenina e doce Judite? Nenhuma mulher desejou o bem da humanidade com mais ardor do que ela, e também nenhuma outra mulher foi tão amada. Onde estaria Judite?

— E a minha mãe, padre! O senhor soube alguma coisa dela?

— Meu filho — disse padre Alfredo, com voz pausada —, as notícias infelizmente não são boas.

— O seu amigo falou com ela?

— Infelizmente, meu filho, ele não pôde falar com ela.

— Mas, por quê, padre? Ela mudou de endereço?

— De certa forma, sim; tudo no mundo é passageiro; o ser humano é um vaso por demais frágil...

E padre Alfredo calou-se novamente.

— Pode me dizer, padre; eu já sei o que aconteceu: minha mãe morreu! Não foi? Minha mãe morreu! Não foi, padre Alfredo? Minha mãe morreu! Minha mãe morreu!... — como um animal mortalmente ferido, Eduardo estrugia violentamente. Padre Alfredo continuava em silêncio.

Por alguns instantes, uma espécie de furor cavernoso sacudiu o peito do rapaz, irrompendo-se aos borbotões através da garganta, em forma de grunhidos e soluços.

— Senta-te aí um pouco — pediu padre Alfredo, apontando uma tora de madeira que as mulheres usavam para bater roupas. — Meu filho, posso te dizer algumas palavras?

— Não há palavra, padre, que possa aliviar o meu sofrimento. O senhor é capaz de sentir o que estou sentindo? Uma vontade louca de morrer é o que sinto agora, padre! Pois como vou viver se me arrancaram tudo o que era sagrado? Meus amigos estão presos ou mortos, e minha pobre mãe, de tanto desgosto que lhe dei, agora está morta, nunca mais a verei! Convença-me, padre, pelo amor de Deus, de que não é melhor meter uma bala na cabeça! Pois até sonhar já não posso! Sem lar, sem endereço e sem passado, obrigado a esconder o meu verdadeiro nome, que espécie de criatura sou eu? Ande, padre, me responda! Um fantasma é o que eu sou! Um Anhangá, um Curupira! Uma mula sem cabeça!

— Tenta te acalmar, meu filho; nem tudo está perdido!

— Do que o senhor está falando, padre?

— O Brasil ainda existe! E ele precisa de homens como tu!

— O padre acredita mesmo nisso? — Eduardo esboçava agora um sorriso terrível nos lábios; uma lágrima como que se petrificara no rosto.

— Piamente.

— Pois o padre está grotescamente enganado. O Brasil é um caso perdido! Os verdadeiros democratas foram todos esmagados!

— Mas a luta não foi em vão. Os militares já não têm o mesmo prestígio, andam até falando em redemocratização; logicamente dentro do figurino que eles fizerem.

— Aí é que está, padre. Os milicos podem até entregar o poder, mas sabe quem vai ocupar o lugar deles? A grande burguesia, a mesma classe que colocou os patifes no poder. Ou o senhor crê que os incompetentes dos comunistas um dia vão conquistar o poder no Brasil? E, ainda que os comunistas chegassem ao poder, não seria o melhor dos mundos para o senhor, não acha?

— Talvez, meu filho; mas esse é um problema para o futuro; por ora já ficaria feliz se diminuíssem a exploração e a injustiça. Daí que homens como tu não podem desanimar. Se cresses em Deus, verias que, quando tudo falha e parece perdido para o justo, eis que do céu um facho de luz mostra o caminho.

— Pois não conte comigo, padre! Cansei!

— Conto sim! Aliás, não apenas eu, mas também o povo da vila.

— Como assim?

— Amanhã te conto. Sei que não vai ser fácil, mas deves tentar dormir esta noite; amanhã as coisas te parecerão diferentes; verás que nem tudo terminou. Vamos pra casa? — Padre Alfredo abaixou-se e pegou a lamparina do chão. Eduardo levantou-se e seguiu os passos do padre.

A Violência Vem da Cidade

No dia seguinte, Eduardo levantou-se da rede bem cedo. Passara a noite em claro, ruminando sozinho o seu sofrimento, e chegara à conclusão de que padre Alfredo tinha razão: apesar de tudo, a vida continuava. Sentia-se confortado em saber que padre Alfredo era seu amigo.

Depois de beber o café com beiju que Dadá lhe ofertara, foi ter com o padre. Encontrou-o de joelhos, rezando baixinho diante do altar. Sentou-se num dos bancos toscos da capela e aguardou. O padre, que lhe escutara os passos, não tardou a encerrar a sua prece e levantou-se lentamente, o cenho franzido a revelar preocupação.

— Que bom ver-te, meu filho! Deus certamente tem ouvido as minhas preces.

— Padre, obrigado pelas palavras de conforto que me disse ontem; não sei se Deus existe nem se foi ele quem fez a vida, mas sei que a vida é uma coisa maravilhosa e nenhum homem deve ter o direito de destruí-la. Gostaria que me dissesse o que o preocupa, padre; quero que saiba que pode contar comigo para o que der e vier.

— As tuas palavras, irmão — posso chamar-te de irmão? — as tuas palavras são um bálsamo para a minha alma; elas deixam-me cheio de alegria. Vejo que nasceste com muitos dons e que podes ser um precioso instrumento nas mãos de Deus, para salvar os pobres desta vila da violência que neste momento está se armando contra eles.

— Violência, padre? O senhor pode me esclarecer?

— O caso é o seguinte, Eduardo: encontrei em Santa Irene o boato de que o comerciante Estefano Barbosa tinha conseguido o título de propriedade das vastas terras que vão do rio Maró até o rio Nambu, e que se prepara para fazer a limpeza da área, isto é, expulsar os antigos moradores do lugar.

— O senhor disse Estefano? O tal que queria escravizar o pessoal da Dadá?

— Sim, ele mesmo; é um homem muito perigoso, perverso e cheio de manhas, e não está só... Conta com o apoio e a cumplicidade das autoridades, a começar pelo salafrário do escrivão do Cartório de Registro de Imóveis, que lavrou — é fácil imaginar a troco de quê — um documento flagrantemente ilegal, pois as terras do rio Nambu sempre foram habitadas pelos descendentes dos índios maué e pertencem por isso à União, não podendo ser apropriadas por particulares.

— Mas não dá pra provar a falsidade desse documento na Justiça?

— Justiça, meu amigo? Estás brincando, não é?

— Falo sério, padre! Pensei que o senhor acreditava na tal Justiça.

— Acreditava, mas, de uns tempos para cá, não tem sido fácil crer em alguma coisa neste país. Como procurar a Justiça para anular o título de propriedade de Estefano se a mesma Justiça, sem nem mesmo ouvir os atingidos pela medida, já decretou a reintegração de posse em favor de Estefano? Os advogados da diocese dizem que isso é um completo absurdo, pois a tal reintegração de posse só pode ser concedida contra quem invade um terreno, jamais contra os legítimos possuidores.

— Mas, padre, se isso acontecer, se Estefano invadir o Nambu, vai ser um massacre! Não é possível que o prefeito de Santa Irene ou o governador do Pará queiram tal coisa.

— A coisa é muito mais complicada, meu amigo! Nem mesmo D. Romualdo, com todo o seu prestígio de bispo de Santa Irene, pode fazer alguma coisa. Até agora em vão tem alertado as autoridades para a loucura que seria uma invasão do Nambu. O prefeito Cândido

Ambrósio, do Partido do governo, não vai, pelo visto, mover uma palha para impedir o massacre, pois tem interesse na expulsão dos tapuios. Dizem que ele é sócio de Mr. Robin Kollie, milionário norte-americano que se dedica a adquirir terras no Brasil. Estefano, neto empobrecido de um certo Barão, não passaria de testa-de-ferro destes dois senhores, que pretendem montar na região uma grande empresa de corte de madeira de lei, evidentemente depois de Estefano limpar a área, pois temem que os tapuios tornem-se um obstáculo à extração da madeira. Quanto ao governador do Estado, é amigo do prefeito e também tem lá seus interesses no caso. Para completar, faz parte da gangue o chefe do destacamento de polícia de Santa Irene, o petulante José Ambrósio, irmão caçula do prefeito. Como vês, meu amigo, desde o escrivão do Cartório até o governador, passando pelo chefe de polícia e pelo prefeito, o cerco está montado.

— E então, padre, devemos preparar o povo para resistir! — disse Eduardo.

— Que bom te ouvir falando assim, meu filho! É sinal de que o guerreiro não morreu! Resistir, sim! Lutar, sim! Mas sem violência!

— Mas, e se Estefano de repente nos atacar?

— Garanto que não vai atacar! Não terá coragem!

— Por que tem tanta certeza disso, padre?

— Porque Deus, ao criar o homem, não esqueceu de inscrever pelo menos um pouquinho de decência no coração até mesmo do mais vil celerado.

— Eu não o compreendo, padre.

— É simples: voltarei a Santa Irene amanhã mesmo e trarei a filha de Estefano para morar conosco!

— E aí — será que entendi? — Estefano não atacará a vila com medo de ferir a filha?

— Isto mesmo, meu filho! Amanhã mesmo partirei!

— Mas, padre, diga-me uma coisa: como o senhor convencerá a filha de Estefano a vir para cá?

— Ainda não sei, mas acho que não será tão difícil, pois Dora é uma moça maravilhosa — simples, justa, generosa... bonita por fora e por dentro; afora a cor, em nada se parece com o pai. Estudou na capital no momento mais negro das perseguições políticas e descobriu na luta, ao lado dos seus companheiros, o amor pela justiça, causando por isso grande desgosto a Estefano, que certamente preferia ter uma filha analfabeta a descobri-la comunista. Dora voltou da capital formada e casada, aliás ricamente casada com um jovem fazendeiro, chamado Julião Aires, único herdeiro do falecido Domiciano Aires, fazendeiro da ilha do Marajó.

"Julião Aires?!", perguntou-se a si mesmo Eduardo, lembrando-se de Julião, o garoto inteligente e corajoso que Jairo recrutara para o movimento. O "Búfalo", como os amigos o chamavam, por ser filho do maior criador de búfalos do Marajó. Seria o mesmo Julião? Ou tudo não passaria de coincidência?

— Com a morte do pai — continuou padre Alfredo —, Julião, ou melhor, o Doutor Julião, como todos o chamam, pois é formado em Direito, vendeu as vastas propriedades do Marajó e transferiu-se para Santa Irene, readquirindo aqui as terras que antigamente pertenceram ao Barão de Santa Irene, tataravô da sua bela esposa, as quais foram perdidas a terceiros pela incúria e incompetência dos seus descendentes, incluído aí o bisneto Estefano.

O leitor que chegou até aqui sabe que Julião, que se tornara homem de grande prestígio no Baixo-Amazonas, era uma figura curiosa. Embora filho de fazendeiro, Dora conhecera-o lutando contra a ditadura militar. E mesmo tendo largado depois a militância política para se dedicar exclusivamente aos seus negócios, mantinha boas relações com os representantes dos trabalhadores e padres progressistas, de um lado, e com os fazendeiros e caciques políticos conservadores, de outro. Embora se mantivesse equidistante das contendas, tolerava que Dora continuasse militando a favor dos pobres, talvez menos por sentimento democrático do que por amor à sua bela esposa. Fazia vultosos donativos à Igreja, talvez menos interessado em assegurar um lugarzinho no céu, pois continuava ateu confesso, do que em merecer a valiosa estima do bispo D. Romualdo, enquanto ao mesmo tempo colaborava para o "fundo" organizado pelos fazendeiros, com que compravam armas para defenderem as suas terras da ameaça cada vez mais crescente dos camponeses pobres, que, escorraçados pela seca do Nordeste ou pelo grande capital do Sul, que os expulsavam de suas terras, começavam a migrar em grandes levas para a Amazônia, como nuvens de gafanhotos famintos, atraídos pela fama das vastas terras e das infindáveis florestas. No entanto, por baixo dos panos, através de Dora, que mantinha contato com a liderança da horda "sem eira nem beira", chegava ao disparate de fornecer recursos para os desgraçados organizarem a resistência, sendo, por isso, respeitado e benquisto pelos párias da sociedade, o que não o impedia de também ser incluído pelo prefeito Cândido Ambrósio no rol de seus melhores amigos. Pois o prefeito, ex-deputado estadual e cacique político local, não se esquecia de que Julião Aires, além de grande fazendeiro e seu correligionário, um homem portanto da sua classe, tinha sido quase que um filho para a sua falecida sogra D. Adelaide, mãe de sua linda e apetitosa esposa Maria Clara. O fato de Julião ter se casado com Dora, a filha "comunista" de Estefano, não deixava de ser incômodo, mas não o desabonava aos olhos do ultraconservador Cândido Ambrósio, que, do alto de seus 45 anos, achava-se bastante sábio para compreender a situação do amigo. Afinal, pensava ele, o amor cega o homem, e as mulheres são criaturas frágeis que se deixam vitimar facilmente por caprichos. Se tal ideia fosse verdade, deveria ser aplicada também para ele, Cândido Ambrósio, que, de tanto amar Maria Clara, ficara cego para os cornos com que esta lhe adornara a testa. Pois, em toda a cidade, ele era o único que não sabia que sua discreta e recatada esposa sempre fora amante de Julião.

— Gostaria que fosses comigo a Santa Irene — disse padre Alfredo a Eduardo.

— Obrigado, padre, doutra vez eu vou — respondeu o rapaz, temendo ser reconhecido por Julião. O padre não insistiu, mas pediu-lhe que não revelasse a ninguém a ameaça de invasão, pois receava que os tapuios entrassem em pânico.

Na manhã seguinte, bem cedo, partiu para Santa Irene, levando consigo Gedeão. O povo estranhou a viagem intempestiva. No caminho, disse ao seu jovem acompanhante apenas que iriam à cidade buscar uma professora para a vila, mas Gedeão quase nem ouviu, só pensando em chegar logo à cidade, lugar fantástico onde crianças se equilibram sobre duas rodas e enormes animais de ferro andam em largas estradas iluminadas por grandes lamparinas que não queimam breu nem querosene. Em Boim, a pequena vila de pescadores a meio caminho, padre Alfredo aconselhou-o a tomar um banho de rio e trocar a roupa antes de partirem. Gedeão caiu n'água com prazer, sem cansar de olhar para a monstruosidade líquida balouçante, custando a crer que daí a pouco pudessem atravessar aquela imensidão de água. Depois do banho, vestiu, acanhado, a calça e a camisa que padre Alfredo lhe emprestou. "Que tal colocar uma ceroula também?" — perguntou o padre. Era a primeira vez que o rapaz vestia uma calça, quanto mais uma ceroula! "Na cidade os homens não saem de casa só de calção", justificou padre Alfredo. Era simples de entender — raciocinou Gedeão —, nas estradas largas da cidade não devia haver espinheiros para rasgar a roupa.

Durante as cinco horas de travessia do rio, passado o receio das grandes ondas, Gedeão só pensava em encontrar Dora em Santa Irene. A princípio essa ideia trouxe-lhe grande felicidade, mas, pouco a pouco, à medida que se aproximavam da cidade e ele via a quantidade de ruas e ruelas que, subindo da praia de forma pouco ordenada, emaranhando-se como um cipoal, iam perder-se no alto da esplanada sobre a qual se assentava a cidade, a sua euforia foi se arrefecendo. Como encontraria Dora naquela infinidade de caminhos? Iria de casa em casa. Mas de quantos dias precisaria para bater em todas elas?

— Alegra-te, Gedeão! Estamos chegando! O que estás achando da cidade? — gritou-lhe padre Alfredo, satisfeito porque a longa viagem estava terminando.

— Tem muita casa... — disse Gedeão, sem muito entusiasmo.

No trapiche de madeira estava atracado um navio de grande calado, o que, mesmo para a gente da cidade, não deixava de ser uma sensação, pois não era todo dia que um navio daquele tamanho parava no porto de Santa Irene, que naquela época não passava de um lugar bonito e aprazível, mas desimportante, onde não valia a pena atracar.

— Já viste uma canoa daquele tamanhão? — tornou padre Alfredo.

— Derrubaram muita itaubeira pra fazer ele... — observou Gedeão.

— Nenhuma! Pois é todo feito de ferro! — informou padre Alfredo, esperando que esse detalhe pasmasse o tapuio. Acabou desapontado. Nos olhos de Gedeão julgou divisar a mescla de ânsia e receio que costuma atingir os tapuios ao se depararem pela primeira vez com a cidade. Pois Santa Irene, apesar de pequena, isolada, provinciana e desimportante, não deixava de gozar da aura ilusória de todas as cidades.

— Fica tranquilo, meu filho; estás comigo! — procurou acalmá-lo padre Alfredo.

Gedeão não o escutou. Pensava em Dora. E quanto mais pensava, mais triste e deprimido se sentia, pois a sua ingenuidade não o impedia de reconhecer que a sua ideia era quase uma loucura. Só por uma grande sorte a encontraria e, ainda que a encontrasse, certamente Dora não o reconheceria. Pois o que ele significava para ela? Nada, certamente nada!

A canoa aproximava-se rapidamente da praia e o canoeiro já amainava as velas. Era possível avistar algumas pessoas lá em cima, na rua que beirava o rio. Vasculhou com o olhar a todas elas. Na maioria homens de pele bronzeada e cabelos lisos, gente tapuia, como ele. Iam de lá para cá, entre um armazém e outro, vergados sob o peso dos sacos de mercadorias, sem camisa e descalços. Passavam também homens e mulheres, algumas moças, todos bem vestidos, olhar altivo, mas nenhuma delas era Dora. Olhou de novo para as ruas que começavam no rio e subiam para a terra; fixou os olhos em algumas casas. Em qual delas estaria Dora? Por um instante lhe ocorreu a ideia macabra de que talvez Dora não estivesse em Santa Irene. Não sabia se era uma recordação ou se a sua mente atormentada inventara, mas agora parecia lembrar de ter ouvido de Dora, numa das poucas ocasiões em que estiveram juntos, que ela iria estudar numa cidade grande, longe de Santa Irene.

A canoa abicou na praia. Padre Alfredo e Gedeão, carregando a bagagem, subiram para terra. Um minuto depois já estavam dentro de um velho automóvel rosronento, um dos poucos existentes na cidade e o único que fazia o papel de táxi. O seu dono era execrado pelos donos dos carros-de-boi que se arrastavam pelas ruas esburacadas de Santa Irene, que se achavam vítimas de concorrência desleal.

— Vai pra diocese, padre? — perguntou o motorista, que conhecia padre Alfredo.

— Não, meu filho; leve-nos primeiro ao sindicato dos trabalhadores rurais.

O motorista obedeceu, tagarela.

— A coisa aqui anda quente, seu padre; parece que o José Ambrósio quer jogar a polícia em cima do povo do Tabocal; os cabocos vieram pra cidade protestar, estão todos no sindicato; o Zé Fileto ficou preso um dia inteiro, mas já soltaram ele. Imagine que todo esse alvoroço por causa dumas terras no cu do juda.

— Tão brigando por causa de terra, padre? — perguntou Gedeão, com uma expressão admirada.

— E não é que é!? — exclamou padre Alfredo.

— Mas tem tanta terra! Não dá pra todo mundo? — pasmou-se Gedeão.

— É a ganância do ser humano e a esperteza dos fazendeiros, meu filho! Pois não querem ter o trabalho de desbravar terras novas; preferem se apoderar das terras já desbravadas pelos pobres, o que não é justo.

Haviam chegado à frente do sindicato — um galpão de madeira, coberto de zinco.

— O senhor nos espera aqui? Não vou demorar — disse padre Alfredo ao motorista.

— Queres vir comigo, Gedeão?

Gedeão desceu depois do padre, passos claudicantes, como se ainda estivesse dentro da canoa. Para completar, não sabia como pisar com os sapatos que padre Alfredo lhe emprestara; a calça e a camisa embaraçavam-no. Era um alívio que só notassem a presença do padre e ninguém se incomodasse com ele. Sentiu-se um pouco melhor ao reparar na indumentária surrada e desenxabida dos caboclos que cumprimentavam padre Alfredo. Concluiu que não havia por que se envergonhar.

Padre Alfredo ia abrindo caminho discretamente por entre a massa de homens que se espremia dentro do salão do sindicato, e mesmo assim chamava atenção. Todos o cumprimentavam amavelmente. Parecia bastante popular. Gedeão procurava segui-lo, no vácuo.

Um caboclo baixo e de gestos enérgicos, negros cabelos anelados escorrendo sobre as orelhas, discursava sobre uma espécie de palanque aos fundos do salão. A insignificância física do mameluco só punha em realce o vigor de suas palavras. Gedeão ficou impressionado com a atenção com que o escutavam.

— O padre quer falar com o Zé Fileto? — perguntou um dos assistentes.

— Sim, mas eu espero ele terminar — respondeu padre Alfredo, que havia parado a três metros do palco.

O caboclo ameaçou dirigir-se para trás do palanque, mas se deteve, pois o homenzinho que discursava, no meio de uma frase inflamada, sorriu e piscou no rumo de padre Alfredo, dando a entender que o avistara.

— É o Zé Fileto, presidente do sindicato dos trabalhadores rurais — disse padre Alfredo no ouvido de Gedeão. — Ele é o primeiro presidente combativo do sindicato, o primeiro que de fato está do lado dos posseiros ameaçados pelos grandes fazendeiros. Antes dele, o sindicato era dirigido por homens de confiança do governo, que, ou nada faziam, ou jogavam o sindicato contra os próprios trabalhadores. Entendeste?

— Não sei se entendi bem — respondeu Gedeão, lembrando-se do que Eduardo certa vez lhe falara. — No mundo há ricos e pobres; os ricos exploram os pobres e não querem que eles se revoltem.

— É isso mesmo, Gedeão. Só que tem vários tipos de ricos. Escuta só o que Zé Fileto está dizendo.

Zé Fileto, os olhinhos amendoados chispando fogo e os bracinhos agitados irradiando energia, dizia: "Companheiros, a gente não deve se intimidar, pois nossa luta é justa. O que nós tamos querendo? Apenas um pedaço de terra pra plantar e paz pra viver com nossos filhos; e isso eles negam, os patifes! Não querem que a gente se liberte, que a gente tenha orgulho de ser gente. Por quê? Porque um camponês sem terra é um coitado que trabalha de sol a sol pela bosta de um prato de comida! E é isso que eles querem que a gente seja! Uns bostas! Querem que a gente continue na miséria pra melhor nos explorar! Eles, os banqueiros, os industriais, os comerciantes e os fazendeiros não passam de sanguessugas dos trabalhadores, pois é do nosso trabalho que vem a riqueza que eles possuem. Eles tão querendo transformar a Amazônia numa grande empresa capitalista, onde a gente não passe de mão de obra barata. Mas, se pensam que vai ser fácil, tão muito enganados. Nós vamos lutar. Lutar pela terra, a terra que devemos guardar para nossos filhos! Uma terra sem patrões nem empregados, pois queremos apenas ser livres e não nos transformar em novos fazendeiros. Queremos que a riqueza da terra, da floresta e dos rios da Amazônia pertençam a todos os seus filhos, e não apenas a um magote de capitalistas desalmados, seja lá que nome tenham — industriais, banqueiros, fazendeiros, comerciantes..."

— Ele tem razão, padre! — exclamou Gedeão. — Também lá no Maró Estefano explorava a gente. Só não entendi uma coisa, padre.

— O que, meu filho?

— O Zé Fileto disse que eles querem terra pra plantar, não foi? Mas, padre, pra plantar tem que derrubar a mata, e se todo mundo derrubar a mata, um dia ela vai acabar, e acabando a mata acabam também os pássaros e os animais, e então o homem vai sofrer muito, pois o Curupira vai vir perseguir a gente. Será que falo besteira?

— Não, meu filho, até que tens razão. Mas os trabalhadores vão descobrir que as matas são mais importantes que tudo, pois sem floresta os rios acabariam secando, e, sem a água dos rios, não haveria mais chuvas, e, sem chuva, tudo que plantassem na terra não nasceria, e o Curupira — sorriu padre Alfredo — puniria todo mundo.

Outro caboclo ocupara o lugar de Zé Fileto, que acabara de discursar e, em meio aos aplausos, descera do palanque, vindo em direção de padre Alfredo.

— Bom dia, padre! — gritou o líder sindical.

— Bom dia, Fileto! O que anda acontecendo por aqui? — perguntou padre Alfredo.

— É a luta, padre! Infelizmente é assim: o povo não pode trabalhar nem viver em paz lá no mato; sempre tem um demônio pra infernizar!

Zé Fileto chamou o padre para fora do salão, onde poderiam conversar com calma.

— Gedeão, te apresento o Zé Fileto, o líder dos trabalhadores rurais de Santa Irene. Fileto, este é Gedeão, morador do rio Nambu. Acabamos de chegar de lá.

— Prazer conhecer-te, Gedeão! As coisas também não andam bem por lá, não é?

Gedeão, que até então nada sabia sobre a ameaça de invasão, olhou para padre Alfredo, pedindo-lhe ajuda.

— É por isso que vim te procurar, Fileto — cortou o padre. — Fizeste o que te pedi?

— Oh, sim, padre Alfredo, conversei com ela.

— E então, o que achas?

— Acho que ela irá com o senhor pro Nambu, a não ser que o marido se oponha.

— Ela te falou alguma coisa?

— Apenas que espera o senhor pra jantar com eles.

— Quando?

— No dia que o senhor chegasse.

— Obrigado, Fileto. Muito obrigado! — agradeceu padre Alfredo.

Os dois homens ainda conversaram sobre o "movimento". D. Romualdo — informou Fileto — demonstrara ser um amigo dos trabalhadores, fornecendo alimentos que coletara entre os fiéis.

— D. Romualdo é um homem justo — disse padre Alfredo. — Embora às vezes fique numa situação delicada, sempre arranja um jeito de ajudar os oprimidos.

— Embora o prefeito, o chefe da polícia e os políticos estejam contra nós, uma pessoa rica e influente está disposta a nos ajudar. O padre logo vai saber de quem tô falando — disse Zé Fileto, com um sorriso reticente.

Em seguida, despediram-se. Zé Fileto voltou à assembleia dos trabalhadores, enquanto padre Alfredo e Gedeão, entrando de novo no velho automóvel que os esperava em frente ao sindicato, dirigiram-se à diocese.

Durante o percurso Gedeão não pôde falar; o motorista tagarela monopolizou a atenção do padre. Só depois do "bicho de ferro barulhento" ter ido embora, deixando-os em frente ao grande portão de madeira da diocese, é que Gedeão fez a pergunta que desde o sindicato queria fazer:

— Padre, o senhor podia me dizer por que o Zé Fileto falou que as coisas não tão bem lá pelo Nambu? Tá acontecendo alguma coisa que eu não sei?

— Desculpa não ter contado antes, Gedeão; mas está acontecendo uma coisa muito séria — disse padre Alfredo, já andando rumo à porta do prédio da diocese, um casarão antigo, ao lado de uma pequena capela cercada de grandes mangueiras.

— O senhor pode me contar?

— Claro! — disse padre Alfredo, respirando fundo. — O salafrário do Estefano Barbosa está para invadir o rio Nambu!

— Estefano?! Mas por quê, padre?

— Ele se diz dono das terras do Maró e do Nambu!

— Dono?! — exclamou Gedeão. — Pelo que eu sei, faz muitos anos que o patife não aparece no Nambu!

— Acontece, meu filho, que o espertalhão tem um documento que diz que ele é o dono.

— Não pode ser! Dono daquelas terras só pode ser Saluma e o povo dele, que sempre viveram lá!

— Também acho isso, meu filho; mas a lei diz que é dono quem tem o documento e não quem vive na terra.

— E quem fez essa lei, padre?

— Alguns homens poderosos da cidade, meu filho.

— Logo se vê, padre. Os ricos fazem as leis contra os pobres! — concluiu Gedeão, indignado. — Quero voltar pro Nambu, padre! A gente deve esperar Estefano bem preparados!

— Calma, meu filho. Acho que não vai ser preciso usar de violência. Vou levar uma professora lá pro Nambu.

— Não vai adiantar, padre! Professora ensina a riscar, não é? A gente precisa mesmo é atirar e flechar muito bem!

— Acontece, Gedeão, que a professora que eu quero levar pro Nambu vai impedir o ataque de Estefano.

— Como assim, padre? Ela é boa de briga?

— Não, meu filho! Ela é filha de Estefano!

— Filha de Estefano?! — exclamou Gedeão, estupefato; a sacola que carregava caiu-lhe da mão. — Dora? Então a professora que o senhor vai levar pro Nambu é a Dora?

— Sim. Tu a conheces?

— Uma vez o padrinho levou ela lá no Maró, faz muito tempo.

— Ela é uma moça boa e justa, nunca concordou com as coisas feias que o pai faz; nunca vai à igreja, mas é mais piedosa do que a maioria das beatas.

Haviam chegado a um saguão amplo e asseado, onde se sentaram, enquanto o seminarista Anselmo, que os recepcionara, fora anunciá-los ao bispo. Gedeão, calado, fingia interessar-se pela sóbria decoração do antigo casarão; na verdade, pensava em Dora. Agora tinha certeza de que a veria. Só em pensar nisso, seu coração batia mais forte, uma alegria indescritível o invadia. Mas o que ouviu dali a pouco deixou-o novamente triste e desesperançado.

Um ancião septuagenário, de faces rosadas e sorriso bonacheirão, em trajes muito simples, de repente irrompeu no saguão, parecendo ter ficado muito alegre com a chegada de padre Alfredo.

— Então, estás de volta, meu filho! — disse o ancião, dando um abraço efusivo no outro.

— Achei por bem não me demorar, reverendo — respondeu padre Alfredo. E, apontando Gedeão, apresentou-o: — Este é Gedeão, sobrinho de Saluma.

— Que bom ver-te, meu filho! Como vai o teu tio?

— Está bem, bispo — respondeu Gedeão, sentindo-se de repente pequeno diante dos olhos serenos do bispo.

— Saiba, meu filho, que estamos muito preocupados com a ameaça que ronda o teu povo — disse D. Romualdo.

— Falar nisso, reverendo — disse padre Alfredo —, estou decidido a convencer a filha de Estefano a ir comigo para o Nambu; acho que é o único meio de deter a sanha assassina do pai. O que o senhor acha disso, D. Romualdo?

— Acho perfeita a ideia — concordou o bispo. — Enquanto ela estiver lá, ganha-se tempo para tentar reverter juridicamente a situação. Eu já arregimentei os advogados da diocese para atuarem no caso e o arcebispo garantiu-me por telefone que enviará reforços de Belém.

— O Zé Fileto há pouco me disse que Dora recebeu bem a proposta; talvez o problema seja o marido.

— Quem? Julião? — perguntou D. Romualdo. — Não creio que ele se oponha. Julião é um homem moderno e democrático; ama a mulher, isso todo mundo percebe, mas não é egoísta, não me parece capaz de impedir a felicidade da esposa. Perdoa-me, filho, mas eu próprio já tomei a liberdade de falar com ele.

— Obrigado, D. Romualdo. Ia mesmo lhe pedir isso.

— Foi o próprio Julião — disse o bispo — quem te convidou para jantar hoje com eles. Melhor oportunidade não terás. Leva contigo Gedeão, para que Julião veja de perto um morador do rio Nambu. E agora, meus filhos, tomem um bom banho e descansem; um lanche não lhes fará mal, logo mandarei servi-los, pois, embora Deus não abandone os seus bons filhos, precisarão de energias para a batalha de logo mais.

E, assim, Gedeão ficou sabendo que Dora já era casada.

O Jantar

Padre Alfredo tocou a campainha da vistosa mansão cercada de um belo jardim e, segundos depois, Gedeão viu um homem alto e esguio, tez bronzeada e rosto expressivo, aproximando-se por entre as aleias de flores. Era o próprio Julião que vinha atendê-los.

— Boa noite, padre Alfredo! Vamos entrando? — cumprimentou Julião, educadamente. — Vejo que está acompanhado!

— Oh! Sim! Este é o Gedeão, sobrinho do Saluma, chefe da comunidade do Nambu.

— Seja bem vindo, Gedeão! A minha casa está aberta aos amigos! — disse Julião, com a voz jovial, olhando firmemente para a visita. Foram andando pelo jardim, enquanto Julião ia conversando amenidades com padre Alfredo. Gedeão não deixou de se impressionar com o admirável porte do rival; até arrependeu-se de ter vindo. Sentiu-se pequeno diante do homem que, embora parecesse simples e falasse respeitosamente com padre Alfredo, comportava-se de um modo superior. Além disso, Gedeão pensou que o dono de tanta riqueza só podia ser um homem muito forte. Quem era ele, simples tapuio bronco e iletrado, para ousar levantar os olhos para a esposa de um homem tão poderoso? Mas era tarde para recuar.

A mesa já estava posta. A empregada, uma cabocla velha e gorducha, com seu curioso avental de rendas, dava os últimos retoques na disposição dos talheres. Julião, dando ele próprio o exemplo, mandou as visitas se sentarem. A cabocla velha retirou-se. Julião continuou trocando figurinhas com padre Alfredo. Gedeão, deixado de lado, não conseguia se concentrar sequer numa das coisas curiosas dispostas ao seu redor, de tão nervoso que estava. Uma única preocupação o dominava: onde estava Dora? Por que ela não entrava? Não tirou os olhos da porta que ligava ao resto da casa até ver surgir, de repente, uma impressionante figura de mulher. Os cabelos ruivos, volumosos, que chegavam até os ombros; os olhos verdes como as águas do Tapajós; a fronte larga de mulher madura que sabe o que quer da vida. Tão linda quanto a Iara, e mais real, de carne e osso!

Dora dirigiu-se primeiro a padre Alfredo, que lhe beijou a mão.

— Desculpe-me a demora, padre — disse a moça.

— Não há do quê, filha — respondeu padre Alfredo. — Eu é que tenho de pedir desculpas pela insolência de vir até tua casa pedir que faças algo tão difícil.

— O Zé Fileto me contou...

— Deixa-me apresentar-te um amigo — disse padre Alfredo, virando-se para Gedeão. — Talvez ainda te lembres dele...

Dora, que só agora parecia aperceber-se da presença de Gedeão, encarou-o com uma expressão curiosa.

— Eu o conheço, padre? — balbuciou a moça, pois, assim que fitou os dois olhos doces e amendoados do rapaz, ficou visivelmente embaraçada.

— Sim, ele me disse que um dia foste ao Maró — esclareceu padre Alfredo.

— Oh! Sim! Lembro-me! Não és Gedeão, o afilhado do meu pai?! — exclamou a moça.

— E tu é a Dora! Que um dia pescou comigo no lago? Ainda te lembras? — disse Gedeão com dificuldade, como se a voz saísse-lhe rasgando o peito.

— Tu e Diana! Não se chama assim a menina que foi com a gente? Ainda me lembro! — respondeu Dora.

— Nunca me falaste disso — observou-lhe o marido.

— Pois não é mesmo? — respondeu Dora. — Faz muito tempo... Naquela época eu não passava de uma menina boba e mimada.

Dora estendeu a mão direita para o rapaz que, sem saber o que fazer, acabou beijando-a, repetindo o gesto do padre.

Sentindo-se inesperadamente perturbada, Dora desviou os olhos do marido, que, pela primeira vez, deitou um olhar investigativo sobre Gedeão, que até àquele instante, no conceito do homem rico e poderoso, não passara de um tapuio inexpressivo e bronco a acompanhar padre Alfredo. Observou-lhe a estatura acima da média, mas o acanhamento de Gedeão convenceu-o de que o rapaz não era lá grande coisa, não havendo por que se preocupar. Onde já se viu — arrependeu-se Julião — sentir ciúme da mulher! Ainda mais com um tapuio que não tinha onde cair morto! Pois nunca duvidara de que era o único senhor do coração de Dora.

— Atacar? O tucunaré nos espera! — comandou Julião, retirando uma conchada de peixe da caldeirada. padre Alfredo o imitou. Refeito do susto e à vontade, Julião procurou entreter padre Alfredo com uma daquelas conversas fiadas, típicas da mesa amazônica, algo como: antigamente os tucunarés do Tapajós pareciam mais gostosos; e maiores!; aposto como os tucunarés mais bonitos foram morar no Nambu; é, os tucunarés de lá são bem bonitos, mas não creio que seja esse o motivo; talvez; a cidade incha, transforma-se numa grande barriga e já não dá tempo dos peixes crescerem; além disso, os bichos sofrem com a pesca predatória das empresas pesqueiras do Sul...........

Enquanto isso, Gedeão e Dora, fingindo atenção na comida, olhavam-se silenciosamente. Nos olhos de Gedeão não havia malícia, mas pura veneração, o que causava à moça grande desconcerto. Pois Dora, em sua sina de mulher bonita, aprendera a enfrentar todo tipo de olhar, desde o cúpido e luxuriante até o mais terno e apaixonado, menos aquela expressão de meiguice sublime e desamparada, que parecia destituída de qualquer interesse. Flagrou-se enternecida até à medula, o que lhe causou um enorme mal-estar. Pela primeira vez sentiu-se traindo o marido, o que lhe pareceu um fato terrível, digno de todas as penas. Pois, apesar de professar o marxismo-leninismo e abominar as religiões por serem o "ópio do povo", Dora, lá no fundo, guardava muitas das lições de D. Etelvina, sua devota mãe, que preservou o hímen para o casamento e foi sempre fiel ao marido. Talvez por isso Dora, apesar de achar que o casamento escravizava a mulher, acabou casando-se com Julião perante a Igreja, de véu e grinalda, como manda o figurino, dizendo a si mesma que só cometia tal gafe porque queria dar um pouquinho de alegria à mãe tão sofrida. Na verdade, como boa parte dos que professam o ateísmo, Dora não passava de uma cristã revoltada, que agora se sentia culpada por ter olhado para outro homem de um modo diferente. Não que Julião não merecesse receber na testa um bom par de chifres. Há muito, Dora sabia do caso entre o marido e Maria Clara, a mulher do prefeito. Quase se separam, mas Dora, que detestava escândalos, permaneceu com o marido; entretanto resolveu puni-lo não lhe dando filhos, o que, para um "búfalo rosilho" como Julião, era um grande castigo. Pior que isso, porém, era aceitar o espírito independente da mulher. Pois, passados os arroubos revolucionários típicos da juventude, Julião acomodou-se na posição de próspero fazendeiro que lhe parecia predestinada. Um fazendeiro moderno, é verdade, dono de milhares de vacas e de várias mulheres, mas que, como qualquer fazendeiro, não admitia que uma de suas vacas pulasse a cerca ou que uma de suas mulheres esquentasse outro leito. Às vezes temia que Dora, numa de suas andanças pelo interior da Amazônia, onde era solicitada pelo "movimento", premida pelas circunstâncias, se tornasse amante de um dos "companheiros". Mas sabia que seria inútil tentar impedi-la de ir aonde quer que quisesse. Dora amadurecera de corpo, mas a sua mente continuava livre e sonhadora como antes, o que, embora fosse um problema para o marido, também o tranquilizava, pois, enquanto ela fosse assim, ele estava seguro de não ser traído. Pois, segundo uma das teses do garanhão, toda mulher sonhadora é romântica, e as mulheres românticas não sabem trair. A contraprova de sua tese era Maria Clara, que, racional e interesseira, deixara-o para casar-se com Cândido Ambrósio, a quem nunca amara. Dora, ao contrário, romântica por natureza, seria incapaz de casar com um homem apenas pelo dinheiro; se permanecia com ele, mesmo sabendo do seu caso com Maria Clara, era porque ainda o amava. E Julião estava certo quanto a isso. O que ele não calculava era o quanto o amor da mulher por ele encontrava-se desgastado. Embora ela achasse que ainda o amava, vivia uma grande decepção: o marido já não era o estudante corajoso e idealista que ela conhecera na luta contra a repressão e a injustiça. Era verdade que não se tornara um crápula, mas voltara-se mais para os seus negócios e desinteressara-se do destino dos oprimidos. Não tinha dúvida de que ele a amava, mas só isso não lhe bastava. Tinha saudades dos tempos em que viviam o mesmo ideal e corriam os mesmos riscos e eram verdadeiramente "companheiros". Mas nunca perdera a esperança de voltar a ter uma vida plena com Julião, daí o mal-estar por sentir-se traindo o marido. Mas não conseguia deixar de olhar para Gedeão, cujo aparecimento como que por encanto deixava-a confusa. Despertou com a voz de Julião, que lhe perguntava:

— E então, amor, não vais conversar com padre Alfredo?

O padre julgou ter captado um quê de insinuação nesta pergunta e pôs-se de guarda.

— Oh, sim! Padre! Pode me falar — disse Dora.

Na noite anterior, depois de ouvir os apelos do marido para que não fosse ao Nambu, a moça decidira-se a contrariá-lo, deixando-o amargurado, daí o "quê" adivinhado por padre Alfredo por trás das palavras de Julião, que ainda esperava que a mulher revisse a sua decisão, que considerava arrematada loucura. Dora agora já não está tão certa do que fará. Os olhos meigos de Gedeão desencadearam dentro dela um grande conflito. Pela primeira vez na vida vê-se postada entre dois homens que a amam profundamente, pois os olhos de Gedeão não a enganam. Deve ir ou não com padre Alfredo ao Nambu?

Com muito jeito, medindo cada palavra, padre Alfredo vai relatando a situação. As injustiças cometidas por Estefano; o plano de construção da serraria na cachoeira do rio Maró; a ameaça de invasão das terras do Nambu por Estefano; o falso título de propriedade... Constrangido pela presença de Dora, padre Alfredo evita mencionar o nome do pai desalmado.

— O padre já levou o caso ao conhecimento do prefeito? — indagou Julião.

— D. Romualdo em vão o procurou; dizem por aí que o prefeito e um certo gringo estão por trás de tudo.

— Eu também já ouvi essa história — disse Julião — mas o Cândido Ambrósio nega; também seria ingenuidade esperar que ele assumisse de público uma coisa dessas. Mas ainda resta a Justiça; alguns bons advogados... A terra não pertence ao povo do Nambu por usucapião?

— Aí que está o problema, Julião! — exclamou padre Alfredo, contendo a irritação. — Como Saluma provaria a posse contínua das terras? Nunca houve documentos, o povo de lá nem sabe o que é isso. Só restam os testemunhos dos próprios moradores; mas alguém acredita que o juiz de Santa Irene daria algum valor à palavra dos tapuios? D. Romualdo acha que seria mais fácil defender as terras do Nambu provando que o povo de lá é indígena.

— Nesse caso não seria preciso provar a tal posse contínua, não é, padre? Pois então, por que não se faz isso? Na cidade todo mundo sabe que o Nambu é terra de índio!

— Acontece, meu filho — explicou padre Alfredo, com expressão cansada —, que os antropólogos da FUNAI,[43] sabe lá por que motivo, não querem reconhecer o povo do Nambu como indígena.

— É fácil imaginar qual o motivo... — ironizou Dora.

— Então as coisas estão bem ruins, padre — disse Julião. — Se as vias administrativas e jurídicas se mostram inviáveis, o padre acredita que a alfabetização dos seus índios irá protegê-los? — perguntou Julião, com uma pontinha de sarcasmo.

— Se a professora for Dora, sim! — respondeu serenamente o padre. — Não creio que o pai ponha em risco a vida da filha, compreenderam?

— Vou ser sincero, padre — disse Julião, olhando para Dora. — Não me agrada nenhum pouco a ideia de ver a minha mulher indo embora para morar no mato. Por outro lado, acho justa a causa do povo do Nambu e estou disposto a ajudar com dinheiro e armas, pois conheço o safado do meu sogro; mais cedo ou mais tarde ele acabará invadindo a área do Nambu; é bom que o povo de lá esteja preparado. Quanto à professora ir ou não com o senhor, já disse a minha opinião, embora saiba que em nada influirá, pois a minha esposa, padre Alfredo — a voz de Julião ficou mais sarcástica —, a minha esposa é uma mulher emancipada e independente — não é mesmo, amor? —, só ela pode decidir. Anda, amor! Diz a eles o que decidiste!

Compreendendo a chantagem que o marido acabara de fazer, Dora quase cede ao desejo de feri-lo. Mas, em vez de confirmar a

[43] Fundação Nacional do Índio, órgão do Estado brasileiro incumbido da representação jurídica e proteção das populações indígenas, consideradas pela lei como relativamente incapazes de se conduzirem no interior da sociedade brasileira. (N. do E.)

decisão que tomara depois de horas de discussão com o marido, acabou dizendo algo totalmente ao contrário.

— E então, minha filha? O que decidiste? — havia perguntado padre Alfredo, sem esconder a ansiedade.

— Sinto muito, padre Alfredo; muito mesmo! Mas não posso lhe acompanhar!

— Mas por que, minha filha? — tornou padre Alfredo, decepcionado.

— Porque eu tenho um marido, padre! Então o senhor não sabe que ele é o cabeça e que eu me obriguei no altar a segui-lo?

A voz de Dora era metálica e fria. Extirpara o conflito que a consumia com a lâmina insensível da razão. Apesar de tudo, ainda amava o marido, não o trairia!

Julião ficou ao mesmo tempo surpreso e aliviado. Acabara de ter uma prova cabal de que a mulher, potra fogosa e rebelde, submetia-se ao seu cabresto.

— Asseguro-lhe, padre, que a decisão é só dela! — justificou-se Julião. — Juro-lhe que até hoje eu não entendo as mulheres!

— É verdade, padre; ele não me proíbe de nada — confirmou Dora.

Padre Alfredo não escondia a sua frustração.

— Está bem, minha filha! Mas espero que reconsideres; ainda ficaremos alguns dias em Santa Irene — disse padre Alfredo, levantando-se, no que foi imitado por Gedeão. — O tucunaré estava uma delícia! Obrigado, Julião, pela hospitalidade.

— Volte quando quiser, padre! Tu também, Gedeão! E não se esqueçam da minha proposta de ajuda — disse Julião, acompanhando as visitas que saíam.

— Obrigado, meu filho; Deus fará com que não seja preciso empregar a violência.

— Mas a Bíblia não fala do Deus dos Exércitos? — brincou Julião.

— Mas Cristo veio nos ensinar que a única arma que pode trazer a paz verdadeira é o amor.

— Está bem, padre, não dê importância às palavras deste herege — troçou Julião.

— Todos somos criaturas de Deus, feitos à sua imagem e semelhança, creiamos ou não Nele.

Haviam atravessado o jardim e chegado ao portão. Voltaram a despedir-se. Gedeão, o coração sangrando, encontrou forças para olhar nos olhos de Dora e dizer, antes de se separarem: "Creia, moça, o nosso povo precisa muito de aprender; a minha gente ia gostar muito da professora!"

Os Alunos

Gedeão, que naquela noite não conseguira dormir pensando em Dora, exultou de alegria quando padre Alfredo, de manhã, anunciou que Dora lhe telefonara para dizer que iria com eles para o Nambu. E, o mais surpreendente: o próprio Julião dispunha-se a levá-los num dos seus barcos até Boim! Por razões diversas, é claro, os dois ficaram igualmente eufóricos. O que teria feito a moça mudar de ideia? Logicamente, padre Alfredo creditou a mudança, vista já como verdadeiro milagre, ao infinito poder de Deus.

Na verdade, a coisa tem uma explicação: depois que padre Alfredo e Gedeão despediram-se, Dora trancou ao marido literalmente todas as portas, impedindo qualquer aproximação. Não lhe dirigiu uma só palavra, não respondeu a qualquer indagação, nem se entregou aos costumeiros toques do marido, constrangendo-o a retirar-se para outro quatro, onde, depois de uma noite de ruminações, chegara a uma única conclusão: Dora zangara-se porque ele se opusera à sua ida ao Nambu. Acertou em cheio. Dora estampou um lindo sorriso e beijou o marido quando este, pela manhã, embora a contragosto, liberou-a para fazer o que o coração mandava. Embora infeliz no casamento, mais uma vez Dora via renascerem-lhe as esperanças.

Naquela mesma tarde partiram. O Tapajós estava agitado. Chovia e ventava. Grandes ondas açoitavam o barco. O próprio Julião, experiente naquelas águas, pôs-se ao comando. Gedeão, em vez de acabrunhar-se com a fúria inusitada dos elementos, sentia uma grande energia expandir-lhe o peito, as narinas dilatavam-se em meio à ventania, o borrifo das ondas trazia-lhe alegria. Dora estava no mesmo barco! Agarrada ao balaústre, olhava espantada. Ele gostaria de dizer-lhe que não tivesse medo, nenhum mal lhe aconteceria, pois ele estava ali com ela, sentia-se mais forte do que a tempestade. Mas, de repente, tudo se esvaziou. A tempestade passou, a superfície do rio voltou a ser uma lâmina polida e cristalina que o barco riscava. Escurecia. Padre Alfredo continuou rezando o seu terço, mas todos suspiraram aliviados. Julião entregou o leme ao empregado, orientando-o sobre o curso, e entrou no pequeno camarote do barco, levando consigo a esposa. Gedeão pela primeira vez sentiu aquele estranho aperto no peito e um nó na garganta, que os civilizados costumam chamar de ciúme. Dentro do camarote, premido pela despedida próxima, Julião amou a mulher desesperadamente. Por vezes, no meio do amor, adivinhando certo enfado nos olhos da companheira, saltava-lhe da memória a figura impertinente daquele tapuio atrevido e sem pejo, meio pateta, que não desgrudava os olhos de sua mulher. O que ele pensava que era? Um joão-ninguém, um lhagalhé, pobre coitado que não tinha onde cair morto! Isso que ele era! Procurava tranquilizar-se pensando que Dora — bela, fina e educada, além de rica — jamais daria bola ao tapuio. Bobagem preocupar-se. Dora e Gedeão pertenciam a dois mundos inconciliáveis. Não conseguia esquecer, porém, do jeito especial como a mulher tratava o tapuio.

Chegaram de madrugada a Boim. A pequena vila ainda dormia. Só então Gedeão atou a sua rede ao lado da rede de padre Alfredo e dormiu. Mas dormiu pouco, pois, nem havia ainda clareado, uma chusma de cunhantains, curumins e cachorros barulhentos invadiu o porto. Todos se acordaram. Julião saiu do camarote assoviando. Atrás dele saiu Dora, de camisola de dormir, os cabelos ruivos amarfanhados. Era a primeira vez que Gedeão a via assim. De repente já não era a Iara dos sonhos, mas uma mulher de carne e osso, muito mais bonita, que o tapuio olhava embevecido.

Dali a uma hora, depois de padre Alfredo visitar algumas palhoças do vilarejo, estavam prontos para começar a longa caminhada ao rio Nambu. Gedeão desviou os olhos quando Julião e Dora, no trapiche, despediram-se num apertado abraço e num beijo demorado.

— Te cuida! — disse Julião, depois que se separaram.

— Tu que deves te cuidar! — admoestou a mulher, num tom já bem conhecido de Julião, querendo dizer que sabia que talvez naquela mesma noite ele afogaria o corpo e a solidão no ventre úmido e aconchegante da "cadela" da Maria Clara.

Embora Dora procurasse parecer sempre bem-disposta e alegre, os dois dias de caminhada até o Nambu foram ásperos e cansativos para a moça da cidade. Não passou despercebido a padre Alfredo o carinho discreto com que Gedeão cuidou da professora.

A chegada da professora causou um grande reboliço na vila. Todos queriam ver a moça branca, de cabelos de fogo, olhos verdes e lábios vermelhos. Dora teve de se deixar tocar pelas cunhantains e curumins curiosos, safando-se discretamente dos mais atrevidos. O seu sorriso alvo e bonito conquistou imediatamente a todos, ou melhor, a quase todos, pois Dora não deixou de notar a hostilidade estampada nos rostos das enciumadas cunhã-mucus, temerosas de que a linda forasteira virasse a cabeça dos curumim-açus, usurpando-lhes a preferência. Tal temor não era de todo infundado, pois Dora parecia ser a encarnação da Iara, a Mãe-d'água, a mais bela mulher que tapuio algum jamais possuiu, por todos idealizada, o que lhe traria no começo sérios embaraços.

Até Saluma sentiu-se animado. Afinal de contas, era velho, mas não estava morto. Convidou-a para ir morar em sua casa, embora a "comunidade" já tivesse preparado a casa da professora aos fundos do barracão central da vila, que serviria de escola. Dora, surpreendendo o olhar de censura que Francisca, mulher de Saluma, lançava ao marido, recusou polidamente o convite. Preferia acomodar-se na escola. Não levou a mal a presepada do velho, achou até engraçado. Cuidado mesmo deveria ter com os curumim-açus que despudoradamente a devoravam com os olhos, embora não ousassem dirigir-lhe palavra. Não tanto por eles — pressentiu Dora, pois pareciam broncos e ingênuos, incapazes de violências —, mas pelas cunhantains enciumadas, suas futuras alunas. Era muito importante conquistá-las. Deu uma olhada em redor, lá estava Iracema, lá estava Jurema, lá estava Indaiá, e as demais árvores e frutas silvestres, ácidas e travosas, difíceis de adocicar. Mas, entre todas as cunhã-mucus, a que lhe chamou mais atenção foi uma tapuinha de negros cabelos escorridos sobre os ombros, olhar miúdo, pele morena e lábios roxos como o fruto do açaí, em quem calharia muito bem o nome de Juçara. Mas não era Juçara, certamente que não! Só podia ser Judite, a sua amiga Judite! A semelhança era tal que Dora ficou estarrecida. De repente, como um raio de luz, lembrou-se de Diana — era esse o seu nome? —, a silenciosa cunhantaim que conhecera lá no Maró. E entendeu por que, ao ver pela primeira vez Judite, foi como se já a conhecesse há muito tempo. É que Judite se parecia com Diana, embora Dora houvesse esquecido da cunhantaim. Fez menção de se aproximar, mas a cunhantaim recuou, hostil. Dora não insistiu. Teria muito tempo para domá-la.

Já no dia seguinte, de manhã, começaram as aulas. Poucas crianças vieram, mas Dora não se decepcionou; sabia que não seria de uma hora para outra que todos os pais compreenderiam a importância da escola. Mas, à tarde, a professora ficou deveras preocupada. Na aula dedicada aos jovens e aos adultos, somente os homens compareceram (!), embora todas as mulheres também fossem analfabetas. Por que elas não vieram? Lembrou-se dos olhos enciumados das cunhã-mucus e do olhar de censura de Francisca. Nem esta, mulher do chefe da vila, dera o ar de sua graça. Para complicar a situação, os homens comportaram-se como crianças, galhofando uns dos outros, todos querendo ao mesmo tempo a atenção da professora. Dora teve de usar de autoridade e falar grosso para obter respeito. Depois da aula, reclamou com Saluma, sem muita esperança, pois o velho nada fizera para conter a algazarra. O ancião pediu desculpas e prometeu que intimaria pessoalmente as mulheres da vila a comparecerem às aulas; quanto aos homens, garantiu que não causariam mais vexames à professora.

De fato, no dia seguinte, tanto as crianças, pela manhã, quanto as mulheres, à tarde, foram se chegando, e os homens comportaram-se bem melhor. Para tranquilizá-las de uma vez, Dora achou por bem comentar que era casada e que já estava com muitas saudades do marido, que ficara na cidade. Sem querer, deixou Gedeão mais uma vez muito triste. "Dora ama o marido" — pensou o rapaz — "e no seu coração não há lugar para mais ninguém, muito menos para mim, simples tapuio analfabeto". Mas, ainda assim, ele a venerava. Não perdia uma única aula e, de manhã, várias vezes, deixaria de ir trabalhar para apreciar a jovem professora ensinando as crianças. Sentava-se no batente do barracão e ficava quieto, ouvindo Dora falar. E nem imaginava que a professora gostava de que ele a ouvisse.

Despertou também a atenção da professora a presença, nas aulas, de um rapaz fisicamente parecido com os demais jovens da vila — tez bronzeada; cabelos que desciam ao ombro, embora não tão lisos; mãos calejadas; e aqueles olhos tristes da raça secularmente oprimida. Assim como Gedeão, era assíduo e interessado, fazendo tudo o que a professora mandava. Além disso, era muito discreto. De início, Dora julgou tratar-se apenas de um dos tapuios da vila. Mas, reparando melhor nos seus gestos comedidos, suspeitou de que não o eram por mera timidez de matuto, mas por um refinamento sabe lá onde adquirido. Além do mais, notou a rapidez com que o rapaz aprendia as lições e a sua habilidade na caligrafia, o que a deixou intrigada. Mais curiosa ficou ao perceber que o tapuio, depois de escrever várias letras com muita perfeição, decaía num garatujar ilegível, como se o fizesse até de propósito. Outros fatos espicaçaram a curiosidade da professora, por exemplo: o tom azulado que julgou ter enxergado no fundo dos olhos desse aluno tão extraordinário; o excesso de pelos no rosto, que, mesmo sempre raspados, destoava do resto dos tapuios, os quais, assim como seus antepassados, quase não tinham barba. Perguntando à Francisca, esta contou-lhe o que sabia: que o nome do rapaz era Eduardo e que fugira do Maró junto com Gedeão e o pessoal da Dadá, onde o malvado comerciante Estefano queria escravizá-los. Dora estranhou a informação de Francisca, pois não se lembrava de ter visto Eduardo no Maró, quando ali fora com o pai. Por fim, várias vezes já vira padre Alfredo conversando com Eduardo, como dois bons amigos. E o padre parecia distingui-lo entre os caboclos, o que também não lhe pareceu normal. Não era verossímil que padre Alfredo, um homem educado na cidade, culto, tratasse com tanta intimidade e em pé de igualdade a um reles caboclo bronco e iletrado. Por mais cristão que o padre fosse, por mais simples e democrático, os abismos que separam os homens eram tantos e tão profundos entre eles que aquela amizade parecia insólita e extravagante. Algo não se encaixava! Algo estava errado! E o leitor bem sabe que a professora estava certa.

Eduardo tinha esperanças de que Dora, sendo mulher de Julião Aires, ex-companheiro de Partido, talvez soubesse notícias de Judite. Por isso assistia às aulas com interesse, procurando ganhar a confiança da professora. Mas agia com discrição, para não levantar suspeitas sobre a sua verdadeira identidade, pois era-lhe conveniente que todos — salvo padre Alfredo e Gedeão, que já lhe conheciam o passado — continuassem acreditando que ele era um simples caboclo analfabeto, o que, como vimos, não evitou a desconfiança da professora, que, no afã de desvendar o mistério, passou a criar situações a fim de perscrutar o aluno mais de perto.

Cuidado com a Professora!

Poucos dias depois que a professora chegou à vila, padre Alfredo voltou à Santa Irene, acompanhado desta vez pelo próprio Saluma. Antes, porém, padre Alfredo chamou à sua casa as mulheres e os anciãos mais importantes da vila — entre estes Saluma, Venâncio, Miguelim, Teodoro, cada um acompanhado de sua respectiva esposa; vieram também o pajé Isaías, que nunca se casara, e Dadá com seus dois maridos — e colocou-os a par dos últimos acontecimentos, menos, evidentemente, de que a professora era filha de Estefano, pois temia que este fato acabasse gerando incontrolável sentimento de vingança contra a moça.

Se Deus quisesse, ele e Saluma logo voltariam trazendo boas notícias, pois D. Romualdo, que, como Cristo, nunca se esquecia dos fracos e oprimidos, tudo faria para brecar a sanha assassina de Estefano. "Nada de pânico e precipitações!", admoestou-os por fim padre Alfredo. A única coisa a fazer era rezar e confiar em Deus.

O padre disse tais palavras pensando em Dora, pois, paradoxalmente, aquilo que nela parecia virtude — o idealismo, a solidariedade com os fracos, o sonho com uma sociedade mais justa, e a capacidade de sacrificar-se pelo próximo —, justamente essas qualidades causavam-lhe temor. Pois padre Alfredo sempre pensara que a melhor maneira do lobo enganar as ovelhas é se passando por ovelha.

Dora participara das passeatas de estudantes contra a ditadura militar. Casara-se com Julião Aires, que, embora hoje não passe de um burguês sossegado, já foi um perigoso foragido político, membro do Partido Comunista do Brasil. E Zé Fileto, líder dos posseiros de Santa Irene, não a conhecia? Não foi justamente o excelente Zé Fileto (porém comunista!) que o aproximou de Dora? Quem poderia, pois, garantir que Dora também não era comunista? Pois, apesar da ditadura ter eliminado quase todos os membros do Partido Comunista, padre Alfredo achava que o comunismo era como uma doença terrível, capaz de multiplicar-se a partir de um único vírus. Muitos comunistas escaparam e, infiltrados nos movimentos dos sem-terra, dos sem-teto, dos posseiros ou dos consumidores, iam se reorganizando. Ali mesmo, no Nambu, não havia um desses sobreviventes? Eduardo, porém, não o preocupava, mas sim Dora. Depois das longas conversas que tiveram, o padre convencera-se de que o rapaz amadurecera com a derrota da guerrilha e não voltaria a empregar tal forma de luta, pelo menos por enquanto. Pois Eduardo, embora não tenha renegado a violência como instrumento de transformação social, aprendera que, antes do povo estar consciente e organizado para a luta, o uso da violência é inútil.

Padre Alfredo não podia dizer a mesma coisa de Dora. Por isso, ao terminar a reunião, o padre afastou-se com Eduardo e pediu-lhe que vigiasse de perto a professora, pois temia que ela, usando de sua autoridade, incitasse o povo a loucuras.

No mesmo dia, padre Alfredo e Saluma partiram para Santa Irene, deixando a vila envolta por um véu de medo e incerteza, que Clementino, primogênito e substituto de Saluma, procurava dissipar ordenando às mulheres e aos anciãos que guardassem o segredo.

Embora tenha parecido estranho o regresso intempestivo do padre à Santa Irene — ainda mais levando com ele Saluma —, a rotina da vila não se alterou. Dora prosseguiu com as suas lições, agora com a escola cheia, o que a deixava muito feliz. Não fosse o olhar ferido e hostil de Diana e a presença tão doce e interessada de Gedeão, que não perdiam uma única aula, a professora ver-se-ia mais à vontade para observar a curiosa figura de Eduardo. Esse interesse pelo rapaz — que, aliás, era mútuo —, embora discreto, não passava despercebido dos demais alunos, que, à boca pequena, já comentavam o "namoro" entre os dois. Uns apoiavam, pois um homem e uma mulher, quando se gostam de verdade, devem se juntar; outros, porém, influenciados pela moral cristã incutida por padre Alfredo, censuravam: onde já se viu uma mulher casada arranjar outro homem? Além disso, Diana não gostava de Eduardo?

Certo dia, vendo a pequena Diana descer para o banho, Dora seguiu-lhe os passos. Há dias decidira conversar com ela.

Quando Dora chegou à beira do rio, Diana, que se despira rapidamente, já estava dentro d'água. Espantada, a cunhantaim, ao ver a professora, submergiu o corpo até o pescoço, enquanto os dois olhinhos negros e brilhantes seguiam cada movimento da intrusa.

— Posso tomar banho contigo? — perguntou Dora, já desabotoando a blusa.

A cunhantaim não disse sim nem não, mas havia hostilidade em seu olhar.

Os seios de Dora, livres da blusa, saltaram como dois carneirinhos rebeldes, de macia brancura. Em seguida, a rapariga soltou sobre os ombros os cabelos que flamejaram ao sol como as chamas de uma fogueira. Depois, Dora livrou-se da saia baixando-a até os pés. Por fim, só de calcinha — uma calcinha branca e rendada, de malha tão fina que deixava transparecer a eminência triangular do púbis — entrou n'água, parando a pouca distância de Diana.

— Desculpa se te incomodo; fica à vontade — disse Dora, notando timidez nos olhos da cunhantaim.

Ficaram um bom tempo caladas. Para ganhar tempo, Dora brincou com a água e em vão tentou nadar algumas vezes. Na verdade, sempre tivera medo de água. Batia-se tão desajeitadamente na água que Diana, pela primeira vez, sorriu. Mas voltou a enfarruscar o semblante assim que Dora olhou para ela. Tal detalhe não passou despercebido da professora, que, julgando ter descoberto o ponto fraco da cunhantaim, continuou tentando nadar. Numa das vezes, sem querer, acabou perdendo pé e quase se afoga, não fosse a pronta ajuda de Diana.

— Ias te afogando! — disse-lhe Diana, depois que Dora parou de tossir.

— Obrigada, Diana! Sou uma besta dentro d'água! — agradeceu Dora.

A partir daí Diana deixou de esconder o tronco dentro d'água. Dora agora podia discretamente apreciar-lhe a beleza dos seios, que pareciam dois montinhos de calda caramelada de açúcar — escuros e doces. Sabia que a cunhantaim devia também estar curiosa com o seu corpo, pois talvez nunca tivesse visto uma mulher branca. Dora gostaria de lhe dizer o quanto a achava bonita. Mas se calou, temendo amedrontar a amiga.

— Diana, queria te dizer uma coisa — falou Dora.

De repente Diana se pôs novamente na antiga posição defensiva.

— Podes dizer, tô ouvindo — disse a cunhantaim, ressabiada.

— Eu sei que tu gostas do Eduardo! — disse Dora, vendo a expressão de fera acuada da cunhantaim.

— E o que adianta eu gostar dele se ele não gosta de mim! — foi a resposta.

— Eu sei também que tu achas que entre mim e Eduardo há alguma coisa, não é mesmo? — tornou Dora, atenta à consequência das palavras.

— E não é verdade? Todo mundo tá comentando!

— Mas não é verdade, eu juro! É só amizade! — garantiu Dora.

— Não precisa me dizer nada! Tu deves dizer essas coisas pro Gedeão! — disse por fim Diana. E, imediatamente, sem uma palavra, a cunhantaim saiu correndo da água e enfiou-se no seu vestidinho de chita remendado. Dora, sem entender o gesto, permanecia dentro d'água.

— A professora não vem? — perguntou Diana.

Dora começou a sair da água.

— Vem rápido! — mandou Diana.

— Por quê? — quis saber Dora.

— Então a professora não sabe que os curumins espiam as mulheres no banho?

Dora obedeceu; vestiu-se num segundo. Nesse exato momento, de dentro da capoeira que margeava o caminho, a poucos passos, ouviu-se um estrondo — como se alguma coisa tivesse despencado de uma árvore — seguido como que de passos estabanados no matagal, deixando Dora lívida de terror.

— Não disse que os curumins tavam espiando? — disse Diana, tranquilamente.

— Então eram eles?! — exclamou Dora, aliviada. Mal sabia ela que, desde que chegara, tornara-se o objeto da cobiça. E não apenas dos curumins. Mais de uma vez Mica — que finalmente galgara a invejável posição de chefe dos moleques punheteiros da vila — tivera de defender-se da concorrência desleal dos homens, que também vinham espionar o banho da professora, sem respeitarem a sua jurisdição sobre aqueles territórios.

— Por que disseste que eu também devo dizer essas coisas pro Gedeão? — perguntou Dora, enquanto retornavam à vila.

— Não vou te dizer; tu bem sabe! — foi a resposta da cunhantaim. E certamente Dora sabia. Os olhos negros do rapaz, meigos e ingênuos como os de uma criança, eram um espelho cristalino, através do qual Dora enxergava-lhe a pureza de alma, só comparável às águas de rios como o Maró ou o Nambu, cujas nascentes ainda não tinham sido conspurcadas.

O resto do percurso as duas moças fizeram caladas.

Durante a aula da tarde, Dora lembrou-se das palavras de Diana e reparou em Gedeão. Certamente, ele também devia saber da história do "namoro", mas em seus olhos não havia despeito nem rancor, apenas uma indisfarçável tristeza que muito a condoeu. Ela gostaria de dizer-lhe que era tudo mexerico, que nada do que falavam era verdade. Mas de que adiantaria dizer isso, se não poderia lhe dar esperanças? Pois, enquanto fosse casada, só teria olhos para o marido, mesmo que o marido já não fosse dono do seu coração.

Gedeão acabou perguntando a Eduardo se era verdade o que o povo falava a respeito dele com a professora. Ficou feliz quando o amigo respondeu que não, que entre eles nada havia além de amizade, mas Gedeão voltou a ficar triste quando Eduardo disse que, mesmo se ele estivesse apaixonado pela professora, nada conseguiria, pois o coração da moça já pertencia a outro homem. Sim, a professora tinha um marido!, lembrou-se mais uma vez Gedeão. Ficou triste também pelo amigo, que não se esquecia da menina que deixara na cidade e com quem talvez nunca mais se encontraria.

Dora também percebia a tristeza de Eduardo. Certo dia, não se conteve e perguntou-lhe a razão daquela tristeza. Pego de surpresa, Eduardo tergiversou.

— Nunca reparaste em Diana? — perguntou a professora.

O rapaz respondeu que sim.

— Pois então, por que não te alegras com ela? É tudo o que ela quer! — disse Dora.

Ao que Eduardo respondeu:

— Como alegrar-me com Diana, a criatura mais pura destas brenhas, se toda vez que olho pra ela acabo vendo outra pessoa?

— É engraçado — disse Dora —, isso também acontece comigo! Diana me faz lembrar de alguém que eu conheci!

— Quem? — perguntou Eduardo, disfarçando a tensão da voz.

— Judite! Diana me lembra Judite! — respondeu Dora.

— E quem é Judite? — tornou a perguntar Eduardo, o coração quase saindo pela boca.

— Quem é, não! Quem era! Pois já morreu! — respondeu Dora, sem imaginar a destruição que tais palavras produziriam na alma do rapaz.

— Por que ela morreu? — balbuciou Eduardo, sentindo uma espécie de tontura.

— Certamente não foi só porque estava viva — disse Dora, com amarga ironia. — Na verdade morreu porque vivemos num país de merda, governado por uns trogloditas. Queres mesmo saber como a minha melhor amiga morreu? Pois eu te digo: Judite foi torturada até a morte pelos militares que governam o Brasil. Mas se eles pensam que venceram, estão muito enganados: teriam de matar todos as pessoas-de-bem do país, todos os pobres, todos os trabalhadores, o que não é possível. Enquanto houver um trabalhador oprimido, um pobre humilhado, ou uma pessoa impedida de pensar livremente, o ideal de igualdade e justiça renascerá...

Dora disparara a falar de um modo tão terrível que, incendiada pelas próprias palavras, nem percebeu a cara de funeral do rapaz.

— Como vocês se conheceram? — cortou Eduardo, ainda com um filete de esperança.

— Na Universidade — respondeu Dora, sem reparar no excessivo interesse do rapaz. — Judite estudava na Sociologia e eu na Faculdade de Administração de Empresas. Na verdade, a gente se conheceu mesmo na rua, numa passeata contra a ditadura militar. Coitada da Judite! Se tu a tivesses conhecido, duvido que também não a acharias a mulher mais doce e leal do mundo. Acho que o seu maior sofrimento nem foram as torturas, mas ter morrido sem rever o Marcos.

— Marcos?! — exclamou Eduardo, firmando as pernas para não cair.

— Sim, o Marcos, o primeiro e único amor da vida dela. Quando eu a conheci, o Marcos já tinha desaparecido. Era um líder, uma pessoa muito interessante, de muito respeito no movimento. Ninguém sabia o que tinha acontecido com ele, sumiu sem deixar vestígios. Certo dia alguém disse pra Judite que o Marcos tinha ido lutar na guerrilha que o Partido Comunista do Brasil tinha começado contra a ditadura, pois o Marcos era do Partido Comunista. Judite nunca perdeu a esperança de um dia se reencontrarem. Morreu com essa esperança.

— E o Marcos, voltou? — perguntou Eduardo, fazendo supremo esforço para chegar até o fim.

— Até eu sair de Belém, não. Mas acho que morreu. A guerrilha do Partido Comunista foi liquidada pela ditadura. Dos sessenta e nove guerrilheiros que fizeram a guerrilha, só três conseguiram voltar pra cidade. Marcos não reapareceu.

Eduardo já não tinha mais dúvidas. Desgraça! Era da sua Judite que Dora falava! Estava mais uma vez confirmado: a guerrilha do Partido fora mesmo liquidada. Quase todos os seus companheiros estavam mortos! Ele próprio era tido por todos como morto! Virara um fantasma! Ao menos Dora, que certamente era ou pertencera ao Partido, não se recordava de que o seu codinome era Eduardo.

Diana percebeu sua tristeza, mas o rapaz evitava olhar para ela, pois a visão da rapariga, tão parecida com Judite, só lhe aumentava o sofrimento.

Expectativa

Já fazia quinze dias que padre Alfredo e Saluma tinham ido à Santa Irene. A vila começava a impacientar-se.

Por sugestão da professora, Clementino chamou os membros mais velhos da comunidade para avaliarem a situação. O barracão da escola ficou cheio de homens e mulheres que demonstravam seu nervosismo falando alto e pelos cotovelos. As cunhantains e os curumins foram escorraçados, o que, em vez de trazer tranquilidade ao recinto, só aumentou a confusão, pois os capetas, morrendo de curiosidade, puseram-se a rir e cochichar com os olhinhos grudados às frestas da parede de palha do barracão, que eles mesmos abriram.

"E se padre Alfredo e Saluma não voltassem?", a professora propôs tal tema para a reunião.

"E por que não haveriam de voltar?", perguntavam-se todos, aprofundando-se a balbúrdia. Clementino teve que trepar na mesa da professora e pedir silêncio, aos berros. Fez-se silêncio. Mas, como o próprio Clementino — que também estava perplexo com a hipótese levantada pela professora — acabasse repetindo a mesma pergunta, o barulho reinstalou-se, sendo preciso um berro ainda mais caprino para que a tapuiada tornasse a se aquietar.

Clementino, por fim, pediu à professora que explicasse se era mesmo possível padre Alfredo e Saluma não voltarem.

Dora, temendo haver instalado involuntariamente o pânico, procurou amenizar a questão. Não disse que sim nem que não. Falou, em tese, sobre os poderosos interesses que estavam por trás do comerciante Estefano e que poderiam se mover contra eles; referiu-se à divisão da sociedade entre ricos e pobres e que uma minoria de ricos, contando com homens fortemente armados, que na cidade chamavam de polícia, acabavam se apoderando de quase todas as terras; mas que os pobres não estavam sós, gente como padre Alfredo e D. Romualdo estava do lado deles; por fim, acabou dizendo que deveriam aguardar por mais alguns dias a volta de Saluma e padre Alfredo.

O povo, incapaz de entender a tese e muito menos a antítese, permaneceu olhando para a professora por um bom tempo, bestializado. Até que Clementino, como se só agora captasse o que a professora quisera dizer, saltou de novo sobre a mesa e, brandindo no ar um terçado surgido como por milagre, deu seu grito de guerra: "Pois que venham tomar nossa terra! Matamos eles!". O tumulto foi geral. Homens e mulheres socavam o ar ameaçadoramente.

Surpreendida com aquela reação, Dora tentava em vão falar aos tapuios. Clementino continuava sacudindo-se como um possesso sobre a mesa, que ameaçava desabar.

Vendo-lhe o desespero, Eduardo elevou a voz sobre o desvairado vozerio, pedindo silêncio, pois a professora queria falar. Era a primeira vez que Eduardo usava no Nambu dos seus dotes de exímio agitador. Os tapuios, que desconheciam essa sua faceta, silenciaram prontamente, num misto de surpresa e admiração.

Dora então pôde falar. Disse que a revolta era justa, mas inútil na situação em que se encontravam. Eram poucos e estavam desarmados. Os invasores eram muitos e contavam com armas poderosas. O choque seria desigual. E, mesmo que conseguissem matar os primeiros invasores, outros viriam da cidade para terminar o serviço, pois nas cidades sempre existe um desgraçado disposto a vender os braços para os poderosos. Foi interrompida bruscamente por Clementino:

não era verdade o que a professora dizia, eles podiam defender-se muito bem, pois tinham flechas e algumas espingardas.

A balbúrdia tornou a generalizar-se, nem Clementino já conseguia falar, muito menos Dora, que, de uma hora para outra, passou a ser vista com desconfiança, afinal de contas todos se lembraram de que ela era da cidade, assim como os tais poderosos que ameaçavam invadir as suas terras.

Novamente Eduardo, com a autoridade de quem vivia há muito tempo entre os tapuios e era tido como um deles, interveio. Sua voz firme e serena era como uma música desconhecida que acalmava os caboclos.

— Pessoal, a professora é nossa amiga; o que ela diz faz sentido, pois ela conhece as coisas da cidade melhor do que nós. Claro que se nos atacarem de repente não vamos ficar de braços cruzados, mas a gente não deve começar a briga, pois talvez seja isso que os nossos inimigos queiram. Padre Alfredo foi com Saluma à cidade; alguém duvida que o padre é nosso amigo? Ele sabe o que faz! Já devem estar de volta. Levantem as mãos os que concordam que a gente espere mais alguns dias!

Ninguém levantou a mão, mas também ninguém levantou a voz, o que já foi uma vitória. Clementino, repentinamente diplomata, acabou dizendo que aguardaria mais cinco dias, no fim dos quais, se o pai dele não regressasse, daria uma sova nos jagunços de Estefano acampados no rio Maró. Ouviram-se gritos de apoio a Clementino. E os tapuios debandaram numa postura belicosa. Até Dadá e os seus dois maridos deixaram o barracão, sinal de que se alinhavam com Clementino.

Ficaram com a professora apenas Eduardo, Gedeão e Diana. Dora agradeceu a Eduardo a providencial intervenção. A moça era a figura do desânimo. Já não lhe parecia possível fazer os caboclos entenderem a complexidade e a delicadeza da situação. Os broncos mostravam-se mais inclinados a uma reação cega e suicida. Além disso, havia outro complicador: o que eles fariam se descobrissem que ela era filha do inimigo Estefano?

— Quanto a isso, a professora não se preocupe — tranquilizou-a Gedeão. — Só nós e padre Alfredo sabemos disso. Dadá ficou com Clementino, mas duvido que abra o bico; mesmo assim, converso com ela. Ninguém vai falar! Fique sossegada!

— Mais uma vez eu agradeço o apoio e a confiança de vocês — disse Dora, olhando para Diana, cujo silêncio muito a incomodava.

Preparando a Defesa

Na manhã seguinte, Eduardo acordou com o barulho de alguém empurrando o japá da porta. Saltou da rede e afastou o japá. Para sua surpresa, deu de cara com Clementino — também chamado por todos de Quelé.

— Eu não disse que esse negócio de esperar é besteira? — foi ele dizendo. — Acabei de ouvir no rádio que meu pai foi preso lá na cidade!

— O que?! Saluma está preso?! — exclamou Eduardo. — Mas por quê?

— Tão dizendo que ele matou gente da cidade que veio ao Nambu.

— E o que mais ouviste?

— Que vão vir aqui buscar os outros que ajudaram meu pai!

— Já contaste à professora? — perguntou Eduardo.

— Pra que contar? Ela vai dizer pra gente esperar! — respondeu Quelé, zangado.

Mas já rumavam à escola. Dora parou de varrer o barracão ao avistá-los.

— Bom dia! — disse ela.

— Mau dia! — respondeu Eduardo.

— O que queres dizer com isso? — perguntou Dora.

— O Quelé acabou de ouvir no rádio uma péssima notícia! Diz pra ela, Quelé.

Quelé repetiu a história.

— Safados! Estão querendo inventar um motivo para virem nos massacrar! — vociferou Dora. — O dedo nojento do senhor Estefano deve estar por trás disso tudo! — completou, deveras irada.

Gedeão e Diana haviam chegado.

— Pois o patife vai ver com quem tá se metendo! — advertiu Quelé. — Vou agora mesmo ao Maró! Duvido que não tenha quem vá comigo!

— Mas é isso mesmo que Estefano está querendo, Quelé! — interveio Eduardo. — Não viste que inventaram essa história contra Saluma pra justificar a violência contra nós?

— Eles pensam que temos medo deles!

— Pensem o que quiserem, a verdade é que não estamos preparados para enfrentar um ataque — argumentou Eduardo. Dora apenas ouvia.

— Então vamos esperar, não é? — ironizou Quelé.

— Tens razão — disse Dora. — Não devemos aguardar com os braços cruzados. Hoje mesmo partirei para Santa Irene!

— Se a professora podia evitar tudo isso, por que veio pra cá? — debochou mais uma vez Quelé.

— Deixa a professora ir, Quelé — disse Eduardo. — Ela denunciará na cidade as mentiras que estão inventando contra nós. Enquanto isso, nós ficamos organizando o povo pra se defender. Se os patifes atacarem, vão ver com quantos paus se faz uma canoa!

— Isso mesmo, Quelé! Eduardo tem razão! — aplaudiu Gedeão. — A professora vai e a gente se prepara pra luta!

— Quero que me acompanhes, Gedeão — disse Dora.

— Eu?! — exclamou Gedeão.

— Conheces bem o caminho até Boim — justificou-se Dora.

Uma hora depois, quase sem bagagens, a professora e o aluno partiram.

Naquele dia a vila não foi ao trabalho. Todos ficaram no barracão da escola com os ouvidos grudados no pequeno aparelho de rádio que padre Alfredo deixara com Clementino.

À tarde, Eduardo e Quelé, desta vez sem divergências, apresentaram o seguinte plano de defesa da vila: se o inimigo atacasse, em vez de lhe darem combate frontal, recuariam para o interior da mata, onde seria mais fácil enfrentá-lo. O povo seria dividido em três falanges, contendo cada falange 100 pessoas, pois, segundo calculou Clementino, a vila era formada por 30 famílias, contando-se em média 10 pessoas em cada família, chegando-se à população total de 300 pessoas. Três homens dos mais experientes liderariam as falanges. Em caso de ataque, cada falange tomaria um rumo diferente — sul, norte e oeste. Alguns homens fariam a comunicação entre as falanges. Antes, porém, construiriam esconderijos. Nos primeiros esconderijos, a duas horas de caminhada, ficariam os homens e as mulheres que já passaram pela prova da tocandira, todos aptos, portanto, ao combate. Já os velhos, os doentes e as mulheres grávidas ou lactantes, e as crianças, seriam recolhidos por um guerreiro para trás da linha de fogo, onde, em tapiris camuflados, aguardariam o desfecho da luta. Construiriam por precaução outros esconderijos mais para dentro da mata, para o caso de terem de recuar após os primeiros combates. Quelé e Eduardo seriam os comandantes.

Ninguém discordou do plano e, embora a noite já caísse, iniciaram naquela mesma hora os trabalhos. O povo foi dividido em três grupos e Quelé escolheu um líder para cada um deles — o jovem mas experiente Filomeno, o velho mas ainda sajica Venâncio, e o Aldo da Dadá — e mandou-os escolherem os dez homens mais fortes dentre seus comandados. Enquanto esse grupo seleto de homens trabalhasse na construção dos esconderijos, o resto do povo faria os serviços costumeiros e não menos importantes, como pescar e caçar e fazer a farinha de mandioca.

No começo da noite, ouviram no rádio que Saluma tinha sido solto por interferência do bispo de Santa Irene, D. Romualdo. Nem assim, porém, o povo, desconfiado, alegrou-se. E se fosse mais uma mentira?

Diana era a única pessoa que, no meio de toda a catástrofe, não se contristava. Não que estivesse feliz, pois entre todos era a mais acuada pela ameaça de invasão, mas sentia-se alegre porque Dora preferira levar à cidade Gedeão em vez de Eduardo. No entanto, a sua alegria era triste. Eduardo amava Judite!

No dia seguinte, os homens continuaram o trabalho. Primeiro rumaram para o sul, a área escolhida para a falange do velho Venâncio. Depois de duas horas de caminhada, camuflando a picada, escolheram um terreno alto, protegido por um brejo espinhoso, e ali instalaram os esconderijos — casamatas debaixo de sapopembas, jiraus no alto das árvores. Em seguida, mais para o fundo da mata, fizeram os esconderijos dos inválidos. Entre a vila e os esconderijos, construíram armadilhas — estacas pontiagudas no fundo de buracos, cujas bocas eram engenhosamente camufladas com galhos podres de árvores e folhagem seca. Cercaram as armadilhas com cipó, para evitar que animais nelas caíssem. Em caso de ataque, os homens, ao passarem pelas armadilhas, retirariam as cercas de cipó, deixando-as à espera dos inimigos. Também fizeram depósitos secretos de alimentos, encravados em troncos de árvores, em pontos estratégicos da mata.

Eduardo, idealizador de todas essas providências, a pretexto de que tudo devia ser muito bem executado, procurava prolongar ao máximo a preparação. Na verdade, ganhava tempo. Passaram-se já três dias desde a notícia de que Saluma fora solto, e este não regressara. A tensão aumentava a cada dia. Eduardo sabia que a preparação para um eventual ataque, longe de ser a solução, era unicamente um meio de conter o ímpeto belicoso de Clementino e manter o povo ocupado. No entanto, por mais que embromasse, não podia paralisar os homens enérgicos e briosos que se lançavam com afinco ao serviço. Em três dias, haviam terminado a construção dos esconderijos.

Mais dois dias foram ganhos com os homens suprindo os depósitos secretos de alimentos. E nada de Saluma voltar! E a vila cada vez mais nervosa. E Eduardo já não sabia o que fazer. Durante um dia inteiro ocupou o impaciente Quelé na visita aos vigias avançados — quatro curvas rio abaixo e na boca da picada que vinha de Boim. Por fim, pediu a Quelé que lhe trouxesse todas as armas de fogo que possuíam, no que foi prontamente atendido. Durante alguns dias submeteu-se voluntariamente à tarefa absurda e ridícula de ensinar a homens e mulheres, jovens e velhos, curumins e cunhantains, até mesmo os inválidos, de um a um, a mirarem inimigos invisíveis e darem tiros inaudíveis, pois não havia um único grão de pólvora ou um único bago de chumbo para as duas velhas espingardas trazidas por Clementino. Passou e repassou os ensinamentos. E nada de Saluma voltar! Clementino, cada vez mais impaciente, até já desengavetara a velha e desastrada ideia de atacar os jagunços de Estefano no Maró. Num último esforço para contê-lo, Eduardo inventou de treinar os homens nas emboscadas.

Dora e Gedeão

Na escuridão mais absoluta, tanto fazia fechar os olhos ou mantê-los abertos. No começo, impressionada, Dora passava as mãos pelo corpo, procurando cada membro, esperando com isso afastar a ideia absurda de que já não possuía corpo. Essa sensação de imaterialidade lhe fez lembrar da manhã já longínqua quando, de olhos vendados, ouvindo estranhos ruídos e os murmúrios hostis do cais de Belém, deixou-se conduzir pela mão de um homem que ela mal conhecia e que, no entanto, já era dono de sua alma.

Agora também, engolfada pela noite mais negra da selva, cercada pelos cantos mais lúgubres e pelos ruídos mais estranhos, que a faziam encolher-se de pavor, Dora pouco a pouco aprendia a enxergar com os ouvidos. Era capaz de distinguir, em meio à barafunda de sons e ruídos da selva, a respiração tranquila de Gedeão, que, à pequena distância dela, sentado em sua rede, ouvidos atentos ao mínimo movimento da selva, velava o sono de sua protegida. Essa presença constante e serena do jovem tapuio, que a seguia com a discrição de uma sombra desde que ela chegara ao Nambu, traquilizava-a. Sabia que nenhum mal lhe aconteceria enquanto Gedeão, filho legítimo da selva e conhecedor de todos os seus mistérios, estivesse por perto.

Por mais de uma vez, mal a moça se mexia na rede, o foco da lanterna de Gedeão vinha-lhe em socorro.

— Tudo bem? — perguntava o rapaz, timidamente.

— Tudo bem, não foi nada! — Dora respondia encolhendo-se na rede, pois sabia que a luz da lanterna, contrastando com a escuridão de breu que persistia em volta, expunha-a completamente aos olhos de Gedeão. Sabia que ele continuaria de vigília mesmo depois que ela, por fim exausta, sucumbisse ao sono, e contemplaria o seu corpo em abandono. Tal pensamento, porém, para sua surpresa, em vez de acabrunhá-la, trouxe-lhe até certo prazer. Percebeu então o quanto confiava em Gedeão e desejava a sua presença. O facho de luz da lanterna a encandeava, impedindo-a de vê-lo por trás do foco. Mas que falta lhe faziam os olhos, se a figura doce e bonita do intrépido tapuio há muito se fixara em seu coração?

Uma vez, fingindo dormir, Dora sacudiu-se levemente na rede, ouvindo em seguida a voz calma e segura de Gedeão lhe perguntar se estava bem. Como uma garota levada, prendeu a respiração e calou, entregando-se ao doce prazer de imaginar que, por intermédio da luz da lanterna que percorria seu corpo, o rapaz a acariciava. Mas logo se arrependeu desse instante de fraqueza — o que lhe diria a mãe se soubesse que ela, mulher casada, desejara o toque carinhoso de outro homem? Assim que Gedeão apagou a lanterna, Dora escondeu-se o melhor que pôde debaixo do cobertor, pressentindo que logo cairia no sono e já não queria que Gedeão vislumbrasse a mínima parte do seu corpo. Tal providência, porém, foi completamente em vão. Estefano, cioso de sua origem europeia, acostumara a família a deitar-se em camas, pois dizia não ser índio nem macaco para dormir pendurado. Isso na casa de D. Etelvina e no bordel de Madame Fuluca, pois fora de Santa Irene não era tão exigente; pelo contrário, dizia que comer uma tapuia na rede até estimulava o seu lado selvagem. Daí que Dora, embora adorasse esparramar-se numa boa rede, não sabia se ajeitar. Tanto se remexia, tanto procurava a melhor posição, que o cobertor acabou caindo no chão. Atraído pelo barulho, Gedeão focou sobre a rede da companheira. Qual não foi a sua surpresa! Protegida pelo mosquiteiro de tecido alvo e quase invisível que encobria a rede, Dora jazia num sono profundo, esticada ao comprido, o rosto e o tronco para cima! A pele alva do pescoço descia até um dos seios — branco e pequeno, bico rosado — que rompera os botões da blusa também branca, de cambraia. Gedeão, como naquela tarde já longínqua do misterioso lago, quando vira a Iara, quedou-se a admirar a beleza suave e ao mesmo tempo extravagante que lhe revolvia o cérebro, fervilhava o sangue e arrochava o coração. Acabou descendo da rede e recolhendo do chão o cobertor, mas, temendo que a sua solicitude a constrangesse, não sabia se devia ou não acordar a professora. Tal dilema reteve-o por algum tempo, até que lhe pareceu ter encontrado a solução. Acostumado a mover-se na escuridão, o rapaz, evitando ruídos, desatou um dos punhos da sua rede e tornou a atá-lo na mesma árvore que sustentava a rede de sua protegida, de modo que as duas redes ficassem próximas uma da outra e, assim, pudesse ele recolocar o cobertor sobre o corpo da moça, sem acordá-la. Tudo aconteceu conforme planejara, embora, ao acender a lanterna para se certificar do que fizera, tenha tido a impressão de que Dora estava acordada, pois a moça como que o ajudou a ajeitar o cobertor, mesmo mantendo as pálpebras fechadas. Tal ideia o apavorou: o que pensaria ela se abrisse os olhos e o visse justo naquele momento? Tornou a ajeitar-se em sua rede, apagou a lanterna, e finalmente dormiu, mas muito pouco, pois a sinfonia de pássaros, anunciando mais uma manhã na selva, logo o acordou. Desatou a rede e pôs-se a atiçar uma pequena fogueira, na qual faria o chá da casca-preciosa que tomariam com beiju de tapioca. A lenha, ainda úmida do orvalho noturno, fazia-o assoprar sem parar; mesmo assim, de vez em quando, ele olhava para a rede da professora, que não lhe saía um só instante do pensamento. Numa dessas olhadelas deu de cara com Dora. Não tinha certeza, mas lhe pareceu que a moça há algum tempo o analisava lá de cima. Com o tronco erguido sobre um dos cotovelos, que por sua vez se apoiava numa das beiradas da rede, os cabelos ruivos graciosamente amarfanhados sobre os ombros, os olhos com uma expressão até então desconhecida para Gedeão, Dora sorria, meio Iara, meio mulher, meio criança, um pouco carne, um pouco osso, um pouco encantada. Gedeão também lhe sorriu, feliz, sem constrangimento, o coração vertendo alegria. De repente, já não via a moça branca, casada e rica, a professora, mas simplesmente Dora, a mulher mais bonita e atraente, mais encantadora, também mais frágil e delicada que ele havia conhecido. Já não era a inatingível Mãe-d'água, rainha do fundo dos rios e dos lagos, a terrível enlouquecedora de homens. Por um instante, os olhos de sua companheira pareciam querer dizer que não tivesse mais medo, que podia olhar para ela sem pejo ou receio, pois ela também já não o via como um caboclo reles e bronco, inferior.

— Me ajuda a descer? — pediu ela, ajeitando-se na rede, erguida a três metros do chão.

Gedeão disse para ela segurar-se bem firme na rede e soltar-se devagar, que ele a amparava nos ombros. Dora obedeceu e, pela primeira vez, Gedeão teve-a em seus braços, os dois rostos de repente tão próximos que os hálitos se confundiam. Mas, assim que os pés da moça tocaram o chão, tudo voltou a ser como antes.

Caminharam o dia inteiro, quase sempre calados. Dora, que ia atrás de Gedeão, podia apreciar-lhe o torso nu, bronzeado, o feixe de músculos elásticos modelados sobre as omoplatas, e as gotas de suor que porejavam da nuca e das espáduas e desciam à cintura, perdendo-se nos abismos ocultos debaixo do calção completamente molhado. Às vezes paravam para descansar um pouco ou para roer uns pedaços de beiju, então Dora via tristeza e constrangimento estampados no rosto do rapaz, e arrependia-se, pois sabia que era por sua causa. Prometeu a si mesma manter a discrição e o recato até o fim. Nada de deixar o cobertor cair, nada de cerrar as pálpebras estando acordada, nada de abandonar-se ao exame do simplório tapuio. Simplório, sim!, pensava ela, procurando convencer-se de que Gedeão só não se atirava sobre ela como um grosseirão porque era um tapuio sem malícia, um bobão, e não porque fosse educado. Mas, no fundo, sabia que não era assim. E isso a irritava. Aquele homem simples e bonito, despido de qualquer vaidade, era como uma criança crédula e ingênua, que mulher alguma deveria machucar. Era analfabeto e pobre, muito pobre, quase miserável, não se podia negar. Mas era inteligente e puro, de um caráter reto e admirável, já lhe dera muitas provas. Dora sentia-se irremediavelmente atraída pelo tapuio, sabia disso, mas se recusava a admitir. Ela, ateia confessa, sentia-se pecadora. Como reagiria o marido — desgraçado, infiel! — se lhe conhecesse os sentimentos?

Decidiram passar a noite às margens de um córrego de águas cristalinas. Enquanto Gedeão preparava o fogo no qual assaria um belo inhambu que havia flechado, Dora, suada e exausta, disse que iria ao banho.

— Quer que eu lhe vigie? — perguntou Gedeão.

— Obrigada, não precisa — respondeu a professora, já se afastando.

Gedeão continuou onde estava, mas um pressentimento por ele já bem conhecido dizia-lhe para ficar bem atento. E não demorou muito para acontecer o que ele temia: um grito estridente e desesperado, partido do córrego, cortou o silêncio que já começava a se abater sobre a mata. Como um raio, Gedeão passou mão do terçado e precipitou-se em socorro, com um único pensamento: salvar a professora. Seus olhos de felino logo detectaram de onde partia o perigo: uma enorme cobra jiboia, enrodilhada sobre si mesma em posição de bote, a cabeçorra projetada no ar, a língua comprida e forquilhada a entrar e a sair da pavorosa bocarra, a apenas dois metros da professora, mirava com olhos hipnóticos a sua apetitosa presa. Gedeão, olhando fixamente para a serpente, bateu o terçado no tronco de uma árvore a fim de chamar a atenção da víbora. Enquanto isso, sem tempo de olhar para Dora, acenou-lhe para que ela se afastasse devagar. Enquanto Dora se afastava, o rapaz continuou a mirar nos olhos da cobra, que se voltara para ele e também o encarava. Embora livre do perigo, Dora não teve tempo para se recompor do pavor. A alguns metros, de uma saliência do terreno, a moça assistia, aflita, ao duelo mudo entre Gedeão e a fera. Estava tão preocupada com a sorte do seu fiel companheiro que só se apercebeu de que continuava completamente despida quando Gedeão, tendo a situação sob controle, deu um passo atrás e procurou com os olhos sua protegida. Dora soltou um gritinho e, toda atrapalhada, não sabia se encobria com as mãos o púbis ou os seios.

— Perdão, professora! Pensei que já tinha se vestido! — disse Gedeão, hipnotizado pela nudez da companheira.

— As roupas ficaram ali — balbuciou Dora, apontando o outro lado do riacho com a mão direita, que, juntamente com a esquerda, havia desistido de ocultar as partes pudendas de sua dona.

— Busco já sua roupa — disse Gedeão. — Mas antes preciso dar uma lição nessa bicha atrevida. Contudo, ao virar-se para a víbora, a danada já ia escapulindo por entre a folhagem, com o ar mais inofensivo do mundo. Gedeão ainda fez menção de persegui-la, mas a voz de Dora o deteve:

— Deixa ela ir embora, Gedeão! As jiboias nem são venenosas! Talvez ela só estivesse com medo e nem quisesse me atacar.

— Vou pegar sua roupa — disse Gedeão, sem ousar olhar para ela. A cobra definitivamente desaparecera.

— Ainda não, Gedeão! — disse Dora, para surpresa do rapaz, que não sabia o que fazer dessa vez. — Se me vigiares, acabo de tomar o meu banho — completou ela.

Claro que montaria guarda, aliás que até aí não fizera outra coisa; antes, porém, faria uma vistoria no córrego.

— Agora pode descer, professora — disse Gedeão, saindo d'água olhando para o outro lado.

Gedeão ouviu, às suas costas, o barulho de pés entrando na água. Em seguida, como se ainda visse a maravilhosa imagem da rapariga nua, ouviu os ruídos que o corpo dela faziam ao agachar-se nas águas baixas do córrego. Por fim, dois mergulhos e braços a esfregarem sofregamente o corpo.

— Tudo bem, professora? — perguntou Gedeão.

— Tudo bem! Dá pra pegar minha roupa? — pediu ela.

E agora? O que fazer? A roupa estava numa posição que, para buscá-la, era quase impossível não olhar para o córrego.

— Pode olhar pra cá, Gedeão! Só minha cabeça tá fora d'água! — disse Dora.

O rapaz obedeceu. Apanhou as roupas — uma calça cáqui, uma camisa de manga comprida de meia, e uma calcinha branca rendada — e, muito perturbado, reuniu toda a sua coragem e virou-se para Dora, que lhe sorria.

— Tudo besteira, né? Que mal há que uma mulher seja vista nua por um homem? Ainda mais quando a mulher sabe que esse homem a respeita? Por que não deixas a minha roupa aí no chão e entras também n'água? Ia me sentir mais segura.

— Não sei se devo... professora... — balbuciou Gedeão, tremendo como um menino.

— Que professora que nada! Podes me chamar de tu, ou de Dora, apenas! Senão eu também te chamo de pro-fes-sor Gedeão — gracejou a moça.

— Eu?! Professor? — tartamudeou o rapaz, avançando para a água.

— Sim, professor sim! Quem conhece melhor os mistérios da selva do que tu? A aluna aqui sou eu!

Gedeão entrara definitivamente na água.

— A professora está brincando...

— Ham!... Professora não! Já disse! — ralhou ela.

— Tá bem! Tu só pode estar brincando — consertou Gedeão, ainda sem crer que tudo aquilo estivesse acontecendo. — O analfabeto aqui sou eu!

— Besteira! Saber ler, escrever... todas essas coisas que se aprendem na cidade e que fazem uma pessoa sentir-se superior às outras, às vezes não valem nada.

— Como assim? — espantou-se Gedeão.

— Ora, de que me adianta saber ler e escrever se não sei me orientar na mata? Não sei nem pisar! Só hoje dei umas quarenta topadas!

— Mas acaba aprendendo, eu te ensino.

— É isso que eu queria dizer: uma pessoa não é melhor do que outra só porque sabe algumas coisinhas a mais. Quem não sabe ler e escrever um dia pode aprender!

— Sempre quis aprender...

— Pois vou te ensinar — disse Dora.

— Então eu podia ler a Bíblia.

— A Bíblia?

— Padre Alfredo disse que meu nome tá na Bíblia; meu pai era filho de um pastor e ele me deu esse nome quando eu nasci.

— E cadê o teu pai?

— Morreu quando eu era pirralho!

— Morreu? Do quê? — quis saber Dora.

— Teu pai matou ele! — respondeu Gedeão, de chofre, mas sem nenhum rancor na voz.

Tais palavras fizeram Dora retrair-se dentro d'água.

— Meu pai matou o teu?! Como aconteceu isso? — perguntou a moça, estarrecida.

Gedeão então contou tudo o que o leitor já bem sabe, inclusive que sua meio-irmã Diana, filha da desgraçada Lazinha, sua infeliz mãe, também era irmã de Dora, pois era filha de Estefano. Contou também a trágica história do caboclo Sabá, que Estefano mandara matar a fim de possuir-lhe a mulher, a pequena e doce Primitiva, que trouxe à luz o pequeno Mica, filho também de Estefano, portanto seu irmão. Dora ficou sabendo do modo vil e monstruoso como o pai abusou da cunhantaim, sua própria filha.

— Diana sabe de tudo? — indagou Dora, sentindo um embrulho no estômago.

— Ela nunca fala, mas sabe — respondeu Gedeão.

— Patife! — exclamou Dora, dilacerada. — Não sei o que te dizer, Gedeão. Só posso garantir que de nada sabia. Estou com muita vergonha!

Lembrou-se da silenciosa e hostil Diana. Então eram irmãs? Agora a compreendia.

— A moça não deve se envergonhar, não tem culpa de nada — disse-lhe Gedeão.

Quantas vezes se debatera no pântano de ódio e sede de vingança que quase o afogara; quantas vezes blaterara contra o malvado destino, que lhe aplicara aquela terrível peça: ver-se encantado justamente pela filha do assassino de seu pai!

— Sabia que papai não é flor que se cheira, mas nunca imaginei que fosse capaz de tanta perversidade. Justamente o meu pai! — lamentou-se mais uma vez Dora.

— Ninguém pede pra nascer nem escolhe os pais — consolou-a o rapaz.

— E ninguém diz ao coração a quem deve amar — completou Dora, olhando nos olhos de Gedeão, que por um instante pensou que talvez estivesse dentro de um sonho.

Ajoelhada no fundo do córrego, Dora envolvia-o com os seus grandes olhos verdes. Esquecida de que estava nua, ergueu os braços para concertar os cabelos molhados, com o que os seios emergiram, como se gotejassem desejo, mostrando-se por inteiro.

"Céus! Tô ficando louco!" — pensou Gedeão, sentindo a cabeça rodopiar. "Eu não devo tá vendo direito! Pois a Iara nunca aparece duas vezes a um mesmo homem! Mas é ela! Eu tô vendo! É a Iara! É ela mesma! É linda como a Lua nas noites mais claras! E como é formosa! Seus cabelos têm a cor das flores do pau d'arco e do brilho do sol! Suas faces são rosadas como as penas da colhereira e as flores da sapucaia! Céus, ela tá cantando! Os passarinhos que mais cantam não cantam como ela! Olha só como as árvores, os bichos, o vento, até os peixinhos debaixo d'água pararam para ouvi-la! Diana! Dadá! Mica! Todo mundo! Estão me ouvindo? Ela tá olhando pra mim! Ouviram? Ela tá olhando pra mim! Tá sorrindo! O seu sorriso é como a flor da vitória-régia se abrindo! Ela agora me estende os braços! Estão vendo? Ela me estende os braços! Vou ao seu encontro! Seus olhos são duas tochas verdes que me espiam! Não posso nem quero resistir!".

Gedeão, quando deu por si, estava a um passo de sua companheira de banho, que sorria, quase gargalhava, como se tivesse acabado de assistir algo muito divertido. A Iara, porém, havia desaparecido!

— Por que estás rindo? — perguntou Gedeão.

— E não era pra rir? De repente chamavas todo mundo e dizias que estavas vendo a Iara! Acaso era eu a Iara, a irresistível Mãe-d'água?

— Era tu! Eu juro que era tu! É a segunda vez que ela me aparece de dia! Mas não tenho certeza, pois, quando tento me aproximar, ela desaparece!

— Então ela já te apareceu à noite? — perguntou Dora.

— Eu tinha ido à espera e ela veio se deitar comigo, mas nunca soube quem era, pois se foi antes do sol nascer.

— Dizem que ela mora no fundo das águas... — disse Dora.

— É... Numa casa esquecida lá no fundo pelo céu, num tempo muito longe, quando o céu se estendia como embaixo de nós a campina matizada de flores, antes de subir e de arquear sobre as nossas cabeças a sua concha estrelada.

Enquanto Gedeão falava, Dora deixou de sorrir. Escutou-o embevecida. Sua voz era a música mais doce; as palavras, a mais pura poesia; e o corpo, o mais afinado instrumento.

Embora sobre as copas das árvores ainda existisse luz, aqui em baixo já escurecia.

— Poxa! Como o tempo passou! Vamos sair d'água? — disse Dora.

— Vamos — concordou Gedeão.

— Vira pra lá enquanto eu saio e visto a roupa, ou queres ver de novo a Iara? — brincou Dora.

Gedeão já havia se virado e assim permaneceu, reprimindo o desejo quase irresistível de olhar para a moça.

— Sabe? — por fim falou. — Eu te procurei muitas vezes lá no lago.

— Dizes a Iara, não é?

— Pensei que fosse a mesma coisa — respondeu Gedeão.

— Mas não é! Não sou encantada como a Mãe-d'água, nem mesmo sei nadar!

— A professora tem razão; acho que tô ficando lelé!

— Não está não! — disse Dora, enquanto se vestia. — A Iara vai ter contigo esta noite, fica atento! — o rosto da rapariga, ao dizer tais palavras, fervia.

Gedeão atou as redes antes que a escuridão tomasse conta da floresta, acomodando-se em seguida cada um em sua rede. Não demorou para a moça cair em sono profundo. Pelo menos foi isso que pareceu a Gedeão, o qual, exausto da noite anterior mal dormida, a cabeça doída, pôs-se a lutar contra o sono, dizendo a si mesmo que, custasse o que custasse, aguentaria mais aquela noite de vigília. Mas, todo seu esforço para se manter acordado foi em vão. Pela manhã se lembrou de ter tido um sonho — pelo menos foi isso que pensou —, no qual a mulher misteriosa viera ter novamente com ele: nua! Completamente nua como das outras vezes! Mas deixou-o antes do amanhecer, restando de sua passagem, como das outras vezes, apenas aquela fragrância de patchuli que durante vários dias pareceu impregnar o mundo.

Chegaram a Boim no dia seguinte e um canoeiro ofereceu-se para levá-los à Santa Irene. Durante o resto da viagem Dora comportou-se como se nada tivesse acontecido.

Em Santa Irene

Dora e Gedeão, ao chegarem a Santa Irene, foram diretamente à diocese, onde encontraram padre Alfredo e Saluma amparados pela companhia boa e amiga de D. Romualdo. Embora o momento fosse de tensão e exigisse sobriedade, não deixou de ser divertido ver Saluma literalmente embrulhado nas roupas enormes de D. Romualdo, uma vez que as roupas de padre Alfredo, mais alto e mais magro que Saluma, não lhe serviram.

Padre Alfredo colocou os recém-chegados a par dos últimos acontecimentos — a injusta prisão de Saluma, a sua soltura por intercessão direta de D. Romualdo, as absurdas acusações que lhe assacavam. Em seguida, o próprio D. Romualdo — não por covardia mas por prudência — aconselhou Dora a deixar o Nambu, pois nem a interferência do bispo e nem a do fazendeiro Julião, amigo do prefeito e do governador do Estado, pareciam ter a força de mudar o curso dos acontecimentos. Estefano não abria mão dos seus pretensos direitos e parecia disposto a levar até o fim os seus propósitos mesquinhos; prova disso era a notícia que acabava de correr, de que um pelotão de policiais, armados até os dentes, embora provavelmente se borrando de medo, sob o comando do pérfido José Ambrósio, irmão do prefeito, já se deslocava para o porto. Na cidade, a populaça, branca ou mestiça, envenenada pelas falsas notícias do rádio, sentindo-se ameaçada pelos "selvagens" do rio Nambu, exigia uma providência rápida. Não tivesse D. Romualdo dado guarida a Saluma, certamente este teria sido linchado. A invasão do Nambu era coisa mais do que certa.

— Deixar o Nambu, Reverendo? Justamente agora? Jamais! — retrucou Dora, exaltada. — Aliás, posso até lhe atender, mas imponho uma condição.

— Qual, minha filha? — perguntou D. Romualdo.

— Que o senhor também mande padre Alfredo sair do Nambu!

— És mesmo uma menina danada! — exclamou D. Romualdo, sorrindo pela primeira vez. — Bem sabes que não posso cumprir tal condição, não posso mandar um pastor como padre Alfredo abandonar as suas ovelhas. Bem... mandar até poderia, mas seria uma ordem iníqua, contra os desígnios de Deus. Hás de concordar comigo, minha filha.

— Concordo, desde que não me peça mais pra deixar o Nambu; aquele povo também precisa de mim.

— Filha, admiro a tua generosidade, e digo mais: se todo cristão fosse generoso como tu és, o mundo seria muito melhor, mas te peço mais uma vez que reconsideres; o jovem, ao abraçar o sacerdócio, deixa a família carnal para se dedicar aos problemas da família espiritual, tão numerosa quanto a própria humanidade. Não é o teu caso, minha filha; não te prendeste a nenhum voto e tens uma mãe frágil e amorosa que se preocupa noite e dia contigo.

— Então foi isso! Minha mãe o procurou, não foi, Reverendo?

— Procurou, sim! E eu não tinha como não lhe dar atenção — respondeu D. Romualdo.

— Logo vi que tinha o dedo de D. Etelvina nessa história!

— Uma mãe zelosa e extremada, como Maria — observou o bispo.

— Pois mamãe pode ficar sossegada porque a sua filha redentora não se deixará crucificar! — pilheriou Dora. — Não me chamo mais Dora se o cafajeste do meu pai não voltar atrás!

— O que farás que eu e padre Alfredo já não tenhamos feito? — perguntou D. Romualdo.

— Enfrentarei o leão de frente, agarrarei o bicho pela barba! — respondeu Dora, exaltada.

— O que queres dizer com isso? — inquiriu D. Romualdo, preocupado. — Não me vá fazer nenhuma besteira!

— Não se preocupe, D. Romualdo, tenho minhas armas! — disse Dora, esclarecendo em seguida que iria àquela mesma hora procurar o senhor Estefano. Enérgica, despediu-se dos amigos e saiu.

Em vez, porém, de dirigir-se a casa dos pais, como dissera, rumou primeiro à sua própria casa. Na verdade, sentia-se fraca e angustiada. E Julião sempre fora seu amparo e fortaleza nas horas difíceis. Não queria crer que o marido, com todo o seu prestígio e influência, nada pudesse fazer. Falaria com ele, pediria ajuda, imploraria, se necessário. Pois, entre todos os homens — dizia-se a si mesmo Dora, como se tivesse necessidade de ouvir-se —, Julião era o único em quem ela confiava. O único dono do seu corpo, senhor da sua alma. Uma vontade ardente de revê-lo a dominava, num misto de saudade, carinho, desejo e... remorso. Sim, remorso! Pois, desde que se reencontrara com Gedeão, já não sabia muito bem pelo que lutava. Se era unicamente o ideal de justiça que a movia, ou se era aquele outro sentimento, puro e profundo como as correntes irresistíveis do rio que corria em seu coração, que a empurrava para frente, fazendo-a sentir-se capaz de enfrentar o pai e os poderosos interesses que por trás dele se escondiam. Em suma, já não sabia se lutava pelo "povo", essa entidade abstrata, quase mítica, que ela idealizara, ou por Gedeão, esse tapuio que se erguia diante de seus olhos como a genuína concretização de todos os valores que ela longamente sonhara encontrar num homem do povo — simplicidade, pureza, solidariedade, abnegação, lealdade, inato senso de justiça, ausência de toda arrogância, muita valentia e coragem, as mesmas qualidades que um dia julgara enxergar em Julião.

Mas, tão logo chegou em casa, arrependeu-se de ter vindo. O rosto do marido era uma máscara de indiferença. Aos afagos que ela lhe fez, Julião retribuiu com fingida frieza. Ao seu pedido de ajuda, ele respondeu que tudo faria, e muito mais, desde que ela abandonasse a ideia maluca de viver no mato e voltasse para casa, que, desde sua partida, tornara-se triste e despovoada como um deserto — disse ele com a cara mais cínica do mundo, achando que Dora não sabia das visitas furtivas da mulher do prefeito. No fundo, Julião ardia de despeito. Olhava para os lábios da mulher, para a sua pele corada e macia, cheia de seiva, como uma planta viçosa, mas, em vez de alegrar-se por tê-la ali, pertinho dele, ao alcance dos braços, um arrepio de repulsa misturado com forte desejo percorria-lhe o corpo e infernizava a cabeça ao pensar que a causa de tanto viço poderia ser a água e o estrume do tapuio Gedeão, depositados na raiz ruiva e estufada de sua mulher, talvez à sombra de uma palmeira, ou debaixo do sol escaldante do roçado, sobre um tronco de árvore caído, ou noutro lugar qualquer.

— Desculpa-me por ter vindo te aporrinhar — disse Dora, dando-lhe as costas. — Achei que ainda havia esperança, mas me enganei!

Julião em vão ainda tentou retê-la, pois Dora já alcançava a rua. Teria que fazer o que não queria, isto é, enfrentar sozinha o pai. Não que o temesse, pois o salafrário do velho não tinha moral para recriminá-la, mas preferia não ter de enfrentar o olhar de censura da servil e infeliz D. Etelvina, em sua eterna postura de fêmea que se vergou ao jugo do macho, para quem a filha, ao afrontar a autoridade paterna, cometia o maior dos pecados.

Estefano não estava em casa. Segundo D. Etelvina, há duas noites o marido ali não dormia. Pelo jeito triste e o semblante envergonhado da pobre senhora, Dora nem precisou perguntar onde o pai se encontrava. Passou mão de uma caneta e rabiscou um bilhete nervoso que um moleque de recado levou correndo à alcova de Madame Fuluca, que há muito passara a ser o segundo refúgio na vida de Estefano, cuja face obscura, injusta e truculenta, a filha descobrira depois de voltar de Belém, onde fora estudar. Sua decepção só não foi maior porque, ainda em Belém, ao ler um velho livro da biblioteca do pai do camarada Jairo, deparou-se com uma outra versão para os trágicos fatos da Cabanagem. Os cabanos — em vez de terem sido a "raça de degenerados, pervertidos e sanguinários", contra quem o pai, espumando de ódio, ainda blaterava um século depois — foram, na verdade, as vítimas de um sistema vil e injusto de exploração que portugueses como o famigerado caçador de cabanos Teobaldo Leôncio Barbosa, bisavô de Estefano, queriam a todo custo preservar. A amarga descoberta completou-se quando Dora, tomando as dores da mãe, juntou a coragem, engoliu a repugnância e foi procurar Madame Fuluca, disposta a arrancar dela toda a verdade e também dizer-lhe alguns desaforos. Mas, depois de ouvir da boca de Madame Fuluca a sofrida e trágica história de Nhá Fuluca, sua bisavó, que se confundia com a não menos trágica e sofrida história dos cabanos, e com quanta vilania o fazendeiro português Teobaldo Leôncio Barbosa, Barão de Santa Irene, bisavô de Estefano, conquistara o tal baronato, Dora terminou por pedir sinceras desculpas à simpática e cativante mameluca, cujo porte lhe pareceu estar mais para rainha do que para prostituta, sentindo-se até mesmo solidária ao seu destino. Por que condenar uma mulher que, embora trouxesse no sangue e na cor da pele a prova da humilhação sofrida pelos seus antepassados, não se deixara abater nem baixara a cerviz, mas, com seu exemplo independente e transgressor, dera ao povo, principalmente às mulheres de Santa Irene, um grito de liberdade? Madame Fuluca, aos olhos de Dora, já não era a satânica bandida que as senhoras-de-bem odiavam, mas uma heroica guerreira, talvez a última das amazonas, que — nua em pelo, seios ao vento e curvas sensuais — vingava o seu povo, espetando a flecha do amor no coração de brancos como Estefano, que, apesar de desprezá-la, já não poderia viver sem ela.

Antes do que se esperava, Estefano apareceu. Cinquentão, mas o corpo ainda bem rijo, chegou, como de costume: cabelos molhados, olhos brilhantes de lobo cuja ceia fora interrompida. Durão, perguntou o que a filha queria.

Dora foi diretamente ao assunto. Exigiu que o pai deixasse em paz o povo do rio Nambu.

— Que mal eles lhe fizeram?

— Não vou dar satisfações dos meus atos a uma traidora! — bradou Estefano.

— De quem o senhor está falando? — perguntou Dora.

— Ora, ainda perguntas? Quem foi que debandou pro lado dos que, além de me roubarem, ainda me ameaçaram de morte? Quem é que anda pra cima e pra baixo com um patife de caboclo chamado Gedeão?

— Mas Gedeão não lhe fez mal algum, apenas escapou da sua truculência! — respondeu Dora, quase gritando, a voz trêmula de ira.

Surpreendido com a firme determinação da filha, Estefano engasgou, desconcertado. Dora então disse ao pai que conhecia todos os seus vis propósitos e abominava-os.

— E digo mais — completou a moça, sem tirar os olhos do pai —: se invadirem o Nambu, serei a primeira atingida, pois seguirei a sorte dos meus amigos até o fim!

Em seguida, aproximou-se da mãe e beijou-a na testa. A pobre mulher, que assistira a tudo com os olhinhos aflitos, choramingava.

— Desculpe, mamãe, mas preciso lutar; se depender de mim, um dia a gente ainda se vê.

Com a alma trôpega, mas fingindo firmeza nos passos, Dora rumou para a porta e saiu.

Quando chegou à diocese, Julião ali a esperava. Sem que o rapaz pedisse, padre Alfredo afastou-se com Saluma e Gedeão, deixando o casal a sós.

— Vim pedir-te, mais uma vez, que reflitas melhor — começou dizendo Julião. — Na condição de marido, ainda tenho o direito de te falar assim.

— Se vieste pra isso, perdeste teu tempo! — respondeu-lhe Dora.

— Mas, Dora, isso é loucura! — insistiu Julião. — Bem sabes que não terão chance nenhuma contra os paus-mandados de José Ambrósio, sem falar nos jagunços do teu pai!

— Pode até ser, mas não vai ser fácil pra eles! — respondeu Dora.

— Essa história já é bem conhecida — retorquiu Julião. — Toda vez que as flechas enfrentaram os canhões, os fracos acabaram todos mortos! A menos que contem com alguma ajuda...

— Que ajuda?! Sabes muito bem o que a ditadura fez com o Partido! Não adianta pedir ajuda que não vai ter; cada um que vá se virando como puder!

— Eu sei, eu sei; mas se aceitares uma mãozinha de um burguês! — disse Julião, com um sorriso enigmático.

Adivinhando o que Julião queria dizer, Dora perguntou:

— E o que um burguês ganharia ajudando tapuios miseráveis?

— Nada, a não ser talvez o coração da sua mulher, a quem ele ama desesperadamente — sussurrou Julião ao ouvido de Dora, enquanto lhe fazia um cafuné nos cabelos ruivos. Embora resistisse, o coração da moça por um momento fraquejou.

Nesse instante, o mesmo menino que fora chamar Estefano na casa de Madame Fuluca chegou à diocese trazendo um bilhete para Dora.

Com as mãos ansiosas, a moça abriu o pequeno papel e leu a seguinte mensagem: "A filhinha querida pode ficar sossegada que o monstro do seu pai vai agora mesmo pedir ao juiz a suspensão do processo e não fará nada contra os anjinhos do Nambu".

— Não está assinado, mas é a letra do meu pai! — disse Dora, passando o bilhete a Julião. Quando este terminou de ler, Dora perguntou: — E então, o que achas disso? Será que o velho fala a verdade ou está só blefando?

— O bilhete é bem irônico, não é fácil saber o que se passa na cabeça de um homem como teu pai — respondeu Julião, depois de pensar um segundo. — Pode até ter mudado de ideia, mas, e o Cândido Ambrósio, e o tal míster Robin Kollie, que estão por trás dele? Se um burguês como eu pudesse aconselhar uma proletária como tu — ironizou Julião —, diria para não baixar a guarda, isto é, os caboclos devem se organizar para a resistência, pois, se bem conheço o danado do velho, está blefando; mais cedo ou mais tarde, coberto ou não pela lei, acabará empregando a força contra o pessoal do Nambu. Mas só possuindo armas de fogo o povo do Nambu terá alguma chance de sobreviver. Se o proletariado revolucionário do Nambu aceitar ajuda de um burguês — brincou Julião —, eu posso oferecer-lhe as armas. O que achas?

Dora não sabia o que responder. Por um instante enxergou em Julião o garoto desprendido e solidário de outrora. Mas continuava confusa.

— Preciso conversar com padre Alfredo sobre isso — acabou dizendo.

— E também com o tal Gedeão, não é? — perguntou Julião, com jeito de criança enciumada. Dora fez-se de surda e pediu para os amigos reaproximarem-se, informando-os sobre o bilhete de Estefano e o oferecimento de ajuda de Julião.

Padre Alfredo rechaçou prontamente a proposta do fazendeiro. Sentia engulhos e arrepios só em pensar em pegar em armas para defender o que quer que fosse. Para ele, a defesa da liberdade jamais poderia ser feita com os mesmos métodos e instrumentos da opressão. Nenhum motivo, por mais justo que fosse, poderia justificar o uso da violência. Pois, sempre que fora empregada, em vez de garantir a justiça para os fracos e a harmonia entre os homens, acabou revelando-se o germe de uma nova opressão, a exigir uma nova libertação. Não negava que a luta fosse uma necessidade imperiosa na vida dos homens, mas, entre o Cristo crucificado e o Pedro impulsivo a decepar a orelha do guarda romano, preferia espelhar-se no exemplo do primeiro. Além do mais, não se sentia seguro quanto aos bons propósitos de Julião, cujo comportamento sempre lhe parecera ambíguo. Ajudava secretamente a luta dos oprimidos, mas, ao mesmo tempo, não se arredava do círculo dos opressores do povo. Julião não seria um instrumento dos que desejavam ver a Igreja lançada num escândalo? E Eduardo, o ex-guerrilheiro comunista? Teria ele, de posse das armas que Julião oferecia, a maturidade suficiente para resistir à tentação de precipitar-se novamente numa aventura que certamente acabaria conduzindo o povo pacífico do Nambu ao extermínio? Embora pensasse que — enquanto persistir o pecado entre os homens, enquanto houver a inveja, a cobiça e a idolatria ao dinheiro — a raposa não deixará de ser raposa, o leão será sempre leão, e o lobo manhoso jamais se converterá num verdadeiro cordeiro, padre Alfredo preferia mesmo assim crer no bilhete de Estefano, na sua inesperada mudança de propósitos. Saluma e Gedeão, embora desconfiassem de Estefano e aceitassem a ajuda do fazendeiro, curvaram-se à opinião do padre, tanto que confiavam nele e o respeitavam.

Padre Alfredo, depois de agradecer a oferta de Julião, disse-lhe que ele poderia ser útil de outra maneira.

— É só dizer, padre Alfredo! Estou à vossa disposição — disse Julião.

Então o padre lhe pediu que usasse de sua aparente neutralidade no conflito para tentar reunir em sua casa, à hora do jantar, as partes beligerantes. Julião aceitou de pronto a tarefa e, fazendo um gesto prosaico de arregaçar a manga da camisa, disse que iria naquela mesma hora atrás do "velho". Depois se despediu dos amigos, inclusive de Gedeão, cuja mão apertou por último, encarando-o nos olhos. E, logo em seguida, virou-se para Dora e perguntou se ela não o acompanhava. Sem dizer sim nem não, a moça também se despediu e seguiu o marido, cuja alegria por certo devia ser inversamente proporcional à tristeza que Gedeão sentiu ao vê-la partir com o outro.

Os Bons Propósitos de Estefano

Desejando sacramentar pessoalmente o acordo, D. Romualdo fez questão de acompanhar padre Alfredo e Saluma à casa de Julião, enquanto Gedeão, a conselho de padre Alfredo, ficara na diocese, pois o padre temia que o rapaz, cujo ódio por Estefano fora longamente fermentado, perdesse as estribeiras ao ver-se cara a cara com o assassino do seu pai.

Estefano já havia chegado, escudado na figura respeitável embora desenxabida de D. Etelvina, a mulher mais devota de Santa Irene. Querendo parecer civilizado, resolveu agradar aos recém-chegados cumprimentando-os com certo exagero, só conseguindo, porém, com isso, ser o que realmente era: falso e afetado. Só foi sincero com Saluma, a quem, durante toda a reunião, não dirigiria sequer uma palavra.

Logo ocuparam seus lugares à mesa e Julião, na cabeceira, no papel de anfitrião, declarou iniciado o jantar colocando no prato um belo pedaço de tucunaré, no que foi por todos imediatamente imitado. Mal tinham dado, porém, a primeira bocada, Dora pediu ao pai que explicasse o que ele queria dizer com o irônico bilhete.

— Aquilo mesmo — disse Estefano, sem esvaziar a boca. — Desisti de usar da força contra os tapuios do Nambu, não que não tenha direito de usá-la, pois as terras do Nambu são minhas, eu tenho documentos que me conferem a propriedade; também não desisti por medo ou covardia, pois ainda não nasceu o caboclo que me faça correr! Querem saber então por que recuei? Eu vou dizer: foi por amor! Não, não fiquem escandalizados! Os monstros também amam! Recuei por amor à minha única filha; não que ela mereça, pois preferiu me pagar todas as coisas boas que eu lhe fiz com a moeda amarga da traição, passando-se pro lado dos meus inimigos.

Todos haviam parado de mastigar e olhavam para Estefano que, em tom teatral, continuava falando: — Mas, como um homem cristão — D. Romualdo é testemunha de que nunca me esqueci da Igreja —, eu a perdoo. Por outro lado, reconheço que a violência nunca gera bons frutos...

Por isso decidira resolver a questão de outro modo: associar-se-ia ao prefeito Cândido Ambrósio e a Mr. Robin Kollie na construção de uma usina na cachoeira do rio Maró, a qual geraria a energia necessária para mover uma serraria. Os tapuios do Nambu que ficassem tranquilos; por ora não precisaria das terras do Nambu, quando muito cortaria algumas árvores daquela região.

— Vejam só que solução feliz! — exultou Estefano. — Até os meus inimigos acabarão se beneficiando, pois poderão ganhar um bom dinheiro — coisa que nunca viram! — trabalhando para mim, pois vou precisar de braços para construir a usina e montar a serraria, ou mesmo, depois da serraria pronta, para o corte e transporte da madeira até a serraria. Oh! Padre Alfredo! Oh! Santo Bispo! Não imaginam como me sinto feliz! Será Deus que me iluminou? Pois vou conseguir pacificamente o que pretendia pela força.

E como que esquecido da presença de Saluma, Estefano completou dizendo que, além de tudo, a construção da usina e da serraria significaria um grande avanço para os tapuios do Nambu, pois lhes traria bem-estar e progresso, retirando-os da vida miserável e indolente a que se acostumaram.

— E então, o que acham? — indagou por fim Estefano.

Saluma, que até aí conseguira controlar-se apesar do ódio feroz que cevara anos a fio contra Estefano, mexera-se nervosamente na cadeira, fazendo com que padre Alfredo sussurrasse-lhe ao ouvido, pedindo calma.

D. Romualdo, conciliador, disse crer nos bons propósitos de Estefano e elogiou-lhe o "discernimento cristão" ao abandonar o emprego da violência. Padre Alfredo, disfarçando o mal-estar que as suas próprias palavras lhe causavam, teve também de reconhecer a "boa atitude" de Estefano. A verdade, porém, deve ser dita: padre Alfredo, embora não confiasse em Estefano, sentia-se verdadeiramente aliviado, pois, pelo menos por algum tempo, a ameaça de ataque ao Nambu parecia afastada.

Selada a paz, Estefano e a mulher voltaram para casa, enquanto D. Romualdo, padre Alfredo e Saluma regressaram à diocese. Dora ficou com o marido, que, depois de muitos meses, teve de novo uma noite feliz com a mulher. A proposta das armas, pelo menos por ora, caiu no esquecimento.

Na manhã seguinte, Dora chegou à diocese trazida por Julião, que dirigia um belo Ford. Ao vê-la de mãos dadas com o marido, Gedeão não conseguiu evitar o sofrimento. Mas procurou afastar ressentimentos. Via-se forçado a admitir que Julião parecia ser um bom sujeito. Prova disso foi que, depois dos cumprimentos, Dora disse que viera buscá-los, pois Julião os levaria num de seus barcos até Boim.

Naquela mesma hora, padre Alfredo, Saluma e Gedeão pegaram suas coisas e, depois de se despedirem do bispo, entraram no carro, tomando cada um o seu lugar — padre Alfredo na boleia, ao lado de Dora e Julião, enquanto Saluma e o sobrinho ajeitaram-se na carroceria.

Logo já estavam navegando no Tapajós. Durante a viagem, Julião contou algo a padre Alfredo que o deixou muito preocupado. O caso era o seguinte: na noite anterior, após o jantar, ao despedirem-se, Estefano confidenciara-lhe que, como prova de boa-vontade para com seus inimigos, pediria ao prefeito Cândido Ambrósio que mandasse um avião despejar roupas e alimentos sobre a aldeia do rio Nambu. Ao ouvir tal notícia, o rosto do padre contraiu-se e o cenho franziu-se. Que Estefano abdicasse da violência, até não parecia de todo impossível, mas gastar dinheiro em prol de seus inimigos, já era demais, inverossímil!

— O senhor tem mesmo certeza de que ouviu isso? — perguntou padre Alfredo, com ar incrédulo.

— Absoluta! — garantiu Julião.

— Não é possível! O que acha disso? — perguntou o padre.

Julião parecia não saber o que dizer; por fim falou, naquele tom irônico que o fazia parecer-se tanto consigo mesmo:

— O padre deve ficar de orelha em pé, pois nem o Cândido Ambrósio nem esse gringo que agora anda com ele — o tal sócio na serraria — são adeptos do caridoso São Francisco de Assis.

Era sincero, não que se preocupasse com o destino dos tapuios do Nambu, mas porque temia que Dora acabasse sendo uma das vítimas das artimanhas do sogro pervertido.

Saluma e Gedeão nada souberam, pois padre Alfredo achou por bem guardar seus temores só para si. Enquanto Saluma deitou-se em sua rede e dormiu quase toda a viagem, Gedeão quedou-se encostado ao parapeito lateral do barco, como que hipnotizado pelo brilho prateado da imensidão líquida onde a Lua, formosa donzela, vinha se banhar. As águas verde-negras do Tapajós, com o disco prateado lá no fundo, fizeram-no pensar nos olhos de Dora — profundos, misteriosos e irresistíveis —, onde todos os seres vivos um dia vinham se mirar. Dora era uma Iara, provavelmente todas as mulheres o eram, pois, até as que pareciam menos dotadas, tinham o poder de enfeitiçar os homens. E todo homem, pelo menos uma vez na vida, está fadado a enxergar uma Iara, e, depois desse dia, já não é o mesmo. Transtornado de felicidade, quer que o mundo todo saiba que a viu, e, ensandecido de desejo, procura-a nas águas dos lagos e dos rios, de cujas profundas correntes elas provêm. Caprichosas, brincalhonas e perversas, às vezes as Iaras deixam-se mostrar a mais de um infeliz, levando-os a disputas ferozes. Como curumins imbecis, os rivais reivindicam a primazia de possuí-las, mal sabendo que eles é que são possuídos por elas, vorazes devoradoras de homens. Gedeão lembrou-se de que naquele momento Dora estava trancada no camarote do barco com o marido, certamente despida, como andam as Iaras, mas não sentiu raiva do outro. Julião não tinha culpa de ter sido enfeitiçado pela Iara. Que homem pode resistir-lhe aos sortilégios? Ele saberia esperar por ela, aliás que a sua vida até ali não passara de uma longa espera. Um dia — ele tinha certeza — chegaria a sua vez. Não se importava se ela, envergonhada, viesse de novo escondida sob o manto negro da noite, pois ele enxergaria o seu rosto com os dedos, e o corpo com os olhos da emoção.

O Retrato da Lua

Ao chegarem à vila, padre Alfredo ficou aborrecido. Não bastassem os ensinamentos bélicos ministrados por Eduardo ao povo em sua ausência, ainda tinha que aguentar a história absurda de que Diana, enquanto estavam para Santa Irene, virara homem. Que ela virava bicho, já tinha ouvido falar! Mas que virasse homem, já era demais! Mais uma invencionice do povo, fruto da imaginação, pensou padre Alfredo; mas, tanto que cochichavam pelos cantos, que ele resolveu clarear o assunto com Dadá.

— Sei lá, padre! Acho que o povo tá é ficando louco! — respondeu-lhe a mulher.

— Mas alguma coisa deve ter acontecido; não se fala noutra coisa! — insistiu o padre.

— Foi o Dinho, o meu Dinho, que começou toda essa história, mas o padre bem sabe como os curumins são mentirosos.

— O que foi que ele contou? — perguntou padre Alfredo, deveras curioso.

— Que viu Diana, na noite de lua-cheia, quando a noite tava como dia, sair de casa, à meia-noite, e ir direto pra beira do rio, onde se sentou em cima de uma pedra, e depois virou o rosto pro céu, direito na Lua. Então os curumins — pois o Dinho não tava só; o padre bem sabe que eles só andam em bando! — então os danados foram todos chegando pra junto dela. Então viram já o retrato da Lua brilhando no rosto dela. Conforme no céu a Lua, assim mesmo no rosto de Diana a sua sombra. O Dinho disse que o coração dele tremia — se é que curumim tem coração! — e que todos ficaram sem fôlego e seus olhos dançavam diante do fogo da Lua; não podiam falar! E, quando a Lua foi já virando para o outro lado, eles viram descer do céu uma moça bonita como a mesma Lua. Então Diana se levantou e eles viram que ela era um moço! A moça que desceu do céu abraçou-se com o moço, e um grande fogo frio — imagine o padre um fogo frio! — escondeu corpo deles. O fogo grande era grosso, não deixava aparecer nada. Todos os curumins que tavam espiando Diana tremiam. Então, como o frio doía demais, eles voltaram pra casa, sem poder falar, com muito medo. E dormiram. De manhã, quando os curumins acordaram, Diana já tava em casa. Os curumins se olhavam desconfiados, não se lembravam direito do que tinham visto essa noite; acho que eles pensavam que só tinham sonhado, até que o Dinho resolveu me contar a história. Então os outros moleques se animaram e também contaram. Mas eu não acredito no que andam falando da coitadinha! Pra mim, é tudo história dos curumins; o padre sabe como eles andam arretados nessa idade; pra eles, até tronco de árvore rachado vira mulher; pode ser também que algum marmanjo teja usando os curumins pra sujar o nome da cunhantaim.

— Como assim, Dadá? — perguntou padre Alfredo.

— Ora! O padre bem sabe que desde que chegamos do Maró que os homens vivem doidos por ela e que ela no começo era alegre com eles, ria, dançava, conversava com todos eles, adoçava o coração deles, mas não queria nenhum deles, e quando falavam em casar, ela não respondia. Até mesmo o Quelé queria casar com ela e ela não deu bola. Pois Diana gostava mesmo era do Eduardo, tanto que livrou a mão dele do çary, na festa da tocandira; o padre se alembra?

— Lembro sim — confirmou padre Alfredo.

— E ela também foi pra rede com ele naquela noite; se alembra?

— Lembro sim — repetiu o padre.

— Daí que os outros sentiram ciúme.

— Mas Diana no outro dia não quis continuar com Eduardo! — observou padre Alfredo.

— Mas todo mundo sabe que continua apaixonada por ele.

— E fariam um bonito par! — disse padre Alfredo.

— Faziam mesmo, mas a danada da cunhantaim não é isso que tão dizendo, mas que é biruta, isso ela é mesmo! Pois onde já se viu fugir de um rapaz como Eduardo! Ainda mais quando a gente sabe que a cunhantaim é capaz de morrer por ele! Dá pra entender, padre?

— Não dá não — aquiesceu padre Alfredo.

— E depois daquela noite ficou triste e esquiva, mais do que já era, e deu pra trocar o dia pela noite. Inventaram até que virava bicho, tadinha! E quando vai se aproximando a noite de lua-cheia, some de casa à meia-noite e só volta antes de amanhecer. No começo eu ia atrás dela e via quando ela se sentava na beira do rio, em cima duma pedra, e ficava horas lá com o rosto virado pro céu, direito na Lua — assim como os curumins dizem que viram ela — mas nunca virou homem! Nem bicho! Isso não! Depois desisti de segui-la, dizendo pra mim mesma que não era errado o jeito da cunhantaim, pois, padre, Diana era assim desde pequena, meio estranha; via coisas, conversava sozinha, adivinhava o que tava pra acontecer, não tinha medo do escuro. Mas nunca virou bicho, nem homem! Isso não! Eu lhe garanto, padre!

O que Dadá não contou ao padre e ele só veio a saber depois, foi que Diana, naquela manhã, voltou para casa com o coração alegre, já nem parecendo a mesma pessoa; e as outras cunhantains, antes enciumadas porque Eduardo preferira deitar-se com Diana e não com elas, ao ouvirem a história dos curumins, já não a hostilizavam, mas olhavam alegres para ela, e a abraçavam, e faziam-lhe todo tipo de agrado. E tendo aquele dia passado e chegado a noite, as cunhantains reuniram-se no pátio da vila e chamaram Diana para conversar com elas. E, querendo testá-la, perguntaram por que nenhum dos rapazes da vila servia para seu marido, ao que Diana lhes respondeu:

— Como não é todo dia que meu coração tá alegre como hoje e como há muito não sentia vida em meu corpo, vou contar pra vocês uma história da Lua. É assim: dizem que havia antigamente na raiz do céu uma terra onde toda a gente era bonita. No meio dela, contam, havia um moço bonito como o Sol. Todas as moças dessa terra amavam esse moço, todo dia faziam puçanga pra ele as amar. Como o moço era um pouco pajé, ele viu, em sonho, por meio da sua sombra, quando a alma abandonou o corpo dele e foi aconselhar-se com os mortos, o que as moças lhe faziam. Todas as noites ele ia pro porto sentar-se na areia, então as cunhã-mucus iam ter com ele. Seu coração, por isso, ficou contra elas. Triste, ele somente as olhava; à meia-noite elas voltavam pra casa, ele ficava lá. E assim era todas as noites. As moças já não sabiam o que fazer para agradá-lo. Uma vez elas disseram: "Agora vamos pro porto uma de cada vez; assim talvez o moço queira alguma de nós". Assim fizeram. A moça que foi ter com o moço abraçou ele, beijou na boca, fez-lhe cócegas. Ele só olhou para ela e não fez nada. No meio da noite essa moça voltou. Na noite seguinte, foi outra cunhã-mucu e fez da mesma maneira, e de novo nada aconteceu. Muitas luas depois, elas se reuniram e disseram: "Vamos agora uma de cada vez fazer ele dormir à força conosco". "Quem será a primeira?", perguntaram. Uma ainda bem moça respondeu: "Eu! Se ele não me quiser, me jogo no rio!". Todas então disseram: "Pois sim! Uma de nós vai contigo pra espiar de longe como as coisas vão se passar". Chegando a noite, o moço foi logo pro porto; logo atrás dele foi só a moça. A outra moça ficou longe deles. A moça abraçou logo o moço, beijou ele na boca, agradou-o. O moço olhou bem pra ela, depois perguntou: "Onde estão tuas companheiras?". Ela respondeu: "Ficaram em casa". "Por que vieste então?", tornou ele. "Eu vim porque te amo!", disse ela. "Por que me amas?". "Eu te amo porque tu és meu coração". "Se eu te dissesse por que não me podes amar, tu te calarias?", perguntou o moço. "Eu calo", prometeu ela. "Então escuta — disse o moço: como vocês todas sabem, não cresci junto de vocês. Eu sou de longe, por isso vocês não sabem como eu sou. Vocês todas andam atrás de mim, vocês todas querem casar comigo. Como tu disseste que não contas meu segredo, vou te mostrar como eu sou". Dizem que ele no mesmo instante tirou o seu cueiro, depois disse: "Repara: será que sou homem? Será que sou mulher?". A moça olhou, não viu nada de homem, nem viu nada de mulher. Então a moça, gritando, correu para o rio. A outra moça, companheira dela, viu ela cair no rio; gritou também com toda a força; as outras que estavam em casa ouviram. Elas correram pro porto, quando chegaram lá, viram somente já vir saindo da água aquela moça com a outra nos braços. O moço beijou a sua boca, depois disse junto do ouvido dela: "Tu viste, eu não sou homem nem sou mulher! Esconde bem no coração o que viste". As cunhã-mucus levaram logo essa sua companheira para casa. No outro dia lhe perguntaram: "Ele não te quis?". "Não!", queixou-se ela. Dizem que a moça estava a modo de doida, triste ela olhava pra esse moço. Nessa noite foi outra moça ter com ele. O moço nem olhou pra ela e, quando ela quis agradá-lo, ele se levantou. A moça voltou pra casa e contou como tinha se passado. Todas então disseram: "Se ele não quiser uma de nós amanhã, a gente mata ele!". Dizem que o moço ouviu e riu-se. Na noite seguinte, ele foi pro porto, diazinho ainda. Aí ele assoprou pra vir chuva fina. Quando as moças desceram, viram fumaça grande. Elas à toa procuraram o moço entre a neblina. O lugar onde ele costumava se sentar estava vazio. Procuraram por toda parte, ninguém! De madrugada caiu uma ventania e limpou a fumaça. Então todas viram a cabeça do moço ir desaparecendo dentro da água. Ele viu as moças, gritou: "Eh!... Eh!... Eh!...". E nessa mesma hora desapareceu. Todas elas caíram no rio, para agarrar o moço. Mergulharam, ninguém! Com o Sol já no meio do céu, elas voltaram pra casa. Dizem que tavam tão tristes. De noite, desceram de novo pro porto, onde se sentaram no lugar do moço e começaram chorando. Toda gente viu elas aí chorando. Mas de manhã ninguém mais viu as moças. Tinham desaparecido. Pra onde foram? Ninguém sabe. Dizem que a Lua escondeu essas moças e que a Mãe-d'água levou o moço. Essa a história da Lua.

Como a noite já ia avançada, Diana e as cunhã-mucus disseram que iam dormir. As cunhã-mucus foram deitar-se pensando na estranha história que acabaram de ouvir. O que ela queria mesmo dizer? A curiosidade das cunhã-mucus só aumentou. Então, como se tivessem combinado, levantaram-se todas de suas redes para ver se Diana estava mesmo dormindo. Ela não estava. À meia-noite, saíra de casa e fora para a beira do rio. As cunhã-mucus foram atrás. De longe viram a pobre moça sentada na pedra onde costumava vir se sentar. Mais adiante, ocultos na sombra, não só os curumins, mas também capitaris já empenachados, e até alguns homens, também espionavam, querendo ver se Diana virava de novo homem. As moças os viram, e já não tiveram medo nem vergonha deles, mas pena, pois tinham os olhos abertos, mas pareciam sonâmbulos, nada podiam dizer, porque não podiam pensar direito, como que já embriagados pelo que ainda estavam para ver.

Então elas viram. A noite estava como o dia. Diana tinha o rosto virado direto para a Lua. O retrato da Lua brilhava no rosto dela. Conforme no céu a Lua, assim mesmo no rosto da moça a sua sombra. Do mesmo modo que os moços, as moças ficaram sem fôlego, o coração delas tremia, seus olhos dançavam diante do fogo da Lua.

Não podiam falar! Aconteceu como os curumins tinham contado: quando a Lua foi já virando para o outro lado, todas as moças viram descer do céu um corpo, mas — Oh! elas suspiraram — não era de moça o corpo que descia, mas de homem, e um homem de todas bem conhecido, o moço mais bonito que elas já viram! Então os curumins haviam mentido? Confusas, as cunhã-mucus viram o moço que desceu do céu abraçar-se com Diana. E um fogo frio, como os curumins disseram, escondeu o corpo deles, não deixando aparecer nada. Imaginando o que os dois faziam, as cunhã-mucus invejaram. Os homens naquele instante voltaram para casa. As moças estranharam. O que eles teriam visto? Passaram bem perto delas; nada falavam, pareciam sentir muito frio, tremiam. Como os curumins haviam contado, o fogo grande era grosso e muito frio, doía demais. As moças também voltaram para casa. Dormiram. Levantaram-se da rede com o Sol. Diana já tinha voltado.

Estranho, muito estranho! Os moços disseram para as cunhã-mucus que não se lembravam de nada do que se passou naquela noite. Ainda mais estranho foi o que aconteceu a partir desse dia: os curumins, os capitaris empenachados e até os homens, por mais que durante o dia prometessem a si mesmos que ficariam acordados à noite para espionarem Diana, acabavam vitimados por um sono profundo tão logo escurecia; um torpor forte, embriagante, como o da tiborna. As moças também não contaram a ninguém o que viram. Já não tinham muita certeza. Olhavam-se desconfiadas, as cabeças doídas.

Então elas perguntaram para Diana:

— É verdade o que andam dizendo, que tu viras homem, e que por isso nenhum homem da vila te agrada? Eles estão todos tristes, adoçadinho seu coração!

— Tá bem, vocês querem saber? Esta noite vou contar a vocês, de uma a uma, por que não posso agradar os homens; vou contar o meu segredo — teria dito Diana às moças, segundo Jurema, filha de Saluma, quando certo dia esta apareceu barriguda, o que muitas outras cunhã-mucus na mesma situação depois também confirmaram, deixando a vila agitada num mistério insolúvel.

Inquiridas por seus pais, elas repetiam, uníssonas, que, naquela mesma noite, Diana abraçara uma delas, levando-a para o mato e dissera para esta: "Eu não sou mulher, sou homem". E nessa mesma hora Diana mostrara que era homem, não mulher. Depois dissera: "Tu achas que eu posso agradar homem como eu? Não contes a tuas companheiras o que nós fizemos. Deixa que eu mostre para vocês todas". A rapariga respondera: "Pois sim, assim farei. Só peço que não te esqueças de mim". Ele, ou melhor, Diana, teria dito que sim. Assim ele se mostrara para outras moças. Já quase de manhã, dissera: "Vamos dormir, amanhã contarei às outras". E todas foram dormir. Em três noites Diana teria mostrado o seu segredo para todas as outras cunhã-mucus, que ficaram enciumadas e a noite toda se vigiavam. Por isso ela não podia sair de casa para ir ter com a Lua na beira do rio. Mesmo assim, certa noite, ela desceu para o porto. As moças então foram de uma a uma atrás dela. Ao chegarem lá, o fogo grande frio apareceu. Como mulher é medrosa, elas gritaram de medo. No mesmo instante, viram esse fogo grande frio subir para o céu. Quando chegou ao meio do céu, correu para a Lua e nela se sumiu!

A partir dessa noite, dizem que Diana não mais virou homem.

— História, professora! — exclamou Francisca, dando uma piscadela marota para Dora, quando esta, algumas luas depois, perguntou-lhe se acreditava no que várias de suas alunas, todas de ventre já grande, diziam, ou seja, que o pai dos seus filhos era Diana.

— A professora, que já é casada, também já foi cunhantaim e sabe como as cunhantains ficam nessa idade — continuou

Francisca. — Essa eu não engulo, é tudo invenção, começando por essa história de Diana virar homem! Ela tá é que nem veada no cio, que zanza de noite por aí a procura de um macho que lhe apague o cachimbo. Já os pais dos pirralhos, a gente só vai saber quando eles nascerem. O filho da Jurema vai ter a cara do Bino. O Saluma apertou o safado e ele confessou. Essa história de mulher emprenhar mulher comigo não cola, professora! Se elas dissessem que foi o boto, ainda que acreditava!

A Morte Caiu do Céu

Passaram-se alguns meses. Novembro chegara e com ele a estação das chuvas. Tempo de plantar a mandioca nos roçados. Esquecida das ameaças de Estefano, a vila retomara sua antiga rotina. Mas padre Alfredo continuava apreensivo. Às vezes, no meio do dia, interrompia subitamente seus afazeres para ouvir o vozerio das chuvas e dos ventos que sacudiam a mata com violência infernal, provocando medonhos ruídos. Então corria para junto do cristozinho barrigudo e de olhinhos espichados e, com a voz da alma, suplicava-lhe que o aliviasse das vozes e zumbidos que ele julgava ouvir no meio das tempestades, porque isto podia cair bem num pajé como o sacaca Isaías, que viajava pelo fundo e dizia conversar com os espíritos, mas não nele, um padre, a quem não era dado crer em adivinhações. No entanto, por mais que implorasse ao seu amigo de olhinhos espichados, este não parecia inclinado a lhe atender, pois padre Alfredo continuou escutando os estranhos ruídos atravessando a floresta, mesmo quando a chuva amainava e os ventos cessavam. Ficara tão acostumado com eles que, certo dia, nem se importou com o ronco de um pequeno avião que sobrevoava a vila. Foi preciso ele ver os homens, as mulheres, os curumins e as cunhantains pulando e gritando no pátio da vila, com os braços levantados e as caras voltadas para o céu, para compreender o que estava se passando. Não fora bem uma premonição, pois Julião o avisara, mas o que ele tanto temia acabava de acontecer!

Era a primeira vez que um avião sobrevoava o Nambu, pois a região ficava totalmente fora de rota. Num misto de medo, alegria infantil e enorme curiosidade, os tapuios foram tomados por uma grande euforia. Compreendendo o perigo que todos corriam, padre Alfredo aproximou-se do grupo e, quase gritando, explicou-lhes que aquela coisa que voava no céu era um avião, um pássaro da cidade; em seguida, exortou-os a não tocarem em nada que caísse do avião. Mas ninguém lhe deu atenção, tão absortos que estavam em olhar para a criatura mais estranha que jamais haviam visto. Padre Alfredo então chamou para junto de si Saluma, Aldo, Albino, Venâncio, Eduardo, Dora e Quelé, e explicou-lhes as razões de sua desconfiança. Ao falar, o padre tinha em mente as histórias horrorosas de tribos inteiras de índios covardemente dizimadas ao ingerirem alimentos contaminados com vírus e bactérias letais de muitas doenças, ou simplesmente envenenados. Ainda falava quando dois fardos foram lançados do avião e por pouco alguns tapuios não foram esmagados. O povo não sabia se continuava olhando o avião ou se corria para os fardos. Finalmente, depois de alguns voos rasantes sobre a vila, o avião não mais voltou. O povo, então, num misto de receio e veneração, como se estivesse diante de algo sagrado, pôde olhar para os fardos. Padre Alfredo voltou a gritar para que ninguém os tocasse. Apesar da curiosidade, ninguém ousou contrariá-lo, embora padre Alfredo tenha visto formar-se em torno de Clementino um grupelho de homens e mulheres, cujos gestos e olhares atrevidos levaram-no a crer que estivessem descontentes com o curso dos acontecimentos. Pois não era de hoje que Quelé andava sisudo, resmungando pelos cantos contra o pai. Não chegava a lhe desobedecer as ordens, mas não ocultava o seu ressentimento. Andava enciumado. Na qualidade de filho primogênito de Saluma, já se imaginava chefe da vila, de acordo com a tradição. Mas a influência do padre sobre o pai cada vez mais o aborrecia. Em vez de Saluma consultá-lo nos grandes assuntos, era ao padre que o velho procurava. Ao padre e à sua turma, pois Quelé nunca vira com bons olhos a presença de Dora entre eles, muito menos a de Eduardo, aquele tapuio metido a besta que tudo parecia saber e, se não bastasse ser o preferido de Diana, ainda inventava palavras que nem ele sabia o que queriam dizer.

Como padre Alfredo e Saluma se aproximassem dos fardos, o povo, meio ressabiado, também se aproximou, formando-se um círculo em torno dos dois grandes embrulhos, num dos quais se lia: *"Alimentos e roupas como prova de amizade do prefeito de Santa Irene — Cândido Ambrósio — e do Sr. Estefano Barbosa".*

Qual a surpresa de Dora quando, num momento de descuido, Eduardo leu em voz alta a mensagem do fardo, sem se aperceber de que a professora estava bem ao seu lado! "Então é isso!", pensou ela, admirada. "Ele sabe ler! Logo vi que não era um tapuio qualquer!". O mistério, porém, persistia: por que o rapaz a enganava? Padre Alfredo porventura já sabia do que ela só agora tinha descoberto? Dora resolveu, pelo menos por enquanto, não revelar a ninguém a sua curiosa descoberta.

Nem padre Alfredo sabia o que fazer com os fardos, em redor dos quais a vila rondou o dia inteiro. Só à tarde o padre, com a concordância de Saluma, mandou os curumins jogarem lenha sobre a carga. Ele sabia que, embora Saluma o apoiasse, muitos gostariam de passar mão nas coisas do fardo. Por isso ateou fogo na lenha. Dava para ver a consternação estampada nos rostos dos que assistiam. Uma hora depois, o fogo tudo consumira, menos os enlatados. Então padre Alfredo e Saluma, ajudados por outros homens, cavaram ali mesmo no meio do pátio um grande buraco e, puxando com varas, enterraram tudo o que resistira ao fogo. Em seguida, Saluma mandou todos voltarem para suas casas. Já escurecia quando, vendo o povo afastar-se silenciosamente, padre Alfredo julgou ter enterrado o perigo juntamente com as latas. Enganara-se. Pesarosos por não terem usufruído das coisas que traziam os fardos, alguns chefes de família, insuflados por Clementino, insurgiram-se contra o padre, não querendo crer que alguém fosse capaz de envenenar comida. À meia-noite, aproveitando-se da escuridão que engolfava a vila, alguns descontentes, sorrateiramente, desenterraram algumas latas e as levaram para os seus tapiris, onde, morrendo de curiosidade, comeram o seu conteúdo. Antes de surgir o sol, a vila foi acordada pelo alarido das famílias dos abelhudos, que, abatidos por violentas cólicas, agonizavam. Não permitiram que padre Alfredo ministrasse qualquer remédio aos enfermos, pois Quelé espalhara pela vila que o mal não advinha das coisas dos fardos, mas de uma praga que o padre teria rogado contra quem o desobedecesse. Para atingir a autoridade paterna, Quelé escolhera como alvo de ataque as figuras de padre Alfredo e da professora, os dois amigos "estranhos" de Saluma, como dizia Quelé a todo mundo, contra os quais calculou ser mais fácil atrair a ira do povo.

Como a situação dos enfermos era desesperadora, os parentes apelaram para os préstimos do sacaca Isaías, embora o prestígio do pajé andasse meio em baixa. O próprio Quelé, querendo cativar os familiares dos enfermos, foi buscá-lo, exortando-o a que desta vez não falhasse.

Isaías chegou ainda dia, mas avisou que somente à noite estaria pronto para a cura. Não se desesperassem, pois os doentes aguentariam. Com o sol posto, foi até a margem do rio, onde, para troça dos curumins que o seguiram, despiu-se e, acendendo um cigarro de tauari, entrou n'água. Passou longo tempo a recitar orações e a defumar a água, querendo com isso avisar aos seus *companheiros* para que estivessem preparados para a cura que ia realizar. A parentela das vítimas, impaciente, aguardava-o. Mas Isaías só iniciou os preparativos depois de ter jantado um grande pacu, inteiro. Forrou um caixote com uma toalha branca e sobre ele ajeitou duas cuias: uma com uma vela acesa e outra com tiborna. Enrolou, em seguida, cinco ou seis cigarros de tauari, depositando-os ao lado da cuia de tiborna. Estava pronta a mesa. A vila toda, em silêncio e grande expectativa, acompanhava os preparativos. Acendendo um tauari, deu início à cura. Em vez de entoar as costumeiras cantigas de pajé, Isaías, desta vez, para espanto dos presentes, que nunca imaginaram que o velho tivesse outros cabedais, falou-lhes de Cristo, o qual já havia estado, segundo ele, no Brasil, mas voltara à sua terra para combater os "inimigos". Aquecia a sua narrativa com um ou outro gole de tiborna e baforadas de tauari. E a propósito da tiborna, passou a contar uma história em versos que explicava a origem da bebida. Em tempos passados, a mandioca braba era mais venenosa que hoje, e quiseram matar Jesus Cristo com seu caldo. Mas Jesus adivinhou a trama e, com seu poder milagroso, decidiu que daí em diante somente far-se-iam coisas boas da mandioca. Assim surgiu a farinha, a crueira, a tapioca, o beiju, e, melhor que tudo, a tiborna. Isaías encheu de novo a cuia de tiborna, fazendo com a mão o sinal da cruz sobre ela. Fez o mesmo com cada um dos cigarros, cruzando-os sobre a borda da cuia, molhando as pontas na tiborna. Em seguida, introduziu a ponta acesa do cigarro na boca, soprando com força. Enquanto a fumaça se dissipava, ficou a olhar fixamente, com olhos de peixe morto, para o fundo da cuia, repetindo a operação várias vezes, ao mesmo tempo que recitava a reza-poesia que falava de Cristo e das maravilhosas propriedades do tauari, do fumo e da tiborna. Esconjurou a cachaça, líquido maldito, invenção, segundo ele, de satanás para embebedar Jesus Cristo, mas, como este não se deixara apanhar, o diabo ofereceu-a aos homens, que não resistiram ao vício.

Terminado o palanflório, foi para fora da casa e postou-se a fitar o céu, persignando-se repetidamente. Tomou a vela acesa de sobre a mesa e caminhou para o rio, ouvindo-se de lá uma cantiga em que

Isaías chamava por uma tal Mariquinha, *companheira* do fundo. Voltou depois de longo tempo, cambaleante, o corpo muito rijo, o olhar vago. Saudou com um "boa-noite" em voz diferente da habitual e pediu licença para entrar. Era um *companheiro* que o possuía e falava por ele. Passou a cuia de tiborna de um por um aos que assistiam a pajelança., indagando se não achavam a tiborna doce e suave como água. Enchida novamente a cuia de tiborna, soprou fumaça dentro dela, chamando os presentes para olharem no fundo, e perguntou se não distinguiam as formas dos *companheiros* "assim como um vulto", pois ele estava vendo Rosa, "chefa das moças". Ninguém ousou discordar. Com um ramo de vassourinha dirigiu-se à rede de um dos enfermos e rezou longamente, benzendo-lhe o corpo de alto a baixo, detendo-se mais tempo sobre a barriga do paciente, onde estava localizada a dor. Olhando para Clementino, que assistia ao ritual de cura, Isaías disse que não se tratava de "doença do tempo", nem era "ataque de ramo frio", ou seja, reumatismo, mas sim feitiçaria, e da braba, feita por padre Alfredo, filho de satanás, contra os que o desobedeceram. Mas ele, o sacaca Isaías, tataraneto de Cristo — pois Cristo, ao contrário do que o padre ensinara, gostava de um rabo de saia e gerou muitos filhos! —, haveria de curá-los. Faria isso com massagens e defumações, intercaladas de rezas. De vez em quando voltava a fixar os *companheiros* cujas imagens afirmava enxergar no fundo da cuia.

Lá pela uma hora da manhã, Isaías saiu da casa para "despedir" os companheiros. Depois voltou aos pacientes e os benzeu, dando por terminada a cura. Antes de retirar-se, porém, prescreveu uma infusão de cipó, três dentes de alho, imirapuama, assa-fétida e uma série de banhos nauseabundos, recomendando que os banhos fossem tomados "de vento à ré", soprando pelas costas. Os doentes estavam curados, disse Isaías aos familiares, mas, para não sofrerem recaída, teriam que obedecer severo resguardo durante oito dias, não apanhando sereno, não tomando banho frio, tampouco pondo na boca comidas reimosas, como a paca, o porco e o tatu-canastra. Mas não precisaram de dieta nem resguardo, pois, mal Isaías terminou de falar, os doentes começaram a expirar de um a um, não restando sequer um deles vivo pela manhã. Tal fiasco afundou de vez o prestígio do pajé, mas também não reverteu em proveito do padre, cuja imagem de homem bom e de Deus fora seriamente maculada.

A semente da discórdia, espalhada por Clementino, medrara rapidamente, dividindo o povo. A morte dos enfermos veio reforçar-lhe a causa. A metade dos alunos de Dora de repente desaparecera da sala de aula, e muitos pais, numa rejeição muda, também já não traziam os filhos para padre Alfredo batizar, muito menos compareciam à missa.

Clementino agia na surdina. Caçador aguerrido, muitos anciãos olhavam-no com simpatia. O sacaca Isaías, com o amor próprio ferido, vendo em padre Alfredo a causa de sua ruína, tornara-se o principal aliado de Clementino. Pedia aos que um dia havia curado que lhe pagassem em fidelidade o que lhe deviam. Nem sempre era atendido, pois muitos, apesar das acusações contra o padre, ainda se lembravam de suas boas obras e lhe tinham carinho. Embora Quelé não fosse com a cara do pajé, agora precisava dele, da sua influência entre os mais velhos; manipulava-o com maestria. Quanto aos jovens, era-lhe mais fácil o trabalho. Boa parte dos jovens, que invejavam Eduardo por que Diana dele gostava, ficariam do seu lado, entre estes o Dinho, filho da Dadá. Pois o capitari não sabia como, mas se Quelé fosse o chefe da vila vingar-se-ia de Eduardo, pois imaginava que Clementino, pelo mesmo motivo, também o odiava. Bino, que sempre fora unha e carne com o irmão, desta vez, porém, não o seguiu. Jamais trairia Saluma. Apaixonara-se por Jurema, uma de suas carnudas filhas, que em breve lhe daria um filho, o qual, se fosse "menino-homem", ganharia o nome do avô. Era, contudo, entre seus próprios irmãos que Clementino conseguia maiores adesões, principalmente entre os meio-irmãos, filhos de Saluma com as muitas tapuias com quem já se deitara, os quais não viam a hora de lançar sobre o velho o peso da indiferença que lhes dedicara. Pois Saluma — a verdade seja dita — era incapaz de sorrir com a mais engraçada peraltice de um filho, bem como de chorar com a sua maior desgraça, mostrando-se, porém, severo no conduzi-los e àspero nas reprimendas, conquistando, com isso, não o respeito dos filhos, mas uma reverência forçada.

Ao tomar conhecimento da subversão, Saluma irou-se contra o filho, ordenando-lhe que, durante três dias e três noites, ficasse deitado num tapiri, sem nada comer e sem visitas. Clementino submeteu-se ao castigo, mas, ao fim dos três dias e das três noites, magro e faminto como um cão raivoso, deixou a vila disposto a lutar contra o pai, arrastando consigo alguns dos irmãos mais novos e outros jovens por ele seduzidos, entre estes o Dinho da Dadá, que prometeu dar uma pisa de vassoura no filho quando este voltasse. Aonde foram e com que propósito, ninguém sabia precisar.

Estefano não Desiste

A insubordinação de Quelé causara profunda impressão na vila. Embora só jovens o tenham acompanhado, muitos adultos, envenenados pelo sacaca Isaías, em silêncio o apoiavam e aguardavam o desenrolar dos acontecimentos para se manifestar. As famílias dividiam-se. Para complicar ainda mais a situação, um novo incidente pôs a vila em polvorosa: o pequeno avião que jogara os fardos voltou a sobrevoar a vila, lançando, desta vez, uma chuva de papéis, nos quais vinha escrito o seguinte recado: "Precisamos de gente para trabalhar na construção de uma usina na cachoeira do Maró — damos comida e ótimo salário".

Padre Alfredo, cujo maior sonho era tirar o povo do analfabetismo, desta vez acabou dando graças a Deus porque nenhum tapuio do Nambu sabia ler, e os que já conseguiam soletrar não compreenderam o conteúdo do recado, pois as palavras "usina" e "salário" não pertenciam ao seu vocabulário. O padre explicou rapidamente a Saluma, também analfabeto, o que estava por trás do aviso, ou seja: Estefano, conforme havia prometido, iniciara os preparativos para a construção da tal usina no rio Maró. Padre Alfredo só não sabia que a coisa já ia bem adiantada, pois Estefano, com o dinheiro do prefeito Cândido Ambrósio e de Mr. Robin Kollie, já contratara um engenheiro e alguns técnicos em construção de barragens e os enviara ao Maró; uma pequena estação de rádio também fora montada e quase todas as ferramentas — tratores, dragas, guindastes, escavadeiras — já haviam sido trazidas de Santa Irene, bem como a pólvora — centenas de barris de pólvora! — para destroçar os rochedos da cachoeira ou criar novos leitos. No entanto, para iniciar-se a construção da obra, faltava algo essencial — a mão de obra braçal, peã, desqualificada, sem a qual seria inútil o serviço das máquinas. Estefano esperava recrutá-la entre os tapuios do Nambu, matando, assim, dois coelhos com uma só cajadada: construiria a usina e a serraria a baixíssimo custo, pois imaginava pô-los para trabalhar a troco de nada, e, ao mesmo tempo, desarranjaria o antigo modo de vida dos tapuios, substituindo a costumeira liberdade pela dependência a um patrão, salvando-os da "preguiça e do atraso" para elevá-los ao "progresso e à civilização". E então — calculava Estefano, com aguçado tirocínio antropológico —, tendo os tapuios deixado de viver como os seus antepassados, tendo desaprendido a conviver com a floresta e os rios, fácil seria ao forasteiro apoderar-se das coisas que antes lhes eram tão caras — como a terra e a floresta, o rio e os seus frutos. Estefano, porém, não contava que Saluma, depois de ter ouvido padre Alfredo, mandasse todo mundo entregar-lhe os famigerados papéis e, ele mesmo, firme e compenetrado, queimasse-os à vista de todos. Mas foi justamente isso que aconteceu, abortando-se mais um plano do comerciante, o qual, no entanto, não se deu por vencido. Vendo que o "aviso" não surtira efeito, Estefano pediu ao prefeito Cândido Ambrósio que se fizesse nova tentativa de aliciamento com o avião, acabando, porém, como da outra vez, tudo inútil. O comerciante já se impacientava — pois como construir a usina sem trabalhadores? — quando um episódio inesperado trouxe-lhe alento.

Clementino e os jovens que o acompanhavam, depois de perambularem hesitantes pela mata durante alguns dias, finalmente se dirigiram ao rio Maró, decididos a verem de perto o acampamento de Estefano. E quase caem de costas diante do que viram — homens com chapéus e luvas sentavam-se no lombo de umas coisas monstruosas, que, no entanto, pareciam tão dóceis, pois se deixavam comandar facilmente pelos homens. Os rapazes, que nunca tinham visto um trator ou uma draga, perguntavam-se que bichos eram aqueles. Haviam chegado tão perto do acampamento que, embora o barulho da cachoeira se misturasse ao das máquinas de uma forma assustadora, podiam ouvir o vozerio dos homens com clareza. Entre estes, um logo chamou-lhes a atenção. Enquanto os outros trabalhavam, ele apenas transitava entre as coisas, falando com um e com outro homem, como se fosse o chefe. E nisso os rapazes acertaram, pois o homem diferente era nada mais nada menos que o próprio Estefano.

Durante o resto do dia puseram-se à espreita. Chegando a noite, acomodaram-se dentro da sapopemba de uma enorme castanheira, de onde, apesar da escuridão, puderam continuar a observação, pois, de minuto a minuto, o acampamento era vasculhado pelo foco da lanterna de um dos homens que durante toda a noite revezaram-se na vigília. Dentre os homens que faziam a ronda, um logo se destacou, pelo admirável porte físico e pela meticulosidade com que fazia o seu trabalho, chegando, numa das vezes, a aproximar-se tanto do tronco da grande castanheira, como se algo estranho lhe tivesse despertado o faro, que por muito pouco não descobriu a presença dos intrusos. Era Manecão, o chefe dos jagunços de Estefano, seu fiel cão de guarda.

Na manhã seguinte, depois de refrear o medo dos seus jovens companheiros, Clementino deixou sozinho o esconderijo e mostrou-se aos homens de Estefano, os quais, num segundo, lançaram-no por terra e o amarraram, deixando-o nesta humilhante posição até o patrão chegar e mandá-los soltarem o prisioneiro. Lá do seu esconderijo, tremendo que nem vara verde, os rapazes viram o seu líder, cercado por uma roda de jagunços fortemente armados, ser inquirido por Estefano.

Ao ouvir Clementino dizer que era o filho mais velho de Saluma e que abandonara a vila por desentendimentos com o pai, Estefano esboçou um grande e astuto sorriso, ordenando a seus homens que tratassem da melhor forma a Clementino e seus seguidores, que naquela mesma hora foram convidados por Estefano a se apresentarem. Vendo Clementino solto e bem tratado, os rapazes ganharam ânimo para deixar a sapopemba. Estefano, com o mesmo sorriso maroto, apertou a mão de todos eles e, tendo reconhecido entre os rebeldes o Dinho, filho de Dadá, dedicou-lhe um cumprimento especial, como se fossem dois velhos amigos que se reencontrassem, perguntando-lhe até mesmo como estava a mãe. Enquanto o ingênuo rapaz lhe respondia, Estefano, cá com os seus botões, dizia para si mesmo que não estava longe o dia em que poria as mãos em Dadá e em toda a trinca de "traidores" — incluindo-se nessa palavra os dois homens da esperta mulher, e, principalmente, Diana e Gedeão.

Durante uma semana, Estefano dedicou a Quelé e aos outros rapazes tratamento digno de reis. Não só comeram do bom e do melhor, como também foram poupados de qualquer trabalho, e, além disso, ganharam vários presentes e ouviram Estefano prometer-lhes muitas recompensas, caso voltassem à vila e convencessem o povo a vir trabalhar na construção da usina.

Seduzidos pelas promessas de Estefano, Clementino e seus amigos voltaram à vila, dispostos a afrontar mais uma vez a autoridade de Saluma. Nem todos, porém, atreveram-se a dar as caras. Alguns deles, como o Dinho da Dadá, temendo a surra de vassoura prometida por suas mães, preferiram assistir aos acontecimentos escondidos na capoeira, de onde viram Quelé e os seus irmãos entrarem no pátio da vila, sendo imediatamente cercados por uma chusma de curiosos. Em poucos segundos toda a vila ficara sabendo do retorno dos revoltosos e acorrera afoita para vê-los. Ansiosa e aliviada, Francisca, ao saber da notícia, deixou seus afazeres domésticos e, depois de — a xingos e cotoveladas — rasgar o cerco que se formara em torno dos filhos, abraçou-os e beijou-os, entre lágrimas, afagos e ralhos. Dadá e as outras mães, não enxergando seus filhos no pátio, indagaram aflitas a Clementino sobre eles, e, ao ouvirem que os medrosos haviam se escondido na capoeira, enveredaram pelos caminhos, chamando-os pelos nomes e só se acalmaram quando os rapazes, vendo que as mães não traziam as temíveis vassouras nas mãos, a elas se mostraram. O povo viu-os entrarem no pátio da vila aquecidos pelos abraços e beijos, e também pelos puxões de orelha que as mães lhes davam.

A petulância de Quelé foi tamanha que não incitou o povo a acompanhá-lo ao Maró enquanto Saluma não apareceu no pátio da vila. Mas, assim que o viu, começou a desfiar os argumentos que Estefano lhe incutira. Sem tirar os olhos de Dora e de padre Alfredo, Clementino acusou o pai de se deixar conduzir por forasteiros que só queriam se aproveitar do povo, e que, agindo assim, o velho tornara-se um traidor, pois mantinha o povo enganado. Dizendo isto, Clementino retirou do cós do calção um dos panfletos lançados pelo avião e exibiu-o ao povo, dizendo: "Vocês sabem o que tá escrito aqui? Não sabem, né? E nunca iam sabê, pois o velho mandô queimar todos os papéis pra ninguém sabê o que tava escrito! Tem medo que vocês não obedeça mais ele! Pois se saberem o que tá escrito aqui — Quelé sacudia o papel no ar — não iam mais querê ficar na vila com o velho. Sabe por quê? Porque no papel Estefano tá convidando todo mundo pra ir trabalhá com ele no Maró. Eu cabei de chegá de lá, gente! Eu posso falá porque vi! Estefano não é mau como dizem! Ele tratô a gente bem, deu presentes... Olha só isso aqui! — Quelé apontou para a camisa ordinária que estava vestindo. — É minha! Sabe quem me deu? Estefano! Todo mundo que for trabalhá com ele vai ganhá uma camisa dessa!".

O povo escutava tudo no mais absoluto silêncio. Estava diante de uma encruzilhada — ir com Clementino ou ficar com Saluma — e não sabia que rumo tomar. Dora e padre Alfredo viam-se em posição delicada; a tudo assistiam, sem poderem em nada interferir. Isaías, o pajé, em aberta dissidência, fomentava a discórdia pelos cantos. E Saluma, em sua sabedoria de velho chefe, mantinha-se sereno; apesar de ter vontade de esganar o filho rebelde, sabia que todo o povo naquele momento o observava; não podia se exaltar. Ouviu tudo em silêncio, sem interromper o filho uma única vez. Só depois que Clementino acabou de debulhar todos os seus impropérios é que o ancião, com sua voz arrastada, começou a falar. Começou lembrando quem era Estefano — o homem que assassinara João Batista, pai de Gedeão e marido de Lazinha, sua irmã, e dera a esta infeliz a pior das sinas; em seguida, como muitos ainda não soubessem, lembrou a monstruosidade cometida por Estefano contra Diana, sua própria filha; falou também dos fardos lançados pelo avião, traiçoeiramente envenenados; disse, por fim, que Estefano não desistira de tomar-lhes as terras do Nambu, por isso convidava-os para irem trabalhar no Maró.

— Se alguém, mesmo assim, quiser ir com Clementino pro Maró, pode ir! Eu fico, mesmo que seja sozinho! — concluiu Saluma, sem imaginar o efeito de suas palavras.

O povo continuou por alguns instantes calado, como se refletisse sobre o que acabara de ouvir. Mas, tendo Clementino tentado dizer algo, um clamor de vozes, como que ensaiadas, atroou no terreiro, impedindo-o de falar. Quelé, mais uma vez, tentou falar, mas foi silenciado por gritos e vaias. Sentindo-se vencedor, Saluma acenou ao povo para que deixasse Clementino manifestar-se, no que foi imediatamente atendido. No entanto, o mancebo ainda não tinha concluído a segunda palavra quando uma vozinha vibrante e esganiçada o interrompeu, atraindo a atenção de todos. Ninguém se surpreendeu que fosse Dadá a dona da voz, a voz mais conhecida no Nambu, notória nas festas e putiruns. Começou dando um tremendo ralho em Clementino, pois não o perdoava por ter desencaminhado o seu Dinho. Em seguida, muito agitada, falou ao povo sobre a vida escrava que passaram a levar no Maró, depois que Estefano lá chegara. Quando a mulher terminou sua arenga, Saluma, totalmente senhor da situação, tornou a dizer que, depois de tudo o que tinham ouvido, se alguém ainda quisesse se aventurar com Clementino, que o fizesse sem medo de represálias. Apesar de muitos simpatizarem com a virilidade de Clementino, poucos o seguiram, entre estes o sacaca Isaías, que preferia mil vezes morrer a permanecer na vila vendo a glória do padre. Dos jovens que andavam com Clementino, só o Dinho não mais pôde segui-lo, pois Dadá, tendo terminado o seu discurso, arrastou o filho para o seu tapiri, onde, sem enfrentar resistência, amarrou-o com um forte cipó-de-ambé no esteio da casa, soltando-o somente algumas horas depois de Clementino, raivoso e vencido, ter ido embora.

Embora tenha saído vencedor, Saluma sentia-se derrotado. Clementino, o seu primogênito, e boa parte dos outros seus filhos, continuavam contra ele. A família estava dividida. Embora o corpo ancho e carnudo de Francisca tenha ficado com o marido, o seu coração de mãe seguira com os filhos, que haviam retornado ao acampamento de Estefano.

Vendo que o seu plano dera tão poucos frutos, Estefano decepcionou-se com Clementino, mas não se deu por vencido. Durante um mês deu de um tudo aos filhos de Saluma e ordenou a Manecão que os ocupasse em serviços maneiros. Uma vez por semana, Estefano entregava a cada um deles uma nota de cruzeiro, a de menor valor, só para mexer com a imaginação dos tapuios. Na quarta semana, presenteou cada um com uma calça, uma camisa e um relógio de pulso, ordenando em seguida a Clementino que voltasse ao Nambu com seus irmãos a fim de tentar convencer mais uma vez o povo a vir com eles para o Maró. E assim fizeram os rapazes.

Vendo-os chegarem assim tão bem-vestidos, e com o relógio brilhante — embora dos mais ordinários — no braço, a vila quase perde a cabeça, de tão fascinada que ficou. Pois aqueles objetos, tão estranhos à realidade dos simplórios caboclos, tinham mais força e magia do que mil discursos. Como da vez anterior, rapidamente se formou um círculo em torno dos rapazes.

— Estão vendo? — perguntou alto Clementino. — Quem vier comigo também vai ganhar dessas coisas! — garantiu.

Mais uma vez Quelé não obteve sucesso; apenas a família de uma das vítimas do envenenamento decidiu-se a segui-lo. Assim mesmo essa adesão não significava lá grande coisa, pois tal família, composta quase só de mulheres, seria de pouca serventia para o trabalho da usina. O restante do povo, embora olhasse com fascínio para as coisas que os rapazes ostentavam, não ousava abandonar a vila. Em seus ouvidos ainda queimavam como brasa as palavras de Saluma, o qual, falasse Clementino o que quisesse, ainda era o seu líder. Ganho mesmo foi Clementino ter de volta com eles o Dinho da Dadá, pois o capitari tanto dissera à mãe que se arrependera de seu erro que conseguiu afrouxar-lhe a vigilância e, tendo ficado em casa enquanto Clementino permanecia na vila, escafedeu-se de fininho tão logo os companheiros se foram, encontrando-se com eles no mato, onde o aguardavam, para ira e desespero de Dadá, que voltou a lhe prometer mil surras de vassoura.

Saluma, que durante todo o dia evitara a presença dos filhos, quando estes preparavam-se para sair dirigiu-se a Clementino dizendo-lhe, com voz mais fria e cortante que a lâmina de uma navalha:

"Se tens amor à vida, nunca mais ousa pisar o terreiro da vila!". Francisca, com o coração dilacerado de dor, ao ouvir da boca de Saluma tão terríveis palavras, avançou contra o marido e, sem encontrar resistência, esmurrou-o até se cansar. Depois voltou para casa, onde Jurema e os outros filhos a consolaram.

Ideia Macabra

Ao ver Clementino regressar do Nambu sem os tão esperados braços para a construção da usina, Estefano partiu para Santa Irene, deixando os tapuios entregues aos cuidados de Manecão, que lhes cortou imediatamente todas as regalias e submeteu-os aos trabalhos mais pesados.

Em Santa Irene, Estefano foi diretamente à casa de Cândido Ambrósio, onde também encontrou Mr. Robin Kollie, que acabara de chegar de São Paulo e era hóspede do prefeito. Relatou-lhes as enormes dificuldades que estava enfrentando para a construção da usina do Maró, ou seja: a falta de braços para a realização da obra, uma vez que as tentativas de atrair os tapuios do Nambu ao trabalho foram malogradas; referiu-se também às figuras "ridículas" dos filhos de Saluma, os quais, tendo brigado com o pai, refugiaram-se entre eles.

— Se levássemos braços da cidade para trabalhar no Maró... — terminou sugerindo Estefano.

— Nem pensarrrr, Sr. Estefano! — cortou imediatamente Mr. Robin Kollie, cofiando a barbicha *à la* Tio Sam. Teriam gastos excessivos, com alimentação, encargos trabalhistas etc.

— E se, no lugar da usina, puséssemos um motor para mover a serraria? — arriscou-se de novo Estefano.

— Oh! Nonnn, nonnn, nem pensarrrr, Sr. Estefano! — retorquiu o gringo. O gasto com o combustível não deixaria qualquer lucro. Estefano que arranjasse os tapuios; do contrário, o negócio seria inviável.

À noite, no jantar oferecido por Cândido Ambrósio aos seus amigos, Estefano disse que estava com as mãos atadas. A filha, sua única filha — uma desmiolada, que abandonara um marido como Julião Aires para viver no mato com uns caboclos fedorentos — e um "padreco comunista" impediam-no de agir do jeito que gostaria. Kollie, que já ouvira de Cândido a história da filha professora, desafia Estefano a corrigir os caprichos da filha com a sua autoridade paterna, e convida Julião a entrar também no negócio, menos por necessidade econômica — posto que Mr. Robin Kollie possuía cabedais suficientes para bancar sozinho o empreendimento do Maró — mas como estratégia para fazer a teimosa professora, esposa do jovem fazendeiro, passar-se para o lado deles. Julião agradeceu-lhe o convite, mas, captando a verdadeira intenção do gringo, dele declinou, terminando por externar o seguinte desabafo:

— Míster Robin Kollie, se eu ainda tivesse influência sobre a minha mulher, ela estaria comigo e não com aqueles tapuios.

Enquanto falava, Julião não podia deixar de lembrar de Gedeão, o que lhe provocou grande despeito. Embora se autocensurasse, sentiu-se capaz de tudo, até mesmo de atos vis, para reaver a "sua" mulher. Maria Clara, a dissimulada esposa do prefeito, mal disfarçou o ressentimento ao ouvir o amante colocar a esposa em tão alto apreço. Cândido Ambrósio, que por trás da postura viril escondia um corno manso, ao ver a mulher remexer-se tão agoniadamente na cadeira, perguntou-lhe se não estava passando mal. Não, não estava. Sentia apenas um grande calor — respondeu-lhe Maria Clara. Julião, lá consigo, não deixou de se divertir pensando que o incêndio que consumia a mulher do prefeito não chegava a ser uma catástrofe, pois ele possuía a bomba capaz de apagar-lhe as chamas.

Tendo Estefano pedido aos sócios um pouquinho mais de tempo, a reunião desfez-se. À saída, José Ambrósio, que durante todo o jantar apenas ouvira, ruminou a Julião e a Estefano o seguinte raciocínio: alguns filhos do tal Saluma não se haviam rebelado contra o pai? E tais filhos não estavam com Estefano no Maró? Era, pois, de supor-se que Saluma estivesse fulo de raiva com os filhos. Daí que, se Estefano desse cabo de um dos filhos, fácil seria lançar a culpa no pai, criando-se assim um ótimo pretexto para invadirem o Nambu e livrarem-se de uma vez por todas dos tapuios. Ele próprio, José Ambrósio, chefe de polícia, comandaria a ação de "limpeza". Quanto ao "padreco comunista" que protegia os tapuios e, por sua vez, era protegido por D. Romualdo, para prendê-lo bastaria flagrá-lo a caminho do Nambu com armas adrede escondidas em sua bagagem.

Nem Julião nem Estefano pareceram levar a sério a ideia de José Ambrósio. Apenas Julião observou que não via de que modo a proposta de José Ambrósio poderia resolver o problema de Estefano, pois, se bem entendera, o sogro, no momento, necessitava mais de braços para a construção da usina do que de novas terras.

O assunto morreu aí, mas a semente da perfídia fora lançada.

Prece a Rudá

A pedido de Saluma, Eduardo e Gedeão foram espionar os trabalhos na tal usina de Estefano. Há cinco dias deixaram a vila, e nada de voltarem! Não só Saluma começava a preocupar-se com a demora dos rapazes. Dora e Diana também se impacientavam. Onde estaria Gedeão? — perguntava-se a professora. O que estaria fazendo Eduardo? — queria saber, por sua vez, a cunhantaim. E quanto mais dias se passavam, maior a angústia em seus corações.

Embora adivinhasse o sofrimento de sua meio-irmã, Dora não ousava dela aproximar-se, muito menos dirigir-lhe palavra. Apenas a via de longe, todas as tardes, depois da aula, na hora triste em que o sol se põe, caminhar para a margem do rio, onde, de pé, com os olhos fixos nos últimos clarões e o braço direito estendido para certa direção, como quem reza uma prece, parecia conversar com alguém. Só os curumins ainda se interessavam pelas suas "maluquices".

Certa tarde, pensando que não era vista, Dora a seguiu. Chegou tão perto que podia ver o esmaecido brilho escarlate do sol poente refletido no rosto cor de bronze da cunhantaim. Também pôde escutar muito bem quando Diana, erguendo o braço direito, cantou, numa língua estranha e num ritmo pausado, uma música melancólica:

"Rudá, Rudá,
Iuáka pinaie,
Amãna reçaiçú...

Iuáka pinaié
Aiutê Cunhã
Puxiuéra oikó
Ne mumanuára ce recé
Quahá caarúca pupé"

Havia languidez em sua voz e tristeza em seus olhos. Quando terminou de cantar e baixou o braço, continuou por longo tempo a olhar para onde o seu braço apontara, sem que Dora se atrevesse a quebrar a mágica daquele instante. Ela, que já estava surpresa, ficou ainda mais perplexa quando a cunhantaim, sem virar o rosto em sua direção, mandou que ela se aproximasse.

— Desculpa-me, Diana, não queria te incomodar — disse Dora, deveras encabulada.

— Já sabia que tavas aí; vem pra cá, sei que tu também tás sofrendo — respondeu-lhe Diana, permanecendo na mesma posição.

— Como sabes? — perguntou Dora.

— Dá pra ver nos teus olhos; ficaram escuros como as águas do Nambu — explicou Diana, enfiando a mãozinha nas águas do rio.

— O que estavas cantando? — perguntou Dora.

— Uma prece pra Rudá, coisa à toa, de índio; a professora não deve gostar — respondeu a cunhantaim.

— Por que não? Rudá é o Deus do Amor, um dos filhos de Tupã, não é? O que dizia a prece? — insistiu Dora.

— Não sei bem; é como aquela reza do padre Alfredo que ele faz naquela língua esquisita.

— O *latim* — ajudou Dora.

— Pois é; desde pequeno os adultos também ensinam a gente a latir, só que em língua de índio; a gente fala mas não sabe bem o que tá dizendo, apenas sente...

— Então me diz o que sentes quando estás rezando pra Rudá — pediu Dora.

— Eu sinto que tô dizendo assim: "Ó Rudá! Tu que tás nos céus e que amas as chuvas... Tu que tás nos céus... faz que ele, por mais mulheres se ofereçam pra ele, ache elas todas feias; faz que ele se lembre de mim esta tarde quando o sol for se escondendo atrás da mata".

— É muito bonito o teu pedido — disse Dora. As duas moças haviam se sentado numa pedra na beira do rio. — Podes me ensinar? — pediu ela.

— Não sei pra quê a professora quer aprender; é coisa à toa, não vale a pena — respondeu Diana.

— Como não vale a pena? Quando a gente ama, tudo vale a pena! Anda, ensina-me já! — exigiu Dora, sentindo a irmã bem próxima de si.

— Tá bem, eu falo e tu repete — concordou Diana.

Com pouco, Dora já dizia sozinha a prece.

— Mas agora não adianta rezar, o sol já foi simbora — disse Diana.

Estiveram por algum tempo caladas; os rostos quase completamente engolidos pela escuridão. Um rouxinol solitário desferiu seu canto, acrescentando uma nota irônica ao lúgubre coaxar dos sapos. De repente, Dora rompeu o silêncio:

— Gostas tanto do Eduardo, não é? Não entendo por que foges dele.

— Eu não fujo dele! — disse Diana.

— Não é o que parece — retrucou Dora.

— Ele que foge de mim, pois gosta de outra — disse Diana, com vozinha trêmula.

— Posso saber quem é a *outra*? Certamente é uma das moças da vila, não é?

— Não! Não é daqui, é de longe!

— Como sabes? — perguntou Dora.

— Ele mesmo um dia me falou.

— E como ela se chama? — quis de novo saber Dora.

— Judite! — respondeu Diana.

— Judite?! — espantou-se Dora. — Tens certeza que a moça que ele gosta se chama Judite?

— Sim, ele mesmo disse.

Novo silêncio. Dora pensava em Judite, sua doce amiga Judite, namorada do camarada Marcos, ambos, ao que tudo indicava, já falecidos. Não deixava de lhe parecer uma grande e estranha coincidência. Em seguida, lembrou-se da conversa que há meses tivera com Eduardo, o qual lhe dissera que gostava de Diana, mas não podia viver com ela porque, toda vez que olhava para a cunhantaim, via alguém no corpo dela. Quem seria esse alguém? Ele não lhe contara. Lembrou-se também da sua mais recente descoberta: Eduardo, em vez de tapuio iletrado, sabia ler e escrever muito bem. De repente, sem saber explicar por que, pareceu-lhe haver um nexo entre todos esses fatos. Mas qual? Ela não podia adivinhar, embora estivesse prestes a descobrir.

— Tonta sou eu! — balbuciou finalmente Diana.

— Por quê? — perguntou Dora.

— Fico aqui rezando pra Rudá... Mesmo que Rudá me atenda, já sei que um dia *ele* vai simbora pra sempre.

— Como pra sempre? Eduardo não é daqui?

— Oh! Isso não podia contar, mas, como vejo teus olhos dizendo que gostas muito de Gedeão, vou te contar.

Dora então soube que Eduardo viera de muito longe, de um lugar cheio de homens maus que cortavam a língua de quem falava mal deles; que Eduardo se juntara a um *bando* que lutava contra os homens maus (— O Partido?, perguntou Dora. — Sim, isso mesmo, esse bando se chamava Partido!, lembrou-se Diana), e tiveram de fugir pro mato, mas os homens maus descobriram onde eles estavam e foram atrás deles; houve luta, houve sangue, e os homens maus voltaram pra casa achando que todos do bando tinham morrido, mas se enganaram, pois continuavam vivos por aí, disfarçados de caboclo, como Eduardo, e um dia, quando os homens maus menos esperassem, o bando de Eduardo tornaria a se reunir e ia ajustar as contas com eles.

Então era isso! Eduardo era um sobrevivente da guerrilha que o Partido fizera contra o governo militar! Dora agora tinha quase certeza de que Eduardo era nada mais nada menos que o camarada Marcos, o amado da sua infeliz amiga Judite. Tal descoberta deixou-a exultante.

— Prometi a Gedeão que não contava isso a ninguém — disse Diana.

— Fica sossegada, não direi nada a ninguém — prometeu Dora.

— Agora sabes porque é besteira gostar dele?

— Não acho besteira; Eduardo pode querer te levar quando ele for embora.

— Ele não vai me levar; a outra tá esperando ele.

— E se a outra não estiver mais viva? — perguntou Dora, com a voz embargada. Era-lhe muito difícil admitir a morte de Judite.

— Então eu ia com ele — disse Diana.

Voltaram para casa de mãos dadas, tropeçando na escuridão. Doces tinham sido aqueles momentos.

No dia seguinte, à hora triste em que o sol se põe, as duas moças desceram juntas para o rio e, olhando na direção do Maró, pediram várias vezes para Rudá encher de saudades o coração de Eduardo e de Gedeão e fazê-los voltar logo para casa. Depois, sentadas na mesma pedra, novamente conversaram até que o manto negro da noite as encobriu. Ao voltarem para casa, Diana sentia o coração muito leve. Pois Dora acabara de lhe dizer que sabia que elas eram irmãs.

O Corpo Dentro da rede

No oitavo dia de espera, finalmente Eduardo e Gedeão reapareceram no pátio da vila. Mas, em vez de alívio, o povo sentiu um grande espanto, pois os dois não vinham sozinhos. Quelé e seus irmãos também vinham com eles. Carregavam uma rede pendurada às pontas de uma comprida vara, dentro da qual alguém vinha deitado. Uma aragem fria e malévola caminhava à frente deles, impregnando a atmosfera de receio; passou pelo terreiro, arrepiando a pele de todos e eriçando os pelos; e entrou em todas as casas, anunciando-lhes a chegada. Na casa de Saluma, Francisca foi a primeira a senti-la. Largou imediatamente o peixe que estava cortando no jirau e saiu em desabalada para o terreiro. Antes mesmo de enxergar os filhos carregando a rede já sabia o que havia acontecido. Não foi preciso rasgar caminho, pois todos se afastaram para que ela passasse. Todos os pais e todas as mães do Nambu, que já haviam perdido pelo menos um ente querido e conheciam aquela aragenzinha agourenta, acorreram ao pátio da vila e cercaram os recém-chegados, mas não se atreveram a olhar para o interior da rede. O silêncio espectral só foi rompido quando Francisca, vindo ao encontro do grupo e dando pela falta de um de seus filhos, abriu as beiras da rede, soltando em seguida um grito horrendo, caindo por terra desmaiada. O povo, com o coração confrangido e a alma mortalhada, aproximou-se então da rede, onde pôde ver justamente o filho de Francisca que estava faltando — morto, com uma bala na cabeça.

Socorrida por Dadá e outras mulheres, que tentavam reanimá-la com tapinhas no rosto e cheiro de arruda, Francisca não viu

Clementino, espumando de raiva, gritando que nem um possesso, apontar para o pai e chamá-lo de assassino, pois, para ele, não havia dúvida de que a bala que matara o irmão fora desferida por Eduardo ou Gedeão, a mando de Saluma.

— Queria me matar! Não era, velho desgraçado?! — vociferava Quelé.

O povo, pasmado com a terrível acusação, olhava para Saluma como a esperar uma explicação. Ainda perplexo diante de tamanho disparate, Saluma não sabia o que dizer. Mandara Eduardo e Gedeão tão somente espionarem os movimentos na cachoeira; teriam eles feito alguma besteira?

Mesmo com o coração também sangrando pela morte do filho, Saluma não perdeu a calma. Com o corpo rijo como o tronco da itaubeira e o rosto impassível que nem a superfície de uma pedra, suportou calado todos os impropérios. Só quando o filho se cansou de esbravejar foi que Saluma pediu a Eduardo e Gedeão que contassem o que sabiam.

Em voz alta, para que todos ouvissem, Eduardo contou que, ao chegarem ao Maró, agiram conforme Saluma ordenara. Como pretendessem demorar-se ali por uns três dias, acomodaram os seus teréns na sapopemba de uma grande castanheira, de onde podiam ver muito bem os movimentos dos homens de Estefano no acampamento, situado na beira da cachoeira. Apesar do estrondo das águas de encontro aos rochedos, também podiam escutar as vozes com alguma clareza.

Já na noite do segundo dia, estando eles de vigília, viram quando Quelé e um dos irmãos vieram mijar no terreiro. Mal haviam começado a se aliviar, atroou pelos ares um estampido, e o irmão de Clementino tombou de bruços no chão, mortalmente ferido. Viram Estefano e Manecão surgirem imediatamente, acompanhados por outros jagunços, e dispararem alguns tiros a esmo. Ouviram Estefano dizer: "O tiro era pra ti, Quelé! Alguém queria te matar!". Nesse momento, Manecão foi até à beira do terreiro, simulando entrar no mato, quase esbarrando em Gedeão, mas logo voltou para perto do moribundo, ainda caído no chão, imóvel, já parecendo morto. Os outros irmãos de Quelé haviam se aproximado. Dinho e Isaías também. Alguns deles choravam. O próprio Clementino estava muito transtornado. Por duas vezes tentou pôr o irmão de pé. Nas duas vezes o infeliz despencou no chão como um fardo. Então ouviram Quelé dizer: "Velho desgraçado! Mandaste me matar, não foi?! Olha só o que fizeste!". Estefano então disse: "Não é justo que a mãe de vocês nunca mais veja o rapaz; levem o corpo dele pro Nambu, pra que seja lá enterrado".

Eduardo e Gedeão não demoraram para concluir que tudo aquilo só podia ser obra do próprio Estefano. Com efeito, a ideia macabra de José Ambrósio germinara na mente doentia do comerciante, dando já o seu primeiro fruto. Mandara matar o irmão de Quelé para jogar a culpa em Saluma, esperando com isso levantar os tapuios contra este. O impetuoso Clementino era por demais ingênuo para enxergar a artimanha. Os dois rapazes tiveram de abandonar a ideia de ajudar Quelé, pois, se aparecessem àquela hora, acabariam colaborando para o sucesso do plano de Estefano, isto por que Clementino, envenenado por Estefano, acabaria achando que foram eles os autores do fatídico tiro.

Só depois que Clementino e seus irmãos deixaram o Maró carregando com eles o cadáver do irmão é que Gedeão e Eduardo, que os seguiram de longe durante muitas horas, a eles se mostraram. Tal precaução, porém, de quase nada valeu, pois Clementino, mesmo tomando conhecimento de tudo o que Eduardo e Gedeão viram e ouviram, não lhes deu crédito. Resolvido a penalizar o pai de qualquer jeito, insultou-os durante todo o caminho, embora não os tenha impedido de darem a sua ajuda no transporte do cadáver.

— Mentira! Tudo mentira! — contestou Clementino, aos berros, quando Eduardo terminou de falar.

O povo, que a tudo ouvira em silêncio, vacilava entre Saluma e Clementino, sem saber que partido tomar. Pressentindo que não poderia mais ser o chefe da vila enquanto perdurasse aquela infame acusação, Saluma, num gesto enérgico, passou mão da espingarda que Eduardo carregava — a única em toda a vila — e, dando dois passos adiante, ficou cara a cara com Clementino, a quem estendeu a arma, dizendo-lhe:

— Achas mesmo que eu mandei te matar, não é? Também achas que sou culpado pela morte do teu irmão, não é? Mesmo com o que Eduardo contou, não mudaste de ideia, não foi? Pois eu juro diante do povo que nunca pensei em te matar, embora andes precisando de uma boa surra! Mas nada adianta, não é? Continuas achando que sou um assassino. Queres vingar a morte do teu irmão, não queres? Pois eu também quero! Anda, pega a espingarda! — Saluma encostou a arma no corpo do filho e, virando-se para o povo, disse bem alto para que todos ouvissem: — Pessoal, o Quelé não tem dúvida que eu mandei matar ele e acabou morrendo o outro filho; eu acho justo que ele mate o culpado pela morte do irmão. Voltando-se de novo para Clementino, ordenou-lhe, com voz imperiosa e terrível, que pegasse a arma que ele continuava a lhe estender, e fizesse justiça.

Mãe Francisca, que acabara de recobrar os sentidos, quase volta a desmaiar ao ver o filho segurar a arma que o pai lhe estendia e cravar no velho os olhos injetados de ódio.

— Anda, filho, atira! — mandou várias vezes Saluma.

O povo olhava perplexo para os dois homens. O silêncio era tão completo que todos ouviram o inoportuno zumbido de um besouro que cruzou o terreiro. Até mãe Francisca, que por muito menos já arremetera o corpanzil contra os homens, desta vez ficou grudada em seu lugar, a respiração presa, os olhinhos ansiosos, muda, como se tivesse desaprendido a falar.

Saluma, como um caçador diante de um perigoso felino, não deixava um só instante de mirar os olhos do filho, atento ao menor dos seus movimentos. Clementino continuava com a arma na mão, estático. Via-se que vacilava.

— Anda, filho, atira! Tô te mandando! — repetiu Saluma.

Em vez de fazer o que o pai mandava, Quelé deixou a espingarda cair no chão e começou a retirar-se. Então Saluma, bem alto para que todos o ouvissem, disse que poderia deixar a vila todo aquele que acreditasse em Clementino, o qual, porém, não ganhou nenhum novo seguidor e, ainda por cima, acabou sofrendo defecções em suas própria fileiras, pois um dos irmãos, não resistindo aos apelos da mãe, resolveu ficar na vila. Antes de desaparecer no caminho, Clementino teve ainda de ouvir poucas e boas de Dadá, que lhe cobrava a volta do filho e já o culpava por tudo de mal que viesse a acontecer com o Dinho.

Só depois da partida dos rebeldes a vila pôde dar atenção ao defunto. Carregaram-no para o barracão da escola, onde noite a dentro o velaram. Os homens, sisudos e circunspectos como o próprio Saluma. E as mulheres, lamentosas e choramingas como mãe Francisca, num pranto tão plangente que até as corujas calaram. Pela manhã, tendo padre Alfredo encomendado a alma do defunto, enterraram-no, a pedido de mãe Francisca, dentro de sua própria casa, pondo-lhe na cova seus objetos de uso. Durante uma semana a família ficou de resguardo, não comendo peixe pego de anzol ou timbó, muito menos caça reimosa como a paca, o porco ou o tatu-canastra. Mas não teve tempo para guardar luto.

O Fim do Segredo

Pois, logo depois do funeral, ouviram no rádio de padre Alfredo que "o chefe do povo do rio Nambu, um tal de Saluma, mandou matar o próprio filho que trabalhava na construção da usina do rio Maró", e que "Estefano Alves Barbosa, dono da construção, já pediu ajuda da polícia de Santa Irene para conter a invasão dos tapuios, que pode ocorrer a qualquer momento".

As suspeitas confirmavam-se. Agora tudo ficava claro como o dia. Não tendo logrado desorganizar a vila através de Quelé, Estefano de novo recorria à mentira e à violência. Matara o filho de Saluma e lançara a culpa sobre este. Ao mesmo tempo, a pretexto de preservar a obra do Maró — quando na verdade só queria justificar um massacre contra os tapuios do Nambu —, pedira a intervenção da polícia, comandada nada mais nada menos que por José Ambrósio, irmão do prefeito Cândido Ambrósio, seu sócio.

O locutor ainda não terminara de falar e padre Alfredo já tomara a sua decisão: iria imediatamente à Santa Irene encontrar-se com D. Romualdo, o qual, com sua autoridade e prestígio, certamente intercederia mais uma vez por eles. Mas Saluma, decepcionado com a cidade, recusou-se a acompanhá-lo. Então padre Alfredo sugeriu-lhe que levasse o povo para as nascentes do rio Nambu, onde estaria mais protegido. Mas Saluma, descendente de um povo cansado de tanto fugir, também a isso se recusou. Disse preferir "as armas" — as armas oferecidas por Julião —, com as quais haveriam de se defender.

— Mas isso seria dar pretexto para uma violência ainda maior! — retorquiu o padre, visceralmente contrário ao uso de armas.

A pequena Diana, que nunca falava, de repente, para espanto de todos, disse que Estefano, ao matar o filho de Saluma e ao jogar a culpa sobre este, já havia criado o pretexto para atacá-los e não precisava de novo pretexto.

— A gente deve é vingar ele! — concluiu a cunhantaim, com os olhinhos faiscando.

Na delicada situação de filha do "inimigo", Dora apenas escutava.

— Nem oito nem oitenta! — conciliou Eduardo. — Não é certo atacar Estefano; é melhor ir à Santa Irene esclarecer a verdade, mas, como os jagunços de Estefano podem de repente nos atacar, precisamos de armas pra nos defender.

Não houve consenso; padre Alfredo tinha verdadeira ojeriza das armas. Apenas ficou acertado que Dora, Gedeão e Eduardo acompanhariam o padre à cidade. Partiriam na manhã seguinte.

Naquela noite, Eduardo deitou-se muito cedo em sua rede, mas ficou longo tempo acordado, refletindo sobre o seu confuso passado e o presente não menos emaranhado. Várias vezes já lhe ocorrera a ideia de deixar o Nambu. Sairia de noite, sem que ninguém o visse, sem dizer adeus a ninguém, nem mesmo à pequena Diana. Certa vez chegou mesmo a arrumar seus teréns, mas, na hora escolhida, não teve coragem de ir-se embora; não que tivesse medo da escuridão e dos perigos que àquela hora rondavam a floresta, mas por já se sentir amarrado ao destino daquelas pessoas que tão calidamente o acolheram. Agora, a mesma ideia vinha bater-lhe à cachola: acompanharia os três amigos até Santa Irene, de onde seguiria o seu próprio caminho. Mas que caminho? O pai e a mãe estavam mortos. Judite, a sua doce Judite, também. Nunca tivera irmãos. Bem... tinha o Jairo, seu melhor amigo, mais que um irmão, mas estava preso, e ele, um fugitivo político, nada poderia fazer pelo amigo. Os outros companheiros de luta talvez estivessem todos mortos. Então para onde ir, se ele estava completamente só? Pensou então que não deixaria de ser excitante rever Julião, o rico fazendeiro que um dia fora um garoto rebelde, seu camarada de Partido. Será que Julião o reconheceria? Talvez sim, talvez não. Na dúvida, ele se disfarçaria. Deixaria suíças e bigode, rasparia o cavanhaque. Os cabelos compridos, as mãos calosas e a pele bronzeada pelo sol completariam o disfarce. Mas, não! Não perderia tempo. Iria no primeiro barco a Belém, onde se reintegraria ao Partido, pois se recusava a crer que a ditadura militar tivesse assassinado todos os seus membros. Ou talvez fosse melhor continuar com os amigos em Santa Irene? Ele precisava tirar documentos que lhe conferissem uma nova identidade, e padre Alfredo, quanto a isso, ser-lhe-ia muito útil.

Encontrava-se no meio de tais reflexões quando um estremeção no japá da porta do tapiri colocou-o de sobreaviso. Já pensava que fosse um dos cachorros de Dadá que tinha vindo esfregar-se ao japá quando este foi arredado de vez, deixando penetrar no tapiri a luz baça da lua minguante. Eduardo saltou da rede passando mão do terçado enfiado nas palhas da parede do tapiri e, sem tirar os olhos do retângulo da porta, pôs-se de guarda. De uma coisa apenas tinha certeza: só mãos de gente poderiam ter afastado o japá daquele jeito, o que, em vez de trazer-lhe alívio, deixava-o ainda mais nervoso, pois quem quer que fosse que tivesse afastado o japá não parecia muito disposto a dar as caras. Tendo esperado durante um bom tempo, sem que ninguém se mostrasse, o rapaz decidiu avançar. Com os nervos engatilhados, deu um passo em direção à porta, mas teve de se conter, a respiração presa, os olhos muito arregalados, pois jamais esperava ver o que estava vendo.

— Professora! O que está fazendo aqui?! — exclamou Eduardo, distendendo os músculos ao reconhecer a silhueta da professora na fosca claridade da porta.

— Posso conversar um pouco contigo? — perguntou Dora, já entrando no tapiri.

— Sim. Mas o que a traz a esta hora? — disse Eduardo, devolvendo o terçado ao seu lugar.

— As armas que meu marido quer nos fornecer e padre Alfredo insiste em rejeitar — disse Dora.

— O que faz a professora achar que eu me interesso pelas armas do seu marido? — perguntou o rapaz.

— Ora, Eduardo! Não precisas mais fingir, pelo menos pra mim! Pois sei que não és um simples caboclo, como queres te passar; sabes ler e escrever e não és daqui. És um perseguido político, não és?!

— Eu?! Está enganada! — retorquiu surpreso o rapaz.

— Da minha parte, podes ficar tranquilo, pois eu própria sou uma militante política; se não fosse assim, não estaria aqui nesse fim de mundo — disse Dora.

Eduardo continuou calado, sem saber o que dizer. Agora tinha quase certeza que Dora pertencia ao Partido. Mas não ousou perguntar.

— Porventura conheceste o Marcos, namorado da Judite? — perguntou Dora.

— Sim, conheci — disse Eduardo.

— O codinome dele era Eduardo, não era? — perguntou Dora, quase afirmando.

— Sim. Marcos e Eduardo são uma só pessoa — confirmou Eduardo.

— Até hoje meu marido ainda se lembra dele; acho até que Julião ajuda os movimentos populares pensando no Marcos.

— Sim; o Marcos era muito querido — disse Eduardo.

— E o Eduardo também! — completou Dora. — Tenho certeza que meu marido gostaria muito de rever o camarada Marcos, pois agora sei que ele está vivo.

— Mas talvez o Marcos receie revelar-se a um ex-camarada que virou grande fazendeiro.

— Não há perigo. Julião pode até ser um burguês acomodado, mas não é má pessoa, e nem reacionário; seria incapaz de trair um amigo!

— Não duvido; ele até quer nos ajudar, não é? — perguntou Eduardo.

— Pois é; ele pode nos dar as armas...

— Mas padre Alfredo é contra...

— Mesmo assim, acho que devemos aceitar as armas.

— Também acho — disse Eduardo.

— Por isso vim conversar contigo — disse Dora.

Nesse instante Eduardo viu uma sombra projetar-se pelo vão da porta. Uma cabeça de mulher desenhou-se no chão do tapiri.

— Alguém está nos espionando! — sussurrou Eduardo.

— Não te preocupas; é alguém que tu conheces que está aí fora. Eu pedi que viesse comigo.

Eduardo só conseguiu pensar numa pessoa: Diana.

— Por que ela também não entra?

— Ela nem queria vir. Está com vergonha. Sabe... eu tenho um plano.

— Que plano? — perguntou Eduardo, sem tirar os olhos da pequena sombra no chão do tapiri.

— Julião pode dar um jeito da gente trazer as armas sem padre Alfredo saber. Só precisamos que Saluma mande alguns homens nos esperarem numa praia deserta, acima de Boim, pois as armas são muito pesadas. Não temos tempo a perder. Se o patife do meu pai atacar a vila antes da gente chegar, Saluma se recolhe com o povo aos esconderijos que construíste. O que achas?

Tendo Eduardo achado perfeita a ideia, Dora saiu do tapiri decidida a consultar Saluma àquela mesma hora. Eduardo viu a cabeleira ruiva da professora incendiar-se debaixo da luz do luar e de seu corpo projetar-se uma longa e graciosa sombra. "Até amanhã,

Diana!", ouviu-a dizer. A pequena sombra, que há minutos não se mexia, respondeu com um meneio quase imperceptível de cabeça. O rapaz era capaz de adivinhar a amiga na penumbra em que se escondia, pois a lembrança de seu rosto era por demais exata e a fragrância de patchuli que se evolava do corpinho da cunhantaim era tão inebriante que em vão ele procurava abafar o desejo de possuí-la — o que muito o acabrunhou. Pois não se via no direito de colher o amor que a cunhantaim lhe oferecia. Não achava certo tisnar de vermelho a esperança que verdejava naquele pequeno coração, como também não achava certo ignorá-la.

Por alguns instantes o rapaz esperou em vão que Diana viesse até ele, acabando por concluir que a timidez da cunhantaim não a deixaria arredar-se do seu lugar. Então Eduardo resolveu ir-lhe ao encontro. Deu dois passos à frente, o suficiente para transpor a porta do tapiri. Qual surpresa aquele momento lhe reservava!

Em vez dos tímidos olhos amendoados e da fronte cabisbaixa, Eduardo deparou-se com dois olhinhos firmes e cintilantes e com um rostinho cor de bronze, onde a luz pálida da lua vinha refletir-se com desconhecida fulguração. Ficaram por algum tempo mudos, um diante do outro. Vendo que a cunhantaim seria capaz de permanecer o resto da noite na mesma posição, sem proferir sequer uma palavra, Eduardo quebrou o silêncio:

— Amanhã vou para Santa Irene bem cedinho...

Diana, parecendo não ter ouvido, continuou calada.

— Amanhã vou para Santa Irene — repetiu Eduardo, querendo dizer com isso que precisava logo dormir. Decidira nada fazer com Diana que depois se arrependesse. Mas procurava ser gentil com a cunhantaim, cujo silêncio, no entanto, já o enervava. — Não tens nada a me dizer? — perguntou Eduardo à cunhantaim.

— Amanhã tu vai pra Santa Irene... — repetiu ela.

— Sim. Tenho que ir. Gedeão vai comigo.

Diana voltou a calar-se. O cheiro inebriante de patchuli espalhava-se pelo ar, provocando em Eduardo um começo de tontura.

— Só isso que tens a dizer? — perguntou Eduardo, cada vez mais agoniado.

— O que mais devo dizer? — disse Diana, bem baixinho.

— Sei lá! Que não queres que eu vá! Ou que tanto faz! Ou que vieste pra dormir comigo! — Eduardo disse estas palavras e logo se arrependeu, pois Diana baixara o rosto, fazendo-o lembrar-se da cunhantaim tímida que ele viu pela primeira vez.

— Desculpa-me se te ofendi — disse ele.

— Nunca me ofendeste nem nunca vais me ofender — sussurrou ela. — Sabes por quê? — continuou a cunhantaim — Porque aprendi a nunca esperar nada de ninguém. Vim aqui pensando deitar esta noite contigo, se tu me quisesses. Mas podes não querer; eu não me zango. Podes também ir pra Santa Irene. Bem que eu queria ir contigo, mas se nunca mais voltares também não vou chorar. Sabe, a gente aqui nasce e cresce esperando uma coisa que a gente nem sabe o que é. A gente espera, espera, espera, tanto espera que acaba morrendo sem saber que passou a vida esperando.

— Mas eu vou voltar... — balbuciou Eduardo, compungido com as palavras da cunhantaim.

— A gente não deve prometer o que não pode cumprir — disse Diana. — Um dia tu vai simbora pra nunca mais voltar...

— Não fala assim, Diana! Até parece que vou morrer! — ralhou Eduardo.

— Ninguém morre, apenas desaparece, mas fica na lembrança da gente e nas coisas que a gente vê mas não sabe que é a pessoa que foi simbora; e quando essas coisas olham pra gente então a gente lembra da pessoa que se foi; a gente lembra e pensa que é só lembrança, mas não é não; a pessoa que foi simbora tá aí pertinho da gente e a gente não vê. Eu tenho até medo de falar, mas sei que tu vai simbora.

— Se eu for, te levo comigo! — acabou dizendo Eduardo, arrependendo-se imediatamente de tais palavras, não que não tivesse pensado mais de uma vez em unir-se à linda cunhantaim, mas temia não ser capaz de fazê-la feliz.

— Oh! Não fala assim! Eu queria estar pertinho de ti em todo lugar, mas às vezes quem vai simbora não pode levar outro com ele.

Diana erguera novamente o pequeno rosto e Eduardo pôde enxergar a tristeza que empanava o brilho dos seus olhos. Consternado, o rapaz puxou-a para si e, afagando-a suavemente, deixou que ela recostasse a cabecinha em seu peito.

No dia seguinte, os curumins espalharam pela vila que haviam visto de novo Diana virar homem na beira do rio.

Árvore Daninha

Tendo chegado a Santa Irene, Dora pediu por telefone ao marido que viesse até a diocese, onde se hospedara com os amigos. Depois de auscultar demoradamente o seu próprio coração, decidira não mais viver com Julião.

Não foi sem emoção que Eduardo, escondido por trás da barba espessa e dos óculos de aros largos que padre Alfredo lhe emprestara, viu chegar o companheiro de antigas lutas. Sério e circunspecto, nem de longe Julião lhe pareceu o jovem alegre e trocista que todos aprendiam rapidamente a apreciar. Apenas o porte vistoso — não propriamente atlético, mas esbelto — e as passadas longas, um tanto desengonçadas de vaqueiro marajoara, ainda eram os mesmos.

Embora não tenha repelido o beijo que o marido lhe dera nos lábios, Dora não o abraçou nem deixou que ele a abraçasse.

— Apresento-te o Eduardo, morador do Nambu — disse Dora a Julião, que apenas apertou a mão do apresentado sem dizer uma só palavra, não por grosseria, posto que a urbanidade era a marca registrada do rico fazendeiro, mas por pura desatenção. Pois, desde que descera de sua bela *pick-up* Ford, todas as suas energias concentraram-se num único ponto: Gedeão. A presença constante daquele tapuio ao lado de sua mulher provocava-lhe terríveis ciúmes. Nunca sentira Dora tão fria e distante. Um estranho pressentimento dizia-lhe que a tinha perdido. Mas, se a simples hipótese de perdê-la já o enlouquecia, imagine o leitor o que sentia Julião quando pensava que talvez estivesse perdendo a mulher para um reles tapuio? Por isso, quando Dora lhe apresentou Gedeão, ele simplesmente desconheceu a sua presença, fazendo questão de demonstrar o seu aborrecimento. Conversou apenas com padre Alfredo e D. Romualdo.

Como se não tivesse percebido a grosseria, Dora passou logo ao assunto que os trouxera a Santa Irene. Contou a Julião e a D. Romualdo a verdadeira história da morte do filho de Saluma e pediu ajuda ao marido.

— Já bem imaginava que por trás de tudo estava de novo o diabo do teu pai — disse Julião. — Mas o que posso fazer por vocês? Não sou político, delegado nem bispo; as armas para o povo do Nambu se defender são a única coisa que posso arranjar, mas padre Alfredo rejeitou.

Não houve jeito de falarem sobre as armas na presença de padre Alfredo e D. Romualdo, os quais, como se sabe, eram inimigos eternos de qualquer violência. D. Romualdo preferia continuar crendo nos meios legais para solucionar o conflito. Apelara de novo ao governador do Estado, que lhe prometera conversar com o prefeito Cândido Ambrósio; este, por sua vez, garantiu-lhe impedir qualquer ação desastrada do delegado José Ambrósio, seu irmão, o qual, por sua vez, disse que não moveria uma palha contra o povo do Nambu se não fosse em obediência a uma ordem legal expedida pelo prefeito ou pelo juiz de direito, o qual, por sua vez, jurara ao bispo não determinar nenhuma medida sem observar o *devido processo legal,* assegurando-se aos réus o sagrado direito de *ampla defesa.* Sendo assim, não haveria o que temer. Nem o povo do Nambu seria sem mais nem menos expulso das suas terras, nem Saluma seria preso arbitrariamente por um crime que não cometera.

Só ao final do encontro, tendo padre Alfredo e D. Romualdo se afastado, Dora pôde informar a Julião que Saluma aceitava as armas, mesmo contrariando ao padre.

— Ainda podes nos dar as armas? — perguntou finalmente Dora.

Julião, que durante muitos dias refletira no assunto, chegara à diocese decidido a não mais fornecer as armas que prometera. Ia, portanto, dizer não à mulher. Mas, ao ver Gedeão perto de Dora, acabou dizendo sim, pois a sugestão pérfida de José Ambrósio crescera dentro dele como uma árvore daninha.

— Quando devo entregar as armas? — perguntou Julião.

Dora informou que Saluma mandaria alguns homens, dali a cinco dias, esperá-los numa praia deserta perto de Boim.

— Então partiremos de Santa Irene um dia antes, a tempo de encontrar com os homens — propôs Julião. E assim ficou combinado.

Durante os quatro dias que se seguiram, Julião procurou de todas as formas reconquistar a esposa. Insistiu, quase implorando, para que ela viesse dormir em casa, mas Dora ficou mesmo hospedada com os amigos na diocese. Pediu perdão de todos os seus erros, os conhecidos e os ocultos, chegando até a confessar o seu caso com a mulher do prefeito, do qual ele dizia arrepender-se amargamente. Tudo, porém, em vão. Dora foi em casa uma única vez, somente para pegar suas roupas e anunciar a Julião a sua decisão de separar-se dele. Assim mesmo, temendo uma reação desesperada do marido, pediu a padre Alfredo que a acompanhasse naquela delicada visita, precaução essa que se revelou excessiva, pois Julião, como se já soubesse o que a mulher ia lhe dizer, comportou-se pacífica e polidamente, a tudo ouvindo com serena resignação. Mas a sua tranquilidade era apenas aparente. Embora rico e poderoso, Julião sentia-se frágil como um menino. O menino abandonado pela desalmada mãe, que fugiu com Eleutério, o capataz da fazenda. O menino que cresceu livre pelos campos, na companhia dos búfalos silenciosos e dos animais selvagens, tendo como professor o sábio vaqueiro Tião. E que não tinha coragem de aproximar-se do pai, quase tão bruto quanto os búfalos que ele criava. Depois Maria Clara — o primeiro amor e também a primeira decepção com as mulheres —, que, em busca de prestígio e dinheiro, abandonara-o para se casar com o deputado Cândido Ambrósio. Pois, naquela época, embora fosse filho único de um grande fazendeiro do Marajó, Julião não passava de um garoto miserável, largado pelo pai em casa dos Alarico. As feridas que ele julgara cicatrizadas voltavam agora a sangrar. Quanto ressentimento! Quanto despeito! O cupim roaz do ódio devorava-lhe o coração.

Quando Dora virou-lhe as costas e foi-se com padre Alfredo, um sorriso malévolo esboçou-se-lhe nos lábios. "Vocês terão as armas...", balbuciou Julião. E, na mesma hora, depois de cruento conflito que lhe devastou a alma, Julião foi ter com o delegado José Ambrósio, pai da diabólica ideia que pouco a pouco lhe dominara o cérebro, e informou-o do dia, hora e local da entrega das armas, aconselhando-o a dar cabo do "perigoso" Gedeão, o qual, segundo ele, era sobrinho e braço direito do chefe tapuio, esperando, assim, afastar do seu caminho o rival, tido por ele como a causa do seu atual infortúnio. José Ambrósio — gordo, balofo e bochechudo — deu algumas piscadelas involuntárias, tamanho foi o seu contentamento ao ouvir as informações trazidas por Julião.

— Deixa o resto comigo, Julião! Ninguém vai escapar! — disse José Ambrósio, esfregando as mãos.

— Dora e padre Alfredo devem ser poupados! — admoestou Julião. — Levarei os dois para Boim antes da entrega das armas.

— Por que não pegamos também o padreco comunista?

— Não! Padre Alfredo não! Deixa ele de fora! — repetiu Julião.

— Tudo bem! Tudo bem! Se queres assim... Sabe que até tens razão? O padreco não é o mais importante.

Julião estava tão vexado com o ato indigno que acabara de cometer que nem percebeu o excessivo contentamento de José Ambrósio e o tom enigmático de suas palavras.

Pois José Ambrósio não era tão lorpa quanto seu corpanzil fazia parecer. Da mesma forma que Julião queria afastar Gedeão do seu caminho, ele também há muito esperava a chance para vingar-se de Julião, a quem nunca perdoara por ter arrebatado Dora, a apetitosa fruta que ele desejara longamente comer.

Estando tudo combinado, os dois homens separaram-se.

O Ponto no Horizonte

Há dias Diana e Mica haviam desaparecido. Em vão Saluma mandara alguns homens procurá-los pela mata vizinha. Ágeis como duas cutias, a cunhantaim e o curumim não encontraram dificuldades para chegar ao Maró, onde, muito bem escondidos, puseram-se a espionar o movimento da obra. Os olhinhos amendoados arregalaram-se, não podendo crer no que viam: Quelé e seus irmãos, o Dinho e o velho Isaías, e os outros tapuios que deixaram a vila, munidos de pás, picaretas e carrinhos-de-mão, sob um sol de setembro e a vigilância de Manecão, eram forçados a competir com um trator — enorme e desconhecido "bicho de ferro", que rugia como um bando de queixadas. Uma grande vala, que corria ao lado do rio, já fora escavada. Tratava-se de um ducto, através do qual as águas do rio seriam desviadas para que a barragem pudesse ser construída no leito principal. Dava pena ver Clementino, antes tão livre e altivo, agora na deplorável condição de escravo. Magros, sujos e seminus, pareciam almas penadas impedidas de voltarem à escuridão. Estefano não estava lá — encontrava-se em Santa Irene — mas havia outro homem — um técnico em construção de usinas, que dava as ordens de serviço.

Na primeira noite, Diana e Mica dormiram trepados nos galhos de uma grande árvore. No dia seguinte, viram um barco atracar abaixo da cachoeira e dele serem retirados dezenas de barris, os quais foram guardados num grande paiol, ao lado do barracão onde dormiam os jagunços de Estefano. Mesmo sem saber que os barris continham a pólvora para implodir as rochas e desviar o curso das águas do Maró, Diana teve uma ideia: e se pusesse fogo no paiol? Os olhos negros e amendoados da cunhantaim por um instante brilharam. Mas logo abandonou a ideia. Os jagunços de Estefano dia e noite rondavam entre os barracões! Além disso, havia o Mica. Nada faria que pusesse em risco a vida do curumim.

Diana e Mica então voltaram ao Nambu, mas Diana não entrou na vila. Um mau pressentimento tomara conta dela. Um acauã invisível seguira-a durante todo o caminho, desferindo de vez em quando o seu canto agourento. Mandou o curumim dizer a Saluma que não se preocupasse com ela, pois iria ao Tapajós esperar por Eduardo e Gedeão, e com eles voltaria.

Com os pesinhos leves como o vento, a cunhantaim seguiu pela trilha que levava a Boim. Depois de dois dias de caminhada, afastou-se da trilha e pôs-se à espreita. Não desgrudou os olhos da estrada durante um dia inteiro, até que aconteceu o que ela tanto esperava. Primeiro ouviu ruído de mato quebrado, depois vozes e, por fim, dois homens passaram tão perto que ela teve de se encolher para não ser vista. Sem dúvida eram os homens que Saluma prometera mandar para ajudarem no transporte das armas. Diana reconheceu o velho Venâncio e um rapazote atarracado e feio, filho dele. Seguiu-os a distância, cuidando para não ser vista, até chegarem ao rio Tapajós. Diana, que só conhecia o Maró e o Nambu, ficou maravilhada com o que via. Afastando-se a um lugar seguro, ficou longo tempo a mirar a imensidão das águas verde-negras, o horizonte vasto e longínquo de onde esperava surgir o barco trazendo Eduardo. E se ele não voltasse? Embora o acauã agourento tenha deixado de segui-la, a cunhantaim continuava apreensiva. De repente surgiu no horizonte um pontinho negro que foi crescendo à medida que se aproximava. Seria Eduardo? Eufórica, Diana viu a ansiedade que também agitava Venâncio e o filho. Mas que decepção! O pontinho cresceu, cresceu,

cresceu... convertendo-se finalmente num bonito barco, o qual, porém, em vez de atracar na enseada combinada, guinou à direita, desaparecendo atrás de uma ponta. "Quem estava naquele barco?", Diana e os dois tapuios perguntavam-se.

Era José Ambrósio que, conforme o planejado, adiantava-se com os seus homens, os quais, partindo da praia deserta onde desembarcaram, viriam pela mata montar a emboscada.

Ainda mais intrigada ficou Diana quando, minutos depois do barco ter se ocultado atrás da enseada, uma *voadeira* beirou a praia e rumou para o norte, tripulada por quatro pessoas. "Quem seriam?", perguntavam-se de novo Diana e os dois tapuios, perplexos diante daquele estranho movimento.

Novamente era José Ambrósio que — acompanhado de três dos seus homens e seguindo as indicações de Julião — dirigia-se a Boim para prender Dora e padre Alfredo, tão logo estes ali chegassem.

Diana viu um corpo largo erguer-se na proa da voadeira e abrir os braços. José Ambrósio há muito não tinha um dia tão feliz. Dilatando as narinas, aspirava fundo e com gosto a lufada de vento que açoitava a pequena embarcação, sem se incomodar com os respingos que, vencendo o pavês, encharcavam-lhe os braços e o peito. Já antegozando o sucesso da "operação", dizia a si mesmo que tudo era só uma questão de horas. E ele não tinha pressa. Quanto tempo esperara por aquela oportunidade! A voadeira foi diminuindo, diminuindo... até converter-se num pontinho que de repente desapareceu.

Horas depois, Diana enxergou de novo um pontinho no horizonte. O pontinho foi crescendo, crescendo, crescendo... até transformar-se noutro lindo barco. "Agora são eles!", exultou a cunhantaim. Venâncio e o filho, lá no seu canto, também se agitaram. Mas de repente ficaram quietos, a expectativa redobrada: o barco havia parado e uma voadeira de dentro dele foi retirada, navegando em seguida também para o norte, tripulada por três pessoas. "Quem seriam?", indagaram-se mais uma vez Diana e os dois tapuios. O barco retomara o seu curso, abicando pouco depois na praia.

Os três tripulantes da voadeira eram Dora, padre Alfredo e Julião.

Dora, no banco do meio — os olhos semicerrados contra o vento que varria o barco; a mão esquerda segurando a alça do chapéu de palha que lhe protegia do sol forte do meio-dia; e a mão direita firme no pavês —, ainda se censurava por ter deixado Eduardo e Gedeão sozinhos no barco, com a trabalhosa tarefa de descarregarem as armas. Padre Alfredo, por sua vez, também estranhava aquela mudança de última hora.

Haviam saído de Santa Irene de madrugada e, durante toda a viagem, Julião pouco conversara. Mandara o prático dormir e ele próprio, taciturno e macambúzio, encarregou-se do leme. Padre Alfredo imaginou que a casmurrice do fazendeiro fosse por causa do desentendimento com a esposa. Enganava-se. Julião debatia-se em terrível conflito. Lembrava-se do búfalo rosilho, bruto e dócil, empalado vivo. Lembrava-se também de João, puro e intrépido, a cuja vida miserável ele — Julião — tivera de pôr um fim com um tiro no ouvido, por compaixão. A lembrança destas duas mortes o magoavam, mas não sentia remorsos. Agora era diferente. O ato vil que estava prestes a consumar já o fazia sofrer, mesmo antes de ser consumado, pois nenhum motivo nobre o justificava; envergonhar-se-ia dele pelo resto da vida. Entregaria à morte pessoas inocentes, por puro egoísmo. Julião claudicava. Julgara mal ao pensar que havia há muito superado a mesquinha luta entre o bem e o mal. A consciência da perversidade o feria, mas não sabia se era dessa dor que sofria ou se da vergonha de descobrir-se fraco.

O barco já se aproximava da praia quando, finalmente, ele decidiu-se a ir até o fim. À parte, de modo que ninguém ouvisse, disse à

Dora que a levaria de voadeira a Boim, enquanto os homens fariam o desembarque das armas. Padre Alfredo iria com eles.

— Assim é mais seguro — explicou Julião. — Padre Alfredo não fica sabendo de nada e a atenção dos tapuios se voltará para vocês dois, deixando campo livre para o desembarque das armas. Amanhã vocês se juntam ao grupo, no meio do caminho.

Sem esperar pela resposta da mulher, mandou parar o barco. Teve em seguida de enfrentar a resistência do padre, que não compreendia o porquê da mudança.

— Um passeio de voadeira lhe fará bem, padre; assim o padre terá pelo menos uma hora para conversar com o povo de Boim, antes de seguir para o Nambu — argumentou Julião.

Padre Alfredo deixou-se vencer, mas parecia confuso. Dora também estava perplexa com o inusitado interesse do marido. Já não estava tão convicta de que era uma boa coisa esconder de padre Alfredo o negócio das armas. Mas, vendo Gedeão e Eduardo pedirem-lhe que acompanhasse o marido, acabou rendendo-se.

A Emboscada

O barco havia encostado na praia. Só depois de terem certeza de que Eduardo e Gedeão vinham nele é que Venâncio e o filho se apresentaram. Temendo a censura dos homens, Diana continuou escondida.

O desembarque das armas foi rápido, pois Julião não fornecera todas as armas que prometera.

De onde estava, Diana viu os quatro homens repartirem entre eles a carga — caixas de madeira contendo as armas, ainda desmontadas. Viu-os, um após o outro, darem as costas para o rio e, tropicando sob o peso das caixas, galgarem toda a extensão da praia até alcançarem a mata, nela enveredando-se. Antes de deixar o Tapajós, Diana deu uma última olhada para o rio e estranhou que o barco — que se pusera ao largo a fim de regressar a Santa Irene — estivesse voltando à praia. Mas logo esqueceu tal incidente e pôs-se a seguir os homens a distância, cuidando para que eles não a vissem.

Depois de uma hora de caminhada, os homens pararam para descansar. Com os passos leves de suçuarana, Diana chegou a ficar tão próxima deles que, embora apenas sussurrassem, distinguiu muito bem a voz de Eduardo. Oh! Como gostaria que ele também soubesse que ela estava ali! Como gostaria de ajudá-lo! Mas conteve o ímpeto de mostrar-se. O que pensariam dela? Já não bastara ter deixado a vila preocupada?

A tarde já ia avançada quando os homens retomaram a marcha. Embora o sol ainda não tivesse deitado, sombras precoces desciam da copa das grandes árvores, engolfando a mataria com espectrais matizes. A atmosfera parecia carregada; nenhuma aragenzinha sacudia as folhas. Os homens, muito atentos, caminhavam calados. Alguma coisa os preocupava. De vez em quando paravam para escutar. Mas eis que a mata, até então parada e silenciosa, de repente começara a mover-se como que invadida por uma legião de vozes. Não era só o acauã invisível que desferia o seu canto melancólico e agourento. Não era só o urutau, de grito tão triste e tão forte, que feria a escuridão. Rumores estranhos, estalidos suspeitos, foram ouvidos.

Quando Venâncio, que ia à frente, tombou mortalmente atingido pelas primeiras rajadas, os outros não sabiam como se proteger, pois os tiros pareciam partir de todos os lados. Compreendendo a armadilha em que haviam caído, Eduardo, aos berros, ordenou a Gedeão e ao filho de Venâncio que batessem em retirada pelo único ponto que as balas não alcançavam.

— Levem as armas! Eu faço a cobertura! — gritava o rapaz. Teve de repreendê-los mais de uma vez, pois os dois não queriam ir sem resgatar o cadáver de Venâncio. — Salvem as armas! — repetia ele, enquanto respondia aos tiros dos inimigos. Finalmente obedeceram.

Qual não foi o espanto de Gedeão quando, na retirada, enxergou Diana perto dele!

— O que fazes aqui, Diana? — perguntou Gedeão.

— Me dá uma arma! Eu vou lá ajudar ele! — pediu a cunhantaim, com a vozinha desvairada.

— Vai lá coisa nenhuma! Só ias dar mais trabalho! — repreendeu Gedeão. — Anda! Ajuda a gente a trazer as armas! O Eduardo sabe o que tá fazendo! — disse o rapaz à irmã.

— Vão matar ele! Vão matar ele! — repetia a cunhantaim, com os olhinhos incendiados.

— Cala essa boca, cunhantaim! Deixa de besteira e ajuda a gente a carregar as armas — tornou Gedeão.

Carregaram as armas para longe e as esconderam dentro de uma grande sapopemba. Depois, calados, ficaram por alguns instantes ouvindo os disparos, que não cessavam. Gedeão teve um mau pressentimento: Eduardo parecia encurralado.

— Ele tá precisando de ajuda! — disse Gedeão, já andando na direção dos tiros, mesmo sabendo que isso poderia ser fatal também para eles. Caminharam rápidos, quase correndo, até os tiros soarem bem perto. Então diminuíram os passos e puseram-se à escuta. Quase já não havia tiroteio. Apenas um ou outro tiro anunciava alguma resistência. Até que tudo cessou, reinando o mais completo silêncio. O que teria acontecido?

A Sombra e a Luz

Agora conhecia o outro lado do mistério, a lenda e o seu significado. Tudo acontecera tão rápido, que ele nem teve tempo de se decepcionar com as suas antigas crenças. Uma sensação de leveza e plenitude apossou-se dele, enchendo-o de felicidade, como se, num átimo, depois de mergulhar na escuridão mais absoluta, emergisse na mais radiante claridade. Por que ela não podia ver o que ele via? Se visse, certamente não sofreria. Por que ela se punha a fitar o céu, cheia de nostalgia, contemplando miríades de pontos reluzentes? Não via que estes pontos não eram estrelas e que as estrelas não eram mulheres transformadas em estrelas pelo amor do pálido astro noturno? Pois não era a Lua que descia dos páramos celestes todos os anos para escolher entre as virgens de sua predileção; não era a Lua que se envolvia com elas no manto das nuvens antes de transfigurá-las em constelações. Se ela visse que não era a Lua, e sim ele, não sofreria. Se ela visse que ele não estava no céu, mas ali pertinho dela, não iria todas as noites de luar procurar a imagem do amado nas águas do rio. E ficaria feliz. Veria que, entre todas as cunhãs que vinham se mirar no espelho das águas, ela era a mais formosa, a mais querida e admirada. E a mais amada. E não se sentiria feia e rejeitada.

— Anda, garota! Não olha assim pra água! É o Jurupari, que mora lá no fundo, que te chama; não lhe dês ouvido! Vês, estou aqui! Olha pra mim! Não te envergonhes! Acreditas! És a mais linda das virgens! Não morras, pois, quando voltar, quero te encontrar aí, e te abraçar, e te beijar, e dizer bem baixinho no teu ouvido, só pra ti escutares, que és mais pura que todas as águas e mais linda que todas as estrelas.

O luar coava-se pelas árvores da mata quando a cunhã, num impulso amoroso, atirou-se nas águas. Não podendo impedi-la, pois já não tinha braços, ele aprendeu que as almas desencarnadas, embora não sintam a dor física dos mortais, também sofrem. E como sofrem! Sofrem tanto que já não querem voltar à matéria. Embora também já não tivesse olhos, viu o corpo da cunhã, com os cabelos envoltos por uma grinalda de flores de aguapé, pairar adormecida eternamente no dossel verde dos mururés, e transformar-se na vitória-régia — a estrela das águas e rainha das plantas lacustres, cujas flores só se abrem durante a noite, para que lá do céu o astro contemple, sozinho, a floração da amante inatingível. Mesmo sabendo que era apenas uma lenda, ele estava muito triste; não deixava de mirar a vitória-régia, cujas pétalas, pouco a pouco, foram diminuindo, diminuindo, até assumirem as formas de um pequeno rosto de mulher. Ele conhecia aquele rosto!

— És tu, Diana?! — balbuciou Eduardo, olhando para a cunhantaim.

— É ela mesma que tá aqui! — disse Gedeão.

A cunhantaim, agachada sobre o corpo do rapaz, que jazia estendido no chão, chorava.

— Não chora, Diana; as coisas tinham de ser assim — consolou-a Eduardo, com voz ciciada.

— Nós te levamos com a gente — tornou Gedeão.

— Não adianta; eles me pegaram. Não percam tempo comigo; Saluma espera as armas; deixem-me aqui que eu me viro. Cadê o Venâncio? — perguntou debilmente o rapaz.

— O Venâncio tá ali mais na frente; vai ficar bom — respondeu Gedeão. Não querendo agravar o sofrimento do amigo, mentira.

Pouco antes haviam encontrado, debaixo duma palheira, o corpo do velho tapuio — decapitado!

Três dos homens de José Ambrósio também jaziam, mortos. Os demais retiraram-se com as armas e a cabeça de Venâncio. Eduardo, que resistira bravamente ao cerco dos inimigos, escapara. Mas os amigos o encontraram mortalmente ferido. As balas atingiram-lhe as pernas e o peito, de onde o sangue ainda jorrava.

A muito custo Gedeão conseguiu afastar Diana de Eduardo. Teve de repreendê-la mais de uma vez, pois a cunhantaim não cessava de chorar. O filho de Venâncio, sem um soluço, sem uma lágrima, prostrara-se sentado ao lado do corpo do pai. Depois de em vão procurar consolá-lo, Gedeão teve de insultá-lo para que admitisse a morte do pai. Por fim, o tapuio levantou-se e ajudou Gedeão e Diana a colocarem Eduardo numa rede, pendurada às duas pontas de uma vara comprida. Os olhos do rapaz haviam se fechado, perdia muito sangue, e, quando falava, era numa espécie de delírio. Diana sofria imensamente, sentindo-se novamente só e desamparada. Se Eduardo morresse, com ele morreria a esperança que ela, antes de conhecê-lo, julgara para sempre perdida.

A caminhada era penosa. Além do moribundo, tinham ainda de carregar as armas, sob uma floresta cada vez mais sombria e fechada. De vez em quando tinham de parar para descansar; então olhavam Eduardo. Numa dessas vezes, o rapaz, como se ressurgisse de um letargo, abriu os olhos, ergueu o tronco sobre os cotovelos e falou com os amigos. Parecia estranhamente feliz.

O rosto de Diana desaparecera e ele tornara a enxergar a superfície lisa do rio. A vitória-régia — que alívio! — não estava mais ali. "Então eu estava apenas sonhando. Ela não morreu!", pensou ele. E saiu correndo pela praia — era verão, os animais vinham se aquecer na areia. Jaçanãs, garças-brancas, tartarugas, cobras e jacarés arredavam-se à sua passagem. Onde ela estaria? Ele procurava em todos os lugares. Queria gritar o seu nome, mas já não tinha voz. Pelo menos não se cansava, pois também já não tinha pernas. Perdera a conta das enseadas que percorrera e dos baixios que tivera de atravessar a vau. Nem o tempo já lhe importava. Se preciso fosse, procurá-la-ia pela eternidade.

De repente, embora já não tivesse olhos, ele a enxergou. Sentada sobre uma pedra, a moça mirava as águas do rio. Ele gritou o seu nome e ela escutou! Então estava mesmo viva! Ele já não corria, pois era como se estivesse voando em direção a ela. "Será que está me enxergando?", preocupou-se ele. Ela o enxergava, pois, tendo se levantado, sorria para ele, como nos velhos tempos. Os cabelos negros, escorridos até à cintura, eram a sua única vestimenta.

Mas, qual decepção! Ao chegar bem pertinho dela, chamou-a pelo nome, mas ela continuou sorrindo, como se não o escutasse. Chamou-a muitas vezes e ela não respondeu. Então ele procurou tocar nos lindos cabelos da cunhantaim, mas era como se, quanto mais se aproximasse, mais longe ela ficasse. Ele se entristeceu — pois os espíritos sem corpo também se entristecem. Um receio tomou conta dele: estaria vivendo um sonho, ou teria morrido? Se bem que, vivo ou morto, já não se importava. Deitara-se sobre a areia da praia. Andara muito tempo, estava cansado. Chamou-a com um movimento de cabeça, tendo a impressão de enxergar as palavras saindo-lhe do pensamento, sibilando no ar, diáfanas. Então ela desceu da rocha onde se sentava e ajoelhou-se perto dele. Novamente sorria. Mas era estranho: sorria muito, mais que sorria — ria mesmo! — até soluçar. Mas via-se que estava feliz. Dos seus olhos amendoados, outrora tristes, pingavam gotas de felicidade, cujo tépido calor ele era capaz de sentir sobre o peito. Então qual a diferença de estar vivo ou morto, se ela estava ali juntinho dele, feliz, com o rostinho tão próximo dele que ele podia alisar seus cabelos? Negros, compridos e formosos eram os seus cabelos, como um cacho de açaizeiro. Mas ele queria mais: queria ouvir a sua voz, que há muito não ouvia. Então chamava o seu nome, ou melhor, pensava no nome dela, pois a voz também já não lhe saía.

Diana, vendo o esforço angustiante que o rapaz fazia para falar, aproximou o ouvido de sua boca. Gedeão e o filho de Venâncio pararam de mexer-se, para que ela ouvisse melhor. A muito custo, entendeu uma palavra:

— Ju...di...te... — balbuciava Eduardo.

— Sim, eu sou a Judite! Sossega, que tá tudo bem! — disse-lhe Diana, para quem cada sílaba era como uma facada desferida no seu pequeno coração.

Então não era sonho. Judite falava!

— Ela está viva! Ela está viva! Estão escutando? Ela está viva! — gritava Eduardo, que se erguera de repente e corria pela praia, para o espanto das jaçanãs e dos jacarés, que se afastaram a uma distância prudente e dali o observavam.

Sentia-se feliz. Podia até morrer.

Os amigos viram-no, num titânico esforço, erguer o tronco sobre os cotovelos e dizer: — Eu te amo, Judite!

— Eu também te amo — respondeu Diana, com um fiapo de voz.

Por um instante, Gedeão condoeu-se mais da irmã que do moribundo.

Eduardo ainda balbuciou algumas palavras incompreensíveis. De repente, ainda com um sorriso no rosto cada vez mais pálido, a cabeça tombou e os olhos — que em nenhum instante se desviaram de Diana — fecharam-se. Por um longo tempo Gedeão, desolado com a morte do amigo, olhou para o falecido. Sentia-se só e desamparado, como se tivesse perdido o pai — que não conheceu — ou um irmão mais velho — que nunca tivera. Pois ninguém fora mais leal

que Eduardo; e ninguém mais que ele — nem mesmo padre Alfredo — sabia ensinar ao povo tantas coisas. O que fariam com as armas de fogo, sem Eduardo? Mas não desistiria, lutaria até o fim, como o amigo certamente faria.

Diana, por sua vez, tão logo Eduardo expirou, deixou de olhá-lo. Como um cântaro esvaziado, do rosto da cunhantaim não escorreu nem mais uma lágrima. E o seu pequeno coração, como uma flor de quem o sol é bruscamente retirado, voltara a fechar-se. Sentindo-se a mais desgraçada das mulheres, compreendera que Eduardo, embora bom e amigo, não a amara. Desesperançada, a alma da cunhantaim, nascida das entranhas da selva e indiferente à luta desesperada das feras, regressara às brenhas soturnas de onde viera. Viver ou morrer, já não lhe importava.

Já estava completamente escuro quando chegaram ao lugar combinado. Mas padre Alfredo e Dora lá não estavam. O que teria acontecido com eles? Por que não tinham chegado? Um mau pressentimento dizia a Gedeão que ele nunca mais veria Dora.

— Não vai dar pra esperar — disse Gedeão. — A gente precisa chegar logo à vila, se quiser dar um enterro de gente pra ele.

Doía-lhe deixar o padre e a professora para trás, mas não havia outro jeito.

— A gente segue com o corpo e as armas, e tu espera eles aqui — disse o rapaz à irmã.

— Pra que esperar? Duvido que venham! — retrucou Diana.

— Não fala assim dos dois! — disse Gedeão, aborrecido.

— Eles não precisam da gente, Gedeão! E também a gente não precisa deles! Por que não deixam a gente em paz? — tornou a cunhantaim.

— Deixa de besteira! — ralhou o rapaz.

— É besteira não. Todos dizem que querem ajudar, mas querem é tirar o nosso couro!

— Besteira! Padre Alfredo e Dora são diferentes! — retorquiu Gedeão.

— Tá bem, eu fico — concordou Diana. — Mas ainda acho que eles não vão vir.

E assim, enquanto Gedeão e o filho do infeliz Venâncio, guiados pelo foco de uma única lanterna, continuaram a difícil marcha através da noite, Diana, trepada sobre um jirau, na mais completa escuridão, ficou à espera.

— Não vamos ter pra esperar — disse Gedeão. — A gente precisa chegar logo lá, se [illegible] quiser dar um enterro de gente pra ele.

Doía-lhe deixar o padre e a professora para trás, mas não havia outro jeito.

— A gente segue com o corpo e as armas, e tu espera eles aqui — disse o [illegible].

— Pra que esperar? Duvido que venham! — retrucou Diana.

— Não fala assim dos dois! — disse Gedeão, aborrecido.

— Eles não precisam da gente, Gedeão! E também a gente não precisa deles! Eles que não deixam a gente em paz! — tornou a cunhantã.

— Deixa de besteira! — ralhou o rapaz.

— Besteira nada! Todos dizem que querem ajudar, mas querem é tirar o nosso couro!

— Besteira! Padre Alfredo e Dora são diferentes! — retorquiu Gedeão.

— Tá bom, tá bom — concordou Diana. — Mas ainda acho que eles não vão vir.

E assim, enquanto Gedeão e o filho do infeliz Venâncio, guiados pelo facho da lanterna, continuaram a difícil marcha através da noite, Diana, trepada sobre um jegue, na mais completa escuridão, ficou à espera.

Golpe de Mestre

Foi com muita surpresa que Julião viu José Ambrósio de pé no trapiche da vila, acompanhado por três homens uniformizados. O que o balofo fazia ali? Por que não estava comandando os seus homens na emboscada, conforme o combinado? Ainda mais surpreso ficou ao ouvir, assim que puseram os pés em terra, o delegado dar-lhes voz de prisão.

— O que é isso, Zé Ambrósio?! Estás brincando! — reagiu Julião.

— Então experimentem fugir! — desafiou Ambrósio, degustando o prazer daquele raro momento. Dora, segurando-se ao braço de Julião, e padre Alfredo, bem próximo, acompanhavam, perplexos, o diálogo entre os dois homens. José Ambrósio, descendo do trapiche e vindo ao encontro deles, fez um sinal de cabeça aos três subordinados, que, imediatamente, sacaram de suas armas e as apontaram para os recém-chegados.

— Gostaria que me mostrasse a ordem judicial — exigiu Julião.

— Rá! Rá! Rá! — gargalhou José Ambrósio. — O mandado? Rá! Rá! Rá! Não é preciso mandado quando se pega no flagra!

— Sr. José Ambrósio! Isso é um absurdo! Como cidadão, exijo que me diga os motivos da prisão! — disse padre Alfredo, com voz firme.

— Santa ingenuidade, padre! O senhor fala de cidadania, em Boim? Em Boim, padre, não há lei nem juiz!

— Sr. José Ambrósio, nunca vi tamanho disparate! O senhor não pode prender uma pessoa assim, sem mais nem menos.

— Ora, não se faça de besta, padre Alfredo! Quer saber por que está sendo preso? Pergunte aí aos seus dois comparsas! — retrucou

José Ambrósio, mesmo sabendo que padre Alfredo estava inocente do negócio das armas.

— Sr. Julião, é verdade o que ele diz?

— Padre Alfredo, peço-lhe perdão, é que... — gaguejou Julião, deveras embaraçado e arrependido por ter subestimado José Ambrósio.

— Não lhe disse, padre? Pergunte a ele! — repetiu Ambrósio.

— Não canta vitória, Zé Ambrósio! Cadê as provas? — desafiou Julião, procurando readquirir o equilíbrio.

— As provas? Rá! Rá! Rá! Bem sabes que a essa altura já estão com meus homens! — respondeu Ambrósio.

— Não esteja muito certo — retorquiu Julião.

— Mas, afinal, do que vocês estão falando? — inquiriu padre Alfredo.

— Perdão, padre, mais tarde lhe conto — respondeu Julião.

— Os bracinhos! Deem-me os bracinhos! — pilheriou José Ambrósio, com as algemas nas mãos.

— O senhor se verá com a justiça de Deus, Sr. Ambrósio! — praguejou padre Alfredo.

— Ora, qual justiça, padre! Se Deus fosse justo, não permitia tanta miséria na terra.

— Não blasfeme, Sr. Ambrósio! A justiça de Deus tarda mas nunca falha.

— Então me dê os bracinhos, padre. Creia, é pra sua própria segurança, pois duvido que Deus o livrasse da minha mira, acaso tentasse fugir.

— O senhor há de se ver com o bispo! — disse por fim padre Alfredo, entregando os punhos para José Ambrósio.

— Se nem Deus o livra, padre, o senhor acha que o bispo pode livrá-lo? Tô cagando pro bispo! Estão ouvindo? Qualquer dia desses também pego aquele bispeco comunista!

Julião conteve a irritação e também entregou os punhos a José Ambrósio.

— Não precisa algemar a Dora; ela nem sabe nadar — pediu ele.

— Não vou algemar; posso até ser escroto, mas sou um cavalheiro! — respondeu José Ambrósio.

Em seguida, as duas voadeiras zarparam de Boim a toda velocidade. Numa delas, pilotada por um dos guardas, iam os prisioneiros, vigiados de perto por José Ambrósio e os outros dois guardas, que seguiam na outra voadeira. O povo de Boim, espalhado pelo trapiche e pela praia, a tudo assistiu, incrédulo e embasbacado. Por que prenderam padre Alfredo?

Julião continuava perplexo com a esperteza de José Ambrósio. Por essa não esperava! Tinha, porém, de reconhecer: José Ambrósio aplicara um golpe de mestre. Apanhara, de uma só vez, os tapuios com as armas, padre Alfredo e também ele. Quanto a Dora, estava claro que o alvo de Ambrósio não era ela. Pois então ele não sabia que o estafermo se derretia de amores por ela? Ele, sim, metera-se numa enrascada dos diabos! Como safar-se? Se os homens de José Ambrósio capturassem as armas, estaria frito, pensava ele, enquanto as duas voadeiras bordejavam a praia, retornando pela mesma rota pela qual vieram.

Julião evitava encarar padre Alfredo, que vinha sentado ao seu lado. Pelo menos havia um consolo: Dora, até então fria e arredia, mostrava-se de novo meiga e carente. Encostara-se nele e segurava-lhe a mão, como se pedisse proteção.

— Alguém nos delatou — disse-lhe ela ao ouvido.

— Sim, alguém delatou, mas quem? Oh! Custe o que custar, eu pego o desgraçado! — respondeu Julião, com fingida cólera.

— Coitado do Eduardo e do Gedeão! — lastimou-se Dora.

— Certamente escaparam — disse Julião, sem crer no que dizia. E refletiu que as coisas até que não eram tão ruins quanto há pouco lhe pareceram. José Ambrósio, ao prendê-lo, acabara prestando-lhe um grande favor, pois, a inesperada prisão, embora lhe arranhasse a reputação, ocultaria a sua traição e faria Dora reaproximar-se dele.

— Coitado também do padre Alfredo! — disse Dora. — Acho que devemos lhe contar o que aconteceu.

E foi isso o que fez Julião.

— Perdão, padre Alfredo! Não devíamos ter escondido do senhor — desculpou-se Dora, diante dos olhos decepcionados do padre.

— Não peça perdão a mim, que sou sozinho no mundo e ninguém sentirá minha falta se eu morrer; peça perdão às crianças e aos velhos do Nambu, que agora serão caçados que nem bichos pelos gorilas de Estefano e José Ambrósio, sem que ninguém possa defendê-los.

— Gedeão e Eduardo devem ter escapado com as armas... — tentou defender-se Dora.

— Ora, as armas! Apenas morrerão se defendendo! — quase gritou padre Alfredo, deveras amargurado.

— Continuaremos a luta, padre! Denunciaremos... — retrucou Julião.

— Belo consolo, Sr. Julião! Denunciar! É o que sempre fiz; e qual o resultado? Nenhum! As denúncias são como folhas mortas ao vento.

A três metros, na outra voadeira, José Ambrósio — no centro do barco, de pé, segurando-se ao pavês para não cair, pois o rio estava agitado — enchia de ar os pulmões, esvaziando-os em sonoras gargalhadas e voluptuosos grunhidos. Sentia-se o mais feliz dos homens. Não via a hora de levar o "fazendeiro comunista" à presença do juiz. Só queria ver se os "dois pombinhos", em "gaiolas" diferentes, continuariam juntos. Até o "bispeco" também estava em apuros, pois, como explicaria a participação de padre Alfredo, seu dileto pupilo, no fornecimento das armas aos tapuios do Nambu?

Tamanha, portanto, foi a decepção de José Ambrósio, indescritível a sua infelicidade e enorme a sua irritação, quando, chegando à enseada em que havia deixado seus homens para armarem a emboscada, encontrou-os de cabeça baixa, envergonhados, sem coragem para encarar o chefe.

— O que aconteceu, seus palermões?! — grunhiu José Ambrósio, sendo até capaz de adivinhar a resposta. A explicação veio gaguejada. — Parem, seus idiotas! — cortou Ambrósio. — Não precisam dizer mais nada! Eu já entendi tudo! Em vez de vocês pegarem os inimigos, acabaram foi caindo numa emboscada! Três dos nossos morreram? Até que foi um bom saldo! Com esses miolos de jericos, podia ter sido pior! Ham... Trouxeram a cabeça de um dos bandidos? E também capturaram algumas armas? Ufa! Pelo menos isso! Até que não está mal a coisa. Tragam a cabeça, deixa eu ver!

Um dos homens pulou da proa do barco para a praia, segurando um saco de estopa, de péssimo aspecto.

— Julião! Quer vir até aqui? Ninguém melhor do que o senhor pra fazer o reconhecimento — pediu José Ambrósio, num tom cheio de insinuações, querendo dizer com isso que, como Julião lhe havia pedido a cabeça do "perigoso" Gedeão, deveria conhecê-lo. Pois José Ambrósio tinha como certo que a cabeça dentro do saco era de Gedeão. E não só ele pensava assim. Dora, ainda sentada no banco da voadeira, a cabeça amparara ao colo do marido, fechara os olhos para não ver o saco, onde também achava encontrar-se a cabeça do amigo.

— Zé Ambrósio, seu patife, deixa de gracinha! Já foste longe demais! Não perdes por esperar, eu ainda te pego! — esbravejou Julião, posando de vítima.

— Ora, ora; vejam só o coitadinho! Agora não sabe de nada! Tudo bem, não insisto, fica entre nós dois. Acho mesmo que a Madame Dora está mais apta a fazer o reconhecimento, pois não era amiga do tal Gedeão?

— Desgraçado! Não fala assim da minha mulher! Covarde! Por que não me tiras as algemas?

— Hummm... Nunca vi um corno tão machão! — motejou José Ambrósio.

— Eu te mato, miserável! Ainda te faço engolir essa língua! — gritou Julião, deveras possesso, fazendo menção de pular para terra, mas Dora, a muito custo, conteve-o.

— Deixa de farol, Julião! Cão que muito late não morde! Já que os dois pombinhos não querem colaborar, peço a prestimosa ajuda de padre Alfredo na identificação da cabeça, pois certamente o dono dela era uma das ovelhas do padre. Tira a cabeça do saco, soldado Benício! — ordenou José Ambrósio.

Protegendo a ponta dos dedos com uma folha, o soldado — um tapuinho de olhar espantado — agachou-se e segurou o fundo do saco, virando o rosto para o outro lado; depois se levantou, fazendo a cabeça, empapada de sangue coagulado, cair sobre a areia e vir rolando como um grande ouriço de castanha até bem perto d'água, parando a um metro da proa da voadeira na qual os três prisioneiros se encontravam, com a face virada justamente na direção deles.

Mas que enorme decepção sofreram Julião e José Ambrósio quando ouviram Dora — que, embora morrendo de medo, acabou olhando para a praia — gritar, como que aliviada: "Venâncio! Coitado do velho Venâncio!". Não que a morte do tapuio Venâncio não a abalasse, mas um pensamento surgira-lhe imediatamente: "Gedeão escapou da emboscada!". Se tal descoberta trouxe à moça um pouquinho de conforto, fez Julião e José Ambrósio comungarem da mesma irritação: "Então o safado do caboclo não morreu!", pensavam os dois homens, sendo cada um deles capaz de enxergar esse pensamento na mente do outro.

— Ham... Então não foi o tal Gedeão quem morreu? — disse por fim José Ambrósio. — Deu pra ver pela alegria estampada no rosto da Madame. Mas a Madame não se iluda, da próxima vez ele não escapa! Engraçado; parece que só o padre Alfredo ficou triste com a morte do Venâncio — é esse o nome do tapuio, não é? Mas o padre não deve ter remorsos, se nem Deus veio defender a ovelhinha do lobo. Benício, leva esse treco daí! — ordenou de novo José Ambrósio.

Uma hora depois — tendo alguns homens de José Ambrósio retornado ao local da emboscada, de onde trouxeram os corpos dos três soldados mortos — os dois barcos brancos e bonitos avistados por Diana deixaram juntos a enseada deserta e solitária, àquela hora já envolta pelo negro véu de uma noite sem lua.

Serpente Enraivecida

Antes que o acauã, meio águia e meio bruxo, de pio tristonho e agourento, devorasse a última cobra; antes que o murucututu, de grandes olhos quase humanos escancarados na escuridão, cessasse o seu canto lúgubre; antes que os seres noturnos se recolhessem a suas tocas, Diana desceu do jirau onde passara a noite e, tateando com os pés, pôs-se a caminho, decidida a executar uma ideia que há dias lhe martelava a cachola. E quanto mais pensava na ideia, mais rápido andava. Caminhou o dia todo tão rapidamente, sem uma única parada, como o homem mais forte e tenaz não seria capaz, que à tardinha — à hora triste em que as cutias põem-se a gritar como crianças desamparadas e os morcegos começam a esvoaçar entre os troncos das árvores — era capaz de ouvir o estrondo da cachoeira. A cunhantaim, cujo pequenino vulto já se misturava com a penumbra, embora esgotada e exausta, estugou os passos. Precisava chegar ao Maró antes que a noite apagasse por completo os caminhos. Como um espírito da floresta, deslizava tão rapidamente que já não parecia andar. Flutuava no ar, voava, só parando quando, a poucos metros, descortinou a clareira aberta na margem do rio pelas obras da usina. Ali a noite ainda não havia caído totalmente, de forma que a cunhantaim, escondida atrás de uma sapopemba, controlando a custo a ansiedade, demorou-se algum tempo a perscrutar os movimentos do acampamento.

Ninguém mais trabalhava. De onde estava, Diana podia ver muito bem a enorme vala cavada ao comprido do rio, a qual terminava numa boca quadrada de madeira — o ducto através do qual as águas do rio seriam desviadas. Não havia nada dentro da vala, cujo fundo ela achou parecido com uma cuia rapada. As máquinas — tratores, dragas, escavadeiras, guindastes — tinham sido levadas para longe da cratera, quase enfiadas dentro da mata, como se os "bichos barulhentos" estivessem com medo do buraco que eles próprios haviam escavado com os seus "dentes de ferro". Mas os homens iam e vinham, trançavam de lá para cá, dos barracos para o rio e do rio para os barracos, passando por dentro do buraco. Alguns pareciam mesmo entrar na cratera de propósito, pois se detinham a olhar e a passar as mãos nas rochas, nas quais, aqui e ali, apesar da pouca claridade, Diana podia ver alguns pontos negros. Curiosa, a cunhantaim se perguntava por que os homens agiam assim? Por que não se afastavam da vala, como os "bichos de dente de ferro"? Não poderia imaginar que a obra vivia um momento especial: no dia seguinte as águas do Maró seriam desviadas para o ducto, a fim de que a barragem pudesse ser construída no leito principal do rio. Como crianças à véspera de uma grande festa, os homens estavam eufóricos. Até o engenheiro trazido de Santa Irene para comandar a obra deixara-se contaminar pelo entusiasmo e, como um garoto viciado em fogos-de-artifício, cometera a imprudência de mandar os homens, no finalzinho do dia, instalarem as dinamites nos pontos por ele cientificamente escolhidos, mesmo sabendo que tudo — dinheiro e trabalho — poderia se perder caso chovesse antes do amanhecer. Por ordem do engenheiro, homens desciam à vala para cobrirem com plástico as dinamites tão preciosas. Estefano, que chegara de Santa Irene naquela tarde, depois que as dinamites já estavam instaladas, repreendeu acerbamente o engenheiro pela sua precipitação. Não apenas a chuva podia estragar a enorme quantidade de pólvora das dinamites, causando a ele e a seus sócios grande prejuízo, como era completamente inoportuno desviar as águas no dia seguinte, sem sua prévia concordância. Soubesse o engenheiro que a construção de uma usina na Amazônia — nos tempos que corriam, em que o governo já não garantia a segurança dos investimentos e tampouco a integridade física de quem se arriscava a desbravar os sertões ínvios — não era só uma questão técnica, mas política.

Diana escutou quando Estefano, afastando-se do acampamento com o engenheiro, para que ninguém os escutasse, falou-lhe:

— Como o senhor já fez a cagada de instalar as dinamites, não dá pra recuar; mas diga agora mesmo aos homens que tudo foi cancelado, pois, do contrário, ninguém vai querer me acompanhar à missão que terei de executar amanhã cedo.

— Desculpe, Sr. Estefano, farei isso já — respondeu submisso o engenheiro. E os dois homens voltaram para o centro do acampamento.

Nem o cansaço nem a fome foram capazes de afastar a cunhantaim do seu intento. A visão de Estefano açulara-lhe ainda mais os instintos de vingança, que borbulhavam dentro dela como as lavas de um vulcão, desde aquele dia terrível e já remoto. Como a suçuarana traiçoeira e ardilosa, a cunhantaim só deixou o seu esconderijo depois que a noite caíra por completo sobre o acampamento. Com os passinhos leves de felina, infiltrou-se por entre os barracos, em cujas paredes de palha encostava-se cautelosamente aqui e ali, a fim de sondar a conversa dos homens, pois não queria levar a cabo o que estava decidida a fazer sem antes ter a resposta para duas perguntas: qual a missão tão importante que Estefano realizaria no dia seguinte? E que destino tiveram Clementino e seus seguidores, que haviam sumido do acampamento? Mas não poderia se arriscar por muito tempo, a menos que quisesse ser descoberta por Manecão e seus homens, os quais, munidos de lanterna e espingarda, faziam a ronda noturna. Um deles só não a enxergou porque ela, encolhendo-se de terror, não tendo outro lugar para se esconder, entrou num dos barracos, o qual, felizmente, estava imerso na mais completa escuridão, de forma que não foi vista pelos homens que, já deitados em suas redes, conversavam em voz alta. Diana teve a impressão de que, se respirasse um pouco mais forte, seria ouvida, pois, no balanço da rede, um dos homens, de voz fanhosa, chegava tão perto de sua cabeça que era capaz de sentir o hálito forte do tabaco que ele mastigava. Ouvindo os passos do homem que fazia a ronda se afastarem, Diana deslizou suavemente para a porta, disposta a livrar-se da incômoda e perigosa posição, mas acabou se detendo para ouvir o que os homens diziam:

— O patrão ficou puto da vida porque a gente ia explodir o rio sem avisar ele.

— É... mas mais puto ficou o Manecão que queria ver a explosão e agora vai ter de ir com o patrão atrás dos tapuios.

— Ah! Mas pegar os cabocos vai ser moleza pro patrão; em dois dias, mais tardar três, eles tarão de volta.

— Sei não; o Manecão disse que os tapuios tão armados e muito bem treinados.

— Mas duvido que aguentem os cabras do patrão, ainda mais que lá tá cheio de mulher esperando vara. Eu que queria tá lá pra pegar uma delas.

— Besteira! Não viste a tapuia que o Quelé trouxe? Não era de nada, bastou nove cabras enrabar ela pra ela virar os olhos e entregar os pontos, e justo quando ia chegar a minha vez.

Estarrecida, Diana compreendeu que os homens falavam de Morena, que deixara a vila com seu marido Cazuza, seduzidos pelas promessas de Estefano. Pobre Morena, que trágico fim tivera! Agora estava claro: no dia seguinte Estefano e seus jagunços avançariam contra a vila. Ela não tinha tempo a perder, precisava terminar logo o que viera fazer. Mas, e o Quelé, e as pessoas que vieram com ele, onde estariam? Diana voltou a esgueirar-se por entre os barracos do acampamento. Foi de barraco em barraco, auscultando-lhes as vozes e os movimentos. Demorou-se um longo tempo nesse trabalho, pois muitas vezes teve de encolher-se nalgum desvão até que o homem da ronda passasse. Já atravessara todo o acampamento, sem encontrar nenhum indício do paradeiro de Quelé, quando um estranho murmúrio, que parecia vir de dentro da mata, chamou-lhe a atenção. Ficou alguns instantes escutando, sem se atrever a avançar. Os murmúrios aumentavam, fazendo o homem da ronda aproximar-se. Encolhida onde estava, Diana viu, através do foco da lanterna do vigia, o cercado de rústicas estacas de dentro do qual partia a lamúria. Ouviu o homem esbravejar na escuridão e depois afastar-se. Então a cunhantaim aproximou-se do cercado e, olhando por entre o vão das estacas, divisou dubiamente um quadro lastimável: Quelé e os seus infelizes seguidores jaziam pelo chão, presos uns aos outros por uma enorme corda, parecendo todos muito debilitados. A três palmos do seu rosto Diana reconheceu aquele que outrora fora o Dinho da Dadá, pois agora não passava de um feixe de ossos com um rosto esquálido.

— Dinho! Dinho! Sou eu, Diana! — chamou baixinho a cunhantaim. Teve de repetir várias vezes o mesmo chamado, pois o rapaz, julgando estar sendo vítima de um pesadelo, não lhe atendia.

— Diana? Será verdade? — finalmente balbuciou o coitado.

— Sim, sou eu, Diana! Vim para ajudar vocês!

— Acorda, pessoal! Diana tá aqui! — chamou Dinho, sacudindo os companheiros. Quelé aproximou-se da cerca; parecia incrédulo. Ficou ainda mais confuso ao ouvir o velho Isaías — que, embora já não passasse de um trapo de gente, ainda trazia no gesto e na voz a mística do antigo sacaca — esconjurar: "Vai-te daqui, satanás! Ó Jesus Cristo, manda o demônio de volta pro fundo!"

— Demônio que nada, velho palerma! — ralhou Diana, já saltando a cerca. Num segundo estava no meio deles, pondo-se imediatamente a cortar-lhes as peias com o seu punhalzinho, no que foi ajudada pelo Dinho. Quelé, que apanhara muito nos últimos dias, mesmo vendo-se solto, não se animava.

— Ele tá muito ferido — disse Dinho. — Não sei mesmo como ainda tá vivo. Se não viesses, a gente ia tudo morrer.

— Como assim?

— A gente precisa fugir logo, pois o velho Estefano mandou o Manecão matar a gente.

— Ué, ele não era amigo de vocês? — ironizou Diana.

— Padre Alfredo tinha razão, o danado não presta — reconheceu Dinho.

— Pena que descobriram isso só agora; amanhã eles vão invadir a vila, e a gente precisa chegar lá antes deles.

— Saluma tá sabendo?

— Não.

— Então a gente tem que avisar.

— A gente já vai simbora, mas antes vou fazer uma coisa; e preciso de um homem pra me ajudar.

— Eu te ajudo, Diana — disse Dinho, feliz porque a cunhantaim lhe chamara de homem pela primeira vez.

— Também vou com vocês! — disse Isaías.

— Não precisa; fique cuidando deles; se o capanga vier, finjam que ainda tão amarrados — disse Diana. — Quelé, espera um pouco que a gente já volta com água e comida.

— Comida? Como vamos conseguir comida? — exclamou Dinho, depois de pularem para fora do cercado.

— Vem comigo, eu te mostro.

Dinho seguiu-a no meio da escuridão, uma escuridão tão profunda que ele só tinha o ruído quase imperceptível dos passos da cunhantaim para se orientar. Não encontraram dificuldade para atravessar o acampamento; o homem que fazia a ronda devia ter parado para descansar. Difícil foi entrar na barraca dos mantimentos, onde dormia o próprio Manecão.

— Deixa comigo, Diana; me espera aqui, conheço este lugar melhor do que tu — disse Dinho, sentindo-se um valente guerreiro, capaz das mais incríveis façanhas, só porque Diana estava com ele.

— Vê se pega piracuí. E cuidado! — sussurrou Diana.

— Deixa comigo — ela ainda ouviu o rapaz dizer. Encostada à parede do tapiri, a respiração presa e o coração aos pulos, a cunhantaim aguardou pelo amigo. Durante um tempo que ela julgou mais longo do que o necessário, escutou apenas o ruído perene e monótono da cachoeira. Os sacos de piracuí estavam tão perto... por que o Dinho não voltava? — impacientava-se Diana. Estava no clímax da expectativa quando ouviu algo esfregar-se no chão, como fazem as serpentes. Encolheu-se, num gesto instintivo.

— Sou eu, Diana; trouxe o piracuí — balbuciou o rapaz, como quem oferece um troféu à mulher amada. — Demorei porque o patife do Manecão tava com o pé em cima do saco.

— Agora vamos fazer o resto — disse Diana, puxando o amigo de leve pelo braço.

— Que resto?

— Tu vai ver!

Desceram na direção do rio.

— Deixa o saco aqui, na volta a gente pega — disse Diana.

— O que vamos fazer? — perguntou Dinho.

— Tu vai ver — repetiu a cunhantaim. — Não é aqui que tá guardada a pólvora? — perguntou, referindo-se a um barracão circular, espécie tosca de paiol.

— É, mas...

— Eu sei — cortou Diana. — A pólvora foi colocada quase toda lá na vala, não foi? Mas deve ter sobrado um pouco; dá pro gasto.

— Tu não tá pensando em...

— Tô sim; eu quero é que tudo se exploda.

— Mas é perigoso.

— Não há escolha. É o único jeito de fazer o malvado ficar aqui, em vez de ir atacar a vila.

— Mas então deixa que eu faço isso; tu pega os homens e vai na frente com eles; não é bom que tejam aqui na hora da explosão — argumentou o rapaz.

— Não! Tu vai com eles e eu faço o que tem de ser feito — discordou Diana.

— Não senhora! Isso não é coisa pra mulher, é muito arriscado! — retorquiu Dinho.

— Tu não sabe do que sou capaz — respondeu Diana.

Mesmo desconhecendo o deplorável estado de alma da cunhantaim, o rapaz sentiu tais palavras cortarem-lhe os tímpanos como o fio de uma navalha.

— O que aconteceu lá na vila? — quis saber ele.

— Muita coisa, mas agora não dá pra contar. Anda! Vai já com os homens; depois a gente se encontra.

Dinho ia dizer não, ele ficava e ela ia, mas não teve tempo. Do outro lado do acampamento levantara-se um súbito vozerio, como se a um só tempo os homens tivessem pulado da rede para seus afazeres; feixes de luz de lanternas cruzavam-se a esmo no ar e vinham cortar o negrume das paredes de palha dos barracos; um deles passou como um raio sobre o rosto do Dinho, permitindo que Diana visse os olhos espantados do companheiro.

— Que diabo é isso? E agora?! — perguntou ele.

— Sei lá! Os homens se acordaram! Corre, Dinho, ajuda o Quelé e os outros a fugirem daquele chiqueiro! — ordenou Diana. — Acho que resolveram matar eles agora!

— Tu vem comigo! — tornou o rapaz.

— Não discute, Dinho! Vai que eu fico, depois a gente se encontra! Corre, não perde tempo! Não esquece o piracuí. Leva também isso — disse-lhe a cunhantaim, cutucando-lhe o braço com o cabo de um pequeno punhal.

Felizmente Diana enganara-se. Se a movimentação dos homens fosse por causa dos prisioneiros, eles estariam perdidos, pois o Dinho, em vez de fazer como a amiga mandara, protegera-se atrás de umas toras de madeira, de onde procurava adivinhar os movimentos da companheira. Pressentiu quando a cunhantaim entrou no paiol de pólvora, e uma preocupação tomou conta dele: Diana sabia o que estava fazendo? Ele não devia tê-la deixado sozinha! Deu um passo à frente, decidido a ir ter com a amiga, mas teve de recuar em seguida. "Desgraça", pensou ele. Um foco de lanterna varrera o espaço que o separava do paiol, tolhendo-lhe os movimentos. Era o jagunço que fazia a ronda. Encolhendo-se o mais que podia, Dinho não sabia se prestava atenção ao homem que descia na direção do paiol ou em Diana. "Tomara que ela veja que ele tá vindo!", torcia o rapaz, segurando com todas as forças o cabo do pequeno punhal que a moça lhe confiara.

Desde que entrara no paiol, Diana tentava acostumar os olhos à escuridão. Estava tão absorta em tatear os barris de pólvora, a fim de encontrar uma abertura nalgum deles por onde pudesse lançar a centelha, que nem percebera a aproximação do jagunço. Pois para a cunhantaim tudo era muito simples: bastava acender o fósforo que há dias carregava cuidadosamente no cós da saia como um trunfo precioso e lançá-lo dentro de um dos barris, para que tudo fosse pelos ares. "Mas que Diabo! Ela não pode fazer isso!", resmungou Dinho, sentindo um calafrio ao ver um pingo de luz maior que um vaga-lume tremeluzir dentro do paiol. Mas o menor passo em falso o denunciaria ao jagunço, que acabara de sentar-se num velho tronco de árvore caída, entre ele e o paiol. Só havia um jeito, pensou Dinho: era sangrar o homem por trás, com o punhal, caso ele descobrisse Diana, que, sem notar a presença do jagunço, continuava tentando acender o fósforo dentro do paiol. Instantes angustiantes transcorreram até o "vaga-lume" felizmente deixar de piscar dentro do paiol — "Ela enxergou ele", pensou Dinho, aliviado. Tremeluzia já aqui fora, pois agora era o jagunço que, em difíceis tragadas, tentava acender o seu cigarro.

Escondida no meio dos barris, Diana espionava o homem que fumava. Enquanto ele permanecesse ali, ela nada poderia fazer. Impaciente e aborrecida, praguejava contra si mesma por não ter cuidado bem dos fósforos, os quais descobrira estarem todos molhados. Arrependia-se também de ter dado o punhal ao Dinho, pois com ele seria bem capaz de tomar o fogo à força do homem, que, numa lentidão enervante, conseguira finalmente acender o cigarro, quedando-se depois a tragá-lo sem nenhuma pressa, como se contemplasse as estrelas.

"Não posso ficar aqui parada; preciso fazer alguma coisa", pensava Diana, ouvindo o vozerio que continuava vindo lá do acampamento. Qualquer palavra, qualquer pedaço de frase que se destacava no meio da zoeira, parecia-lhe já um grito. Teriam os amigos escapado? Não saberia dizer quanto tempo ficou a escutar, até que, num misto de alívio e espanto, percebeu que o silêncio voltara a reinar no acampamento, restando de novo somente o estrondo monótono da cachoeira. O que teria acontecido? — perguntava-se a si mesma a cunhantaim. E era também o que gostaria de saber o Dinho, que, lá no seu canto, continuava sem saber o que fazer. Precisava unir-se à Diana, antes que a moça fizesse besteira, mas o jagunço, por desgraça, grudara o rabo no tronco e não parecia disposto a levantar-se tão cedo. Mais de uma vez Dinho pensou em atacá-lo pelas costas, mas apenas pensou; qualquer imprudência poderia pô-los a perder. Por longo tempo dividiu a atenção entre o jagunço e o paiol, onde Diana, vivendo a mesma impaciência, esperava que o homem se fosse. Indescritível desespero tomou conta do rapaz ao ver o já conhecido vaga-lume piscando dentro do paiol. Diana ficara louca? Não compreendia que o jagunço acabaria por descobri-la antes mesmo de ela explodir o paiol? Não sabia que, ainda que o fósforo acendesse e ela conseguisse lançar a centelha dentro de um dos barris, tudo iria pelos ares tão rapidamente que ela nem teria tempo de fugir da explosão? Mas ele estava ali, não deixaria Diana morrer.

Foi assim que o tímido e pacífico Dinho, que nem mesmo apreciava caçar, pois se sentia mal matando os "bichinhos", reuniu todas as forças que possuía e, na ponta dos pés, os músculos todos retesados, deslizou nas sombras como um traiçoeiro jaguar e, guiando-se pela tênue claridade do cigarro do jagunço, cravou-lhe o punhal no pescoço, fazendo-o tombar de bruços no chão, sem soltar sequer um gemido. Ato contínuo, virou-se para o paiol, dando dois passos em sua direção, mas o que viu fê-lo deter-se a meio caminho: Diana havia finalmente conseguido acender um dos fósforos e protegia a pequena chama na concha que fizera com as duas mãos. Dinho, com a respiração suspensa, o coração aos pulos, pensou primeiro em detê-la com um grito. Mas compreendeu que isso seria loucura: chamaria a atenção dos jagunços, o que, depois de ter acabado de matar um deles, seria como chamar a própria morte. Só lhe restava, portanto, atirar-se sobre a cunhantaim antes que ela lançasse a centelha na abertura do barril. Era o que faria, mas não teve tempo.

Já não pôde conter o grito quando, num átimo, viu a pequena chama pender à direita e em seguida desaparecer. Tudo tão rápido que nem houve tempo para que a escuridão voltasse a reinar dentro do paiol. O clarão candente da explosão fendeu a noite com uma força descomunal, mandando tudo pelos ares, como se todos os raios e todos os trovões do mundo, numa combinação perversa, caíssem na mesma hora e no mesmo lugar. Arremessado para trás como um graveto, Dinho ficou com o rosto colado no chão, sentindo a terra tremer debaixo dele como uma criança amedrontada pelos estalidos da fuzilaria infernal. Durante algum tempo se esquecera de si mesmo. Quando, enfim, recobrou os sentidos, virou-se para ver o que havia acontecido. No lugar do paiol havia uma negra cratera ainda fumegante; os fragmentos da explosão haviam espalhado o incêndio aos tapiris mais próximos, os quais, por sua vez, não contentes com a sua própria desgraça, fizeram arder os outros tapiris, de forma que a metade do acampamento já fora destruída e o resto dos barracos não teria outro destino. Então se lembrou de Diana e, olhando a cratera fumegante onde até há pouco se erguia o paiol de pólvora, começou a chorar como um menino desesperado, já convencido de que a cunhantaim não havia escapado. Pois imagine o leitor o alívio que o jovem tapuio sentiu quando, ao levantar-se para deixar o local, olhou para o lado e enxergou a alguns metros o pequenino corpo de Diana. Uma indescritível alegria de repente o invadiu, mas também uma forte apreensão enchia de receio o seu coração. Ela estaria viva? Aproveitando-se da claridade violácea do incêndio, correu para ela. Diana estava de bruços, o velho vestidinho de chita quase todo rasgado deixava-lhe à mostra as costas e boa parte das nádegas e das coxas; aparentemente não sofrera um único arranhão, apenas os cabelos chamuscaram-se um pouco, o que lhe aumentou as esperanças. Tomado porém por maus pressentimentos, o rapaz, ajoelhado ao lado da amiga, hesitava em inspecionar-lhe o resto do corpo. Mas não tinha tempo a perder. Lembrou-se de Quelé e dos outros amigos. Teriam fugido? Ele próprio devia escafeder-se daquele inferno enquanto os homens de Estefano ocupavam-se em defender do fogo os barracos. Eles tinham voltado a dormir depois que Estefano resolvera desastradamente iniciar àquela hora da noite a sua "missão". Pois era isto o que o estranho e inesperado vozerio significava. Estefano, dilacerado por uma incontrolável ansiedade e por uma sede de vingança cevada durante anos, não aguentara esperar nascer o dia para rumar contra a vila. Temia que pela manhã os jagunços, envolvidos pela expectativa de assistirem ao espetáculo da explosão do leito do rio, não quisessem acompanhá-lo ao Nambu — no que tinha razão, pois, mesmo assim, precisou usar de toda a sua autoridade e fazer um escarcéu dos diabos para convencer os homens a meterem-se no mato àquela hora. Com a ajuda de Manecão, acabou conseguindo partir, deixando no acampamento somente dois dos seus jagunços com a incumbência infame de, antes do sol nascer, antes que os operários da obra acordassem, darem cabo de Quelé e dos que estavam com ele no chiqueiro. O engenheiro e os operários da obra de novo já roncavam em suas redes quando a explosão do paiol ribombou, pegando-os completamente desprevenidos. Muitos dos que dormiam nos tapiris próximos ao paiol foram consumidos pelo fogo num segundo, sem tempo nem para abrir os olhos. Os que escaparam, inclusive os dois jagunços que ficaram no acampamento, puseram-se a correr da terra para o rio e deste para a terra, com baldes e cuias d'água, na faina inútil de salvar os barracos que restavam. Dinho tinha que fugir enquanto eles estavam ocupados.

Enfiou então um dos braços por baixo do pescoço da cunhantaim e, com muito jeito, virou-lhe o rosto e o busto para cima, recomeçando imediatamente a chorar. O rosto da cunhantaim, o mais lindo rosto de cunhantaim que ele já tinha visto, estava irreconhecível, e os dois pequeninos seios, os seios mais firmes e rebeldes que um curumim já tinha espionado, embora não tivessem sofrido nenhuma queimadura, estavam completamente macerados. Na explosão, um dos barris voara pelos ares e chocara-se violentamente contra a infeliz cunhantaim, arremessando-a para longe, o que, embora a tenha livrado do fogo, desfigurou-a por completo. Soluçando, Dinho passou o outro braço por baixo da amiga e ergueu-se com ela no colo, pondo-se a andar na direção dos amigos. Encontrava-se tão atordoado que nem se lembrou de pegar o saco de piracuí. Não os encontrou no chiqueiro; certamente haviam se refugiado na mata; não deixou de sentir um alívio ao pensar que os amigos haviam escapado. Imitou o acauã três vezes e outro acauã três vezes lhe respondeu.

— É o Dinho com a cunhantaim! Eles escaparam, Quelé! Logo vamos ter água e comida! — animou-se o velho Isaías, depois de ter respondido aos três cantos do acauã.

Só então Dinho deu pela falta do piracuí. Acomodou a amiga atrás de uma raiz e esgueirou-se pela fímbria da capoeira, aventurando-se em campo aberto até ter o saco entre as mãos. Também precisavam de água, lembrou-se. Mas como levaria? Não tinha sequer uma cuia! Então, num ato insano, caminhou até onde estavam os homens de Estefano, os quais, na azáfama inglória de salvar os barracos do fogo, não perceberam a presença do intruso, que, assim infiltrado entre eles, trouxe do rio um precioso balde d'água, com o qual se afastou sorrateiramente, voltando para junto de Diana com a água e o piracuí. Que boa surpresa teve ao encontrar a amiga sentada no chão!

— Cadê os homens? — balbuciou ela.

— Estão no mato esperando a gente — respondeu-lhe Dinho.

— Leva a água pra eles, eu vou atrás.

— Não. Primeiro vou te levar, depois pego as coisas.

— Eles tão com sede — insistiu debilmente a cunhantaim.

— Te levo primeiro — cortou o rapaz, carregando-a novamente no colo, pois só agora percebera que a moça tinha uma das pernas quebrada.

Tropeçando na escuridão, a muito custo Dinho conseguiu juntar-se aos demais.

— O que aconteceu com ela? — perguntou Quelé.

— Tá muito ferida — respondeu o rapaz. — Velho Isaías, cuide dela enquanto vou buscar a água e o piracuí. Volto já!

E assim ele fez. Logo já estava no lugar onde deixara as coisas. Porém antes de meter-se novamente na mata, olhou para o acampamento. Os homens ainda tentavam salvar dois tapiris que ardiam. "Logo darão falta da gente", pensou Dinho, virando-se de costas para o acampamento com o balde d'água e o saco de piracuí nas mãos, disposto a juntar-se aos amigos. Mas, nesse exato instante, um estrondo potente e medonho fez a terra tremer debaixo dos seus pés, parecendo tudo sacudir. Largou as coisas no chão e tentou proteger os tímpanos tapando os ouvidos. Gesto inútil, pois outro estrondo ainda mais potente ribombou. E mais outro, e outro, e outro... cada um mais potente que o outro. Até que, finalmente, os estrondos cessaram, cedendo lugar a um estranho e não menos monstruoso fragor de águas, como se uma fera de boca descomunal bebesse as águas do rio e, de vez em quando, com sua língua enorme e bestial, lambesse-lhe as pedras. Tirou as mãos dos ouvidos e tornou a olhar para o que até há pouco fora o acampamento dos homens de Estefano. Estes, mais uma vez surpreendidos, haviam desistido de salvar os barracos e, iluminados pela claridade já fraca do rescaldo, contemplavam a distância, como que bestificados, o trabalho de meses sendo engolido pelas águas. Não compreendiam como começara a explosão no paiol de pólvora, o fogo devorando os tapiris de palha; e não queriam crer no que viam: o ducto de madeira, a duras penas construído, destroçado como um brinquedo pelo rio, que rugia e se contorcia como uma serpente enraivecida. Mas logo tudo se esclareceu: — Os tapuios fugiram! Os tapuios fugiram! — gritou um dos homens, atraindo a atenção de todos. E não demorou também para descobrirem o cadáver esfaqueado do jagunço.

— Peguem os desgraçados! Ainda devem estar por perto! — esbravejou o engenheiro, que, na ausência de Estefano e de Manecão, era quem dava as ordens.

Dinho tornou a pegar o balde d'água e o saco de piracuí, e voltou correndo para perto dos amigos.

— Simbora que os homens tão vindo! — disse ele, entregando o balde a Clementino. Enquanto o balde passava de boca em boca, Dinho aproximou-se de Diana.

— Como tá ela, velho? — perguntou a Isaías, que perdera a aura de pajé e o título de sacaca.

— Ela tá viva, mas tá muito longe, numa viagem muito profunda — respondeu Isaías, olhando para a moribunda.

— Não deixa ela morrer, velho! Faz alguma coisa! — suplicou Dinho, com voz embargada.

— Vou tentar, mas não sei se vai adiantar; ela tá muito longe — respondeu-lhe o tapuio. À falta do tauari, aspirou a fumaça de uma folha qualquer e, semicerrando os olhos e murmurando algo incompreensível, soltou algumas baforadas sobre a cabeça da cunhantaim.

— Faz isso não, velho! Ela se sufoca — recriminou Dinho, já descrente dos poderes mágicos do sacaca.

Ouviram-se gritos, barulho de mato quebrado. Os fugitivos calaram-se. As vozes chegaram a soar bem perto; felizmente tomaram outra direção.

— Simbora! Eles tão procurando a gente — disse Dinho.

— Como a gente vai carregar a cunhantaim? — quis saber Isaías, pois não tinham sequer uma rede.

— A gente faz uma cama de vara — sugeriu Quelé, que, depois de beber água e comer piracuí, recobrara o ânimo.

E assim, depois de acomodarem a enferma na cama de varas, começaram a difícil marcha rumo ao Nambu, iluminados pela luz fosca de uma tocha de breu.

No Tempo do Nunca Mais

Andaram tanto e tão desesperadamente que chegaram à vila juntos com o sol nascente. O que antes fora uma fileira humilde mas ordenada de casas de palha, surgia agora diante dos olhos estarrecidos dos tapuios como uma carreira de escombros. Um ou outro tapiri ainda fumegava; nenhum deles escapou da sanha destruidora de Estefano; nem mesmo a capela que padre Alfredo cuidava com tanto zelo foi poupada. Apenas a escola resistira ao fogo: embora as paredes e a cobertura de palha tenham sido consumidas, esteios e caibros continuavam de pé, apenas chamuscados, dando ao barracão a aparência grotesca de um enorme esqueleto de anta. O que teria acontecido com o povo? Era o que todos gostariam de saber. Mas Diana, a única pessoa que talvez soubesse de alguma coisa, há horas não articulava uma só palavra, parecendo mesmo mergulhada em "águas profundas", como dissera o velho Isaías.

— Dinho, tu e o velho cuidam da cunhantaim e nós vamos procurar o povo — disse Clementino, depois de concluir que o povo deixara a vila antes de Estefano chegar, pois não avistara no meio dos escombros nada que o fizesse pensar que tinham sido pegos de surpresa.

E assim fizeram.

Quelé e seus irmãos enveredaram pelas trilhas da mata. Dinho e o velho Isaías acomodaram Diana debaixo de uma frondosa árvore, na beira do rio. Enquanto o velho tentava acender uma pequena fogueira com o resto da tocha de breu, Dinho rasgou um pedaço do vestido da cunhantaim, embebeu-o na água do rio e, carinhosamente, limpou o rosto dela. O queixo da moça tremeu.

— Ela tá com muito frio — disse o velho. — Passou a noite toda dentro d'água.

Dinho continuou limpando o rosto da amiga, sem dar importância ao que o velho falou — velho biruta! Mas a cunhantaim parecia mesmo sentir muito frio; tremia. Já não era Diana, filha de Lazinha, mas Erem, filha de Acutipuru, uma mulher-homem que paria crianças fêmeas, bonitas como as estrelas do céu, e, quando emprenhava as mulheres, estas pariam crianças machos bonitos como o Sol. Um dia Uaiú, o tuxaua, quis se faceirar com Erem, sua própria filha com Acutipuru. Erem não quis fazer o desejo de seu pai e fugiu, ninguém soube para onde. Zangado, Uaiú mandou os seus guerreiros procurarem Erem, dizendo: "Dou-vos uma lua para trazerem Erem viva".

Erem tinha fugido rio acima. Quando chegou às cabeceiras do Nambu, ouviu ao longe uma flauta de som tão doce que ela ficou logo de coração alegre. Durante todo o dia guiou-se pelo som da flauta, mas, quando parecia bem perto, ouviu barulho de gente, como que brigando. Pensando que lá estivessem seus inimigos, Erem escondeu-se dentro do rio, com água até bem no peito. Aí ficou toda a noite espiando. Sentia muito frio, o queixo tremia. Quando o dia vinha se enfaceirando pelas raízes do céu, ela saiu para terra à procura de um buraco entre as pedras onde pudesse se ocultar. Um moço, que estava na outra margem do rio, viu quando ela se ocultava. O moço, nadando, atravessou o rio; quando chegou onde estava Erem, perguntou: "Moça bonita, és tu a mãe deste rio de onde sais, ou és gente como eu sou?". Erem respondeu: "Eu sou verdadeira gente como tu; fugi dos meus inimigos, que tão vindo atrás de mim". Então o rapaz quis saber quem eram os inimigos dela. "A gente do meu pai, que me quer para sua amásia", respondeu ela. Então o moço perguntou: "Queres casar comigo?". Voltando por um instante a ser Diana, a moça alegrou-se. "Oh! Como sou feliz. Ele quer casar-se comigo!", pensou ela, exultante. Mas, em vez de dizer logo o sim, falou: "Somente daqui a pouco eu te darei sim. Antes me dize de onde chegas, por que tás passando por estas bandas?". O moço respondeu que ele era Cancelri, chefe de gente valente. "Com a minha gente transpus um rio maior do que o céu. Ai de quem é meu inimigo! Eu mesmo vou procurar meus inimigos para brigar. Eu também sou um valentão. Agora que sabes que gente eu sou, queres casar comigo?". Ouvindo o moço falar assim, Diana se entristeceu. "Por que ele mente pra mim? Por que não diz que é o Eduardo? Não precisa me impressionar; sei que ele é valente, mas não é um valentão".

— Tá bem, eu caso contigo — disse por fim Erem, também sem dizer que era Diana.

— Como queres que seja?

— Pra gente ficar juntos por todo o tempo, como o Sol bem quer.

— Somente? Não me pedes que eu não fique zangado contra teu pai e a gente dele?

— Não. Eu te peço para fugirmos logo daqui, se não queremos morrer todos na ponta das flechas dos guerreiros de meu pai.

Cancelri riu-se, e disse:

— Pensas que a minha gente, do outro lado do Grande Rio, que não fugiu dos raios do céu, vai agora fugir dos moradores desta terra? Não esperas que eu mostre as costas ao inimigo somente porque tu dizes que ele é valente. Eu não quero que tu tenhas medo. Pois eu só caso contigo depois de pôr à prova a valentia da gente do teu pai. Quero que o teu coração se alegre; quero que tu possas dizer: "Eu sou mulher de gente valente. Meu marido não é mãe do medo". Agora vamos aonde está a minha gente. Amanhã, antes do sol alumiar a terra, quero ir procurar a gente do teu pai para provar a sua valentia.

E assim, atravessando o rio, Cancelri levou Erem para junto de sua gente.

— Ela parou de tremer; parece que tá mais quente — disse o velho Isaías, que, depois de ter procurado umas folhas de fumo, improvisava um cigarro de tauari.

— Será que ela vai morrer? — perguntou Dinho, com voz pesarosa.

— Não sei — disse o velho. — Ela tá agora muito longe, do outro lado do Grande Rio, tá em paz e tranquila, protegida por valentes guerreiros, mas logo vai haver grande luta.

— Faz alguma coisa por ela, velho! Não deixa ela morrer — implorou o rapaz.

Pelo resto do dia e durante toda a noite, Dinho e Isaías ouviram o troar longínquo dos tiros repercutindo pela mata. O que teria acontecido com o povo? Por que Clementino não voltava?

De manhã, antes do sol alumiar a terra, Cancelri atravessou de novo o rio, no meio da sua gente. Os guerreiros de Uaiú pediram ao pajé para sondar aonde estava Erem. O pajé cheirou o carajuru, fumou o tauari, assoprou para fazer fugir os Maiuas malignos, depois exclamou: "Aí está Erem! Vejo Erem na cabeceira do Nambu, no meio de outra gente. A valentia desta gente dança diante dos meus olhos. Se queremos morrer pelas suas flechas, vamos lá. Antes d'eu cair, matarei Erem". Os guerreiros de Uaiú disseram: "Nosso chefe nunca fugiu diante do inimigo. Os cabelos dos nossos inimigos estão pendurados nos nossos moquéns. Morram todos e tire-se Erem desta gente, para que não venha a ser mulher de estrangeiro".

O sol já estava para se esconder quando as duas bandas inimigas encontraram-se. Cancelri virou-se para Erem, dizendo:

"Eis os guerreiros do teu pai, agora vou saber quem é mais valente". E arremeteu contra os inimigos com os seus guerreiros. Começou a peleja.

Erem viu o pajé arrodear pelas costas dos combatentes, vindo direto em sua direção. Tomada por grande pavor, a moça arregalou os olhos.

— Fica calma, Diana, é o sacaca Isaías que tá aqui; ele vai te curar — disse Dinho, segurando a mãozinha fria da cunhantaim.

Mas já era tarde. O desalmado pajé, tendo chegado perto de Erem, desferira a sua flecha traiçoeira, acertando-lhe na cabeça. Vendo que os olhos da cunhantaim fecharam-se e o seu pequeno corpo distendera-se, Dinho tomou-a nos braços e pôs-se a correr como um possesso por entre os escombros dos tapiris. Como era doce sentir-se nos braços de Eduardo! Pena que fosse só agora, que ela estava morrendo. Por que tinha de ser assim? Por que ela não vivera para ser feliz? Os espíritos não morrem, é verdade, mas de que adiantava a imortalidade, se ela nunca mais ia ser Diana, e ele jamais seria Eduardo? Mas, assim como a eternidade é curta para quem ama, a espera não é pesada para quem sofre. Diana, que viveu uma longa espera, morreu feliz. No lusco-fusco entre a vida e a morte, enxergou o futuro e sorriu, pois, ainda que derrubassem toda a floresta, ainda que matassem todos os animais e escravizassem os tapuios, a esperança haveria de sobreviver no coração dos que sofrem.

Contam que Cancelri, ao ver a morte de Erem, gritou para os seus guerreiros: "Vamos acabar já com esta gente má, que não sabe combater como homem. Sujam as suas flechas no sangue de mulher". E, transtornado pela dor, pegou o corpo morto de Erem para sair com ele da peleja. Não tinha porém ido longe e o pajé, que o vigiava, flechou contra ele. A flecha acertou na cabeça de Cancelri, que logo morreu. Então o pajé carregou o corpo de Erem e afastou-se do campo de batalha. Contam que o pajé deixou cair o corpo de Erem no chão e aí mesmo o seu corpo virou um pequeno lago, onde, no tempo do nunca mais, peixes invisíveis e curumins encantados viriam se banhar.

O Balé e a Procissão

Desde a remota tarde do ano de 1542 — quando o espanhol Francisco de Orellana, primeiro europeu a descer o Amazonas, deparou-se com a boca de águas verde-negras do hoje Tapajós, e teve de enfrentar os bravos *tupaius*, senhores do lugar, que, com flecha e borduna, por terra e água, arremeteram contra os intrusos com furor e alarido —, que a bela enseada, onde hoje se assenta Santa Irene, não presenciava tamanha agitação. Os mesmos tapuios, embora um pouco tisnados de branco; as mesmas pirogas feitas de um só tronco trançando daqui pra lá e de lá pra cá agitadamente, de forma que, não fosse pela chita ordinária que os tapuios agora usam e pela ausência das temíveis flechas e bordunas, poder-se-ia jurar que o tempo não havia passado.

Fazia um dia bonito, o sol rutilava sobre as águas do rio, e nenhuma nuvem, nenhum nimbo passava entre a terra e o céu, como se Deus tivesse mandado São Pedro fechar as torneiras celestes.

— Hoje vai esquentar.

— Vai pegar fogo.

— Nem toda a água do Tapajós será capaz de apagar.

Mas não era sobre as condições meteorológicas, ou sobre as queimadas que ultimamente consumiam a floresta, que Cândido Ambrósio, Estefano Alves Barbosa e Mr. Robin Kollie conversavam, à proa do "Santo Ambrósio", o belo barco do prefeito que, dali a pouco, com uma seleta comitiva de convidados — comerciantes, fazendeiros, políticos e outras personalidades — zarparia para o Maró, onde, depois de três anos de árduo trabalho, finalmente seria inaugurada a usina.

— Em que pé chegamos! — exclamou Cândido Ambrósio, apontando para o "Coração de Jesus", o barco da diocese, que, também dali a pouco, conduziria São Pedro, o padroeiro dos pescadores, na procissão de barcos que em todo 29 de junho se fazia em homenagem ao Santo. — Antigamente, no tempo dos nossos bisavós, tudo era mais fácil. Um homem de bem, com imaginação e coragem, podia progredir tranquilamente, sem dar satisfação a ninguém. Francisco de Orellana, com apenas 49 homens e alguns arcabuzes, desceu o Amazonas saqueando e pilhando tudo o que encontrava pela frente. Pedro Teixeira não fez diferente. Bento Maciel foi mais longe: cercou os *tupaius*, pilhou suas malocas e se apossou das mulheres e cunhantains. E um religioso ia junto, benzendo a tropa. Tudo dentro da lei e da ordem. Hoje a coisa é diferente, Deus e a lei estão contra o homem de bem. Deus, não! — que Deus me livre de uma blasfêmia. Os padrecos é que estão contra nós; lobos na pele de cordeiro, vermelhos, comunistas!

— Tens razão, Cândido — apoiou Estefano. — Não se pode mais contar com a Igreja. D. Romualdo não me engana! Mandou padre Alfredo para outra diocese só pra distrair a nossa atenção. Pois ele próprio é um comunista, um atrasado, um demagogo que prefere bajular os pobres do que combater de verdade a pobreza. Pois, se ele quisesse mesmo acabar com a pobreza, iria conosco ao Maró.

— Não é por falta de convite que ele não vai; eu mesmo fui à diocese convidá-lo — disse Cândido Ambrósio.

— Igreja Católica ter raiva dinhero; ensinar povo gostar de pobreza; em meu país ser diferente; religion ensinar povo amar dólar, ter ambiçon — observou Mr. Robin Kollie, cofiando a barbicha *à la* Tio Sam.

Neste exato momento a procissão de São Pedro chegava à praia e, nos ombros dos fiéis, o Santo e o bispo foram galgados à prancha que conduzia ao festivo "Coração de Jesus", paramentado de bandeirolas.

— Enquanto Cristo carregou a sua cruz, D. Romualdo deixa-se carregar pelo povo. É disso que os padrecos gostam! — ironizou Estefano.

— Na verdade os padres não têm tanta culpa, pois o povo, embora não goste de trabalhar, adora ser besta-de-carga — disse Cândido Ambrósio.

— Como assim, Mr. Amborrósio? — interessou-se Mr. Kollie.

— Eu explico: chame um tapuio desses e lhe ofereça um trabalho decente, com carteira assinada, comida, moradia, e todos os direitos, ele não vai querer; então você insiste, traz o tapuio à força, faz o vadio trabalhar, ensina-lhe modos de gente civilizada, o que acontece? Um Deus que nos acuda! Você é acusado de impor trabalho escravo, de não respeitar os direitos do cidadão e pode até ser preso! E o tapuio volta à vadiagem. Mas aí chega um padreco, ou outro espertalhão qualquer, e diz ao tapuio que ele, como cidadão, tem muitos direitos, inclusive o de não querer trabalhar; sabem o que acontece? O tapuio se toca no mato, caça, pesca, faz a roça, e no fim entrega tudo ao espertinho que defendeu a vadiagem! Entendeu, Mr. Kollie?

— Pensar que sim, Mr. Amborrósio.

— Nefasta herança dos índios, pois a maioria do povo da Amazônia descende dessa raça — explicou Ambrósio.

— Bem fez meu país, que matar quase todos logo no começo — concluiu Mr. Kollie.

— Não chego a tanto, Mr. Kollie. Se os portugueses que aqui chegaram tivessem matado todos os índios, evidentemente que hoje não haveria tapuios, mas também não teria outra coisa, pois só os índios conheciam os mistérios da floresta e resistiam ao clima e às moléstias. Eles que plantaram, que colheram, que coletaram ervas e especiarias e forneceram fêmeas aos portugueses. Mas isso já vai fazer quinhentos anos. É hora dos tapuios aprenderem a ser gente!

— Tu acreditas mesmo nisso, Cândido? — perguntou Estefano.

— No quê?

— Que os caboclos virem gente civilizada?

— É difícil, mas não impossível.

— Pois eu acho impossível! — sentenciou Estefano. — A menos que o governo feche a Igreja e acabe com essa história de direitos humanos.

— Assim seria mesmo impossível, Estefano; se depender do governo, vamos morrer esperando. Nós, que produzimos a riqueza do país, é que devemos fazer as mudanças; inclusive mudar esse governo, que, embora diga estar do nosso lado, permite que se fale em direitos, democracia... essas besteiras que só levam um país à baderna e ao atraso. Vejam o caso do Julião: foi pego levando armas aos tapuios do Nambu. Saiu da cadeia nos braços dos peões e hoje é deputado de oposição. E tem o topete de nos desafiar.

— Falar nisso, acho que vamos ter companhia — disse Estefano, apontando para "O Democrata", o lindo barco branco no qual o deputado Julião Aires e uma chusma de correligionários entrincheiraram-se, decididos a deslustrarem as festividades de inauguração da usina.

— Eu não disse? É nisso que dá a merda da democracia! Um patife como o Julião usa o povo para se promover! Fala em fraternidade e igualdade, e o povo acredita! Se pelo menos fosse um liberal, mas se diz socialista! Pois devia começar logo o socialismo nas fazendas dele! — perorou Cândido Ambrósio, que, no fundo, sentia mesmo era uma tremenda dor de corno, embora o caso entre Julião e Maria Clara houvesse acabado.

— Graças a Deus que minha filha não quis mais saber dele — disse Estefano.

— Pena que continua no mesmo Partido — arrematou Cândido Ambrósio, para quem deveria existir apenas um Partido, o da situação.

— Mr. Estefano non deve entristecer; jovem ser mesmo rebelde; mas seu filha madurecer — consolou Mr. Robin Kollie.

Uma hora depois, os barcos — grandes, médios e pequenos — zarparam, apinhados de gente. Uma trovoada de fogos de artifício marcou o início da grande procissão. Os pescadores mais humildes, que não conseguiram lugar nos barcos maiores, teimavam em acompanhar a procissão em suas próprias canoas, mas logo se viam vencidos na vertiginosa porfia, e ficavam para trás — pois os barcos chegavam a abalroar-se perigosamente na azáfama de se postarem o mais perto possível do "Coração de Jesus", que, como um grande andor flutuante, tinha o invejável privilégio de conduzir o Santo e o bispo.

Com um olho no Santo e o outro no movimento dos barcos, D. Romualdo chegou a pensar que a inauguração da usina do Maró, marcada inoportunamente para o dia de São Pedro, fora adiada, pois tanto o "Santo Ambrósio" quanto "O Democrata" também engrossavam o volumoso cortejo. Mas enganara-se. Os dois barcos, assim que a procissão alcançou a ponta da Vera Cruz e começou a dar meia-volta, desgarraram-se do séquito e, um ao lado do outro, a todo vapor, puseram-se ao largo, emproando ambos para os rumos da boca do Maró. "O Democrata", menor e mais ágil com seu possante motor MWM de 150 cavalos, perseguiu o acuado "Santo Ambrósio" durante um bom tempo, volteando em torno dele numa coreografia hostil.

— Patife! Eu te furo os cascos! — esbravejava Cândido Ambrósio, lamentando que o seu Taurus calibre 38 não fosse um canhão.

Os dois barcos já iam bem longe quando o balé provocador se encerrou e "O Democrata" retornou para Santa Irene, a tempo de ainda se incorporar à procissão.

A Realidade e o Sonho

Embora recolhidos a celas diferentes, Dora e Julião nunca estiveram com os corações mais unidos. Dois dias depois, os dois pombinhos foram soltos da prisão pela enérgica interferência do bispo D. Romualdo e de alguns políticos da oposição, e atravessaram a cidade de mãos dadas, transfigurados em heróis, sob os apupos de uma chusma de militantes arregimentados por Zé Fileto, líder dos trabalhadores rurais. Meses depois, com o voto dos movimentos populares, Julião elegeu-se deputado. Voltara a ser para Dora o jovem idealista, solidário e intrépido que arrostava os *gorilas da ditadura* de peito aberto. Os dois nunca estiveram tão felizes. Mas, como "tudo que é bom dura pouco", a harmonia daquele casamento, que parecia capaz de perdurar pela eternidade, desfez-se no dia em que o José Ambrósio, despeitado com tanta felicidade, contou para Dora a verdade sobre o caso das armas. De início, ela não queria crer no pérfido José Ambrósio, mas, aos poucos, ao rememorar tudo o que se passara, acabou convencida da participação vil e insidiosa do marido. O herói, assim, de uma hora para outra, virou bandido. Reminiscências terríveis, que ela julgara para sempre esquecidas, saltaram das trevas para lhe atormentar. Lembrou-se da tarde já remota em que imaginou ter visto Julião dentro da viatura policial, depois de terem fugido da polícia. Voltou-lhe a antiga suspeita, na verdade já agora uma certeza. Mas ela não se precipitaria. Nada faria de que depois se arrependesse. Sim, antes de tomar qualquer decisão, ela certamente teria conversado com o marido, se, justamente no dia em que se preparava para tocar no incômodo assunto, não o tivesse flagrado com Maria Clara em sua própria casa, no leito conjugal. Foi a gota d'água. Nada mais quis esclarecer. Pediu o divórcio ao marido de um modo tão peremptório que ele nem teve ânimo para dizer não. Temendo que o *"estrepitus fori"* fizesse um estrago ainda maior do que já tinha feito a maledicência popular, ele próprio, bacharel em Direito, preparou a petição, partilhando amigavelmente os bens entre os dois, embora a mulher, com o orgulho ferido, nada tenha reivindicado.

Um mês depois, triste e desiludida, Dora deixou Santa Irene e foi instalar-se numa das fazendas que lhe tocaram na partilha, localizada no sítio do Tapará. Nos primeiros dias, procurou abafar o seu sofrimento lançando-se ao trabalho. Era a primeira a levantar-se e a última a se deitar, tudo querendo aprender e em tudo participando, conquistando imediatamente a simpatia e a benquerença de seus empregados. Exaurida pela lida do dia, mal punha as costas na rede caía num sono de pedra, mas não se iludia: sabia muito bem que a ferida do seu coração não sarara. Pois, ela que descobrira o amor pela humanidade amando Julião, agora tinha o coração ferido e já não cria mais em nada. Procurava não ver a miséria daqueles que a serviam: os piolhos atazanando o couro cabeludo das cunhantains, os bichos-de-pé infernizando a vida dos homens e dos pirralhos, os dentes podres desgraçando de dor a vida dos miseráveis, as mulheres que mal terminavam de parir e já estavam de novo barrigudas, o analfabetismo, a ignorância. Mas não tinha como deixar de ver. Mesmo se fechasse os olhos, o urro do gado na hora da ferração fazia-lhe lembrar o sofrimento do povo. "E eu com isso? De quê adiantou eu querer salvar o mundo?", perguntava-se a si mesma a moça, procurando inutilmente afastar as preocupações que a consumiam.

Certa noite, embora cansada, não conseguiu dormir. Depois de muito remexer-se na rede, resolveu pegar um ar no terreiro.

Afastou-se na ponta dos pés, a fim de não acordar Matilde, velha cabocla que chamara para sua companhia. Na noite escura, podia-se ver apenas o estrado de achas de paxiúba que levava ao porto, refletindo a luz débil das estrelas. Como que atraída por uma força estranha, a moça, de camisola e descalça, os cabelos ruivos pintando de ouro a escuridão, pegou o caminho do rio. De pé no pequeno trapiche, ficou muito tempo olhando o reflexo das estrelas no espelho das águas do Grande Rio. Um vento faceiro vagava pela noite farfalhando-se nos mururés da margem e nas folhas das palmeiras. Enquanto os sapos coaxavam em seu incansável labor, enquanto as sucurijus gigantes deslizavam pelos aningais, homens e mulheres dormiam em suas redes; e os que àquela hora se encontravam acordados, em afagos e gemidos de amor, não ousavam enfrentar a noite selvagem e misteriosa da beira do Amazonas. E ali, só ela e Deus, os pensamentos da moça vagaram junto com o vento, cruzando lagos, atravessando florestas, deslizando sobre vastos capinzais, infiltrando-se por igapós escuros, onde os espíritos que habitam o fundo das águas toda noite vêm conversar. Quando regressou desse longo voo, Dora estava arrepiada. Sentia-se pequena e insignificante diante da força misteriosa daquela imensidão. Olhando novamente para o espelho das águas, onde as estrelas, vaidosas de sua beleza, vinham mirar-se, a moça foi tomada por grande tristeza: tudo aquilo um dia acabaria, as matas seriam derrubadas e em seu lugar se ergueriam as grandes cidades de concreto e asfalto; os rios seriam represados ou canalizados e a água cristalina cederia lugar ao líquido pútrido dos detritos industriais; não haveria mais índios nus soltos pela mata, nem heróis, nem pajés, nem lendas; Curupira e Anhangá, sem floresta onde morar, mendigariam pelas ruas das grandes cidades, e ninguém os reconheceria; os pais já não falariam deles aos seus filhos e estes achariam ridículas as velhas histórias; novos heróis surgiriam, inteligentes, brancos, bonitos, de ferro e aço; e, por fim, quando tudo isso deixasse de existir, os tapuios, descendentes de livres e indolentes guerreiros, teriam esquecido a sua origem e também desapareceriam, surgindo em seu lugar operários disciplinados, cidadãos conscientes de seus direitos, ordeiros e civilizados, que de bom grado trocariam a liberdade por um trabalho. Então para quê lutar, se tudo isso haveria fatalmente de acontecer? Mas, e se ela estivesse enganada? Olhando para o rio até onde a vista alcançava, Dora ouviu uma voz dentro dela pedindo um sinal, alguma coisa que lhe desse a certeza de que ela estava errada. Olhou em seguida para o céu e imaginou que um dia todas as estrelas foram gente. Tornou a olhar para o rio e de repente julgou ter avistado algo. Seu coração bateu forte, um arrepio percorreu-lhe todo o corpo. De longe, muito longe, no rastro de uma estrela, um vulto se aproximava. Demorou um pouco para a moça distinguir o que era. Um homem vinha remando sobre a linha d'água, sem canoa! Parecia vir no rumo do porto, mas de repente parou. Em vez de medo, a moça conteve a custo o estranho desejo de jogar-se nas águas. Seria algum pescador? Ou seria o sinal que pedira? Por que o homem não se aproximava? Depois de um longo tempo, o vulto de homem, como que remando com os próprios braços, deslizou rio abaixo, até desaparecer por completo. Ao dar as costas para o rio e voltar para a sua rede, Dora tomara a sua decisão: mandaria construir uma escola e ela mesma seria a professora.

Na manhã seguinte, o caboclo Filomeno jurava ter visto, quando voltava altas horas da pescaria, uma mulher vestida toda de branco, cabelos de fogo, no porto da fazenda. Se alguém pensou em Dora, ninguém ousou perguntar-lhe; nem ela informou de sua vigília noturna. "É a Iara!", disseram todos. A partir daquele dia o porto ganhou fama de mal-assombrado; mesmo assim havia sempre um tapuio de coragem para espionar a Mãe-d'água, embora disso resultasse a loucura. Pois "era linda como a Lua nas noites mais claras; seus cabelos tinham a cor das flores do pau d'arco e o brilho do Sol; suas faces tiravam o rosado das penas da colhereira e das flores da sapucaia", repetiam todos os que a viam. E, conforme constava da lenda, muitos a ouviram cantar, e "os passarinhos que mais cantavam não cantavam como ela".

— Foge, foge daquele lugar maldito! Foge, meu filho! Tu viste a Iara! O seu canto é a agonia! — diziam as mães a seus filhos.

— Mãe, ela olhou para mim, ó mãe, e estendeu-me os braços — respondiam os rapazes.

— Nunca mais olha pra ela, filho! De dentro dos olhos verdes da Iara te espia a morte! — imploravam as mães. Mas eles não as obedeciam.

Dora mandara construírem a escola na extrema de suas terras, já perto de uma vila de pescadores chamada Aritapera; talvez assim o povo da vila se animasse a vir estudar. A moça acompanhava todos os passos da construção, fazendo questão de pegar no pesado. Mesmo assim, à noite, ainda encontrava ânimo para deixar a rede na ponta dos pés e ir até o porto, onde gostava de se divertir vendo os tapuios — os poucos que se atreviam — de longe, protegidos pelo manto da noite, observando-a. Por vezes, tomada pelo espírito traquinas dos adolescentes, erguia o braço, fazia mesuras, afugentando os seus medrosos admiradores. Um deles, porém, chamou-lhe a atenção. Aproximava-se mais que os outros e jamais ia embora, fizesse ela o que fizesse. "Quem será este tapuio que não tem medo?", indagava-se Dora a si mesma, cada vez mais curiosa. Uma noite, ergueu os braços em sua direção e chamou-o com a voz suave das Iaras. Ele aproximou-se mais um pouco e parou, ficando muito tempo imóvel, a observá-la. A Lua crescente, que se levantara das águas profundas do rio, iluminava-lhe as costas, desenhando-lhe a silhueta do corpo e do rosto. Jovem e formoso era o seu admirador! — adivinhou ela. Mas quem seria? "Já que ele não vai embora, eu espero o dia nascer. Então verei o seu rosto", pensou ela. Mas, quando a Lua no meio do céu ia ficando pálida e o primeiro clarão da alvorada doirava o firmamento e as águas, e o coaxar dos sapos já ia cedendo lugar ao canto da passarada, o intrépido admirador pôs-se a remar e foi-se no rumo da vila do Aritapera.

— Ah, então ele é de lá! — concluiu Dora, voltando à sua rede, antes que a Matilde acordasse.

Mas, por mais que precisasse, não conseguiu mais dormir. Antes que o sol saísse, já estava de pé, e foi a primeira a chegar à escola. Em cada homem que chegava para trabalhar, a moça, com uma ansiedade que não conseguia controlar, procurava reconhecer o seu admirador. Mas, não. Nenhum deles era ele. Nenhum tinha o porte formoso e o inesquecível traçado do rosto. Aos que moravam no Aritapera e vieram ajudar, ela perguntou se ficaram homens na vila.

— Uns cinco, D. Dora — responderam eles. — Foram com o chefe da comunidade ao roçado.

— Como é o nome do *chefe*? — tornou Dora, como quem não quer nada.

— Florindo — informou um deles.

— Ele não quis vir?

— Não. Quase não sai da vila, mas sempre diz pro pessoal vir ajudar a senhora.

Dora quase perguntou como era ele, mas se conteve.

Naquele dia, a escola ficou pronta. À noite, como de costume, Dora saiu sorrateiramente da rede e foi até o porto, mas o curioso admirador não apareceu. No dia seguinte, a pretexto de convidar o povo do Aritapera a frequentar as aulas, Dora, acompanhada pela velha Matilde e por mais dois empregados, foi de canoa até à vila e teve de enfrentar uma estrambólica recepção: patos, marrecas e galinhas deram as primeiras boas-vindas, rodeando os recém-chegados num alarido infernal. Ao galgarem o barranco do porto, os cachorros da vila, grandes e pequenos, gordos e magros, latindo e ganindo, vieram cercá-los, exigindo a pronta intervenção das mulheres, primeiro as mais velhas, depois as cunhantains, e, por último, as cunhãzinhas e os curumins, cada um com o seu xerimbabo, um verdadeiro zoológico: periquitos, papagaios, macaquinhos-prego, um pequeno cervo, e até um porquinho queixada.

— A Dona desculpe, mas os home não tão em casa; tão terminando um roçado — informou a cabocla Gerusa, pés no chão, um filho no colo e outro no bucho. — Corre, Maneco! Avisa os home que a professora tá aqui! — gritou ela. O curumim esquipou.

— Não se preocupe, D. Gerusa, ainda é cedo e a gente não tem pressa — disse Dora.

Os curumins, no começo tímidos e arredios, aos poucos foram se soltando e, quando os homens chegaram, já estavam tão atrevidos que Dora se arrependera de ter-lhes dado trela.

— Os home tão vindo! Os home tão vindo! — anunciou Maneco, varando no terreiro da vila.

Descalços, suados e seminus, os homens foram chegando. De um a um, num gesto tímido, cumprimentavam a professora e davam um jeitinho de se esconderem; só os mais confiantes ficavam. Dora, que já conhecia quase todos, ia ficando impaciente, pois os homens pararam de chegar e o tal "chefe" da comunidade não aparecia. Já estava para perguntar por ele, quando um homem ainda jovem, de estatura acima da média, e um corpo que ela imediatamente reconheceu, surgiu à sua frente.

— Boa tarde, professora; desculpe a gente pela demora — disse ele, sem tirar os olhos de sua interlocutora.

Era o seu admirador, agora ela tinha certeza. O chapéu de palha e a barba por fazer escondiam um pouco o seu rosto. Mas era ele, não havia dúvida. Dora teve a estranha sensação de que já o conhecia de algum lugar. Mas, não. Não podia ser. Talvez fosse porque nos últimos dias pensara muito nele.

Embora fosse ainda muito jovem, o rapaz parecia exercer grande influência sobre os moradores da vila, que o chamavam de senhor. Como os demais homens, apenas um minúsculo calção remendado cobria-lhe as vergonhas. Gotas de suor ainda lhe escorriam pelo corpo. Nascidas na cabeça e no peito, elas desciam pelo abdômen e desapareciam nas regiões secretas do púbis, debaixo do calção, reaparecendo nas pernas, terminando por formarem gotículas na poeira do chão. Respeitando o embaraço do rapaz, Dora evitou encará-lo, contente por estar diante de um homem forte mas sensível. Conversaram sobre o tempo, a chuva, a roça, a pesca e a escola, e Dora deixou a vila levando a promessa de que pelo menos as cunhantains e os curumins frequentariam as aulas. Toda a vila, incluindo a bicharada, seguiu o líder Florindo até à ribanceira, onde se despediram alegremente das visitas.

— Vão com cuidado! — gritou Florindo aos dois remadores.

Quando a canoa já ia longe do porto, Dora perguntou à sua companheira o que sabia sobre ele.

— Quem? O seu Florindo? Muito pouco — respondeu Matilde. — Dizem que um dia ele apareceu de canoa, vindo não se sabe de onde. No começo o pessoal estranhou. Alguns não queriam que ele ficasse, mas acabou ficando e logo ficou amigo de todo mundo. Hoje não se faz nada no Aritapera sem ouvir o rapaz.

— E ele não tem parentes? Não é casado? — tornou Dora, dando um tom à toa às palavras.

— Que eu saiba, não — respondeu Matilde. — Tirando o pessoal do *movimento,* ninguém vem atrás dele. E também não tem mulher. Elas bem que se arreganham pra ele, pois duvido que haja rapaz mais bonito em toda essa beira de rio, mas ele nunca se amarrou em nenhuma.

— Movimento?

— Então a senhora não sabe? — perguntou Matilde, admirada. — Quase em todo lugar tem alguém do *movimento*.

— Desculpa minha ignorância, Matilde, mas o que o *movimento* faz?

— Ensina algumas coisas pra gente, como plantar melhor o feijão, a mandioca, a juta... como fazer um curativo, como evitar que as crianças fiquem barrigudas, como a mulher não pegar filho, e outras coisas, tudo besteira.

— Por que besteira? Parecem coisas boas — retrucou Dora.

— A senhora que é moça estudada me responda: a gente sempre viveu aqui, sempre fez dessas coisas, é só o que a gente sabe, então não precisa ensinar isso pra gente. A gente precisa é do que não tem.

— E o que não tem? — perguntou Dora.

— A primeira coisa é remédio da cidade, pois só chá não mata lombriga, não sara ferida; e depois precisa de uma professora como a senhora, que ensine os curumins a ler e escrever. E isso o pessoal do movimento não traz. Remédio dizem que é muito caro, e a gente do movimento é pobre; e quem sabe ler e escrever fica na cidade, não quer vir pra esse cu de mundo; também quando vem, não adianta nada.

— Espera aí, Matilde, não entendi — disse Dora. — Disseste que falta professora, mas agora dizes que não adianta...

— Dona Dora perdoe a ignorância da cabocla velha — respondeu Matilde. — Eu lhe explico: no Aritapera já teve uma escola, mas não deu certo.

— E por quê?

— Em vez da professora ensinar a ler e escrever, ficava contando histórias de índio pros curumins; dizia pra eles não ter vergonha de ser caboclo; falava que o povo da cidade é preguiçoso e só come porque a gente do interior planta. Os pais acharam que era perda de tempo e tiraram os filhos da escola, pois os moleques tavam ficando mais peraltas e mais burros; e a professorinha foi simbora. Mas parece que o povo tá de novo animado com a escola.

— Espero que não se decepcionem — disse Dora.

À noite, desceu para o porto. Não demorou para ver Florindo chegando devagarinho em sua canoa, tão pequena e tão rés que até parecia sentado dentro d'água. Como das outras vezes, ficaram longo tempo se olhando, até que, antes que a aurora revelasse o seu rosto, ele foi embora.

As aulas começaram no dia seguinte. O barracão da escola mostrou-se pequeno para tanta gente, pois os pais das crianças também vieram. Há muito Dora não se sentia tão contente, ainda mais que o seu admirador secreto estava presente.

— Agradecemos à Dona Dora pela escola que mandou construir; as nossas crianças tavam mesmo precisadas. Se todo fazendeiro construísse uma escola dentro de suas fazendas, não tinha analfabeto no nosso país — discursou Florindo, em nome dos moradores da vila do Aritapera.

Quase todos os pais saíram antes da aula terminar, mas Florindo ficou até o fim. Vendo-o sentado a um canto, atento ao que ela falava e aos seus movimentos, era impossível não se lembrar de Gedeão, o aluno mais dedicado que já tivera. "Ele morreu", lembrou-se ela.

Toda noite que a moça ia espiar o rio, o admirador lá estava, mas nunca se aproximava. De vez em quando Florindo vinha assistir às aulas. Num desses dias, não resistindo à vontade que a consumia, Dora perguntou-lhe se também acreditava no que os homens contavam.

— A professora fala da Iara?

— Sim. Tu acreditas?

— Como não acreditar? Eu mesmo já vi uma — respondeu o rapaz, olhando para Dora.

— Essa que dizem aparecer no meu porto? — perguntou a moça.

— Não, a que vi faz muito tempo; era tão linda que eu quase fico louco.

— E a Iara que o pessoal diz que vê? Já viste? — insistiu ela.

— É a mesma — disse ele, atento às reações da moça.

— Como sabes? — balbuciou ela.

— Porque um homem enxerga só uma Iara na vida, aquela que roubou o seu coração — respondeu o rapaz.

Os dois ficaram em silêncio. Nem o alarido das crianças atrapalhava os seus pensamentos.

— Vou te contar uma coisa que eu não contaria a ninguém — disse Dora, corando.

— Pode dizer, tô escutando.

— Sabe, quase toda noite saio da rede e vou ao porto e tem sempre lá, sentado no rio, um moço.

— Como ele é?

— Não dá pra ver o seu rosto, pois fica sempre de costas pra Lua ou pras estrelas, mas sei que é muito bonito. Será que eu vejo mesmo ou estou ficando louca?

— Pode estar vendo ou ficando louca, às vezes dá no mesmo.

— Não te entendo.

— Talvez seja um homem, talvez um boto, às vezes é a mesma coisa. O homem que a senhora vê no porto não se parece com uma pessoa que já viu?

Dora, sem querer, pensou em Gedeão.

— Parece — respondeu ela, depois de um instante.

— Pois então, pode ser a mesma pessoa — disse o rapaz, timidamente.

Novo silêncio.

— Esta noite eu vou ao porto; se eu chamar ele, será que ele vem? — tornou ela.

— Acho que não.

— Mas por quê?

— Tem medo que o dia que a senhora souber quem ele é não queira mais olhar pra ele.

— Besteira!

— Besteira não. Ele faz parte doutro mundo; se mostrar o rosto, perde o encanto e nunca mais consegue voltar pro fundo do rio, que é a casa dele.

— Tu acreditas mesmo nisso, não é?

— A gente tem que acreditar, por mais que não queira.

— Então por que os pais não querem que as crianças aprendam as velhas lendas? Pois estás sabendo que alguns pais tiraram os filhos da escola porque de vez em quando eu conto umas lendas?

— Tô sabendo. Eles acreditam nas antigas histórias, mas tão cansados delas, querem esquecer, pois acham que, enquanto ficarem presos a elas, vão continuar na miséria. O povo quer que os filhos aprendam a ler, escrever e saibam coisas novas. O povo tem raiva das lendas, porque fazem eles sonhar.

— Talvez eles estejam certos. Talvez saibam que um dia os rios, as matas, os lagos, os peixes, os animais, tudo isso vai acabar, e os filhos devem estar preparados pra esse novo tempo — disse Dora.

— Não! Eles tão errados, muito errados, é preciso acreditar nas lendas, nos sonhos! O dia que a gente deixar de crer, já não vamos mais ser a gente! O que é verdade? O que é sonho? Um sonho, se a gente sonha muito ele e quer muito que ele aconteça, acaba acontecendo de verdade.

Dora arrepiou-se com as palavras do rapaz. Pareciam sair do fundo de sua alma. Sentiu-se envergonhada. Um dia também crera que as coisas fossem assim. Mas já não estava tão convicta. Gostaria de crer novamente, mas parecia difícil. Sim, pensava Dora, talvez os pais estivessem certos. De que adiantava ensinar às crianças as crenças mágicas dos seus antepassados se o mundo ao qual elas pertenciam um dia deixaria de existir?

— Eu quero acreditar no que estás falando — disse ela, como se estivesse apenas pensando.

— A gente logo vê que uma pessoa como a senhora não pode viver sem sonhar — disse o rapaz, sorrindo. Por pouco Dora não cedeu ao impulso de abraçá-lo. Depois, quando a aula acabou e eles despediram-se, ficou olhando o rapaz embarcar na canoa e partir. Um monte de coisas boas ela sentiu e uma alegria nova a invadiu, pois acabara de descobrir que estava gostando daquele tapuio.

Semeando Sonhos

Naquela noite, à hora morta em que os espíritos das águas perambulam, Dora, a camisola branca, os braços levantados e na ponta dos pés, voltou ao porto. Ansiosa, procurou o seu admirador na lâmina polida e prateada do rio. Lá ele não estava. Então viu, refletido no espelho das águas, entre milhares de rostos menores, o rosto de uma grande estrela. Sentiu uma coisa estranha, o coração bateu forte, as mãos ficaram suadas. As estrelas um dia foram gente, pensou. Que belo rapaz não estaria olhando lá de cima para ela? Ergueu os olhos para o céu e ficou paralisada. Não conseguia tirar os olhos da grande estrela que brilhava bem à sua frente. Então já não era ela, mas Denaquê, a filha mais nova de um velho tuxaua, o qual, nas noites sem lua, costumava olhar as estrelas, enquanto contava histórias. Pensou em perguntar ao pai sobre a estrela, mas não teve tempo. A sua irmã mais velha, Imaerô, que em tudo chegava antes dela, perguntou primeiro:

— Pai, o que tá brilhando ali? Quero para mim.

O índio velho riu.

— É Tainacã, a estrela grande. Mas fica tão longe daqui que não pode ser de ninguém. Só se tu quiser muito, muito mesmo. Se ela te ouvir chamar, e quiser vir morar contigo, pode ser que teu desejo se realize.

Não podendo enfrentar a irmã mais velha, Denaquê guardou muito bem o seu sentimento, e o resto da noite não dormiu. Na escuridão da oca, só pensava em Tainacã. Que belo moço seria? Sabia que a irmã também estava acordada, pensando em Tainacã. E o seu coração se entristecia: "Se ele vier, não será para mim", lamentava-se a cunhã.

Eis que, no meio da noite, Denaquê ouviu alguém entrar na oca. E a voz de Imaerô, sua irmã, perguntar:

— Quem tá aí?

— Tainacã — respondeu uma voz.

Louca de alegria, Imaerô precipitou-se em direção à luz que brilhava no escuro. Chamou o pai e a irmã e acendeu o fogo para ver a cara da estrela. Mas ficou muito desapontada ao ver que a grande estrela que brilhava tanto no céu era um velho, de cabelos brancos como algodão! Ficou furiosa e gritou:

— Vá embora! Não quero me casar contigo! És muito velho e muito feio!.

Denaquê, vendo Tainacã virar-se e começar a chorar baixinho, ficou com pena, correu para junto dele, pegou suas mãos e disse:

— Eu aceito. Quero que tu sejas meu marido.

O velho ficou muito feliz. No dia seguinte, celebraram o casamento. E, no outro dia, o velho disse à sua jovem e linda esposa: "Agora preciso ir à floresta, para limpar um terreno e plantar coisas boas, plantas que vocês nunca viram, mas tenho que ir sozinho. Tu ficas em casa cuidando da comida, para quando eu voltar cansado e com os braços doloridos, matares a minha fome e restaurares as minhas forças".

Pois nessa época os índios ainda não sabiam cultivar as plantas. Viviam apenas da caça, da pesca e da coleta. Não sabiam limpar um terreno nem plantar milho, mandioca ou abacaxi. Na época das chuvas, em certos dias, passavam fome.

E Tainacã foi até o rio. Disse algumas palavras mágicas e entrou na água até a altura dos joelhos. Depois, inclinou-se sobre a correnteza. De vez em quando mergulhava uma das mãos na água e tirava-a cheia de sementes — de milho, mandioca, e todas as outras plantas que os índios cultivam até hoje. A seguir, entrou na floresta para roçar um terreno.

Denaquê ficou preocupada porque ele estava demorando. Na sua idade, era fraco demais para um trabalho tão duro. E se tivesse acontecido alguma coisa? E se estivesse machucado? Estava quase anoitecendo.

Não aguentando mais, Denaquê resolveu desobedecer às recomendações e foi, de mansinho, procurá-lo.

Ah! Que surpresa! Que alegria!

Ao chegar à clareira que o marido acabara de limpar, avistou, a trabalhar, um moço belíssimo, de alta estatura, cheio de força e de vida, que tinha no corpo os enfeites e as pinturas que os jovens guerreiros hoje ainda usam.

— Eu sou Tainacã — disse o belo jovem. — E não sou velho. Usei aquela aparência para pôr à prova os sentimentos de tua irmã, que queria se casar comigo. E acho que fiz muito bem. Fiquei feliz porque quiseste casar comigo, mesmo pensando que eu fosse um velho feio. Para recompensar tua bondade, estou dando todas estas culturas de presente a teu povo.

Louca de alegria, Denaquê não se conteve. Correu a abraçá-lo.

— Agora vamos voltar para a aldeia e contar tudo aos outros — disse ela, sentindo-se a mulher mais feliz do mundo.

Quando Tainacã terminou de contar a sua história ao povo, Imaerô deu um grito de despeito e inveja, e caiu desmaiada. Segundos depois, seu corpo evaporou, e no lugar dele apareceu o pássaro urutau, que, ainda hoje, todas as noites, assim que aparecem as estrelas, vaga pelo mundo soltando um pio tão forte e tão lúgubre que parece ser de uma ave muito maior.

Dora deve ter olhado a grande estrela por muito tempo, pois, quando voltou a olhar para o rio, não viu mais o rosto das estrelas no espelho das águas. A noite já se despedia e Florindo não viera. Agora sabia por que ele escondia o rosto. Oh! Por que não descobrira antes? Mais que nunca, ela precisava vê-lo. Pegou uma canoa e remou para o Aritapera. Surpreendê-lo-ia no roçado, antes que chegassem os companheiros. Pulou para terra um pouco abaixo da vila e, sob a mataria ainda escura, enveredou pelos caminhos. Caminhava com uma alegria tão louca, tão certa do futuro que a esperava, que nem sentia a dor das topadas e dos espinhos. Só quando já ouvia o corte do machado nos troncos é que parou. Então fechou os olhos, mas continuava enxergando. Ficou até mais claro que antes. Foi aproximando-se dos baques. Claro, cada vez mais claro. Claro como o Sol, o jovem mais lindo que na terra viveu e que um dia, não se sabe por quê, foi condenado a ficar sozinho lá no céu, sem nunca poder ser olhado.

Já bem perto dos baques, Dora temia abrir os olhos. Mas precisava abri-los, antes que os outros chegassem. A claridade, no entanto, era tão forte que, mesmo com os olhos fechados, ela o enxergou. Meu Deus! Então é ele mesmo! Ele não morreu!

— Gedeão, és tu de verdade? — perguntou ela, trêmula de alegria e pavor.

— Não sei te dizer. O que é a verdade? O que é o sonho? Só tu vais saber dizer. Abre os teus olhos — disse ele.

Quando Dora abriu os olhos, o dia já ia alto. O Sol, penetrando pela janela do quarto, ardia em seu rosto.

— Dona Dora, que mal lhe pergunte: não vai hoje à escola? O café tá na mesa, já tá atrasada — falou a velha Matilde, lá do terreiro.

— Obrigada, Matilde. Tô indo.

Então estivera o tempo todo sonhando? Nada do que vira era realidade? Mas, engraçado: não se sentia decepcionada. Afinal, o que era sonho, o que era realidade? Florindo não dissera que, quando a gente sonha muito um sonho e quer muito que ele aconteça, ele acaba acontecendo? Agora entendia o que ele queria dizer. Enquanto mastigava o delicioso beiju que Matilde fizera para ela, Dora pensou que Tainacã, a estrela grande, dera aos tapuios a semente da mandioca, do milho e de outras plantas que eles não conheciam. Mas de quê adiantou? Os brancos vieram e roubaram o futuro dos índios. Ela faria diferente; daria algo que ninguém ia poder tomar. Ensinaria as crianças tapuias a lerem e escreverem, a se defenderem no mundo hostil que estava para vir, mas também contaria as histórias antigas que os velhos gostariam de esquecer, plantando, assim, na mente das crianças, a semente dos sonhos, para que elas, ao crescerem, não ficassem como seus pais: *À ESPERA DO NUNCA MAIS.*

Glossário

A

AÇAÍ: palmeira de cujos frutos se faz uma espécie de refresco muito apreciado; em tupi, "fruta que chora", i.e, que deita água.
ACAUÃ: ave falconiforme cujo canto expressivo é considerado de mau agouro e prenunciador de chuvas.
AGUAPÉ: trama vegetal constituída de plantas aquáticas que crescem na superfície das águas dos rios, lagos e pantanais, e que, prendendo-se mutuamente, formam um tapete capaz de sustentar um homem sobre ele deitado.
ARAÇÁ: fruto do araçazeiro; espécie de pequena goiaba de gosto acre.
ARACU: peixe fluvial de boca pequena, dentição forte, e que se alimenta de matéria vegetal e de animais em decomposição.

B

BACABA: fruto da palmeira bacabeira, do qual resulta nutritivo vinho e excelente azeite.
BAIACU: peixe capaz de inflar a barriga quando fora d'água, ou para boiar e fugir à perseguição dos inimigos; sua carne é considerada venenosa.
BEIJU: bolo de massa de tapioca ou de mandioca.
BOIÚNA: cobra-grande, mãe-do-rio, senhora-das-águas; figura mitológica indígena, temida por sua maldade, e que toma a forma de cobra, que faz virar as embarcações, ou a da própria embarcação, levando os náufragos para o fundo do rio.
BORDUNA: cacete indígena.

BORÉ: trombeta indígena, feita de taquaruçu, em forma de porta-voz com boca de sino, e que produz sons roucos e lúgubres; dança selvagem; dança guerreira e canto dos caboclos, ao som de pífaros e trombetas.
BURUTI: palmeira de fruto amarelo, do qual se extrai óleo, broto comestível e delicioso vinho.

C

CAPITARI: árvore das margens dos rios, de folhas penadas; em sentido figurado, curumim entrado na puberdade.
CARÁ: acará: peixe que se caracteriza por cuidar da prole, chegando a esconder os alevinos na boca quando ameaçado.
CARAJURU: tinta ou pó encarnado, retirado do cipó do mesmo nome, com que os índios se pintam e os pajés usam nas cerimônias e pajelanças; quem for pintado com carajuru não teme nenhum mal nem doença.
CARAPANÃ: mosquito pequeno, pernas muito longas (pernilongo), corpo e asas revestidos de escamas, antenas longas e finas.
CARAPANAÚBA: quer dizer em tupi árvore do carapanã; creem os caboclos que o chá da casca dessa árvore tem o poder de evitar filho.
ÇARY: balaio feito de talas, onde os índios maué colocam as perigosas formigas tocandiras, para que o jovem aspirante a guerreiro meta, num rito de passagem, as suas mãos, provando assim a sua coragem.
CARIMBÓ: dança de roda do litoral paraense.
CAROÁ: em tupi, "talo com espinho".
CAROARA: galho que, destacado da árvore chamada muiratinga, apresenta o formato assemelhado ao de um pênis.
CAUIM: bebida preparada com a mandioca cozida e fermentada.
CAXIRI: refresco feito com beiju desmanchado em água; licor de mandioca fermentada.
CERNAMBI: borracha de qualidade inferior extraída da seringueira.

CICANTÁ: quer dizer breu, lugar escuro; o lugar onde a tribo maué morava e teve de abandonar, depois que a barata gigante apeeuató apareceu trazendo a Mãe-da-doença.
CILHEIRO: diz-se do cavalo que aguenta bem a rês laçada.
COIVARA: restos ou pilhas de ramagens não atingidas pela queimada, na roça à qual se deitou fogo, e que se juntam para serem incineradas a fim de limpar o terreno e adubá-lo com as cinzas, para uma lavoura.
CRUEIRA: resíduos mais grossos da fabricação da farinha da mandioca que não passam na urupema ou peneira.
CUIAPITINGA: cuia de cor clara que, embebida na decocção de certas plantas expostas a vapores amoniacais da urina, adquire cor preta lustrosa e indelével, e serve de recipiente para líquidos e sólidos.
CUNHÃ: mulher jovem.
CUNHANTAIM: menina.
CURICA: ave de coloração verde, espécie de papagaio.
CURUMIM: menino.
CUXIÚ: primata preto, barba alongada por baixo do queixo, garganta e peito pilosos.

G

GUARIBA: símio que vive em bandos de mais de 12 indivíduos, guiados pelo macho mais velho, o capelão; famosos pelo grito peculiar, verdadeira cantoria.

I

IGAPÓ: mata cheia de água; trecho da floresta onde a água, após a enchente dos rios, fica por algum tempo estagnada.
IGARA: canoa pequena e esguia, feita de casca de árvore.
IGARAPÉ: em tupi, "caminho da água"; canal natural, estreito.

INÚBIA: trombeta guerreira dos índios tupis-guaranis, feita de dois pedaços de maçaranduba, colados e unidos um ao outro por tranças de cipós fortes; membitarará.
ITAÚBA: em tupi, "pedra-árvore", cuja madeira, amarela e das mais resistentes, é usada na construção naval.

J

JABUTI: quelônio comum nas matas brasileiras.
JACÁ: cesto de taquara ou de cipó para conduzir carga às costas de animais.
JACAMIM: ave guiforme, cujas penas da cabeça são curtas e eretas.
JAÇANÃ: piaçoca; ave da família dos jacanídeos.
JACURARU (ou jacruaru): lagarto, teiú, de grandes manchas pretas e que pode chegar a medir 2 metros.
JAMACHI: (ou jamaxi) jacá; cesto de taquara ou de cipó para carregar cargas às costas.
JAPÁ: esteira de folha de palmeira usada como porta e janela.
JARAQUI: peixe de listras negras horizontais na parte de cima da linha lateral.
JIRAU: estrado de tábuas ou ripas de palmeiras a certa altura do solo, onde se guardam quaisquer objetos.
JUTA: erva originária da Índia e cultivada na Amazônia, para obtenção de fibras têxteis.
JUTAÍ: jatobá; arvore leguminosa, de fruto comestível e resina usada na fabricação de verniz.

M

MACAXEIRA: espécie de mandioca.
MAGUARI: ave das costas marítimas e das águas interiores da América do Sul; socó-grande.

MANIÇOBA: alimento feito de grelos de mandioca misturados com carne ou peixe, e só temperado com sal e pimenta.
MANICUERA: espécie de mandioca, da qual se faz bebida do mesmo nome.
MANIVA: o talo da mandioca usado no plantio.
MARACÁ: chocalho usado pelos índios nas solenidades religiosas e guerreiras.
MARACAJÁ: mamífero carnívoro, belo felino, de pele de cores vivas e desenhos complicados.
MARANDUBA: história inverossímil ou fabulosa.
MARARI: cabaça cheia de sementes que os pajés agitam nas pajelanças; chocalho.
MOCAMBO: quilombo; couto de escravos fugidos, na floresta.
MOLONGÓ: vegetal que fornece madeira branca e leve, excelente para amoladores de navalhas; a casca e as flores, hipnóticas e sedativas, fornecem um extrato balsâmico empregado em banhos contra a excitação do sistema nervoso, nas insônias, na inflamação do fígado e do baço, depois de febres intermitentes.
MONHANGARIPE: local sagrado onde os índios guardavam os seus mortos.
MORUBIXABA: cacique, tuxaua; chefe temporal das tribos indígenas brasileiras.
MUCAMA: a escrava negra moça e de estimação que era escolhida para auxiliar nos serviços caseiros ou acompanhar pessoas da família, e que, por vezes, era a ama-de-leite.
MUCUIM: ácaro de coloração avermelhada e porte tão diminuto que é necessária uma lente para poder ser visto com detalhes; costuma atacar as delicadas partes pudentas, provocando a sua mordedura intensas coceiras.
MUCURA: marsupial famoso pela esperteza e pelo cheiro desagradável das suas glândulas; gambá.

MUIRAQUITÃ: artefato talhado em nefrita, com formas diversas, dalgumas vezes de batráquios, quelônios, serpentes, etc., que tem sido encontrado no baixo Amazonas, e ao qual se atribuem virtudes de amuleto; pedra-verde, pedra-das-amazonas.
MURUCI: fruto do murucizeiro, árvore dos cerrados.
MURUCUTUTU: cojura-do-mato; alimenta-se de aves e mamíferos.
MURURÉ: árvore da floresta fluvial; aguapé.
MUTUM: ave galiforme.

N

NHEENGATU: em tupi, "língua boa"; língua geral simplificada do tupi, organizada pelos padres, a fim de permitir maior integração.
NOÇOQUÉM: sítio de entrada proibida; espécie de jardim do Éden dos índios maué.

O

OITIBÓ: pássaro noturno; bacurau.

P

PANEMA: indivíduo infeliz na caça, na pesca e nos amores.
PANACU: cesto de forma cônica, feito de talas de palmeira, para conduzir produtos da roça, roupas e objetos de uso individual.
PARICÁ: pó estupefaciente extraído das sementes da árvore paricá, aspirado pelos índios maué nos rituais religiosos.
PATAUÁ: palmeira de 12 a 15 metros de altura, de cujo fruto faz-se a apreciada bebida *yuressé* e extrai-se óleo comestível.
PATCHULI: planta de cujas raízes extrai-se inebriante perfume.
PAXIÚBA: palmeira cuja madeira do tronco — preta, fibrosa, resistente e fácil de lascar — é utilizada, fendida, para assoalhos e paredes de casas; com ela fazem-se também arcos, lanças e bengalas.

PECONHA: liga de embira, em que se prendem os pés para escalar árvores; peia.
PERIANTÃ: matupá; balsedo; aglomerado de canarana e outras gramíneas que se desagregam das margens e, arrastadas pela correnteza, descem os rios como ilhas flutuantes.
PIRIPIRIOCA: raiz aromática para perfumar a roupa, o corpo e os cabelos; considerada puçanga, feitiço, amavio prodigioso.
PIRACEMA: em tupi, "sair peixe"; época da desova, em que os grandes cardumes de peixes barulhentos arribam para as nascentes dos rios, onde fazem a procriação.
PIRACUÍ: "farinha de peixe", em tupi, preparada da seguinte maneira: o peixe é assado na fumaça sobre o fogo, onde fica a secar de todo, sendo em seguida desfiado e levado de novo ao fogo, em vasilhas queimadas para tal fim (chamadas *inhêpoã*); por último, a massa do peixe é esmagada num pilão de madeira e passada numa peneira (*urupema*), resultando daí a farinha, capaz de se conservar por muito tempo.
PIRARUCU: "peixe vermelho", em tupi; alcança até 2,5 m de comprimento, podendo pesar até 80 kg, maior peixe de escamas do Brasil.
PIROGA: antiga embarcação indígena, esguia e aberta, feita de um tronco de árvore escavado a fogo.
PORACÉ: dança religiosa dos índios, ao som do maracá, do tambor e da flauta, sempre acompanhada de bebidas fermentadas e do fumo do tabaco ou seus equivalentes.
PORAQUÊ: peixe-elétrico.
PORRONCA: cigarro grosso, de tabaco-de-corda.
PUÇANGA: remédio, medicina, feitiço que serve para livrar de outro feitiço; corruptela do guarani *mohang* ou *pohang*.
PUTIRUM: ajuri; mutirão; reunião de pessoas do lugar para um trabalho em comum, como prática de boa vizinhança.

Q

QUININO: sulfato de quinina, extraído da árvore da quina, cristalino, branco, pulverulento, usado como antimalárico e antipirético.

R

ROSILHO: búfalo de pelame mais claro, mais arredio do que o búfalo preto.

S

SACACA: título conquistado pelos grandes pajés, capazes de se comunicar com os espíritos.
SAPOPEMBA: "raiz chata", em tupi; grande raiz tabular que cerca a base do tronco de muitas árvores da floresta pluvial, muito comum na mata de terra firme da Amazônia.
SAPUCAIA: "fruto que faz saltar o olho", em tupi; árvore cujos frutos são enormes capsulas lenhosas e cilíndricas, com grandes sementes oleaginosas, muito apreciadas como alimento saboroso, e a madeira ótima para obras externas.
SUÇUARANA: mamífero carnívoro, da família dos felídeos.
SURUCUCU: réptil venenoso com escamas na cabeça e no corpo e cauda com protuberância em forma de espinho.

T

TACACÁ: mingau quase líquido de goma de tapioca temperado com tucupi, jambu, camarão e pimenta.
TAJÁ: planta de largas folhas, formando toiça, elegantes e caprichosamente manchadas.
TAMBAQUI: peixe muito comum na Amazônia.
TAPEREBÁ: fruto do taperebazeiro, amarelo e acre; cajá da Amazônia.

TAPIOCA: fécula alimentícia que se extrai da mandioca.
TAPIRI: espécie de barraca de madeira coberta de palha; cabana; morada do caboclo.
TAQUARA: bambu; taboca.
TARUBÁ: bebida feita do beiju-açu fermentado n'água.
TAUARI: fibra têxtil usada como mortalha de cigarro.
TIBORNA: bebida alcoólica extraída do beiju de mandioca fermentado em água.
TIJUCO: lodo, lama.
TIMBÓ: planta que, esmagada e lançada na água, entorpece os peixes, fazendo-os boiar, quando então podem ser apanhados à mão.
TIPITI: utensílio feito de tala de arumã ou buriti, de forma tubular, com duas alças às extremidades, usado para espremer e comprimir a massa da mandioca em seu interior.
TIPOIA: lenço ou tira de pano que se prende ao pescoço para descansar braço ou mão doente; índios e caboclos costumam carregar os recém-nascidos na tipoia.
TOCANDIRA: "fere muito", em tupi; grande formiga da Amazônia, de picada dolorosa, capaz de produzir vômitos, utilizada pelos índios para cerimônias de emancipação dos adolescentes.
TUCUMÃ: palmeira que atinge 15 m de altura e possui espinhos longos e finos, e de cujas grandes folhas se extrai fibra forte e útil, e cujas nozes fornecem óleo comestível.
TUCUNARÉ: lindo peixe da Amazônia, coloração prateada e manchas variadas, de excelente carne.
TUCUPI: molho bastante condimentado obtido da mandioca, antes de fervido é venenoso; entra no tacacá e outros pratos típicos da Amazônia.

U

UMIRI: arbusto cuja casca cede um bálsamo aromático agradável.

URUCUM: corante vermelho, inofensivo, extraído das sementes do urucuzeiro, com que os índios pintavam o corpo e o rosto.
URUPEMA: peneira de fibra vegetal, para utilidades culinárias.

Z

ZAGAIA: lança curta de arremesso.
ZARABANATA: tubo comprido pelo qual se impelem, com o sopro, setas e pequenos projéteis.

POSFÁCIO

Um novo olhar sobre a Amazônia[44]

Por Ronaldo Cagiano[45]

Ganhador do Prêmio Lima Barreto-Brasil 500 anos, da União Brasileira de Escritores (UBE), com o romance *A Espera do Nunca Mais* (Editora Cejup, Belém, 1999, 874 p.), o paraense Nicodemos Sena estreou em alto estilo, demonstrando o vigor e a consciência estética dos veteranos. Sua carreira literária começa calcada em um referencial estético distinto.

Nesse caudaloso romance, que faz o meio-termo entre a ficção e a realidade, o autor se esmera numa linguagem que poderia ser caracterizada por alguns como simbólica do regionalismo amazônico, nos moldes de transposição ou releitura roseana da vegetação e dos rios do Norte. No entanto, qualquer rotulação seria imprópria, em razão da particularidade de uma proposta ficcional que tem elementos de saga heroica e de quixotismo, na medida em que explora, numa linguagem tão densa quanto poética, a realidade cabocla da selva, um sertão bastante diferente da crueza e dos sofrimentos de regiões geográficas hostis pelo clima e pela geografia, como aqueles contados por José Lins do Rego, Graciliano Ramos e Guimarães Rosa.

---

44 Resenha publicada no suplemento literário do jornal "Opção", 13.07.2003, Goiânia-GO.

45 Escritor e crítico brasileiro radicado em Portugal; autor, entre outros, de *Eles Não Moram Mais Aqui* (contos, 2017, Prêmio Jabuti).

Na narrativa de Sena, a linguagem resiste aos conhecidos clichês regionalistas e desloca-se, com especial fluência e jorro imagético, para uma outra realidade fática, em que o discurso desvia-se da retórica limitadora — e muitas vezes pastichizadas — das prosas similares contemporâneas, para projetar um outro sentido, um outro modo de escrever sobre a vida e os costumes da região amazônica.

Em *A Espera do Nunca Mais* não é o raquítico habitante da seca — sempre em fuga, em permanente desacordo com a natureza e em constante êxodo — que está representado neste romance de fôlego. Embora seja outra a gente, os sentimentos que delineiam suas vidas são análogos, porque se aqueles lutam contra a causticante realidade de privações buscando a sobrevivência, aqui, Nicodemos Sena expõe personagens que se debatem contra outras adversidades, na tentativa de sobreviver ao "inferno verde", a uma densa e rica massa vegetal que tanto os domina, quanto desperta fascínio.

Não obstante a saga ocorrer numa região cobiçada e motivadora de engajamento social, político e ideológico, os personagens desse livro não carregam a limitação de apólogos da luta ecológica ou porta-vozes do ideal de sustentabilidade, que seria natural em obra desse jaez, com o perigo de cair na pieguice sentimentaloide, e aí a literatura estaria em segundo plano, cedendo espaço à sedução da denúncia e descambaria para o enfoque histórico-sociológico. Há uma autonomia, um certo grau de independência da narrativa, que coloca o homem e os obstáculos da vida na floresta como *leitmotiv*.

Ambientando numa época em que a consciência ecológica ainda engatinhava, o romance compreende os anos simbólicos da década de 50 passada, encontra a ditadura militar pós-64 e vai tecendo com habilidade e desenvoltura outras histórias que se interpenetram, vão se amalgamando de uma maneira vertiginosa, num fluxo de consciência e ação, cujos protagonistas fazem, na verdade, uma interpretação do *modus vivendi* e das condições numa região em que a pobreza não é tão contrastante com o fausto e a riqueza dos bens e belezas naturais.

O que sobressai é o contraponto entre culturas e valores. E numa época de transformações velozes, os diversos agentes da história local se confrontam, motivados pela urgência de uma sociedade em franco processo de evolução, sobretudo com os tentáculos de uma nova era — a industrial e a eletrônica — provocando um escalonamento brutal de valores. O caboclo, o índio, o homem branco, o extrativista se veem, lentamente, cooptados pelos novos tempos e aí se firma um embate avassalador da tradição e do arcaico com a modernidade e as mudanças. O autor registra essa metamorfose, deixando entrever as repercussões sociais e humanas na vida de um povo que, lenta e dolorosamente, presencia o enxerto das novidades e a amputação de seus costumes. Traduz, às vezes com a tinta da fantasia e do suprarreal, um ambiente monumental, uma atmosfera mítica e exponencialmente perturbadora, porque retrato do homem em sua relação com seu mundo e suas transformações.

Nessa história de citações belíssimas, poéticas e vertiginosamente realistas da Amazônia, personagens como Gedeão e Diana traduzem fielmente essa geografia humana e social com seus instigantes processos de relação. Diante de uma paisagem que condensa mistérios arrebatadores, o homem cria seus mundos e neles projeta-se oniricamente, expande fabulosamente seus desejos materiais e afetivos.

A Região Norte continua intocada em muitos pontos, mas o homem continua a abrir feridas na selva. Há muito espaço para conhecer essa realidade marcada de nuances e misticismo. Muitos têm tentado interpretar esse povo e sua região, como Márcio Souza, Dalcídio Jurandir, Thiago de Melo e Ferreira de Castro, que nos legaram obras antológicas sobre a região. Sem demérito para eles, creio que Nicodemos Sena ousou na força da linguagem e no desenrolar das tramas, com isso pretendeu (e alcançou sobejamente) formular um diálogo com a natureza desafiadora de uma região muito explorada (e agredida) pelo homem e pouco visitada pela literatura. O autor abriu mais uma picada, numa perspectiva reflexiva e conceitual sobre a realidade dos habitantes amazônicos, ajudando-nos a desvendá-la e repensá-la, dentro de uma preocupação humanista e sob um prisma questionador e filosófico, sem, contudo, cair no desbunde alucinatório e exacerbado das lendas nem deixar-se conduzir pelos estereótipos de um regionalismo mascarado.

Cronologia biobibliográfica

Nicodemos Sena nasceu no município de Santarém, em 08.07.1958, e passou a infância entre índios e caboclos do Rio Maró, região de fronteira entre os estados do Pará e Amazonas (Amazônia brasileira), experiência que marcaria para sempre a sensibilidade do escritor identificado com a terra e os povos da Amazônia.

Em 1977 vem para São Paulo e aí se forma em jornalismo, pela Pontifícia Universidade Católica (PUC), e em direito, pela Universidade de São Paulo (USP).

Repórter e redator em órgãos da imprensa de São Paulo, retorna ao Pará em 2000, assumindo o posto de diretor de redação de "A Província do Pará".

Fez sua estreia literária em 1999, com o romance *A Espera do Nunca Mais*, uma saga amazônica de 876 páginas.

No Pará, proclamou o historiador, folclorista e crítico Vicente Salles:

"Com *A Espera do Nunca Mais*, pela primeira vez temos, na ficção, o caboclo como agente da história, o índio que se destribalizou, que vive entre dois universos que se opõem e se excluem." ("O caboclo como agente da história". A PROVÍNCIA DO PARÁ, Belém, PA, 15.03. 2000).

No Rio de Janeiro, escreveu a poeta e crítica Olga Savary:

"É uma alegria quando nos deparamos com um livro como *A Espera do Nunca Mais*, esta extraordinária saga amazônica, narrada com sedução, seriedade, poesia. Forma e estilo são impecáveis nessa estreia, que nem estreia parece, de tão madura. Uma lição de literatura e de brasilidade." ("Amazonense faz boa ficção com 'anos de chumbo' e choques entre culturas". O GLOBO, Caderno Prosa & Verso, Rio de Janeiro, RJ, 03.03.2001).

Em São Paulo, escreveu o jornalista, professor e crítico Oscar D'Ambrosio:

"*A Espera do Nunca Mais* desafia e devora o leitor desde o início. Feito sucuriju, abre sua bocarra e obriga a penetrar num universo denso. Não adianta resistir. Uma vez dentro da boca deste livro-serpente, o destino é conhecer os seus interstícios plenos de um fazer artístico solidamente urdido, elaborado com mãos de mestre." ("Uma extensa e densa aula de Amazônia". JORNAL DA TARDE, Caderno de Sábado, São Paulo, SP, 20.05.2000).

Em 2000, *A Espera do Nunca Mais* conquista o Prêmio Lima Barreto/Brasil 500 Anos, da União Brasileira de Escritores (UBE/Rio de Janeiro), ocasião em que conhece pessoalmente o escritor e crítico Antonio Olinto, da Academia Brasileira de Letras, que sobre *A Espera do Nunca Mais* escreveu:

"Eis um romance que invade a literatura brasileira com a força de um fenômeno da natureza. Trata-se de uma saga amazônica chamada *A Espera do Nunca Mais.* Seu autor, Nicodemos Sena, tem o domínio da narrativa de ação e o talento de criar gente. Seus personagens representam a Amazônia com sua largueza e sua mistura, caboclo e floresta unidos num ecossistema geográfico-humano que retrata a nossa mais desconhecidamente forte região em que o Brasil se firma e se revela. É romance que deve ser lido. Nele, realidade e lenda se juntam com naturalidade. As palavras formam um estilo ínsito à grandeza das paisagens que descreve." (JORNAL DE LETRAS, Rio de Janeiro, RJ, jan-2001)

Em 2002, Nicodemos Sena aparece no Dossier Amazónico publicado na revista literária portuguesa "Construções Portuárias" (nº 01), no qual foi incluído um trecho do inédito *A Noite é dos Pássaros,* ao lado de importantes escritores da Amazônia, entre os quais Haroldo Maranhão, Max Martins, João de Jesus Paes Loureiro, Vicente Franz

Cecim, Age de Carvalho, Jorge Henrique Bastos, Antônio Moura, Paulo Plínio Abreu, Rosângela Darwich e Benedito Nunes.

De 3 de abril a 31 de julho de 2003, *A Noite é dos Pássaros* é publicado em forma de folhetim, em dezoito episódios semanais, no jornal "O Estado do Tapajós" (Santarém do Pará) e na revista eletrônica portuguesa "TriploV".

Ainda em 2003, *A Noite é dos Pássaros* é publicado em formato livro (Ed. Cejup). No mesmo ano, fragmento do romance é publicado nas revistas "Palavra em Mutação" (nº 02) e "Storm-Magazine", ambas de Portugal.

Nesse mesmo ano, *A Noite é dos Pássaros* conquista o prêmio Lúcio Cardoso, da Academia Mineira de Letras, e, em 2004, Menção Honrosa no prêmio José Lins do Rego, da União Brasileira de Escritores (UBE/Rio de Janeiro).

Nicodemos Sena é nome reconhecido dentro e fora da Amazônia, tornando-se verbete na *Enciclopédia de Literatura Brasileira,* direção de Afrânio Coutinho e J. Galante de Sousa (edição conjunta da Global Editora, Fundação Biblioteca Nacional, DNL, Academia Brasileira de Letras, 2ª edição, 2001).

Carlos Nejar, da Academia Brasileira de Letras, incluiu Nicodemos Sena em sua *História da Literatura Brasileira — da Carta de Caminha aos Contemporâneos,* entre os "grandes nomes na ficção surgidos no Brasil após a década de 1970" (Cap. 35, pág. 900, Fundação Biblioteca Nacional, RJ).

Nicodemos Sena é um dos 81 escritores analisados pela professora Nelly Novaes Coelho, titular de Literatura da Universidade de São Paulo (USP), no livro *Escritores Brasileiros do Século XX — Um Testamento Crítico* (LetraSelvagem, SP, 2013).

Pelo estilo vigoroso e temática inspirada na vida das populações marginalizadas da Amazônia (indígenas e caboclos), Nicodemos

Sena já foi comparado a grandes ficcionistas brasileiros, como Graciliano Ramos, João Ubaldo Ribeiro, Mário de Andrade e Érico Veríssimo, e a importantes ficcionistas latino-americanos, como o paraguaio Augusto Roa Bastos e o peruano José María Arguedas.

O terceiro romance de Nicodemos Sena, *A Mulher, o Homem e o Cão* (2009), foi incluído entre as 78 DICAS do Guia da FOLHA, suplemento cultural do jornal "Folha de São Paulo" (29.05.2009).

Em *Choro por Ti, Belterra!* (romance, 2017) relata o "mergulho" que empreende em companhia do pai Bernardino Sena, nos ermos do Brasil e do coração.

Tendo nascido na Amazônia, região "periférica" em relação aos centros nervosos do capitalismo globalizado (Estados Unidos da América, Europa e, em termos de Brasil, o Sul-Sudeste do país), conviveu desde cedo com as injustiças praticadas pelas oligarquias locais contra indígenas e caboclos, do que resultou um sentimento de revolta, inicialmente vago e finalmente insuportável, que o compeliu a lançar-se contra os "homens injustos" e o Deus que parecia não se compadecer do sofrimento dos pobres.

Na cosmopolita e conflagrada São Paulo, em seu primeiro emprego na indústria têxtil no bairro do Ipiranga, conheceu gente parecida com ele, desenraizada e "fora do lugar", fugitiva da seca do Nordeste ou da polícia, mas disposta a trabalhar e perseguir os seus ideais. No cortiço onde se recolhia após o trabalho diário e a escola noturna, conheceu "seres da noite" semelhantes aos que, mais tarde, povoariam seus romances. Seres que se movem nas sombras (na selva amazônica ou na "selva" de asfalto) e não deixam rastro; variada e difusa fauna humana de mamelucos, cafuzos e brancos pobres, que, premidos pela necessidade e circunstâncias, veem-se convertidos em ladrões, prostitutas e, entre estes, um ou outro operário que não desiste de sonhar com o "futuro".

Com tal bagagem existencial, filosófica e humana, extraída da vida, e mais a vontade indomável de se elevar por meio do conhecimento e dos livros, Nicodemos Sena logrou entrar, em 1979, para o curso de jornalismo da Pontifícia Universidade Católica de São Paulo, onde, municiado pela literatura marxista-leninista, engaja-se no movimento estudantil e dos trabalhadores contra a miséria e a opressão impostas pelo grande capital em sua forma mais atroz (a ditadura militar implantada em 1964).

Em 1981/1982, participa da criação do Partido dos Trabalhadores (PT). Em 1993, resolve firmar compromisso principal com a literatura, passando a defender uma literatura "universal, sim, compreensível a todos os homens do mundo, mas que não renegue as marcas da cultura brasileira".

Como diretor da União Brasileira de Escritores (UBE/SP), participa, em 2011, da organização do Congresso Brasileiro de Escritores realizado em Ribeirão Preto (SP).

Com o golpe político das elites de 2016, que depôs a presidenta eleita Dilma Rousseff e feriu de morte os direitos dos trabalhadores e a incipiente democracia brasileira, Nicodemos Sena, sem deixar de lado a literatura, retoma sua militância política, de cujo cotidiano extrai o material com que compõe o longo poema *Ladrões nos Celeiros: Avante, Companheiros!*, no qual canta as dores de uma nação saqueada e afligida por aproveitadores cruéis.

ANEXOS

(Fortuna Crítica)

Paraense faz boa ficção com "anos de chumbo" e choques entre culturas[46]

Por Olga Savary[47]

Livros há que penalizam árvores, esses generosos seres da natureza que, além de tudo o que doam ao planeta Terra (o equilíbrio ecológico, sombra e tudo o mais), dão a celulose necessária à fabricação do papel para os livros dos escritores. Quando vejo um mau livro, o primeiro pensamento que me vem é este: coitadas das árvores! Este desperdício imperdoável remete à ideia de que a escritura nasce bem antes de ser escrita. Arte é "coisa mental", já afirmava Leonardo da Vinci. Poesia, por exemplo: deveríamos viver em estado de poesia, o que certamente nos faria mais felizes.

É uma alegria quando nos deparamos com um livro como *A Espera do Nunca Mais* (Editora Cejup, 876 páginas), esta extraordinária saga amazônica, narrada com sedução, seriedade, poesia. Forma e estilo são impecáveis nessa estreia, que nem estreia parece, de tão madura. Todo o livro, o primeiro do paraense de Santarém Nicodemos Sena, em suas

[46] Publicado no jornal "O Globo", *Caderno Prosa & Verso*, 03.03.2001, Rio de Janeiro, RJ.

[47] Escritora, jornalista e tradutora; autora, entre outros, de *Repertório Selvagem* (Fundação Biblioteca Nacional, RJ).

880 páginas, é uma exaltação à palavra, lavra que o autor utiliza como veículo para contar inúmeras histórias entrecruzadas dos seres amazônidas, habitantes genuínos dessa esplendorosa floresta, ícone nacional. Quando pensamos em Brasil, três palavras traduzem o espírito do nosso país: Amazônia, futebol e carnaval.

Da primeira, a Amazônia, trata *A Espera do Nunca Mais.* Menino criado na beira do rio, habituado às caçadas nas brenhas da mata e aventuras, Nicodemos desde cedo se embrenhou também na viagem maior que é a literatura. Leu os bons autores, principalmente os brasileiros, e entre eles os grandes paraenses, de quem se confessa devedor, como Inglês de Souza, Ferreira de Castro — que não era da região, mas escreveu sobre ela, assim como o poeta Raul Bopp, gaúcho de alma amazônica, com seu magistral *Cobra Norato* —, Dalcídio Jurandir e Benedicto Monteiro.

Machado de Assis e Márcio Souza também estiveram entre suas leituras precoces, entre tantos mais. Aos 13 anos escreveu uma aventura longa, sua primeira incursão literária, depois destruída, a que intitulou "O inferno verde". O menino que se deslumbrava com os mestres da literatura brasileira, hoje, com estas alentadas páginas de *A Espera,* está sendo comparado pela crítica a Graciliano Ramos e João Ubaldo Ribeiro, dois autores de sua especial preferência. É inegável, pelo menos, o parentesco. Para Nicodemos Sena, literatura é opção de vida e tem função social, devendo contribuir para tornar o homem melhor e o mundo mais suportável, com as pessoas mais tolerantes.

Nascido em 1958, o santareno Nicodemos Sena foi em 1977 para São Paulo estudar, tendo se bacharelado em jornalismo pela PUC e em direito pela USP. Residiu anos em São José dos Campos, para onde deverá retornar agora em 2001, após ter cumprido em 2000 a tarefa de diretor de redação do jornal "A Província do Pará". Após lançar *A Espera do Nunca Mais* em Belém, Santarém e

São Paulo, e ter recebido o Prêmio Lima Barreto/Brasil 500 Anos, da União Brasileira de Escritores, no Rio, Nicodemos já prepara o segundo romance.

Rigoroso com a sua própria criação, o autor não pretendeu escrever um romance "ecológico" ou "histórico", coisa que para ele seria mais fácil mas perigoso, podendo cair numa vertente piegas. Preferiu o caminho mais árduo da saga amazônica, cujo cerne situa-se na década de 50 em diante até os derradeiros "anos de chumbo" da malfadada ditadura militar, quando o capital internacional se instalou na Amazônia. Interessa-o flagrar o choque cultural entre as duas culturas, a do branco e a do índio, de como os valores de uma sociedade industrial tentam engolir, qual uma cobra-grande engole na narrativa um pequeno sapo, a sociedade autóctone e arcaica do caboclo desta região majestosa e vilipendiada.

De muita pesquisa, imaginação e criatividade resultou esta obra monumental, iniciada há cerca de dez anos, quando Nicodemos se questionou sobre que forma usar: naturalista? fantasiosa? realista? Decidiu-se por uma harmoniosa dosagem de todas estas vertentes, e mais muita poesia e humanismo, que sem estas duas últimas nada de criação vale a pena. Bebe o autor na fonte de mistério das muitas águas amazônicas, porém escapando do regionalismo limitador. Não esquecendo, no entanto, o que dizia Leon Tolstoi: pinta tua aldeia e pintarás o mundo. E que o leitor não se engane: como nas lendas indígenas, a trama é linear apenas na aparência, uma vez que a sinuosidade dos rios e igarapés é volúpia pura.

Um ano levou ele lendo e pesquisando, mais quatro anos só escrevendo, e depois um ano e meio lapidando o texto. Ou seja: quase sete anos de paixão pelo trabalho. Um trabalho extenuante? Com certeza, porém o autor se deparou com uma monumentalidade a que já não podia recuar, semelhante à cobra-grande querendo engolir o seu criador, no caso, imaginador. *A Espera,* na verdade, contém três romances dentro de si, até porque, como diz o autor, os problemas da região se avolumam. O livro não poderia senão refletir e representar a magnificência da Amazônia, tanto na sedução de suas lendas, quanto na de seus problemas. *A Espera do Nunca Mais,* de Nicodemos Sena, é uma lição de literatura e de brasilidade.

Uma extensa e densa aula de Amazônia[48]

Por Oscar D'Ambrosio[49]

A crítica literária é unânime em considerar *Vidas Secas*, do alagoano Graciliano Ramos, como uma das mais importantes obras já escritas em língua portuguesa. O maior argumento é que o livro, principalmente em seu estilo, é um retrato do Nordeste brasileiro. A história de Fabiano, Sinhá Vitória, os meninos e a cadela Baleia fica em segundo plano perante o vocabulário conciso e o fraseado árido análogo à seca do sertão.

A Espera do Nunca Mais, romance de estreia de Nicodemos Sena, paraense de Santarém, realiza fenômeno semelhante com a Amazônia. A saga dos caboclos da família Bagata é o menos importante perante a prosa voluptuosa de um autor que conseguiu desenvolver um estilo que permite ao leitor visualizar a forma de ser das pessoas que habitam o Norte do País.

A crítica não economizou elogios e o vem considerando a maior revelação da literatura amazônica nos últimos anos. O entusiasmo se justifica. No intenso trabalho de escrever e aprimorar seu estilo, Sena conseguiu fugir dos estereótipos que cercam a Amazônia. Seu grande medo, como confessa em entrevistas, era cair no exotismo que geralmente devora aqueles que se aventuram a escrever sobre

---

[48] Texto publicado no "Jornal da Tarde", *Caderno de Sábado*, 20.05.2000, São Paulo. (N. do E.)

[49] Jornalista, professor e crítico literário; autor, entre outros, de *Os Pincéis de Deus* (Ed. Unesp, SP)

a região. O resultado final, no entanto, atinge plenamente a busca de um estilo próprio de se debruçar sobre os homens e os problemas amazônicos.

Embora a Amazônia domine a narrativa, principalmente pelo vocabulário específico, que demandou a elaboração de um glossário incluído ao final do livro, há uma personagem que merece uma atenção especial, Diana. Ela é a grande figura feminina da obra — encarna as qualidades e mistérios intrínsecos da região amazônica, pois seu fascínio arrebata, mas também pode levar ao sofrimento ou à morte.

O livro é dividido em três partes, tendo seus melhores momentos no período entre a década de 1950 e os anos mais negros da ditadura militar. Basta, porém, ler algumas linhas para já se sentir ambientado no Norte do País. É o que ocorre logo no início da obra, quando o personagem Gedeão salta da rede e tropeça em alguns "paneiros de farinha empilhados no piso de chão-batido da casa", procurando a "tênue claridade que penetrava pela porta de palha".

A casa do caboclo Gedeão é uma aula de Amazônia. Feita de madeira e palha, é amarrada com cipós e enviras, sem o uso de um único prego. Os quartos são estreitos e as portas, baixas, "uma terrível armadilha para as testas desavisadas". Não há janelas e os objetos que dominam a casa são a garrafa com água, a lanterna de pilha e a espingarda.

Embora o livro não seja um documento jornalístico ou sociológico, reúne as qualidades de ambos, pois apresenta dados para compreender melhor o cotidiano dos moradores da Amazônia. Um exemplo está na página 317, onde é narrado como uma *sucuriju* enorme engole um sapo. É descrito como este último "enchia-se de ar, ficava mais grosso, não queria passar pela goela da fera, mas ia passando". Como último esforço, o pequeno sapo "ainda abriu as perninhas na esperança de ficar entalado na garganta da cobra". No entanto, "com as perninhas cansadas", finalmente sucumbiu à força descomunal da fera.

A imagem é uma metáfora do livro. Ele desafia e devora o leitor desde o início. Feito *sucuriju*, abre sua bocarra e obriga a penetrar num universo denso. Não adianta resistir. Uma vez dentro da boca deste livro-serpente, o destino é conhecer os seus interstícios plenos de um fazer artístico solidamente urdido, elaborado com mãos de mestre.

Mas o romance não é apenas uma declaração de amor à natureza ou ao homem do Amazonas. Questões sociais permeiam o livro com precisão, abrindo chagas na História nacional. Quem desejava conhecer o melhor da literatura sobre o Amazonas tinha que passar por *A Selva*, de Ferreira de Castro; *Marajó*, de Dalcídio Jurandir; *Cabanos, Capital: Cabânia*, de Sant'Ana Pereira, e Márcio Souza, com seu já clássico *Imperador do Acre*. Agora, para alegria de todos que amam a literatura nacional, *A Espera do Nunca Mais* é uma nova parada obrigatória rumo ao conhecimento filosófico e existencial da Amazônia.

[illegible] permitindo [illegible], finalmente [illegible] descomunal da terra.

[illegible] mensagem do livro. [illegible] desse [illegible] [illegible] [illegible] [illegible] [illegible] de dentro a conhecer [illegible] interesses [illegible] [illegible] com mãos [illegible]

[illegible] é apenas uma declaração de amor [illegible] [illegible] Amazonas [illegible] livro [illegible] chegar na [illegible] [illegible] deixava [illegible] melhor da literatura sobre a Amazônia [illegible] mensagem [illegible] de Castro [illegible] de Dalcídio Jurandir [illegible] Cândido, de [illegible] Pereira, [illegible] Márcio Souza, [illegible] Agora, [illegible] alegra de todos que amam a literatura nacional [illegible] Amazônia é uma [illegible] história [illegible] encantamento [illegible] e existência na Amazônia.

A espera do nunca mais - uma saga amazônica[50]

Por Nelly Novaes Coelho[51]

Se há região brasileira que permaneça quase desconhecida dos brasileiros, em sua natureza e verdade profunda (como há anos Drummond denunciara), essa é a Amazônia. Região fabulosa, tida como a "menina dos olhos do mundo" (Thiago de Mello), fantástico amálgama de florestas, rios e terras que desafiam, não só o avanço do domínio civilizador, mas também aos que tentam apreender sua labiríntica realidade,no trançado das palavras.

O paraense Nicodemos Sena está entre os que enfrentaram o desafio de domar, na rede da escrita, o intrincado mundo amazônico, escavado para além do folclórico, revelado desde suas camadas mais profundas, onde se dera o caldeamento de fatores visíveis e invisíveis que se fundem nas raízes do homem e da realidade amazônica. O resultado dessa "escavação" pioneira concretizou-se no volumoso romance (?) *A Espera do Nunca Mais,* lançado no findar do século XX.

Nascido e vivendo até a adolescência na Amazônia brasileira, portanto convivendo desde a infância com o "espírito do lugar", e,

---

[50] Publicado originalmente no livro *Escritores Brasileiros do Século XX – Um Testamento Crítico,* 2013, Ed. Letra Selvagem, Taubaté, São Paulo.

[51] Crítica e ensaísta, professora titular de Literatura Portuguesa da USP (Universidade de São Paulo), autora, entre outros livros, de *Ensino da Literatura* (1966), *Escritores Portugueses do Século XX* (2007), *Panorama Histórico da Literatura Infantil-juvenil Brasileira* (1986).

mais tarde, mergulhando no grande cadinho intelectual/cultural que é São Paulo, Nicodemos Sena foi preparado pelas circunstâncias para lançar-se à aventura de transformar em "escritura" não só a realidade labiríntica dessa fabulosa *região natural* brasileira, mas também a *alma do homem* que a ela pertence.

A ótica de um mero historiador/pesquisador seria insuficiente para abarcar ambas as realidades. Fazia-se necessária a filtragem dessa complexa realidade, pelo olhar de um Poeta, capaz de ver para além do tempo presente, visível e concreto, e devassar o "maravilhoso" arcaico que se perde no tempo das origens.

Nas várias entrevistas dadas à imprensa, por ocasião do lançamento do *A Espera do Nunca Mais* (distinguido, em 2000, com o Prêmio Lima Barreto/Brasil 500 Anos/UBE-RJ), Nicodemos diz que um dos objetivos que o levaram a esse projeto foi a necessidade de mostrar "o profundo choque cultural entre brancos e índios" e consequente escravidão à que os forasteiros investidores submetiam (submetem?) os caboclos nativos. Nesse rastro, denuncia o processo pelo qual "os valores de uma sociedade industrial, progressista, engolem uma outra, arcaica."

Como romancista, propôs-se a "dar uma visão de dentro", visão de quem pertence à Amazônia.

"Sigo a tradição de escritores amazônidas, como Inglês de Sousa, Ferreira de Castro, Dalcídio Jurandir, Benedicto Monteiro e, claro, Márcio de Souza." (in "O Globo", Caderno Prosa & Verso, 03.03.2001, RJ, "Amazonense faz boa ficção com 'anos de chumbo' e choques entre culturas").

Mas, para além da tradição (exigindo sempre uma sondagem das singularidades dessa região escassamente habitada e que ocupa mais da metade do território nacional), cada escritor/observador a vê através de uma ótica própria. Nesse sentido, Nicodemos Sena excede, em abrangência de problemas, a todos seus antecessores

— rompe os limites entre Realidade e Imaginário ou Fantasmagoria, e cria uma nova e insólita realidade amazônica.

O imenso volume (879 páginas) de *A Espera do Nunca Mais* apresenta-se diagramado em três partes (subdivididas em dezenas de míni-capítulos), correspondendo (segundo intenção do autor) a três diferentes momentos temporais: o do mundo mágico/primitivo do *antes*; o do mundo político/econômi-co/explorador do *hoje* e o da previsão da total perda da "identidade amazônica" num próximo *amanhã*.

Apesar dessa ordem gráfica, o "leitor atento" é desafiado a encontrar uma ordem lógica entre os aconteceres, que se sucedem ininterruptamente numa linguagem densa, seivosa, que arrasta o leitor através dos aconteceres. Fiel à intenção de revelar a verdadeira natureza do fenômeno amazônico, o autor criou um estilo labiríntico (como labiríntica é a Natureza livre na Amazônia), que é um constante desafio à decifração.

Em certa entrevista, Nicodemos alude à grande "aventura estilística" em que se envolveu, com o projeto de transpor para um romance a realidade amazônica, tal como a conhecera, desde a infância. Lembra que, tal como Oswald de Andrade foi influenciado, na criação de seu estilo, pelo telefone, pelo telégrafo (novidades dos anos 20), ele buscou inspiração estética no emaranhado da selva, no labirinto dos rios e *igarapés* (do tupi, "caminho das águas ou das canoas") — tal como se dá nas lendas indígenas. A linearidade da trama, entretanto, é apenas aparente, pois esconde a sinuosidade dos remansos (*in* "A Província do Pará", março/2000).

É nessa sinuosidade que o leitor desprevenido se perde, tal como alguém perdido na floresta amazônica, sozinho, sem guia, nem bússola. Somente através de leituras e releituras, o leitor atento acaba por descobrir algumas das linhas mestras que sustentam a trama novelesca, enredada entre explorados e exploradores: os primeiros, nativos pertencentes à "linhagem cabocla" dos Bagata, e os segundos, brasileiros ou estrangeiros, representados pela figura maquiavélica do comerciante Estefano.

O momento histórico, escolhido como base temporal da trama, abrange o período que vai dos anos 1950 ao final do Governo Militar (1964-1984) durante o qual o capital estrangeiro inundou a Amazônia, para o bem e para o mal. Entretanto, esse "histórico" é continuamente permeado pelo "mítico", circunstância que gera a "sinuosidade" labiríntica da trama novelesca. O romance se abre *in media res*, com o despertar do dia em um ambiente rústico, mergulhado em sombra.

"Era ainda muito cedo quando o grasnar desagradável das *ciganas*[52] ocordou. Gedeão saltou da rede onde dormira e, às apalpadelas, tropeçando em alguns paneiros de farinha empilhados no piso de chão-batido da casa, procurou a tênue claridade que penetrava pela porta de palha. Afastou o japá com cuidado, evitando barulho; mesmo assim, dois vultos pequenos de redes mexeram-se no escuro do quarto. Gedeão deteve-se olhando para o fundo do quarto e só saiu para o quintal quando os vultos se aquietaram. Gedeão estava preocupado, pois o padrinho, homem exigente e severo, chegaria naquele dia e ai dele se tudo não estivesse à espera, conforme o velho ordenara."

Nesse início, aparentemente banal, já estão presentes as principais linhas-de-força que se entrelaçarão na trama. Não por acaso, esta se abre com o jovem/ingênuo caboclo Gedeão. Tal como o Gedeão bíblico (escolhido por Deus para livrar os israelitas da

[52] Aves galiformes do Norte do Brasil e países limítrofes, com dorso pardo-escuro ebrilho alváceo, coberteirassuperiores das asas marginadas de branco, parte superiordas rêmiges vermelha, cauda preta com pontas amarelas; vivem em bandos nasmargens dos rios, e alimentam-se de folhas. (N.do E.)

opressão/exploração dos Madianitas[53]), o desvalido Gedeão amazônico é levado pelas circunstâncias a tornar-se o defensor dos valores autênticos de uma Amazônia ameaçada de perdê-los. A Ficção expõe às claras um dos grandes problemas da História em processo no Brasil: o da exploração da Amazônia. "Gedeão", a linha do Bem (representante da Amazônia cabocla, autêntica, cujas origens se perdem no tempo mítico), e o "padrinho" (Estefano), a ambígua/poderosa linha do Mal (representante do "progresso civilizador" que avança através da exploração violenta das riquezas naturais e provocando a gradativa destruição da "alma amazônica"). Já se fazem também presentes, nessa abertura, os "vultos pequenos" nas redes: Diana e Mica, ainda crianças, reencarnações dos primeiros amazônidas, e que terão lugar de destaque no desenrolar da trama.

A partir daí, a trama se desenvolve, rompendo os limites entre Realidade e Imaginação ou Fantasmagoria, e revelando uma insólita/desconhecida realidade amazônica. A que foi engendrada a partir da histórica-mítica chegada do explorador Francisco de Orellana à foz doAmazonas, em 1542, e seu encontro com as terríveis "cunhãs apuiaras" (as índias chamadas "amazonas"). Emprenhando uma delas, dá início à geração dos Bagata — longa linhagem de índios/caboclos que, através de sucessivas gerações, chegam aos nossos dias. E pela arte de Nicodemos Sena imortalizaram-se no romance *A Espera do Nunca Mais.*

Esse "nunca mais" aponta para o inevitável desaparecimento da Amazônia encantada dos tempos de origem, e que a civilização do progresso, inevitavelmente, vem destruindo. Uma Amazônia humana/fraterna que, entretanto, jamais desaparecerá do nosso

[53] Segundo o *Antigo Testamento,* midianitas (ou madianitas) são descendentes de Abraão e sua esposa Quetura, desposada após a morte de Sara. Os filhos desse segundo casamento, entre eles Midiã, foram enviados para uma terra distante, longe de Isaque, dito filho da promessa. (N. do E.)

imaginário, pois foi transformada em Livro — a saga *A Espera do Nunca Mais.* Devido à magia da palavra literária, a Amazônia das origens — região mítica — permanecerá para sempre na memória dos homens. E não só: seus valores humanos permanecerão transformados em outras realidades. É o que sugere o último e brevíssimo capítulo, "Semeando Sonhos". Em meio a uma atmosfera onírica, oscilando entre visões e realidades, Dora (filha do explorador Estefano) sonha com a volta de Gedeão e faz projetos para a escola que ela abriu: preparar os curumins para o novo mundo que chegava. É com esse seu sonho que o romance se fecha.

A busca de uma linguagem mítica para a Amazônia[54]

Por Iza Reis Gomes Ortiz[55]

Nicodemos Sena, em seu romance *A Espera do Nunca Mais,* nos leva a refletir sobre algumas realidades ocorridas na Amazônia que estão ou foram mascaradas pela justificativa do desenvolvimento. (...) O escritor vai além do material literário, enfrenta a realidade de ganância, violência e exploração que ocorre com os moradores nessa exploração. A violência e confrontos entre indígenas, caboclos e estrangeiros presentes na narrativa construída pelo escritor permeiam a obra do início ao fim, indicando um caráter político, denunciador e de resistência. (...) O escritor se viu em uma comunhão observadora com a Amazônia. Soube coletar o material para a escrita do romance, mas também apreendeu a poeticidade das palavras, dos sentimentos, do Ethos amazônico. Daí a mistura da objetividade e da subjetividade na escrita de Sena. Não é uma escrita apenas jornalística, de cunho científico em que o conhecimento prevalecerá; mas, perpassa pela cultura, pela língua, pelo sujeito, assim, transcende a informação e o conhecimento. (...) A narrativa de Sena se classifica como um romance moderno em que há outros gêneros e que reafirma a característica

[54] Excertos extraídos da tese de doutorado defendida pela professora Iza Reis Gomes Ortiz na Universidade Federal do Amazonas (UFAM, 2018), intitulada "O léxico amazônico nos manuscritos de Nicodemos Sena: o início de um projeto literário", que teve como objeto de análise o romance *A Espera do Nunca Mais.*

[55] Professora de Língua Portuguesa e Literatura do Instituto Federal de Rondônia (IFRO) campus Porto Velho Calama. Doutora em Sociedade e Cultura na Amazônia pela Universidade Federal do Amazonas (2014 -2018).

citada por Mikhail Bakhtin, a da mudança, da evolução do romance, sempre se renovando de acordo com o contexto do escritor e sua visão de mundo. (...) Sena se utilizou do ouvido e do lido, do imaginário e do real, do poético e do científico, não excluindo um ou outro, numa convergência em que a Amazônia exige: de se trabalhar com a realidade mítica, mas também com o desenvolvimento implacável. (...) A realidade e o imaginário são elementos complementares na Amazônia, não se excluem, não são vistos como contrários, são elementos, criações que representam o hibridismo desse povo que precisa adaptar-se à natureza de acordo com as necessidades. Sena conseguiu entender esse processo de vida por intermédio da experiência com os rios, com a floresta e os sujeitos que lá moram, descobriu como escrever essa Amazônia, esse lugar que a cada enchente, a cada mudança de lugar, cria uma nova maneira de viver, de se expressar e de se recriar. (...) Constatamos que o escritor construiu uma forma de escrever em que o léxico cultural amazônico forneceu uma base linguística ao contexto histórico social. Não é uma questão de denotação e conotação, mas de Ethos, de um léxico que apresenta um mundo amazônico, vocábulos que não se fecham em si, vocábulos que carregam a vida desse grupo, suas lutas, suas vitórias, suas derrotas, seus desejos, um mundo ainda sacralizado.(...) E além do léxico amazônico que apresenta uma relação de comunicação e constituição da cultura, o mito também foi organizado de modo a recuperar um tempo antigo, um tempo de sabedoria construído com a natureza. *A Espera do Nunca Mais,* romance construído em dez anos de pesquisa, leitura e escrita. Uma busca incansável para se ter uma linguagem, digamos mítica, para que pudesse estar à altura da Amazônia, de sua floresta e de seus moradores.

A Amazônia enquanto estória[56]

Por Acyr Castro[57]

Uma sentença de Walter Benjamin sobre os confins da cultura — aquilo não de dizer deles ou sobre eles; "apenas" mostrá-los: "fazer-lhes justiça do único modo possível: utilizando-os" — parece-me que define, a caráter, o livro de estreia ora em questão.

Trata-se de projeto específico, a levar em conta palavras do próprio autor: "Como nativo da Amazônia, escrevi o que vi e ouvi, convicto de que o mundo precisa conhecer uma parte da humanidade ameaçada de extinção".

Não, tão, o "lixo": as águas poluídas, a fauna e a flora "devastadas pela ganância de uns, pela ignorância de outros e, principalmente, pela lógica perversa de um sistema econômico que, em sua fome insaciável de lucro, devora a natureza e esmaga as pessoas".

Sim, o caboclo com "suas lutas, tristezas e alegrias, esperanças e decepções" aqui e agora.

A amostragem, a utilização, se fazendo com base na idealização ficcional menos plástica que na verdade teatralizante, com aproveitamento do pictórico desde que "em função" da reflexão em movimento, isto é, do dis/cursivo; como nas lições de Abguar Bastos de Terra de Icamiaba, a Amazônia que ninguém sabe, 1929.

Desenvolvendo uma narração que redimensiona o fato natural como totalidade, isto é, enquanto o concreto que o imaginário

---

56 Texto publicado como prefácio da 1ª e 2ª edições de *A Espera do Nunca Mais.* Foi, também, publicado no jornal "A Província do Pará", Belém, PA, 03.11.1999, e em "O Escritor" nº90, mar.2000, da União Brasileira de Escritores, São Paulo, SP.

57 Jornalista, escritor e crítico literário; autor, entre outros, de *O Detalhe da Forma.*

reimplanta e como real que se desdobra artisticamente, o escritor escapa da representação (o realismo no físico e nada mais) que, geralmente, trai uma intenção puramente ducumental, fora, portanto, do fenômeno estético sem o qual inexiste criação legítima.

Paraense de Santarém, ainda que eventualmente sediado na paisagem paulista de São José dos Campos, Nicodemos Neves Sena conhece, no sangue, nos nervos e na pele, o que põe em cena: (uma) saga amazônica.

E o põe — ideia, realização, objeto — "na" linguagem dialeticamente intuída, o que influencia, na origem, a língua (oportuno o glossário distendido ao final do volume, bem como as notas de pé de página, para "remontagem" do leitor não *paraoara*[58]) e faz dela um vaso comunicativo bem mais adequado à operação que, literariamente, deflagra.

Nicodemos nos lança à leitura de uma face da Amazônia que é mitológica, sim, porém no sentido "grego": o da palavra que busca a luz e, com isso, "fura" a selvageria do obscuro.

Todavia o que ele quer é a visualização não-conceitual do lendário e do que se diz que seja "sobrenatural" que navega na mente cabocla, sem as preocupações científicas do estudioso do imaginário popular — fonte dos levantamentos e das pesquisas sócio-jornalísticas — como as que conduz Walcyr Monteiro a viajar, ilhas e igarapés adentro, coletando elementos para as suas histórias de visagens e assombrações.

O projeto que detona este livro exige legitimação que somente pode ser atingida fora da conceituação analítico-expositiva e do mimetismo da natureza resignada (digamos) à semelhança externa.

Para obtê-lo, Nicodemos Sena renunciou às possibilidades da ciência, organizando-se romancista, num esforço de imprimir

[58] Pessoa nascida no Estado do Pará.

instrumentalidade de "encantamento" ao leque de fantasias que abre à leitura. Jogar no ar perspectivas de recuperação do que é simbólico em si, sem cair no registro arqueológico, foi o risco adotado que o escritor, ousadamente, sem medo que o acusem de oportunista, assumiu. Venceu o jogo, e sem prejuízo da consciência objetivamente histórica, o senso do onírico conectado a uma certeza de lucidez que, a cada esforço de superação do surreal, dissolve o mito na sua mesma alegoria.

Desse modo, o ficcionista se consegue afirmar, e sem abandono do fenômeno ficcional, valoriza sua condição de "autor da região", configurando, esteticamente, o conhecimento topográfico de que dispõe.

Abre-se, pois, *A Espera do Nunca Mais*, a leitura, no percurso das exterioridades de um significado de visão efetiva de coisas e seres que são regionais sem nada de regionalização forçada ou intencionalmente imposta, que é interna tanto quanto externa na procura das verdades da arte.

Trata-se de um romance de verdade que recria a nossa região como gênero, aperfeiçoando-se incessantemente à medida em que a palavra, som e imagem, resgata o sonho, a magia, o *continuum* da lenda.

Porque, aqui, o fundamental é a linguagem; e nela é que mora, vive e reside o tema, o lado, a face, que a forma oculta: o "conteúdo".

Reivindico para esse estreante Nicodemos Sena o *status* do que chamamos, em crítica, o criador, o artista, gramatical e visualmente; na retomada dos direitos, que tem, de "revisitar" o fundo da floresta de onde humanamente se origina, em revisita ostensiva e nitidamente literária.

Na atual geração de romancistas, sob o signo do Pará, é fascinante, e exata, revelação.

Se é verídico que o texto, que surge da leitura, deve se inserir no contexto, o mundo que o autor de *A Espera do Nunca Mais* transformou em escrita aguarda, agora, decifração dos leitores.

Bom apetite.

A espera do nunca mais, exemplo de como a literatura de ficção pode reordenar e recriar a "realidade"[59]

Por Rodrigo Felix da Cruz[60]

Publicado em 1999, quando seu autor, Nicodemos Sena, completara 40 anos de idade, *A Espera do Nunca Mais* é uma saga amazônica ocorrida entre os anos 50 e 70 do século XX, que retrata a luta do povo amazônico frente aos desafios político-econômicos. História de índios e caboclos que lutam contra a exploração humana e a destruição da floresta: a luta dos oprimidos contra os agentes do Capital.

Embora seja um livro de estreia, *A Espera do Nunca Mais* (Ed. Cejup, 876 pág.) trouxe para seu autor o imediato reconhecimento da crítica, a qual, nas páginas de grandes jornais do "eixo" Rio/São Paulo, reconheceu-o como a grande revelação da ficção que se fez na Amazônia brasileira na virada do século. Em 2000, *A Espera do Nunca Mais* conquistou o prêmio Lima Barreto/Brasil 500 anos, concedido pela União Brasileira de Escritores.

Tal obra divide-se em três partes: antes, durante e depois da chegada do grande capital à Amazônia. As três partes do livro, por sua vez, são divididas em dois núcleos narrativos, o núcleo da selva e o núcleo citadino. Em ambos os núcleos, personagens que vivem o dilema entre sua identidade ou tradição e o fenômeno de

---

59 Publicado no jornal "O Nheçuano" nº 29. Roque Gonzales, RS, mar.2016.

60 Rodrigo Felix da Cruz é bacharel licenciado em Letras Português-Francês pela Faculdade de Filosofia, Letras e Ciências Humanas da Universidade de São Paulo (USP).

despersonalização imposto pelas novas relações de produção da vida decorrentes da "modernização" capitalista.

Somente após uma leitura superficial alguém poderia classificar essa obra como um "romance regional" que retrata uma saga amazônica. Na verdade, uma leitura cuidadosa mostrará — para surpresa do leitor — que se trata de um romance de caráter universal, que possui, como todos os grandes romances, a missão de recriar o mundo por meio de um sistema de ideias, pensamentos e imagens que unificam num só corpo a variação do cosmos, e que não vive apenas de minúcias de pequenos nadas individuais ou coletivos, mas de uma visão integral e macroscópica da realidade.

A Espera do Nunca Mais cumpre, portanto, com maestria, esse papel ordenador e recriador da realidade. Sua universalidade reside, sobretudo, no drama dos personagens, oprimidos *versus* opressores, a luta pela sobrevivência e por uma vida melhor com liberdade de escolha. Vítimas e algozes buscam seus ideais, sua identidade, o que não ocorre somente na Amazônia, mas em todos os lugares, razão por que classificar tal obra como "regionalista" seria reduzir sua grandeza.

Sena evoca Émile Zola em *Germinal* mostrando a luta entre classes, na qual os desfavorecidos se revoltam e são neutralizados. Zola, antes de escrever sua obra, efetuou larga pesquisa chegando ao ponto de conviver com mineiros. Sena, por sua vez, foi criado no ambiente descrito em suas obras — a Amazônia brasileira, mais precisamente, as selvas do município de Santarém, no estado do Pará —, e, para escrever este grande livro, procedeu também a uma profunda pesquisa. Tal esforço para pesquisar o meio e a cultura não é desprezível, pois Thomaz Edison disse que "o gênio é 1% de inspiração e 99% de transpiração". O labor de Sena não produziu um livro de conteúdo apenas exótico, como tantos que escolheram as selvas amazônicas como palco para seus personagens. Maduras análises sociais expõem as chagas de uma sociedade que se debate entre o arcaico e o moderno:

"Sabe o que eu penso, Julião? Tanto os militares quanto essa molecada que ataca o governo são umas mulas. Se a ditadura caísse, o Brasil acordaria no dia seguinte comunista. Já pensaste o horror? No comunismo não há liberdade, nem propriedade privada, nem família. Tudo lá pertence ao Estado. E sabe quem é dono do Estado? Os burocratas — respondeu Cândido Ambrósio, professoral.

— Oras bolas! Se é como diz o deputado, já estamos no comunismo! — provocou Julião.

— Como assim, meu jovem?!

— Me mostre a liberdade, a propriedade privada e a família no Brasil! Há liberdade com ditadura? Há, sim, más só para poucos. Liberdade para explorar uma mão de obra semiescrava. Há propriedade? Há, sim, o latifúndio, enquanto a maioria não tem onde cair morta. Há família, deputado, com desemprego e salário de fome?" (p. 507/508)

A Espera do Nunca Mais, além de possuir caráter universal, também possui caráter épico. Para perceber estes caracteres o leitor deve fazer uma leitura observando três fatores fundamentais: o uso do "eu" Bakhitiniano, a complexidade psicológica das personagens e o uso do recurso narrativo *in media res.*

A primeira característica marcante que Sena trabalha em *A Espera do Nunca Mais* é o "eu" Bakhitiniano incompleto, dividido e que está numa eterna busca de "completude inconclusa", em busca de si mesmo. O próprio título do livro apresenta esse "eu" Bakhitiniano – *A Espera do Nunca Mais.*

"Bem que eu gostaria de ir contigo, mas se nunca mais voltares também não vou chorar. Sabe, a gente aqui nasce e cresce esperando alguma coisa que a gente nem sabe o que é. A gente espera, espera,

espera, tanto espera que acaba morrendo sem saber que passou a vida esperando" (p. 807).

Todos os personagens principais trazem em seu íntimo essa inquietação e angústia existencial.

Silvestre Bagata:

"A partir de certo dia, porém, Silvestre Bagata começou a demonstrar um envelhecimento precoce. Perdeu o interesse pelo trabalho e até por Veva, e deu para acocorar-se no porto, no mesmo lugar onde se acocorava o vô Pachico, olhando sempre pro rio, balbuciando sons sem sentido enquanto coçava o enorme culhão que jazia fora do calção encardido, como se acometido por um pileque eterno. Sabá, assim como o pai outrora dava ao vô cuias de tiborna, dava-lhe agora de vez em quando goles de cachaça. Pouco a pouco um palor funéreo cobriu o rosto do valetudinário, que perdera a virilidade e o vigor, corroído por um processo de completo emasculamento, no qual os momentos de delíquio já eram mais longos que os de lucidez. Antes de morrer e ser enterrado na curva do rio, Silvestre Bagata aguentou algum tempo nessa semicoma..." (p. 57)

Gedeão:

"Embora triste, Gedeão não desesperava, pois a esperança é como o ar para esses caboclos esquecidos há séculos no grande vale e que se acostumaram a viver uma longa espera." (p. 261)

Essa inquietação existencial é característica do ser eterno e inter-existencial. Como cantou Raul Seixas: "Eu prefiro ser uma metamorfose ambulante do que ter aquela velha opinião formada sobre tudo". O ser humano não é apresentado como um ser uno, mas como um ser complexo que vive várias existências em busca de sua identidade. No início do romance é narrada a trajetória de Silvestre Bagata em várias existências até sua reencarnação como Gedeão. Esse ser traz consigo uma tendência depressiva suicida. Uma luta entre sua coragem e covardia.

"Cansado de investigar em vão a sua origem, Gedeão sentiu pela primeira vez aquele desejo de morrer tão típico dos Bagata." (p. 180)

Em sintonia com a crença predominante entre os "povos da floresta", Estefano Alves Barbosa, o vilão da obra, surge como a reencarnação do explorador português Bento Maciel Parente, que em 1639 comandou as chamadas Tropas de Resgates.

"(...) ele entregou ao facinoroso português Bento Maciel Parente, que comandava, em 1639, uma das piedosas 'tropas de resgates', que tinham como nobre objetivo libertar da escravidão e salvar da morte certa os infelizes índios aprisionados por outras tribos, subjugando--os porém a uma nova e mais atroz escravidão, pois, como diziam os senhores portugueses, 'escravos por escravos, era preferível que o fossem dos cristãos'. Contudo, mal concluiu a vil transação, a Providência fulminou o tuxaua com a morte, na qual, readquirindo a plenitude do conhecimento, reconheceu o seu erro e aceitou o desafio de regressar a este mundo para submeter-se a novas provas, certo de que agora as venceria." (p.58).

O caboclo Silvestre Bagata, já moribundo, como que num transe, olha para Estefano e lança o seguinte impropério, como se o conhecesse de longa data: "— Maciel, filho duma porca, assassino de índios, comedor de criança, eu sei quem tu és. Maciel, filho duma piranha, eu vou mas volto pra te f ..." (p.62)

Passemos à segunda característica marcante da obra, a construção das personagens. Analisando-as, observamos que o romance inova, pois estas são ao mesmo tempo planas (ou bidimensionais) e redondas (ou tridimensionais). As personagens planas geralmente são personagens caricatas, cujo nome representa suas características. Gedeão — aquele que luta pelo seu povo; Diana — a princesa, a bela; Silvestre — da selva; Julião — Julien Sorel de *O Vermelho e Negro* que vive entre a paixão e a ambição; Maria Clara — a típica burguesa, etc.

As personagens redondas têm profundidade psicológica, são dinâmicas, obedecem a impulsos interiores. Gedeão e Diana não são simples tapuios, têm sentimentos, nobreza e aspirações. Julião vive dividido entre o ideal socialista e a ambição na escalada social; este, como Julien Sorel de *O Vermelho e Negro* de Sthendal (que vivia dividido entre o amor de Madame de Rênal e Mathilde), vive dividido entre seu amor por Dora ou Maria Clara.

"Não fora pelo Partido que Julião decidira entrar no Exército, porque nenhuma entidade do mundo, nem mesmo o Partido, comandaria doravante seus passos. Não era mais uma peça que não encontra sentido fora da engrenagem. Fora manipulado por entes invisíveis, que ele próprio criara. Agora teria absoluto controle sobre seu destino. Chegara a retirar o pôster de Lênin da porta do guarda-roupa, pois não precisava de guias..." (p. 543)

"Quanto às mulheres, não fosse uma cabocla no Marajó e Maria Clara, Julião seria casto. Basta, porém, três meses de campus — convivendo com as garotas mais bonitas de Belém, filhas da aristocracia paraense — para adquirir consciência da atração que exerce sobre elas" (p. 595)

O vilão Estefano é também o típico conquistador, possui uma vida dupla, vivendo os costumes dos selvagens e mantendo uma família típica burguesa na cidade.

"... Mas como sou um homem bom, faço-te a seguinte proposta: se mandares a tua mulher dormir comigo amanhã à noite no barracão, perdoo todas as tuas dívidas." (p. 127).

"O comerciante Estefano nunca se conformara por não ter um filho varão, legítimo, para ajudá-lo nos negócios. Amava Dora — ao seu jeito, é verdade –, mas não era a mesma coisa. Ele precisava tanto de um filho homem! Mas, à falta deste, daria à filha tudo o que também daria ao filho que não veio, inclusive estudos. Por isso a moça teve que vir a contragosto para Belém, onde começou a estudar administração de empresas — mais uma imposição paterna." (p.289)

Diana, por exemplo, que poderia ser uma simples cabocla, define seu entendimento sobre a inter-existência do ser:

"— Ninguém morre, apenas desaparece, mas fica na lembrança da gente e nas coisas que a gente vê mas não sabe que é a pessoa que foi simbora; e quando essas coisas olham para a gente então a gente lembra da pessoa que se foi; a gente lembra e pensa que é só lembrança, mas não é não; a pessoa que foi simbora tá aí pertinho da gente e a gente não vê..." (p. 808)

Por fim, a terceira característica fundamental da obra: A forma de narrativa. Sena utiliza o *in media res* (latim para "no meio das coisas") que é uma técnica literária onde a narrativa começa no meio da história, em vez de no início (*ab ovo* ou *ab initio*). Os personagens, cenários e conflitos são frequentemente introduzidos através de uma série de *flashbacks* ou através de personagens que discorrem entre si sobre eventos passados. Obras clássicas tais como a *Eneida* de Virgílio e *A Ilíada* de Homero começam no meio da história. Apesar da ordem dos acontecimentos não ser linear, a História não perde verossimilhança nem credibilidade, uma vez que em seu romance-epopeia Sena descreve com intenção de veracidade os acontecimentos históricos (a construção da barragem no rio Maró — a luta pela liberdade dos caboclos da região — a luta pela escalada social de Estefano e Julião). Com este processo, a ação torna-se mais dinâmica e mais atraente para o público e constitui a terceira característica fundamental da obra.

No primeiro capítulo da primeira parte a narrativa começa com Gedeão durante o meio da saga:

"Era ainda muito cedo quando o grasnar desagradável das ciganas o acordou. Gedeão saltou da rede onde dormira e, às apalpadelas, tropeçando em alguns paneiros de farinha empilhados no piso de chão-batido da casa, procurou a tênue claridade que penetrava pela porta de palha." (p. 19)

Em seguida, no segundo capítulo, a narrativa faz um *flashback* voltando a Silvestre Bagata, vida anterior de Gedeão:

"Conta-se que Sebastião Bagata, o Sabá, era o mais velho dos cinco filhos do falecido Silvestre Bagata, cujo avô, ao que se sabe, foi o primeiro morador do rio Maró..." (p. 30)

Então a narrativa segue até chegar ao momento do primeireo capítulo e, então, inicia-se a segunda parte do livro.

Na segunda parte do livro é narrada a trajetória do personagem Julião, do núcleo citadino. No primeiro capítulo da segunda parte Dora, filha de Estefano, conhece Julião, aquele que viria a ser seu esposo:

"— Não és o rapaz que conversou comigo no primeiro dia de aula, o filho do fazendeiro do Marajó?" (p.292)

No 11º capítulo da segunda parte — *O Búfalo Rosilho* — ocorre um novo *flashback* para o momento em que o jovem Julião chega a Belém para estudar ficando hospedado na casa do Sr. Alarico, um fazendeiro amigo de seu pai:

"E Julião foi logo cair na casa dos Alarico. Uma gente metida a besta, que morava num prédio modernoso, enfeitado com pastilhas coloridas, para distinguir-se dos velhos casarões empoeirados onde ainda se escondiam os netos decrépitos da aristocracia decadente dos tempos da borracha" (p. 363)

Então a narrativa segue seu curso, adentrando a terceira parte do livro e seguindo até o final da obra. O uso do recurso narrativo *in media res* aliado à complexidade das personagens e dramas típicos do povo amazônico constitui o caráter épico do romance-epopeia *A Espera do Nunca Mais.* A antiga epopeia girava em torno de um acontecimento amplo e invulgar no qual um povo via espelhado o melhor de seu caráter moral e material. Quem atuava eram homens de superior envergadura, protótipos da comunidade, heróis ou semideuses que cumpriam a vontade divina.

Em *A Espera do Nunca Mais* o homem comum perde a força heroica e ganha em autonomia afetiva. O Mito aparece e cede o seu lugar ao social. Tal romance épico surge como um tipo superior de romance que remete o leitor ao mito moderno. Canta-se ao leitor as lutas e feitos do povo amazônico diante do aparecimento do Capital com suas quase sempre maléficas consequências.

A Espera do Nunca Mais é uma verdadeira *lusíada* da Amazônia (ou melhor, amazoníada) com toda sua grandeza épica e romanesca, obra digna de ser lida, estudada e para figurar no cânone da literatura brasileira.

Mais um saboroso fruto da Amazônia[61]

Por Leandro Carlos Esteves[62]

Refiro-me ao romance *A Espera do Nunca Mais,* do paraense radicado em São Paulo, Nicodemos Sena. Belamente editado pela também paraense Cejup, o livro, decorridos apenas dois meses de lançamento em Belém e em São Paulo, já vem assombrando os amantes da literatura, não apenas pelo volume (870 páginas), como, principalmente, pela sua qualidade literária.

Trata-se de uma saga, na qual Nicodemos, nas palavras do jornalista Aristides Theodoro, "arrastou, como um Hércules moderno, o Amazonas para o seu mundo romanesco. Um livro contundente, com todo o húmus do grande rio e das matas amazônicas".

A chegada desse saboroso fruto da distante Amazônia não me surpreende, pois, se bem refletirmos, a civilização, entre nós, converge da periferia para o centro. E a recuperação do caminho de nosso peculiar processo civilizatório é tarefa da arte e cultura populares. Uma das ferramentas para não se esquecer o caminho é a saga, gênero de narrativa histórica em prosa, um misto de técnica e de sabedoria popular. Do latim *saga,* nome de feiticeira ou bruxa Sagaz, aquele que tem espírito agudo, penetrante, astuto e insinuante; ou *sage,* o que sabe muito e é prudente.

---

[61] Texto publicado originalmente na "LB — Revista de Literatura Brasileira", nº 18, abril 2000, São Paulo, SP, e em "A Província do Pará", Belém, PA, 4 maio 2000.

[62] Escritor, jornalista e historiador formado pela Pontifícia Universidade Católica de São Paulo (PUC/SP), autor de *Anhangá, Nada Será Como Antes* (contos, Dobradura Editorial, São Paulo, SP, 2016).

Os brasileiros são bons de saga. Se vocês lerem *Viva o Povo Brasileiro*, de João Ubaldo Ribeiro, e *Incidente em Antares*, de Érico Veríssimo, irão concordar. Nicodemos Sena, com *A Espera do Nunca Mais*, reconta a formação política e cultural de nós mesmos, buscando nas raízes populares o que aconteceu em nossa mutação.

Tudo o que temos e nos individualiza veio da periferia, do morro, da mata, e da floresta amazônica. Enquanto o Império se debatia com o marquês de Pombal, a Colônia fundava Palmares e os potiguares expulsavam a companhia holandesa das Índias Ocidentais. Ao mesmo tempo em que a zona sul carioca construía a Rede Globo, o morro nos dava o samba e o *rap*. O português chegou aqui esmagado pela "bula" papal que ameaçava com o inferno a alma daquele que se preocupasse com a higiene do corpo. Esquecidos de suas tradições higiênicas, aqui os índios os ensinaram novamente a tomar banho, cuidar dos dentes, lavar as mãos antes das refeições e adotar alguns remédios de medicina preventiva, como esfregar malvona nos dentes. Tais elementos curativos pertenciam à tradição indígena. Nossos ancestrais não conheciam a indústria química e não podiam sintetizar esses medicamentos, mas, identificando as plantas que os possuíam, ensinaram de bom grado os europeus e a essa população miscigenada que somos nós, contribuindo, juntamente com outras culturas periféricas, para o surgimento da atual ciência química medicinal europeia e norte-americana.

Ler uma saga é relembrar-se dessas coisas. Ler *A Retirada da Laguna*, de Visconde de Taunay, é conhecer o grande movimento de tropas (ou fuga vitoriosa, como faz questão de frisar o Exército nacional) ordenado por um general. Mas só lendo Ubaldo Ribeiro se conhece a Retirada da Laguna pelos olhos de quem correu da peste que grassava. Ler todos os compêndios de história brasileira trará uma ideia sobre a difícil determinação das fronteiras do Sul desse país. Porém só a leitura de Érico Veríssimo reconstrói quem estava naquelas infindáveis correrias e cavalhadas dos gaúchos, que durante séculos desconheceram fronteiras ou submissão a um poder central.

A leitura de A Espera do Nunca Mais, do paraense Nicodemos Sena, insere-se nessa tradição. Da mesma forma como Ubaldo Ribeiro, no Viva o Povo Brasileiro, surpreende Canudos, Nicodemos Sena redescobre a Guerrilha do Araguaia. Se o escritor baiano dedica-se à guerra do Paraguai, usando até orixás afro-brasileiros para decidi-la, o escritor paraense extrai o cotidiano dos amazônidas sob o movimento dos cabanos. Essa vida diária alimenta o grande movimento, dialoga com ele, conforma-o, determina. Isso é sagacidade, espírito penetrante. Um antigo escritor francês dizia que "a bom querer, fortuna nunca falta". O querer de *A Espera do Nunca Mais* é surpreender quem somos, através da recuperação de nós mesmos pelos caminhos de nosso "civilizamento". Enunciá-lo é quase tê-lo a termo. O homem que sou é o homem que fui. Se existe pergunta próxima e correlata a "quem sou?" essa será "quem fui?". Refazendo o caminho nos colocamos em nossos devidos lugares e iluminamos o presente.

Com *A Espera do Nunca Mais,* Nicodemos Sena recusa-se a deixar esses mananciais de história, saber, ciência e cultura, adormecerem mais do que já estão, revelando-os, igualmente como o fazem Érico e Ubaldo. O surgimento de Nicodemos Sena no cenário literário brasileiro é um notável acontecimento, o qual, todavia, não me surpreende, pois a majestosa e misteriosa Amazônia costuma, nos momentos em que estamos mais necessitados, presentear-nos com belos e saborosos frutos. Nas páginas de *A Espera do Nunca Mais* o leitor de todo o Brasil terá a oportunidade de saber mais sobre si mesmo.

Engenho, arte e encantamento[63]

Por Tanussi Cardoso[64]

Difícil lembrar de algum romance brasileiro, na atualidade, de literatura tão fragmentada, a conseguir amalgamar tantas qualidades: narrativa envolvente e bem construída, divertido, mas apresentando uma reflexão sobre a realidade, com personagens que transmitem tensão e sentimentos humanitários. Difícil imaginar, igualmente, que esse seja um romance de estreia, tal a maturidade de sua escrita, sua força imagética e poética, e, principalmente, por seu rigoroso estilo de linguagem.

Tendo a Amazônia como pano de fundo, em histórias narradas com uma técnica exuberante e sedutora, *A Espera do Nunca Mais* (uma saga amazônica, editora Cejup), romance do paraense radicado em São Paulo, Nicodemos Sena (1958), atinge a sensibilidade do leitor de tal maneira, que é praticamente impossível se afastar de suas 876 páginas! Nicodemos Sena não tem medo das palavras, nem do estresse cotidiano. Com grande pulso dramático, numa linguagem fluida e líquida, como as águas do Amazonas, o autor utiliza-se, estilisticamente, da lentidão advinda da própria geografia do lugar; seus personagens aparecem, desaparecem e se reencontram sem pressa, mostrando suas faces e casos, como se tudo e todos estivessem dentro de um grande labirinto de selvas ou navegando dentro de seus rios, na certeza de que, num dia qualquer de um lugar qualquer, voltarão a se rever. É sobre o outro, sobre a possibilidade de um futuro

[63] Publicado no jornal "Rio Letras", nº 23, 2004, Rio de Janeiro, RJ.

[64] Poeta e jornalista, autor de *Viagem em torno de* (poesia) e *A Medida do Deserto* (poesia).

sonhado, enfim, sobre nossas humanidades, que o autor se debruça em seu belíssimo livro, onde a palavra é o veio principal.

Fugindo dos estereótipos, a Amazônia de Nicodemos é, antes de mais nada, palco crítico da disputa de grandes interesses econômicos, tendo como mote os problemas da chegada do grande capital. Inteligente, o autor faz-nos adentrar, vivenciar e compreender as misérias e os problemas de suas gentes, recriando seus mitos, incluindo seus personagens dentro do contexto social e histórico, transformando um enredo regional e particular num roteiro universal. Mistura de realidade e ficção, *A Espera do Nunca Mais* reflete sobre a história brasileira, mas não é politicamente "engajado", é, sim, um romance lírico de suspense, que narra a agonia de uma região inteira quase a morrer.

Nicodemos Sena levou sete anos trabalhando em seu livro! É um trabalho corajoso, digno de aplausos, que não tem como objetivo primordial agradar ao mercado, visando ao sucesso a todo preço. Na contramão dos valores impostos por uma sociedade materialista, de bens descartáveis, *A Espera do Nunca Mais* exigiu muito rigor, pesquisa, seriedade, sofrimento, dúvida, insegurança, lucidez, perseverança. O escritor deve ter corrido riscos por não se deixar aprisionar por fatores editoriais nem temáticos. Deve ter pagado o preço dessas dificuldades, mas obteve o lucro da gratidão de sua consciência. Em 2000, *A Espera do Nunca Mais* ganhou o prêmio Lima Barreto-Brasil 500 Anos, da UBE/RJ. Sabemos que prêmios são, tantas vezes, glórias fugazes, mas, é bom que se diga, um romance como esse é pedra rara, só se encontra uma vez ou outra.

Nicodemos Sena merece que seu nome seja revelado de imediato para todo o país como um dos grandes escritores brasileiros contemporâneos.

pólen soft 70 gr/m ²
tipologia crimson text
impresso no verão de 2020